HEYNE BÜCHER

Tip des Monats

W0207528

In derselben Reihe
erschienen außerdem als Heyne-Taschenbücher:

Johanna Lindsey · Band 23/34
Evelyn Sanders · Band 23/66
Mary Westmacott · Band 23/73
Evelyn Sanders · Band 23/84
Dean Koontz · Band 23/85
Ellis Peters · Band 23/92
Utta Danella · Band 23/95
Heinz G. Konsalik · Band 23/96
Marion Zimmer-Bradley · Band 23/98
Dean Koontz · Band 23/101
Johanna Lindsey · Band 23/103
Ellis Peters · Band 23/104
Heinz G. Konsalik · Band 23/108
Ellis Peters · Band 23/110
Utta Danella · Band 23/111
Dean Koontz · Band 23/112
Ellis Peters · Band 23/114
Johanna Lindsey · Band 23/115
Terry Pratchett · Band 23/117
Dean Koontz · Band 23/119
Ellis Peters · Band 23/121
Dean Koontz · Band 23/123
Philippa Carr · Band 23/125
John Saul · Band 23/127
Barbara Cartland · Band 23/128
Terry Pratchett · Band 23/129
Johanna Lindsey · Band 23/130
Ellis Peters · Band 23/131
Mary Higgins Clark · Band 23/132
Catherine Coulter · Band 23/136
Claudia Keller · Band 23/137
Jane Austen · Band 23/138
Anne Perry · Band 23/139
Philipp Vandenberg · Band 23/140
Terry Pratchett · Band 23/141
Ephraim Kishon · Band 23/142
Dean Koontz · Band 23/143
Johanna Lindsey · Band 23/144
Olivia Goldsmith · Band 23/148
John T. Lescroart · Band 23/149
Nora Roberts · Band 23/150
John Grisham · Band 23/151
Mary Higgins Clark · Band 23/154

Heinz G. Konsalik

ZWEI HOCHBRISANTE ROMANE

Im Auftrag des Tigers
Das Bernsteinzimmer

WILHELM HEYNE VERLAG
MÜNCHEN

HEYNE TIP DES MONATS
Nr. 23/157

IM AUFTRAG DES TIGERS
Copyright © 1996 by Autor und AVA-Autoren- und Verlags-Agentur GmbH, München-Breitbrunn
(Der Titel erschien bereits in der Allgemeinen Reihe mit der Band-Nr. 01/9775.)

DAS BERNSTEINZIMMER
Copyright © 1986 by Autor und AVA-Autoren- und Verlags-Agentur GmbH, München-Breitbrunn
(Der Titel erschien bereits in der Allgemeinen Reihe mit der Band-Nr. 01/8254.)

Besuchen Sie uns im Internet:
http://www.heyne.de

Umwelthinweis:
Das Buch wurde auf chlor- und säurefreiem Papier gedruckt.

5. Auflage

Copyright © 1998 dieser Ausgabe by Wilhelm Heyne Verlag GmbH & Co. KG, München
Printed in Germany 2000
Umschlagillustration: ZEFA/Brakefield, Düsseldorf
Umschlaggestaltung: Atelier Ingrid Schütz, München
Satz: Buch-Werkstatt GmbH, Bad Aibling
Druck und Bindung: Elsnerdruck, Berlin

ISBN: 3-453-14048-6

IM AUFTRAG DES TIGERS

Hinter der Sandbank, an der Biegung, wo der Fluß im Wald verschwand, zogen sich drei Lichtstreifen vom Ufer zur Mitte. Sie zerschnitten das Dunkel. Sie leuchteten wie geschmiedetes Silber. Das Wasser blieb nichts als flüssiger, schwarzer Lack.

Sie lag auf der Seite, die linke Pfote nach vorn geschoben, und beobachtete das Licht. Sie lag völlig reglos. Gelegentlich krümmte sich die Schwanzspitze ein. Das war alles.

Seit einer Stunde lag sie so, lauschte den Geräuschen des Waldes, dem Gleiten einer Schlange, dem Ruf eines Tapi-Vogels, und hatte den Blick auf die Silberstreifen gerichtet. Hunger spürte sie nicht mehr. Auch nicht die Schwäche. In den letzten Tagen hatte sie für ihre beiden Jungen ein halbes Dutzend der pfundschweren Kröten gesammelt, die sich am Rand der Mangroven finden ließen. Doch die Kleinen hatten sich geweigert, und so hatte sie sie selbst verschlungen. Dann das Hirschkalb … Es war zu klein. Nur Knochen.

Nun war sie ruhig. Nun war alles gut. Nun mußte sie nur warten.

Der erste Lichtstreifen erlosch. Dann der zweite.

Sie schob den mächtigen, gestreiften Kopf nach vorne, zog die Lippen über die Fangzähne und sog Luft ein, um Witterung zu nehmen. Nichts …. Sie spannte die Lendenmuskeln und erhob sich.

Der dritte Silberbalken – verschwunden. Der Mond hatte sich endgültig hinter die Wolken zurückgezogen, die über dem Wald hochwuchsen, doch die Tigerin verhielt noch immer im Schutz des Farns. Ihr Herz schlug langsam. Sie war wie eingebettet in einen Strom von zeitloser Geduld. Sie würde keinen Fehler machen. Sie durfte keinen Fehler machen. Sie mußte den Jungen Fleisch bringen.

Das Licht? …

Weiter unten, wo die Berge höher wurden, und das Tal tiefer, gab es bei Nacht ein ähnliches Licht. Streifen von Licht. Und die Luft war erfüllt von fremden Gerüchen. Und Stimmen. Gefährlichen Stimmen. Und es gab ein dumpfes Dröhnen, das auch in der Dunkelheit nicht verstummte und noch bei Mondschein anhielt – ein dumpfes, schreckliches Dröhnen, das wie das Pochen eines gewaltigen, kranken Herzens klang. Es bedeute-

te Gefahr. Und so war sie mit den Jungen hochgewandert, den Fluß entlang, um sich ein neues Revier zu suchen.

Sie würde auch hier weiterziehen.

Sie setzte den linken Fuß vor, spürte einen Ast. Sie verlagerte das Gewicht. Der Ast brach nicht. Nun den anderen Fuß. Der Boden war feucht und bewachsen, und so kam sie völlig lautlos bis zu der kleinen Lichtung, in der sie vergangene Nacht das Wildschwein erschlagen hatte. Ein Eber. Eber konnten tückisch sein. Die Tigerin hatte drei Narben. Zwei an der rechten Flanke, eine an der linken Brustseite. Die an der Brust schmerzte noch immer. Und alle drei stammten von Eber-Hauern.

Den Eber der vergangenen Nacht hatte sie überrascht. Als er sich stellen wollte, war es schon zu spät. Sie hatte ihm mit dem ersten Schlag den Rückenmuskel aufgerissen und mit dem zweiten das Rückgrat zertrümmert. Unnötig, ihm noch die Kehle durchzubeißen, aber sie hat es dennoch getan … Er war unerfahren, jung, doch Gott sei Dank schon ausgewachsen. Wie jung er tatsächlich war, erkannte sie, nachdem sie ihn aus der Lichtung in den Baumschutz gezerrt hatte, um ihn dort auszuweiden. Zart das Fleisch, frisch, das Blut jung und gut. Wie immer hatte sie mit der Arbeit von hinten begonnen. Sie schlitzte den Bauch auf, entfernte den Magensack, wobei sie sorgsam darauf achtete, daß die Zähne nicht die Wand des Magens aufrissen. Sie legte ihn sorgfältig neben den Kadaver, biß dann so große Stücke von Lenden und Rücken, wie sie nur konnte, und machte sich auf den Weg zum Versteck der Jungen.

Nun, in dieser zweiten Nacht, brauchte sie die Beute nicht mehr zu suchen. Sie roch sie. Ein angenehmer Geruch, noch angenehmer als am Vortag. Die Maden und Käfer, die den aufgerissenen Körper wie mit einer zweiten, beweglichen, neuen Haut bedeckten, störten sie nicht. Ein Vogel machte sich an dem toten Eber zu schaffen. Sie scheuchte ihn mit einer Kopfbewegung zurück in den Wald. Sie nahm soviel Fleisch, als sie tragen konnte, und machte sich wieder auf den Weg.

Die Jungen hatten sie gehört.

Letzte Nacht noch waren sie dazu zu schwach gewesen, nun kamen sie ihr entgegen. Der größere stieß sie von hinten an und versuchte noch vor dem Eingang in die Grube nach dem Fleisch zu schnappen. Keuchend unter der Last des Gewichts gab sie ein Knurren von sich. Und der Kleine setzte sich einfach auf seine Keulen und starrte sie verklärt an. Er war schön. Sie liebte ihn.

Sie ließ das Fleisch fallen und sah zu, wie sich die beiden darüber hermachten, wie sie ihre Köpfe darin vergruben. Sie mußten essen. Sie mußten viel essen. Und dann würden sie weiterziehen, weiter nach Norden …

I

Vom East Coast Parkway und der Keppel-Road drang das gleichmäßige Rauschen des Verkehrs. Dort zogen die Lichterketten der Fahrzeuge. Was sich in Singapur »Nachtleben« nannte, kam langsam in Schwung. Die Menschen drängten aus den Kinos, wollten zum Fluß oder ans Meer, um die frische Brise zu genießen, oder sie hatten einfach Hunger und streunten an den Food-Stands am Singapur-Fluß entlang, um sich noch einen indischen Biryani oder einen Teller scharfgewürzter chinesischer Nudeln zu gönnen.

Hier war alles still. Die riesigen Lagerhallen blieben im Dunkel. Nur weiter östlich, beleuchtet von seinen Spots, strahlte das World Trade Center wie ein einziger weißer, riesiger Eisblock.

Wo blieb das Boot, zum Teufel!

Maya warf einen Blick auf ihre Uhr: Ein Uhr fünf.

Sie rührte sich nicht. Vor der dunklen Zementmauer war sie in ihrem schwarzen, leichten Jogging-Anzug und mit der schwarzen Strumpfmaske weniger als ein Schatten.

Wieder blickte sie hinaus aufs Wasser, zögerte und griff dann entschlossen zum Matchsack. Der Pier lag leer. Die Kräne sahen aus wie Scherenschnitte. Geräuschlos und schnell legte sie die zehn Meter hinter sich, die die Mauer von dem ersten Container trennten. Weiter rechts gab es eine Öffnung im Betonrand, von der aus eine eiserne Leiter hinab zum Wasser führte.

Sie legte den Trageriemen quer über Schulter und Brust, so daß sie die Arme frei hatte, und kauerte sich nieder.

Fetzen von Musik wehten über das Wasser, begleitet von Geschrei und Gelächter. Es war ein »Tongkang«, eine der großen chinesischen Vergnügungs-Dschunken der *Eastwind Cruises,* die drüben am Clifford Pier zu ihren »Singapur at Night«-Dinnerfahrten ablegten. Das beleuchtete Ding, das dort herankroch, wirkte mit seinen schimmernden, goldgeschnitzten Drachen, den rotlackierten Holzdekorationen so unwirklich wie ein Plastikspielzeug. Schattenrisse am Heck. Köpfe in den Fenstern. Und die Bugwelle, die all die Farbflecken der bunten Lichter zu verrückten Kreiseln zerriß.

Hinter dem Heck der Dschunke aus den tanzenden roten, gelben und grünen Reflexen aber kam ein Boot. Sehr schmal. Sehr klein. Sehr schwarz ... Leise glitt es dem Pier entgegen.

Sie beugte sich nach vorne.

»Bila bis dalang?«

Eine Männerstimme. Die Worte waren malaiisch.

»Tiaphari«, gab sie den vereinbarten Code.

Eine Hand streckte sich nach oben. Sie ergriff sie und sprang auf den schwankenden Bootskörper hinab.

»Alles in Ordnung?«

»Ja.«

»Und es bleibt dabei?«

»Ja.«

Der Mann im Boot trug eine dunkle Baseball-Mütze, deren Schild nach hinten zeigte. Er hatte aufmerksame, schräge, schwarze Augen. Er war kein Malaie, er war Chinese. Er hockte sich auf den Steuersitz und schaltete in den Rückwärtsgang. Zunächst hielt er den Motor auf niedrigen Touren, nun wendete er das Boot und gab Gas.

»Wie heißt du?«

»Ist das wichtig? ... Willst du das wirklich wissen?«

Es waren vier Sampans.

Sie lagen etwa eine Meile vom Ufer in einem Abstand von etwa sechshundert Metern am Hafengrund vertäut. Plumpe, mit Außenbordern bestückte Lastkähne.

Mittschiffs oder am Heck waren die schachtelförmigen Rümpfe mit einem halbrunden Aufbau aus strohmatten – oder segeltuchbespannten Halbbögen versehen. Das größte der vier Schiffe besaß eine große, hölzerne Kabine.

Zwischen den Gesellschaften, die die Hafenrundfahrten betrieben und den Sampan-Besitzern bestand ein Abkommen: Die Rundfahrtboote legten bei den Sampans einen kurzen Stop ein, damit die Touristen den Anblick der Stadt und des Hafens mit einem typisch chinesischen, malaiischen oder indischen Imbiß abrunden konnten. Das Abkommen war vor zwei Jahren geschlossen worden und unterlag wie alles in Singapur nicht nur amtlicher Genehmigung, sondern auch strengen Kontrollen.

Auf den ersten dieser Sampans, den Sampan mit der Kabine, steuerte das Boot nun zu.

Etwa hundert Fuß vor dem schwarzen, niederen Körper nahm der Mann Fahrt weg und ließ das flache Rennboot treiben.

»Ich geh allein an Bord«, sagte Maya.

Der Mann schüttelte den Kopf. »Kommt nicht in Frage.«

Er befestigte die Leine an der Außenbordmotor-Halterung des Sampans. Er tat es rasch und geschickt, und sie sah, daß er zarte, schmale, gepflegte Hände hatte. Er war kein Kuli. Und er gehörte auch nicht zu den Typen, die man für solche Arbeiten für ein paar Dollar mieten konnte. Vor allem: Er schien gut zu sein. Hoffentlich war er gut. Auf Überraschungen konnte man sich in dieser Stadt und bei einem derartigen Unternehmen nicht einlassen.

Das Boot lag zwar im Sichtschatten des Sampans, doch der Mond nahm zu und das Wasser schien ihr plötzlich verdammt hell. Keine Wolke trieb am Himmel.

»Ich helf dir rauf.«

Sie schüttelte den Kopf, prüfte mit den Fingerspitzen die Scheuerleiste und schwang sich katzengleich an Deck.

Er folgte. Sie kauerten sich zwischen zwei Kisten. Sie griff in die Tasche und zog eine zweite Gesichtsmaske heraus.

»Setz das auf.«

Er zögerte, nickte schließlich, nahm die Baseball-Mütze ab und zog sich den Nylonstrumpf mit den Öffnungen für Augen und Mund über den Kopf.

Sie zog ihre Stablampe heraus und hakte sie, ohne sie anzuschalten, an der Brusttasche fest. Licht gab es genug, Licht, das wie feiner, leuchtender Firnis alles überzog, Deck, Kisten, aufgerollte Seile, Ankerwinde, den Kabinenaufbau am Heck.

Sie holte aus der Tasche ein schmales, schimmerndes Metall-Instrument und ging zur Kabine. Die Tür hatte einen Eisenrahmen. Das primitive Schloß ließ sich geräuschlos öffnen.

Sie ließ die Taschenlampe aufleuchten und sah sich in der Kabine um. An den Wänden zogen sich Bänke entlang. Zusammengelegte Klappstühle und Klapptische nahmen den größten Teil des niederen Raums ein. Vermutlich wurden sie tagsüber an Deck aufgestellt.

»Komm«, flüsterte Maya.

Am Ende der Kabine gab es eine schmale Abtrennung mit einer rotgestrichenen Tür. Sie öffnete sich lautlos: Fleischgeruch, nein, der Gestank nach faulender Tierhaut. – Und so allgegenwärtig, als würde er von der Decke herabströmen und aus den Wänden kriechen. Dumpf und beizend drang er unter ihre Gesichtsmaske. Sie spürte, wie ihr der Schweiß ausbrach. Dazu die feuchte, stickige Hitze …

»Der Schrank.« Sie hob die Hand. Er nickte. Sie sagte: »Besser, du gehst raus an Deck und paßt auf.« Er nickte wieder.

»Hör zu: Wir führen uns auf wie zwei Fremde im Bus. Gut, ich bin zugestiegen, aber du weißt schließlich, wer ich bin. Also: Wie soll ich dich nennen? Wie heißt du?«

»Tan«, sagte er und verschwand lautlos.

Maya drehte sich um, stöhnte angewidert und holte die Sony aus der Tasche.

Sie ließ das Licht aufflammen und drehte den Betriebsschalter auf ›on‹. Die dreihundert Watt der Halogenlampe schonten nichts. In den ätzend grellen Helligkeitsbad bekam noch das winzigste Detail Gewicht. Die drei schwarzen Küchenschaben, die zwischen den Gumminoppen des Fußbodenbelags davonrannten, um in einer Ritze zu verschwinden. Das schmutzig-verfleckte Bettzeug auf der schmalen Schiffskoje. Die geistlosen blauen Augen der amerikanischen Playboy-Blondine, die mit Tesafilm über dem Bett angeklebt war und sie über ihre hochgewölbten Brüste anstarrte.

Und der Schrank …

Er war etwa zwei Meter fünfzig lang und reichte bis zur Decke. Er war sandfarben gestrichen, und als sie mit den Knöcheln daran klopfte, erkannte sie, daß er aus Metall, wahrscheinlich aus Aluminium bestand. Er besaß einen dieser Hebelverschlüsse, wie sie auch an großen Eisschränken verwendet werden. Sie legte die Hand auf den Griff und lauschte. Eine Welle schlug gegen den Schiffsrumpf … Nun konnte sie das Geräusch sehr genau vernehmen: Ein feines Summen, das Summen eines Elektromotors. Wieso? Was war mit dem Schrank los? War das Ding klimatisiert? Und warum? …

Und dann sah sie den Grund. Aus dem Sockel führte ein Plastikrohr in die Ecke und von dort vermutlich ins Freie. Zumindest war die Bordwand hier mit einem Gummiring abgedichtet.

Ein Entfeuchter. Was sonst? Der dünne Baumwollstoff ihrer Jogging-Bluse klebte ihr nun am Rücken, die Gesichtsmaske wurde unerträglich. Die Kabine besaß ein Fenster, doch es war mit Schrauben verschlossen. Wieso hielt dieser Idiot seine Sampan-Luke nicht geöffnet? Damit sein Entfeuchter nicht soviel schuften mußte, das war es doch …

Maya drückte den Hebelverschluß nach unten.

Die Tür schwang auf. Sie trat zwei Meter zurück, damit das Weitwinkel-Objektiv so viel wie möglich erfassen konnte. Der Kojen-Rand drückte in ihre Kniekehlen.

Wieder ließ sie die Kamera laufen. Und betete dabei, daß das verdammte Licht niemandem auffiel. Sie fühlte ihr Herz schneller schlagen. Draufhalten, darauf kam es an. Nur draufhalten … Oft genug hatte sie sich in ähnlichen Situationen befunden. Und sich an dem einzigen Gedanken festgeklammert: Bring's hinter dich! Hauptsache, du hast's im Kasten. Überlegen kannst du später. Dann, wenn die Bilder ausgewertet werden …

Sie schaltete die Sony ab und legte sie auf die Koje, nahm die Gummihandschuhe aus der Tasche und zog sie über die Hände. Trotz der Stablampe konnte sie kaum etwas erkennen. Ihre von dem Lichtbad überstrapazierte Netzhaut mußte sich erst an die Dämmerung gewöhnen. Mancher konnte da draußen vorbeigondeln und aufmerksam werden. Auch jetzt. Die Hafenpolizei zum Beispiel interessierte sich für Sampans. Vor allem für solche, die erleuchtet waren wie ein Hollywood-Studio. Vielleicht auch gab es jemand, der einen der festgezurrten Lastkähne besuchen wollte …

Sie konzentrierte sich wieder auf den Schrank.

Sechs Regalfächer. Keine Schublade. Im unteren Fach eine rechteckige Stahlkassette.

Sie nahm sie zuerst. Sie war schwer und verschlossen. Sie untersuchte das Schloß. Aussichtslos, zu raffiniert gebaut. Nicht zu knacken.

Sie stellte die Kassette zurück.

Weiter … Das nächste Fach.

Flechtkörbe … Vier Stück. Und daneben ein halbes Dutzend Glasbehälter. Das Glas funkelte im Licht. Die Flaschen waren alle etwa handspannengroß und verjüngten sich zu schmalen Hälsen, die mit hübschen, konisch zugeschliffenen und gleichfalls gläsernen Stöpseln verschlossen waren. In zwei Behältern befand sich ein sonderbares, feinkörniges, lehmbraunes Pulver, zwei andere enthielten eine Flüssigkeit. Die Farben changierten von honigfarben bis dunkelbraun.

Sie hielt eines der Glasgefäße ans Licht und schüttelte es. Die Flüssigkeit zog Schlieren. Irgendwie erinnerte das Maya an die indischen Flakons, in denen ihre Großmutter Kräuter-Liköre bewahrte. Aber dies war kein Kräuterlikör, es war etwas anderes: »Tiger-Essenzen« nannten sie es. Es gab Tiger-Wein, Tiger-Pillen. In China, vor allem aber in Taiwan existierten pharmazeutische Fabriken, die mit diesem Schandzeug astronomische Gewinne machten. Die Krönung blieb die Tiger-Essenz. Und aus diesem Pulver hier konnte man sie wohl herstellen.

Sie ließ den Blick über die Flechtkörbe streifen. Anzufassen brauchte sie sie nicht, sie wußte ohnehin, was sie enthielten: Tiger-Knochen. Schulterknochen. Schulterblätter. Rippen. Lendenschaufeln. Lendenwirbel. Sprunggelenke ...

»Die benutzen alles«, hatten sie ihr in London gesagt. »Die knallen noch die letzten Amur-Tiger in Rußland ab und schicken sie nach Taiwan. Selbst der Bengal-Tiger ist wieder bedroht. Und trotz aller Abkommen und großartigen Erklärungen ... jetzt geht's auch noch den letzten Tigern in den malaiischen Reservaten an den Kragen ...«

Rick Martin, der Chef der Organisation in London, hatte ihr eine Karte gezeigt. Es war eine graphisch vereinfachte Darstellung eines Tigerkörpers. Schwarze, feine Linien führten zu den einzelnen Gliedern und Organen der Großkatze. Die Linien waren beschriftet, und die Namen zeigten die Krankheiten an, die mit Hilfe einer aus dem einen oder anderen Körperteil gewonnenen Arznei kuriert werden sollten: »Hinteres Sprunggelenk – Arthritis des Knies«. Daran erinnerte sie sich noch, weil es ihr so verrückt erschienen war. Gewisse Tigerteile wie Hoden, Penis, Stirnbein und Lendenwirbel dagegen galten in der chinesischen Heilkunst seit Jahrhunderten als Aphrodisiakum, als das wirksamste Mittel zur Förderung der männlichen Potenz ...

»Die nehmen einen Schluck Tiger-Wein und glauben, dann könnten sie jedes Mädchen bespringen«, hatte Rick Martin getobt. »Sie stellen eine Essenz her, also ein höheres Konzentrat, – der berühmte Tiger-Wein ist nämlich eins zu zweihundertzwanzig gepanscht –, die aus irgendwelchen senilen Schlappschwänzen röhrende Hirsche machen soll. Und die glauben das wirklich. Zahlen Wahnsinnssummen. Ein Tiger, auf diese Weise ausgeschlachtet, bringt sechzigtausend Dollar. Wir haben mit Schmugglern an der Rußland-China-Grenze, am Ussuri gesprochen. Sie bekommen für zehn Kilo getrocknete Tigerknochen dreitausend Mark. Ein Ranger wiederum, ob nun in Rußland oder irgendwo in den Tiger-Reservaten in Bengalen oder Indochina, der Mann also, der die armen Viecher vor der völligen Ausrottung schützen soll, was kriegt der? Dreißig, vielleicht fünfzig Dollar im Monat! Und für ihren fantastischen Wein bringen dieselben zehn Kilo wiederum über vierhundertfünfzigtausend Dollar. Wenn das kein Geschäft ist!«

»Und wie wollen sie kontrollieren, daß ihre Tropfen, Pülverchen und Arznei-Brühen nicht von irgendeiner Kuh, einem Kalb oder einem Schwein stammen?«

Rick hatte keine Antwort darauf.

Gut, die Nashornhörner, die Maya in einem Lagerhaus in Khartum gefilmt hatte, wurden gleichfalls zu astronomischen Summen gehandelt. Wenn der Schwanz nicht mehr wollte, hatten es die Araber mit den Nashörnern, die Chinesen mit den Tigern. Die sexbesessenen Scheichs am Golf verfügten sicher über irgendwelche Experten, die ein Stück Nashornhorn von einem Kamelknochen oder Elefantenhorn unterscheiden konnten. Rick Martin hatte ihr schließlich eine Erklärung angeboten, die plausibel klang: »Du kennst die Chinesen, Maya. Wenn es um Geld geht, verlieren sie jeden Humor … Die Leute, die sich Tiger-Medizin leisten, können auch dafür sorgen, daß es wirklich Tiger-Medizin ist.«

Darin allerdings hatte Rick recht.

»Hör zu, Maya, ob absurder Aberglaube, fantastisch oder verrückt, eines jedenfalls steht fest: Der Grund, warum die letzten freilebenden Tiger dieser Erde erbarmungslos abgeschossen werden, liegt in der Sex- und Traditionsbesessenheit einer Handvoll reicher, seniler chinesischer Millionäre.«

Das stimmte, aber die Wurzeln lagen tiefer. Sie kannte die Chinesen besser als er. Er hatte zwar auch darin recht gehabt, daß die Schicht, die auf die Tiger-Medizin baute, mit dem wachsenden Reichtum in den aufstrebenden südostasiatischen Staaten immer größer wurde, aber der Glaube an »Da Scheng«, wie die Chinesen den Tiger nannten, der Glaube an den großen Geist des Waldes, an seine alle anderen Lebewesen magisch überstrahlende Kraft, lebte seit Jahrtausenden in den Herzen der Chinesen. Des Tigers Stirnmuster bildete das Schriftzeichen ›Wang‹, hatte sie einmal in einem Gedicht gelesen. Und das Schriftzeichen ›Wang‹ steht für König! … Der König konnte helfen. Er half in jeder Not, bei allen Krankheiten. Und wurde in einer so tief paternalistischen Gesellschaft wie der chinesischen nicht die Erhaltung der männlichen Potenz seit altersher mit der Erhaltung von Macht und Ansehen gleichgesetzt?

Sie ließ den dünnen Strahl ihrer Stablampe in die Höhe gleiten, stieß einen leisen Laut der Überraschung aus und verhielt sich dann ganz ruhig.

Halb verborgen vom Metallrahmen des Schrankes starrte aus dunklen, riesigen Augenlöchern ein gewaltiger Tigerschädel auf sie herab. Er war vollkommen intakt. Die bedrohlichen Reißzähne funkelten sie an. Am Kiefer war ein schmaler Streifen Karton befestigt, eine Art Etikett. Sie stellte sich auf die Zehenspitzen.

»Tenenga«, las sie in chinesischer Schrift. »24. 10. 1994«.

Tenenga? dachte sie.

Ausgerechnet …

Sie nahm die Kamera und ließ sie laufen. Die Berührung tat ihr gut. ›Fantastisch‹ oder nicht, – sie war jetzt froh, daß sie hier stehen und ihre Arbeit tun konnte …

Im Südosten, nicht allzu weit von der Stelle, an der die Sampans vertäut waren, ragten die Wolkenkratzer Singapurs gleich dunklen Säulen über die Marina Bay. Einzelne Lichtzeilen durchbrachen die schwarze, strenge Glätte der Fassaden.

Im zweiundvierzigsten Stockwerk des *Silver Towers* kontrollierte Gold-Daumen Kim Long den Sitz seiner weißen Diener-Livree. Er sah auf die Uhr. Es war ein Uhr fünfundzwanzig.

»Ich komme um eins. Und dann will ich im ›Paradies‹ alles so haben wie immer. Ist das klar?«

Der Chef war für seine Pünktlichkeit so berühmt wie berüchtigt. Philip Wang Fu hielt einen ganzen Stab in Trab, damit er seine Termine einhalten konnte, seine Besuche, Besichtigungen, Konferenzen, Sitzungen …

Für die »Sitzung«, die heute nach Mitternacht in Wang Fus Spielplatz im Penthouse des Silver *Towers* stattfinden sollte, waren zwei Personen verantwortlich: Philip Wang Fus Privatsekretärin und Nichte Xia Yu und er, Gold-Daumen Kim Long, Wang Fus dritter persönlicher Steward.

Er holte den Seidenkimono aus dem Ankleideschrank. Blau. Mit grünen Reihern. Er hängte das Prunkstück sorgsam auf den »stummen Diener« ...

Und jetzt die Hauptsache. Dazu brauchte er den Schlüsselbund mit den Patentschlüsseln.

Er hakte ihn sich von der Gürtelschlaufe, ging an der Sitzgruppe vorbei, stellte dabei mit Schrecken fest, daß er die Musik vergessen hatte, schaltete hastig auf CD, und schon quoll es heraus, füllte süßlich-sanft den Salon: Streicher, Klavier. Ausländischer Teufelsdreck von Musik.

Er stand jetzt vor dem Elfenbein-Relief des Gottes Yo. Der Gott stammte aus irgendeinem Tempel der alten Heimat. Der Alte war mächtig stolz gewesen, als er ihn kaufte. Ein fetter Kerl mit weißem Riesenbauch und brutalem Grinsen. Unten aber, entschlossen wie ein Soldat die Standarte, hielt er mit beiden Fäusten seinen Penis fest.

Der Gott hatte einen Vorteil: Man brauchte ihn nur zurückzuklappen, schon kam dahinter ein Stahltresor zum Vorschein.

Kim schob den Schlüssel ein und öffnete.

Da waren sie. Das eine Fläschchen enthielt Pulver und war beinahe leer, das andere war noch zu dreiviertel mit einer braunen Flüssigkeit gefüllt, die jetzt im Licht leuchtete. Durch die dünnen Baumwollhandschuhe fühlte Kim etwas die Wärme, wie ein feines Brennen. Vielleicht war es der Gedanke an die Wirkung der Tröpfchen. Oder an die Irrsinns-Summe, die der Alte dafür ausgab.

»Was Tiger-Essenz wohl kostet, Gold-Daumen?« Der Apotheker in der Nankin-Street hatte lachend seine braunen Stummelzähne gezeigt. »Reine, echte Tiger-Essenz? Die Götter haben dich zwar gesegnet, als sie dich zum Diener eines der reichsten Männer dieser Stadt gemacht haben, Gold-Daumen – aber Tiger-Essenz?! Die könntest du trotzdem nie bezahlen. Also, was interessierst du dich für sie? Weil du eine Frau hast, deren Brunnen versiegt ist? Oder kitzelt deinen Yang ein junges Mädchen? Ist es das?«

Die Apotheke in der Nankin-Street war keine moderne Apotheke wie die anderen, eher ein Kellerloch, in einem der wenigen übriggebliebenen alten Häuser von China-Town. Über eine Treppe mußte man hinabsteigen. Es roch dort wie in einem malaiischen Bazar. Der Teufel mochte wissen, wieso sie den alten Longe Fe noch nicht ausgehoben hatten. Wahrscheinlich hatte er seine Beziehungen. Kim liebte die Höhle. Gegen den Apotheker ließ sich sowieso nichts sagen. Er sah aus wie eine Sardine mit weißem Kinnbart, aber er hatte mit dem, was er da zusammenbraute, seine Frau und seine Söhne kuriert. Er war ein weiser Mann.

»Sag schon, Kim! Gibt es noch einen anderen Grund als eine frische, fruchtige, feuchte siebzehnjährige Himmelspforte?«

»Neugierde.«

»So, Neugierde? Nun, Neugierde ist der Schlüssel zu vielen Wahrheiten. Doch, mein Sohn, wie soll ich sie in diesem besonderen Fall befriedigen? Es ist wie mit so vielen Medizinen. Für den einen scheinen sie gemacht, dem anderen helfen sie nicht. Tiger-Essenz kann alles kurieren. An was denkst du?«

»An dasselbe, woran du gedacht hast, Verehrungswürdiger.«

»So?« Wieder das Lachen. »Kim, ich kenne Männer, so alt, so schwach, daß sie sich kaum mehr über die Straße bewegen konnten. Sie nahmen die Essenz, und es wuchs ihnen ein Yang, hart und dauerhaft wie Eisen.«

Er sandte eine Ladung in seinen Spucknapf.

»Nur eines ist Bedingung, Kim: Es müssen freie und männliche Tiger gewesen sein, deren Körper geopfert wurde.«

»Wo gibt es die Essenz noch? Hier vielleicht?«

Der Apotheker hatte sein Gesicht zu einer abwehrenden Grimasse verzogen. »Sie ist verboten. Streng verboten. Also geh, Kim, und laß mich in Frieden.«

Gold-Daumen Kim ordnete die beiden Flaschen Roederer Cristal im Eiskübel. Dann rieb er die Fläschchen mit dem geheimnisvollen Inhalt noch einmal sorgfältig sauber. Champagner und Tiger-Essenz. Und heute nacht mußten es gleich drei Weiber sein. Dieses Monster von Wang Fu, dieser Kinderschänder, dieser Hurenficker, vierundsiebzig war er! Und du? Gerade neunundfünfzig. Was wäre, wenn ich mir nun selbst zehn Tropfen auf den Zucker gäbe? So viel nimmt er doch immer? Oder zwanzig … Kim, der Tiger … Doch er wußte, er würde es nie tun. Aus Angst vor ihm, dem *Mandarin?* Wang Fu mochte sein wie er wollte, ruten – und weiberbesessen, aber einen Job wie diesen würde er, Kim, nie wieder bekommen.

Er stellte die beiden Fläschchen auf die Silberplatte. Da standen sie nun und leuchteten, standen zwischen Honigplätzchen und Ingwergebäck. Wo steckte der Alte? Wenn er nicht …

Kim wirbelte herum. Karaoke-Trommeln donnerten in die Streichermusik. Gelächter. Wasserrauschen. Und das alles so plötzlich, als habe jemand das Fenster eingeschlagen.

Es war nicht das Fenster, es war die große Tür. Die Tür zum *Paradies.* In ihrem Rahmen stand ein Mädchen.

»Spinnst du? Bei allen Teufeln, Teeny-Sue, du mußt doch wissen, daß du nicht einfach hier rein kannst.«

»Muß ich das? Wirklich? Na, wunderbar … Aber du kannst mir glauben, es interessiert mich nicht.«

»Hör mal …«

Sie hörte auch nicht. So wie sie war, Wassertropfen auf der goldfarbenen Haut, auf langen Beinen und hochhackigen, schwarzen Pantoffeln, das lackschwarze Haar zu einem Zopf geflochten, kam sie hereingestakt, nichts am Leib als ein gleichfalls goldfarbenes, transparentes Seidenhemdchen. Teeny-Su – ihr Anblick vertrieb jeden Gedanken an Medizin. Wer Teeny hatte, brauchte keine Tropfen. Mandelaugen in einem Herzgesicht. Ein Lackmund. Und wie sie dich anschauen konnte …

»Meinst du, ich treib' mich in diesem Scheiß-Penthouse die ganze Nacht herum? Wo steckt der Alte?«

»Ich weiß es nicht. Er muß jeden Augenblick kommen.«

»Jeden Augenblick? Für was hält er uns? Für Hotel-Nutten?« Ihr Lackmund verzog sich empört. Sie streckte die Hände mit den exquisiten roten Nägeln nach dem Gebäck aus. Sie knabberte. Vielleicht hatte sie dreimal mehr Erfahrung auf den schlanken, nackten Schultern als eine Hotel-Nutte, doch sie war keine. Wenn sie sich in Singapur aufhielt, arbeitete sie im »Sweet Roses« Hostessen-Club an der Bugis-Straße, und das »Sweet Roses« wiederum war nun wirklich eines der exklusivsten Etablissements, ein Schwester-Lokal des »Come to heaven«-Hostessen-Clubs in Taipeh. Und von dort war Teeny-Sue auch gekommen, als er sie im Rolls des Alten am Flughafen abgeholt hatte.

»Ein Vier-Wochen-Booking, Teeny. Ist doch fabelhaft, oder?«

Nur angesehen hatte sie ihn. Und dann: »Fabelhaft? Na, das werden wir noch sehen.«

Doch bisher konnte sie sich wohl kaum beklagen. Eine Woche war bereits verstrichen, und Philip Wang Fu hatte nichts weiter von ihr gewollt als eine Art Empfangs-Test draußen in seiner Villa am Tanglin Hill. Sonst hing sie faul in einem der Gäste-Appartements des Wang-Fu-Konzerns in der Stadt herum. Oder sie ging shopping. Natürlich, Singapur war teurer als Taipeh, aber die Auswahl, der Luxus – einmalig! Sie konnte sich also bedienen, wie sie wünschte. Nur auf eines mußte sie verzichten: den Mund aufzumachen. So schwer es auch fiel. Und sie würde sich hüten ... Sie wußte, welche Konsequenzen das nach sich zog.

Heute nacht nun stand Teeny-Sues zweiter Auftritt auf dem Programm. Dieses Mal im *Paradies* des *Silver Towers*. Und nicht als Solistin, nein, im Trio. Der Mandarin hatte immer wieder neue Ideen, nicht nur geschäftlich ...

»Champagner!« verkündete Teeny-Sue. »Und zwar sofort, Gold-Daumen. Die Kleine dreht völlig durch. Am besten, sie bekommt was zu trinken.«

»Das geht nicht. Das besorgt er stets selbst. Und außerdem ...«

Außerdem? Er kam nicht dazu, Teeny-Sue aufzuklären. Das Telefon läutete. Er hob ab. Es war der Pförtner: »Er ist gerade in den Aufzug gestiegen.«

Er legte den Hörer zurück. »Er kommt, Teeny.«

Sie verdrehte die Augen und verschwand ...

Durch die hauchdünne Gummischicht ihrer Handschuhe fühlte Maya das vertraute, leise vibrierende Arbeiten der Kamera. Manchmal brauchte sie es. Nicht nur, weil es beruhigte, nein, weil es der zuverlässigste Beweis dafür war, daß all die langwierige und mühsame Zeit der Vorbereitungen vorüber war und sie endlich richtig arbeiten konnte. Es blieben noch immer die Blechbehälter im untersten Fach des Schrankes. Sie lächelte dem Tigerschädel dort oben zu, dann nahm sie den ersten heraus und öffnete den Verschluß.

Dunkle, längliche, verschrundete Formen ... Die Farbe tabakbraun. Es waren drei. Die sahen aus wie vertrocknete Wurzelstücke.

Maya ahnte sofort, was sie da vor sich hatte. Rick Martin hatte ihr die Fotos gezeigt. Dies hier nun war widerwärtige, deprimierende Wirklichkeit. Abgeschnittene und getrocknete Tiger-Penisse …

Sie nahm einen in die Hand – um ihn sofort wieder zurückzulegen. Die Berührung hatte sie erschreckt, nein, sie hatte etwas in ihr angerührt, das sie schon so lange vergessen hatte. Etwas wie Ehrfurcht, etwas vom unerklärlichen, dunklen, schweren Zauber der Tabus, die sie in ihrer Jugend kennengelernt hatte …

Sie öffnete den zweiten Kasten. Und schaltete wieder das Kameralicht ein. Penisse … Mit Sicherheit der wertvollste Teil dieses sonderbaren und grauenhaften Tiger-Schatzes im Schrank. Mitnehmen? Einen besseren Beweis konnte sie Martin nicht liefern. Sie war dabei, einen Skandal aufzudecken, und ihre Aufnahmen sollten nicht nur den Beweis liefern, sie sollten auch so viele Menschen wie nur möglich aufrütteln, ihnen zeigen, was in Wirklichkeit in den letzten Tiger-Reservaten geschah. Abgeschnittene Tiger-Penisse. Dazu von unvorstellbarem Wert … Beweismaterial, gut, das schon, aber …

Gerade als sie die Dosen vorsichtig ins Fach zurückschob, hörte sie ein Geräusch. An Deck? In der Kabine?

Vielleicht hatte sie sich getäuscht … Nein. Wieder … Ein dumpfes Poltern. Und etwas, das wie – der Schrei einer menschlichen Stimme klang.

Sie warf die Kamera in die Tasche und öffnete die Tür. »Tan?« …

Keine Antwort. Die Kabine lag leer wie zuvor. Die schwache Lampe hinter ihrem Schutzgitter aus Metall in der Ecke warf lange Schatten.

»Tan, was ist?« Sie flüsterte. In den letzten zwei Jahren hatte Maya gelernt, mit der Angst umzugehen. Sie ließ sie nicht hochkommen. Sie atmete ruhig und langsam. Ihre Hand umschloß den Griff der Pistole in ihrem Gürtel. Irgend etwas stimmte nicht. Eine Polizeistreife würde sich bemerkbar machen. Aber diese Stille? …

Ihr Daumen schob den Sicherungshebel zurück. Das dämliche Ding verschoß nur Gas, aber es konnte trotzdem hilfreich sein. Eine echte Pistole in diesem Singapurer Polizei-Staat herumzuschleppen, war viel zu gefährlich.

Durch die geöffnete Tür sah sie das offene Deck des Sampans. Eine leichte Lasur bläulichen Lichts lag darauf. Und rechts am

Heck, den Kopf zur Seite gedrückt, die Arme ausgebreitet – Tan? Tan mußte es sein ... Er lag neben dem Kistenstapel. Er rührte sich nicht. Tot ... Oder sie hatten ihn niedergeschlagen ...

Es hatte keinen Sinn, länger zu warten. Sie hob die Pistole und war draußen. Sie hatte es geahnt. Und sah ihn auch, in einem winzigen, aufsplitternden Zeitbruchteil. Den Rücken an die offene Tür gelehnt, hatte er sie erwartet, ein Schatten, der sich zum Sprung abduckte. Sie warf sich zur Seite und rollte sich ab, um dem langen baseballschläger-ähnlichen Rundholz zu entgehen, mit dem er nach ihr schlug. Das Ding wischte so nah über Mayas Schulter und Hals, daß sie den Luftzug spürte. Sie ließ die Pistole fallen, doch ihr »Ta-Kae« erwischte ihn am Hals. Mit einem derartigen Schlag werden wenige fertig. Dieser Mann jedenfalls nicht. Er grunzte, ging zu Boden, versuchte aus seiner Kauerstellung hochzukommen, stöhnte wieder und streckte sich zur Seite.

»Tan!«

Sie lief zum Heck, beugte sich über ihn, drückte die Fingerspitzen gegen die Halsschlagader und fühlte erleichtert den Schlag seines Pulses. Er ging etwas schnell, war aber kräftig. Sie tastete durch das schweißnasse Haar. Hier, am Hinterkopf, eine Beule. Blut sickerte über den Hals und klebte an ihrer Hand.

Sie wischte die Finger an den Deckplanken sauber. An der Kabinenwand gab es ein Wasserventil. Daneben hing eine Schüssel. Sie ließ sie halb voll laufen, ging zurück und schüttete Tan Wasser ins Gesicht. Er prustete, stöhnte, setzte sich auf.

»Was ist?«

Sie ließ ihm Zeit, richtig wach zu werden, und kümmerte sich um den Rundholz-Schläger. Er schien jung, keine dreißig. Er trug die weiten, leichten, knöchellangen Baumwollhosen, die die Fischer und Kulis tragen. Sein Hemd hatte sich hochgeschoben, und in dem klaren, bläulichen Mondlicht sah sie die Tätowierungen, die den muskelbepackten Oberkörper überzogen. Gut, daß du ihn gleich erwischt hast. Eine zweite Chance konnte man diesem Orang Utan nicht geben.

Tans Boot hing noch immer dort vertäut, wo er es festgemacht hatte. Am Heck aber, an einem der Eisenhaken, hing ein zweites Boot: Flach, kiellos, wie eine Schachtel, aus grobem, starkem Teak zusammengezimmert und mit einem mächtigen Johnson-Außenborder versehen, einen jener Holzsärge, die die Chinesen benutzen, um wie die Teufel über das Wasser rasen zu können. Die beiden Ruder hingen in den Dollen. Wahrscheinlich hatte er die letzte Strecke damit zurückgelegt, um sich geräuschlos zu nähern, was wiederum erklärte, wieso er Tan hatte überraschen können.

Sie ging zu Tan zurück und wollte ihn an den Schultern hochziehen. Er wehrte ihre Hand ab, stand auf und schüttelte den Kopf wie ein Boxer nach einem K.o.-Schlag. Aber er stand.

»Los! Wir müssen weg.«

Sie half ihm ins Boot, sprang nach und wollte sich ans Steuer setzen. »Herrgott, ich weiß noch nicht einmal, wo der blöde Starter ist.«

Tan schob sie zur Seite und setzte sich hinters Steuer. Er drehte den Kopf, verzog das Gesicht zu einem Grinsen und ließ den Motor anlaufen.

»Langsam«, sagte sie. »Langsam und so leise als möglich.«

Er drosselte. Dort drüben lag die Hundai-Werft. Und daneben der alte Lagerhallen-Komplex, von dem sie gekommen waren. Die ungezählten Tiefstrahler der Werft zogen inzwischen einen hellen, breiten Streifen auf dem Wasser vor den Piers.

»Gefällt mir nicht.«

»Meinst du mir?«

»Wo steht dein Wagen?«

»Weiter im Süden. Auf dem Parkplatz des *Three Roses*. Das ist eines der Cafés, die zum Yachthafen an der East Wharf gehören.«

»Fahren wir dorthin.«

Er nickte. Die Hafenanlage mit ihren Kränen und Gebäuden glitt an ihnen vorüber. Die Nacht schien so friedlich. Der Mond brachte es fertig, selbst die rostigen Schrottberge dort zu verzaubern … Sie dachte an den Sampan und den Schrank. Hatte sie ihn noch abgeschlossen? Womöglich etwas dort gelassen? Und wenn, was änderte es? Es hatte geklappt, sie hatten Erfolg gehabt, die Kassette steckte in ihrer Tasche, und morgen vormittag hatte sie Singapur hinter sich. Schließlich kam's allein darauf an … Aber dieser Typ mit den Tätowierungen? »To Yan schläft heute mit Sicherheit nicht an Bord«, hatten sie ihr in Geytang Serai, im Malaien-Viertel, gesagt. Auf ihre Informationen hatte sie sich bisher immer verlassen können. Ihr Nachrichten-Dienst funktionierte: »To

Yan ist heute nicht auf seinem Sampan. Er hat ein Tauffest am Boat Quay in China-Town.«

Sie kannte ihn nicht, diesen To Yan. Sie wußte nur: Der Tigerprodukt-Händler war weit über fünfzig. Und immens reich ... Wer war der Kerl, der lautlos an Bord gekommen war? Und war er allein? Oder gehörte er zu einer Gruppe? Hatte man sie bereits beobachtet, als sie ablegten? Wurden sie vielleicht auch jetzt beobachtet?

»Dort drüben.«

Tan hob den Arm.

Ein Nest farbiger Lichter. Sie nickte erleichtert. Das Boot fuhr langsamer. Die Luft, kühler jetzt, schien ihr angenehm trocken.

»Der Wagen steht auf dem Parkplatz. Und der ist hinter dem Café«, sagte er.

Alles schien reglos und still. Aus einigen der Segel-Yachten im Hafenbecken schimmerte Licht. Die Masten klangen metallisch, wenn sie sich berührten.

Tan schob das Persenning über den Steuerstand und zog den Reißverschluß zu.

»Was macht der Kopf?« fragte sie.

»Frag mich nicht danach. Brummt.«

Er half ihr hoch, und sie standen auf dem Zementstreifen, der das Hafenbecken umschloß. Aus den geöffneten Fenstern des Cafés drangen Stimmen. Schien ein Fernseher zu sein. Nun erkannte sie auch den Parkplatz. Von dem erhöhten Damm der Keppel-Road und des Express-Ways kam das ferne Rauschen des Verkehrs.

Sie umrundeten das Café. Sie blieb immer wieder stehen, wenn Tan sich stöhnend den Kopf betastete oder seine blutverklebten Finger betrachtete.

»Mach zu«, wollte sie sagen, »schneller!« Sie sagte es nicht ... Um die Ecke des Cafés bogen Schatten. Drei Männer. Noch schlenderten sie zum Parkplatz ... Jetzt begann der erste zu laufen.

Sie riß Tan am Arm. Er warf einen Blick zurück, begriff sofort und hetzte neben ihr her.

»Der dritte Wagen«, keuchte er. »Der rote Colt.«

»Laß mich fahren. Mit deinem verdammten Schädel ist das besser. Gib mir den Schlüssel.«

Er drückte ihn ihr wortlos in die Hand.

Sie hatten Glück, der Wagen war nicht verschlossen. Sie riß die Tür auf, warf sich hinters Steuer und startete. Neben ihr schlug Tan die Tür zu. »Sie müssen uns mit Nachtgläsern beobachtet haben«, stieß sie hervor. »Oder der Typ mit dem Prügel hatte ein Funkgerät.«

Sie warf den Rückwärtsgang ein, um aus der Parkbucht herauszukommen. Es krachte. Sie hatte zuviel Gas gegeben und war mit dem Heck gegen einen der parkenden Wagen geknallt.

Die Kassette, dachte sie …

Die Reifen quietschten, als sie den Colt um die Zementpfosten des Parkplatz-Einganges zog.

Der Wagen schleuderte, sie fing ihn ab. Der Colt war brandneu, die Straßenlage in Ordnung.

»Da hinten …«

Richtig, da hinten. Sie hatte die beiden gleißenden Rechtecke der Scheinwerfer im Rückspiegel.

»Verdammte Huren-Bastarde!«

»Die kriegen uns nicht, Tan.«

Aber der Wagen holte noch mehr auf …

Tan fluchte wieder. Und dann fiel ein Schuß. Es konnte keine Fehlzündung gewesen sein, der Motor lief fantastisch. Es war wirklich ein Schuß.

»Die schießen!« schrie Tan.

»Na, was denn sonst? Hab ich auch schon bemerkt.« Sie sah die Rampe, eine Sonder –, eine Luxus-Ausgabe von Rampe, extra in dieser Nacht für sie herbeigezaubert, eine Rampe, die schräg nach oben zum Keppel-Express-Way führte. Und dort genau wollte sie hin. Auf der Autobahn waren sie in Sicherheit. Auf den vier Fahrspuren dort oben würden sie sich nicht trauen, herumzuballern. Wenn doch, dann hatten sie sofort eine Streife im Kreuz.

Die Stoßdämpfer knallten durch. Der Wagen flog. Sie hatte die Sicherheitsschwelle am Fuß der Rampe übersehen.

Tan hörte auf zu fluchen. Sie gab wieder Gas. Doch diese vier ekelhaften, leuchtenden Quadrate in ihrem Nacken wuchsen buchstäblich heran. Hundertvierzig, hundertdreißig, hundertzehn … Sie würgte den dritten Gang rein. Mehr als hundertzwanzig schaffte der Colt bei dieser Steigung nicht.

Und dann knallte es wieder. Nicht allzu laut. Der Knall einer Kinderpistole. Doch dieses Mal war es nicht ein einzelner Schuß, dieses Mal kam eine ganze Salve. Die Windschutzscheibe zersprang vor ihren Augen zu einem krakeligen, milchweißen Etwas …

»Bauen Sie mir mein Paradies«, hatte Philip Wang Fu zu Donald Mc Kenzie, dem kanadischen Architekten gesagt, der die Entwürfe zum *Silver Tower,* dem Hochhaus an der Marina Bay, in dem sich auch Philip Wang Fus private Konzern-Zentrale befand, geliefert hatte.

»Und wie sieht es aus, das Paradies?« hatte Mc Kenzie gefragt.

»Das Paradies eines älteren Mannes liegt in der Fantasie der Frauen«, lautete die etwas kryptische Antwort.

Nun, Mc Kenzie war als Architekt nicht übel. Vor allem war er berühmt. Weltberühmt. Dies wiederum war in Singapur die beste Garantie, die zweiundvierzig Stockwerke des *Silver Towers* schnell und teuer zu vermieten.

Schließlich, Mc Kenzie hatte die Börse in Sydney neu gestaltet, ein Hyatt-Hotel in Hongkong entworfen. Die Entwürfe zum Modern-Art-Museum in Boston und der neuen Konzerthalle in Mailand kamen aus seiner Hand. Doch was er mit dem *Paradies* ablieferte … Schön, den silbergefaßten, dreiblättrigen Swimming Pool, die Verwendung von Marmor und Stahl, dazu die flachen, mit Saffianleder bezogenen Liegen konnte man angehen lassen. Aber trotz des ganzen Marmors und der raffinierten Beleuchtung, in den feineren Stilfragen zeigte sich die typische Ignoranz eines »Quai Loh«, eines ausländischen Teufels.

Philip Wang Fu hatte schweigend das Honorar von zweihundertfünfzigtausend Dollar für den Paradies-Entwurf beglichen und sich einen neuen Architekten, einen Chinesen, geholt. Nun kam das *Paradies* seinen Vorstellungen schon etwas näher. Das Marmorbassin wurde von einem Wasserfall gespeist, der automatisch oder auf Knopfdruck in allen Pastelltönen aufschimmerte. Es gab Pflanzen, sogar Singvögel, es gab Seide und Seidenkissen, und schließlich hatte der Architekt die Wände des halbrunden Raumes mit Vergrößerungen der raffiniertesten erotischen Tuschzeichnungen aus der T'ang-Dynastie tapezieren lassen. Und die T'ang-Dynastie war und blieb nun einmal Philip Wang Fus Lieblings-Epoche. Die hohe Zeit der feinsinnigen, kunstliebenden Mandarine. In ihr, das hatte er sich zumindest suggeriert, wurzelte noch immer seine Seele.

Philip Wang Fus besondere Vorliebe aber galt der Kombination zwischen Vorraum und Ankleidezimmer, die er den »Salon« nannte. Die Wände allein ... ein erlesenes Kunstwerk! Ein Vermögen an Schmiergeldern hatte es ihn gekostet, die prunkvolle Innenraumverkleidung mit all ihren Perlmutt-Silber-Intarsien, den Reiher-Scharen, den tanzenden Frauen, den Chrysanthemen und den Fischern im Schilf, den betenden Mönchen vor winzigen Tempelchen, all diese Erhabenheiten nach Singapur bringen zu lassen. Wieviel Hände, die sich nach seinen Dollars ausstreckten! Wieviel Unterschriften, die gekauft werden mußten! Das ganze Klavier seiner Beziehungen hatte Philip Wang Fu spielen lassen, und sie reichten schließlich nicht nur bis in die Wirtschafts- und Handels-Behörden der chinesischen Volksrepublik, sondern bis hinein ins Zentral-Komitee der Partei. Sein ganzes Gewicht mußte er in die Waagschale legen, um sich mit diesen Kostbarkeiten schmücken zu können.

Nun, die erste Besitzerfreude hatte sich zwar gelegt, doch jedesmal, wenn er den Raum im zweiundvierzigsten Stockwerk des *Silver Towers* betrat, empfand er dieselbe angenehme Zufriedenheit über den Dreiklang von Licht, Harmonie und Kunst. Und jedesmal mischte sich gleichzeitig der Kitzel der Vorfreude hinein. Wie auch nicht? Nein, er war nicht müde. Und falls er es gewesen wäre, so hatte Kim die Medizin bereitgestellt. Er sah sie neben dem Champagner-Kübel.

»Nun, Kim«, nickte er dem Diener zu, »ist alles in Ordnung?«

»Aber selbstverständlich, verehrungswürdigster Vater.«

»Die Mädchen ... Hast du dich um sie gekümmert? Meine Abfahrt von der Sitzung hat sich verschoben. Leider ... War nicht zu ändern ...«

»Oh ja, verehrungswürdiger Vater ... Die Mädchen warten mit Ungeduld.«

»Nun, das ist das allerbeste, was mir passieren kann.« Philip Wang Fu leistete sich ein Kichern.

»Teeny Sue hat nach Champagner verlangt ...«

»Teeny? Seit wann Champagner? Ach ja, wahrscheinlich für Olga. Die trinkt den Roederer wie ein Pferd das Wasser. Am liebsten aus dem Kübel.«

»Nein, es ist die Kleine, die Sie für heute abend bestellt haben«, log Gold-Daumen Kim. »Und sicher hat Teeny recht ... man bringt sie damit in Fahrt!«

Philip Wang Fu runzelte mißbilligend die Stirn. Man konnte Kim einiges durchgehen lassen, er machte seine Sache gut. Schließlich, war er nicht der Enkel seiner alten Amah? Doch schmierige Vertraulichkeiten dieser Art ... Und es war nicht das erste Mal. Umgekehrt: Rausschmeißen konnte man ihn nicht. Blieb nur eine Lösung ... Doch sie hatte Zeit und mußte bedacht werden. In Ruhe. Und bei Gott nicht jetzt.

Er ließ sich von Kim entkleiden, nahm eine Dusche, dachte dabei noch einmal an das Problem mit dem Diener, kam aber bereits mit besserer Laune zurück und fuhr in den Kimono, den ihm Kim bereit hielt.

»Gib mir ein Glas Champagner.«

»Sofort, ehrwürdiger Vater.«

Gold-Daumen Kim ließ den Pfropfen knallen. Die Musik war angenehm, harmonisch: Harfen. Wie nannten sie das? ›New Age‹? Er schaltete die Videoanlage ein, die die Geräusche im *Paradies* aufzeichnete. Viel war nicht auszumachen. Zu laut. Ja nun, was sonst? Sie waren jung. Dazu das Gekicher. Ob es die Kleine war? Die tiefere Stimme jedenfalls gehörte Olga. Olga kam aus Wladiwostok, ihr Vater stammte aus dem Kaukasus, hatte sie ihm erzählt, und mit diesem rollenden russischen Akzent blieb ihr Englisch ohnehin kaum verständlich.

Frauen, die sich die Zeit vertrieben, während Sie auf *ihn* warteten. Nun ja. Er würde sie erlösen, die Vögelchen ... Bald ...

»Gib mir den Zucker, Kim.«

»Und das andere, ehrwürdiger Vater?«

»Ja. Das auch ...«

Kim brachte die silberne Zuckerdose und den Löffel.

Der *Mandarin* nahm ihm das Fläschchen aus der Hand. Er ließ die Tropfen selbst fallen und zählte. Nicht zehn, diesmal fünfzehn ...

Mayas Herz raste. Es war, als breite sich ein heißer Feuerstrom von den Fußsohlen bis zu den Haarspitzen in ihr aus. Sie konnte doch den Fuß nicht vom Gas nehmen! Auf keinen Fall. Aber was sie jetzt empfand, war nicht Angst, das war Panik, die pure Panik. Sie versuchte damit fertigzuwerden. Diesmal half der Wille nicht.

Dann bekam die Welt wieder Gesicht! …

Der weiße Mittelstreifen auf der Fahrbahnrampe.

Dort oben die Lichter!

Der Verkehr auf dem Keppel-Express-Way …

Glas rieselte. Der Wind fauchte herein und riß an ihren Haaren.

Tan hatte mit der Faust das Milchglasgeäder der zerschossenen Scheibe durchstoßen.

Gut gemacht. Gott sei Dank! … Sie hatte Sicht, Sicht, bekam wieder Luft. Aber bei Gott, den Göttern oder Heiligen, dachte sie, was soll das? Was tust du hier? … Du bist siebenundzwanzig Jahre alt. Du hast eine abgeschlossene akademische Ausbildung. Du könntest auf irgendeinem Campus bequem im Sessel sitzen und auf dein Gehalt warten. Oder zuhause auf irgendeinen Ehemann. Und stattdessen läßt du dir von miesen chinesischen Hafen-Gangstern das Auto zersieben … Und zuvor jagst du mit einem wildfremden Menschen übers Wasser zu irgendeinem mysteriösen Sampan, um dort Tiger-Knochen und Tiger-Penisse zu filmen. Bist du noch zu retten? Wieso läßt du dich in einer so absurden Stadt wie Singapur auf einen derartigen Wahnsinn ein?

Jetzt aber bist du dran! Jetzt kriegst du Hintern und Rücken mit Kugeln vollgepumpt. Oder donnerst die Böschung runter. Und jeder wird sich fragen, was eine Maya Nandi sich eigentlich dabei gedacht hat.

Doch der Colt fuhr noch immer, als sei nichts geschehen. Und sie fuhren noch immer auf der Rampe. Nur, daß sie jetzt gleich zu Ende sein würde. Ja: Das weiße Dreieck des Warnzeichens … Und jetzt der Einfahrtspfeil in den Keppel-Express-Way; sechzig Meilen Höchstgeschwindigkeit. Von wegen! Sie steigerte auf hundert, auf hundertzwanzig, hundertdreißig …

Und der Colt hielt durch. Die Reifen hatten die Verfolger nicht erwischt. Endlich, die breite Doppelfahrbahn. Der Wagen schoß hinein, ohne auf die wütenden Lichthupen-Proteste eines großen Mercedes zu achten. Geschafft … Aber was soll das? Wieso muß dieser idiotische Kühllaster ausgerechnet jetzt einen Bus überholen?

Sie klemmte sich hinter ihn, hustete in den Dieselschwaden, die der Fahrtwind durch das Loch in der Windschutzscheibe hereinwirbelte, und dachte daran, daß nun die anderen aufholen konnten, falls sie nicht aufgegeben hatten ... Endlich, die blaue Rückwand des Kühllasters wich zur Seite. Ein Blick in den Rückspiegel genügte, um ihr zu zeigen, daß eingetreten war, was sie befürchtet hatte.

»Da sind sie wieder!« schrie Tan in den Lärm des hochtourenden Motors.

Ja, da waren sie wieder.

Aber hier auf der Autobahn würden sie es sich überlegen, mit Maschinenpistolen herumzuballern.

Und noch etwas hatte Maya gemerkt: Die schweren, eisernen Leitplanken, welche die Fahrbahnen voneinander trennten, machten einer Reihe von Oleanderbüschen Platz. Soweit sie es erkennen konnte, war die Gegenfahrbahn gerade frei.

»Halt dich fest!«

Bremse. Sie rammte sie voll durch, hielt dabei den wild schlingernden Wagen mit Aufbietung aller Kraft auf Kurs, riß dann, als sie glaubte, es sich leisten zu können, das Steuer nach links, pflügte den Colt über den Grünstreifen und durch die Büsche auf die Parallelfahrbahn.

»Bist du völlig wahnsinnig?! Maya, was soll das? Maya, um Himmelswillen! Das ist ...«

Keine Gegenfahrbahn? Oh nein! An dieser Stelle war der Express-Way sechsspurig angelegt. Und er wies in dieselbe Richtung. Sie war nicht wahnsinnig, sie war zu dämlich gewesen, es zu erkennen ... Und jetzt spielte sie den Geisterfahrer. Lichter, die vor ihr aufflammten. Scheinwerfer blendeten. Bremsen schrien. Die Reifen der Fahrzeuge, die in verzweifelten Manövern auswichen, quietschten. Auch hier gab's Oleander. Und wieder gehorchte der Colt, als sie ihn herumriß. Diesmal nach rechts. Blätter flogen, Äste knackten. Laß niemand kommen – bitte, bitte! betete sie, trotz ihrer Angst erfaßt von einer überreizten, fast heiteren Distanz zu allem, was passierte.

»Meine Kinder!« Tan brüllte. »Bist du dir im klaren, daß ich Kinder habe?!«

Sie war sich nicht im klaren. Und es war auch gar nicht wichtig. Wichtig war, daß sie dem Wagen auswich, der gerade auf sie zuraste, ohne daß der Colt sich dabei überschlug. Aber er kam aus der richtigen Richtung. Von hinten.

Sie schaffte auch das …

Sie fuhr jetzt ganz rechts, auf dem Überholstreifen. Sie fuhr langsam und versuchte das Zittern in ihren Armen zu bändigen. Schweiß lief über ihre Stirn. Tan sprach keinen Ton. Tan hing in seinem Sitz, den Kopf nach vorne.

»Tan!«

Er schwieg.

Ihr Gehirn arbeitete. Sicher hatte einer dieser ordnungsbesessenen Singapurer die Nachricht vom Geisterfahrer auf dem *Keppler* durch sein Bordtelefon durchgegeben. Und die Kennzeichennummer gleich mit. Nur weg hier. Bloß runter vom Express-Way!

War auch nicht schwierig. Drei Minuten später öffnete sich auf der rechten Seite ein kleiner Weg, der durch ein aufgestelltes Verbotsschild gesperrt war. Der Colt warf es mit der Stoßstange zur Seite. Und dies war auch der letzte Gefallen, zu dem er bereit schien: Es gab ein trockenes Knacken, die Karosserie legte sich zur Seite wie eine Sänfte, und genauso begann sie auch zu schwanken. Maya stieg auf die Bremse.

»Scheiße, verdammte!t sagte Tan. »Die Stoßdämpfer.«

Sie nickte und steuerte den Wagen langsam zwischen Kistenbergen und Stapeln von Baubrettern in einen Fabrikhof.

Tan starrte sie an. Seine Stirn war blutverschmiert.

»Oh Gott …«

Sie stellte den Motor ab, zog den Schlüssel raus und warf ihn Tan zu. Dann stieg sie aus, nahm die Tasche und schulterte sie.

Sie standen vor einer grauverschmierten Betonfront. Es roch nach Sägemehl und Ölrückständen.

»Komm, Tan!«

»Und mein Wagen?«

»Laß ihn stehen.«

Irgendwo an der grauen Hausfassade ging ein Licht an. Eine Frau rief. Ein Mann antwortete.

»Tan, was ist denn?«

Er lehnte an der Hofausfahrt, gekrümmt, die Faust gegen den Magen gepreßt und übergab sich.

Sie versuchte, sich zu orientieren. Sie kannte Singapur gut. In dieser Gegend war sie noch nie gewesen.

Sie zog Tan, der sich mit dem Taschentuch den Mund säuberte, durch das Tor. Dann blieb sie stehen. Ein Wagen kroch ihnen langsam entgegen. Ein Wagen mit vier rechteckigen Scheinwerfern. Ihr Herz krampfte sich zusammen.

Doch es war ein Taxi. Sie hob die Hand, um es anzuhalten ...

Gesetze hatten Philip Wang Fu nie sonderlich interessiert. Gesetze waren von der Politik gemacht und daher so wechselhaft wie der Wind. Man konnte, je nach Gelegenheit, den Schatten des Windes aufsuchen oder sich von ihm vorwärts treiben lassen. In seinem langen Leben jedoch hatte Philip Wang Fu stets genau auf die Einhaltung gewisser Regeln geachtet, deren Sinn er für richtig hielt ...

»Geld ist das heiße Blut des Lebens.« Dies hatte ihm schon sein Großvater gesagt. Und er war ein weiser Mann gewesen. Vor mehr als einem Jahrhundert, damals, während der großen Hungersnöte, hatte To Fu sein Bergdorf in der chinesischen Provinz Yunnan verlassen und war über Schanghai ins malaiische Penang ausgewandert, das damals noch den Namen Georgetown trug. Die Arbeit für die ausländischen Teufel von Engländern versprach ein Auskommen und guten Lohn. Und To Fu, Analphabet, aber Rechenkünstler, der er war, brachte es schließlich bis zum Vorarbeiter der britischen Zinn-Minen bei Ipoh.

»Laß nie etwas Angebrochenes stehen. Wisch immer die Schüssel sauber, ehe du sie aufs neue füllst«, war eine andere Spruchweisheit von ihm.

Oder: »Vertraue nur dir selbst. Achte dann die Menschen deiner Familie, hilf, auch wenn sie eine Last sind, das wünschen die Götter. Aber erhoffe nichts, denn auch sie sind schwach ...«

Wie richtig.

Und: »Halte deinen Körper in Ehren!«

Auch dies hatte der Großvater gesagt. Was darunter zu verstehen war, hatte Philip Wang Fu erst Jahrzehnte später erfahren. Damals waren die Jahre der Nachkriegs-Revolutionen und Katastrophen längst vergessen, und er war von Malaysia nach Singapur gezogen, um aus einer kleinen Handels-Niederlassung seinen Konzern, die *East Coast* zu schmieden.

Doch als er einmal fiebernd im Bett lag, hatte er nach dem alten Li Tanao gerufen, einem Meister der Medizin aus Ipoh, der seinen Vater und Großvater gekannt und behandelt hatte, und der damals schon mindestens achtzig Jahre alt gewesen sein mußte. Er hatte ihn mit der Privatmaschine seiner *East Coast-Industries* holen lassen. Und da stand er dann, in seinem einfachen, braunen Baumwoll-Kaftan, einen Haselnuß-Stock, den er selbst geschnitten hatte, in der Hand, und lächelte ihn an: »Du hast dich nicht sehr gut gehalten, mein Sohn … Aber noch ist es nicht zu spät …«

Er hatte ihn kuriert. Und da Li Tanao nicht mehr in die »Teufelsstadt« Singapur wollte, war er stets zu ihm nach Ipoh, Malaysia, geflogen, um sich untersuchen zu lassen.

»Das Alter ist das höchste Geschenk, welches das Leben uns zu bieten vermag«, hatte ihm Dr. Li Tanao bei seinem letzten Besuch noch mitgegeben. »Es verbindet die Einsicht in die Dinge mit dem Abstand, der zur Harmonie gehört. Aber auch mit der Macht über dich und andere. Das Alter wird begrenzt durch die Gebrechlichkeit des Körpers. Wir wissen es. Und das ist gut so. Jeder Kreis muß sich schließen. Doch wie er sich schließt, darauf haben wir Einfluß. Lao Tse sagt: Wer nichts unternimmt, hat auch nichts zu bereuen … Aber wer sich zum Handeln entschlossen hat, der soll weiter handeln … Gut. Und dazu gibt es einige kleine Hilfen.«

Es war sonderbar: Jedesmal, wenn Philip Wang Fu zu den Frauen ging, fielen ihm die Sätze des alten Li ein.

Auch jetzt wieder.

Da stand er, spürte noch den bittersüßen Geschmack der Medizin auf der Zunge, wartete, daß sie wirkte und blickte den Positionslichtern und Scheinwerfern einer der Container-Dampfer nach, der draußen aus der Marina Bay glitt. »Die Frauen schenken das Leben. Und in ihnen liegt auch das Geheimnis seiner Verlängerung. Der Sturm des Alters wird an dir abprallen, wenn du die Medizin nimmst, die ich dir verschreibe: Tiger-Essenz! Sie wirkt nicht immer. Doch dem, der an die Macht des Tigers über das Leben und alle Geschöpfe glaubt, ist geholfen.«

Er glaubte. Und wie er glaubte!

Wang Fu spürte, wie sich die Zehen erwärmten. Zuerst die beiden kleinen, dann floß die Wärme waagerecht zu den großen Zehen, und von dort in die Fersen, die Innenseiten der Schenkel entlang bis dorthin, ja, dorthin, wo er nun alle Kraft brauchte … zum Yang.

Na also.

Die Täubchen konnten sich auf etwas gefaßt machen …

Es waren drei, die warteten. Genauer, zwei Frauen: Teeny Sue und Olga Sokonow. Olga war üppig, wild und ausgelassen. Dann war da noch Tien, die Neue. Ein blutjunges Mädchen, das Kim über einen Hongkonger Bordellier besorgte, der es wiederum aus irgendeinem Dorf in der Nähe der New Territories importiert hatte. »Jungfrau! Garantiert …«

Philip Wang Fu hatte sich Fotos zeigen lassen. »Ich will sie rasiert.«

»Aber gewiß, Ehrwürdigster.«

Es hatte trotzdem endlos gedauert, bis er sich entschied, während Kim ihn unter gesenkten Lidern beobachtete: Der Alte, dieser unersättliche, vampirdurstige Mädchen-Schänder … Sieh ihn dir an! Und schau, was sich da unter seinem Kimono wieder ausfährt.

Und auch jetzt wieder: Sieh sein Grinsen. Diese gläsernen Augen … Das Zeug wirkt wirklich …

»Bitte, ehrwürdiger Vater.«

Kim riß die Tür auf.

Da waren sie. Alle drei. Nackt. Wasser plätscherte, fröhliche Stimmen erklangen, Lachen. Welch eine stimulierende Kombination, dachte Wang Fu und hob grüßend den Arm.

»Philip! Was soll das? Uns so lange warten zu lassen?«

Natürlich Teeny Sue, das freche Stück.

»Es tut mir unendlich leid. Aber manchmal muß auch ich ein bißchen Geld verdienen. Davon lebt ihr ja schließlich, ihr Süßen, nicht wahr?«

Ach, wie Licht und Feuchtigkeit mit ihrer Haut spielten! Die Kleine saß auf der Marmormuschel, aus der das Wasser hochschäumte. Tiefstrahler ließen es schimmern wie einen Smaragd. Und wie die indirekte Beleuchtung die Frauenkörper modellierte … Das Mädchen aber? Oh, das Mädchen auf der Marmormuschel … Eine Haut weiß und glatt wie Elfenbein. Die von Teeny Sue zeigte einen warmen Goldton, und Olga, nun, sie war tiefbraun, hatte kräftige Beine, einen breitschultrigen, fast athletischen Körper. Das Dreieck aber, das ihr Bikini hinterlassen hatte, leuchtete weiß wie ein Stück Papier.

Nun loderte die Wärme in seinem Körper.

Täubchen! Oh, meine Nachtigallen …

Und alle hatten die Scham so perfekt rasiert, wie er sich das wünschte. Alle? Nun, die Kleine war für heute genug.

Wohlig lehnte sich Philip Wang Fu im Sessel zurück und hob die Fersen auf den Schemel. Hinter dem Hügel des Wasserfalls, durch das gewaltige Rundfenster, war der Hafen mit seinen ungezählten Lichtern zu erkennen. Zur rechten Hand glänzten weitere Leuchtzeilen in den dunklen Hochhäusern. Das *Paradies* aber lag am höchsten. Dies schloß jede Mitwisserschaft aus.

Philip Wang Fu legte die Hände auf die Knie, schob den Saum des Kimonos auseinander und befühlte mit den Fingerspitzen die Haut seiner Oberschenkel. Viel mehr als Runzeln und vibrösknotiges, altes Muskelgewebe gab es nicht zu spüren ... doch ER – sieh ihn dir an! Rund, stark, strotzend, den Schaft noch nicht ganz aufgerichtet, doch es war der Schaft eines Jungen, bald würde er ganz stehen – ER, der Herr, das Zepter der Kraft.

»Wie ist denn das, Olga, keinen Durst? Komm, trink ein Glas mit mir.«

»Nicht ungeduldig werden, Philip.«

»Ich? Bei dir doch nicht ...«

»Dann nachher.«

Das »dann nachher« war das Stichwort. Sein lächelnder Blick richtete sich auf die Kleine. Olga nickte, und auch Sue verstand. Platschend warfen sie sich ins Wasser. Die Kleine, die alles für einen Scherz hielt ... wie süß, so herzlich lachte sie –, die endlich die schamvoll gekreuzten Arme fallen ließ, so daß sich ihre runden Apfelbrüstchen entblößten, die Kleine faßten sie an den Händen, an den Armen, um die Hüften, und das Täubchen lachte noch immer. Sie zerrten sie ins Wasser, spritzten wild herum: Das Spiel dreier Mädchen im Bad. Ach ja, damals am Fluß ... Wenn er als Junge zusah, wie die Dorfmädchen badeten ...

Jetzt!

Sie hielten die Kleine fest. Sie strampelte. Warum denn, süße Taube?

Philip Wang Fu stand auf, warf den Kimono vom Körper, trat nackt und erregt, wie er nun mal war, aus seiner Nische, ein magerer, alter Mann mit vorstehenden Rippen, schlaffen Schultern, welker Hand, knotigen Knien, aber ausgestattet mit einer neu ins Leben gerufenen Männlichkeit.

Vorsichtig, ganz vorsichtig stieg Philip Wang Fu über die fünf flachen Stufen in das parfümierte, angenehm temperierte Wasser. Sacht ließ er sich der Gruppe seiner drei Schönen entgegengleiten.

Ach, welch ein Anblick!

Das Mädchen schrie.

Es schrie hoch und hell … ein Laut, der seine Erregung ins Unerträgliche wachsen ließ. Das Mädchen hatte begriffen. Das Kaninchen wußte, was geschehen würde.

Die beiden anderen preßten sie gegen den Rand des Beckens, umklammerten ihre Arme, so daß sie sich nicht verteidigen konnte. Sie sah den Mann an, wehrte sich nicht länger, wußte doch, daß sein mußte, was jetzt kam …

Und da war er, und da war ihre Wärme, die ihn empfing. Ihr anfänglicher Widerstand wandelte sich in Ergebung und Demut, als er durch die enge Jade-Pforte eindrang in ihre Rosengrotte. Da war kein Schrei mehr. Da war nur noch ein unhörbares Schluchzen …

»Also, ich wiederhole das jetzt, Mr. Ling: Wo waren Sie gestern nacht? Wo waren Sie zwischen zwölf Uhr dreißig und drei Uhr? Antworten Sie endlich.«

Schweigen.

»Wir kriegen das auf jeden Fall raus. Machen Sie sich keine Hoffnungen. Hören Sie mich?«

Hören Sie mich? ... Machen Sie sich keine Hoffnungen ... Tan Ling saß auf der Bettkante und fror. Gestern nacht? ... Gestern nacht gab es gar nicht ... gestern nacht existierte nicht, war ein Traum ... ein schrecklicher Traum, wie der Alptraum nach dem Cheng-Beng-Fest, dem Allerseelen-Tag, als er mit Sien und den Kindern durch diese schreckliche, schwarze Schlucht stolperte, verfolgt von Ameisen, von den Killer-Ameisen, riesigen, schwarzen Ameisen mit aufgerissenen Scheren, die die Kinder zu greifen versuchten. Schreiend und schweißgebadet war er erwacht ...

»Antworten Sie!«

Antworten? Antworten ...

Den Blick auf den Boden geheftet, sah er nur Stiefel. Schwarz, mit dicken Gummisohlen. Das Leder schimmerte im Lichtkreis, den seine Nachttischlampe warf: Schwarze Kappen und blauer, dünner Uniform-Popelin, der aus den Knöchelbandagen wuchs ...

Sie waren zu zweit gekommen, hatten gegen die Tür getrommelt, kamen um sechs Uhr in der Früh, erschreckten alle, Frau, Kinder, Nachbarn ...

Es ist der Wagen, dachte er. Sie haben es einfach gehabt. Sie haben den Colt gefunden, an ein paar Knöpfen auf ihrem Computer herumgefummelt, und sind hierhergefahren. So einfach, ja. Dich haben sie! Und die Verrückte, die gefahren ist? Sie hat sich verdrückt ...

»Antworten Sie!«

Er spannte die Nackenmuskeln an und hob mühsam den Kopf. Es war ihm, als sei die Beule unter die Schädeldecke ins Gehirn gerutscht, mit all ihrer Hitze, ihrer Schwere. »Ich habe eine Prüfung«, sagte Tan Ling. »Ich meine, ich nehme die Prüfung ab ... Ich gehöre zum Prüfer-Board der Gewerbeschule in der Barker-Road ... Wir haben heute die Abschluß-Examen für die höhere Stufe ... Um zehn Uhr dreißig ... Ich muß dort um zehn Uhr sein ... Verstehen Sie doch ... Die Vorbereitungen ... Ich brauche Ruhe ... Ich wäre Ihnen also dankbar ...«

»Sie werden um zehn Uhr ganz woanders sein.«

Es war immer dieselbe Stimme, die sprach. Ruhig. Ohne Emotionen. Nichts als kalte Sachlichkeit.

»Aber es ist doch die Oberstufe. Und ich bin doch Prüfer ...«

»Was Sie sind, werden wir herausfinden. Sehr bald. Stehen Sie auf.«

Tan wollte nicht. Er dachte an Sien. Was hatten sie mit ihr gemacht? Hoffentlich waren die Kinder nicht wach. »Hören Sie, meine Frau ...«

»Das geht schon in Ordnung. Die weiß Bescheid.«

Eine Hand griff unter seine Schulter. Er wollte selbst aufstehen, er schaffte es nicht, seine Knie waren wie mit Daunenfedern gefüllt.

»Machen Sie hier kein Theater.«

Er taumelte.

»Dort drüben, ist das das Bad?«

»Ja.«

»Holen Sie sich das Notwendigste heraus.«

Er verlor das Gleichgewicht. Er versuchte, zum Badezimmer zu gelangen, doch hätte ihn der eine der beiden Männer der »STF«, der Singapurer *Spezial Tasc Force* nicht gestützt, hätte er es nie geschafft ...

»Diene der Gemeinschaft, wo immer es möglich ist. Was ist sie schon anderes als die Familie, die dich trägt, schützt und umschließt.

Deshalb denke stets daran: Nur die Erfüllung dieser Pflicht macht dich innerlich frei.«

Die Reihe der Buchstaben war schön kalligraphisch mit dem Pinsel gemalt. Sie hing unter dem Bild des Mannes, der die einprägsamen Worte gesprochen hatte: Unter dem Bild des Präsidenten, eines älteren, weißhaarigen Herrn, der freundlich aus seinem

Rahmen herablächelte. Das Bild des Präsidenten wiederum hing über dem Schreibtischsessel des Oberinspektors Ernest Ti Chong. Chong war an diesem Morgen der diensthabende Leiter der *Tasc Force.* Die Worte unter dem Bild sollten den Besucher beeindrucken. Inspektor Chong brauchte sie nicht vor Augen zu haben. Er hatte sie längst verinnerlicht.

Wieder nahm er den Hörer des Telefons ans Ohr und drückte dieselbe Nummer.

»Kuo? ...Na endlich! Warum, zum Teufel, haben Sie sich bisher nicht gemeldet, Sergeant?«

»Wir sind noch beim Verhör, Inspektor.«

»Welchem?«

Jeder Morgen diente dazu, die Ausbeute der Nacht zu sortieren. Diese Nacht von Dienstag auf Mittwoch, zum Beispiel, war im Vergleich zu anderen Nächten sehr friedlich verlaufen. Von der Einsatz-Zentrale des Präsidiums wurden die Männer der Singapurer *Special Tasc Force,* immer dann eingesetzt oder hinzugezogen, wenn bei Delikten politische oder gar terroristische Hintergründe vermutet wurden. So wenigstens stand es in dem Gesetz, das die Bildung einer *Special Tasc Force* begründete. Was die terroristischen Hintergründe anging, hatte man wohl eher vorausschauend und abschreckend geplant. Welcher Wahnsinnige würde in dem Polizei-Staat Singapur schon als Terrorist agieren? Die wenigen, die es versucht hatten, waren im Handumdrehen gefaßt worden. Die Politik wiederum? ... Nun, in die Geheimdienst-Arbeit der *Internal Security* wurde die *Tasc Force* nicht miteinbezogen. Außerdem, Politik ist ein so weiter Begriff, formlos wie Sago, dehnbar wie Gummi. Politik, das konnte ein Haufen Jugendlicher sein, die fehlgeleitet vom Beispiel westlicher, die Werte aufweichender Dekadenz an irgendeinem der Singapurer U-Bahn-Stationen ein Rock-Gitarren-Konzert improvisierten, unflätige Texte sangen und dazu noch, Gipfel der Provokation, kollektiv Zigarettenkippen wegschmissen. Politik, das war auch der ganze Ärger mit den malaiischen, chinesischen oder indonesischen Schwarzarbeitern, armseliges Gesindel, von irgendwelchen Schleppern in den Stadtstaat gebracht, Leute, ohne die man zwar nicht leben konnte, die man aber auch nicht richtig bezahlen wollte und die dann mit ihren Lumpen und ihrem Verhalten immer wieder bei Touristen oder anderen Besuchern unliebsames Aufsehen erregten. Politik ... der Versuch irgendwelcher illegaler Gewerkschaften, das Arbeitsrecht agitatorisch auszubeuten. Der Ärger mit den Raubkopien. Alles, was bei der Verfolgung von Ausländern, die wegen Drogen-Delikten überführt wurden, passierte. Schließlich: die Aufklärung des ausländischen Drogenhandels, eine zentrale Aufgabe! Auch sie fiel in den Dienstbereich der *Special Tasc Force* und war wegen der unglaublichen Sensibilität der westlichen Medien, wegen des immer wieder gewaltigen und negativen Presse-Rummels im westlichen Ausland in hohem Maße »politisch«. Welche Dramatisierungen. Welch groteskes Geheul, als Anfang Mai eine junge Holländerin am Galgen für ihren Kokain-Importbüßte. Und dann erst noch der Amerikaner, dessen Verurteilung drei Monate später im Changi-Gefängnis vollstreckt worden war. Da sich selbst US-Präsident Clinton eingeschaltet hatte, konnte man wirklich von einem Politikum sprechen.

»Was soll das? Tut es einem Chinesen, Malaien oder Inder nicht genauso weh, wenn man ihn hängt?«, hatte sich Kang Yü Seng, der Super-Intendent und Chef der *Tasc Force* erregt. »Glauben die, wir wären anders gebaut?«

Auch heute morgen waren es wieder zwei Ausländer gewesen, die am Flughafen unter dem Verdacht des Heroin-Schmuggels festgenommen wurden. Sie hatten das junge südafrikanische Pärchen aus der Quantas-Maschine herausholen müssen, wobei es sich schreiend wehrte und sogar eine Auseinandersetzung mit anderen westlichen Passagieren provozierte ...

Es gab noch andere politische Fälle, deren Definierung diffus wirkte. Ihr Charakter wurde nicht durch Vorschriften, sondern durch die Präsidentschaft, das Innenministerium oder jene Persönlichkeiten bestimmt, die Einsicht in die Sicherheitszusammenhänge hatten.

Die Geschichte heute nacht zum Beispiel. Diese verrückte Sache mit dem Einbruch auf dem Sampan, in dem irgendeiner der Hafen-Mogule, ein Mann mit dem Spitznamen »Rabenkopf« vom Kantonesen-Gang Tiger-Produkte aufbewahrt hatte. Natürlich wußte die *Tasc Force* Bescheid. Aber da war die Anweisung des Super-Intendenten, den Mann in Ruhe zu lassen. Einstweilen ... Dafür hatten sich andere um ihn gekümmert. Und nun war der Teufel los ...

»Sergeant Kuo!«

»Ja, Inspektor.«

»Was ist mit dem Sampan-Fall?«

»Ich sagte doch, wir sind beim Verhör.«

»Wer?«

»Hsi Pei und ich.«

»Dann kommt mal rauf. Und bringt den Burschen gleich mit.«

»Sie sind das also ...« Inspektor Chong lehnte sich zurück. Die Lider waren halb geschlossen. In den schmalen Spalten, die sie freigaben, wirkten die Augen wie schwarze Lacksplitter: »Mr. Tan Ling, nicht wahr?«

Der Gefangene blieb stumm.

»Haben Sie Ihren Namen vergessen? Wieso antworten Sie nicht?«

»Ja. Ich heiße Tan Ling.«

Tan's helle Baumwollhose hing an der Hüfte und warf Falten. Sie hatten ihm den Gürtel abgenommen.

»Und?« wandte sich Chong an einen der beiden Sergeanten, die, die Arme im Rücken gekreuzt, neben dem schmalen, blassen, erschöpften Mann standen. Hsi Pei war dick und untersetzt und hatte ein rundes, glänzendes Gesicht, der andere Sergeant, Will Kuo, war ein Ein-Meter-achtzig-Schrank mit Pockennarbengesicht und durchtrainierten Muskelwülsten. Kuo war Jahres-Bester in den Kampfsportarten, die an der Polizei-Akademie gelehrt wurden. Aber daß er ständig den Bizeps spannte, und daß dieser verdammte Bizeps über und über tätowiert war, mißfiel dem Inspektor. In Zivil könnte er ohne weiteres als Zuhälter durchgehen. Chong machte sich eine Fußnote: Mit Kuo über Erscheinungsbild und Auftreten reden.

»Tan Ling ist der Halter des Fahrzeugs mit den Einschußspuren, das wir in einem Fabrikhof hinter dem Bukit-Merah-Busbahnhof gefunden haben. Ihm gehört auch das Boot, das uns gemeldet wurde. Moment bitte ...«

Hsi Pei holte einen Notizblock aus der Brusttasche und las laut und feierlich, während der Inspektor ungeduldig die Stirn runzelte. »Es ist im Blue-Sky-Yachthafen an der East Wharf unter der Nummer 26437 registriert.«

»Und die Schüsse? Von wem sind Sie beschossen worden?«

Tan Ling schreckte hoch. Seine Lippen waren fast so blaß wie seine Haut. »Wie bitte?«

»Ich fragte, von wem Sie beschossen worden sind.«

»Das weiß ich nicht.«

»So? Das wissen Sie nicht?«

Der Inspektor warf wieder einen kurzen Blick auf den Computer-Ausdruck, der vor ihm lag: »Tan Ling, geb. 27. 3.1958. Hochschulausbildung am Pädagogischen Seminar des Erziehungs-Instituts. Seit vier Jahren als Lehrer für Anglistik und Literatur an der Barker-Gewerbeschule tätig.« Dazu der übliche Schmonzes der Registrierungs-Behörden über Erfolgsprofil, Bankkonten, Steuer-Verhalten, ob Vorstrafen usw.

Weiter: Vorstrafen ...keine. Polizeilich bisher nicht aufgefallen ...

Aber hier, hier wurde es interessant: »Mr. Tan Ling wurde von Direktor Lao Soan verschiedentlich darauf hingewiesen, daß seine Mitgliedschaft bei der Öko-Organisation *Singapurs Friends of the Earth* nicht nur seine Karriere-Aussichten beeinträchtige, sondern auch zu einer politischen Belastung für die Schule werden könnte. Jede politische Agitation während des Unterrichtes ist ihm untersagt worden, was er durch seine Unterschrift auch bestätigt hat.«

Chong beugte sich seufzend ein wenig nach vorne und verschränkte die Hände: »Wer als Lehrer mitten in der Nacht von irgendwelchen Gangstern mit MP's beschossen wird, ist ein sonderbarer Lehrer, finden Sie das nicht auch?«

Tan schwieg.

Der Sergeant fuhr in seinem Bericht fort: »Mr. Ling hat heute morgen kurz nach ein Uhr in der Nähe der Hyunday-Werft eine Frau abgeholt und sie mit seinem Motorboot auf einen der Sampans gebracht, die vor der West Wharf verankert liegen. Nach seinen Aussagen kannte er die Frau nicht, sondern handelte auf Aufforderung seiner Freunde aus der *Singapurs Friends of the Earth*-Organisation. Es ging angeblich um das Fotografieren einiger Tiger-Produkte, die in dem Sampan gelagert worden sind.«

»Um was auch sonst«, sagte Chong.

Es war jetzt neun Uhr dreißig. Sechs Stunden zuvor, kurz nach drei Uhr, war bei der Nachtschicht der *Tasc Force* ein anonymer Anruf eingetroffen, an sich schon merkwürdig, weil diese Nummer als geheim eingestuft wurde und eigentlich nur den Polizeidienststellen zur Verfügung stand. Der Mann, der sich meldete, sprach breiten kantonesischen Dialekt. Sein Name sei unwichtig, aber er habe eine Meldung zu machen. Auf dem Sampan des ehrenwerten Tok Yan, dem »Rabenkopf«, sei um Mitternacht ein Einbruch verübt worden. Die Täter hätten einen Verwandten des »Rabenkopfs«, der sie stellen wollte, niedergeschlagen, alle Schränke aufgebrochen und wären dann mit der Beute geflohen. Bei der Flucht wäre von ihnen ein Wagen des Typs Colt mit der Nummer 5 402-748-B benutzt worden. Bei dem Motorboot habe es sich um den Typ »Merlin 12« gehandelt.

Die wußten also wirklich Bescheid. Sie mußten die ganze Aktion genau verfolgt haben ... Gut, aber es war eine Meldung, die eigentlich an die Hafen- oder an die Kriminalpolizei hätte gerichtet werden müssen. Auf die Frage des wachhabenden Beamten, was denn geklaut worden sei, hatte der Anrufer keine Antwort. Eigenartigerweise erklärte er, der Einbruch könne auch den Superintendenten Kang Yü Seng interessieren, und es sei deshalb angebracht, ihn davon in Kenntnis zu setzen.

Was auch geschah. Um neun Uhr zwanzig.

Aber da war der Colt längst aufgespürt. Und sein Besitzer auch. Und einige weitere Informationen waren ebenfalls schon eingelaufen ...

Inspektor Chong seufzte und beobachtete, wie sich auf der wächsernblassen Nase Tan Lings ein Tropfen bildete. Seine Hände zitterten. Was für eine Type! bei dem Mann, der auf dem Sampan niedergeschlagen worden war, so stand im Bericht, habe es sich um einen der »Krieger« des Kanton-Gangs gehandelt. Handverlesene Leute. Er kannte doch den »Rabenkopf«. Aber was sollte die Sache mit dem Superintendenten? Nun, der »Rabenkopf« hatte schon immer Protektion genossen. Auch bei der Security. Die offizielle Version lautete dann stets: Als Nachrichten-Quelle im Hafen ist Tok Yan unverzichtbar ...

»Sie haben dort auf dem Sampan einen Mann fertiggemacht, der Sie stellen wollte. Können Sie mir mal verraten, wie Sie das geschafft haben?«

Tan schüttelte den Kopf.

»Los, reden Sie!«

»Das war nicht ich.«

»Nein? Wer dann?«

»Die Frau ... Die Frau, die ich dort hinbrachte.«

Inspektor Chong fuhr sorgsam mit der Spitze des rechten Zeigefingers über die geschwungene, lackschwarze rechte Braue, ehe er aufs neue sprach.

»Sagen Sie mal, sind Sie gestört?«

»Wie bitte?«

»Ich frage Sie, was ist eigentlich mit Ihnen los? Haben Sie sonst Probleme, außer bei Nacht in wildfremde Sampans einzubrechen? Nein? Da täuschen Sie sich, Tan. Darin täuschen Sie sich wirklich. Die haben Sie. Wie kommen Sie zum Beispiel darauf, anzunehmen, Sie könnten mich in meinem eigenen Büro verarschen?«

»Ich ... Das ... Ich will nicht ...«

Der Tropfen löste sich. Er fuhr sich mit dem Handrücken über die Nase. Die Hand zitterte.

»Es war die Frau, sagen Sie? ... Der Mann auf dem Sampan war ausgebildet. Und er wog gut hundert Kilo.«

Tan Ling's Finger verknoteten sich.

»Antworten Sie!«

»Glauben Sie ... ich meine, wirklich, Herr Inspektor, ich kann doch nicht ...«

»Antworten Sie. ... Wer war die Frau?«

Chong brüllte nicht, das gehörte nicht zu seinem Stil. Seine Stimme blieb leise, jedes Wort wirkte wie abgezirkelt. »Ich will Ihnen sagen, was Sie nicht können: vor mir den harmlosen Idioten spielen. Und jetzt sage ich Ihnen, was ich kann: Wenn Sie jetzt nicht endlich zur Vernunft kommen und klare Auskünfte über alles geben, was da gestern gelaufen ist, kann ich Sie von hier ins Changi-Gefängnis überstellen. Mit einem kleinen Begleitzettel. Da steht nur eine Zahl drauf: Fünfhundertfünfundzwanzig ... Das ist der Name einer Zelle. Und in dieser Zelle haben wir einen Haufen von Schwulen. Schwerstkriminelle ... Auch die sind spezialisiert. Zum Beispiel darauf, Ihnen Ihren zarten Lehrerarsch aufzureißen, der Reihe nach, einer nach dem anderen.«

Tan's Adamsapfel zuckte an dem dünnen Hals hinauf. Seine Augen öffneten sich weit. Es war ein Bild gepeinigten Entsetzens.

»Wenn Sie aus der ›Fünfhundertfünfundzwanzig‹ lebend rauskommen, Tan, das sage ich Ihnen, dann können Sie in den nächsten vier Wochen keinen Schritt mehr gehen.«

»Aber ich habe doch ...«

»Sie haben gar nichts. Sie haben die Absicht, uns hier auf den Arm zu nehmen. Und das lasse ich nicht zu.«

Ein Blick zu Kuo. Der begriff sofort, beugte sich blitzschnell nach vorne, drückte den steinharten Daumen auf einen Punkt an Tans Halsbeuge. Tans Körper bäumte sich auf. Er brüllte vor Schmerz. Der Kiefer sackte herab, der Kopf fiel vornüber.

Kuo riß ihn an den Haaren zurück.

»So«, sagte der Inspektor zufrieden. »Dies nur zur Klärung. Das Spiel hier läuft nämlich nicht nach Ihren, sondern nach unseren Regeln. Und eine davon lautet: Ich stelle Fragen, und von Ihnen bekomme ich Antworten. Korrekte Antworten, alter Junge. Sie sind Lehrer, also müßten Sie wissen, was Korrektheit bedeutet: klare, wahrheitsgemäße, saubere Erwiderungen, die ausschöpfen, was Sie wissen. Sind wir uns einig?«

Tan Ling stöhnte. Er rieb sich den schmerzenden Hals. Die Farbe seines Gesichtes war aschgrau. Der rechte Mundwinkel hing herab.

»Ich hab' Sie was gefragt.«

»Ja.«

»Ja, Sir, heißt das.«

»Ja, Sir ...«

»Bringen Sie ihm ein Glas Wasser, Sergeant. Und eine dieser Pillen.«

Sergeant Hsi Pei nickte und entfernte sich, um Wasser und die Tablette zu holen. Sie wurde gebraucht, wenn der Blutdruck oder das vegetative System des zum Verhör Vorgeführten abzurutschen drohten. Tan nahm die Pille folgsam wie ein Kind und trank Wasser.

»Der Name der Frau?«

»Ich weiß nicht.«

»Ich habe Ihnen gerade erklärt, daß es die falsche Taktik ist, mich auf die Palme zu bringen.«

»Sir, glauben Sie mir doch! Ich ... ich weiß wirklich ...«

»Wirklich? Ach nein? Wir haben auch noch andere Methoden. Ich lasse Ihnen fünfundzwanzig Stockschläge geben, wenn Sie nicht endlich reden.«

Tans Hände schlossen sich zur Faust. Doch seine Augen waren klarer geworden. »Ich weiß es doch nicht. Ich hab' doch dem Sergeanten schon gesagt, wie das geht, wenn ich für die *SFE* arbeite. Die rufen mich an und bitten mich, irgend etwas zu tun.«

»Und Sie rennen natürlich sofort. Soll ich Ihnen mal sagen, was Ihre *SFE* ist? Ein getarnter Kommunisten-Haufen. Nichts anderes.«

»Nein. Wir haben uns doch nur legale Ziele gesetzt.«

»Und wollen Sie wissen, wer die Frau war, die Sie nachts durch den Hafen chauffierten, damit sie in wildfremde Sampans einbricht? Soll ich Ihnen das sagen? Eine ganz gefährliche rotchinesische Agentin. Wollen Sie jetzt noch die Strafen hören, die bei uns in Singapur für die Unterstützung staatsfeindlicher Umtriebe und rechts- und demokratiegefährdender Organisationen fällig sind? Ich kann sie Ihnen vorlesen.«

»Bitte, bitte ...«

»Den Namen Nandi kennen Sie nicht?«

Er schüttelte den Kopf. Er schüttelte ihn wie eine Puppe, nein, wie ein Automat.

»Maya Nandi?«

Das Kopfschütteln ging weiter. Schweißtropfen standen auf seiner Stirn. Er versuchte, aufzustehen.

»Bitte, Sir ... Mir ist ...«

»Was ist denn jetzt los?«

Tan Ling schaffte es nicht. Er kippte zur Seite und schlug zusammen mit dem Stuhl auf dem Boden auf.

»Schafft mir den bloß weg.« Inspektor Chong deutete angewidert mit dem Kinn auf den Bewußtlosen. Viel hatte das Verhör nun wirklich nicht gebracht.

Inspektor Chong schob mit den Fingerspitzen die Papiere auf seinem Schreibtisch hin und her. Hatte er einen Fehler gemacht? Nein. Wie auch? Ein Waschlappen, ein Würstchen, und nicht einmal als Mitläufer interessant. Aber er würde ihn unter dem Notstandsgesetz noch ein paar Tage in der Zelle behalten. Der Teufel mochte wissen, was aus dieser Geschichte noch alles herauskam. Sie stank.

Wieder beugte er sich über die Blätter auf seinem Schreibtisch. Er hatte sie zuvor nur oberflächlich überflogen. Tan Ling? Uninteressant ... Aber hier: Ein V-Mann-Bericht der *Tasc Force*.

Er stand auf, ging hinaus auf den Flur, um sich aus dem Automaten eine Pepsi-Flasche zu holen. Er trank sie halb aus. Den Bericht hatte die Nachtschicht für ihn bereitgelegt. Die Jungs hatten gut gearbeitet. Nichts zu sagen. Der Bericht war zwar schon drei Wochen alt und handelte von einer Führungs-Konferenz dieser komischen Umwelt-Organisationen. Hausfrauen, Studenten, Arbeitlose waren das, dann die Lehrer natürlich, die mischten ja immer mit, jedenfalls lief es darauf hinaus, daß eine EIA, eine *Environment Information Agency* in London, sich dazu entschlossen hatte, den nach dem Artenschutz-Abkommen verbotenen Handel mit Tiger-Produkten im Raume Singapur und Malaysia aufs Korn zu nehmen, und zu diesem Zweck einen ihrer erfolgreichsten Agenten in die Zone schicken würde. Auf der Konferenz war beschlossen worden, daß dieser Agentin, einer Frau namens Maya Nandi, jede denkbare Unterstützung zu gewähren sei, was »angesichts der herrschenden Oppression aller ernsthaften Bestrebungen auf dem Gebiet des Arten- wie des Umweltschutzes für das Gelingen der Aktion von vitaler Bedeutung ist«.

Aha. Was sonst?

Aber Maya Nandi? ... Kommt aus London? Nandi ist doch ein indischer Name? ... Nun, die indische Kolonie in London ist mit Sicherheit noch größer als die in Singapur. Das sagt also gar nichts, überhaupt nichts ... Verdammt noch mal, ist dieses Pepsi ein klebriges Zeug. Wach wirst du damit auch nicht. Also Kaffee ...

Chong griff zum Telefon und bestellte sich im Sekretariat Kaffee: »Und rasch!« Er brauchte ihn dringend. Der Superintendent konnte jeden Moment anrufen. Und für dieses Gespräch war ein klarer Kopf notwendig. Die Sekretärin brachte ihm Tasse und Thermosflasche und schenkte ein. Er trank die Tasse halb aus, lehnte sich zurück und schloß die Augen: Maya Nandi? Inder, ja, aber den Namen Nandi gibt's auch in Malaysia. Habe ich doch erst kürzlich gelesen ... Wo denn? Moment mal ... Der Straits-Times-Bericht über die Verflechtungen der Singapurer Großindustrie mit Malaysia, das war's. Auf sein Gedächtnis konnte er sich verlassen. Zeile nach Zeile rief er sich die Passagen ins Bewußtsein. Sie liefen darauf hinaus, daß East Coast-Chef Philip Wang Fu sich angesichts möglicher neuer Gesetze zum Schutz der Regenwälder entschlossen hatte, doch noch in großem Umfang in das Holzgeschäft einzusteigen, um somit seinem Hauptkonkurrenten, dem auf allen Gebieten tätigen koreanischen Superkonzern Hyundai zuvorzukommen. Vor allem interessieren ihn die Holzvorkommen im malaiischen Sultanat Jorak. Sulei Nandi, der Vertreter Wang Fus in Jorak und langjähriger Interessenvertreter der East Coast in Malysia, bestritt jede Kenntnis derartiger Pläne.

Sulei Nandi. Jorak …

Chong machte sich Notizen und wollte zum Telefon greifen. Doch das Klingeln kam ihm zuvor.

»Chong?«

»Ja, Sir?«

»Sie wollten mir doch Bescheid geben. Oder sind Sie noch bei Ihrem Tee?« Nie hatte Chong die Stimme des Super-Intendenten angespannt oder ungeduldig vernommen, oh nein, in jeder Situation drückte sie dasselbe aus – eine gleichmütige Mittellage, eine väterliche, manchmal auch amüsierte Gelassenheit. Der Zorn kam dann aus irgendeiner vollkommen unerwarteten Ecke: Strafversetzung, Urlaubsentzug. Schulungs-Kommandos. Oder du standest ganz auf der Straße.

»Aber nein, Sir. Wir sind bei den Vernehmungen.«

»Der Sampan-Fall?«

»Selbstredend, Sir.« Die Südafrikaner mit ihren siebzig Gramm Heroin und der ganze Aufruhr in der Ouantas-Boeing schienen ihn also überhaupt nicht zu interessieren. »Die Aussagen des Autohalters haben nicht viel mehr gebracht, als wir bereits wußten, Sir. Auch das Boot gehörte demselben Mann. Er hat nur den Kuli gemacht. Leider ist er uns umgekippt.«

»Chong, Sie sollten sich dieses lächerliche Wort ›umgekippt‹ besser sparen, wenn ich Ihnen einen Rat geben darf.«

»Es war nicht die Verhör-Methode, Sir. Wirklich nicht. Er hatte eine echte Kreislaufschwäche. Er ist Lehrer.«

»Ich weiß, ich weiß.«

»Er gibt vor, lediglich im Auftrag seiner Umwelt-Organisation gehandelt zu haben.«

»Und Maya Nandi?«

Er wußte also nicht nur Bescheid, er kannte sogar den Namen.

»Wir suchen sie noch.«

»Wir müssen alles tun, alter Junge, um sie zu finden. Der Secretary hat den Fall in die Hand genommen. Und das wiederum ist nicht ganz so fabelhaft, wie ich es mir eigentlich wünschte.« Keiner im Polizei-Korps wußte seinen in der Londoner Akademie-Ausbildung erworbenen High-class-Akzent so lässig anzuwenden wie Super-Intendent Kang Yü Seng. »Das macht die Geschichte noch sensibler, als sie es sowieso ist. Deshalb, Chong ... kein Wort an die Presse. Kein Sterbenswort.«

»Ja, Sir.«

»Falls sich eine der Zeitungen bei Ihnen meldet, spielen Sie's runter. Harmloses Verkehrsdelikt ...«

»Aber die Betroffenen ...«

»Diese Sampan-Typen? Nun, mit dem Kerl und seiner Bande ... wie heißt er noch?«

»Rabenkopf.«

»Na ja, mit diesem Rabenkopf und seiner Gefolgschaft werden wir ohnehin aufräumen müssen. Irgendwann. Das ist jetzt nicht der Zeitpunkt. Die werden uns keine Schwierigkeiten machen. Die haben genügend Dreck am Stecken. Es geht um etwas anderes. Um diese Frau ...«

»Maya Nandi?«

»Richtig. So wie die Situation aussieht, kann sie viel Porzellan zerschlagen. Wirklich jede Menge. Und genau das scheint sie auch vorzuhaben. Nach dem Material, das ich vorliegen habe, ist sie eminent clever. Und erfolgreich obendrein. Im Gegensatz zu diesen Eierköpfen von sogenannten Naturschützern besitzt sie ein klares Konzept und eine klare Zielvorgabe. Außerdem haben die Nandis in Malaysia einen großen Rückhalt. Auch politisch gesehen. Was ich damit sagen will: Es geht uns in diesem Fall nicht allein um den Schutz unserer politischen, sondern auch unserer wirtschaftlichen Interessen, wenn Sie verstehen, was ich meine.«

Es war eine rein rhetorische Frage. Chong verstand natürlich nicht, was der Superintendent meinte. Er hatte auch gar nicht zu verstehen. Er hatte sich nur darüber klar zu sein, daß es nicht wichtig war, ob er verstand oder nicht. Und das steigerte nicht gerade seine Laune.

»Ja, Sir.«

»Deshalb nochmals, mein lieber Chong, es wäre wirklich sehr

nett, wenn Sie und Ihre Leute alles versuchen würden, Maya Nandi zu finden. Setzen Sie ein, was Sie haben. Ziehen Sie Männer ab, wenn das notwendig werden sollte. Und falls Sie Verstärkung brauchen, wenden Sie sich an die Einsatzleitung. Die ist bereits unterrichtet …«

Der Große konnte schwimmen. Weiter oben, als sie im Fluß eine Furt fanden, hatte er es gezeigt …

Die Tigerin fauchte den Kleinen an. Als er ängstlich vor dem Wasser zurückwich, fauchte sie ein zweitesmal und schob ihn mit der Brust in den Fluß, und zwar so, daß der Junge sich auf der Strömungsseite befand und vom Druck gegen ihren Körper gepreßt wurde. Es war ja nicht weit. Hier handelte es sich nur um einen Seitenarm, aber sie mußten ans andere Ufer. Die Mangroven machten auf dieser Seite jede Bewegung unmöglich. Drüben gab es wieder Wald, Fährten, Hirsche, Affen, vielleicht sogar ein Wildschwein …

Sie waren im Wasser.

Der Kleine platschte hilflos und aufgeregt mit den tapsigen Pranken, dazu hörte sie sein Prusten, ein ersticktes Piepen … Sie drückte sich enger an ihn, schwamm ganz langsam. Mehr konnte sie nicht tun. Er mußte durch.

Auf der anderen Flufseite fand sie unter dem Wurzelwerk eines gewaltigen, umgestürzten Ilipe-Baums eine Art Höhle und schob den Kleinen hinein. Hier war es dunkel. Er fühlte sich besser. Dreimal hatte er sich am Strand übergeben. Sein Bruder hockte neben ihm auf seinen Keulen und starrte ihn an. Manchmal stupste er die Schnauze ins klatschnasse Fell. Der Kleine stand noch immer nicht auf.

Aber sie hatten es geschafft. Die Tigerin bezog oberhalb des Verstecks hinter einer Bambus-Insel Stellung. Der Sand war warm. Ihre Augen durchdrangen mühelos die Dunkelheit. Für sie existierte eine andere Welt: eine Welt aus Pflanzen und Beutetieren, aus Dingen, die wichtig zum Weiterleben waren.

Darüber mußte sie sich Kenntnis verschaffen.

Nun schrien die Affen. Sie schrien vom anderen Ufer. Auch Schweine mußte es hier geben. Sie würden herüberkommen. Irgendwann.

Sie spürte die Schwäche in ihrem Körper. Ihre rechte Pranke tastete über den Sand, schob ihn hin und her, wartete auf die Berührung mit einer Muschel, einem Krebs, einer Schnecke, etwas Eßbarem. Nichts …

Sie wartete weiter …

Wieder zog Van Koonen die Reißleine. Fünf Umdrehungen, – einmal »plaff« … und das war's.

Das Boot trieb. Das Scheißding von Motor wollte nicht anspringen.

Ein schwerer Ast stieß so hart gegen den Bug, daß es »plong« machte und Van Koonen erschrocken zusammenfuhr.

Er überlegte, ob er den Staken nehmen sollte. Der Huren-Evinrude! Er hatte ihm von Anfang an mißtraut. Doch da war Hank gewesen, dieser Matschkopf von amerikanischem Material-Verwalter. Hank hatte behauptet, das Boot sei einsame Spitze, tadellos in Schwung, … »jawohl drei Stunden bin ich gestern damit rumgegondelt, ohne Probleme, ohne Störung, aber sicher, Junge … Wieso also Ersatmotor?« … und auch dieser taiwanesische Schlitzaugen-Manager aus der United-Verwaltung, der seiner neuen Freundin ein bißchen den Regenwald zeigen wollte, sei richtig begeistert von dem Boot gewesen …

Begeistert waren sie alle. Nur, daß keiner in den letzten Wochen die Haube aufgemacht und einen Blick darunter geworfen hatte … Und dann schickten sie ihn los, den beschissenen Floß entlang, rauf in diesen Malaien-Kampong, dessen Namen man sich nicht merken konnte, zeigten ihm das Nest bloß so mal auf der Karte: »Vier Stunden, Will. Mensch, ist doch gar nichts.«

Nein, überhaupt nichts.

Und in dem Kampong mit dem Zungenbrecher-Namen wartete irgendein Holz-Prospector, ein furchtbar wichtiges United-Tier darauf, abgeholt zu werden. »Muß per Boot geschehen. Der Hubschrauber ist am Arsch. Weißt du ja … Vier Stunden, Will. Holländer sind doch Seemänner, oder?«

Holländer? Ja. Auch … Aber wie konnte er so bescheuert sein, sich von Taiwanesen anheuern zu lassen? Von diesen Holz-Gangster, die sich auch noch »United« nannten.

Drei Stunden ging's gut. Dreieinhalb sogar. Dann fing der Evinrude an zu stottern.

Als Van Koonen versuchte, die Zündkerzen rauszunehmen, um sie zu reinigen, mußte es passiert sein: Er trieb in einen Nebenarm … Der Fluß wurde komisch, klein, schmal und eng wurde er. Mangroven überall, konnte nicht mehr der Kualapattani sein, unmöglich …

Und jetzt, jetzt hatte ihn das Wasser in der Ecke. Jetzt hatte es ihn gleich endgültig am Boden … Schon wischten Äste über die Windschutzscheibe. Van Koonen mußte sich abducken. Im Boot übernachten? Hier? Wo sonst … Wurde schon dunkel, ging so doch nicht weiter …

Er wollte sich an einem Ast festhalten.

Doch die Zweige rissen.

Dann gab es ein weiches, schmatzendes Geräusch. Das Boot war aufgelaufen.

Aus dem Wald schrie, pfiff und keckerte, flüsterte, wisperte es, er kannte die Geräusche. Aber diesmal wurde ihm richtig unheimlich.

Jedenfalls: Das Boot saß an einem Baum fest, die Wurzel dort schien stabil genug, um es mit der Leine daran anzubinden.

»Bist doch Holländer, Will. Gönn dir ein gutes Bier.«

Sie hatten ihm Heineken eingepackt. Er riß die erste Dosenlasche auf, nahm einen Schluck, drehte den Kopf und blickte zum anderen Ufer hinüber.

Weit war das nicht. Sechs Meter vielleicht. Heller war's dort. Sand wahrscheinlich ... Wäre der bessere Platz gewesen. Aber jetzt das Ding rüberstaken? Wieso eigentlich? War außerdem schon viel zu dunkel, war wie im Tunnel auf einer Wasserrutsche, und die Vogelschreie klangen wie zum Begräbnis.

Sie konnten sehr groß werden, wenn sie aufrecht gingen. Aber die Tigerin glaubte nicht, daß die Größe sie gefährlich machte. Es war etwas anderes, etwas Unbekanntes, das sich nicht bestimmen ließ ... Vor allem gehörte ein schrecklicher Lärm zu ihnen, nie gesehenes, grelles Licht, nie erlebte Laute, Gegenstände, die fremd und bedrohlich rochen.

Sie hatte sie beobachtet. Viermal. Das erste Mal, als sie selbst noch so jung war, daß sie sich stets in der Nähe ihrer Mutter aufhielt. Das war unten am Fluß, dort, wo er sich in zwei Arme spaltete, um eine Insel zu bilden. Dort gab es ein schönes Revier. Ehe der große Regen kam, hatte auch sie die beiden Jungen bei der Insel geboren, um dann aufzubrechen, weil die nackten Affen wieder gekommen waren, mit ihrem Licht, das sie selbst nachts leuchten ließen. Nacht um Nacht. Stunde um Stunde. Hell wie zehn Sonnen, so daß die Vögel flüchteten und auch alle anderen Tiere, während unter dem hellen, beizenden, schrecklichen Strahlen und fürchterlichen Kreischen und Krachen Baum um Baum zu Boden stürzte.

Damals, als sie sie zum ersten Mal traf, hatten sie nur ein Feuer gemacht. Es roch nach verbrannten Fleisch. Sie hatte sich angepirscht. Es waren vier. Sie waren über das Wasser gekommen. Wo es verbranntes Fleisch gab, mußte es auch frisches geben.

Als sie sich erheben wollte, um zur nächsten, der letzten Deckung zu schleichen, sah sie im Feuerschein die Augen ihrer Mutter.

Sie blickten nicht zum Feuer. Sie sahen sie an.

Dann waren die Augen verschwunden, und sie konnte nur den Schatten erkennen, der mit dem Dunkel verschmolz. Ihre Mutter war eine der größten Jägerinnen des Waldes. Sie war ohne jede Furcht. Sie vertrieb jeden männlichen Tiger. Und sie hatte Hunger. Und dennoch griff sie nicht an …

Sie war ihrer Mutter gefolgt. Gemeinsam hatten sie die Insel verlassen, den Floß durchschwommen und sich dann wieder getrennt.

Das zweite und dritte Mal war sie den merkwürdigen Wesen im Wald begegnet. Sie kamen über die Dschungelwege. Sie hatte sie begleitet und ihren Ekel gegen den Geruch besiegt. Ihre Stimmen klangen wie das Quaken großer Frösche.

Den nackten Affen dort auf dem Fluß würde sie schlagen. Er war allein. Es gab auch kein Licht, nichts, als ein kleines, gelbliches Flämmchen, das über das Wasser leuchtete.

Aber der Geruch …

Sie spürte keinen Widerwillen. Nicht dieses Mal. Der Hunger war zu groß und sie hatte keinen ernsthaften Gegner vor sich. Ihre Zähne würden ohne Widerstand durch das Fleisch dringen. Selbst in ihrem Zustand konnte sie diese Beute schlagen.

Der Fluß wartete ständig mit neuen Überraschungen auf.

An das rammende »Plong« der Aste, die den Aluminiumkörper des Bootes trafen, hatte sich Van Koonen gewöhnt. Aber dann stank es plötzlich. Eine ganze Insel von verrottetem Seegras, Algen oder Tang schloß das Boot ein. Fluchend hielt er mit dem Paddel dagegen und versuchte die Suppe umzurühren, während um seinen Kopf die Moskitos sangen. So heftig er auch nach ihnen schlug, sie fühlten sich bei ihm zuhause. Selbst in seine Augen, seine Ohren wollten sie eindringen.

Schließlich zog er zitternd vor Wut das Hemd aus und sprühte sich erneut mit dem Giftzeug ein, das sie ihm im Lager mitgegeben hatten. Es wurde besser. Auch der Tang verabschiedete sich … Die Nacht bestand wieder aus Wasserglucksen, dem Platschen, wenn die Fische sprangen. Aus tausenden, grünlichen blinzelnden Phosphor-Augen im Dunkeln. Und das Kroppzeug drüben in den Bäumen, den Lianen, den Sträuchern, wollte keine Ruhe geben, es rief, unkte, plärrte, schluchzte, schrie, ächzte …

Diese Stunden würden nie vorübergehen!

Er hatte zwei der Heineken-Büchsen geköpft. Nun kam die dritte. Außer den fünf restlichen Büchsen gab's noch den Wasserkanister. Hunger hatte er auch, einen tierischen Hunger ... Bei Schiffbruch teile die Rationen ein ... Viel Lust hatte er nicht ... Wieder so ein verdammter Moskito. Van Koonen gab sich eine Maulschelle, daß die Backe brannte. Und das Bier war warm wie Brühe.

Du mußt etwas essen.

Er griff in den Kühlkasten, holte den Sandwichbeutel heraus, riß die Plastikfolie auf. In der Hand hielt er keine Brote, sondern weiche, feuchte, glitschige Lappen ... Um die Batterie für den Scheinwerfer zu schonen, hatte er gleich nach dem Ausfall des Motors die Kühlbox auf »off« gestellt, schließlich mußte er notfalls sehen können.

Wieder Plätschern. Dies konnte kein Fisch sein, es war ein schäumendes, lautes Geräusch, das ihm die Nackenhaare hochstellte. Gab es hier Krokodile? Was gab es hier überhaupt? Nicht daran denken ...

Er zwang sich zu kauen und zu schlucken. Er trank die Hälfte der Heineken-Büchse und stellte den Rest auf den Instrumentenbord. Dann lehnte er sich im Sitz zurück und sah nach oben. Kein Himmel. Nur Scheiß-Dunkelheit.

Die winzige Flamme des Windlichts schien Van Koonen das einzige Licht auf dieser Welt zu sein ...

Sie war weiter oben zu den Mangroven zurückgeschwommen und fand einen verfaulten Stamm. Der Stamm lag in Sprungweite zu dem Licht. Nun würde es einfach sein. Der Hunger überschattete jetzt alle Überlegungen, die zur Vorbereitung des Fangschlags gehörten. Und da war auch Wut, die Wut auf die eigene Schwäche, die Sehnsucht, es hinter sich zu bringen, so rasch als möglich, sofort, jetzt, ja!

Sie sprang ...

Van Koonen sah noch den Schatten. Einen riesengroßen Schatten, gigantisch wie die Flügel eines gewaltigen Nachtvogels. Es blieb ihm nicht die Zeit zu denken. Nicht einmal die Zeit für Angst. Das Adrenalin reagierte und sandte eine Hitzewoge durch seinen Körper, die sich bis in die Fingerspitzen verströmte. Er schrie.

Koonen schrie wieder, schrie, als das Boot seitwärts kippte, schrie, als ihm ein Schwall, eine ganze Fontäne brackigen Flußwassers ins Gesicht schlug und über seinen Körper floß, schrie und schrie, brüllte Flüche, mischte Entsetzen, Zorn und Lebensangst mit dem Flehen: Oh Gott! Gott, hilf doch ... Das Boot richtete sich wieder auf, und er nahm den scharfen stechenden Raubtiergeruch wahr und das Geräusch, dieses schreckliche Fauchen, das ihm sagte, welche Gefahr da aus der Luft kam, ein grollendes, ein schreckliches Geräusch, das ihm den Verstand zu rauben drohte ...

Lieber Himmel! Etwas warmes rann über seine Schenkel ... Er hatte in die Hose gepinkelt. Aber er hatte auch die verdammte Scheinwerfer-Halterung gefunden, drückte auf den Knopf, riß den Focus herum, um zu sehen, was kaum zu verkraften war: ein Dämonenschädel, ein Tigerschädel, ungeheuerlich und auf eine grauenerweckende, unvergeßliche, zerschmetternde Weise schön ... Weiß wie Schnee die Fangzähne. Funkelnd wie gezückte Messer. Schneeweiß die Gesichtsstreifen, schneeweiß und tiefschwarz. Die Augen in nächster Nähe: Weit aufgerissen, tellergroße, riesige, von Haß, Zorn und Lust erfüllte Smaragd-Augen. Und das Boot neigte sich wieder.

»Nein!« brüllte Van Koonen. »Nein! ... Nein!«

Die Tigerin hatte beiden Pranken auf dem Bootsrand.

Sie mußte mit den Hinterbeinen schwimmen, aber die Krallen hatte sie in der Schanzleiste. Das Scheißding kippt ... oh Gott, es kippt!

Es gab keine Überlegung. Es gibt sie nie in solchen Sekunden. Van Koonen wußte nicht, was zu tun war, tat, was er tat, ohne Überlegung und Empfindung, hielt den Griff des Metallpaddels, stieß das Blatt in den aufgerissenen blutroten Rachen.

Der schreckliche Kopf verschwand ...

Van Koonen brach zusammen. Seine Zähnen schlugen aufeinander. Er zog mit den Händen die Beine ans Gesicht und weinte.

Von weiter unten drang das Geräusch brechender Zweige durch das Murmeln des Wassers.

Halb blind vor Schmerz hatte die Tigerin das andere Ufer erreicht. Sie legte sich auf den sandigen Boden und hechelte nach Luft. Ihren Rachen erfüllte der süßliche Geschmack von Blut. Sie spuckte Blut. Sie schluckte, trank es. Ihr eigenes Blut.

Zwei Stunden später schlug sie mit ihren verstümmelten Lefzen am Ufer ein trinkendes Hirschkalb und schleppte es zu den Jungen ...

Maya Nandi streckte die Beine aus. Sie waren nackt und braungebrannt. Oberhalb des Knies verlief der blauviolette Streifen einer kleinen Prellung. Sie trug Sandalen, dunkelgrüne Seiden-Shorts und eine dunkelgrüne Bluse, und das war es schon … Was sie an Kleider für diesen Auftrag mitgenommen hatte, hing in einer Schrankwand des *Sloane Court Hotel* in der Balmoral Road. Das *Sloane* war ein kleines, hübsches Mittelklasse-Hotel mit einem ebenso kleinen, hübschen Garten. Das beste daran: Der indische Manager fragte nicht viel. Den Paß konnte er sowieso haben, denn der war gefälscht … und gut gefälscht …

Trotzdem: Sie spürte keine Lust, ins *Sloane* zurückzukehren. Nicht nach dieser Irrsinns-Nacht. Vermutlich überhaupt nicht mehr.

Die Sony lag in einem der Schließfächer des U-Bahnhofes am Raffles Place verwahrt, der Nike-Anzug, den sie für den Sampan-Einbruch benutzt hatte, ruhte nicht weit davon in einem Abfallkorb. Nach allem, was geschehen war, und nach den vielen Polizeistreifen, die sie bisher beobachtet hatte, schien es ihr besser, auch das Schließfach zu vermeiden. Gute alte Sony? Nun, die Schließfachschlüssel konnte sie irgendjemandem aus der Organisation geben. Das Wichtigste blieben ja doch die belichteten Kassetten. Nicht nur die Aufnahmen der Sampan-Aktion waren darauf aufgezeichnet, sondern auch die Interviews und Informations-Schüsse, die sie in den vierzig Stunden seit ihrer Ankunft in Singapur aufgenommen hatte.

Und jetzt? Was weiter? …

London anrufen?

Von wo?

Vor allem: Sich einen guten, ungestörten Abgang aus dieser Stadt sichern. Ja, aber wenn es stimmte, was sie vermutete, wenn die ganze Polizei aufgescheucht war, weil es irgendwo ein Leck gegeben und die Gegenseite Wind bekommen hatte, konnte das ganz schön schwierig werden. Also was? … Sie war zu müde, um einen klaren, vernünftigen Gedanken fassen zu können.

Sie schob das Glas Orangensaft zur Seite und griff erneut zum Kaffee. Beim ersten Schluck hatte sie sich die Zunge verbrannt, jetzt hatte er abgekühlt. Sie trank die halbe Tasse in einem Zug leer, goß nach, und es wurde ihr besser. Sie leistete sich eine Zigarette. Nikotin fördert das Denken …

Sie lehnte sich zurück und blickte sich um.

Der Raum, in dem sie saß, hatte violett-grüne Wände, violett-grüne Stuhlbezüge und einen violett-grünen Teppich. Er war weit und niedrig und fast vollkommen leer. Die Meute der jungen Geschäftemacher und Wichtigtuer, die sich gerade noch um das Frühstücks-Buffet gedrängt hatte, war in die Broker- oder in die Export- und Immobilien-Agenturen an der Orchard Road zurückgekehrt. Die kleine chinesische Kellnerin zupfte an ihrer schwarzen Kinnschleife, der Keeper polierte die Gläser. Zwei Tische weiter saß ein großer, rotgesichtiger Tourist und starrte sie mit der dumpfen Ergebenheit eines hungrigen Hofhundes unverwandt an. Ein paar andere Touristen beschäftigten sich mit ihrem Frühstück.

Es war kurz vor neun. Die Klimaanlage lief bereits auf Hochtouren. Durch die Glasfront des *Royal Lion Breakfast-Clubs* konnte man in einen granitgepflasterten Hof sehen, in dessen Mittelpunkt drei Springbrunnen um irgendetwas Abstraktes aus Chrom und Bronze plätscherten.

Das *Lions-Einkaufszentrum,* zu dem das Lokal gehörte, war brandneu und todschick. Maya erlebte es zum ersten Mal. Über die Rauchglas-Fassaden krochen wie goldendurchsichtige Wanzen die Außenfahrstühle. Ein Haufen Leute stand gleich Kindern im Hof und blickte ihnen zu. Noch war der Laden geschlossen, aber in fünf Minuten, wenn er öffnete, durften sie es dann erleben … von den BMW-Cabrios im Erdgeschoß bis zu den Cacharel- und Armani-Boutiquen im achten Stock: Die Welt als Supermarkt!

Für Maya blieb eines wichtig: Der Frühstücks-Club des *Lions* verfügte über zwei Ausgänge. Der eine führte in die Passage, die ihn mit dem Einkaufszentrum verband, der zweite zum Hof. Und die Glasfront sorgte dafür, daß man auch auf der Hofseite stets wußte, was vor sich ging.

Sie hatte sich die SFE-Nummer auf das linke Handgelenk geschrieben. Aber vielleicht war die Linie inzwischen angezapft? Außerdem, allzu viel traute sie den SFE-Typen nicht zu. Schon gar nicht nach gestern nacht ... Hatten keine Erfahrung. Idealistische Dilettanten. Und damit in derartigen Situationen gefährlich.

Sie stand auf.

Der »Hofhund« hinter seinem Tomatensaft rollte die hellen Glupschaugen. Sie gab ihm den Blick mit so wütender Intensität zurück, daß er die weißlichen Lider senkte.

Sie ging hinüber zu der Kellnerin und fragte, wo sich die Telefonzelle befände. Am Ausgang zur Galerie? Um so besser ...

Die Nummer, die Maya jetzt wählte, brauchte sie nicht abzulesen. Die wußte sie auswendig.

Sie drückte die Tasten und drehte sich wieder um. Alles wie zuvor ... Durch die Passage zum Einkaufszentrum stürmte eine Gruppe junger Leute. Sie schloß die Tür, um dem Geschrei zu entgehen.

»Mr. Andrew's Residenz«, meldete sich eine affektierte Männerstimme.

»Könnte ich Julia Andrew sprechen?«

»Bedaure. Das scheint im Augenblick etwas schwierig. Wen bitte soll ich melden?«

»Ich bin eine alte Freundin. Es reicht also völlig, wenn Sie ihr sagen, Maya sei am Apparat.«

»Ich verstehe ... Leider hat sich Madame gerade in ihr Atelier begeben. Für uns herrscht die Anordnung, daß sie dort nicht gestört werden darf.«

»Ach ja?«

Maya sog Luft durch die Nase und machte sich dabei klar, daß den Butler am anderen Ende, nach dem Akzent ein Filipino, der auf *absolutely british* machte, keine Schuld traf. Sein Stil ...George Andrew pur ... Julia hatte darauf reagiert, indem sie in das kleine Haus im Park zog. Und dies bereits im zweiten Jahr ihrer Ehe.

»Hören Sie zu: Was halten Sie davon, wenn Sie sich möglichen Ärger sparen und einfach auf's Knöpfchen drücken. Das Atelier-Haus hat auf der Hausanlage die Nummer drei, wenn ich mich recht entsinne. Also drücken Sie und schenken Sie sich den ganzen Rest, ja?«

Zu Mayas Überraschung machte es prompt »klick«. »Wie steht's denn so, Julia?« fragte Maya und ließ erneut den Blick durch die Glasscheibe in die Passage wandern.

»Moment mal ... Ist doch nicht möglich. Maya?«
»Richtig, Maya!«
»So etwas gibt's doch gar nicht!«
»Anscheinend doch.«
»Wo steckst du denn?«
»Hier.«
»Hier – wo?«
»Singapur.«
»Gibt's doch nicht.«
»Wieso wiederholst du dich ständig, Julia?«
»Wir müssen uns sehen. Sofort.«

»Deshalb rufe ich ja an. Ich habe im Moment keine Zeit für lange Telefonate. Ich wollte nur wissen, ob du zuhause bist. Und das bist du. In zwanzig Minuten bin ich bei dir. Okay?«

»Du fragst, ob das okay ist?!« ... Julia schrie es und Maya legte auf, mitten in ihr erregtes, glückliches Lachen hinein.

Es stimmte: Es war nicht die Zeit für Telefonate. Noch zögerte sie, hoffte, daß sie sich täuschte, daß die beiden Männer, die gerade durch den Innenhof-Eingang den Frühstücksraum betreten hatten und sich nun umblickten, langsam, prüfend umblickten, nichts seien als zwei Männer, die einen Kaffee nötig hatten, vielleicht einen Toast und ein weichgekochtes Ei dazu ... Wenn sie das waren, wieso winkten sie dann die Kellnerin heran? Und warum stellten sie sich an die Bar, um mit dem Keeper zu reden? Warum drehten sie die Köpfe?

Nach Hautfarbe und Gesichtsschnitt zu urteilen, handelte es sich um Inder.

Der lange Dünne trug einen dieser verbeulten Leinenanzüge, die in Mode gekommen waren, der andere ein blaues Hemd und Jeans. Die *Special Tasc Force,* wußte Maya, setzte bei ihren Zivilstreifen fast ausschließlich Chinesen ein. Doch es war nur logisch, daß man nach Maya Nandi indische Detektive ausschickte.

Sie verließ die Kabine.

Die ersten Schritte an den Schmuck-Vitrinen in der Passage vorbei ging sie sehr gelassen. Ganz ruhig. Doch nach einem Blick über die linke Schulter zurück, begann sie zu rennen.

Sie kamen.

Der Abstand zu ihren Verfolgern betrug vielleicht zwanzig oder dreißig Meter. Vor sich hatte sie den Kaufhauseingang. Glas – Messing – Lichtertrauben – Menschen – viele Menschen.

Sie kannte das *Lions* nicht. Es war erst in diesem Frühjahr eingeweiht worden. Die Bullen waren im Vorteil.

Leute kamen ihr entgegen. Köpfe drehten sich. Die Gesichter erstarrten, als sie an ihnen vorüber hetzte. Die Passage machte einen scharfen Bogen nach rechts. Eine Tür. Sie war in die Lederwaren-Abteilung geraten, rannte gegen eine schmächtige, blutjunge Verkäuferin. Das Mädchen in dem türkisfarbenen Kleidchen fiel zu Boden. Das Regal, vor dem sie gestanden hatte, begann zu schwanken, Handtaschen kamen ins Rutschen, fielen ... Ein ganzer Katarakt schwarzschimmernder Handtaschen! Herrgott, weiter!

Kinder-Abteilung. Sie schaufelte mit beiden Armen eine Gruppe schwatzender, bebrillter chinesischer Matronen zur Seite, bahnte sich buchstäblich eine Furt. – Eine Rolltreppe. Doch sie transportierte in die falsche Richtung. Nach oben. Dahin wollte sie nicht.

Verzweifelt blickte sie sich um.

Sie war in den Außenbereich der Parfum-Abteilung geraten. Esthée Lauder, Helena Rubinstein ... Die pikierten, lackroten Lippen der Verkäuferinnen, die sie anstarrten. Ein Mann, der irgend etwas rief. In einem Spiegel sah sie das blaue Hemd, das der jüngere Polizist trug. Unter dem Gekreisch von Frauenstimmen setzte er gerade über eine Theke. Schießen konnte er hier nicht. Mit Pistolen läßt sich in Kaufhäusern nichts anfangen – aber mit Türen. Vor allem mit Feuertüren. Und da war eine, halb verborgen von einer Plakatwand, die für einen Urlaub in Neuseeland warb. Ja, eine wunderschöne, rote Feuertür hinter glasblauem Meer und blütenweißen Neuseeland-Stränden ...

Sie riß sie auf, war schon draußen auf einer Betontreppe, hörte über sich das Trampeln.

»Stehenbleiben! Bleiben Sie stehen. Halt! Polizei ...«

Die Treppe hatte zwei Absätze. Auf dem zweiten gab es einen Lift. Die Kabine stand bereit. Zu riskant ...

Links wieder eine Tür. Auch sie offen. Sie führte in eine Tiefgarage, die eine Betonrampe mit dem Verladehof verband. Asphalt ... Eine Berg von Kartons ... Die Kühlerhaube eines Lasters ... Sie drückte sich zwischen Karton und heißem Metall hindurch, hörte, wie sie hinter ihr herschrien, rannte zum Eingang und dankte Gott für den schweren Lkw, der gerade die Einfahrt verdunkelte, rannte hinaus, überquerte den Hof und fand sich in der Stamford Street wieder.

Und die kannte sie. Dort drüben das Postamt, die St.-Andrew-Kathedrale. Gleich rechts ein U-Bahn-Einstieg. Nicht losrennen, bloß nicht ...

Also ging sie langsam, schlenkerte mit den Armen und haßte die Schweißflecken, die ihr die Bluse an den Rücken klebten. Hatte sie die beiden abgehängt? Schien so, vielleicht rannten Sie noch immer auf dem Verladehof des *Lions* herum.

Doch nein. Da tauchte schon der erste auf. Sie erkannte das helle Leinen-Jackett. Gleichzeitig war da auch eine ganze Gruppe schwarzgekleideter Herren mit schwarzen Krawatten, die zur U-Bahn-Treppe strebten. Maya schob sich in die Trauergemeinschaft, zwängte sich durch und war froh, daß die Gummisohlen ihrer Sandalen auf den Stufenkanten einen so guten Halt gaben.

Die Geschäfts-Ebene mit ihren Passanten nahm sie auf. Sie wandte sich zu den Bahnsteigen. »New Town« las sie. Egal. Jede Richtung, jeder Zug, der von hier wegführte, war richtig. Sie riß die Streifenkarte aus ihrer Umhängetasche, schob sie ein, lief durchs Drehkreuz, und da war wieder das schnelle *klock-klock* heranrasender Absätze und der Schrei: »Halt! Bleiben Sie stehen!«

Der MRT-Zug fuhr gerade an. Die Preßluft fauchte. Sie drängte sich mit der letzten Fahrgast-Gruppe durch die Tür und drehte sich hastig um; Sie wollte verhindern, daß die Typen dort draußen einen Blick auf ihr Gesicht werfen konnten. Sollten sie doch meinen, sie hätten sich getäuscht: Mädchen in grünen Blusen liefen schließlich zu Tausenden in Singapur herum.

Der Zug verlangsamte. Neonlichter zogen vorbei. Draußen war der Name »Dhoby Ghaut« zu lesen. Sie stieg aus, ließ sich von der Rolltreppe in die drückende, heiße Schwüle hinauftragen, winkte ein Taxi heran und versank dankbar in seiner klimatisierten Kühle.

Der Fahrer wandte den Kopf. Ein Malaie. Sein Anblick tat ihr irgendwie gut.

»Wohin?«

»Mac Kenzie vierundzwanzig«, sagte sie. »Das ist ...«

»Weiß schon. Mount-Emily-Park.«

»Genau.«

Sie schloß die Augen und spürte, daß sie feucht waren, daß sich eine Träne aus ihnen lösen wollte. Sie wischte hastig mit dem gekrümmten Zeigefinger darüber. Ihre Hand zitterte. Wer klappt schon vor der Ziellinie zusammen, dachte sie. Jetzt, jetzt bist du beinahe soweit …

»Das ist die Vierundzwanzig«, sagte der Fahrer. »Da wären wir.«

Das Taxi rollte nun ganz langsam an einem prächtigen, kiesbestreuten Garagenhof vorbei, der von einem drei Meter hohen, schmiedeeisernen Tor vor der Straße abgeschirmt wurde.

»Ja«, sagte Maya. »Aber fahren Sie weiter.«

»Und wohin?«

»Immer der Grundstücksmauer entlang. Es gibt noch einen anderen Eingang. Ich sage Ihnen, wann Sie halten sollen …«

Sie warf einen Blick nach rechts. Der alte Silver Shadow dort hinter dem Tor war echt bis zu den Radkappen und Chromfelgen. Der Sting, der neben ihm seine Kompressorrohre aus einer kilometerlangen Motorhaube wölbte und sich in vornehmem britischem Racing-Green gefiel, war zwar handgefertigt, aber er schien ein Nachbau. Derartige Spielzeuge gab's nicht mal in Hollywood zu sehen, aber natürlich in Singapur. Und wo? Auf George Edward Andrews Grundstück.

Es fehlte nur noch der Chauffeur in Kordhosen, der an Lack und Silber herumpolierte.

»Dort. Rechts. Sehen Sie?« sagte sie.

Das Taxi stoppte vor einer kleinen Gartenpforte.

Maya bezahlte und verließ die Klimakühle. Der Wagen fuhr weg. Sie sah ihm nach und wischte sich mit dem Handrücken den Schweiß von der Stirn.

Es war nun neun Uhr vierzig. Sie fühlte eine unendliche Sehnsucht nach Wasser, nach sehr viel Wasser, nach Dusche, Seife – aber das war alles nichts im Vergleich mit ihrem Verlangen nach einem Bett. Sie ging auf die Gartenpforte zu. Sie ging ganz langsam, denn sie hatte das Gefühl, als gehe sie auf Watte. Sie mußte stehen bleiben. Es war ihr schwindlig geworden. Na gut, aber sie hatte es geschafft. Und diesmal so knapp, daß sie bereit war, an das Eingreifen einer Kompanie von Schutzengeln zu glauben. Oder an die Fürsprache einer der kleinen Hindu-Göttinnen, die sich an den Wänden des Schlafzimmers ihrer Großmutter aufreihten …

Sie hielt sich an den Eisenstäben fest, suchte den Riegel und schob auf. Und dachte es wieder: Wozu der ganze Aufwand?! Wer, verdammt, war auf die Idee gekommen, ihr die halbe Polizei Singapurs auf den Hals zu jagen? Es mußte ein Leck geben. Irgendwo. In der Organisation … Natürlich. Und es ging nicht um die Sampan-Aktion. Das, was sie tat, hatte ihr noch selten Freunde eingebracht. Aber allzu wichtig war es auch nicht genommen worden. Was steckte dann dahinter?

Die Treppe hatte zehn Stufen. Neun schaffte sie. Sie setzte sich auf die letzte und versuchte gegen die Verzweiflung anzuatmen, die sie zu überfallen drohte. Sie saß und regte sich nicht. Sie regte sich auch nicht, als sich eine Hand auf ihre Schulter legte und eine Stimme sagte: »Ja, was willst du denn hier draußen? Ist doch viel zu heiß. Was ist denn los mit dir?«

Julia Andrew.

Julia setzte sich neben sie, legte den Arm um ihre Schulter und zog sie an sich.

Es tat gut, sie zu spüren. Und es tat auch gut, ihr in die Augen zu sehen. Rauchgraue Augen unter dunklem Haar, in das sich einzelne graue Fäden mischten.

Wie früher berührte sie mit dem angewinkelten Zeigefinger ihre Nase. Und so wie früher lächelte sie, und in diesem Lächeln lag alles, was es an Freundschaft, Zuneigung und dem ganzen Reichtum ihrer gemeinsamen Erinnerungen geben konnte.

»Tut mir leid, Julia«, sagte Maya, »ich habe es mir auch anders vorgestellt …«

»Was denn?«

»Unser Wiedersehen. Ich bin völlig fertig, weißt du.«

»Na, Hauptsache, du bist da …«

»Tiger? Ausgerechnet Tiger!«

Die Holz-Jalousien des Ateliers waren herabgelassen, so daß viele hauchzarte Lichtbalken den gekachelten Boden schraffierten. Darauf lagen gewaltige, farbige Kissen. Julia haßte Stühle. Vor dem TV-Gerät in der Ecke gab es einen einzigen Sessel. Die Zehn-Uhr-Nachrichten liefen.

Julia stand in der Mitte des Raums vor einer ihrer Staffeleien. Angetan mit einem kaftanähnlichen Arbeitskittel wirkte sie größer, als Maya sie in Erinnerung hatte. Eine lindgrüne, anklagende Säule.

»Richtig, Julia, Tiger ...«

Maya sah an Julia hoch, einer zu Reglosigkeit erstarrten Julia, die sich offensichtlich schwer damit tat, zu verarbeiten, was sie erfahren hatte. Das aber war noch das geringste Problem. Julia Andrew, geborene Griffith, hatte schon in ihren gemeinsamen College-Tagen, als sie im Hockey-Team als unschlagbares Stürmer-Paar auftraten, ausgeprägte Energie mit äußerst schneller Auffassungsgabe und einem konsequenten Sinn fürs Machbare und Praktische zu verbinden gewußt. Das Problem waren Mayas bleischwere Glieder und die elende Erschöpfung, die sich klebrig und dumpf in ihrem Schädel ausbreitete.

»Ich erklär dir das noch.«

»Erklären? Du kommst hier in diese verdammte Stadt, die jemand nun bei Gott auf die Nerven gehen kann. Und was machst du? Holst dir wegen vertrockneten Tiger-Penissen die Polizei auf den Hals.«

»Ist doch gut, Julia.«

»Gut? ... Soll ich dir was sagen? Ich bewundere dich ja. Ich meine, ich bewundere deinen Einsatz, das Leben, das du führst und alles, was du so tust, falls es das ist, was du hören willst. Außerdem empfinde ich so etwas wie Neid. Ja, grinse nur, im Gegensatz zu meiner Herumwerkelei macht alles, was du tust, einen Sinn ... Ja, und ich liebe Tiger ...« Ihre Stimme klang jetzt atemlos. »Aber wenn du glaubst, du könntest irgend etwas gegen den ganzen blödsinnigen chinesischen Medizin-Hokuspokus ausrichten, bist du auf dem Holzweg. Er ist unausrottbar. Noch immer. Noch für Generationen. Du weißt es ganz genau, denn du bist hier aufgewachsen. Also, was soll der Wahnsinn?«

»Julia, laß mich doch damit ...«

Sie blieb unerbittlich: »Als dieses Kilo Papier von dir ankam, all die Artikel und die Broschüren über das Regenwald-Problem in Südost-Asien, die du mir aus New York geschickt hast, da war ich schwer beeindruckt. Mehr sogar, mich packte der heilige Zorn. Denn es geschieht ja vor unserer eigenen Haustüre. Und die Drahtzieher sitzen hier, in Singapur. Es hat mich nicht losgelassen. Ich habe gearbeitet ... Jan Kaufmann will eine Ausstellung machen. Ich weiß nicht, ob du dich noch an Jan erinnerst. Er hat diese Galerie in der North Bridge Road.«

Sie ging mit einigen schnellen Schritten in ihre Arbeitsecke. Dort lehnten Bilder an der Wand. Ungerahmt. Mit der Rückseite zum Raum.

»Hier!«

Sie drehte eines um: Farne und üppig blühende exotische Ranken bildeten den Vordergrund. Dahinter sah man gespenstisch kahle Hügel in düsterem Braun, aus denen schwarze Baumstümpfe wie Stacheln ragten.

»Es gibt auch in Singapur eine Menge Leute, die sich für das Thema interessieren. Vor allem unter den Jungen regt sich Protest. Gerade deshalb verspricht sich Jan ja einen Erfolg. Aber Kopf und Kragen zu riskieren, weil ein paar alte, impotente Saftsäcke glauben, sie müßten irgendwelche Tiger-Medizinen haben ...«

»Julia! Erinnerst du dich noch an unseren Trip nach Tenenga?«

»Erinnern? Wie soll ich ihn vergessen? Wie alt waren wir damals? Siebzehn. Ist also über zehn Jahre her ... Aber ich höre noch immer die Gobbins. ›Hock-hock‹ machten die. Und all die Vögel und die Insekten. Und wir sitzen am Fluß und über dem Wasser tanzen ganze Trauben von Schmetterlingen. Wie riesige, verrückte, farbige, sich drehende Glaslüster sahen sie aus in der Sonne. Und dein Vater übersetzte uns, was der Mann, der uns führte ... wie hieß er noch?«

»Pa Lampung.«

»... was Pa Lampung alles erzählte. Daß es nämlich selbst unter den Schmetterlingen gute und schlechte Geister gibt. Man müsse sie nur auseinanderhalten können. Und daß die Blutegel-Geister zum Beispiel ganz harmlos seien ...«

»Aber nicht die der Ameisen«, lächelte Maya.

»Das war Horror. Das waren Monster.«

»Nein, Feuerameisen.«

»Und wenn die bissen, tat das weh wie Wespenstiche. Wenn dein Vater nicht gewesen wäre ... Wie ist das, hast du etwas von ihm gehört?«

»Reden wir nicht davon. Bitte.«

Julia nickte und schloß die Augen. »Tenenga … Mein Gott, Tenenga … Vor ein, nein, zwei Jahre ist es her, jedenfalls gar nicht so lange, da habe ich George davon zu überzeugen versucht, mit mir zusammen für ein oder zwei Wochen nach Tenenga zu gehen. Und weißt du, was er sagte? Noch keine zehn Sekunden. Und die nicht mal in einem Raumanzug … Da hast du ihn!«

»Du hast ihn«, lächelte Maya und gähnte. Aufrecht zu sitzen schaffte sie nicht länger. Sie zog sich ein zweites Kissen heran und streckte sich auf dem Boden aus. Wenn Julia ihr schon kein Bett gab, ging es auch so. Die Dusche konnte auch warten. Selbst das Telefonat, das sie mit Rick Martin führen mußte … Alles konnte warten.

»Weißt du, Julia, daß die Tigerteile, die ich gestern aus dem Sampan filmte, aus Tenenga stammen?«

»Ich wußte gar nicht, daß es dort Tiger gibt.«

»Wir haben es dir nicht gesagt damals. Wir wollten dich nicht ängstigen. Es sind die letzten Tiger Malaysias. Die letzte größere Population. Mein Vater hat sich um sie gekümmert.«

»Das ist ja unglaublich.«

Maya schloß die Augen. »Ja«, sagte sie, »im Grunde ist auf dieser Welt alles unglaublich. Und was würdest du sagen, wenn das ganze Tenenga-Naturschutzgebiet rechtlich mir zusteht?«

»Wie bitte?«

»Nichts«, sagte Maya. »Nur neuntausend Quadratkilometer. Die Tiger dort sind meine Tiger …«

Während durch das Sport-Center sanfte, entspannende Kitaro-Musik perlte, überkam Rick Martin das Gefühl, als brächen ihm die elenden Hebelzüge jeden einzelnen Wirbel aus dem Rückgrat. Laß die Griffe nicht los. Bloß nicht ... Er spürte, wie die Finger nicht länger wollten. Mit einem leisen, zischenden Geräusch brachten die Federn das Übungsgerät in Normallage.

Er ließ sich stöhnend auf die Bank zurückfallen, schloß die Augen und dachte es wieder, dachte es zum tausendsten Mal an diesem Tag: Maya! Wieso meldet sie sich nicht? Herrgott, es war ausgemacht, daß sie alle vierundzwanzig Stunden im Büro anrufen sollte. Gestern hatte Todder das Gespräch entgegengenommen. Alles okay. Alles in Ordnung. Alles nach Plan ... Und jetzt? Jetzt war dieser verdammte Anruf seit sechs Stunden überfällig.

Was ist mit ihr, zum Teufel?!

Der Schweißfluß machte seinen Mund trocken. Eine Stimme sagte: »Ist das ein Trainings-Center oder ein Penner-Club?«

Armstrong. Sein breiter, sonnenstudiogebräunter, blonder Waliser-Schädel schwebte vor den Leuchtrastern an der Decke. »Hast doch nicht wieder übertrieben, Alter?«

Über Armstrongs vorgewölbten, pfundschweren Brustmuskeln spannte sich ein pinkfarbenes T-Shirt. Seine rechte Hand wanderte mit geradezu flaumleichter, zärtlicher Vorsicht über die häßliche Narbe, die Rick Martins rechten Oberschenkel spaltete. Das dämliche Ding hatte er sich vor drei Jahren auf den Färöer-Inseln geholt. Ein total verrückter oder besoffener dänischer Fischer war auf den Einfall gekommen, ihm die Spitze des Bootshakens in den Oberschenkel statt in das Greenpeace-Boot zu stoßen. Es wurde Ricks letzter Greenpeace-Einsatz.

»Streikt das Bein?«

»Wieso denn? Das funktioniert. Aber wo du deine Luxus-Bizeps hast, habe ich Luftballons.«

»Und das soll also anders werden?«

»Richtig«, sagte Rick Martin grimmig. »Und schnell.«

Walt Armstrong schielte zu dem Funktelefon, das griffbereit neben Rick lag. »Und ohne das Scheißding hier kannst du natürlich auch nicht mehr existieren. Genau wie all die anderen Idioten.«

»Laß mich in Frieden, Walt. Ich erwarte ein dringendes Gespräch.«

»Und woher?«

»Singapur.« Rick richtete sich auf: »Sag mal, Walt, benutzt du dein Handy auch hier im Club?«

»Meinst du, ich renne jedesmal ins Büro?«

Rick verzog enttäuscht den Mund. »Hätte ja sein können, daß all das Eisenzeug, das hier rumsteht, den Empfang stört.«

»Scheint wirklich ein ziemlich wichtiges Gespräch zu sein.«

Armstrong hatte den Satz gerade beendet, als das Licht an dem spannengroßen Plastikgehäuse aufflammte. Ein Summton folgte. Rick Martin riß den Apparat ans Ohr und rief: »Maya?!«

Dann hielt er die Muschel zu und blickte Armstrong an: »Kann ich mal in dein Büro?«

»Was für eine blöde Frage.« Armstrong schüttelte den Kopf.

»Rick? Bist du das?«

Es war unglaublich, die Stimme klang so nahe, als stehe Maya im nächsten Zimmer. Er hielt den Atem an. Immer dasselbe Gefühl, diese nervöse Unsicherheit, das Verlangen, sie in den Arm zu nehmen. »Maya?« … Er räusperte sich. »Was ist los? Warum hast du dich nicht an unsere Abmachung gehalten? Du weißt doch, daß ich verrückt werde, wenn du nicht zur vereinbarten Zeit anrufst.«

»Ging nicht.«

»Warum?«

»Ist doch egal. Gab 'ne Panne. Bekam Probleme.«

»Was für eine Panne? Welche Probleme?« Seine Knochen begannen wieder zu schmerzen. Er drehte den Kopf, um nicht Armstrongs Blick begegnen zu müssen, der unverwandt durch die Glaswand des Büros starrte.

»Mach dir keine Sorgen. Nur eines: Ich komme nicht so aus Singapur raus, wie ich mir das vorgestellt habe.«

»Polizei?«

»Ja.«

Er fuchtelte mit der Hand vor dem Gesicht, als verscheuche er eine Fliege. Aber hier gab es keine Fliegen. Und der Rücken tat noch mehr weh. »Hör zu, Maya, bleib wo du bist. Ich komme nach Singapur und hole dich raus. Ich fliege heute noch los.«

»Du bist ja verrückt.«

»Ich hab' die Adressen.«

»Nein.«

»Was nein?«

»Es gibt nicht den geringsten Grund, durchzudrehen, Rick. Glaub mir. Bleib auf dem Teppich. Außerdem wohne ich nicht mehr im Hotel. Und ich bin auch nicht bei den Leuten von der Organisation. Das ist zu riskant.«

»Wo bist du dann?«

»Bei einer Freundin. Wahrscheinlich komme ich mit dem Schiff hier raus. Sie hat auch Freunde, die ein Privatflugzeug besitzen. Jedenfalls bin ich heute abend, spätestens morgen früh in Malaysia.«

»Das ist doch viel zu gefährlich.«

»Was heißt gefährlich? Hör mal, du magst hundertmal der Campaigner sein, aber das ist meine Aktion.«

»Und wie stehe ich das durch, Maya?«

Sie lachte. »Du stehst überhaupt nichts durch. Was ist mit dir los? Bist du plötzlich hysterisch? Du hast es die letzten zwei Jahre doch auch immer durchgestanden.«

»Richtig. Aber das ist vorbei. Ich bin tatsächlich hysterisch. Deine Schuld. Bei dir bin ich's einfach geworden.«

Erneut ihr Lachen. Es ging ihm auf die Nerven. Noch schlimmer, er sah sie vor sich, so präzise, als betrachte er eine Fotografie. »Hast du mit dem Anwalt gesprochen?«

»Kam ich nicht dazu. Das erledige ich drüben in Malaysia. Ich mach' jetzt Schluß, Rick.«

»Nein.«

»Doch. Kümmere dich um deinen Job. Oder um deine Frau ...«

»Du brauchst nicht auch noch zynisch zu werden. Außerdem bin ich zuhause rausgeflogen.«

»Was?«

»Was ich gesagt habe.«

»Ah, deshalb«, seufzte sie.

»Ja, deshalb.«

Er hörte sie atmen. Oder bildete es sich ein. Er drückte den Hörer ganz fest an das Ohr. Und da sagte sie: »Das ist deine Sache. Ausschließlich deine, und du weißt es. Und damit das ganz klar ist: Damit kannst du mich nicht belasten.«

Es knackte. Sie hatte aufgelegt …

Vor zehn Jahren, als Rick Martin noch die Redaktion des *Enquire* leitete, hatte er sich über seinen Sport-Redakteur, den jungen Walt Armstrong, mehr geärgert als amüsiert: Armstrong rannte beispielsweise ständig in viel zu engen Hemden herum, damit auch noch die letzte Sekretärin seine Muskelschinken bewundern konnte. Und dann die Morgen-Konferenzen! Er umklammerte die Tischplatte, ließ die Gelenke knacken und nannte es eine vor allem für Redakteure empfehlenswerte isometrische Übung … Von Neurotikern, die ihr Leben dem Muskelaufbau widmen, hielt Rick wenig, besonders begabt war Armstrong ohnehin nicht, und so war Rick froh, daß Walt von selbst kündigte.

Später mußte er einsehen, daß er sich getäuscht hatte. Walt Armstrong mochte ein mittelmäßiger Schreiber sein, ein Dumpfkopf war er nicht. Mit seinem Netz von Armstrong-Clubs überzog er nicht nur die Londoner City, sondern auch die besten Wohngegenden der Stadt. Seine Werbung tauchte in allen Zeitungen, selbst im Fernsehen auf, und bald fuhr er einen brandneuen Jaguar und wurde Millionär, und Rick war dankbar, daß es Walt gab. Er hatte inzwischen den Enquire-Chefsessel mit dem Medien-Job bei Greenpeace getauscht, und dies nicht nur aus Idealismus, sondern in erster Linie, weil er seinen Verleger-Schwiegervater einfach nicht mehr ertragen konnte. Nach der Färöer-Katastrophe war es Walt, der dafür sorgte, daß er nach zwei Jahren Training den Stock in die Ecke stellen und sich mit seinem halb zerstörten Muskel wieder bewegen konnte wie ein Mensch. Als es dann darum ging, das Geld für die Gründung der EIA aufzutreiben, war Walt Armstrong mit einer Einlage von zehntausend Pfund als erster dabei. Damit hatte er das Unternehmen überhaupt ermöglicht. Widerstrebend mußte Rick Martin erkennen, daß Walt für ihn zu einer Mischung von Robin Hood und väterlichem Kumpel in allen Lebenslagen aufgestiegen war.

»Willst du dich jetzt wirklich scheiden lassen, Rick?«

Rick nickte. Sie saßen in der Club-Bar. Jeder hatte einen Orangensaft mit den entsprechenden Aufbauzutaten vor sich. Das Zeug schmeckte scheußlich.

»Und wieso?«

»Wieso, wieso. Zehn Jahre Liz sind genug. Und zehn Jahre Randell-Familie ist mehr als ein ganzes Leben.« Er rührte mit dem Strohhalm im Glas. »Außerdem: Es sind ja immer die Kleinigkeiten ... Hast du je eine Ehe erlebt, die nicht an Banalitäten, sondern an einer Tragödie zugrunde ging?«

»Meine«, grinste Walt Armstrong.

»Ich wußte gar nicht, daß du verheiratet warst.«

»Und wie. Meine Fähigkeit, nein zu sagen, war schon immer verkümmert. Und da kam eine dieser Chelsey-Nutten und wollte mich unbedingt aufreißen, weil sie in mir so eine Art englischen Schwarzenegger sah. Anne erwischte uns im Bett. Sie rammte mir den Griff ihres Handfegers ins Kreuz, knallte einen Dornfortsatz weg, ich mußte ins Krankenhaus und das war's dann.«

»So?« nickte Martin. »Bei mir waren's tausend Handfeger. Aber andere Frauen leistete ich mir nicht.«

»Und die Kinder?«

»Die? Die sind beide über fünfzehn. Und bis in die letzte Haarspitze Randell-programmiert. Da macht man sich keine Sorgen.«

Walt Armstrong blickte ihn an. Lange. Sehr lange. »Du kannst dir ja was vormachen – aber wieso mir? Hab' ich das verdient? ... Ich meine, geht mich ja nun wirklich nichts an, aber es sind nicht die Randell-Macken ... es ist diese Frau, diese Exotin, diese amerikanische Inderin oder indische Amerikanerin.«

»Wenn schon, dann malaiische Inderin.« Rick Martin betrachtete einen der Handtücher-Automaten in der Club-Bar, als erwarte er von dort die Antwort. »Ich hab' dich trotzdem nicht belogen, Walt. Meine Ehe war längst am Ende. Daß Maya kam ...«

»War nur noch Schicksal.«

»Hätte ich tatsächlich beinahe gesagt. Aber ich will nicht rot werden, so denke ich's nur. Es ist so. Glaub mir ... Gut, sie war der Tropfen, der den Krug zum Überlaufen brachte.«

»Und wo steckt sie jetzt?«

»In Singapur. Noch ... Sie hat Schwierigkeiten. Wenn sie da rauskommt, fliegt sie nach Zentral-Malaysia.«

»Und was läuft dort?«

Wir haben eine Aktion gestartet. Es geht um Artenschutz, genauer gesagt um Tiger. Du kriegst ja unser Info-Material, also weißt du auch, daß sie in Südost-Asien wie in Indien nicht nur durch den erbarmungslosen Kahlschlag gefährdet sind, sondern vor allem durch diese verrückte Aberglauben-Medizin der Chinesen.«

»Pulverisierte Tiger, was? Tolle Vorstellung.«

»Ja. In Taiwan zum Beispiel gibt es Fabriken, die stellen jährlich hektoliterweise Tiger-Wein her.«

Armstrong verzog den Mund: »Was is'n das?«

»Ein paar Kaffeelöffel Tiger-Pulver in Wein – und fertig.«

»Nicht zu fassen.«

»Ja, aber sie verdienen damit Millionen von Dollars. Ein Schluck, und schon bist du Rheuma, Krebs und Nesselfieber los und hast einen Ständer. Nun überleg dir mal, wieviel Chinesen auf der Welt rumlaufen. Und wieviel Tiger ... Da hast du das ganze Problem.«

»Und was macht sie?«

»Nun, das Übliche. Sie recherchiert und bringt Dokumentar-Material, filmt, schafft mir die Unterlagen, die ich dann an die Medien weitergebe. Du hast es doch zuletzt bei dem Atom-Müll-Skandal erlebt, wie das läuft.«

»Es lief prima«, sagte Walt beeindruckt.

»Diesmal gibt es eine äußerst interessante Variante: Mayas Vater war Biologe. Übrigens auch malaiischer UN-Delegierter. Aber Jahre zuvor bekam er von irgendeinem dieser malaiischen Sultane ein gewaltiges Gebiet als Schutzzone für seine Tiger-Stationen zur Wiederbelebung der Tiger-Population in Malaysia als Schenkung. Nun ist er tot. Die Rechte gingen an Maya über. Und genau in der Gegend sind sie jetzt am Abholzen. Die Kompanien wollen ihr ihre Rechte streitig machen.«

»Und du wirst das verhindern?«

»Nicht nur ich. Ich will's zumindest versuchen.«

»Na, dann viel Glück«, sagte Walt Armstrong und hob sein Glas. »Und wo hast du eine so exotische Frau aufgetrieben? Wo habt ihr euch kennengelernt?«

»Hier«, lächelte Rick. »Hier in London ... Vor ziemlich genau einem Jahr ...

II

»… Peanuts können Sie jetzt sagen, nachdem ich Ihnen gerade erzählt habe, daß der letzte, ja, der allerletzte Rest der Tiger-Populationen auf dieser Erde mit rund sechstausend Exemplaren beziffert wird. Achtzig Prozent davon leben in Indien, dem überbevölkertsten Kontinent, den wir kennen. Der Kaspische Tiger ist vollkommen ausgerottet. Der Balitiger gleichfalls. Der Sibirische Tiger steht kurz vor diesem Schicksal … Wie es mit den Tigern in Malaysia steht, ist nicht genau feststellbar. Man schätzt, daß sich dort zwei- bis dreihundert Tiere in den letzten Regenwald-Revieren verstecken. Aber die Menschen brauchen schließlich Holz, nicht wahr? Und wer unbedingt Tiger sehen will, soll in den Zoo gehen. Und er kann sie sich ja auch im Zirkus zu Gemüte führen. Solange es so etwas wie Zirkus noch gibt …«

Der Ton-Ingenieur hinter der Scheibe legte den linken Zeigefinger an die Nase, Rick Martin machte eine irritierte Pause. Sollte dies ein Zeichen sein? Hatte er zu laut gesprochen? Na und? Er sprach weiter. Er brauchte kein Manuskript. Was er zu sagen hatte, war tausendmal gedacht:

»Vor der Gewalt der brutalen Tatsache, daß es dem Säugetier Mensch in den letzten zwanzig Jahren gelungen ist, Tag um Tag ein halbes Dutzend biologischer Arten und damit verwandte Wesen auszulöschen, zu deren Hervorbringung die Schöpfungskraft der Evolution, oder wenn sie es so haben wollen, Gott, sich Millionen von Jahren Zeit gelassen hat, verblaßt das Problem der Tiger. Da haben Sie recht … Vor dieser Tatsache hat es nur Symbolkraft. Diese Symbolkraft allerdings ist hoch. Schließlich, selbst so trockene Geister wie die Naturwissenschaftler sehen im Tiger eines der vollkommensten Tiere … Gerade dort, wo sich jetzt das letzte Kapitel seiner Existenz auf dieser Erde abspielt, in Südost-Asien, wird ihm göttliche Herkunft bescheinigt. Nun gut. Hier geht es nicht um Religion oder andere Gefühle, und schon gar nicht geht es mir um Dschungel-Romantik, die können sie bei Kipling nachlesen, falls sich für Kipling in England noch jemand interessieren sollte …«

Rick senkte seine Stimme noch weiter ab und bemühte sich, die Schlußsätze ohne jede dramatische Betonung und so sachlich, als ihm das nur möglich war, auszusprechen: »Mir, meine Damen und Herren, geht es allein um zwei fundamentale Erkenntnisse. Die erste lautet: Der Mensch opfert selbst seine Mutter der Maschine. Seine Mutter ist die Natur. Von ihr stammt er nicht nur ab, von ihr ist er bis hinein in seine letzte, bescheidenste Lebensäußerung abhängig.

Und zweitens: Die industrialisierte, sogenannte »freie Wirtschaft« in ihrer heutigen Form – und das heißt legalisiert und abgesegnet von einer weithin korrupten Wissenschaft und einer abhängigen Politik – ist nichts anderes als die institutionalisierte Selbstzerstörung der Gattung Mensch.«

Rick steckte den Drehbleistift in die Brusttasche, mit der er zuvor die Schautafeln erklärt hatte, die neben ihm am Pult angebracht waren, nahm den Kopf nach vorne und flüsterte dicht am Mikrophon:

»So gesehen ist der Kampf unserer Organisation um die letzten Tiger dieser Erde nichts als ein weiterer Versuch, ein Warnsignal am Rand der Geleise aufzustellen, am Rand dieser Strecke, auf der wir alle in immer wahnwitzigerem Tempo dem kollektiven Selbstmord zurasen ...«

Es waren gute Sätze. Es waren Hämmer. Er hoffte es wenigstens ... Und er sah seine Hoffnung bestätigt, als er das nervöse Mundwinkelzucken Andy Cleavers beobachtete, der ihm im Monitorraum die Hand auf die Schulter legte.

»Saftig, saftig, Rick! War ja richtiggehend alttestamentarisch, was du da gebracht hast.«

»Na, morgen bringt Bill Croft die Welt ja für euch wieder in Ordnung.«

Bill Croft war Unter-Staatssekretär im Industrie-Ministerium und hatte in Cleavers BBC-Serie »Der Mensch zwischen Natur und Technik« den Industrie-Standpunkt zu vertreten.

»Na komm, du kennst ihn doch. Croft ist langweilig wie Schuhleder. Mit deiner Weltuntergang-Ballade hast du ihn glatt überspielt. Und mehr: Du hast dir heute hundert neue Mitglieder für die EIA zusammengebaggert. Mindestens hundert ...«

»Auf dich muß ich wohl noch weiter warten.«

»Weiter warten, weiter warten«, zappelte Cleaver. »Weißt du das? Vielleicht hast du mich schon soweit.«

Rick hatte gründlich genug. Von Cleaver und seiner kaltschnäuzigen Medien-Überheblichkeit, von den Kameras, den Monitoren, den Leuten, der Atmosphäre.

»Wie ist das, trinken wir noch einen Whisky zusammen? Oder ein Bier?«

»Ich muß leider zurück ins Büro, Andy. Ich habe noch eine Menge dort rumliegen. Außerdem ...«

Er sprach den Satz nicht zu Ende, sondern öffnete die Tür. Außerdem hatte Liz für diesen Abend eine ihrer unbarmherzig langweiligen Kunst-Parties arrangiert.

»Mr. Martin?«

»Ja.«

Einer von Cleavers Assistenten hielt ihm den Stock hin.

»Danke«, sagte Rick und fühlte die Ohren heiß werden. Wenn Armstrong sich weiter so ranhielt, würde er das Ding bald nicht mehr brauchen. Und dann – dann, dachte er, schmeißt du ihn zum Fenster irgendeines Büros raus, das genauso aussieht, wie das hier ... Aber was kannst du machen? Du brauchst sie nun mal, die Cleavers dieser Welt.

Er hinkte in die Halle und betrat einen der beiden Aufzüge. Gerade, als sich die Tür schließen wollte, vernahm er schnelle Schritte.

Ein Fuß schob sich zwischen die zugleitenden Aluminiumflächen der Tür, ein sehr energischer Fuß in dunkelblauen Boxcalf-Pumps mit halbhohen Absätzen.

»Rick! Moment mal, Rick.«

Er drückte den Knopf der Automatik, und die Tür öffnete sich wieder.

»Na, Gott sei Dank.« Viele kleine, wirre Mahagoni-Locken über einem erleichtert-nervösen Lachen. Sie hieß Judy Campell, stammte aus irgendeinem Nest in Sussex und hatte sich in London mit ihrem Talent, in dreißig Tagen ein Taschenbuch-Manuskript über jedes beliebige Thema vorzulegen, den Beinamen »die schnelle Judy« erkämpft. »Peng! Ich schieße aus der Hüfte.«

Auch Rick hatte Judy schon Themen und Material geliefert. In manchen Dingen paßte sie ihm ganz gut ins Konzept. Sie hatte Augen, die sie rollen lassen konnte wie eine Kinderpuppe, und ihre Stimme mußte sie ständig bändigen, damit sich die Worte nicht überschlugen.

»Mensch, Rick, weißt du, wir sind doch wegen dir hier … Aber glaubst du, die Ärsche hätten mich reingelassen. Noch nicht mal Roger, dieser Wichser von Assistent. Dabei habe ich dem gerade vorgestern noch …«

»Ist ja gut, Judy. Also, was ist los?«

»Was los ist? Wir blieben in der Halle. Wir wollten unbedingt mit dir sprechen. Na, und dann wollten wir uns mal die Nase pudern … Und ausgerechnet in dem Augenblick versuchst du hier abzuhauen.«

»Wir? Wer wir?«

»Na, meine Freundin und ich. Sie kam gestern aus Los Angeles. Wir haben die ganze Nacht zusammen gequatscht, dann habe ich dich gesucht und in deinem Büro erfahren, daß sie hier mit dir die Sendung machen. Wie ist das, willst du eigentlich in diesem blöden Lift überwintern, Rick?«

Widerstrebend verließ Rick Martin die Kabine. Er wandte den Kopf.

»Dort drüben«, sagte Judy.

»Oh …«

»Oh ja.« Judy ließ all ihre Sommersprossen tanzen. Und das waren viele. »Oh – machen sie alle, die Jungs, wenn sie sie sehen. Sie sagen ›oh‹ und kriegen diese Augen …«

»Los Angeles, Judy? Ehrlich? …« Rick hatte sich an den dämlichen Stock gewöhnt, nun haßte er ihn. Dennoch, und dies wie unter einem Reflex, hinkte er über den Kunststoffbelag der Halle der jungen Frau entgegen, die in der Mitte stand und ihm mit einem zögernden, unsicheren Lächeln entgegensah. Sie war – nun, sie war unglaublich … Sandfarbene Bluse, sandfarbener Rock, langgliedrig, hochgewachsen, schwarzes, schimmerndes Seidenhaar und nichts als Ledersandalen an den schmalen Füßen. Aber wie sie so stand, schien sich alles in dem halbrunden, großen Raum ihr zuzuordnen. Eine Gruppe von jungen Redakteuren, die gerade vorüberkam, verstummte plötzlich, drehte die Köpfe und die Schritte wurden ganz langsam. Und es waren nicht nur die Menschen, es waren die Dinge, das Licht. Er hatte sich viel auf dieser Welt bewegt, aber sie war mit Sicherheit eine der aufregendsten Frauen, denen er je begegnet war.

Er blieb stehen.

»Hallo«, sagte er.

»Hallo. Ich bin Maya Nandi.« Sie gab ihm nicht die Hand, sie bewegte sich anmutig auf ihn zu und neigte den Kopf. Ihre Schultern folgten ein wenig, es war die Andeutung, der Hauch einer Verbeugung. Wenn sie tatsächlich aus Kalifornien kam, hatte sie bestimmt nicht lange dort gelebt.

»Sie wollten mich sprechen?«

»Aber klar doch. Hab' ich dir das nicht gerade gesagt?«

Judy! Sie hatte aufgeholt, stand neben ihnen und schien wie immer entschlossen, die Dinge in die Hand zu nehmen. »Aber nicht hier, Rick.«

»Hör mal, Judy, du weißt, ich tu dir gerne jeden Gefallen. Und Miß ...«

»Maya.«

»Und deiner Freundin Maya natürlich auch. Aber ich hab' mein Programm, das weißt du doch. Ich muß noch ...«

»Du hast immer ein Programm, Rick. Das ist doch das Fatale an dir. Es ist deshalb vollkommen gleichgültig, ob ich jetzt, heute, morgen, ob mit oder ohne Anmeldung mit dir reden will, oder?«

Diese Augen, dachte er. Mondaugen! ... Und so schwarz, daß man darin versinken kann. Und das Lächeln ...

»Es geht schlicht und einfach darum, daß sie mit dir arbeiten will. Das ist das eine. Das andere: Sie kann es. Sie kann es sogar fabelhaft. Sie war zwei Jahre in den USA in dieser Umweltkiste tätig. Und außerdem ...«

Rick hob die Hand und spürte, wie sich irgendetwas in seinem Nacken verspannte. »Umweltkiste tätig ...« Auch das noch ... »Miß Nandi! Sie haben eine äußerst tüchtige Freundin, die ich schätze«, sagte er. »Aber leider, bisweilen ist sie ein bißchen zu tüchtig. Sehen Sie, ich will's mir ja schenken, auf so banale Dinge wie Telefonanmeldung oder meinen Terminkalender hinzuweisen. Aber Sie können mir glauben, ich bin heute tatsächlich im Streß.«

Sie lächelte wieder. Ihre Augen schimmerten. Sie befanden sich ziemlich genau auf seiner Höhe, und es war nicht einfach, diesen

Blick zu ertragen. Er maß einen Meter achtzig, sie mußte also mehr als einsfünfundsiebzig groß sein – nicht gerade üblich für die Gegend, aus der sie kam. Doch welche Gegend war das? Schmale, gerade Nase. Ein Bronzehautton, der irgendwie von innen zu leuchten schien. Inderin? Doch Inderinnen, viele Inderinnen wenigstens haben dunklere Lippen. Es war Südasien, daran zweifelte er nicht, und in ihr schien all das zusammengeflossen zu sein, was Rick Martin an Südasiens Frauen schon immer fasziniert, verwirrt und angezogen hatte. Der Mund … Der Vergleich mochte noch so abgeschmackt sein, hier traf er zu: eine tropische Frucht. Und dieser Mund lächelte. Wärme durchfloß ihn, Wärme, die in den Zehenspitzen begann. Er hatte sie schon lange nicht mehr gespürt.

»Na ja«, sagte er, »bei Fowlers gibt's einen ganz guten irischen Kaffee.«

»Ich mag keinen irischen Kaffee«, lächelte sie.

»Ich auch nicht. Aber er hat auch ein gutes Sortiment an Weinen.«

Das *Fowlers* lag an der Ecke der Bond-Street, ein Nachmittags-Pub, das sich Anfang der achtziger Jahre mit teurem, nachgemachtem Liberty-Plunder aufgemotzt hatte und seither Preise verlangte, die die meisten der BBC-Angestellten dazu brachte, es aus der Liste zu streichen. Dies war schon mal ein Vorteil. Den Werbe-Fritzen, die die Bar belagerten, riß es die Köpfe herum, als Rick Martin mit Maya Nandi im Gefolge an ihnen vorüberhinkte.

Er deutete mit dem Stock auf die linke Seite des Lokals. Sie teilte sich in eine Reihe von vierplätzigen Nischen auf, die durch Glasscheiben voneinander getrennt waren. An den Glasscheiben gab es eingeätzte Jugendstil-Tänzerinnen zu bewundern. Die Lampen hatten Tulpenformen. Die Außenfenster wiederum zierten Rosen, und das Ganze mit all seinem Glas, Holz und Messing wirkte wie ein in der Mitte aufgeschlitzter Orient-Expreß-Waggon.

Rick bestellte Chablis, dabei fiel ihm Mayas Irish-Coffee-Bemerkung ein und so fragte er vorsichtig: »Wollen Sie übrigens überhaupt Alkohol?«

»Warum denn nicht?«

»Nun, Sie könnten ja was dagegen haben.«

»Wieso denn?«

»Sagen wir, aus religiösen Gründen.«

»Gut«, lächelte sie. »Könnte ich. Aber sagen wir, die interessieren mich nicht.«

»Sind Sie Moslime?«

Sie schüttelte den Kopf. »Ich bin gar nichts. Mein Vater ist Hindu, meine Mutter allerdings ist Moslime.«

»Bedeutet das vielleicht Malaysia?«

»Richtig. Gut geraten.«

Als der Chablis kam, nippte sie an ihrem Glas und er betrachtete aufs neue den unglaublichen Schwung der Brauen.

»Und ich hab' mir immer eingebildet, daß bei den Frauen ihrer Heimat außer religiösen Gründen ...«

»Wollen wir uns über Religion unterhalten? Ich dachte, Sie hätten so wenig Zeit?«

»Ich interessiere mich für Malaysia.«

»Sicher. Nur, sehen Sie, Mr. Martin, Malaysia ist heute nicht mein Thema. Falls ich jetzt unhöflich wirken sollte, bitte ich um Entschuldigung, aber ...«, sie lächelte, »ich denke nun mal in geraden Linien. Insofern bin ich weder Malaiin noch Inderin. Da muß ich Sie enttäuschen. Wahrscheinlich halten Sie mich für ungeduldig, wenn nicht unverschämt, mein Pech ist nun mal, daß ich sehr orientalisch aussehe, aber nicht orientalisch reagiere. Oder besser: nicht reagieren will.«

»Das macht Sie noch interessanter.«

Sie verzog den Mund. Bloß keine Komplimente, dachte er, plötzlich auf der Hut. Ein Leben lang mußte sie wahrscheinlich Männer-Komplimente ertragen, irgendwelchen Schmonzes über ihr Aussehen wegstecken – sie ist allergisch geworden. Und das ist begreiflich.

Sie betrachtete ihr Glas, lehnte sich zurück und wirkte nun ganz entspannt. Judy an ihrer Seite – das war das große Wunder dieser Situation – schwieg. »Wissen Sie, Mr. Martin, irgendwann und irgendwo gab es unter meinen Vorfahren einen Kolonial-Iren, der sich vermutlich irgendwann und irgendwo gegenüber einer meiner Vorfahrinnen schlecht benommen hat. Mein Vater zum Beispiel hatte helle Augen ...«

»Ein Glück, daß er sie Ihnen nicht vererbt hat.«

Wieder die herabgezogenen Mundwinkel. Laß es, verdammt noch mal!

»Mr. Martin, Sie können zu mir reden, als hätten Sie eine Irin vor sich. Oder eine Schottin, wenn Sie das lieber mögen ... Denn ich bin gerade dabei, so ähnlich zu denken.«

»Und was wäre das?«

»Um es kurz zu machen, Mr. Martin, Sie kennen mich nicht. Und Sie haben nicht den geringsten Grund, mit mir Ihre Zeit zu vergeuden«, wieder dieses Lächeln, »Ihre kostbare Zeit. Und mich dazu noch zu teurem Chablis einzuladen.«

»Nun laß das doch mal seine Sache sein.« Endlich mischte sich Judy ein. Er war ihr fast dankbar dafür. Vielleicht war es albern, aber sie brachte es tatsächlich fertig, ihn zu verwirren. »Überhaupt möchte ich mal wissen, was in dich gefahren ist, Maya.«

Sie betrachtete ihre Nägel. »Ich weiß es auch nicht, Judy.«

Und dann beugte sie sich nach vorne, ziemlich weit nach vorne, und die Augen wirkten noch schwärzer als zuvor: »Vielleicht ist es trotzdem einfach zu verstehen. Sehen Sie, Mr. Martin: Ich habe in New York Journalismus studiert. Das Studium habe ich vor drei Jahren beendet. Ich arbeitete zunächst in New York, dann in Kalifornien als Fernseh-Reporterin. Dort, in San Diego, gibt es eine Umwelt-Organisation, die einen eigenen Sender aufgezogen hat.«

»Die AOE?«

»Richtig, die AOE. Ein ziemlicher Saftladen übrigens. Was ich sagen will – ich habe das Studium, wie auch meine Arbeit, nur unter dem einen, einzigen Aspekt begonnen, auf diesem Sektor zu arbeiten. Ich sah von Anfang an meine Karriere darin.«

»Nicht so ganz wie ich«, grinste Rick Martin.

»Richtig. Nicht so wie Sie ... Aber die Amerikaner arbeiten dilettantisch, chaotisch, zersplittert und, was schlimmer ist, nur regional, das heißt also auf die USA bezogen. Ich habe ja zuvor gesagt, daß ich mich selbst dazu erzogen habe, linear zu denken. Für meinen Fall bedeutet das, daß ich in Ihrer *Ecology Information Agency* die Organisation sehe, die nicht nur am wirksamsten, sondern auch am politisch überzeugendsten die Probleme angeht. Und das ist Ihr Verdienst, Mr. Martin. Und weil ich das weiß, benehme ich mich vielleicht etwas blöde. Ich kann nun mal keine Bewerbungsgespräche führen.«

Schweigen entstand. Judy Campell begann plötzlich nervös mit dem Handballen ihr rechtes, bestrumpftes Knie zu reiben.

»Sehen Sie, Miß Nandi«, sagte Rick schließlich, »wir können uns morgen im Büro treffen. Ihre Unterlagen, die haben Sie ja dabei, nicht wahr?«

Sie nickte.

»Gut. Im Augenblick kann ich gar nichts sagen. Und das werden Sie sicher auch nicht anders erwartet haben.«

Sie nickte wieder.

»Aber auch morgen wird es etwas schwierig sein. Ich kann Ihnen das erklären. Wir haben in der Agentur ein Kollegial-System. Mein Kollege Pit O'Neil und ich sind nur nach außen die Chefs. Wir sind ein kleiner, und wie ich hoffe, feiner Laden. Im Gegensatz zu Greenpeace oder WWF wollen wir auch nicht weiterwachsen, weil wir nämlich das, was wir tun, mit größtmöglichster Intensität tun wollen. Wir führen nie mehr als sechs Kampagnen zur gleichen Zeit. Jeder, der eine Kampagne zu leiten hat, jeder Campaigner also, hat in Personalfragen eine Stimme.«

Das erwartungsvolle Leuchten in ihren Augen erlosch. Die Schultern sackten ein wenig ein. »Das heißt?«

»Nun, das heißt noch gar nichts. Es gibt da einen kleinen Unterschied. Bei derartigen Fragen zählen nämlich Pits und meine Stimme soviel wie die der anderen ...« Er legte ihr flüchtig die Hand auf den Arm: »Enttäuscht?«

»Nein. Wieso? Und wann kann ich damit rechnen, daß ...«

»Sagen wir Ende kommender Woche. O'Neil zum Beispiel ist gerade in Rom.«

»Und die anderen?«

»Die sind greifbar. Ich glaube das zumindest. Wir werden es morgen herausfinden. Wie und wo kann ich Sie denn erreichen?«

»Bei mir natürlich«, sagte Judy. »Sie wohnt bei mir, wo sonst?«

Verstohlen warf er einen Blick auf seine Uhr. Den Wochenbericht konnte er sich morgen vornehmen. Etwas anderes war das mit Liz' Einladung ... Die würde in anderthalb Stunden beginnen.

»Ich wüßte da ein hübsches, kleines griechisches Restaurant«, hörte er sich sagen. »Gar nicht so weit von hier. Mögen Sie Fisch?«

»Ja«, sagte Maya Nandi.

»Im *Samos* gibt's den besten, den Sie hier bekommen können. Wenn Sie mich jetzt einen Augenblick entschuldigen wollen ...«

Die gleichfalls gläserne Telefonkabine befand sich direkt neben dem Eingang, und während er wählte, konnte er beobachten, wie sich das Profil ihres Gesichtes aus dem schwarzschimmernden Vorhang der Haare schob: Ein irischer Vorfahre, der sich schlecht benommen hat? ... Vielleicht war das sogar ganz gut so. Welche Kinnform haben eigentlich indische Frauen? Ihr Profil war bezaubernd. Das Kinn kam ihm tatsächlich irisch vor. Jedenfalls war sie bemerkenswert. Höchst bemerkenswert sogar ...

»Wer ist am Apparat?«

Dies war nicht die Stimme der Haushälterin, sondern eine Männerstimme. Ihm fiel ein, daß Liz ihre zweimonatlichen Glanz-Parties mit Lohndienern aufwertete.

»Kann ich Mrs. Martin sprechen?«

»Wen darf ich melden?«

»Mr. Martin.«

»Oh, einen Augenblick, Sir.«

Und dann hatte er sie am Apparat. Er sagte, was zu sagen war. Die Reaktion: Stille, eine so tiefe Stille, daß er glaubte, sie hätte aufgelegt. Doch sie war am Apparat. Und ihre Stimme klang um eine Oktave höhergespannt, als sie wieder sprach: »Du kannst nicht kommen? ... Hättest du die Güte, das nochmals zu wiederholen? Ich hab' mich doch wohl verhört.«

Er wiederholte.

»Also doch. Und obwohl du weißt, was diese drei Stunden mir bedeuten.«

»Ich weiß es, Liz. Natürlich weiß ich das. Aber ich habe wirklich noch 'ne Menge zu tun. Und ich bin nun mal ein Banause, ein totaler Ignorant in Sachen Kunst. Ich steh' doch da nur rum.«

»Ignorant? Das ja. Und nicht nur in Sachen Kunst.«

Ihre Stimme war klar, leise, ruhig und beherrscht. Nur ein bißchen zu hoch. Und mit dieser klaren, ruhigen, beherrschten und ein wenig zu hohen Stimme sagte sie: »Ein Ignorant in allem, was Rücksicht, Mitmenschlichkeit und Anstand in der Ehe angeht bist du. Weißt du was? Scher dich doch zum Teufel!«

Die Verbindung brach ab.

Er betrachtete den Hörer in seiner Hand und legte ihn dann auf, ganz sanft. Er ertappte sich bei einem Lächeln. Er wußte nicht, warum er lächelte, und es war wohl auch ein ziemlich dämliches Lächeln. Er nahm seinen Stock und ging zum Tisch zurück ...

Die Kinder? Na gut, du wirst auch damit fertig …

Längst hatten sie sich von ihm abgewandt. Und dies nicht nur unter Liz', sondern auch unter dem Einfluß der Schwiegereltern. Sie weigerten sich, mit Rick zu sprechen, wenn er sie, oft hilflos bis zur Verzweiflung, in ihren Internaten aufsuchte.

Aus dem Randell-Haus am Regence-Park war er ausgezogen.

Er hatte sich eine Stadtwohnung am Rande des Zeitungs-Viertels in der Cannon Street genommen, auch sie gehörte dem Randell-Verlag. Er zahlte stillschweigend die astronomische Miete, schon um sich nicht dem Vorwurf aussetzen zu müssen, daß er noch immer seine Beziehungen zur Randell-Family mißbrauche, denn die bestanden nicht mehr. Rick Martin hatte sich in seiner Ehepleite eingerichtet, arbeitete härter denn je. Frust und gelegentlich aufflackernde Reue oder schlechtes Gewissen hatten sich zur Routine verhärtet.

Irgendwo aber, ganz tief in ihm, gab es eine Stimme, die alles in Zweifel stellte, die ihm zuflüsterte, daß es zum Teufel noch mal besser wäre, wenn er endlich aufhörte, sich selbst zu belügen, daß es schließlich auch andere Umstände waren, die ihn seinen Zustand so gelassen ertragen ließen.

Maya? – Sie hatte mit dem ganzen Desaster nichts zu tun, schließlich hatte seine Ehe ihren Tiefpunkt längst vor dem Tag erreicht, an dem er sie traf, war damals schon erschöpft wie eine Batterie, die man vergessen hatte nachzuladen, ein leeres Gehäuse, an dem gefährliche Säurereste klebten.

Aber es blieb die Tatsache, daß in den vergangenen Monaten nicht ein einziger Tag, kaum ein paar Stunden vergingen, in denen er nicht an Maya dachte, sie nicht vor sich sah … Da er keinen persönlichen Kontakt mit ihr herstellen konnte, versuchte er, wenigstens die Stimme ans Ohr zu bekommen. Du benimmst dich wie ein Volltrottel, sagte er sich, selbst die Sekretärinnen grinsen über deine Anordnung, jeden von Mayas Anrufen direkt durchzustellen. Aber schließlich gibt's ja auch eine Menge Gründe. Und die sind sachlich und sauber.

Der Hauptgrund lautete: Maya ist schlicht unglaublich!

Vom Start weg hatte sie sich als hochprofessionell erwiesen und mit brillanten Ergebnissen aufgewartet.

Zunächst hatte sie zusammen mit Jim Bright, einem der erfahrensten Öko-Agenten der EIA, die Down-Filiale, einen gewaltigen Chemie-Komplex bei Winchester, aufs Korn genommen.

In weniger als einer Woche brachten Maya und Bright den einwandfreien Beweis, daß beim Handling der Aufbereitungs-Anlage nicht nur geschlampt wurde, sondern daß auch das Wartungs-Team aus einem völlig unterbesetzten und inkompetenten Haufen bestand.

Ausschlaggebend dabei wurden Mayas brillante Kameraschüsse und die geradezu lässige Eleganz, mit der es ihr gelang, den Werkschutz auszutricksen, der ihr den Zugang verwehren wollte.

Der nächste Schlag, bereits einen Monat nach der Down-Geschichte und fast aus dem Stand heraus, war die Bournemouth-Affäre.

In Dorset umging eine Reihe kleinerer Unternehmen alle vorgeschriebenen Schutz- und Sicherheitsbestimmungen dadurch, daß sie ein gemeinsam finanziertes Wasserrohr auf dreihundert Meter Länge in die Poole Bay versenkt hatten und auf diese Weise ihre Giftrückstände loswurden.

Maya, die sich als hervorragende Schwimmerin erwies, ging selbst unter Wasser. Der von der Agentur angeheuerte Froschmann hatte sich plötzlich geweigert, den Auftrag durchzuführen. Vielleicht hatte der Mann auch dafür gesorgt, daß die Gegenseite Wind von der Aktion bekam.

Als Maya gerade dabei war, in zehn Meter Tiefe ihre Unterwasser-Kamera auf das Rohr zu richten, kam ein Motorboot angerast und walzte das Schlauchboot platt.

Jim Bright konnte sich in letzter Sekunde mit einem Sprung ins Wasser retten.

Ein Fischer, der sich in der Nähe befand, holte Jim und Maya aus dem Wasser. Wem das Motorboot gehörte und wer es gefahren hatte, war nie zu klären. Die Identifikationsnummern erwiesen sich als Fälschung. Glücklicherweise waren Mayas Kassetten intakt geblieben …

»Dieser Körper, diese Titten, dieses Gesicht!« begeisterte sich Pit O'Neil, als er die Fotos durchsah, die Jim Bright an Bord des Fischerbootes von Maya gemacht hatte. »Jede Redaktion würde uns die Bilder aus den Fingern reißen.«

»Ich weiß nicht, warum du mit den Titten anfängst.«

»Ist mein Markenzeichen. Bin nun mal Titten-Fetischist. Weißt du doch.«

In einem hatte Pit recht: Die Aufnahmen waren eine Wucht.

Was änderte das schon? Als private Erinnerungsbilder mochten sie taugen, für die Agentur kamen sie nicht in Frage. Das wichtigste, das überlebenswichtige Prinzip der Arbeit eines Öko-Agenten bestand darin, immer und überall seine Identität geheimzuhalten.

Sie hatten bei ihrem »Spezialisten für besondere Fälle« drei ganze Sätze gefälschter Pässe, gefälschter Sozialversicherungskarten, gefälschter Arbeitspapiere und Kreditkarten herstellen lassen. Damit konnte Maya als amerikanische Zeitungs-Reporterin, englische Touristin oder Biologin auftreten. Zusammen mit den anderen Papieren, die sie bei sich trug, besaß sie somit drei wasserdichte Legenden.

Doch als sie im Mai nach Nairobi und von dort nach Ruanda flog, schien der ganze Aufwand ziemlich nutzlos: Maya verzichtete auf jede Tarnung. Dabei sorgte das, was sie lieferte, für Aufsehen rund um die Welt und heizte vor allem erneut die Artenschutz-Diskussion an: In Khartum hatte sie dreißig Tonnen Elfenbein entdeckt und damit erreicht, daß der größte bisher bekanntgewordene Elfenbein-Schmuggel aufflog.

Mayas Aufnahmen und Interviews bewiesen, daß zwei Polen mit südafrikanischen Pässen und der Hilfe bestochener Beamter der als sauber geltenden und gefürchteten kenianischen Anti-Wilderer-Brigade eine Unzahl von Stoßzähnen und dazu noch vierhundert Elefantenkiefer in falsch deklarierten Containern quer durch Afrika bis zum Verlade-Hafen im sudanesischen Khartum geschafft hatten. Bei ihrem Einbruch in einen Ladeschuppen wäre Maya beinahe erwischt worden. Der Sudan setzte sie auf die Fahndungsliste, aus Nairobi kam ein Einreiseverbot.

Es schien sie nicht im geringsten zu beeindrucken. Sie gab kaum einen Kommentar. Ihre ganze Reaktion – ein schwaches, spöttisches Lächeln.

Nicht nur Rick fragte sich, was in ihr vorging.

Und er fragte sich auch, woher zum Teufel dieser unglaubliche Antrieb kam, der sie jede Strapaze überstehen und jede Bedrohung geringachten ließ, so gering, daß sie nicht einmal darüber reden wollte. Ihm blieb nur ohnmächtige Bewunderung …

Auch das Material, das Maya Nandi bei ihren folgenden Einsätzen brachte, hatte es in sich.

Für die Agentur wirkte es wie die Schubkraft einer Raketenstufe. Die interessierten Zeitungen überschlugen sich mit Komplimenten. Der Medien-Informationsdienst konnte in diesem Quartal mit der stolzen Steigerung von vierzig Prozent aufwarten, worauf sie den Preis des Abonnements von zwei- auf dreitausend Pfund anhoben. Fernschreiber und Fax spuckten Tag und Nacht Anfragen und Bestellungen. Und als Maya aufdeckte, daß die Central North ausgerechnet in Südfrankreich, und zwar in der Nähe von Grasse, entgegen aller europäischen Spielregeln, riesige illegale Freilandversuche mit gentechnisch manipuliertem Gemüse laufen hatte, war eine neue Dimension erreicht: Der Skandal trat eine wilde Debatte im Unterhaus los und brachte der EIA weltweites Aufsehen.

Nach wie vor ließ Maya der ganze Rummel um sie vollkommen unberührt. Ein Lächeln, maximal ein Küßchen auf die Wange, ein cooler Austausch von Informationen, das blieb alles. Jede Anerkennung schien sie zu stören. Ihr Gehalt hatten sie verdoppelt – aber eine feste Anstellung in der Agentur? »Wieso denn, Rick? Wieso soll ich sowas unterschreiben? Du mußt begreifen, wenn ich etwas bewahren will, dann ist es meinen klaren Kopf und meine Unabhängigkeit.«

Und dann, mit einem eigentümlichen Blick: »Gegenüber jedem, Rick.«

Das war im Samos gewesen. Bei ihren Londoner Aufenthalten war ihr gemeinsames Abendessen im Samos Tradition geworden.

Am nächsten Tag fand er eine von Mayas Botschaften auf dem Schreibtisch: ein kariertes, herausgerissenes Notizbuchblatt mit flüchtig hingekritzelten Buchstaben: »Sorry, Rick! Aber ich konnte dich nicht erreichen. Ich habe eine dringende Geschichte in den USA zu erledigen und fliege deshalb für drei Wochen nach New York. Maya.«

Soll sie doch, verdammt nochmal.

Er zerknüllte ihre Botschaft und knallte sie wutentbrannt in den Papierkorb. Zum Teufel mit dir, Maya! Was bist du bloß für ein Mensch? Und da blieb noch die andere, die geheimere Frage: Was bist du für eine Frau? Was steckt hinter all dem? Was nur …

Er griff zum Telefon und rief Judy an. Ihr Anrufbeantworter quäkte etwas von »Nachricht hinterlassen« …

Die Situation allerdings hatte auch ihr Gutes. Immerhin hatten sie nun die Zeit, Maya Nandis nächsten Einsatz sorgfältig und in aller Ruhe vorzubereiten.

Es ging um Netze, Fischerei-Netze. Doch diese Netze waren etwas Besonderes. Ihre Breite betrug Hunderte, ihre Länge oft drei- bis viertausend Meter. Monster-Netze also, seit Jahren von aufeinanderfolgenden internationalen Fischerei-Abkommen streng verboten. Netze, in denen alles, was sich darin verfing, unterschiedslos und auf kläglichste Weise krepieren mußte.

Und das war noch nicht alles …

Diese ebenso idiotischen wie gefräßigen Vernichtungsvorrichtungen wurden nicht etwa in einem fernen Ozean eingesetzt, nein, sie wüteten im kleinen, längst überfischten Mittelmeer. Die hochmodernen, mit allen technologischen Schikanen ausgestatteten Trawler, die sie zogen, hatten eine wochenlange Anreise zurückzulegen, ehe sie loslegen konnten. Sie kamen aus dem südchinesischen Meer und dem pazifischen Ozean und fischten im Auftrag von taiwanischen, japanischen und koreanischen Gesellschaften.

Und sie kamen in Scharen. Über hundertzwanzig waren gemeldet. Die spanische Küstenwache hatte allein im Raum der Balearen innerhalb weniger Wochen sechsundzwanzig Boote dieser Fischerei-Piraten entdeckt. Sie hatten es auf den Thunfisch abgesehen, auf eine besondere Sorte, den rosafarbenen Thunfisch. Im asiatisch-pazifischen Raum war der »rosa Atun« kaum mehr zu finden und erzielte deshalb Rekordpreise. Mit ihren bordeigenen Hubschraubern versuchten die Asiaten deshalb im Mittelmeer-Raum, zwischen Valencia und Sardinien, die Marschrichtung der Schwärme herauszubekommen. Lang würden die Bestände dieser geballten Attacke nicht standhalten.

Dies alles war schon schlimm genug.

Aber zudem – und das war der Gipfel – begannen sie ausgerechnet während der Schon- und Fortpflanzungszeit im Juni und Juli mit ihren Riesennetzen auch noch die letzten Thunfisch-Schwärme des Mittelmeeres auszuräumen …

Nach ihrer Rückkehr aus den USA lauschte eine sehr schweigsame, in sich gekehrte Maya Nandi Ricks Instruktionen. Drei Tage darauf flog sie ab. Rick machte sich Sorgen. Sie schien eine Art sportlichen Ehrgeiz entwickelt zu haben, die Risikogrenze immer höher zu legen …

Pere Pons war froh, als die schwarzhaarige Göttin die Bar verließ. Sie war einfach zuviel für ihn. Eine, nein, zwei Nummern zu groß …

Er sah den langen Beinen nach, den dunklen, schwingenden Haaren und dem ganzen Rest, der zu ihr gehörte, wandte sich wieder seinem Bier zu und schüttelte den Kopf.

Miguel, der Wirt, den sie in Puerto Colom »el Conejo« nannten, starrte ihn an.

»Wie kommt einer wie du an sowas? Kannst du mir das mal sagen?«

»Komm, laß mich bloß in Frieden.«

»Tu' ich doch … Und neugierig bin ich gar nicht.« Er griff nach einer Flasche und goß den hellen Cognac in ein ziemlich dickes Glas: »Hier! Der geht auf meine Rechnung.«

»Ich will keinen.«

»Vielleicht willst du nicht. Aber brauchen tust du ihn …«

»El Conejo« war schmal, klein und hager, hatte einen dürren, faltigen Hals an dem ein enormer Adamsapfel auf und ab hüpfte, wenn er sprach. Es hieß, er sei einmal der beste Dorado-Fänger Porto Coloms gewesen, dann bekam er's mit dem Asthma und gab auf. Aber die Augen unter dem grauen Stahlwollehaar blieben wach und aufmerksam wie eh und je. Seine Kneipe galt als Nachrichtenbörse am Hafen. Manchmal konnte er unangenehm werden, ziemlich unangenehm.

»Was ist mit deiner Klassefrau? Was ist die? Touristin?«

»Was denn sonst?«

»Und wo wohnt sie?«

»Oben an der Punta in einem der Appartementhäuser.«

»Cojonuda!« sagte »el Conejo«. Es war so ziemlich das höchste Kompliment, das er zu vergeben hatte. »Und wo kommt die her?«

Pere Pons schwieg.

Er sah über die Köpfe der anderen Fischer hinweg und dann durch die große Glasscheibe des *Caracola* hinaus auf die Straße. Ein paar Frauen kamen vom Supermarkt. An der Tankstelle sammelten sich wie immer um diese Zeit die Halbwüchsigen, um festzustellen, wo es heute abend hingehen würde. Touristen-Autos fuhren langsam vorüber auf der Suche nach einem Restaurant.

Neun Uhr. Wo blieb Adrover? ...

Die Ladung hatte er ziemlich zusammen. Fehlte nur noch Adrover mit den Getränken und dem Frischfleisch. Dann konnte er den ganzen Krempel aus seinem Lieferwagen aufs Boot laden. Nur auslaufen konnte er nicht. Das ging erst, wenn's am Hafen ruhig geworden war. Zwischen ein und zwei Uhr würde das sein. Nicht eher. In diesem Scheiß-Kaff beobachtete jeder den anderen. Die Guardia Civil gab's auch noch. Und ein Typ wie »el Conejo« wollte sowieso alles wissen. Der fing schon wieder an. Woher die denn stamme? Was sie ihm erzählt habe?

Ihr Vater sei Filipino, sagte Pere Pons. Mehr wisse er nicht. Und außerdem sei ihm das scheißegal.

Er trank jetzt doch den Cognac. Und dann einen zweiten, den er selbst bezahlte.

»Scheißegal? Natürlich. Was sonst? Da baggerst du eine Wundertante an, ziehst mit ihr am Hafen rum, schleppst sie sogar in den Club Nautico, weil du ja ein soo vornehmer Typ bist, verdrehst die Augen, daß man Angst kriegt, sie glupschen dir noch raus. Aber natürlich, sie ist dir scheißegal.«

Er hatte jetzt endgültig genug. Er stellte das Cognac-Glas auf den Tisch zurück. Doch in dieser Sekunde fing der Lautsprecher an. Er stand oben auf dem Bord neben einer Lourdes-Madonna. Miguel, »el Conejo«, hielt sein starkes Kurzwellengerät ständig auf der Frequenz, auf der sich die Männer der Fischerei-Cooperative bei ihrer Arbeit verständigten. Einer der Fischer wollte etwas über Bojen wissen und bekam als Antwort einen miesen Kollegen-Witz geliefert ...

»Wo sind die heute?«

»Mußt du doch wissen. Zwischen der Brafi und der Punta Negra. Zehn Meilen oder so ...«

Das würde nicht seine Route sein.

»Und, was ist mit dir? Die Arbeit hast du aufgegeben. Wenn du mal ablegst, ist ein Uhr morgens ... Was machst du denn dann? Mondschein-Fahrten? Mit dem Klasseweib?«

»Geht dich wohl einen Scheiß an, oder?«

Es reichte nun wirklich. Er ging.

»El Conejo« rief ihm irgend etwas nach. Er drehte noch nicht einmal den Kopf. Am meisten ärgerte Pere, daß »el Conejo« auch noch recht hatte: Er hatte sich benommenen wie ein Idiot, hatte nichts, rein gar nichts erreicht, ein Küßchen auf die Wange, sonst nur Gelaber – und Fragen. Die hatte sie gestellt. Endlos … Verdammt nochmal, wieso interessierte sie sich eigentlich für seine Treibstoffmenge an Bord? Und was gingen sie seine Kühlboxen an? Oder die Tatsache, daß er nicht wie die anderen nur für eine Nacht, sondern für zwei oder drei Tage den Hafen verließ?

»Schatz, bis zu den Chinesen sind das nun mal hundertzwanzig Seemeilen«, könnte er sagen.

Aber dieses verdammte Schlitzauge Harry hätte wohl wenig Freude daran. Chinesen-Harry betrieb in Cala d'Or eine Kneipe, ein Restaurant, das ständig leer blieb, weil auch der letzte Tourist noch vor seinem Fraß die Flucht ergriff. Das störte ihn kaum. Die Kohle besorgte er sich woanders. Und außerdem: Was sollte eine Esther Ramirez mit einer solchen Antwort schon anfangen?

Esther Ramirez? Ein komischer Name.

Falls sie überhaupt so hieß …

Pere Pons überquerte die Straße, die den Hafen entlangführte.

Es war nun vollkommen dunkel geworden. Der Mond befand sich in seinem letzten Viertel, und das war schon mal gut so … Die Positionslampen und Lichter der Boote und Schiffe, die draußen in der Bucht ankerten, warfen Farbkleckse auf das dunkle Wasser der Bucht.

Er hatte die Furgonetta, seinen Renault-Expreß-Lieferwagen am Pier neben dem Kran geparkt, der die kleineren Boote zum Überholen aus dem Wasser hievte. Der Pier selbst war von nur wenigen Lampen erleuchtet. Dunkel und grau verlor er sich in der Nacht. Die großen Kutter, mit Ausnahme der beiden Bonnet-Boote, waren alle ausgelaufen. Und über Bonnets »Maria I« und »Maria II« hing schon der Hammer … Guillermo Bonnet hatte sich übernommen. So wie du selbst, dachte er. Wenn Harry dir nicht vor drei Wochen mit dem Scheck vor der Nase herumgewedelt hätte, wärst du genauso pleite wie Guillermo. Kein Zweifel, ohne Harry wärst du drangewesen. Noch nicht mal die Furgonetta hätten sie dir gelassen, verdammt …

Aber da stand sie, und ihr Anblick tat ihm gut.

Dann jedoch verharrte Pere Pons plötzlich.

Das Licht?

Ja, da war doch ein Licht, ein kleiner, schmaler, weißer Streifen. Und der bewegte sich. Er bewegte sich im Laderaum des Expreß.

Jetzt wieder!

Pere Pons fing an zu laufen, überlegte es sich, sah sich um, ob er irgendwo in den Schatten der Platanen noch einen zweiten Scheiß-Typ entdecken konnte, holte das Messer aus der Tasche, klappte es auf und schlich die letzten Meter auf Zehenspitzen, bemüht, jedes Geräusch zu vermeiden.

Du hast alle Türen verriegelt, klar doch. Auch die am Heck. Ist doch der ganze Krempel drin, was ist mit der Beifahrertür? ... Sie steht offen. Nachschlüssel? Was sonst? Er bückte sich und schlich zum Heck des Wagens. Das war verriegelt.

Das Licht erlosch. Hat dich bemerkt, das Schwein. Na und? Hilft ihm auch nichts. Der sitzt in der Falle ...

Pere Pons umklammerte den Horngriff des Klappmessers und riß die Beifahrertür weit auf.

»Komm raus! Na, los schon! Voy a matarte. Ich bring' dich um, hijo de puta! Weißt du, was ich mit dir mache ...«

Er verstummte. Er sah in ein Gesicht, sah schwarzes Haar, sah dunkle Augen, ruhige Augen, einen großen, ruhigen Mund und den großzügigen Ansatz zweier Brüste im Ausschnitt eines Männerhemdes.

»Du?«

»Ja .... Bitte tu das blöde Messer weg, da kriegt man ja Angst. Und damit du nicht fragen mußt, was ich in deinem Wagen suche: Ich habe gestern, als wir zur Playa fuhren, mein Handtuch liegen lassen und dachte ...«

»Und deshalb brichst du die Tür auf?«

»Aufbrechen? Hab' ich doch nicht. Die war offen.«

»Ach ja?«

Sie log.

Er wußte jetzt, daß sie log. Er wußte genau, daß er alle Türen verschlossen hatte. Aber er konnte nicht verhindern, daß sich seine Augen auf ihre Brüste richteten. Einer der Knöpfe des Hemdes war abgerissen, der obere, der strategische. Sie trug keinen BH. Warum nicht? Die Dinger in die Hand nehmen, sie durchkneten, wie oft hatte er davon geträumt in den letzten Tagen. Einmal, irgendwann. Nein, jetzt …

Sie lügt. Sie hat dich die ganze Zeit ausgetrickst. Und jetzt bist du am Zug.

Er grinste immer weiter, ging um den Wagen herum und setzte sich hinters Steuer. Er ließ den Motor an, griff an ihr vorbei, zog die Beifahrertür zu und fragte sich die ganze Zeit, was, verdammt, er jetzt unternehmen sollte.

»Ich bin großzügig mit dir, Pere, stimmt's?« hatte Chinesen-Harry gesagt. »Wahrscheinlich viel zu großzügig. Ich hab' so was wie 'nen Narren an dir gefressen, aber wenn auffliegt, daß du unsere Schiffe belieferst, bist du dran. Ist das klar?«

Er hatte verstanden. Und nun war es aufgeflogen. Sie wußte Bescheid. Sie war sogar so weit gegangen, seine Karre aufzubrechen. Aber wieso? Wer bezahlte sie? Von wo kam sie? Was führte sie im Schilde?

Er ließ die Kupplung nach und gab Gas.

»Wo fährst du hin?«

Der Expreß rumpelte den Kai entlang. Ihre Stimme war ruhig, sie saß ganz entspannt neben ihm, ein bißchen Licht im Haar und auf der Stirn.

»Da runter.« Er steuerte die Rampe an. An dieser Stelle senkte sich das Gelände von der Straße bis zum Rand des Hafenbeckens. Es war dicht mit Pinien bewachsen. Der Wagen rüttelte.

»Ich muß noch was laden. Und dann warte ich noch auf 'ne andere Type, die mir auch Ware bringt.«

»So?« Sie fragte nicht weiter.

Der Expreß hüpfte über die Pinienwurzeln, die sich wie dicke Adern aus der hartgebackenen Erde schoben. Er brachte ihn hinter einem großen Stapel vor sich hin rostender Tretboote zum Stehen.

Sie sah sich um.

Er schaltete den Motor ab, lehnte sich zurück und griff nach dem Messer in seiner Tasche. Er ließ es stecken. Er brauchte es nicht.

»Hör mal, Süße, jetzt wirst du doch gleich wieder wissen wollen, was ich mit dem ganzen Zeug anfange, nicht wahr? Und wohin ich es bringe. Darum geht's dir doch, oder?«

Sie drehte sich ihm zu. Er roch ihr Parfum. Die dunklen Augen verschwammen im Schatten, die Haut an ihrem Hals glänzte matt.

Und dann ging alles ganz schnell. Vielleicht war es der Cognac, vielleicht die Wut darüber, daß sie ihn die ganze Zeit verarscht hatte, vielleicht auch einfach Angst – er wußte selbst nicht genau, was er da tat, aber er legte beide Hände um ihren Hals und schloß sie.

Sie stöhnte, warf den Kopf zurück, versuchte nach ihm zu schlagen, doch er ließ nicht los, oh nein, und er hatte starke Hände. Sie versuchte es erneut. Diesmal mit der Faust. Er drückte nur noch härter zu.

»Puta! Dreckshure! Was willst du? Los schon, sag's! Wer schickt dich? Wer? Wer ...«

Er fühlte sie schlaff werden. Mit der linken Hand, in einem einzigen Ruck riß er ihr das Hemd auf. Ihr Mund war verzerrt und das machte ihn noch schärfer. Wie auch nicht, zum Teufel? Ihre Brüste mit den dunklen Höfen sprangen ihm förmlich entgegen. Er schob seinen Körper über sie, hielt sie an den Schultern fest, versuchte die Schenkel zwischen ihre Beine zu schieben ... »Dir zeig ich's, Miststück!«

Und dann brüllte Pere Pons, brüllte nur noch, brüllte wie ein Stier unter dem Anprall des Schmerzes, der ihn zu zerreißen schien, brüllte und brüllte, und als er endlich den Kopf hob, wimmernd, mit beiden Händen die schmerzenden Hoden umklammernd, war der Sitz neben ihm leer ...

Es war Freitag morgen, zehn Uhr dreißig. Rick stand zufällig im Sekretariat, um noch einige dringende Abrechnungen abzuzeichnen, als Rosi Myers, die Chefsekretärin, den Hörer abnahm, die Hand über die Sprechmuschel legte und ihn fragend ansah.

»Was ist denn?«

»Maya. Sie will Jim sprechen. Aber Jim ist in Southampton.«

Er nickte. »Dort wird er auch über das Wochenende bleiben. Geben Sie her, Rosi.«

»Hallo?« vernahm er. »Was ist denn jetzt mit Jim?« Ihre Stimme schien sehr weit weg und klang reichlich ungeduldig.

»Und was ist mit dir?« Wie immer, wenn er mit Maya am Telefon sprach, spürte er eine geradezu schmerzliche Anspannung.

»Du?«

»Ja, ich.«

»Oh, Rick! Na gut. Weißt du, ich hab' da einige Probleme, die ich gerne mit Jim Bright besprochen hätte.«

Sie klang fast enttäuscht, registrierte er verärgert. »Kannst du auch mit mir, nicht wahr? Was sind das für Probleme?«

Sie zögerte. »Läßt sich von hier aus schwer beschreiben.«

»Wo bist du denn?«

»In einer Kneipe. Da wo ich wohne, gibt's kein Telefon.«

Da wo ich wohne? Eine kleine Hafenstadt an der Südostküste Mallorcas! Puerto Colom, wenn er sich recht erinnerte.

»Die Sache wird reichlich kompliziert, Rick. Ich habe mit den Regierungsstellen in Palma, der Conselleria de Pesca gesprochen. Die haben mich dann an die Küstenwache und den Seedienst der Guardia Civil verwiesen. Die Jungs dort versuchen mit Helikoptern die Fisch-Piraterie zu kontrollieren. Eines haben sie herausgefunden: Es gibt hier eine Art logistischen Stützpunkt für die Taiwanesen.«

»Wo hier?«

»Hier in Puerto Colom. Über diese Kontaktstelle besteht die einzige Möglichkeit, irgendwie an Bord der Schiffe zu kommen. Aber allein schaff' ich das nicht. Deshalb hätte ich gerne, daß Jim hierher kommt.«

»Das wirst du schön sein lassen. Ist doch viel zu gefährlich.«

»Was soll schon passieren?«

Was soll schon passieren ... Er konnte sich keinen typischeren Nandi-Kommentar vorstellen.

»Ich werde mir das überlegen, Maya. Ruf in drei Stunden noch mal an, ja?« Es hatte einen Grund, daß er diesmal so knapp mit ihr war. Er hatte gerade eine Entscheidung gefällt.

Er legte auf und sah die Sekretärin an: »Rosi, besorgen Sie mir ein Ticket nach Palma.«

»Und für wann?«

»Möglichst heute. Und je schneller, desto besser.«

Es ging wirklich schnell. Als Maya zum zweitenmal anrief, saß Rick Martin bereits in einer der Charter-Boeings, die für den Thompson-Feriendienst täglich Hunderte von sonnenhungrigen Briten auf die Ferieninsel schaufelten. Und während sie gerade über

Frankreich hinwegflogen, hoffte er, daß Rosi es geschafft hatte, Maya im Unklaren darüber zu lassen, wer ihr zu Hilfe kam. Er wollte sie überraschen.

Am Flughafen Palma mietete sich Rick Martin einen Seat Cordoba und fuhr Richtung Südosten.

Er war bereits das dritte Mal auf Mallorca, besaß jedoch nur noch blasse Erinnerungen. Soviel konnte er feststellen: Es hatte sich seit seinem letzten Besuch eine Menge geändert. Es herrschte wenig Verkehr. Er sah verschlafene Landstädtchen, einzelne Fincas, braune Erde und zu seiner rechten Seite das tiefblaue Meer.

Nach vierzig Minuten tauchte das Schild auf: »Puerto Colom«. Der Pfeil deutete nach rechts.

Der Ort lag am Ende einer langen, weitgeschwungenen S-Kurve und schien das Meer zu umarmen. Ein Leuchtturm, weiße Boote, weiße Häuser, violette Bougainvillea-Hecken und grüne Pinien – ein traumhafter Anblick, kein Zweifel.

Er hatte dennoch keinen Blick dafür, jagte den Cordoba den Hang hinab, stoppte an einem Rondell und zog noch einmal die Info-Karte zu Rate, die ihm Rosi vorbereitet hatte: »Casa Son Vent« stand da. »Calle la Punta, 24«.

Ein alter Mann hockte auf einem Steinsockel, auf dem ein großer, verrosteter Anker montiert war. Er hatte den rechten seiner zerrissenen Segeltuchschuhe ausgezogen und betrachtete melancholisch das Loch an der Kappe. »Calle la Punto 24?« Er hob nur den Arm und deutete auf die Straße, die nach links in eine Tamarisken-Allee abzweigte.

Rick durchquerte den alten Teil der Straße. Er zog sich über einen Hügel, der aus lauter weißgekalkten Fischerhäusern bestand. Als er wieder fragte, hatte er einen vierzehnjährigen Jungen vor sich, der ihm rasche, präzise Antworten in einem gestochen klaren kastilianisch gab. Nach der Playa hoch zum Felsen, am Leuchtturm vorbei. Neben einem Pinienwald …

Das dreistöckige Gebäude, an dessen Gartenmauer »Casa Son Vent« stand, war vor wohl nicht allzu langer Zeit bonbonrosa gestrichen worden. Doch die Winterstürme und das Salz, das sie mit sich trugen, hatten nicht nur Balkon und Fensterläden mitgenommen, sondern auch große, schmutziggraue Flecken in die Farbe gefressen.

Er stieg aus.

Bisher war er seiner Sache verdammt sicher gewesen. Vermutlich hatte Maya sich hier in Porto Colom als Touristin verkauft, in Palma wiederum als Reporterin. Trotzdem, mit ihrem exotischen Aussehen mußte sie den Leuten auffallen. Schön, aber wo waren »die Leute«? Er sah niemanden.

Er blickte über eine lehmbraune Mauer, hinter der drei halbverdorrte junge Palmen ums Überleben kämpften. Daneben stand ein gleichfalls ziemlich verhungerter Pfefferbaum, der seine Aste hängen ließ. Dann die Haustür. Sie war angelehnt. Eine Katze saß auf einem Abfallbehälter.

Der Eingang befand sich auf der Rückseite des Hauses. Von der Vorderfront hatte man sicher eine herrliche Aussicht über die Bucht, hingegen gab es hier nur Küchenbalkons zu betrachten. Sie vermittelten den Eindruck, nie von irgend jemand betreten worden zu sein. Er ging durch die Öffnung in der Mauer, lief über ein paar Zementplatten und wollte gerade die Haustür aufstoßen, als er eine Stimme hörte.

»Hallo!«

Er drehte sich langsam um. Da stand sie. Sie trug Shorts, ein Khaki-Hemd und natürlich Sandalen. Ihr Haar war zu einem Pferdeschwanz zurückgebunden, und um den Hals hatte sie ein Tuch geknotet. Sie stand und starrte mit runden Augen, als begegne sie einem Marsmenschen, und der Wind zupfte an ihrem Haar. Die Hände mit den langen Fingern kamen halb hoch und fielen hilflos zurück. Dann begann sie zu rennen. Sie lief ihm entgegen, ihr Mund lachte, und er erlebte ein kleines Wunder: eine Maya Nandi, die die Arme um ihn warf und ihm am Hals hing. »Oh, Rick, Rick ... Ist das ... also ich weiß gar nicht ...«

»Ist das eine Überraschung, wolltest du doch sagen.«

Er hatte seine Stimme nicht so unter Kontrolle, wie er sich das wünschte, aber sein Verstand blieb klar genug, um ihm zu sagen, daß es bei Maya klüger war, die Schulter freizugeben, statt sie festzuhalten, und die Arme wieder sinken zu lassen, statt ihren Mund zu küssen. Sie sah ihn an.

»Wirklich? Der Chef persönlich?«

»Ließ sich kein anderer auftreiben«, grinste er.

»Übertreibst du nicht?«

»Bei dir kann man das gar nicht, Maya. Und das Schlimme ist, du weißt es auch noch.« Er steigerte sich zu einem persönlichen Rekord an Sachlichkeit: »Also, worin bestehen die Probleme?«

Sie senkte ein wenig die Lider. Die langen Wimpern bildeten Schattenkreise. Das Lächeln war verschwunden. Sie zupfte nervös an ihrem blauen Halstuch und drückte den Daumen gegen den Riemen ihrer Umhängetasche. Dann warf sie einen kurzen, schnellen Blick über die Schulter hinüber auf die Pinien, die einen halbfertigen Neubau im Hintergrund verdeckten.

»Hör mal, Maya, was ist denn?«

»Ja, was ist? Genau. Eine gute Frage. Aber wollen wir das hier besprechen?«

»Natürlich nicht. Gehen wird doch rauf in deine Wohnung.«

»Noch so eine Sache, Rick. Außerdem, die Fenster gehen alle nach Westen. Und da knallt jetzt die Sonne rein und heizt auf, daß es nicht zum Aushalten ist. Ich hab' einen anderen Vorschlag. Da vorne gibt's einen Badestrand mit einer ganz hübschen Strandkneipe. Und Schatten gibt's dort auch. Da können wir alles in Ruhe durchsprechen. Was hältst du davon?«

Er nickte und sah sich nochmals das Haus an. Noch so eine Sache? Was meinte sie damit? Nun, sie würde es ihm erzählen ...

Schweigend ging sie neben ihm her. Die leichte, beschwingte Fröhlichkeit, die sie zuvor bei der Begrüßung gezeigt hatte, war verschwunden.

Irgend etwas stimmte nicht. Und er mußte schnell erfahren, was das war.

Ein weißes, breites Band zerschnitt den Himmel und zerfloß am Horizont zu einem silbrig-wäßrigen Streifen. Davor die Berge. Dann die alte Stadt auf ihrem Hügel, ihre weißen Häuser mit all den grünen und blauen Fensterläden. Die breite Bucht mit all den Masten, den großen und kleinen, weißen, roten, blauen und braunen Schiffskörpern.

Schreie und Gelächter wehten von der Schwimminsel, die vor dem Strand verankert lag. Kinder bauten Sandburgen. Irgendein Verrückter schnitt mit einem Wasser-Scooter durch ein paar träge Wellen. Und viele, viele Mütter. Es war wie das Abtauchen in eine andere, ersehnte, erlösende Welt. Es war angenehm, äußerst angenehm.

Eine dicke, rundgesichtige Frau hatte ihnen einen Plastiktisch und zwei Plastikstühle unter die Befestigungsmauer gestellt, die die schmale Zufahrtsstraße trug. Tamarisken wuchsen aus dem Sand, ihre Zweige spielten mit dem Licht. Sie tranken trockenen Rosado und spießten mit Zahnstochern Oliven auf.

Rick Martin streckte die Beine aus und ließ seinen Stock in den Sand fallen. Maya hing neben ihm im Stuhl, gleichfalls zurückgelehnt, gleichfalls die Beine gestreckt, die nackten Füße im warmen Sand. Ihre Stimme war wie immer sachlich und gelassen.

Manchmal gingen ihm ein paar Worte von dem, was sie berichtete, und was er mit methodischer Erfahrung zu ordnen versuchte, verloren. Ein Bootsmotor wurde zu laut. Die alte Mallorquinerin dort drüben regte sich über ihre Enkel auf. Er war plötzlich müde. Nein, er hätte so gerne, so verflucht gerne einem anderen Thema zugehört.

Er ließ seinen Blick auf den weißen Streifen ruhen, die die Riemen ihrer Sandalen auf der braunen Haut hinterlassen hatten und wünschte sich, daß es, zum Teufel nochmal, keine Thunfisch-Netze, kein Taiwanesen, keine Zwei-hundert-Meilen-Fischerei-Zonen geben würde. Daß alles, Himmelarsch nochmal, anders sei, als es nun mal war. Ganz anders. Neben dieser Frau sitzen, einer solchen Frau, ihr zuhören, ihre Nähe genießen … das war das Leben. So schmerzhaft verlangte es ihn nach ihr, so gern hätte er mehr von ihr gewußt. Aber was interessierte ihn die Guardia Civil Central in Palma?! …

»Sie sind gar nicht so übel, die Typen dort. Sind im Grunde sogar unheimlich nett. Und für Bullen überraschend kooperativ. Und einige dazu noch umwerfend gut aussehend.« Sie lachte leise. »Da war einer, ein Adjudant. Romero, Comandante oder so. Jedenfalls wollte er wissen, ob ich mich für Poesie interessiere und was ich von Carlos Fuentes halte. Und ob man sich mal zum Kaffee verabreden könnte.«

»So?«

»Ja. Er versprach mir, mich im Hubschrauber mitzunehmen. Damit ich mir mal die Taiwanesen von oben ansehen könne. Sogar filmen wollte er mich lassen. Dabei hatte er meinen Presseausweis kaum angesehen.«

»Und?«

»Und, und ... Klappte nicht. Sein Chef pfiff ihn zurück. Wahrscheinlich hatte er schon einige Erfahrungen mit Romero gemacht. Außerdem: Die Taiwanesen von oben? Was nützt uns das?«

»Ja nun, ein paar Schüsse zur Illustration ...«

Sie schienen sehr weit weg in diesem Augenblick, die Taiwanesen. Sehr nahe jedoch war das Spiel ihrer rotlackierten, langen Zehennägel, die schmalen, zarten Knöchel mit ihren Schatten, das Spiel der Muskeln an ihren Unterschenkeln.

»Der Punkt ist, daß sie die Zweihundert-Meilen-Zone nicht einhalten. Nachts rückten sie näher an die Küste. Und zwar bedeutend näher. Sie verletzen also nicht nur die Schonzeit-Bestimmungen, sie fischen auch in spanischem Gewässer. Die Spanier haben zwei oder drei lahme Demarchen bei der Madrider Gesandtschaft Taiwans laufen. Beweisen konnten sie nichts. Und ich habe den Eindruck, daß sie auch gar nicht so scharf darauf sind.«

»Und wieso nicht?«

»Na ja, denk doch an den Fischerei-Krieg, den Spanien mit Kanada hatte. Da lief doch dasselbe. Illegale Netze. Fischraub in ihrem Hoheitsbereich, haben die Kanadier behauptet. Die Spanier haben das bestritten. Seither sind sie vorsichtig.«

»Die Kanadier haben aber die spanischen Trawler aufgebracht. Und es ging lediglich um die Maschengröße, nicht um diese Horror-Dinger von Schleppnetzen.«

Was interessierte ihn der spanisch-kanadische Fischerei-Krieg?

»Ich würde ihnen auch ein paar Fregatten, nein, die ganze Flotte würde ich ihnen auf den Hals schicken. Sie sind unerträglich. Ich hasse sie ...«

»Jetzt legst du aber los.«

»Die denken nicht weiter, als ein Dollar rund ist. Miesester Piraten-Kapitalismus. Bei uns plündern ihre Holz-Kompanien die Wälder aus – und hier das Mittelmeer. Und die haben tatsächlich die Frechheit, unter der Küste ihre Thunfisch-Schlächterei durchzuziehen.«

»Wieso unter der Küste?«

»Na, ziemlich nah.«

»Hast du das von diesem mallorquinischen Fischer?«

»Pons? Der hat zu viel Manschetten, um den Mund aufzumachen. Aber ich hab' mir sein Boot angesehen. Mit dem bißchen Diesel, das der da an Bord hatte, schafft er gerade mal hundert Seemeilen bis zum Treffpunkt und dann wieder zurück.«

»Und wie war das, als er dich in seinem Wagen erwischte?«

»Komm, lassen wir das lieber … Unangenehm. Reichlich unangenehm.«

»Wieso willst du nicht darüber sprechen?«

»Wieso, wieso …« Ihre Stimme brach ab.

Er trank den Rest Rose aus seinem Glas und fragte sich wieder einmal, woher diese merkwürdige Sprache rührte, die sie davon abhielt, Gefühle zu zeigen. Oder zumindest eine Geschichte so zu erzählen, wie sie wirklich abgelaufen war, vor allem, was sie dabei empfunden hatte. All diese gelassene, übersachliche, unnatürliche Coolness. Weglassen, was nicht zum Job gehört … Hatte sie sich das antrainiert oder reagierte sie nur bei ihm so?

»Rick! Hörst du überhaupt zu?«

»Stellen wir doch richtig, Maya: Ich hab' dich was gefragt. Und du hast es vorgezogen, nicht zu antworten …«

Sie schwieg. Oben vor dem rosafarbenen Haus, als sie ihm entgegenlief, erleichtert und glücklich, da war sie ein völlig anderer Mensch, eine ganz andere Frau gewesen, die er in den Armen gehalten hatte.

Unter den Stoff seiner Jeans kroch Wärme. Das Licht ließ kleine, rote Wirbel hinter den geschlossenen Lidern spielen. Er fühlte die Kälte eines Schattens und öffnete sie. Sie.

Da stand sie vor ihm und lächelte auf ihn herab. Den kleinen, grünen Bikini mußte sie unter Shorts und Bluse getragen haben: kupferne Haut, ein tiefes, sattes, rötliches Kupfer. Doch das lag am Licht. Der lange Hals, der reiche Schwung der Brüste und der Hüften, die Schatten an Schlüsselbein und Schultern, all dieses glänzende Haar!

Perfekt. Was ließ sich sonst sagen? Eine Göttin im Mittelmeerlicht des Nachmittags. Fast zuviel Vollkommenheit. Sie ließ keine andere Regung mehr zu als Bewunderung.

»Willst du nicht baden?«

Er schüttelte den Kopf.

»Komm schon, los! Komm doch mit!«

»Besser nicht.«

»Aber du wirst doch dein Badezeug eingepackt haben?«

Er wußte es noch nicht einmal. – Stimmt, er hatte. Aber da war die Narbe. Gute zwanzig Zentimeter lang. Nicht nur, daß sie ihn behinderte, ein ästhetischer Anblick war sie auch nicht gerade. Zu allem Überfluß mußte sie sich in diesem Augenblick auch noch melden. Nein, nicht unbedingt ein attraktiver Anblick.

»Geh schon.«

»Das Bein?«

»Frag mich nicht …«

Sie verzog den Mund, rannte über den Strand, vorbei an der mallorquinischen Großfamilie, vorbei an den spielenden Halbwüchsigen. Er sah ihr nach, sah sie noch weiße Gischt aufwerfen im türkisfarbenen Streifen am Ufer und dann mit flachem Sprung im tiefen Wasser verschwinden …

Pinien wuchsen über den Felsen. Die Felsen wiederum formten ein zweites, kleines Becken, dessen Wasser sehr flach war und das deshalb vor allem von Müttern mit Kleinkindern bevorzugt wurde. Die meisten spielten andächtig am Strand.

Weiter oben am Hang lag ein Mann im Schatten. Er trug graublaue Bermuda-Shorts, Gummisandalen und ein graues T-Shirt mit der Aufschrift »Why not try it?« Seinen Kopf bedeckte ein Strohhut, wie man ihn auf den mallorquinischen Bauernmärkten für ein paar Peseten kaufen konnte, das Gesicht verschwand fast hinter einer großen, dunklen Sonnenbrille.

Er sah auf die Uhr. Es war jetzt siebzehn Uhr zwanzig.

Er griff in seine Badetasche und zog ein Fernglas hervor. Es war grau, klein, unauffällig, nicht größer als ein Opernglas.

Er setzte es an, ohne seine Brille abzunehmen, und ließ den Blick über das Wasser wandern. Das Okular erfaßte die fliegenden Arme Mayas, die noch immer ihre Kraulspur zur Badeplattform zog, und wandte sich dann dem Mann zu, der dort unten an der Mauer neben dem Restaurant saß.

Er nickte, schob das Fernglas in die Tasche zurück, erhob sich, hängte sich die Tasche über die Schulter und stieg den Hang zur Straßenkurve hoch. Dort parkte ein tiefblauer, kleiner Clio.

Er schloß die Fahrertür auf und ließ den Motor an. Er blieb im Leerlauf und faßte wieder nach der Tasche, die neben ihm auf dem Beifahrersitz lag. Er nahm sie auf die Knie, öffnete sie, wickelte eine Pistole aus einem Handtuch, griff nochmals zu und schob, ohne die Waffe aus der Tasche zu nehmen, einen Schalldämpfer auf den Lauf. Dann stellte er die Tasche zurück, nahm den Blick nach vorne, gab Gas und steuerte den Clio einem Waldstück entgegen, das sich zwischen einem rosafarbenen Haus und einer Baustelle erstreckte …

»Du mußt sehr vorsichtig mit Maya umgehen«, hatte ihm Mayas Freundin Judy einmal gesagt. »Sie hat eine Menge hinter sich. Sie hat ihren Vater verloren. Wahrscheinlich wurde er ermordet. Das nimmt man wenigstens an. Sie will es nicht glauben. Aber diese elende Geschichte mit ihrem Vater ist nun mal ihr wirkliches Problem.«

Ihr wirkliches Problem? Und sie hatte nie mit ihm darüber gesprochen.

Eine diffuse Melancholie hatte ihn ergriffen: achtzehn Jahre Altersunterschied. Ein hinkender Krüppel … Schleppnetze. Ölpest. Atommüll. Eine Welt, die zum Teufel geht. Und du strampelst dich ab. Als würde es etwas ändern, wenn du mit einer Stecknadel die Decke perforierst, die dich zu ersticken droht.

Es muß sich etwas ändern. Viel muß sich ändern. Auch mit dir, dem Job, es muß …

Tropfen trafen ihn. Er öffnete die Augen. Sie stand vor ihm. Ihre kräftigen Hände preßten verschlungene Haarflechten zusammen. Wasser floß heraus. Wasserperlen auf den langen Schenkeln, Perlen auf dem Bauch, den Schultern, drei Flecken provozierend dünnes, nasses Tuch. Die beiden grünen, der blaue um ihren Hals. Das Tuch hatte sie auch während des Schwimmens nicht abgenommen. Es hatte sich zu einem schmalen Band zusammengefaltet.

Er hatte einige Mühe, den Blick von den geränderten, harten Erhebungen der Brustwarzen zu lösen.

Und sagte plötzlich aufgeregt: »Maya! Herrgott, was ist das? Was ist mit deinem Hals?«

Sie reagierte nicht sofort. Erst als sie begriff, zupfte sie wie ein ertapptes Schulmädchen das Tuch in die Breite.

Mit einer für seine Verhältnisse geradezu umwerfenden Schnelligkeit stand er auf. »Laß sehen! Sei nicht kindisch.«

Sie wich einen halben Schritt zurück. Dann blieb sie doch stehen. »Nicht der Rede wert, wirklich, Rick.«

Er schob mit dem gespreizten rechten Zeigefinger das Tuch gegen den Schultermuskel. Es waren drei Male. Sie waren blau und rot unterlaufen. Das linke zog sich vom Halsmuskel unterhalb des Kehlkopfs bis zur Kurve des Unterkiefers. Der Abdruck einer Hand, ohne Zweifel, der Abdruck einer Hand, die hatte töten wollen. Und die auch die Kraft gehabt hätte, es zu tun.

»Wer?« Er flüsterte. All das Geschrei und die Kinderstimmen erschienen ihm unerträglich laut. »Wer war das?«

»Komm, mach kein Theater, Rick.«

»Theater?« Er legte beide Hände auf ihre Schultern und drückte sie auf den Stuhl. Ihr Gesicht wurde starr, doch sie ließ es geschehen.

»Theater, Maya?! Herrgott noch mal, was ist eigentlich mit dir los? Da kommt einer, bringt dich halb um, und du hältst es noch nicht mal für nötig, ein einziges Wort darüber zu verlieren. Für wen hältst du dich? Für einen weiblichen Rambo? So was gibt's nur im Film!«

Sein Bein fing an zu zittern.

Sie ließ die Arme hängen. Ihre Augen schlossen sich. Ihr Gesicht blieb so maskenhaft wie zuvor.

»Rede schon …«

»Ja. Wenn du dich hinsetzt und nicht länger herumschreist.«

Er setzte sich.

»Es war Pere Pons.«

»Dieser Fischer?«

»Ja, dieser Fischer.«

»Und?«

»Der wollte mich nicht umbringen, Rick. Wirklich nicht. Der ist nur einfach durchgedreht. An Idioten, die durchknallen, bin ich langsam gewöhnt. Seit langem übrigens … Kann ja sein, daß ich ihm falsche Hoffnungen gemacht habe. Vielleicht habe ich ihn auch provoziert … Himmel, du brauchst mich wirklich nicht so anzustarren. Als er merkte, daß ich ihn reinlegen wollte, passierte es nun mal. Aber schließlich: Ich bin mit ihm fertiggeworden. Und wahrscheinlich hatte er dazu noch eine Menge Angst.«

»So, es passierte nun mal? Der Typ hätte dich beinahe zu Tode gewürgt. Aber logisch, so etwas ist doch gar nichts! Du machst mich noch wahnsinnig! Hast du die Polizei benachrichtigt? Hast du wenigstens deinen Verehrer bei der Guardia Civil angerufen?«

»Ich bin doch nicht verrückt. Das würde die Sache noch mehr verkomplizieren. Außerdem, ich hatte noch immer die Hoffnung … ich meine, ich habe mir gedacht, wenn du dich vernünftig benimmst und mit Pere irgendwie wieder ins reine kommst, sind vielleicht noch ein paar Informationen drin.«

»Ins reine kommen«, höhnte er. »Was sonst? Der Job geht schließlich vor, was?«

»Ja«, sagte sie langsam. »Und ich habe ihn allmählich satt.«

Er gab keine Antwort. Verschwieg, daß er vor ein paar Minuten genau dasselbe gedacht hatte.

»Und wieso hatte er Angst?«

»Weiß der Teufel. Ich sagte dir doch, daß es drüben in Cala d'Or einen chinesischen Restaurant-Besitzer gibt. Anscheinend hat der Mann ihn in der Hand. Ich kenne diese Auslands-Chinesen. Wenn es um ihre Interessen geht, schlagen sie zu. Und das gnadenlos.«

»Aha«, meinte er spöttisch. »Gnadenlos.«

»Ja, Rick. Als ich dich vorhin oben am Haus nicht in die Wohnung gebeten habe, da lag das nicht nur an der Hitze.«

Er richtete sich auf. »Ja? Sondern?«

Sie sah wieder zu ihm. »Ich wollte nicht hinein … Ich habe auch meinen Wagen an einem anderen Ort geparkt.«

»Und warum?«

»Das war so … Es gibt dort oben in der Nähe des Hauses eine Baustelle. Am Morgen, als ich kam, nein, gestern schon, sah ich ein paar sonderbare Figuren dort oben. Ich hab' nicht besonders darauf geachtet. Also ging ich hoch in die Wohnung. Die Tür war ordentlich abgeschlossen. Auch die Jalousien waren nicht angetastet. Aber in der Wohnung sah es aus, als hätte eine Bombe eingeschlagen. Alles herausgerissen, alles durchgewühlt. Sie müssen einen Nachschlüssel benutzt haben.«

»Sie?«

»Ja, sie. Es muß irgendwas mit diesem Restaurant-Typen zu tun haben. Ja, jedenfalls kamen sie umsonst. Finden konnten sie nichts. Nichts Wichtiges. Das trage ich immer bei mir.«

»Sie haben also nichts mitgenommen?«

»Im Gegenteil, sie haben etwas dagelassen.«
»Und was war das?«
»Auf dem Bett, Rick, auf dem Bett lag ein geköpftes Huhn ...«

Er hieß Don Edwards. Das stand wenigstens draußen auf dem Agentur-Schild unter dem »Porto Colom Chartering SA«. Er war vielleicht achtundvierzig, dick, breitschultrig, braungebrannt, trug ein blauweiß gestreiftes T-Shirt mit irgendeinem Yacht-Sticker darauf und einen roten Seehund-Schnauzer und war gerade dabei, sich über einen Haufen von Kellog-Crusties in seinem Teller herzumachen.

»Mein Abendessen. Was bleibt einem schon übrig als abzuspecken? Ist noch Winterspeck. In dieser Gegend wird man einfach zu fett ...«

Er ließ zwei Eßlöffel Flocken zwischen den Zähnen zerkrachen und studierte die Ausweise, die Rick Martin ihm auf den Schreibtisch gelegt hatte.

»Royal Folkstone? Was sonst? Soll ich Ihnen mal sagen, was einfach fantastisch ist? Der Club ist klein, der Folkstone hat höchstens sechshundert Mitglieder, oder?«

»Weniger.«

»Weniger. Natürlich. Und nun erklären Sie mal, wieso durch die Tür, durch die Sie gerade gekommen sind, jeden Tag einer 'reinmarschiert und mir einen Folkstone-Ausweis und ein Segel-Patent auf den Tisch legt?«

»In Folkstone ist es kalt,« sagte Rick »Und regnen tut's auch ziemlich viel. Das fördert vermutlich die Lust auf's Mittelmeer.«

»Aber Porto Colom?«

»Ist doch schön hier ...«

»Ist es auch.«

Rick hatte Lust, diesen auf Mallorca gestrandeten englischen Geschäftemacher nach einem Fischer namens Pere Pons zu fragen, doch wie er ihn einschätzte, waren Edwards Kontakte zu den Einheimischen dürftig.

Der Korbstuhl krachte unter seinem Gewicht. Er hielt seinen Stock umklammert.

»Unfall?« fragte Don Edwards.

»Kann man so nennen.«

»An Bord?«

Er nickte.

»Na, damit zu segeln wär' wohl ziemlich schwierig. Obwohl, ich kannte einen Typ ... Aber lassen wir das. Also, reine Übernachtung? Glück haben Sie. Im Moment ist nichts, aber auch gar nichts los hier. Sonst müßte ich Ihnen sechzig Prozent aufbrummen. Und das würde teuer. Aber so kommen wir ins Geschäft. Besser, als in die hohle Hand geschissen, sag ich immer ...«

Er nahm noch einen Löffel, zog die Schublade seines abgewetzten Stahlschreibtischs auf, holte eine Kleenex-Schachtel heraus, nahm ein Blatt und machte sich umständlich daran, seinen Mund abzuwischen. »Tote Hose, wie gesagt. Die Schiffe liegen fest, die Hotelzimmer sind noch leer. Wieso nehmen Sie sich eigentlich nicht ein Zimmer? Wäre billiger.«

»Sagen wir so, ich habe nun mal Spaß an Schiffen.«

Edwards nickte. »Kann ich verstehen. Sind Sie allein?«

Er schüttelte den Kopf.

»Dann ist es also auch noch romantisch.«

Rick schwieg.

»Ich kann Ihnen die *Estragon* geben. Ist unser größtes Boot. Und auch das bequemste. Swan-Klasse. Was das heißt, wissen Sie ja. Hat nicht nur Platz für zwei, sondern für acht Leute. Zwei Bäder, Küche, einen Traum-Salon und in der Eigner-Kabine ein Zwei-Meter-auf-einssechzig-Bett. Kingsize.« Er grinste erneut: »Müßte wohl reichen.«

Maya hatte ihren kleinen Leih-Panda vor dem Club Nautico geparkt und stieg in Rick Martins Cordoba um.

»Die Kassetten?« fragte er.

»Keine Sorge.« Sie klopfte auf die große Segeltuchhängetasche: »Die lasse ich nie in fremden Wohnungen. Wenn ich keinen sicheren Platz für sie finde, schleppe ich sie halt so mit mir rum. Es sind übringens nur zwei.«

Er nickte und schaltete die Scheinwerfer ein. Aus dem Koffer hatte er sich eine lichtstarke Stablaterne geholt und sie bereitgelegt.

Der Wagen glitt an Bars, Fisch-Restaurants und der schwarzen, klaren Schraffierung vorbei, die die Masten vor einen himbeerrottürkisfarbenen Abendhimmel setzten.

Auf den meisten Yachten regte sich nichts. Auf zwei größeren Schiffen liefen die Vorbereitungen für das Abendessen. Die Beleuchtung war eingeschaltet und ließ einen Blick auf die verschwenderisch ausgestatteten Salons und ihre schmerbäuchigen Besitzer zu.

Der Cordoba tauchte nun in die engen Straßen der Altstadt ein, überquerte den Stadt-Hügel, umrundete die Bucht mit ihren Felsen und erreichte den Pinienwald. Sie hatten die Fenster herabgekurbelt. Algengeruch. Piniengeruch. Eine beinahe heimatliche Erinnerung an seine vielen Mittelmeer-Fahrten.

Maya hatte bisher kein Wort gesprochen. Still und aufmerksam saß sie in ihrem Sitz.

Rick Martin wiederum empfand eine distanzierte, fast heitere Neugierde: chinesische Triaden-Typen in dieser friedlichen Mittelmeer-Welt? Na ja, es gab sie schließlich überall. In London wie in Moskau. Aber ein geköpftes Huhn auf Mayas Bett? Das bedeute in China nicht nur Warnung, sondern auch Verachtung, hatte sie gesagt. Es bedeutet vor allem zwei Dinge, dachte er: Sie sind auf sie aufmerksam geworden und wollen wissen, wen sie da vor sich haben. Und vermutlich wollen sie tatsächlich sagen: Laß die Finger vom Geschäft!

Nur, die Finger wovon genau? Nahmen sie an, daß Maya beabsichtigte, ihnen die Behörden auf den Hals zu jagen? Wahrscheinlicher war, daß sie sie davon abhalten wollten, einen Presse-Wirbel zu veranstalten. Es gab noch eine dritte, eine besonders einfache und naheliegende Möglichkeit: Es handelte sich schlicht um brutale Gewalttypen, die sich hier so sicher fühlten, daß sie jedem, der mit den Fingern auf sie zeigte, gleich die Hand abschneiden wollten. Aber dies wiederum schien in einem Ort wie Porto Colom doch eher unwahrscheinlich …

»Ich weiß nicht«, hörte er Maya sagen, »mag ja sein, daß ich in letzter Zeit hysterisch geworden bin. Aber nachdem ich heute nachmittag diese üblen Figuren dort oben beim Haus gesehen habe, bin ich einfach froh, daß ich jemand bei mir habe.«

»Jemand?«

»Dich. Ist es das, was du hören willst?« Sie wandte ihm ihr Gesicht zu. Ihre Zähne schimmerten.

»Ja.«

Ihre linke Hand berührte leicht sein Knie. Er hätte sie gerne festgehalten.

Sie hatten die Kurve erreicht, die durch einen kleinen Wald und viel Gestrüpp zu ihrem Appartementhaus führte. Er schaltete das Abblendlicht an.

»Fahr ein bißchen langsamer. Gleich dort vorne ist die Einfahrt zur Baustelle …«

Da war sie, noch dazu von einer Straßenlampe erleuchtet. Kein Wagen zu sehen. Niemand. Nichts.

»Fahren wir weiter.«

Sie parkten vor dem rosafarbenen Appartementhaus, das sich nun wie ein schwarzer, wuchtiger, lebloser Block gegen die letzte Helligkeit des Himmels abhob.

Sie stieg zuerst aus.

Er gab ihr die Lampe und griff nach seinem Stock. Sie ging auf den Garteneingang zu und er folgte ihr. Sie beugte sich über eine der Zementsäulen und streckte die Hand aus. Doch kein Licht flammte auf.

Sie sah ihn an. »Komisch, nicht?«

Er schwieg.

»Na ja«, sagte sie, »vielleicht ist es die Sicherung? Seit ich hier bin, ist das Licht im Garten und im Treppenhaus schon zweimal ausgefallen.«

»Gehen wir«, sagte er.

Der Lichtkegel tanzte über die Steinplatten, als sie vor ihm herschritt. Sie bewegte sich leicht, elegant und fast vollkommen lautlos. Und er, er ärgerte sich wieder einmal über den blöden Stock und seinen Muskel, der ihn zum Hinken zwang. Er ging schneller. Fast gleichzeitig hatten sie nun die Tür erreicht. Er sah das abgesprungene Furnier, die drei verrosteten, schmiedeeisernen Stäbe, die das schmale Panzerglasfenster dekorieren sollten, sah die Tür sich nach innen drehen und erkannte dann im Licht der Lampe, die sie in der linken Hand hielt, die braunschimmernden Tonfliesen.

Drei Stufen. Links das blaue Lackband der Briefkästen. Und nun ihre Silhouette, die eine jähe, abrupte, fast konvulsivische Bewegung machte und erstarrte.

Nun sah er noch etwas.

Ein kurzes, rundes Stahlstück.

Ein schwarzschimmerndes Rohr, das sich gegen ihr Genick preßte.

Der Schalldämpfer einer Pistole.

Später, wenn er versuchte, sich die Situation ins Gedächtnis zurückzurufen, erinnerte sich Rick Martin, nichts anderes empfunden zu haben, als eine vollkommene Leere, in der sich jede Regung wie Panik oder Schrecken auflöste. Es kam zu überraschend. Und auf irgendeine Weise erschien ihm der Anblick absurd. Verrückt, ja. Aber auch gefährlich genug, um ihn sofort zu beenden. Das war einfach. Er brauchte nur den Stock hochzureißen.

Und das tat er auch. Er tat es mit jeder Unze Kraft, die in ihm steckte. Eichenholz knallte auf Stahl. Eine Stimme, die schrie. Eine Frauenstimme. Maya …

Dann der Metallklang der Waffe, die auf die Fliesen knallte, dort weiterrutschte und dabei schepperte.

Und dieser Schlag …

Er war mit voller Wucht geführt, traf ihn in die Magengrube kurz unter dem Brustbein, schleuderte ihn in die linke Ecke des Treppenhauses neben der Tür.

Sein Hinterkopf knallte gegen den harten Verputz. Er versuchte sich festzuhalten, aber das elende Bein gab nach. Er sackte zusammen, hielt sich am linken Knie fest, und hinter dem dunklen, summenden und pulsierenden Schmerz in seinem Schädel meldete sich endlich ein Gedanke: Du, das hätte schiefgehen können! Wahnsinn ist das doch … Purer Wahnsinn!

»Rick?«

»Ja.«

»Bist du verletzt?«

Stille …

»Quatsch«, knurrte er. »'Ne Beule hab' ich.«

»Oh, Rick …« Ihre Hand kam aus dem Dunkel. Er hielt sie fest und ließ sich hochziehen.

Für ein paar Sekunden hatte er Mühe mit dem Gleichgewicht, dann ging es wieder. Er konnte sie sehen: einen grauverfließenden Schatten in dem bißchen Licht, das durch die Tür hereinfiel. Er spürte ihre Hand auf seiner rechten Schulter.

»War knapp, Rick.«

»Ja«, sagte er lahm. »Wenn ich nur wüßte, was da knapp war und warum. Wie ist er abgehauen?«

»Durch die Tür. In den Wald, nehme ich an.«

Er zog sie an sich. Er spürte ihren Atem und ein bißchen Haar, das seine Wange kitzelte.

»Er ist über die Straße, in das Gestrüpp dort draußen.« »Hast du ihn gesehen?« fragte er.

»Gesehen? Einen Schatten. Eigentlich konnte ich nichts erkennen. Nicht mal sein Gesicht. Aber ich glaube …«

»Was denn?«

»Es war ein Chinese«, sagte sie. »Da bin ich mir sogar eigentlich absolut sicher.«

Sie ließ die Hand von seiner Schulter sinken. Er griff nach ihr und hielt sie fest. Sie ließ es geschehen. Ihre Finger und der Handteller waren kühl und ein wenig feucht. »Wie willst du das wissen, wenn du ihn nicht gesehen hast?«

»Ich spüre so etwas … Nein, das ist keine Einbildung, glaub mir. Vielleicht hat es etwas mit Chemie zu tun. Oder mit der Art, wie er plötzlich zugriff, um mir die Pistole ins Genick zu setzen. Es war ein Chinese. Ich weiß es. Warum auch nicht, Rick? Schließlich bin ich in einer Gegend großgeworden, wo alle zusammenleben: Malaien, Inder, Chinesen … Die Chinesen sind es, die das Sagen haben. Verstehst du?«

Es gab nichts zu verstehen.

Die Wohnung im ersten Stock war verschlossen. Sie packten das Wenige, das sie besaß, Kleider, Wäsche, Papier, Bücher, in einen Koffer. Dann ein letzter Blick ins Schlafzimmer. Die Balkontür war geöffnet. Er ließ sie offen und schloß die Tür wieder ab.

Fünf Minuten später kehrten sie zurück an den Hafen …

Rick Martin hob die Nase: Es roch elend gut, was da aus der Küchenluke im Salon quoll, was zu der Bank am Heck, auf deren Polster er es sich gemütlich gemacht hatte, zog und über das andere Dutzend Boote am Steg hinwehte. Aber die schliefen, schliefen unter ihren Persennings, grau und gut vertäut.

Mango-Chutney-Fischgeruch, dachte er. Von allem etwas. Und wie auch nicht? Der Supermarkt macht's möglich. Calamares und

Gambas. Die Fische? Barsch wohl ... Er versuchte sich an den Namen zu erinnern. *Dorado* fiel ihm ein.

Sie hatte ihm verboten, unter Deck zu kommen, ehe das Essen fertig war.

Er zündete sich eine Zigarette an und hing seinen Gedanken nach: Ein neuer Rick Martin ist im Begriff auszuschlüpfen. Wenn dir das zu aufwendig klingt, schön, dann zumindest ein Mann mit einer brennenden Beule am Kopf, aber auch einem anderen Konzept.

Und Maya, die indische Malaien-Prinzessin oder die malaiische Inderin, die Wahnsinns-Frau? Vor zwei Stunden hat sie noch den Lauf einer Pistole am Hinterkopf gespürt. Und jetzt? Jetzt steht sie dort unten und kocht für dich.

Maya Nandi, – siebenundzwanzig, geboren in Ipoh, West-Malaysia. Schule in Singapur. Ein abgebrochenes Biologie-Studium in NY. Das Zugpferd im Stall ... Was sagt dir das alles? Nichts. Nichts zumindest im Vergleich mit der Tatsache, daß sie einen Killer nebst Pistole einfach wegsteckt, um für dich zu kochen ...

Er betrachtete das Ende seiner Zigarette, dieses warme, rote Glutpünktchen vor all dem eisigen Flimmerglanz der Sterne dort oben. Ein neuer Rick Martin? Hoffentlich einer, der die Dinge nimmt wie sie sind, damit umgeht und trotzdem glücklich ist. Würde das gelingen?

»Rick!«

Er ließ sie seinen Namen rufen. Aber gegen den Höllenlärm, der nun erklang, war er machtlos. Anscheinend bearbeitete sie eine Pfanne mit dem Küchenlöffel.

Er stieg in den Salon und hielt sich erst mal am Geländer fest: Grüne, wunderschöne grüne Ranken mit breiten, stilisierten Blättern, die ihn an die Blätter der Cana de India erinnerten, bedeckten das Tuch, das sich Maya um den Körper gewickelt und an den Hüften geknotet hatte. *Lungi* nannte man das in Indien. Schön. Wunderschön. Und ob! So verdammt unglaublich sah sie darin aus, daß er sich auf die Blätter und Ranken konzentrieren mußte, weil ihn ihr Gesicht und das Lächeln darin zu sehr verwirrten.

»Na endlich«, sagte sie.

Ja, dachte er, na endlich ...

Wem immer das Boot gehören mochte, der Eigner der *Estragon* bewies Geschmack: Langstielige Gläser standen auf dem Tisch, Oktagon-Porzellan, zartbemalte Jugendstil-Schälchen. Eine alte Schiffslampe beleuchtete weißstrahlenden, körnigen Reis, Schalen mit verschiedenen Gemüsen und Soßen, eine große Platte mit knusprig gebratenen Fischen.

»Wieso setzt du dich nicht endlich hin?«

»Weil ich völlig erschlagen bin. Und weil ich mich frage, wie du das in fünfzig Minuten hast zaubern können!«

»Fünfundvierzig.« Purer, blanker Hausfrauenstolz stand in dunklen Mandelaugen. Und er sah sie vor sich in einem exotischen Haus, das an irgendeinem exotischen Ort stand, vor schön gemasertem, exotischem Holz ... Ipoh? Nein, in Ipoh hatte sie ihre Jugend verbracht, dann war sie nach Jorak gezogen, in dieses Sultanat – aber wie hieß die Stadt?

Er setzte sich. »Daß ein Mädchen wie du so etwas fertigbringt, hätte ich nie gedacht.«

»Was weißt du schon von mir, Rick Martin?«

»Genau«, sagte er. »Das ist es ... Aber muß ich jetzt aus dem Reis Bällchen machen und in die Soße tunken? Und den Fisch mit den Fingern essen?«

»Mußt du nicht. Mach ich ja auch nicht. Aber es würde besser schmecken, glaub mir.«

Er probierte einen Bissen, probierte einen zweiten – der Geschmack füllte seinen Gaumen, war reich, brannte auf der Zunge, entfaltete eine zarte Süße und blieb pikant zugleich: Tausend und eine Nacht ... Sie schenkte sogar Wein ein, schien versessen auf die Rolle der dienenden indischen Hausfrau ...

»Rick, hör mal! Was siehst du mich so an?«

»Darf ich nicht?«

»Komm nicht mit Gegenfragen.«

Er grinste: »Weil du in diesem Ding so umwerfend aussiehst, daß ich mich frage, was passieren würde, wenn du damit im Büro auftauchen würdest. Warum machst du nicht mal einen Test?«

»Ein Lungi steht fast jedem Mädchen. Bei euch werden sie nie dahinterkommen. Vielleicht liegt's am Klima. Oder weil die Engländerinnen meist ziemlich dürr geraten ...«

Sie schob ihm eine neue Schale zu. »Ingwer«, sagte sie. »Und gar nicht so alt. Daß sich hier in einem spanischen Supermarkt Ingwer auftreiben läßt, also das finde ich beachtlich.«

Er lehnte sich ein wenig zurück: »Ich sehe dich auch an, weil ich mich gerade etwas gefragt habe.«

»Und was?«

»Du hast vorhin gesagt, du willst nicht mehr. Schön, die einen wollten dich erwürgen, die anderen erschießen – ein bißchen viel für ein Mädchen. Kein Wunder, daß du den Job satt hast.«

»Das ist es nicht, Rick. Ich mach' auch weiter. Glaub mir …« Sie zögerte, atmete durch und nahm einen neuen Anlauf: »Diese Arbeit ist das einzige, nein, sie ist das wichtigste, was ich habe. Ohne sie wäre ich wahrscheinlich längst durchgdreht. Ich weiß wirklich nicht, was ich getan hätte. Und insofern bin ich dir sehr dankbar.«

»Ja?«

»Aber das hier ist nicht meine Gegend, Rick. Thunfisch im Mittelmeer … Khartum … Elfenbein … Elefanten … Atommüll bei euch … Da wo ich herkomme, gibt's ganz andere Dinge.«

»Und deshalb willst du nach Malaysia zurück?«

Sie schwieg. Dann sagte sie: »Ich weiß es nicht. Noch nicht. Wahrscheinlich …«

»Wie ich dich einschätze, Maya, könntest du auch als Journalistin arbeiten. Begabt dazu bist du. Ich könnte dir …«

»Du kannst gar nichts«, unterbrach sie scharf. »Du sollst auch nicht.«

Der Gedanke, nichts mehr von ihr zu wissen, sie aus den Augen zu verlieren, nicht mehr ihre Stimme zu hören, versetzte ihn in eine Panik, die jeden vernünftigen Satz unmöglich machte. Er zerbrach das Stück Brot in seinen Händen. Ihr Blick ließ ihn nicht los.

Dann stand sie ganz plötzlich auf, ging in die Küchenecke, holte eine Schüssel voll Weintrauben, stellte sie auf den Tisch, pflückte Beeren ab, zwei, drei, schob sie in den Mund und leckte mit der Zunge über die Oberlippe. Sie sprach noch immer nichts, sah ihn an, die ganze Zeit.

Schließlich sagte sie: »Ich werde weggehen, Rick.«

»Und dann?«

»Was dann kommt, weiß ich nicht.«

»Hat es mit deinem Vater zu tun?«

Sie setzte sich. »Was weißt du von ihm?«

»Nichts. Daß er tot ist.«

»Tot? Er ist nicht tot.«

»Gut. Vermißt. Seit fünf Jahren.«

»Das hast du von Judy.«

»Ja.«

Sie pflückte wieder eine Beere aus der Traube und ließ sie in der Hand rollen.

»Alles hat mit ihm zu tun«, sagte sie. »Alles, was ich denke, was ich tue. Das ist es ja. Auch alles, was ich erreiche. Und jeder Unsinn, den ich anstelle.«

Sie schwieg.

Er wartete, griff nach den Zigaretten. Er sog den Rauch in die Lungen. Durch die Luke war das leise Plätschern der Wellen zu hören, die gegen den Steg schlugen. Das Boot neigte sich. Die Fender stießen auf.

»Ich werde die Sony mitnehmen«, sagte sie. »Ich könnte mir zwar eine neue kaufen, aber an die habe ich mich nun mal gewöhnt.«

»Wie an eine Waffe?«

Sie nickte. »Komisch, Rick, genau das denke ich manchmal. Wenn ich die Kamera an der Schulter habe ihr Gewicht spüre, den Auslöser drücke, dann ist es für mich, als ziehe ich an einem Abzug. Und ... und das tut noch gut ...«

Es war ihr anzusehen, daß sie meinte, was sie sagte.

»Eigentlich ein Jammer, daß es eine Sony ist. Es müßte eine Cannon sein. Oder eine Sanyo oder Nikkon ... Weißt du, daß die alle dabei sind? Nissan, Canon, Sanyo, Toyota, Fudji, Daihatsu und wie sie alle heißen. Riesen-Konzerne, die den Kanal nicht voll kriegen. Und weil das so ist, und weil der Tropenholz-Export so ein Traumgeschäft ist, pumpen die Japaner ihr Kapital nach Malaysia, gründen Banken, Scheinfirmen, Handelsgesellschaften. Fast alle großen japanischen Kartelle mischen bei der Regenwald-Zerstörung mit. Natürlich nicht nur sie. Aber mit ihren Handelsgeschäften, mit ihrem Kapital, mit Joint Ventures sind sie es, die im Tropenholz-Handel den Weltmarkt dominieren. Zuerst kam Indonesien, dann Borneo, die Philippinen, nun sind West-Malaysia und Sarawak dran. Morgen gehen sie nach Südamerika. Hätte ich statt einer Sony wenigstens eine Nikkon, könnte ich mir einbilden, sie mit ihrer eigenen Waffe zu treffen.«

Sie sprach schnell, in raschen, leisen, flüchtigen Sätzen, während ihr Englisch eine immer stärkere amerikanische Färbung annahm.

Dann lehnte sie sich zurück. »Du hast vorhin von meinem Vater gesprochen, Rick. Dagegen ging er an. Dafür kämpfte er. Und ...«

»Und?«

»Für die Tiger. Doch das ist dasselbe. Ohne Wald keine Tiger.«

Er gab keine Antwort. Es fiel ihm nichts ein.

Sie hatte die Arme verschränkt. Ihre Schultern leuchteten. Sie lächelte wieder, es war eine Sorte Lächeln, das er an ihr noch nicht entdeckt hatte: ein Lächeln mit zitternden Mundwinkeln. Überspannt, erregt, weit weg.

»Dort, wo ich wohne«, sagte sie und ihm fiel auf, daß sie zum drittenmal einen Satz mit diesen Worten begann: dort, wo ich wohne – nicht Heimat. »Dort wo ich wohne, im Sultanat Jorak, gibt es noch die letzten großen zusammenhängenden Waldgebiete. Reiner Primär-Wald. Dschungel seit hunderttausend Jahren. Es ist eine bergige Landschaft, von vielen Flüssen durchzogen. Es ist wunderschön dort.« Sie setzte die Wort ganz langsam, als müsse sie sich jedes einzelne zuvor überlegen. »Na schön, ich brauche dir das nicht zu erklären. Du kennst ja solche Gegenden.«

»Ja.«

»Mein Vater nahm mich schon als kleines Mädchen in den Wald. In Malaysia gibt es praktisch nur noch ein einziges Gebiet, das den Namen Naturschutz-Reservat wirklich verdient: Taman Negara. Es liegt weiter südlich. Die Engländer haben damals dafür gesorgt, daß der Wald geschützt wird. Aber heute haben taiwanesische und japanische, auch ein paar kanadische Holz-Kompanien schon ihre Pläne vorgelegt. Dann bleibt nur noch das Sultanat Jorak. Und was für meinen Vater besonders wichtig war: In den Bergen von Jorak lebt auch die letzte Tiger-Population Malaysias.«

Sie trank einen Schluck Wein. »Lebt? Überlebt. Noch.«

Rick Martin wartete. Doch sie fiel in ein abwesendes, beinahe tranceartiges Schweigen.

»Willst du nicht darüber reden?«

»Reden? Man muß so etwas erleben ... Es war so schön im Wald. Wir waren so oft dort. Manchmal Wochen. Auf der Station.«

»Station?«

»Ja. Mein Vater hatte eine Tiger-Station. Omar Hassan, der Sultan, war ein ziemlicher Idiot. Nein, das Wort Idiot ist wohl verkehrt, er war einfach kindisch ... Aber Tiger liebte er. Mein Vater konnte ihn für sie begeistern. Und so stellte er das ganze Gebiet unter seine Verantwortung. Später, als Mitglied der malaiischen Delegation in New York, startete mein Vater die erste große Kampagne zum Schutz der südasiatischen Regenwälder. Er tat es auch für seine Tiger. Und damals gab es noch ziemlich viele. Hunderte. Doch heute?« Sie hob die Schultern. »Lassen wir das Thema. Reden führt wirklich zu nichts.«

Heute? Was bedeutete das für sie? Daß nichts mehr war wie früher. Der Vater, der Sultan – tot. Die Tiger wahrscheinlich auch. Oder am Aussterben ... Er wußte es nicht. Er hatte darüber gelesen, er hatte die BBC-Sendung gebracht über den Untergang der Tiger in Borneo und Bali, auch über das völlige Verschwinden des javanischen Tigers, doch all sein bisheriges Wissen schien oberflächlich. Für sie aber war es der zentrale Punkt ihres Lebens. Und doch bot sie ihm nichts als Andeutungen. Maya – so viele leere Seiten, die ganze Frau ein Buch voll leerer Seiten ... Er hatte ihr beim Aufräumen und Tellerabwaschen geholfen, nun faltete er das Handtuch zusammen und sie nahm es ihm ab: »Vorhin, Rick, hast du gesagt, mein Vater sei tot, nicht wahr?«

»Ich hab' nur ...«

»Er kann nicht sterben.«

»So?«

»Im Wald bei uns leben die Senoi, vielleicht das letzte unberührte Urwald-Volk Malaysias. Und die Senoi sagen, daß Menschen und Tiere sterben müssen. Daß es aber auch Menschen und Tiere gibt, unter den Tieren vor allem Tiger, die gar nicht sterben können ... Sie dürfen nicht ... Sie leben ewig.«

Ihre Stimme blieb so klar und ruhig, als rede sie über etwas ganz Selbstverständliches. »In solchen Menschen und Tieren wohnt der Bali Tana. Er verlangt, daß sie ewig im Wald und ewig wachsam bleiben und dafür sorgen, daß das Leben weitergeht. Verstehst du?«

»Ich versuche es ... Und wer ist Bali Tana?«

»Bali Tana? Das ist der Geist der Erde.«

Sie schüttelte den Kopf und lächelte. Es war ihr wohl ziemlich gleichgültig, ob er sie verstand.

Bali Tana? …
»Willst du?«
»Wie bitte?«
»Ob du noch von den Trauben hier willst?«
Er sah sie verständnislos an.
Sie nahm die Schüssel und trug sie hinüber zum Spülbecken.

Rick fühlte sich weit, sehr weit weg, in einem Wald, in dem es Tiger und Menschen und Geister gab. Die Beule an seinem Kopf begann erneut zu schmerzen. Er schloß die Augen und legte die Hand darauf. Er spürte ihre Hände auf seinen Schultern, ganz leicht. Sie war hinter ihn getreten, ohne daß er sie gehört haue: Ihre Hände auf seinen Schultern, leicht wie Vogelschwingen, schwerer nun, als sich ihre Finger um seinen Trapezmuskel krümmten und die Spitzen sich in die Schlüsselbein-Mulde schoben.

Er hielt ganz still. Er verfolgte, was die Berührung auslöste, verfolgte dieses Etwas, das aus ihren Fingern zu strömen schien.

»Ziemlich verspannt.«
»Nicht mehr. Nicht mehr lange.«
»Meinst du …«

Ihr Atem strich über sein Ohr. Die rechte Hand löste sich und fuhr spielerisch über seine Haare, suchte die brennende Stelle an seinem Hinterkopf, fand sie, war kühl wie ein Windhauch.

»Wird es besser?«

Es wurde besser, ja, es wurde gut. Der Schmerz löste sich, verschwand, hatte nie existiert. Er fühlte die Berührung von Baumwollstoff an seiner Wange, darunter war warm und glatt der seidenweiche Druck ihrer Brüste. Er schloß die Augen, während er ihrem Atem lauschte, wartete … Auf was? Sein Glied richtete sich auf, drückte gegen die Hose; es schmerzte, und er dachte, daß sie es sehen würde, sehen mußte …

Der Druck verstärkte sich. Er schob den Kopf zurück, schob ihn in die Senke zwischen diesen Wölbungen und glaubte, ihren Herzschlag zu spüren.

Er griff hinter sich, erwischte den Knoten ihres Gewandes und hörte sie lachen, als sie sich ihm entwand. Er stand auf. Die grünen Lianen waren verrutscht, der Lungi hing auf der rechten Seite so tief, daß er den Hof der rechten Brustwarze freigab, das Halbrund einer winzigen aufgehenden Sonne über einem dunklen Band. Die Augen, diese Augen – sie waren nichts als eine einzige, schwarzflüssige Einladung. Ich brauche dich ... Seine Stirn brannte. Ich brauche dich!

Sie ging voran, es war ein anderer Gang als der, den er an ihr kannte. Schwingende Hüften, elegante fließende Bewegungen: Tiger, die ewig lebten? ... Herrgott, wenn je eine Frau etwas von einer Tigerin hatte, dann sie!

Er wollte nach ihr greifen, streckte den Arm aus, aber wieder hatte sie es geahnt, war schneller. Sie hatte die Tür geöffnet, er hielt sich am Rahmen fest ...

»Zwei Meter auf einssechzig«, hatte dieser Typ gesagt. »King-size.«

Da lag sie nun auf dem blau- und goldfarben gestreiften Rechteck, das rechte Knie angewinkelt. Lianen und Blüten glitten an ihren Schenkeln herab und gaben die gebräunten Beine frei. Weiße Zähne im Halbdunkel. Schwarze, schimmernde Haarflechten.

Da lag alles, was an Schönheit und Verführung überhaupt einem Mann begegnen konnte. Sein Glied hämmerte. Er hatte seit Monaten keine Frau mehr gehabt.

Er sah, daß sie unter dem Lungi nackt war.

Sie hat es geplant ...

Er sah die Wölbung, den rosafarbenen Schnitt, und das Staunen in ihm war so lähmend, als begegne er zum ersten Mal dem Geschlecht einer Frau. Ihr Zunge, ihre Augen, ihr Lächeln, ihre Bewegungen, und dann ihr Lachen, als er ungeschickt den Gürtel öffnete, sich die Hose abstreifen wollte, dabei unbeholfen in die Knie ging und sie an sich zu ziehen versuchte.

Sie rollte sich zur Seite. Sie wollte ihr Spiel.

Wieder das Lachen. So hoch, so hell wie ein Mädchen.

Und dann war sie über ihm. Zuerst kamen die Schuhe. Sie polterten in der Ecke auf den Kabinenboden. Ihre Nägel zogen sengende Striche über die Haut an seinen Schultern. Rick hielt noch immer die Augen geschlossen. Er hörte ihren Atem, hörte Worte, die er nicht verstand, spürte ihre Küsse, die leichten, spielerischen Bisse, spürte die fleischige Härte ihrer Brustwarzen, die über sein Gesicht strichen, spürte ihre Hand, die ihn führte, ihn schmerzhaft umschloß und erst losließ, als er in ihr, in dieser heißen, zuckenden Glätte war.

Sie schrie, und er gab Antwort. Es war nichts als ein wilder, heiserer Laut, der aus seiner Kehle kam, und während sie den Rhythmus aufnahm, war es, als konzentriere sich seine ganze Kraft, sein Leben und alles, was er je gewesen war, in diesem einen Punkt in ihrem tobenden Körper.

»Nein ... nein ... nein ... oh nein ...«

Er riß die Augen auf. Die schwingenden Brüste. Wie hieß diese Hindu-Göttin? Ja, es war eine Göttin, die rittlings auf ihm saß. Wie wilde Rabenschwingen flogen die Haare um ihr Gesicht, peitschten auf und nieder. Vor dem matten Holz im sanften Licht der Lampe bot sich ihm ein selbstvergessen verzerrtes Antlitz, das nicht mehr ihr zu gehören schien. Der weit offene Mund enthüllte die starken, weißen Zähne, die alles Licht auffingen. Die Göttin der Tiger ...

»Nein, nein, nein ...«

Oh nein! Er wollte, er durfte nicht. Wer kann sich auf der Nadelspitze halten? Er wollte nicht stürzen. Nein ...

Rick preßte den Arm gegen ihren Körper und befreite sich mit einem einzigen Schwung. Er hörte ihren wimmernden Protest, warf sie herum und umklammerte ihre Taille, hörte sie keuchen, hörte sie schreien und drang wieder ein. Ihre Fäuste droschen auf die Kissen. Schweiß rann über seinen Hals hinab zur Brust. Das Herz pumpte. Schweiß ließ ihre Schultern glänzen wie Metall. Schwarze, feuchte Haarschlangen drehten sich vor seinen Augen.

Er rang um Luft. Und vor ihm das bläulich helle Band des Kajütenfensters. Und draußen tanzende Lichter. Auf und ab tanzten sie.

»Rick! Rick, bitte ...«

Er hielt sie fest, er mußte sie festhalten. Hast du je so etwas erlebt ... Nie. Es ist unmöglich. Ist wie Ertrinken, nein, wie den Himmel in Brand setzen. Nun flogen die Flammen auf, er explodierte in einem Feuerwerk, brach über ihr zusammen, legte seine Wange auf ihr nasses Gesicht, hörte irgend etwas, hörte, nein, fühlte ein Kichern tief in ihr.

»Mein Gott, mein Gott, Rick ... Für einen Mann mit Stock bringst du wirklich 'ne Menge.«

Für einen Mann mit Stock ... Die Narbe schmerzte. Das tat sie schon die ganze Zeit. Ein Mann mit Stock? Was anderes fiel ihr nicht ein?

Er strich über ihre Schultern, spürte den Schweiß. Sie hatte die

Lider geschlossen. Ihr Mund zuckte, und er erkannte, daß sie weinte.

»Rick«, flüsterte sie.

»Ja?«

»Rick, was haben wir getan? Rick, was war das? ...«

Er küßte ihr Ohr. Sie zitterte. Sie preßte ihr Gesicht in das Kissen ...

In dieser Nacht träumte Rick Martin davon, daß er sich in einem riesigen, unterirdischen Gebäude verloren hatte, durch lange Gänge rannte, durch Tunnels, gekachelte Korridore, um Ecken, und es wurde ihm erst klar, daß er sich in einer U-Bahn-Station befand, als ein Zug einfuhr. Eine Tür glitt auf. Es war die Tür des Führerstandes. Er schwang sich hinein. Der Wagen nahm Fahrt auf, donnerte, rollte, schoß mit aberwitziger Geschwindigkeit voran, Lichter flogen vorbei, und er sah an den Geleisen, daß der Zug immer tiefer fuhr, tiefer und tiefer, schneller und schneller ...

Er schrie und wachte auf.

Licht brach durch das messingumrahmte Glasband über dem Bett.

Das Boot schaukelte sanft. Die Sonne warf ihren goldenen Schein auf Holz und Messing. Er konnte ein Segelschiff sehen, das dem Leuchtturm entgegenzog. Ein dicker, weißhaariger Mann und ein junges Mädchen waren dabei, das Besam-Segel zu setzen.

Das Bett neben ihm war leer. Er sah die verknäuelten Laken, die Schuhe in der Ecke, seine Kleider, ihr Lungi am Boden, versuchte sich zu orientieren, zu erinnern. Doch wie?!

»Maya!«

Draußen vom Pier erklangen Stimmen. Im Boot blieb es still.

Er stand auf. Küche und Salon waren peinlich aufgeräumt. Licht flammte auch hier herein, Sonnenlicht. Der Rest der Trauben lag in einer Silberschale in der Mitte des Tisches. Ihr Koffer und die Reisetasche standen sauber nebeneinander neben dem Aufgang geparkt.

Auch an Deck war sie nicht.

Er duschte, zog sich hastig an, ergriff seinen Stock und hinkte den Pier entlang.

Als er die Straße erreichte, sah er sie. Sie saß an einem Caféhaus-

Tisch vor der Bar neben dem Yacht-Club. Sie hatte einen Block und eine Tasse Kaffee vor sich und schrieb.

»Und ich hab' mich so auf unser Frühstück gefreut …«

Sie sah auf und schob sich eine Haarsträhne aus der Stirn.

»Oh. Ich wollte dich nicht wecken. Frühstück gibt's auch hier.«

Er setzte sich, bestellte bei dem heraneilenden Kellner Kaffee und ein Croissant. Sie sagte nichts, schrieb weiter. Sie hatte sich geändert. Sie? Alles.

»Was ist los, Maya?«

Sie schrieb ihren Satz zu Ende, schob die Schutzhülle auf den Kugelschreiber und lächelte ein bißchen. Es war ein langsames, trauriges Lächeln.

»Ich hab' mir alles überlegt, glaub mir, Rick.«

»Was?«

»Ich war schon auf dem Reisebüro. Hier.« Sie schob ihm ein Ticket über den Tisch. Ein Lufthansa-Ticket. »Ich fliege weg.«

Sein Herz schlug dreimal ganz schnell, ehe es seinen Rhythmus wieder fand.

»Es geht nicht anders, Rick. Nicht nach dieser Nacht. Mir geraten die Dinge durcheinander … Ich muß, Rick. Ich kann nicht verlangen, daß du das verstehst, aber ich muß einfach.«

»Und warum?« Er suchte ihre Augen. Doch sie vermied seinen Blick.

»Ich hätte es wissen müssen. Im Grunde genommen wußte ich sogar, wie das Resultat sein würde.« Sie legte ihre Hand auf seine, um sie dann schnell wieder zurückzuziehen. »Ich mag dich sehr, Rick. Das ist es ja. Aber es geht nicht anders. Du mußt mir das glauben … Ich habe dir hier alles aufgeschrieben, was wichtig ist. Dienststellen, Telefonnummern. Die Leute, bei denen sich etwas erreichen läßt. Die Kassetten lasse ich dir da. Die Sony kann ich doch mitnehmen?«

Er nickte. Seine Fingernägel drückten Halbmonde in die Tischdecke.

»Auch all die anderen Unterlagen, die ich habe, gebe ich dir. Und sieh mal, wenn du als Agentur-Chef aufkreuzt, werden sie ohnehin noch besser spuren, als bei mir. Ich habe auch den Namen des China-Restaurants in Cala d'Or. Und den des Besitzers.«

Er nickte wieder. Ein Boot legte am Pier ab und begann mit der Wendung. Er sah zu. Dann sagte er: »Eine glatte Desertion also?«

»Ja, Rick. Ich fürchte, das ist es.«

»Und wann …?«

»Wann ich fahre? Sofort. Meine Maschine geht um elf Uhr vierzig. Zum Flughafen brauche ich mindestens eine Stunde.«

»Fliegst du – nach London?«

»Nein, nach Frankfurt. Und von dort fliege ich nach New York.«

»Ich bringe dich hin.«

Wieder faßte sie kurz seine Hand. »Bitte nicht, Rick. Außerdem, ich kann den Wagen am Flughafen abgeben.«

Das Schiff hatte aufgehört, sich zu drehen, und steuerte dem Hafenausgang zu.

»Verdammt nochmal, Rick«, sagte sie, »mach mir's nicht zu schwer. Ich weiß alles, was du sagen willst. Aber ich will's nicht hören. Außerdem, so schwierig ist der Job nun wirklich nicht. Den Rest schaffst du doch alleine …«

Zwanzig Minuten später schob sie ihr Gepäck in den Wagen, ließ den Motor an, hupte noch einmal und er konnte zusehen, wie der Leih-Panda hinter einem großen Kies-Laster verschwand …

So schwierig ist der Job auch nicht …

Den Rest schaffst du schon alleine …

Er bestellte sich einen Cognac, trank dann noch ziemlich viele Cognacs auf dem Schiff und legte sich schlafen. Irgendwann in dieser Nacht erinnerte er sich an einen Trick, mit dem norwegische Schleppnetz-Fischer die Kontrollen zu unterlaufen pflegten: Sie machten ihre Schleppnetze unsichtbar, indem sie sie an Bojen befestigten, die die Netze in einer bestimmten Wassertiefe hielten, um sie dann, wenn die Luft rein war, wieder an den Trawler heranzuziehen.

Rick Martin fuhr am nächsten Morgen nach Palma, nachdem er sich zuvor telefonisch bei der zuständigen Guardia-Civil-Dienststelle angemeldet hatte. Er unterhielt sich eine Stunde mit Comandante Romero – »Diese Mitarbeiterin von Ihnen, tüchtig, tüchtig! Und was für eine faszinierende Frau!« –, berichtete, was der »faszinierenden Frau« zugestoßen war und erlebte noch während seiner Anwesenheit in Romeros Büro, daß die zuständige Justiz-Bereitschaft die Erlaubnis zur Untersuchung des Restaurants *Lotus* in Cala d'Or und der Privat-Villa des Besitzers erteilte.

Drei Tage später wurden zwei der taiwanesischen Boote von der Guardia Civil auf hoher See, doch in der verbotenen Zone, aufgebracht. Die Netze wurden beschlagnahmt. Dies geschah bei Nacht. Zur selben Zeit, um drei Uhr morgens, umstellten weitere Beamte das Restaurant *Lotus* und drangen in die Villa des Besitzers Wong Poon ein. Sie fanden im Panzerschrank – neben umfangreichen Unterlagen, die bewiesen, daß Wong Poon an den Gewinnen aus der Schleppnetz-Fängerei beteiligt war – zwölf Kilogramm Kokain von hohem Reinheitsgrad.

Wong Poon und der Fischer Pere Pons, von dem man annahm, daß er für den Transport der Droge an Land gesorgt hatte, wurden verhaftet. Eine zweite, noch gründlichere Durchsuchung des taiwanesischen Trawlers und des Mutterschiffs, das sich in internationalem Gewässer befand, brachten kein Resultat. Der Fall erregte in den Mittelmeer-Staaten hohes Aufsehen. Fernsehen und Medien berichteten, und der Rat der zuständigen Brüsseler Kommission beschloß, ein neues Gesetz einzubringen, das eine Verschärfung der Schleppnetz-Kontrollen ermöglichen sollte.

Rick Martin selbst brachte in seiner BBC-Wochensendung einen Bericht, in dem er auch Maya Nandis Kassetten verwendete, obwohl auf den Bildern wirklich nicht viel mehr zu sehen war, als ein hübscher, verschlafener Mittelmeer-Hafen, eine typische mallorquinische Fischerkneipe, in der ein kleiner Lautsprecher irgendwelche mallorquinischen Sprach- und Verständigungsfetzen knatterte, und ein gleichfalls typischer mallorquinischer Fischer, der ein paar Treibstoff-Kanister an Bord seines Schiffes trug.

Martins Live-Sendung lief zweimal im Monat, jeweils Dienstag um elf Uhr vormittags, nicht gerade eine erhebende Sendezeit. Aber sie hatte den Vorteil, daß sich nicht nur eine Menge Rentner, sondern auch viele Schul-Empfangsgeräte damit erreichen ließen. Als sich der Sender endlich entschloß, das Schleppnetz-Thema zu bringen, war es bereits Mitte Oktober, ein grauer, nieselnder, nebeldurchzogener Herbsttag.

Rick war kaum im Büro zurück, als die Sekretärin ein Fax auf den Tisch legte. Es kam aus New York. Der Absender war die Adresse einer *Sunrise-Company*, New Jersey. Der Text lautete:

»Ach, Rick, ich habe gerade deine Sendung gesehen und voll schlechten Gewissens mich daran erinnert, wie ich dich damals im

Stich gelassen habe. Nun, es wurde doch etwas daraus. Du warst brillant. Wie immer … Die Bilder – dilettantisch.

Ich denke viel, viel zu viel an dich und hoffe – eigentlich weiß ich es –, daß du mir verziehen hast.

Ich beabsichtige in nächster Zeit nach Singapur und von dort dann nach Malaysia zu fliegen. Du kennst mein Thema. Ich würde dabei sehr gerne wieder mit euch zusammenarbeiten. Was hältst du davon? …«

Welche Frage!

Er wunderte sich plötzlich, wie er die letzten Monate ohne Nachricht von ihr durchgestanden hatte.

Sie hatte dreimal angerufen, hatte man ihm berichtet. Einmal, das erste Mal, hatte er sich verleugnen lassen. Der Name Maya löste noch immer ein Chaos in ihm aus. Bei den beiden anderen Telefonaten hatte Pit O'Neil mit ihr gesprochen. Er selbst war nicht im Haus gewesen.

Das aber, was sie »mein Thema« genannt hatte, erlangte in dieser ganzen Zeit mehr und mehr Gewicht für ihn. Er machte sich nichts vor: Es war vor allem der Gedanke an sie, der ihn dazu brachte, die Agentur dazu zu überreden, nein, zu zwingen, die brutale Vernichtung der südasiatischen Regenwälder zum Mittelpunkt ihrer neuen Kampagne zu machen. Und es hatte einige Schwierigkeiten und Aufregungen dabei gegeben.

»Tiger, Tiger!« hatte Pit O'Neil getobt. »Du hast doch schon mal eine Tiger-Sendung gebracht … Gut, ich gebe ja zu: Außer Robben, Walen und Elefanten gibt's kein besseres Thema für den Artenschutz. Und wir könnten die Regenwald-Vernichtung daran aufhängen. Maya hat mir das ständig erzählt. Mensch, dieses verdammte Weib wäre die ideale Besetzung gewesen. Sie wußte Bescheid, wirklich Bescheid … Und Artenschutz war bei uns noch immer ein Hit. Heizt die Leute an. Aber was macht sie? Sie hakt uns ab … Ja, wenn wir sie wieder haben könnten, dann wäre mir bei dem Thema wohler.«

Dir? hatte er gedacht. Mir!

Und zum hundertsten Mal: Was zum Teufel treibt sie in New York? Er wußte, daß es dort einen Anwalt gab, der sehr wichtig für sie war: Der Mann, der das Verschwinden ihres Vaters untersuchte.

Alles, was ich tue, hängt mit meinem Vater zusammen.

Trotz der Widerstände in der Agentur knüpfte Rick Martin ein Netz von Beziehungen zur Vorbereitung der neuen Kampagne – oder besser, er versuchte es. Es war nicht einfach. All diese südasiatischen Staaten, die sich die »jungen Tiger-Staaten« zu nennen pflegten, gaben sich zwar demokratisch, wurden aber bei der Durchsetzung ihrer rabiaten Wachstums- und Industrialisierungs-Konzepte von einer korrupten Oberschicht nach härtesten Law-and-Order-Prinzipien regiert. Wachstum, das bedeutete Aufopferung für die Interessen der Industrie. Diese aber bestanden in der rücksichtslosen Ausbeutung der vorhandenen natürlichen Ressourcen.

Wer immer sich gegen die Natur-Zerstörung wandte, geriet in die Nähe des »Staatsfeindes« und wurde mit Hilfe der noch aus der Zeit des Kampfes gegen die kommunistischen Guerilla-Bewegungen stammenden Ausnahme-Gesetze bekämpft. Die wenigen Naturschützer hatten einen schweren Stand. Entsprechend kümmerlich ausgebildet waren auch ihr Selbstbewußtsein und ihre Organisation.

Die Arbeit ging trotzdem voran.

Rick Martin fand heraus, daß es in Singapur eine Organisation gab, die sich *Friends of the Earth* nannte. Dieser Organisation war es gelungen, sich auch in Malaysia auszudehnen.

Nach einigem Hin und Her kam die Zusage. Singapur schien ihm für den Anlauf der Aktion der ideale Ort. Singapur war Vorbild für die anderen. Banken, Handelszentralen, die Zentralen der Industrie wie die der großen Holz-Exporteure, alle saßen sie in Singapur. Der Tiger galt als Symbol der Stadt. Wenn selbst diese Saubermann-Stadt mit dem Verkauf von »Tiger-Medizin« die Schutzkontrollen zugunsten eines absurden Aberglaubens mißachtete, hatten sie einen Ansatzpunkt. Zuerst der Tiger, dann der Holz-Export – dies war die Strategie, die sie sich in der Agentur zurechtlegten.

Er dachte selbst daran, nach Singapur zu fliegen. Im Grunde hing das ganze Konzept von einem einzigen Menschen ab: Maya Nandi …

III

Bunt ist das Leben ...

Es gab zum Beispiel Zeiten, da verkaufte J. P. auf dem Markt hinter dem Gare de Lyon in Paris wilde Ledermalereien oder selbstgefertigte Kopien indianischer Schmuckbänder.

Auch das Saigon-Kapitel war ziemlich farbig gewesen. J. P. landete mit dem dritten Bataillon des sechsten Regiments der Légion Etrangère in Indochina und erlitt alsbald eine ernste Kriegsverletzung. Sie sollte sein Leben und seine Psyche gründlich verändern ... Als die Amerikaner Vietnam von den Franzosen übernahmen, blieb J. P. noch immer überzeugt, seine neue Heimat gefunden zu haben. Zunächst schlug er sich als Bordellier durch. Später erinnerte er sich wieder seiner bunten, künstlerischen Ader und verkaufte den GIs in einer Galerie in Saigon die grauenhaften Kitschbilder nackter Exoten-Mädchen, die eine Reihe unterbezahlter vietnamesischer Studenten für ihn pinselte.

Daß er dann schließlich so richtig ins Geschäft kam, hatte er ausschließlich dem Alten zu verdanken. Nur: Manchmal konnte einem das Geschäft auch auf den Magen schlagen.

In miserabler Stimmung ließ J. P. die Gold Wing über die Zaharah Jalan laufen und dann über die Ismail und schließlich zum Islana Bezaar, wo sie den Markt für den Strom der Touristen herrichteten, die am Abend von Singapur nach Johor herüberkamen, um billigen malaiischen Satu Goreng zu essen oder die gleichfalls billigen Mädchen zu vernaschen.

In ihren Shorties und Minis standen diese wie bunte Vögel vor den dunklen Eingängen der Girly-Bars.

J. P. Bernier stoppte die schwere Gold Wing vor Tims Friseur-Shop, ließ sich rasieren, das Gesicht pudern und die langen, graublonden Haarfransen stutzen, die er hinter seiner braunverbrannten Glatze zu einem Zopf zusammengebunden hatte. Tim bediente ihn persönlich. Tim, Malaie und schwul, hatte einen Laden vom Feinsten.

»Gefärbt willst du sie nicht?«

»Spinnst du?«

»Nimmst du mich mal auf deiner Goldwing mit?«

»Bist du wahnsinnig?«

Tim seufzte. »Dein Haar wirkt ziemlich verschwitzt und zerdrückt.«

Verschwitzt und zerdrückt ... Bernier war sauer. »Um neunzehn Uhr sind sie in meinem Büro, J. P.«, hatte der Alte am Telefon gesagt. »Und pünktlich, wenn ich bitten darf.« Aus Protest hatte er sich die Krawatte gespart und seinen wildesten Fummel angezogen. Sollte er sich einen Scheitel ziehen lassen?! Sein Blick fixierte Tims Ohr. »Hör mal, so einen Ring, hast du den auch am Pimmel?«

Tim blickte erschrocken durch den Raum. Da war nur noch ein amerikanischer Marine-Leutnant, der sich an der anderen Ecke gerade den Bart stutzen ließ.

»Ich hab' gehört, manche Tunten lieben das ...« J. P. stand auf, hob die Hand, ging, ohne zu zahlen, und schwang sich auf die Maschine.

Der Geruch am Markt legte sich wie eine Decke auf ihn. Geruch nach Seafood-Ständen, nach verrottetem Gemüse und Früchten.

Er gab Gas ... Der Bahnhof – eine einzige riesige Baustelle. Das Telecom-Gebäude. Dann der Busbahnhof. Nicht nur die Expreß-Busse hinauf nach Butterworth und Thailand warteten auf Fahrgäste, sondern auch ganze Kolonnen brandneuer Proton –, Nissan- und Honda-Taxis. An der Zufahrt zum Cause-Way, dem Damm, der sich über die Meerenge spannte und Malaysia mit Singapur verband, staute sich der Verkehr.

Die malaiischen Zöllner erkannten die Gold Wing. Sie winkten Bernier durch, den Bernier mit dem knalligen Drachen-Sturzhelm, den Bernier mit den flatternden Batikhosen.

Auf der Singapur-Seite ließen sie ihn absteigen. Auf der Singapur-Seite trugen Polizisten wie Zöllner Stiefel und Seiden-Halstücher. Auf der Singapur-Seite wurden Kofferräume durchsucht und Berniers Gepäcktaschen geöffnet, herrschte wie üblich gnadenlos Zucht und Ordnung: Es war ein radikaler Sprung von der Dritten Welt in einen Modell-Staat, wie es ihn sonst nirgendwo gab.

Dann wieder Gas. Die Gold Wing blaffte nicht mehr vornehm, sie röhrte.

Ein Asphalt glatt wie Seide: Woodlands. Pastellfarbene Häuserblöcke. Zeile um Zeile. Philip Wang Fus *East Coast Construstions* hatte die Siedlung vor zwei Jahren hochgezogen. Das Wasserwerk gleich mit dazu.

Bernier sah auf die Uhr: siebzehn Uhr zwanzig.

Ganz würde er's nicht schaffen.

Ein flacher Hang. Drüben, rechts, gespenstisch weiß im Feuchtigkeitsnebel, schimmerte das Kranji War Memorial herüber, das Denkmal für die Opfer der japanischen Besetzung im Zweiten Weltkrieg, ein schwebendes Geisterschiff im Grau. Als Beigabe das Glitzerblau der Stauseen. Und da war sie, weißschimmernd in der Umarmung ihrer Bucht, sich nach allen Seiten ausdehnend wie eine Krake: Singapur, die Löwenstadt!

Und selbst von hier konnte J. P. Bernier unter all den Wolkenkratzern den einen, silberschimmernden ausmachen, in dem er erwartet wurde: den *Silver Tower* ...

Die einundvierzig Stockwerke unter seinen Füßen hatte Philip Wang Fu schon auf dem Reißbrett an Agenturen, Firmenniederlassungen, staatliche und private Verbände, vor allem aber auch an ausländische, westliche Wirtschaftsvertretungen vermietet.

Die Rechnung war also aufgegangen.

Gott sei Dank.

Denn selbst für den Konzern war dieses Projekt nicht ohne Risiko. Vierhundertachtundvierzig Millionen Dollar hatte der *Silver Tower* gekostet. Die Mieten waren zu hoch, als daß er sie sich für seine eigene Zentrale geleistet hätte.

Die Verwaltung der *East Coast-Industries* und der *East Coast-Traders,* den Hauptpfeilern des Unternehmens, zu dem auch Wang Fus malaiische Zinngruben, Hotelketten, Reedereien und regionale Luftlinien in Malaysia zu rechnen waren, befand sich noch immer in einer ziemlich schäbigen Gegend des Chinesen-Viertels hinter der New Bridge Road. Als er von Malaysia nach Singapur kam, hatte Philip dort sein erstes Büro eingerichtet und sich Grundstück um Grundstück gekauft. Zur Abwicklung der administrativen Probleme und der Führungsaufgaben hatte er eines der modernsten elektronischen Kommunikationssysteme eingerichtet, die es in Singapur gab. »Ich habe nichts gegen Kuli-Schweiß. Aber der von Managern ist unerträglich«, lautete sein Kommentar.

Auf den *Silver Tower* konnte er stolz sein. Und war es auch. Und daß Harry Tsi Feng ihn hier zum ersten Mal besuchte, schien ihm wie der Punkt auf dem »I«, wie schaffte Harry das nur? Ayeah! Seine Beziehungen zu den Finanz- und Machtzentren der Region waren so beeindruckend wie die Kapitalmengen, die er auf Knopfdruck bewegte. Harry besaß Residenzen in Makao, in Hongkong, Singapur, New York, London, der Schweiz. Dazu die *Sea Queen*, seine Yacht. Und eine Privat-Boeing, die ihm ständig zur Verfügung stand. Aber ihn aus irgendeinem seiner Verstecke herauszulocken, in denen er wie das Wiesel im Dunkel den nächsten Schlag vorbereitete, war eine Leistung. Und nun saß er doch im *Silver Tower!*

»Hübsch, wirklich hübsch.«

Harrys Hand wedelte nachlässig über schimmernde Bücherrücken, poliertes Teakholz, glänzende Lackarbeiten, über Teppiche, Marmorkamin und Seiden-Tapisserien. Sein Gesicht, ein völlig unauffälliges Gesicht, wenn man von der Hornbrille absah, so unauffällig wie der graue Anzug und die graue Krawatte, verzog sich zu einem leichten Lächeln: »Dein Stützpunkt in Johor scheint auch immer wichtiger für dich zu werden.«

»Mein Gott, wichtig? Ein Quai Looh? Brauchbar. Ja, man kann Bernier einen brauchbaren Mitarbeiter nennen. Bei manchen Problemen sogar eminent brauchbar.«

Er fuhr die Gold Wing über den Parkplatz zur Tiefgarage. Das Tor glitt lautlos in die Höhe. Tse Ho, der Garagenmeister, tauchte auf. In seiner Uniform mit dem weißen Hemd und der schwarzen Krawatte wirkte er so korrekt wie ein Börsen-Angestellter. Die Jacke rosa, die Hose grau – eine von Wangs Lieblings-Farbkonstellationen. Rosa und Grau hatte der Alte auch seinen Büro-Mädchen verpaßt.

»Oh, Mr. Bernier! Nett, wirklich nett, Sie zu sehen, Sir. Und das Ding auch!«

Zärtlich legte er die Hand auf den Metallic-Lack des Gold-Wing-Scheinwerfers. »Dort drüben, 36-b, da ist ein Platz für Sie frei, Mr. Bernier.«

Bernier stieg gab, legte den Helm auf den Sitz und ging zum Aufzug, während Tse Ho seine Verbeugung machte. Grau und rosa! Wenn du etwas in dieser Stadt haßt, dann ist es der Uniform-

Wahn. Uniformen nicht nur für Taxichauffeure, McDonald-Verkäufer oder Telefon-Mechaniker, nein, auch für Schulkinder und Studenten. Und wahrscheinlich haben auch ihre Professoren die Uniform im Schrank.

Tse Ho hielt die Lifttüre auf. »Wissen Sie, Mr. Bernier, Motorräder waren immer mein Traum. Und der Spitzentraum war die Gold Wing. Mein Gott, wenn ich darauf mal eine Runde drehen könnte …«

»Willst du den Schlüssel?«

Tse Ho erstarrte: »Um Himmels willen, Sir, ich habe doch Dienst. Außerdem, für so was wäre ich viel zu alt.«

»Wie alt bist du denn?«

»Zweiundvierzig Jahre, Mr. Bernier.«

»Und ich vierundsechzig«, grinste J. P.

»Ja, Sie, Sir. Sie sind auch eine Ausnahmeerscheinung …«

Ausnahmeerscheinung? J. P. Bernier betrachtete sich im Spiegel, als die Kabine des Chef-Aufzugs ihn in die Kommando-Zentrale des Wang-Konzerns hochtrug. Klingt gut, nicht wahr. Aber wie läuft's denn in Wirklichkeit? Knopfdruck genügt, und du marschierst zum Chef wie jeder andere Blödmann in diesem Laden.

Einundvierzigstes Stockwerk. Er nahm den schmalen Plastikstreifen, der ihm den elektronischen Verschluß des Chef-Büros öffnete. Die angenehm trockene Kühle der perfekt abgestimmten Klimaanlage empfing ihn. Auch hier Marmor. Philips kanadischer Leib-Architekt mußte einen Marmor-Tick haben. In den Glasvitrinen vertrug sich chinesisches Porzellan aus der Ming-Zeit friedlich mit römischen Vasen. »Zivilisation war immer ein vielstimmiger Gesang«, wie Philip Wang Fu zu sagen pflegte. Man gab sich weitläufig im Wang-Fu-Konzern …

»Ah, da sind Sie ja, Mr. Bernier!«

Die Empfangssekretärin stellte ein geradezu unglaublich gut gelungenes Modell eurasischer Frauenschönheit dar. Auch darauf achtete der »Mandarin«. Natürlich strikt aus Gründen der Promotion. Was im *Paradies* vorging, wußte nur ein verschwiegener, innerster Zirkel. Die Privaträume besaßen ihren eigenen Aufzug.

Die Sekretärin sprach in ihr Telefon und lächelte bedauernd: »Er läßt Sie bitten, sich noch ein wenig zu gedulden, Mr. Bernier.«

J. P. Bernier zupfte sein grelles T-Shirt mit der Aufschrift »Kiss me« zurecht, dachte flüchtig daran, daß es vielleicht doch gut wäre, Tims Rat zu folgen und sich die Haare färben zu lassen, und gab ihr das Strahlen zurück.

Dann versank er in einem Ledersessel und schloß halb die Augen. Dabei fiel sein Blick auf eine Fotografie. Er kannte sie. Vor Jahren, in den Anfangszeiten, hing sie im Privatbüro des Alten in der Spinster Street. Nun also stellte er sie als Pretiose aus?

Bei der Fotografie handelte es sich um die Vergrößerung einer uralten Vorlage aus dem letzten Jahrhundert. Das Silber- und Brom-Material der Daguerreotypie ließ die Linien zu einem undeutlichen, pastellartigen Gebilde verschwimmen, trotzdem waren die Einzelheiten recht deutlich auszumachen: ein Wald, in den eine Schneise geschlagen worden war. Die Schwellen einer Feld-Eisenbahn. Drei Loren. Davor eine Gruppe von Männern.

Sie trugen breite Strohhüte, die wie Kegel auf den Köpfen saßen und die stumpfen, ergebenen chinesischen Kuli-Gesichter beschatteten. Zwei hielten Pickel und Schaufel in der Hand. Alle blickten sie einen anderen Mann an, der etwas seitwärts von der Gruppe stand und mit verschränkten Armen in die Kamera schaute. »Das ist mein Großvater«, hatte Philip Wang Fu Bernier einmal erzählt. »Die Götter mögen seine Seele verwöhnen ... Es war der elende Zopf.«

»Der Zopf?«

»Der wurde ihm zum Verhängnis. Er muß eminent stolz auf ihn gewesen sein. Konnte ihn sich auch leisten. Schließlich war er Vorarbeiter ... Und er kam nicht aus Kanton wie diese ganze halb verhungerte Brut, die die Engländer damals nach Malaysia lockten, damit sie in den Zinnminen krepierten, mit denen sich diese unersättlichen Teufel mästeten. Nein, mein Großvater war ein Mann der Berge.« Philip schien mächtig stolz darauf zu sein. Chinesen aus Kanton, noch schlimmer aus Shanghai, hatte er stets verabscheut: »Für Haifische halten sie sich. Was sind sie? Sprotten!«

»Mein Großvater war der erste Vorarbeiter unserer Familie. Der zweite war mein Vater. Ich war der erste, der englisch sprach und den anderen zeigte, wo es langgeht.«

J. P. Bernier hatte beeindruckt genickt. »Und der Zopf?«

»Der Zopf – richtig. Als die Engländer verlangten, daß ihre Kulis sich die Zöpfe abschneiden, wenigstens soweit sie mit Maschinen umgingen, gab es Riesen-Ärger und Geschrei. Nun ja, Kanton-Kulis sind keine Meuterer ... Mein Großvater war einer. Ein Herr war er. Ein Fürst ... Also ließ er seinen Zopf, wo er war. Und Mr. Hammerworth – muß man sich vorstellen, den Namen! – jedenfalls, Mr. Hammerworth verzichtete darauf, seinen Befehl bei ihm durchzusetzen. Er wußte ganz genau, dieser Hammerworth, warum er das tat. Ohne den alten Wang wäre ihm der Laden glatt zusammengebrochen. Seine schöne Feld-Eisenbahn von Ipoh rauf zur Mine jedenfalls hätte er vergessen können. Schön, man muß objektiv bleiben: Sie haben die Linie dann doch weitergebaut. Auch als mein Großvater tot war.«

»An was starb er?«

»Das ist es ja. Davon red' ich doch ... Er war nicht nur ein unbesiegbar mutiger und unbesiegbar tüchtiger Mann, der mit bloßem Messer sogar einen Tiger anging, und die gab's ja noch in Mengen und nicht nur in Ipoh – die gab's in ganz Malaysia, selbst auf der Insel Singapur. Tausende. Abertausende hat es damals gegeben ... Mein Vater erzählte mir einmal, wie der Koch im Camp nachts ein verdächtiges Geräusch hörte. Er war gerade dabei, die Suppe für den nächsten Tag zu kochen. Er ging hinaus ins Freie. Und wer stand da, im Mondlicht? Ein Tiger ... Dieser Koch war gar nicht so übel. Er hatte ein Löwenherz wie mein Großvater. Was machte er also? Er rannte zurück, nahm seine Suppe, den ganzen Kübel für vierzig Mann, und schmiß ihn dem Tiger, der da stand, an den Kopf.«

»Und der Zopf?«

»Der Zopf? Nun, mein Großvater hatte mir vor hundert Jahren eine Erkenntnis vorweggenommen, mein lieber Bernier, die ich mir in meinem späteren Leben erst mühsam erringen mußte: Leg deinen Lingam, deine Gesundheit und deine Kraft in die Hände junger Frauen. Dort sind sie am besten behütet. Pflege Yin wie Yang.«

»Aha.«

»Ja, mein Lieber. Nun war ihm aber eines der jungen Mädchen, die im Arbeiter-Camp arbeiteten, besonders aufgefallen. Sie bekam die Aufgabe, seinen Zopf – und nicht nur den Zopf – zu pflegen. Kämmen und fetten also und weiß der Teufel, was da noch dazugehörte ... Sie hatte gerade den verdammten Zopf gelöst, war wohl am Kämmen und Fetten, die beiden saßen im Wald unter einem Busch – und da passierte es. Er selbst hatte den Baum zum Fällen noch aufgesucht. Aber bei dem Geturtel mit dem Mädchen leider vergessen. Die Arbeiter sahen ihn nicht unter seinem Busch. Und da – krach! Bumm … Das Mädchen konnte sich noch retten. Er aber … Der Baum zermalmte ihn … Die Rippen stießen aus seinem Leib hervor, hat mir meine Großmutter später erzählt, wie die Spanten aus einem Schiffswrack. Was hatte er auch mit dieser von den Göttern geschlagenen Hure unter einem Busch zu suchen? Na, was wohl, J. P., sag's du mir!«

J. P. warf einen letzten Blick hinauf zu dem Bild, betrachtete noch einmal den Mann mit dem Zopf.

Großvater Wang hatte den rechten Fuß wie ein Feldherr auf die Radhalterung eines hölzernen Schubkarrens gestellt. Vor ihm lagen die Traghölzer mit den geflochtenen Körben, mit denen seit Jahrtausenden die Chinesen das Bild der Erde veränderten – Mauern auftürmten, Paläste bauten, Festungen, Straßen und Kanäle von Tausenden von Kilometern Länge. Oder eine kleine Straße zum Beispiel, die von der kleinen malaiischen Provinzstadt Ipoh im Sultanat Perak in den Dschungel führte, wo man dann im Jahre 1884 im Kinta-Tal das Zinn entdeckt hatte, das schließlich auch Wang Fus Reichtum begründete …

»Willst du nicht vielleicht das Honiggebäck versuchen?« fragte Philip Wang seinen Gast Harry Feng im Chefbüro. »Eine meiner Nichten hat es gebacken. Es ist köstlich, wirklich.«

»Danke.«

»Tee? Kaffee?«

»Laß uns besser an die Arbeit gehen.«

Die Arbeit nannten die beiden Herren »engineering«. Und was sie vorhatten, war ja auch durchaus zu vergleichen mit einem Präzisions-Design. Harry Tsi Feng hatte den Deal ersonnen. Mit seinen unerschöpflichen Kapitalreserven würde er auch den größeren Teil des Treibstoffs liefern, denn der Wang-Fu-Konzern war bei dem anhaltenden Bau-Boom in den letzten sieben Monaten zu sehr expandiert. Die Realisierung des Plans aber lag fest in den Händen der *East Coast Industries* …

An sich bot die Ausgangslage optimale Perspektiven für ein gutes und sicheres Geschäft: Die *United Wood, Taiwan* galt zu Recht als eines der mächtigsten Unternehmen auf ihrem Gebiet: Holzeinschlag, Holzverarbeitung, vor allem aber Ex- und Import von Holz. Der Bedarf der Taiwanesen und Japaner an wertvollem Bauholz, vor allem Teak, blieb unerschöpflich. Und wenn es um die erforderlichen Einschlag-Lizenzen in den letzten noch unberührten Regenwäldern Javas, Borneos und Malaysias ging, hatten die Taiwaner auch gegenüber den mächtigen koreanischen, kanadischen und US-Konkurrenten noch stets die Nase vorn gehabt. Wie in so vielen anderen Wirtschaftsbereichen der Region teilten auch im Holzgeschäft die Chinesen die Karten aus. Man blieb unter sich.

Ach, das Meranti, dieses edle, rötlich-glatte Furnierholz, der starke Balau-Baum, der Lauan, der Merbau und wie die Tropenhöker noch alle hießen! Die Kompanien holten sich alles. Allein die Japaner schon schienen als Kunden unersättlich, bestellten auf Teufel komm raus, importierten jährlich siebenundvierzig Millionen Kubikmeter. Philip hatte es bei einer Firmen-Konferenz seinen Leuten vorgetragen. Selbst Edelhölzer zerschnitzelten die Japaner in ihrem Holz-Hunger zu Papierfabrikaten, diese Rattenkönige, Stäbchen-Akrobaten, Schachtel-Fetischisten.

Aber sie brachten Kapital, Know how, Joint venture – und darauf kam's an.

Bald arbeiteten die Kompanien mit Hochleistungstechnik, schafften beim Waldroden vierundzwanzig Quadratkilometer am Tag. Ein Weltrekord! Holz wurde zu Autos, zu Schiffen, zu Hochgeschwindigkeits-Zügen. Holz wurde zu Glasfaser-Verbindungen, Eisschränken, Fernsehgeräten, ja, sogar zu Flugzeugen. Denn auch die werden in Malaysia schon gebaut.

Ein Traumgeschäft!

Und dann die EG …

Allein die Schweiz brachte es noch vor ein paar Jahren auf achtzigtausend Kubikmeter Edelholz-Importe …

Doch dann fielen die Bestellungen plötzlich ab. Der Wind blies der Konjunktur ins Gesicht. Selbst Japan reduzierte die Importe. Die Schuld daran? Der Westen natürlich mit seiner Umwelt-Hysterie … »Radikaler Raubbau«, protestierten sie. »Klima- und Naturschänder.«

Konferenzen wurden einberufen, UN-Resolutionen gefaßt,

Sanktionen angedroht. Umsonst tobte der malaiische Präsident über die »scheinheilige Doppelzüngigkeit« der westlichen Industrie-Staaten, warf ihnen vor, mit ihrem Energieverbrauch selbst an der Klimazerstörung mitzuwirken und nur die Wirtschaftsentwicklung der jungen asiatischen Völker knebeln zu wollen. – Es half nichts. Der Umsatz sank, die Unsicherheit stieg. Und nun drohten selbst im waldreichen Malaysia Umweltauflagen gegen das Logging, obwohl die Regierung doch schnellstens ein Wiederaufforstungs-Programm entworfen hatte.

»Hast du den letzten Artikel in der *New Straits Time* gelesen, Harry?«

»Das überlasse ich dir, Philip. Interessiert mich auch nicht. Ich lese Zahlen, keine Artikel.«

»Na gut. Er war aber positiv. Das United-Problem wurde angeschnitten. Und ich sag' dir eines: Wir müssen handeln.«

Das United-Problem?! »Logging«, der Kahlschlag jungfräulicher Wälder, ist äußerst kapitalintensiv. Jede Logistik wird im Urwald zum Abenteuer. Straßen, Zieh- und Transportwege müssen gebaut werden, nicht nur um Stämme abzutransportieren, sondern auch um das erforderliche schwere Gerät, die Transporter, die Schaufelbagger, die Generatoren heranzuschaffen. Dazu die Unterkünfte des Personals, die mobilen Sägereien ...

In der Hoffnung auf neue, Millionengewinne versprechende Lizenzen hatte sich die *United* in Borneo, dann in Malaysia, niedergelassen – und übernommen. In Borneo war das Abholzen zunächst für ein Jahr gestoppt. In Malaysia trieb die *United* ihre Vorbereitungen im Sultanat Jorak, vor allem im Gebiet des Neggiri-Flusses weiter voran, die Verhandlungen über die Lizenz indes zogen sich endlos hin. Sand schien ins Getriebe geraten zu sein.

Und das hatte seine Gründe ...

»Sag mir lieber, hast du etwas von Khalid gehört?« erkundigte sich Harry Feng.

»Wieso sollte ich denn? Khalid habe ich in der Tasche. Seit Jahren. Und nicht allein wegen dieser Geschichte.«

»Aber ich habe gehört, die United-Leute hätten bei Khalid einen neuen Protest abgegeben und seien dabei von der Berhad-Gruppe unterstützt worden.«

»Na und? Berhad ist stark auf dem Stahlsektor. Vielleicht noch mit Palmöl ... Aber im Holzbereich haben sie nichts zu sagen. Mach dir da mal keine Sorgen.«

Khalid Leng war in »KL« – der malaiischen Hauptstadt Kuala Lumpur – der Chef-Beamte der staatlichen Holz-Kommission. Und gleichzeitig, was sich als sehr praktisch herausstellte, Staatsbeauftragter für Umweltschutz.

»Sag deinen Freunden im Ministerium, daß die *United* schwach auf der Brust ist und höchstens fünf oder sechs Monate durchhalten kann«, hatte Harry Feng Philip Wang Fu vor einem Jahr empfohlen. »Sag ihnen, daß du ihnen mindestens dreißig Prozent mehr gibst, wenn sie die *United* eine Zeitlang hinhalten. Sagen wir ein oder zwei Jahre. Dann übernehmen wir. Wir können sie auch an dem neuen Unternehmen beteiligen ... Sparsam, versteht sich. Sie sind dann sowieso auf den Knien. Wir aber gehen damit an die Börse und holen den Einsatz doppelt wieder heraus.«

Die Rechnung war aufgegangen. Zumindest bis zu diesem Punkt ...

Der Einsatz wiederum? Der eigentliche Einsatz bestand in einem Gebiet von neuntausend Quadratkilometern im zentral-malaiischen Gebirge, der Tenenga-Zone. Sie wurde vom Nenggiri-Fluß durchschnitten und war bisher weder von Straßenführungen noch sonstigen zivilisatorischen Errungenschaften angetastet. Die paar hundert Indianer, Urvolk-Abkömmlinge, die sich mit dem Blasrohr ihre Nahrung holten, hatten bisher niemand interessiert. Zudem gehörte die Region zum rückständigsten Sultanat des malaiischen Staatenbundes: Jorak. Nun, die Eigentumsfrage hatte man hingebogen. Zwar haben auch im modernen Malaysia Sultane die Vorrechte von konstitutionellen Monarchen. Bei Sultan Abdulla war es jedoch kein besonderes Kunststück gewesen. Ein neues Fußballstadion für die Hauptstadt, ein kleiner Brocken Anteile an den Einschlag-Ergebnissen – und die Sache war gelaufen.

Hatten sie gedacht.

Doch dann erst begannen die Schwierigkeiten.

Die Tenenga-Region, so stellte sich heraus, stellte die wichtigste Zufluchtsstätte der letzten freilebenden Tiger Malaysias dar. Und das allein schon garantierte reichlich Ärger: Tiger, einst gnadenlos gejagt, schienen in letzter Zeit heiliggesprochen.

Und als ob das nicht reichte, meldete sich zunächst ein obskures

Anwaltsbüro in Penang, dann die höchst angesehene und in politischen Dingen tätige US-Kanzlei »Johnson and Zweig« aus New York. Die beiden Anwaltsfirmen legten Dokumente vor, in denen nachgewiesen werden sollte, daß das Tenenga-Gebiet gar nicht mehr dem Besitzrecht des regierenden Sultans unterliegen könne, sondern daß es sich dabei um eine Stiftung handele, die der verstorbene Vater Abdullas errichtet habe. Als Legat sei sie an den Biologen Rabindra Nandi, und nach dem Todesfall Rabindras an seine Tochter Maya Nandi übergegangen, welche den Schutz der Tiger und die Führung der Tenenga-Tiger-Station fortsetzen sollte.

Maya – dachte Wang Fu …

Tiger? dachte er dann. Hab' ich etwas gegen Tiger? Im Gegenteil. Sie sind ja so brauchbar … Mal sehen, welche Täubchen Bernier mir für heute abend aufgetrieben hat. Ayaa, wenn es nur schon soweit wäre …

Doch wenn Tiger mir geschäftlich in die Quere kommen, kann ich da Rücksicht nehmen? Nein. Und wenn Maya, die ›Verrückte‹ glaubt, dasselbe tun zu können, noch viel weniger.

Er setzte seine Teetasse zurück, legte das Kinn auf den Handrücken, versank in einen seiner gefürchteten Zustände, einen stummen, selbstvergessenen, um sich selbst kreisenden, sich langsam steigernden Zorn.

»Was ist mit dir, Philip?« erkundigte sich Harry Feng.

Philip Wang Fu schreckte hoch, drückte einen Knopf auf der Kommando-Konsole seines Schreibtisches und sagte sich: Das Maya-Problem muß gelöst werden. Bernier wird das erledigen. Der kann das. Rasch, wirksam und für immer …

Es klopfte.

»Hier, ehrenwerter Großvater …«

Tsie, Wang Fus Privatsekretärin, hatte den Raum betreten und überreichte ihm ein Dossier. Er steckte in einer blauen Plastikhülle und bestand aus wenigen Blättern.

Philip Wang Fu nickte. Tsie, den plumpen, rundlichen Leib in langen Bahnen graurosaroten Stoffes verborgen, segelte schwankend wie eine Dschunke bei hohem Seegang zur Tür zurück. Philip rief ihr nach: »Sag Bernier, er muß sich noch etwas gedulden.«

»Jawohl, ehrenwerter Großvater.«

»Auch eine deiner Nichten, nicht wahr?« fragte Harry Feng.

»Was sonst? Sie ist eine Nichte dritten Grades. Sie sollte nur ein besseres Deodorant benutzen. Oder dreißig Kilo abnehmen.«

Er legte den Bericht auf die Glasplatte und schob ihn Harry Feng zu.

Auf dem ersten Blatt klebten zwei Fotos.

Das obere zeigte eine junge Frau in einer Art Khaki-Montur. Sie schien erregt oder hatte sich über den Fotografen geärgert; die angespannte Oberlippe gab ihre Zähne preis, die Augen waren verengt. In der Hand hielt sie eine Videokamera. Sie stand auf einer Hafenmole, den Rücken gegen einen Landrover gelehnt. Der Fahrer war gleichfalls zu erkennen. Ein Schwarzer. Auch die Arbeiter im Hintergrund waren Neger. Es schien sich um einen afrikanischen Hafen zu handeln.

Das zweite Bild zeigte ganz offensichtlich dieselbe Person. Doch die Linien des Frauengesichtes wirkten kindlicher, weicher.

»Das ist sie als Mädchen, als Studentin. Bemerkenswert, nicht wahr?«

Feng nickte. Wang hatte recht. »Bemerkenswert« war dazu eine dramatische Untertreibung. Ob als Mädchen oder Frau – welch ein Gesicht! Breite Backenknochen, klassisch gerade Nase, gerundete Stirn, tiefdunkle Augen, und dazu diese breiten, wunderschön geschwungenen, schwellenden Lippen, die jeden Mann zum Träumen bringen mußten. Harry Feng, der sich ein Leben lang als Kenner, Sammler und Bewunderer weiblicher Schönheit betrachtet hatte, nickte voll Ehrfurcht.

»Und wer ist der Mann?«

»Rabindra Nandi. Ihr Vater.«

Beide, Vater und Tochter, standen vor einer Taxus-Hecke, die zu einem Club-Gelände zu gehören schien. Das Mädchen trug Tennisschuhe, weiße Socken und einen kurzen Tennisrock, der Mann einen leichten, etwas zerknitterten grauen Popelinanzug, über dessen Revers er den Kragen des offenen Hemdes gelegt hatte. Er hatte ein intelligentes, schmales Gesicht, offensichtlich indischen Zuschnitts, und trug eine randlose Brille. Er lächelte seine Tochter zärtlich an, sie erwiderte den Blick.

»Die Aufnahme wurde in New York gemacht. Dort arbeitete er Mitte der achtziger Jahre als Sekretär der UN-Delegation Malaysias. Ich selbst habe ihm noch den Job besorgt. Die Nandis stammen ursprünglich aus Penang, wie meine Familie. Als mein Großvater damals nach Ipoh zog, beschloß Sulei Nandi, der Vater Rabindras, dasselbe zu tun, was sich für ihn auch lohnte. Er lebt immer noch. Heute vertritt er mich vor allem in Jorak.«

Feng betrachtete das Foto und legte den Zeigefinger auf das Gesicht des Mannes: »Und was ist aus ihm geworden?«

»Bei allen Göttern und Geistern, das ist noch so ein Kapitel ... Besser, ich fange gar nicht damit an. Zu kompliziert. Nur ganz kurz: Rabindra Nandi ist im Herbst des Jahres 1992 verschwunden.«

»Einfach verschwunden?«

»Nenne es vermißt, nenne es untergetaucht, nenne es wie du willst. Der berühmte Fall: Einer geht um die Ecke Zigaretten kaufen und kommt nie wieder zurück ...«

»War er denn verheiratet?«

»Witwer. Seine Frau ist gestorben. Affären waren nicht sein Fall. Er hatte andere Interessen. Er wohnte allein in einem Appartement in der 46sten Straße in Manhattan. Er traf sich am Abend mit einigen Freunden aus den UN-Teams. Er als einziger Malaie, die anderen Australier, Engländer, Deutsche. Sie saßen in seinem Lieblingsrestaurant, einer Thai-Kneipe, um an einer Demarche oder einem Positionspapier gegen die Holzeinschläge zu arbeiten.«

»Aha.«

»Ja, aha. Ein Öko-Mann. Ein Wald –, Natur- und Tiger-Freak. Der klassische Gegner. Intellektuell verbohrt und naiv zugleich ...«

»Und weiter?«

»Nichts. Nichts weiter. Sie verabschiedeten sich. Er sagte, er mache noch einen kleinen Spaziergang, und das war's dann. Man hat ihn nie wieder gesehen.«

»Und sie? Seine Tochter?«

»Maya war damals im New York State-College, in so einer Presse für Diplomaten-Kinder.«

»Sie scheint ihn ziemlich gemocht zu haben. So wie sie ihn ansieht.«

»Gemocht ist zu wenig. Sie hing fanatisch an ihm. Ich habe mich selbst dann in den Fall eingeschaltet und angeboten, ihr zu helfen. Ich habe meine New Yorker Leute bemüht, Rechtsanwälte gestellt, Detekteien beauftragt – nichts.«

»Und was ist aus ihr geworden?«

»Was aus ihr geworden ist?« Wang Fus Hände zogen sich zusammen. Er betrachtete seine Fingerknöchel. Sie waren schneeweiß geworden. Seine Stimme zischte: »Eine Schlange. Nein, eine Ratte … Eine Giftratte, die alles beißt, was ihr in die Quere kommt. Alte Freunde der Familie wie mich. Den eigenen Großvater. Ihre Schwester. Alle … Das Weib ist gefährlich wie Zyankali.«

»Übertreibst du nicht?«

»Oh nein. Maya hatte immer Probleme mit ihrer Familie. Ihre Mutter ist Malaiin. Malaien laufen Amok. Vielleicht ist es dieses verdammte, vergiftete Malaien-Blut … Jedenfalls, sie rebellierte gegen den ganzen Nandi-Clan. Sie weigerte sich zum Beispiel, trotz einer gewaltigen Mitgift-Vorauszahlung, den Mann zu heiraten, den man ihr ausgesucht hatte … Nun ist Sulei, ihr Großvater, der typische indische Familien-Patriarch. Bei dem haben Weiber nichts zu sagen. Sie sind weniger als shit. Bei den Hindus ist es nun mal so … Jedenfalls blieb sie in den USA, hatte angeblich eine Spur ihres Vaters aufgenommen, die nach Kalifornien führte. Dort wohnte sie dann auch eine Zeitlang. Das ist das letzte, was ich von Walt Ferguson, unserem Anwalt in New York, erfahren habe. Die Information stammt aus dem Jahre '94.«

»Und jetzt?«

»Jetzt haben wir sie auf dem Hals. Und zwar nicht mehr die lustige, liebenswerte, kleine Maya mit dem hübschen Teeny-Po und dem wunderschönen Mund … Sie wohnte doch sogar bei mir zu Hause in diesen Jahren. Hier in Singapur. Sie ging schließlich hier im Raffles-College zur Schule. Ja, selbst dafür habe ich gesorgt … Und was ist aus ihr geworden? Eine Art weibliche Terroristin. Fanatisch bis in die Knochen. Überfällt Dschunken, plündert fremdes Eigentum, legt Achtzig-Kilo-Männer einfach aufs Kreuz … Und schändet ihren Wohltäter, beißt die Hand, die sie füttert.«

Feng schwieg.

»Aber gut. Wir werden sie erwischen. Und dann …« Wang Fu sah ihn an: »Dann müssen wir Konsequenzen ziehen, Harry. Endgültige. Wir können uns von dieser Frau nicht das ganze Unternehmen gefährden lassen.«

»Laß mich damit in Frieden.«

Harry Fengs Stimme kam kühl, leise und zurechtweisend. »Die

rechtliche Lage, Philip? Hat sie wirklich Chancen, mit ihrem Anspruch auf Tenenga durchzukommen?«

Philip Wang Fu antwortete noch immer nicht. Feng brauchte keine Antwort. Der Blick reichte.

Und dann sagte Wang Fu es doch: »Ich werde verhindern, daß sie überhaupt in die Lage kommt, Ansprüche zu stellen.«

Er nahm den Hörer des Telefons: »Schicken Sie mir Bernier rein.«

Feng hob die Hand.

»Moment.« Wang Fu legte die Hand auf die Muschel.

»Philip, die Idee, mich mit diesem Menschen zusammenzubringen, ist nicht nur völlig absurd, sie ist überdies geschmacklos.«

»Seine Frauen hast du doch auch genossen, mein lieber Harry.«

»Aber da wußte ich noch nicht, daß er ein Killer ist.«

»Killer, Harry, Killer, das ist ja doch auch nur so ein Wort. Sagen wir lieber, er ist ein Spezialist. Ein Profi.«

»Auch noch«, stöhnte Harry Feng.

Philip Wang nickte ihm beruhigend zu. »Bringen Sie ihn in den Konferenzraum«, sagte er durchs Telefon. »Und sagen Sie ihm, ich bin in fünf Minuten bei ihm ...«

»No problem at all«, hatte George Andrew gesagt und dabei den kleinen, roten Genießermund mit dem geradezu perfekt geschwungenen Cupido-Bogen der Oberlippe zu einem Grinsen verzogen. »Polizeigesuchte Leute außer Land zu schaffen ist genau das Richtig für mich. So ein kleiner staatsfeindlicher Picknick-Ausflug – heiß ist das!«

Sie hatten die Kassetten in einen Plastiksack verpackt. Und der wiederum steckte im Maschinenraum der *Reduit* hinter der Wasseraufbereitungsanlage, einem »Wunderwerk der Technik«, wie George behauptete. Mit einem Ausdruck der Verzückung versuchte er, dieses Wunderwerk in allen Details zu erklären. »Damit kommst du ohne Frischwasser bis nach Hawaii.« Maya hatte nicht zugehört. Das Kassetten-Versteck aber schien ganz in Ordnung.

Die *Reduit* änderte nun ihre Richtung. Containerschiffe kamen ihnen entgegen. Am Horizont zog eine Reihe von Tankern entlang. Alle strebten Singapur entgegen.

Der Fahrtwind auf der Haut kühlte die Sonne. Das Wasser

rauschte. Sie könnte ewig so liegen. Der chinesische Bootsmann hatte Drinks gebracht, der Motor brummte, die Bugwelle zog eine große, weiße Kurve in das blaue Meer. Es war fantastisch, es war völlig unwirklich, es war wie auf einer Kreuzfahrt …

Julia steckte die Kamera in die Tasche zurück. »Ein paar Fotos sollen schon sein. So schnell sehen wir dich wohl nicht mehr. Immerhin kann ich die rumzeigen …«

»Den Teufel wirst du, Julia. Bloß nicht …«

Maya richtete sich auf. Drüben, der helle Streifen, das war noch immer Singapur.

»Lächeln, Maya. Ein bißchen wenigstens, wo ich mir so viel Mühe gebe …«

Julia saß auf der Heckbank und hatte die Kamera vor dem Gesicht. Maya lag im Bikini auf einem der beiden Deck-Chairs. Der Wind spielte mit ihrem Haar. Oben im Steuerstand steuerte George die große Motoryacht.

»Und sonst?« hörte sie Julias Stimme. »Erzähl doch ein bißchen. Außer Naturschutz ist dir in den ganzen Jahren nichts eingefallen?«

»Eingefallen? Was soll mir denn eingefallen sein?«

»Ein Mann … Eine Affäre … Viele Affären … Die große Liebeskiste oder so etwas? Nun komm schon, heitere mein armes, monogames Hausfrauenleben ein bißchen auf!«

»Tut mir leid. Kann ich leider nicht.«

»Und das ist die ganze Antwort?«

Sie hatte ja recht: Natürlich war es keine Antwort. Doch gab es eine?

Der Schatten eines großen Flugzeuges strich über sie hinweg. Ein Yal-Airliner, der gerade den Changi-Airport anflog. Das Rauschen der Düsen hüllte sie ein … Eine Affäre? dachte sie.

»Tut mir leid, Julia, die Antwort, die du dir wünschst, kann ich dir nicht liefern. Wirklich nicht.«

»Welche Verschwendung … So wie du aussiehst.«

Hatte sie mit Rick Martin eine Affäre? … Oder die »große Liebeskiste«? … Damals, die Nacht auf dem Schiff im Hafen von Porto Colom? Lieber Himmel, wie lange, wie weit lag das zurück. Vor tausend Jahren war es geschehen, in einer anderen Welt …

Das kann man sich zwar vorsagen, dachte sie, man kann es

auch so empfinden, aber die Wahrheit ist es nicht. Sie liegt woanders: In deinem Talent, alles zu verdrängen, was dir über den Kopf zu wachsen droht. Aber du hast ja keine andere Wahl.

»Sieh mal, Julia, zur Zeit bin ich einfach überfordert. Das Leben verläuft in Phasen, nicht wahr? Und dies ist nun mal nicht die große Ich-kann-ohne-dich-nicht-leben-Phase … Außerdem, was soll ich mit einem Mann anfangen? Er ginge mir nur auf die Nerven, und ich – ich wäre ihm eine Last.«

»Auf die Nerven?« Julia warf einen kurzen Blick hoch zum Steuerstand und verzog den Mund. »Nimm mich. Habe ich mich nicht selbst mit einem George Andrew arrangiert? Eigentlich geht das sogar ganz gut. Man kann sich auch auf anderen Gebieten mit einem Mann verstehen. Soll's doch geben. Beruflich zum Beispiel …«

Maya schwieg und lächelte.

Der Klang der Motoren veränderte sich. Sie blickte hoch zu George. Der hob die Hand.

»Seht mal! Wir bekommen Besuch.«

Sie drehte den Kopf in die Richtung, in die Georges Arm wies: Ein Boot. Grau, flach, sehr elegant und ziemlich kriegerisch. Es kam mit hoher Fahrt herangeprescht. Die Bugwelle entfaltete sich wie zwei weiße Schwanenflügel. Ein Fahrzeug der Marine? George hatte das Fernglas an den Augen. Sie brauchte keines, um zu erkennen, daß auf dem Vorderschiff ein Maschinengewehr montiert war. Und nun, als es ein wenig den Kurs änderte, konnte sie auch lesen, was da in großen, schwarzen Buchstaben auf der Seite stand: POLICE.

Maya sprang auf und rannte zur Reling. An ihrem Rücken zuckte ein Muskel. Sie versuchte zu denken …

»Hey, George!« Das war Julia. »Das ist doch ein Polizei-Boot, oder?«

»Richtig, Liebling, das ist ein Polizei-Boot.«

»Warum, verdammt, gibst du dann nicht Gas?«

»Hätte erstens wenig Sinn, denn die da drüben sind schneller, und ist zweitens auch gar nicht nötig.«

»Nicht nötig? Ein Polizei-Boot? Ja, hast du endgültig den Verstand verloren?«

»Reg dich nicht auf, Julia … Und du, Maya, mach dir keine Sorgen: Das ist bloß ein alter Bekannter.«

Bloß ein alter Bekannter …

»Ernest Khan ist das. Hat mich gerade angefunkt, ob er an Bord kommen könne. Hat doch die *Reduit* seit dem Umbau noch nicht gesehen. Und so habe ich ihn eingeladen.«

»Du hast *was*?!«

»Eingeladen«, strahlte George Andrew. »Was sollte ich denn zum Teufel anderes tun, Julia? Ernest ist im Regatta-Ausschuß. Er ist Oberschiedsrichter, ich bin der Präsident …«

Der Präsident. Und der »Oberschiedsrichter« von der See-Polizei? Und dort unten, neben der verdammten Wasseraufbereitungs-Anlage, stecken die Kassetten in einem Plastiksack … Und ich liege hier im Bikini … Sie hatte das Gefühl, im Theater zu sein, einer vollkommen albernen, aus allen Geleisen geratenen Inszenierung beizuwohnen.

George Andrew aber grinste wie ein Honigkuchenpferd. Für ihn war das hier tatsächlich ein Sonntags-Picknick.

Der Muskel an ihrem Rücken führte einen wilden Tanz auf. Sie konnte ihn nicht beherrschen.

»George«, sagte sie mühsam und warf über die Schulter einen kurzen Blick auf das graue Schiff, das nun in einem eleganten Bogen zum Anlege-Manöver ausholte, »George, du hast nur eine Kleinigkeit vergessen. Die haben mit Sicherheit einen Fahndungsbefehl. Und auf dem Fahnungsbefehl ist ein Foto von mir. Dieses Foto hat auch dein Freund dort drüben.«

»Oh verdammt …«

Sein Mündchen stand offen. Daran hatte er nicht gedacht.

Julia reagierte schneller als ihr Mann. Sie nahm die Sonnenbrille ab, die ihr halbes Gesicht bedeckte und warf sie Maya zu. Sie setzte sie sich auf die Nase.

»Da! Und der Schal. Wickel dir den um den Kopf.«

Sie tat auch das.

Sie tat es in dem Augenblick, als beide Boote längsseits gingen. George hatte nun mit dem Motor zu tun. Die Fender schlugen auf. Von dem Polizei-Boot schwang sich ein langer, hagerer, grauhaariger Chinese an Bord der *Reduit*. Er trug dunkelblaue Hosen und dunkelblaue Achselstücke auf dem weißen Hemd. Goldene Sterne funkelten darauf. Und er bemühte sich um beste britische Manieren.

»What a beautiful day, is'nt it?« Dann mit einer Verbeugung zu den Damen: »And what a beautiful sight.«

Er zeigte eine Menge braunverfärbte Zähne.

Die Männer schüttelten sich die Hände, Julia sagte irgend etwas und George Andrew, dem die Situation nun offensichtlich doch an die Nerven ging, beeilte sich, den Polizei-Kapitän in den Salon der *Reduit* zu führen.

Mayas Augen maßen den Abstand zum Ufer. Albern! Sie würden sie sowieso auffischen. Aber der grauverfließende Strich dort hinter dem Cap Changi – das war Malaysia ... So nah. Und so unendlich weit entfernt.

Deine Hände schwitzen? Was soll das? Beruhige dich, Herrgott noch mal! Er hat dich nicht erkannt. Soll er doch den Maschinenraum besichtigen. Die Kassetten wird er nicht entdecken. Dafür sorgt George.

Aber wenn George auch das »aufregend« fände? ...

Nonsense!

Julia trat neben sie: »Da siehst du's wieder. Du hast ganz recht mit deiner Strategie. Wir sollten die Finger von den Männern lassen. Die sind wirklich zu blöd ...«

Dann fügte sie hinzu: »Mach dir keine Sorgen. Bald bist du dort drüben«, und nickte zum Horizont.

Sie behielt recht.

Es dauerte eine halbe Stunde, eine sehr lange halbe Stunde, dann legte Kapitän Ernest Khan in der Andeutung eines militärischen Saluts die Hand an die Stirn und strahlte Maya an. »Leider, leider war dies nun wirklich ein sehr kurzer Besuch. Ich hoffe, wir sehen uns bald einmal bei der Regatta, Miß ... Miß ...«

»Esther Williams«, half Julia.

»Miss Williams.«

»Aber sicher. Würde mir auch Spaß machen«, versicherte Maya.

Die Motoren dröhnten auf. Der Mann mit den grauen Haaren winkte ihnen noch einmal zu. Die Heckwelle schäumte.

»Uff!« Erschöpft ließ sich Julia auf die Heckbank fallen. »Himmel, wenn das schiefgegangen wäre ... George, hättest du vielleicht die Güte, mir zu sagen, was du dir bei dieser Geschichte gedacht hast?«

»Nichts«, grinste George Andrew.

»Wie üblich.«

»Nun, meine Liebe, vielleicht hast du damit gar nicht so unrecht. Soll ich dir sagen, was meine Erfahrung mir gezeigt hat? Es ist gerade die Gedankenlosigkeit, die für interessante Situationen sorgt. Und das war doch eine, nicht wahr?«

Maya schluckte.

»Es war sogar eine sehr interessante Situation«, stellte George Andrew fest. »Stell dir mal die Schlagzeilen vor: Andrew als Fluchthelfer verhaftet … Na, jedenfalls habe ich ein paar hübsche Anekdoten für die Freunde, findest du nicht?«

Julia sah ihn nur an.

Schließlich sagte sie mit erschöpfter Stimme: »Ich könnte dich erschlagen!«

Zwei Stunden später passierte die *Reduit* das breite Delta des Johor-Flusses. George Andrew hatte die Karte auf den Knien. Er deutete auf das schilfbestandene Ufer. Das Land dahinter war flach. In der Ferne konnte man einen hellen Punkt erkennen.

»Das da drüben ist Pasi Gudang, ein Kampong oder eine kleine Stadt, ich weiß das nicht. Aber nach der Karte liegt es nur drei Kilometer landeinwärts.« Er warf einen Blick auf die Reisetasche: »Viel Gepäck ist das ja nicht. Und so schwer wiegen auch die Kassetten nicht.«

Sie nickte.

Sie wollte nur noch eines: es hinter sich bringen.

Julia hielt sich an einem der Davids fest, als der Bootsmann den großen Zodiac zu Wasser ließ. Die Hydraulik summte.

»Wenn ich etwas hasse«, sagte Julia, »sind es Abschiede. Für eines allerdings hat George, dieser alte Trottel, gesorgt: Einen solchen Abschied vergißt man nicht so leicht.«

Sie küßten sich. Maya wollte George Andrew die Hand geben, doch auch er küßte sie begeistert ab. »Have a nice time«, sagte er tatsächlich.

Dann half ihr der Bootsmann auf den Sitz. Der schwere Außenborder sprang an. Sie hob noch einmal die Hand, aber sie warf keinen Blick zurück. Sie blickte auf das Ufer dort drüben, das schnell näher und näher rückte.

Sie sprang aus dem Schlauchboot und nahm ihre Tasche. Der Sand unter deinen Füßen – Malaysia. Seit sechs Jahren zum ersten

Mal … Was machen die Heimkehrer in aller Welt? Sie bücken sich und küssen den Boden.

Sie tat es nicht. Sie fühlte ein leichtes inneres Frösteln, einen kühlen Anhauch von Angst bei dem Gedanken, was nun alles vor ihr lag …

Pasi Gudang war weder Dorf noch Kleinstadt. Anscheinend lebte der Ort von der Fischkonserven-Fabrik, deren Gestank bei Westwind über allem lagerte, den Häusern, dem wilden Verkehr in den engen Straßen, dem Durcheinander auf dem Markt.

Sie drückte dem Fahrer des alten Nissan-Lieferwagens, der sie auf der Uferstraße aufgelesen hatte, zehn Singapur-Dollars in die Hand. Er strahlte über sein ganzes freundliches, gerunzeltes Malaien-Gesicht und zeigte seine Stummelzähne: »Möge Gott Sie auf allen Wegen geleiten, Herrin. Möge er Ihre Kinder in seinen Segen hüllen, große Frau …« Dann kicherte er, und sie wußte, daß sie wieder zu Hause war.

An einem der Imbiß-Stände am Markt bestellte sie einen Teller Satai und ein Glas Bier. Selten fühlte sie sich so zufrieden wie nun, als sie die knusprigen, kleinen Fleischkuchen in die reichgewürzte Erdnuß-Soße tauchte. Sie fand ein Taxi und handelte den Preis hinüber nach Johor Baru aus. Er war geradezu lächerlich billig.

»Und wohin?«

»Zum Flughafen.«

Draußen zogen Reisfelder vorüber. Ochsenkarren. Klapprige Wagen. Mädchen in Jeans oder wildfarbenen Sarongs, die auf dem Kopf ihre Lasten trugen, hübsche, braungebraunte Mädchen, bei Gott. Und draußen schwangen Palmen in der Seebrise. Malaysia. Tatsächlich …

Sie wußte, daß Kualang, die Hauptstadt Joraks, einen neuen Flughafen besaß. Irgend jemand hatte es geschrieben oder erzählt. Aber ob dieser Flughafen täglich angeflogen wurde, dazu noch heute abend, erschien ihr äußerst fraglich.

Sie ließ den Wagen am Bahnhof halten, zahlte, stieg aus und suchte sich ein Hotel.

Sie schrieb sich mit ihrem Namen ein und legte ihren Paß vor. Der Clerc, ein rundlicher Chinese, strahlte sie an.

Kein Grund zur Sorge … Wie auch. Dies war Johor Baru. Hier würde sie niemand suchen. Noch nicht …

Sie wußte, er war noch da.

Er wartete.

Hockte dort unten, wo der Strudel zersplitterte Baumstämme und Gebüsch an die Steine geworfen hatte, regte sich nicht. Wartete. Er würde angreifen. Er war ihr drei Tage gefolgt, um das zu tun. Noch war es zu früh für ihn …

Jedesmal, wenn der Wind auffrischte, trieben Sprühschleier vom Wasserfall über die Felsen und den Fluß. Wie Fahnen wirkten sie, deren Ränder von Perlen bestickt waren, die in allen Farben des Regenbogens aufleuchteten. Jetzt wieder … In solchen Sekunden sah sie ihn nicht.

Sie knurrte leise und drückte mit der rechten Tatze den Kleinen zurück, der unter dem Naia-Strauch herausgekrochen kam und den Hang hinab wollte.

Ruhig … nur ruhig …

Sie fühlte sich stark genug. Die Wunde am Kiefer war abgeheilt. Auch das Zahnfleisch schmerzte nicht länger. Und in den letzten Tagen hatte sie gute Beute gemacht …

Er war groß, das ja. Aber er hatte viel Kraft verbraucht. Er wollte die Jungen. Nichts anderes. Er wollte die beiden Kleinen. Er wollte sie töten, weil er die Mutter wollte …

Aber sie würde ihn besiegen. Zumindest würde sie ihn vertreiben. Das wußte sie.

Sie richtete sich auf.

Der Wasserschleier brach zusammen – und da war er wieder. Hockte. Starrte zu ihr hoch.

Sie konnte sehen, wie die Knochen der Schulterblätter aus dem nassen Fell hervorragten. Nun der Kopf, dieser breite, düstere, gewaltige Männerschädel. Seine Augen suchten sie …

Aus ihrer Kehle klang ein leiser, langgezogener, rollender Ton.

Der Kleine neben ihr zuckte zusammen und sah sie ängstlich an. Sie mußte an sich halten, alle Kraft mußte sie aufbringen, um nicht ihren Zorn hinauszubrüllen, gegen das Tosen des Wasserfalls, gegen das Rauschen des Flusses, gegen das Schweigen des Waldes …

Er will die Kleinen schlagen, weil er dich will.

Er hat nur diese eine einzige Absicht …

Sie hatte es einmal erlebt, vor langer, langer Zeit. Und sie war nicht geschickt genug gewesen, nicht erfahren im Kampf. Sie war zu jung gewesen. Damals jagten noch viele Tiger im Wald. Es war ihr zweiter Wurf.

Drei. Zwei Mädchen und ein Junge. Sie waren sehr klein, und es kam zu schnell, so daß sie zunächst gar nicht begriff. Als sie sich zur Wehr setzte, war es schon geschehen. Der mächtige Tiger-Mann hatte ihnen wie kleinen Makakka-Affen das Genick gebrochen ... Erst später begriff sie: Er hatte es getan, damit sie wieder für ihn bereit war. Nur wenn es keine Kinder mehr gab und die Milch versiegte, konnte er sie bespringen.

Damals hatte sie sich auf ihn gestürzt und gebissen. Er hatte sie fast spielerisch abgewehrt. Sie war in den Wald geflohen.

Dieses Mal würde es umgekehrt sein.

Dieses Mal würde sie angreifen.

Das Rauschen des Wasserfalles schien zu wachsen. Es hüllte sie ein drang in ihr Herz, donnerte in ihrem Blut. Sie würde nicht länger warten. Warum? Sie saß hier am Hang. Sie hatte die bessere Position.

Gischtschleier verhüllten den schwarzglänzenden Schatten dort unten.

Sie fauchte die Kleinen an. Sie duckten sich erschreckt zurück. Sie erhob sich ein wenig, schlich lautlos, den Bauch an den Abhang gepreßt, die Krallen eingezogen, hinab zu der Stelle, die sie zuvor ausgespäht hatte. Eine Felsplattform. Sie hing schräg über den tosenden Wirbeln.

Drei, vielleicht vier Meter lagen zwischen der Felskante und ihm. Keine Entfernung. Eines mußte sie nur beachten: Beim Sprung möglichst hoch hinauszukommen, um auf seinem Rücken zu landen und so ihr ganzes Gewicht einzusetzen.

Wieder teilte sich die Wasserfahne ...

Zwei Schleier trieben über den Fluß.

Und zwischen den sich drehenden, funkelnden Schleiern – er!

Sie sprang.

Sah ihn. Sah ihn wahrend des Sprungs. Sie hatte die Dolchkrallen nun weit gestreckt. Und traf ... Ihre Körper prallten zusammen, sein Geruch schlug in ihre Nase, ihre Krallenspitzen schnitten durch Fell und Fleisch. Er versuchte sich herumzuwerfen, sie abzuwehren, da war ein Laut, ein Brüllen, nein, eine rasende Klage, wie sie sie noch nie von einem anderen Tiger vernommen hatte ... Sie schlug wieder zu.

Sie spürte, wie sich unter ihr sein Rückgrat hochspannte. Er hatte sich zur Seite gewälzt. Die linke Pranke drückte ihren Rachen weg, streifte ihre Kehle. Sie lockerte ihren Griff nicht, schlug mit den Zähnen gegen den schweren, breiten Schädel. Das Blut, all das Blut, das aus seinem rechten Auge floß!

Und dann war er verschwunden.

Die Hölzer drehten sich noch immer im Wasser. Nun teilten sie sich. Sie sah wie der Fluß ihn erfaßte, wie er um sich selbst kreiste, und wie eine breite, dunkelrote Spur das Wasser färbte.

Mit einem gewaltigen Satz setzte sie ans Ufer und suchte sich dann unter dem wehenden Gischt die Steine, über die sie auf die andere Seite, zurück zu den Jungen gelangen konnte …

»Es war sie … Glaub mir doch, Rauchpfad. Es war die Weiße …«

Dia Lavai, den sie im Stamm »Rauchpfad« nannten, weil er vor vielen Jahren während einer Überschwemmung dem Dorf mit Rauchzeichen den Weg zur Rettung gewiesen hatte, beugte sich nach vorn. Dia saß im Schneidersitz auf einem zwei Meter hohen Bambusgerüst und trieb den Drillbohrer durch ein langes Stück eisenhartes Niagang-Holz: Vier Tage Arbeit, bis endlich ein Blasrohr daraus wurde und man den Pfeil einlegen konnte.

Er sah auf den Jungen herab. Er hörte mit dem Drillen nicht auf.

»Welche Weiße, Ayat? Von welcher Weißen sprichst du? … Hör zu! Schließe erst die Augen … atme tief und sprich dann nochmals zu mir.«

Der Junge behielt die Augen offen. Er starrte ihn weiter an. Das war gegen die Sitte, zumindest bei einem Jungen wie Ayat. So sah man seinen Onkel nicht an, auch nicht, wenn man aus dem Wald kam und Wichtiges zu sagen hatte. Doch Dia verzichtete auf eine Zurechtweisung.

»Ich war ganz nah. Wirklich … Es war *sie.* Es war der weiße Tiger-Geist!«

Dia betrachtete den Jungen. Elend sah er aus. Gerannt mußte er sein, lange, lange gerannt. Über seine Haut lief der Schweiß. Dornen hatten sie blutig gerissen. Der Lendenschurz war zerfetzt. Den Parang, das Buschmesser, hatte er auf dem Rücken befestigt, aber auch der Halteriemen war verrutscht. Sein Mund zuckte, das Haar klebte von Schweiß und hing voller Pollen.

»Was ist mit dir, Ayat? Ich hab' dich den Fluß hinab geschickt, damit du uns sagst, ob die Company-Männer unten an der Mündung wieder aufgetaucht sind. Ob sie arbeiten. Ob Boote dort sind. Ob sie die Stämme mit blauer Farbe beschmieren oder sogar an einer Straße bauen.«

Vielleicht war es Erregung, vielleicht wollten ihn seine Beine nicht mehr tragen, der Junge setzte sich. Er zitterte. Er kratzte die rechte Schulter, zog sich die klebrigen Nian-Knospen aus den Haaren, die dort hängengeblieben waren. Er tat Dia leid.

»Neben meiner Axt steht Tee«, sagte er versöhnlich.

Der Junge trank gierig und mit weit zurückgeworfenem Kopf.

»Und wenn du auch die Weiße gesehen hättest, Ayat«, setzte Dia seine Rede fort, »wäre es ja nur gut für dich und für das Dorf. Sie ist unser guter Geist. Sie schützt uns alle. Auch dich ...«

»Sie hatte zwei Junge dabei.«

Nun ließ Dia die Hände von der Drehspindel fallen. »Zwei Junge? Kleine Tiger? Das ist unmöglich.«

»Es war so, großer Vaterbruder.«

Dia vergaß die Company-Männer mit ihren Bulldozern und Booten dort unten an der Mündung.

Die Weiße? Sie war seit langem tot. Wildräuber aus Tuang hatten sie mit Gewehren erschossen. Damals lebte noch der indische Datuk oben auf der Station in Bungan. Er hatte die Weiße gekannt. Sie war seine Freundin, fast seine Tochter. Die Weiße hatte ein kleines Kästchen unter der Haut, hatte er erzählt. Und das Kästchen sagte, wo sie sich befand. Damals hatten er, seine Gehilfen, sie alle hatten die Wildräuber vertrieben. Der Datuk hatte die tote Weiße hinauf auf die Station bringen lassen. Doch schon in der Nacht darauf stand die Weiße auf dem Dorfplatz. Es war Vollmond. Jeder konnte sie sehen. Auch Lavai sah sie. Und Uan sah sie ... Und Seig ... Sie bezeugten es alle. Doch kein Hahn schrie, nicht einmal die Langschwanz-Äffchen, die die Kinder zum Spielen hielten, wurden unruhig. Seitdem beschützte die Weiße das Dorf.

Doch wie konnten Jungtiere bei ihr sein?

Geister haben keinen Wurf.

»Sie hat gekämpft«, sagte Ayat. »Im Wasser gekämpft, Vaterbruder. Gegen einen riesigen Tiger ... Beim Wasserfall.«

Also in der Nähe ... Bis zum Gebiet der Company waren es zwei Tagesfahrten im Boot. Er war vier Tage unterwegs gewesen, harte anstrengende Tage. Am Wasserfall wollte er die Weiße gesehen haben. Vielleicht hatte er Fieber?

»Sie hat den Tiger angesprungen. Sie hat ihn gebissen, sie hat ihn geschlagen, sie hat ihn besiegt und verletzt. Ich habe sein Blut im Wasser gesehen.«

Eine Tigerin, die einen Tiger anfällt? ... Doch. Manchmal tun Tigerinnen das, um ihre Jungen zu beschützen. Aber ein Geist hat keine Jungen ...

»Du bist müde, Ayat. Laß dir von Sope etwas zum Essen geben.«

Der Junge zitterte noch immer vor Erschöpfung. Aber er nickte.

»Und wenn du gegessen hast, gehst du sofort zu Tara Radan und erzählst ihm alles über die Company-Männer. Vergiß die Tigerin ... Die Company ist wichtig. Und Tara muß alles darüber wissen ...«

Siebenhundert Kilometer von der Waldlichtung in den Highlands entfernt, in denen die Ipak-Sippe der Senois die Monsun-Zeit verbringen würde, faltete J. P. Bernier mißmutig eine Landkarte des Sultanats Jorak zusammen und schob sie zur Seite, griff erneut nach dem Plastikhefter, dem er sie entnommen hatte.

Die Karte war Mist. Na gut, aber in Jorak würde sich eine bessere auftreiben lassen. Falls er sie überhaupt brauchte ...

J. P. saß im Souterrain seines Hauses in Johor Baru, in einem großen, gut klimatisierten Raum, den er sein »Fitneß-Center« nannte; Fitneß nicht nur wegen der Trainings-Apparate, der Hanteln und Streckbalken, sondern auch wegen des kleinen Schießstandes in der Ecke. Das Wichtigste war ein unauffälliger Stahlschrank, in dem er seine Waffen aufbewahrte. Aber das hatte Zeit. Gefragt war ein klares Konzept. Schließlich, zum Teufel: Du hast es noch nie bei einer Frau getan ...

Und was für eine Frau! Er schüttelte erneut die Fotos aus dem Hefter.

Ein Spitzenweib, ohne allen Zweifel ...

Es waren fünf Fotos, die im exakten Zirkel der Halogenlampe leuchteten. Alle zeigten Maya Nandi. Einmal im Tropenanzug auf einem Flugplatz mit einer Videokamera in der Hand. Zwei waren an Bord eines Schiffes aufgenommen. Auf den anderen beiden schien sie bedeutend jünger: Maya im Tennis-Dress. Lieber Himmel: Körper, Titten, Taille, Hintern – superklasse. Und dazu noch dieses Gesicht!

Die Daten hatte Bernier auch gelesen. Sie interessierten ihn wenig. Hier ging es um technische Fragen: der Ort, der Zeitpunkt, die Methode, die Waffe ...

Doch jedesmal, wenn er sich mit dem Projekt beschäftigte, überkam ihn voller Bedauern der Gedanke: Welche Verschwendung!

J. P. Bernier hatte nichts gegen Frauen, obwohl er, wie die Dinge nun mal lagen, mit ihnen nicht viel anfangen konnte. Prinzipiell waren sie nach seiner tiefsten Überzeugung alle Huren. Gut, sollten sie, damit ließen sich schließlich ebenfalls gute, sogar sehr gute Geschäfte machen. Im Grunde, das war seine Überzeugung, hatte Gott die Frau als Vorbild, als er den Menschen erschuf, ihre Schönheit, ihre Fantasie, aber auch ihre Tricks, ihre List, ihre besondere Art von Humor – und ihr seidenweiches Fleisch. Das vor allem. Aber auch an ihre Dankbarkeit hatte er gedacht, die Art, wie sie zum Beispiel J. P.s Beschützerrolle zu honorieren wußten.

Hätte mir dieser Scheiß-Charly damals nicht den halben Schwanz weggeschossen, sagte er sich, würde ich nicht mit irgendwelchen Typen verhandeln, sondern mit einer ganzen Schar bis zum Tod ergebener Weiber durch die Lande ziehen.

Jawohl.

Aber auch so war's okay. Man mußte sich nun mal mit den Realitäten abfinden.

Realität für J. P. war im Augenblick die Tatsache, daß die erste Rate von fünfundzwanzigtausend Dollar auf seinem Konto in Hongkong eingegangen war. Er hatte bereits die Bestätigung erhalten. Zudem: Heute nachmittag um fünfzehn Uhr zwanzig würde eine Maschine in dieses Scheiß-Bergnest Kualang dort oben in den Highlands abgehen. Hier lag sein Ticket, ausgestellt auf Mr. Humbert Crain. In KL würde er die Maschine wechseln müssen.

Drei Tage hatte er geplant.

Doch wenn man, nur um nach Kualang zu gelangen, Umwege fliegen mußte, konnte man ernstliche Zweifel an diesem Zeitplan bekommen.

Er stand auf und ging zum Waffenschrank, tippte die Kombination ein und öffnete. Der kleine Aluminiumkoffer stand bereit. Er enthielt ein zerlegbares italienisches Bentoni-Gewehr mit einem Nachtsichtgerät. Ein Präzisionsgerät. Er zog eine Schublade heraus, griff nach der HK-765, steckte sie ins Halfter und wandte sich der Munition zu. Als er auch damit zufrieden war, überlegte er kurz und öffnete eine weitere Schublade. Ein dünnes, schmiegsames

Stahlkabel, an dem zwei kräftige Holzknebel befestigt waren, blitzte im Licht auf. Es stammte aus Japan. Er hatte lange genug damit geübt, um alle seine Vorteile zu kennen.

Jean Paul Bernier ging wieder zum Schreibtisch, warf einen letzten Blick auf die Fotos und schüttelte den Kopf.

Dann steckte er sie behutsam in den Hefter zurück und löschte die Lampe …

»Wenn Sie nicht endlich losfahren, habe ich zu diesem Idioten von Taxifahrer gesagt, dann verpasse ich mein Flugzeug. Fahren Sie auf den Bürgersteig meinetwegen, fahren Sie die Seitenstraße dort rein … Sie kriegen ein gutes Trinkgeld … Aber der schüttelte immer nur den Kopf. Und dann zeigte er auf einen Polizisten und faselte irgendwas von seiner Lizenz … Wir standen also weiterhin im Stau … Mitten in der Stadt. Ein Glück, daß die Maschine Verspätung hatte … Also, das sage ich Ihnen: KL ist ein Irrenhaus! Die ganze Welt ist es. Und Kuala Lumpur ist so etwas wie die Krönung.«

Maya nickte. Die hübsche, kleine MAS-Stewardeß kam wieder vorüber und bot Papaya-Saft an. Dankbar für die Unterbrechung ließ Maya sich ein Glas füllen. Es nützte nichts. Der Turban-Typ neben ihr fing schon wieder an.

»Die ganze Stadt eine einzige Baustelle! Wenn man daran denkt, wie das früher ausgesehen hat … Schwindlig könnte einem werden. Vor zehn Jahren war der höchste Punkt von ganz Kuala Lumpur der Flaggenmast vor dem Regierungsgebäude. Und heute, frage ich Sie … Oder morgen? Da werden zu allen anderen gottverdammten Hochhäusern noch die Türme stehen. Vierhundertfünfzig Meter hoch. Vierhundertfünfzig Meter! Die höchsten Gebäude der Welt.«

Maya nickte geduldig weiter.

»Was bin ich froh um Kualang! Bei allen guten Göttern, die ganze Westküste nichts als Fabriken und Krach. Da könnte ich ja gleich in Chicago wohnen. Kennen Sie Chicago?«

Er war ein Sikh. Er hatte schwarze, waagerechte Augenbrauen, die Augen eines Vogels, auch die Geiernase paßte dazu. An den dunklen Händen glänzten Ringe. Allein die Saphire daran mußten ein Vermögen wert sein. Maya überlegte. In Kualang gab es vier

Sikh-Familien, die zählten. Wie hießen sie noch? Sie hatte es vergessen …

»Sie kennen also Chicago?«

Was interessierte ihn, ob sie Chicago kannte?

Sie war nun auf der Hut.

Sie trug noch immer Julias Sonnenbrille auf der Nase. Den ganzen langen Flug hatte sie sie nicht ein einziges Mal abgesetzt. Gott segne Julia.

»Ja.«

»Und Kualang?«

»Auch.«

Er hatte sie nicht erkannt.

»Es ist wunderbar. Ich bin jedesmal heilfroh, wenn ich wieder zuhause bin.«

Maya sah zum Fenster des Airbusses hinaus. »Malaysia – Vision 2020« lautete in diesem Jahr der Slogan der Regierungspartei. Hier, aus einer Höhe von zehntausend Metern, konnte man erkennen, was damit gemeint war. Von ihrem Fensterplatz aus erschien ihr das ganze Land wie eine Propaganda-Illustration. Sie näherten sich dem Zentralgebirge. Als habe jemand mit einer gewaltigen Schere dort einen großen Schnitt getätigt, schien das Land in zwei Teile geteilt: Im Westen Zivilisation, Autobahnen, Straßenverbindungen, Siedlungen und Fabriken, die wie im Fieber gebaut worden waren: *Malaysia – größter Halbleiter-Exporteur der Welt … Malaysia – Gewinner des nächsten Jahrtausends!*

Und dann die Berge.

Dann der Wald …

Kamm nach Kamm, Welle nach Welle. Seit Millionen von Jahren in das tiefe Grün der Baumkronen getaucht. Tut gut, ihn zu sehen, dachte sie. Sehr, sehr gut.

»Wir bitten Sie, das Rauchen einzustellen und sich wieder anzuschnallen. Wir befinden uns im Landeanflug auf Kualang.«

Neben Maya klickte die Gurtschnalle des Sikhs. »Oh, dem Himmel sei Dank«, sagte er.

Lang ausgestreckt lag J. P. Bernier auf seinem Doppelbett in der Suite Nummer acht des Jorak Palace Hotels in Kualang. Er hielt den Telefonhörer in der Hand. »Hör mal, Tong, ich weiß, daß du ein guter Junge bist. Du wirst mich doch nicht vom Gegenteil überzeugen wollen? – Nein? Na, siehst du …«

»Aber ich kann doch nicht«, japste es aus dem fernen Johor Baru zurück. Das erschrockene Keuchen klang so kristallklar, als stünde Tong im selben Raum: »Ich arbeite zwar in der MAS-Buchung, aber nicht im Computer-Service, Tuan.«

»Laß mal den Tuan weg. Die Tuans sterben gerade aus, Tong … Was soll das denn heißen, daß du nicht kannst? Natürlich kannst du.«

»Aber …«

»Das Wort ›aber‹ solltest du bei mir auch besser aus dem Wörterbuch streichen, mein Tong.«

J. P. Berniers Stimme war um eine Nuance härter geworden, nur um eine sehr kleine Nuance. Es würde reichen: Der kleine Pinkler dort am anderen Ende stand schließlich auf seiner Lohnliste. Und nicht nur das, er hatte Angst. Und dazu hatte Tong auch Gründe.

»Du gibst mir die Daten sofort durch. Flugnummer und Ankunftszeit reichen.«

»Aber …«

»Tong!« J. P. Bernier sagte nur den Namen und legte auf.

Er sah auf seine Uhr: achtzehn Uhr zwanzig.

Na, dachte er, fünf Minuten geb' ich dir. Höchstens. Schade, daß niemand zum Wetten da ist, daß du's noch früher schaffst.

Er blickte wieder zum Fenster. Zuvor hatte er die Vorhänge aufgezogen, um einen Blick auf die Straße zu werfen. Er hatte sich auch sonst ein wenig umgesehen, um sich eine Vorstellung davon zu machen, in welches Kaff er da geraten war. Kualang … Das Nandi-Haus lag dort oben auf dem Hügel. Das hatte er schon herausgefunden.

Na, man würde sehen …

Er seufzte und blickte auf die Kitsch-Fassade des Gebäudes gegenüber: ein Museum. Viktorianisch. Die Busen der beiden Mädchen, die den Balkon trugen, waren allerdings keineswegs prüde. Gewaltig runde Brummer waren das. Nur, die Zeit und der Monsun hatten sie angefressen. Leider …

Das Telefon klingelte. Nicht fünf, nein, dreieinhalb Minuten hatte es gedauert. Na also.

»Tong?«

»Ja.«

»Also, wann landet diese Maya Nandi in Kualang? Moment, ich hol' meinen Bleistift ...«

Kualang, Hauptstadt des Sultanats Jorak, Residenz seiner Majestät Abdullah Ibraim Ibn Tuancu, lag eingebettet zwischen zwei Bergkämmen an den Ouellen des Flusses Galat. Wer sich der Stadt näherte, sah als erstes die gewaltige blau-grün-weiße Kuppel der Sultan-Rachman-Moschee mit ihren vier Minaretts. Wie eine geschlossene Faust erhob sie sich über das sandbraune Dachgewirr. In ihrem Schatten breitete sich der Markt aus, öffnete sich der Exerzierplatz, lag der malaiische wie der indische und chinesische Bazar.

Am Hang, hinter den großen Baumgruppen eines Parks verborgen, stand der Palast des Sultans mit seiner pompösen indisch-viktorianischen Fassade. Die bröckelte zwar, und auch die Rohre der beiden gewaltigen Springbrunnen davor waren längst verrostet, aber an des Sultans Herrlichkeit änderte das wenig. Ob ein Gesetz aus dem fernen Kuala Lumpur kam, ob es die Bürokraten der Provinz-Regierung des Chief-Ministers ausheckten, noch immer verschaffte ihm erst die Unterschrift des Sultans Ibraim Ibn Tuancu die Gültigkeit. Er, die Macht seiner Majestät, sein »Daulat« entschieden über Glück und Unglück, über Fruchtbarkeit, reiche Ernten oder das Elend. Daran glaubten seine Untertanen seit Jahrhunderten mit der ewig gleichen, unbeirrbaren kindlichen Demut. Für die Malaien, die Bumiputras, die »Söhne der Erde«, wie für ihre Väter blieb er nicht nur der König, sondern Gott ...

Und daran, an das »Daulat« dachte auch Maya Nandi, als sie in dem hübschen, kleinen, hochmodernen Flughafengebäude von Kualang dem Abfertigungs-Beamten ihren Paß hinhielt, worauf der wiederum nach einem kurzen Blick auf den Namen Nandi den Zeigefinger grüßend an die Stirn legte. An das »Daulat« dachte sie auch jetzt, als sie in Wang Sengs Café-Shop gegenüber dem Central-Market an ihrem Espresso nippte. Der Sultan und sein merkwürdiges Daulat? ... Du zum Beispiel hast nicht den geringsten Grund, dich darüber zu amüsieren. Für dich kann dieses Daulat noch die Rettung bedeuten. Zumindest ist es nicht nur wichtig, sondern auch äußerst praktisch.

»Ihre Trumpfkarte, ja, Ihr Ass, liebe Miß Nandi«, hatte Dr. Norwawi, dieser kleine, klevere Anwalt Maya in KL eingeschärft, »sind noch immer ihre Beziehungen zum Hof und zum Haus des Sultans.«

Nun, Sultan Omar Hassan war ein guter Freund ihres Vaters gewesen. Oft hatte auch sie sich während seiner Regentschaft im Palast aufgehalten. Doch Sultan Omar war tot ... Abdullah, sein Bruder, studierte damals in England oder trieb sich auf seiner Yacht im Mittelmeer herum. Prinz Wahid, seinen ältesten Sohn jedoch kannte sie gut: Ein total bescheuerter Typ, dem es Spaß machte, den Rocker zu spielen und in einem alten grünen MG über den Campus zu donnern. Wahid hatte zur selben Zeit wie sie das Raffles-College in Singapur besucht. Natürlich war er ihr mit seinen dämlichen Allüren oft genug auf die Nerven gefallen, und der Gedanke, daß er eines Tages hier den lieben Gott würde spielen müssen, war ihr immer reichlich komisch erschienen. Doch jetzt?

Sie lehnte sich zurück und ließ den Blick über all die Menschen schweifen, die an den Marktständen vorbeischlenderten. Die Hitze hatte auch das Hochtal erreicht und begann ihr zuzusetzen. Über den Bergen türmten sich gewaltige Wolkengebilde. Der Platz mit seinen farbigen Gemüseständen, all die Karren, die alten Frauen und die jungen Mädchen in ihren Schuluniformen – da waren sie, die Bilder, die sie stets bei sich getragen hatte. Ihr geschwätziger Nachbar im Airbus hatte recht gehabt: Hier schien die Welt noch heil.

Sie erhob sich und betrat das Lokal, durchquerte den dunklen, von schön geschwungenen Messingleuchtern erhellten Raum und ging zur Telefonkabine.

Die Nummer wußte sie auswendig. Hoffentlich hatte sie sich nicht geändert. Sie tippte sie ein und nahm den Hörer hoch. Eine Männerstimme meldete sich.

»Ist Geeti zuhause?« fragte Maya auf englisch.

»Jawohl. Wen darf ich melden?«

»Oh, sagen Sie einfach Maya.«

»Wie bitte?«

»Maya.«

Schweigen. Der Bedienstete, der dort oben auf dem Hügel am

Telefon stand, mußte ihren Namen kennen. Sie hörte seinen hastigen Atem, dann ein verwirrtes: »Einen Moment bitte …«

Drei Sekunden später war sie da. Die Stimme ihrer Schwester klang hell und backfischhaft schrill, wie immer, wenn sie aufgeregt war.

»Wer spricht da?«

»Ich sagte doch schon, Maya.«

»Maya? … Also doch? Ich konnte das gar nicht glauben. Maya! Das ist … das ist … Von wo rufst du denn an? Wo treibst du dich zur Zeit wieder rum? In New York? Oder Los Angeles?«

»Ich sitze im Café-Shop.«

Pause. Schweigen. Dann: »In welchem?«

»In Wang Sengs Café-Shop am Market Place.«

»Das heißt, das heißt, daß du …«

»Das heißt, daß ich hier bin und dich sehen möchte. Und Großmutter auch. Euch alle.«

»Maya … Aber …«

»Was aber?«

»Mein Gott, Maya, du weißt doch …«

»Geeti! Nun verlier nicht die Nerven, Kleines. Ich trete weder Türen ein, noch bring' ich jemanden um … Ich dachte, es wäre vielleicht gut, wenn wir uns treffen und alles erst mal besprechen. Oder ist das zuviel verlangt?«

»Mein Gott, Maya, ich freu' mich doch. Ich freu' mich doch wirklich. Und ich will dich ja auch sehen. – Sofort, Maya. Aber …«

»Was aber?«

»Das mit dem Café-Shop geht nicht.«

»Wie bitte?«

»Ich kann doch nicht ins Wang Seng gehen! Dazu noch jetzt, um fünf. Das ist ausgeschlossen.«

»Wieso nicht?«

Geeti räusperte sich nervös: »Maya, du weißt doch, daß ich geheiratet habe?«

»Ja. Ich hab' dir schließlich gratuliert, nicht?«

»Ach ja … Weißt du schon, daß ich einen Jungen habe?«

»Nein. Das freut mich sehr. Doch was ist mit dem Café-Shop?«

»Das wirst du gleich verstehen, Maya. Besir, mein Mann, arbeitet im Ministerium. Er ist Departement-Chef. Seine Angestellten gehen immer ins Wang Seng. Vor allem jetzt um fünf. Du weißt doch, wie das hier ist: Ich, als Frau des Chefs, kann ja nicht ...«

»Verstehe«, sagte sie und blickte in den dämmrigen Raum. Fast alle Tische waren leer. In der Ecke saßen zwei Männer und lasen Zeitung. Der Kellner brachte gerade Kaffee. Sie dachte: Es hat sich also tatsächlich nichts geändert. Geeti vor allem hat sich nicht geändert ...

»Wo dann?«

»Was sagst du?«

Ihre Schwester lachte nervös. »Maya, mit dir zu reden ... es ist so ... weißt du, ich bin völlig durcheinander ... Warum hast du bloß nicht ein Telegramm geschickt? Oder angerufen?«

»Wo, Geeti? Wo treffen wir uns?«

»Sagen wir doch im Jorak Palace. Das ist gar nicht weit vom Café-Shop. Datuk Ibraim-Street ... Du kennst es doch. Sie haben es jetzt umgebaut. Gehört zu Hyatts. Ist wirklich hübsch. In der Halle, Maya, ja? Ist dir das recht? Sei mir doch nicht böse ... Bitte, Maya, du mußt doch verstehen ...«

»Ich verstehe alles«, sagte Maya mit der letzten Aufbietung an Beherrschung. »In zehn Minuten, Geeti.«

»Ja, natürlich, in zehn Minuten. Es könnte vielleicht ein wenig länger dauern ... Ich muß mich doch noch richten.«

»Dann richte dich schnell. In zehn Minuten, Geeti.«

»Ja, Maya ...«

Maya zahlte das Taxi und warf einen kurzen Blick über die Straße auf die graue, verwitterte Museumsfassade. Dort drinnen war sie ihrem ersten Tiger begegnet. Eigentlich waren es zwei gewesen, ausgestopft alle beide. Sie standen in der Halle, gleich neben dem großen Raum, in dem man die Kopien der Kron-Insignien der Sultane von Jorak bestaunen durfte. Und dort mußten sie auch stehen. Denn es war der »Tigergeist«, der die Herrschaft der Sultane von Jorak beschützte.

Ihre Reisetasche in der Hand durchquerte sie die Hotelhalle und ließ sich den Waschraum zeigen. Sie schloß die Tür ab und betrachtete sich im Spiegel. Sie lebte in Frieden mit ihrem Gesicht, heute aber hatte sie Probleme: Schatten zogen sich unter den Augen, feine Kerben schnitten von der Nase zum Kinn. Es war nicht die Erschöpfung. Es war weder Singapur noch KL. Es lag an etwas anderem: An dieser Gefühlsmischung von Unsicherheit und Zweifel, die sie überfallen hatte, eine lähmende, lastende Unsicherheit, die sie seit langem zum ersten Mal wieder fühlte.

Warum nur war sie nicht sofort hinauf in die Berge zur Station gefahren? Wieso nur mutete sie sich diesen Nandi-Zirkus zu?

Sie streifte ihre Reise-Shorts vom Leib und wechselte die Wäsche.

Dann suchte sie sich einen hellen Rock und die dunkelblaue, weißgepunktete Bluse aus der Tasche. Gott sei Dank, beide wirkten noch einigermaßen gebügelt. Sie zog Bluse und Rock an und betrachtete sich erneut im Spiegel.

Baba, Sulei Nandi, der »Alte«. Vielleicht bekommt er einen Schlaganfall, wenn ich auftauche? Oh nein, er ist zäh. Er wird ewig leben …

Sie nahm ihre Schminksachen und begann, die Augen mit Lidstrichen zu vergrößern. Sie malte Schatten, trug Puder auf, zog die Lippen nach und verhöhnte sich gleichzeitig für ihre Make-up-Orgie. Während ihr der Verstand zurief, daß sie ihren Großvater, nach allem, was nun mal geschehen war, versöhnen müsse, und daß dies am besten zu erreichen sei, wenn sie ihm genau das Bild der erfolgreichen Heimkehrerin lieferte, das ihm vorschwebte, das Bild des erfolgreichen indischen Mädchens, das sich im Ausland durchgeschlagen hat, war sie sich gleichzeitig darüber klar, daß diese rationalen Argumente nichts anderes darstellten als Alibi-Übungen. Was wollte sie eigentlich? Hatte sie nicht über Jahre versucht, den Nandi-Clan in ihrem Herzen zu bekämpfen, die Nabelschnur zu lösen, die jeden Inder bis ans Ende seines Lebens mit Familie und Stallgeruch verbindet? Und war sie nicht jedesmal, genauso wie jetzt, damit gescheitert?

Sie hatte große Lust, sich die ganze Farbe wieder abzuwischen. Doch Baba Nandi wollte die weiblichen Mitglieder seines Hauses nun mal so. Schon als Zwölfjährige hatte sie gelernt, mit Henna, Parfümölen und Kohlestiften umzugehen.

Maya schob eine letzte Locke zurecht, nahm die Tasche, ging durch die Hotelhalle – und blieb stehen.

Im Eingang war eine junge Frau erschienen. Der Türsteher machte seine Verbeugung. Sie sah sich kurz um und nahm die Richtung zur Caféteria.

Geeti!

Ja, es war ihre Schwester … Und gleichzeitig eine völlig veränderte Geeti. Maya hatte sie im Sari oder in der Kurta, dem fließenden, langen Gewand der Inderinnen erwartet, doch die Frau dort trug ein rosenholzfarbenes, tailliertes, höchst elegantes Kostüm. Keine Sandalen, oh nein, hohe Absätze. Auch die Haare waren hochgesteckt. Sie ging ein wenig unsicher, den Kopf im Nacken. Die Geburt des Kindes schien ihr nicht viel ausgemacht zu haben: Sie hatte noch immer die Taille eines jungen Mädchens. Wärme durchfloß Maya. War es schwesterliche Zuneigung, Freude über Geetis Auftritt? Sie wußte es nicht.

Sie gab die Tasche dem Pagen und ging durch den angenehm gekühlten Raum hinüber in diese weiß-schwarze Marmor-Kopie eines italienischen Lokals.

Da saß Geeti, saß auf einem der zierlichen Stühlchen und blätterte in der bunten Karte mit den Eisspezialitäten. Maya trat hinter sie und legte ihr beide Hände auf die Schultern.

Geeti fuhr zusammen, als sei sie vom Skorpion gebissen.

Ängstlich war sie also noch immer … Langsam, ganz langsam drehte sie den Kopf, und dann sprang sie auf, und sie lagen sich in den Armen und küßten sich …

Fotos lagen auf der kleinen Marmorplatte. So viele Fotos. Vor allem Fotos von Ashok, Geetis zweijährigem Sohn. Fotos auch vom »Blauen Haus«, von ihrer Hochzeit – und wieder Ashok, diesmal als Baby auf dem Schoß des Babas, in den Armen der Großmutter, oder strampelnd, in den blauen Himmel gehoben von einem mondgesichtigen, ziemlich beleibten jungen Mann mit imponierend vielen weißen Zähnen.

»Das ist er also? Das ist dein Mann?«

»Ja, das ist Besir.«

Schon bei der Hochzeits-Anzeige, die Maya auf einigen Umwegen in Los Angeles erreicht hatte, war ihr der malaiische Name aufgefallen: Besir Otim. Doch sie hatte sich einen indischmalaiischen Mischling vorgestellt, so wie Geeti und sie es ja auch waren. Der Mann hier war Malaie. Ein reinrassiger Bumiputra.

Sie dachte an das Problem, das sie mit ihrem Großvater hatte. Trotz seiner weitläufigen Geschäftsbeziehungen wahrte Sulei Nandi leidenschaftlich die Hindu-Tradition. Und dazu gehörte, daß er nicht nur die Aufnahme neuer Mitglieder in seine Familie bestimmte, sondern daß sie auch aus angesehenen Hindu-Familien stammen sollten. Seinem Sohn Rabindra hatte er den Mißgriff, eine Malaiin zu heiraten, nie verziehen.

»Hat Baba nicht getobt?«

»Wieso denn? bei allen Göttern, Besir kommt aus einer ganz wichtigen Familie. Er ist Vorsitzender der ›Tiger‹, du weißt doch, das ist die Jugend-Organisation der UMNO, und die regiert nun mal ... Außerdem ist sein Vater Ex-Minister. Und Besir wird sicher bald Staatssekretär.«

Maya hörte sich die Aufzählung an, betrachtete diese karrierebewußte Geeti in ihrem rosenholzfarbenen Kostüm und versuchte zu überlegen.

Sie kam zu keinem Schluß. Außer zu der banalen Erkenntnis, daß sich die Welt von Kualang doch ziemlich verändert haben mußte ... Sie schob die Fotos wieder zu einem Häufchen zusammen. »Wie ist es, Geeti? Fahren wir jetzt? Hast du den Wagen dabei?«

Geeti war gerade dabei, eines der kleinen Schokoladenstücke auszuwickeln, die in der Caféteria zum Tee serviert wurden. Sie legte es sorgsam in die versilberte Schale zurück. »Wir wollten doch noch miteinander reden?«

»Haben wir das nicht?«

»Geredet?« Geeti hatte eine kurze Nase, den breiten Mund der Nandis und dunkle Augen, in denen stets ein entwaffnender Ausdruck von Unschuld wohnte. »Ich meine ... Maya ... ich meine, es ist doch so, daß wir bei Baba nicht einfach so hereinschneien können.«

»Wir? Du meinst mich.«

»Ja. Wir sollten das durchsprechen.« Sie nestelte an dem Staniolpapier herum.

»Dann tu es endlich, Geeti. Was ist denn?«

Vielleicht kam es zu hart, vielleicht klang ihre Stimme zu ungeduldig – Geetis Stirn färbte sich dunkel, sie neigte den Kopf über ihre Tasse.

»Ja, reden ... Vielleicht müßten wir viel, viel reden, Maya ...« Sie hob den Kopf wieder und sah die Schwester voll an: »Ich will dich nicht kritisieren, Maya, versteh mich recht. Wie käme ich auch dazu? Du hast dein Leben geführt. Und das hast du schon getan, als wir noch klein waren ... Du hast immer getan, was du wolltest. Ich ... ich konnte das nicht ... Wie auch? Du warst immer viel besser, gescheiter, so viel schneller irgendwie, in allem. Und ...«, sie zögerte, »so viel schöner.«

»Geeti! Was hat denn das damit zu tun, daß wir jetzt nach Hause fahren?«

»Du weißt es.«

»Ich? Ich weiß überhaupt nichts.«

»Oh doch ... Es muß dir klar sein, daß du nach allem, was war, nicht einfach bei uns aufkreuzen kannst.«

Was sagte sie da? Bei uns aufkreuzen ...? Herrgott noch mal: »Bei uns«?! Das umschloß alles, selbst ihren neuen malaiischen Mann ...

»Hast du mit Baba gesprochen? Meint er das?«

»Mit ihm? ... Maya, das würde ich nicht wagen. Nicht in dieser Situation ... Ich meine, nicht ehe ... irgendwie alles geregelt ist.«

»Und Großmutter?«

»Sie weiß es auch nicht. Sie ist sehr alt geworden ... Ich wollte dich einfach vorher sehen. Du weißt so wenig von uns. Damals, als Mutter tot war, bist du mit Vater ausgezogen. Ins Chalet. Und ich blieb bei den Großeltern.«

»Du warst krank, Geeti. Baba sagte, all die Tiere, die Vater im Chalet hielt, würden dich anstecken. Vater hat nachgegeben. Leider ...«

»Na gut. Und dann gingst du nach Singapur. Und dann passierte das andere ...«

Das »andere« ...

Sonderbar: In all den Jahren hatte sie so wenig darüber nachgedacht. Das »andere« war abgehakt, ja, sie hatte die »Sharma-Affäre«, wie Rabindra Nandi den Versuch ihres Großvaters nannte, sie mit Shankar Sharma, dem Erben einer der reichsten Hindu-Familien des Sultanats zu verheiraten, einfach gestrichen. Hier jedoch schien die Sharma-Affäre noch äußerst lebendig.

»Ich verstehe«, sagte sie.

»Du wirst also in ein Hotel gehen?« fragte Geeti hoffnungsvoll. »Warum bleibst du nicht gleich hier?«

»Nein, Geeti. Ich werde in kein Hotel gehen. Du wirst mich jetzt ins Blaue Haus fahren. Ich werde mit dem Alten reden. Das heißt, ich werde es zumindest versuchen ...«

»Aber das kannst du doch nicht ...«

»Oh doch, das kann ich.« Sie lächelte in das entsetzte Gesicht ihrer Schwester. »Du hattest ganz recht vorher: Ich habe immer getan, was ich wollte ...«

Die Straße führte in langen, sanft geschwungenen Bögen den Hang hoch. Durch die lichten Blätter der Eukalyptusbäume, die hier wuchsen, leuchtete noch immer die Kuppe der Sultan-Rachman-Moschee.

Geeti steuerte den Mercedes, das Gesicht strikt geradeaus, als gäbe es nichts wichtigeres als die Straße, auf der sich weder Menschen noch Fahrzeuge zeigten. Noch eine Kurve. Dann begann die große Steinmauer, die das ganze Grundstück der Familie Nandi umschloß und es zu einer Art Insel, vielleicht sogar zu einer Festung machte. Die Mauer trug an allen vier Ecken kleine Wachtürme.

Damals – sie war gerade siebzehn geworden – flatterten von diesen Türmen die gelb-weiß-schwarzen Farben des Sultanats Jorak. Damals regelten Polizisten den Verkehr und wiesen die Autos an die Straßenseite, all die Bentleys, die Cadillacs, die Mercedes, die auf dem Parkplatz des »Blauen Hauses« nicht mehr unterkamen. Damals wehte Musik aus den Lautsprechern, die im Park versteckt standen: Musik für dreihundert geladene Gäste, unter ihnen seine Majestät, Sultan Omar Hassan. Da der Bankett-Saal des »Blauen Hauses« sich als zu klein erwies, hatte man auf dem Rasen ein gewaltiges, mit Teppichen ausgeschlagenes Festzelt aufgestellt.

Damals hatte sie genau an der Stelle, an der sie nun vorbeifuhren, am ersten Wachturm, zu ihrem Vater gesagt: »Ich mach' das nicht.«

»Was machst du nicht?«

»Ihn heiraten.«

Sie saßen allein im Wagen. Sie wohnte ja schon mit ihm und seinen Tieren im Chalet oder in der Tiger-Station in den Highlands.

Sie saß neben ihm und sah prächtig aus in ihrer regenbogenfarbenen Brautaufmachung. Sie sah aus wie eine Göttin, nein, wie eine prunkvolle Theater-Puppe, und fühlte sich doch wie das Kalb, das zum Schlächter geführt wurde.

»Das ist unmöglich.«

»Vielleicht. Aber ich kann nicht.«

»Die Sharmas werden es uns nie verzeihen. Und sie sind ...«

»Ja, ich weiß, die betuchtesten Leute des Sultanats.«

Sie hatte einen Blick auf die Borduhr des Wagens geworfen. »Es ist jetzt zehn vor vier, Dad. Shankar wird Punkt vier Uhr hier sein. Hab' keine Angst. Ich werde es allein tun.«

»Du weißt, was du Baba damit antust?«

Sie hatte ihn angesehen: sein schmales, konsterniertes, aufgewühltes Gesicht mit den schönen Augen, in denen der Ausdruck von Sanftmut nun Angst Platz gemacht hatte.

Sie war siebzehn. In diesem Alter weint man schnell. Sie fühlte die Tränen hochsteigen. Nicht so sehr wegen sich selber oder den anderen Familienmitgliedern, sondern wegen ihm, ihrem Vater. Sie wußte, wie er litt.

»Du hast meine Mutter geliebt, nicht?«

Er fuhr jetzt ganz langsam. »Ja.«

»Sehr?«

»Sehr.«

»Und du hast diese Liebe durchgesetzt, obwohl sie Malaiin war.«

Er schwieg. Es war so ...

Der Wagen hielt. Er wandte den Kopf, und in seinen Augen las sie, daß er ahnte, was nun kommen würde, und daß sein Verstand dagegen ankämpfte, weil er es für abwegig, für zu ungeheuerlich hielt.

»Ich weiß«, hatte sie gesagt und sie erinnerte sich noch an jedes dieser Worte, an jedes einzelne. »Ich weiß, daß bei uns die Töchter genauso zu gehorchen haben wie später die Frauen. Und daß ich unser ganzes Leben, unsere Glückserwartung, das Glück selbst, nur um ein Thema zu drehen hat: Wie stelle ich meinen Mann zufrieden?«

»Hör zu ...«

»Nein. Hör du zu. Ich akzeptiere es nicht. Ich kann nicht. Die Zeiten haben sich geändert, Dad. Du weißt es. Und mit den Zeiten die Gefühle ...«

»Maya, um Himmels willen, hör auf!«

»Oh, nein.«

»Du wirst nicht ...«

»Doch, ich werde. Ich muß, Dad. Versteh doch, ich möchte den Mann, den ich einmal heirate, genauso lieben wie du meine Mutter geliebt hast. Das ist mein Recht. Auch wenn es schiefgehen sollte, es bleibt trotzdem mein Recht.«

»Aber du bist versprochen.«

»Baba hat mich versprochen. Nicht ich.«

»Bitte, Maya ...« Es klang ganz leise und schrecklich hilflos: »Dieser Skandal. Die Gäste warten. Er hat ein Vermögen ausgegeben. Du weißt das alles.«

»Natürlich.«

»Was willst du tun?«

»Ich steige jetzt aus.«

»Maya! Du kannst doch nicht hier verschwinden, du kannst doch nicht fliehen!«

»Ich denke nicht daran, zu fliehen. Ich steige aus und gehe den ganzen Weg bis zum Eingang.«

»In diesem Aufzug?«

»In meinem Brautkleid. Dann gehe ich zu Baba und werde ihm sagen, daß ich es nicht kann.«

Sie ging den Weg. Und er war lang ...

Im Hof standen ihre Freundinnen, standen Gäste, die sich hier zu Hause fühlten. Sie alle kamen auf sie zu. Dann blieben sie stehen. Sie sahen wohl, daß irgend etwas nicht stimmte. Es war ein Spießrutenlaufen. Schon jetzt.

Auf der Terrasse stand er, Baba, Sulei Nandi, und hob den Stock zum Gruß.

Sie sagte es ihm. Dann rannte sie, rannte durchs Tor, sah den Chrysanthemengeschmückten Wagen ihres Vaters heranrollen. Da war eine Tür, die sich öffnete, eine Stimme, die sagte: »Steig ein.«

Es war dasselbe Tor, das sie nun mit Geeti passierte ...

Sein Hörvermögen hatte in letzter Zeit nachgelassen und so hatte er bei diesem Telefonat den Lautsprecher eingeschaltet, was überdies den Vorteil brachte, daß er seinen Tee in Ruhe weitertrinken konnte. Sidh schrieb ohnehin alles mit. Und wieso sollte Sidh bei diesem Gespräch nicht im Arbeitszimmer bleiben? Sidh war so verschwiegen, so brauchbar und so zuverlässig wie der alte Teakholz-Schreibtisch, an dem er saß.

Doch Sulei Nandi brauchte Sidhs Notizen gar nicht. Das Gespräch dauerte genau sieben Minuten und zehn Sekunden. Er hatte es mit der Uhr kontrolliert. Und die Sätze, die Wang Fu dort im fernen Singapur in seinem protzigen Silver Tower ins Telefon flüsterte, blieben haften. Jeder. Einer wie der andere.

Und vor allem die letzten.

Maya war also in Singapur gewesen? Sie hatte Verbrechen begangen? Sie war Mitglied einer dieser Untergrund-Organisationen – ob Kommunist oder Ökologist, wo liegt schon der Unterschied? Maya, ein Mitglied seiner Familie – ein Staatsfeind! …

»Diese Schande … Sie gehört getötet«, sagte er heiser.

»Es ist deine Entscheidung, allein deine, alter Freund. Es ist deine Familie, und sie ist deine Enkelin.«

»Ich habe sie schon einmal verstoßen.«

»Als dein alter Partner und Weggefährte kann ich dir nur eines sagen: Ein Ast am Baum, der abgestorben ist, gehört weggeschlagen, so wie die Giftpflanze im Garten gejätet und ein Geschwür aus dem Körper geschnitten werden muß … Das schmerzt, mein lieber Freund … Es schmerzt sehr, ich weiß. Denn die Familie ist wie der eigene Körper …«

Wie der eigene Körper.

Sulei Nandi seufzte. Lautlos bewegten sich die Flügel der Ventilatoren über seinem weißen, schmalen Schädel. Draußen raschelten die Palmwedel in der heißen Nachmittags-Brise, er aber, er fröstelte.

Er legte beide Hände auf die Lehnen des Sessels, schob sich mühsam hoch, nahm das Glas mit den Fliegen, die er am Vormittag gefangen hatte und trug es hinüber zum Terrarium, wo die Eidechsen und seine Frösche warteten. Er nahm den Deckel ab, stellte das Glas in das Terrarium, schloß den Deckel wieder und setzte sich auf den kunstvoll geschnitzten Elefantenhocker, der daneben stand.

Eine der Fliegen krabbelte über den Glasrand und flog den kurzen Weg hinüber zu dem Stein, auf dem Schiwa, Sulei Nandis Lieblings-Frosch, saß.

Er beobachtete, wie Schiwas Kehlsack zu zittern begann. Der Frosch rührte sich nicht. Nicht einmal der Kopf bewegte sich.

Dann aber ... wie immer kam der Angriff so schnell, daß Sulei Nandi ihn nicht verfolgen konnte. Schiwa schluckte. Die Fliege war verschwunden ...

»Exzellenz!«

Sulei Nandi wandte den Kopf. Sidh stand an der Tür, ein reichlich nervöser Sidh. Statt die Arme ehrerbietig rechts und links des schmalen, kleinen Körpers zu halten, kratzte er an seinem Hinterkopf herum.

»Exzellenz, verzeihen Sie bitte. Aber sie ist da.«

»Wer ist da?«

»Sie.«

Sulei Nandi begriff – und vermochte es doch nicht zu glauben.

»Maya?«

»Ja, Exzellenz, Eure Enkelin.«

»Und wo ist sie, bei allen Göttern?«

»Im Haus ...«

Zuvor, als Geeti sie in das Zimmer der Großmutter geführt und der alten Frau in ihrer atemlos aufgeregten Art auseinandergesetzt hatte, daß Maya nur einen kurzen Besuch abstatten wollte, war Rachana Nandi aufgestanden und hatte die Enkelin geküßt, wobei ihr Schleier verrutschte, so daß man das dünne, graue Haar sehen konnte, das sich um ihren schmalen, zarten Vogelschädel legte.

Maya hatte ihre Rührung kaum beherrschen können. »Von diesem Augenblick habe ich so oft geträumt«, sagte sie.

Es war die Wahrheit.

Doch Rachana hatte sich stumm wieder niedergesetzt, den Stock zwischen die Knie genommen, die Hände über dem Knauf gekreuzt. Da saß sie nun vor den unbeweglichen Reihen ihrer Götterfiguren, genauso wie Maya sie in ihren Träumen gesehen hatte, doch auf einmal schien sie fremd und unbewegt, und Maya fragte sich, ob sie überhaupt noch wußte, wer da gekommen war und was um sie herum vorging.

»Sie kommt aus Amerika, Großmutter.«

Im Dämmern des Zimmers wurde das Gesicht Rachana Nandis zu einer Maske aus altem, brüchigem Ton. Nur die künstlichen

Zähne wirkten lebendig. Sie mußte wohl lächeln. Sie tat es schon die ganze Zeit.

Sie lächelte – und sprach kein Wort.

»Maya hat dort studiert.« Geeti hörte nicht auf. Ihre Stimme klang wie die eines bettelnden Kindes: »Sie arbeitet als Biologin, wie unser Vater. Sie will auch die Station besuchen. Wahrscheinlich bleibt sie dort oben, nicht wahr?«

Maya nickte.

Was sollte sie sonst tun?

Die Hitze in dem niedrigen Raum machte den Sandelholz-Geruch der Räucherkerzen noch unerträglicher. Sie hatte nur noch einen einzigen Wunsch: zu gehen, nein, zu fliehen. Sie suchte wieder nach Worten, nach Worten, die die alte Frau doch nicht begreifen würde.

Sie brauchte sie nicht auszusprechen.

Die Tür hatte sich geöffnet.

Es war eine sehr große, kunstvoll gearbeitete Tür, wie alle Türen in diesem Haus, und in dem Rechteck konnte sie den Schattenriß erkennen: Lang, noch dünner als sie ihn in Erinnerung hatte. Sie sah, wie sich Sulei Nandis Arm hob und versank in die Verbeugung, die der Baba von allen Mitgliedern seines Haushaltes verlangte, und so, den Kopf in Demut gesenkt, hörte sie seine Stimme.

»Geh! Geh sofort … Verlasse dieses Haus.«

Vor zehn Jahren hatte sie genau denselben Satz vernommen …

»Herrgott, Maya! Wir waren uns einig, daß du, wenn es irgendwie geht, jeden Tag um sieben anrufst.«

»Richtig. Wenn es irgendwie geht. Es ging nun mal nicht.«

»Du bist seit gestern in Kualang. Gibt's dort nicht genug Telefone? Was soll das?«

So sehr hatte sie sich auf Rick Martins Stimme gefreut, hatte sie richtiggehend herbeigesehnt – und nun? Nun hing er den Chef heraus, den EIA-Campaigner, der in der Zentrale an den Fäden zieht, damit die Puppen nicht aus der Reihe tanzen.

Ja, sie hatte mit dem Namen Rick eine ganz andere Erwartung verbunden. Welche genau, sie wußte es nicht mehr ...

»Bist du bei deiner Familie?«

»Meine Familie?« Sie wiederholte das Wort mit Mühe und versuchte dann in drei Sätzen zu berichten, was geschehen war. Erklären konnte sie es ohnehin nicht. Er würde nie begreifen.

»Und wo steckst du jetzt?«

»Wieso willst du das eigentlich alles wissen? Was glaubst du, was das Gespräch kostet?«

»Das war ein Lockruf.«

»Na gut. Und wenn schon.« Sie wußte nicht, warum ihr seine Stimme, die Worte so sehr auf die Nerven gingen. Wahrscheinlich, weil sie auf Hilfe wartete, auf irgendeinen Satz von ihm, der ihr gut tat ... Aber er saß in seinem verdammten Büro und hatte womöglich den Laden voller Leute.

Außerdem: Was sollte er schon sagen? Hatte sie ihm seit Porto Colom nur ein einziges Mal zu verstehen gegeben, daß sie mit seinem Namen so etwas wie Wärme oder Zuneigung verband? Oder – sicher kaum vorstellbar für ihn – darauf angewiesen war? Und dabei liebte er sie doch, sie wußte es ...

Da war sie wieder, diese sachliche, kühle Chef-Stimme, so nah, so unglaublich nah, und doch so fremd und fern.

»Ich hab' dich was gefragt.«

»Ja«, sagte sie wütend, »wo ich stecke.«

»Richtig.«

Sie sah sich um. An den Wänden hingen Kupfer –, Messing- und Holzarbeiten, dazu kunstvoll geflochtene Rattan-Teppiche und drei der wilden Geistermasken, die die Senois bei ihren Initions-Weihen benutzten: riesige, blutrote, schauerliche Fratzen.

»Im Bazar«, sagte sie.

»Im Bazar?«

»Im malaiischen Bazar. Warum denn nicht?«

»Wie kommst du auf die Idee, aus dem Bazar …«

»Du machst mich wahnsinnig, Rick. Wie oft, verdammt noch mal, soll ich dir noch sagen, daß ich mir bei meinem Job nicht vorschreiben lasse, wie ich mich zu verhalten habe? Das entscheide ich schon selbst. Und zwar vor Ort. Ich finde diese Tonart völlig deplaziert.«

»Tut mir leid … Du weißt doch, welch ein Idiot ich bin, Maya. Und das vor allem bei dir.«

Seine Stimme klang mit einem Mal leise, friedlich, die Worte kamen zögernd wie bei einem unsicheren Jungen: »Du hast vollkommen recht. Aber hier nur rumzuhängen, zu warten bis eine Nachricht kommt und sich Sorgen zu machen, ist einfach die Hölle. Es vergeht kaum eine Minute, ohne daß ich an dich denken muß.«

Das klang schon besser.

»Was hast du als nächstes vor?«

»Ich gehe rauf zur Station. Nach Taong.«

»Ist das sehr weit weg von Kualang?«

»Es geht. Nur ziemlich unbequem.«

»Könntest du nicht bis zum Ende der Woche warten?«

»Warten? Wieso?«

»Weil, weil …«, druckste er herum.

»Weil was?«

»Weil ich einen Flug gebucht habe. – Ich fliege Freitag.«

Sie hatte es geahnt, sie hatte es sich gewünscht, und nun konnte sie es nicht glauben. Deshalb fragte sie: »Wohin?«

»Nach Kualang«, sagte Rick Martin.

Tatsächlich.

Achmed Kani saß auf seinem Hocker an der Kasse und schob den Song Kok, die traditionelle schwarze, runde Kappe der Malaien hin und her. Rund war auch der Schädel Achmeds: rund und schimmernd wie eine polierte Holzkugel. Auf dem gleichfalls kreisförmigen Gesicht lag ein ewig freundliches Lächeln. In Mayas Erinnerung war ihr Onkel stets guter Laune gewesen, hatte etwas gehabt von einem guten, kleinen, ewig grinsenden und kichernden Kobold.

Und nun stand sie ihm endlich wieder gegenüber.

»Die Nandis?« hatte er gesagt, den Kopf geschüttelt und gelacht: »Ah ja, die Nandis! Es gab nur einen unter ihnen, der ein Mensch war. Das war dein Vater. Und der ist tot. Aber die anderen … Sie ersticken an ihrem Hochmut. Und sie ersticken an ihrem Geld wie in ihrer eigenen Scheiße …«

»Kannst du mir vielleicht für heute ein Hotel besorgen, Onkel Achmed? Ein Hotel, in dem man mich nicht kennt.«

»Ein Hotel? Bei mir kannst du bleiben, so lange du willst, meine Taube. Unser Blut ist es, das zählt, und nicht das irgendwelcher dahergelaufener Inder. Ach, meine Kleine, welches Glück, daß deine Mutter das alles nicht erleben muß. Gott möge verzeihen. Aber wenn sie mitansehen müßte, was aus dieser Familie geworden ist … Nun, du gehörst zu uns. Du kannst immer damit rechnen, daß ich dir helfe.«

Das konnte sie, das wußte sie – in das kleine Haus in der Jalang Teluk gleich hinter der Moschee, wo ihr Onkel wohnte, würde sie dennoch nicht ziehen. Aber Onkel Achmed kannte den Wald. Seit sich Jahr um Jahr mehr und mehr Touristen bis ins Fürstentum Jorak verirrten, war für ihn der Handel mit Eingeborenen-Kunst immer interessanter geworden. Die beiden Stämme der Senoi, die oben im Osten bei Moong, auf der Hochfläche am Rande des Waldes, lebten und dort mit Regierungshilfe seßhaft geworden waren, blieben seine Hauptlieferanten. Er kannte auch die Nomaden. Bis an die Wasserfälle war er gekommen. Und Taong, die Station, die Rabindra Nandi gegründet hatte, lag etwa auf diesem Weg.

»Ich muß nach Taong, Onkel Achmed.«

»So? Du? Ganz allein?«

»Das bin ich gewöhnt«, lächelte sie.

»Ich kann es mir vorstellen … Man sieht's dir an. Und wie willst du nach Taong fahren?«

»Genau das wollte ich mit dir besprechen.«

»Du willst es mit mir besprechen, weil du weißt, daß ich den Landrover habe, nicht?«

Sie schüttelte den Kopf. »Ich wollte dich eigentlich fragen, ob ich irgendwo einen mieten kann. Mit einem normalen Wagen kommt man nicht nach Taong.«

»Wann willst du dort hinfahren?«

»So bald wie möglich.« Sie blickte hinaus auf das lebhafte Kommen und Gehen in der Bazar-Passage, in der Achmeds Laden lag: »Morgen.«

»So, morgen?« Er kicherte. »Vielleicht ist das sogar eine gute Idee ... Ich habe in Moong zu tun. Vielleicht lasse ich mich überreden, dich raufzubringen, wenn du mich schön bittest. Ich hole uns einen Kaffee ...«

Sie blickte ihm nach.

Zuerst der Besuch im Blauen Haus, dann das Gespräch mit Rick. Sie fühlte sich erschöpft und überfordert. Es war zuviel gewesen ... Schlimmer, so enttäuschend, so verzweifelt enttäuschend, daß sie fühlte, wie ihr wichtigster Besitz, ihre Sicherheit zu schwinden begann.

Ich fliege Freitag, hatte Rick gesagt? Am Samstag würde er in Kualang sein. In fünf Tagen!

Sie würde ihre Pläne nicht ändern. Dan Carpenter, der noch immer die Station leitete, besaß einen geländegängigen Toyota. Auch wenn ihr die Vorstellung, am Wochenende wieder die ganze Strecke nach Kualang zurücklegen zu müssen, widerstrebte, es blieb keine andere Möglichkeit. Nach dem Auftritt mit ihrem Großvater mußte sie raus aus der Stadt. Und das so schnell als möglich. Sie kannte ihn. Er war zu allem fähig. Er konnte ihr den Aufenthalt in Kualang unerträglich machen.

Allerdings: Sie hatte noch eine wichtige Aufgabe in Kualang zu erledigen ...

»Weißt du, ob Wahid hier ist?« fragte sie, als Achmed ihr das Kaffeetäßchen zuschob.

»Welcher Wahid? Dein Freund, der Prinz?«

»Ja.«

»Wieso ist das wichtig für dich, mein Täubchen?«

»Oh, das ist eine lange Geschichte. Ich erzähl' sie dir noch ... Aber ist er hier in Kualang?«

»Wie soll ich das wissen?« sagte Achmed, und seine Augen wurden noch runder als sonst …

Zur selben Zeit stand J. P. Bernier vor dem Spiegel seiner Suite im *Palace* und betrachtete nachdenklich die seriöse, graumelierte Haarpracht seines Toupets.

Er fluchte leise und schob dann die Fingerspitzen unter das Halteband. Na und? Er riß sich das ganze Toupet vom Kopf: Die Scheiße mit den Dingern war, daß du dich richtig daran gewöhnen konntest, eine Menge Haare auf der Birne herumzuschleppen. Und sah ja auch nicht mal übel aus. Aber dann kommst du in eine Gegend wie die hier. Und was passiert? Die kleinen, grauen Zellen fangen unter dem ganzen Kunstrasen an zu kochen.

Er ging an den Barschrank, nahm eine Cola und zündete sich sogar eine Zigarette an, allerdings nur, um sie sofort wieder auszudrücken. Eine blöde Angewohnheit: Vor dem Job der Griff nach der Packung … Da nützt es gar nichts, daß du vor drei Jahren mit dem Rauchen aufgehört hast.

Die Nerven? Mach keine Witze …

J. P. zog die lichtblaue Popelinhose aus und hängte sie sorgfältig auf den Bügel. In diesem eher besseren Hotel würde er sie noch brauchen. Er mochte den Laden nicht. Grundsätzlich waren ihm kleine Hotels lieber, man erfuhr mehr über die Leute und den Ort, in dem man sich befand. Umgekehrt aber gewährleistete ein größerer Schuppen natürlich auch die größere Anonymität für einen selber.

Er ging zur Dusche, drehte sie auf und prüfte die Warm- und Kalt-Abstimmung. Als letztes streifte er sich dann die leichten Baumwoll-Shorts vom Leib. Jedesmal fühlte er dabei dieses kleine Stocken, eine Hemmung, die nicht zu bekämpfen war, so lachhaft das sein mochte. Dieses Mal ging er sogar zurück zum Spiegel. Zunächst vermied er den Blick auf die Stelle zwischen seinen Beinen. Hinzusehen brachte nichts. Und hinzusehen und daran auch noch herumzufingern, das war so ziemlich das Dämlichste. Es war, wie es war …

Und dann sah er doch hin, um den ewig selben, prickelnden Horror zu fühlen, der vom Becken durch das Rückgrat hoch zum Kopf stieg.

Ja, dachte er, es ist wie es ist. Und im Grunde bleibt es eine Frage der Perspektive. Was hatte diese kleine russische Hure damals gesagt? Und wie war noch ihr Name? Ludmilla, richtig … Vor sieben Monaten war das gewesen, in Johor. Damals landeten ganze Flugzeuglandungen von Russen-Nutten in Singapur und Malaysia. J. P. hatte sich eines dieser Mädchen herausgepickt, um sie für den Mandarin abzuzweigen. Er war mit ihr auf ihr Zimmer gegangen, um mit ihr zu verhandeln. Natürlich hatte sie das in den falschen Kanal bekommen. Aber schließlich war er auch ein wenig neugierig darauf, was Russinnen so bringen …

Diese Ludmilla hatte sich ausgezogen und siehe da, sie brachte eine Menge: Ihre Figur war geradezu fantastisch. Er hatte auf dem Bett gesessen, in Shorts, und ehe er es verhindern konnte, hatte sie ihm zwischen die Beine gefaßt und dann die Hand zurückgerissen, als wäre sie an ein elektrisches Kabel geraten.

»Das, was ist denn das?«

Was antwortet man auf eine solche Frage?

»Was hast du denn da unten? Ein Steinchen?«

Er hatte ihr eine gescheuert, daß sie durchs Zimmer flog. Und anschließend hatte er ihr ein Glas mit Whisky vollgekippt, weil er sich nicht besonders gut dabei fühlte. Frauen prügeln war nicht so sein Fall. Und wie sie da so hockte, heulte und ihn aus diesem blaugeschlagenen Auge furchtsam anstarrte, tat sie ihm sogar leid.

Er hatte ihr die Vietnam-Geschichte erzählt.

»Ach so?« Ludmilla hatte ihn angesehen: »Dann war das wohl ein Schuß ins Schwarze?«

»Das war kein Schuß ins Schwarze«, hatte er geantwortet, während er wie jetzt seine Narben und diese schlimme Pfuscharbeit betrachtete, die ihm die amerikanischen Feldärzte im Hospital von Saigon angetan hatten: »Das ist wie wenn du in ein Loch gestoßen wirst. In ein bodenloses, schwarzes Loch …«

Sechs Kilometer hinter dem Flugplatz war es mit *Malaysia-Vision 2020* zu Ende: Drei rote Warnschilder, ein Sperrgitter – und die vierspurige Autobahn endete in einer schmalen, kurvenreichen, von Schlaglöchern zerfressenen Landstraße.

Maya kannte sie. Wie oft war sie sie gefahren, diese Strecke, die hinauf nach Taong führte, die einzige Verbindung Kualangs mit dem Wald und der Station.

Der Uralt-Landrover klapperte gutmütig vor sich hin, Onkel Achmed saß am Steuer und sang aus vollem Hals das Lied von dem Cafehaus-Mädchen, das alle Männer betörte und keinen küssen wollte, die Bäume warfen noch lange Schatten und die dünnen Nebel, die von den Bergen herabströmten, hüllten Land, Felder und Horizont in einen geheimnisvollen, opalfarbenen Glanz.

Maya streckte sich. Der feuchte Wind streichelte ihr Gesicht. Sie war müde, denn sie hatte die Nacht in einer kleinen malaiischen Pension hinter dem Bazar verbracht, und diese Majong-Spieler hatten sie nicht schlafen lassen. Sie schrien bis um drei. Doch eines war sicher: Niemand kannte sie. Und darauf kam es ihr an …

»Sultans-Land!« Achmed hob die Hand und wies hinaus.

Maya nickte. Reihen schlanker Palmstämme schimmerten rötlich-feucht im bläulichen Nebel. Palmöl-Plantagen. Dann wieder Land. Wasserbüffel vor Pflügen und Karren. Und Frauen und Mädchen. In ihren farbigen Kleidern und Sarongs schritten sie daher wie Wesen aus einer anderen Welt.

Nach zwei Stunden verließen sie das Tal, überquerten auf der alten Hängebrücke, die noch die englische Kolonial-Verwaltung gebaut hatte, den Fluß und fuhren den Hang hinauf. Die Sonne brach durch, und die Hitze wurde lastend. Am Straßenrand wurden Tee und Melonen angeboten. Ab und zu kam ihnen ein Bus oder ein Lastwagen entgegen, was jedesmal komplizierte Ausweichmanöver erforderte. Personenwagen sah man kaum. Die Bewohner der kleinen Dörfer oder der palmwedelgedeckten Gehöfte waren zu arm, um sich ein Auto leisten zu können.

»Hast du Tuan Dan angerufen?« fragte Achmed durch den Krach des Diesels. Die Steigung machte dem Landrover zu schaffen.

»Dan? Wieso? Geht doch gar nicht. Er hat …«

Doch kein Telefon, hatte sie sagen wollen. Sie konnte es nicht.

Achmed schaltete in den zweiten Gang. Der Diesel rülpste. Nun stieg aus seinem Kühler weißer Dampf auf.

»Er will nicht, er will nicht … Er will schon wieder nicht!« brüllte Achmed zornig.

»Was ist denn?«

»Was ist, was ist?! Was wird sein? Der Kühler. Dieser Dieb von Garagist! Ich hab' ihn erst letzte Woche dort gehabt. Immer der Ärger mit dem Kühler. Und ich muß doch bis zwölf in Moong sein ... Es ist besser, wir machen eine Pause.«

Er fuhr den Wagen zur Seite, stellte den Motor ab. Noch immer wehten vereinzelt hauchdünne Nebelstreifen über die naßglänzenden Mauern der Tee-Terrassen. Es blitzte an den Stellen, wo sich der Regen der Nacht eine Bahn ins Tal gebahnt hatte. Vor dem milchigen Weiß da unten wirkten die Bäume wie Schattenrisse. Die Zeit des Monsum näherte sich.

»Keine Sorge, Küken ...« Achmed lachte schon wieder: »Von Moong ist es nicht mehr allzu weit in den Wald. Und da gibt's dann keine Berge mehr. Es geht wieder abwärts.«

»Sag mal, wie soll ich denn in Taong anrufen?«

»Der Tuan hat Funktelefon.«

Ihr Herz schlug schneller: »Im Ernst?«

»Ich mache gern Scherze, Küken. Aber doch nicht über alles.«

Fantastisch, dachte sie. Auch in Moong gibt es Telefon. Von dort kann ich anrufen. Dan kann mich in Moong abholen.

Sie stiegen aus. Mayas Rücken schmerzte. Sie schüttelte die Beine, während ihre Augen die Serpentinen verfolgte, die die Straße zwischen den Terrassen hinab ins Flußtal nahm. Dort unten bewegte sich ein schwarzer Punkt, verschwand schnell, erschien jetzt bereits auf der Geraden, die zur nächsten Kurve führte: ein Motorrad.

Nun konnte man das Motorengeräusch hören.

Achmed drehte den Kopf. »Da kommt einer.«

»Ja«, sagte sie, »es gibt noch mehr Leute, die an diesem Morgen nach Moong wollen.«

Das Motorrad bog um die Kurve, verlangsamte die Fahrt, der dumpfe, satte Ton des Motors klang den Hang hoch, und als die Maschine nun vorüberkam, drehte der Fahrer kurz den Kopf und hob die Hand. Sein Gesicht unter dem Helm mit herabgeschobenem Visier war nicht zu erkennen. Sein hellgrüner, leichter Overall bauschte sich im Wind, seine Füße steckten in durchsichtigen, billigen Plastiksandalen. Trotzdem, dachte sie, der Helm, der grüne Overall? Merkwürdig ...

»Einer von uns ist das nicht«, sagte Achmed.

»Was dann?«

»Orang Asing. Diese Ausländer. Sind wie die Flöhe, schwärmen überall aus. Hüpfen aus Flugzeugen, mieten sich Autos oder Motorräder und verpesten die Welt. Aber Geld bringen sie auch.« Achmed kicherte. »Ich seh' schon, eines Tages werde ich in Moong noch eine Filiale eröffnen müssen ...«

Sie sah die Straße hoch. Ein Ausländer? Richtig. Breite Schultern, ziemlich groß, schwer ... Sicherlich kein Malaie.

»Und Moong, das Dreckskaff«, lachte Achmed, »wird ein Hotel kriegen. Mit Swimmingpool und Hubschrauber-Landeplatz und all diesem Zeug. Wer kennt schon den Ratschluß des Allmächtigen? Wer weiß schon, was er mit uns noch alles vorhat ... Aber die in KL, die spinnen. Die Unzucht hat ihren Geist verwirrt. Sie haben zu viele Huren dort und Bordelle. Das wird es sein ...« Er kam in Fahrt. »Obwohl, auch die Mädchen müssen ja leben. So viele sind aus Kualang nach Kuala Lumpur oder in den Westen gezogen. Dort arbeiten sie richtig als Sekretärinnen oder Angestellte bei den Ausländern. Bauen Fernseher und dieses Halbleiterzeug. Vielleicht gibt es eines Tages auch bei uns Wolkenkratzer, wie der Präsident das will ... Sogar in Moong. Noch ist dort Wald, aber sie werden ihn schlagen ... Ist das wahr, mein Küken?« Er machte eine Pause.

»Ist das wahr?«

»Daß der Tenenga-Wald dir gehört. Bis hinab an die Panan-Fälle.«

»Wer sagt das?«

»Ibraim. Kennst du doch, den Ibraim. Er ist der Moschee-Beleuchter. Ein ganz wichtiger Mann. Und er hat die besten Kontakte überall.«

»Und was sagte Ibraim?«

»Daß Sultan Omar Hassan das ganze Tenenga-Gebiet deinem Vater überschrieben hat, damit er dort dafür sorgt, daß nicht nur die Waldmenschen, sondern auch die Tiger und all die anderen Tiere, die es noch gibt, in Frieden weiterleben können, wie sie es immer getan haben. Und daß nun, nachdem der Allmächtige deinen Vater zu sich rief, dies alles an dich übergegangen ist.«

»Woher will er wissen, daß mein Vater tot ist?«

»Alle sagen es.«

Sie nickte. »Aber niemand weiß es«, sagte sie und stieg wieder in den Landrover.

Achmed schloß die Kühlerhaube, setzte sich neben sie. Er blickte sie lange an, seufzte und startete den Motor.

Er fuhr langsam, um den Wagen zu schonen. Als sie die Hochfläche erreichten, hatte die Sonne den Nebel endgültig verscheucht. Bäume und Riesenfarne rückten an die Straße heran. Ab und zu waren in den Lichtungen kleine Kampongs zu erkennen. Auf naßglänzenden Stelzen drängten sich die Häuser zusammen, als versuchten sie, sich gegenseitig zu schützen.

Achmed sang nicht länger. Er sprach auch kein Wort. Schließlich rollten sie über eine Kuppe und konnten zur Linken den hohen, dunkelgrünen Fries des Waldes sehen. »Fremde Chinesen aus Taiwan sind gekommen«, sagte Achmed. »Company-Leute. Sie planen große Straßen. Nicht hier. Noch nicht. Unten im Sadak-Gebiet.«

Unten im Sadak-Gebiet? Um den Berg Sadak schloß sich das Kernland von Tenenga! Sie konnte nicht glauben, was sie gehört hatte.

»Woher weißt du das?«

»Für wie dumm hältst du mich? In letzter Zeit brauche ich ja gar nicht mehr so oft hier rauf nach Moong wie früher. Ich kenne die Leute. Ich habe sogar meinen Repräsentanten. Der bringt die Ware ...«

Er grinste stolz. »Tinu heißt er. Und einer seiner Söhne ist ein halber Ipak. Er spricht fließend die Sprache des Waldes. Die anderen übrigens auch. Sie holen mir die Ware. Bei den Panan zum Beispiel.«

Von dem Stamm der Ipak hatte ihr Vater ihr oft erzählt. Monatelang war er mit den Nomaden durch den Dschungel gestreift. Die Ipak hatten auf seinen Rat ein Langhaus in der Nähe der Station gebaut, doch sonst waren sie ihrem alten Leben, der Jagd, treu geblieben. Sie hatten ihn geliebt. »Großer Tiger-Schrei« hatten sie ihn genannt. Das hatte ihn mit Stolz erfüllt: »Stell dir vor, irgendwo im Wald nennen sie mich ›Großer Tiger-Schrei‹ und reden von meinen Heldentaten«, hatte er später in New York immer wieder gesagt.

»Und was ist mit dieser Company?«

»Was soll denn sein? Das Übliche. Sie bauen ein riesiges Lager, unten, da wo die Flüsse zusammenfließen. Sie holen die Meranti-Stämme mit Hubschraubern aus dem Wald, bringen sie ins Lager und flößen sie abwärts, soweit das nun mal geht. In der Gegend von Nati, am Sadak-Berg, gibt es eine Barriere. Bis dorthin haben sie den Straßenbau bereits vorangetrieben. Es heißt, daß sie die ganze Barriere in die Luft sprengen wollen, damit der Abtransport billiger wird.«

In der Hitze des Tages vermochte nicht einmal der Wind den Schweiß auf Mayas Kopfhaut zu trocknen. Sie spürte, wie ihr das Hemd am Leib klebte, und dennoch: Etwas tief in ihr ließ sie frösteln.

Sie gab keine Antwort. Wieso auch? Es war immer dasselbe: Holzschlag. Logging. Blindwütige Regenwald-Vernichtung … Tausendmal hatten sie es diskutiert.

Doch nun gab es einen entscheidenden Unterschied: Der Frevel fand im Tenenga-Gebiet statt. Und sie hatten die Straße bereits bis zu den Nati-Felsen vorgetrieben …

Bei den Nati-Felsen gab es eine Insel. Waldmenschen, Männer vom Ipak-Stamm, hatten ihren Vater und sie vor Jahren dort hingebracht. Drei Boote waren es gewesen. Mit sechs Ipaks waren sie tagelang unterwegs. Endlich, eines Abends, tauchte die Insel auf. Rotleuchtender Nebel hing über dem braunen Wasser. Und dann hatten die Ipaks plötzlich die Paddel eingezogen. Lautlos trieben die Boote dahin, keiner sagte einen Ton, nur das Rauschen und Plätschern des Wassers war zu hören.

Schließlich sah es auch Maya: ein Tiger! Ein Tiger, der im Wasser schwamm. Langsam, mit vollkommen gelassenen, kraftvollen Bewegungen strebte er dem Ufer zu und zog eine keilförmige Spur hinter sich her. Nur der Kopf war zu sehen. Er war ihr sonderbar hell erschienen.

Als er am Ufer zwischen den Blättern verschwand, riefen sich die Ipaks aufgeregte Worte zu.

»Was sagen sie?«

»Die Weiße«, sagte ihr Vater. »Wir sind der Weißen begegnet.«

»Welcher Weißen?«

»Ein weißer Tiger«, hatte ihr Vater erklärt. »Unter den Tigern hier muß es eine genetische Variante geben, ein Blutstrom, der sehr helle Tiere hervorbringt. Die eminent kräftig sind. Ich habe auch schon oft von der Weißen gehört, auch von anderen weißen Tigern, ihren Söhnen. Für die Ipak sind Tiger ungemein wichtig. Sie sind Schutzgeister. Als Animisten glauben sie, daß nicht nur jedes Tier, sondern alles, was lebt, beseelt ist wie sie selbst. Der weiße Tiger ist für sie der gute Geist ihres Stammes.«

Immer wieder hatte sie dieses Bild vor sich gesehen: das weiße Haupt der Tigerin, die Wellenlinien im braunen Fluß und die Silhouette der Insel in der Dämmerung … Und dort sollten nun Lastwagen und Straßenrammen donnern, Sägen kreischen, Bäume zu Boden stürzen? Unvorstellbar! …

»Dein Wald«, hatte Achmed zuvor gesagt.

Was für ein Wort! Die Natur kennt kein »dein« oder »mein«. Schon die Vorstellung ist absurd. Jeder einzelne Baum wird noch auf die Kindeskinder deiner Enkel herabsehen. Die Waldmenschen wissen es: Besitz ist Illusion, aber der Geist der weißen Tigerin Sicherheit …

Er schien auch Maya plötzlich so real wie die Luft, die sie atmete, wie die Hitze, die aufflammte, wenn der Wagen aus den Baumschatten rollte, wie die bewaldeten Kuppen der Berge dort drüben.

»Was ist das für eine Company?«

»Ausländer.«

»Ja, Achmed. Welche?«

»Chinesen, was sonst? Teufelsbrut aus Taiwan. Es heißt, daß sie sich noch immer um die Lizenz streiten.«

»Und trotzdem bauen sie Straßen und fällen Bäume …«

»Das ist es ja«, nickte Achmed. »Genau das ist es.«

J. P. Bernier hatte die Yamaha unter einem großen Baum aufgebockt, sich aus dieser Bruchbude von Tankstelle eine Dose Sprite geholt, kauerte dann, die Beine von sich gestreckt, ein helles Piratentuch um das Toupet gewickelt, am Fuß des Stammes auf dem Boden und dachte an seinen Job: Schön, okay, es mochte sie ja geben, die schnieken Typen auf den lautlosen Gummisohlen, die mit den Lederhandschuhen und Schalldämpfern, die sich den Nachschlüssel besorgen, in deiner Wohnung auf dich warten und ihre Arbeit dann mit einem einzigen sauberen Kopfschuß erledigen …

Für J. P. war das Kino – Kino, jawohl, oder mieses B-Fernsehen, so weit von jeder Realität entfernt, daß er nicht einmal einen Gedanken daran verschwenden mochte.

Sein Stil sah anders aus.

Auf seine Weise hatte er auch den Papi der Kleinen über den Jordan geschickt … wie hatte noch sein komischer Inder-Name gelautet?

Rabindra. Rabindra Nandi, richtig … Was war bloß in den Mandarin gefahren, daß er zuerst den Vater, dann die Tochter weghaben wollte?

Na, die von der Milchkaffee-Branche, dachte er, diese Inder hast du ja nie besonders gemocht. Also, was soll's? Aber das Mädchen paßt nun mal nicht in die Schublade. Mischling wahrscheinlich. Wie auch immer, sie könnte jede Miß-Wahl gewinnen. Und so etwas soll verabschiedet werden? Wieso nur? Eine Schande …

J. P. stand auf, holte die HK aus der Satteltasche, strich liebevoll mit den Fingerspitzen darüber, ehe er sie im Schulterhalfter versenkte.

Er würde die Pistole wahrscheinlich nicht gebrauchen, würde von nun an nur ein bißchen mehr schwitzen durch den Druck am Trageband, aber sicher war sicher.

Er wippte einige Male auf den Zehen, machte drei Kniebeugen und sah wieder zur Straße. Wo steckte sie? Dieser Rabindra-Typ hatte irgendeine Station im Wald, stand in der Akte. Da wollte sie vermutlich hin.

Aus Richtung Kualang kam jetzt ein wild bemalter Bus, dann folgte ein Lkw, schließlich drei Personenwagen.

Der Landrover fehlt dir noch immer.

Du wirst dir Zeit lassen, dachte er und setzte sich erneut. Wie immer. Auch ihr Alter war so ein Wald- und Wiesen-Fall gewesen … Oh ja, Rabindra, der liebte die Natur! Konnte sich nicht genug davon reinziehen. War ständig unterwegs gewesen, dort in den Staaten. Hinüber nach Kalifornien, dann Texas oder Oregon. Oregon vor allem. Schaute sich alles an. Besuchte ständig irgendwelche Institute, traf sich mit anderen Eierköpfen oder schaukelte in seinem alten, grünen VW einfach durch die Lande, den alten J. P. immer im Nacken. Hat nichts gemerkt. War so der Typ, der nie was schnallte.

Genau darin hatte der Kick bestanden – J. P. war sich da sicher, der Jäger-Kitzel war's, der den Auftrag interessant gemacht hatte, das Immer-hinterhersein. Und die USA hatte er auch kennengelernt.

Er hatte sich einen Handwerker-Van gemietet. Der reichte leicht für die siebzig Meilen, die Rabindras Käfer noch hergab. Trotzdem: Rabindra hatte ihn zwei –, dreimal abgehängt, ohne es zu merken natürlich, er hatte ihn immer wieder gefunden …

J. P. drehte wieder den Kopf zur Straße. Lang war die Kleine unterwegs. Und mit wem? Ein alter Malaie? … Der Landrover war in Kualang registriert. Na, wir werden uns überraschen lassen …

Ja, tatsächlich, die richtige »Durch Amerika in drei Wochen«-Nummer war es gewesen. Absolut lustig. »Rabbit« hatte er Rabindra getauft. Schließlich hatte der wirklich Zickzacks wie ein Hase geschlagen. An sich hätte es nicht das geringste Problem bereitet, »Rabbit« in seinem New Yorker Appartement-Schuppen draußen in der Village umzulegen. Doch das hätte dem Prinzip widersprochen. Welches lautete: Tu deine Arbeit nie in der Stadt. Städte wimmeln von Zeugen. Städte haben Mordkommissionen mit Eierköpfen, die dir noch den letzten Nasenkrümel und das letzte Schamhaar zu einem Beweis breitklopfen. Städte haben ferner eine Presse, die ihren Bullen ständig in den Arsch tritt, und in diesem Fall ging es schließlich um das Mitglied einer UN-Kommission.

Und vor allem, laß mal 'ne Leiche in einer Großstadt verschwinden …

Deshalb: Geh in die Natur!

J. P. hatte Dr. Nandi in Oregon erwischt. Auf einem einsamen Rastplatz. Um neun Uhr am Vormittag. Man hatte von dort einen prächtigen Ausblick über die tiefen Wälder im ersten Sonnenlicht. Rabindra Nandi hatte zunächst gepinkelt. Dann schälte er sich eine der Orangen, die er zuvor in einem Ort namens Greenville gekauft hatte. Er aß sie nicht zu Ende.

J. P. hatte den Job mit der Drahtschlinge erledigt. Schnell, lautlos und vermutlich ohne viel Schmerzen für »Rabbit«.

Vier Kilometer von dem Rastplatz entfernt hatte er dann eine Steilschlucht entdeckt, die an die zweihundert Meter in die Tiefe führte und an der Sohle so eng war, daß die einzige Baumreihe, die sich dort hielt, die Felswände berührte. Er hatte Nandi hinuntergesandt, zu den Füchsen, Mardern, Mäusen, Würmern und Ameisen ...

Nun, also würde es sich wieder um ein Wald- und Wiesenstück handeln ...

Das blauweiße Schild mit dem Ortsnamen hatten sie bereits passiert. Das »g« von »Moong« hatten Steinwürfe gelöscht. »Moon ...« stand nun dort. Es war kein Städtchen auf dem Mond, es schien überaus lebendig ...

Weniger mit den Augen, vielmehr mit dem Unterbewußtsein prüfte Maya die Eindrücke im Archiv der Erinnerungen: Sie kannte so vieles ... Sogar den großen Baum dort rechts neben der Tankstelle ... In seinem Schatten saß ein Mann ... Früher, dachte sie, wenn wir tanken wollten, mußte der Diesel mit der Hand aus großen Fässern in die Einfüllstutzen gepumpt werden.

Und dort oben, auf dem Hügel, der graue, flache Bau aus Zementblöcken: das Hospital. – Auch dort bist du doch schon gewesen.

Wie in den Dörfern standen im Außenbezirk die Häuser auf soliden Hartholzstämmen, die Dächer waren mit Palmwedeln oder Rattanmatten gedeckt, Hühner flatterten zwischen den Hausstelzen hervor, Kinder spielten im Dreck. Dazwischen gab es auch feste Gebäude: wahre Hohlblock-Paläste, deren rauhe Außenflächen von den begeisterten Besitzern mit schreienden Farben bemalt worden waren.

Die einzige Asphaltstraße führte zum Marktplatz, um den sich der Bazar, die einfache Holz-Moschee und ein Gebäude, das aussah wie eine Mischung aus Schule und Polizei-Wache, gruppierten. Von dort verlief sie hinauf zum Hospital.

Das Hospital? Es war irgendein Notfall gewesen damals – ja, richtig: Ein Mitglied des Ipak-Stammes hatte seine junge Frau zur Station gebracht. Sie hatte ihr Kind verloren, und die Blutungen waren nicht zum Stillstand gekommen, so sehr sich Rabindra Nandi auch bemühte. In den USA, während seiner Universitätszeit, hatte er sich ein wahres Urwald-Doktor-Rüstzeug zugelegt. Diesmal allerdings half es nicht weiter. So hatten sie die sterbenskranke, totenblasse Frau und ihren Mann – an den Namen erinnerte sie sich jetzt: Tara – hierher ins Hospital gefahren. Es half nichts. Die Frau starb ...

Sie stoppten vor dem Bazar.

»Willst du nicht zuvor tanken?«

»Tanken? Dort drüben? Bei den Halsabschneidern? Ich kriege doch meinen Diesel hier viel billiger.«

Na schön. Sie nickte beeindruckt. Zwei barfüßige, junge, malaiische Männer in Sarongs und T-Shirts rannten aus dem breiten Eingang des Bazars auf sie zu. Offensichtlich hatten sie Achmed mit Sehnsucht erwartet, denn sie wollten seine Hände nicht mehr loslassen.

»Das ist meine Nichte Maya«, erklärte Achmed stolz. Die beiden reagierten mit Verbeugungen.

»Du bist schön wie eine Blüte«, sagte der größere und strahlte sie mit seinen vom Bethelkauen braunverfärbten Zähnen an. »Du siehst aus wie ein Filmstar.«

»So eine Nichte hättest du mir wohl nicht zugetraut?« kicherte Achmed.

»Nein, wirklich nicht. Du verzeihst, aber daß du häßlich bist, weißt du ja selbst.«

»Nun übertreibt er wieder …« Achmed gab dem Jungen einen freundschaftlichen Knuff. »Er kennt die Ipaks. Er geht oft zu ihnen.«

Sie dachte sofort daran, nach dem Holzeinschlag unten an der Insel zu fragen, doch Dan Carpenter wußte sicher besser Bescheid.

»Kann man hier irgendwo telefonieren?«

»Kann man. In Moong kann man alles«, lachte der Junge. »Wir haben ein Postamt, gleich dort drüben.«

Reiswein? J. P. Bernier schüttelte angeekelt den Kopf. Elende Provinz-Wichser … Kein Bier auszuschenken … In Johor kannst du jede Sorte Alkohol kriegen, auf die du scharf bist. Das hier scheint wirklich Urwald zu sein.

In dem Cafehaus war es unerträglich heiß.

Auf der Theke drehte sich ein müder Ventilator, von dem ein zerschlissenes Kabel hinabhing. Zwei alte Typen spielten irgendein Brettspiel. Knochenmager, mit den dreckigen Fetzen, die sie sich um die Beine gewickelt hatten, wirkten sie schon halb tot.

J. P. nippte an seinem Tee.

Dann hob er den Blick wieder und beobachtete den Landrover:

keine dreißig Meter weit weg. Gute Schußentfernung. Aber so etwas denkst du jetzt besser nicht ...

Und da, da kommt sie über den Platz und sieht nun tatsächlich verdammt aufregend aus! Hundertmal besser als auf den Fotos ... Wie sie jetzt mit ihrem wippenden Pferdeschwanz, die Hüften schwingend, diese Super-Brust herausgestreckt über den Bazar-Platz aufs Postamt zumarschiert ...

Mädchen, glaub mir, ein Spaß ist das für mich nicht. Dich würde ich viel lieber mit etwas anderem anschießen – nur, das klappt auch nicht!

Na also ... So gesehen ist ohnehin alles egal.

Aber ein Jammer bleibt's doch ...

Zuerst vernahm Maya Nandi einen unangenehmen, elektronischen Pfeifton, dann ein Knacken, daraufhin kam das Freizeichen und schließlich seine Stimme.

»Hallo?«

»Dan?«

»Right, this is Dan Carpenter speaking«, kam es steif zurück.

»Und ich bin Maya Nandi«, lachte sie. »Was sagst du dazu?«

Er sagte zunächst gar nichts, er räusperte sich. Und in das Schweigen, das entstand, sanken wie bunte Schleier die Erinnerungen: Die Nacht auf der Terrasse des Bungalows, als Dan ihr eine Liebeserklärung machte ... Neunzehn war sie gewesen, er achtundzwanzig etwa. Dan hatte sogar noch ganz ernsthaft behauptet, daß dies der ideale Altersabstand sei, statistisch nachweisbar der Abstand mit der geringsten Scheidungsrate. Sie hatte sich halb tot gelacht.

Seine Stimme erklang wieder, diesmal nicht nur nervös, sondern ziemlich aufgeregt: »Maya?! That is crazy! Ich kann's nicht glauben.«

»Wird dir wohl nicht viel anderes übrigbleiben.«

»Die ganze Zeit denke ich an dich. Und frage mich, wo ich dich erwischen kann.«

»Na ja, deshalb bin ich ja hier.«

»Wo?«

»In Moong.«

»Nein!«

»Doch. Und ich muß dich sehen.«

»Was glaubst du, wie ich dich sehen will! Es ist notwendig, es ist äußerst dringend sogar.«

Ihre Freude war wie weggewischt. »Was ist los?«

»Der Teufel ist los«, hörte sie. »Komm sofort her.«

»Mein Onkel hat hier noch zu tun. Und seine Karre will auch nicht so recht.«

»Macht nichts. In eineinhalb Stunden bin ich da. Und du, rühr dich bloß nicht von der Stelle, hörst du?«

IV

In Mayas Gedächtnis war der Stanford-Absolvent Dan Carpenter immer lebendig geblieben: Ein hochaufgeschossener Junge, dessen leicht abstehende Ohren die fatale Neigung zeigten, sich bei jeder Gelegenheit dunkelrot zu färben. Crewcut. Piloten-Brille. Mageres Gesicht. Aber die Ausrüstung, die er damals in das Chalet von Kualang geschleppt hatte! Kameras, Stative, Tonbandgeräte, eine Bücherkiste ... Am beindruckendsten war die Reise-Apotheke. Nicht einmal Wickelgamaschen hatte er vergessen. Sie sollten sowohl gegen Schlangenbisse wie gegen die Blutegel des Regenwaldes schützen.

Schließlich wuchs sich Dans Kurzhaarschnitt zu einer Mähne aus, und die fünfzehnjährige Maya hatte in dem Stanford-Mann so eine Art US-Bruder gewonnen, mit dem man herrlich herumalbern konnte.

In Taong hatte sich Dan als brauchbarer Mitarbeiter erwiesen, so brauchbar sogar, daß Rabindra Nandi ihm die Leitung der Wild-Life-Station überließ, als er den UN-Auftrag annahm.

Und inzwischen? ... Sie war nicht nur nervös, als sie sich in Moong die Zeit bis zu seiner Ankunft vertrieb, sie war richtiggehend neugierig. Dan habe eine junge Senoi geheiratet, hatte Onkel Achmed behauptet. Sie konnte es kaum glauben ...

Es war inzwischen vier Uhr. Über die Dschungel-Stadt legte sich die Nachmittagsmattigkeit. Die Wolken färbten sich dunkel, saugten sich mit der Feuchtigkeit für den nächtlichen Regenguß voll.

»Da kommt er«, sagte Achmed.

Ja, da kam er wohl ...

Auf der rostfleckigen, verbeulten grünen Karosserie des Toyota-Jeeps, der auf dem Platz stoppte, war es in großen Buchstaben zu lesen: TAONG – TIGER-STATION ...

Sie machte ein paar Schritte und blieb wieder stehen. Es war zu unglaublich. Wie sollte sie den alten Dan in dem dürren, braungebrannten Mann entdecken, der sich da hinter dem Steuer hervorschob und zu ihr herüberwinkte? Und dann die Aufmachung: ausgelatschte Puma-Treter, aus denen die Zehen hervorlugten, zerrissene, schmutzige Shorts, ein löchriges, olivbraunes Armee-T-Shirt, um die Haare ein rotes Tuch.

Nun winkte er nicht nur, nein, er rannte genau auf sie zu, hielt sie mit seinen knochigen Händen an beiden Schultern, schob die Sonnenbrille hoch und da waren tatsächlich die alten Dan-Carpenter-Augen: grau, mit kleinen, braunen Sprenkeln darin, jetzt von unzähligen Fältchen umgeben. Sie sah die Narben auf der rotverbrannten Haut. Und sah den Mund, der sich zu einem Lachen öffnen wollte, um sich gleich wieder zu schließen.

Drei Zähne! dachte sie erschrocken. Um Himmels willen, ganze drei Zähne hat er noch ... Die Worte blieben ihr weg.

»Fantastisch«, stieß Carpenter zwischen zusammengekniffenen Lippen hervor, »fantastisch siehst du aus! Maya, also wirklich, ich hätte dich nie erkannt!«

»Ich dich schon gar nicht! Wo sind denn deine Zähne geblieben?«

»Oh ...« Nun öffnete er den Mund, um einen kollernden Ton herauszulassen. »Das ist noch so eine Geschichte ... Stört's dich?«

»Mich? Nicht im geringsten. Wenn's dich nicht stört ...«

»Dann gib mir doch endlich einen Kuß, Herrgott noch mal!«

Das tat sie auch. Es irritierte sie auch nicht, daß Achmed Kani weit die Augen aufriß und mißbilligend den Kopf schüttelte.

Onkel Achmed schüttelte abermals den Kopf, als sie sich eine halbe Stunde später von ihm verabschiedete, um zu Dan Carpenter in den Jeep zu steigen.

Der Motor leierte – und sprang an.

»Auf geht's, Kleine!« Dan Carpenter grinste sein von Schneidezähnen befreites Grinsen.

»Hat deine Frau auch etwas zu essen für uns?«

Die Augen blickten überrascht. »Woher weißt du ...?«

»Woher, woher! In meinem Job sind Informationen überlebenswichtig.«

»Job? Das ist noch immer diese Umweltkiste?«

Sie nickte.

»Und deshalb bist du hier? Na, Gott sei Dank ...«

»Du hast mir etwas Wichtiges zu erzählen?«

»Nachher«, sagte er. »Da vorne auf der Piste brauchen wir jetzt eine Menge Nerven ...«

Sie hatten Moong hinter sich. Die Straße strebte in einer sanften Rechtskurve zu einem Gebiet von Reis-Padis, die sich lichtgrün glitzernd, von Dämmen befestigt, am Hügel entlangzogen. Am Beginn der Kurve zweigte ein Weg ab, der Weg in den Wald und zur Station. Dahinter kam eine Brücke, erinnerte sich Maya. Sie überspannte den kleinen Fluß, der das Bewässerungssystem der Reisfelder dort mit Wasser versorgte.

Dan Carpenter hatte in den ersten Gang geschaltet. »Da siehst du's!« brüllte er gegen das zornige Brummen des Toyota-Diesels an.

Sie sah es: Von der Brücke existierten nur noch die Zementträger, auf denen einst die Bohlen befestigt gewesen waren. Das Holz war weggefault.

»Bloß langsam, Dan.«

»Ja, was glaubst du denn?« Der Wagen stoppte. »Komm, steig aus, Kleine.«

»Schenk dir die Kleine. Ich werde den Teufel tun, auszusteigen.«

»Das wirst du oder ich setz dich raus.«

»Jetzt hör mal, Dan ...«

»Jetzt hörst du! So, wie die Dinge stehen, brauchen wir dich lebendig. Wenn's dich nicht mehr gibt, ist nämlich Tenenga im Eimer, verstanden?! Und das sind leider nun mal neuntausend Quadratmeter Regenwald plus Station. Von Tigern und den anderen Tieren gar nicht zu reden.

»Dan!«

»Nichts.« Er stieß die Tür auf und schubste sie ins Freie, und sie beobachtete mit angehaltenem Atem, während ihr der Schweiß noch heftiger ausbrach, wie die breiten Geländereifen sich Zentimeter um Zentimeter ihren Weg auf dem schmalen, grauen Betonstreifen suchten.

Sie ging um den Wagen herum. Ein bißchen Nebel flog heran, nichts als ein grauer Schleier.

Der Jeep rollte. Sie hatte die Rückseite erreicht, legte im Dieselgestank die Hand auf die Ladekante, als könne sie so den Wagen nicht nur vorwärtsdrücken, sondern auch schützen.

In diesem Augenblick vernahm sie das Geräusch. Ein leises »blopp«. Es wehte von drüben, von der Hausruine herüber.

Nun wieder, zweimal: blopp-blopp ... Vielleicht ein brechender Ast? Aber hier gab es keine Bäume.

Na und, dachte sie. Dan hat es doch geschafft! Wir sind auf der anderen Seite!

Hier wuchs Gras. Die Piste ...

Sie jubelte, rannte um den Wagen herum und warf sich in ihren Sitz ...

Die Mauerreste, bestehend aus klatschnassen, sich auflösenden Lehmziegeln hatten wohl einmal ein Bananen-Feld eingefaßt. Die Stauden trieben immer noch aus dem Gewirr von gelben, abgestorbenen Blättern.

Immerhin, sie boten Rückendeckung ...

Wichtiger noch waren J. P. Bernier die Trümmer der Bruchbude: zersplitterter, dicker Bambus, ein paar Holzbalken, jede Menge uralter, grauer Palmwedel und haufenweise Mist, Büffelmist. Das Ding mußte ein Stall gewesen sein ...

J. P. hatte sich aus zwei einigermaßen intakten Ziegeln so etwas wie eine Gewehrauflage konstruiert. Die Sicht nach links war ziemlich versperrt, auch wenn er durch die Bambusreste ein Stück der Piste erkennen konnte, die vom Wald nach Moong führte. Sogar auf der Karte war sie eingezeichnet: eine dicke, braune Linie. Wirkte fast wie so 'ne gottverdammte Straße. – Und was war sie in Wirklichkeit? Eine grasüberwucherte Scheißspur, in die man die Nase reinstecken mußte, um sie überhaupt zu finden.

Na gut, er war hier.

Und die anderen mußten kommen ...

Die Sonne stand ziemlich tief, aber das Licht war gut. Und noch besser schien ihm der kleine Graben mit den beiden komischen Betonträgern ...

Die Brücke existierte nicht mehr.

Mal sehen, wie dieser Wildhüter-Fritze oder was er ist seine Karre rüberbringt, dachte er. Richtig aufregend muß das sein – nur leider, du kommst ja gar nicht in den Genuß der Schau! Er wird erst mal stoppen, die Räder ausrichten und dann losfahren. Falls es sich bei ihm um einen Gentleman handeln sollte, läßt er das Mädchen natürlich vorher aussteigen. Vielmehr, das muß er sogar in jedem Fall. Denn wer soll ihn sonst über die Brücke winken?

Und das, dachte J. P. Bernier, das ist dann genau die Sekunde ...

Er schlug um sich und fluchte. An Insektenstiche war er gewöhnt, aber gleich vier in einer Sekunde und alle an derselben Stelle im Nacken ...

Er klatschte die Hand auf die nasse Haut. Keine Moskitos. Irgendwelche Scheißmücken mit winzigen Stacheln.

Sechzehn Uhr fünfzig.

Die Yamaha-Geländemaschine lag im Bananen-Gestrüpp. Keiner würde sie sehen. Nicht bei der Anfahrt. Nachher allerdings wird das anders sein, überlegte er. Und da steckt auch dein Problem ... Logisch mußt du ihm auch eine verpassen. Die hundertfünfzig Meter bis dort drüben sind deine ideale Schußentfernung. Und ein Zeuge, der zusieht, wie du auf dem Motorrad abdonnerst, wäre tödlich ...

Er zog das Taschentuch heraus, faltete es sorgsam, legte es unter den Gewehrlauf und justierte im Zielfernrohr die Entfernung. Er tat es bereits zum dritten Mal ... Und dann – ja, dann vernahm er den Motor.

J. P. Bernier rührte sich nicht. Jetzt waren ihm selbst die verdammten Stechmücken egal. Er wandte nur einmal kurz den Kopf, um zu überprüfen, was er ohnehin wußte: Der Toyota! Wer sonst käme auf die Idee, über zwei Zementträger hinweg in die Wildnis zu fahren?

Er drückte das Auge an das Okular. Alles gestochen scharf. Jedes Blatt, jeder Grashalm, jedes der verrosteten Armierungseisen, die sich an der kaputten Brücke dort aus dem Zement schoben.

Das Auspuffgeräusch wurde lauter, um dann ganz plötzlich zu verstummen, und nun war alles so, wie er es sich gewünscht hatte: Der Wagen stand. Er konnte den rechten Einstieg des Toyotas erkennen. Davor wehte irgend etwas herum, ein Fetzen Stoff, – vielleicht hatte die Kleine einen Schal oder ein Hemd aufgehängt? Wo blieb sie?

Na, abwarten. Geduld, Junge, soviel Geduld wie du hat keiner in diesem Gewerbe! Ist dein Trumpf, die einzigartige J.-P. -Bernier-Geduld ...

Und siehe, na also – da kommt sie doch! Steigt nicht aus, wie sich das für eine junge Frau gehört, nein, macht 'ne Art Sprung, federt in den Knien ab. Sportlich, die Tante, verdammt, aber was ist? Weg!

Die Mündung des Gewehrs schwenkte nach links, die Gummimanschette des Zielfernrohrs saugte sich an seiner Haut fest, die beiden Striche bildeten ihr Fadenkreuz: ein bißchen Haar. Ein Arm. Aber die Scheiß-Dame ist hinter dem Heck des Toyotas verschwunden.

Und dort scheint es ihr zu gefallen.

Wo ist sie, Herrgott? Wo?

Wahrscheinlich redet sie mit dem Fahrer.

Jetzt, jetzt setzt er die verdammte Karre endlich in Marsch, rollt auf die Brücke. Brücke? Auf die läppischen Träger … Und die haben keinen Platz für einen Toyota und eine Damen-Muschi. Die Muschi muß schön hinterhertraben.

Siehst du, mein Mädchen, so ist das nun …

Langsam, langsam – ich hab' dich. Ich hab' dich sogar im Profil. Das alte Lee-Oswald-Gefühl. Und es wird keine Jacqueline Kennedy geben, die dich nachher in den Arm nimmt. Geh doch ein bißchen ruhiger … Was bückst du dich? … Aufrecht, Mädchen, Brust raus, hast du doch so prima gekonnt dort drüben auf dem Bazar-Hof … Hat tatsächlich schon die Hälfte zurückgelegt. Verdammt mies jetzt das Licht. Wieso? … Nebel. Woher kommt der Nebel? Aus der nassen Erde. Hier kommt immer Nebel. Die Highlands. Das Land der wallenden Scheißnebel! Aber wieso kommen die jetzt? Von der Seite bist du doch sowieso nichts als ein Strich …

J. P. Bernier hielt in die Mitte des Strichs und zog den Finger durch.

Er tat es wieder, als die Automatik die nächste Patrone in die Kammer gedrückt hatte.

Peng. Nicht laut. Der Schalldämpfer steckt das weg. Kleine, wo bist du?

Wo? Na los schon …

Dort!

Er konnte es nicht glauben. Er fühlte nun nichts als Leere und Zorn … Der Nebel löste sich – und da war der Jeep wieder!

Sie aber, sie rennt um die andere, ihm abgewandte Seite – steigt ein.

Letzte Chance. Du kriegst sie noch immer … Nein! Er hat schon Gas gegeben, fährt, tatsächlich fährt, fährt dir vor der Schnauze davon, gibt einfach Gas, die Sau!

J. P. Bernier riß die Waffe an die Schulter, hielt auf die Reifen. Auch das war schwierig bei den roten Staubwirbeln, die die durchdrehenden Räder aus dem Boden rissen. Er versuchte es trotzdem. Umsonst …

Der Zündbolzen klickte. Neun Schuß.

Neun Fahrkarten …

Er kauerte sich nieder und legte die nasse Stirn auf den Handrücken. Das gibt's doch nicht!

Dann erhob er sich und schüttelte Arme und Beine locker. Warum hast du nicht gleich durchgezogen? Der Nebel? Oder weil dich irgend etwas davon abhielt, sie sofort umzulegen?

Und jetzt? Den Dschungel kennst du, auf den freust du dich doch richtiggehend, oder? Na großartig, Maya Nandi, das wird kein Wald- und Wiesen-Job wie bei deinem Daddy, das wird richtig spannend …

Der warme Wind trocknete ihr Gesicht, und nun, als rechts und links die ersten Bäume hochwuchsen und ihre Schatten warfen, meinte sie den Wald bereits zu riechen: den schwersüßen Duft seiner Blüten und Stauden, den dunklen Geruch der verwesenden Früchte und des verfaulenden Laubs, das seinen Grund bedeckte.

Sie sah auf die Uhr: kurz nach fünf. Es würde dunkel sein, bis sie die Station erreichten.

Noch immer jedoch stand die Sonne ziemlich hoch am Himmel, färbte den transparenten Dunst, der ihnen entgegenströmte, mit einem rötlichen Glanz.

Der Glanz erlosch …

Der grüne Jeep verschwand in einem grünen Blättertunnel. Der Regenwald hatte sie aufgenommen. Hier standen die großen Bäume in breiten Abständen, zwischen die sich Büsche und gewaltige Farne schoben. Das Licht drang noch bis zum Grund und zeichnete die Konturen verkeilter und verschlungener Pflanzen nach. Dann aber lösten sich alle Formen auf, kühle Dunkelheit umfing sie, durchzogen von Lianen und einem fast undurchdringlichen Gewebe aus Stämmen, Ästen, Zweigen, Blüten, Lianen und Farnen. Der

Wald … So hatte sie ihn vor sich gesehen, wann immer sie an ihn dachte. So hatte sie ihn gerochen … Was Maya nun überraschte, war die Veränderung, die er in ihr auslöste: Angesichts seiner Undurchdringlichkeit und der Geheimnisse, die dahinter lauerten, fühlte sie sich plötzlich verletzlicher. Umgekehrt spürte sie, wie sich ihre Nerven mobilisierten, wie sich ihre Sinne schärften, wie sie auf einmal hellwach wurde.

Das Tenenga-Gebiet erschien ihr wie ein gewaltiger Ozean, über den keine Karte Anhaltspunkte lieferte, sie schwamm nun darin, ohne zu wissen, wie seine unendliche Tiefe aussehen mochte.

Sie richtete sich auf.

Dan Carpenter lächelte, fluchte gleich darauf: »Verdammt noch mal! Da vorne haben wir's schon wieder. Das Dreckloch ist nicht ausgetrocknet.«

»Was denn?«

»Wirst du gleich sehen. Und diesmal brauchst du dich nicht zu beklagen. Diesmal kannst du mit anpacken.«

Die Dschungel-Strecke, die sie bisher zurückgelegt hatten, betrug nun etwa fünfzehn Meilen. Ein geländegängiges, allradbetriebenes Fahrzeug wie der Toyota braucht dazu mehr als eine Stunde. Von einem Weg konnte man nicht reden, noch nicht einmal mehr von einer Piste. Die Fahrspur war so aufgeweicht, daß der Jeep manchmal bis zu den Achsen versank. Irgendwie hatte es Dan mit wilden Kurvenfahrten noch immer geschafft, den Wagen in Bewegung zu halten. Genauso hinderlich wie der grundlose Lehm- und Blättermatsch waren die herabgebrochenen Äste, die Schößlinge, Blätter und Zweige, mit denen der Dschungel die fragile Verbindung der Station mit der Außenwelt zu erdrosseln drohte.

»Das hat hier früher anders ausgesehen!« Sie rief es, um den Lärm des Motors zu übertönen.

»Himmelarsch«, schimpfte Dan, »was soll ich denn machen, Maya? Dein Vater hatte noch ein Dutzend Leute auf der Lohnliste. Ich am Anfang auch. Jetzt ist es noch einer. Du wirst ihn ja kennenlernen. Poh-Pan. Wenn du dir den ansiehst, verstehst du alles … Ich zieh' den Karren. Wie soll ich da auch noch die Piste freihalten? Ich bin hier sowieso Maulesel und Wasserbüffel in einem … Soll ich dir sagen, wer Poh-Pan bezahlt?«

»Die Rechnungskammer des Sultans? Wie früher?«

»Von wegen. US-Kohle. Das Geld für Taong kommt von der biologischen Fakultät der Stanford-Universität.«

Sie starrte ihn an. »Im Ernst?«

»Im Ernst, im Ernst ... Frag mich nicht, was los ist. Komm, hilf mal.«

Er stoppte und kletterte aus dem Wagen.

Er gab ihr einen schmutzigen Lappen und sagte, sie solle die Scheinwerfer des Jeeps vom Dreck säubern und dann einschalten. In ihrem Licht erkannte sie die Lage: Hier gab es kein Ausweichen. Mächtige, gut sechzig Meter hohe Urwaldriesen wuchsen rechts und links des Schlammlochs hoch.

Dan öffnete die Ladeklappe und zerrte einen Armvoll verbeulten Metalls heraus, Leichtmetallschienen, in die Löcher gestanzt waren.

»Die habe ich vom Militär-Flughafen in Kualang«, erklärte er stolz.

Mit dem Palang, seinem Buschmesser, schlug er Äste ab und schichtete sie auf die anderen Äste dort im Dreck. Sie legten die Schienen darauf. Dan kletterte hinter das Steuer und schrie: »So, jetzt bete mal schön!«

Er gab Gas.

Er schaffte es erst beim dritten Anlauf. Und während ihr das Geschrei der aufgregten Affen hoch oben in den Bäumen in den Ohren gellte, dachte sie: Durch das verfluchte Loch kommen wir nie! ...

Aber dann faßten die Räder und Dan streckte triumphierend den linken Daumen gegen den Blätterhimmel.

»Mein Gott«, keuchte sie anerkennend, »aus dir ist wirklich ein As geworden, Dan.«

»Was blieb mir schon anderes übrig ...«

Der Preis, den ihm dieser Halsabschneider in der Verleih-Station in Kualang abgeknöpft hatte, war zwar eine Frechheit gewesen, aber die Yamaha war wenigstens in Ordnung. Auf die Reifen kam's an. Und die waren fast neu und bissen ihre Stollen in den Dreck.

Also, laß dir Zeit. Laß ihnen Abstand. Die Kleine holst du dir, wann immer du willst ...

Berniers linke Wade schmerzte. Nach den Fehlschüssen an der Brücke, als die beiden glaubten, sie könnten so einfach im Wald verschwinden, war er ausgerastet. Auf die Maschine drauf – und schon hatte es ihn erwischt: Eine kleine, blöde, mit Laub gefüllte Schlammlache hatte genügt, das Hinterrad war weggerutscht, er flog auf die Schnauze und zu allem erwischte ihn noch der Auspuff …

Na gut, schlimm war's nicht, und er hatte die Stelle gleich desinfiziert. Aber so ist's nun mal mit den Nerven. Dabei gab's nicht den geringsten Grund, sie zu verlieren.

Nur gemütlich. Immer weiter. Immer schön in den Dschungel rein …

Die Sicht war verdammt schwach. Und wie immer am Abend wurde es in den Bäumen lebendig. Zum Grünzeug das Kroppzeug … Und beides reichlich … Aber noch sah er genug. Und außerdem: Abhängen können sie dich sowieso nicht. Die Piste endet in Taong.

Und dann …

Ja, dann …

Besser du erledigst es vorher.

Zum ersten Mal, seit er die Urwaldgrenze überquert hatte, schien die Piste übersichtlich. Ein klarer Schnitt, wie mit dem Messer gezogen. Wieder wich er einem schweren Ast aus, der auf den Boden gefallen war. Geht doch prima, lobte er sich. Mit dieser Nummer könntest du in jeder Cross-Show aufkreuzen …

Und weiter. Rücklichter sind keine zu sehen. Dreh also ruhig ein bißchen auf. Und dann wirst du …

Es gab kein »dann«.

J. P. Bernier spürte nicht einmal den Stoß, mit dem die aufprallenden Räder seinen Körper aus dem Sattel schleuderten. Und auch den kurzen Ruck bekam er nicht mit. Er kam mit der rechten Schulter auf, schlitterte zehn Meter weiter, drehte sich wie ein Kreisel um sich selbst, kam zum Stehen, hockte sich schließlich auf und rieb den schmerzenden Rücken. Er fluchte nicht. Er hatte keinen Gedanken. Er wartete nur darauf, daß das dumpfe Gefühl in seinen Schultern zu weichen begann, streckte die Arme, bewegte die Hände, die Beine, die Füße … alles okay!

Dann stand er auf, sah zu seiner Maschine zurück, ging einige Schritte weiter.

Rechts und links gewaltige Bäume. Und hier – ein verdammtes Dreckloch, mit Wasser und Ästen halb gefüllt. Wie hatte dieser Typ mit dem Toyota bloß da hinüberkommen können? Glühwürmchen huschten zwischen den Schatten. In der Dunkelheit konnte er kaum noch etwas ausmachen. Zuvor die Brücke, dann das … Und rechts und links gab es keine Chance weiterzukommen: Dschungel. Rattan. Blätterpflanzen. Dornen. Und alles so dick und dicht, daß man nicht mal mit dem Arm durchkam.

Was jetzt? Umdrehen? Er gab der Yamaha einen Stoß. Dann bückte er sich schuldbewußt und richtete die Maschine wieder auf. So oder so, er würde sie noch brauchen. Es mußte einen Weg geben … Hättest du dir aus Moong wenigstens so ein beschissenes Buschmesser mitgenommen. Moskitonetz und Hängematte hast du dabei dazu noch die Plastikfolie gegen den Regen, ist schließlich nicht deine erste Nacht im Dschungel, nicht wahr?

Na also, dachte J. P., was soll's? Aufgeben wirst du nicht …

Sie fühlte sich wie in Trance, als im Scheinwerferlicht endlich die großen Torpfeiler mit den gebogenen Eisenrohren auftauchten, die das Wappen des Sultanats Jorak trugen: drei Elefanten. Die Elefanten schienen ziemlich verrostet. Der hohe Drahtzaun, der die Station umgab, auch.

»Willkommen zuhause!« sagte Dan.

Maya nickte dankbar. Er parkte den Jeep, sie stieg aus und schüttelte die Beine.

»Mein Gott, Dan, diesmal bin ich wirklich geschafft …«

»Oder du hast Hunger.«

»Auch.«

Sie sah sich um. Alles war so vertraut wie die Bilder eines sich ständig wiederholenden Traumes: der Hang, der zum Fluß führte … Die Lichtung … Die Bäume, die Mondsichel dort oben, der Wald mit seinen Nachtstimmen. Und dann die Gebäude: der flache, dreieckige Giebel des großen Wohnhauses, das Labor und die Arbeitsräume, dort drüben die beiden Personal-Häuser, der Proviant-Schuppen, daneben das Kochgebäude und das kleine Tier-Lazarett.

Der Mond goß über alles sein sanftes Licht. Und die Nebelfahnen trieben vom Fluß herauf, so wie früher, wenn sie mit ihrem Vater nach Hause kam. Nein, nicht ganz. Damals gehörte noch das vertraute Tuckern des Generators dazu. Und wenn sie ankamen, waren der Parkplatz, alle Gebäude hell erleuchtet. Nun schien alles so dunkel ... Nur hinter den Fenstern des Haupthauses brannte Licht.

»Ich hab' mir eine Solar-Anlage besorgt«, erläuterte Dan. »Der verdammte Generator ging schon vor drei Jahren in den Arsch. Und ich konnte toben wie ich wollte, niemand machte sich die Mühe, mir einen neuen oder auch nur die Ersatzteile zu schicken ... Komm! Ausladen können wir später.«

Sie folgte ihm.

»Dan!« rief eine Stimme durch die Nacht. Es war die Stimme einer Frau, eines Mädchens.

»Da ist sie«, sagte Dan. »Und willst du wissen, wie sie heißt? Tan. Nein, im Ernst, das ist ihr wirklicher Name. Dan und Tan. Wie gefällt dir das?«

Tan trug ein langes, kaftan-ähnliches Kleid. Sie näherte sich zögernd, aber als Maya ihr beide Hände entgegenstreckte und sie an sich zog, um sie dann zu küssen, lachte sie hell wie ein Kind. Und so sah sie auch aus: Tan, die Kind-Frau. Ein Blütenstengel-Hals, ein wunderschönes Dreiecksgesicht, die Haare hochgebunden, die Augen so dunkel, schwimmend wie die eines Rehs.

»Komm! Du Hunger ... Komm, du essen ...«

Nachher, als sie am Tisch saßen, bei gewürzten Reisbällchen und Fischen, berührte sie Mayas Kopf: »Schönes Haar. So viel schönes Haar ... Du bist die Tochter des großen Tuan ... Alle kennen ihn. Alle reden von ihm ... Morgen zeige ich dir die Tiere. Jetzt schlafen ...«

»Du auch?«

»Ja.« Sie verschwand so lautlos wie ein Schatten.

Sie saßen auf der Terrasse. Der Fluß funkelte im Licht. Dan Carpenter sog an seiner Zigarette.

»Also, Dan, was ist?« fragte Maya nach einer Weile.

»Wo soll ich anfangen? Es ist eine lange Geschichte. Und eine ziemlich miese dazu ... Oder genauer: Es sind eine Menge mieser Geschichten. Aber beginnen wir bei der aktuellsten. Die erklärt so ziemlich alles. Ich habe einen Verbindungsmann zu den Ipaks. Er heißt Tara.«

»Tara?« Sie drehte überrascht den Kopf. »Den Namen kenne ich … Ein gutaussehender Ipak, an die dreißig. Und größer, erheblich größer als die anderen … Er hat eine kleine Narbe über der rechten Braue?«

»Genau. Der Mann mit der kleinen Narbe über der rechten Braue. Und du erinnerst dich noch an ihn?«

»Das ist ziemlich einfach. Als ich fünfzehn war, hat mein Vater ihn und seine Frau ins Hospital nach Moong gebracht. Die Frau hatte eine Fehlgeburt erlitten. Sie haben alles versucht, auch mein Vater, aber sie war nicht zu retten.«

»Sie hieß Nia und soll wunderschön gewesen sein. Sie ist eine Schwester von Tan.«

Dans Zigarette leuchtete auf. Wie auf ein Signal hin begann es in den Büschen dort zu glühen, ein wahrer Tanz phosphoreszierender Punkte, die nun eine Girlande bildeten … Die Glühwürmchen waren allgegenwärtig. Sie hatte sie vergessen

Auch im Dschungel am anderen Ufer wurde es lebendig. Der Uru meldete sich, ein heiseres, tiefes »töf-töf-töf«, das nicht an einen Vogel erinnerte. Und bald waren es viele, ein ganzer Chor.

»Schön, damit wir weiterkommen: Tara ist der intelligenteste unter den Ipak. Er spricht sogar Englisch. Hat mal bei Ungung für eine der Companies gearbeitet. Die United. Übrigens dieselbe taiwanesische Gangsterbande, die uns jetzt zu schaffen macht …«

»Was heißt das?«

Die Zigarette flog über die Brüstung. In der Dämmerung war Dans Gesicht nur schattenhaft zu erkennen. »Die United ist ein Riesenladen, der auch in Borneo und Sawarak die Wälder umholzt.«

»Ich weiß, ich weiß. Ich habe Material über sie.«

»Na, um so besser. Und damit kommen wir zum Kern: Es sieht ganz so aus, als hätten die Taiwanesen Pa Ulay, unseren District Officer, gekauft. Pa Ulay marschiert seit Monaten von Stamm zu Stamm. Er war auch verschiedene Male bei den Ipak und den Panan, sogar oben auf dem Berg bei den Kerit, obwohl das nun wirklich kein Logging-Platz ist … Die United will anscheinend nichts auslassen. Die gehen vor wie ein Rasenmäher, verstehst du?«

»Kein Wort. Was wollen sie bei den Stämmen?«

»Sie legen ihnen Verträge vor, versprechen ihnen das Blaue vom

Himmel, zahlen auch, bringen Geschenke, und das nicht zu knapp.«

»Und was steht in den Verträgen?«

»Daß die einzelnen Stämme für die Hilfe, die sie von der United erhalten, dankbar und daher mit dem Vorgehen der Gesellschaft völlig einverstanden sind. Es stehen auch noch andere wunderbare Dinge drin, so etwas wie »selektives Logging« und »Schonung des Vitalbestands des Waldes« ... Der ganze Ouatsch, den sie immer versprechen und an den sie sich nie halten.«

Das Geschrei der Affen dort drüben wurde lauter – oder schien es ihr nur so? Sie fühlte, wie sich an ihrer Halsbeuge eine Sehne verspannte. Sie schlug nach einem Moskito, fuhr über ihr Haar, wollte etwas tun, irgend etwas, um die jähe Spannung, die sie plötzlich erfaßte hatte, loszuwerden. Jetzt begann sie zu begreifen. Mein Gott! Sie konnte nichts anderes denken: Mein Gott!

»Und du meinst, daß der D.O. mit dem Einverständnis der Regierung handelt?«

»Was ich meine, spielt doch gar keine Rolle, Maya. Hier geht's um Tatsachen. Und Tatsache ist, daß diese Provinz-Zampanos schon immer unter einer Decke steckten.«

»Aber die Stämme, Dan! Warum das alles? Was meinst du?«

»Das ist doch ganz einfach: Sie versuchen sich eine neue Art von Legitimität zu verschaffen. Sie wollen den Stiftungs-Charakter von Tenenga aushebeln, indem sie Volksrecht oder das, was sie so nennen, gegen Sultans-Recht setzen, damit sie wieder mal einen Verfassungsstreit anzetteln und Lizenzen gegen Schmiergeld verteilen können. Irgend etwas in der Richtung ...«

»Aber das ist doch ein Witz. Die Stämme machen nie mit.«

»Bist du dir da sicher? Der D.O. war gestern bei den Ipak. Das erste Mal kam er vor etwa drei Monaten. Damals brachte er gleich ein paar United-Vertreter mit. Und nicht nur das: auch den Vertrag. Als sich die Leute weigerten, ihn auch nur anzuhören, kam er mit einer neuen Taktik. Diesmal brachte er keine Taiwanesen, sondern einen ganzen Hubschrauber voll Geschenke. Nicht die üblichen Plastik-Klamotten, sondern Palangs, Hacken, sogar zwei Gewehre.«

»Und?«

»Und, und ... Sie haben wieder nicht unterschrieben. Tara hat dafür gesorgt. Aber du kannst dir denken, wie scharf sie auf den Krempel waren. Und das Stärkste ist, er hat ihnen die Geschenke dagelassen, obwohl Tara und die anderen ihn buchstäblich in seinen Hubschrauber zurückgescheucht haben. Rede mit ihm!«

»Mit wem?«

»Mit meinem Schwager. Mit Tara. Er kommt morgen auf die Station …«

Tara Radan war nun dreißig Jahre alt. Er glaubte es fest, denn er hatte darüber nachgedacht. Tara hatte sich selbst mit dem Wachsen der Bäume, der Büsche und der anderen Pflanzen verglichen, die er noch aus seiner Kindheit kannte, und dann überlegt, wie lange ein Kind braucht, bis es überhaupt einen Baum wahrnimmt. Auch seine Haut sagte es ihm. Sie war überall glatt, am ganzen Körper, nur am Hals zeigten sich die ersten Kerben. dreißig schien ihm ein gutes Alter, doch die Jahre waren für ihn schwer gewesen: Nia, seine süße Geliebte, war gestorben, nachdem sie das zweite Kind zur Welt gebracht hatte, eine Tochter. Sie hatte das Kind überlebt, doch sie war schwer krank geworden, das Blut wollte nicht aufhören zu fließen, und so hatte Tara sie zuerst hinauf zur Station und von dort dann mit Hilfe des Tuan von der Tiger-Station nach Moong ins Krankenhaus gebracht.

Nia war trotzdem gestorben. Und der Tuan mußte dem Arzt viel Geld bezahlen …

Damals, als dies geschah, hatte ihn Ana, der Älteste gerufen.

Ana wollte, daß Tara Nia vergaß und nach Ungung fuhr, weil ihm einer seiner Enkel erzählt hatte, daß in Ungung ein Mann nur eine Woche für die Company Holz schälen mußte, um ein Gewehr zu erhalten. Außerdem bekäme man Coca-Cola und Essen zu jeder Arbeitsstunde geschenkt.

Eine sehr unsichere Nachricht, der Tara mißtraute. Dieses Company-Camp? Sie wußten nicht einmal den Namen, geschweige denn, wo Unun oder Ungung lag. Doch für eine Woche ein Gewehr? …

Und außerdem – wer wollte Ana schon widersprechen?

Tara packte, was er für einen langen Marsch brauchte, bereitete die Giftpfeile für das Blasrohr vor und ging hinauf zur Station im Wald, um mit dem Tuan zu reden, der dort seine Tiere hielt. Der Tuan überredete ihn, das Blasrohr bei ihm zu lassen, brachte ihn zum großen Kampong Moong und setzte ihn in einen Lastwagen, einen gewaltigen Lastwagen mit sechs Rädern. Der Fahrer nehme ihn mit bis Puley an der Küste, sagte er, und von dort sei es nicht mehr weit bis nach Ungung.

Der Tuan gab ihm auch Kniehosen und ein Hemd.

Ungung lag am Fluß, dort, wo er groß und breit wurde, ehe er sich ins Meer ergoß. Tara war nun zwar am Ziel, doch aus sieben Tagen wurden sieben Monate.

Es stimmte, er wurde zum Bäumeschälen gebraucht. Die lagen in riesigen Mengen ans Ufer gekettet. Hauptsächlich gewaltige, uralte Meranti, so viele, daß der ganze Fluß nach ihrer verfaulten Rinde stank.

Nach einer Woche ging Tara zu dem chinesischen Datuk, der im Camp die Arbeiter befehligte. Er fragte nach seinem Gewehr. Er müsse wieder nach Hause ... Der Chinese lachte ihn aus. Ein Gewehr? Für ein Gewehr müsse er drei Monate arbeiten. Mindestens.

Tara dachte an Ana und blieb.

Die Arbeit war hart. Eines Tages befahl ihm der Chinese, zum Maschinisten des Bulldozers zu gehen. Der benötigte einen Gehilfen. Ein Bulldozer war die Maschine, welche sie im Wald das »große gelbe Tier« nannten, weil es einen so schrecklichen Krach machte und alles zerstören konnte.

Der Maschinist hatte weiße Haut, wenn man von seinem roten Kopf absah. Er hieß John. Er kam aus einem weit entfernten Land, das Kanada hieß. Er war ein guter Mensch. Auch die Arbeit am Bulldozer war nicht so schwer, wie Tara gedacht hatte. Er begriff bald, wie man das große gelbe Tier zum Laufen bringen und es lenken konnte. Und er lernte die Sprache, die John sprach. »Lern Englisch, Junge! Was soll ich mit Senoi anfangen? Lern Englisch und du kommst durchs Leben. Alle sprechen Englisch. Nicht nur die Chinesen. Alle ...«

John erklärte ihm die Worte und die Gegenstände und Tätigkeiten, die sie bedeuteten. Tara sah sich um. Er lernte auch andere Dinge. Für die Menschen im Wald war die Company etwas wie ein großer anderer Stamm, ein sehr mächtiger Stamm. Nun wußte er, was die Company war: ein Ungeheuer, das alles fraß, was es in die Finger bekommen konnte, das Bäume tötete, die Menschen betrog und ihnen das Blut aussaugte.

Ein Gewehr hatte er noch immer nicht ...

»Mach dir bloß keine Sorgen, Laddy«, sagte John zu ihm.

»Wenn du hier weggehst, brauchst du das gar nicht mehr. Und auch nicht dein beschissenes Blasrohr, von dem du immer erzählst, und solchen Quatsch … Wenn du hier weggehst, gehst du sowieso in 'ne Stadt.«

Tara hatte den Kopf geschüttelt.

Dies war nicht sein Leben. Er hatte nie in der Sonne gearbeitet, immer nur in der angenehmen grünen Dämmerung der Blätter und Pflanzen. Er haßte die Sonne, er haßte den Lärm, den Dieselgeruch, die fremden Männer, ihr Geschrei ihre Dummheit, ihre Huren, ihren Fraß. Er würde vielleicht noch ein Jahr durchhalten, wie der Chinese ihm vorgeschlagen hatte, denn sie hatten seinen Lohn verdoppelt, er war Maschinisten-Gehilfe geworden und bekam viele Ringgits. Aber dann würde er zu seinen Leuten gehen. Zurück in den Wald …

»Und was hast du davon?« fragte John.

»Und was hast du *davon*?« fragte Tara und deutete über den stinkenden, aufgeweichten Morast zwischen den Arbeiterhütten auf den Kochschuppen, wo Köche Büchsen öffneten und ihren ekligen Inhalt in Töpfe schütteten. Dort aßen sie längst nicht mehr. Tara kochte: gut gewürzte Fische, die er in Blätter hüllte, ehe er sie ins Feuer legte. Dazu Reis. John war sehr zufrieden.

Doch eines Tages starb er. Und nur Tara's gute Geister hatten verhindert, daß er dasselbe Schicksal erleiden mußte.

Der neue Ziehweg vom Fluß war vom Regen aufgeweicht. John hatte Tara noch aus dem Führerstand geholt, um selbst das »gelbe Tier« zu steuern. Er hatte ihn angewiesen, darauf zu achten, daß die Bulldozer-Ketten festen Grund behielten.

Tara kam nicht mehr dazu, es zu prüfen. Er war ein paar Schritte vorausgegangen, wollte sich gerade umdrehen, als er hinter sich den Motor des Bulldozers aufbrüllen hörte. Und dann ein Kreischen von Metall, das Kreischen eines verwundeten Tieres …

Er wirbelte herum.

Dort, wo gerade noch die Straße gewesen war – nichts als ein halbrund ausgefranstes Loch!

Unten aber, am Fuß der Böschung hing das große, gelbe Tier. Es lag auf dem Rücken wie ein hilfloser Käfer und verströmte Rauch und Ölgestank.

»John!«

Tara lief den Berg hinab.

Sein rechter Fuß blieb in der schlammigen Erde hängen. Er stürzte, rappelte sich wieder hoch, fiel wieder hin, kroch auf allen Vieren weiter, langte am Bulldozer an – und sah: Das Führerhaus war eingedrückt. Die schweren Stahlrohre hielten John gefangen wie die Kiefer eines Krokodils. Sein Gesicht war weiß wie Papier. Aus dem offenen Mund rann Blut.

Er konnte nicht mehr atmen. Und war doch nicht tot. Er blickte aus weit aufgerissenen Augen Tara Radan an. Und dann versuchte er etwas wie ein Lächeln: »Junge, Junge ...« Es war kaum zu hören. »Laddy ... Geh ... Geh in deinen Wald ...«

Tara zerrte an den Teufelsrohren mit all der Kraft, die er in seiner Aufregung aufbieten konnte. Sie blieben hart. Sie waren zu stark für ihn. Sie töteten John ...

Andere Männer kamen mit einem Schweißgerät.

Sie versuchten, Tara zurückzuziehen. Er hielt sich fest.

»Geh, Laddy ...«, flüsterte John. »Geh nach Hause ... Laß dich ... laß dich nicht von denen ins Knie ficken ... wie ich ...«

Sein Kopf fiel zur Seite.

John war tot ...

Tara kündigte zwei Stunden später. Der Chinesen-Datuk machte nicht einmal den Versuch, ihn zum Bleiben zu überreden. Er war wohl der Überzeugung, daß Tara von nun an nichts mehr wert sei. Und damit hatte er recht.

Tara bekam viel, viel Geld ausbezahlt: farbiges Papier. Das farbige Papier steckte in einem braunen Umschlag. Seine Sozialkarte lag auch dabei. Im Camp-Bazar, beim Bazar-Chinesen kaufte er sich das Gewehr. Nicht eine der alten, verschrammten Kugelspritzen, sondern ein neues. Der Bazar-Chinese gab ihm auch Munition, nähte Gewehr und Munition in einen alten Jutesack, stopfte Stroh und Baumwolle hinein und umwickelte das Paket mit starkem Garn.

»So fällst du nicht auf, falls die Polizei fragt.«

Doch auf der ganzen langen Fahrt hinauf in die Berge des Sultanats Jorak kontrollierte kein einziger Polizist den Bus. Tara stieg in der Hauptstadt aus, in Kualang. In Kualang wohnte auch die Familie des Chefs der Station.

Der Lärm, die vielen Menschen und Autos verwirrten ihn. Am liebsten wäre er geflohen. Er schleppte den Gewehrsack und sein anderes Gepäck mit den Geschenken zu dem großen blauen Haus, das man ihm wies. Der Tuan war da. Seine Tochter fiel ihm um den Hals. Und so, wie Tuan ihn damals vor vielen Monaten zum Lastwagen geführt hatte, der ihn an die ferne Küste brachte, so hieß er ihn jetzt in den Jeep einzusteigen und fuhr mit ihm in den Wald zurück …

Im Dorf hatte sich vieles verändert.

Ana, der Älteste, war gestorben. Die Menschen hatten seinem Geist hinter dem Versammlungshaus einen Altar gebaut. Dort, zwischen den Götter-Masken, legte Tara das Gewehr ab. Die beiden Kinder wohnten bei seinem Bruder. Er brachte dem Bruder Geschenke, Kleider, Gummisandalen, ein kleines Radio. Er zeigte ihm das Foto, worauf man sah, wie er im Führerstand des »großen gelben Tieres« saß, während John in die Kamera lachte.

Tara säuberte sein Haus, und die Frauen halfen ihm dabei. Sie scheuchten kichernd die Hühner hinaus, die es sich zwischen den Wänden gemütlich gemacht hatten, sie bereiteten ihm sein Bett. Sie brachten ihm zu essen. Und er ließ das neue Radio spielen. Es war größer als das seines Bruders. Und schöner. Die Frauen verdrehten die Augen zu der sonderbaren Musik, die aus den Lautsprechern kam.

Dann erschien Dia Lavai bei ihm, Anas Nachfolger. Er war unter den Alten im Dorf zwar der klügste, doch an Ana reichte er nicht heran. Dia hinkte. Als er ein junger Mann gewesen war, hatte ihm bei der Jagd ein Wildschwein die Wade weggebissen.

Dia scheuchte die Frauen hinaus und setzte sich Tara gegenüber.

»Du wirst mir alles erzählen … Doch nun muß ich mit dir reden.«

»Ja, Vater.«

»Der D.O. war wieder hier …«

»Und?«

»Und? Er kam wieder durch die Luft. Mit diesem Ding, das aussieht wie eine Libelle. Und Krach macht. Und er brachte noch mehr Männer mit als das letzte Mal.«

Tara schwieg. Ehe er zur Company gegangen war, war der District Officer im Kampong gewesen. Der District Officer war ein wichtiger Datuk, der in Moong wohnte. Er bewegte sich wie ein kleiner, aufgeregter Affe.

»Er hat gefragt, ob jemand von uns lesen und schreiben kann. Ich habe gesagt – nein ... Du, der du so weit weg gewesen bist, kannst du nun lesen und schreiben?«

Tara zuckte mit den Schultern. »Lesen schon. Englisch. Ein bißchen. Schreiben, nein.«

»Aber du kennst ihre Sitten. Du weißt, wie sie sind und wie sie denken. Und du kannst sogar Englisch. Der D.O. sagt, der Stammeshäuptling müsse bei ihm erscheinen, damit er einen Vertrag aushandeln kann. Ich habe ihm gesagt, wir haben keinen Stammeshäuptling. Da hat er gesagt, dann der Bürgermeister. Ich habe ihm gesagt, wir haben keinen Bürgermeister. Er hat gesagt, dann müßt ihr einen wählen.« Dia sah ihn an: »Ich habe nachgedacht. Du bist unser Bürgermeister ...«

Tara schwieg.

Dann sagte er langsam: »Niemand geht nach Moong. Niemand von uns geht zum D.O.«

»Aber er hat es befohlen. Und er ist der größte Datuk von allen.«

»Es gibt noch größere«, sagte Tara. »Doch daß wir etwas unterschreiben, von dem sie sagen, es sei ein Vertrag, das tun wir nicht. Ein Vertrag ist für sie nichts anderes als ein Mittel, um zu betrügen.«

Die Zeit verging ...

Eines Morgens, der Regen hörte gerade auf, vernahm Tara im Westen ein sonderbares Geräusch, ein fauchendes Brummen, einen Himmelstakt, der klang, als schlage jemand mit einem starken Zweig an einen hohlen Kürbis.

Sie alle wußten, was das Geräusch bedeutete. Und da tauchte der Helikopter schon über den Baumwipfeln auf, wie ein schwarzes, bösartiges, riesiges Insekt.

Er machte eine Kurve und setzte auf der Rodung neben dem Kampong auf. Der Krach verstummte. Aus dem Bauch der Maschine hüpften Männer ins Gras. Fünf Männer waren es. Zwei trugen Uniform und Gewehre. Polizisten ... Der eine war klein, glatzköpfig und hatte ein Batikhemd an: der District Officer. Bei den anderen handelte es sich um Chinesen.

Der D.O. umarmte Dia, als begrüße er einen langersehnten Verwandten oder gar seinen Vater.

Das Dorf versammelte sich. Der D.O. schüttelte auch Tara die Hand. Er sprach ein wenig die Sprache der Senoi, aber dann redete er malaiisch. Im Dorf kannte man viele malaiische Worte. Man verstand sie seit die Alten und auch die Mädchen hinaufgingen nach Moong, um Tontöpfe, Pfeilköcher und die kunstvollen Rattanmatten zu verkaufen, die die Frauen fertigten. Im Bazar von Moong nahmen sie auch geschnitzte Löffel und kleine, kunstvoll gefertigte Grabstöcke. Ja, man sprach malaiisch. Und vieles, was man noch nicht kannte, hatte das Radio gebracht.

Der D.O. aber staunte: »Du sprichst nicht nur unsere Sprache, du sprichst sogar Englisch, sagst du?«

Tara hatte genickt.

»Endlich ein vernünftiger Mann.« Er sagte es sogleich auf Englisch. »Endlich einer, mit dem man verhandeln kann.«

Er winkte einem der Soldaten, und der brachte einen Korb mit Coca-Cola-Büchsen und Chiclet-Beutelchen. Er verteilte die Geschenke. Dazu verteilte er Pillen, die gegen das Fieber helfen sollten. Und andere, die man ins Wasser tun müsse, damit es nicht krank mache.

Die Männer des Kampongs nickten höflich. Pillen gab es immer. Es war ein Ritual. Zu dem auch gehörte, daß sie sie sofort in die Büsche warfen, kaum daß der D.O. in seiner Eisen-Libelle verschwunden war. Sie hatten ihre eigene Medizin. Und außerdem hatten sie ihre Geister …

»Kannst du auch lesen?« fragte der District Officer.

Tara schüttelte den Kopf. Dann sagte er: »Englisch, ja.«

Damit übertrieb er. John hatte ihm anhand seiner Zeitungen gezeigt, was die englischen Buchstaben bedeuteten, und er hatte viele Worte gelernt, aber es waren einfach zu viele gewesen.

Der D.O. sprach nun mit dem Chinesen.

Dann wandte er sich wieder an Tara: »Diese hier sind gute Menschen. Sie sind Freunde. Sie sind wie die Brüder unseres Volkes. Außerdem sind sie große und reiche Datuks. Und sie kennen den Wald …«

Tara nickte. Das »Sie kennen den Wald« machte ihn mißtrauisch. Er stützte sich auf das Blasrohr, das er zum Empfang des D.O.s mitgebracht hatte.

»Sie haben auch gesehen, wie ihr lebt. Nicht nur ihr, sie waren unten bei den Icas und den Pinan.«

Tara nickte. Nun wurde er neugierig.

»Sie haben gesehen, wie dort die Kinder starben und die Alten. Sie haben erlebt, wie sie hungerten, und daß viele nicht einmal mit einem Gewehr umgehen konnten. Oder mit einem Radio. Das hat ihr Herz ergriffen ... An der Mündung, aber auch weiter drüben am Ulan-Berg haben sie mit den Menschen gesprochen und sind ihre Freunde geworden. Sie wollen ihnen helfen. Sie werden eine Schule errichten, damit sie die Worte der anderen reden können, so wie du. Sie haben auch zu essen gebracht. Und wenn die Menschen der Icas und Pinan krank werden, können sie zu ihnen kommen und werden umsonst behandelt.«

»Wo werden sie umsonst behandelt?«

»Wo? In der Krankenstation im Camp natürlich.«

Also doch! »Camp« bedeutete Company! Er hatte es sich gleich gedacht ...

»Die Pinans haben mit ihnen einen Vertrag geschlossen. Und unsere Regierung unterstützt sie dabei. Denn das Werk bringt Segen. Sieh mal, das ist der gleiche Vertrag. Und da du sogar lesen kannst, wenn auch nur Englisch ...«

Er drehte sich zu den beiden Chinesen, die ihn mit ihren Pferdegebissen anstrahlten. Sie nickten eifrig. Der größere nahm ein Blatt Papier aus seiner Tasche und reichte es Tara.

Tara sah die dunklen Abdrücke von Männerdaumen am Blattende.

Icas, dachte er, Pinans? ... Sie haben Hunger, hatte der D.O. gesagt. Die Icas, nun gut, aber die Pinan wohnten weit unten an der Mündung des Flusses, nicht im Wald. Sie wußten nichts von der Jagd, ja, kaum etwas vom Fischen. Sie bauten Sago an. Und Gemüse. Und sogar Kaffee ... Sie hatten Reis und Süßkartoffeln. Sie hatten keinen Hunger.

Der D.O. hatte gelogen.

Die Männer warteten. Die Chinesen lächelten. Tara aber sah sich plötzlich wieder im Camp, sah all den Dreck und Schmutz, sah die Besoffenen, sah den Datuk, den Bazar-Chinesen, die Traktorfahrer, sah sie alle – und sah den toten John unter dem gelben Tier …

»Nein.«

»Nein? Was nein?«

»Ich verstehe dieses Papier nicht. Und ich will es nicht verstehen. Wir kümmern uns um uns selbst. Noch gibt es bei uns Nahrung und Wild. Die Tiere sind unsere Freunde. Selbst wenn wir sie essen, bleiben sie es. Sie sind gute Geister. Wir brauchen eure Geister und euer Essen nicht. Ich weiß wie es schmeckt, euer Essen.«

Der Datuk schwieg. Er bekam drei Linien in die glatte Haut seiner Stirn. Die Löcher in seiner Knopfnase wurden weit, seine Augen rund: »Wie redest du? Jetzt hör mal gut zu: Du kannst hundertmal nein sagen, das ändert nichts. Gar nichts ändert das. Nichts!«

Eine der Frauen, Inun, Taras Kusine, sagte: »Wenn Tara sagt nein, dann sagen wir alle nein.«

»Sei still! Frauen haben hier nichts zu sagen.«

Tara blickte den D.O. an, lange, sehr lange. Dann sagte er: »Unsere Frauen gebären uns. Unsere Frauen kochen. Unsere Frauen roden den Wald und pflanzen Gemüse. Unsere Frauen nehmen das Wild aus, das wir ihnen bringen. Sie holen Früchte im Wald. Sie pflegen uns, wenn wir krank sind und sie erziehen unsere Kinder. Deshalb haben unsere Frauen dieselbe Stimme.«

»Darum geht es nicht. Es geht darum …«

»Doch«, unterbrach Tara den D.O. »Genau darum geht es. Bei uns gibt es keinen Gemeindevorsteher. Und keinen Datuk. Wir alle denken das gleiche, denn wir atmen dieselbe Luft, wir essen mit demselben Bauch, wir tanzen denselben Tanz, wir fühlen dasselbe Glück. Wir brauchen niemanden von außen. Und weil es so bleiben muß, wird keiner, hörst du, nicht ein einziger von uns, irgendein Papier von euch unterschreiben.«

»Du bist ein Idiot. Ein kleiner, rückständiger Idiot. So wie ihr alle hier …« Der D.O. schrie jetzt: »Aber die Regierung, hörst du, die Regierung läßt sich nicht aufhalten. Die Regierung tut, was sie will. Sie tut das, was sie für richtig hält. Ist das klar?«

Tara hatte zum Zeichen, daß er verstand, das Blasrohr leicht angehoben. Die beiden Polizisten richteten sofort ihre Gewehre auf ihn. Er lächelte sie nur an, schüttelte den Kopf, drehte sich um und ging zurück zu seinem Haus. Und auch die anderen gingen wie er zu ihren Häusern …

Und dann erklang wieder das ekelhafte Schreien und Kreischen des Eisen-Insekts, das die Männer gebracht hatte. Sie flogen ab.

Dies war lange vor dem Regen geschehen. Der D.O. aber hatte sich nicht wieder im Wald blicken lassen.

Aber die Worte: »Wir tun, was wir wollen und was wir für richtig halten«, bewahrheiteten sich: Die Companies machten weiter. Und anscheinend brauchten sie keine Verträge mehr. Unten am Fluß, im Sadak-Gebiet, trieben sie ihre Straßen in den Wald, fällten die Bäume, Hunderte, Tausende von Bäumen. Dort gab es statt Wald und Tieren nichts mehr als toten, roten, trockenen Boden. Wie von schrecklichen Wunden gequält erschien der Wald …

Maya öffnete die Augen und sah als erstes einen roten Plastikring, von dem ein großes, altersbräunliches und wohl immer wieder geflicktes Moskitonetz herabhing. Um sie war süßfeuchter Pflanzengeruch. Er wehte zum Fenster herein, und sie wußte wieder, wo sie sich befand. Sie sah auf die Uhr: sechs Uhr vierzig. Mit Kaffee konnte sie wohl nicht rechnen.

Sie schob das Netz auf, angelte nach ihren Sandalen, zog sich Shorts und Hemd über und verließ den Gäste-Anbau der Station. Dann atmete sie erst einmal tief durch.

Drüben auf dem jenseitigen Flußufer hatte sich die Sonne über eine Gruppe von Baumkronen hochgeschoben. Den Rest des Waldes verbargen weiße, wehende Nebelfahnen.

Etwas bewegte sich über ihrem Kopf. Sie nahm die Augen hoch und blickte in ein kleines Drachengesicht. Eine Eidechse, ein Leguan? Ehe sie es entscheiden konnte, war die Stelle zwischen den Balken wieder leer. Sie lachte und ging an den Käfigen entlang. Die Affen balgten sich bereits um ihre Plätze. Sie hätten irgendeine Infektionskrankheit, hatte Dan am Abend erzählt. Er versuchte sie mit einem neuen Serum zu kurieren ... Die drei kleinen Tiger dämmerten noch vor sich hin, sie hatten ihr Zementversteck noch nicht verlassen.

Maya schlug den mit Holzpflöcken befestigten Weg hinunter zum Flußufer ein. Die Ipaks nannten ihn Juani. Er gehörte zu den vielen kleinen Berggewässern, die alle im Nenggiri mündeten. Um den Hang beschrieb er einen Bogen, ehe er sich zwischen großen Steinen zu einem Becken erweiterte.

Sie zögerte eine Sekunde, streifte sich dann doch die Kleider vom Leib, federte ab. Das Wasser nahm sie mit seiner erfrischenden Kühle in die Arme wie ein alter Freund.

Sie ließ sich auf dem Rücken treiben. Eine Libelle huschte dicht über ihre Nase und schimmerte goldgrün auf, ehe sie im Schilf verschwand. Maya schwamm ein paar Kreise, ging ans Ufer zurück, drückte das nasse Haar aus, hörte den ersten Vogelstimmen dort im Wald zu und hatte für ein paar Sekunden das unangenehme Gefühl, beobachtet zu werden. Da war auch ein Brechen von Zweigen. Ein Tier? Gewiß ... Und es mußte ein großes sein. Sie knöpfte die Shorts wieder zu und ging zurück, den Weg hoch, in der Hoffnung, die kleinen Tiger wären auch endlich wach geworden.

Dann blieb sie stehen.

Von den Stufen der Treppe, die zum Wohnhaus führte, erhob sich ein Mann. Er war beinahe nackt. Das Morgenlicht lag auf den starken Oberschenkeln und den schön modellierten Muskeln seines Oberkörpers. Er trug den Lendenschurz der Waldbewohner, darüber eine Art Weste, und stützte sich auf ein zwei Meter langes Rohr aus eisenhartem Holz. Die kunstvoll glattgeschliffene Oberfläche der Waffe wirkte wie Metall. An ihrer Mündung war ein Giftpfeil schußbereit befestigt.

Ein beeindruckender Anblick!

Sie ging näher. Nun glaubte sie auch, das Gesicht unter der waagerecht geschnittenen, pagenartigen Frisur zu erkennen: Das war Tara, »der Mann mit der Narbe über der rechten Braue« ...

Der Ipak hob beide Hände zum Gruß. Er lächelte.

»Selamat Pagi«, sagte Maya. »Guten Morgen. Bist du nicht Tara aus Urai?«

Sie hatte ihn auf basamalai angesprochen, die Verständigungssprache, die viele der Wald-Nomaden beherrschten. Er antwortete englisch.

»Ja. Und ich kenne dich.«

»Ich war ein junges Mädchen, als wir deine Frau ...«

»Oh ja, Mam.«

Er hatte wunderschöne, warme, lebendige Augen, doch sein Blick brachte sie zum Verstummen. Reden wir nicht davon, bedeutete er. Und sie verstand ihn ...

»Du hast Hunger, nicht wahr?«

Wieder das Lächeln. Und keine Antwort.

»Du mußt müde sein.«

»Nicht schlimm, Mam. Gar nicht schlimm ...«

Urai lag etwa fünfzehn Meilen westlich der Station. Und nur wer die Dschungel-Pfade kannte und die geheimnisvollen Zeichen, mit denen sie markiert wurden, konnte dort hinfinden. Es war ihr Vater gewesen, der die Ipak davon überzeugt hatte, ein Lagerhaus zu bauen, ein paar Hühner und Ziegen zu züchten und sich Reisfelder anzulegen. Zuvor hatten sie nur von der Jagd gelebt. Wenn Tara um diese Zeit hier auftauchte, bedeutete das, daß er die ganze Nacht unterwegs gewesen sein mußte. Gut, vielleicht hatte er einige Stunden geschlafen, aber dennoch hatte er den größten Teil der Strecke in der Dunkelheit, auf diesen nackten, mit einer geradezu eisenharten Hornhaut ausgestatteten Füßen zurückgelegt. Ein unvorstellbarer Vorgang, eine geradezu wahnsinnige Leistung, aber außer einigen Kratzern an den Schultern deutete nichts darauf hin. Er schien vollkommen frisch und ausgeruht. Er lächelte schon wieder: »Du bist die Tochter des großen Tuans, die Tochter unseres Herrn Tiger-Schrei ...« Er legte die Hand aufs Herz: »Ich freue mich. Ich freue mich sehr ...«

»Ich mich auch ...«

Dann wandte sie sich hastig ab. »Und jetzt werfen wir den Tuan Dan aus dem Bett.«

»Oh nein. Er soll schlafen. Er braucht Kraft. Wir alle brauchen viel, viel Kraft. Es sind schlechte Tage ...«

Sie nickte. Was sollte sie sonst tun?

»Me ke medai ... Du brauchst keine Sorgen zu haben, Mam ... Hier nicht ... Auch bei uns ist alles in Ordnung. Everything okay«, bekräftigte er. »Der Bali Saleng ist gekommen. Es ist seine Zeit. Aber er ist weiter unten am Fluß ... Bei den Fremden.«

»Der Bali Saleng?«

»Yes«, sagte er.

Sie sah die Amuletts an seinem Hals. Und die beiden anderen kunstvoll gefärbten Tierknochen am rechten Handgelenk. Bali Saleng ... Das Wort Bali kannte sie. Bali Tana war der Geist der Erde, der gute Geist der Erde, dem man Opfer bringen mußte, Früchte, Blütenkränze, einen Hahn, ehe man ein wichtiges Unternehmen begann.

Aber Bali Saleng? ...

»Eine Frage, Dan ...«, sagte Maya, während Tan, Taras Schwester, den Frühstückstisch abräumte, wobei sie immer wieder an ihrem Bruder vorbeistrich, ihm die Hand auf die Schulter legte und ihn verklärt anstrahlte. »Kennst du den Begriff Bali Saleng?«

Tara wandte ihr den Kopf zu. Sein Gesicht wurde aufmerksam. Und Dan Carpenter setzte seine Teetasse ab.

»Natürlich. Wie kommst du darauf?«

Sie blickte zu Tara hinüber. Steif und unbehaglich saß er nun auf seinem Stuhl.

»Er hat vorhin davon gesprochen. Er meinte wohl, dies sei jetzt die Zeit des Bali Saleng oder so etwas Ähnliches ...«

Und Tara nickte.

Dan Carpenter drehte ihm den Kopf zu, dann sah er wieder Maya an: »Für die Ipak und die anderen Stämme ist Bali Saleng der böse Geist des Waldes. Bali Saleng tut, was ihm gefällt. Er bringt Unheil oder tötet, wo er will. Aber das Üble an ihm ist: Er ist unverwundbar. Zumindest kann kein menschliches Leben ihn verletzen oder ihn selbst töten.«

»Und als was tritt er auf?«

»Oh, er kennt alle Erscheinungsformen. Manchmal als gefährliche Hexe. Oder er kommt als junger Mann von einem anderen Stamm. Das habe ich übrigens schon mal erlebt ... Als der Dayung herausgefunden hatte, daß es sich bei dem Jungen um einen Bali Saleng handelte, wurden Hühner und Ziegen geschlachtet und das ganze Dorf lag auf den Knien vor Furcht.«

»Der Dayung sagt, er ist im Camp ... Bei den Fremden. Er hat die Maschinen erfaßte«, sagte Tara.

»Was ist ein Dayung, Dan?«

»Ein Schamane, der Medizinmann.«

»Aber wieso Maschinen?«

»Wieso? Das ist ziemlich einfach, Maya. Bali Saleng kann die Form eines Menschen oder eines Buschs, eines Baums, eines Tiers, einer giftigen Liane, eines Felsens, eines Hornissen-Schwarms oder weiß der Teufel was annehmen. Wieso nicht zum Beispiel auch die Gestalt eines Bulldozers?«

Er klopfte den Zeigefinger an die Stirn: »Tara, du weißt, daß das nicht stimmt. Du hast selbst im Camp gearbeitet. Du hast Bulldozer gefahren.«

»Heavy equipment«, nickte Tara stolz. »Das hab' ich.«

»Warum hast du dann deinen Leuten nicht gesagt, daß der Dayung sich irrt?«

»Ich habe es gesagt, Tuan. Aber du kennst sie. Sie glauben mir viel, doch mehr noch als mir glauben sie dem Dayung.«

Carpenter schlug nach einer Fliege, die ihre Kurven um den

Reiskuchen zog. »Im Klartext bedeutet das: Wenn die United mit all ihren Leuten und Maschinen auch noch mit Bali Saleng verbündet ist, gibt es nichts, zumindest keine menschliche Macht, die sie stoppen könnte. Also dürfen sie sich alles leisten. Und werden weiterbauen und weiterholzen. Und das Schlimmste ist: Es stimmt auch noch … Der Teufel muß in diese Taiwanesen gefahren sein. Wie sie so einfach ihre Camps hochziehen, Straßen bauen und die Tenenga-Bäume abholzen …«

»Es sind nicht allein die Taiwanesen, Dan.«

Er beachtete Maya nicht. Er war in Fahrt: »Außerdem hätte ich verdammt gerne gewußt, wer diesen Bali-Saleng-Quatsch den Leuten in die Hirne pflanzt … War es wirklich der Dayung? Wenn man ihren Glauben kennt, ist die Bali-Saleng-Story ein geradezu geniales Stück psychologischer Kriegsführung. Die Strategie lautet: Klopft sie zunächst mit Geschenken weich und erzählt ihnen dann das Märchen von der unangreifbaren Bali-Saleng-Company.«

Er lehnte sich zurück. Seine braungebrannten, kräftigen, mit Narben und Kratzern übersäten Hände lagen auf der Tischplatte.

Schweigen.

Maya sah erneut zu Tara hinüber. Sein Ausdruck zeigte nichts als stoische, unbewegte Freundlichkeit. Er war kein Tuan. Er wahrte sein Gesicht.

Dann aber war es doch Tara, der sprach. »Sie haben Angst«, sagte er einfach.

»Verstehe ich, aber …«

»Sie haben Angst, Tuan. Sie kennen die Fremden und ihre Maschinen nicht, wie ich. Sie kennen nur den Wald. Und die Tiere. Dort haben sie keine Angst …«

»Ja, Tara, du hast ja recht …«

Tara ließ sich nicht beirren. »Sie sind neu für sie. Und schrecklich. Sie haben nichts gegen andere Menschen. Kein Volk hat das hier im Wald. Nicht mehr. Früher war das anders, du weißt das, Tuan.«

»Ja, da seid ihr Kopfjäger gewesen.«

»Das Wort bedeutet nichts, Tuan. Shit ist es … Wir haben unsere Gesetze befolgt und den Göttern gehorcht. Das war alles.«

»Natürlich, Tara. Entschuldige.«

»Aber jetzt ist es Zeit, wieder Krieger zu werden. Nur, wir sind zu wenig. Und zu schwach. Was sollen wir gegen die Maschinen ausrichten? Gegen diese eisernen Vögel, die Hubschrauber? Aber Feiglinge sind wir nicht. Und warum auch? Der Wald gehört uns. Wir müssen unseren Menschen nur die Angst nehmen. Und ...«, er zögerte, »ja, die Höflichkeit auch.«

Maya wunderte sich, wie würdevoll, aber auch präzise er sich in der fremden Sprache auszudrücken vermochte. »Zuerst kommt die Angst«, wiederholte er. »Fear, fear, fear ... Ich werde sie ihnen nehmen, die Angst.«

Tan hatte den Raum betreten und trug ein Tablett mit honiggesüßtem Mais und Passionsfrüchten herein. Tara warf ihr ein paar kurze, schnelle Sätze in seinem Ipak-Dialekt zu und sie nickte heftig.

»Bali Saleng«, sagte er, »Bali Saleng wird uns nichts antun. Er kann nicht. Wir haben Bali Tana auf unserer Seite. Und noch wichtiger, den Geist des weißen Tigers.«

Dan schloß resigniert die Augen. Doch er schwieg. Und Maya war ihm dankbar dafür.

»Also ist unser Feind die Angst«, hörte sie Tara sagen. »Und ich werde sie besiegen. Das wird das erste sein.«

Dan Carpenter wurde nun doch aufmerksam. »Und was heißt das? Was willst du tun?«

»Ich werde einen Boten zu den anderen Stämmen schicken«, erwiderte Tara langsam. »Wir werden gemeinsam etwas tun. Ich kenne die Fremden. Ich kenne die Maschinen. Du wirst sehen, Tuan ...«

Sie erhob sich, schob sich aus der Spalte und trottete zur Felskante. Es war noch früh. Aber der Nebel hatte sich gelichtet, und da kam der Kleine schon, strich mit dem Hintern an ihrer Flanke entlang, und als sie sich niederlegte, setzte er ihr seinen Hals auf den Rücken und rieb mit seinem dicken, warmen Fell ihr Rückgrat.

Der Platz war ideal: ein tiefer Spalt zwischen zwei moosbewachsenen Felsen. Und der Untergrund war dazu noch mit trockenem Laub und abgebrochenen Asten gefüllt. »Blob … blob … blob …« Der Kleine gab seine winzigen, lustigen Zärtlichkeitslaute von sich.

Die Tigerin rührte sich nicht. Wieder nahm sie das Gelände in Augenschein. Ein flaches Flußufer, die ideale Tränke für alle Tiere, die hier im Wald lebten …

Sie konnte nicht länger warten. Der Kleine mußte lernen zu schlagen. Vor drei Tagen hatte sein Bruder bereits einen Wildeber angenommen. Er aber, er spielte noch immer nur mit den Beutetieren, die sie ihm anschleppte, entschloß sich nicht, sie zu töten, bis sie selbst schließlich den Nackenbiß ansetzte. Und wenn dann Blut floß und die Beute erschlaffte, erlosch auch sein Interesse.

Sie fauchte ihn fort. Doch er kam wieder. Irgendwann trollte er sich zu seinem Bruder.

Der hatte sich erhoben. Die Ohren versteiften sich.

Auch sie blickte nun zum anderen Flußufer. Nichts … Doch: Unten zwischen den Büschen, auf der rechten Seite, an der Begrenzung des Geröllfeldes, bewegte sich etwas. Nun wieder … dort, bei den verkrüppelten Ratfan-Palmen.

In den Jahren der Jagd hatte die Weiße gelernt, all ihre Sinne so einzusetzen, daß sie ein Maximum an Schärfe vermittelten. Weit mehr als auf Gehör- und Geruchssinn konnte sie sich auf ihre Augen verlassen, in jeder Situation, selbst in der tiefsten Nacht.

Hinter den lanzetttörmigen Ratfan-Blättern erkannte sie ein Stück Fell mit Punkten.

Ein Hirschkalb. Klein war es, sehr klein. Dahinter kam ein zweites. Wachsam äugend schob es den schmalen Kopf mit den großen Augen über die Deckung, trat nun hervor. Die Mutter mußte sich in der Nähe befinden. Richtig, dort neben dem Stamm stand sie.

Die Tigerin beobachtete ihren Großen. Er hatte sich bereits entschlossen, erhob sich vorsichtig, sehr vorsichtig, wollte hinter den Fels, um in der Deckung der Buschreihe an den Fluß zu gelangen.

Sie sah ihn ein zweites Mal an, und er legte sich gehorsam nieder.

Auch der Rücken des Kleinen hatte sich gespannt. Als sie sich nicht rührte, setzte er sich neben den Felsen. Von dort, die gestreiften Ohren steil aufgerichtet, blickte er zuerst sie an, dann seinen Bruder …

Sie hob die rechte Pranke und ließ sie lautlos herunterfallen, als schlage sie ein Tier.

Sein ganzer Körper war nun nichts als eine einzige lauernde Anspannung.

Endlich …

Sie drehte wieder den Kopf zum Fluß. Die Kälber waren wirklich sehr klein, die Stirnhügel, die den Geweihansatz bildeten, hatten sich noch nicht geformt. In drolligen Sprüngen kamen sie herab zum Wasser getanzt. Einer knuffte den anderen. Ziemlich eilig hatten sie es.

Und die Mutter? …

Die Tigerin kontrollierte den Fluß, das andere Ufer, sah zu den Durian-Bäumen hinüber und zu den paar Mangroven, die dort wuchsen.

Sie konnte sie nicht entdecken.

Sie buckelte sich leicht ein. Der Kleine hatte verstanden. Als sich auch sein Bruder erheben wollte, gab sie ein fast unhörbares Fauchen von sich.

Er duckte sich wieder.

Die Weiße senkte die Lider, um die Augen vor dem einfallenden Licht zu schützen. Die Sonne hing hinter Schleiern. Ein Glück an diesem Morgen … Die beiden Kälber befanden sich an einer Stelle, die von der Plattform aus nicht einsehbar war. Nun kamen sie hervor. Sie waren wirklich winzig. Nicht viel größer als kleine Affen. Trotzdem, wenn ihr Sohn nicht aufpaßte, den Schlag nicht klug genug ansetzte, um ihnen das Genick zu brechen, konnte er von den Hufen erwischt werden. Und die waren selbst bei Hirsch-Babies nicht nur stahlhart, sondern messerscharf.

Falls er überhaupt an sie herankam …

Doch …

Sie konnte es nicht glauben: Sieh an, der Kleine! Da war er … Und er ging das größere Kalb an, das am Ufer stand und gerade den schmalen

Hals nach vorne geschoben hatte, um zu trinken. Es wirbelte herum, wollte weg.

Er machte es richtig. Er war ihr Sohn.

Sie erhob sich, stand in ihrer ganzen gewaltigen Größe, um das wilde Durcheinander von auffliegender, blutgefärbter Gischt, von Pranken und Hufen, Beute- und Jägerfleisch zu erfassen, erkannte, wie der Körper des Kalbs an Land geschleudert wurde, wie es noch einmal hochzukommen versuchte …

Doch wie konnte es das? Er hatte es richtig gemacht! Er hatte dem Kalb, ehe es zum Schlagen ansetzte, die Sprungsehnen durchgebissen. Nun aber schlug er die Zähne in den Nacken zum Todesbiß …

Die Weiße erhob sich. Ein tiefes, zufriedenes, fast melodiöses »Uuaahh« drang aus ihrer Brust, während sie ihrem Sohn entgegenblickte, der seine Beute herauf auf das Felsplateau trug …

An diesem Tag, um die Mittagszeit, schlug die Weiße noch ein großes Schwein und zog sich bis in die Nacht mit den Kleinen in die Höhle zum Verdauungsschlaf zurück. Als der Abend kam, brach sie mit ihren Söhnen zu einem Inspektionsgang nach Norden auf.

Rick Martin hatte das Gefühl, im Chaos zu versinken.

Gut, die Telefon- und Fax-Batterien seines Büros mochten ja noch funktionieren, Rosi Myers hatte die Apparate auf seinem Schreibtisch zusammengedrängt, aber selbst die wirkten wie Schiffbrüchige, die sich auf eine Insel gerettet hatten. Um ihn aber tobte der Umzug. Pit O'Neil, laut wie immer, fluchte, weil er irgend etwas suchte, das nicht mehr aufzutreiben war, Jim Bright schleppte Kartons mit Recherchen-Material und Fotos zum Ausgang, Packer türmten in allen EIA-Büros Papiere und Ordner in die Umzugskisten, Jenny Lansing streckte jede Minute ihren blonden Kopf mit irgendeiner Frage zur Tür herein, und zu allem Überfluß hatten sie ihm noch diesen Menschen, diesen Mr. Menning aufgehalst.

Allerdings, aufgehalst? ... Mr. Menning hatte sich nicht abweisen lassen. »Mein Gott«, hatte er ins Telefon gebrüllt, »mir ist völlig gleichgültig, ob Sie umziehen oder morgen nach Malaysia fliegen wollen! Von mir aus fliegen Sie auf den Mond! Aber ich werde mich nicht mit Ihrem Partner oder einem Ihrer Stellvertreter abspeisen lassen, Mr. Martin ... Ich werde mit Ihnen reden, ausschließlich mit Ihnen! Habe ich mich klar ausgedrückt? Schließlich, wir sind an Ihnen interessiert. Und wenn wir an jemandem interessiert sind, dann können Sie sich vielleicht vorstellen, daß wir uns dieses Interesse auch etwas kosten lassen.«

Rick konnte es sich vorstellen.

Phil Menning war Marketing-Chef der UCD. Und die UCD wiederum hatte mit der Entwicklung neuartiger, miniaturisierter Videokameras nicht nur einen Überraschungs-Coup gelandet, sondern die asiatische Konkurrenz das Fürchten gelehrt. Und nachdem auch noch Philips bei UCD eingestiegen war, wurde die UCD-Aktie zum Börsen-Renner. Nun plusterte sich also dieser UCD-Mann mit seiner Wichtigtuerei in Rick Martins altem Ledersessel, während er selber sich den unbequemen Hocker herangezogen hatte, von dem aus sonst das Fax-Gerät bedient wurde.

»Sie sehen, Mr. Menning, ich hatte allen Anlaß, Sie vor unserem Zusammentreffen zu warnen.«

»Oh, Mr. Martin, mich stört das nicht. Für mich bedeuten Bewegung und Krach auch Dynamik.«

Rick grinste erschöpft. Menning war schon ein eigenartiger Typ. Statt in cityübliches graues oder blaugestreiftes Tuch hatte er den dürren Oberkörper in ein weites, himbeerfarbenes Boxer-Jackett gesteckt. Dazu trug er graue Schlabberhosen und weiße Tennisschuhe. Er hielt eine der EIA-Mappen in der Hand und blätterte in dem bebilderten Kampagne-Material, während Rick sich selbst zuhörte, wie er den Standard-Vortrag herunterleierte, den er für derartige Gelegenheiten zurechtgelegt hatte: Das Jahr war gut gelaufen ... TV-Ausstrahlungen, sogar Schulungs-Sendungen gab es rund um den Globus ... Noch höhere Erfolgsrate als im vergangenen Jahr ... Abonnenten-Zuwachs ... Aber andererseits war auch die Kostenkurve hochgegangen, die Gelder für Agenten, Stützpunkte und Mitarbeiter in dreißig Ländern und für die entsprechende Kommunikation ... Und jetzt auch noch der Umzug in die neuen Räume in der Kensington Street ...

Menning hob den Kopf und äugte durch seine runde, modische Buchhalter-Brille: »Hier, da hab ich's!« verkündete er.

»Wie bitte?«

»Nun, falls Sie darauf neugierig sind, wie wir darauf kamen, Sie für unsere Marketing- und Werbe-Strategie zu verwenden – es war dieser Wahnsinns-Film! ... Ihr Film über die Pilot-Wale. Diese wunderbaren Tiere, jedes Jahr werden allein auf den Färöern zweitausend einfach so zusammengemetzelt. Also, dieser Film war erschütternd. Mr. Walcott, mein Chef, hatte sich die Kassette besorgt. Und als das Ding dann lief, war der Teufel los. Unsere Mädchen rannten heulend raus. Die konnten sich das nicht ansehen. Sogar Walcott ging es unter die Haut. Und der ist ja nun wirklich ein harter Knochen ... Wer hat den Film eigentlich gedreht?«

»Ja nun«, sagte Rick und bewegte ein wenig sein Bein. Er war daran gewöhnt, daß bei solchen Fragen die Narbe zu schmerzen begann. »Ich zum Beispiel«, sagte er, um Phil Mennings Blick endlich loszuwerden. »Eigentlich lief die Aktion noch unter Greenpeace-Regie. Aber da ich die Rechte besaß, verwendeten wir den Film gewissermaßen als Startkapital für die EIA. Er lief in allen TV-

Stationen, zu denen ich Verbindung herstellen konnte. Und das bedeutete schon damals an die zweihundert Millionen Zuschauer. Den meisten ging es wohl so wie Ihren Mädchen. Sie wollten nicht hingucken … Jedenfalls, der Einsatz hat sich am Ende doch gelohnt: Die internationale Wal-Kommission schaltete sich ein mit der Mindestforderung nach schmerzloseren und schnelleren Tötungsformen. An der Durchsetzung sind wir noch dran … Das Wichtigste ist, daß jetzt die Regierungen so richtig unter Druck gesetzt werden können.«

Menning nickte beeindruckt und blätterte weiter. »Das Interesse für Ihre Arbeit ist enorm und daher für uns ideal. Man hat ja nun wirklich keine Ahnung … Dieser Film über die Vogel-Importe … Zwanzig Millionen, sagen Sie, zwanzig Millionen Exoten-Importe allein aus dem Senegal?«

»Ja. Und diese Unglücksviecher werden in so winzigen Käfigen verfrachtet, daß die Hälfte schon beim Transport krepiert. Aber es ist nun mal ein Riesengeschäft.«

»Und hier? Diese Rhinozeros-Geschichte … Wie konnten Ihre Leute bloß diese Filmaufnahmen machen?«

»Indem sie nicht nur ihre Gesundheit …«

… sondern auch Kopf und Kragen riskierten, hatte er sagen wollen. Doch wieder war es Pit, der unterbrach: »Tut mir schrecklich leid, wenn ich dauernd störe. Aber das Costa-Rica-Material ist verschwunden. Es war in drei Heftern. Ich weiß genau, daß sie in deiner Ablage waren. Ich weiß das ganz genau …«

Pit warf einen gehetzten Blick auf den potentiellen Sponsor und kam wohl zu dem Schluß, daß dies nicht der Moment für eine seiner üblichen Kanonaden war. »Entschuldigen Sie schon, Mr. Menning, aber es ist wirklich zum Verrücktwerden …«

»Oh, bitte.«

Pit O'Brian verschwand.

»Ja, wo waren wir noch stehengeblieben?«

»Bei den Risiken.«

»Nun«, sagt Rick Martin, »es gibt wohl kaum eine erfolgreichere, aber auch miesere Methode, sich um Leben und Gesundheit zu bringen, als sich als EIA-Agent in irgendeinem dieser asiatischen, südamerikanischen oder afrikanischen Länder erwischen zu lassen. Natürlich können unsere Leute nicht unter ihrer eigenen Identität aufkreuzen. Sie arbeiten als Undercover-Agenten, also unter falschem Namen, geben sich als Händler, Exporteure oder Makler aus. Doch dort reichen schon ein paar Monate Gefängnisaufenthalt aus, um sie um den Verstand zu bringen.«

»Aber schließlich, was sie tun, ist doch legal!«

»In solchen Gegenden ist ›legal‹ ein sehr relativer Begriff, Mr. Menning ... Sehen Sie, das Problem besteht in den gewaltigen Gewinn-Chancen der Geschäfte und den entsprechend hohen Kapitaleinsätzen, die von der Gegenseite mobilisiert werden. Die Renditen sind leider wirklich astronomisch ... Ein Kilo gemahlenes Rhinozeros-Horn bringt dem Vermittler, der es an die chinesische Pharma-Industrie weitergibt, mehr als ein Kilo Kokain. Und so hat sich nach dem Drogen- und dem Waffenhandel das Geschäft mit seltenen Tieren oder Tierteilen zum einträglichsten illegalen Gelderwerbszweig entwickelt.«

»Ich verstehe.« Menning nickte beeindruckt. »Ich habe mir übrigens auch diesen Film angesehen, der in Khartum endet. Sie erinnern sich, in diesem riesigen Lager mit den Elefantenzähnen ...«

»Ja. Es waren über zweitausend. Der größte Fund, der je aufgeflogen ist. Und soll ich Ihnen sagen, wer diesen Ring organisiert hatte? Ein Chinese! Ein Mann mit unendlich viel Geld, Fantasie und einer unglaublichen kriminellen Energie ... Er hat eine ganze Armee von Zulieferern organisiert. Und er ging mit einer Brutalität vor, die gar nicht vorstellbar ist. Wenn ihm seine Zulieferer oder die Wilderer nicht genug Elefanten schossen, hat er einfach ihre Dörfer niederbrennen lassen. Nun, inzwischen ist ihm das Elfenbein wohl zu langweilig oder zu heiß geworden. Schließlich haben die afrikanischen Regierungen endlich reagiert, und auch die Dörfer haben begonnen, sich zu wehren. Man hat erkannt, daß Elefanten nicht nur Schaden anrichten, sondern auch von großem Nutzen sind. Der Samen der afrikanischen Baobab-Bäume, zum Beispiel, kann gar nicht aufgehen, wenn er nicht zuvor den Magen eines Elefanten durchlaufen hat. Erst der Elefantenkot, mit dem er ausgeschieden wird, bringt ihm die Düngung, die er braucht, um zu wachsen. Ohne Elefanten-Verdauung also kein Baum ...«

»Lassen wir mal die Elefanten.« Menning lächelte. »Ich glaub' es ja ... Sicher könnten wir Stunden darüber reden ... Aber bleiben wir doch einen Moment bei der jungen Dame ...«

»Welche junge Dame?« fragte Rick, obwohl er wußte, auf wen Menning anspielte.

»Ich weiß ja nicht, wie sie heißt. Im Vorspann Ihres Films werden keine Namen genannt. Ihre – äh – Agentin, sie erscheint zweimal im Film. Einmal in Khartum, dann in diesem afrikanischen Dorf, wo sie Frauen interviewt und auf der Wildhüter-Station zu sehen ist.«

Rick Martin nickte. »Ja. Und?«

»Sie scheint Eurasierin zu sein, nicht wahr?«

»Nein.«

Der neugierige, nervöse Gesichtsausdruck Mennings ging ihm auf die Nerven. Gut, der Mann hatte auch seinen Job. Und sie selbst hatten in der Konferenz beschlossen, in diesem Fall darauf zu verzichten, die Aufnahmen von Maya herauszuschneiden, obwohl es gegen die eiserne Regel verstieß: Zeig nie einen Agenten im Bild. Doch das Kalkül Werbewirksamkeit hatte über die Sicherheitserfordernisse gesiegt.

»Sie ist nicht Eurasierin, Mr. Menning. Bei ihr kann man von einer Asiatin reden«, wich Rick Martin der Frage aus.

»Und ihr Name?«

»Mr. Menning, ich kann Ihnen den Namen nicht preisgeben.«

»Aber hören Sie: Wir werden schließlich Partner sein. Eigentlich war es ja meine Absicht, die finanzielle Frage erst später anzuschneiden, aber wieso wollen wir's nicht gleich tun? Ich sagte Ihnen ja bereits, wir beabsichtigen mit einem ziemlich hohen Betrag bei Ihnen einzusteigen. Die Entscheidung darüber ist schon gefallen. Wir dachten an eine halbe Million Pfund.«

Martin massierte seine rechte Schläfe: Laß dir bloß nichts anmerken! Eine halbe Million? Damit wären sie nicht nur für dieses, sondern gleich noch für das nächste Jahr aus dem Schneider. Eine halbe Million, Herrgott noch mal! …

»Ich fürchte, Mr. Menning, in diesem Punkt ändert sich nicht viel.«

»Sie werden mir also nicht einmal ihren Namen sagen?«

»Ich kann nicht, Mr. Menning. Geht leider nicht.«

»Aber, wie ich es sehe, sitzen wir mit einer halben Million in einem Boot? Ich kann Ihre Bedenken nicht verstehen, Sir.«

»Vielleicht doch, wenn Sie sich ein wenig Mühe geben, Mr. Menning, es ist …«

Rick unterbrach sich und sah auf. Jetzt standen die Packer bereits bei ihm im Büro. Und dieser Mensch in seiner lächerlichen, himbeerfarbenen Jacke, dieser Menning war gerade dabei, mit ihm über eine Promotion von einer halben Million Pfund zu verhandeln …

»Raus!« schrie er, um dann bedauernd die Schultern anzuheben.

Die beiden Männer zuckten zusammen und verschwanden.

»Aber wo die Dame zur Zeit steckt, können Sie mir das verraten?«

Martin betrachtete seine Fingernägel. Er ließ sich Zeit mit der Antwort. »In Malaysia«, sagte er schließlich, »in den Highlands, dem zentralen Hochland von Malaisien. Wir bereiten eine Kampagne für den Schutz der letzten freilebenden malaiischen Tiger vor …«

»Wirklich? Oh, Malaysia …« Menning verdrehte verzückt die Augen. »Was glauben Sie, wie oft ich davon geträumt habe, mit einigen Freunden eine kleine Expedition in den Dschungel zu veranstalten. Bali kenne ich ja … Aber was ist das schon? Pure Touristik. Doch Malaysia, Borneo, Sarawak, das wär's! – Aber wo steckt jetzt das Problem, daß Sie mit einer derartigen Diskretion vorgehen?«

»Wo das steckt? Das Problem ist, das wir beide hier zwar in einem ziemlich turbulenten Büro sitzen, aber nun mal in einem Büro! Und das steht in London. Also an einem relativ sicheren Platz … Bei unseren Leuten, die draußen im Einsatz sind, verhält sich das ganz anders. Sie sind in Lebensgefahr, Mr. Menning. In wirklicher Lebensgefahr … Und jedes Informations-Leck oder jede leichtfertig weitergegebene Bemerkung kann sie den Hals kosten.«

Es wird schwierig werden. Mach dir da bloß keine Illusionen. Noch scheint alles ganz einfach, und sogar die Luft angenehm kühl, wenn man an die Hitze von vorher denkt … aber der Dschungel hat dich wieder, und das Scheiß-Zeug von Fliegen, Insekten, Moskitos, oder was auch immer, saust dir um den Kopf, klumpt sich am Nacken, auf den Handflächen, und dazu diese widerlichen Blutegel, die finden tatsächlich ihren Weg über die Boots in die Hosenbeine …

J. P. Bernier blieb stehen, bückte sich, streifte den Hosensaum hoch.

Tatsächlich! Und dieses Mal gleich drei …

Sie hatten sich noch nicht festgesaugt, man konnte sie wie widerliche, klebrige, kleine Würste einfach abstreifen, fortschleudern, zermanschen, zertreten, aber das war Kraftverschwendung. Es würden neue kommen …

Eines nur ist wirklich wichtig: Vermeide jede überflüssige Anstrengung.

Er reckte sich und dehnte das schweißnasse Kreuz.

Über ihm, irgendwo in diesen unzähligen, vielstöckigen Blatt- und Äste-Häusern, die der Wald bildete, war ständig Bewegung. Irgend etwas geschah dort. Irgend etwas geschah überall … Dazu das Gefühl, als würdest du ständig von allen Seiten beobachtet!

Aber der Weg war in Ordnung. Sie hatten einen richtigen sauberen Tunnel rausgehauen … Nur der Teufel konnte wissen, wie diese Blasrohr-Typen, diese Steinzeit-Jungens, die hier noch immer zwischen den Büschen herumkrochen, sich orientierten: kein Himmel, kein Fetzchen davon. Keine Sonne. Nicht die kleinste, beschissenste Wolke. Kein Stern, kein Mond. Nur Grün. Nichts als Blätter …

Sollte er zur Piste zurück? Und dann die Yamaha wieder ausschaufeln? Das konnte sicherer sein, aber auch gefährlicher … nein, nein, ist schon okay … Das Entscheidende bleibt: Bring's hinter dich!

Phil Menning griff nach dem kleinen Diplomaten-Koffer, der neben seinen Füßen stand. »Auch wir, Mr. Martin, haben einen Beitrag zur Sicherheit Ihrer Agenten geleistet. Ja, da staunen Sie … Wir haben eine neue Kamera entwickelt, die geradezu ideal ist für derartige Zwecke: winzigklein und höchst leistungsstark. Ich könnte Ihnen …«

Rick Martin rutschte von seinem Hocker.

»Bitte, Mr. Menning! Ihr Promotion-Vorschlag und gewiß auch Ihre neue Kamera sind viel zu interessant, als daß wir sie unter diesen Umständen erörtern sollten. Ich mache Ihnen einen Vorschlag: Gleich unten um die Ecke gibt es einen Tee-Shop mit einem ganz gemütlichen Salon. Wir könnten dort alles in Ruhe durchsprechen … Und was die Kamera angeht, ich bin wirklich gespannt.«

Begleitet von Umzugsgepolter und erregten Stimmen verließen sie das Büro, um draußen im Treppenhaus von ein paar dicken Overall-Athleten an die Wand gedrückt zu werden.

Menning gab selbst jetzt nicht auf: »Und wo steckt die Dame zur Zeit? Wissen Sie, ich will ja nur unserem Chef einen Gefallen tun. Mr. Walcott ist völlig wild auf sie … Es ist selten, daß er sich in Werbe-Strategien einmischt, aber er hat sich nun mal schon alles so schön ausgemalt. Die Frau sieht ja auch wirklich hinreißend aus … Walcott stellt sich das so vor: Miß X, die berühmte Öko-Agentin im Einsatz! Und mit was arbeitet sie bei ihren lebensgefährlichen Reportagen? Mit unserer neuen ZA-404! Und da übertreibe ich nicht: Das Ding ist wirklich eine Wucht! Wieso reden Sie nicht mal mit ihr, Mr. Martin? Industrie-Werbung mag ja für sie nicht so interessant sein wie ihre jetzige Arbeit, einträglicher ist sie immer …«

»Gewiß, Mr. Menning.«

»Sie fliegen doch jetzt zu ihr. Könnten Sie bei dieser Gelegenheit das Thema nicht einmal mit ihr durchsprechen?«

»Ich werde es versuchen.«

Sie hatten den untersten Treppenabsatz erreicht und näherten sich endlich dem Ausgang.

Menning hatte es noch immer mit Maya Nandi. Ganz versessen schien er auf sie zu sein.

»Was macht sie denn in Malaysia bei dieser … dieser Tiger-Aktion? Können Sie das wenigstens sagen?«

»Es geht auch um den Regenwald.«

»Also nicht mehr Elefanten?«

»Nein.«

»Und warum nicht?«

»Warum? Das ist einfach. Wir halten uns ziemlich genau an die Schachzüge unseres großen Gegners.«

»Dieses Chinesen, von dem Sie zuvor redeten?«

»Richtig.«

Hört er denn nicht endlich auf? Hier die Tür …

Draußen standen zwei Umzugswagen.

»Wenn Sie sich an seine Schachzüge halten, dann bedeutet das …«

Wir sollten alles bei einer Tasse Tee besprechen, hatte Rick Martin sagen wollen.

Er sagte es nicht. Sie standen jetzt auf dem von einer Mauer abgeschlossenen Parkplatz vor dem altersbraunen Backsteingebäude, in dem auch die EIA untergebracht war. Die meisten der Wagen kannte Rick, sie gehörten EIA-Angestellten und anderen Mietern. Nur den blitzblank gewienerten, brandneuen, dunkelgrünen BMW-Sportwagen dort hatte er noch nie gesehen ...

Vielleicht gehörte er Menning?

Gerade, als er sich das fragte, übergoß den Platz ein jähes, weißblau-grelles Licht. In Sekundenbruchteilen verwandelte er sich in eine rotglühende Flammenhölle.

Es war der einzige Eindruck, den Rick Martin aufnehmen konnte. Die Druckwelle einer Explosion warf ihn zu Boden.

Er versuchte sich aufzurichten. Seine Ohren sangen. Schmerzen fühlte er keine. Nur Schwäche.

Die Schweine – nur dieser Gedanke! Und dann: War das tatsächlich Mennings Wagen?

Um ihn herum brüllten Männerstimmen. Ein paar Gestalten liefen zu der Autoruine dort drüben. Der Detonationsdruck hatte Rick und seinen Besucher gegen die riesigen Räder eines der Möbelwagen geschleudert.

»Sind Sie in Ordnung?« hörte er jemanden keuchen.

Phil Menning. Er kauerte neben ihm auf den Knien und starrte ihn durch seine runden Brillengläser an. Sein rechter Mundwinkel zitterte, Speichel floß über sein Kinn. Seine Lippe blutete.

»Und Sie?«

Menning grinste, tatsächlich, er schaffte das, wenn auch mit einer verletzten, flatternden, angebissenen Unterlippe: »Scheint so ... Hab' alles bewegt ... Scheint ... scheint zu klappen ... All systems are working ... Nur die Ohren ... Und sehen Sie, hier, meine schöne Jacke ...«

An Mennings Schulter war ein Dreieck herausgerissen. Wahrscheinlich hatte ein Trümmersplitter das bewirkt.

»Die Jacke? Und Ihr neues Auto? Das ist doch Ihr Wagen, nicht?«

»Und?«, grinste Menning. »Er gehört der Firma!«

Nerven hatte er. Ricks Achtung vor diesem Marketing-Fritzen wuchs.

Drüben hatten sie jetzt die Feuerlöscher aus dem Möbelwagen und den anderen Fahrzeugen geholt. Die Explosion hatte die Frontseite des BMWs zerrissen. Heck und Seitenteile schienen ziemlich intakt. Keine besonders starke Ladung also, doch für den Fahrer hätte sie genügt.

Aber wer hatte sie gelegt?

Mennings Zähne schlugen klirrend aufeinander. Der Adrenalin-Schub hatte ihn erwischt.

»Und haben Sie eine Ahnung, wieso man bei Ihnen Bomben legt?«

Er schüttelte nur den Kopf.

Sie saßen noch immer friedlich auf dem Boden.

Niemand schien sie entdeckt zu haben. Wie auf einen geheimnisvollen Befehl hin, hielten die anderen Distanz.

»Bei ... bei Ihnen hätte ich die Geschichte ... auch für sie ... sinnvoller gehalten«, klapperte Menning.

»Ich hab' so was schon hinter mir.«

»Eine Autobombe?«

»Klar. Vor zwei Jahren ... Wir haben sie Gott sei Dank entdeckt!«

»Und so was nennen Sie ... ei ... einen sicheren Ort?«

»Weiß jemand Ihrer Leute in der Firma, daß Sie mich heute morgen besuchen?«

»Na, Sie sind vielleicht gut ... Das war doch gestern einer ... einer der Haupttages ... tagesordnungspunkte. Schließlich haben wir eine ganz hübsch große Werbeabteilung ... Das Pro ... Projekt unserer Zusammenarbeit ist vie ... vielen bekannt ...«

Rosi Myers kam angerannt.

Ihre angstvollen Augen waren weit aufgerissen, und ihre sonst perfekt frisierten britischen Hausfrauen-Löckchen hingen ihr wenigstens einmal ins Gesicht. »Um Gottes willen, Rick! Ich hab' Sie gar nicht gesehen. Der Möbelwagen ... Wie ist das passiert? Sie bluten ja, Rick ...«

»So?«

Er wischte mit dem Handrücken über die Stirn. Tatsächlich, die Hand war rot. »Nichts als ein kleiner Kratzer, Rosi.«

»Ich hol' den Sanitäter.«

»Den Teufel werden Sie tun. Lassen Sie uns in Ruhe.«

»Aber wollen Sie hier sitzenbleiben?«

»Natürlich wollen wir das. So bequem wie wir's hier haben. Also, Mr. Menning, wer sonst weiß etwas?«

»Daß ich bei Ihnen bin?«

Martin nickte.

»Mein Gott, ich weiß nicht, welche Vorstellung Sie von einer Firma haben ... Und vor allem von einer Firma mit einem genialen Chef an der Spitze? Wie alle genialen Chefs ist der Typ völlig wahnsinnig. Walcott hat nicht 'ne einzige ordentliche Tasse mehr im Schrank. Das macht mir das Leben ja so schwer.« Er riß die Augen hinter der Brille auf: »Sie meinen ... Sie meinen, die Bombe war eine Drohung?«

Martin schwieg.

»Da haben wir's! Walcott benimmt sich wie ein Baby, das ständig Durchfall hat. Alles kräht er durch die Gegend. Alles muß raus ... In diesem Fall haben wir sogar noch Gutachten von anderen Werbeagenturen eingeholt, ehe wir uns entschlossen, mit Ihnen zu verhandeln. Aber auch wenn Gott und die Welt weiß, daß ich hier bin – wieso eine Bombe? Meinen Sie wirklich, das war eine Drohung?«

»Nennen wir es vielleicht eine Visitenkarte, Mr. Menning. Hätte der Täter Sie wirklich mit Ihrem Wagen in die Luft jagen wollen, wäre es wohl angebracht gewesen, zu warten, bis Sie hinter dem Steuer Platz nehmen ... Es war eine ferngezündete Explosion. Mit Sicherheit war sie ferngezündet.«

»Großer Gott«, stöhnte Menning, um dann mit unsicheren Händen der Brille wieder ihren korrekten Sitz auf seiner Nase zu verleihen.

»Haben Sie immer noch Interesse an uns?«

»Stehen wir erst mal auf ...«

Das taten sie auch. Mennings Beine schienen etwas unsicher. Mit dem Rücken lehnte er sich an den Möbelwagen, blickte zu dem Trümmerhaufen hinüber, der von seinem BMW geblieben war, schüttelte den Kopf und sagte: »Und ob wir Interesse haben. Vor allem ich. Jetzt erst recht, Mr. Martin.«

»So etwas höre ich gerne«, sagte Rick und klappte das kleine Stoffdreieck auf Mennings Schulter an seinen Platz zurück.

»Noch etwas, Mr. Martin ...« Menning zögerte. »Meinen Sie, es war dieser Chinese, von dem Sie zuvor geredet haben? Meinen Sie, daß er …«

»Ich bin davon überzeugt. Seit zwei Jahren passieren solche Dinge. Und es ist immer er, der dahinter steckt …«

V

Ein weicher Stoß, der Airbus setzte auf.

Rick Martin blickte auf seine Armbanduhr: Sechzehn Uhr zweiunddreißig. Pünktlich ... Den Zeitsprung hatte er am Zeiger bereits zurückgekurbelt, aber er steckte ihm in den Knochen.

Die Passagiere erhoben sich. Er hatte Glück gehabt mit dieser Maschine: »Direktflug Singapur-Kualang. Ein Experiment, Sir«, hatte ihm der Clerk in Singapur gesagt. »Seit zwei Wochen fliegen wir einmal in der Woche Kualang an. Die Tour-Operators versichern uns, daß ein ausreichendes Touristen-Interesse besteht ...«

Nun, die Maschine war zu zwei Drittel gefüllt. Doch neben einer Handvoll Malaien, ein paar Chinesen und Indern in der Business-Class, waren die Airbus-Plätze vor allem mit Engländern, Deutschen und Italienern besetzt.

Der Pilot schaltete die Schubumkehr ein. Die beiden Düsen brüllten auf, und die Maschine rollte langsam dem Platzgebäude entgegen. Da stand es nun in großen Buchstaben auf dem flachen Stahlbau: KUALANG. Die Glasscheiben des Towers spiegelten hochgetürmte, weiße Monsun-Wolken.

»Aber, Rick! Auch wenn ich auf der Station bin, hole ich dich am Airport ab«, hatte Maya ins Telefon gerufen. Und dann hatte sie noch etwas gesagt: »Im übrigen finde ich es wahnsinnig gut, daß du kommst. Ich freue mich richtiggehend ... Du dich auch?«

Für eine Maya Nandi grenzten solche Worte bereits an eine Liebeserklärung. Und das Verrückte war, daß er so etwas auch in ihnen sah.

Doch als er dann die Zoll-Prozedur hinter sich hatte und den Gepäckkarren in die Halle schob, konnte er sie nirgends entdecken. Eine kleine Gruppe von Wartenden hatte sich versammelt. Sie war nicht darunter. Er kämpfte sich durch die aufgeregt durcheinanderredenden Touristen, um einen besseren Überblick zu gewinnen. In diesem Moment legten sich zwei kühle Hände vor seine Augen.

Er drehte sich um – und da war sie! Da waren ihr Gesicht, die Augen, die Lippen, das Haar, ihr Lächeln. Und all dies so nahe!

»Na?« Er holte tief Luft, um seine Beherrschung zu bewahren. »Hier wären wir wieder, was?«

Sie nickte und gab ihm einen Kuß auf die linke Wange. »Wie findest du das?«

»Unglaublich«, sagte er. »Atemberaubend. Ganz und gar wunderbar …«

»Hoffentlich. Aber vielleicht wirst du deine Meinung revidieren müssen.«

Sie gingen auf einen langen, hageren Mann zu, der sich neben dem Flughafen-Ausgang aufgestellt hatte. Er hatte dunkles Haar, helle Augen, trug verwaschenes Khakizeug und an den Füßen ein paar brandneue Turnschuhe.

»Das ist Dan. Dan Carpenter, Wisconsin, USA. Nur, man sieht's ihm nicht mehr so recht an. Er hat ein paar Probleme mit den Zähnen. Die mußten raus, eine Kiefervereiterung, und wegen dem verdammten Regen konnte er nicht zum nächsten Zahnarzt kommen … Und soll ich dir sagen, wie er die Zähne los wurde? Er hat sie selbst gezogen. Mit der Beißzange … Aber sonst ist er ein netter Kerl. Und eigentlich braucht er gar keine Zähne, denn seine Frau macht den besten Reis in der ganzen Gegend.«

»Das mit dem Reis stimmt«, sagte der Mann und schüttelte Martin kräftig die Hand. »Aber sonst redet das Mädchen heute ein bißchen viel, finden Sie nicht?«

Er brachte es fertig, zu sprechen ohne die Lippen mehr als einen Spalt zu öffnen.

Carpenter? dachte Martin. Dan Carpenter?

Er kannte ein Dutzend von Carpenters Artikeln über Regenwald-Vernichtung, über Erfahrungen mit Eingeborenen-Kultur, Erfahrungen mit den letzten freilebenden Tigern Malaysias. Besonders auch hatten ihn Carpenters Studien über die Heilpflanzen interessiert, die die Jäger-Nomaden des Tenenga-Gebiets verwendeten. Und deshalb hatte er daran gedacht, daß auch dieses Thema einen Film wert sein könnte. Einige von Carpenters Artikeln waren sogar in so renommierten Magazinen wie *Nature* und dem deutschen *Geo* abgedruckt worden.

»Ich freue mich sehr, Dan«, sagte er. »Wirklich.«

»Nun kommt schon!« lachte Maya. »Ihr könnt euch ja später in die Arme fallen …«

J. P. Bernier holte die Zigarettenschachtel und sein Bic-Feuerzeug aus der Tasche, zündete sich eine Zigarette an und blickte zurück durch den Blättertunnel, durch den er gekommen war.

Der Landrover war zwar wieder vorbeigekommen, die Nandi und der Bursche, der sie gestern in Moong abgeholt hatte, saßen darin, und sie hatten wieder die Richtung nach Moong genommen, aber nur der Teufel mochte wissen, wer sich sonst noch auf der Station herumtrieb.

Jedenfalls: Der Tunnel war genau das, was er brauchte. Sich auf der Piste der Station zu nähern, paßte ihm nicht. Dazu machte die Yamaha viel zu viel Krach. Der hätte alle vorgewarnt.

Also hatte J. P. Bernier die Maschine versteckt, als er den Tunnelpfad entdeckte. Selbst der Gewehrkoffer blieb bei ihr im Busch. Er kannte solche Tunnel. Die Eingeborenen schlugen sie, um einen Weg abzukürzen. Und wo konnte dieser hier schon enden? Bei der Station natürlich.

Er schreckte zusammen. Ein Knacken ... Was war das?

Jetzt wieder ...

Affen, was sonst?

Und da keckerten sie erst richtig los. Seine rechte Hand tastete über das schweißnasse Hemd und suchte die vertraute, harte Form der Pistole. So ein Griff hatte schon etwas sehr Beruhigendes ...

Wieder nahm er einen tiefen Zug, um den Rauch zornig gegen die Schwärme winziger Fliegen anzublasen. Es konnte ja nicht weit sein. Aber die Sonne war nirgends zu sehen, und die Dunkelheit nahm zu.

Er sah auf seine Uhr: sieben, verdammt ... Und all die Scheiß-Blätter, die Lianen, das ganze Schlingzeug überall, um dich und über dir, und unter dir ein Knistern, so als tue sich auch da etwas, im Boden, über deinem Kopf, rechts, links – Ameisen, Viechzeug, Skorpione, Würmer, Raupen ... Die Insekten werden lauter und lauter, ein sonores, summendes, ständiges Vibrieren, ein Schaben und Aneinanderreiben, ein einziger gedämpfter Teufelslärm, und er könnte dich glatt fertigmachen, wenn du ihn nicht schon einmal erlebt hättest.

Der Tunnel aber führte geradeaus weiter.

Laß ihn mal für heute ...

Was du jetzt brauchst, sind zwei Bäume. Und möglichst solche ohne Scheiß-Termiten.

Er hob den Matchsack mit der Hängematte hoch. Darin steckten zwei Rollen Kekse, die Schokoladenriegel, Kaugummi und Drops. Mußten reichen ... Auf dem Boden kannst du das Zeug nicht lassen, häng alles im Plastikbeutel an die Hängematte, sonst ist es bis morgen weggefressen und weggeschissen.

Und etwas zum Trinken?

Na, Wasser findest du auch. Hier gibt's doch überall Wasser. Wasser gibt's heute nacht, wenn der Regen runterkommt ... Was noch? Sprich dein Gebet, du Arsch, und steig in die Matte ...

Sie saßen zu dritt auf der Vorderbank des alten Toyota-Jeeps. Dan steuerte, Maya erzählte. In kurzen, hastigen Sätzen stellte sie die Situation dar, die sie in Taong angetroffen hatte.

Rick versuchte zu resümieren.

Es ging nicht mehr um die Station allein. Auch das eigentliche Projekt, die Aufdeckung der Wilderer-Mafia, die gnadenlos die letzten malaiischen Tiger jagte und mit der chinesischen Untergrund-Pharmazie ihre Geschäfte machte, trat in den Hintergrund. Nun stand die Existenz des Tenenga-Parks selbst auf dem Spiel.

»Ich wollte dir die ganze Geschichte am Telefon erklären, Rick. Aber es war einfach zu kompliziert. Und außerdem hatte ich Angst, daß das Gespräch am Funktelefon mitgehört werden könnte.«

Und während sie weitersprach, ging ihm auf, daß sie mit dieser Sorge durchaus recht haben könnte. Er kannte sowohl die Mentalität, die Möglichkeiten wie auch die Raubritter-Methoden der Holzindustrie.

»Aber schließlich ist die Unversehrbarkeit von Tenenga durch die Stiftung garantiert, oder nicht?«

»Natürlich. Dieses Stiftungsrecht ist sogar von der Zentral-Regierung anerkannt und abgesegnet worden«, sagte Maya. »Aber leider stimmt auch, daß der Schutz des Regenwalds, der Artenschutz und selbst der Schutz der Tiger für diese technik-besessenen Holzköpfe hier eher ein Entwicklungshindernis darstellt ... Zwar sind sie mit Sultanats-Rechten in KL immer verdammt vorsichtig umgegangen. Und sie haben auch allen Grund dazu. Sie wissen genau, wenn sich ein Sultan an die Öffentlichkeit wendet, gibt es einen Aufstand. So nennen sie das so hübsch den ›sensiblen föderativen Bereich‹ und spielen mit verdeckten Karten.«

»Trotzdem, wieso können die Taiwanesen sich soviel herausnehmen? Daß sie sogar im Tenenga-Gebiet Straßen zum Holztransport bauen?«

»Wieso, wieso! Für sie ist Jorak doch der letzte echte Hinterwäldler-Staat Malaysias. Und so denkt auch die Regierung. Also muß Jorak auf Vordermann gebracht werden. ›Erschließen‹ nennt man so etwas ... Natürlich haben die United-Leute dabei mächtig geschmiert. Sie haben einfach ihr altes, schlichtes Rezept angewandt, mit dem sie bereits in Indonesien, Borneo und Sarawak Erfolg hatten. Und zunächst sah es ganz so aus, als würde es auch hier funktionieren. Aber merkwürdigerweise änderte sich vor einigen Monaten die Situation ...«

»Woher weißt du das?«

»Woher schon?« lächelte sie. »Meinst du, ich hätte in KL nicht meine Beziehungen?«

»Und was ändert sich?«

»Was sich änderte? Sand kam ins Getriebe. Die United hatte zunächst die üblichen mündlichen Zusagen. Dann hieß es plötzlich, reichen Sie uns mal ihr Projekt ein. Und: Mit den Vorarbeiten können Sie ja schon ein bißchen anfangen ... Die United-Leitung legte diese Sprüche auf ihre eigene Weise aus: ›Vorarbeiten‹ – für sie hieß das natürlich Straßenbau, Camps hochziehen, die ersten Logging-Aktionen.«

»Ohne Lizenz?«

»Sicher, ohne Lizenz. Mit dem Segen des lokalen Wohltäters. Hier in Tenenga heißt der Mann Pa Ulay. Als District Officer untersteht ihm die ganze Region. Er sitzt in Moong ...«

Nichts konnte er mehr, nicht atmen, nicht auftreten, gar nichts. Er war am Ende.

Wenn es der Knöchel allein gewesen wäre ... Aber dazu diese Hitze in ihm, so, als würde von innen gegen die Haut gestoßen.

Schon in Moong hatte J. P. Bernier die Sandalen gegen seine alten Dschungel-Boots getauscht. Und was nützten sie? Dabei hatte er Schnürsenkel und Verschluß so weit offen, wie es nur überhaupt ging. Als aus den Schuhen eine Eisenklammer wurde, die ihn derartig peinigte, daß das Wasser ihm in die Augen stieg, hatte er versucht, sie mit dem Messer weiter aufzuschneiden. Dabei heulte er

Rotz und Wasser, schluchzte wie ein kleines Kind und wußte gar nicht mehr so recht, was mit ihm überhaupt los war.

Nichts half.

Die Yamaha … Liegt irgendwo im verdammten Dschungel mitsamt dem Gewehrkoffer, liegt herum, und die Ameisen kriechen in die Schläuche, in die Satteltaschen, und die Scheiß-Viecher finden's prima, die Affen kacken herunter, die Dschungel-Hornissen bauen ein Nest in den Auspuff und irgendeine dieser Schlängel-Vipern, eine wie die am Morgen, vor der du's gerade noch geschafft hast wegzutauchen, ehe sie dich von ihrem Ast herab fertigmachen konnte, irgendein hundsgemeines, giftiges Dreckszeug wie diese Viper wird es sich unter dem Sattel gemütlich gemacht haben …

Er hatte sich an einen Baum gekauert.

Er hatte sich den Baum zuerst genau angeschaut. Das hatte er in der vergangenen Nacht versäumt, und ein ganzes widerwärtiges Raupengeschwader hatte ihn angekrabbelt. Diesmal war er vorsichtig.

Er atmete schwer und flach. Feucht war es zwischen den Blätterwänden, heiß und feucht wie in einer Waschküche, nein, sie umschlossen ihn wie eine Gefängnismauer … Du hast Fehler gemacht, logisch, jeder macht mal 'nen Fehler, Alter, aber es gibt leider Fehler und Fehler, und darunter solche, die sich keiner leisten kann, auch wenn er sich für ein noch so großes As hält, weil er mal vor dreißig Jahren eine Platoon verfickter Scheiß-GIs durch den vietnamesischen Dschungel geführt hat.

Aber dies ist nicht Vietnam, dies sind die Highlands von Malaysia. Und du bist dreißig Jahre älter, verdammt … Kannst ja so weitermachen, rumhocken, vor dich hin heulen – das ist genau das, was du tun solltest …

Deshalb: Dreh den ganzen Wahnsinn nochmal zurück!

J. P. Bernier schloß die Augen und versuchte sich den Weg vorzustellen, den er zurückgelegt hatte: zuerst die Stelle, an der er die Yamaha an einer Pistenbiegung hinter einer Staude mit riesigen, herzförmigen Blättern versteckt hatte. Daneben wuchs ein von violetten Lianenblüten bedeckter Baum. Er würde den Ort wieder finden, da war er sich sicher. Und kurz daneben war dieser Tunnel abgegangen, den er, blöd wie er war, für einen Dschungelpfad zur Station gehalten hatte. Es ging ganz gut am Anfang.

Es ging lange gut …

Doch was war hier gut, was war weit? Sechs –, siebenhundert Meter, ein Kilometer, zwei? Dann war's zu Ende. Kein Durchkommen. Du hättest zurückgehen müssen, Idiot. Aber du mußtest noch diese Kurve zwischen den Bäumen machen, und dann war da nichts mehr, an dem man sich orientieren konnte, dann hast du dich verirrt!

Und jetzt? Was jetzt?

Rick Martin versuchte zu verarbeiten, was er auf dieser Fahrt vom Flughafen alles von Maya erfuhr.

Dennoch nahm er die Landschaft draußen wahr: die grauen, verfließenden Konturen der Berge, die Wasserbüffel auf ihren Feldern, die von Regen und Sonne ausgebleichten Palmwedel-Dächer, die schlanken Bäume der Palmöl-Plantagen, die Autos, die Lkws, die farbigen Busse, die alle der Stadt zustrebten … Was wollten sie überhaupt in Kualang? Warum fuhren sie nicht sofort zur Station? Sie hatte noch kein Wort darüber verloren

»Dieser Pa Ulay ist vollkommen korrupt. Dan meint, er steckt mit der Provinz-Regierung in Kualang unter einer Decke. Jedenfalls versucht er zur Zeit die sechs Stämme des Tenenga-Gebiets mit Geschenken und Bestechung davon abzuhalten, daß sie der United Schwierigkeiten machen.«

»Und wird er das schaffen?«

»Kaum«, sagte Dan Carpenter.

»Er wird es nicht schaffen«, bestätigte Maya. »Schon deshalb nicht, weil sich inzwischen die Großwetterlage gedreht hat.«

Hatte sie wirklich nichts anderes im Kopf? … Als habe sie einen Impuls aufgefangen, wandte sie ihm das Gesicht zu, und da war das Lächeln, auf das er gewartet hatte, der Blick, der zärtlich war, um dann ganz jäh aufmerksam zu werden: »Was hast du denn da an deiner Stirn? Ich wollte dich schon vorhin fragen. Was ist das für ein Pflaster? Weißt du, Dan, immer wenn wir zusammen sind, kommt er mit irgendeiner Beule an, auf der irgendein Pflaster klebt … Bist du diesmal im Badezimmer gefallen?«

»In etwa«, grinste er und dachte an den explodierenden BMW. »Wir hatten ziemlichen Trubel beim Umzug.«

»Kann ich mir denken.« Sie berührte leicht seine Stirn, die Bewegung so zart wie ein Hauch. Dann richtete sie den Blick wieder geradeaus.

»Wie war das mit der Großwetterlage?« fragte er.

»Inzwischen scheinen diese United-Taiwanesen selbst unter Druck geraten zu sein. Ich habe das von meinem Rechtsanwalt in Kuala Lumpur.«

»Und wer setzt sie unter Druck? Die Regierung?«

»Oh nein. Es handelt sich um eine der wichtigsten Finanzgruppen in Singapur. Sie kann jeden Betrag mobilisieren ... Die haben plötzlich Appetit auf das Tenenga-Geschäft bekommen. Soll ich dir sagen, was das ganz und gar Verrückte an der Geschichte ist: Ich kenne den Mann, der das alles einfädelt. Mein Großvater ist sogar der Vertreter seiner Interessen in Kualang. Ich selbst habe während meiner Schulzeit in Singapur oft in seinem Haus verkehrt, sogar ein paar Wochen dort gewohnt.«

»Und wie heißt er?«

»Wang Fu. Ein Chinese.«

Rick Martin saß ganz aufrecht: »East Coast Industries?«

»Woher weißt du ...?«

Darauf gab er keine Antwort. »Der ist nun wirklich gefährlich«, sagte er.

»Ja. Und er will die United übernehmen. Die Katastrophe ist, daß er das nicht nur fertigbringen wird, sondern daß er auch hier seine Finger drin hat. Er kennt jeden in der Zentral-Regierung. Seine Familie stammt aus Malaysia. Er hat früher hier gewohnt, ehe er nach Singapur ging, verstehst du?«

Und ob er verstand.

Wang Fu ... Der Mann, der vor drei Tagen vor der EIA Mennings BMW hochgehen ließ! Nie hatte er mit Maya über ihn gesprochen. Und jetzt vertrat ihr Großvater sogar seine Interessen? Sie aber hatte als junges Mädchen bei ihm gewohnt ...

Den Namen »Wang Fu« und »East Coast Industries« hatte Rick Martin zum ersten Mal gelesen, als er eine Sendung über den internationalen Elfenbein-Handel vorbereitete. Anfangs war es ihm reichlich abenteuerlich erschienen, daß sich ein Wirtschaft-Tycoon von diesem Rang mit derartig unappetitlichen Mafia-Geschichten befassen sollte. Dann aber häuften sich die Hinweise, und als sie mit der Arbeit begannen, fingen auch die Sabotage-Akte an ... Das

Material und die dazugehörigen Hintergrund-Informationen hatte Rick Martin aus dem Außenministerium. Bernie Sounders, der es ihm zugespielt hatte, war absolut zuverlässig. Seine Quellen saßen nicht nur in den Außenstellen, den Konsulaten und Botschaften Whitehalls, er bezog die Informationen auch vom MI-6, dem Sicherheitsdienst. Resultat: Es gab keine Zweifel, daß Wang Fu sich mit allem beschäftigte, was nach Geld roch, je extremer, desto besser ...

In Asien mögen die Mühlen anders mahlen, hatte Sounders geschrieben, aber selbst für südostasiatische Verhältnisse scheint dieser Herr über eine geradezu einzigartige kriminelle Fantasie zu verfügen, und es scheint ihm auch einen unbändigen Spaß zu machen, sie auszuleben. In Singapur werden seine illegalen Aktionen von einem französischen Ex-Legionär namens J. P. Bernier besorgt. Bernier ist auch in den USA und in Großbritannien beobachtet worden, wo er vermutlich mit der Durchführung irgendwelcher schmutziger Aufträge dieses sonderbaren Chinesen beschäftigt war.

Dieses sonderbaren Chinesen?

Als Rick Martin vor einem Jahr Bernie Sounders Bericht zum ersten Mal in den Händen hielt, hatte er unter der Code-Bezeichnung »Der Chinese« eine neue Akte für die Sicherheits-Kartei anlegen lassen. Bisher blieb sie leer.

Und Maya kannte ihn persönlich?!

Er wollte sie fragen, ob sie bei irgendeiner Gelegenheit auf den Namen J. P. Bernier gestoßen sei, doch Maya beugte sich nach vom und hob den Arm: »Sieh mal ...«

Er sah eine von Hügeln umschlossene Stadt. Ein Fluß wand sich durch das Tal. Über den Dächern erhob sich die Kuppel einer Moschee.

»Hier, das ist meine Heimat«, sagte sie. »Willkommen in Kualang!«

Rick Martins Hand tastete über das zerknüllte, feuchte Laken des Betts. Als von draußen der langgezogene, klagende Ruf des Muezzins hereindrang, glaubte er ein paar Herzschläge lang, er sei irgendwo in Arabien gestrandet.

Doch die türkisfarbene Seidenbluse dort über dem Sessel paßte nicht zu Arabien. Und auch nicht das wilde, rotbraune Blumenmuster der Zimmer-Sessel.

Er richtete sich auf, wußte nun, zu wem die Bluse gehörte, wußte, wo er war, wußte auch, was in dieser Nacht geschehen war. Er lächelte erfüllt von einer Art infantilen, glücklichen Dankbarkeit, und rieb sich die Augen.

Gut, er fühlte sich zerschlagen, und das lag nicht allein am Flug. Erschöpft hatte ihn vor allem das, was in diesem kleinen, komischen Malaien-Hotel geschehen war, in das Maya ihn geführt hatte, und es war so gewaltig gewesen, so unglaublich schön, daß die Erinnerung sich weigerte, es zu reproduzieren.

Und vielleicht ist das irgendwie ganz gut so, dachte Rick, während er die Beine über die Bettkante schwang und mechanisch begann, seine Narbe zu massieren, denn wenn wir uns zu genau daran erinnern könnten, an die ganze Intensivität, an all das Glück, an all die Lust, vielleicht hätten wir dann nichts anderes im Sinn, als uns ausschließlich nur damit zu beschäftigen …

Aber Maya? Welch eine Frau … Frau? … Eine Art Göttin. Eine richtiggehende orientalische Liebesgöttin …

Na herrlich. Er fuhr sich durchs Haar. Mach nur so weiter! Stell sie ganz hoch oben auf den Altar, du wirst schon sehen, wo du landest …

Verzweifelt versuchte er, sich irgendetwas Vernünftiges einfallen zu lassen: das Programm des heutigen Tages zum Beispiel. Aber alles blieb wie ausgelöscht.

So ging er zum Fenster, stieß die Läden auf und blickte in eine dunkle, schattige Gasse, Handwerker waren dabei, ihre Geräte, Hocker und Arbeitstischchen auf die Bürgersteige zu stellen. Lieferwagen drängten sich hupend durch ein Durcheinander von dunklen Köpfen und farbigen Schultern. Und über den Dächern spannte sich ein blauer, blankgeputzter Highland-Himmel, in den ein einziger, riesiger Wolkenturm hinaufwuchs.

Es war noch angenehm kühl. Er sah auf seine Uhr: zehn nach neun.

Wo steckte die Dame?

Er ging zur Dusche, und gerade als er den geblümten Plastikvorhang zurückzog, öffnete sich die Tür.

Da stand sie. Frisch gebügeltes Hemd. Frisch gebügelte Shorts. Das Ganze wie aus dem Ei gepellt.

»Eilig hast du's ja nicht heute morgen! Falls es dich interessiert: Dein Kaffee wartet im Hotel-Garten. Dan und ich übrigens auch.«

»Wieso der Streß?«

»Die alte Schicksalsfrage, nicht?« Sie stellte sich auf die Zehenspitzen und küßte ihn auf die Nase. »Armer Rick ... Sieh mich nicht so an ... Du kannst dich auf der Station ausschlafen, solange du willst, hier aber haben wir noch einiges zu erledigen. Und bis hinauf nach Taong brauchen wir mindestens sechs Stunden.«

»Sonst fällt dir nichts ein? Hast du mir wirklich nichts anderes zu sagen?«

»Viel. Sehr viel.«

Ihre Augen wurden zärtlich, sie hob den Arm und fuhr ihm leicht mit dem Zeigefinger über die Stirn: »Zuviel ... Eigentlich, wenn ich mir's überlege, lauter Dinge, die man gar nicht sagen sollte. Schließlich bist du mein Chef ... Wo komme ich denn hin, wenn ich dich auch noch als Liebhaber bewundere?«

»Komisch, so etwas Ähnliches hab' ich gerade auch gedacht.«

Er trocknete sich ab, warf das Handtuch weg und betrachtete sie. »Das also sind die ergebenen, passiven, anschmiegsamen, demütigen, liebevollen indischen Frauen? Wenn mir das einer vorausgesagt hätte ...«

»Schlimm, nicht wahr? Aber ich versuche nun mal mein indisches Erbe zu bekämpfen.«

»Gratuliere zum Erfolg«, sagte er.

Eine halbe Stunde später bereits saß er wieder, eingeklemmt zwischen ihr und Carpenter, auf der Vorderbank des Toyota.

Während sich Dan Carpenter wild hupend einen Weg durch das Zentrum von Kualang bahnte, hielt Maya wie ein glücklich in sich versunkenes Kind ihre neue Kamera im Schoß, streichelte sie, hob sie wieder hoch, schüttelte den Kopf: »Das ist vielleicht ein Baby ... Mit der hätte ich mir eine Menge Ärger ersparen können.«

Sie hielt die Kamera in der rechten Hand aus dem Wagen und drückte auf den Auslöser. Sie war so klein, daß sie fast in ihrer Hand verschwand.

Rick Martin grinste, überlegte und verzichtete dann doch darauf, über die ungewöhnlichen Begleitumstände zu berichten, unter denen ihm Phil Mennings dieses »Baby« hatte zukommen lassen. Warum auch? Maya hatte Sorgen genug ...

Sie überquerten eine Brücke, fuhren eine Weile an einem Fluß entlang, an dessen Ufer sich ein langgezogener, blumengeschmückter Park erstreckte; dann ging es in einer langen Kurve den Hang zum Sultans-Palast hinauf.

»Dein Prinz scheint ein Frühaufsteher zu sein.«

»Wundert mich auch ... Und soll ich euch sagen, was er ins Telefon gebrüllt hat: Komm sofort! Ich will dich sofort sehen! ... Er schien völlig aus dem Häuschen.«

»Und wieso?«

»Wie soll ich das wissen? Damals, im Raffles-College, wenn ihm nicht gerade eine seiner Verrücktheiten einfiel, gehörte er zu den verschlafensten Transusen. Aber schließlich: Auch für ihn sind die Jahre vergangen. Vielleicht bringen es Prinzen fertig, sich weiterzuentwickeln ...«

Die Straße wurde enger und führte nun durch eine hohe Zypressen-Allee. Sie endete vor einem geschwungenen, schmiedeeisernen, mit goldenen Spitzen versehenen Tor.

Aus dem Wachthaus trat ein Mann, dessen Aufmachung Rick Martin an ein Musical oder an einen der alten Hollywood-Kostüm-Schinken erinnerte, für die er sich in seiner Jugend begeistert hatte. Zu einem violetten Turban trug er eine Art rote, goldverschnürte Husaren-Jacke, darunter einen rosafarbenen Sarong. Nur die abgewetzten Laufschuhe wollten nicht so recht zu der prächtigen Aufmachung passen.

Der Mann schob das Tor auf, hörte sich an, was Maya sagte, griff in seinen Husaren-Wams – und holte ein hochmodernes Handy hervor.

»Bitte«, sagte er. »Sie kennen den Weg, hohe Frau?«

»Nicht mehr. Ich war schon lange nicht mehr hier.«

»Oh, macht nichts ...«

Er bellte ein paar Worte in sein Telefon, und ein Junge in weißer Livree kam angestürmt, sprang auf die hintere Stoßstange des Landrovers, um den Weg zu weisen.

Azaleen-Büsche, Indien-Rosen – sie fuhren durch einen herrlichen Park, erreichten ein Rondell, auch hier Blumenrabatte und ein Rasen, grün wie der eines englischen Nobel-Golfplatzes ... nur die gewaltige Fassade des Palastgebäudes darüber fiel ein wenig aus dem Rahmen: Die geschwungenen Kanten der Portale waren abgebrochen, auch die Säulen-Kapitelle schienen dringend reparaturbedürftig, am Westflügel zeigten sich Risse, die hölzernen Fensterläden hätten dringend einen neuen Anstrich gebraucht. Wohlfühlen konnte man sich anscheinend noch immer im Palast der Sultane von Jorak, denn aus den offenstehenden Fenstern kamen die Klänge von Musik.

»Vielleicht ist er gar nicht hier.«

»Wer?«

»Abdullah, der Chef des Hause«, erklärte Maya. »Er haßt den Palast. Ganz Jorak ging ihm schon früher auf den Geist. Abdullah verbrachte mehr Zeit an der Cote d'Azur als hier.«

»Left hand!« schrie der kleine Junge.

»Left hand«, links, wuchsen Eukalyptus- und Pfefferbäume, spielten mit Schatten und Sonnenstrahlen. Sie fuhren an ihnen vorbei und waren am Ziel. Der Junge sprang vom Toyota herunter und rannte auf einen flachen, weißgestrichenen Holzbau zu, dessen Terrasse von einem Vordach geschützt wurde.

»Auch dein Wahid hat sich vom Palast abgesetzt«, meinte Rick.

»Vielleicht hatte er Grund dazu. Wir werden ja sehen ...«

»Er ist kein übler Bursche«, sagte Dan und stoppte den Landrover in respektvollem Abstand zu dem alten englischen Triumph-Sportwagen, der auf dem Platz vor dem Bungalow stand. Die Motorhaube war aufgeklappt, das rechte Rad abmontiert.

»Der Prinz war zweimal oben in Taong«, fuhr Dan fort. »Sah sich um, tat ziemlich entsetzt und hat alles mögliche versprochen. Geändert hat sich nichts, oder nicht viel ... Vielleicht konnte er ...«

Maya stieß einen leisen, lachenden Laut aus. »Geändert hat sich tatsächlich nicht viel.«

Hinter der Motorhaube war das schlaksige Gestell eines jungen Mannes aufgetaucht. Er hatte magere Schultern, lange Glieder, trug einen leichten, grünen Freizeit-Anzug, auf dem die Öl- und Schmutzflecken wie eine bizarre Dekoration wirkten. Auf seinem Kopf prangte eine blaue Baseball-Mütze, deren Schild nach hinten zeigte. Die schwarzen Haare hingen ihm in die Stirn.

»Der Prinz«, sagte Maya knapp.

»Maya!« schrie der Prinz, warf einen Schraubenschlüssel weg, putzte sich die Hände an einem Lappen sauber und kam herangelaufen: »Maya, Menschenskind!«

Er wollte sie an den Schultern festhalten, besah sich seine Hände, überlegte es sich anders und warf statt dessen die Arme hoch. »Oh Mann, Maya! … Wieviel Jahre sind das?«

»Eine Menge, Wahid. Keine Ahnung.«

»Viel zu viele in jedem Fall.«

Sie lächelte.

»Hallo, Dan! Schön, daß Sie da sind, Mr. Carpenter. Und das also ist Mr. Martin? Was hat Sie in unsere Ecke verschlagen? Was immer es sein mag, ich bin richtig stolz, Sie einmal persönlich zu sehen!«

»Sie kennen meine Arbeit?«

»Hören Sie, wer kennt sie nicht?«

Maya staunte. Doch Prinz Wahid ließ ihr nicht viel Zeit: »Maya, ich muß sagen, du bist schöner denn je!«

»Und du, du bastelst immer noch an Triumphs und MGs herum.«

Er rückte seine Mütze gerade. »Ich weiß schon, worauf du hinaus willst … Aber trotzdem: Dieser alte, nette Triumph-Junge hier verhilft mir zu nostalgischen Gefühlen, verstehst du? Brauch' ich manchmal. Wissen Sie, in Singapur im College war Maya ›Miß Raffles‹, unsere permanente Schönheitskönigin. Keine andere konnte sie je schlagen und wir Jungens haben von ihr geträumt … Wie ist das? Trinken wir eine Tasse Tee?«

Sie saßen auf der Terrasse hinter Hibiskus-Büschen, um die zwei Kolibris schwirrten. Sie saßen in wunderschön geschnitzten Teakholz-Sesseln, und ein weißgekleideter Diener servierte. Wahid hatte versucht, sich die Hände zu schrubben, was ihm nur unvollkommen gelungen war, und Rick Martin hatte einen Lachanfall geerntet, als er den Versuch machte, ihn mit seinem Titel »Königliche Hoheit« anzureden.

Und dann kamen sie auf das Tenenga-Problem. Maya staunte, wie gut dieser prinzliche Oldtimer-Fan informiert war.

»Das Thema wird jeden Tag heißer. Es tut sich allerhand. Gerade gestern hatte ich eine Sitzung mit meinem Onkel und seinem neuen Chef-Berater Ah Meng. Ein äußerst cleverer Mann übrigens. Ah Meng war Professor an der University for Economy in Singapur. Der Junge ist zwar auch Chinese, aber ein wahres Glück für

Jorak ... Jedenfalls, Abdullah ist sauer. Und er ist sauer, weil er eine Menge dazugelernt hat. Er mußte ... Lang genug hat es ja weiß Gott gedauert.«

Er schob Rick Martin mit der linken Hand die Zuckerdose zu, ein silberfunkelndes, mit indischen Jagd- und Liebesszenen verziertes Ungetüm, und wandte sich an Dan Carpenter: »Was Sie interessieren wird, Dan – die Subventionen für Taong sind durch.«

»Wirklich?«

»Ja, wirklich. Ich habe mich nach meinem letzten Besuch nicht mehr bei Ihnen gemeldet, weil ich mich verdammt ungern hinsetze, um Absagebriefe zu schreiben. Aber zusammen mit Ah Meng haben wir den Sultan weichgeklopft. Wir haben ihn dazu gebracht, im Tenenga-Fall nicht nur ein wirtschaftliches Problem zu sehen, sondern ein nationales Problem von großer Symbolkraft. Sein ›Danau‹, seine Position, sei unter den Menschen am Schwinden, haben wir ihm gesagt. Und das stimmt auch. Wie kann er noch erwarten, ernstgenommen zu werden, wenn er die halbe Zeit des Jahres in Europa verbringt? ... Ein Gutes allerdings hat seine letzte London-Reise doch gebracht: Er hat sich einen der Filme aus Mr. Martins Regenwald-Serie angesehen. Sehen Sie, Mr. Martin, Sie bewegen manchmal Dinge, von denen Sie sich nicht träumen lassen.«

Rick lächelte.

»Und meine Subvention ist durch«, murmelte Carpenter selbstvergessen.

»Und manches andere auch, Dan. Sie kriegen wahrscheinlich noch mehr Geld als zu den Zeiten von Mayas Vater. Brauchen Sie ja auch bei all den fälligen Reparaturarbeiten.«

Dan Carpenter nickte.

»Ich habe Abdullah sogar zu einem Hubschrauber-Trip nach Taong überreden können. Es wäre wohl die beste Methode, diese verdammen Logging-Spekulanten zu konterkarieren, wenn er öffentlich zeigt, daß er hinter Tenenga steht.«

»Da helfen Hubschrauber-Trips wohl wenig.« Dan redete sich in Fahrt: »Es müßte ein und für allemal rechtlich klargestellt werden, daß die Regierung die Sultanat-Schenkung und die damit verbundene Naturschutzreservat-Auflage für alle Zeiten anerkennt.«

»Sicher.«

»Aber dann verstehe ich nicht, wieso Pa Ulay, der District Officer, bei den Stämmen herumreist, um sie zu irgendwelchen Verzicht-Verträgen zu bewegen. Er besticht die Leute, bringt ganze Geschenkladungen mit. Und das im Namen der Taiwanesen!«

Der Prinz setzte seine Mütze ab und sah vom einen zum anderen. Es herrschte Schweigen.

»Nicht mehr«, sagte er schließlich. »Nicht mehr die Taiwanesen.«

Ricks Augen hatten einen der winzigen Kolibris verfolgt, der nun blitzend wie ein Edelstein und mit rotierenden Flügeln über einem Blütenkelch hing. Nun hob er den Kopf.

»Wer dann?« fragte Maya.

»Nun, bei diesen Logging-Companies und Holz-Spekulanten, ob es nun Japaner, Koreaner, Taiwanesen, Kanadier oder Amerikaner sind, ob sie jetzt ›United‹ oder ›Weyershäuser‹ oder wie auch immer heißen, ist es doch jedesmal dasselbe«, sagte Wahid, dieser so sonderbar verwandelte Prinz: »Sie gehen nicht nur mit Korruption vor, sie lassen auch auf eine geradezu staunenswert brutale Weise ihre Kapital-Muskeln spielen. Sie zerstören nicht nur alles, was sie unter die Säge kriegen und verwandeln einen Primärwald, dessen Entstehung einige Millionen Jahre gedauert hat, in wenigen Wochen in eine Wüste, sie bringen sich mit demselben Schwung auch noch gegenseitig um. Sie verhalten sich wie die Haifische. Der größere frißt den kleinen auf. Für ein paar tausend Tonnen Palisander oder Meranti sind die zu allem fähig.«

Er hat richtiggehend rote Ohren, dachte Maya fassungslos. Und er ist großartig. Wer hätte das gedacht?

»Ich hab' mit einem solchen Typen vor ein paar Wochen gesprochen. Übrigens, Maya, dein Großvater hat ihn mir angeschleppt. Ein Dr. Nong Batu aus KL. Und so einer gibt sich auch noch als Zoologe aus. Wißt ihr, was er mir gesagt hat? Was regen Sie sich eigentlich immer wegen der Gefahr für die letzten Tiger-Bestände auf, königliche Hoheit? Wir sind diesem Problem längst nachgegangen. Und wir werden es mit Hilfe der Experten der Holz-Industrie auch lösen. – Und wie wollen Sie das machen, hab' ich ihn gefragt. – Ganz einfach, sagte er. Wir züchten die Tiere. Wir nehmen Zoo-Exemplare, vermehren sie und setzen sie dann aus.«

Maya setzte ihre Tasse auf. Der Tee schwappte über den Rand.

»Wahnsinn!« stöhnte Dan.

»Natürlich, Wahnsinn. Alles ist Wahnsinn, was zur Zeit läuft.«

»Tiger, die sich an den Menschen gewöhnt haben«, sagte Dan, »sind nicht mehr auszuwildern. Sie haben die Furcht vor dem Menschen verloren. Sie sind auch ziemlich jagdunfähig. Als Einzelgänger haben die Tiger nämlich ein verdammt hartes Brot. Sie würden das nicht mehr schaffen ... Sie würden sich immer in der Nähe von Dörfern herumdrücken und von den Farmer-Wilderern abgeknallt werden.«

»Meinem Vater ist es gelungen. Dazu noch mit einem dieser weißen Tiger ...«

»Ich versuchte es auch. Rabindra hat es tatsächlich sogar mit drei Tieren geschafft«, ergänzte Dan. »Aber nur, nachdem er mit ihnen ein monatelanges, in einem Fall sogar jahrelanges Trainings-Programm absolviert hat. Der Fall ist zwar in der Fachliteratur aufgenommen worden, stellt aber keinen Beweis dar ... So etwas konnte nur ein Mann mit seinem Einfühlungsvermögen fertigbringen. Ich will es nun auch mit meinen Jung-Tigern in Taong wieder probieren ... Aber ich habe meine Zweifel, ob es klappt. Und andere? Ausgeschlossen ...«

»Das habe ich diesem Typen auch gesagt«, sagte Wahid. »Ihn hat das gar nicht interessiert. Klar, auch dafür hatte er seine Lösung ... Und jetzt kommt nun wirklich der Hammer: Wieso denn abknallen? Was heißt hier Gefahr, hat er mir gesagt. Mit Hilfe der Companies bauen wir den Tigern ein wirkliches Reservat. Zaun drumherum, Wachen, Fütterungsstellen ... Die Tiger haben's herrlich. Wir werden Touristen heraufbringen, Schwebebahnen, Führungen durch geschultes Personal, in besonders geschützten Jeeps natürlich ...«

Maya traute ihren Ohren nicht. Und dann mußte sie plötzlich an ihren Großvater denken: Baba wußte von solchen Dingen, er nahm an derartigen Plänen sogar teil, der Mann, dieser verrückt gewordene Zoologe aus KL, mußte mit ihm alles durchgesprochen haben ... Sie fühlte eine lähmende Schwäche, dann stieg der Zorn in ihr auf. »Erschlagen«, flüsterte sie, »man sollte sie alle erschlagen, noch besser, sie in Tenenga aussetzen. Nur drei Tage lang. Und ohne Peilsender um den Hals. Drei Tage, das reicht ...«

»Tenenga? Das gibt's doch in dieser Rechnung gar nicht mehr ... Was es dann geben wird, das ist Brandwüste, Baumstümpfe und dazwischen ein paar als Safari-Parks getarnte Tiger-Farmen, in denen die Touristen darüber staunen können, wie sich das Wildlife so abspielt! Und wollt ihr wissen, was dieser Typ, dieser Dr. Nong Batu noch brachte? Aber königliche Hoheit, hat er mir gesagt, aber königliche Hoheit, fragen Sie doch ihren Herrn Onkel. Der hat doch sehr viel Europa-Erfahrung. Er kennt das sicher auch. Sehen Sie, die Engländer oder die Deutschen, sicher auch die Schweizer und die Belgier, was weiß ich, sie halten sich ihre Hirsche auch in Gehegen. Sie mästen sie geradezu. Und dann wandern sie in die Pfanne als Schnitzel … Die Deutschen haben sogar plötzlich eine Vorliebe für Straußenfleisch entdeckt. Sie züchten die Vögel, wie die Australier …«

»Mein Gott, das ist schlimm genug. Und Tiger für Tigerpillen? … Tiger sind königlich.« Maya sprach ganz leise, so, als schäme sie sich des Pathos in ihrer Stimme. »Sie sind alles, was die Evolution an Schönheit und Meisterschaft hervorbringen konnte … Sie sind nun wirklich die Könige der Tiere.«

Schweigen. Ein sehr langes Schweigen.

»Sag das mal Herrn Wang Fu«, meinte Prinz Wahid schließlich sarkastisch.

Der Name elektrisierte sie alle. Maya starrte Wahid an.

»Du müßtest ihn doch kennen?« sagte dieser.

Sie nickte. »Und?«

»Er hat die United geschluckt. Die Übernahme durch die East Coast Industries ist so ziemlich vollzogen. Mit der neuen Firma will er sogar an die Börse gehen. Das wird gerade in Singapur vorbereitet. Und Dr. Nong Batu übrigens war auch ein Wang-Fu-Mann. So wie dein Großvater.«

Maya nickte wieder. Dann stimmte es also doch …

»Und dieser D.O., dieser Pa Ulay?«

»Geld kann selbst den Wald bewegen, sagen die Chinesen. Natürlich arbeitet Pa Ulay inzwischen auch für Wang Fu.«

»Und jetzt?«

»Jetzt? Nichts …« Prinz Wahid streckte die langen Beine aus. »Noch gibt es uns. Noch gibt es das Sultanat Jorak. Und in Jorak haben wir das Sagen, und unser Volk, die Malaien. Die werden sich wundern …«

Wie groß die grünen Augen waren in den braun-schwarz-weiß gestreiften Baby-Gesichtern! Tan konnte nicht widerstehen: Sie öffnete die Tür im Maschengitter und nahm den kleinsten der drei Tiger heraus, hob ihn hoch, und er preßte sich sofort begeistert an sie, um ihr den Hals zu lecken.

»Bist du freundlich«, flüsterte sie. »Du wirst schon sehen, gleich gibt's was zu essen.«

Der Kleine sah sie an und nieste. Sie strich über sein warmes, dickes Fell.

Dan hatte die Mutter vor vier Monaten gefunden, nicht weit von der Station entfernt, über dem Fluß, oben an dem kleinen Wasserfall, der vom Terik-Berg herunterkam. Ihr Kadaver war noch ziemlich erhalten, die Waldtiere hatten ihm in der kurzen Zeit nicht zusetzen können, denn Dan und Poh-Pan waren gleich, nachdem die Schüsse gefallen waren, losmarschiert und hatten die tote Tigerin und ihre Kleinen aus dem Farngestrüpp unterhalb der Quelle herausgeholt.

Tan hatte ihren Mann nie so traurig erlebt, so still, zugleich so zornig. Der Geist der Traurigkeit hatte Dans Seele für Tage erfaßt, denn er hatte doch so viel von der Tigerin erhofft. Sie war in einem Käfig auf die Station gekommen, aus einem fremden Land, wie er erzählte ... Er hatte sie »Laura« getauft und ihr dann ein Halsband umgelegt, ein Zauber-Halsband, an dem ein Kästchen befestigt war, das Dan stets sagte, wo sie sich aufhielt. Nein, es war kein Problem, die tote, erschossene Laura aufzufinden.

Er hatte ihr mit Hilfe des Tiger-Geistes wieder die Freiheit zurückgeben wollen. »Auswildern« nannte er das und sagte: »Ich weiß nicht, ob sie durchkommt. Aber größer als die Gefahr zu verhungern, ist die Gefahr, daß sie abgeschossen wird.« Nun gab er sich die Schuld. Er hatte sie nicht schützen können.

Zurück blieben nur die drei Kleinen ...

Wenn sie daran dachte, was aus ihnen werden würde, wurde ihr Herz schwer.

Sie streichelte ein Ohr, knuffte den Rücken, der Kleine grunzte glücklich, dabei sperrte er den Rachen auf wie eine gelangweilte Katze. Sie gab ihm einen Klaps, setzte ihn in den Käfig zurück und nahm den Futtereimer, um ihn ins Haus zu tragen und zu waschen. Auf Dans Geheiß hatte sie damit begonnen, die Kleinen an rohes Fleisch zu gewöhnen, indem sie etwas Hack in den Reis mischte.

Sie wusch den Eimer im Wasserbottich und sah sich nach Poh-Pan um. Wo steckte er? Er konnte ihr beim Gemüseputzen helfen … Doch dann erinnerte sie sich, daß Dan ihm befohlen hatte, die Pfähle des Drahtzauns, der die Station umschloß, durch neue Hartholzpfähle zu ersetzen.

Sie nahm den Eimer, ging die Treppe zum Haus hoch und setzte ihn wieder ab. Drüben, wo die beiden großen Sago-Palmen standen und die Piste auf den Parkplatz mündete, hatte sie ein Geräusch vernommen, nicht den üblichen Vogellärm, auch nicht das Flattern des Tukans, der dort immer herumhüpfte und auf Abfälle wartete, es war ein Geräusch, das anders klang. Anders und fremd.

Sie konnte nichts entdecken.

Auf den Flußkieseln rostete nur der alte Ford-Pritschenwagen vor sich hin, den Dan im Frühjahr aufgebockt hatte. Aus seinen Sitzen wuchs bereits das Gras.

Sie wollte gerade in die Küche gehen, da sah sie ihn …

Ein Mensch, ein Mann. Es mußte ein Mann sein … Kein Ipak oder sonst jemand, der zum Wald gehörte, sondern ein Weißer. Aber das, was sich dort bewegte, auf allen vieren, an einen Stock geklammert, ein Bein nachschleifend, sah eher aus wie ein riesiger Frosch, nein, wie eine braune, schreckliche Kröte …

Jetzt hob die Kröte den rechten Arm mit dem Stock. Dabei kippte sie um und rollte auf die Seite.

Tan warf den Eimer weg und rannte …

Ein Haus, ein Haus, ein Haus …

Nein, am Arsch bist du nicht … Noch immer nicht. Ganz am Arsch ist man selten …

Bernier atmete immer schneller, und während er vor sich hin hechelte und spürte, wie ihn die Hitze wieder hoch- und forttragen wollte, breitete sich Zufriedenheit in ihm aus: eine Chance … eine Chance … Da ist das Haus … Und das Haus hat ein Dach wie jedes andere beschissene Haus … Und es ist ein solides Haus … Es ist die Station!

Er hustete, besser: mobilisierte seine letzten Kräfte, um überhaupt husten zu können, um den ganzen von winzigen, toten

Mücken versetzten Schleim loszuwerden, der seine Luftröhre quälte, doch er brachte nur ein schwaches Röcheln zustande. Scheißzeug ... Selbst in den Nasenlöchern ... Und sein verfluchter Fuß ... schien in einem Eimer voll glühendem Blei zu stecken ...

Und dann der Rücken ...

Aber es geht immer weiter ...

Dort steht das Haus ...

Er wollte den Kopf heben. Er war zu schwach dazu. Aber das Geräusch registrierte er doch. Da rennt jemand ... kommt zu dir ... die Nandi kann's nicht sein ... ist nicht da ... der Wildhüter-Fritze auch nicht ... weg ... vorbeigerauscht ... waren beide im Jeep ... den Jeep gibt's nicht ... ist nicht da ...

Er hustete wieder, öffnete nun das linke Auge, hob die Hand. Sie zitterte. Verdammte Hitze ... Fieber ... Aber da kommt jemand ... Sarong ... Langes Haar ... Ein Weib ... ein junges Weib. Eines von diesen Waldratten-Weibern. Und hübsch ...

»Tuan?«

Oh ja ... bin der große Tuan ... was sonst?

»You sick, Tuan?«

Spricht auch noch englisch ...

Bernier stöhnte. Wieder kam die Schwäche zurück, wieder wollten die Gedanken entgleiten und strebten dem großen, schwarzen Loch zu, das sie verschlingen wollte ... die ganze Zeit verschlingen ...

Sick ...

Er atmete, atmete immer schneller.

»Durst«, kam es mühsam aus seinen heißen, sperrigen Lippen. »I'm thirsty ...«

Sie lief fort und kam gleich darauf mit einem Trinkbecher zurück. Sie hob seinen Kopf an und setzte ihm den Becher an den Mund. »Das tut gut, Tuan.«

Das Zeug war kühl und höllenbitter. Aber half tatsächlich ... Er konnte klarer denken.

»Kannst du mir helfen?«

Sie nickte.

Braves Mädchen ... wie ein Kind und war doch schon kräftig ...

»Gib mir den Stock und hilf mir auf.«

Sie schob ihn hoch, und er brüllte seinen Schmerz hinaus. Mit seiner linken Hand umklammerte er ihre Schultern. Kräftige Schultern …

Bernier auf dem Marsch … das Super-As … erledigt jeden Auftrag … ist immer für eine Überraschung gut …

Aber die Treppe schaffst du nicht …

Er schaffte sie. Vor Schmerzen brüllend. Und dann war da ein Bett, und wieder Tee und Hände, die sich an seinem rechten Bein zu schaffen machten …

Sie alle waren dem Ruf des jungen Ipak-Boten gefolgt, doch unter denen, die aufbrachen, um das Ipak-Langhaus zu erreichen, hatten Tida und Apa Jogeh den weitesten Weg. Tida und Apa Jogeh besprachen sich und wurden sich einig, daß die Reise nicht länger als drei Tage dauern würde.

Tida bereitete den leichtesten der Einbäume des Stammes vor. Die Jani besaßen ihr Jagdrevier auf der Westseite des Sadak-Berges, und sie gehörten zu den besten Jägern und Wanderern im ganzen Tenenga-Gebiet. Zudem kannte keiner unter den sechs Waldvölkern des Tenenga die Fremden, die mit ihren Maschinen gekommen waren, um alles zu zerstören, so gut wie sie.

Für ihre Reise nahmen Tida und Apa Jogeh Proviant mit. Unter anderen Umständen wäre es leichter gewesen, sich unterwegs mit Wild und Fischen zu ernähren, doch das würde diesmal zuviel Zeit kosten. So füllten die Frauen Geflügel- und Schweinereis in die Luftkammern dicker Bambusrohre und drückten sie fest, damit die Nahrung nicht schlecht werden konnte. Sie fügten scharfe Gewürze hinzu, um sie noch haltbarer zu machen.

Das große Gespräch mit den Ipak sei sehr wichtig, hatte der Bote gesagt, und es dulde auch keinen Aufschub. So mußten sie nun ihre Nahrung tragen, statt zu jagen.

Sie rieben sich Füße, Knöchel und Beine mit den Blättern der Kulit-Schlingpflanze ein. Der Kulit-Saft schützte sie vor den Blutegeln und vor vielen Insekten. Als Geschenke nahmen sie eine Rolle besonders starken Thai-Tabak mit, dazu sechs Gewehrkugeln, die sie mit den Fremden getauscht hatten, und zehn besonders schön gearbeitete Giftpfeile.

Die Männer des Dorfes halfen, den Einbaum an eine Stelle oberhalb der Stromschnellen zu tragen. Dort setzten sie ihn ins Wasser. Tida und Apa Jogeh hoben noch einmal die Arme zum Gruß, lachten und paddelten stromaufwärts.

Sie machten nur kurze Pausen in diesen drei Tagen. Apa Jogeh fing während der Fahrt aus dem Boot zwei Springfische mit dem

Speer und schon am ersten Tag, als sie unter einem Baum vorbeiglitten, der halb im Wasser wuchs, schoß Tida, der jüngere der beiden, mit dem Blasrohr einen Affen.

Es war ein guter Schuß. Das Gift des Pfeils tötete das Tier sofort, und es fiel ins Wasser ... Doch Apa Jogeh regte sich fürchterlich über Tidas Verhalten auf und verbot ihm, der Beute nachzuschwimmen, die schon weit flußabwärts trieb. Zwei Stunden lang hielt er dann einen zornerfüllten Vortrag darüber, daß Tida nicht nur die Regeln der Jagd, und damit die Geister des Stammes verletzt habe, sondern überdies auch noch die Geister der Affen, die von nun an ihre Fahrt mit Zorn begleiten würden, weil er einen der ihren ohne Not getötet hätte.

Als der Abend kam, hielten sie nach Bambus Ausschau, steuerten den Einbaum ans Ufer, machten ihn fest, um ihr Naja, den Unterschlupf, zu bauen. Sie schlugen Bambus, verknüpften ihn mit Lianen zu einem Rost, setzten ihn auf vier Pfähle und versahen ihn mit einem Blätterdach, das ihnen den Regen vom Leib halten würde. Dann öffneten sie die Bambus-Zellen ihrer Vorratsbehälter, kratzten den Reis heraus, machten ihn warm und brieten einen Fisch.

Im Morgengrauen nahmen sie wieder den Weg flußaufwärts.

Als am Abend des zweiten Tages die Kokodil-Felsen aus dem Fluß auftauchten, versteckten sie den Einbaum im Wald und übernachteten noch einmal am Fluß. Sie hatten das Gebiet des Balangi-Stammes erreicht. Am Morgen packten sie die Geschenke in ihre Rattansäcke, schulterten sie und fanden nach kurzer Zeit den Dschungelpfad, den man ihnen beschrieben hatte. Tida und Apa Jogeh bewegten sich in dem unentwirrbaren Dschungel des Regenwaldes rasch und mit der geschmeidigen Lautlosigkeit der Waldtiere. Sie hielten sich an die Zeichen der Balangi, unscheinbare Kerben in Baumstämmen und schlugen sich den Weg dort frei, wo es nötig war, und erreichten nach weniger als vier Stunden das Dorf der Balangi.

Ein Mann namens Telo, der zum Rat der Ältesten gehörte, erwartete sie bereits. Er mußte sehr, sehr alt sein, denn seine dunkle Haut schmückten die Tätowierungen der alten Leute, und seine Haare waren fast weiß.

Tida und Apa Jogeh übergaben Telo zwei Geschenk-Pfeile.

Dann kamen die anderen des Dorfes, umringten sie, die Frauen machten sich ans Kochen, und sie aßen lange, ausgiebig und sehr gut. Die Balangi hatten auch Reiswein. Also tranken sie Reiswein und tauschten Neuigkeiten aus, die sie erfahren hatten: die Geschenke, die der D.O. gemacht hatte. Die Straße, die die Company baute. Die Bäume, die am Sadak-Berg bereits gefällt worden waren … Und daß die Wildschweine wohl bald zu ihrer großen Wanderung aufbrechen würden …

Als die Sonne schon tiefer stand, kam noch ein Mann aus dem Wald. Er war der Abgesandte der Aning. Sein Weg war nicht so weit gewesen wie der von Tida und Apa Jogeh, denn die Aning waren der Nachbarstamm der Balangi. Er hieß Sungai, und er war jung, großgebaut und kräftig.

Er sagte: »Tara von den Ipaks will den Bali Saleng aus dem Wald vertreiben und das Lager der Fremden angreifen.«

… Und wieder hoch, Kurve, der Wagen donnert in den Abgrund, die Geschwindigkeit drückt dich gegen den Sitz, dein Herz trommelt und trommelt, und die Leute schreien wie verrückt. Aber das muß so sein – das ist Achterbahn!

Wann immer J. P. Bernier das Fieber erwischte, fuhr er Achterbahn, jagte in die Schleifen, stürzte in die Tiefe. Meist stand die Achterbahn in Muhlhouse, dem Scheiß-Kaff, wo er den Alten beinahe umgebracht hätte, nachdem er ihn im Bett mit seiner neuen Frau erwischt hatte. Oder er fand sich wieder in der Achterbahn von Marseille, das waren die Alptraum-Zeiten beim Troisième Régiment der Légion Etrangère …

Aber jetzt?

Wo steht sie jetzt?

Er fuhr nicht immer nur Achterbahn, manchmal stand er auch wieder im Bunker.

Der Bunker lag in Nong Khai, ein ganzes Stück entfernt von Bangkok, lag neben dem Garagen-Bau der Militärpolizei-Kaserne, und die Thai-MPs waren es gewesen, die ihn und die drei Mädchen aus dem Wagen gezogen hatten. Alles Jungfrauen … Frischfleisch für Singapur. Die Nutten ließen sie laufen. Ihn wollten sie fertigmachen …

Das träumt er immer wieder: Achterbahn oder Bunker. Was anderes gibt's nun mal nicht …

Im Bunker steigt das Dreckwasser bis zu den Knien, und mit einem halben Backstein klopfst du dir aus dem Topfgeschirr einen Dolch zurecht, und das Herz läuft Amok ... Bumm-bummbumm ...

So fertig, das Ding!

Wer ist draußen? Der Thai-MP! Dieser lächerliche Zwerg, seine Fistelstimme, das ist er ...

J. P. Bernier stemmte sich aus dem Bett hoch.

Er spürte, wie ihm Bäche von Schweiß über Brust und Rücken strömten. Na und? Er riß die Augen auf. Auf dem Stuhl lagen seine Kleider, Hemd, Hose, sein Beutel ...

Diesmal braucht er keinen Backstein. Dieses Mal muß er sich die Waffe nicht aus Blech zusammenklopfen, das Scheißding bog sich ja auch sofort, als er es dem Thai in die Gurgel stieß.

Diesmal ist es ganz einfach. Diesmal ...

J. P. Bernier mußte sich am Bett festhalten, sonst wäre er umgekippt. Er schloß die Augen und atmete tief. Er wartete, bis die Kraft zurückkam. Und er hörte die Stimmen dort draußen ...

Nun sprach eine Frau ... Auch im Long-Khai-Gefängnis waren es die Weiber gewesen, die den Fraß brachten. Ganz ruhig jetzt ...

Geht schon wieder.

Seine Hände kramten in den zerrissenen, schmutzstarren Kleidern. Nichts ... Der Sack? Hier, da lag sie, da wartete sein Baby. Da hast du sie! Magazin? Steckt ... Zieh sie durch. Geladen.

Na also.

Aus der kühlen, glatten Oberfläche der Pistole schien Kraft in seine Hand zu fließen, strömte in den Körper ... Er stand wieder. Der Fuß? Für die Schau jetzt brauchte er nicht viel davon. Vorsichtig setzte J. P. Bernier die Ferse auf. Irgend jemand hatte sie ihm eingebunden. Wer? Ist ja nicht wichtig ...

Er humpelte die drei Schritte zur Tür, holte noch einmal tief Luft, stieß die Tür auf – und da war er, der Thai, für einen Polizisten ziemlich alt, Uniform trug der auch nicht ... Um so besser, Junge, dann brauchst du nicht nach deinem Halfter zu greifen ... hättest du ohnehin nicht gekriegt ... hast sowieso keine Chance ... hättest nie 'ne Chance gehabt ...

Bernier schoß.

Schoß in dieses fassungslose Gesicht mit den weit aufgerissenen, schwarzen Augen. Schoß wieder. In den Hals, in die Brust, viermal jetzt. Blut. Wo du hinsiehst, spritzt dem die rote Soße aus dem Leib. Und steht immer noch, nein, jetzt knicken ihm die Knie weg. Na endlich.

Draußen spielten die Vögel verrückt, schlugen einen Höllenkrach, weil er den Schalldämpfer nicht aufgesetzt hatte, als er den Typ fertigmachte, auch seine Ohren sangen, dabei war das hier doch eine Terrasse, aber das Echo von der Hauswand reichte aus, und seine Knie wollten nicht, und so schob er einen Stuhl heran und ließ sich drauffallen. Da stand dieses Mädchen, glotzte ihn an, sagte nichts, glotzte nur und ihre Arme zitterten. Jung war sie, verdammt jung. Keine von diesen Thai-Weibern.

Nein. Aber die kennst du doch?

Kennst du sie wirklich?

»Putz das auf!« befahl Bernier und seine Stimme kam ihm selbst ganz komisch vor: »Wird's bald. Putz das weg! Da wird einem ja schlecht … Und dann reden wir miteinander …«

Rechts neben dem Dschungelweg steckte ein Botschafts-Stab: ein sauber geschälter, gerader Zweig aus Hartholz, versehen mit Kerben, dreifarbigen Vogelfedern und einigen Rattanfetzen. Und keine zwei Meter weiter hatte jemand noch eine weitere Botschaft in den Waldboden gestoßen.

Tara, der die anderen hinauf zur Station zum Gespräch mit dem Tuan führte, blieb stehen, zog die Stäbe aus der Erde und wartete bis Apa Jogeh und Tida kamen. Apa Jogeh sah erst die Stäbe an, dann Tara.

»Kannst du lesen?«

»Ja … Einer unserer Jäger hat die Botschaft hier gelassen. Wahrscheinlich Tidik.«

»Und hast du gelesen?«

»Noch nicht.«

»Dann lies …«

Tara drehte die Stäbe, betrachtete sie sorgsam. Seine Schultern strafften sich, als habe ein Skorpion sie berührt.

»Auf der Station ist etwas passiert.«

»Dem Tuan?«

»Der Tuan kommt erst am Abend. Er kommt mit der Tochter

vom ›Tiger-Schrei‹. Poh Pan, seinem Gehilfen, ist etwas passiert. Er ist ein Onkel von mir. Und meine Schwester …«

Er unterbrach sich, warf die Stäbe in die Büsche und ballte die Fäuste. Seine Kiefer schoben sich hin und her. Er hatte die Zähne so fest aufeinandergepreßt, daß die anderen sie knirschen hörten. Sie schwiegen respektvoll.

»Poh-Pan ist tot.« Er sprach mit einer ganz leisen Stimme. »Ein Fremder ist gekommen und hat ihn getötet. Poh-Pan, mein Onkel, ist tot! Und meine Schwester ist in der Gewalt des Fremden.«

Sie sahen ihn alle an. Es gab nichts zu sagen. Apa Jogeh war der erste, der die Sprache wiederfand.

»Dann gehen wir doch endlich«, sagte er.

War kein Thai, dachte Bernier. War so was wie 'ne Halluzination, ein richtiger beschissener Fieberwahn. Und nun lag die Halluzination da draußen hinter dem Haus unter ein paar Handvoll Ästen, die die Kleine darübergeworfen hatte. Wird bald stinken, die Halluzination, wird von irgendwelchen Feuerameisen angeknabbert, so wie du …

Aber eine Leiche hinter dem Haus ist nicht gerade das Richtige.

Muß man ändern.

Nur, daß du zu verdammt schwach bist, um auch nur den Arsch hochzukriegen.

J. P. drehte den Kopf in Tans Richtung.

Die Kleine lag noch in ihrer Ecke, lag brav an ihrem Platz, dort, wo er sie gefesselt hatte, still wie ein Lämmchen, den Mund zugepflastert, schnorchelte so ein bißchen vor sich hin. Aber die Klappe zugeklebt, immer die Luft durch die Nase, ist eigentlich zuviel verlangt. Schafft sie vielleicht nicht. Jeder hat seine Grenze. Siehst du doch an dir … Muß wieder hochkommen … kräftemäßig … muß hochkommen, jawohl, und den umgelegten Scheißer wenigstens ein bißchen einbuddeln …

Sie muß was tun, sie muß dir helfen, muß … Er stöhnte laut auf, als der Schmerz aus dem Halbdunkel heranflog, in seinen Schädel drang und hinter seinen Augen explodierte.

Er sank in das Kissen zurück. Reiß dich zusammen … Die kommen bald … Was dann? Die kommen, und das Fieber kommt auch wieder …

Seine Zähne klirrten.

Er versuchte sie aufeinanderzupressen. Es half nicht, die Zähne klirrten weiter, und er hatte das Gefühl, als trage ihn die Hitze bis hoch zur Decke.

Und dann fing das Zittern an. Schüttelfrost ... Verdammt, ausklingen lassen ... Abwarten. So ... Und jetzt tief atmen. Wird gleich besser, ist schon besser, okay, reiß dich am Riemen, Alter, schaffst du, zieh die Knie an, raus aus dem Bett. Raus!

Taumelnd kam er hoch.

Die Dielen unter seinen Füßen knackten. Das Mädchen stöhnte. Sein Fuß brannte. Aber bis zum Fenster würde er es schaffen.

Sie sah ihn an.

Dunkel war's hier drin, verdammt dunkel, aber ihren Blick spürte er doch. Ein Blick, der sich durch jedes Dunkel bohrt ... Sauer, die Kleine. Daran konnte er nichts ändern ...

Er stützte sich auf dem Fenstersims ab, fummelte nach der Schnur, die die Jalousie hochzog, fand sie nicht, schob die Jalousie mit dem linken Ellbogen zurück und hatte nun endlich, was er wollte: Blickfeld nach draußen. Sah die Käfige, in denen dieses dämlich schreiende Pack von Affen rumhopste, sah den Hang, den Fluß ... Schön still lag das Wasser ...

Oder doch nicht?

Drüben, an den Steinen?

Da hat sich etwas bewegt ... Sieht man ganz deutlich. Kleine Wellen sieht man, die zwei gekräuselte Streifen ziehen ...

Viechzeug ...

Vielleicht sogar ein Krokodil?

Ob es so etwas hier gibt?

Was immer es war, es ist schon wieder verschwunden ...

Zuerst hatte Tara bedauert, daß der alte Pa-Telo mitgekommen war, doch für die Balangi schien Pa-Telo der wichtigste Mann zu sein. Außerdem war er ihr Dayung, ihr Medizinmann, und so hätte sich Tara eher die Zunge durchgebissen, als mit irgendeiner Bemerkung die Gastfreundschaft und den Respekt vor dem Alter zu verletzen. Und nun? Je länger sie durch den Wald gingen, desto mehr mußte er seine Meinung revidieren: Dieses sehnige Knochenbündel mit seinen Knotenknien, dieser Pa-Telo hielt nicht nur mit, er kannte den Weg wie ein Ipak, was wiederum bewies, daß auch die Balangi seit Jahren durch das Gebiet der Ipaks gestreift sein mußten. Doch dies war nicht die Zeit, darüber zu reden …

Sie hatten den Fluß unterhalb der Station durchquert.

Pa-Telo kauerte am Ufer.

Er hielt ein winkelförmiges, naßschimmerndes, vom Wasser rundgeschliffenes Stück Hartholz in der Hand, das wohl eine Astgabel gewesen sein mochte, und bearbeitete es mit dem Messer, bis es aussah wie ein Wurfholz. Die anderen beobachteten ihn schweigend. Nun hob Pa-Telo das Holz hoch und grinste mit den drei letzten Zähnen, die er noch besaß. Sie waren so schwarz wie seine Haut.

Jeder wußte, was er beabsichtigte.

Von den Riesenfarnen, die hier wuchsen und Deckung gaben bis hinauf zur Terrasse des Wohnhauses, betrug die Entfernung vielleicht vierzig Meter. Man mußte schon sehr gut werfen können, doch es war zu schaffen … Mit solchen Würfen konnte man einen Eber, einen angeschossenen Puma oder gar einen Tiger dazu bringen, seinen Schlupfwinkel zu verraten, seine Deckung zu verlassen.

Doch Tara schüttelte den Kopf.

Sein rechter Zeigefinger beschrieb die Hälfte eines Kreises.

In der Jagdsprache bedeutete dies, daß er sich der Beute von hinten nähern würde.

Er nickte dem jungen Tida zu. Tida griff nach seinem Blasrohr und setzte einen Giftpfeil ein. Die anderen taten das gleiche. Tara und Tida verschwanden.

Pa-Telo blickte auf die Uhr an seinem linken Handgelenk. Es war eine japanische Uhr, doch die Batterien waren längst verbraucht, die Ziffern in ihren Fensterchen erloschen. Pa-Telo liebte die Uhr dennoch, der Gedanke gefiel ihm, daß sie die Zeit gefangen hielt. Im übrigen wußte er genau, wie lange ein Mann brauchte, um das Haus dort von hinten anzuschleichen.

Als die Zeit verstrichen war, trat Pa-Telo mit Apa Jogeh in eine kleine Lichtung, die die Farne bildeten. Die Augen maßen noch einmal die Flugbahn bis zur Terrasse. Er holte aus, spannte den Körper zurück – und warf …

Er mußte das Dorf beschützen. Wenn er einen Orang Asli tötete, kamen die Soldaten …

Er würde keinen Menschen töten. Auch nicht diesen von allen bösen Geistern besessenen Weißen.

Tara regte sich nicht.

Er wartete.

Daumen und Zeigefinger schoben die Jalousien-Stäbe wieder auseinander: Nichts hatte sich geändert. Noch immer lag Tan in einer Ecke, zusammengeschnürt wie ein erbeutetes Wild, noch immer stöhnte der Mann auf seinem Bett, seine Brust hob und senkte sich. Es schien ihm schlecht zu gehen.

Und Poh-Pan? Ob sein Geist nun zusieht? Man muß mit ihm rechnen …

Das hat Zeit.

Er hatte die drei Worte nicht fertig gedacht, als es geschah. Er vernahm zuerst das berstende Klirren von Glas, dann ein Poltern. In sanftem Bogen war das Wurfholz der Richtung gefolgt, die Pa-Telo ihm gegeben hatte, zerschlug das linke Veranda-Fenster der Station, um dann hart auf dem Boden aufzuprallen.

Bernier fuhr aus seinem Bett hoch.

Was war das?

Sein Puls raste.

Die Pistole? … Sie lag neben seinem Oberschenkel. Er griff nach ihr, stellte die Füße auf den Boden, kam hoch, taumelte zur Tür. Er würde sie nicht öffnen. Er wußte nicht, was geschah, hörte noch das Splittern der Jalousie hinter sich, doch den Schatten im Fensterrahmen sah er nicht, dazu war es zu spät, alles war zu spät …

Tara flog förmlich auf ihn zu, packte ihn an den Schultern, faßte mit eisernem Griff den Hals.

Der Fremde, der Mörder Poh-Pans, brach in die Knie, bäumte sich noch einmal auf, verdrehte die Augen und wurde schlaff …

»Ist das ein Empfangs-Komitee« fragte Rick. »Hast du es für mich bestellt?«

Maya schwieg.

Carpenter steuerte den Toyota auf den Parkplatz, legte beide Hände aufs Steuer und blickte hinüber zu den fünf Männern in ihren Lendenschlingen, die sich am Fuß der Treppe zum Stations-

Eingang aufgebaut hatten. Er hatte sie erwartet, schließlich hatte Tara diese »Konferenz« über das weitere Vorgehen gegen die Logging-Company vorgeschlagen, und daß sie Maya und dem Gast zur Begrüßung nicht entgegenliefen war auch in Ordnung, Senoi-Sitte, aber trotzdem …

Etwas mußte geschehen sein.

Die Gesichter drückten es aus. Auch die gespannten Körper …

Er schwang sich aus dem Wagen und ging ihnen entgegen.

»Da unten, hinter den Käfigen? Das also ist der Fluß, von dem du mir immer erzählt hast?« fragte Rick Martin.

Maya antwortete nicht.

»… das Stations-Gebäude, da hat Dan schon recht, es muß dringend saniert werden. Trotzdem, was für ein traumhafter Ort, Maya! … Diese Burschen dort, gehören die zur Station?«

Maya schüttelte den Kopf.

»Komm!« sagte sie nur und begann zu rennen.

Es konnte nichts mehr getan werden für Poh-Pan …

Sie scheuchten die Sandfliegen und Mücken fort, die sich in dichten Schwärmen auf seinem Körper niedergelassen hatten, reinigten die Leiche von Ameisen, hüllten sie in den kostbaren, aus Pflanzenblättern geflochtenen Teppich, den Tara Dan Carpenter geschenkt hatte, als Tan in sein Haus zog, trugen ihn hinunter zum Ufer, um ihn dort zu begraben.

Tan saß noch immer stumm in einer Ecke, so sehr Dan und Maya sich auch um sie bemühten. Sie rührte sich nicht. Sie legte sich auch nicht in die Hängematte, die ihr Dan auf der Terrasse aufgehängt hatte. Sie saß einfach da, den Kopf gesenkt, die Augen geschlossen.

»Das geht vorüber«, sagte Tara. »Laßt sie. Sie ist stark. Sie ist meine Schwester.«

Maya und Dan öffneten einige Büchsen, trugen die getrockneten Sago-Fladen, an die die Ipak gewöhnt waren, zum Tisch. Sie begannen zu essen.

Die Männer aus dem Wald schüttelten die Köpfe, als Dan ihnen Bier anbot. So verzichteten sie alle darauf und tranken Tee. Sie aßen stumm. In die Geräusche des Essens, das Klappern der Messer, die kurzen Worte drang durch die dünnen Wände ein fast kindlicher Singsang aus dem Nebenzimmer. Manchmal wurde das »I-a-o« durch einen brutalen, fast konvulsivischen Ausbruch von Worten unterbrochen. Dann herrschte wieder Schweigen, bis es erneut begann! »I-a-o …«

Der Mörder.

Tara und die anderen taten, als existiere die Stimme nicht. Maya hatte schon nach wenigen Bissen den Teller zurückgeschoben. Sie schwieg. Der einzige, der ganz ruhig weiter aß, als gäbe es nichts Wichtigeres, war Dan Carpenter.

Rick Martin hielt es nicht länger aus: »Was habt ihr mit ihm vor? Ihn krepieren zu lassen?«

»Verdient hätte er's«, sagte Maya.

»Verdient, Maya. Natürlich. Aber die Frage ist, was wir tun.«

»Ich weiß es nicht«, sagte Dan und walkte mit seinen zahnlosen Kiefern ein Stück Sago durch. »Ich weiß es noch nicht. Ich muß es mir überlegn.«

»Und wie lange dauert das?«

Carpenter sah ihn nur an.

Rick Martin war froh, als er endlich eine Zigarette in der Hand halten und einen tiefen Zug tun konnte: ein bißchen viel auf einmal. Dieser Empfang … Er hatte andere Situationen durchgestanden … Obwohl diese hier seinem Talent, sich außergewöhnlichen Umständen anzupassen, nun wirklich einiges abverlangte.

Dieser Typ zum Beispiel? Dieser Wahnsinnige? …

Aus irgendeiner Kiste hatte Carpenter ein paar zerkratzte Handschellen hervorgekramt. Sie waren eigentlich für Wilderer bestimmt, aber sie schienen auch für einen Verrückten geeignet, der offensichtlich im Delirium wildfremde Menschen niederknallte und eine Frau dazu zwang, die Leiche ins Gebüsch zu schleppen, um sie dann anschließend mit Pflastern zu knebeln und zu fesseln. Verdammt, woher kam er? … Wer war er? …

»Er ist nicht verrückt, Rick. Und das Fieber allein ist es auch nicht.«

»Na gut, Maya, was dann?«

»Wenn ich das wüßte …«

Als sie ihm die Gelenke am Bettgestell befestigten, hatte er unverständliche, hohe Klagelaute ausgestoßen, dann kamen zwei, drei Sätze, eindeutig französische Worte – aber sie waren zu leise, wurden völlig unverständlich aus dem nach Luft ringenden Mund hinausgestoßen.

Nach dem Essen gingen Rick, Maya und Carpenter wieder hinüber ins Gästezimmer. Dan setzte sich auf die Bettkante.

»Was ist los mit Ihnen? Wer sind Sie?«

Keine Antwort. Der Mann lag da wie ein Toter.

Dan Carpenter schickte Maya aus dem Raum und beugte sich über den glatzköpfigen Schädel mit dem verschwollenen Gesicht. Die Lider waren so dick aufgedunsen, daß sie kaum einen Blick zuließen. Speichel lief aus den Mundwinkeln. »Hören Sie … Hören Sie mich?«

Stille … Nur Röcheln …

»Hören Sie. Ich will das wissen: Wer sind Sie?«

Nichts.

Dan hob die Hand, und ehe Rick Martin es verhindern oder auch nur etwas sagen konnte, schlug er in dieses schweißgebadete, von Fieber und Erschöpfung verunstaltete Gesicht.

Rick Martin biß sich auf die Unterlippe, aber er griff nicht ein. Der Tote war Dans Freund gewesen.

»Jetzt hör zu!« fing Dan wieder an.

»Er hört nicht, Dan. Sieh doch …«

Der schwere Kopf sackte zur Seite. Er war ohnmächtig geworden.

»Um so besser. Dann schauen wir ihn uns mal an …«

Sie streiften dem Bewußtlosen die Kleider vom Leib. Sein schwerer, muskulöser, für einen Mann seines Alters ziemlich durchtrainierter Körper war mit Wunden übersät. Am schlimmsten hatte es ihn an der linken Schulter, unter der linken Achsel und an der linken Rückenseite erwischt: Ameisen. Feuerameisen, deren Bisse eitrige, rot und blau angelaufene Pusteln hervorriefen. Auch Beine und Bauch waren mit Geschwüren und Stichen übersät. Die eiternden Wunden an beiden Unterschenkeln und oberhalb des rechten Knies rührten wohl von Blutegeln und Dornen her.

»Und jetzt, Dan?«

»Na, was schon? Da drüben ist Alkohol. Machen wir's halt sauber, dieses verdammte Stück Dreck …«

Sie arbeiteten zu zweit, Rick säuberte die Wunden so gut er

konnte, streute desinfizierendes Pulver darauf, während Carpenter zunächst eine Antibiotika –, dann eine Vitamin-Spritze setzte.

Als er die Nadel zum zweiten Mal über den schweißglänzenden Körper senkte, zitterte seine Hand derartig, daß er nicht einstechen konnte. Er ließ sie sinken und versuchte es dann wieder.

»Sollen wir seine Temperatur messen?«

»Wieso? ... Der ist an der Grenze ... willst du's so genau wissen?«

»Meinst du, er kommt durch?«

»Wünsch es ihm besser nicht«, sagte Dan Carpenter.

Sie ließen ihn im Gästezimmer auf seinem Bett liegen. Draußen auf der Terrasse saß Tan in einer Ecke, Maya neben sich, die sie um die Schultern hielt wie ein Kind und ihr Tee einflößte. Und Tan lächelte. Sie lächelte wieder.

»Tan?« flüsterte Carpenter.

Sie hob den Kopf.

»Hat er dir etwas getan?«

»Nein ... Nein, Dan ...«

Mit dem Kinn deutete Maya zum Tisch. »Ich hab' mir die Sachen in seinem Matchsack angesehen. Ich hab' den ganzen Matchsack auseinandergenommen. Seht euch mal den Paß an.«

Der Paß war ausgestellt auf Mr. Humbert Crain, geboren am 19. 11. 1932 in Boston, Massachussetts.

Rick Martin legte ihn auf den Tisch zurück: »Crain?«

»Den Namen kannst du vergessen, Rick.«

»Was heißt das?«

»Er heißt nicht Crain.«

»Sondern?«

»Schlag mal die Seite zwei auf. Da findest du ein Stückchen Papier. Eine Ouittung ... Und schau mal, was da drauf steht.«

Die Schreibmaschinenschrift auf dem rosafarbenen, ausgefransten Papier war ziemlich verblaßt. Tatsächlich handelte es sich um eine Ouittung. Die Ouittung einer Wäscherei in Johor. Der Betrag lautete auf 24 Ringgits. Und hier stand es: »Mr. J. P. Bernier.«

Martin ließ die Hand sinken.

»Nein!« – Und dann wiederholte er: »J. P. Bernier. J. P.? Jean Pierre?«

»Oder Jean Paul.«

Nun wurde auch Carpenter aufmerksam. »Habt ihr nicht gestern schon von irgendeinem Bernier erzählt?«

»Ja … Und nicht von irgendeinem. Von dem Mann, der für unseren Freund Philip Wang Fu die Drecksarbeit besorgt und auch sonst so ziemlich alle Gemeinheiten organisiert, die Wang Fu einfallen.«

»Und das soll … Der liegt da drüben im Gästebett …? Das gibt's doch nicht!«

»Anscheinend doch«, sagte Maya.

Maya schlief in dieser Nacht sofort völlig erschöpft ein. Rick gelang das nicht. Still lag er neben ihr und versuchte das kreisende Karussell in seinem Kopf zum Stillstand zu bringen. Kühl war es im Raum geworden, kühler und dunkler als zuvor. Der Himmel sog sich mit Regen voll. Irgendwo im Dach knisterte und kruschelte es, wie üblich.

Vom Gästezimmer aber erklang immer wieder die leise quängelnde, unverständliche Stimme des Fiebernden.

J. P. Bernier? …

Was jetzt?

Ach, zum Teufel mit ihm! Bernier hat Zeit bis morgen …

Er stützte sich hoch.

Ihre Schulter schimmerte. Noch gab es genug Licht, um die Züge ihres Gesichtes zu erkennen. Zart, ganz vorsichtig, um sie nicht zu wecken, strich er ihr übers Haar. Trotz allem – war es nicht eigentlich so, wie er es sich gewünscht hatte? So, wie es andauern müßte? Immer …

Er erhob sich aus dem Bett und ging wieder zum Fenster. Das Feuer unten am Flußufer, dort, wo die Senois die Totenwache hielten, brannte noch immer. Und wenn er sich anstrengte, konnte er auch die Stimmen vernehmen: ein eintöniges Gemurmel, das manchmal von einem leisen, monotonen Singen begleitet wurde.

Er ging ins Bett zurück, schlief endlich ein, und wieder träumte er einen Traum, der ihn schon so oft verfolgt hatte: Wieder trieb er auf dem dunklen Wasser der Färöer, in einem Schlauchboot, hatte nichts in den Händen als diesen kleinen Kasten, dessen Bedienungsanzeigen ihn anblinzelten. Ein Loran-Peilgerät. Es arbeitete mit Satellit, arbeitete fantastisch, automatisch, seine Funkimpulse lieferten exakt die Koordination, die er brauchte, er wußte nun genau, wo er sich befand, hier, zwischen eiskalten, schwarzen Wellenkämmen, die, einer hinter dem anderen, an den Wülsten seines Schlauchbootes vorüberwischten. Die ganze Welt war schließlich eingehüllt in Funkimpulse, nie bist du allein, jederzeit kannst du dich bis auf ein paar Meter darüber informieren, wo du dich befindest.

Doch was nützt es dir, wenn du nicht weißt, wo du hinwillst? … Und wohin, wohin nur geht die Fahrt? …

Ein Schrei schreckte ihn hoch. Dies war nicht die Nordsee, dies war Malaysia … Highlands … Tenenga-Gebiet … Auch endlos … Wo lag schon der Unterschied? …

Jetzt wieder!

Der Schrei kam vom Gästezimmer. Rick Martin stand auf, griff sich die Taschenlampe, tappte hinüber, riß die Tür auf.

Der Halogenstrahl fiel aufs Bett. Es stank nach Schweiß, Krankheit und Erbrochenem.

Und da saß er nun, hatte es irgendwie fertiggebracht, sich halb aufzurichten. Sein Gesicht, zuvor schon schrecklich anzusehen, hatte nun alle Farbe verloren. Die wulstigen, bläulichen Lippen waren zu einem schiefen, haßerfüllten Grinsen verzerrt, die Schlagschatten des Focus verwandelten Berniers Kopf in eine Dämonenfratze, den Mund in ein schwarzes Loch. Und dieser Mund sonderte Worte ab, stieß sie geradezu heraus, leise, röchelnd – aber es waren verständliche, französische Worte!

Ja. Ganz deutlich.

»Ich werde euch fertigmachen … Ihr seid dran … alle … umlegen werde ich euch … umlegen …«

Er knipste die Lampe aus und ließ ihn dort, wo er war – in seiner Hölle … Wünsch ihm nicht, daß er überlebt, hatte Dan gesagt. Er wünschte es nicht. Als er das Zimmer wieder betrat, hörte er Mayas Stimme.

»Was ist?«

»Nichts. Gar nichts«, sagte er.

»Doch … Bernier hat …«

»Bernier? Laß ihn … Wer ist schon Bernier?«

»Und ich?« Sie streifte das Laken von ihrem Körper, öffnete die

Arme, er senkte sich auf ihren Körper, und sie liebten sich. Ihre verrückten Laute, ihr Atem, ihre Küsse … es liegt alles so dicht nebeneinander, ein Bernier, eine Frau wie sie, die Lust und das Krepieren …

Über ihnen trommelte der Regen aufs Blechdach. Er wollte nicht aufhören. Und dort unten am Fluß hatten sie mit Bambusstäben, einem Stück Blech und ein paar Steinen dem Feuer einen erhöhten Platz gegeben, und das Blätterdach würde sie und die Flamme gegen das herabrauschende Wasser schützen. Der rote Punkt dort unten am Fluß leuchtete immer noch. Er leuchtete die ganze Nacht …

Tiefhängende Zweige wischten über ihre Köpfe hinweg. Sie zogen eine schattengrüne Spur bis zur Mitte des Flusses.

Nach dem Nachtregen war die Luft wieder kühl und frisch geworden, das Wasser hatte seine Lehmfärbung verloren und war so kristallklar, daß man Steine, Pflanzen und Fische auf seinem Grund erkennen konnte. Der schwere Geruch des Thai-Tabaks, den Pa-Telo rauchte, mischte sich mit Blütenduft, der aus dem Wald herüberwehte. Pa-Telos Jagdhund, der in der Mitte des Langboots auf dem mit Rattanschnüren festgezurrten Gepäck Platz genommen hatte, schnupperte nicht länger interessiert nach allen Seiten, sondern schlief ein.

Nichts war zu hören. Nichts als das gelegentliche Plätschern des Ruders oder das sonore Geräusch eines Stakholzes, wenn eine Sandbank umsteuert wurde.

Sie waren vor drei Tagen in Ungai, dem Dorf der Ipak, aufgebrochen. Die Ipaks, Tara und Dia unter ihnen, kamen im eigenen Boot über den Juani-Fluß, an dessen Ufer auch die Station lag. Die Balangi hatten ihr Zwölf-Meter-Langboot flottgemacht, Tida und Apa Jogeh, die beiden Männer des Jani-Volkes vom Berg Sadak, benutzten ein eigenes. Im Boot der Janis nahm auch Sungai Dayung und Vertreter des Stammes Aning, Platz. Zusammen mit Pa-Telo und zwei seiner Enkel saßen Rick und Maya im Langboot.

Auf dem Gesicht des alten Mannes dort am Heck lag ständig ein Lächeln. Auch jetzt wieder. Er nickte Rick zu, als sei er ein Bruder. Selbst Tara meinte, Pa-Telo müsse ein großer Dayung sein, denn nur die Geister könnten einem Alten wie ihm die Kräfte eines jungen Mannes erhalten.

Na, dachte Rick Martin, bei so viel spiritueller Hilfe kann eigentlich nicht viel passieren ... Er sah zu all diesen bizarren Formen von Blättern, Blüten und Zweigen hoch, die über der gewundenen Wasserstraße einen grünen Himmel bildeten. Er fühlte sich wohl, und nicht nur das, er fühlte sich tatsächlich sicher, obwohl ihm noch immer nicht klar war, was das ganze Unternehmen sollte, wieso sie es mit Geistern zu tun hatten, obwohl es doch um so konkrete Dinge wie Schutzrechte, schwarzen Holzschlag und verbotenen Straßenbau ging …

Er zog den Kassettenrekorder wieder aus dem Rucksack, um einige Eindrücke zu diktieren. Maya, den Rücken gegen Gepäck und Proviant gelehnt, ihre Kamera in der Hand, lächelte ihm träge zu. Er steckte das Gerät wieder an seinen Platz zurück und beschloß, erst mal genau zu überlegen, was er diktieren wollte.

Ein zentrales Thema hatten sie, es überschattete alles: In Taong, der Tenenga-Station, war ein Mörder aufgetaucht. Ein Mörder? Wang Fus Lohnkiller …

Daß dieser von seiner Allmacht besessene, mit Sicherheit neurotische, wenn nicht geisteskranke Chinese im Herzen Londons, vor dem EIA-Büro, hatte zuschlagen wollen, konnte man noch nachvollziehen. Aber hier, in diesem weltvergessenen Taong im Regenwald-Dschungel des Tenenga-Gebiets? Und doch: Tenenga will er haben! Und die Station ist so etwas wie die Festung, die es verteidigt. Also war er durchaus rational vorgegangen …

Rick wünschte, diese Bootsfahrt wäre es auch.

»So etwas muß einfach gemacht werden«, hatte ihm Maya versichert. »Glaub mir. Und frag nicht ständig …«

Was ja nun wirklich keine Auskunft war …

»Tara will es so. Und am besten, du läßt ihn in Ruhe damit. Im Grunde geht es nur um eines: Die Stämme hinter uns zu bringen und all den Menschen, die im Wald leben, zu beweisen, daß wir in der Lage sind, unsere Rechte zu verteidigen. Ob nun gegen Chinesen oder, oder …«

»Blöde Langnasen wie ich eine bin?«

Sie hatte ihn geküßt. »Na gut, du blöde Langnase. Wenigstens bist du auf der richtigen Seite …«

Am Abend des zweiten Tages öffnete sich am rechten Flußufer eine Bucht. Schneeweiße Kiesel unterbrachen den eintönigen Saum der Mangroven.

Ricks Herz schlug schneller. Die Janis hatten die Führung. Apa Jogeh und Tida kannten den Fluß am besten. Rick sah auf die Uhr: kurz nach sechs. Der Abend kam, die Nacht – und wieder der verdammte Regen.

Die letzten drei Stunden waren die Hölle gewesen: eine Art Wildwasserfahrt zwischen flachen Felsen. Die beiden kleineren Einbäume hatten keine Probleme gehabt, sie waren glatt durchgekommen, nicht aber ihr Langboot-Kreuzer! Blasen hatten sich an seinen Händen gebildet. Sie brannten wie Feuer. Er war nie ein schlechter Ruderer gewesen, aber hier, bei dem Versuch, das verdammte Einbaum-Ding einigermaßen auf Kurs zu halten, hatte er die Grenze seiner Leistungsfähigkeit erfahren. Auf seinen Armen glühten die Moskitostiche. All der zermanschte Pflanzenbrei, den er auf Taras Rat hin darauf verrieben hatte, nützte nichts. Schweiß lief ihm salzig in den Mund, bildete eine klebrige, juckende Schicht auf seiner Haut. Maya aber, den Rücken gegen ihren Rucksack gelehnt, tat, als würden all diese Probleme für sie nicht existieren.

Das Boot der Janis schwenkte nach rechts. Sie steuerten die Bucht an.

Endlich …

Maya nahm ihr grünes Seidentuch vom Kopf und glättete es. Auch es war schweißdunkel. »Dort vorne kommt gleich eine Insel. Dann die Nati-Felsen. Die bilden einen Wasserfall … Die Insel ist schon Company-Gebiet.«

»Warst du schon einmal dort?«

»Ja. Mit meinem Vater … Und es war einfach fantastisch. Wir konnten dort Tiger beobachten. Auch einen weißen Tiger. Er schwamm im Fluß …«

Pa-Telo schwenkte auch ihr Boot ein. Rick nahm wieder das Paddel in die Hände. Er würde die Blasen desinfizieren müssen … Es dauerte keine fünf Minuten, dann knirschten unter dem Einbaum Kiesel, die ersten dieser wunderschönen Kiesel im beinahe unfaßbar kristallklaren Wasser … Sie kletterten aus dem Boot, um es an Land zu schieben. Doch Apa Jogeh schüttelte den Kopf und brüllte irgend etwas.

»Was ist?«

»Er meint, wir sollen die Boote nicht hier in der Bucht festmachen, sondern unter den Mangroven.«

»Und warum?«

»Warum schon, Rick? Damit man sie vom Fluß aus nicht sieht. Ich sagte doch: Das ist schon Company-Gebiet …«

So blieben sie bis zur Hüfte im Wasser, zogen und schoben die

Boote, bis sie unter den graugrünen, weit überhängenden Ästen verschwanden. Erst dort machten sie sie dann fest.

Tara und die anderen hatten das Essen ausgeladen. Als Rick keuchend, aber von dem kühlen, klaren Wasser erfrischt zurückkam, brannte bereits das Feuer hinter einer Buschreihe. Reis wurde in Töpfen warmgemacht, Pa-Telo und Tara bereiteten mit ihren Messern geschickt die gesalzenen Fische für das Abendessen vor.

»Hunger, Tuan? Essen!«

»Später«, sagte Rick. »Wir gehen schwimmen.«

Die Senois lachten. War nicht so einfach, sich daran zu gewöhnen. Auch während der Fahrt war es das gleiche gewesen: ein ewiges Nicken, Lächeln, Lachen. Die Bereitschaft, den anderen nicht nur sympathisch zu finden, sondern ihm das auch zu beweisen. Selbst wenn die Situation gefährlich wurde, reichten ein paar Sekunden der Konzentration und dann wurde schon wieder gelacht.

Und er lachte zurück. Er mochte sie. Und wie er sie mochte ...

Maya hatte sich den Sarong um die Hüfte festgeschlungen.

Sie stand im Wasser. Von dem Tuch sah man nichts als den rotorangen Streifen um ihre Hüfte. Ihr nackter Oberkörper schimmerte wie der einer polierten Statue. Und das machte die Männer nun doch ernst. Sie waren an die Nacktheit ihrer Frauen gewöhnt, nun aber zeigten sie eine tiefe, schweigende Bewunderung.

Auch Rick hatte keinen Fetzen am Leib. So wie er war, lief er zum Ufer. Seine Muskeln funktionierten, er hatte die Beine, die ein Mann brauchte, da war ein Stein, er kletterte hoch, federte ab, sprang und tauchte, schwamm ihr entgegen, sah im klaren Wasser den hellen Umriß ihres Körpers, durchbrach die Wasseroberfläche, tauchte in die kühle, gründurchflossene Wasserwelt und küßte sie.

Sie ließen sich treiben. Und küßten sich immer wieder. Und er dachte, Gott mußte bei einer ähnlichen Gelegenheit der Gedanke gekommen sein, zu Beginn der Erschaffung der Welt ein Paradies miteinzubauen ...

Sie hatten gegessen, Rick hatte sich anschließend rasiert. Die grüne, flüssige Schmiere, die Pa-Telo nach dem Bad im Fluß unter geheimnisvollem Murmeln auf die Blasen an seinen Händen, die Stiche und die anderen kleinen, aber unangenehm juckenden Verletzungen aufgetragen hatte, half tatsächlich.

»Du bist schon ein großer Medizinmann, Pa-Telo. In London könntest du mit dem Zeug ein Vermögen verdienen.«

Pa-Telo blickte fragend.

»London kannst du vergessen«, sagte Maya. »Er weiß nicht, wo es liegt ... Aber daß du ihn für einen großen Dayung hältst, gefällt ihm sicher.«

Maya übersetzte und dann sah Pa-Telo ihn an. Es war ein Blick, wie ihn Rick noch nie erfahren hatte: Die schwarzen Pupillen schienen in ÖL zu schwimmen und das ganze Auge auszufüllen. Die Augen selbst lagen tief in ihren Höhlen, eingebettet in eine Unzahl kreuzförmiger Fältchen. Was immer der Blick sagen wollte, was immer er ausdrückte, es war ein Blick aus einer anderen Zeit, und er senkte sich auf den Grund seiner Seele.

Pa-Telo sprach etwas. Sehr leise. Auch Maya neigte sich zu diesem schwärzlichen, hageren Waldgesicht, um die Worte zu verstehen.

»Ich bin kein großer Dayung«, sagte Pa-Telo. »Aber mein Vater war ein großer Dayung. Und mein Vater-Vater ... Und der Vater zuvor ... Und nun, nun verlassen die Geister den Wald.«

Er stand auf. Er lauschte. Da war etwas, das das Plätschern des Flusses auf die leisen Stimmen der Männer am Feuer überlagerte. Es war dunkel und drohend. Es war der Klang eines schweren Motors.

Die Hälfte des Flusses lag noch immer wie in einen rosafarbenen Nebel in den Abglanz des Sonnenuntergangs getaucht.

Das Motorengeräusch kam näher.

Die Männer warfen Steine, Erde und Sand über das Feuer. Maya ergriff Ricks Hand und zerrte ihn hinter einen Busch.

Nur Pa-Telo blieb stehen, mit hängenden Armen, wie versunken. Und erst, als das Boot um die Flußbiegung schoß, setzte er sich neben sie nieder.

Ein Einbaum. Und nicht mal sehr groß. Aber zum Teufel, was für ein Motor hing da dran? Das Ding schoß heran wie ein Torpedo, verursachte eine riesige Bugwelle, Gischt spritzte auf. Im Boot waren die gekrümmten Körper von zwei Männern zu erkennen. Chinesen. Einer hielt den Außenborder, der andere hatte sein Gewehr quer im Schoß.

»Was sind das für Burschen?«

»Company-Leute«, sagte Maya. »United-Typen. Was sonst?«

»Und was wollen die hier?«

»Was weiß ich? Sie müssen das Boot oberhalb des Wasserfalls liegen haben. Es wäre eine gute Jagdzeit. Aber um abends zu jagen, sind die zu feige. Vielleicht machen sie so etwas wie eine Inspektions-Fahrt ...«

Rick Martin warf einen Blick zurück über die Schulter. Die Senois, die Ipaks, die Janis und auch Sungai von den Anings hatten sich ihre Blasrohre gegriffen, die Pfeile aus ihren sorgsam abgedichteten Köchern genommen. Die Spitzen der Pfeile waren mit Bekkala-Saft bestrichen, dem eine pflanzliche Giftsubstanz zugesetzt war. Je nach dem Zweck und der Art der Jagd verwandten sie verschiedene derartiger Giftkräuter, hatte Pa-Telo erklärt. Manche wirkten erst im Verlauf einer Stunde, wenn es darum ging, eine Beute so lange am Leben zu halten, bis sie gefunden war. Kriegspfeile aber brachten den Sekundentod. Und was dort in den Blasrohren steckte, waren Kriegspfeile ...

Der Motorlärm wurde leise, erlosch ganz, schwoll wieder an ... Anscheinend hatten die beiden ihr Boot gedreht. Tatsächlich – da kamen sie, flußabwärts jetzt noch schneller als zuvor.

Es war ein unglaublicher Anblick. Und ein noch unglaublicherer Lärm.

Pa-Telo hatte sich wieder erhoben. Das Boot war verschwunden. Das Grollen des Motors hing über dem Wald. Auf dem Fluß waren noch immer die keilförmigen Wellen zu beobachten, die es hervorgeworfen hatte.

Pa-Telo sprach zu Maya. Sie legte ihm die Hand auf die Schulter.

»Was ist?« fragte Rick.

»Er sagt, sein Vater und sein Großvater und die vor dem Großvater seien große Dayungs gewesen, so groß, daß ein Wort genügt hätte, Teufel wie diese zum Verschwinden zu bringen.«

»Wäre nicht schlecht, was?«

»Nein.« Sie sah ihn an. »Du wirst lachen, ich glaub' ihm. Nur leider, meint er, hätten auch die alten Dayungs Probleme gehabt, Teufel, die mit dem Bali Saleng verbündet sind, aus der Welt zu schaffen ...«

Es regnete noch immer …

Rick Martin hatte sich die Plastikfolie über den Kopf gezogen, um nicht von den Tropfen gestört zu werden, die durch die Palmblätter seines Regenunterstandes brachen und sein Gesicht trafen. Seine Schulter schmerzte, doch er änderte seine Stellung nicht, er trieb im Halbschlaf dahin … bis Maya ihn weckte.

Er griff zur Taschenlampe.

Ihr Gesicht wirkte im Licht fast weiß, das Haar klebte an der Stirn, das Hemd war klatschnaß.

»Was ist denn mit dir los? Warst du draußen?«

»Sie sind weg.«

»Wer ist weg?«

Er richtete sich auf, stieß dabei gegen eines der Bambusrohre, die das Dach hielten. Ein Schwall Wasser traf seine Brust. Er rieb sich die Augen. Er konnte die Konturen von Ästen und Lianen ausmachen. Es schien zu dämmern.

Er versuchte zu begreifen. Die andern? Er ließ den Strahl der Taschenlampe über den Bambusrost gleiten und sah die dunkle, in ihre Decke gehüllte Gestalt des jungen Beka dort am Ende, einer der Enkel Pa-Telos.

»Ihn haben sie zurückgelassen. Ihn als einzigen«, sagte Maya durch das Rauschen des Regens. »Herrgott noch mal, ich habe ihnen doch gesagt, daß wir mit wollen. Und die geben einen Dreck darauf. Hauen einfach ab.«

»Was heißt denn, daß wir mit wollen? Wohin mit wollen?«

»Das ist es ja … Ich kann's nicht sagen. Sie haben irgend etwas vor, und es muß enorm wichtig sein, aber ich bekam keine einzige klare Antwort … Was immer es ist, wenn es sie derart beschäftigt, brauche ich es für den Film. Das ist doch wohl logisch.«

Logisch? Logisch war überhaupt nichts …

»Leg dich noch mal hin.«

»Ich? Kannst du mir freundlicherweise sagen, wie ich jetzt weiterschlafen soll?«

»Wieso bist du denn so naß?«

»Weil ich bis am Fluß war. Mit der Taschenlampe. Alle Hütten sind leer. Kein Mensch …«

»Hast du 'ne Zigarette?«

Sie sah ihn so verständnislos an, als hätte er in einer fremden

Sprache mit ihr geredet. »Es muß irgend etwas mit dem United-Camp oder den Logging-Leuten zu tun haben. Damals, an dem Abend, als wir in Taong ankamen, erinnerst du dich, da hat Tara davon gesprochen.«

»Aber nicht von der United.«

»Nein. Von der Angst, den Ängsten, die man den Senoi-Stämmen nehmen müsse, damit sie gegen den Holzeinschlag endlich entschlossen auftreten und gegen all das andere, was die United oder wer immer anstellen.«

»Bali Saleng?«

»Genau. Bali Saleng, der böse Geist …«

Er rollte den Kopf zwischen den Schultern, um ihn einigermaßen klar zu bekommen. Viel Erfolg hatte er nicht damit.

»Ist noch Kaffee in der Thermosflasche?«

»Ich glaube, ja.«

»Dann gib doch mal her.«

Sie schraubte den Becher ab und goß ein. Der Kaffee war warm und tat gut. Zumindest half er Rick, daß sein Gehirn wieder arbeiten konnte.

Auch Maya trank in kurzen, kleinen, nervösen Schlückchen. »Sieh mal«, sagte sie, »von den drei Stämmen sind zwei Dayungs dabei. Gleich zwei. Kommt dir das nicht komisch vor? Keine Jäger, keine Krieger. Medizinmänner! Dia Lavai. Bei den Ipaks spielt er auch so eine Art Medizinmann …«

»Die geistigen Führer der Völker …«

»Du brauchst das nicht komisch zu finden. Es ist so.«

»Schön. Kapiert. Und ihre Angst, das hat Tara ja ganz klar gesagt, ihre Angst hat mit Bali Saleng zu tun. Die Angst vor dem übermächtigen bösen Geist, der sich mit den United-Leuten verbunden hat, der in ihren Köpfen, ihren Maschinen oder sonstwo steckt. Was will er nun? Den Bali Saleng austreiben? Oder ihre Angst?«

»Beides wahrscheinlich.«

»Und wie?«

»Wenn ich das wüßte … Was würdest du tun?«

»Den Gegner lächerlich machen.«

Sie hatte inzwischen die Zigaretten gefunden. Er hatte sie noch nie rauchen sehen. Wahrscheinlich hatte sie für ihn ein Reserve-

Päckchen eingesteckt. Es war reichlich zerknittert. Sie öffnete es, zog eine Zigarette heraus, ließ ihr Feuerzeug anspringen, nahm einen tiefen Zug und reichte ihm die Zigarette weiter: »Die Idee, daß er die Logging-Leute lächerlich machen will, ist vielleicht gar nicht so übel. Nur, das kann gefährlich werden. Tödlich gefährlich ...«

Helligkeit fiel zwischen Äste und Blätter, der Regen hatte aufgehört. Über den feuchten Bambusrost kroch Maya zum Ende der Plattform, wo Beka schlief. Sie schüttelte ihn an der Schulter und sprach einige malaiische Worte.

Er fuhr hoch. Er nickte, kroch unter seiner Decke hervor und zog seine zerfetzte Weste an.

»Was ist jetzt los?«

»Sie haben ihn zurückgelassen, sagt er, damit er uns hilft. Und dann sind sie weg ...«

»Mit dem Boot?«

»Mit was sonst? Obwohl, weit kommen sie damit nicht. Fünf Meilen vielleicht – bis zu den Krokodil-Felsen. Dann beginnt der Wasserfall und darunter die Nati-Barriere. Dahinter liegt dann das Camp. Es befindet sich am Zusammenfluß des Juani mit dem Nenggiri.«

»Und wie kommen sie dort hin?«

»Wie? So wie wir. Durch den Wald.«

»Willst du tatsächlich ...«

Sie sah ihn nur an, aus einem Auge, denn das andere war von einer Flechte nasser Haare bedeckt. Dieser Blick genügte: Er zog die Beine an, rutschte über den nassen Bambus und sprang hinunter auf den Boden.

Sie reichte ihm seinen Rucksack nach.

Er schnallte ihn um und dann hatte er die jähe Vision eines prächtigen Frühstücks: Croissants, dampfender Tee, Butter, Speck – ein atemberaubendes Bild.

Aber da tauchte schon Beka auf. Auch er trug sein Gepäck auf den Schultern, den bei den Senoi üblichen tornisterähnlichen Gepäcksack aus kunstvoll geflochtenen Rattanfasern. Er übernahm die Führung.

Sie gingen durch die Büsche zum Ufer. Zwischen Stämmen und Ästen wehte der Nebel, ein kühler Waschzimmerdunst, der manchmal aufbrach, so daß der Blick wieder frei wurde.

Sie mußten das Langboot genommen haben.

Den Rest des Gepäcks jedenfalls hatten sie auf einem rasch errichteten und zwischen Astgabeln geklemmten Bambusrost gesichert. Auch Yep, Pa-Telos Jagdhund, hatten sie hier zurückgelassen. Er war an einen Baum gebunden und fiepte kläglich. Wahrscheinlich hatten sie darauf vertraut, daß Maya und die anderen ihn beim Erwachen entdecken würden.

»Armer Kerl!« Maya kniete neben ihm nieder und streichelte das glatte, nasse Fell. Plötzlich fing sie an zu lachen: »Nun schau doch nicht so!«

»Was ist denn so komisch?«

»Du …«

»Ich?«

»Eigentlich kannst du ja wirklich nichts dafür, aber wie du mich ansiehst … weißt du wie? Da gab's mal so eine grauenhafte Urwald-Schnulze mit Sean Connery, und er mußte irgendwo den Urwald-Doktor spielen …«

»Na, danke.«

»Und war ständig sauer …«

»Ich bin überhaupt nicht sauer. Ich kapiere nur nichts.«

»So ging's Connery wahrscheinlich auch. Aber der hatte sich noch ein Zöpfchen gebunden. Grauhaarig mit Zöpfchen …«

»Connery hat ein Toupet.«

»Na gut, dann war's ein Toupet mit Zöpfchen …«, sagte sie. »Komm, jetzt haben wir wenigstens noch Zeit zu frühstücken.«

Auch Rick streichelte jetzt den Kopf des Hundes. Er blickte hoch zu dem kunstvoll verschnürten Gepäckklumpen, den die Senois zurückgelassen hatten.

»Was ist mit dem Zeug?«

»Das lassen wir hier.«

»Und er?«

»Yep? Das ist vielleicht eine Frage. Du kommst mit, Yep, was? Dich läßt hier keiner mehr allein … Und jetzt kriegst du was zu fressen.«

Yep mußte verstanden haben, und die Vorstellung schien ihm zu gefallen. Wie sonst wären die verrückten Sprünge und Freudenkreisel zu erklären gewesen, die er laut bellend am Ufer zog …

Es war kurz nach neun, als sie das Lager abgebrochen hatten und mit dem sorgsam in der Bootsmitte verstauten Gepäck vom Ufer ablegten. Über dem Fluß hatte sich der Nebel gelichtet, nur noch in den Baumkronen hingen einzelne Schwaden wie weiße Bettücher ...

Diesmal saß Rick Martin am Heck, um zu steuern. Beka hielt das Stakholz. Auch Maya hatte ein Paddel in der Hand.

Sie hatten die Mitte des Flusses, der sich in schlangengleichen Kurven durch den Wald hinab zur Barriere wand, noch nicht einmal erreicht, als Maya so plötzlich ihr Paddel hochriß, daß ein Regen von Tropfen aufflog und über Rick Martins Kopf niederging.

»Was ist jetzt schon wieder?«

Die Paddelschaufel deutete zum Himmel. »Hörst du nicht?«

Das Rauschen des Flusses. Fernes Affengekreisch ... ein Fisch, der aus dem Wasser sprang, um wieder unterzutauchen. Das war alles. Oder doch nicht? Jetzt? Ja, jetzt wieder ... Ein peitschendes, fernes, knatterndes Geräusch ...

»Ein Hubschrauber?«

»Los, ans Ufer! Unter die Bäume!« schrie Maya und begann wie wild zu paddeln.

Sie schafften es gerade noch, ehe der Hubschrauber über den Baumwipfeln am Fluß auftauchte. Sie waren gedeckt durch die Mangroven und hielten sich an Ästen und Zweigen fest.

Es war eine in leuchtendem Orange gestrichene »Bell-42«. Und sie flog verdammt nieder. Vorne, in der tropfenförmigen Kabine, konnte man die Besatzung erkennen: zwei Männer. Der Fliegerhelm des Piloten und die Baseball-Mütze seines Passagiers waren ganz deutlich auszumachen. Das Sonnenlicht schlug blitzende Kreuze aus dem Plexiglas. Der Schatten der »Bell« huschte über das Wasser, streifte eine treibende Baumwurzel und verschwand. Der Peitschenschlag des Rotors war noch lange zu hören.

»Der große Tuan aus Moong!« rief Beka.

»Welcher Tuan?«

»Der Tuan D. O.«, sagte der Junge. »Das war sein Ljan.«

»Ljan? Was heißt das?«

»Libelle ... Sie sagen Eisen-Libelle.«

»Stimmt ja auch. Und was wollte ... wie hieß der noch?«

»Pa Ulay.«

»Richtig, Pa Ulay. Was will der hier?«

»Möchte ich verdammt gerne selbst wissen.«

Noch ein Wang-Fu-Mann, dachte Rick Martin. Es war schon absurd, ja, es war im Grund genommen absolut irreal: Dieses Gefühl, in einer anderen Welt zu sein, der intensive Naturfrieden, den der Fluß vermittelte, nichts als Bäume, unbekannte und bekannte Tiere, unberührter Primärwald seit Millionen von Jahren – und dann gibt es da irgendwo in Singapur einen hundsgemeinen, alten Verrückten, und was tut der? Er dreht dir eine Nase. Er sagt: Ich bin allemal schon hier …

Dan Carpenter sah auf die Uhr: kurz nach neun.

Er ging in die Küche und überlegte, ob er dem Dreckstück im Gästezimmer zunächst einen Kräutertee aufbrühen sollte, was Zeit kosten würde, weil er das brüchige, bitterduftende Blättergemisch, das Dia Lavai ihm dagelassen hatte, zuerst durch ein Tuch seien mußte, oder ob er den beiden Ipaks, die auf Taras Geheiß vom Dorf auf die Station gekommen waren, nicht aus Büchsenmilch, Zucker und Kellog-Flocken erst mal ein Frühstück bereiten sollte.

Er ging auf die Terrasse.

Da saßen sie auf den Stufen, aßen bereits ihren Manioka-Brei und winkten lachend zu ihm hoch: Nojan und Inja. Tara hatte darauf bestanden, daß Dan mit dem Killer auf der Station nicht allein bleiben konnte. Nojan hatte die letzte Wache gehalten. Und Dan hatte die Nacht hinter sich gebracht, ohne dem Dreckstück den glatzköpfigen Schädel einzuhauen.

Er überwand seinen Widerwillen und öffnete die Tür.

Wie stets, wenn es ihm etwas besser ging, hatte Bernier sich auf den Ellbogen aufgestützt. Viel mehr war nicht möglich für ihn, denn noch immer hing er gefesselt am Bett.

Dan öffnete die Jalousie, um besser sehen zu können.

Bernier wirkte ziemlich schwach. Das breite Gesicht schien nur noch aus hängenden, bläulich angelaufenen Hautsäcken zu bestehen. Doch die grauen Augen blickten zum ersten Mal klar und wach.

»Hallo«, sagte er.

Carpenter hob die Hand, drehte sich um, ging in sein Büro und holte Rekorder und Kassetten aus der Schreibtischschublade. Gestern abend hatte er Nojan erklärt, wie ein Kassettenrekorder funktionierte und ihm eingeschärft, den Aufnahmeknopf zu drücken, sollte Bernier wieder mit seinen Fieberfantasien und Ausbrüchen beginnen. Am Morgen hatte Carpenter dann das Tonband abgespielt, aber es war nichts zu hören als Berniers mühsamer Atem, ein gelegentliches Stöhnen und zwei- oder dreimal sein Singsang – ein leises, fast kindliches auf und ab von Tönen, mit denen er sich wohl selbst zu beruhigen versuchte.

Dies war wohl die erste ruhige Nacht, die seine Sepsis zugelassen hatte. Aber Dan hatte die beiden Nächte zuvor auf Band …

Als er wieder das Zimmer betrat, hatte sich nichts geändert. Halb aufgerichtet starrte Bernier ihm entgegen. Vielleicht war es tatsächlich etwas wie ein Lächeln, das seine Mundwinkel verzog, vielleicht auch nur eine Täuschung des Schattenspiels, das die Jalousie im Zimmer veranstaltete.

Er zog den Tisch näher an das Bett und legte den Rekorder darauf. Der Gefesselte beobachtete ihn schweigend.

»Ganz brauchbar, so ein Gerät, nicht?«

»Ich habe Durst«, flüsterte Bernier.

»Gleich, gleich. Ich bringe Ihnen schon Ihren Tee. Aber vorher habe ich noch eine Frage: Was heißt eigentlich J. P.?«

»Ich verstehe nicht …«

»Ich auch nicht. Das ist es ja … Bernier ist mir klar. Aber J. P.?«

»Was soll denn der Quatsch?« Im Gegensatz zu seinem nächtlichen Singsang hatte er eine tiefe, männliche, wenn auch etwas geschwächte Stimme.

»Bernier klingt ziemlich nach Kanada, nicht?«

»Kann ja sein … Ich bin kein Kanadier … Ich bin Amerikaner … Ich heiße Crain … Humbert Crain …«

»Oh, natürlich. Habe ich fast vergessen. Toller Name da in ihrem Paß. Bloß: Er interessiert mich nicht. Er ist nämlich falsch … Aber J. P. – könnte eigentlich Jean Paul oder Jean Pierre sein, nicht wahr?«

Bernier drehte Carpenter den Kopf zu und schwieg beharrlich weiter. Schweißtropfen bildeten sich wieder auf seiner Stirn, das Grau seiner Augen schien dunkler geworden zu sein.

»Machen Sie nur weiter … quatschen Sie … ist mir scheißegal … ich brauche was zu trinken.«

»Ach ja, der Tee …«

Carpenter ging in die Küche, nahm die Kanne mit dem destillierten Wasser, goß ein Glas voll und brachte es ihm. Er schloß die linke Fessel auf, gab ihm das Glas. Bernier setzte es an den Mund und schluckte und schluckte. Er trank das ganze Glas leer. Dann öffnete er die Hand und ließ es einfach auf den Fußboden fallen. Es kollerte unter das Bett. Carpenter machte nicht den Fehler, sich danach zu bücken. Er riß Berniers Handgelenk an der Kette zurück und fesselte ihn erneut ans Bett.

Bernier sah ihn an. In der Tiefe seiner Pupille glomm irgend etwas auf, das neu war. Auch wenn er jetzt den Kopf schlaff zur Seite fallen ließ, er war wach, er war hellwach.

»Ich bin krank«, hörte er ihn nach einer Weile flüstern. »Ich ... ich bin total fertig ... Noch nie habe ich mich so dreckig gefühlt wie jetzt ... Und Sie fesseln mich hier an dieses Scheißbett.«

»Das mußte ich doch, Jean? Was würden Sie mit einem Mörder anfangen?«

»Jean ... Jean ... Lassen Sie mich in Frieden mit dem Scheiß. Und Mörder? Was heißt denn Mörder? ... Und überhaupt: Wer sind Sie?«

»Wissen Sie doch ganz genau.«

Er murmelte etwas, doch Carpenter verstand es nicht, dann ächzte und wimmerte er eine Weile, und Carpenter wartete, bis er die Schau beendet hatte.

»Ich hab' schon genug Schmerzen ...«

Natürlich hatte er die. Aber er wußte auch, oder glaubte zu wissen, wann er sie einzusetzen hatte. So klar konnte er nun doch denken.

»Killer, lieber Jean, Killer und Mörder läßt man nun mal nicht gerne frei herumlaufen, nicht wahr? Das ist selbst hier so üblich. Und da wir schon dabei sind: Der Mann, den Sie erschossen haben, war nicht nur ein Mitarbeiter von mir, sondern auch mein Freund.«

»Erschossen ...«

»Ja, erschossen. Mit vier Kugeln. Wer hat Ihnen denn gesagt, daß Sie das tun sollen?«

»Hören Sie, ich verstehe nicht ... Wenn so etwas passiert sein soll, dann ist es ...«

»... dann ist es mir im Fieberwahn passiert, nicht wahr? Das war es doch, was Sie sagen wollten? Aber den Fieberwahn, den müssen

Sie schon eine ganz schöne Zeit vorher gehabt haben, Jean ... Denn nur einer im Fieberwahn kann auf die Idee kommen, mit einer Cross-Yamaha, in der Satteltasche ein zusammensetzbares Scharfschützen-Gewehr mit Zielfernrohr, in den Wald zu donnern, Gewehr und Yamaha zu verstecken, um sich dann mit einer Pistole zur Station zu schleichen ... Lief nicht so ganz nach Programm ... Und warum, Jean? Weil es wirklich verrückt war!«

Wieder das Stöhnen. Die geschwollenen Lider zitterten. Aber dahinter verbarg sich noch immer derselbe wachsame Blick.

Carpenter ging näher. Ekel und Widerwillen waren die einzigen Regungen, die er empfand, als er Bernier mit dem Handrücken zweimal so heftig ins Gesicht schlug, daß dessen Kopf hin und her flog und er zu brüllen anfing. Der wahre Bernier kam also langsam wieder zum Vorschein. Carpenter ließ ihn in Frieden.

»Na?«

Bernier zeigte ihm die gelbverfärbten, kräftigen Zähne, fletschte sie wie ein Raubtier. Insgesamt hielt er sich besser, als Carpenter gedacht hatte. Die Sepsis, die unzähligen Infektionen – der Kerl mußte die Konstitution eines Bullen haben, daß er das bisher durchgestanden hatte. Andere wären krepiert.

»Mistiger Scheißer«, flüsterte Bernier, öffnete die Lider und starrte Dan lange an.

»Na gut, werden wir sehen. Wach sind Sie ja wieder. Wach sein ist wichtig. Ich lege ziemlichen Wert darauf, daß Sie alles, aber auch alles mitbekommen, Jean. Das gerade war nur ein kleiner, bescheidener Anfang.«

Er beugte sich über ihn. »Jean Paul oder Jean Pierre, jetzt will ich wissen, wer auf Ihrer Liste stand. Mit einem Revolver in der Tasche geht man nicht auf die Jagd. Und einen kleinen Senoi, der Hausarbeiten macht, will man ja auch nicht umbringen. Also, wer? Wer sollte es sein?«

»Scheißkerl.«

»Das bringt uns nicht weiter. Also, wird's bald?«

Er starrte. Und wie er starrte.

»Warum sind Sie hier? Warum? Wofür bezahlt man Sie? Wie heißt der Auftrag? Und was ist eure Strategie? Es geht um Tenenga, nicht wahr? Aber was habt ihr sonst noch vor? Ein bißchen viel Fragen auf einmal, nicht?«

»Sie … Sie sind ja verrückt …«

»Ich? Aber sicher … Doch nicht allein. Siehst du das Bandgerät dort drüben, Jean? Die letzten Nächte hattest du einundvierzig Grad Fieber. Du hast das durchgestanden. Kompliment. Aber du hättest es nie durchgestanden, hätte ich dir nicht deine Wunden versorgt und dir Antibiotika und Aufbaumittel gespritzt. Alles hat seinen Preis, Jean … Du wärst längst am anderen Ufer, hätte ich mich nicht so aufopferungsvoll für dich eingesetzt. Ist dir das klar?«

Berniers Zähne knirschten.

»Also, wen wolltet ihr umlegen? Mich? Wieso eigentlich mich? Einen, der mitten im Wald lebt und sich ab und zu ein paar Wilderer greift … Wieso ist der wichtig?«

»Steck dir dein Geschwätz in den Arsch.«

»Ah, jetzt werden wir schon deutlicher …«

»Ich muß … Ich muß doch …«

»Du mußt gar nichts. Du mußt hier liegen und mir zuhören. Und dann mußt du reden. Und das ist schon alles … Paß jetzt schön auf: Während dich das Fieber am Wickel hatte, ließ ich meinen Rekorder laufen. Ich will jetzt nicht die einzelnen Stellen auf der Kassette suchen, wäre zu mühsam und nicht mal nötig, denn ich hab' schon ein Protokoll davon gemacht. Im Fieber hast du ja so schön gesungen.«

»Was soll 'n das?«

»Du hast im wahren Sinn des Wortes gesungen.« Dan machte es ihm nach, er sang ihm seine Kinderlieder vor, und dann beugte er sich noch ein bißchen weiter über ihn. »Aber du hast auch andere Dinge erzählt. Richtig ausgespuckt hast du sie. Hier …«

Er zog eine Kopie des Tonband-Protokolls aus der Brusttasche. »Hab' ich gestern abgetippt: Rabindra … Rabindra … dich hab' ich in Oregon gekriegt … Und du, mein Mädchen … ja du … Brücke? Das ist nicht zu verstehen. Aber jetzt wird's ganz klar: dich krieg ich hier … Zuerst der Papi, dann die Tochter …«

Er steckte das Blatt zurück. »Rabindra. Wir kennen ihn. Und die Tochter ist Maya, nicht?«

Die Lider senkten sich wieder über die gelblich angelaufenen Augäpfel.

Dan sah es sich an, dieses von Schweiß, Schmerzen und Haß

entstellte Gesicht. Es mußte ein Ende haben. Er mußte etwas tun. Und er würde etwas tun. Jetzt. Sofort. Er ging zum Fenster und zog die Jalousie hoch, um besser sehen zu können, und blickte in die beiden ernsten Ipak-Gesichter.

»Tötest du ihn, Tuan?«

»Ich weiß es nicht. Wahrscheinlich nicht ...«

Dan ging zum Bett zurück. Er griff nach der Spachtel, mit der er die Wundsalbe auf die eiternden Geschwüre aufgetragen hatte, die die Bisse der Feuerameisen an Berniers Brust, Schultern und Rükken hinterlassen hatten. Er riß das Leukoplast weg, das den Gaze-Verband an seinem Platz festhielt.

Bernier fuhr zusammen. Sein Körper verspannte sich. Carpenter nahm den Spachtel und spaltete mit kurzen, harten Bewegungen den dicken Schorf von den Wunden. Bernier bäumte sich auf. Wieder das Brüllen ... Er hatte beeindruckende Reserven. Das Wasser schoß ihm aus den Augen, Tränen der Pein, Tränen des Hasses, er versuchte mit dem Knie nach Carpenter zu schlagen, es gelang nicht, er fiel zurück, sein Körper rutschte über die linke Bettkante, die nackten Fersen trommelten auf das Holz des Bodens, der rechte Arm spannte sich, Geschrei und Gestank füllten das Zimmer.

Carpenter fürchtete, sich übergeben zu müssen. Er nahm den Rekorder vom Tisch, ging zur Tür und schlug sie zu. Und hinter ihm blieben Brüllen, Stöhnen, Flüche.

Carpenter goß sich ein Glas Whisky ein und beobachtete seine zitternden Hände. Es hatte keinen Zweck. Er mußte es beenden.

Er ging zurück.

Berniers Gesicht hatte jede Färbung verloren. Es war grau. Die Augen waren geschlossen. Noch immer hing er halb auf dem Boden.

»Jean!« Er blieb außerhalb Berniers Reichweite. Selbst jetzt noch war er gefährlich.

»Jean, du stinkst ... Du hast dich vollgeschissen. Jean, du bist tatsächlich am Ende ... Ich hab' die Geschichte hier satt. Ich kann ein stinkendes Haus mit einem Scheißkerl wie dir darin nicht länger ertragen. Ich laß' dich jetzt mitsamt dem Bett nach draußen bringen und hol' mir einen Kanister Benzin. Vielleicht brauche ich für einen Typen wie dich sogar zwei. Das ist es mir wert.«

Er hörte ein Schluchzen.

»Feuer löscht alles, Jean.«

Bernier drehte den Kopf. »Nein«, schluchzte er. Und dann: »Hol doch … hol Ulay.«

»Den D. O.?«

»Wenn … wenn ich den Mann getötet … er … er ist zuständig.«

»Dein Freund Pa Ulay? Ein Wang-Fu-Kollege? Der holt dich dann raus? Das wird nichts, Jean. Meinen Leuten da draußen wird es einen großen Spaß bereiten, dich zu rösten.«

»Nein …«, schluchzte Bernier. Nur das eine Wort.

Carpenter sah ihn an. Er stellte sich das Feuer vor, hatte die eigene Stimme im Ohr, diese coole Killer-Stimme aus dem Kino. Er meinte tatsächlich, was er gesagt hatte … Das war das Verrückte.

»Gut, wir können das auch aufwischen.«

Er legte das Gerät auf den Tisch zurück. »Aber dazu mußt du jetzt meine Fragen beantworten …«

Auf den Hang und auf den riesigen freien Platz mit den zahllosen schwärzlichen Baumstümpfen, den die Company-Leute geschlagen hatten, brannte die Sonne herab, lastete auf den grauschwarzen Kohleschichten der Brandrodung, der verschrundenen roten Erde, lastete auf ihren Köpfen, in ihrem Gehirn, ihren Herzen. Sie haßten die Sonne. Sie würden und wollten sich nie an sie gewöhnen.

Jetzt kauerten sie hinter einem großen Haufen abgeschlagener, zerkleinerter Äste und faulender Blätter.

Sie hatten alles gesehen.

Und sie hatten Tara zugehört.

Vieles hatten sie von dem verstanden, was Tara ihnen sagte und erklärte, vieles, vielleicht nicht alles. Wie sollten sie auch all das begreifen, was sie sahen, und was Tara ihnen erklärte?

Oben am Hang, das große Zementhaus – das »Verwaltungsgebäude«, das Haus der Datuks. Gut … Daneben Material- und Maschinenlager, riesige, weißgestrichene, inzwischen von grauen Dreckstreifen verschmierte Wellblechhallen, groß, so unendlich groß, so groß wie zehn Langhäuser zusammen …

Dort unten, wo die breite Schneise endete, durch die die Straße zum Nenggiri führte und die Mole begann, standen die Mesini, die großen, gelben Tiere, diese unermüdlich zermalmenden Maschinen, in denen der Bali Saleng wohnte. Sie standen eine an der anderen, viele, so viele, daß man sich armselig und schwach fühlen mußte. Sie hatten oft vom Wald oder vom Boot aus gesehen, wie es geschah: Hatten die Männer, deren schreiende Sägen noch den höchsten und stolzesten Meranti zu Fall brachten, ihre Arbeit beendet, kamen die Mesini und schoben ihn zur Seite wie ein Stück Abfall.

»Was sollen wir noch hier?«

Es war Pa-Telo, der diese Frage stellte.

Auch Dia, der Dayung der Ipak, nickte ernst. Und Dia Lavai, der zwar kein richtiger Dayung war, weil er keinen Vater besessen hatte, der ihn im Umgang mit den Geistern unterweisen konnte, der sich aber große Kenntnisse erworben hatte, sagte: »Ja, Tara. Die Brüder haben recht ... Dies ist ein Platz der Besessenen. Ein böser Ort ist es ... Ich spüre es ... Und deshalb will ich gehen.«

»Weil du Angst hast, Dia.«

»Ja, Tara, das ist es auch ... Weil ich Angst habe ...«

»Unsere Väter waren Krieger.« Tara sprach jetzt sehr langsam und sah sie an, einen nach dem anderen. »Sie waren große Krieger. Sie brachten viele Feindes-Köpfe. Ihr wißt es alle. Aber ihr wißt auch, nur ihr denkt nicht daran, daß auch in den Herzen der Väter die Angst wohnte. Die mußten sie in sich bekämpfen, ehe sie in den Kampf draußen zogen!«

»Aber sie kämpften nicht gegen Bali Saleng.«

Tara richtete sich auf und blickte sich um. »Und wo ist Bali Saleng?«

»Hier, überall. In den Mesini, in den Maschinen. In den Menschen. Aber vor allem in den Maschinen. Oder dort, in diesem weißen Kreis ...«

»Das ist kein Bali Saleng«, sagte Tara, »das ist eine Antenne.«

»Eine was?«

»Nicht wichtig.«

»Aber die Maschinen, die großen, gelben Tiere, die alles zermalmen. Sieh sie dir nur an ...«

»Ich werde sie töten.«

Sie schwiegen. Sie starrten. »Du?« sagte Pa-Telo schließlich.

»Ja, ich.«

»Allein?« fragte Sungai, der Dayung der Aning.

»Ja. Allein.«

»Und wie?«

»Mit Feuer.«

Tara erhob sich entschlossen. Er blickte auf die alte, schwarze Swatch, die ihm John damals im Ungung-Camp geschenkt hatte, und löste sie vom Gelenk. »Siehst du, Pa-Telo? Hier, der Zeiger, der sich bewegt. Er bewegt sich langsam, aber er bewegt sich. Du kennst das.«

»Natürlich kenne ich eine Uhr.« Pa-Telo war beleidigt.

»Gut, Pa-Telo. Falls ihr kein Feuer seht, falls die Maschinen nicht sterben, geht zurück in den Wald. Wartet an der Stelle, wo wir den Wald verlassen haben. Wartet bis der Zeiger von hier nach hier, auf die Zehn gerückt ist. Wenn ich bis dahin nicht wieder bei euch bin, geht wieder zu den Booten ...«

Tara hatte aus seinem großen, mit Trageriemen versehenen und aus feinem Rattan gewobenen Traggestell den alten Matchsack herausgeholt, den gleichen Matchsack, den er damals vor Jahren im Camp-Bazar in Ungung gekauft hatte. Den Lendenschurz vertauschte er mit einer kurzen, schwarzen Sporthose. Die hatte auf der Seite farbige Streifen: Blau und Gelb.

In Ungung war Tara im Fußball-Team des Camps gewesen. Und als er dann schon nach kurzer Zeit vom Verteidiger zum Stürmer aufrückte und die ersten Tore schoß, hatte ihm John die Hose geschenkt. Auch seine Füße steckten jetzt in Turnschuhen von einst, sein Oberkörper in Johns alter Jagdweste aus dünnem Popelin. John! dachte er den Namen des toten Freundes: John ...

Ganz langsam ging er an dem verrosteten Maschendraht entlang, der die Westseite des Logging-Camps der *United* bildete. Langsam und sehr gelassen. Er fühlte sich gut und sicher. Wieso auch nicht? ... Er sah genauso aus wie die anderen Männer, die die Taiwanesen bei den Senoi-Stämmen der Umgebung angeworben hatten. Und wenn er sich die Holzverschläge betrachtete, in denen sie schliefen, mußten das eine ganze Menge sein.

Tara ging nicht nur langsam, er ging auch vorsichtig, weil ihn das Flaschengeklirr im Matchsack störte. Fünf Flaschen ... Und die Baumwollfetzen hatte er bereits in die Hälse gesteckt.

Am Ufer kroch ein Bulldozer über die Straße dem großen, offenen Hangar zu, unter dem die anderen geparkt standen. Viele Mesini, mehr sogar, schätzte er, als sie in Ungung hatten: Bulldozer, Straßenrammen, Brückenausleger, Schaufelbagger …

Als er nun stehen blieb und dem Tuckern des Diesels zuhörte, hatte er wieder das ganz klare, eindringliche Gefühl von Johns Anwesenheit, so nah, so wirklich, als habe John ihm die Hand auf die Schulter gelegt.

»Mach dir bloß keine Sorgen, Junge … Wenn du glaubst, du mußt es tun, dann tu's auch … Ich hab' dir doch erklärt, wie es läuft. Ein Kinderspiel … Ist wirklich scheißeinfach …«

Das war es – scheißeinfach.

Wieder klirrten die fünf Flaschen.

»Streichholz dran und werfen«, hatte John gesagt. »So haben wir mal in Quebeque einen ganzen Polizei-Fuhrpark ausgeräuchert …«

Tara wußte nicht, wo Quebeque lag. Aber das war wohl nicht wichtig.

Und Benzin? …

»Benzin findest du überall«, sagte John.

Und wieder hatte er recht. Eine Straße, die zum Zaun führte. Autos. Sicher die Autos der Datuks. Die wurden nie abgeschlossen. Und Reserve-Kanister hatte jeder im Wagen …

Doch die brauchte er gar nicht. Dort drüben, links neben der Küchenbaracke – tatsächlich! Er erinnerte sich, daß auch die US-Küchenöfen von Ungung mit Benzin gespeist wurden.

Da standen sie: graue Kanister, eine ganze lange Reihe grauer Kanister.

»Ist ganz einfach, Junge … Wirst schon sehen. Ist wirklich kinderleicht …«

In der Halle des Materiallagers war Lipkowitz nicht zu finden. Statt dessen Kisten. Berge von Kisten. Die ganzen Ersatzteile – eingenagelt!

Van Koonen spuckte den Zigarillo auf den Zementfußboden. Der Zigarillo war längst kalt und durchgekaut, trotzdem trat er ihn in den Zement.

»Lipkowitz!«

Keine Antwort. Nur das Klappern der Wasseraufbereitungsmaschine, die sich am Ende der Material-Halle befand. Ein verdammter Saftladen! Falls er nicht herausbrachte, in welcher Kiste sich die

Kolbenringe finden ließen, konnten die Idioten ihr Schleppboot vergessen.

Endlich entdeckte er Lipkowitz. Er saß auf einem Hocker, hatte die Hände zwischen den Knien und glotzte vor sich hin.

»Lipkowitz!«

Er antwortete nicht sofort, er starrte weiter auf den Boden. Was war los mit ihm? Van Koonen wußte es, als er die Flasche sah, die neben seinem rechten Fuß stand.

»Mensch, ich hab' nach dir rumgebrüllt, Hank! Warum antwortest du nicht? Bist du besoffen oder was? … Morgens um zehn?«

Lipkowitz sah hoch. Er hatte ein faltiges, kleines, sommersprossiges Dreiecksgesicht, die Farbe der Augen war so blaß wie Wasser. Seine schweißdunklen, rötlichen Haare bildeten kleine Röllchen. Er sah ziemlich mitgenommen aus.

»Ich brauch' die Kolbenringe für das Schleppboot. Und was macht ihr? Ihr donnert alles in Kisten zusammen, nichts als Kisten. Könntest du mir mal sagen, was das alles soll?«

»Gute Frage. Vor allem von dir.«

»Was heißt denn das schon wieder?«

Lipkowitz zündete sich eine Zigarette an und blies den Rauch Van Koonen ins Gesicht. »Was das soll? Eines kann ich dir gleich sagen: Vergiß den Scheiß-Schlepper.«

»… und saufe. Wie du.«

»Richtig.«

»Ich soll also die Arbeit vergessen?«

»Alles … In erster Linie deinen Job, Van Koonen. Den gibt's nämlich nicht mehr.«

Van Koonen angelte sich einen verrosteten Eisensessel heran, der unter dem Archiv stand. Er hatte das Gefühl, als seien seine Beine plötzlich mit Luft gefüllt. »Also doch«, flüsterte er.

»Ja.«

»Ich dachte, diese Neuen, diese East-Coast-Company übernimmt uns!«

»Denken ist etwas Schönes«, sagte Lipkowitz. »Etwas sehr Schönes sogar … Der Nachteil daran: Es braucht nicht zu stimmen, was du denkst. Die bringen ihre eigenen Leute.«

Van Koonen überlegte, was das für ihn bedeutete. Er brauchte lange dazu und starrte während der ganzen Zeit auf die graue Ersatzteilkiste, in der Lipkowitz seine wichtigste Büroausstattung aufbewahrte: Whisky und Porno-Kassetten.

»Mein lieber Mann ...«, flüsterte er schließlich.

»Ja.«

»Gib mir auch eine ...« Er zündete so ungeschickt sein Matchbox-Zündholz an, daß er sich die Finger verbrannte. Er warf es zu Boden. »Woher hast du's? Von diesem Hubschrauber-Fritzen, der gestern abend gekommen ist? Diesem District Officer?«

»Ulay?« Lipkowitz schüttelte den Kopf. »Aber wenn du schon davon anfängst, der Fall Ulay ist typisch für den ganzen Schlitzaugen-Verein. Zuerst war dieser Mistkerl von D. O. auf unserer Liste. Und jetzt, jetzt kommt er hier an und beschlagnahmt für East-Coast die Stämme, beschlagnahmt die Ersatzteile, beschlagnahmt den ganzen Gammelladen, einschließlich dem alten Stuhl, auf dem du sitzt, und spielt den großen Polizisten-Macker für diesen Affen von Wang Fu.«

»Und uns schmeißen sie raus ...«

»Du hast es erfaßt, Baby. Uns schmeißen sie raus. Was bleibt, sind ein paar Senois und ein paar Chinesen. Wir waren zu blöde, Van Koonen. Es ist unsere Schuld. Die legen dich immer aufs Kreuz, ob Taiwanesen oder East Coast. Alles dieselben Halsabschneider von Schlitzaugen!«

»Mensch, und ich wollte mir nächsten Monat in KL 'ne Wohnung kaufen. Daß mir das passieren muß ...«

»Kann dir überall passieren, Van Koonen. Auch in Holland. Selbst in den USA ...«

Lipkowitz stand auf und schlurfte hinüber zum Fenster. Die Flasche nahm er mit. Dort stand er lange. Dann stellte er den Whisky plötzlich auf den Fensterbord und beugte sich nach vorne.

»Komm mal her, Van Koonen ...«

Van Koonen trat neben ihn. Lipkowitz hob den Arm und deutete zur Küchenbaracke. »Dort drüben, der in der Turnhose mit den blau-gelben Streifen – hast du den schon mal gesehen?«

»Weiß nicht. Hab' die Brille nicht dabei. Wieso?«

»Na, siehst du nicht? Geht am hellichten Tag in die Küche, schnappt sich 'nen Benzinkanister und füllt Flaschen ab.«

»Na und? Für sein Moped«, sagte Van Koonen. »Ist doch sowieso alles egal.«

»Richtig. Du lernst dazu, Van Koonen.«

Van Koonen nickte. »Und jetzt brauche ich auch einen Whisky!«

Sie setzten sich. Lipkowitz füllte ihm ein halbes Wasserglas voll. Van Koonen nahm den ersten Schluck, dann den zweiten, wollte gerade zum dritten Schluck ansetzen, doch den trank er nicht mehr ... Das Fenster flog ihm entgegen, ein gleißend-goldenes Licht füllte das Viereck seines Rahmens, dann kam die Druckwelle, warf ihn zu Boden, und seine Ohren schienen zu erbeben unter dem Krach der Detonationen. Eine nach der anderen folgte, und dann ertönte ein anderer, hellerer, gefährlicherer Krach, als die Trümmer das Hallendach durchschlugen ...

Krieg! dachte Van Koonen. So muß es im Krieg sein ... genau so ...

Neben ihm hustete Lipkowitz. Dann rappelte er sich auf und taumelte zum Fenster, riß die Arme hoch und brüllte: »Die haben die ganzen Bulldozer hochgehen lassen! ... Ja, was sagst du dazu? Ja, prima find' ich das! Ja, fantastisch, Jungens, fantastisch ...«

Eine halbe Stunde bereits waren sie in der Luft. Leutnant Chok Teng hielt die Bell auf einer Höhe von zweihundert Fuß, dicht über dem Lauf des Juani, genau wie es der Saftsack verlangt hatte.

Wären sie auf Reisehöhe gegangen, und hätten sie endlich einen klaren Nordost-Kurs eingenommen, könnten sie Moong in knapp vierzig Minuten erreichen. Aber der Saftsack von D. O. konnte wieder mal von seinem Urwald nicht genug kriegen. Und gleich würde es ihm wieder einfallen, in irgendeinem Senoi-Campong eine Zwischenlandung einzulegen, um eine seiner großen Palaver zu starten.

Leutnant Chok Teng hatte die Schnauze voll. Gründlich. Von diesem District-Officer-Typ, vom Urwald, vom Scheißkaff Moong ... Doch was änderte das? Außerdem hatte der Saftsack die Einstiegklappe schon wieder offen und den Feldstecher vor den Augen.

Was suchte er? Was war schon zu sehen? Baumkronen. Eine an der anderen. Wie Brokkoli. Noch zwei Monate, dachte der Oberleutnant Chok Teng, dann ist das abgerissen.

Vom zweiten Luftlande-Geschwader in Penang war er vor vier Monaten nach Moong abkommandiert worden. Solche Jobs wie den hier brummen sie dir immer im Sechs-Monate-Turnus auf, damit du dich nicht zu sehr eingewöhnst und dann ständig die Hand aufmachst wie dieser korrupte Arsch von Pa Ulay mit seinem Mercedes, seiner Villa, seinen Weibern und seinem philippinischen Dienerpaar. Ja, Brokkoli … Kann ich nicht mehr sehen. Werd' ich nie mehr essen … Dabei hab' ich Brokkoli so gemocht …

Eine leichte Turbulenz schüttelte die Kabine.

Der Leutnant betrachtete den Fluß im Spiegel. Er war so angebracht, daß man genau beobachten konnte, was unter dem schlanken Leib der Bell vorging: Felsen lagen da jetzt, viele graue, moosbewachsene Felsen. Der Fluß hatte sich sein Bett durch sie gegraben. Die Berge dort vorne? Gehörten sie nicht bereits zum Gelände der Game-Station? Aber sicher: Das waren die Berge von Taong …

»Rechts halten, Leutnant!« schrie der D. O.

Was sollte das wieder?

»Rechts? Wieso?«

»Dort! Sehen Sie das Fels-Plateau über dem Fluß?«

Nichts als Bäume sah er. Doch! Die Sonne beleuchtete eine große Felsplatte, hufeisenförmig, wie eine Bastion stemmte sie sich gegen das Wasser. Auf der Südseite flachte sie zum Wald ab.

»Ja, sehen Sie denn nicht, verdammt?!«

Arschloch! … Chok Teng rückte an seiner Sonnenbrille, Ulay hatte schließlich den Feldstecher. Nun sah er: An der linken Kante, bei den beiden Büschen, lag ein großes Tier.

»Können Sie nicht ein bißchen höher gehen und leiser da ranfliegen?«

»Höher und leiser, das geht nicht. Steigflug bringt Krach.«

»Dann leiser. Das ist ein Tiger.«

Der Leutnant versuchte es mit Rotor-Einstellung. Viel änderte sich nicht … Und dazu meldete sich im Kopfhörer jetzt eine Stimme. Er blickte auf die Funkanzeige. Es war die Notruf-Welle.

»Hier United! Hier United-Camp Tenenga … Hören Sie mich?«

»Hier Moong 1. Ich verstehe Sie.«

»Wir hatten im Camp eine Explosion. Offensichtlich ein Attentat … Mit dem Feuer sind wir noch immer nicht ganz fertig.«

»Ein Attentat?«

»Ja.«

»Gab es Verletzte?«

»Nein ... Gott sei Dank nicht ... Aber wir fordern Polizeischutz ...«

»Moment.«

Er drehte sich zu dem Saftsack um. Und was macht der? Holt sich gerade das Automatik-Gewehr aus der Halterung. »Hören Sie! Weiter unten im United-Camp gab's ein Attentat. Die wollen Polizeischutz.«

»Was? Wie? ... United-Camp? Die können mich ... Nun sieh doch, Leutnant, siehst du nicht die Tigerin? Und zwei Junge sind dabei ... Na los, tiefer!«

Eine Tigerin? dachte der Leutnant. Ein Attentat?!

Und der Kerl mit der Automatik im Anschlag ... Tiger sind geschützt. Rettet unsere letzten Tiger – überall steht das. Hatte er nicht kürzlich noch einen Artikel darüber gelesen, daß vollkommen unklar sei, ob sich überhaupt noch Tiger in den Wäldern aufhielten ... Und der D. O. will die abknallen?

Jetzt war er völlig verrückt geworden.

»Tiefer!«

Er wußte nicht, wieso er gehorchte, aber er ging tiefer, er schaffte dem Saftsack sogar eine Angriffsposition.

»Moong 1! Antworten Sie bitte«, kam es aus dem Kopfhörer.

Antworten Sie bitte ... Wie denn? Dieser Spinner schoß, schoß tatsächlich!

»Was soll das?« Der Leutnant brüllte es gegen das Pfeifen der Düse.

»Sehen Sie doch! Ich hab' ihn!«

Es schien zu stimmen. Der Tiger dort unten wollte hoch, brach zusammen, versuchte es wieder ...

»Was soll ich den Leuten im Camp antworten?«

»Nachher, Chok, nachher ... Hat Zeit.«

»Und jetzt?«

»Sie können doch dort landen? Das Plateau ist doch groß genug?«

Er brachte die Bell in Geradeaus-Lage, sah wie der Abwind des Rotors die Büsche peitschte und ließ die Maschine langsam sinken.

»Und ich dachte immer, Tiger-Jagd sei streng verboten.« Leutnant Chok Teng schaltete die Verbindung zu der quäkenden, dringlichen Stimme in seinem Kopfhörer ab.

Der District Officer warf sich in den Sitz zurück und öffnete die Gurtschnalle. »Soll ich Ihnen mal was sagen, Leutnant: Verboten ist im Grunde alles. Trinken, ficken, über die Straße gehen ... Wenn wir danach gehen würden, oh Mann! Seit Jahren sehe ich zu, wie diese Mistkerle von Wilderern Tiger abknallen und dickes Geld verdienen. Und was tu' ich? Ich jag' die Wilderer ... Jetzt haben wir selbst einen Tiger. Unser Baby da unten, wissen Sie, was das wert ist? Bringt gut fünfzehntausend. Nicht Ringgits. Dollar! US-Dollar!«

»Unser?«

»Klar doch. Jetzt sind wir im Geschäft, Chok Teng. Fifty-fifty. In Ordnung?«

Der Saftsack beugte sich nach vorne, kniff die Augen zusammen und versuchte durch die Staubwolken zu spähen, die die Rotorflügel aufwirbelten. »Verdammt noch mal! Wo ist das Vieh jetzt? ...«

Sie kannte es, sie kannte dieses gleichmäßige »Tasch-tasch-tasch«, das den Himmel füllte, ehe der große Vogel auftauchte, dessen schwarzer Schatten über Fluß, Fels und Bäume huschte. Zu oft hatte sie es gehört, um noch die Unruhe und die Angst zu empfinden, die sie verspürt hatte, als sie es zum ersten Mal wahrgenommen hatte.

Auch jetzt wieder hing das Geräusch über dem – Wald ...

Sie lag auf dem warmen Stein und träumte von den tiefen Wäldern der Berge im Norden. Bald würden die Wildschweine zu ihrem Zug aufbrechen, und dann gab es in den Bergen Fleisch, Wasser, Kühle und sicheren, gefahrlosen Raum.

Die Jungen waren unruhig geworden. Der Kleine stieß seinen dicken Kopf in ihre Seite. Sie drehte sich um.

»Tasch-tasch-tasch ...«

Es war laut, lauter als sie es je vernommen hatte, laut wie das Sausen des Sturmes. Und begleitet wurde es von einem hohen, unangenehmen Pfeifton. Der Kleine rannte in Panik. Sein Bruder setzte ihm nach.

Auch die Weiße trottete den Büschen am Rande des Plateaus zu, um Deckung zu suchen. Doch sie machte nur drei, vier Schritte, wollte noch einmal den Kopf heben, aber sie brachte es nicht mehr zuwege. Es war, als würde sie von harten Ästen gestoßen – zuerst in den Rücken, dann in den Nacken, in die Hüfte, den Hals ... Sie spürte keinen Schmerz, als die Stahlmantelgeschosse ihr das Fleisch, die Muskeln, die Nervenbahnen, die

Gefäße und die Lunge durchschlugen, sie spürte nichts als dumpfe Benommenheit. Doch das Atmen fiel schwer, sie bekam keine Luft mehr, und sie schmeckte nun Blut, das Blut, das ihr aus der zerfetzten Lunge in den Hals und zwischen den Kiefern durchschoß. Ihr Körper wurde schwer, die Glieder waren wie Blei, doch sie schleppte sich weiter, kroch über den Stein nun, kroch auf die Yaho-Stauden dort zu.

Die Jungen …

Wo sind die Jungen?

Sie streckte sich aus. Ihr Blick durchsuchte die Yaho-Blätter, doch die Welt zerbrach in winzigkleine, kantige Stücke, nur noch einen Schatten vermochte sie auszumachen, dicht vor ihr … Und da war eine Stimme, hoch und aufgeregt.

Die Weiße erhob sich ein letztes Mal.

Der Schatten.

Ganz nah …

Was noch an Leben in ihr war, sammelte sich in einem einzigen, letzten Schlag.

Die ausgestreckten Fangkrallen der Tigerin zerrissen Pa Ulay die Halsschlagader in der Sekunde, als er einen Ast beiseite schob, um besser sehen zu können.

Pa Ulay war tot. Er wußte es nur noch nicht. Noch sprang das Blut in einer rotglitzernden, pulsierenden Fontäne aus seinem Hals. Noch konnte er, am Boden liegend, die Hand auf die Wunde pressen, konnte stöhnen, schwächer und schwächer …

Der Leutnant kam angerannt, wandte sich jedoch in Panik ab, als er hinter dem blutenden Körper des D. O. die weißgrauen Fellstreifen erkannte, rannte zum Hubschrauber, dachte: Verdammt noch mal, das Gewehr? … Dachte: Eine Staubinde! … Dachte gar nichts mehr, schlug die Kanzeltür hinter sich zu und starrte in hilfloser Ohnmacht hinüber zu den Büschen.

Er wartete. Nichts rührte sich dort …

VI

Die Regenfälle hatten den Fluß gewaltig anschwellen lassen. Braun wälzte er sich ihnen entgegen, trug abgerissene Äste mit sich, bildete zahllose Wirbel. Die drei Senoi benötigten all ihre Kraft, paddelten verbissen, ruderten schweißüberströmt Stunde um Stunde. Das Lächeln auf ihren Gesichtern war verschwunden. Doch trotz der höllischen Anstrengung ließen sie nicht zu, daß Rick Martin sie ablöste, allenfalls konnte er ihnen behilflich sein, Treibholz vom Boot fernzuhalten.

Vier Tage waren vergangen, seit Maya und er die gewaltige, schwarzfettige Rauchwolke des Brandes über die Baumwipfel in den Himmel hatten steigen sehen.

In diesen vier Tagen war es, als würden noch die letzten Verbindungen zur Wirklichkeit gekappt: der Fluß, der Wald, rasch hinuntergeschlungene nächtliche Mahlzeiten, der Regen, und wieder der Fluß. Eine Fahrt im Unwirklichen ...

Er notierte, was er für seinen Bericht als wichtig empfand. Die alte Maultier-Routine. Der Journalist in ihm registrierte die Einzelheiten für die spätere Reportage, schob sie hin und her, ohne daß sie Konturen annehmen wollten ... Was hatte hier, in dieser abgelösten Welt, noch Bedeutung?

Maya aber ...

Wieder einmal demonstrierte sie ihren ganzen professionellen Ehrgeiz. Sie hatte eine Niederlage erlitten. Ein Rauchpilz über Baumwipfeln? Was war das schon? ... Himmelherrgott noch mal, wieso war es ihr nicht gelungen, mit ihrer Wunderkamera den Augenblick einzufangen, als Taras Molotow-Cocktails die Bulldozer der *United* gleich reihenweise hatten hochgehen lassen?

»Mindestens die Hälfte der Mesini, Tuan ... Und auch der Rest ist sicher nicht mehr brauchbar. Der ganze Bau ist doch über ihnen eingekracht ...«

Tara – der Krieger! Und sie hatte kein einziges Foto davon im Kasten ...

»Und was haben die anderen gesagt, als sie es sahen?«

»Es kam, wie ich es wollte, Tuan … Das Feuer hat die Angst aus ihren Herzen vertrieben …«

So war es wohl. So schien es zumindest, als sie zuerst Tida und Apa Jogeh, die Janis, und dann gestern abend noch Pa-Telo und seine Balangis verabschiedeten. Das Schulternklopfen, die Umarmungen wollten kein Ende nehmen. Jeder der beiden Dayungs überreichte Tara feierlich ein Geschenk.

Maya hatte es gefilmt. »Aber was bringt das schon? … Das Feuer wollte ich!«

»Du hast es aber nicht. Und Gott sei Dank … Maya, sei doch endlich mal vernünftig.« Wer hat denn zu Dan Carpenter gesagt, daß er sich als Chef der Station auf keinen Fall in der Nähe des United-Camps zeigen dürfe? Du doch … Und dabei hattest du zu diesem Zeitpunkt keine Ahnung, was Tara im Schild führte. Und jetzt stell dir vor, sie hätten dich erwischt, als ihre Mesini durch die Luft flogen. Oder sie hätten dich auch nur in der Nähe gesehen: Maya Nandi, die Bevollmächtigte der Tenenga-Stiftung als Brandstifterin. Unausdenkbar!«

»Vielleicht, Rick. Und trotzdem …«

Trotzdem wurde sie nicht damit fertig. Trotzdem hatte sie wohl das Gefühl, die berufliche Sternstunde ihres Lebens versäumt zu haben, den Augenblick, für den sich alle Mühe gelohnt hätte. Oder sie war und blieb einfach Maya Nandi, die Tigerin, die den Feind am Boden liegen sehen wollte.

Der gleichmäßige Taktschlag der Ruder hatte sie wieder beruhigt. Ihr Gesicht entspannte sich. Sie hob den Arm und deutete auf den Schilfstreifen, der die linke Seite des Ufers bildete: »Wir sind bald in Taong.«

Er sah auf die Uhr: 17 Uhr 20. Und die Hitze wollte nicht nachlassen …

»Meinst du, daß er noch lebt?« fragte sie plötzlich.

»Wer? Bernier?«

»Wer sonst?«

»Hoffentlich. Den brauchen wir nun wirklich.«

»Seine Aussage?«

»Natürlich … Vielleicht haben wir Glück, und alle drei Stämme halten dicht und keiner weiß, wer es gewesen ist. Aber falls die Geschichte rauskommt …«

»Sie werden dichthalten, verlaß dich drauf.«

»Dennoch, das beste wäre, um die Geschichte vergessen zu lassen, einen noch viel größeren Skandal loszutreten …«

»Und die berühmte, supergescheite Langnase Rick Martin wird das besorgen?«

»Wer eigentlich sonst?« sagte er. »Oder hast du einen Besseren?«

Sie lächelte, hauchte einen Kuß auf ihren Zeigefinger und drückte ihn ihm auf die Nase …

Die Ipaks nahmen plötzlich die Paddel hoch. Sie hatten sich erwartungsvoll aufgerichtet. Der Einbaum trieb dahin. Auch Rick erkannte die drei großen Bäume an der Biegung. Dann weitete sich der Fluß, und da war die Bootsanlegestelle und der Weg, der hochführte zu der kleinen Zementmauer, und darüber das menningrote, langgezogene Wellblechdach auf den hölzernen Pfeilern.

Die Station … Sie hatten Taong erreicht.

Sie sahen es alle zur selben Sekunde. Sie sahen die Männer.

Eine ganze Gruppe stand dort auf der Terrasse. Und alle trugen die gefleckten Tarnanzüge der Armee …

In wortloser Verständigung tauchten die Senoi die Paddel ein, vorsichtig, um keine Gischt auffliegen zu lassen, ruderten mit aller Kraft zurück, trieben das Boot in das hohe Schilf, das hinter der Sandbank begann.

Sie sahen sich an.

Tara sagte kein Wort. Er schien vollkommen ruhig. Die anderen sprachen gedämpft miteinander. Maya hob die Hand und sagte etwas. Die Männer nickten zustimmend. Rick konnte sich vorstellen, worum es ging … Oh verdammt! war alles, was er denken konnte.

»Los, Rick! Raus aus dem Boot! Die Ipaks wollen weg. Gib mir den Rucksack.«

Sie stand schon bis zur Hüfte im Wasser. Er warf ihr ihr Gepäck zu und ließ sich ins Wasser gleiten. Tara stemmte das Paddel in den Grund, um das Boot im Gleichgewicht zu halten. Rick hob noch einmal die Hand. Nur Dia Lavai, der Dayung, nickte ihm zu. Dann trieb das Boot lautlos im Schatten des Waldes davon. Sie sahen ihm nach, hockten am Ufer und schwiegen. Was gab es schon zu sagen? Maya schüttelte den Kopf.

»Ausgeschlossen … Es ist unmöglich …«

»Was ist unmöglich?«

»Daß die dort oben Bescheid wissen und auf uns gewartet haben … Nach allem, was mir Tara erzählt hat, kann ihn im Camp keiner gesehen haben. Und wenn, dann hat ihn niemand erkannt.«

Er kramte nach den Zigaretten. Sie waren naß. Er warf die Pakkung in den Fluß.

»Nun schau doch nicht so belämmert.« Auch sie war vollkommen erschöpft, man sah es ihr an, aber sie brachte schon wieder so etwas wie ein Lächeln zustande und berührte wieder einmal seine Nasenspitze.

»Was wollen die dann?«

»Keine Ahnung. Aber sie sind wegen etwas ganz anderem hier … Komm, Rick, was ich jetzt brauche, ist eine Dusche. Daran kann mich die ganze Armee Malaysias nicht hindern. Und noch etwas: Wenn sie uns irgend etwas fragen, ich habe dir Tenenga gezeigt. Nichts weiter. Und wenn's ein paar Tage gedauert hat – na und?«

Als sie die kleine Mole unterhalb der Mauer erreichten, wurde man auf der Terrasse aufmerksam. Jemand flankte über das Geländer bei den Käfigen und kam den Hang herabgerannt. Es war Dan Carpenter.

»Endlich! Da seid ihr ja! Ich hab' mir Sorgen gemacht … Und Tara und die anderen?«

»Weg. Die machen sich auch Sorgen. Was sollen die Uniform-Typen da oben?«

»Die? Ah ja, klar doch … Hier ist 'ne Menge passiert, seit ihr weg wart.«

»Bei uns auch«, sagte Maya. »Zuerst du!«

»Ulay ist tot«, sagte Dan Carpenter. »Er hat eine Tigerin geschossen. Und auch noch aus dem Helikopter, der Scheißkerl … Die Tigerin hat ihn fertiggemacht.«

Sie lauschten und sahen sich an, und als Dan ihnen Berniers Geständnis Punkt für Punkt wiederholte, blieben sie lange, sehr lange still.

»Und was war bei euch?«

Im Telegramm-Stil berichtete Rick Martin, was im *United*-Camp geschehen war. Dan Carpenter konnte es kaum glauben: »Die Bulldozer abgefackelt? … Oh Mann! Und nur um seinen Dayungs eine Vorstellung zu geben, die große Bali-Saleng-Schau?«

»Dan!« Wie so oft, wenn sie sich ärgerte, zog sich Maya eine ihrer schwarzen Haarflechten zwischen die Zähne. »Dan, Herrgott noch mal, du weißt, daß das Unsinn ist … Es ging um etwas anderes.«

»Vielleicht. Wenn ich Quatsch rede, dann nur, weil ich so langsam am Flippen bin. Verstehst du?« Er holte tief Luft und sagte zusammenhanglos: »Es war ein helles Tier, Maya. Ganz hell … Einer von diesen Tigern, die schon dein Vater beobachtete und die die Ipaks ›weiße Tiger‹ nennen.«

»Erzähl es ihnen nicht.«

»Die wissen es bereits. Ich habe ja zwei Ipaks auf der Station.«

Auf der Terrasse war man nun endgültig neugierig geworden. Da standen sie, standen in ihren gefleckten Tarnanzügen, die gleichfalls gefleckten Baseball-Mützen auf dem Kopf und beobachteten.

»Dazu hatte sie zwei Junge. Und dieser irrsinnig gewordene Knallkopf schießt sie mit dem Automat aus dem Helikopter ab.«

»Und sie hat ihn getötet?«

»Ja. Das hat sie noch fertiggebracht. Sozusagen die letzte Heldentat. Sie verdient einen Orden.«

»Und die Jungen? Wo sind die?«

»Ich hab' nach ihnen gesucht. Ich hab' sie nicht gefunden. Nach den Spuren müssen sie schon beinahe ausgewachsen sein.«

Maya machte sich auf den Weg zum Haus. Einer der Uniformträger kam die Treppe vor der Terrasse herab, blieb stehen, stemmte die Hände in die Taille und starrte.

Sollte er!

»Maya«, hörte sie Dan hinter sich, »mach dir keine Sorgen. Die Soldaten sind von der Militär-Polizei. Sie gehören zur 54igsten Brigade in Kualang. Und sie sind nicht allein gekommen. Du hast Besuch.«

»Das sehe ich.« Den Blick auf die ausgewaschenen, schlecht befestigten Stufen gesenkt, stieg sie müde den Hang hoch.

»Wahid!« hörte sie Dan.

»Was?« Sie blieb stehen. »Im Ernst?«

»Und nicht nur er. Seinen Onkel hat er gleich mitgebracht.«
Nein! dachte sie und drehte sich um.
»Abdullah?«
»Ja. Die Majestät persönlich – der Sultan.«

Der lichtblau lackierte Helikopter mit dem goldenen Sultan-Wappen auf jeder Seite stand auf dem großen Platz vor den Käfigen. Prächtig funkelte er in der Morgensonne. Daneben parkte ein olivgrauer Militär-Hubschrauber. Der Pilot saß im Einstieg, hatte ein Mikrophon in der Hand und sprach irgend etwas hinein.

Beeindruckend. Sie ging auf die Terrasse zu. Der Mann, der sie zuvor beobachtet hatte – nach dem Stern an seinem Kragen ein Major – grüßte militärisch stramm. Gleichfalls beeindruckend. Was sie aber brauchte, war Wasser, eine Tür, um sie hinter sich zu schließen, ein paar Minuten, um nachzudenken.

Sie verschaffte sich das alles im Bad. Sie duschte, zog ein paar neue Shorts und ein Hemd an. Trotz des kalten Wassers fühlte sie sich hundemüde. Selten in ihrem Leben hatte ihr eine Anstrengung derart zugesetzt wie diese Flußfahrt. Trotzdem arbeitete ihr Verstand noch glasklar, und das war jetzt auch dringend nötig.

Sie öffnete die Tür des Badezimmers, um Tan zu fragen, ob sie ihr ein Kopftuch leihen könne. Sie traf nicht Tan, sondern Dan Carpenter.

»Wo ist denn Tan? Ich hab' sie noch gar nicht gesehen. Geht es ihr besser?«

Er hielt ein Tablett mit Gläsern in den Händen. Sie klirrten ein wenig.

»Oh, das ist auch so eine Geschichte …«

Er drehte sich um, und sie öffnete ihm die Tür zur Küche. »Willst du sie mir nicht erzählen?«

»Viel zu erzählen gibt's da nicht …«

Er setzte das Tablett auf die Spüle und begann damit, die Gläser in den Ausguß zu stellen. Eines entglitt seiner Hand. Es fiel zu Boden und zersprang.

Maya holte den Besen, um die Scherben zusammenzukehren. Dabei sah sie hoch.

»Sie ist weg«, sagte Dan.

»Was heißt weg?«

»Ihre Eltern haben sie geholt. Oder besser, sie haben sie zurückgeholt.«

»Und du hast sie fortgehen lassen?«

»Fortgehen lassen ... Es gibt kein Fortgehen-lassen in solchen Fällen. Genauso wenig wie's ein »Du-bleibst-aber-hier!« gibt. Taong ist der Ort der schlechten Geister ...«

Sein verunstalteter Mund verzog sich zu einem schiefen Lächeln. »Was willst du machen? Bali Saleng hat zugeschlagen. Und er hat wieder mal gewonnen ...«

Als er sich aus seinem Sessel erhob, wirkte er viel größer und schlanker, als sie ihn in Erinnerung hatte. Er trug elegant geschnittene Jeans, dazu ein blau-weißes, hübsch gemustertes Batik-Hemd. Die vier oberen Knöpfe daran standen offen, so daß man seine schweißglänzende Brust erkennen konnte, auf der ein großes, goldenes Amulett ruhte.

Wahid stand hinter ihm. Und in seinem Sessel, vollkommen ungerührt, ein Glas Whisky in der Hand, dreckstarrend wie zuvor, aber offenbar die Situation genießend – Rick Martin.

»Maya! ...« Abdullah kam mit ausgestreckten Händen auf sie zu, faßte sie an den Schultern. Sein Gesicht war dicht vor ihr. Der Playboy-Speck von einst hatte Falten Platz gemacht, die Haare waren dünn geworden. Die Freude in seinen Augen schien echt. Fehlt nur noch, daß er dich jetzt küßt, dachte sie, und da passierte es bereits: Sie fühlte seine feuchten Lippen auf der Wange.

»Maya Nandi ...«

Er wiederholte den Namen beinahe andächtig und wandte den Kopf zu Rick: »Ihr Vater, Mr. Martin, ihr Vater war ein großer Mann. Groß und bewundernswert ... Und ich war verdammt jung und ziemlich blöd, als ich ihn kennenlernte. Doch man lernt ja dazu. Und nicht zuletzt, Mr. Martin, weil es Leute gibt wie Sie ... Gott, wenn ich zurückdenke! Rabindra hatte so viele Träume, so viele Projekte ... Tenenga war nur eines davon ... Omar, mein Bruder, war begeistert – ich habe mich nicht dafür interessiert. Warum? Nun, vielleicht existierte ich damals noch nicht, ich lebte ein anderes Leben in einer anderen Welt. Das hat sich gründlich geändert.«

Maya ahnte, was der Sultan meinte. Doch woher rührte diese plötzliche Freundschaft zu Rick? Wahid hatte es ja erklärt: Abdullah hatte die TV-Sendungen gesehen und bewunderte Rick Martin. Um so besser, dachte sie, aber wann endlich fragt einer dieser wunderbaren Kumpels hier im Raum, die sich alle ganz offensichtlich so prächtig verstehen, was wir im Wald zu suchen hatten? Und ausgerechnet zu der Zeit, als im United-Camp die Bulldozer hochgingen und das Feuer ausbrach … Wäre eine gute Frage für den Major zum Beispiel, der die Untersuchung führt. Und Tan? Verschwunden … Was war dann mit dem Killer, was war mit J. P. Bernier? … Auch das zum Beispiel wäre eine sehr naheliegende Frage.

Sie stellte sie.

Dan Carpenters Mund wurde noch dünner als zuvor. Der Sultan setzte sich wieder, sah sie an, lange und irgendwie betreten.

»Bernier?« Der Major machte eine verächtliche Bewegung. »Den haben wir vor zwei Tagen ins Militär-Hospital geflogen. Und da bleibt er so lange, bis er in die Zelle kommt.«

Vom Brand bei der *United* kein Ton?

Sie nahm sich eine der Tonic-Büchsen, die auf dem Tisch herumstanden. Das eiskalte Getränk tat gut. Sie trank und hörte den Männern zu, die sich wieder mit dem Tod des D. O.s beschäftigten. Das war ihr Thema. Deshalb schließlich waren sie heraufgekommen. Auch Abdullah schien es für wichtig genug zu halten, um sich vor Ort damit zu beschäftigen. In erster Linie aber, versicherte er, gehe es ihm um den Fortbestand von Tenenga.

Nein, Phrasen waren das nicht. Sie sah es ihm an. Er meinte, was er sagte. Er wollte Tenenga wieder aufbauen … Und was viel wichtiger war: Er wollte vertreten, was hinter diesem Namen stand. So schön wäre es, könnte man daran glauben …

Wahid kauerte sich neben sie und ergriff ihre Hand. Sie überließ sie ihm, auch wenn ihr die Geste merkwürdig vorkam.

»Dieser Tiger hat uns eine Menge Scherereien erspart«, sagte Abdullah. »Ich meine das nicht zynisch, sondern sehr sachlich. Auch in der Zentralregierung wird man sich langsam darüber klar, daß die Zeit der Ulays zu Ende ist.«

»Aber damit ist es noch lange nicht getan«, sagte Rick.

»Sie haben vollkommen recht, Mr. Martin. Hinter den Pa Ulays und den Berniers stehen weit mächtigere Leute. Und die sind es, die die Strippen ziehen.«

»Sie meinen Wang Fu? Die East Coast?«

»Wen sonst? Und einen Wang Fu zu stoppen, und zwar so gründlich, daß niemand mehr nach ihm fragen wird, darin sehe ich eine meiner wichtigsten Aufgaben. Bescheid weiß ich schon seit langem. Aber wie ihm etwas beweisen, ihn fassen – das war das Problem. Mit den Bernier-Protokollen haben wir das wenigstens aus der Welt geschafft ... Am Erstaunlichsten finde ich Wang Fus Verhalten. Für einen Chinesen seiner Entwicklung ist es vollkommen atypisch. Die Skrupellosigkeit, nun ja, aber diese, wie soll man es nennen, die unvorsichtige, die totale Übersteigerung des eigenen Machtwahns, seine Hybris ...«

»Vielleicht war's die Tiger-Medizin?« grinste Dan.

»Was immer es war, mit ihm ist es vorbei. In Staaten wie Singapur oder Malaysia, Staaten, die sich höchst moralisch geben, in denen jedem, der mit ein paar Gramm Rauschgift erwischt wird, der Galgen droht, ist zwar phänomenalerweise auch für Korruption Platz – aber keine Chance mehr für Leute wie Wang Fu. Er ist ein Fossil aus längst vergangener Zeit. Er paßt nicht mehr in die wirtschaftlichen Mechanismen von heute. Dabei hatte er geglaubt, er würde sie perfekt beherrschen. Sonderbar bleibt, daß er trotz seiner Intelligenz nicht bemerkte ... Die Geschichte geht über die Wang Fus hinweg. Jetzt sind andere dran.«

Hör's dir an, dachte Maya. Abdullah Ibraim Ibn Tuancu, der Märchenkönig, spricht. Und vielleicht hat er recht? ...

»Sein Killer«, sagte Abdullah Ibraim Ibn Tuancu, Sultan von Jorak, »dieser Bernier paßt auch ins Bild ... Auch er ist passé, hat sich selbst überlebt, und so gesehen tut man ihm einen Gefallen, wenn man ihn dorthin bringt, wo er hingehört. An den Galgen. Das wird geschehen. Dafür werde ich sorgen, Mr. Martin«

Er unterbrach sich. – Was haben sie alle? dachte Maya. Und dieses merkwürdige Schweigen? ...

Dan Carpenter erhob sich, machte zwei, drei Schritte, wandte den Kopf zum Fenster, blickte dann wie unter einer Anstrengung wieder zu Maya hin.

»Ich finde, wir sollten nicht länger warten, es hat keinen Zweck.« Dan atmete tief. »Maya! Ich glaube, wie ich zu deinem Vater stand, weißt du. Und du weißt auch, wie sehr ich ihm dankbar bin. Alles, was aus mir geworden ist, verdanke ich schließlich ihm.«

Sie versuchte ein Lächeln, aber irgendwo in ihr war eine Ahnung, saß noch wie gefangen, befreite sich, setzte zum Sprung an. Ihr Lächeln verschwand.

»Und irgendwie«, hörte sie Dan, »irgendwie war er auch mein Vater.«

»Ja. Dan. Und?«

Er sagte es: »Dein Vater ist tot, Maya.«

Sie nickte, nickte ganz automatisch. Doch dann wurden die vier Worte zum Schlag und zerrissen mit einem Mal die Kette aller Vergeblichkeiten, die sie umfangen hielt. Im Grunde, das wurde ihr jetzt klar, hatte sie diesen Satz stets erwartet, hatte immer gewußt, daß sie ihn einmal würde hören und akzeptieren müssen …

»Bernier hat ihn umgebracht … Er hat auch das gestanden … Ich habe es im Protokoll. Du kannst es lesen. Es passierte irgendwo in Ohio. Vor Jahren. Und es passierte im Auftrag von Wang Fu …«

Sie schlief in dieser Nacht wie eine Tote. Sie schlief bis in den nächsten Nachmittag hinein … Nun war sie wach und überrascht, daß kein Alptraum ihr den Schlaf zur Hölle gemacht hatte. Zumindest konnte sie sich nicht erinnern.

»Alles, was geschieht, ist gut«. Einer der vielen Sätze Rabindras, an die sie immer denken würde. Sie verspürte wenig Lust, nach der darin verborgenen Weisheit zu suchen, sicher hatte er recht – aber ausgerechnet er mußte es sagen? Und warum nicht? … Tot? Er war nicht tot. Er lebte.

Auf dem Küchentisch stand die Thermosflasche mit Kaffee. Und an ihren schwarzen Sockel gelehnt, flüchtig auf das Innere einer aufgerissenen Aspirin-Packung gekritzelt eine Notiz von Dan: sie solle sich den Kaffee schmecken lassen, er habe zu tun und käme gegen sechs Uhr zurück.

Sie ging im Hemd auf die Terrasse, die Tasse in der Hand, und trank in kurzen Schlucken. Der Fluß dort unten unterhielt sich mit sich selbst, die Affen blieben überraschend ruhig, und über den roten Hibiskus-Büschen spielten zwei Kolibris.

Eine Stille, die keine Grenzen kannte. Der Platz, wo gestern die Hubschrauber gestanden hatten, war leer. Rick Martin war mit den anderen nach Kualang geflogen. Rastlos wie stets. Er lebte von Reserven, die sie nicht an ihm kannte. Abdullah, hatte er noch gesagt, würde ihm in seinem Palast all die Unterlagen über den »Fall Tenenga« zeigen, von denen er gesprochen hatte. Rick würde sie abschreiben oder abfotografieren, und sich somit neues, vielleicht das entscheidende Material für den Bericht beschaffen, der bereits zu Beginn des nächsten Monats über den Sender laufen sollte ... Ach Rick! dachte sie, Rick, der es immer so wichtig, so eilig hat, der bohrt, kämpft, nie aufgibt, Rick, der Besessene ...

Es hatte sich alles verändert.

Sie beobachtete die Kolibris über den Hibiskus-Blüten ...

Dan Carpenter kam kurz vor sieben Uhr zurück, schwitzend und erschöpft, Gesicht und Arme übersät von blutigen Kratzern. »Alles voll Ratten dort am Felsen«, sagte er und holte sich in der Küche das Fläschchen mit Merkurium, um seine Wunden zu desinfizieren. Sie half ihm. Mit all diesen roten Merkurium-Klecksen sah er noch schlimmer aus als zuvor, aber er grinste.

»Eine Krankenschwester im Haus, davon hab' ich schon immer geträumt ...«

»Kann ich mir denken«, sagte sie. »Wo hast du dir das geholt?«

»Ich war wieder am Felsen oben. Auf der anderen Seite. Im Busch. Ich fand die Spuren der Jungen. Ich fand sie ganz in der Nähe der Stelle, wo wir die Mutter begraben haben. Komm, ich zeig dir was ...«

Er erhob sich, zog die Schublade des Küchentischs heraus und entnahm ihr einige Polaroid-Aufnahmen. »Das ist sie!«

Er gab ihr die Fotos in die Hand, und sie legte sie auf den Tisch.

»Ich hab' sie gemacht, ehe wir sie unterhalb des Felsens eingegraben haben.«

Auch im Tod wirkte die Tigerin mächtig und wunderschön. Ihr Fell schimmerte wie Silber. Sie lag auf der Seite, die Beine weit von sich gestreckt, die Augen geschlossen, vollkommen entspannt, so als schliefe sie ... Sie verstand plötzlich, warum die Ipaks »die Weiße« zum Schutzgeist ihres Stammes gemacht hatten und erinnerte sich wieder an den Tiger, den sie damals mit ihrem Vater im Fluß beobachtet hatte. Es war ihr, als schließe sich ein Kreis.

Sie gab ihm die Bilder zurück.

Sie sahen sich an und sprachen lange nichts.

Maya ging auf die Terrasse zurück. Er folgte ihr und setzte sich neben sie.

»Hast du etwas gegessen, Dan? Du mußt doch Hunger haben?«

»Nicht schlimm. Die Ipaks hatten ihren Reis dabei. Und diesmal schmeckte er gar nicht so übel.«

»Es ist noch Kaffee in der Kanne. Oder soll ich uns einen Tee machen?«

Sie mußte irgend etwas unternehmen, um sich von der Trauer, die sie zu lähmen drohte, zu befreien, sie mußte sich ablenken, etwas sagen, das mit allem nichts zu tun hatte. Sie sah ihn an: »Du mußt dir jetzt endlich deine Zähne richten lassen. Wirklich, Dan ...«

»Ach ja?«

»Ja. Und bald.«

»Und weißt du, was das kostet ... Ich hab' mich erkundigt. Ich brauch' jeden Cent für Taong.«

»Du lieber Himmel, und? Das ist doch nicht nur eine Frage der Ästhetik. Ich will schließlich keinen Kerl hier herumlaufen haben, bei dem ich mir ständig Sorgen um seine Verdauung machen muß.«

Er saß mit einem Mal ganz starr. »Was heißt das? ... Daß du hier bleiben willst?«

»Ja, Dan. Genau das.«

Sein Funktelefon meldete sich. Er nahm das Handy ans Ohr und reichte es ihr weiter.

»Rick.«

Sie nahm ihm den Apparat aus der Hand und ging ins Wohnzimmer.

Für dieses Gespräch mußte sie allein sein.

»Maya?«

»Ja. Was ist?«

»Maya, Herrgott noch mal, hier lief alles schief.« Seine Stimme war gepreßt vor Nervosität. »Allerdings, das Material, das ich von Abdullah bekam, ist einzigartig. Damit ist die Reportage gesichert. Aber ich habe mich bei der MAL erkundigt. In der nächsten Woche sind alle Flüge nach London total ausgebucht. Und meine Sendung läuft doch Dienstag.«

»Und was bedeutet das?«

»Daß ich zurück muß.«

»Wann?«

»Jetzt. Sofort. Ich bin schon am Flughafen.«

»Dann guten Flug.« Sie sagte es härter, als sie es beabsichtigte, und dabei fiel ihr der Satz ein: Alles im Leben ist gut … »So ein Pech, Rick.«

»Hör zu, Maya: Es ist trotzdem kein Beinbruch. Der erste freie Platz für London, den sie rausrücken, hab' ich bereits für dich reserviert … In der Zwischenzeit können Jim Bright und ich schon alles vorbereiten. Ich beschränke mich bei der Dienstag-Sendung nur auf Text. Und wir können dann deine Aufnahmen im zweiten Teil bringen. Moment … ja, das ist der Donnerstag! der vierundzwanzigste …«

»So«, hörte sie sich sagen. »Donnerstag, der vierundzwanzigste …«

»Was hältst du davon?«

Sie schloß die Augen. Sie suchte die Worte, doch sie entzogen sich ihr. Sie fühlte jäh ihr Herz. Sein rascher, lauter Schlag drohte alles Denken zu übertönen.

»Rick … ich glaube …«, fing sie an, um dann knapp und brutal damit herauszurücken: »Spar dir das Geld für's Ticket.«

Pause.

Dann: »Was willst du damit sagen?«

»Es tut mir leid, Rick, glaub mir, es tut mir furchtbar leid. Ich schick' dir die Filme per Kurier. Aber ich komme nicht.«

»Nicht wohin?«

»Nicht zurück nach London.«

»Und warum?« Seine Stimmer klang nicht verletzt, sie war nur sehr gespannt und wie um eine Oktave höhergeschraubt.

»Weil ich hier bleiben werde, Rick … Weil ich hierher gehöre … Und weil es hier für mich viel wichtigere Aufgaben gibt, als alles, was ich für dich in London tun könnte.«

»Maya!« Es klang wie eine Beschwörung.

»Ja, Rick. Und du weißt auch, daß ich Recht habe …«

Es klickte. Die Verbindung war unterbrochen. Er hatte aufgehängt.

Als sie auf die Terrasse zurückkam, spannte sich ein gold- und purpurfarbener Abendhimmel über den Baumwipfeln. Dan, dort am Geländer, war nichts als eine schwarze Silhouette. Der Gedanke an Rick füllte ihr Herz. Sie hatte ihn verletzt. Und wenn es einen Menschen gab, dem sie nicht weh tun wollte, dann ihm …

Doch was sollte, was konnte sie ändern?

Dan drehte sich um. Sie berichtete ihm von dem Gespräch, und er sah sie ungläubig an. Er sah sie sehr lange an, wieder mit diesem forschenden, intensiven Blick. Dann grinste er: »Gut. Nächste Woche fahre ich nach Kualang.«

»Zähne richten lassen?«

»Zähne richten lassen.«

Er ließ sich in seinen Sessel fallen. »Soll ich dir eine Geschichte erzählen? Willst du sie hören?«

»Was für eine Geschichte?«

»Die Geschichte von einem jungen Mädchen und einem jungen, unreifen Typ, der irgendwo in seinem Campus in den USA auf die Schnapsidee kommt, als richtiger Biologe müßte man den malaiischen Regenwald kennenlernen ... Dabei hat er noch ein Riesenglück gehabt. In Malaysia nämlich traf er einen fantastischen Lehrer. Und dazu hatte der noch eine Tochter, die war nicht weniger fantastisch, nur leider zu jung ... Trotzdem verknallte er sich unsterblich in sie.«

»Und dann?«

»Dann starb der Lehrer. Er wurde umgebracht. Der Tochter ließ dies keine Ruhe. Sie hatte ihren Vater verloren. Sie verließ Malaysia. Sie kämpfte und suchte einen Mörder. Dieses Kämpfen und Suchen wurde zum Gesetz ihres Lebens ... Doch eines Tages kam sie zurück.«

»Ja«, sagte Maya. »Und der Mörder wurde gefunden ...«

»Stimmt. Der wurde gefunden. Und nun sind sie wieder alle drei zusammen, der Lehrer, der junge Mann und die Tochter.«

»Und sind dort, wo sie hingehören«, sagte Maya.

»Ja«, nickte er. »Das auch.«

Längst war die Monsun-Zeit vorüber.

Der Fluß führte wenig Wasser, war schmal geworden, und das große, orangefarbene Schlauchboot mit der Aufschrift »Taong-Station« hatte einige Schwierigkeiten beim Anlegen am Steg.

Maya erhob sich von ihrem Sitz auf der Terrasse und sah zu, wie Tara Dan, der die Ankunft des Bootes erwartete, die Festhalteleine zuwarf.

Nun sprangen sie ans Ufer.

Ihre Lendenschurze hatten sie um, doch dazu trugen sie die gefleckten Jägerwesten mit dem Sultans-Wappen von Jorak, auf die sie sehr stolz waren und die sie auch ungeheuer praktisch fanden, weil sich in den vielen Taschen außer Sammelstücken wie Nüssen und eßbaren Wurzeln auch die Patronen für ihre Gewehre verstauen ließen. Die Blasrohre blieben in den Hütten. Die Gewehre aus den Beständen der Sultans-Leibwache waren zu ihrem kostbarsten Besitz geworden. Der letzte, der ans Ufer kam, hatte sogar ein tragbares Funkgerät auf dem Rücken, das zur Verständigung mit der Station und gleichzeitig zum Auffangen der Peilsignale diente.

Alle fünf Jung-Tiger, die drei, die Dan für das Auswildern vorbereitet hatte, und die zwei kräftigen Söhne der »Weißen« waren noch am Leben. Und alle fünf hielten sie sich, so als seien sie durch eine unsichtbare Nabelschnur mit Taong verbunden, in den Wäldern um die Station auf. Und es war auch so etwas wie eine Nabelschnur: Taong garantierte ihnen nicht nur Nahrung, sondern vor allem Schutz. Da war kein Wilderer, der es noch mit der Ranger-Streitmacht aufzunehmen wagte, die die drei Wald-Stämme der Senoi für Taong stellten.

Es hatte sich viel geändert.

Dan kam den Weg hinauf, rannte über die Terrassentreppe und zeigte Maya sein strahlendweißes, geradezu erschreckend tadelloses Gebiß ... Und dann streckte er den Arm aus.

»Laß das!«

»Muß ich doch.« Sie fühlte seine warme Hand auf ihrem Bauch: »Der verhält sich ganz brav und ruhig.«

»Der oder die. Ruhig nicht …«

Sie spürte die Bewegung tief in ihrem Innern und lächelte.

Dan warf sich in den Sessel: »Stell dir vor, Tara hat heute die beiden Jungens der Weißen gesehen. Bei den Felsen … Sollen ganz prächtige Exemplare sein. Komisch, ich hab's nie geschafft, sie zu beobachten …«

»Du bist nicht Tara. Und außerdem, Dan, mach es dir nicht so bequem. Wir wollten doch Ricks Sendung zu Ende sehen …«

Er nickte, erhob sich und folgte ihr in das verdunkelte Zimmer. Der Video-Rekorder war gerade vier Wochen auf der Station – neu wie der Generator, die Parabol-Antenne, die Mikroskope und Untersuchungsgeräte, die jetzt in dem gleichfalls neuen Anbau standen, an dessen Tür Dan voll Schwung das Schild »Biologisches Institut – Taong« genagelt hatte.

Sie schob die Kassette ins Gerät und drückte »Play«. Der Schirm leuchtete auf, und da war er, da war Rick: Das breitflächige Gesicht, die gebuckelte Stirn mit den Falten, die dichten, dunkel-silbernen Haare, die schweren Brauen, die so lebendigen, insistierenden Augen … so nah war alles, daß sie unwillkürlich den Arm hob.

Rick Martin lächelte. Und dann erklang seine Stimme: »… so gesehen, meine Damen und Herren, könnten wir im Fall Tenenga von einer Art Märchen berichten, nämlich vom Sieg der Gerechtigkeit: Der Mörder hat mit dem Leben bezahlt, der Anstifter kam für fünfzehn Jahre ins Gefängnis, sein Reich, die East Coast-Industries, ist zerschlagen, bankrott. Und da es, wie Sie ja alle wissen, keine Märchen ohne Happy-End gibt, wäre noch hinzuzufügen: Tenenga gehört heute, zusammen mit den berühmten indischen Tiger-Parks, zu den bestverwaltetsten Schutzzonen der restlichen Tiger-Populationen dieser Erde. Die Anzahl der Tiger dort nimmt wieder drastisch zu. Vielleicht kann ich den einen oder anderen beobachten, denn ich habe meinen Flug nach Malaysia schon gebucht. Ich werde auch Maya Nandi, die Präsidentin der Tenenga-Stiftung, und meinen Freund, den amerikanischen Biologen Dan Carpenter wiedersehen. Die beiden, und dies ist besonders wichtig, haben im Zusammenwirken mit der einheimischen Waldbevölkerung, deren

Männer Dan Carpenter zu hervorragend motivierten Rangers und Game-Wards ausbildete, ein kleines Wunder zustande gebracht. Es ist also zu hoffen, daß der indonesisch-malaiische Tiger überleben kann ...«

Die sonore, angenehm schwingende Stimme machte eine Pause. Es wurde eine lange, sehr lange Pause. Rick ruckte an seiner Lesebrille, nahm sie ab und sprach nun vollkommen frei in die Kamera.

»... doch ist es wirklich ein Happy-End? In unserer Welt, in der alles, was zählt, in Geld ausgedrückt wird, also auch in der Welt der chinesischen Pharma-Hehler, der Boom-Profiteure, der Ignoranten, die dem Aberglauben verfallen sind, sie könnten die göttliche Kraft des Tigers auf sich selbst übertragen, in dieser Welt der Armut, die immer neue Wilderer erzeugen wird, in dieser Welt der Groß-Spekulanten, die keinerlei Achtung kennen, am wenigsten die vor dem Heiligtum der Wälder, die Gott in Millionen von Jahren erschaffen hat – ist in dieser Welt noch Platz für Happy-Ends?! Ich fürchte, nein ... Und daran werden wohl alle Artenschutz-Abkommen und alle Regierungs-Verträge nichts ändern können.«

Und wieder die beklemmende Pause.

»Es ist unser aller Welt ... Ich kenne den Fall eines amerikanischen Millionärs, der erst vor kurzem einen brandneuen Geländewagen für das Fell eines einzigen sibirischen Tigers geboten hat ...«

Dan legte Maya die Hand auf den Arm und flüsterte etwas, sie schüttelte nur den Kopf und beugte sich noch weiter vor, als könne ihr ein einziges Wort entgehen. Rick, dachte sie, sag es ihnen! Rick, welches Glück, daß es dich gibt ...

»Was wir erleben ist nichts anderes als der kollektive Mord an der Krönung der Schöpfung ... Ja, der Tiger ist die Krönung! Nicht umsonst haben die Völker, die noch ihren Lebensinstinkt für die Natur bewahrt haben, den Tiger für göttlich erklärt. Aber auch von uns weiß es jeder, der einmal Gelegenheit hatte, dieses herrliche Tier zu beobachten und seine magische Schönheit zu erfahren ... Eine Großkatze, ein Raubtier? Gewiß. Aber auch das edelste und vollkommenste Ergebnis des schöpferischen Spiels der Natur ...«

»Richtig. Genau das ist es!« hörte sie Dan neben sich. »Du hast recht, Rick. Und wie recht du hast ...«

»Die Schöpfung allerdings hat zwei Wege bestritten«, fuhr Rick Martin fort: »Aus dem Schimpansen schuf sie über ganze Entwicklungsketten von Hominiden den Homo sapiens, den Menschen. Uns! Sie hat ihn mit Bewußtsein und Intelligenz ausgestattet. Intelligenz wiederum – und dies hat die Geschichte der Zivilisationen erwiesen – Intellignz potenziert die Erb-Aggression ins Ungeheuerliche. Und Ungeheuer sind wir geworden … Ein außerirdischer Beobachter, der das Säugetier Homo sapiens mit anderen Tieren vergleichen würde, käme vermutlich zu dem Schluß, daß es sich bei ihm um einen Irrläufer der Natur handeln müsse. Und ist es nicht auch so? Keine Tierart, die er nicht auslöscht oder bedroht, kein Nachbarstamm der eigenen Art, dem er nicht ans Leben wollte oder will, keine einzige wichtige Lebensgrundlage, die er nicht schädigt oder zerstört. Zu welcher Folgerung also sonst sollte man kommen?«

Ricks Augen senkten sich zum Pult. »Es tut mit leid, dies sagen zu müssen, meine Damen und Herren: Aber vielleicht meint unser Außerirdischer, daß genau hier, in diesem durch nichts zu bremsenden Vernichtungswahn das Korrektur-System der Schöpfung liegt.«

Nun sah er auf.

Sein Gesichtsausdruck wurde beschwörend.

»Ehe es soweit ist – und ich richte mich jetzt an all diejenigen, die guten Willens sind und trotz des Gefühls der tiefen Ohnmacht ihre Achtung bewahrt haben – bitte ich Sie: Helfen Sie den Tigern! Jawohl, helfen Sie ihnen! … Sie sind es der Schöpfung schuldig. Und nicht nur ihr. Sich selbst. Ihrer Selbstachtung und dem Wohl Ihrer Kinder … Vereinigen wir alle unsere Kräfte … Bekämpfen wir das Böse, wo es sich zeigt, vereinigen wir uns wenigstens im Bemühen.«

Das Bild erlosch, der Kopf der Ansagerin tauchte auf. Sie leierte die Absage herunter.

Sie blieben lange still. Schließlich stand Dan auf, zog die Jalousien hoch, wandte sich ihr zu und hob stumm die Arme.

Sie lächelte, hilflos vor Zuneigung.

»Na«, sagte er schließlich und räusperte sich die Kehle frei, »jetzt weiß es ja die halbe Welt, daß er uns besucht.«

»Freitag«, sagte sie. »Flughafen. Sechzehn Uhr.«

»Ich hole ihn ab.«

»Wir holen ihn ab«, korrigierte Maya. »Wir drei …«

»Ob er das so gut findet, dieses ›wir drei‹? Was meinst du?«

»Vielleicht kommt er sich noch ein bißchen einsamer vor ...« Sie zögerte. Und dann sagte sie es: »Weißt du, was ich glaube? Er braucht diese Einsamkeit.«

»Weil sich damit so schön kokettieren läßt?«

»Nein. Sie gibt ihm wahrscheinlich die Kraft zu dieser hoffnungslosen Verrücktheit, trotz allem etwas unternehmen zu wollen ...«

Danksagung

Auf den Gedanken, mit einem Roman auf die drohende Ausrottung des sibirischen Tigers aufmerksam zu machen und auch schonungslos aufzudecken, wer und was dafür verantwortlich ist, brachte mich ein in FOCUS erschienener Bericht der deutschen Journalistin Maria Burges über die Öko-Agentin Rebecca.

Bei meinen umfangreichen Recherchen erhielt ich von zahlreichen Personen und Organisationen bereitwillig intensive Unterstützung, sei es durch Überlassung von bisher unveröffentlichtem Material oder in Form von Erlebnisberichten. Ihnen allen, die ich einzeln nicht nennen kann, teilweise auf ausdrückliches Verlangen auch nicht nennen darf, möchte ich an dieser Stelle meinen herzlichen Dank sagen.

Notwendig aber scheint es mir, die Umweltstiftung WWF-Deutschland namentlich zu erwähnen. Deren Aktion »Rettet den Tiger« ist ein verdienstvolles, in seiner Dringlichkeit sehr ernst einzuschätzendes Unternehmen. Ich bewundere vor allem das persönliche Engagement aller WWF-Mitarbeiter, das ich registrieren durfte.

Auch mein Roman möge dazu beitragen, den Tigern das Lebensrecht zu sichern. Sie sind groß, stark und schön. Doch sie brauchen unsere Hilfe. Nur wenn wir jetzt handeln, werden auch noch unsere Kinder und unsere Enkel diese herrlichen Geschöpfe in ihrem natürlichen Umfeld bewundern können. Wir alle sind aufgerufen, diejenigen zu unterstützen, die für die Tiger kämpfen, vor allem aber jene, die – wie in meinem Roman die Agentin Maya – ihr eigenes Leben einsetzen, um das Leben der Tiger zu bewahren.

München, den 11. März 1996

Heinz G. Konsalik

Das Bernsteinzimmer

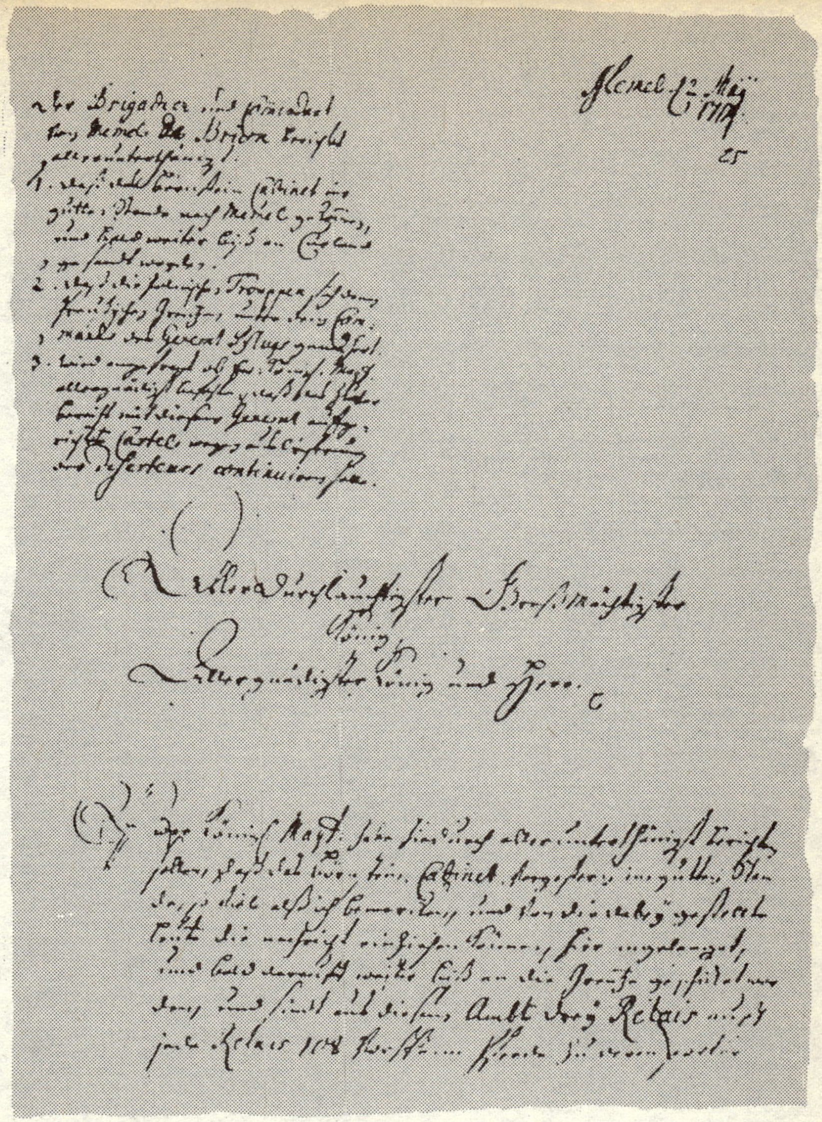

Mit diesem Brief vom 2. Mai 1717 meldet der Kommandant der preußischen Festung Memel Ankunft und Weitertransport des Bernsteinzimmers bis an die kurländische, das heißt russische Grenze.

Inhalt

Gib es nicht auf,
dein gestohlenes Pferd zu suchen –
du und dein Pferd gehören zusammen …

SIBIRISCHES SPRICHWORT

I. Teil

Puschkin 1941

DIE PERSONEN:

Dr. Herbert Wollters	Rittmeister
Dr. Hans-Heinz Runnefeldt	Sonderführer
Julius Paschke	Unteroffizier
Michael Wachter (Michail Igorowitsch Wachterowskij)	Verwalter des Bernsteinzimmers
Jana Petrowna Rogowskaja	ein russisches Mädchen
General Ulrich von Kortte	Armeekorps-Kommandeur
General Jobs von Haldenberge	Armeekorps-Kommandeur
Heinrich Müller-Gießen	Major im Einsatzstab Rosenberg
Heinrich Braunfeld	SS-Gruppenführer, Polizeidivision
General Witalij Bogdanowitsch Sinowjew	sowj. Divisionskommandeur
Oberst Nikolaj Michajlowitsch Limonow	sowj. Brigadekommandeur
Lew Semjonowitsch Wechajew	Unterleutnant
Viktor Janissowitsch Solotwin	Rotarmist
Dr. Jörg Pankratz	Stabsarzt
Dr. Hans Phillip	Unterarzt
Frieda Wilhelmi	Oberschwester
Karl Bludecker	Sanitäter
Erich Koch	Gauleiter von Ostpreußen
Bruno Wellenschlag	Gauamtsleiter
Dr. Wilhelm Findling	Museumsdirektor in Königsberg
Martha Findling	seine Frau
und	
Adolf Hitler	
Martin Bormann	Reichsleiter, Chef der Parteikanzlei

Sie war wirklich nicht das, was man ein hübsches Mädchen nennen konnte. Die schwarzen, strähnigen Haare hingen ihr in fettigen Zotteln wirr ins Gesicht, an ihren Kleidern klebte Schmutz aus getrockneter Erde, und Grashalme wie gelbrote verdorrte Buchenblätter hatten sich in den Stoffalten verfangen ... kein Anblick, der einen Mann reizte, auch nur einmal hinzusehen. Aber wenn man die Strähnen aus dem Gesicht wischte, starrten einen schöne, fast schwarze Augen an. Hochangesetzte Backenknochen erinnerten an Bilder tatarischer Frauen, die Nase war klein und der Mund, jetzt verzerrt und mit zitternden Lippen vor Angst und Verzweiflung, verlief in einem sanften Schwung.

Unterleutnant Lew Semjonowitsch Wechajew stand der Sinn ganz woanders als bei der Entdeckung solcher Vorzüge. Er wischte auch nicht das Blut ab, das dem Mädchen aus dem Haar über der linken Schläfe sickerte, die Wange hinunterlief und einen roten Strich auf dem Hals bildete: er sah keinen Anlaß zu irgendeiner Hilfe, denn das Mädchen trug einen deutschen Militärmantel. Darunter, verdreckt wie alles an ihr, konnte er das Kleid einer Roten-Kreuz-Schwester erkennen, den Kragen geschlossen mit der runden Brosche, ebenfalls eine faschistische Uniform, wie Lew Semjonowitsch es voll erbarmungsloser Wut nannte.

»Was reden wir herum, Genossen?« sagte er. Abschätzend wog er mit der einen Hand die schwere Pistole aus dem Futteral an seinem Gürtel, als wolle er ihr Gewicht prüfen. »Eine Spionin ist sie! Trägt sie eine deutsche Uniform oder nicht, na?! Hat sie sich in einer Erdhöhle im Wald versteckt? Machen wir es kurz, und dann weiter mit uns! Kein Grund, lange zu diskutieren.«

Der Zufall hatte den kleinen Trupp sowjetischer Soldaten ausgerechnet in diesem Waldstück haltmachen lassen. Die Spezialeinheit von neunzehn Mann und zehn leeren Lastwagen war auf dem Weg zur dritten Kompanie des zweiten Garderegimentes, um aus den Schlössern vor Leningrad noch zu retten, was in der Kürze der Zeit noch zu retten war. An einem friedlichen sonnigen Morgen, dem

22. Juni 1941, waren plötzlich auf breiter Front deutsche Armeen in Rußland eingefallen. Sturzkampfbomber, kurz Stukas genannt, heulten aus dem blauen Himmel auf Dörfer, Städte und Menschen herab, und es setzte sich ein Kriegsmaterial in Bewegung, wie es die Welt noch nie gesehen hatte. Den Schock und das lähmende Entsetzen ausnutzend, stießen die deutschen Truppen unaufhaltsam in die Weite des russischen Landes hinein, trieben die sowjetischen Divisionen vor sich her und glaubten, wie vorher in Polen, an einen neuen Blitzsieg. Ihre Panzer durchbrachen die Stellungen, in endlosen Kolonnen folgte ihnen die Infanterie, die Artillerie ebnete ihr den Weg durch brennende Ortschaften und aufgerissene, hoch in der Frucht stehende Felder.

Nun marschierten die Deutschen auf Leningrad zu, während ihre Bomber die Stadt und ihre Vororte zerhackten. Tausende Menschen, Greise, Frauen und sogar Kinder, hoben breite Gräben aus, bauten Panzersperren, tief gestaffelte Verteidigungslinien und Erdbunker. An allen Frontabschnitten zerbrach der heldenhafte Widerstand der sowjetischen Divisionen an dem Vorsturm der deutschen Truppen, und der Leningrader Stabschef Generalmajor Nikischew meldete dem Generalstabschef der Roten Armee, General Boris M. Schaposchnikow: »Ich habe keine Reserven mehr. Der kleinste feindliche Einbruch kann nur durch rasche Improvisationen einzelner Einheiten abgewehrt werden.«

Am 8. September erreichte Marschall Georgij Schukow die Aufforderung Stalins, nach Moskau in den Kreml zu kommen. Stalin empfing ihn sofort, reichte ihm beide Hände und sagte:

»Georgij Konstantinowitsch, meinen Glückwunsch, meine Hochachtung. Sie haben die faschistischen Aggressoren im Mittelabschnitt aufgehalten. Welch ein Erfolg! Jetzt werden die Deutschen sehen, wie stark wir sein können. Was haben Sie nun vor?«

»Zurück zur Front.« Schukow warf einen verwunderten Blick auf Stalin. Hatte man ihn nach Moskau befohlen, um ihm zu gratulieren? Nur deshalb? Wer Stalin so gut kannte wie er, konnte das nicht glauben.

»Zur Front.« Stalin nickte ihm wohlwollend zu. »An welche Front?«

Einen Augenblick schwieg Schukow vor Verblüffung. Doch dann begriff er den Grund, warum er hier im Kreml, in der Schaltzentrale von Rußlands Verteidigung stand. »An die Front, an der Sie mich für nötig halten, Genosse Generalsekretär«, antwortete er.

»Dann fliegen Sie sofort nach Leningrad, Georgij Konstantinowitsch.« Stalins Gesicht wurde ernst, seine schwarzen Augen bekamen einen ungewohnt traurigen Blick. »Die Lage ist dort so gut wie hoffnungslos.«

Am 9. September landete Marschall Schukow auf dem Flughafen von Leningrad. Über dem Ladogasee war er noch kurz von zwei deutschen Messerschmitt-Jägern verfolgt worden, bis endlich die sowjetische Luftsicherung eingriff und die Jäger abdrehten. Der Befehlshaber der »Nord-West-Front«, wie die nördliche Heeresgruppe der Sowjetarmeen hieß, Marschall Woroschilow, empfing seinen Nachfolger Schukow und die drei mit ihm gekommenen Generäle mit einem resignierten Ausdruck im Gesicht, las Stalins Brief und nickte schwermütig. »Ich bin eben ein alter Mann«, sagte er müde. »Was sein muß, muß sein. Dies ist ein anderer Krieg als der Bürgerkrieg. Er muß anders geführt werden. Georgij Konstantinowitsch ... wird Stalin mich liquidieren lassen?«

»Sie sind ein alter Freund von ihm ...«

»Aber ich habe in seinen Augen versagt.«

»Nein ... die Deutschen waren nur schneller. Das ist alles. Was wird aus Leningrad? Ich weiß es nicht. Vielleicht folge ich Ihnen bald, Kliment Jefremowitsch. Ich werde vieles anders machen als Sie, aber ob es richtig ist, wird sich noch zeigen müssen. Ist diese Stadt zu retten? Können wir eine Belagerung durchstehen?«

»Wir sollten mit dem Schlimmsten rechnen.« Woroschilow trat an das Fenster seines großen Arbeitszimmers und sah hinauf in den wolkenverhangenen Himmel. Es wird regnen, dachte er. Die Felder werden zu Sümpfen, die Straßen zu Schlammlöchern ... Jetzt müßte ein langer Regen kommen und die deutschen Armeen ersaufen lassen. Noch kennen sie nicht Rußland, wenn die nasse Erde sie festhält und Pferd und Wagen, Menschen und Maschinen in ihr versinken. »Ich habe damit begonnen, die größten Kunstschätze aus den Schlössern zu retten. Skulpturen, Gemälde, Münzsammlungen, wertvolle Möbel, Gobelins, Kristall, Schmuck ... Sehen Sie mich nicht so fassungslos an, Genosse Schukow. Ich habe aus Moskau genaue Instruktionen bekommen.«

»Gemälde! Gobelins! Möbel! Dabei brauchen wir jede Hand, die ein Gewehr halten kann, und Sie lassen alten Bojarenschmuck aus den Glasvitrinen holen.«

»Außerdem hatte ich nicht genug Transportmittel.« Woroschilow hob die Schultern, als friere er. Er ist wirklich ein alter müder Mann, dachte Schukow und empfand so etwas wie Mitleid mit dem Marschall.

»Auch heute arbeiten Tag und Nacht vor allem Frauen daran, aus dem Katharinen-Palast in Puschkin das Wertvollste zu verpacken und hierher in die Gewölbe der Isaak-Kathedrale zu schaffen. Fast 20 000 Gegenstände haben sie schon weggebracht. Aber wenn der deutsche Vormarsch anhält, sind die Faschisten eher in Puschkin, als wir alles ausbauen können. Vor allem wird es unmöglich sein, einen der größten Schätze zu retten. Das Bernsteinzimmer ...«

»Bernsteinzimmer?« Schukow zog das Kinn an. Er hatte von diesem Saal mit seinen Mosaiken, Gemälden, Spiegeln und aus Bernstein geschnitzten Figuren an den Wänden schon gehört, aber ihn nie gesehen. Auch Fotos hatte er irgendwann in einer Zeitschrift betrachtet, ohne aber von der Ergriffenheit angesteckt zu werden, die man den Verfassern dieses Berichtes anmerken konnte. Nur Zorn, erinnerte er sich jetzt, war ihn damals überkommen bei dem Gedanken, wie verschwenderisch, ja verbrecherisch die Fürsten und Zaren gelebt hatten, auf dem Rücken des Volkes, der Bauern und Leibeigenen, der armen Kulaken, die man auspreßte bis aufs Blut. »Es ist nicht zu retten?«

»Die Deutschen rücken genau auf Puschkin vor, und ich habe nicht genug Lastwagen. Außerdem ist es völlig unmöglich, daß die Frauen den ganzen Saal demontieren. Mehr zerstören als retten könnten sie. Meine Seele weint, Georgij Konstantinowitsch.«

»Ich werde General Popow beauftragen, eine Sonderabteilung nach Puschkin zu schicken und das Bernsteinzimmer auszubauen.« Schukows Mitleid wuchs, als er sah, wie es um Woroschilows Lippen zuckte. »Wir werden zwölf Divisionen aus dem Baltikum zusammenziehen und daraus die 42. und 48. Armee bilden. Da werden wir doch eine kleine Sondereinheit abzweigen können.«

»Wenn die Deutschen nicht vorher in Puschkin sind.«

»Das weiß ich auch nicht. Ich weiß nur, daß wir uns an jedem Meter Erde festkrallen werden. Leningrad ist ein Fanal. Wir werden es den Deutschen nie, nie überlassen, auch wenn Stalin sagt, es sei eine fast hoffnungslose Lage. *Fast* hoffnungslos. An diesem *fast* halte ich fest.«

Aber auch Schukow sah in den nächsten Tagen ein, daß es unmöglich war, das Bernsteinzimmer noch rechtzeitig nach Leningrad zu bringen. Die in drei Schichten arbeitenden Frauen im Katharinen-Palast von Puschkin, dem ehemaligen *Zarskoje Selo,* seit Peter dem Großen Sommersitz der Zaren, bekamen daher die Order, das kostbare Zimmer vor Zerstörung zu schützen. Sie stellten große Holztafeln als Splitterschutz vor den Bernsteinwänden auf und beklebten die großen, in der Sonne in allen Gelbtönen funkelnden Flächen mit Papier. Damit wollte man verhindern, daß Erschütterungen die Mosaiken sprengten und die Bernsteinstücke von den Paneelen platzten. Schließlich trugen die Frauen alle beweglichen Kunstschätze wie Büsten aus Bernstein, einen großen Bernsteinsekretär, Tische aus Bernstein und zierliche Schränkchen zu den letzten Lastwagen, die von der Armee zum Transport von Lebensmitteln, Munition, Geschützen, Zement, Eisengeflechten und neuen Regimentern dringender gebraucht wurden als zur Rettung von Kunstschätzen.

»Ich habe auch Hunderttausende von Männern, Frauen und Kindern zu retten!« sagte Schukow einmal in jenen Tagen zu General Sinowjew, der bei einer Lagebesprechung die Aufgabe der Kunstwerke bedauerte. »Edelsteinbesetzte Tabakdosen können nicht schießen! Jammern Sie nicht länger über einen goldenen Stuhl, jammern Sie mehr über die Menschen.«

»Die Faschisten werden alles wegschleppen. Stehlen werden sie unersetzbare Gemälde, Skulpturen, Bücher. Rußland wird, auch wenn wir den Krieg gewinnen, ein armes Land sein.« Sinowjew holte einen Zettel aus seiner Uniformtasche. Er war ein großer Kunstliebhaber, der stundenlang in einem Museum vor einem Rembrandt sitzen konnte oder in der Eremitage von Leningrad durch die zahllosen Räume wanderte. Einmal war er drei Tage lang hintereinander dort gewesen, um das Museum der wertvollsten Kunstschätze der Welt, nur vergleichbar mit dem Pariser Louvre, in seiner ganzen Pracht zu erleben, und war am Ende schier trunken von dem Gesehenen nach Hause gekommen. »Ich habe Informationen von unseren Spionen. Überall, wo die Deutschen Städte und Schlösser eroberten, ist gleich nach den kämpfenden Truppen ein sogenanntes Sonderkommando am Ort, um alle Kunstgegenstände abzutransportieren. Die Deutschen haben bisher geraubt in 427 Museen, 1670 russisch-orthodoxen und 237 römisch-katholischen Kirchen, 69 Kapellen, 532 Synagogen, 258 anderen kirchlichen Gebäuden, 334 Hochschulen und 43000 öffentlichen Bibliotheken. Was dort alles weggeschleppt wurde, werden wir nie wiedersehen.«

»Fleißige Spione, wirklich fleißig«, sagte Schukow mit einem spöttischen Unterton. Er nahm Sinowjew den Zettel aus der Hand, zerknüllte ihn in seiner Faust und warf das Knäuel dann unter den Kartentisch. »Und was melden Ihre fleißigen Spione über die Truppenstärke der Deutschen, ihre Bewaffnung, ihre Ziele, ihren Nachschub, ihre Stimmung, ihre wirklichen Verluste?«

General Sinowjew schwieg. Wie recht hat er, der Marschall, dachte er. Man sollte ihn nicht weiter reizen. Immer enger wird die Umklammerung Leningrads, unser Widerstand ist heldenhaft, ja, das ist das richtige Wort, heldenhaft, aber die Deutschen rücken weiter vor, sind nicht aufzuhalten. In zehn oder vierzehn Tagen werden sie durch die Straßen der Stadt marschieren, mit Fahnen und dröhnender Musik, wie vor einem Jahr durch Paris. Und sie werden überall plündern, die Kunst der ganzen Welt werden sie besitzen, den Louvre in Paris und die Eremitage, die Schatzkammer Rußlands. Ich bin noch einer, der an Gott glaubt. Also, Gott im Himmel, laß es nicht zu! Schütze unser Leningrad, auch wenn es nach dem Mann genannt wurde, der sagte: »Religion ist Opium fürs Volk.« Vergiß nicht, Herr, daß diese Stadt einmal Sankt Petersburg hieß. Eine heilige Stadt. Strecke deine Hand aus und halte die Deutschen auf. Schenk uns ein neues Wunder.

»Woran denken Sie, Witalij Bogdanowitsch?« riß ihn Schukows Stimme in die Wirklichkeit zurück. »Ihr Blick ist weit weg …«

»An ihre Worte denke ich, Genosse Marschall.« General Sinowjew beugte sich über die große Karte von Leningrad und Umgebung. Eine vorzügliche Karte. Jeder Bach war eingezeichnet, jeder Fabrikschornstein, jeder Tümpel, jeder schmale Waldweg. Und auch *Zarskoje Selo*, das heute Puschkin hieß, der Katharinen-Palast mit dem Bernsteinzimmer. »Nachschub ist wichtiger als ein Gemälde von Tintoretto.«

An diesem 12. September 1941 nun hielt die kleine Kolonne mit Unterleutnant Wechajew auf der glitschigen Waldstraße westlich von Puschkin, und Lew Semjonowitsch stieß so wilde, unanständige, ja schweinische Flüche aus, daß seine Rotarmisten ins Staunen kamen. Ein so junger Kerl und solche Ausdrücke! Wo hat man so etwas schon gehört? Nennt die gebrochene Hinterachse eine vertrocknete Hure, die der Satan fickt, und den unschuldigen Fahrer des Lastwagens, den Gefreiten Sliwka, beschimpft er als verblödeten Affen, der sich wohl während der Fahrt selbst befriedigt. Welch eine Rede, Genossen! Aber was half's? Die Achse war gebrochen, der Wagen lag fast auf der linken Seite, keinen Ersatz hatte man bei sich, wer denkt denn daran, daß so ein eisernes Mistding brechen kann, und mit Tauen zusammenbinden konnte man es auch nicht, zum Haareraufen war es, und außerdem wußte niemand, wie es nun weiterging. Ließ man den Wagen einfach liegen und fuhr weiter, oder holte man Hilfe von der nächsten Militärwerkstatt? Neun Werst war sie entfernt, das bedeutete, daß es Stunden dauern würde, ehe man eine neue Hinterachse bekam.

Wechajew entschied, sich erst einmal am Waldrand hinzusetzen, eine Scheibe nassen Brotes mit einem Aufstrich aus Zwiebeln und Lebermus zu essen, eine Papyrossa zu rauchen und dann erst zu entscheiden, was man tun sollte. Seine Soldaten, im geheimen froh über diese Unterbrechung, denn keine Freude ist's, in einem engen Fahrerhaus stundenlang zu hocken und über holprige Straßen zu hüpfen, bis einem jeder Stoß vom Hintern längs durch den Körper bis unter die Hirnschale fährt, schwärmten aus, knöpften ihre Hosenschlitze auf oder zogen die Hose ganz herunter und hockten sich an Bäumen oder Büschen hin, um sich zu erleichtern.

Auch der Soldat Viktor Janissowitsch Solotwin, ein junges Bürschchen, das sogar noch rot werden konnte, wenn die anderen rauhen Kerle schmatzend berichteten, wie und was sie mit ihrer Olga oder Warwa gemacht hatten, in der Scheune, im Stroh, hinter einer Heupuppe oder sogar – welch ein Schwein, dieser Nikita – auf der großen Hobelbank in der Schreinerwerkstatt seines Vaters, verspürte ein Drängen in den Därmen und ging tiefer als die anderen in den Wald hinein, eben weil er so schüchtern war und nicht gern sein nacktes Hinterteil zeigte.

Langsam, die Finger schon am Gürtelschloß, suchte er einen guten Platz, möglichst hinter einem dichten Gebüsch, als er plötzlich etwas sah, das nicht in diesen Wald gehörte.

Erde. Blanke Erde, wie sie bei einer Grabung ausgehoben wird. In einem Umkreis von etwa drei Metern lag sie über den Waldboden verteilt, und sie war festgestampft und geebnet worden. So etwas konnte weder von einem Hasen noch von einem Fuchs stammen, auch Marder, Nerze oder Waschbären verteilten nicht so korrekt die für ihre Höhlen ausgeworfene Erde. Hier war von einem Menschen gegraben worden, für Viktor Janissowitsch war das ganz klar, aber nicht klar war ihm, warum man in einem einsamen Wald, dazu noch im verfilzten Dickicht, den Boden aufriß.

Mit einemmal verspürte er keinen Drang mehr, sich die Hose abzustreifen. Ein Gefühl von Gefahr stieg in ihm auf. Er überlegte, ob er zurückrennen und Unterleutnant Wechajew alarmieren sollte, aber wenn es sich dann herausstellte, daß nichts Ungewöhnliches zu entdecken war, würde man ihn nicht nur mit Spott übergießen, sondern Wechajew würde auch noch seine ganze Wut wegen der gebrochenen Achse an ihm auslassen. Also schweig, mein Lieber, dachte Solotwin, sieh erst einmal selbst nach, ein Feigling bist du nicht, Krieg ist ja, aber die Deutschen sind noch viele Werst von hier entfernt ... was also kann es sein?

Nein, ein Feigling war Viktor Janissowitsch nicht, nur hatte er bisher noch keine Gelegenheit gehabt, seinen Mut zu zeigen. Nicht einen deutschen Soldaten hatte er bislang erschossen, selbst gesehen hatte er noch keinen. Immer waren es nur Holzattrappen gewesen, sogenannte »Pappkameraden«, die unter seinen gutgezielten Schüssen umfielen und ihm Belobigungen seiner Offiziere eingebracht hatten. Doch, seien wir ehrlich mitihm, ein wenig Zittern in den Knochen und ein drehendes Gefühl im Magen hatte er schon, wenn er daran dachte, einen richtigen Menschen durch ein bloßes Fingerkrümmen aus dieser Welt schaffen zu müssen. Nur davor hatte er eigentlich Angst, und deshalb wünschte er sich insgeheim – es auszusprechen war ja Feigheit und Verrat am Volk –, daß es bei seiner jetzigen Reinheit blieb. Sie kamen ja nur indirekt mit dem Feind in Berührung, denn ihre Aufgabe führte sie immer dorthin, wo noch Ruhe war, von den Luftangriffen der Faschisten einmal abgesehen. Er gehörte zu einer Sondereinheit, die überall dort auftauchte, wo man mit einer Eroberung durch die Deutschen rechnete, und die aus Klöstern, Schlössern und Museen so viele Kunstschätze bergen sollte, wie es in der kurzen Zeit möglich war. Drei Offiziere, Kunstexperten, fuhren immer einen Tag voraus, um die wertvollsten Stücke auszusuchen und zu kennzeichnen.

Nun war das Ziel das Städtchen Puschkin, das eigentlich nur aus dem Alexander-Palast und dem Katharinen-Palast, weiten Parkanlagen und Zierteichen mit Wasserspielen und Grotten bestand. Die Wohnhäuser um diese Paläste waren uninteressant, und man hätte sie von den Deutschen überrennen lassen können, wie diese Hunderte andere kleine Städte zuvor überrannt hatten.

Wenn da nicht der Katharinen-Palast gewesen wäre. Dieser herrliche Palast mit seinen Säulen und Marmorstatuen, den vergoldeten Zwiebelkuppeln seiner Schloßkirche, den vergoldeten Balkongittern aus Schmiedeeisen, den von Bildhauern reich verzierten Fenstersimsen und den kunstvollen französischen Gärten nach dem Vorbild des Parks von Versailles. Der Wert all dieser Kunstwerke, die sich hier angesammelt hatten, war mit Zahlen kaum noch zu benennen. Und ein Kunstwerk war darunter, das einzigartig auf der Welt war, das nie wieder hergestellt werden konnte: ein Saal in den Maßen von 11,50 Meter mal 10,55 Meter und einer Deckenhöhe von sechs Metern mit 22 wunderschönen Vertäfelungen, 150 Platten, Girlanden, Figuren und Wappen, und das alles aus einem »Stein« in den Farben vom hellsten Gold bis zum funkelnden Dunkelbraun: das Bernsteinzimmer. Über zweihundert Jahre wurde dieser Saal im Katharinen-Palast, geliebt von allen Zarinnen und Zaren, immer wieder ergänzt und ausgeschmückt mit neuen Bernsteinwerken, Gemälden und Deckenmalereien, Putten und auch vielfarbigen Jaspis-Mosaiken in Bernsteinrahmen, die ein Werk des Hofarchitekten Rastrelli, des Lieblingsbaumeisters der Zarin Elisabeth, waren.

Das Bernsteinzimmer.

Ein ganzer Saal aus dem »Sonnenstein«.

Wer ihn einmal gesehen hat, wird es nie mehr vergessen. Die Schönheit hatte sich in ihn eingebrannt, in Tausenden von Mosaiken und glitzernden Steinschnitzereien brach sich das Licht.

Die drei Kunstoffiziere der Roten Armee waren vor zwei Tagen in Puschkin eingetroffen. In ständigem Telefonkontakt mit General Sinowjew, berichteten sie ihm, daß deutsche Bomber die Vorstädte von Leningrad und auch Puschkin bombardierten, aber das wußte Sinowjew längst.

»Ich will nicht wissen, was an der Front passiert«, bellte er ins Telefon und unterstrich seine Erregung mit Faustschlägen auf den Tisch, die man in Puschkin deutlich hörte. »Könnt ihr das Bernsteinzimmer retten? Das allein sollt ihr mir melden. Schaffen wir es?«

»Kaum«, sagte der älteste der Offiziere, ein Major, der als Kunsthistoriker am *Russkij Muzei*, dem Russischen Nationalmuseum, arbeitete und dem vor allem die Säle XXII., I., XXI. und III. unterstanden, wo die schönsten und wertvollsten Gemälde, Skulpturen und Möbel dieses Museums ausgestellt waren. »Wir können gerade noch die Wände verschalen und vor Beschädigungen schützen. Damit hatte man bereits begonnen, als wir eintrafen.«

»Was hindert Sie, das Zimmer auszubauen?« rief Sinowjew in höchster Erregung.

»Die Zeit, Genosse General.«

»Noch sind die Deutschen nicht in Puschkin!«

»Aber sie werden in spätestens drei bis vier Tagen hier sein. In drei Tagen ist der Ausbau nicht zu schaffen.«

»Wir haben Menschen genug!« schrie Sinowjew unbeherrscht. Das Bernsteinzimmer in deutscher Hand – dieser Gedanke preßte ihm das Herz zusammen. »Holen Sie an Arbeitern heran, was Sie kriegen können.«

»Alle noch arbeitsfähigen Männer und Frauen sind zu Schanzarbeiten befohlen. Drei Verteidigungsgürtel sollen entstehen.«

»Das weiß ich doch!« General Sinowjew fuhr sich mit der Hand über Stirn und Augen. Das letzte Gespräch mit General Schukow war noch frisch in seiner Erinnerung. »Holen Sie einfach Frauen von der Straße und lassen Sie sie zum Bernsteinzimmer bringen! Es *muß* gerettet werden! Verstehen Sie mich: Es *muß* –«

»Außerdem brauche ich achtzehn bis zwanzig Lastwagen …«

Sinowjew holte tief Atem. Zwanzig Lastwagen. »Versagt Ihr Gehirn?« sagte er, etwas leiser geworden. »Sie wissen doch …«

»Um das Zimmer abzutransportieren, brauche ich zwanzig Wagen, Genosse General. Die Wahrheit ist's nun mal. Sollten wir die Mosaike einzeln in Säckchen wegbringen, die Girlanden zersägen, die Köpfe herausschlagen, die Gemälde aus den Rahmen schneiden, die Deckenmalereien zerstückeln? Die Vertäfelungen müssen als Ganzes herausgenommen werden, die Türen, die Putten, die Girlanden, die Masken ... sonst können wir das Bernsteinzimmer gleich in die Luft sprengen.«

»Ich werde sehen, was mir möglich ist«, sagte General Sinowjew noch leiser. Seine Stimme war schleppend geworden, schwer die Zunge vor Hilflosigkeit und Kummer. Er stützte den Kopf in die rechte Hand, während die linke den Telefonhörer hielt. Seine Gardedivision grub sich in die Erde, tränkte Meter um Meter der heiligen russischen Erde mit Blut, aber der Druck der deutschen Truppen war zu stark. Allein im Raume Puschkin und Peterhof stießen das XXVIII. Armeekorps, das XLI. Panzer-Korps, die 96. und 121. Infanterie-Division, das L. Armeekorps, Teile der 16. und 18. Armee der Heeresgruppe Nord unter dem Befehl von Generalfeldmarschall Ritter von Leeb, die 1. Panzerdivision und vor allem die SS-Polizei-Division, gefürchtet überall, wo sie eingesetzt wurde, unaufhaltsam vor. Fünfzehn Divisionen der Roten Armee standen neunundzwanzig Divisionen der Deutschen gegenüber. Zum erstenmal erlebten sie die Übermacht der Faschisten.

Leningrad – für Hitler ein Symbol des Sieges.

Und im Mittelabschnitt der Front rollte die deutsche Lawine bereits auf Moskau zu.

General Sinowjew schloß einen Moment die Augen.

Es darf nicht sein, schrie es in ihm. Nein, es darf einfach nicht sein! Über 500 000 Kinder leben noch in der Stadt, für 980 000 Menschen hatte man Luftschutzräume gebaut, 672 000 Menschen konnten sich in schnell ausgehobenen Splittergräben verkriechen, aber doppelt so viele Einwohner warteten in Leningrad auf ein Wunder ... auf das Wunder, nicht in deutsche Hand zu fallen. Und auch an Generalmajor F. S. Iwanow erinnerte sich Sinowjew jetzt. Als Schukow ihn fragen ließ, wie die Frontlinie um Leningrad verlaufen würde, hatte Iwanow verzweifelt geantwortet: »Ich weiß nicht, wo die Front verläuft. Ich weiß überhaupt gar nichts!« Sofort wurde er von Schukow seines Kommandos enthoben. Der Marschall kannte kein Erbarmen mehr, er war ein Offizier der härtesten Art, ein Mensch, der Unmögliches möglich machen wollte: Leningrad, eine seit ihrer Gründung im Mai 1703 durch Peter den Großen unbesiegte Stadt, sollte unbesiegt bleiben.

Ein Vorbild für das riesige russische Reich.

Sinowjew atmete ein paarmal tief ein und aus, seufzend und doch befreiend.

»Sie bekommen Lastwagen, Genosse Major, so viel ich entbehren kann«, sagte er und wischte sich wieder über die Augen. Wenn Schukow das erfährt, wird es mir ergehen wie Iwanow. In Schimpf und Schande werde ich weggejagt. »Sie sind morgen, spätestens übermorgen bei Ihnen in Puschkin.«

»Wieviel Wagen, Genosse General?«

»Ich weiß es nicht. Es gibt da einen Spezialtrupp, den ich schon öfter eingesetzt habe. Ein paar Soldaten, die schon Millionenwerte gerettet haben. Verdammt, bauen Sie das Bernsteinzimmer aus!«

Er legte den Hörer auf und blieb an seinem Tisch sitzen, faltete die Hände und stützte das Kinn darauf. Wir kommen zu spät, dachte er voll würgender Traurigkeit. Die letzten Berichte von der Front lauteten: Der Ring der Deutschen wird immer enger. Die »Perlenkette«, die Vororte Leningrads mit ihren Schlössern in Petrodworez, Puschkin und Pawlowsk, mit einer der reichsten Bibliotheken Rußlands, würden von den deutschen Divisionen überrannt werden, und eine der schönsten Schatzkammern der Welt war für immer verloren.

Was kann ich tun? Himmel, hilf mir! Was kann ich tun?

Es waren dann zehn Lastwagen, die Sinowjew, ohne die Aktion an Schukow zu melden, auf den Weg nach Puschkin schickte. »Fahrt Tag und Nacht!« hatte er zu dem strammen Unterleutnant Wechajew gesagt. »Jede Stunde ist wichtig! Wenn ihr das Bernsteinzimmer rettet, wird Rußland euch einmal die Helden von Puschkin nennen. Fahrt ... fahrt ... fahrt!«

Und nun hatte einer der Wagen einen Achsenbruch. In einem Wald lagen sie am Wegrand herum, neunzehn Rotarmisten und ein gottserbärmlich fluchender Lew Semjonowitsch; und der schüchterne Soldat Viktor Janissowitsch Solotwin, der eigentlich seinen Darm hinter einem Gebüsch entleeren wollte, entdeckte verstreuten, frisch ausgegrabenen Waldboden.

Vorsichtig, nach allen Seiten sichernd wie ein Reh, mit angespanntem Gehör und klopfendem Herzen schlich Solotwin durch den Wald, von Baum zu Baum Deckung suchend, bereit, sofort zu schreien, wenn er angegriffen werden sollte.

Was blieb ihm schon anderes übrig, als zu schreien! Seine Maschinenpistole lag im fünften Lastwagen, eine Pistole trug nur Wechajew an den Gürtel geschnallt. Er, Solotwin, hatte jetzt nur ein Taschenmesser bei sich, ein kleines, aufklappbares Ding, mit dem man ein Stück Wurst oder Brot abschneiden konnte, aber auch dies nur in mühsamer Säbelei, denn stumpf war die kurze Klinge, schon mindestens zwanzig Jahre alt. Sein Vater Awtonon Sergejewitsch hatte es ihm geschenkt, als er die Uniform anziehen mußte, um die deutschen Banditen, wie der Vater die Aggressoren nannte, aufzuhalten. »Ein Messer ist immer gut«, hatte Awtonon zu ihm gesagt. »Schneiden kann man damit, Büchsen öffnen, mit der Spitze bohren und schrauben, ein wahres Teufelsding ist so ein Messerchen. Verlier es nicht, mein Sohn, dein Leben könnte es retten.«

Also holte Viktor Janissowitsch das väterliche Taschenmesser aus seiner verschmutzten Uniformhose, klappte die lächerlich kleine Klinge auf und verfolgte weiter die Spur der verstreuten Erde. Etwa vierzig Meter von der Straße entfernt kam er an einen breiten, vielleicht zwei Meter tiefen Graben. Er war mit Büschen bewachsen, und Wurzelfäden stießen durch den Hang, die aussahen wie ein struppiger Bart ... ja, und da sah Viktor Janissowitsch einen Haufen Zweige, die vertrocknet waren, etwas Absonderliches für einen Graben, aus dem die feuchte Erde schimmelig und streng roch.

Solotwin krallte die Finger fester um den Holzgriff seines Taschenmessers, stieß es vor, als wolle er ein Bauernduell beginnen, und spreizte dabei die Beine. So viel Mut verstand er selbst nicht mehr. Ihm war klar, daß dieses trockene Reisig etwas verdeckte und daß die abgerissenen Zweige etwas schützen sollten, was immer sich dahinter verbergen mochte.

»Komm heraus!« rief er, seine plötzlich so harte Stimme bewundernd. »Heb die Hände hoch und komm heraus! Keinen Sinn hat's, sich jetzt noch zu verkriechen.«

Er wartete, hinter einem Baum stehend, das Messer von sich gestreckt. Wenn's ein Spion ist, dachte er mit hämmerndem Herzen, wird er mich verstehen? Kann er russisch? Aber so dumm sind die Deutschen nicht, daß sie Spione losschicken, die kein Russisch verstehen. Oder ist's ein Sowjetbürger? So einer, von denen man jetzt immer öfter hört? Defätisten, Verräter, Mitglieder der berüchtigten

Fünften Kolonne, Kollaborateure, Agenten, die mit den Deutschen zusammenarbeiteten, die nachts Leuchtzeichen abfeuerten und den deutschen Bombern den Weg zu besonders wichtigen Stellen angaben? Da hatte doch eine Frau – überall wurde das erzählt als warnendes Beispiel –, eine Frau in Leningrad in ein entdecktes Tagebuch geschrieben: »Werden wir wirklich bald befreit? Einerlei, wie die Deutschen sind, es kann kaum noch schlimmer kommen. Herr, vergib mir …« Eine Feindin des Kommunismus. Erschossen hatte man sie, die Verräterin.

Wer also verbarg sich dort im Abhang des Grabens?

Noch einmal rief er mit scharfer Stimme: »Komm heraus!« Insgeheim wünschte er sich, daß niemand aus dem Versteck kroch, daß es verlassen war und es keinen Kampf geben würde. Aber Solotwin hatte dieses Glück nicht.

Die verdorrten Äste bewegten sich, wurden zur Seite geschoben, gaben den kleinen, runden Eingang einer Erdhöhle frei, eine schmutzige Hand drückte das Reisig weg, und dann erschien in der Öffnung ein Kopf, und ein schmaler Körper kroch ins Freie.

Solotwin duckte sich hinter seinem schützenden Baum und wartete ab. Was er zunächst klar erkannte, war ein deutscher Militärmantel, zottelige Haare, von getrockneter Erde verschmutzte Kleider und ein verdrecktes Gesicht mit hohen Backenknochen. Sieh an, sieh an, dachte Viktor Janissowitsch, und seine Angst verschwand so plötzlich, wie sie ihn angesprungen hatte. Ein deutscher Spion! Wahrhaftig, sogar in Uniform. So sicher sind sie sich, unser Land zu erobern, daß sie sich sogar in Uniform unter uns mischen. Aber noch sind wir hier, Freundchen, und wir bleiben hier. Weißt du nicht, was Stalin am 3. Juli, morgens um sechs Uhr dreißig im Moskauer Radio zu uns allen gesagt hat?

»Kein einziger Waggon, keine einzige Lokomotive, kein Kilo Getreide und kein Liter Brennstoff dürfen in die Hand des Feindes fallen. In den besetzten Gebieten müssen sich Partisanengruppen zu Fuß und zu Pferde organisieren, um einen Zermürbungskrieg zu führen, Brücken und Straßen zu sprengen, Lager, Häuser und Wälder in Brand zu setzen. Der Feind muß gehetzt werden bis zu seiner Vernichtung …«

Solotwin stieß den Atem schnaufend durch die Nase. »Die Hände hoch!« rief er. »Hoch und in den Nacken legen! Und herkommen, ganz langsam herkommen. Ich schieße sofort, jawohl, sofort ...«

Der Deutsche schien ihn zu verstehen. Auch glaubte er Solotwin, daß er bewaffnet war. Von der Straße her erklang jetzt Hämmern und lautes Stimmengewirr. Wechajew ließ den Wagen mit der gebrochenen Achse mit Wagenhebern aufbocken. Langsam kam der Deutsche auf Viktor Janissowitsch zu, die Hände im Nacken gefaltet, kletterte den Hang des Grabens hoch und blieb an seinem Rand stehen. Solotwin winkte ihm energisch zu.

»Hierher! Zier dich nicht, Kerlchen. Zu Ende ist für dich der Krieg ... wenn man dich leben läßt.«

Der Deutsche nickte, was bewies, daß er Russisch verstand, kam näher, und jetzt erst erkannte Solotwin mit ungläubigem Blick, daß der deutsche Soldat unter dem Mantel keine Hosen, sondern einen Rock trug, daß seine Haare bis auf die Schultern fielen und das Gesicht unter den Haarsträhnen vor den Augen mehr einer Frau glich als einem Mann.

Viktor Janissowitsch trat hinter seinem Baumstamm hervor, das Taschenmesser noch immer in der Hand, schüttelte den Kopf und wartete, bis dieses deutsche Rätsel drei Schritte vor ihm stehenblieb. Wieder musterte er die Gestalt von oben bis unten, erkannte ein blauweiß gestreiftes Kleid mit einer weißen, jetzt aber völlig verdreckten Schürze und vorn am Hals eine runde Brosche mit einem deutlichen roten Kreuz darauf.

»Na, sieh einer an!« sagte Solotwin und senkte sein Taschenmesser. »Ein schmutziges Schwänchen! Und russisch kann es! Und als Schwester verkleidet es sich! Ihr seid schon eine Bande, ihr deutschen Spione!«

»Ich bin kein Spion«, sagte das Mädchen in einem guten Russisch.

Solotwin grinste breit und nickte mehrmals. »Aber man spricht, als habe man russische Muttermilch getrunken. Was machst du da in der Erdhöhle? Warum hast du sie gegraben?«

»Ich warte auf die Deutschen, Rotarmist.«

»Aha! Aha!« Solotwin war zufrieden. Ein Geständnis war das. Eine Spionin hatte er entdeckt und gefangengenommen. So einfach im Vorübergehen, bei der Suche nach einem guten Platz zum Scheißen. Die Augen muß man offenhalten, wo immer man geht.

Das ist es, Genossen. Jetzt wird es eine Belobigung geben, vielleicht sogar einen Orden oder eine Beförderung zum Gefreiten. Es kam darauf an, wie wichtig diese Spionin für die Sowjetunion war.

Unterleutnant Wechajew machte ebenfalls große runde Augen, als Viktor Janissowitsch mit einem deutschen Soldaten aus dem Wald kam, schrie sofort: »Feind bei uns!« und griff nach seiner Pistole. Aber schneller als Solotwin sah er Kleid und Schürze, erkannte daran eine Frau und zeigte mit geballter Faust auf sie.

»Was ist das?« brüllte er.

»Eine deutsche Spionin!« meldete Solotwin stramm. »In einer Erdhöhle hauste sie. Entdeckt habe ich sie in einem Graben …

»Und sie lebt noch, *ty maschonka?!*«

Soll man das übersetzen? Besser nicht. Wer hätte von Wechajew je etwas anderes als ein übelstes Schimpfwort erwartet?

Solotwin errötete leicht, schämte sich vor dem Mädchen, auch wenn es eine Feindin war, und senkte den Kopf.

»Waffenlos bin ich, Genosse«, sagte er bedrückt. »Hab nur ein Taschenmesser bei mir.«

»Und das genügt nicht, *ty wetry?*« Viktor Janissowitsch errötete noch mehr, als er sich jetzt einen Furz genannt hörte. »Und mit zehn Fingern kann man würgen, Soldat Solotwin! Geht mit einer deutschen Spionin spazieren, was sagt man dazu? Will sie wohl haben und abreiben und dann ficken?« Er holte tief Atem, ignorierte, daß das Mädchen aus einem Riß über der linken Schläfe blutete, den sie sich beim Hinauskriechen aus der Höhle geholt hatte, und sagte dann grob, seine Pistole aus dem Futteral holend: »Kein Grund, lange zu diskutieren …«

»Ich bin keine Spionin«, sagte das Mädchen noch einmal. Mit weiten Augen starrte sie in die Mündung von Wechajews Pistole, die genau auf ihre Stirn zielte. Nur ein leichtes Fingerkrümmen trennte sie jetzt noch von der ewigen Nacht. »Einen Offizier will ich sprechen.«

»Einen Offizier!« äffte Wechajew ihr nach. »So einfach einen Offizier sprechen, als kaufe man ein auf dem Markt. Was soll's denn sein, mein Täubchen, vielleicht einen Major oder einen Oberst oder gar einen General? Alles haben wir im Körbchen. Bedien dich.«

»Ein General wäre das richtige«, antwortete sie. »Bringt mich zu eurem General.«

»Welch ein Glück, daß wir einen General sogar in der Nähe haben.« Eisiger Spott beherrschte Wechajews Stimme. »Wünschen das Hürchen eine gutgefederte Limousine? – Umdrehen! Umdrehen, sag ich!«

Das Mädchen blieb so stehen, wie es war. Umdrehen … das bedeutete nichts anderes als einen Genickschuß. Die sicherste Methode der Hinrichtung.

Sie wischte sich mit der Hand über ihr Gesicht, schob die Zotteln zur Seite und sah Wechajew in die kalten, gnadenlosen Augen. Er würde sie auch in die Stirn schießen, das erkannte sie an seinem Blick.

»Ich bin keine Deutsche«, sagte sie laut, aber ihre Stimme war tonlos vor Angst. »Ich bin eine Russin. Eine Genossin …«

»Das trifft sich gut!« Wechajew verzog den Mund wie vor Ekel. »Ich bin der jüngste Bruder von Stalin. Nur glaubt er es nicht, so wenig wie ich dir glaube. Wenn wir schon lügen, dann glaubhaft. Umdrehen!«

»Ich komme aus Puschkin, Genossen.«

»In einer deutschen Uniform?! Soll man dich anspucken, du Verräterin?! Wir fahren nach Puschkin, und sie kommt von dort und vergräbt sich im Wald. Spionin! Ekelhafte Spionin!«

»Einen Auftrag habe ich! Bringt mich zu eurem General. Schnell! In zwei Tagen hat der Deutsche Puschkin besetzt. Ihre Artillerie schießt schon in die Stadt. Alles kann ich erklären. Daß der Rotarmist –« sie zeigte auf Solotwin – »mich entdeckt hat, war nur ein Zufall. Ich *muß* zu eurem General!«

»Was du mußt, bestimme ich!« Wechajews Stimme bekam jetzt einen metallischen Klang. »Umdrehen! Kein Wort weiter! Für mich ist ein Spion kein Mensch mehr –«

General Witalij Bogdanowitsch Sinowjew hatte wieder mit Puschkin telefoniert. Der Major und Kunstexperte berichtete, daß die Deutschen bereits in die Stadt schossen, daß ihre Flugzeuge den Katharinen-Palast bombardiert und schwer beschädigt hätten und daß es völlig ausgeschlossen sei, jetzt noch das Bernsteinzimmer auszubauen und zu retten.

»Wir werden heute noch Puschkin verlassen müssen«, sagte der

Major gepreßt. Im Telefon hörte Sinowjew die Detonationen der deutschen Granaten. Von der Front hatte er keine Meldung bekommen, kopflos schien man dort zu sein. »Die Faschisten rücken unaufhaltsam vor. Eine SS-Division soll direkt auf Puschkin vorstoßen.«

»Das weiß ich alles!« Sinowjew streifte mit einem Blick die Landkarte, die vor ihm auf dem Tisch ausgebreitet war. Er hatte sich in einem kleinen Landschloß, das zur Zarenzeit einem reichen Bojaren gehört hatte, einem Fürsten Wladimir Nikolajewitsch Tschepikow, sein Hauptquartier eingerichtet und wußte, daß er das ganze Gebiet in spätestens drei Tagen räumen mußte. Der Stab packte bereits. General Popow, der mit schnell zusammengezogenen zwölf Divisionen die Stadt verteidigen sollte, erwartete ihn in Leningrad. Von Schukow kam die Nachricht, unverzüglich abzuziehen: Für die Verteidigung der Stadt brauchte man jetzt jeden Mann. Ein geordneter Rückzug – wie triumphal wäre er, wenn im Troß der Division auf zehn Lastwagen das Bernsteinzimmer nach Leningrad mitfuhr und so gerettet wurde. »Eine Kolonne ist unterwegs, Genosse Major.«

»Zu spät, Genosse General.«

»Es ist nie zu spät!« schrie Sinowjew. Fast wie ein Aufschrei klang es. »Und wenn wir Puschkin fünf Minuten vor dem Einmarsch der Deutschen verlassen!«

»Wir schaffen es nicht. Ein fachgerechter Ausbau dauert mindestens drei oder vier Tage. Diese Zeit haben wir nicht mehr. In drei Stunden verlassen wir den Katharinen-Palast. Das Herz blutet mir, Genosse General, aber damit kann ich die Deutschen nicht aufhalten.«

Sinowjew legte auf. Sein Adjutant Kowaljow kam ins Zimmer und meldete Besuch an.

»Ein Mädchen«, sagte er und schüttelte dabei den Kopf. »Trägt einen deutschen Militärmantel und die Tracht einer Rote-Kreuz-Schwester. Wurde im Wald in einer Erdhöhle gefunden, spricht russisch und verlangt, den Genossen General zu sprechen.«

»Eine Spionin, Igor Iwanowitsch?« General Sinowjew drückte das Kinn an seinen Uniformkragen. »Warum bringt man sie hierher? Wo ist sie?«

»Vor der Tür wartet sie.«

»Erschießen!«

»Sie will vorher Sie sprechen, Genosse General. Sie weiß, was sie erwartet. Aber –«

»Lassen Sie sie eintreten, Igor Iwanowitsch.«

Draußen im Wald, kurz bevor Unterleutnant Wechajew seine Pistole abdrücken wollte und der Schuß den Kopf des Mädchens zertrümmert hätte, war etwas Unerwartetes geschehen. Die Spionin sagte nämlich: »Ich komme vom Bernsteinzimmer«, und dieser kurze Satz veränderte die Situation vollkommen. Lew Semjonowitsch ließ die Pistole sinken, schluckte mehrmals, als habe sich seine Kehle verengt. Dann schielte er zu Solotwin und den anderen Rotarmisten, die einen Kreis um sie bildeten und auf die Hinrichtung warteten, und er beschloß, sich keine Blöße zu geben und vor allem kein Erbarmen zu zeigen.

»Was macht's!« sagte er rauh. »Ob jetzt oder in ein paar Stunden? Erschossen wirst du doch! Viktor Janissowitsch und Jewgenij Nikititsch, bringt sie zum Kommandeur.« Sogar einen Lastwagen stellte er dafür zur Verfügung, selbst auf die Gefahr hin, von General Sinowjew deswegen beschimpft zu werden. Bernsteinzimmer, das war ein Zauberwort. Wenn es tatsächlich einen Zusammenhang zwischen dem Bernsteinzimmer und der Spionin gab, mußte Sinowjew sich das anhören und dann selbst entscheiden, was mit ihr geschah.

»Wenn du versuchst, zu fliehen …« setzte er zu einer Warnung an, aber das Mädchen schüttelte nur den Kopf. Der Kopfriß hatte aufgehört zu bluten, eine rote Kruste zog sich über die Stirn.

»Warum soll ich flüchten, Genosse?«

»Nenn mich nicht Genosse, du Hure!« brüllte Wechajew auf. »Was ein Genosse ist, weißt du das überhaupt?! Eine Ehre ist es! Besudle nicht meine Ehre …«

Noch eine kräftige Ohrfeige gab er ihr, bei der ihr Kopf so zur Seite flog, daß Solotwin befürchtete, er könne vom Hals gerissen werden. Mit diesem Schlag hatte Wechajew jedoch sein Gesicht gewahrt. Er drehte sich um, stapfte zu dem schräg liegenden Wagen mit der gebrochenen Achse und entschloß sich, nach Puschkin weiterzufahren. Nun waren es nur noch acht Lastwagen, die man nicht mehr brauchte. Aber das wußte ja Unterleutnant Wechajew nicht.

Er ließ die Motoren anspringen, setzte sich in die Kabine des ersten Wagens und ließ durch einen langen Hupton die Kolonne anfahren.

Was er auch nicht wußte, war die peinliche Tatsache, daß er den vorrückenden deutschen Truppen direkt in die Arme fuhr.

Die Tür von Sinowjews Arbeitszimmer öffnete sich also, der Adjutant Kowaljow winkte, und das Mädchen kam über die Schwelle. Noch immer sah sie aus, wie Wechajew sie losgeschickt hatte. Sie hatte weder sich noch ihre Kleidung säubern können und starrte vor Dreck.

Sinowjew rümpfte die Nase und deutete mit einer Handbewegung an, sie solle an der Tür stehenbleiben. Er meinte, einen Gestank nach Schimmel und Verwesung zu riechen, aber sicherlich war das Einbildung, was ihn beim Anblick dieser Person nicht weiter wunderte. Er musterte den deutschen Militärmantel, das Schwesternkleid, die fettigen Zottelhaare, das Gesicht mit den hohen Backenknochen, die Beine in den dicken Strümpfen und die derben Schuhe.

Wie mag sie aussehen, wenn man sie gewaschen hat, dachte er. Befreit von dieser schrecklichen Kleidung, frisiert und vielleicht sogar etwas geschminkt? Vorstellen konnte man sich, daß unter dem Dreck eine schöne Frau hervorkam.

»Was ist nun?« fragte er ziemlich abweisend. »Will man ein Geständnis ablegen? Du verstehst russisch?«

»Meine Muttersprache ist es.« Das Mädchen sah sich nach Kowaljow um. »Kann ich den Mantel ausziehen? Warm ist es hier. Habe ihn nur getragen, weil es in der Höhle kalt war.«

»Du bist eine Kollaborateurin, stimmt's?!« fragte Sinowjew eisig. »Wolltest hinüber zu den Faschisten!«

»Überrollen lassen wollte ich mich. In zwei Tagen sind die Deutschen hier …«

»Oh, sie ist gut informiert.« Der General hatte sich an seinen Adjutanten gewandt. »Überrollt wollte sie werden. Auch eine Art des Überlaufens.« Seine Augen suchten wieder das Gesicht des Mädchens. »Warum bist du hier? Hoffst du, daß ich dich begnadige? Ein Irrtum ist das, Verräterin.«

»Ich heiße Jana Petrowna Rogowskaja –«

»Angenommen oder wirklich?«

»Wirklich. Mein Vater war Pjotr Borisowitsch Rogowskij.«

Durch General Sinowjew fuhr ein kurzes, kaum wahrnehmbares Zucken. Er beugte sich über den Tisch und musterte sie erneut von oben bis unten. Kaum glaublich, dachte er. Eine unverschämte Lüge muß das sein.

»Rogowskij? Der Experte für die Malerei des 19. Jahrhunderts in der Eremitage?«

»Ja, mein Vater ist es gewesen.« Sie zog den deutschen Militärmantel aus, ließ ihn zu Boden fallen und stand nun in der deutschen Schwesterntracht vor Sinowjew. Befreit von dem schmutzigen, unförmigen Mantel sah sie ganz anders aus, zwar voller Flecken von Erde, aber sie hatte eine gute Figur mit schlanken Hüften und einer deutlich erkennbaren Wölbung unter dem Kleid und Schürzenlatz. »Vor drei Monaten ist er gestorben, an einem Herzanfall. So aufgeregt hatte ihn der Überfall der Deutschen auf unser Land.«

General Sinowjew faltete die Hände über der Karte von Leningrad und Umgebung. Natürlich kannte er Rogowskij, immerhin hatte er den bekannten Experten dreimal gesehen und gesprochen. Einmal, als er andächtig vor einem Bild von Tizian saß, das zweitemal im Saal der Impressionisten und zum letztenmal vor einem Leonardo da Vinci. Unterhalten hatte man sich, natürlich nur über Bilder und ihre genialen Maler. Wer verrät denn in solch einem Gespräch, daß er eine Tochter hat, die Jana heißt?

»Weiter«, sagte Sinowjew, etwas milder gestimmt. »Was will die Tochter von Rogowskij bei den Deutschen?«

»Verlobt bin ich mit Nikolaj Michajlowitsch Wachterowskij.«

»Kein Begriff ist mir dieser Name.«

»Er ist der Sohn von Michail Igorowitsch Wachterowskij.«

»Auch den kenne ich nicht.«

»Eigentlich heißt er Michael Wachter. Das Bernsteinzimmer in Puschkin betreut er.«

Sinowjews Kopf schnellte vor. Sein Oberkörper lag jetzt wie zum Sprung geduckt über der Karte, und um seine Augen begannen die Muskeln zu zucken. »Das Bernsteinzimmer betreut er? Wie soll man das verstehen?« sagte er. Der Klang seiner Stimme war höher als sonst, wie Kowaljow erstaunt feststellte.

»Ich werde es Ihnen erzählen, Genosse General.« Jana sah sich um. Plötzlich zitterten ihre Knie, sie konnte kaum noch stehen. Er glaubt mir, dachte sie und mußte sich an Kowaljow festhalten. Nicht erschossen werde ich, das Leben darf ich behalten, meinen Auftrag kann ich ausführen. Vor ihren Augen begannen sich der General, der Schreibtisch, die Fenster, die Stuckarbeiten an Wänden und Decke zu drehen. Bevor Sinowjew reagieren konnte, stieß sie sich von Kowaljow ab, erreichte einen der mit rotem Brokat bezogenen, vergoldeten Stühle und ließ sich auf ihn fallen. »Eine … lange Geschichte ist es«, sagte sie und bemühte sich, trotz ihrer Schwäche deutlich zu sprechen. »Ein langes Erbe ist es, genau 225 Jahre alt.«

»Erzählen Sie, Jana Petrowna.« Sinowjew winkte hinüber zu Kowaljow. »Hol Wodka, etwas zu essen, schnell.«

Kowaljow nickte, machte kehrt und verließ das Zimmer. Was geht hier vor, dachte er, während er eine Ordonnanz rief und die Wünsche des Generals weitergab. Wieso ist plötzlich alles anders? Einen deutschen Soldatenmantel hat sie getragen, in einer Erdhöhle hat sie sich verkrochen. Kann man das vergessen? Und wenn sie Stalins Tochter wäre, wer zum Feind überläuft, gehört erschossen.

»Es war unser Plan, daß ich mich von den Deutschen überrollen lasse«, sagte Jana Petrowna und lehnte den Kopf gegen die mit Damast bezogene Wand. »Nikolaj ist nach Leningrad gefahren, um seine Pflicht zu erfüllen und die Stadt zu verteidigen. Dreiundzwanzig Jahre ist er …«

»Und Sie, Jana?«

»Neunzehn. Wir lernten uns kennen vor zwei Jahren, als Nikolaj und sein Vater die Bernsteinschränke in der Eremitage besuchten. Wir waren sofort verliebt ineinander, und auch Väterchen hatte nichts gegen uns, als er erfuhr, wer Michael Wachter, Nikolajs Vater, war. Seit einem Jahr leben wir zusammen in Puschkin, in einem Seitenflügel des Katharinen-Palastes, dort, wo seit der Zeit der Zarin Elisabeth die Familie Wachterowskij, wie sie sich seit 225 Jahren nennt, wohnt.« Sie schloß die Augen. Daß man sie nicht mehr erschießen würde, erschütterte sie zutiefst. Sie hätte weinen mögen, aber nur ein Zittern durchlief ihren Körper. »Und dann stehen plötzlich die Deutschen vor Puschkin, Väterchen Michail hatte es immer geahnt, ganz sicher war er sich, als die Deutschen den Ilmensee und Nowgorod eroberten, die Luga überquerten und am Wolchow entlang nach Leningrad schwenkten. ›Sie werden auch

Puschkin nicht verschonen‹, hatte Väterchen gesagt. ›Sie werden das Bernsteinzimmer wegschleppen, und niemand wird wissen, wohin es gekommen ist. Verloren wird es für immer sein. Warum kommt denn niemand und holt es aus Puschkin weg?‹ Telefoniert hat er, dreimal nach Leningrad ist er gefahren, aber dort waren sie beschäftigt, die größten Schätze der Eremitage und der anderen Museen in den Gewölben und der Isaaks-Kathedrale zu verstecken. Zu spät war es dann, als sie dann doch noch nach Puschkin kamen. Die Deutschen waren schneller. Nur die Bilder, Skulpturen, Möbel, Bücher, Teppiche und Porzellane konnten sie wegbringen. Für das Bernsteinzimmer blieb keine Zeit mehr.«

»Ich weiß es.« Sinowjew blickte ungeduldig zur Tür. Wo blieb der Wodka, das Essen. Es konnte doch nicht so schwer sein, etwas Eßbares herzubringen! »Mit Marschall Schukow habe ich darüber gesprochen. Er sieht nur die Hände, die schießen, keine Hände, die Kunstschätze retten. Vielleicht hat er recht, sicherlich hat er recht. Den deutschen Angriff müssen wir zum Stehen bringen.«

»Genauso sprach Väterchen Michail.« Jana Petrowna hatte die Schwäche überwunden, sie atmete wieder gleichmäßiger und sah hinüber zu Sinowjew. »Und da hatten wir einen Plan. Wenn die Deutschen Väterchen umbrachten, würde niemand mehr da sein, der das Bernsteinzimmer bewachte. Der immer in seiner Nähe war, der es auf allen Wegen begleitete, der die deutschen Räuber nicht aus den Augen ließ. Nur ich könnte das ... als deutsche Krankenschwester. Wer kontrolliert eine Krankenschwester? Überallhin könnte ich kommen, ohne aufzufallen. Das war der Plan: Überrollen lasse ich mich von den deutschen Truppen, gut versteckt in einer Erdhöhle, und wenn sie weitergezogen sind, melde ich mich als versprengte Schwester in Puschkin. Zurückgekehrt zu unserem Bernsteinzimmer bin ich, und nie mehr aus den Augen werde ich es lassen. Ist das nicht ein guter Plan, Genosse General?«.

Sie holte wieder tief Atem und sah zu, wie die Ordonnanz ein Tablett mit Wodka, Tee und Plätzchen hereinbrachte und Kowaljow damit einen runden Tisch in der gegenüberliegenden Ecke deckte.

»Irgendwie bekam Väterchen die Rote-Kreuz-Uniform und einen deutschen Militärmantel – erobert bei einem Vorstoß bei Luga, erklärte er. Und dann fuhren wir in den Wald, gruben die

Höhle aus, und ich blieb in der Höhle und wartete. ›Nur noch vier Tage, Janaschka‹, sagte Väterchen zu mir, ›vielleicht noch kürzer. Gott segne dich, mein Töchterchen. Wenn wir uns nicht wiedersehen und Nikolaj den Krieg überlebt, sei ihm eine gute Frau. Und laß nie das Bernsteinzimmer aus den Augen, wohin man es auch bringt. Eine Krankenschwester kommt überall hin.‹ So war es, und dann entdeckt mich der Rotarmist Solotwin, bringt mich zu Unterleutnant Wechajew. Und er will mich erschießen als Spionin.« Jana Petrowna blickte hungrig auf den gedeckten Tisch. Der Tee duftete, das Gebäck roch nach Zimt und Honig. Ihr lief das Wasser im Mund zusammen. »Glauben Sie mir, Genosse General?«

»Ich glaube Ihnen, Jana.« Sinowjews Stimme war gütig und beruhigend. »Essen und trinken Sie erst einmal, und dann erzählen Sie mir, wie das mit der Familie Wachter oder Wachterowskij ist.«

Es wurde ein langer Tag und eine lange Nacht. Am nächsten Morgen setzte sich der Divisionsstab ab, das Schlößchen lag verlassen im Park, die Kolonnen rollten eilig nach Leningrad.

Mit einem Fahrrad kehrte Jana Petrowna in den Wald zurück und verkroch sich wieder in ihrer Erdhöhle.

Die deutschen Truppen waren nur noch neun Kilometer von ihr entfernt.

Die Sondereinheit von Unterleutnant Lew Semjonowitsch Wechajew, die letzte Hoffnung von General Sinowjew, wenigstens die wichtigsten Teile wie die Wandtafeln des Bernsteinzimmers zu retten, kam, wie vorauszusehen war, zu spät nach Puschkin. Genauer gesagt: Der Unterleutnant erreichte Puschkin gar nicht. Die acht Lastwagen mit dem Sowjetstern fuhren fröhlich und unbekümmert in den Aufmarschraum der Deutschen hinein und direkt in die Arme der 1. Panzerdivision. Sie stand vor dem Stadtrand von Puschkin. Flugzeuge bombten ihr den Weg frei, trafen auch den Katharinen-Palast und trafen den Großen Saal. Von dem herrlichen, prunkvollen Saal, einem der wunderbarsten Werke des Hofarchitekten Rastrelli, war nichts mehr übrig. Auch eine Anzahl Nebenräume wurde schwer beschädigt … das Bernsteinzimmer, geschützt durch die von den Frauen vorgesetzten hölzernen Splitterwände, blieb erhalten.

Wechajew dachte weder an Gegenwehr noch an Flucht, als er die ersten deutschen Panzer sah, die ihm auf der Straße entgegenkamen. Nachdem er sich entschlossen hatte, den Wagen mit dem Achsenbruch liegen zu lassen und die Spionin mit dem Wagen von Solotwin zum General zu schicken, hatte er im tiefsten Inneren schon geahnt, daß dieser Einsatz der letzte für ihn in diesem Krieg sein konnte. Nur eines wünschte er sich heiß und innig: Nie in die Hände der SS fallen. Was man von ihr erzählte, ließ einem eisige Schauer über den Rücken laufen.

Nun war es geschehen: aber wenigstens deutsche Panzer, keine SS ... Wechajew ließ seine Kolonne halten, stieg aus dem ersten Wagen, die anderen Rotarmisten machten es ihm nach, schließlich war er ja der Kommandant und damit das Vorbild, und als er die Arme hob, taten sie es auch und standen neben ihren Wagen. Ihre Gesichter zeigten ängstliche Erwartung, in ihren Herzen bohrte die ungewisse Hoffnung, von den Deutschen wie Menschen behandelt zu werden und in eine erträgliche Gefangenschaft zu kommen. Sadisten und mitleidlose Grausame gab es bei allen Völkern – sie hofften, nicht alle Deutschen wären so.

»Meine Lieben –« rief Wechajew seinen Leuten zu, die Arme hoch in den Himmel gereckt. »Vorbei für uns ist der Krieg. Man kann's nicht ändern. Zu gern hätte ich mitgemacht, das Vaterland zu verteidigen. Aber das Schicksal, meine Lieben, wer kann gegen das Schicksal an? Seien wir mutig auch in der Gefangenschaft ... schließlich sind wir von der Garde.«

Kurz vor ihnen hielt der erste deutsche Panzer an, nachdem Wechajew schon mit einem stechenden Gefühl in der Brust gedacht hatte: Jetzt überrollen sie uns. Niederwalzen werden sie uns! Sollen wir von der Straße flüchten, links und rechts in den Wald? Erschießen werden sie uns, aber das ist immer noch besser als unter Panzerketten zermalmt zu werden.

Doch er blieb stehen, biß nur die Zähne zusammen und schloß die Augen bis auf einen Schlitz. Als der rollende Tod nahe vor ihm knirschend und scheppernd bremste und stehenblieb und aus der Turmluke der Kopf des Kommandanten, ein junger Leutnant war's, auftauchte, atmete Wechajew tief durch und sandte wieder einen Gedanken an das Schicksal. Danke, sagte er lautlos. Danke, Schicksal. Jetzt weiß ich, was das heißt, dem Tod ins Auge zu schauen. Nie werde ich das vergessen, wenn ich diesen Krieg überlebe. Nie.

Eine Panzertruppe kann mit Gefangenen wenig anfangen. Wohin mit ihnen? Sie im Panzer mitzunehmen, ist unmöglich. Zur Bewachung einige Soldaten zurücklassen ... ebenfalls unmöglich, denn bei der Besatzung eines Panzers ist kein Mann zuviel, jeder hat seinen Platz und seine Aufgabe. Wechajew überlegte noch, als der junge deutsche Leutnant schon aus seinem Turm kletterte und von hinten ein Mann gelaufen kam, nicht in Uniform, sondern in Zivil. Den Russen sah man ihm sofort an. Er trug eine Schirmmütze, einen labberigen Anzug, derbe Stiefel und über der Hose ein weites, blaues Hemd, so wie viele Bauern herumliefen, wenn sie sich sonntags besonders fein gemacht hatten.

Wechajew zog die Brauen zusammen, starrte den Landsmann böse an, behielt aber die Hände noch immer hochgestreckt über dem Kopf. Der Russe, etwa um die Sechzig herum, stellte sich neben den Offizier und wartete. Die Deutschen hatten ihn einfach als Dolmetscher mitgenommen, als sie erfuhren, daß Stepan Fjodorowitsch Piwojanow – so hieß er – ihre Sprache verstand. Er hatte von 1927 bis 1932 in Ostpreußen auf einem Gut gearbeitet und hatte dort nicht nur deutsch sprechen, sondern auch wild fluchen gelernt. Was ein ostpreußischer Bauer ist, hat viele derbe Worte.

Wechajew rümpfte die Nase und beherrschte sich, nicht vor Piwojanow auszuspucken. Mit dem Feind kollaboriert er, zieht mit den Eroberern mit, dolmetscht, was sie befehlen, verrät Vaterland und Brüder, Mütter, Väter und Schwestern, nur, um mit den Deutschen sorglos zu fressen und vielleicht auch noch einiges Beutegut zu kassieren. Welch ein triefäugiges Schweinchen! Verräter überall. Wechajew dachte an die dreckige Spionin aus der Erdhöhle und bekam einen schnelleren Atem.

»Nun sag nur, du Rattengeschwür, was der Faschist will!« knurrte Wechajew und sah dabei den Leutnant so harmlos an, als habe er eine freundliche Begrüßung gesprochen.

Der Leutnant verstand natürlich nichts, aber ein Wort verstand er dem Klang nach sehr gut: Faschist. Das ist international. Er spreizte die Beine und klemmte die Daumen zwischen Gürtel und Leib.

»Wenn er noch einmal Faschist sagt, knall ich ihm die Nase nach hinten«, sagte der junge Leutnant. »Los, übersetz es ihm!«

Stepan Fjodorowitsch tat seine Pflicht und wiederholte es auf russisch. Wechajew war kaum beeindruckt, er schluckte nur seine Wut herunter.

»Übersetz –« sagte der Leutnant wieder. »Ihr seid jetzt Gefangene und marschiert die Straße weiter nach Süden. Deutsche Infanterie folgt uns in drei Kilometern. Bei ihr meldet ihr euch. Weglaufen hat keinen Sinn, wir finden euch doch. Und besorgt euch keine Zivilkleider! Ihr werdet nämlich dann wie Partisanen behandelt und sofort erschossen. Als Soldaten könnt ihr überleben.«

Piwojanow übersetzte es fleißig, Wechajew ließ die Arme sinken und leckte sich über die Lippen.

»Bleibst du hier und begleitest uns?« fragte er dann den Dolmetscher.

»Nein. Ich muß mit ihnen weiterfahren.«

»Ein Jammer! Wirklich ein Jammer! Wir hätten dich in der nächsten Stunde so gerne aufgehängt.«

»Was sagt er?« fragte der junge Leutnant mißtrauisch.

»Er wird dem Befehl gehorchen, Herr Offizier.« Piwojanow wünschte sich plötzlich, möglichst schnell wieder auf den sicheren Panzer zu kommen. »Er wird mit seiner Mannschaft zu Ihrer Infanterie marschieren.«

»Sehr gut.« Der junge Offizier winkte. Drei seiner Panzerschützen kamen nach vorn, im Arm eine Anzahl Handgranaten. Mit steinernem Gesicht sah Wechajew, wie sie die Motorhauben der Lastwagen hochdrückten, dann den Deckel schnell zuwarfen und zur Seite sprangen. Mit einem dumpfen Gedröhn explodierten die Handgranaten. Es riß die Hauben wieder auf, Motorteile wirbelten durch die Luft, die Wagen vier, sechs und sieben fingen sofort Feuer und standen sekundenschnell in hellen Flammen. Wechajews Leute warfen sich sofort zu Boden und rollten sich von der Straße. Mit ohrenbetäubendem Krachen zerplatzte der Wagen sieben, eine unerträgliche Hitze wehte von den brennenden Wagen zu Wechajew hin.

Der Leutnant winkte von neuem. »Aufsitzen!« schrie er seinen Männern zu. Piwojanow senkte den Kopf und starrte Wechajew von unten an.

»Auch ich bin ein Kriegsgefangener«, sagte er, wie um Entschuldigung bittend. »Machen mit mir, was sie wollen. Soll ich mich erschießen lassen? Eine gute Frau habe ich, neun Kinderchen, drei Söhnchen sind in Leningrad, um es zu verteidigen. Was soll ich tun? Bin ein armer Mensch, Genosse. Du wirst's besser haben, bestimmt wirst du's besser haben. Kommst in ein Lager, hast zu essen, hast Ruhe. Direkt beneiden kann man dich.«

»Zur Hölle fahre!« sagte Wechajew dumpf und verzog verächtlich den Mund. »Bist nicht wert, daß jemand vor dir ausspuckt. Nicht mal anpissen möchte ich dich ... ist gute, reine sowjetische Pisse, viel zu schade für dich.«

Er trat von der Straße weg zur Seite, sah finster zu, wie die deutschen Panzersoldaten wieder in ihre stählernen Ungeheuer kletterten, die Luken schlossen und Piwojanow nach hinten zum letzten Gefährt lief, wo er seinen Platz neben der Kanone hatte. Dann donnerten die schweren Motoren auf, die Panzer fuhren an, walzten auf die zerstörten Lastwagen zu, schoben sie von der Straße, stürzten sie um und zermalmten die Aufbauten. Als der letzte Panzer mit dem darauf hockenden Piwojanow an Wechajew vorbeiratterte, starrten sie sich noch einmal haßerfüllt an, und Piwojanow hätte weinen können über so viel Schande. Aber er durfte weiterleben mit der Hoffnung, einmal seine neun Kinder wiederzusehen, vor allem seine drei Söhnchen, die in den Gräben und Bunkern vor Leningrad auf die Deutschen warteten und die Stadt Leningrad nicht hergeben wollten.

Wechajew versammelte seinen Truppe wieder um sich. Die deutschen Panzer waren im Wald verschwunden, nur noch das Rasseln der stählernen Raupenketten lag in der Luft. Die Lastwagen lagen brennend links und rechts der Straße, ein Bild, das Wechajews Herz bluten ließ.

»Genossen –«, sagte er mit ernster, aber dumpfer Stimme. »Gehört habt ihr's. Deutsche Infanterie folgt den Panzern, in einer Stunde können sie hier sein. Zeit genug, um uns zu entscheiden. Wer will, kann weglaufen und sich verstecken. Unser Auftrag ist vorbei. Jeder kann tun, was er will.«

»Ein guter Gedanke ist's, wegzulaufen.« Der Sergeant Jemeljan Mironowitsch Sotow rieb sich mit beiden Händen unschlüssig die Stirn. »Aber bekommen sie uns dann, wird man uns erschießen.

Als Partisanen. Ganz sicher ist das. Lew Semjonowitsch, was wirst du tun?«

Wechajew hatte sich bereits entschieden. »Ich bleibe auf der Straße und gehe den Faschisten entgegen«, antwortete er. »Ein lebender Russe, wenn auch in Gefangenschaft, ist wichtiger als ein toter Held. Einmal wird die Zeit kommen, Rache zu nehmen. Darauf warte ich.«

»Also denn, liebe Freunde, denken wir auch so.« Sergeant Sotow schlug die Fäuste gegeneinander. »So ist es: Leben ist wichtiger als ein verfaulender, durchlöcherter Körper zu sein. Irgendwann vielleicht sehen wir Piwojanow wieder und holen nach, was er verdient hat. Wohnt ja hier in dieser Gegend. Ist leicht zu finden, das verräterische Väterchen mit seinen neun Kinderchen. Wird die Rechnung bezahlen müssen. Gehen wir also.«

Mit Wechajew an der Spitze marschierten sie los, mitten auf der Straße, nachdem sie ihre Waffen weggeworfen hatten und somit kein kämpfender Feind mehr waren. Knapp Dreiviertelstunden zogen sie durch den Wald, traten hinaus auf ein weites Feld von Spätkartoffeln, über dem schreiend und krächzend ein Schwarm Krähen flatterte. Eine fahle Sonne schien und saugte die Feuchtigkeit vom letzten Regen aus den Furchen.

Als der erste kleine, offene, braungrün gespritzte deutsche Wagen ihnen entgegenkam – es war ein sogenannter Kübelwagen, wie sie im Volkswagenwerk gebaut wurden –, hob Wechajew die Hand, und sie blieben stehen.

Der Wagen hielt, zwei Offiziere sprangen auf die Straße, Pistolen in den Händen, während der Fahrer mit einem Maschinengewehr auf sie zielte. »Hoch!« befahl Wechajew, und wie für ein Ballett einstudiert, schnellten alle Arme in die Luft. Der erste deutsche Offizier, ein Major, lachte laut und ließ seine Pistole sinken.

»Die Helden werden rar«, sagte er zu dem zweiten Offizier, einem Hauptmann. »Sehen Sie sich bloß diese Visagen an! Wenn das so weitergeht, werden wir in ein paar Tagen in der Newa baden können.«

Wie zuvor der junge Panzerleutnant verstand Wechajew nun auch nichts weiter als ein Wort. Aber es genügte ihm.

Die Newa, dachte er. Ihre Seitenarme und Kanäle, die Leningrad durchzogen. Das Venedig des Ostens. Er sah die Brücken und Brückchen in ihrer einmaligen Schönheit vor sich, die Palais der ehemaligen Fürsten und Zarengünstlinge, das Winterpalais, die Admiralität, die Kirchen und Kathedralen, den Newskij-Prospekt, die breite prächtige Straße, die Eremitage, die Kais aus Granit mit ihren breiten Treppen zum Flußufer, verziert mit steinernen Löwen, Sphyngen, riesigen Vasen und Säulen mit Kugeln. Er sah den Marmorpalast, den Dekabristenplatz, die prächtige Rossistraße, in deren säulengeschmückter Häuserzeile im Jahre 1738 die erste Ballettschule Rußlands gegründet worden war, das Kirow-Theater, in dem der schon legendäre Bassist Fjodor Schaljapin gesungen hatte und Tschaikowskij sein Ballett *Schwanensee* uraufführte: Leningrad und die Newa, die steingewordene Schönheit, der Stolz der Jahrhunderte. Und jetzt spricht da ein deutscher Offizier von der Newa – das kann nur bedeuten, daß er die Stadt an der Newa erobern will. Mütterchen Rußland, wehre dich!

»Ihr werdet die Stadt nie betreten!« sagte Wechajew. »Nie, solange noch *ein* Herz in ihr schlägt.«

»Was sagt der Clown?« Der Hauptmann warf einen verächtlichen Blick auf Wechajew.

»Keine Ahnung.« Der Major winkte nach hinten. Ein zweiter Kübelwagen fuhr heran. »Wegbringen, die Kerle. Zu den anderen. Feststellen, von welcher Einheit.«

Ein Feldwebel, der dem zweiten Kübelwagen entstiegen war, winkte Wechajew energisch zu. »Los!« brüllte er. »Nicht den Schlappschwanz spielen! Hopp, hopp nach hinten!« Und dann schrie er das Wort, das jedem Russen in die Knochen fuhr: *»Dawaij! Dawaij! Bjeschat'!«* (Renn!)

Und Wechajew setzte sich in Bewegung, rannte die Straße hinunter zu der anrückenden Marschkolonne der Infanterie, rannte an ihr vorbei, und seine Soldaten folgten ihm mit hochgestreckten Armen und keuchenden Lungen, den Blick starr geradeaus, bis jemand rief: *»Stoj!«* und sie stehenblieben.

Nun waren sie Gefangene, zu Ende war für sie der Krieg. Sie konnten ihn vielleicht überleben, aber trotzdem liefen ihnen die Tränen über die verschmutzten Gesichter, und ihre Kehlen waren wie zugeschnürt.

Aus den deutschen Wehrmachtsberichten:

Sonntag, den 14. September 1941.

Im Osten bahnen sich durch den günstigen Verlauf der Operationen neue Schlachtenerfolge an.
Nachdem starke deutsche Kräfte in die Befestigungsfront von LENINGRAD *eingebrochen sind, wird die enge Einschließung der Stadt trotz erbitterter Gegenwehr unaufhaltsam fortgesetzt …*

Montag, den 15. September 1941.

Im Osten sind große Angriffsoperationen im erfolgreichen Fortschreiten.
Die Einschließung von LENINGRAD *wurde in zähem Kampf um die neuzeitlich ausgebauten Befestigungsanlagen weiter verengt. Wiederholte, von schweren Panzern unterstützte Gegenangriffe des Feindes brachen zusammen …*

Michael Wachter kroch aus dem sicheren, zwei Etagen unter der Erde liegenden Keller und bahnte sich einen Weg durch die Trümmer und Steinhaufen. Überall lagen zerbrochene Möbel, Decken hingen herunter, und in den Fußböden klafften große Risse. Mit klopfendem Herzen erreichte er den Saal, den man das Bernsteinzimmer nannte.

Es hatte den Bombenangriff, ohne Schaden zu nehmen, überlebt. Kaum hatten die deutsche Flugzeuge über Puschkin wieder abgedreht, waren auch die aus der Stadt zusammengeholten Frauen aus dem Keller gekommen, um die unersetzlichen Kunstwerke im Schloß zu sichern.

Fieberhaft arbeiteten sie, in Kittelkleidern, ihr Haar mit einem Kopftuch zurückgehalten und immer wieder in die Ferne lauschend, ob nicht wieder eine Welle des Todes aus der Luft über Puschkin erschien.

An einen Abtransport der noch im Katharinen-Palast vorhandenen Schätze war nicht mehr zu denken. Die 1. Panzerdivision stand wenige Kilometer von *Zarskoje Selo* entfernt und bereitete sich auf den entscheidenden Angriff vor. Die SS-Polizei-Division marschierte vor dem Nordteil von Puschkin auf, Panzerspitzen schossen bereits in die Stadt. Zu retten war nichts mehr. Jetzt konnten die Schätze nur noch vor der Zerstörung geschützt werden.

Die Frauen deckten die wertvollen Intarsienböden mit einer dikken Sandschicht ab, füllten die großen China-Vasen mit Wasser, verklebten die mit Seide und Brokat bespannten Wände mit Pappe, zogen Stoffbezüge über die historischen Möbel und verhängten die Regale und Schränke der einmaligen Zarenbibliotheken. Sowjetische Offiziere, die sich auf dem Rückzug kurz in einigen Sälen aufhielten und von hier aus mit den kämpfenden Truppen in Telefonverbindung standen, hetzten durch Zimmer und Gänge, bereit, sofort in die vor dem Palast wartenden Wagen zu springen und sich nach Leningrad zurückzuziehen.

Aufatmend lehnte sich Michael Wachter an eine der holzverschalten Wandtafeln des Bernsteinzimmers und sah den Frauen zu, wie sie den Sand auf den herrlichen Böden verteilten. Morgen, dachte er. Oder übermorgen … länger wird's nicht dauern. Dann stehen hier deutsche Soldaten, werden die Deckengemälde begaffen und die Holztafeln herunterreißen, um zu sehen, was sich dahinter verbirgt. Und sie werden sprachlos vor dieser Pracht aus Bernstein stehen, vielleicht einen Augenblick von Ergriffenheit gefangen sein, aber dann wird das große Plündern beginnen, die Vernichtung des schönsten Saales, den die Welt bisher kannte.

Wachter war ein mittelgroßer, etwas dicklicher Mann von beinahe 55 Jahren, das Haar war dunkelblond ohne einen Schimmer Grau. Den muskulösen Oberkörper umspannte ein blauweiß gestreiftes Hemd, dessen Ärmel er bis über die Ellbogen hochgekrempelt hatte, und wenn er deutsch sprach, klang es sehr hart, wie bei vielen Menschen, die im Osten aufgewachsen waren und deren zweite Muttersprache das Russische war.

Noch in der Betrachtung der Deckengemälde versunken, schrak er zusammen, als ihn auf russisch eine Stimme ansprach.

»Sie wollen tatsächlich hier bleiben, Michail Igorowitsch?«

Wachter nickte stumm. Vor ihm stand Oberst Nikolaj Michajlowitsch Limonow, der Kommandeur der Brigade, die den Auftrag hatte, den Rückzug der sowjetischen Truppen aus dem Raum Puschkin nach Leningrad zu decken. Seine Rotarmisten waren eine verlorene Truppe, ausgelaugt von den schweren Abwehrkämpfen, Mensch gegen deutsche Panzer, Panzerabwehrkanonen und Minen gegen stählerne Ungeheuer. Aber sie wußten, daß nur ihr Opfer die Stadt retten konnte. Jeder Tag, jede Stunde waren wertvoll. Hunderttausende bauten um Leningrad die neuen Gräben und Bunker, Panzerfallen und Artilleriestellungen, drei Verteidigungsringe hintereinander, in denen sich die Deutschen festbeißen würden. Es war September, der 15. im Jahre 1941, und die Menschen starrten in den Himmel und beteten stumm: Herr, laß es regnen. Früher als sonst. Warte nicht mehr bis Oktober, bis der große Regen alle Wege und Straßen unpassierbar macht, die Fuhrwerke im tiefen Morast steckenbleiben und selbst die Panzer mit ihren breiten Ketten sich nur in den Schlamm wühlen und in ihm versinken. Dann gibt es kein Vorwärts mehr, dann werden die Aggressoren Leningrad nicht mehr erreichen, und nach dem Regen wird der Winter kommen, die Schneestürme werden über das Land heulen, vereist werden sie, die deutschen Armeen, kämpfend gegen einen unbesiegbaren Gegner: die Natur. Leningrad wird gerettet sein ... laß es regnen, Herr, öffne die Wolken, laß die Deutschen ertrinken! Jetzt bitte, jetzt und nicht erst im Oktober. Hilf uns, Gott!

»Meine Pflicht ist es, Genosse Oberst«, antwortete Wachter und stieß sich von der Bretterwand ab. »Bei meinem Bernsteinzimmer muß ich bleiben.«

»Man wird Sie ohne Zögern erschießen.«

»Warum? Ich kann nachweisen, daß ich ein Deutscher bin.«

»In russischen Diensten?«

»Viele Deutsche haben in den vergangenen Jahrhunderten den Zaren gedient. Generäle, Admiräle, Forscher, Philosophen, Ärzte und politische Berater waren Deutsche ... so wie meine Vorfahren. Mit dem Bernsteinzimmer zog 1716 einer meiner Ahnen, Friedrich Theodor Wachter, nach Sankt Petersburg. Seitdem ist immer ein Wachter bei dem Bernsteinzimmer geblieben, hat es gepflegt und beschützt und neben dieser Aufgabe nur eine zweite gehabt: einen Sohn zu zeugen. So wurde das Erbe weitergereicht von Generation zu Generation.«

»Und nun glauben Sie, Michail Igorowitsch, daß das Bernsteinzimmer und Sie überleben. Eine Illusion ist das! Sie sind der letzte Wachterowskij.«

»Nein, Nikolaj Michajlowitsch. Einen Sohn habe ich.« Wachter sagte es mit Stolz. Die Tradition war nie unterbrochen worden, einen Sohn zu haben, war eine Verpflichtung. »In Leningrad ist er jetzt, wird mithelfen, die Stadt zu verteidigen, bewacht die Kunstschätze, die wir noch abtransportieren konnten. Ich bin stolz auf ihn. Auch wenn sie mich erschießen, es ist immer wieder ein Wachter da, der mit dem Bernsteinzimmer leben wird.«

Oberst Limonow hob den Kopf. Aus der Ferne hörten sie den Kanonendonner. Ihm war, als spürte er die Einschläge unter seinen Sohlen, als laufe ein leichtes Zittern durch den Boden.

»Morgen sind die Deutschen hier im Schloß.« Limonow schluckte den Ärger über sich selbst hinunter. Natürlich zitterte der Boden des Schlosses nicht, auch wenn er es spürte. Die Nerven! Auch ein Brigadekommandeur hat Nerven, nur hysterisch darf er nicht werden. »Was werden Sie tun, Michail Igorowitsch?«

»Ich werde mich beim Kommandeur der deutschen Truppen melden. Sicher bin ich mir, daß er hier im Schloß wohnen wird. Es gibt keinen schöneren Platz in Puschkin. Und bitten, ja anflehen werde ich ihn, das Bernsteinzimmer vor Vandalismus zu beschützen.«

»Vandalismus? Das wollen Sie tatsächlich sagen? Wachterowskij, zusammenschlagen wird man Sie, bis Sie nur noch stammeln können: ›Ein deutscher Soldat ist kein Vandale.‹ Sie waren nie in der Armee?«

»Nein, nie. Immer hatten wir Wachters eine Sonderstellung. Wer sollte sich denn um das Bernsteinzimmer kümmern? Wir hatten ein verbrieftes Recht, es nie zu verlassen, handgeschrieben und gesiegelt von Zar Peter I. Es hängt unter Glas in meinem Wohnzimmer, und jeder Herrscher über Rußland hat es anerkannt … sogar Lenin und Stalin. Nein, ich war nie Soldat, keiner von uns Wachter. Wir lebten nur für das Bernsteinzimmer.«

»Eine interessante Geschichte der Familie Wachterowskij. Erzählen Sie weiter, Michail Igorowitsch.«

»Dazu ist jetzt zu wenig Zeit. Ich muß das Bernsteinzimmer retten. Später, Genosse Oberst.«

»Sie glauben an ein Später?«

»Könnten wir ohne diesen Glauben leben?« Michael Wachter zuckte zusammen. Irgendwo, bedrohlich nah, krachten Explosionen und ließen die Scheiben des Saales klirren. »Sie werden sich nach Leningrad zurückziehen, Genosse Oberst?«

»Ja.« Limonow starrte mit versteinertem Gesicht vor sich hin. Noch in der Nacht würde der Stab seiner Brigade sich absetzen und den Katharinen-Palast verlassen müssen.

»In die Stadt?« fragte Wachter.

»Ich werde sicherlich zu Besprechungen mit General Sinowjew und Marschall Schukow in die Stadt kommen.«

»Wenn Sie Zeit finden, könnten Sie meinen Sohn Nikolaj besuchen? In der Eremitage wird er sein. Bei den geretteten Kunstschätzen des Schlosses. Wenn Sie ihn sehen, sagen Sie ihm bitte, daß ich stolz auf ihn bin. Sehr stolz. Nachricht werde ich ihm geben, wo ich auch bin, und wo ich bin, ist auch das Bernsteinzimmer. Wie der Krieg auch ausgeht, wir werden uns wiedersehen. Bitte, sagen Sie es ihm.«

»Ich werde daran denken, Michail Igorowitsch. Leben Sie wohl.« Limonow drückte Wachter die Hand, hielt sie lange fest und sagte dann fast feierlich: »Was werden Sie tun, wenn die Deutschen das Bernsteinzimmer zerstören?«

»Nicht überleben werde ich es. Seit 225 Jahren gehören das Bernsteinzimmer und die Wachters zusammen. Man kann sie nicht mehr trennen –«

Während der Nacht verließen die letzten sowjetischen Truppen den Katharinen-Palast. Wachter stand unter dem Säulenvorbau mit den überlebensgroßen Marmorstatuen an der breiten Treppe zu den Gärten und blickte den wegfahrenden Wagen nach. Eine helle Nacht war's, feucht und klar, voll reiner Luft, durchsetzt vom Duft der Tausenden von Blumen aus den Gärten und dem würzigen Geruch der Bäume. Und still war es, nachdem der Motorenlärm verklungen war, ganz still, als hole die Natur noch einmal tief Atem, bevor am Morgen die Granaten heranheulten, die Erde aufrissen und die Panzerketten alles im Wege Liegende zermalmten.

Auch die Frauen hatten das Schloß verlassen und waren zurück in ihre Häuser gelaufen, erwarteten dort die Deutschen und zitterten ihrer ersten Begegnung mit den Eroberern entgegen. Wie waren diese Deutschen? Stimmte es, was man von ihnen erzählte, was man in den Zeitungen las und was man ihnen berichtete? Vergewaltigten sie die Frauen, warfen sie die kleinen Kinder mit den

Köpfen an die Wände, erschossen sie alle Männer, zündeten sie die Häuser an? Viele Bewohner von Puschkin glaubten es und schlossen sich daher noch schnell den zurückflutenden Soldaten an. Auf Handwagen, vor die sich die Frauen an Stricken schirrten, schleppten sie das Allernötigste mit sich fort: ein paar Töpfe, Bettzeug, Decken, Kleidung, Truhen mit Wäsche und heimlich auch das Kruzifix aus der »schönen Ecke« der Wohnung, ein Marienbild oder den segnenden Christus. Wer ein Pferd hatte, war ein Glücklicher. Er konnte es vor seinen Wagen spannen, konnte sogar Möbel mitnehmen und vieles, was im Laufe eines Lebens zusammengekommen war. Er konnte Kartoffeln und gesäuerten Kohl mitnehmen, eingelegte Gurken und dicke, schöne Zwiebeln, einen bisher versteckten Schinken oder strammgestopfte Würste, ja, einige schlachteten sogar noch ein Schwein und deckten es mit Möbeln und Betten zu. Hunger würde es in Leningrad geben, das ahnte man. Von allen Seiten rückten die Deutschen vor, und der Ring um die Stadt wurde immer enger. Woher sollte man für Hunderttausende das Essen bekommen? Da war alles, was man kauen konnte, wichtiger als alles sonst. Wer wußte denn, wie lange die Blockade dauerte, ehe sich die Stadt ergab oder die Deutschen zurückgetrieben wurden oder im Regen ersoffen oder im Eissturm erfroren ... Warten wir es ab, warten wir geduldig. Beides haben wir ja in Jahrhunderten gelernt, das Warten und die Geduld.

Michael Wachter saß die ganze Nacht über auf einem Schemel im Bernsteinzimmer, in völliger Dunkelheit, allein mit allen Schätzen, die nur noch diese Nacht lang Rußland gehörten. Zeit hatte er jetzt, sich zu erinnern an den letzten Zaren Nikolaus II., der 1916 mit der Zarin, dem Zarewitsch und seinen vier schönen Töchtern hier im Zimmer saß und um Rasputin, den dämonischen Mönch, weinte, den Fürst Jussopow und seine Freunde ermordet hatten. Damals war er, Wachter, 30 Jahre alt gewesen, und sein Vater Igor hatte der Zarin und den Töchtern parfümierte Taschentücher gebracht, damit sie ihre Tränen trocknen konnten. Und Silvester 1916/17, zweihundert Jahre nachdem das Bernsteinzimmer von Berlin nach St. Petersburg gebracht worden war, hatte der Zar sein letztes Fest gegeben. Und er hatte Igor Germanowitsch Wachterowskij einen Orden verliehen und zu einem Bruderkuß an sich gezogen, als habe er geahnt, daß ihn die Februar-Revolution 1917 vom Thron fegen würde, den letzten Zaren der Dynastie Romanow.

Ja, und dann – Vater Igor war an einem Lungenleiden gestorben und er, Michael Wachter, hatte mit 34 Jahren das Erbe angetreten – besuchte Lenin das Schloß, ging durch alle Säle, blieb im Bernsteinzimmer stehen, ließ den Blick fast andächtig über die schimmernde Pracht des »Sonnensteines« gleiten und hatte dann zu ihm gesagt: »Ich hasse die Zaren und ihre Ausbeutung des Volkes, aber daß sie dies geschaffen haben, macht sie leider unsterblich.« Und er, Wachter, hatte geantwortet: »Das Geschenk eines deutschen Königs ist es, Genosse Lenin. Wir haben es nur gut gepflegt.«

»Und du wirst es weiter so gut pflegen.« Lenin hatte ihm die Hand gegeben, zum Erstaunen der ihn umringenden Kommissare, denn eine große Ehre war's, die Hand des großen Wladimir Iljitsch Uljanow zu drücken, dem Vater eines neuen Rußland, des bolschewistischen Arbeiter- und Bauernstaates.

Vor 21 Jahren war das. Welch eine kurze Zeit, und doch wie weit schon weg in der Erinnerung. Damals, im Jahre 1918 wurde sein Sohn Nikolaj geboren, am 17. Juli, genau an jenem Tag, an dem um ein Uhr fünfzehn in der Nacht, in der Villa Ipatiew bei Jekaterinburg, die Zarenfamilie von den Bolschewisten erschossen und in den Wäldern von Koptjakij auf einer Lichtung, die man »Zu den vier Brüdern« nannte, zerstückelt und verbrannt wurde. Dem Zaren zu Ehren hatte er seinen Sohn Nikolaus getauft, keiner wußte das, noch nicht einmal Nikolaj selbst hatte er es gestanden. Ein alter Familienname ist's, hatte er erklärt, Tradition, mein Junge, so wie alles bei uns Wachters.

Wie weit, weit weg das alles.

Und wie war das im Jahre 1929? Stalin stand hier im Bernsteinzimmer, in hohen Stiefeln und Pumphose, mit einem Bauernhemd und einem breiten Gürtel um den Leib, und der mächtige Josif Wissarionowitsch Dschugaschwili hatte ihm auf die Schulter geklopft und gesagt: »Eure Geschichte hat man mir erzählt, Michail Igorowitsch. Zar Peter hat den ersten Wachterowskij mit dem Bernsteinzimmer geschenkt bekommen. So soll's bleiben. Hast du schon einen Sohn?«

»Elf Jahre ist er alt.«

»Wo ist er?«

»Versteckt hat er sich. Irgendwo im Palast. Angst hat er, der Junge.«

»Angst? Vor mir?« Stalin hatte gelacht, sein buschiger Schnurrbart hatte gebebt, und die dunklen, georgischen Augen blitzten. »Laß ihn suchen. Ich will ihn sehen. Angst! Vor mir braucht niemand Angst zu haben.«

Man suchte Nikolaj, aber man fand ihn nicht. Im riesigen Katharinen-Palast gab es hundert Ecken, Winkel und Keller, wo sich ein Kind verstecken konnte. Erst später, 1937, stand Nikolaj Wachterowskij vor Stalin, nun neunzehn Jahre alt, schmal, hochaufgeschossen, mit strohblonden Haaren wie seine Mutter Lydia Alexandrowna und deren azurblauen Augen. Und Stalin hatte gesagt, hier im Bernsteinzimmer stehend, vor einer Vase mit goldgelbem Bernsteinmosaik: »Du bist also der vorerst letzte Wachterowskij. Diesmal versteckst du dich nicht, was?« Er hatte es nicht vergessen, und es durchfuhr Nikolaj eiskalt und schmerzvoll. »Siehst du nun, junger Genosse: Vor mir braucht keiner Angst zu haben.«

Ein paar Tage danach ließ Stalin den Marschall Michail Nikolajewitsch Tuchatschewskij erschießen und mit ihm eine Reihe anderer hoher Offiziere, weil sie Spione seien. Aber nur unbequem waren sie ihm, und einfach war es, das Unbequeme aus dem Weg zu räumen.

Stalin, der Mann, der jetzt gegen die Deutschen kämpfte, ihre Armeen aufhalten wollte, Rußland zu retten versuchte und Leningrad zu einer riesigen Festung werden ließ.

Vier Jahre erst war das her, man soll's nicht glauben. Es war das letztemal, daß Stalin das Bernsteinzimmer besucht und bewundert hatte.

Im Morgengrauen begann die deutsche Artillerie wieder zu schießen. Die Granaten verschonten das Schloß, schlugen in der Stadt Puschkin ein, durchlöcherten die Straßen und Wege nach Leningrad, verfolgten die zurückgehenden sowjetischen Truppen. Die Panzer der 1. Panzerdivision rollten auf Puschkin und den Katharinen-Palast zu, erreichten ohne Widerstand den Stadtrand von Puschkin und fuhren die breite, schöne Allee zum Palais hinauf.

Michael Wachter verließ sein Bernsteinzimmer, stellte sich wieder unter den Säuleneingang, so wie er in der Nacht Oberst Limonow nachgeschaut hatte. Sein Herz tat ihm weh, als er die graugrünen Stahlkolosse auf sich zurasseln sah, die Geschütztürme mit dem schwarzweißen Balkenkreuz. Die Kommandanten der Panzer standen in den hochgeklappten Luken und starrten auf den herrlichen Palast, als erlebten sie ein Märchen. Vor der großen Treppe hielten sie, kletterten aus den Türmen, sprangen auf den Boden und kamen, Pistolen in der Hand, auf Wachter zu. Ein Offizier, der an der Spitze lief, blieb vor Wachter stehen und stieß ihm den Lauf seiner Waffe gegen die Brust. Die anderen Soldaten stürmten an ihnen vorbei ins Schloß.

»Was stehst du hier rum?« fuhr ihn der Offizier an. »Wo sind die anderen? Wo Russki?«

»Ich bin kein Russe, Herr Hauptmann«, sagte Wachter ruhig und furchtlos. »Ich bin ein Deutscher wie Sie. Willkommen in *Zarskoje Selo* –«

Am Nachmittag waren die Säle und Prunkzimmer, die Wirtschaftsräume und Gesindezimmer, die Schlafgemächer der Zaren und die Bibliotheken voller Menschen in deutschen Uniformen. Von allen Seiten waren sie gekommen, um Quartier in diesem Palast zu nehmen, der zum Schönsten gehörte, was in Rußland je gebaut worden war. Vor allem die Stäbe mit ihren hohen Offizieren zogen in das Schloß ein und belegten die prunkvollsten Räume. An die herrlichen geschnitzten und mit Gold verzierten Türen hämmerten Soldaten die handgeschriebenen Pappschilder ihrer Einheiten, mit Richtungspfeilen von links oder nach rechts, mit Namen der Kommandeure oder auch nur *Schreibstube* oder WuG, was soviel hieß wie *Waffen* und *Geräte.*

Fünf Stäbe richteten sich häuslich im Katharinen-Palais ein: Der Stab des XXVIII. Armeekorps, der Stab der 16. Armee, der Stab des XLI. Panzer-Korps und die Stäbe der 96. und 121. Infanterie-Division. Die SS-Polizei-Division und die 1. Panzer-Division, die Puschkin als erste erreicht hatten, waren weitergezogen und verfolgten die sowjetischen Truppen. Das Gedröhne der Geschütze lag wie ein ferner Donner über dem Land, unter dem Himmel brummten die deutschen Bombergeschwader nach Leningrad.

Michael Wachter hatte aufgeatmet, als die SS-Division an dem Schloß vorbei zum Nordteil der Stadt Puschkin zog, wo sich die letzten Rotarmisten wehrten, ein armseliger Riegel, der nur den

Zweck verfolgte, Zeit zu gewinnen, die Stunden hinzudehnen, denn jede Stunde bedeutete ein Stück Graben, eine Bunkerwand, eine Geschützstellung mehr im Verteidigungsring um Leningrad.

Am 16. September 1941 war das Bernsteinzimmer in deutscher Hand, aber es stand noch unversehrt hinter den schützenden Holztafeln und Pappstreifen. Der Krieg war darüber hinweggerollt ... und es lebte noch.

Ein glücklicher Mensch war Michael Wachter in diesen Stunden.

Am 17. September war auch der Nordteil von Puschkin von den sowjetischen Truppen geräumt worden. Die SS-Polizei-Division marschierte in die Stadt, der nachrückende Stab erschien vor dem Katharinen-Palast, um hier ebenfalls sein Hauptquartier einzurichten. Mit Schrecken starrte Wachter auf die Uniformen mit dem Totenkopf. Zum erstenmal sah er SS-Offiziere und SS-Soldaten jener deutschen Division, die zur Elite gerechnet wurde und von der vor dem Krieg und erst recht jetzt im Krieg so viel geschrieben worden war. Gefürchtet waren die Männer mit dem Totenkopf, sie waren von allen deutschen Truppen am besten ausgerüstet, eine geballte Faust, deren Schlag Vernichtung hieß.

Ein SS-Gruppenführer – dem Rang eines Generals entsprechend – stieg die Stufen der großen Treppe hinauf, während der Stab vor dem Portal vorfuhr und wie zu einer Parade eine peinlich ausgerichtete Reihe von Fahrzeugen bildete. Noch hatte der SS-General nicht einmal die Hälfte der Treppe erstiegen, da erschien im Eingang des Palais der Kommandeur des XXVIII. Armeekorps und hob, kurz grüßend, die Hand an sein Mützenschild. Der SS-Gruppenführer erwiderte mit ausgestrecktem Arm, mit dem Hitlergruß.

»Ich nehme an, Herr Kamerad«, sagte der Kommandeur etwas steif –, »Sie haben die Absicht, hier Ihren Stab einzuquartieren.«

Der SS-Gruppenführer blieb auf der Treppe stehen, warf einen schnellen Blick auf die imposante Fassade des Schlosses und nickte.

»Braunfeld«, stellte er sich vor. »Heinrich Braunfeld.«

Der Panzergeneral lächelte mokant. Ausgerechnet Braunfeld, dachte er, und dann Befehlshaber einer SS-Division. Und Heinrich heißt er auch noch, wie sein Chef Heinrich Himmler. Kompletter geht's nicht mehr.

»Von Kortte«, sagte er noch steifer. »Ich bedaure, Ihnen sagen zu müssen, daß wir für einen neuen Stab keinen Platz mehr haben.«

SS-Gruppenführer Braunfeld blickte wieder die Schloßfassade entlang und schüttelte den Kopf. Was will er, dachte er. Dieser Affe mit den roten Streifen an der Hose! »Das Schloß ist groß genug. Sie wollen doch nicht sagen, daß Ihr Stab über hundert Zimmer braucht.«

»Es befinden sich zur Zeit fünf Stäbe im Katharinen-Palast. Dazu die gesamten Trosse, morgen kommen die Werkstätten von zwei Panzerkorps hinzu. Ich empfehle Ihnen, sich im benachbarten Alexander-Palais einzurichten. Es ist noch verhältnismäßig schwach belegt.« General von Kortte hob wie bedauernd die Schultern. »Gruppenführer, es tut mir leid. Der jetzige Hausherr des Schlosses, Generaloberst Busch, Befehlshaber der 16. Armee, hat diese Anordnung getroffen.«

»Ich möchte Busch sprechen!« Braunfeld fühlte sich wie gegen den Bauch getreten. Und er sagte einfach »Busch«, respektlos, flegelhaft, rüde, wie von Kortte es nannte.

»Der Generaloberst ist beschäftigt«, antwortete er kühl. »Bitte fahren Sie weiter zum Alexander-Palais.«

»Sie werfen einen SS-Stab hinaus?!« Braunfeld holte tief Atem. »Herr von Kortte, das wird Folgen für Sie haben. Es wird dem Reichsführer-SS gemeldet werden! Ihre Behandlung einer kämpfenden Truppe ist unerhört! Sie hören noch von vorgesetzter Stelle.«

SS-Gruppenführer Braunfeld drehte sich um und stieg grußlos die Treppe hinunter. Was er an seinem Wagen zu seinem Stabschef sagte, konnte von Kortte nicht verstehen. Er sah nur, wie der SS-Offizier, ein Standartenführer, den Kopf in den Nacken warf, einen musternden Blick hinauf zu von Kortte warf und dann wieder in den Wagen stieg. Braunfeld folgte ihm. Zehn Minuten später war der Platz vor dem Säuleneingang wieder leer. Zurück blieb nur ein großer Ölfleck … einer der Wagen mußte ein Leck in der Ölleitung haben.

Michael Wachter stand noch immer neben der Eingangstür, als von Kortte den Palast wieder betreten wollte.

»Ich danke Ihnen, Herr General«, sagte er in seinem harten

Deutsch, stockend und sichtlich bewegt. General von Kortte blieb erstaunt stehen.

»Wofür?« fragte er abgehackt und sah Wachter an.

»Sie haben die SS vom Schloß ferngehalten.«

»Das geht Sie nichts an!« Von Korttes Stimme wurde scharf. Er kniff die Augen zusammen, es sah aus, als ziele er auf Wachter.

»Es wären noch genug Räume frei, Herr General.«

»Das geht Sie überhaupt nichts an!«

»Bestimmt nicht.«

»Also, was wollen Sie?«

»Ihnen nochmals danken, daß Sie das Bernsteinzimmer gerettet haben.«

General von Kortte, der sich schon abgewandt hatte, um das Schloß zu betreten, drehte sich wieder um. »Das Bernsteinzimmer! Ist das der mit Holz verschalte Saal, in dem Sie immer herumsitzen?«

»Ja, Herr General.«

»Und die ganzen Wände sind aus Bernstein?«

»Alles, Herr General. Die Wände, die Figuren, die Girlanden, die Türumrahmungen, die Gemälderahmen, die Blumen und Zweige … alles aus Bernstein.«

»Donnerwetter!« Von Kortte war beeindruckt. »Das müssen Sie mir mal zeigen. Wie heißen Sie?«

»Michael Wachter.«

»Das ist ja ein deutscher Name.«

»Ich bin Deutscher, Herr General.«

»Und arbeiten bei den Bolschewiken?«

»Seit 225 Jahren, Herr General.«

»Donnerwetter!« Von Korttes Stimme gluckste vor Vergnügen. »Sieht man Ihnen gar nicht an, dieses Alter.« Er lachte über seinen eigenen Witz, nur drei Sekunden lang, dann wurde er wieder ernst. »In Kunstdingen bin ich ein Banause«, sagte er offen. »Bernsteinzimmer … habe ich noch nie gehört. Ist es in Kunstkreisen bekannt?«

»Es gehört zu den größten und wertvollsten Kunstwerken überhaupt. Es ist unersetzlich. So etwas wird es nie wieder geben.«

»Und da glauben Sie, daß man an maßgeblicher Stelle das nicht weiß? Daß Ihre Bretter noch einen Sinn haben … jetzt, wo Puschkin in unserer Hand ist und es auch für immer bleiben wird? Es wird nicht lange dauern, und eine Kommission von Kunstsachverständigen wird kommen, die Bretter wegreißen und Aha! und Oho! rufen. Man wird herumtelefonieren zum Führer, zu Reichsleiter Bormann, zu Außenminister von Ribbentrop, zu Reichsmarschall Göring, zu Reichsleiter Rosenberg – kennen Sie überhaupt die Namen?«

»Nur Hitler und Göring, Herr General. Hier auf Puschkin lebten wir sehr für uns allein. Uns interessierte Deutschland kaum. Wir hatten unsere Arbeiten im Schloß, die Pflege der vielen Räume, Möbel, Böden und Teppiche, die Ausbesserungen außen und innen, die Gärten ... was ging uns an, was außerhalb des Katharinen-Palastes geschah?«

»Das ist ein weitverbreiteter Fehler, mit Scheuklappen herumzulaufen und nur in eine Richtung zu sehen.« General von Kortte ging zurück in die prunkvolle Eingangshalle mit ihren marmornen Figuren, der wunderschönen Treppe, den bemalten Stuckdecken und dem einzigartigen eingelegten Boden. Wachter folgte ihm dichtauf. Von Korttes Reden hatten ihn nicht beruhigt, im Gegenteil, seine Sorge hatte neue Nahrung bekommen und wuchs um sein Herz herum.

»Sie meinen, Herr General«, sagte er stockend, »daß Hitler oder Göring oder die anderen ...«

»Ich meine gar nichts.« Von Kortte blieb wieder stehen und ließ Wachter um sich herumkommen. »Außerdem ist meine Meinung völlig gleichgültig. Es gilt allein die Meinung des Führers.«

»Was will Hitler mit dem Bernsteinzimmer?«

»Wenn es so einzigartig ist, wie Sie sagen, Wachter, stellt es eine wertvolle Kriegsbeute dar. Wir haben im Reich Museen genug, um es dort aufzubauen. Mann, Sie haben mein Interesse geweckt. Wann kann ich das Zimmer ohne die Verschalung sehen?«

»Ich werde morgen eine Vertäfelung freilegen lassen.«

»Sehr gut.« General von Kortte nickte, als zwei junge Offiziere durch die Halle rannten und dabei stramm grüßten. »Was ich noch fragen wollte: Wo ist das Personal des Schlosses geblieben? Sie waren doch nicht allein hier.«

»Geflohen, Herr General.«

»Vor uns geflohen?« Von Kortte zog die Stirn kraus. »Vor uns braucht doch keiner zu fliehen!«

»Die Frauen hatten Angst, daß sie vergewaltigt werden.«

»Von uns? Von unseren Soldaten?!« Die Stimme des Generals wurde laut und wirkte wieder wie zerhackt. »Ein deutscher Soldat ist ein ehrenhafter Mann! Wir sind doch keine Mongolen Dschingis-Khans! Ich wünsche, daß die Frauen zurückkommen und das Schloß weiter in Ordnung halten.«

Ohne eine Antwort abzuwarten, drehte sich von Kortte wieder um und stieg die Marmortreppe hinauf zu den Sälen, in denen sein Stab arbeitete. Für sich selbst hatte er den Chinesischen Saal ausgewählt, ein Prunkstück mit bemalten Wänden und Türen und geschnitzten asiatischen Möbeln. Der Fernmeldetrupp schien dafür keine Augen gehabt zu haben. In die Wände hatte man Klammern für die Telefonleitungen geschlagen und Löcher zu den Nebenräumen gebohrt. Hier waren die Dienststellen des Oberquartiermeisters, des Ia und des Ib und die Schlafzimmer der Stabsoffiziere.

Michael Wachter sah von Kortte nach und wischte sich mit der rechten Hand über sein Gesicht. Er wurde nicht klug aus dem General. Man konnte mit ihm reden, und plötzlich war er wieder zugeknöpft und eisig wie eine Marmorstatue. Wie's auch sei … er hatte nicht zugelassen, daß die SS das Schloß besetzte. Allein schon das war eine mutige und gute Tat, für die man ihm dankbar sein sollte.

Am nächsten Morgen war alles anders.

In der Nacht waren zwei Kompanien Infanterie von der Front zurückgekommen. Sie waren verdreckt, übermüdet, vom schnellen Vormarsch zermürbt. Neue, frische Kompanien hatten sie abgelöst. Nun nahmen sie im Schloß Quartier und belegten die noch freien Räume.

Wachter hatte sie nicht kommen hören, er schlief in seiner Wohnung im Nebentrakt, an deren Tür man ein Pappschild mit der Aufschrift *Verwaltung* genagelt hatte. Dadurch blieb er ungestört, konnte seine Wohnung behalten und wurde nicht belästigt. Erstaunt stellte er fest, welch ein kleines Wunder solch ein Schild hervorbringen konnte. Niemand kümmerte sich darum, was hinter der Tür geschah … das Schild allein genügte. Es war etwas Amtliches. Ein guter Deutscher hatte davor Respekt und keine Fragen mehr.

Als Michael Wachter zu seinem Bernsteinzimmer kam, blieb er

zunächst betroffen stehen und starrte auf die herrliche Tür. Auch hier hatte man ein Pappschild aufgenagelt, bemalt mit einer groben Schrift. *Belegt von* 2. *Kp.* stand darauf, und man hatte einen derben zweizölligen Nagel benutzt, um den Fetzen anzuheften. Der große Nagel saß mitten in den Schnitzereien und vergoldeten Girlanden.

Wachter atmete tief durch, riß die Tür auf und stürmte in das Zimmer. Zwei Landser waren gerade dabei, ein Stück der Holzverschalung loszureißen, um zu sehen, was sich dahinter versteckte. Die Mehrzahl aber lag herum, schlief auf den im Zimmer abgestellten oder herangeschleppten kostbaren Sesseln, Liegen und Kanapees. Sie wetzten mit ihren schmutzigen, erdverkrusteten Stiefeln über die Brokat- und Seidenbezüge, rauchten und warfen die Kippen in den Sand, der den unersetzbaren Parkettboden bedeckte. Zwei andere Landser, die gerade eine Pappverkleidung heruntergerissen hatten, standen einen Augenblick wie erstarrt vor dem Glanz, den sie freigelegt hatten.

In einem Rahmen aus leuchtendem Bernstein, Intarsien von Sonnengelb bis zum warmen Braun, Mosaike, aus denen man Blütenranken und Medaillons geschnitzt hatte, hing das Gemälde einer idealisierten Landschaft, mit römischen Säulen und bogenförmigen Ruinen, eingebettet in eine sanfte Hügellandschaft, wie sie in der Toskana zu finden war. Eine gemalte Ode des Vergil.

»Det is'n Ding!« sagte einer der Landser begeistert. »Da bring' ick meener Erna 'ne Handvoll mit. Allet Bernstein, meine Fresse!«

Er zückte sein Seitengewehr, stieß die Spitze in das Mosaik, bohrte und brach ein großes Stück aus der Wand.

Mit drei langen Sätzen stürzte sich Wachter auf den Soldaten, gerade, als dieser grinsend sagte: »Erna war schon imma scharf auf Bernstein. Kameraden, det is hier ja wie'n Goldbergwerk.«

»Zurück!« brüllte Wachter. Er entriß dem Landser das Seitengewehr, schleuderte es weg, packte ihn an den Schultern und stieß ihn von der Bernsteintafel weg.

»Na, na, wat is denn?« sagte der Landser verblüfft. Dann erst begriff er, daß man ihn angegriffen hatte, daß sein Seitengewehr mitten im Saal im Sand lag und daß es auch noch ein Zivilist war, der ihm einen Stoß versetzt hatte, ein älterer Mann in einem abgeschabten Anzug. »Hast wohl 'ne Meise, Opa?!« schrie er und ballte die Fäuste wie ein Boxer. »Nu halt man dein Kinn fest ...«

Aber er kam nicht dazu, seinen Schlag anzubringen. Der zweite Landser, der hinter Wachter stand, hieb mit dem Knauf seines Seitengewehres, weit ausholend, dem anscheinend Verrückten auf den Kopf, zweimal hintereinander, während die anderen Soldaten aus ihren Sesseln und Kanapees hochzuckten.

Michael Wachter spürte den zweiten Schlag schon nicht mehr. Ein scharfer Schmerz durchfuhr ihn bis hinunter zu den Zehen. Jetzt bin ich tot, konnte er noch denken, dann fiel er in eine bodenlose Schwärze, in der es kein Denken mehr gab.

In ihrer Erdhöhle wartete Jana Petrowna auf das Erscheinen der deutschen Truppen. In einem dichten Gebüsch hatte sie das Fahrrad versteckt, das ihr der Adjutant von General Sinowjew gegeben hatte, ein ziemlich verwirrter Major, der nicht verstehen konnte, warum man eine Spionin nicht sofort erschoß, sondern ihr sogar ein Fahrrad gab, damit sie fliehen konnte. Aber frage einer mal einen General nach dem Sinn seiner Befehle … Genossen, wer wagt das schon?

Außerdem waren alle viel zu sehr damit beschäftigt, das Hauptquartier der Division in dem kleinen, verträumten Jagdschlößchen zu räumen. Die deutsche Artillerie schoß in die zurückgehenden Rotarmisten hinein, Panzervorstöße schlugen große Lücken in die Verteidigungsstellungen, selbst Gegenangriffe der gefürchteten sowjetischen Panzer T 34 brachen im Feuer der neuen deutschen Panzerabwehrgeschütze, kurz PAK genannt, zusammen. Die Stukas und schweren Heinkel-Bomber luden ihre tödliche Fracht über den Dörfern und kleinen Städten ab, überall loderten Brände, und der Himmel war dunkel vom Rauch der Zerstörung.

General Sinowjew hatte von seinem Kunstrettungstrupp nichts mehr gehört. Die Verbindung zu Unterleutnant Wechajew war abgerissen. Er wartete auch gar nicht mehr auf eine Nachricht, die Meldungen von der Front sagten ihm, daß die kleine Kolonne direkt in die Arme der vorpreschenden deutschen Panzer gefahren sein mußte. Die auf der Karte abgesteckten feindlichen Positionen zeigten ihm, daß Wechajew keine Chance mehr gehabt hatte, den Deutschen auszuweichen oder zu fliehen. Aus Leningrad war außerdem der Befehl gekommen, sich auf den äußeren Verteidigungsgürtel zurückzuziehen. Dort gruben noch immer Tausende von Frauen, Pionieren und alten Männern die Schützengräben, gossen mit Beton neue Panzersperren, verstärkten die Bunker, stützten die Unterstände ab, und sogar halbwüchsige Kinder schleppten Säcke und Steine, Balken und Bretter, um einen Wall gegen die Aggressoren zu bauen.

Stalins »Kronprinz« Andrej A. Schdanow, Mitglied des Politbüros, war nach Leningrad gekommen und hatte als neuer Leiter der Leningrader Parteiorganisation das Oberkommando der Verteidigung übernommen. In einem Aufruf verkündete er:

»Entweder wird die Arbeiterklasse Leningrads versklavt und ihre schönste Blüte vernichtet werden, oder wir graben dem Faschismus vor Leningrad das Grab.«

Die gesamte Bevölkerung sollte deshalb bewaffnet werden. Sie sollten im Handgranatenwerfen und Straßenkampf ausgebildet werden, Straße um Straße, Haus um Haus sollten sich in eine Festung verwandeln, an der sich der Feind verbluten würde. Wenn die Deutschen Leningrad schon eroberten, dann nur unter Strömen von Blut. Auch Marschall Schukow erließ am 17. September an alle Kommandeure der zur Verteidigung von Leningrad eingesetzten sowjetischen Armeen den Befehl, keinen Meter mehr den Faschisten zu überlassen. »Jegliche Absetzbewegung betrachte ich ab sofort als Verbrechen gegen das sowjetische Vaterland«, ließ er verkünden. »Diese Ehrlosen werden zum Tode verurteilt.«

Überall, vor allem im Süden der Stadt, wo von den Deutschen die größte Gefahr drohte, nachdem sie Puschkin erobert hatten, entstanden Stacheldrahthindernisse und kleine Betonbunker, die man »Woroschilow-Hotels« nannte. Deutsche Flugzeuge warfen über der Stadt gefälschte Lebensmittelkarten und Rubelscheine ab und Flugblätter, auf denen stand, daß man alle schonen würde, die ihre Kommandanten töteten und sich ergaben. Polizeistreifen durchkämmten die Straßen, wer mit solch einem Flugblatt gefaßt wurde, konnte auf der Stelle erschossen werden.

1,5 Millionen Menschen waren bereit, Rußlands schönste Stadt mit ihren Leibern vor den Deutschen zuzumauern.

Jana Petrowna hörte am frühen Morgen des 17. September das Rasseln der Panzerketten. Die Angriffsspitzen der Panzer-Gruppe 4 unter Generaloberst Hoepner hatten sie erreicht. Der Ring um Leningrad war geschlossen.

Noch zwei Tage blieb Jana Petrowna in ihrem Erdhöhlenversteck. Dann wagte sie sich ins Freie, wusch sich gründlich in einem kleinen Bach und bürstete den Dreck, so gut es ging, aus ihrer Schwesterntracht. Sie ließ den Militärmantel zusammengeknüllt in der Höhle zurück, zog das Fahrrad aus dem Gebüsch und schob es auf die Straße. Das war der gefährlichste Teil ihres Planes, aber sie hatte Glück. Auf der Straße war kein einziges deutsches Fahrzeug, kein einziger deutscher Soldat zu sehen. So friedlich, wie ein schöner Herbsttag sein kann, stand der Wald unter einer noch wärmenden Sonne.

Sie schwang sich auf den Sattel, setzte ihre Schwesternhaube auf, hängte eine große Tasche aus braunem Wachstuch an die Lenkstange und fuhr den gleichen Weg, den auch Wechajew gefahren war.

Zurück nach Puschkin. Zurück zum Katharinen-Palast. Und während sie kräftig in die Pedale trat, schwirrten viele Gedanken durch ihr Gehirn.

Lebte Väterchen Michail noch? War das Schloß zerstört worden? Hatte man die Schätze geplündert? Wer wohnte jetzt in den Prunkräumen? Würde man ihr die Geschichte, die sie erzählte, glauben und sie im nächsten Lazarett arbeiten lassen? Was war aus Nikolaj, ihrem Liebsten, geworden? Mit dem letzten Lastwagen voller wertvoller Vasen, Schmuckstücke, Möbel und Teppiche, mit Gemälden aus zwei Jahrhunderten und persönlichen Andenken der Zarinnen und Zaren hatte er *Zarskoje Selo* verlassen und sollte sie in Leningrad in Sicherheit bringen. Hatte er es geschafft? Hatte er Leningrad erreicht, oder war er von deutschen Bomben und Granaten zerfetzt worden? Ob es Väterchen Michail wußte ... wenn er noch lebte? Gab es noch das Bernsteinzimmer ...?

Nach zwei Stunden einsamer Strampelei kamen ihr die ersten deutschen Truppen entgegen. Ein Infanterie-Bataillon, wie auf dem Marsch zu einem Manöver. Die Kompaniechefs ritten zu Pferde voraus. Der Kommandeur, ein Major, saß zusammen mit seinem Adjutanten und einem Stabsarzt in einem Kübelwagen, erst dann folgten die Autokolonnen mit dem Troß, der Schreibstube, der Feldküche und dem Material. Kein Spähtrupp war ihnen vorausgefahren, so sicher fühlten sie sich.

Ein merkwürdiges, das Herz zusammenschnürendes Gefühl

war's, zum erstenmal deutsche Soldaten zu sehen. Nur für einen Moment zuckte Angst durch Jana Petrownas Körper beim Anblick der langen, grauen Kolonne, doch dann beugte sie sich über das Lenkrad und strampelte unbeirrt weiter. In ihren Adern klopfte das Blut. Würde man sie anhalten? Würde man fragen, woher sie kam?

Ganz rechts fuhr sie auf der Straße, der Kübelwagen des Majors verlangsamte sein Tempo, der Fahrer grinste breit und warf ihr mit gespitzten Lippen ein Küßchen zu. Verwundert lehnte sich der Stabsarzt aus dem offenen Wagen. Der Major tippte ihm auf den Ärmel.

»Doktor, nicht wild werden!« Er lachte kurz und musterte die auf sie zuradelnde Jana. »Lassen Sie das Karbolmäuschen in Ruhe. Wir haben keine Zeit.«

Der Stabsarzt lehnte sich wieder in den Sitz zurück und schüttelte den Kopf.

»Wo kommt sie her, Herr Major?« fragte er verblüfft. »Ja, verdammt, von wo kommt sie? Vor uns ist kein Lazarett, nur ein vorgeschobener Truppenverbandsplatz.«

»Das wird es sein.«

»Auf gar keinen Fall! Unmittelbar hinter der kämpfenden Truppe arbeiten nur Sanitäter und Ärzte. Rote-Kreuz-Schwestern tauchen erst in der Krankensammelstelle auf, und die ist hinter uns. Und sie sitzt auf einem Fahrrad, als fahre sie fröhlich zum nächsten Krankenhaus.«

»Doktor, Sie suchen nur nach einem Grund, mit ihr anzubandeln. Nein, ich lasse nicht halten.« Der Major lachte wieder und winkte Jana zu, als sie an ihr vorbeifuhren. »Verdammt! Wirklich ein hübsches Mäuschen ...«

Jana Petrowna winkte zurück, lachte zu ihnen hinüber und trat, so kräftig sie konnte, in die Pedale. Als sie an den Soldaten vorbeikam, empfingen sie schrilles Pfeifen und laute Zurufe. »Schwester, ich habe einen Tripper –« hörte sie aus dem Gejohle heraus. »Schwesterchen, wo hast du die Sanierungsspritze? Mich juckt's, mich juckt's ... komm her und sieh mal nach ...« Und als sie an der Feldküche vorbeikam, wedelte der Koch, der auf der Protzenbank hockte, mit einem langen hölzernen Kochlöffel und brüllte: »Tausche 'nen Schlag Suppe gegen einmal Hopp-hopp ...«

»Haben Sie das gesehen, Herr Major –« sagte der Stabsarzt erregt. »Ihr Kleid ist voller Flecken! So läuft doch eine deutsche Schwester nicht herum! Da stimmt doch was nicht! Wir sollten sie uns näher ansehen ...«

»Das könnte Ihnen so passen, Doktor. Leibesvisitation und so. Was ist denn da unterm Röckchen ...« Der Major lachte wieder. »Nichts zu machen, mein Lieber – wir alle befinden uns im sexuellen Notstand. Ihr Ärzte habt ja immer mehr Möglichkeiten als wir armen Schweine an der Front.«

Endlich hatte Jana Petrowna das deutsche Bataillon passiert und war wieder allein auf der Straße nach Puschkin. Aus der Ferne hörte sie Gesang, die Landser sangen, um die Müdigkeit zu überwinden. Die Stahlhelme an das Koppel geschnallt, die Uniformkragen aufgeknöpft, verschwitzt und mit Staub überzogen, marschierten sie als Ersatz zum nun geschlossenen Belagerungsring von Leningrad.

Mit noch einem leichten Zittern in den Gliedern stieg Jana ab und dehnte sich, drückte den Rücken durch und holte tief Atem. Beschwerlich war es, auf der unbefestigten Straße zu fahren. Die Straßendecke war von tiefen Furchen durchzogen, die fünf Tage Regen hinterlassen hatten.

In der Nacht schlief sie in einem zur Hälfte ausgebrannten Bauernhaus. Zwischen den verkohlten Balken, eng an die Mauer des ehemaligen Wohnzimmers gedrückt, im Schutze des zersprungenen Ofens aus Lehm und Feldsteinen, lag sie auf zusammengerafftem Stroh, atmete den scharfen Brandgeruch ein und einen süßlichen Geruch, den sie nicht kannte. Erst am Morgen entdeckte sie, daß neben ihr, nur durch die zerborstene Mauer getrennt, drei Tote lagen, zwei Frauen und ein alter Mann, schwarz im Gesicht von dem Feuer, dem sie nicht entkommen waren. Der Verwesungsgeruch drehte ihr den Magen um, sie stützte sich an die rußige Mauer und erbrach sich, hetzte dann zu ihrem Rad und fuhr zurück auf die aufgerissene Straße.

Erst später war sie fähig, etwas zu essen und zu trinken. Sie saß neben der Straße unter einem Baum, die braune Wachstuchtasche im Schoß, und knabberte Sonnenblumenkerne, zerteilte eine dicke Zwiebel und kaute zwei Scheiben ausgetrocknetes Brot und ein Stückchen Dauerwurst. Es schmeckte schon etwas ranzig, aber sie aß die Wurst mit großem Hunger und trank aus einer Bierflasche das Wasser, das sie nach dem Waschen aus dem Bach im Wald geschöpft hatte. Sie schüttete den Rest in die Hand, wusch sich damit das Gesicht, nahm einen Kamm aus der Tasche, ordnete ihr Haar und betrachtete sich in einem kleinen, von braunem Kunstleder umrahmten Spiegel.

Zufrieden war sie mit sich. Das Gesicht mit der Schwesternhaube, die hohen Backenknochen, die klaren Augen, die vollen Lippen … schön war sie, das konnte sie selbst von sich sagen..

Am Abend des zweiten Tages ihrer Radreise erreichte sie endlich Puschkin, die Schlösser von *Zarskoje Selo.*

Die Deutschen, denen sie jetzt überall in Massen begegnete, beachteten sie kaum bis auf die typischen Bemerkungen, Zurufe oder Zeichen, wenn Männer ein so hübsches Mädchen in der Tracht einer Rote-Kreuz-Schwester sahen. Ihre Gegenwart nahm niemand mit Erstaunen oder Mißtrauen wahr. Gerade vor einem Tag war ein Feldlazarett nach Puschkin verlegt worden und hatte sich hier in einer der Schulen eingerichtet. Neun Ärzte und vierzehn Sanitäter versorgten die Verwundeten und Kranken, die mit Sanitätskraftwagen, kurz Sanka genannt, von der Front herangeschafft wurden. In den Hauptverbandsplätzen nur notdürftig versorgt, lagen sie jetzt hier mit durchgebluteten Verbänden, um den Hals den »Sanitätslaufzettel« gehängt, auf dem gedruckt war.:

Begleitzettel für Verwundete und andere chirurgisch zu Behandelnde.
Nichttransportfähig: zwei rote Streifen.
Transportfähig: ein roter Streifen.
Marschfähig: kein roter Streifen.

Darunter standen Name, Dienstgrad, Truppenteil und Art der Verletzung.

Für viele war das ein Dokument des Sterbens, ein Transportschein in die Ewigkeit.

Und auf allen Zetteln stand groß, unübersehbar, mit einem Stempel aufgedruckt: Entlaust.

Mit dem Feldlazarett waren auch drei Schwestern nach Puschkin gekommen. Warum sollte eine von ihnen nicht mit einem Fahrrad zum Katharinen-Palast fahren? Bei den vielen Kommandanturen und Stäben, die das Schloß besetzt hatten, war immer etwas zu tun. Das war mehr Glück, als sich Jana Petrowna erhofft hatte. Unbehindert fuhr sie über die altvertrauten Wege, durchquerte den Park und die zauberhaften Gärten und stellte dann das Rad an die Hausmauer. Aus einem offenstehenden Fenster hörte sie das Klappern von Schreibmaschinen, ein Gewirr von Stimmen und roch den Qualm vieler Zigaretten.

Ohne Hast, völlig unauffällig, ging sie zu Fuß weiter, betrat durch den Nebeneingang des Schlosses den Flügel, in dem früher die Angestellten wohnten und auch Michael Wachter seine Zimmer hatte. Offiziere, die ihr begegneten, grinsten sie an, einige musterten sie mit unverschämten Blicken, ein Hauptmann hielt sie auf und faßte sie am Arm.

»Wohin, meine Süße?« fragte er. »Sicherlich suchen Sie mich.«

»Bestimmt nicht. Ich suche den General.«

Sie sagte einfach General, das genügte. Ein General war sicherlich im Palast, sein Name war unwichtig. Niemand würde es wagen, sie dann noch festzuhalten. Auch der forsche Hauptmann ließ sofort Janas Arm los und hob die Schultern.

»Zum General ... dagegen komme ich natürlich nicht an«, sagte er anzüglich. »Zimmer 17, aber nicht hier. Dort, im Hauptgebäude. Wünsche ein gutes Hüpferchen.«

Vor der Tür zu Wachters Wohnung, an der jetzt das Pappschild *Verwaltung* genagelt war, blieb sie stehen und klopfte. Väterchen Michail antwortete nicht, noch dreimal klopfte sie, dann drückte sie die Klinke. Die Tür war nicht verschlossen, mit einem leisen Quietschen schwang sie auf. Nach links und rechts sah sich Jana Petrowna um, allein war sie auf dem Flur, und sie schlüpfte schnell in die Wohnung.

Das erste, was sie wahrnahm, war der strenge Geruch von Karbol. Sie blieb in der kleinen Diele stehen, preßte die flache Hand gegen ihre Brust, ein unbeschreibliches Gefühl der Angst durchflutete und lähmte sie, und dann schrie sie mit hellerer Stimme als sonst:

»Väterchen, wo bist du? Väterchen ... bist du hier? Väterchen ...«

Sie merkte nicht, daß sie es auf russisch schrie, und es war wiederum ihr Glück, daß niemand in der Wohnung war und sie hörte.

Verwirrt, mit einem dumpfen Schmerz unter der Hirnschale, stellte Michael Wachter fest, daß er noch lebte. Er roch den beizenden Karbolgestank, spürte den Druck in seinem Kopf, hörte vor seinem Fenster Stimmen und Motorenlärm und behielt die Augen geschlossen, voll Verwunderung, daß er in einem Bett lag, und es mußte das Bett in seinem Schlafzimmer sein, denn alle Geräusche kamen von links. Links, wo das Fenster hinaus auf einen breiten Gartenweg ging.

Träge – ihm kam es vor, als könne er sich nicht bewegen – kehrte die Erinnerung zurück: das Bernsteinzimmer, der Soldat, der mit seinem Seitengewehr die Verkleidung abhebelte und es dann in das Mosaik stieß, wie ein Mörder, dessen Messer in eine Brust dringt. Auf ihn hatte er sich gestürzt, hatte ihm das Messer aus der Hand geschlagen … ja, so war's gewesen. Das Gesicht des Soldaten sah er noch, fassungslos, von einem hilflosen Grinsen verzogen, dann hatte ein Dröhnen in seinem Kopf begonnen, das alles in ihm auslöschte.

Das Bernsteinzimmer!

Er riß die Augen auf und zuckte zusammen, als ein heller Aufschrei in seine Ohren drang. »Väterchen!« rief eine Frauenstimme. »Väterchen! Du bist wieder da … du lebst … du wirst nicht sterben!« Und dann weinte jemand, und alle weiteren Worte gingen im Schluchzen unter. Ein Kopf erschien vor seinen Augen, ein tränenüberströmtes Gesicht, von schwarzen Haaren umrahmt, und dieser Kopf trug ein Häubchen, wie es Krankenschwestern tragen, beugte sich nun über ihn und küßte seine Stirn, die Augen und die Lippen. »Väterchen, lieg ganz still, bewege dich nicht, hast du Schmerzen, willst du etwas trinken …«

»Sprich deutsch«, sagte er mit noch schwerer Zunge. »Janaschka, du bist eine deutsche Krankenschwester. Vergiß das nie! Nie! In Ostpreußen bist du geboren … in Ostpreußen … bei den Masurischen Seen.«

»Ja, Väterchen«, antwortete sie und weinte weiter.

»Jana!«

»Ich weiß.« Jetzt sprach sie deutsch mit einem harten Akzent. »Sie müssen ganz ruhig liegen bleiben, Herr Wachter.«

»Ich muß zum Bernsteinzimmer, Schwester.« Er versuchte, sich aufzurichten, aber ihm war, als glühte sein Kopf, als loderten Flammen aus ihm. Er fiel auf das Kissen zurück und schloß wieder die Augen. »Mein Bernsteinzimmer ...«

Sie zog die Decke wieder hoch bis unter sein Kinn und hielt ihn fest, damit er still lag.

»Sie leben ... das ist jetzt das Wichtigste.«

Obwohl sie allein in der Wohnung waren, niemand sie sah und hörte, spielten sie weiter, was sie verabredet hatten: Sie war eine unbekannte deutsche Krankenschwester und er ein ihr fremder Angestellter der Schloßverwaltung von *Zarskoje Selo.* Sie hatten sich vorher nie gesehen ... nur ein einziges Du, ein einziges russisches Wort konnte ihr Verderben sein und ihren Plan zunichte machen.

Die Unruhe in Wachter wuchs. Er hielt Janas Hand fest, als sie sein Kopfkissen zurechtrücken wollte, und sie wunderte sich über die Kraft, die in diesem Griff lag. »Ich muß es sehen«, sagte er. »Verstehst du das nicht? Ich muß wissen, was sie mit dem Zimmer gemacht haben, nachdem sie mich niedergeschlagen haben. 225 Jahre lang hat keiner die Wände berührt, weil die Wachters aufpaßten, weil immer jemand von uns da war ... und jetzt brechen sie die Mosaiken heraus ... für Erna zur ›Erinnerung‹ an Puschkin. Jana, laß mich aufstehen. Bitte ...«

»Du bleibst liegen, Väterchen.«

»Jana.«

»Sie bleiben liegen, Herr Wachter«, verbesserte sie sich sofort. »*Ich* werde hinübergehen und nach dem Bernsteinzimmer sehen. Ich komme als Schwester überall hin.« Sie beugte sich über ihn und streichelte sein bartstoppeliges Gesicht. »Eine gute Idee war das, Väterchen«, flüsterte sie an seinem Ohr.

»Jana!«

»Niemand hört uns.«

»Das ist es nicht. Daran gewöhnen sollst du dich, daß du mich nicht kennst. Zum erstenmal hast du mich heute gesehen.«

An der Tür klopfte es. Sofort danach kam ein hochgewachsener Offizier in die Wohnung, stutzte, als er die Rote-Kreuz-Schwester an Wachters Bett sitzen sah, und trat dann näher.

»Wendler –« stellte er sich höflich vor. »Ich bin Arzt. Wie geht es Ihnen, Herr Wachter? Was macht der Kopf? Wie ich sehe, sind Sie in bester Betreuung.« Ein strahlender Blick traf Jana. Sie senkte die Augen und drehte dem Arzt den Rücken zu. Es war ein Oberstabsarzt, aus dem Stab des XXVIII. Armeekorps.

»Haben Sie mich verbunden, Herr Doktor?« fragte Wachter. »Wie sieht mein Kopf aus?«

»Eine mittelgroße Platzwunde ... die Hirnschale ist nicht verletzt. Gott sei Dank. Verbunden hat Sie dann ein Sanitäter.« Dr. Wendler räusperte sich, beugte sich über Wachters Kopf und kontrollierte den Verband. Er war tadellos angelegt worden. »Sie sehen jetzt aus wie ein Muselmann«, versuchte er einen Scherz. »So ein Turban steht Ihnen gut. Nicht wahr, Schwester?«

»Ja –« antwortete Jana kurz.

»Ich habe mich noch einer Bitte zu entledigen.« Dr. Wendler schien ein Mensch zu sein, der gerne etwas gespreizt sprach. »General von Kortte läßt um Entschuldigung bitten, daß einige seiner Soldaten sich so ungebührlich Ihnen gegenüber benommen haben. Die Schuldigen werden zur Rechenschaft gezogen. Urlaubssperre ist das mindeste, was sie erwartet. Das soll ich Ihnen ausrichten ... das aufrichtige Bedauern des Herrn Generals.«

»Danke, Herr Doktor.«

»Der Herr General wird Sie heute noch besuchen.«

»Was macht mein Bernsteinzimmer?«

»Keine Ahnung.« Dr. Wendler hob die Schultern. Das Bernsteinzimmer war für ihn von geringerem Interesse als die hübsche Schwester an Wachters Bett. Er blinzelte ihr zu, aber Jana übersah es und nahm eine Haltung ein, die Abwehr signalisierte. »Was soll mit dem Zimmer los sein?«

»Hat man es zerstört ... geplündert ...«

»Moment mal.« Dr. Wendler zog die Augenbrauen zusammen. »Was sagen Sie da, Wachter? Ein deutscher Soldat zerstört nichts und plündert schon gar nicht. Ihre Meinung über unsere Landser ...«

»Verzeihung, Herr Doktor.« Wachter unterbrach den Oberstabsarzt sofort. Er stellte mit Erschrecken fest, daß man so etwas nicht sagen durfte. Ein guter Deutscher kritisierte niemals die Wehrmacht des Führers. Zersetzung nannte man das. Wehrkraftzersetzung. »Aber man hat mich niedergeschlagen, weil ich einen Soldaten hindern wollte, aus der Bernsteinwand etwas herauszubrechen.«

»Mein Gott, ein kleines Andenken ... fällt ja gar nicht auf bei so viel Bernstein. Es stimmt also: Sie haben den Landser zuerst angegriffen?«

»Ja. Er bohrte mit dem Seitengewehr ...«

»Gut, gut, gut!« Dr. Wendler winkte ungeduldig ab. »Das wird alles untersucht werden. Wozu haben wir ein Feldgericht?«

»Feldgericht?« fragte Wachter gedehnt. Der Druck in seinem Kopf verstärkte sich. Feldgericht – das bedeutete eine Verhandlung, und der Soldat würde freigesprochen werden, das war ganz sicher. Freispruch wegen Notwehr. Das Herausbrechen des Bernsteins war kaum erwähnenswert. »Muß das sein, Herr Doktor?«

»Die Entscheidung liegt bei dem General.« Dr. Wendler betrachtete wieder Jana Petrowna und lehnte sich am Kopfende des Bettes gegen die Wand. »Wie kommen Sie eigentlich hierher, Schwester?«

»Aus dem Lazarett. Irgend jemand aus dem Stab rief uns an und fragte nach einer Hilfe.« Ihr Reaktionsvermögen war hervorragend. Sie hob den Kopf, sah Dr. Wendler in die Augen, aber es war ein kühler, abweisender Blick. »Mit dem Fahrrad bin ich dann zum Schloß gefahren. Sie können es sich ansehen, es steht draußen an der Hauswand.«

»Verrückt! Als ob wir hier nicht genug Sanitäter bei der Truppe haben! Da kommen von der Front die Schwerverwundeten, die die beste Pflege brauchen, und man zieht eine Schwester ab, um einen Zivilisten zu betreuen! Idiotie!«

»Wenden Sie sich bitte an den Herrn General«, sagte Jana kühl. Wie wild ihr Herz klopfte, konnte man ja nicht sehen. »Vom Stab rief man an –«

»Das weiß ich nun.« Dr. Wendler stieß sich von der Wand ab. »Wie lange bleiben Sie im Schloß, Schwester?«

»Solange man mich hier braucht.«

»Wie heißen Sie eigentlich?«

»Jana Rogowskij.«

»Klingt verdammt russisch –«

»Ich bin in Masuren geboren. In Lyck in Ostpreußen.«

»Natürlich weiß ich, wo Masuren liegt!« Dr. Wendler reagierte ausgesprochen beleidigt. »Schlacht an den Masurischen Seen. Hindenburg vernichtet die russische Armee ... 1914 ... im Ersten Weltkrieg. Jana Rogowskij, also doch ein paar Tropfen russisches Blut.«

»Nicht einen.« Und dann sagte Jana etwas, das Wachter nie für möglich gehalten hätte. »Ich habe einen Ahnenpaß. Bis 1680. Meine Vorfahren waren brandenburgische Siedler. Wollen Sie den Ahnenpaß sehen? Ich hole ihn ...«

»Danke! Danke!« Dr. Wendler winkte ab, nickte Wachter noch einmal zu und verließ dann mit knarrenden Stiefeln die Wohnung. Einen Augenblick blieb Wachter ruhig liegen, aber dann schnellte er aus seinen Kissen empor.

»Das war das Tollste, was ich je gehört habe! Wer hat dir denn die Sache mit dem Ahnenpaß beigebracht?«

»Bitte bleiben Sie liegen, Herr Wachter.« Janas dunkle Augen blitzten vor Freude. »Irgendwann habe ich mal in der PRAWDA gelesen, daß die Deutschen ganz wild auf Ahnenpässe sind. Jeder will nachweisen, daß er ein Arier ist, nie ein Jude in seiner Familie war. Daran habe ich mich plötzlich erinnert.«

»Du ... Verzeihung ... Sie sind ein wunderbares Mädchen, Jana. Und jetzt seien Sie noch wunderbarer, lassen Sie mich aufstehen und zu meinem Bernsteinzimmer gehen.«

Ein paar Minuten später stand Wachter, gestützt auf Janas Schulter, in dem Saal. Erschütterung lähmte seine Zunge, er war zu keinem Wort mehr fähig, nur seine Augen schimmerten feucht.

An vielen Stellen waren die Verkleidungen heruntergerissen, häßliche Löcher klafften in den Bernsteinwänden, Rosetten und Girlandenstücke fehlten – ein Anblick, der einem das Herz zerreißen konnte. Aber das Zimmer war leer. Die deutschen Soldaten hatten es räumen müssen. Was sie zurückgelassen hatten, waren verdreckte Polster auf den Sesseln und Kanapees, einen durch Nagelstiefel beschädigten Fußboden, eine Menge Papier, Dosen und Flaschen und an einer nackten Frauenfigur aus Bernstein ein Pappschild: »Wichsen verboten!«

»Ein deutscher Soldat zerstört nichts ...« wiederholte Wachter leise die Worte Dr. Wendlers. »Und wir waren immer stolz darauf, Deutsche geblieben zu sein. Jetzt schäme ich mich.«

Er senkte den Kopf, schloß die Augen, und Jana ließ ihn allein mit seinem Schmerz, sprach ihn nicht an, sagte kein Wort und biß die Zähne zusammen.

Was sollte man auch sagen? Krieg war, und jeder Eroberer benimmt sich wie ein Eroberer ... seit Jahrtausenden ...

Sie schraken zusammen. Hinter ihnen klappte die Tür zu. Sie

drehten sich schnell um und sahen, daß General von Kortte ins Zimmer gekommen war. Er warf einen kurzen Blick durch den Saal und hob in stummer Resignation die Schultern.

»Ich war bei Ihnen, Herr Wachter«, sagte er. »Aber Sie waren nicht in Ihrer Wohnung. Wo anders als im Bernsteinzimmer kann er sein, dachte ich, und so ist es. Ich weiß, was Sie sagen wollen ... es bleibt mir nur die beschämende Pflicht, mich für meine Soldaten zu entschuldigen. Davon haben Sie nichts, davon kommen die herausgebrochenen Stücke nicht wieder, vier Soldaten warten auf ihre Bestrafung, den anderen ist nichts nachzuweisen ... ein Krieg fordert vielerlei Opfer.«

General von Kortte schritt die Wände ab, betrachtete die freigelegten Bernsteinvertäfelungen, die Figuren, Gemälde, Rosetten und Girlanden und blieb nach diesem Rundgang wieder vor Michael Wachter und Jana Petrowna stehen.

»Ich verstehe ja wenig davon«, sagte er. »Museen waren mir immer ein Greuel. Eine Ansammlung toter Gegenstände ... ich habe es lieber mit lebenden Menschen zu tun. Aber das erkenne ich jetzt doch: Das hier ist von unschätzbarem Wert. Das ist ein Kunstwerk, das einen nicht kaltlassen kann.« Er zögerte und fügte dann hinzu: »Wie ich Ihnen schon gesagt habe, im Reich scheint man genauso zu denken.«

»Was ... was meinen Sie damit, Herr General?« Wachters Stimme bekam einen besorgten Unterton. »Was haben Sie gehört?«

»Morgen treffen zwei Sonderkommissionen bei uns ein, ein ›Sonderkommando AA‹, das heißt vom Außenministerium, und Herren des ›Einsatzstabes Rosenberg‹. Sämtliche Herren sind Kunstwissenschaftler, Museumskonservatoren, Kunstsachverständige. Experten also. Warum wohl strömen sie aus allen Ecken nach Puschkin und ausgerechnet zum Katharinen-Palast?!«

»Ja, das ist kein schweres Rätsel, Herr General.« Wachter stützte sich schwer auf Janas Schulter. Ihm war, als weichten die Knochen seiner Beine auf. »Was raten Sie mir? Was soll ich tun?«

»Nichts.«

»Das ist verdammt wenig.«

»Etwas anderes bleibt Ihnen gar nicht übrig, Herr Wachter.« General von Kortte sah Jana fragend an. Eine Rote-Kreuz-Schwester zur Betreuung eines Niedergeschlagenen ... wer hatte diesen Luxus angeordnet? Aber er fragte nicht weiter nach, wie alle anderen, für die eine Schwester im Einsatz ein gewohntes Bild war. »Kann ich etwas für Sie tun?«

»Die Sonderkommandos nicht in das Schloß lassen, Herr General.«

»Wie stellen Sie sich das vor? Der Chef der 18. Armee, Generaloberst von Küchler, hat sie mir angekündigt. Ich kann doch nicht zu dem Generaloberst sagen: Rufen Sie die Herren zurück!«

»Warum nicht?«

»So kann nur ein Zivilist fragen. Erstens kann ich dem Generaloberst keine Vorschriften machen, und zweitens unterstehen die Sonderkommandos nicht der Befehlsgewalt des Heeres, sondern nur ihren Ministerien. Ich werde einen Teufel tun, Ribbentrop oder Rosenberg anzusprechen.« General von Kortte stieß wieder die Tür auf und wandte sich zum Weggehen. Aber im geschnitzten, vergoldeten Türrahmen drehte er sich noch einmal um. »Machen Sie keine Dummheiten!« sagte er ernst. »Ein Mensch ist ersetzbar, dieses Kunstwerk nicht … wo immer es stehen wird. Ihre Familie hat jahrelang vorbildlich ihre Pflicht getan. Auch das gibt es nicht wieder.«

Im Führerhauptquartier »Wolfsschanze« bei Rastenburg in Ostpreußen, im Norden der Masurischen Seenplatte, bereitete sich Reichsleiter Martin Bormann, der Chef der Parteikanzlei und einer der wenigen Vertrauten Hitlers, auf die obligatorische Mittagstafel des Führers vor.

Zwar aß Hitler nur wenig und vorwiegend vegetarisch, aber das beeinträchtigte in keiner Weise die tägliche Spannung, die diesem Mittagsmahl vorausging. Die Tischgespräche, die Hitler dabei führte, diese endlosen Monologe über seine Zukunftsgedanken, seine Ziele, seine Hoffnungen, seine Ansichten über Kunst und Wissenschaft, Strategie und Weltpolitik, Wirtschaft und nationalsozialistischer Rechtsreform, Außenpolitik und Baukunst entblößten von Tag zu Tag mehr das Wesen dieses Führers, der angetreten war, die ganze Welt zu verändern.

An diesem 22. September 1941 stand es fest, daß Leningrad nicht erobert werden sollte, sondern der Sturm auf Moskau vordringlicher war. Der Ring war geschlossen, die Blockade konnte beginnen, das Aushungern von 1,5 Millionen Menschen. Was an dieser Front entbehrlich war, wurde herausgezogen und in die Schlacht um Moskau geworfen, zuerst die 4. Panzergruppe von General Hoepner. Es war eine Entscheidung, die weder Stalin noch Schukow glaubten, nichts als ein Täuschungsmanöver, sagten sie, aber dann tauchte die 4. Panzergruppe im Norden Moskaus auf und bestätigte die Wahrheit: Leningrad wurde nicht mit Waffengewalt erobert … es sollte verhungern.

Martin Bormann ordnete ein paar Schreiben in einen Schnellhefter, kniff ihn unter den Arm und betrat kurz vor Hitler den Eßraum des Führers. Die Lagebesprechung war beendet, die Meldungen von den Fronten hatten Hitler erfreut, zwar war der Vormarsch der deutschen Armeen äußerst zäh und der Widerstand der Sowjets wuchs von Tag zu Tag, aber das große Ziel rückte immer näher: der Einmarsch deutscher Truppen in Moskau. Was Napoleon mißlungen war, würde der Führer in Kürze dem deutschen Volk und der Welt melden können: Zum erstenmal in der Geschichte betrete ein europäisches Heer die Hauptstadt Rußlands.

An diesem Tag war Hitler mit sich, seiner Welt und seinen Generälen zufrieden. Man konnte sich schöneren Dingen zuwenden, zum Beispiel den Künsten.

Wie kaum ein anderer aus seiner Umgebung kannte Bormann den Führer, seine Stimmungen und seine Schwächen. Er ahnte fast immer richtig voraus, was Hitlers Geist außerhalb den militärischen Situationen beschäftigte. Oft lenkte er vorsichtig die Gespräche auf dieses oder jenes Thema, das er gerade für wichtig hielt.

Die Mittagstafel verlief wie immer. Hitler aß wenig, trank zum Nachtisch eine Tasse Tee, unterhielt sich kurz mit seinem Leibarzt Dr. Morell und wandte sich dann Bormann zu. Ein langer Monolog war gerade beendet. Zur Freude Bormanns hatte Hitler über seine Pläne gesprochen, nach dem Endsieg in Linz an der Donau, der Stadt, die er besonders liebte, ein gigantisches Museum zu bauen, über dessen Gestaltung sein Architekt Albert Speer schon nachdachte. Es sollte ein gigantischer Bau werden, der alles bisher Gesehene übertreffen und gegen den das Reichsparteitagsgelände in Nürnberg wie eine Zwergenheimstatt wirken würde. Die wertvollsten Kunstschätze der Welt sollten in diesem Museum versammelt sein, eine riesige Walhalla der Kunst, gefüllt mit Plastiken und Gemälden, Teppichen und Gobelins, Goldschmiedearbeiten und Porzellanen, Möbeln und Büchern, Ikonen und Holzschnitzereien. Die unschätzbarsten Kulturgüter aus ganz Europa würden für alle Zeiten der Menschheit erhalten bleiben, deutscher Besitz für die kommenden tausend Jahre. Ein Erbe für Hunderte Generationen … denn Europa gehörte dem Deutschen Reich, daran zweifelte Hitler nicht einen Augenblick. Vor allem die unsagbaren Schätze im Osten, in den Schlössern, Klöstern und Kirchen, in den Zarenpalästen und den Palais der Fürsten und des russischen Hochadels sollten die Glanzstücke dieses Museums werden.

Schon gleich zu Beginn des Krieges wurde eine Verfügung herausgegeben, daß alle Kunstschätze aus den eroberten Gebieten von Experten begutachtet und selektiert werden sollten. Die besten und wertvollsten Stücke wurden danach ausgesondert, um nach dem Sieg nach Linz gebracht zu werden. »Führervorbehalt« wurde diese Verfügung genannt. Hitlers Hand lag auf allem, was eine zweitausendjährige Kunst hervorgebracht hatte.

An diesem 22. September hatte Hitler vor der Tischrunde seinen großen Traum von Linz ausgebreitet. Aus den besetzten Ostgebieten waren lange Listen mit »sichergestellten« Schätzen eingetroffen, die Hitler in Begeisterung versetzten. Er warf einen kurzen Blick zu Bormann hinüber und lehnte sich weit zurück, die Hände über dem Leib zusammengelegt.

»Sie möchten etwas vortragen?« sagte er und wies dabei auf den roten Schnellhefter, der neben Bormann lag. »Fangen Sie an.«

»Mein Führer –« Bormann öffnete den Schnellhefter und überflog noch einmal schnell die Meldungen, die er darin gesammelt hatte. »Das Einsatzkommando ›Hamburg‹ des Sonderkommandos AA, das sich bei Schließung des Rings um Leningrad im Verband der 18. Armee befand, hat einen Vorbericht geschickt. Ein großer Teil der Kunstschätze von Puschkin, von Gatschina, Pawlowsk und Petrodworez, dem ehemaligen Peterhof, sind gerettet worden, zum größten Teil unversehrt. Darunter befindet sich im Katharinen-Palast in Puschkin auch das wertvollste und schönste Kunstdenkmal: das Bernsteinzimmer. Es wäre wert, in Linz einen eigenen Saal zu bekommen. Fotos des Bernsteinzimmers liegen vor. Bitte, mein Führer.«

Bormann reichte Hitler vier großformatige Fotografien. Sie zeigten das Bernsteinzimmer von allen Seiten, die Deckengemälde und den eingelegten Fußboden. Es waren Aufnahmen vor dem Krieg mit allen Möbeln und Bernsteinschränken und dem auf einem hohen, mit soldatischen Marmorfiguren umringten Sockel stehenden Reiterstandbild Friedrich des Großen. Auch die alten chinesischen Vasen waren zu sehen, die Bernstein-Intarsientischchen und der wunderschöne Bernsteinsekretär.

Lange sah sich Hitler die Fotos an. Dann gab er sie an Bormann zurück, nickte kurz und knapp: »Ich werde das Zimmer in Linz als einen Mittelpunkt aufstellen. Veranlassen Sie das Notwendige. Es soll mit größter Sorgfalt vorgegangen werden. Wer soll die Leitung übernehmen?«

»Ich denke an Dr. Herbert Wollters oder Dr. Hans-Heinz Runnefeldt. Sie sind Experten, vor allem für Bernstein.«

»Am besten beide.« Hitler trank einen Schluck Tee und schien sehr zufrieden zu sein. Man sah es an seinen Händen – er rieb sie aneinander. »Sie sollen sofort beginnen. Und die anderen Kunstwerke?«

»Sie werden im Rahmen der Aktion Bernsteinzimmer sichergestellt werden.« Bormann warf wieder einen Blick in seinen Schnellhefter. »In den Schlössern Puschkin und Pawlowsk sind es vor allem noch seltene Bücher aus vier Jahrhunderten … man schätzt über 50 000 Bände. Daneben hat man noch eine sensationelle Ikonensammlung entdeckt. Auch das wäre etwas für Linz, mein Führer.«

Hitler nickte wieder. »Kümmern Sie sich darum«, sagte er. »Ikonen … darin lebt Rußlands Seele.«

Er begann einen langen Monolog über Ikonen, Kirchenschätze und den ungeheuren Einfluß des Christentums auf die Kunst des Mittelalters.

Bormann entschuldigte sich und verließ den Eßraum. Er war einer der wenigen, der die Mittagsrunde vor Hitler verlassen durfte.

Am 26. September bekam der Oberbefehlshaber des Heeres ein Schreiben von der Adjutantur der Wehrmacht beim Führer. Darin hieß es:

»Der Führer hat nach Vortrag von Reichsleiter Bormann entschieden, daß der Leiter des Außenamtes der staatlichen Museen, Dr. Hans-Heinz Runnefeldt, der zur Zeit als Sonderführer die Betreuung der Kunstschätze in Reval ausübt, so eingesetzt wird, daß er auch für wei-

tere Aufgaben auf dem Gebiet, z. B. Sicherstellung der Kunstschätze von Zarskoje Selo, Peterhof und Oranienbaum und späterhin auch Petersburg zur Verfügung steht ...«

Das »deutsche Gold der Ostsee«, wie Hitler den Bernstein von jeher genannt hatte, das größte Kleinod, das Bernsteinzimmer in Puschkin, war »Führervorbehalt« geworden. Bestimmt für das gigantischste Museum, das die Welt besitzen sollte, den »ewigen Bau« in Linz an der Donau.

Die beiden Expertenkommissionen, das Sonderkommando AA und der Einsatzstab Rosenberg trafen im Abstand von zwei Tagen im Katharinen-Palast ein. Sie meldeten sich bei General von Kortte und legten ein Schreiben von Generaloberst von Küchler vor, dem Oberbefehlshaber der 18. Armee, die den Einschließungsring um Leningrad errichtete und zu deren Verwaltungsgebiet nun auch Puschkin gehörte. Von Kortte las das Schreiben und machte eine weite Handbewegung.

»Sehen Sie sich um, meine Herren«, sagte er. »Ich kann's nicht ändern.«

Der Leiter des Sonderkommandos AA, das zuerst in Puschkin auftauchte, überhörte höflich den Sarkasmus des Generals. »Dr. Herbert Wollters«, stellte er sich vor. »Ich handele im Auftrag des Herrn Reichsaußenministers von Ribbentrop und einer Sondervollmacht der Parteikanzlei.«

»Das haben Sie eben schriftlich gegeben, Herr Hauptmann.« Von Korttes Stimme war abweisend. »Ich habe es zur Kenntnis genommen.«

»Rittmeister, Herr General ...«

»Wie bitte?« Der General hob die Augenbrauen, der Ton war wie vereist.

»Ich bin Rittmeister, Herr General.«

»Ist das nicht das gleiche wie Hauptmann?« Die Stimme wurde schroff und die Worte zerhackend. »Ihre Belehrungen habe ich nicht nötig. Ich war selbst Rittmeister, da ochsten Sie noch auf der Penne.«

»Ich bitte um Verzeihung, Herr General.«

»Schon gut.« Von Kortte winkte ab. »Eine Ordonnanz wird Sie durchs Schloß führen. Wo fangen Sie an?«

»Ich habe die Grundrißpläne bei mir.« Dr. Wollters klopfte gegen die lederne Aktentasche, die er unter dem Arm trug. »Beim Bernsteinzimmer.«

»Das habe ich erwartet.« Von Kortte ging zum Telefon auf seinem Schreibtisch, drehte eine Nummer und sagte kurz: »Viebig, kommen Sie zu mir.«

Als hätte er vor der Tür darauf gewartet, trat sofort ein junger Leutnant ein. »Herr General?« fragte er in strammer Haltung.

»Der Herr Rittmeister vom AA –« von Kortte betonte das Rittmeister besonders deutlich und genüßlich – »möchte zum Bernsteinzimmer und dann durch das ganze Schloß geführt werden. Begleiten Sie ihn.«

Dr. Wollters verabschiedete sich zackig mit einem Nicken, dem er den Hitlergruß hinzufügte. Es war für von Kortte das erstemal, daß er einen Offizier damit grüßen sah und nicht mit der Hand am Mützenschirm. Er verkniff sich eine neuerliche Bemerkung, drehte sich um und wandte Dr. Wollters den Rücken zu. Es war ein stummer, aber deutlicher Hinauswurf.

Michael Wachter saß auf einem Schemel im Bernsteinzimmer, als wollte er seinen Namen in die Tat umsetzen: er bewachte es. Notdürftig hatte er die Holz- und Pappverschalungen wieder geflickt, hatte den herrlichen Fußboden vom Sand befreit und gesäubert und hatte versucht, die Schmutzflecken von den Seiden- und Damastbezügen der Möbel zu entfernen. Jana Petrowna half ihm dabei. Sie war noch immer im Katharinen-Palast und wohnte bei ihrem zukünftigen Schwiegervater – falls Nikolaj die Belagerung Leningrads und den Krieg überlebte.

Vor kurzem hatte sie Wachter den Verband abgenommen. Er trug jetzt ein breites Pflaster auf dem Kopf, nachdem man ihm die Haare kreisrund wie eine Tonsur abrasiert hatte. Einige Witzbolde nannten ihn seitdem »Pater Michaelus« und baten um einen Beichttermin. Wachter machte das Spiel mit; die Hauptsache war, man fragte nicht mehr und sah ihn als Faktotum, als ein Teil der Einrichtung des Schlosses an.

Dr. Wollters blieb mitten im Saal stehen und sah sich um. Den Intarsienfußboden kann man ausbauen, dachte er. Die großen Bernsteintafeln, die Plastiken der Krieger und Göttinnen, vor allem die Masken der »Sterbenden Krieger« am oberen Fries, die, wie man vermutete, sogar von dem berühmtesten Bildhauer der damaligen Zeit, Andreas Schlüter, stammen sollten, waren ebenfalls ohne Schwierigkeiten abzutransportieren, nur die Deckengemälde bereiteten ihm einige Sorgen. Es würde äußerst schwierig sein, die bemalte Deckenschicht herauszuschälen.

Dr. Wollters kannte dieses Zimmer bis ins Detail, und das nicht nur von Fotos. Noch 1937 war er als Gast des Leiters des Städtischen Museums in Leningrad gewesen, hatte die Schätze in den Ausstellungssälen bewundert und war dann mit ihm hinaus nach Puschkin gefahren, zum Katharinen-Palast. Voll stummer Bewunderung, ja mit echter Ergriffenheit hatte er im Bernsteinzimmer gestanden und das goldene Farbenspiel auf sich wirken lassen.

»Guten Tag!« sagte Wachter laut.

Dr. Wollters, der grußlos ins Zimmer gekommen war, als hätte er den Mann auf dem Schemel nicht gesehen, warf einen Blick zur Seite, wie wenn er angespuckt worden wäre. Er erwiderte den Gruß nicht, sondern fragte hochmütig:

»Wer sind denn Sie?«

»Sie müßten mich kennen, mein Herr«, sagte Wachter und blieb auf seinem Schemel sitzen.

»Ich – Sie? Nicht daß ich wüßte. Woher denn?«

»Sie waren schon einmal hier. Mit dem Direktor der Leningrader Städtischen Sammlungen. War's 1937 … ich weiß es nicht mehr genau. Aber ich habe Ihr Gesicht nicht vergessen.«

»Behalten Sie all die Gesichter der Tausenden, die das Bernsteinzimmer besucht haben?« fragte Dr. Wollters und lächelte mokant.

»Nein. Nur wenige, aber Ihres ist dabei. Damals haben Sie gesagt: ›Das ist das wundervollste aus Bernstein, das es auf der Welt gibt!‹ Fast genau an der gleichen Stelle wie jetzt standen Sie damals. Das habe ich nicht vergessen.«

»Sie sind hier einer der Museumsdiener?«

»Ich bin der Verwalter des Bernsteinzimmers. Mein Vorfahr Friedrich Theodor Wachter hatte diesen Auftrag von König Friedrich Wilhelm I. erhalten und ist mit dem Bernsteinzimmer zu Zar Peter I. nach Sankt Petersburg gekommen.«

»Der letzte einer Dienerdynastie. Sieh an!« Dr. Wollters Hochmut schien ohne Grenzen. »Die Nachwelt wird Ihnen dankbar sem, daß Sie das Bernsteinzimmer so gut gepflegt haben.«

»Was geschieht jetzt mit dem Zimmer?« fragte Wachter. Die Arroganz von Dr. Wollters tropfte an ihm ab wie von einer Wachstuchhaut. Vielleicht hätte sein Vater Igor Germanowitsch an seiner Stelle zugeschlagen und diesen Herrn mit Faustschlägen aus dem Saal getrieben. Aber was brachte das? Nur Ärger, nur eine Verhaftung, lange Verhöre, eine Entfernung von Puschkin, eine Strafversetzung nach Deutschland, sogar an die Front konnte man ihn noch schicken mit seinen 55 Jahren, er war ja ein Deutscher ... also war es klüger, den Demütigen zu spielen.

»Was geht Sie das an?« Dr. Wollters betrachtete wieder die Deckengemälde. Ohne Beschädigungen gelingt der Ausbau nie, dachte er. Man wird sie nachher vorsichtig restaurieren müssen. Im Notfall malt man sie nach den vorhandenen Detailbildern nach. Es gibt nun mal Grenzen, jeder Experte muß mir da recht geben.

»Ich habe die Verpflichtung, beim Bernsteinzimmer zu bleiben.«

»Kaum zu glauben, daß der Führer sich auch verpflichtet fühlt! Aber Sie können sich ja bewerben. Das ist nicht meine Sache. Nur mache ich Ihnen wenig Hoffnungen, daß man Sie nach Linz holt.«

»Das Zimmer kommt nach Linz?« fragte Wachter. Seine Stimme hatte jeden Klang verloren.

»Nach dem Endsieg. Es wird also nicht mehr lange dauern –«

»Und wo liegt Linz?«

Dr. Wollters sah Wachter an, als habe ein Affe einen Grunzlaut von sich gegeben. Ja, war das denn die Möglichkeit? Der Kerl kannte Linz nicht? Gab's denn so was? Eine Art Analphabet bewachte einen der größten Kunstschätze der Welt?! So etwas war auch nur bei den Bolschewiken möglich.

»Linz liegt an der Donau«, sagte Dr. Wollters widerwillig. »Im früheren Österreich. Jetzt gehört es zum Großdeutschen Reich. Haben Sie nicht mitgekriegt, daß der Führer seine Heimat eingegliedert hat? Haben Sie 1938 verschlafen? Linz wird einmal die Kunstmetropole dieser Welt sein. Der Führer plant Gigantisches. Aber warum erzähle ich Ihnen das ... Sie begreifen es ja doch nicht.«

»Nein, ich begreife es nicht.« Wachter faltete die Hände im Schoß. Wie ein Stein legte sich die Sorge auf sein Herz. »Ich begreife vieles nicht.«

»Es scheint so.« Dr. Wollters drehte sich zu dem jungen Ordonnanzoffizier um, der an der offenen Tür wartete. In seinem Blick war zu lesen, daß er diesen Kunstexperten widerlich fand. Das Bernsteinzimmer interessierte Leutnant Viebig überhaupt nicht – es war die Art und Weise, wie Wollters sprach, die ihn abstieß. Eine durch und durch arrogante Sau, dachte er. Denkt, er sei etwas Besonderes, weil er vom AA kommt. Nicht zu hoch die Nase, Herr Rittmeister, es könnte hineinregnen.

»Gehen wir!« sagte Wollters zackig. »Die anderen Säle und die Keller. Meine Leute müssen eine Bestandsaufnahme machen. Erstaunlich, was die Russen hier zurückgelassen haben.« Er lachte abgehackt. »Wir waren ihnen zu schnell. Gott sei Dank, muß man da sagen –«

Wachter wartete noch zehn Minuten, als Dr. Wollters gegangen war. Nachdem er sich vergewissert hatte, daß der Kunstexperte nicht mehr in der Nähe war, verließ er schnell das Bernsteinzimmer. Er rannte hinüber zum Gesindeflügel, warf in seiner Wohnung die Tür hinter sich zu und verriegelte sie. Schwer atmend lehnte er sich gegen den Rahmen.

Jana Petrowna sah ihn betroffen an. Wachters verzerrtes Gesicht verhieß nichts Gutes. Sie war gerade damit beschäftigt, den Bezug eines Gobelinsessels mit einer milden Seifenlauge von Flecken zu reinigen. Etwas anderes als Seife gab es nicht.

»Hör auf damit!« schrie Wachter und ließ sich auf sein Sofa fallen. »Hör auf! Zerschneid lieber alles, zerreiß es ...«

»Was ... was ist denn passiert, Väterchen?« fragte sie erschrocken.

Wachter atmete ein paarmal tief durch, wurde ruhiger und wischte sich mit beiden Händen über die Augen. »Es ist soweit. Sie werden es ausbauen«, sagte er dann dumpf. »Wollen es nach Linz bringen. In ein Museum. Linz an der Donau, Töchterchen. Weit weg von hier. Hitler will das Bernsteinzimmer unbedingt haben. Ich weiß es jetzt sozusagen amtlich. O Gott, laß das nicht zu, tu ein Wunder ...«

»Wann wollen sie das Zimmer ausbauen?«

»Ich weiß es nicht, Janaschka. Bald, hat er gesagt, bald. Und keiner kann das verhindern.«

»Du wirst mit dem Bernsteinzimmer mitgehen, Väterchen.«

»Wegjagen werden sie mich! Sie kriegen es sogar fertig, mich zu erschießen. Du hast nicht seine Augen gesehen ... diese kalten Augen, dieses steinerne Gesicht.«

»Sie werden dich nicht töten, Väterchen. Nur zurücklassen werden sie dich.«

»Genügt das nicht?« Wachter starrte Jana Petrowna wie ein Sterbender an. »Auch das ist Tod –«

»Ich werde dann an deiner Stelle bei dem Zimmer bleiben, wie wir es ausgemacht haben«, sagte sie und versuchte, ihn durch ein Lächeln zu besänftigen. »Verlaß dich auf mich, Väterchen. Nicht aus den Augen werde ich es lassen.«

»Auch dich werden sie wegjagen, Jana.«

»Nein. Eine Schwesterntracht trage ich, ein Rotes Kreuz ... unangreifbar bin ich für einen Deutschen. Im ersten Transportwagen werde ich sitzen und mitfahren, wohin auch immer das Bernsteinzimmer kommt. Und keiner wird lange fragen, warum ich mitfahre.«

Wachter schüttelte den Kopf. Ein Wahnsinn war das, dachte er. Auch wenn sie recht haben sollte, daß die Schwesterntracht sie schützt ... es blieb ein Wahnsinn. Er sah Jana Petrowna aus traurigen Augen an und erschrak über ihre Entschlossenheit.

»Viel zu gefährlich, Jana.«

»Ich habe keine Angst.«

Zwei Tage später – Dr. Wollters und sein Sonderkommando AA waren wieder abgezogen mit dem Versprechen, bald wieder zurückzukommen – fuhren die Experten des »Einsatzstabes Reichsleiter Rosenberg«, militärisch abgekürzt ERR, vor dem Katharinen-Palast vor. Ihr Leiter, ein Kunstexperte und Kunsthistoriker im Range eines Majors, meldete sich bei General von Kortte. Der diensthabende Wachoffizier benachrichtigte über Telefon den General, während ein Feldwebel die Herren zum Chinesischen Zimmer führte.

Von Kortte tat es wohl, gleich bei ihrem Eintritt zu sagen: »Meine Herren, den Weg hätten Sie sich sparen können. Das Auswärtige Amt war schneller. Sie kommen zwei Tage zu spät. Alle Kunstschätze sind bereits katalogisiert. Möchten Sie einen Kognak zur Beruhigung?«

Der Major, er stellte sich als Heinrich Müller-Gießen vor, verbarg nicht seine Enttäuschung. Er machte vor von Kortte eine knappe Verbeugung. »Verbindlichsten Dank, Herr General«, sagte er. »Uns war unbekannt, daß die Kameraden vom AA schon hier waren.«

»Aha! Es schwirren also noch mehr Trupps herum, um Kunstwerke sicherzustellen? Man sollte eine Koordination versuchen und nicht Hase und Igel spielen.«

Major Müller-Gießen überhörte den Spott, nahm sich aber vor, solche Bemerkungen in seinem nächsten Bericht an Rosenberg zu erwähnen. Schließlich war Rosenberg der neue Reichsminister für die besetzten Ostgebiete und sein »Sonderstab Bildende Kunst« als erster damit beauftragt worden, das gigantische Kunstprojekt Linz des Führers mit außergewöhnlichen Kunstschätzen zu füllen. Zudem lag ein Vorschlag Rosenbergs bei Hitler vor, seinem Einsatzstab das alleinige Recht der Sammlung zu übertragen und alle bisher von anderen Organisationen sichergestellten Kunstgegenstände in seine Verwaltung zu geben.

»Wir möchten trotzdem das Schloß besichtigen, Herr General«, sagte Müller-Gießen unbeeindruckt. »Wir haben einen Auftrag von höchster Stelle, den wir erfüllen müssen.«

»Bitte, ich hindere Sie nicht.« General von Kortte machte, wie bei Dr. Wollters, eine allesumfassende Handbewegung. »Registrieren Sie, zählen Sie, bewerten Sie … wie heißt's so schön? Doppelt genäht, hält besser.«

Dieses Mal saß nicht Wachter auf seinem Schemel im Bernsteinzimmer, Jana Petrowna stand im Saal, als Müller-Gießen und die anderen Sachverständigen eintraten. Mit hochgezogenen Brauen betrachtete sie die graugrünen Uniformen.

»Ah, ein kunstliebendes Schwesterchen!« sagte Müller-Gießen, plötzlich wieder gut gelaunt. Wie für die meisten Soldaten war auch für ihn eine Rote-Kreuz-Schwester zuerst ein Objekt männlichen Interesses. »Nicht wahr, das ganze Palais ist ein Wunderwerk der Kunst. Aber hier, das Bernsteinzimmer, ist einsame Klasse. Nur sehen Sie leider jetzt nicht viel. Die ganze Pracht werden wir Ihnen dann nach dem Sieg in Linz zeigen. Es wird sich lohnen, nach Linz zu kommen.«

»Bestimmt werde ich nach Linz kommen, bestimmt … wenn das Bernsteinzimmer dort sein wird.« Janas Lächeln bezauberte Müller-

Gießen in Sekundenschnelle. Er war Professor für Kunstgeschichte, schon Anfang Fünfzig, und zu Hause in Würzburg wartete eine etwas dickliche Frau auf ihn und eine Tochter, die Lehrerin war.

Mit fünfzig Jahren kann einen das Lächeln einer hübschen Krankenschwester bis ins Herz treffen. Müller-Gießen versuchte einen uralten Trick. Er sagte charmant:

»Die Kunst nimmt Sie gefangen, Schwesterchen? Darf ich den Gefangenenwärter spielen? Ich erkläre Ihnen gern die Schätze des Katharinen-Palastes. Staunen werden Sie, wo Sie hier sind. Wie wär's mit heute abend?«

»Da habe ich Dienst.« Janas Lächeln verstärkte sich. Instinktiv spürte sie, daß dieser Mann in der Offiziersuniform ein wichtiger Mann war.

»Dann morgen?«

»Wie lange bleiben Sie in Puschkin?«

»In Puschkin? Bestimmt fünf Tage. Wir haben auch noch die anderen Paläste zu besuchen und aufzulisten.« Müller-Gießen spürte ein Jucken unter den Haarwurzeln und genoß dieses Gefühl. Es war wie damals am 29. August 1940, als er in Frankreich die Kathedrale von Chartres besichtigte und dabei Lucienne Dambrous kennenlernte. Sie war ein süßes, neunzehnjähriges Mädchen gewesen mit schulterlangen blonden Haaren und hatte ihn seelisch völlig außer Kontrolle geraten lassen, als sie die Nächte bei ihm blieb. Er überschüttete sie mit Schokolade, Wein, Kognak und kleinen Kunstwerken, die er in Kirchen und Museen »sicherstellte«. Jetzt stand ihm eine schwarzhaarige Schönheit gegenüber, blinzelte ihn an, und unter seiner Kopfhaut juckte es. »Also dann morgen abend«, sagte Müller-Gießen forsch. »Schwesterchen, ich zeige Ihnen alles, was Sie wollen.«

Die anderen Herren in seiner Begleitung, ausnahmslos Kunstwissenschaftler, grinsten breit. Ja, der Major, das war ein Draufgänger … im wahrsten Sinne des Wortes.

Michael Wachter saß in seinem Wohnzimmer auf dem Biedermeier-Sofa, seinem Lieblingsmöbel, das er aus dem Gartensaal zu sich genommen hatte, nicht weil es besonders wertvoll war – da gab es im Schloß hundertmal kostbarere Möbel, sondern weil es sich bequem darauf ausruhen ließ. Man konnte sich langstrecken, hatte immer einen warmen Rücken durch die hohe Lehne und ein festes Polster unter sich. Er hatte einen alten Katalog vor sich und blätterte darin herum. In ihm waren alle Kunstgegenstände aufgeführt, die im Katharinen-Palast einmal zu besichtigen gewesen waren, als ganz *Zarskoje Selo* noch ein riesiges, in der Welt einmaliges Museum gewesen war. Selbst jetzt, nachdem sich die russischen Sondereinheiten zurückgezogen hatten, war noch genug vorhanden, um das Herz jedes Kunstsachverständigen höher schlagen zu lassen.

Wachter blickte auf, als Jana Petrowna in die Wohnung kam.

»Sie sind da, Väterchen«, sagte sie und ließ sich in einen Sessel fallen.

»Jana!«

Sie verzog den Mund und nickte. »Herr Wachter ... ich weiß. Geführt werden sie von einem älteren, geilen, widerlichen Offizier. Er will mich morgen abend abholen und mir alles zeigen. Ich weiß, was er mir zeigen will!«

»Natürlich gehst du nicht hin.« Wachter musterte sie forschend. »Oder ...?«

»Verstecken werde ich mich.« Sie nahm einen Schluck von dem kalten Tee, der in einer großen Tasse auf dem Tischchen stand. Überrascht zog sie das Kinn an und holte tief Atem. »Da ist ja Wodka drin!«

»Ja. Ein wenig.«

»So wenig, daß es einem die Kehle durchbrennt!«

»Töchterchen –«

Jetzt rief sie: »Herr Wachter!« und hob mahnend die Finger. Doch dabei lachte sie.

»Fräulein Rogowskij ... So ein Tee beruhigt die Nerven. Ich habe es nötig.« Wachter legte den Katalog auf das Sofa. »Was haben Sie erfahren?«

»Sie tun so, als wollten sie morgen das Bernsteinzimmer ausbauen.«

»Haben sie das gesagt?«

»Ich habe gehört, wie einer der Offiziere zu einem anderen leise sagte: ›Wie kriegen wir diese Deckenmalerei heil heraus?‹ Das heißt doch, daß sie das Zimmer mitnehmen.«

Wachter erhob sich von seinem Sofa und zog seine dünne Jacke über das Hemd. »Ich sehe mir das mal an«, sagte er mit belegter

Stimme. »Vielleicht ist das unser Glück. Da streiten sich zwei Nazi-Räuber um die gleiche Beute. Bis sie sich einig sind, wer weiß, wie dann die Welt aussieht? Sie verändert sich jetzt von Tag zu Tag.«

Er verließ die Wohnung, ging langsam von seinem Wohntrakt durch das Schloß. Die an ihm vorbeieilenden Soldaten, meist Offiziere der Stäbe, beachteten ihn nicht. Aus zwei Sälen, in denen Mannschaften sich niedergelassen hatten, erklangen Lachen, Stimmengewirr und zog der Geruch von vielen Zigaretten auf die Gänge. Er begegnete dem Adjutanten von General von Kortte, der ihn freundlich grüßte, und betrat dann das Bernsteinzimmer. An der Tür blieb er stehen und sah eine Weile stumm zu, wie die Experten des »Einsatzstabes Reichsleiter Rosenberg«, die einige der Verkleidungen von den Wänden wieder herausgerissen hatten, nun voll staunender Bewunderung davorstanden. Sie sahen das Bernsteinzimmer zum erstenmal. Bisher kannten sie es nur von Fotos und aus Beschreibungen.

Müller-Gießen spürte, daß jemand den Raum betreten hatte und ihn musterte. Es war ihm, als sei ein Brennglas auf seinen Nacken gerichtet. Schnell drehte er sich um und starrte Wachter böse an.

»Wer sind Sie denn?!« fragte er in scharfem Ton. »Wie kommen Sie hier herein?!«

»Durch die Tür, Herr Major.«

»Lassen Sie diese dämlichen Bemerkungen!« bellte Müller-Gießen. »Raus mit Ihnen! Halt! Hiergeblieben! Wieso kommen Sie als Zivilist in dieses Schloß?!«

»Ich gehöre zum Palais. Ich wohne hier.«

»Wie lange denn?«

»Von meiner Geburt an.«

»Aahh –« Das klang gedehnt und angriffslustig. »Ein Russe also?!«

»Nein, ein Deutscher.« Wachter machte eine weite Handbewegung, die das ganze Zimmer umfaßte.« Ich verwalte das Bernsteinzimmer.«

»Seit wann?!«

»Seit 1716 ...«

Müller-Gießen verzog sein Gesicht, als habe er Essig getrunken. Doch dann brüllte er los, und brüllen konnte er vorzüglich. Er benutzte dabei wie ein Sänger die Zwerchfellatmung.

»Sie Idiot! Was nehmen Sie sich heraus?! Sie O-beiniger Zivilist! Ich werde Ihnen abgewöhnen, sich über andere lächerlich zu machen! Wer ist Ihr Vorgesetzter?!«

»Ich habe keinen Vorgesetzten.«

»Sie haben keinen ... Mann, wer ernährt Sie denn? Bei wem sind Sie angestellt?!«

»Zur Zeit lebe ich in einem Niemandsland.«

»In Deutschland leben Sie!« schrie Müller-Gießen und wurde rot im Gesicht. »Wo *wir* sind, ist Deutschland! Das werden Sie noch begreifen lernen.« Er atmete tief ein. »Sie verwalten das Bernsteinzimmer? Na gut, werde ich nachforschen. Das Zimmer wird in den nächsten Tagen ausgebaut.«

»Von wem?«

»Das geht Sie einen Scheißdreck an, Mann!«

»Aber ich weiß es, Herr Major: Das Sonderkommando des AA ...«

Es war ein Hieb, der saß. Genau in die Magengrube von Müller-Gießen. Die anderen Herren hatten sich umgedreht und verfolgten interessiert die Auseinandersetzung ihres Chefs mit diesem schäbiggekleideten Zivilisten.

»Ist das sicher?« bellte Müller-Gießen.

»Ein Herr Dr. Wollters, Rittmeister Wollters, ließ das verlauten.«

»Wollters. Ausgerechnet Wollters!« schrie Müller-Gießen. Gegen diesen Namen war er allergisch. Bauchschmerzen bekam er, wenn er an ihn dachte. Schon siebenmal war Dr. Wollters schneller gewesen als Müller-Gießen, und immer hatte er von Reichsleiter Martin Bormann recht bekommen. Gegen Bormann kam keiner an, am wenigsten Rosenberg. Es gab eine Reihe von hohen Parteigenossen, die Bormann, nach außen hin immer höflich, innerlich aber für sich abhakte: Neben Rosenberg war das vor allem auch Josef Goebbels. Aber jetzt, hier beim Bernsteinzimmer, wollte Müller-Gießen Sieger bleiben. Er brauchte nur einige Lastwagen, vielleicht 20 oder 22 Stück ... und das war ein Problem, das er im Augenblick noch nicht lösen konnte. Aber das AA auch nicht, das war sicher. Zwanzig Lastwagen zu bekommen, um Kunstschätze zu transportieren, war ebenso schwierig wie der Abbau der Deckengemälde.

»Was hat Wollters noch zu Ihnen gesagt?« Müller-Gießen

sprach den Namen so voller Ekel aus, als wollte er sich jeden Augenblick erbrechen.

»Nichts.«

»Termine?«

»Keine. Nur: So schnell wie möglich.«

»Das ›wie möglich‹ beruhigt mich etwas. Er kann auch nicht zaubern.«

»Die Männer von Ribbentrop hatten ein Schreiben aus dem Führerhauptquartier bei sich. Auf Veranlassung von Bormann –«

»O Scheiße! Scheiße!« Müller-Gießen schlug erregt die Fäuste gegeneinander. Die anderen Herren zogen betretene Gesichter. Wiederholte sich zum achtenmal der Wettlauf der beiden Kunstsammler? »Wie rief Richard III. bei der Schlacht von Bosworth? ›Ein Pferd! Ein Pferd! Ein Königreich für ein Pferd!‹ *Ich* brauche kein Pferd ... ich brauche zwanzig Lastwagen! Meine Herren, wir werden doch noch für den Führer zwanzig Lastwagen auftreiben können!«

Es zeigte sich, daß Müller-Gießen die Lage unterschätzt hatte. Schon bei General von Kortte blitzte er eiskalt ab. Als Müller-Gießen zu ihm sagte, er brauche sofort, *sofort* betonte er noch einmal, zwanzig Lkws, sah ihn von Kortte fast mitleidig an und tippte sich dann an die Stirn.

»Herr Major, Sie spinnen«, sagte er abgehackt.

»Ihr Armeekorps wird doch wohl zwanzig Wagen haben.«

»Zum Munitionstransport. Für Verpflegung, Nachschub, zur schnellen Verlegung von Truppen an die Front, zum Rücktransport von Verwundeten ... aber doch nicht für Wände aus Bernstein!«

»Es handelt sich um Besitztümer des Führers!«

»Dann soll der Führer mir persönlich einen Befehl dazu geben.«

»Herr Reichsleiter Rosenberg –«

»Mein Vorgesetzter ist der Kommandierende der Armee und der Oberbefehlshaber der Wehrmacht.«

»Unser Sonderauftrag ist klar umrissen, Herr General.«

»Das kann ich nicht entscheiden. Wenden Sie sich an den Oberbefehlshaber der 18. Armee, Generaloberst von Küchler. Wenn es Lkws gibt, dann nur mit seiner Genehmigung.«

»Das heißt: Sie wollen nicht?«

»Ich kann nicht.« Von Korttes Stimme schwamm in Ironie. Es

tat ihm in der Seele gut, Müller-Gießen ebenso abfahren zu lassen wie diesen hochnäsigen Dr. Wollters. »Als Akademiker sollten Sie den Unterschied zwischen Können und Wollen verstehen. Ich bedaure, Herr Major.«

Damit war Müller-Gießen entlassen. Er stand stramm, grüßte kurz und verließ wutschnaubend das Chinesische Zimmer. Auf dem breiten Flur, wo seine Herren warteten, machte er sich Luft.

»So ein Fatzke!« schrie er. »So ein Saboteur! Als ob wir Scheißhaufen wären! Das gibt eine Meldung an den Reichsleiter, das kann ich Ihnen sagen. Diesem Kortte werden noch die Augen überlaufen! Da werden sich jetzt andere Stellen um ihn kümmern! Ha, der kennt uns noch nicht.« Er winkte. »Gehen wir, meine Herren.« Er sah sich um. Wachter, der ihn zu General von Kortte geführt hatte, war nicht mehr da. »Wo ist dieser russendeutsche Zivilist?«

»Gegangen. Sollte er bleiben, Herr Major?« Ein Kunstexperte im Range eines Oberleutnants hob die Schultern. »Wir wußten nicht, daß ...«

»Schon gut. Wir müssen sofort zum Hauptquartier der 18. Armee. Diesmal müssen wir die ersten sein!«

Aber auch bei Generaloberst von Küchler kamen sie zu spät. Dr. Wollters war schon da gewesen. Und wie ihm ließ von Küchler durch einen seiner Adjutanten auch Müller-Gießen sagen, daß während der Kämpfe um Leningrad noch nicht mal ein Rad für außerkriegerische Zwecke zur Verfügung gestellt würde.

»Und jetzt geht's los!« sagte Müller-Gießen angriffslustig. »Wer zuerst die Lkws hat, ist Sieger. Meine Herren, wir bleiben hart am Mann.«

Im Schloß von Königsberg hatte Gauleiter Koch seine »Gauleitung Ostpreußen« eingerichtet. Für ihn war das Schloß der richtige und einzige Ort, an dem er wohnen und arbeiten konnte.

Drei Dinge liebte der ehemalige Maler und Anstreicher und jetzige Gauleiter und Reichskommissar für die Ukraine besonders: die Macht, die Frauen und den Prunk. Genau in dieser Reihenfolge. Die Macht besaß er, regierte wie ein König in Ostpreußen und der Ukraine, mit einer Grausamkeit, die Tausende von Männern, Frauen und Kindern in den Tod trieb, in Konzentrationslagern verschwinden ließ und die ganze Dörfer zerstörte, verbrannte und einebnete. Seine Macht und sein Haß auf die »slawischen Untermenschen« war so groß, daß selbst Rosenberg und der Chef der Polizei der Ukraine, der Höhere SS- und Polizeiführer Hans Prützmann, Beschwerde bei Hitler führten. Nur erreichten sie nichts ... Koch war mächtiger.

Bei den Frauen hatte der Gauleiter selten mit Gegenwehr zu rechnen, aber nicht etwa, weil er ein schöner, charmanter Mann war. Koch war mittelgroß, hatte große, leicht abstehende Ohren und trug unter der breiten Nase einen kurzen Schnurrbart, eine »Fliege«, ähnlich wie sein von ihm vergötterter Führer Adolf Hitler, und saufen konnte er, als sei er ein endloser Schlauch. Seine Erfolge im Bett waren in den meisten Fällen auf die Angst der Frauen, ihm Widerstand zu leisten, zurückzuführen. Frauen nannte er grundsätzlich Weiber oder, wenn er in Stimmung war, »geile Wackelärsche« oder »Titten mit Beinen«. In Königsberg und über das ganze Land verstreut hatte er sich seine »Liebeslauben« eingerichtet. Am luxuriösesten war das alte, ehrwürdige Herrengut *Nasza Polska* (Unser Polen) zwischen Warschau und Nasielsk. Hier hatte Koch sein Schlafzimmer mit Spiegelwänden ausgestattet und über dem breiten Himmelbett ebenfalls einen riesigen Spiegel an der Decke anbringen lassen. Wohin man also beim Liebesspiel blickte ... man sah sich von allen Seiten: ein Zimmer voll von kopulierenden Paaren. Hier fühlte sich Erich Koch wohl, hier war er der Sonnenkönig des Ostreiches. Weiber – das war Leben!

Mit der dritten Leidenschaft, dem Prunk, hatte er ein gespaltenes Verhältnis. Seine Pläne, sich wie ein echter Herrscher mit wertvollen Kunstschätzen zu umgeben, erfüllten sich nur teilweise oder zögernd. Zu viele waren nach den Eroberungen unterwegs, um sich mit Gemälden, Gobelins, Möbeln, Teppichen, Gold schmiedearbeiten oder Bibliotheken und Porzellanen einzudecken. Göring raubte für seine feudalen Landsitze Karinhall und Schorfheide, Rosenberg für Hitler und sein Linzer Traummuseum, Himmler für seine Villa auf dem Obersalzberg, Ribbentrop als Sammler für den Führer, Generalgouverneur Frank für seine Häuser, nur Martin Bormann zeigte wenig Interesse an der Kunst, dafür aber um so mehr für die Sammelleidenschaft der anderen. Immer wieder rügte er das Abtransportieren von unersetzlichen Kunstwerten, die dem »Führervorbehalt« unterlagen, mahnte die unbedingte Befolgung des Führerbefehls an und ließ alle oberen Reichsbehörden wissen, daß er sehr wohl über alles unterrichtet sei und im Namen des Führers eingreifen werde.

Gauleiter Koch beklagte im kleinen Freundeskreis sein Schicksal, immer nur die Brosamen einsammeln zu können, die ihm die Großen vom Kunsttisch übrig ließen. Natürlich reichte auch das aus, um seine Häuser mit herrlichen Kunstwerken zu schmücken, aber es war sozusagen die zweite Garnitur. Das verletzte Kochs Stolz ungemein ... hier im Osten war er die Nummer eins, Ostpreußen der schönste aller Gauen. Wem also stand daher das Schönste aus den eroberten Schlössern, Bibliotheken, Klöstern und Museen zu?

Am 19. September 1941, als der Einschließungsring um Leningrad geschlossen war und Generalfeldmarschall Ritter von Leeb, der Oberbefehlshaber der Heeresgruppe Nord, den Artilleriebeschuß der Stadt zur Demoralisierung der Bevölkerung befahl – ein Bombardement, das 18 Stunden dauerte, 18 Stunden lang ein Regen von Granaten –, hatte Gauleiter Koch seinen Vertrauten, den Gauamtsleiter Bruno Wellenschlag und den Direktor der Kunstsammlungen der Stadt Königsberg, Dr. Wilhelm Findling, zu einem Glas Wein in seine Wohnung eingeladen. Dr. Findling, mehr ein ernster und stiller Mensch, der die Wissenschaft liebte, als ein Zechkumpan, hatte vor der Einladung noch kräftig gegessen und sich Magnesiumpillen eingesteckt. »Das wird wieder eine Sauferei!« hatte er zu seiner Frau gesagt. »Koch hat angerufen.«

Sie saßen nun in tiefen Sesseln, tranken zum Auftakt des gemütlichen Abends eine Flasche französischen Kognak und hörten Erich Koch zu, der nichts Neues oder Bewegendes berichtete: Er lobte des Führers Tatkraft, Rußland in einem Sturmlauf ohne Beispiel niederzuzwingen. Die »Ostmark«, wie Koch die eroberten Gebiete nannte, würden einmal die Kornkammer und das Gemüsebeet des Reiches werden. Plötzlich aber unterbrach er sich selbst und beugte sich zu Dr. Findling vor.

»Kennen Sie Puschkin?« fragte er.

»Ja. Das alte *Zarskoje Selo,* Herr Gauleiter.«

»Schloß an Schloß, nicht wahr?«

»Vor allem zwei: Der Katharinen-Palast und das Alexander-Palais.«

»Sie waren schon dort?«

»Dreimal, Herr Gauleiter.«

»Dann kennen Sie ja auch das Bernsteinzimmer.«

»Aber bestens. So etwas gibt es nie wieder. Das größte Kunstwerk, das jemals aus Bernstein hergestellt wurde. Wie der Führer es ausdrückte: Das deutsche Gold der Ostsee. Seit Jahrhunderten nennt man es auch den ›Sonnenstein‹.«

Dr. Findling nahm einen tiefen Schluck Kognak. An Bernstein konnte er sich begeistern wie Koch an einer schönen Frau. Die berühmte Königsberger Bernsteinsammlung lagerte in seinen Städtischen Kunstsammlungen, atemberaubende künstlerische Bernsteinarbeiten und ein Kleinod von Millionenwert: ein Kabinettschrank mit Flügeltüren und Schubladen, alles in leuchtendem Bernsteinmosaik. Er hatte ein paar enthusiastische Bücher geschrieben und war seither als Bernsteinfachmann international angesehen.

»Ich weiß, Herr Gauleiter«, sagte er jetzt, »woran Sie denken.«

»Genau an das, Dr. Findling.« Koch war in bester Stimmung. Der Kognak war gut, und die Frau, die Bruno Wellenschlag ihm für den Rest des Tages zugeführt hatte, schien vorzüglich. Sie wartete im Schloß in einem abgelegenen Zimmer, das Koch seinen Reitstall nannte.

»Das Bernsteinzimmer. Sie möchten es gern in Königsberg haben …«

»Möchten? Ich *will!* Hierher gehört es, hier ins Schloß, und nirgendwo anders hin! Dr. Findling, können Sie sich vorstellen, wie das sein wird: Das Bernsteinzimmer hier bei uns im Schloß?!«

»Ein geradezu märchenhafter Gedanke, Herr Gauleiter.«

»Kein Märchen! Ich lasse es wahr werden! Ich schaffe das.«

»Da gibt es doch für außergewöhnliche Kunstwerke den ›Führervorbehalt‹. Das Zimmer fällt bestimmt darunter.«

»Und wenn … ich werde mit Bormann sprechen. Nur ich kann das. Habe ich nicht dafür gesorgt, daß am dritten Mai 1933 ein Gesetz zum Schutze des Bernsteins erlassen wurde?«

»Das war eine epochale Tat, Herr Gauleiter.«

Dr. Findling meinte das ehrlich. Wenn es um Bernstein ging, schob sein Enthusiasmus alles andere beiseite, auch seine politischen Ansichten. Er war weder Parteimitglied noch in sonst einer Organisation, mit Ausnahme des NS-Beamtenbundes, und das auch nur, um seine Stellung als Museumsdirektor zu behalten und die Kunstschätze nicht in die Hände eines Heil-Hitler-Nazis fallen zu sehen. Er hatte keinen NS-Rang, hatte nie eine Uniform getragen mit Ausnahme im Ersten Weltkrieg, wo er es bis zum Unteroffizier gebracht hatte, weil – so sagte man ihm – er zu dämlich sei, um Offizier zu werden. Er sah lieber einen van Gogh an als ein Maschinengewehr – mit einer solchen Einstellung konnte man kein Soldat sein. Nicht in der kaiserlichen Armee. Mit Gauleiter Koch verband ihn nur, daß dieser auch im Schloß residierte und den Bernstein besonders liebte. Sonst hielt er auf Distanz bis auf die Saufabende, denen er nicht immer ausweichen konnte, denn so viele Ausreden hätten selbst Koch nachdenklich gemacht.

Dr. Findling zuckte dennoch zusammen, als Koch mit großer Betonung sagte:

»Fahren Sie nach Puschkin und verhindern Sie, daß sich jemand anderes unser Bernsteinzimmer untern Nagel reißt.« Er sagte tatsächlich »unser Bernsteinzimmer«, als sei es schon in seinem Besitz.

»Zunächst wird man mich gar nicht nach Puschkin lassen.« Dr. Findling trank wieder einen Schluck Kognak. »Das ist absolutes Kampfgebiet. Da kommt keiner rein, ein Zivilist sowieso nicht. Die erste Kontrolle wird mich schon festnehmen.«

»Ich sorge dafür, daß Sie nach Puschkin kommen.« Erich Koch erhob sich, holte den Eiskübel mit den Weinflaschen von einem anderen Tisch und schüttelte den Kopf, als Bruno Wellenschlag aufsprang, um den Kühler zu tragen. Bei solchen Gesprächen verzichtete Koch auf seine ihn sonst bedienenden Ordonnanzen. Hier wollte er ungestört sein, ohne fremde Augen und Ohren, genau wie im Bett, wenn er sich schnaufend in den Spiegeln betrachtete. »Ich werde Bormann anrufen oder – das ist vielleicht am besten – gleich ins Führerhauptquartier fahren. In der ›Wolfsschanze‹ habe ich immer offene Türen. Und was heißt hier Führervorbehalt, Dr. Findling?! Natürlich wird der Führer für sein Riesending in Linz das Bernsteinzimmer von uns bekommen. Es sei denn, ich kann ihn überzeugen, daß das größte Kunstwerk aus Bernstein dorthin gehört, wo man den Bernstein findet … nach Ostpreußen, also nach Königsberg!«

»Wissen Sie, was wir zum Abtransport brauchen, Herr Gauleiter?«

»Sagen Sie es, Dr. Findling.«

»Mindestens zwanzig Lastwagen.«

»Haben wir!« Koch lachte und bog sich dabei nach hinten. »Wenn keiner sie hat, ich habe sie! Ganz offiziell. Ich werde eine ›Transportstaffel Koch‹ zusammenstellen, und dann geht's los, meine Lieben.« Er entkorkte die erste Flasche, eine Rüdesheimer Auslese von 1931, roch am Flaschenhals, goß sich einen Schluck ein, roch am Korken und in das Glas, nahm einen kleinen Schluck und kaute den Wein, ehe er ihn hinunterschluckte. »Ein Himmelströpfchen, wirklich«, sagte er mit echter Begeisterung. »Was gehört zum Schönsten dieses Lebens? Eine geile Frau, ein herrlicher Wein und –«

»Und die nötige Potenz!« sagte Wellenschlag respektlos.

»Bruno, hat es je daran gefehlt?!« Koch goß die Weingläser voll und stieß dann Wellenschlag die Faust in den Rücken. »Bist ja nur neidisch. Nach der ersten Nummer liegst du da und schnarchst. Ich werde erst ab Nummer vier so richtig munter! Prost! Auf unser Bernsteinzimmer!«

Sie hoben die Gläser und stießen an. Dr. Findling seufzte innerlich. Er mochte solche Reden nicht, er fand sie ordinär und obszön, aber wer mit Koch auskommen wollte, mußte sich daran gewöhnen. Nicht einmal seine Nichte entging den anzüglichen Bemerkungen und vulgären Ausdrücken, mit denen Koch alle Frauen auf ihre Gebärfunktion reduzierte. Er fand das wunderbar und nannte es volkstümlich.

Die Sauferei dauerte bis drei Uhr morgens.

Dr. Findling tastete sich an den Wänden entlang durch die Schloßgänge bis zu seiner Wohnung, es fiel ihm schwer, sich aufrecht zu halten, zumal er größte Lust verspürte, auf allen vieren vorwärts zu kriechen. Aber er erreichte ohne Kratzer oder Beulen sein Zuhause, fiel neben seiner Frau aufs Bett, hatte keine Kraft mehr, sich auszuziehen, stammelte nur noch: »Wenn das gelingt ... wenn das gelingt ...« und schlief sofort ein. Das fast kindliche Lächeln blieb auf seinem Gesicht.

Bruno Wellenschlag begleitete seinen Gauleiter zu dem Liebeszimmer, in dem die von ihm besorgte Frau schon seit Stunden wartete. Sie lag halb ausgezogen auf dem Bett und schlief. Eine hübsche Frau mit langen rötlichen Haaren.

»Du bist ein Fachmann, Bruno«, sagte Koch und zog seine Jacke aus, streifte die Hosenträger herunter und begann, seine Hose aufzuknöpfen. »Genau das richtige zum Nachtisch. Und jetzt raus, du Zuhälter!«

Wellenschlag verließ schnell das Zimmer. Beleidigen konnte man ihn nicht mehr. Wer jahrelang mit Koch arbeitete, hatte verlernt, sich aufzuregen. Zur Beruhigung trug bei, daß man unkündbar war ... man wußte zu viel. Nur der Tod konnte die Verbindung auslöschen, nur war auch das für den Gauleiter kein besonderes Problem.

Im Zimmer stand Koch nackt vor der schlafenden Frau und wippte auf den Zehen auf und nieder. Er fühlte sich pudelwohl ... die richtige Menge Alkohol machte ihn zum Liebes-Champion.

Aber auch Gauleiter Koch kam nicht weiter mit »seinem« Bernsteinzimmer. Martin Bormann war nicht zu erreichen, weder in Rastenburg im Führerhauptquartier, noch in der Parteikanzlei. Ihn privat in seiner Villa auf dem Obersalzberg anzurufen, wo Bormann neben Göring und Himmler auf einem Hügel mit wundervoller Fernsicht wohnte, wagte er nun doch nicht.

Erst am 22. September bekam Koch nach lautem Gebrüll mit einem Adjutanten Martin Bormann ans Telefon und trug ihm seine Vorschläge vor. Bormann, der gerade von Hitlers Mittagstafel kam, schien ein offenes Ohr für Kochs Vorstellungen zu haben.

»Der Führer hat eben von den Museen in und um Leningrad gesprochen«, sagte er. »Die noch vorhandenen Kunstschätze sollen selbstverständlich gerettet werden. Auf Wunsch des Führers hat Generalfeldmarschall Keitel sofort eine Weisung an die Heeresgruppe Nord erlassen, den bronzenen Neptunbrunnen im Oberen Garten von Schloß Peterhof auszubauen. Ein Nürnberger Bildhauer aus dem 17. Jahrhundert hat ihn geschaffen, und der Führer sagt ganz richtig: Er gehört nach Nürnberg! Er wird sofort zusammen mit der berühmten Samsonstatue und anderen Figuren der großen Kaskade ausgebaut. Das Bernsteinzimmer ... hm, ich werde mit dem Führer darüber sprechen. Warten Sie weitere Weisungen ab, Gauleiter.«

Hoffnungsfroh legte Koch auf. Kein striktes Nein ... das bedeutete ein halbes Ja. Rosenberg, Ribbentrop, Göring und alle anderen Interessenten schienen ausgeschaltet. Der »König von Ostpreußen« besaß den besseren Draht zum Führerhauptquartier.

Inzwischen ärgerte sich Major Müller-Gießen gründlich und fand sich nur schwer mit seiner Enttäuschung ab. Er hatte mit seinen Kunstexperten ein paar Zimmer im Sommerpalais des Zaren Alexander bezogen, hatte sich gebadet und die Uniform von seinem Burschen ausbürsten lassen, aß vorsorglich vier Spiegeleier und trank eine halbe Flasche Rotwein dazu und fühlte sich danach kräftig genug, das hübsche Schwesterchen herumzuführen und – wie versprochen – ihr alles zu zeigen. Die Erinnerung an seine französischen Erlebnisse machte ihn geradezu beschwingt.

Im Bernsteinzimmer aber traf er das tolle Schwesterlein nicht an. Der widerliche Zivilist, dieser Russendeutsche Wachter, saß auf einem Hocker neben der Tür und wartete auf ihn. Müller-Gießen blieb ruckartig stehen.

»Was machen Sie hier?« fragte er schnarrend. »Sie sind Ihrer Aufgabe, auf das Zimmer aufzupassen, enthoben!«

Michael Wachter verzichtete darauf, mit Müller-Gießen über dieses Thema einen Streit anzufangen. Höflich erhob er sich von seinem Sitz und sagte:

»Ich soll Ihnen mitteilen, Herr Major, daß Schwester Jana nicht kommen kann.«

»Ach!« Müller-Gießen schnaufte durch die Nase. »Das kann sie mir nicht selbst sagen?«

»Dann wäre sie ja hier.«

»Und wo ist sie?«

»Das weiß ich nicht. Sie muß dringend in ein Lazarett, sagte sie.«

»In welches?«

»Das hat sie nicht gesagt. Ich habe auch nicht gefragt, sie war sehr in Eile.«

»Scheiße!« Müller-Gießen stampfte im Bernsteinzimmer hin und her, versuchte, seine Enttäuschung zu dämpfen, gab sich dann einen sichtbaren Ruck und verließ grußlos den Saal. Er fragte sich im Schloß durch, bis er den Oberstarzt im Stabe der Division gefunden hatte und bat um Auskunft.

»Wieviel Lazarette haben wir in Puschkin?« sagte er.

»In Puschkin selbst oder auch in der Umgebung?«

»Im näheren Gebiet, Herr Oberstarzt.«

»Oje! So aus dem Ärmel schütteln kann ich das nicht. Mit den zurückliegenden Hauptverbandsplätzen, Krankensammelstellen und Feldlazaretten könnten es im Gebiet um Puschkin mindestens neunzehn sein.« Der Oberstarzt sah Müller-Gießen verwundert an. »Wozu wollen Sie das wissen?«

»Es geht mir darum, ob Lazarette in Schlössern eingerichtet sind, in denen sich noch wertvolle Kunstschätze befinden«, sagte Müller-Gießen glaubwürdig. Seine Enttäuschung wuchs. Neunzehn mindestens ... unmöglich, sie alle abzuklappern und das Schwesterchen zu suchen. Jana hieß sie. Ein Name, so schön wie sie selbst. Jana, das paßte genau zu ihr. Jana ...

»Unsere Ärzte und Sanitäter interessieren sich für die Verwundeten, nicht für Gemälde oder Antiquitäten.« Der Oberstarzt wurde verschlossener. Müller-Gießen sah ein, daß es keinen Sinn hatte, noch mehr zu fragen. Vorbei, dachte er bitter. Vorbei, ohne daß es angefangen hat. Übermorgen mußte man weiter nach Petrodworez, wo der Sonderführer Dr. Hans-Heinz Runnefeldt den Neptunbrunnen ausbaute. Er hatte von der 18. Armee die nötigen Lastwagen bekommen ... kein Kunststück, wenn es der Führer selbst befahl.

Müller-Gießen grüßte, sagte artig: »Danke, Herr Oberstarzt« und wandte sich aus dem Zimmer. Auf dem Flur sagte er wieder laut sein Lieblingswort: »Scheiße!« und verließ den Katharinen-Palast. Vor der Treppe parkte sein Wagen. Der Fahrer, ein Unteroffizier, las in der Soldaten-Illustrierten *Die Wehrmacht*, was Kriegsberichterstatter von allen Kriegsschauplätzen schrieben, fotografierten oder zeichneten. Er warf sie sofort auf den Nebensitz, als Müller-Gießen aus dem Schloß stürmte.

»Zurück zum Alexander-Palais!« schnarrte Müller-Gießen. Er ließ sich auf den Rücksitz fallen und lehnte sich zurück. »Nein ... fahren Sie in die Stadt. Halten Sie auf der Bolschaja, dem Großen Platz. Aber flott, flott, ehe es ganz dunkel wird.«

Die Nacht verbrachte er dann mit einem drallen Bauernmädchen, das er an der Straße nach Puschkin auflas. Sie regte ihn nicht sonderlich auf; sie lag da wie ein Brett, hatte die Augen geschlossen und erduldete den schwitzenden deutschen Offizier. Ein unbefriedigender Ersatzfick, so sah es auch Müller-Gießen. Er schenkte dem Mädchen drei Tafeln Schokolade, zwei Pakete mit Dauerkeks und eine kleine runde Blechkonserve mit Leberwurst. Das Mädchen war glücklich, küßte ihm die Hand und rannte dann davon. Nur deshalb hat sie's getan, sagte sich Müller-Gießen und wusch sich ihren Geruch vom Körper. Wie anders wäre das mit Jana gewesen. Wie himmelhoch jauchzend. Aber 19 Lazarette abklappern – ein Wahnsinn!

»Und morgen –«, sagte er laut ins Zimmer hinein, »organisiere ich zwanzig Lkws! Ich werde mit Küchler selbst sprechen!«

Es blieb ein frommer Wunsch. Generaloberst von Küchler empfing ihn nicht einmal.

»Er ist weg«, sagte Wachter und rieb sich die Hände. »Mit Dampf vor der Nase wie ein wütender Stier. Der kommt nicht wieder.«

Jana Petrowna saß vor dem kleinen Radio, als Wachter zurück in seine Wohnung kam. Sie hatte den Ton ganz leise gestellt und sich zum Lautsprecher vorgebeugt. Sie hörte Radio Leningrad, die Aufrufe an die Bevölkerung, die Berichte von den Verteidigungsmaßnahmen und den Kämpfen an der Ringfront. Nichts wurde beschönigt oder verschwiegen. Die Einwohner von Leningrad wußten, was sie bei der Blockade erwartete: Hunger, Tod, Bomben und Granaten und im kommenden Winter das Erfrieren. Aber nie, nie würde man die Hände hochheben und sich ergeben. Leningrad blieb russisch.

Sie schaltete das Radio aus, richtete sich auf und fuhr sich, wie immer, wenn sie innerlich erregt war, mit gespreizten Händen durch die Haare.

»Danke, Herr Wachter«, sagte sie gehorsam. Ihr war eher zumute, aufzuspringen, zu ihm hinzulaufen und ihm um den Hals zu fallen.

Drei Tage lang blieb Jana in Wachters Wohnung und traute sich nicht hinaus. Erst als es sicher schien, daß Müller-Gießen mit seinem »Einsatzstab Reichsleiter Rosenberg«, ERR, nicht mehr in Puschkin herumschnüffelte, wagte es Jana, wieder als Rote-Kreuz-Schwester im Katharinen-Palast herumzulaufen.

Wie erwartet: Sie fiel wieder niemandem auf. Keiner fragte, woher sie kam und was sie hier wollte. Man fragte nur, ob sie Zeit habe ... Eine Menge Offiziere bemühte sich darum, ihr die langweiligen Abende zu vertreiben. Sie blieb standhaft bei aller Freundlichkeit und allem aufreizenden Lächeln, und so wurde sie zum Wettobjekt im Offizierskasino.

Wem gelingt es, das süße Schwesterchen ins Bett zu tragen? Wer wird der Sieger sein beim Sturm auf ihren Unterleib? Sie war doch nicht etwa noch unschuldig? Du lieber Himmel, was sind denn das für Ärzte, die solch einen Engel noch als Jungfrau herumlaufen lassen?! Kameraden, die Degen heraus – Am 28. September wechselte die Besetzung des Schlosses. General von Kortte verabschiedete sich von Wachter, als ließe er einen guten Freund zurück. Sein Armeekorps wurde in den östlichen Teil des Einschließungsringes verlegt. Dafür bezog der Stab des 50. Armeekorps den Katharinen-Palast.

»Ich wünsche Ihnen alles Gute«, sagte von Kortte zum Abschied. »Vielleicht sehen wir uns einmal wieder ... irgendwo ... Sie sind ja leicht zu finden. Wo das Bernsteinzimmer ist, sind auch Sie.«

»Wenn wir den Krieg überleben, Herr General.« Wachter schluckte, seine Stimme wurde unsicher. »Ich danke Ihnen für alles. Wenn Beten hilft, dann werde ich für Sie beten. Vielleicht wacht Gott auf ... jetzt schläft er ...«

»Sagen Sie das nicht so laut, Wachter, das ist Defätismus. Wehrkraftzersetzung. Das wird mit dem Tode bestraft. Denken und reden Sie nur vom Endsieg, dann überleben Sie. Das Bernsteinzimmer braucht Sie doch.« Von Kortte klopfte Wachter auf die Schulter. »Sie haben keine Kinder, keine Erben?«

»Nichts, Herr General.« Wachter versuchte ein kumpelhaftes Grinsen. »Aber es ist noch nicht zu spät ... bin ja erst fünfundfünfzig Jahre alt.«

»Beeilung, mein Lieber, Beeilung!« Von Kortte lachte und gab Wachter noch einmal die Hand.

»Und wer kommt jetzt hierher, Herr General?«

»Das 50. Korps. Kommandeur General Jobs von Haldenberge.«

»Kennen Sie ihn?«

»Mehr oder weniger. Mit ihm kann man reden. Ich werde ihn auf Sie hinweisen. Ein ernster, aber angenehmer Mann. Sie werden ihn von dem Bernsteinzimmer überzeugen können, bei mir haben Sie's ja auch geschafft ...«

Am Abend traf die lange Kolonne des Stabes des 50. Armeekorps beim Katharinen-Palast ein. General Jobs von Haldenberge bezog wie von Kortte das Chinesische Zimmer. Sein Schlafzimmer schlug er im Schlafraum von Katharina II. auf. Ein Zimmer, das ein kleines Heer von Liebhabern der Zarin gesehen hatte und dessen Wände, könnten sie sprechen, von ungeheuren Liebesräuschen erzählen würden.

Am nächsten Morgen ließ sich Wachter bei General von Haldenberge melden. Zur Verblüffung des Adjutanten empfing ihn der Kommandeur ohne lange Wartezeit. Haldenberge war bekannt dafür, jede unnütze Störung als eine persönliche Beleidigung anzusehen.

»Sie wurden mir schon empfohlen, Herr Wachter«, sagte er. Aber er gab ihm nicht die Hand, wie es von Kortte getan hatte. Ein Händedruck war für ihn schon eine Art von Vertraulichkeit. »Ich habe eine halbe Stunde Zeit. Sie können mir das sagenhafte Bernsteinzimmer zeigen.«

Jana Petrowna, die im Zimmer stand, um General von Haldenberge kennenzulernen, wurde von ihm überhaupt nicht beachtet. Eine Krankenschwester, die in ihrer Freizeit Kunstschätze ansieht … was soll's?!

»Phänomenal!« sagte von Haldenberge, als Wachter ihm unter einer losen Verkleidung eine der Wandtafeln und Figuren zeigte. »So etwas habe ich noch nie gesehen. Kein Wunder, daß der Führer so etwas für das Reich retten will. Das gibt's nicht wieder.«

»Der Führer?« fragte Wachter dumpf.

»Ja. Hat Ihnen von Kortte nicht gesagt, was da läuft?« General von Haldenberge starrte an die Decke mit den herrlichen Deckengemälden. »Wir haben einen Führerbefehl bekommen … über Generalfeldmarschall Ritter von Leeb und Generaloberst von Küchler ist er auch zu mir gekommen als neuer Herr über Puschkin.« Er sagte tatsächlich »Herr über Puschkin«. Wachter zog wie frierend die Schultern hoch. »In zwei, drei Tagen wird das Einsatzkommando ›Hamburg‹ des Sonderkommandos AA hier im Schloß sein.«

»Rittmeister Dr. Wollters?«

»Sie kennen ihn bereits? Ja, er ist dabei. Geführt wird das Kommando von einem Sonderführer Dr. Runnefeldt, wenn ich den Namen richtig verstanden habe. Dieser Runnefeldt, oder wie er heißt, soll umfassende Vollmachten vom Führer haben. Das steht auch in der Anweisung vom Führerhauptquartier. Das Kommando soll, wie Generaloberst von Küchler mir sagen läßt, das Bernsteinzimmer ausbauen.« Von Haldenberge sah auf den Fußboden. Das Intarsienparkett aus rosa und schwarzem Palmenholz mit Palisander, vermischt mit leuchtendgelben Bernsteinstücken, entlockte dem General einen bewundernden Ausruf. »Unfaßbar! Ist das ein Parkett! Das waren noch Künstler, Herr Wachter, und sie hatten Zeit für ihre Kunst. Da wurde nichts gehudelt.« Er verließ das Bernsteinzimmer, ohne auch nur einen Blick auf Jana Petrowna zu werfen, und blickte Wachter wieder nachdenklich an. Von Kortte schien ihn gut unterrichtet zu haben, denn er zog jetzt ein Stück Papier aus der Uniformtasche, faltete es auseinander, indem er es in der Luft schüttelte, und klemmte ein Monokel in sein linkes Auge.

»Um Ihnen zu zeigen, wie ernst es in den nächsten Tagen wird, lese ich Ihnen das hier vor. Es ist eine Eintragung ins Kriegstagebuch der 18. Armee, zu der mein Korps gehört: ›28. September 1941, 16 Uhr. Rittmeister Dr. Wollters, vom OKW mit der Erfassung der Kunstgegenstände in den Zarenschlössern beauftragt, bittet um Schutz für das Zarenschloß Puschkin, das durch Bombentreffer leicht zerstört und zur Zeit in vorderster Linie durch unachtsames Verhalten der Truppe gefährdet ist. Mit der Sicherung wird L. A. K. beauftragt. A. Nachsch. F. stellt Arbeitskräfte und Kfz zur Bergung der bes. wertvollen Kunstschätze unter Leitung von Rittmeister Dr. Wollters zur Verfügung‹.« Von Haldenberge ließ das Blatt sinken. »Das ist doch klar, nicht wahr? Noch heute wird das Schloß von den Truppen geräumt, nur die Stäbe bleiben hier, ich werde aus der Nachschubeinheit zwanzig oder mehr Mann zur Verfügung stellen, so viel man braucht, nur Kfz habe ich nicht übrig, da muß noch was organisiert werden.« Von Haldenberge steckte das Papier wieder in seine Rocktasche. Er sah Wachters entsetzte Augen, bedauerte ihn, aber helfen konnte er ihm nicht mehr. Das OKW hatte befohlen, und hinter diesem Befehl standen die Wünsche von Bormann und Hitler. Man konnte nur noch gehorchen.

»Und damit die Sache ganz im Sinne des Führers verläuft«, fügte er hinzu, »wird die ganze Aktion vom Sonderbeauftragten Dr. Runnefeldt selbst überwacht werden. Das ist Bormanns Vorschlag gewesen.«

»Sie … sie wollen also das Bernsteinzimmer stehlen …« sagte

Wachter leise. General von Haldenberge hob die Augenbrauen und sah Wachter fast entsetzt an.

»Mann, was reden Sie da?« zischte er. »Das will ich nicht gehört haben! Das Bernsteinzimmer kommt heim ins Reich … es gehörte Friedrich Wilhelm I. Deutsche Bernsteinkünstler haben es geschaffen! *So* muß man das sehen. Und so sieht es auch der Führer.«

Wachter nickte und schwieg. Er dachte an das Schicksal der Familie Wachter in den vergangenen 225 Jahren und den niedergeschriebenen Bericht seines Vorfahren Friedrich Theodor Wachter: »Der König hat sein Bernsteinzimmer dem Zaren Peter I. geschenkt! Er muß besoffen gewesen sein. Einziger Trost: Wir werden das Zimmer nach Petersburg begleiten. Das hat uns der König versprochen. Wie wird unser Leben fernerhin aussehen?«

Ja, wie wird unser Leben aussehen? Was wird aus uns ohne das Bernsteinzimmer?

»Es tut mir leid, Ihnen das sagen zu müssen.« Von Haldenberge klopfte Wachter auf die Schulter. Es war gut gemeint, aber verringerte in keiner Weise Wachters Schmerz. »Hier hätte Ihnen auch General von Kortte nicht mehr helfen können. Außerdem, wer weiß, was noch auf uns zukommt. Das Bernsteinzimmer ist jedenfalls gerettet. Das muß doch für Sie ein großer Trost sein.«

Wachter nickte wieder stumm. Er wartete, bis von Haldenberge gegangen war, und kam dann ins Bernsteinzimmer zurück. Entsetzt starrte ihn Jana Petrowna an, stürzte dann, alle Vorsicht vergessend, auf ihn zu und umarmte ihn.

Er weinte. Väterchen weinte! Unter Zuckungen liefen Tränen über sein Gesicht.

»Sie … sie kommen …« sagte sie und umarmte Wachter.

»Ja –«

Da weinte auch sie. Die Stirnen gegeneinander gepreßt, hielten sie sich wie Ertrinkende umklammert und hatten keinen Trost mehr füreinander.

»O nein, nicht schon wieder! Mein Kopf fühlt sich noch jetzt an wie in einem Schraubstock.«

Dr. Findling hatte von einer Ordonnanz wieder einen Zettel von Gauleiter Koch überreicht bekommen. Eine Einladung für den Abend. Mörderische Alkoholstunden standen bevor.

»Ich sage ab. Ich bin krank. Meine Herbstgrippe. Du mußt mich entschuldigen, Martha.«

»Ich? Allein zu Koch? Nicht mit zehn Pferden!« Martha Findling wedelte mit beiden Händen durch die Luft. »Koch ist dein Freund. Das mußt du allein mit ihm ausmachen, Wilhelm.«

»Er ist nicht mein Freund, wie oft soll ich das noch sagen!«

»Aber er tut so.«

»Wenn ich Koch brüskiere, bin ich innerhalb von 24 Stunden entlassen und werde an die Front versetzt. Frontbewährung nennen sie das! Koch ist pathologisch stolz und nachtragend. Nur Krankheit wird er akzeptieren. Martha –«

»Nein! Nein! Nein! Ich habe genug vom letztenmal. Da hat er mich an die Brust gefaßt ...«

»Davon weiß ich ja gar nichts. Davon hast du mir nie etwas erzählt! Dieser Hurenbock!«

»Was hättest du getan, wenn ich's dir erzählt hätte? Nichts! Koch ist immer der Stärkere.«

Martha Findlings Charakterisierung war nicht übertrieben ... Koch *war* der Stärkere. Als Dr. Findling mit zerknirschter Miene bei ihm erschien, natürlich war Kochs Intimus Bruno Wellenschlag auch zu Gast, und sich entschuldigte, er habe seine alljährliche Herbstgrippe, rief Koch frohgelaunt:

»Dann trinken Sie erst mal einen Dreifachen, Doktor! So mach ich's immer. Ich gurgele die Bazillen mit Kognak weg! Und dann, wenn ich Ihnen sage, warum ich Sie gerufen habe, werden Sie wie ein Neger herumtanzen. Zuerst der Dreifache ...«

Dr. Findling trank mit wahrer Tapferkeit den großen Kognakschwenker leer. Koch und Wellenschlag, die keine Herbstgrippe plagte, leisteten ihm Gesellschaft. Und dann schoß Koch mit dem Gesicht eines siegreichen Gladiators seine erste Triumphrakete ab.

»Der Kontakt mit Generaloberst von Küchler und der 18. Armee ist perfekt. Mit Kußhand wurde die ›Transportstaffel Koch‹ angenommen und läuft wie am Schnürchen. Sie bringt Munition und Nachschub an die Front, entlastet die armee-eigenen Wagen, die nun schnelle Truppenbewegungen übernehmen, und stehen auf dem Rückweg, um nicht leer zu fahren, für die Gauleitung zur Verfügung.«

»Sehr schön«, sagte Dr. Findling. Sein Kopf brummte, der Magen wehrte sich massiv gegen den Kognak. Gauleiter, dachte er würgend, wenn ich Ihnen gleich auf den Teppich kotze, sind Sie allein schuld. Was Kochs Mitteilung bedeutete, begriff er noch nicht.

Koch blinzelte seinem Intimus Wellenschlag zu, der sich in einem der tiefen Sessel räkelte.

»Nummer zwei«, rief Koch und rieb sich die Hände. »Ich war in der ›Wolfsschanze‹ und habe mit Bormann gesprochen. Ich habe ihm erzählt, wo der beste und sicherste Aufbewahrungsort für das Bernsteinzimmer ist, bis es der Führer nach dem Endsieg in Linz ausstellt. Es gehört dorthin, wo es geschaffen worden ist, und Bormann hat das eingesehen: nach Königsberg. Hier in das Schloß! In Ihre Hände, Dr. Findling!«

Findling starrte Gauleiter Koch entgeistert an. Seine Magenschmerzen waren wie weggezaubert, sein Hirn war frei, der Alkohol verflüchtigte sich wie leichtes Gas.

»Mein Gott ...« stammelte er. »Zu mir ... mein Gott ...«

»Was soll Gott dabei?« Koch wedelte mit beiden Händen durch die Luft, als verscheuche er einen Schwarm Wespen. »Der hat uns nicht geholfen. *Ich* habe es geschafft! Wie erwartet. Ich!«

»Es ist großartig, Gauleiter«, sagte Wellenschlag. Er kannte Kochs Eitelkeit nur allzu gut. Sie nicht zu pflegen, kam einer Art von Selbstmord gleich. »Einfach großartig! Da werden die anderen von Berlin bis Berchtesgaden aber spucken!« Er applaudierte sogar, der treue Bruno Wellenschlag, als habe Koch gerade eine Wagner-Arie beendet.

»Wann?« fragte Dr. Findling. Er mußte sich setzen. Diese Nachricht ging ihm in die Knie. »Wann, Herr Gauleiter?«

»Sie sind schon unterwegs. 18 Lkws, mit meinen besten Fahrern. Von Pleskau sind die Kunstexperten des Einsatzkommandos ›Hamburg‹ des AA unterwegs, dem der Führerauftrag zugeteilt wurde. Rittmeister Dr. Wollters und Sonderführer Dr. Runnefeldt werden die Aktion leiten. Der Kommandeur des 50. Armeekorps, General von Haldenberge, wird uns so viel Hilfskräfte zur Verfügung stellen, wie wir brauchen. In spätestens 14 Tagen werden wir das Bernsteinzimmer hier im Schloß empfangen ...« Koch goß sich auf diesen Triumph noch einmal den Kognakschwenker voll und leerte ihn in einem Zug, ohne Luft zu holen oder zu spucken. »Was sagen Sie nun, Dr. Findling?«

»Nichts.«

»Nichts?!«

»Ich kann nichts mehr sagen, Herr Gauleiter. Ich bin zu überwältigt.« Findling meinte es ehrlich. Der Gedanke, in 14 Tagen den größten Bernsteinschatz in seinem Schloßmuseum zu beherbergen, drückte ihm fast die Luft ab. »Ist es nicht möglich, daß ich auch nach Puschkin fahre?«

»Unzweckmäßig wäre das. Ausbau und Transport sind militärische Aktionen, so ist es mit Generaloberst von Küchler abgesprochen. Schon wegen Rosenberg. Der liegt auf der Lauer wie der Teufel auf eine Kardinalsseele. Erst wenn das Bernsteinzimmer in Königsberg ist und bei Ihnen abgeladen wird, legen wir die Hände drauf.« Erich Koch begann im Zimmer hin und her zu wandern, die Hände auf dem Rücken verschränkt. »Sie sollten sich bis dahin überlegen, wo Sie das Zimmer wieder aufbauen können.«

»Es kommt dafür nur ein Raum im dritten Geschoß des Südflügels in Frage.« Dr. Findlings Stimme schwamm noch immer. Sein klopfendes Herz war kaum zu beruhigen. »Wenn man eine Wand herausnimmt, könnte er die ungefähren Maße von Puschkin haben.«

»Und was ist jetzt darin?«

»Der Raum gehörte zur Gemäldegalerie. Wir stellen dort Werke von Liebermann, Modersohn-Becker und Corinth aus.«

»Entartete und jüdische Kunst!« fügte Wellenschlag eilfertig hinzu. »Sogenannte Kunst, Gauleiter, eine Schreckenskammer.«

»Raus damit!« Koch stieß den rechten Zeigefinger wie einen Dolch auf Dr. Findling. »Wieso gibt es diese Schmierereien überhaupt noch? Warum sind sie nicht verbrannt worden?«

»Auch im ›Haus der Deutschen Kunst‹ in München gibt es einen Saal mit entarteter Malerei und Plastik. Auf Wunsch des Führers. Zur Abschreckung und zur Bildung einer gesunden völkischen Kunst. Man kann gute Kunst nur erkennen im Vergleich mit solchen Auswüchsen.«

»Dr. Findling, das ist wahr.« Koch nickte mehrmals. »Der Führer sieht das richtig. Er war ja selbst ein Künstler. Hat auch gemalt. Also, was machen Sie mit den jüdischen Schmierern?«

»Sie kommen in den Keller, Herr Gauleiter.« Dr. Findling atmete auf. Das ging knapp an einer Katastrophe vorbei, dachte er.

Koch hätte alles verbrennen lassen können. Ein Glück, daß mir die Sache mit Hitler einfiel. Man sollte sich in kritischen Situationen immer auf ihn beziehen. Eine bessere Rückendeckung gibt es gar nicht.

Koch blieb abrupt vor Dr. Findling stehen und zog das Kinn an. Dadurch bekam er ein Doppelkinn, was dem Gesicht eine trügerische Gutmütigkeit verlieh.

»Sie werden einen Zeitungsartikel schreiben, Doktor«, sagte er. »Die Rückkehr des Bernsteinzimmers in seine Heimat.«

»Wie Sie wünschen, Herr Gauleiter.« Dr. Findling war bereit, schier alles zu tun, wenn diese Kostbarkeit in das Schloßmuseum kam. Es war der Höhepunkt seines Lebens, ein erfüllter Traum, ein wahrgewordenes Märchen. Er stellte sich den Augenblick vor, in dem er mit seinen Händen über die leuchtenden Bernsteinmosaiken, Figuren und Girlanden streicheln würde. Welch ein ungeheures Gefühl! Es machte ihn wieder atemlos. »Man soll es nur vorsichtig ausbauen, ganz vorsichtig ... mit Gefühl, wenn man so sagen darf.«

»Dafür wird Dr. Runnefeldt schon sorgen.« Gauleiter Koch ließ sich in einen Sessel fallen und streckte die Beine von sich. Diesmal war er in Uniform, trug weitausladende Breeches-Hosen, seine Reitstiefel glänzten wie Lackleder. »Reichsleiter Bormann konnte keinen Besseren empfehlen.«

»Soll das Bernsteinzimmer denn ausgestellt werden?« Dr. Findling hielt Wellenschlag sein Glas hin. Jetzt war der Alkohol wie Medizin für ihn. Ein inneres Feuer nahm von ihm Besitz. »Soll es der Öffentlichkeit zugänglich sein?«

»Warum nicht?« Koch zog die Augenbrauen hoch. »Dafür holen wir es doch! Erst Königsberg, später Linz ... wenn es mir nicht gelingt, den Führer umzustimmen und es in Königsberg zu lassen. Als Symbol des ›deutschen Goldes‹.«

Die alte Weisheit, daß Diebe mit ihrer Beute niemals prahlen, galt nicht mehr. Die Eroberer waren stolz auf ihre Raubzüge, jeder sollte ihre Beute sehen und bewundern. Das Volk der Sieger durfte begeistert sein.

Räuber-Ehre.

Wer zweifelte jetzt noch am Endsieg?

Nur Wehrkraftzersetzer ... und die richtete man hin.

Am 1. Oktober traf die kleine Kolonne des »Einsatzkommandos Hamburg« des Außenministeriums in Puschkin ein. Den Weg zum Katharinen-Palast kannte man ja, hielt vor der Freitreppe und stieg etwas lahm von der langen Fahrt und unter Recken und Kniebeugen aus den Wagen. Koffer wurden ausgeladen und in einer exakten Reihe neben die Treppe gestellt.

»Da sind sie ...« sagte Michael Wachter. Mit Jana Petrowna stand er am Fenster eines kleinen Zimmers, das mit weißem und blauem Email verziert war und das man die »Tabaksdose« nannte. Das einzige Möbelstück, das in dem Zimmer stand, war ein großer, überbreiter orientalischer Diwan. Auf ihm, wie auch nebenan im Schlafgemach, hatte Zarin Katharina II. ihre Liebhaber empfangen und mit ihrer unersättlichen Wollust ausgesaugt. Hinterher wurde geraucht ... und deshalb hieß das kleine Zimmer »Die Tabaksdose«.

»Tatsächlich. Dr. Wollters ist gekommen«, sagte Jana. »Verstecken muß ich mich jetzt. Nicht sehen darf er mich. Sein Blick ist so merkwürdig.«

»Warten wir es ab, Jana.« Wachter beobachtete das Ausladen der Wagen. Ein Ordonnanzoffizier von General von Haldenberge war aus dem Schloß gekommen und sprach mit einem Mann, der eine SS-Uniform trug mit silberglänzenden Schulterstücken, die schmäler waren als die üblichen Offizierslitzen.

»Das muß Dr. Runnefeldt sein«, sagte Wachter und verkrampfte die Finger ineinander. »Was ... was hat die SS damit zu tun? Ich denke, sie kommen vom Außenministerium? Jana, das sieht böse aus –«

»Was hast du vor, Väterchen?« Ihre dunklen Augen suchten in seinem Gesicht nach einer Regung, aber es war wie eine starre, unbewegliche Maske. »Du kannst nichts mehr tun ...«

»Ich werde Ihnen helfen«, sagte Wachter dumpf.

»Helfen, Väterchen?«

»Beim Abnehmen der Vertäfelungen werde ich ihnen helfen. Beim Einpacken, beim Verladen ... nichts darf mehr beschädigt werden. Es ist schon genug zerstört worden.«

»Wenn sie dich noch an das Zimmer lassen ...«

»Mit Dr. Runnefeldt werde ich sprechen. Der General sagt, er hat mehr zu sagen als Rittmeister Wollters.« Er blickte wieder hinunter auf die Wagen und starrte auf den Mann in der SS-Uniform. Der hatte die Beine etwas gespreizt, den Kopf in den Nacken gelegt und betrachtete die herrliche Fassade des Palastes. Man sah ihm an, daß er von diesem Anblick überwältigt war. »Ich glaube, mit ihm kann man sprechen. Er hat gute Augen.«

»Ein SS-Offizier ...?«

»Es gibt auch Tiger, die man streicheln kann.« Wachter trat vom Fenster der »Tabaksdose« zurück. »Ich gehe hinunter und begrüße sie. Alle müssen wissen, daß ich genauso zum Bernsteinzimmer gehöre wie eine der geschnitzten Rosen oder Rosetten.«

Wachter zog seinen Rock an, streichelte der bleichen Jana Petrowna über das nervös zuckende Gesicht und verließ schnell das kleine Email-Zimmer.

General von Haldenberge hatte unterdessen die Herren vom AA empfangen, überflog kurz ihre Legitimationen und bot ihnen Platz auf den mit kostbaren Perlmuttbildern verzierten chinesischen Stühlen.

»Sie wurden mir schon vom Armeestab angekündigt«, sagte er. »So schnell habe ich Sie nicht erwartet. Sind Sie auf einer Kanonenkugel wie weiland Münchhausen geritten?«

Dr. Runnefeldt lachte. Dr. Wollters verzog keine Miene. Er, der Humorlose, sah darin gar keinen Witz, eher eine perfide Anspielung auf seinen Titel Rittmeister. Erst dieser von Kortte, jetzt dieser von Haldenberge ... ausgerechnet in der Generalität gibt es eine Menge solcher Typen!

»Jeder Tag ist wichtig!« sagte er deshalb mit dem gebotenen Ernst. »Puschkin liegt im Kampfgebiet, da kann allerhand passieren.«

»Wie wahr und scharf beobachtet.« Von Haldenberge bot Zigaretten an. Wollters lehnte ab, Dr. Runnefeldt griff mit geradezu süchtiger Gier zu. »Wo geschossen wird, kann was passieren.« Der Spott war so dick, daß Wollters sich wie verhöhnt vorkam. »Sie fangen sofort an?«

»Ja. Morgen schon, Herr General.«

»Wieviel Hilfskräfte brauchen Sie?«

»Ein paar nur.« Dr. Runnefeldt rauchte drei tiefe Züge, inhalierte den Rauch und stieß ihn dann stoßweise aus. »Zuviel stehen sich im Weg. Sechs, höchstens zehn Mann. Männer mit Gefühl in den

Händen. Das ist eine diffizile Arbeit. Da braucht man Fingerspitzengefühl. Vielleicht haben Sie sogar Künstler in ihrer Truppe?«

»Das läßt sich feststellen. Auch in den Lazaretten lasse ich nachfragen. Bestimmt haben wir Künstler hier. Es wird aber länger als einen Tag dauern.«

Wollters wollte schon fragen, wieso man mehr als einen Tag dafür brauchte, aber Dr. Runnefeldt schnitt ihm vorher das Wort ab. »Wir werden uns unterdessen mit dem Bernsteinzimmer befassen und die Verkleidungen entfernen lassen. Dazu brauchen wir keine Fachleute.« Er warf einen schnellen Blick zur Seite. »Sie wollten auch etwas sagen, Herr Rittmeister?«

»Nein!« Wollters schob das eckige Kinn vor. Er war beleidigt. Was bildet sich dieser Sonderführer ein, dachte er wütend. Sonderführer ... noch nicht mal ein Offizier! Ein neugeschaffener Dienstgrad, um auch ewige Zivilisten in die Ehre zu versetzen, eine Uniform zu tragen. Eine Beleidigung für jeden Offizier. Für jeden ehemaligen Kadetten. Und so einer will hier kommandieren? Spielt sich auf und bläht sich wie ein Puter?! In der Tasche schleppt er einen Führerbefehl herum – wenn schon, das berechtigt ihn zwar zu Aktionen, die von oberster Stelle abgesegnet sind, aber es berechtigt ihn nicht dazu, einen Rittmeister wie einen Stallburschen zu behandeln.

Eine Ordonnanz brachte auf einem Tablett Kaffee und Gebäck. Silberne Kannen, zartes Meißner Porzellan, blanke silberne Bestecke. Besitz der Zarin Elisabeth ... die Zimmer waren voll davon.

Dr. Wollters nahm seinen Kaffeelöffel und führte ihn an die Augen. Dann drehte er die Tasse herum und sah die gekreuzten Schwerter. Wirklich, echtes altes Meißen.

»Und die Kannen stammen aus der besten Silberschmiede von Petersburg«, sagte von Haldenberge mokant und klemmte sein Monokel ins Auge. »Sie sollen schon Zar Peter dem Großen gehört haben.«

Geht auch mit, dachte Dr. Wollters, ohne auf die Bemerkung des Generals einzugehen. Alles geht mit: die Ikonen, das Silber, die Edelsteinsammlung, die aus Gold, Bergkristall und Edelsteinen hergestellten Kronleuchter in den Prunksälen. Nichts bleibt hier. Mein lieber General, ich weiß genau, welch ungeheuren Schätze noch im Katharinen-Palast lagern. Nicht einmal Dr. Runnefeldt weiß das, und das beruhigt. Drei oder vier der ältesten und besten Ikonen werden einmal in meinem Arbeitszimmer hängen ... und ich werde mich noch nicht einmal schämen.

Er wurde aus seinen angenehmen Gedanken aufgeschreckt, als er von Haldenberge sagen hörte: »Eine Ordonnanz wird Sie zu Herrn Wachter bringen.«

»Wer ist Wachter?« fragte Dr. Runnefeldt erstaunt.

»Ein Spinner.« Dr. Wollters winkte lässig ab. »Er wartet das Bernsteinzimmer ... seit über 200 Jahren, wie er sagt. Familientradition. Benimmt sich, als sei er der Besitzer. Auf ihn können wir verzichten.«

»Ich möchte ihn trotzdem kennenlernen.« Dr. Runnefeldt erhob sich und drückte seine Zigarette in einem vergoldeten Aschenbecher aus. Er gehörte einmal dem Zaren Alexander II. »Vielleicht kann er uns Ratschläge geben?«

»Ratschläge? Ein Museumsdiener, ein Lakai –« sagte Wollters hochmütig.

»Ich bin für jeden Ratschlag dankbar. Ein Museumsdiener weiß manchmal besser Bescheid über die ihm anvertrauten Kunstschätze als ein Museumsdirektor. Ich hatte mal einen Saalwächter, der hat sogar eine Fälschung entdeckt. Wir großen Experten hielten es für echt und hätten jede Expertise unterschrieben.«

Sie grüßten stramm, von Haldenberge tippte kurz an seine Stirn, was einen Gruß bedeuten konnte oder auch etwas anderes, auf jeden Fall war es doppeldeutig. Dann standen sie draußen, warteten auf den Ordonnanzoffizier und schwiegen sich an.

Im Bernsteinzimmer stand nur ein älterer Mann, als sie die Tür öffneten. Der Offizier drehte sich wortlos um und ließ sie allein. Dr. Runnefeldt streckte seine Hand aus, Dr. Wollters ging provokativ an die freigelegte Bernsteintafel und betrachtete sie. Dabei pfiff er leise vor sich hin: »So leben wir, so leben wir, so leben wir alle Tage ...«

»Sie sind Herr Wachter, nicht wahr?« sagte Dr. Runnefeldt freundlich. »Der Herr General hat uns von Ihnen erzählt. Sie gehören zum Bernsteinzimmer?«

»So ist es.« Wachter nickte und wunderte sich. »Sie sind Dr. Runnefeldt ...«

»Ja.«

»Von der SS?«

»Nein. Wieso? Ach deshalb!« Er sah an seiner Uniform hinunter. »Ich bin der Leiter des Außenamtes der Staatlichen Museen von Berlin. Der Führer hat mir einen Sonderauftrag erteilt. Ich bin kein Soldat und kein Offizier und kann daher den Ehrenrock nicht tragen. Da hat man mir den SS-Habitus verliehen und mich zum Sonderführer gemacht.« Dr. Runnefeldt hob die Schultern. »Uniform muß eben sein.«

Dr. Wollters pfiff lauter. Unerhört, maulte er in Gedanken. Diese Kumpelhaftigkeit mit einem niedrigen Angestellten. Und so etwas setzt man mir, einem Rittmeister, vor die Nase! Überhaupt dieser Wachter! Hat man ihn überprüft? Wer hat ihn überprüft? Wo ist die Personalakte? Der kann ja Wunder was erzählen, die Wolken vom Himmel lügen, und ist in Wirklichkeit ein sowjetischer Agent! 225 Jahre im Dienste der Russen … das ist doch mehr als ungewöhnlich! Und will nie in den Jahrhunderten ein Russe geworden sein? Wer glaubt das denn? Wenn von dem Burschen keine Personalakte besteht, werden wir ihm eine verpassen lassen und seine Vergangenheit aufrollen! Vielleicht quellen uns dann die Augen über, was für ein Bürschchen das ist.

»Sie wollen also das Bernsteinzimmer ausbauen und mitnehmen?« fragte Wachter. Er war nun doch ein wenig beruhigt, daß es nicht die SS war, die das Zimmer als Siegesbeute beschlagnahmte und es damit für alle Zeit verschwinden lassen würde.

»Ja«, antwortete Dr. Runnefeldt. »Morgen geht's los. Wir werden das Zimmer ganz vorsichtig in die einzelnen Wandtafeln zerlegen, gut in speziell dafür anzufertigende Kisten verpacken und wegbringen. Wir sollen dafür achtzehn Lkws bekommen.« Dr. Runnefeldt starrte auf den Rücken Dr. Wollters, der noch immer pfiff. Jetzt war es der Paradiermarsch. »Helfen Sie uns dabei, Herr Wachter?« fragte er betont laut.

»Wenn ich darf –«

»Wenn jemand das Bernsteinzimmer kennt wie sich selbst, dann sind Sie es.«

»Die wenigsten kennen sich selbst, Herr Doktor.«

»Da haben Sie recht. Viele sind sich selbst gegenüber blind.« Das war auf Dr. Wollters abgeschossen. Er verstand es sofort richtig und preßte die Lippen zusammen. Sein Pfeifen verendete in einem Zischlaut.

»Und wohin bringen Sie das Zimmer jetzt?« fragte Wachter. Große Hoffnung, das zu erfahren, hatte er nicht.

Aber Dr. Runnefeldt machte kein Geheimnis daraus. »Nach Königsberg«, sagte er.

»Königsberg.« Wachters Gehirn arbeitete fieberhaft. Königsberg. Ostpreußen. Das Bernsteinzimmer blieb im Osten! Eine winzige Hoffnung stieg in ihm auf … nach Königsberg konnte man mitkommen. Dr. Runnefeldt war nicht jemand, der sofort nein sagen würde. Wirklich, mit ihm konnte man reden. Schon daß es zwischen ihm und Dr. Wollters offensichtliche Spannungen gab, war eine kleine Tür in die Zukunft.

»Später, nach dem Endsieg, wird es im größten Museum der Welt aufgebaut.« Dr. Runnefeldt machte eine weite Armbewegung durch den ganzen Saal. »Das Bernsteinzimmer wird das Glanzstück sein. Ein Museum, das der Führer in Linz bauen wird, ein Kunsttempel für tausend Jahre …«

»Davon habe ich schon gehört. Linz an der Donau, in Österreich.«

»In der Ostmark, mein lieber Wachter. Aber diese Feinheiten kennen Sie noch nicht.« Dr. Runnefeldt lächelte breit. »Ihre Familie war immer in russischen Diensten … warum sind Sie nicht Russe geworden?«

»Das war ein Auftrag von König Friedrich Wilhelm I. Wo das Bernsteinzimmer auch sein mag, ein Wachter, der immer ein Deutscher bleibt, soll es betreuen.«

»Und Sie sind nun der letzte?«

»Ja –« sagte Wachter zögernd. »Ja, Herr Doktor. Es ist mir nie gelungen, Kinder zu zeugen. Meine Frau starb sehr früh. Ich habe sie sehr geliebt und an eine andere, neue konnte ich mich nicht gewöhnen. Ich weiß, das ist ein Fehler. Seit 225 Jahren haben die Wachters Söhne gehabt, nun erlischt mit mir der Auftrag des Königs.« Er schwieg einen Moment, dachte an Nikolaj, der vielleicht jetzt in der Eremitage in Leningrad wohnte und mit viel Glück diesen mörderischen Krieg überleben konnte. Wenn nicht … dann hatte er jetzt nicht gelogen.

Er nahm allen Mut zusammen und sah Dr. Runnefeldt voll in die Augen. Gute Augen hat er, dachte er wieder. Nur die SS-Uniform machte ihn so gefährlich.

»Und deshalb ... deshalb hätte ich eine Bitte«, sagte Wachter und atmete tief durch. »Als letzter der Wachters ... kann man mich da gebrauchen? Kann ich mitfahren nach Königsberg?«

Dr. Wollters drehte sich auf den Absätzen um. Die Sohlen seiner Reitstiefel knirschten über das kostbare Intarsienparkett. »Unerhört!« sagte er empört. »Was bildet sich dieser Mensch bloß ein?! Das leere Schloß kann er später bewachen und Ratten, Wanzen und Kakerlaken jagen.«

Er schwieg abrupt, und ihm war plötzlich klar, daß er einen großen, nie wieder gutzumachenden Fehler begangen hatte. Prompt reagierte Dr. Runnefeldt.

»Ich will mich für Sie verwenden, Herr Wachter«, sagte er. »Aber ich bin nur zuständig bis Königsberg, bis zur Ablieferung. Was dann kommt, entscheidet Museumsdirektor Dr. Findling in eigener Verantwortung. Unter uns – Dr. Findling ist ein sehr angenehmer Mensch, und vor allem der größte Bernstein-Experte, den wir haben.«

»Ich kann also Hoffnung haben?«

»Ohne Hoffen wär'e das Leben sinnlos.«

»Und Sie ... Sie nehmen mich mit nach Königsberg?«

»Das weiß ich noch nicht«, Dr. Runnefeldt legte die Hand auf Wachters Schulter. Es war soviel wie ein stummes Versprechen. »Richten Sie sich auf jeden Fall darauf ein.«

Kurz nach diesem Gespräch stürzte Wachter in seine Wohnung, riß Jana Petrowna in seine Arme, küßte sie, als sei er ein junger stürmischer Liebhaber, drehte sich mit ihr im Kreis und strahlte vor Glück.

»Ich werde mitfahren, Töchterchen!« rief er. »Nach Königsberg werde ich mitfahren ... mit meinem Zimmer ... Bei ihm werde ich sein ... bis Nikolaj aus dem Krieg zurückkommt und ihr einen Sohn habt. Vielleicht ist es wirklich besser, daß es aus dem Schloß wegkommt. Gerettet wird es und nicht unter Granaten und Bomben begraben. Jana, mein Töchterchen, das Schicksal meint es gut mit uns!«

An diesem Tag trug der für das Tagebuch des 50. Armeekorps verantwortliche Offizier auf einer Außenstelle des Korps in das Buch ein:

1.10.1941 Krasnogwardejsk:
Zur Sicherstellung der Kunstgegenstände im Befehlsbereich des L.A.K. sind vom A.O.K. 18 *Rittmeister Dr. Wollters und Sonderführer Dr. Runnefeldt eingesetzt.*

Und an diesem Abend – wer hat nicht Verständnis dafür – betrank sich Michael Wachter nach langer Zeit. Aus dem Schlafzimmer der Zarin Maria Feodorowna holte er seine letzte Wodkaflasche. Er hatte sie im Bett aus Ahornholz versteckt.

Eintragung in das Kriegstagebuch des 50. Armeekorps:

14. 10. 1941 Krasnogwardejsk
Abtransport der durch die Kunstsachverständigen Rittmeister Dr. Wollters und Sonderführer Dr. Runnefeldt in Puschkin sichergestellten Kunstgegenstände, u.a. der Wandverkleidung des Bernsteinsaales aus Schloß Puschkin (Zarskoje Selo), nach Königsberg …

Es waren 14 Tage, in deren Nächten Michael Wachter kaum Ruhe fand, und wenn er übermüdet auf ein Feldbett sank und drei Stunden erschöpft und unruhig schlief, dann nur im Bernsteinzimmer. Das Feldbett hatte er mit einem zum Ausbau abkommandierten Soldaten aus dem Schlafzimmer von Zar Alexander I. geholt. Es stand in dem Barockschlafzimmer hinter einem Vorhang … eine spartanische Ruhestatt des soldatischen Zaren.

Bei der Auswahl der Helfer, die Dr. Runnefeldt angefordert hatte, Männer mit Fingerspitzengefühl, gab es allerdings einige Vorfälle.

So ließ der Hauptfeldwebel, auch Spieß genannt, eine zur Erholung und Auffrischung aus der Front nach Puschkin abgezogene Kompanie antreten, und es entstanden bemerkenswerte Dialoge.

»Alle mal herhören!« schrie Hauptfeld Max Himmerich und blickte die Reihe seiner Soldaten entlang. »Wer ist Künstler?«

Keiner meldete sich. Man kannte Himmerich zu gut. Wenn sich jemand meldete, konnte es heißen: »Was sind Sie? Bildhauer? Ab zur Latrine und die trockene Scheiße von den Wänden hauen!«

»Ja, gibt's das denn?« brüllte Himmerich. »Ich habe keinen Künstler in der Kompanie?! Nur Analphabeten? Alle Künstler – vortreten!«

Zögernd traten jetzt drei Mann aus den Reihen und bauten sich drei Schritte vor der Kompanie auf. Hauptfeld Himmerich kniff die Augen zusammen. Drei, immerhin etwas.

Er ging zum ersten Freiwilligen und starrte ihn an. Die drei Kerle sahen nicht aus wie Künstler, auch wenn Himmerich nicht wußte, wie ein Künstler auszusehen hatte.

»Was sind Sie?« knarrte er.

»Schütze Eberhard Gneisl, Herr Hauptfeld.«

»*Was* habe ich gesagt«, brüllte Himmerich. »Nicht *wer* Sie sind!«

»Impressionist«

»Aha!« Himmerich zog die Augenbrauen hoch. Impremist, dachte er. Was ist das? Sicher unbrauchbar …

»Wegtreten!« bellte er. Der zweite Künstler grinste breit, als Himmerich zu ihm kam. »Und Sie?«

»Töpfer, Herr Hauptfeld.«

Himmerich holte tief Atem. »Sie Idiot!« schrie er und wurde hochrot im Gesicht. »Stellt Töpfe her und nennt sich Künstler!«

Nummer drei sah mit gemischten Gefühlen seiner Befragung entgegen und nahm Haltung an, als Himmerich vor ihm stand.

»Und Sie? Sind wohl artistischer Kunstscheißer?!«

»Nein, Herr Hauptfeld … Bleiverglaser.«

Himmerich stutzte. Was man darunter verstand, war ihm völlig unbekannt, auf jeden Fall gehörte es nicht zur Kategorie Künstler, wie Himmerich sie verstand. Kein Pianist, kein Sänger, kein Maler, nicht mal ein Anstreicher. War das eine saumäßige Kompanie!

»Wegtreten!« brüllte Himmerich. Er sah die lange Reihe der Angetretenen an und steckte den Daumen neben das Spießbuch in den aufgeknöpften Uniformschlitz. »Ich brauche jemanden mit Fingerspitzengefühl.«

»Hier, Herr Hauptfeld!« rief es aus der Mitte.

»Vortreten!«

Ein Gefreiter kann nach vorn und baute sich vor Himmerich auf.

»Was sind Sie?« Himmerich war auf alles gefaßt.

»Schneider, Herr Hauptfeld.«

Himmerich atmete hörbar auf. Ein Schneider! Wenn ein Schneider kein Gefühl in den Fingerspitzen hatte, konnte er einpacken! Wozu tragen die Schneider alle einen Fingerhut? Das war der richtige Mann!

»Sie melden sich abmarschbereit in einer halben Stunde bei mir!« sagte Himmerich wohlwollend. »Sie werden nach den Zarenschlössern verlegt. Kompanie weggetreten!«

Zufrieden stiefelte er zurück in seine Schreibstube. Nur ein Mann, aber immerhin – die Ehre der Kompanie war gerettet. Künstler sind eben selten, weiß der Teufel, wohin man sie eingezogen hat.

Immerhin – so kamen aus Puschkin zehn Männer mit Fingerspitzengefühl zusammen und meldeten sich bei Dr. Runnefeldt. Im Vertrauen auf die gute Organisation der Wehrmacht befragte er nicht jeden einzeln, sondern versammelte sie im Bernsteinzimmer. Drei Verschalungen waren bereits abgetragen worden. Die Pracht, die darunter zum Vorschein kam, ließ jeden Betrachter ganz still werden.

»Das Bernsteinzimmer …« sagte einer der zehn leise. Dr. Runnefeldt sah zu ihm hinüber.

»Sie kennen es?«

»Nur von Bildern, aber die können nie wiedergeben, wie es wirklich ist. Das erschlägt einen ja.«

»Was sind Sie von Beruf?«

»Bildhauer, Herr Sonderführer.«

»Das ist ja vorzüglich. Wenn Rittmeister Dr. Wollters und ich nicht da sein sollten, übernehmen Sie das Kommando. Sie heißen?«

»Ludwig Gronau, Herr Sonderführer.«

»Also, Gronau … Sie sind mir jetzt verantwortlich.« Er zeigte auf Wachter, der den Bildhauer kritisch musterte. »Und das ist Herr Wachter. Er hat das Bernsteinzimmer bisher gepflegt, er gehört zum Zimmer. Wenn Sie Fragen haben, wenden Sie sich an ihn. Und noch etwas: Wenn Herr Wachter Vorschläge macht, sind sie zu befolgen. Er kennt jedes Steinchen der Wände.«

Dr. Wollters hielt sich jetzt aus allen Anordnungen von Dr. Runnefeldt heraus. Er hatte einen ganzen Tag damit verbracht, die anderen Kunstschätze, die man noch im Katharinen-Palast zurückgelassen hatte, zu registrieren. Von Stunde zu Stunde wurde er unruhiger. Was in diesem Schloß noch an Werten vorhanden war, übertraf selbst die kühnsten Erwartungen. Immer wieder las er die lange Liste durch und bekam dabei Herzklopfen. Da waren verzeichnet:

Über 200 Schmuckgegenstände, von denen die in Kunstkreisen berühmten Frühlingssträuße aus Goldfiligran und Edelsteinen das wertvollste war.

Eine grandiose Sammlung von Meißner und französischem Porzellan.

Die Sammlung von Katharina II. mit 50 Ikonen, zum Teil eingefaßt mit edelsteinbesetzten Goldrahmen.

Die in der Welt einmalige Sammlung von Peter I., dem Gründer von Petersburg. Sie allein umfaßte 650 Ikonen. Alle Schulen der Ikonenmalerei waren vorhanden, von den Anfängen an. Geschenke der Kirchen und Klöster an den großen Zaren.

45 Deckengemälde der italienischen Schule, und unter seinen Füßen die wertvollen Parkette. In den Prunkräumen hingen die riesigen Kronleuchter mit ihren Verzierungen aus Bergkristall und Edelsteinen. Auch das Schlafzimmer Katharinas II. war noch vorhanden, die Möbel in den Nebengemächern standen herum, aus Holz geschnitzte und vergoldete einmalige Obszönitäten: Stühle mit Beinen aus erigierten Penissen, Behänge aus hölzernen Hodensäcken, im Holzrahmen eines Diwans eine naturgetreue Nachbildung einer Vagina.

Dr. Wollters war wie betäubt von der Fülle dieser Kunstgegenstände, wie es auch Müller-Gießen gewesen war, der das alles aufgelistet hatte.

»Kommt alles mit!« sagte Wollters halblaut zu sich selbst. »Alles! So etwas darf der Zerstörung nicht zum Opfer fallen.«

Natürlich wird der Führer in seinem Linzer Museum keine holzgeschnitzten Penisse ausstellen, aber Himmler oder Rosenberg oder wer sonst noch – ach ja, Göring – bekommen sie auch nicht, dachte Wollters und hatte vor Begeisterung rote Ohren. Das werde ich für mich reservieren … irgendwie wird sich das möglich machen lassen. Ich habe ein großes Haus. Warum soll ich mir nicht ein Katharinen-Zimmer einrichten? Eine hochkünstlerische Sauerei – das wird für Stimmung sorgen. Und unbezahlbar ist es auch.

Am Abend saß er mit Dr. Runnefeldt zusammen im Offizierskasino des Armeekorps-Stabes, aß ein halbes Hähnchen, trank dazu einen leichten Wein und fühlte sich rundum wohl. Nicht einen Gedanken verschwendete er dafür, an die Soldaten zu denken, die kaum 30 km entfernt in ihren Gräben und Löchern verbluteten. Die

Sowjets waren zum Entlastungsangriff angetreten … ihre 42. und 52. Armee stürmten gegen den deutschen Einschließungsring. Die 23. Armee versuchte, das Südufer des Ladoga-Sees zu halten, um über Straße und See einen Versorgungsweg herzustellen. In Leningrad hatte das Hungern begonnen –

»Wann kommen die Lastwagen?« fragte er Dr. Runnefeldt und nagte einen Hähnchenknochen ab. Das widersprach nicht seiner guten Erziehung, gab es doch einen englischen König, Heinrich VIII., der auch Hühnerknochen abgenagt und sie dann über die Schulter gegen die Wand geworfen hatte.

»Am 12.«, antwortete Dr. Runnefeldt kurz.

»Bis dahin sind wir fertig?«

»Müssen wir fertig sein! Die ›Transportstaffel Koch‹ kann uns nur eine beschränkte Zeit zur Verfügung stehen. Sie ist im Nachschub der 18. Armee eingesetzt.«

»Ich habe es Ihnen von Anfang an gesagt: Mir gefällt das nicht.« Dr. Wollters legte den Knochen auf den Teller zurück und säuberte seine fettigen Hände an einer großen Papierserviette. »Wieso hat Koch auch hier seine Finger drin? Was spielt sich da im Hintergrund ab?«

»Das Bernsteinzimmer kommt nach Königsberg ins Schloß, und da residiert nun einmal Gauleiter Koch. Führerbefehl. Unterstellen Sie dem Führer Dilettantismus?«

»Um Himmels willen – nein!« Dr. Wollters beugte sich etwas über den Tisch vor. »Ehrlich und unter uns, Dr. Runnefeldt, mögen Sie Erich Koch?«

»Ich kümmere mich nur um das Bernsteinzimmer«, sagte Runnefeldt eisig. »Eine Kritik an Gauleiter Koch steht mir nicht zu.«

Dr. Wollters wechselte das Thema. Es war ihm nicht gelungen, Runnefeldt festzunageln.

Der Ausbau des Bernsteinzimmers war mühsam und zeitaufwendig. Die großen Wandtafeln mußten vorsichtig vom Untergrund gelöst werden und wurden an den Nahtstellen zerlegt, die Rosetten, Girlanden, Putten, Kriegerköpfe und Figuren trennte man mit größter Feinfühligkeit heraus, eine Millimeterarbeit, bei der kein Mosaiksteinchen verlorengehen durfte. An den Wänden war schon in den ersten Tagen der Schloßbesetzung genug gesündigt worden.

Die »Andenken« sammelnden Soldaten hatten große Bernsteinstücke aus den Mosaiken gebrochen. Überall sah man Löcher, ein paar Figuren, die den Seitengewehren standgehalten hatten, waren völlig zerkratzt, beschädigt oder durchgebrochen ... es war ein Anblick, bei dem sich Wachters Herz verkrampfte.

»Eine Schande!« sagte Ludwig Gronau ein paarmal, wenn er die häßlichen Lücken sah. Er hatte mit Wachter Freundschaft geschlossen. Unter seinen Künstlerhänden zerbrach nichts, selbst beim Ausbau schien er das Bernstein zu streicheln. »Ich schäme mich für meine Kameraden.«

»Genau dasselbe hat General von Kortte gesagt. Was soll's ...« Wachter hob resignierend die Schulter. »Nach dem Krieg wird man alles restaurieren, wenn es nicht schon Dr. Findling in Königsberg machen läßt. Der größte Teil ist jedenfalls erst mal gerettet.«

»Wenn wir den Krieg gewinnen, Michael.«

»Du glaubst nicht?«

»Hast du dir mal die Karte von Rußland angesehen? Von der Westgrenze bis zum Kap Deschnew im äußersten Sibirien? Das wollen wir erobern ... dieses unendliche Land? Selbst wenn wir Moskau einnehmen, dann ziehen sich die Sowjets hinter den Ural zurück. Dann in die Sümpfe, in die Taiga, ins sibirische Hochland, in die Tundra und die Steppen, an die Grenze Chinas. Die Generäle sollten Hitler nicht nur Ausschnitte zeigen, sondern auch mal die Karte des ganzen Rußland. Da siegen wir uns zu Tode, schon bis zum Jenisseij, geschweige bis zur Lena. Da kommen wir nie hin!«

»Und was wird dann aus dem Bernsteinzimmer?« fragte Wachter bedrückt.

»Das bekommt ihr wieder. Verlaß dich drauf. Was wir hier tun, ist nur eine Verlagerung zum Schutz vor Zerstörung. Überall steht die Front, der Vormarsch ist gestoppt. Paß mal auf, wie das jetzt weitergeht ... nämlich zurück.«

»Wenn das einer hört, bist du dran, Ludwig.«

»Ich sag's nur dir, Michael. Denk an meine Worte, wenn das große Muffensausen beginnt.«

Später sprach Wachter in seiner Wohnung mit Jana Petrowna darüber. Bisher hatte sie sich versteckt gehalten, stand nur des Nachts am offenen Fenster und saugte die frische Luft ein. In der Wohnung war sie sicher, weder Wollters noch Runnefeldt hatten sie bisher betreten – was sollten sie auch dort? Nur General von Haldenberge hatte Wachter einmal besucht, da war Jana auf das Klo geflüchtet, von Haldenberge blieb zum Glück nur eine knappe Viertelstunde, er war verwundert, wie bescheiden Wachter inmitten des ihn umgebenden Prunkes lebte.

»Bald sind wir soweit«, sagte Wachter und goß sich eine Tasse Tee ein, in die er ein paar harte Kekse tunkte. »Wir sind schon dabei, die Kisten zu zimmern. Eine Schwierigkeit hat Dr. Runnefeldt noch nicht beseitigt: Wo bekommen wir genug Holzwolle zum Transportschutz her? Die beiden Sägewerke von Puschkin liegen still.«

»Vielleicht bringen die Lastwagen Holzwolle mit.«

»Das ist unsere große Hoffnung, Töchterchen.«

Kurz darauf, am nächsten Morgen, wäre es bald zur Katastrophe gekommen. Auf Befehl des Generals war eine Putzkolonne unterwegs, um von außen die großen Fensterscheiben zu putzen. An dicken Seilen ließ sie sich vom Dach an der Hauswand hinunter, auch um beschädigte Fassadenteile abzuschlagen, die nach dem Bombenangriff vor der Eroberung übriggeblieben waren. Von Haldenberge blieb keine andere Wahl; ein großes Stück Gesims war heruntergefallen und hätte fast einen Oberst des Stabes erschlagen.

So kam es, daß der Gefreite Willy Schmidt an seinem Tau auch am Fenster von Wachters Wohnung vorbeipendelte und einen schnellen Blick ins Zimmer warf. Jana Petrowna, wie immer in Schwesterntracht, saß auf dem Sofa und las in einem Buch von Tolstoj. Daß es in russischer Sprache war, konnte man nicht erkennen.

»Ein Mäuschen!« sagte Schmidt begeistert. »Junge, Junge, ist die 'ne Wucht.« Er stellte sich draußen auf die Fensterbrüstung und klopfte an die Scheibe. Als hätte man auf sie geschossen, sprang Jana Petrowna auf. Das Buch fiel mit einem dumpfen Laut auf den Boden.

Willy Schmidt winkte fröhlich durch die Scheibe und spitzte die Lippen.

»Küßchen!« rief er. »Küßchen! Mach das Fenster auf, Süße … der scharfe Willy ist da!«

Nur einen Augenblick hatte Jana gezögert, dann kehrte ihre Geistesgegenwart zurück. Mit verführerischem Lächeln kam sie ans Fenster, aber sie öffnete nicht die Flügel. Durch die Scheibe rief sie: »Hau ab, du Kletteraffe.«

Willy Schmidt grinste breit, machte eine eindeutige Handbewegung und klopfte wieder an die Scheibe.

»Mach auf, Schätzchen!« rief er und drückte seine Stirn gegen das Fenster. »Ich sag dir, du verpaßt was! Ich habe drei Atü in der Hose …«

»Da muß ich erst Stabsarzt Dr. Reiners fragen … meinen Verlobten«, rief Jana zurück.

»Ach, Scheiße … immer die Offiziere und Ärzte!« Willy Schmidt ließ sich an seinem Tau wegpendeln, winkte noch einmal zu Jana hin und verschwand dann vom Fenster in die Tiefe. Mit weichen Beinen ging Jana zum Sofa zurück. Was nun? dachte sie. Wird er das den anderen erzählen? Wird jetzt jemand kommen und nachsehen, was eine Rote-Kreuz-Schwester im Schloß zu suchen hat?

Sie wartete, breitete Verbandsmull, Pflaster, eine Schere und ein Fläschchen mit Desinfektionsflüssigkeit auf dem Tisch aus, als ob sie Wachter noch versorgen müßte, obgleich seine Platzwunde am Kopf längst verheilt war. Aber niemand kam. Willy Schmidt schwieg. Nicht, weil er abgeblitzt war und deswegen nicht von seinen Kameraden verspottet werden wollte, sondern aus der Erfahrung heraus, daß man ein Offiziersliebchen nicht aufreißen durfte. Einmal hatte er es getan, in Unkenntnis der Lage, beim Einmarsch in Polen, im Lazarett von Sokolow, wo er eine Woche lang lag mit einem grandiosen Durchfall und zu seinen Stubenkameraden sagte: »Jungs, ich kann doch nichts dafür … ich scheiße mich tot …« Kurz vor seiner Entlassung aus dem Lazarett hatte er dann Irma kennengelernt, aber mehr als über ein Streicheln ihrer Brust war er nicht hinausgekommen. Doch das genügte. Oberarzt Dr. Muthesius, Irmas Nachtgefährte, hatte das Griffekloppen zufällig gesehen, schiß Schmidt grauenhaft zusammen und sorgte dafür, daß er ohne Erholungsurlaub sofort wieder an die Front kam.

So ein Erlebnis machte vorsichtig. Finger weg von Offiziershüpferchen …

Wachter war sehr betroffen, als Jana Petrowna ihm am Abend von der Begegnung am Fenster erzählte. »Ab sofort ziehen wir die Vorhänge dicht zu«, sagte er. »Besser im Halbdunkel sitzen als in einer Zelle. Wirklich, man kann nie vorsichtig genug sein. Wer denkt denn daran, daß die außen an der Fassade herumturnen?«

Aber auch am nächsten Tag kontrollierte niemand Wachters Wohnung. Jana und er atmeten auf. Ihr Schicksal hatte sich noch nicht erfüllt.

Pünktlich am 12. September traf die Kolonne von 18 Lkws der »Transportstaffel Koch« in Puschkin ein. An einem Seiteneingang fuhren sie auf und standen dann auf den Zentimeter ausgerichtet auf dem Kies. Der Transportleiter, ein Oberleutnant, meldete sich in der Armeekorps-Adjutantur und dann bei Dr. Runnefeldt.

»Das klappt ja vorzüglich!« sagte Runnefeldt und gab dem Oberleutnant die Hand. »Das ist eben deutsche Gründlichkeit. Haben Sie Holzwolle bei sich?«

»Aber ja. Gauleiter Koch ahnte schon, daß es damit Schwierigkeiten gibt. Jeder Wagen hat ein paar Säcke Holzwolle bei sich.«

»Phantastisch! Hier ist wirklich einer, der noch denken kann.« In Wahrheit dachte er: Kochs Interesse ist gefährlich groß. Was spukt da in seinem Gehirn herum? Was hat er mit dem Bernsteinzimmer vor? Zwar gibt es da den Führerbefehl, den »Führervorbehalt«, und Bormann wird ein waches Auge auf das Bernsteinzimmer haben ... aber Koch ist alles zuzutrauen. So harmlos er aussieht, so ein Gauner ist er auch. Ein Glück, daß es noch einen Dr. Findling gibt –

Während der Oberleutnant ins Kasino geführt wurde, um nach der langen Fahrt wieder etwas Anständiges zu essen und zu trinken, und die 36 Fahrer, für jeden Lkw zwei Mann abwechselnd am Steuer, in der Mannschaftsküche zum Koch gingen und sagten: »Nun greif man in dein Versteck, Junge, und bring was Gutes auf die Platte ... wir sind vom Führer ausgesucht ...«, teilte Dr. Runnefeldt die Neuigkeit im Bernsteinzimmer mit. Hier standen bereits 21 verpackte Kisten, nur die Holzwollauskleidung fehlte. Sechs Schreiner klopften die restlichen Kisten zusammen.

»Wir haben Holzwolle, soviel wir wollen!« rief Runnefeldt fröhlich. »Die Organisation läuft wie am Schnürchen! Herr Wachter, wischen Sie Ihre Sorgenfalten weg!«

»Nun ist es soweit«, sagte am Abend Wachter zu Jana Petrowna. »Wenn Runnefeldt mich tatsächlich mitnimmt nach Königsberg, was wird dann aus dir? Wir werden uns trennen müssen ...

und wo sehen wir uns wieder? Was auch mit mir passiert, *du* mußt den Krieg überleben, Töchterchen.«

Sie nickte, bereitete Wachter das Abendessen und feilte seither an ihren Gedanken, die sie seit vier Tagen beschäftigten. Sie sprach nicht darüber, es war *ihr* Plan, und Väterchen würde ihn glatt verbieten, wenn er ihn erfahren würde. Eine große Überraschung sollte es außerdem werden, auch wenn er sie hinterher beschimpfte.

Dr. Wollters war voll damit beschäftigt, die anderen Kunstgegenstände zu verpacken. Für jede der unbezahlbaren alten Ikonen – viele stammten aus der berühmten Nowgoroder Schule – ließ er ein Futteral aus dickem Packpapier oder Pappe anfertigen. Dann wurden die Kronleuchter zerlegt und in Kisten verstaut. Schwierigkeiten gab es nur mit dem Bett von Katharina II. und den Penisstühlen ... Dr. Runnefeldt hatte Wollters wenig Hoffnung gemacht, ihm zwei Lastwagen extra abzugeben. Erst das Bernsteinzimmer ... wenn dann noch Platz war, bitteschön. Von Möbeln hatte man im OKW nichts gesagt, und von geschnitzten und vergoldeten Hodensäcken schon gar nicht. So etwas fiel nicht unter den »Führervorbehalt«. Das war höchstens eine Kunst für den Frauenjäger Josef Goebbels.

»Auch ungefähr 20 000 Bücher müssen mit«, hatte Wollters gesagt. »Aus den Klöstern, von Mönchen handgeschrieben. Mit Initialen, gemalt mit Kobalt, Purpur und Gold! Ganze Gemäldeseiten zum biblischen Text. Dr. Runnefeldt, so etwas *muß* einfach mit. Dafür muß Platz vorhanden sein.«

»Erst das Bernsteinzimmer«, wiederholte Runnefeldt geduldig. »Vielleicht haben Sie Glück, Herr Wollters.«

Am frühen Morgen des 13. Oktober begann das mühsame Verladen. 27 große Kisten füllte das demontierte Bernsteinzimmer, und Dr. Runnefeldt zeichnete jede auf dem Deckel mit seinem Namen ab, bevor sie in die Lastwagen gehoben wurden. Die Kisten waren so schwer, daß Dr. Runnefeldt bei General von Haldenberge vorsprach und um Hilfe bat. Ein Zug des in Kampfreserve bei Puschkin liegenden Pionier-Bataillons rückte zum Katharinen-Palast aus und brachte einen kleinen fahrbaren Kran und einen Flaschenzug mit.

»Vorsicht!« sagte Dr. Runnefeldt zu dem jungen Leutnant, der den Zug führte. »Größte Vorsicht. Da ist alles zerbrechlich in den

Kisten. Nirgendwo anstoßen, und fallen lassen – das wäre eine Katastrophe.«

»Meine Jungs sind Spezialisten.« Der Leutnant blickte zu den Fenstern des abmontierten Saales. Ein dicker Kragbalken aus Vierkantholz wurde gerade durch ein Fenster geschoben und verankert. Man machte es mit soldatischem Improvisationstalent: Die Pioniere schlugen einfach dicke Stahlkrampen in die Fensterbrüstungen und innen in die nun kahlen Wände. Der große Flaschenzug konnte in Kürze aufgehängt werden.

Auch Spezialisten haben mal eine schwache Minute. Es passierte nicht beim Herunterlassen der Kisten, sondern beim Einschwenken des Krans auf einen der Lastwagen. Ein Strick riß, Dr. Runnefeldt griff sich entsetzt an die Stirn, der Pionier-Leutnant brüllte auf … aber verhindern konnte man nichts mehr. Die Kiste Nr. 19 rutschte aus den Stricken und fiel laut krachend mit der Kante auf den Kiesboden.

»Da haben wir's!« rief Dr. Runnefeldt erregt. »Jetzt ist nur noch Bruch in der Kiste.«

»Ich bitte festzustellen«, sagte der Leutnant mit eisiger Miene, »daß die Verschnürung der Kisten nicht von uns gemacht worden ist. Die Verantwortung liegt bei Ihnen.«

»Habe ich Ihnen einen Vorwurf gemacht?« Dr. Runnefeldts Stimme konnte auch dröhnend werden, was ihm niemand zugetraut hätte. »Ich stelle nur fest: Eine Kiste ist im Eimer!«

»Das werden Sie ja beim Auspacken sehen. Vielleicht haben Sie Glück. Bei solcher Holzwollenstopfung … und die Fallhöhe war auch nicht groß.«

»Sie wissen ja gar nicht, was Sie da verladen.«

»Ich will es auch gar nicht wissen.«

Der Leutnant ging hinüber zu der Kiste, die gerade mit dem Flaschenzug heruntergelassen wurde, und ließ Dr. Runnefeldt einfach stehen.

Am späten Nachmittag waren die Lkws beladen. Zehn Fahrzeuge hatte das Bernsteinzimmer gebraucht … Acht Wagen blieben übrig. Dr. Runnefeldt ging ins Schloß und traf Wollters im halb abgerissenen Bernsteinsaal an.

»Sie haben ein unverschämtes Glück, Herr Wollters«, sagte er, deutlich verärgert. »Acht Lkws sind frei für Sie … Zufrieden?«

»Hervorragend.« Dr. Wollters überdachte schnell, was er hätte zurücklassen müssen, wenn es nur zwei Wagen gewesen wären. »Dann kann ich die Ikonen und Gemälde aus der Schloßkapelle und der Schloßkirche noch mitnehmen. Haben Sie diese herrliche Ikonostase gesehen? Eine geschnitzte, vergoldete Zwischenwand, über und über bedeckt mit edelsteinbesetzten Ikonen der berühmtesten Schulen.«

»Ja. Ich habe sie gesehen.«

»Wir müssen noch einen Tag dranhängen, Herr Dr. Runnefeldt. Ich lasse die ganze Nacht hindurch die Wand abtragen.«

»Morgen früh fahren wir los: Werden Sie es bis dahin schaffen? Wir können den Transportplan ohne Zustimmung des Armeekommandos nicht umstoßen. Das wissen Sie. Generaloberst Küchler wäre stinksauer.«

»Ich schaffe es.« Dr. Wollters spürte, wie seine Nerven vibrierten. Acht Wagen voll ... Geschenke für den Führer ... wenn das nicht in der »Wolfsschanze« lobend aufgenommen wurde, gab es keine Gerechtigkeit mehr. Und fünf, na, sagen wir zehn Ikonen aus dieser Fülle von Kunst konnte man privat abzweigen, bei rund 700 Ikonen fielen diese zehn gar nicht auf. Schon gar nicht die geschnitzten goldenen Hodensäcke ... sie tauchten in keiner Liste auf, in keinem »Sicherstellungspapier«, Dr. Wollters hatte sie übersehen. »Wann sind Sie mit dem Verladen fertig?«

»In drei Stunden, denke ich.«

»Kann ich dann Ihre zehn Spezialisten und die Pioniere haben?«

»Sprechen Sie mit dem Leutnant, Herr Wollters.«

»Herr Runnefeldt, wir ziehen doch beide am gleichen Strang –«

»So ist es ... nur jeder am anderen Ende.«

Wollters blickte Runnefeldt mit bösem Blick nach, als dieser zurück zu den Lastwagen ging. Fatzke, dachte er wütend. Hochnäsiges Arschloch. Ich werde alles in einem vertraulichen Bericht niederschreiben und es Ribbentrop zukommen lassen. Auch ein Dr. Runnefeldt ist entbehrlich ... da hilft ihm keine Verbindung zu Bormann und dem Führer. Gerade im Führerhauptquartier wechseln schnell die Stimmungen.

Er verließ schnell das kahle Zimmer und ging mit weit ausgreifenden Schritten durch die langen Gänge des Palastes zur Schloßkirche.

Michael Wachter saß auf seinem Hocker mitten im ausgeräumten Saal, als Dr. Runnefeldt zu ihm hinaufkam. »Das hätten wir geschafft«, sagte er mit müder Stimme. »Den schönen Fußboden nehmen wir nicht mit?«

»Noch nicht … beim nächstenmal aber bestimmt.«

»Sie wollen noch mal in den Katharinen-Palast, Herr Doktor?«

»Wir müssen, Herr Wachter.« Dr. Runnefeldt zeigte nach oben. »Wir müssen uns etwas einfallen lassen, die Deckengemälde unversehrt wegbringen zu können. Dann geht auch das Mosaikparkett mit.«

»Wann fahren Sie?«

»Morgen, ganz früh.«

»Ich werde da sein und Abschied nehmen von meinem Bernsteinzimmer.«

»Ach ja …« Dr. Runnefeldt starrte wieder auf die Deckengemälde, um Wachter nicht in die Augen sehen zu müssen. »Wir werden noch früher der Kolonne vorausfahren … Dr. Wollters, ich und – Sie.«

Es traf Wachter wie ein elektrischer Schlag. Er zuckte hoch und preßte beide Hände flach gegen seine Brust. Nur jetzt nicht umfallen, bettelte er. Herz, halt stand … verkrafte es, bitte, bitte, sei jetzt stark genug. Du darfst mich jetzt nicht verlassen, Herz. »Ich darf tatsächlich mit …? Nach Königsberg? Sie nehmen mich also mit, Herr Doktor? Ich kann bei meinem Bernsteinzimmer bleiben?«

»Bis Königsberg sicherlich. Was dann wird, das kann ich nicht bestimmen. Das müssen Dr. Findling und Gauleiter Koch entscheiden. Ich habe es Ihnen schon einmal gesagt. Sind Sie zum Abmarsch bereit?«

»Ja, Herr Doktor.« Wachter holte tief und mit einem Röcheln Atem. »Alles steht gepackt bereit. Drei Koffer, mehr habe ich nicht, was ich mitnehmen kann. Das meiste gehört ja dem Schloß.«

»Rechnen Sie damit, daß Sie nie wieder nach Puschkin kommen. Vielleicht nach dem Endsieg, wenn der Katharinen-Palast dann noch steht.«

»Es geht mir nicht um das Schloß, Herr Doktor, auch wenn wir Wachters hier über 200 Jahre lang gelebt haben.«

»Ich weiß, Sie und das Bernsteinzimmer gehören zusammen. Ich glaube, das wird auch Dr. Findling einsehen.« Dr. Runnefeldt zog sein Kinn an den Uniformkragen und zwang sich, äußerlich keine Rührung zu zeigen. Als er sah, wie Wachters Augen glänzten und dieser Schimmer von verhaltenen Tränen kam, drehte er sich weg und verließ schnell das leergeplünderte Zimmer.

Die zehn Lastwagen standen aufgereiht längs der Zufahrt zum Katharinen-Palast, die Planen fest verschnürt, die Fahrerkabinen verschlossen. Acht Wagen warteten neben der Schloßkirche, um mit den Kunstgegenständen beladen zu werden, die Dr. Wollters noch ausbaute. Die zehn Künstler mit Fingerspitzengefühl und der Zug der Pioniere arbeiteten ohne Unterbrechung, nahmen die Ikonostase auseinander, holten die Kronleuchter von den Decken, schleppten große chinesische Vasen und brokatene Barockmöbel ins Freie und stapelten die eingehüllten Ikonen und Gemälde, Gobelins und Teppiche. Dr. Wollters stand an der Tür und strich jedes herausgetragene Teil penibel auf seinen Listen an.

Ein kurzer Haken. Aus! Es würde Rußland nie wiedersehen.

Unteroffizier Julius Paschke, geboren in Berlin-Wedding, von Beruf Kaminkehrer, den man als nicht kriegswichtigen Betrieb eingestuft hatte, saß auf dem Trittbrett von Wagen sieben und hielt Wache. Ohne Bewachung wollte Dr. Runnefeldt seine wertvolle Fracht nicht in der Nacht herumstehen lassen ... auch die festeste Kiste war für einen Landser kein Hindernis, wenn er an etwas herankommen wollte. Im Rhythmus von zwei Stunden lösten sich die Wachen ab, nur Julius Paschke mußte länger aushalten. Er war Kolonnenführer der Wagen sechs bis zehn und außerdem der vorgesetzte Wachhabende, der UvD, der Unteroffizier vom Dienst.

Er saß da auf dem Trittbrett, rauchte eine Zigarette nach der anderen, hatte einen Mordsappetit auf eine Flasche Bier, auch wenn es Dünnbier war, das man Urinol oder Pissulin nannte, und hing schweren Gedanken nach. Vor allem beschäftigte ihn seine Frau Johanna, ein hübsches Frauchen mit strammen Titten und einem geilen runden Arsch, und seit Paschke an der Front war – und er war vom ersten Tage des Einmarsches in Polen dabei – fragte er sich immer: Was macht sie jetzt? Liegt sie in dieser Nacht wirklich allein im Bett? Denkt sie immer an den Spruch: Hab Gott vor Augen und die Buxe zu ...? Noch genug Männer waren in der Heimat, in den kriegswichtigen Fabriken, bei Siemens zum Beispiel, und diese

Kerle sahen es gewissermaßen als Verpflichtung an, die Frauen ihrer kämpfenden Kameraden nicht vertrocknen zu lassen. War Johanna auch so eine?

Beim letzten Urlaub hatte Paschke versucht, ihr ein Kind zu machen, aber das war mißlungen. Wieso, das wußte Paschke auch nicht. Er hatte sich 14 Tage lang unermüdlich bemüht und kam dann durchaus nicht erholt zur Truppe zurück. Hannas Brief, der in dem Satz gipfelte: »Nix ist, Julius. Die polnischen Weiber haben Dich schlapp gemacht!«, war Anklage und Spott zugleich. Jetzt lag sie vielleicht unter einem dieser als unabkömmlich erklärten Kerle und blies ihm ihren Atem ins Gesicht. Himmel, Arsch und Zwirn, hoffentlich ist der Scheißkrieg bald zu Ende …

Er schrak zusammen, sein gesenkter Kopf zuckte hoch. Vor ihm stand eine weibliche Gestalt in einer Schwesterntracht. Lautlos war sie gekommen, völlig ohne Geräusch, als sei sie durch die Luft geflogen.

»Det is ja wunderbar!« sagte Julius Paschke, warf seine Zigarette weg und zermalmte sie mit der Stiefelsohle. »Wat is jefällig? Blutdruck, Herzklopfen oder Entlausung? Is alles da, Schwesterchen. Am schlimmsten empfind ick di Spannung in der Hose …«

»Ich möchte Sie um etwas bitten.« Jana Petrowna zögerte einen Moment, dann setzte sie sich neben Paschke auf das Trittbrett. Ein leichter Parfümgeruch umwehte Paschke und erinnerte ihn an den Puff von Riga.

Jeijeijei … ausgerechnet jetzt! Beim Wacheschieben gibt es kein anderes Schieben. Mädchen, ich komme vors Kriegsgericht – einen Teufel werde ich tun!

»Schieß los, Kleene, wat soll's denn sein?« sagte er und musterte Jana von der Seite. Sein Blick blieb auf ihrem Busen haften, und er kratzte sich nervös die Nase. Immer wenn's gemütlich wird, kommt was dazwischen.

»Sie fahren doch morgen nach Königsberg?«

»Hat sich det schon rumjesprochen? Ja, wir dampfen nach Königsberg.«

»Wie weit ist das?«

»Von hier?« Paschke kniff die Augen zusammen und sah in den fahlen Himmel. Morgen regnet's, dachte er. Eine Scheißfahrt wird das werden. Die russischen Straßen sind wahre Knochenbrecher.

»Luftlinie unjefähr 800 Kilometer. Aber über die Straßen werden's ooch über 900 sein. Wird 'ne Quälerei. Und wenn's regnet, sitzen wir bis zum Arsch im Schlamm. So is det …«

»Ich muß nach Königsberg«, sagte Jana Petrowna ohne einen falschen Unterton. Es klang vollkommen glaubhaft. »Zum Lazarett II. Bin dorthin versetzt.« Ob es ein Lazarett gab, wußte sie nicht, auch nicht, ob man Lazarette überhaupt so nannte, sie wagte es einfach, es so zu nennen.

»Königsberg is scheen. Dat wird Sie jefallen, Schwesterchen. Wenn Se mal uf der Kurischen Nehrung jebadet haben … det is'n Erlebnis, sag ick Sie.«

»Nehmen Sie mich mit?«

»Ick? Nach Königsberg? Mit so 'nem Rappelkasten? Woll'n Se nen roten Affenhintern haben?«

»Mit der Bahn ist es noch unbequemer. Von hier nach Pleskau, dann nach Rositten, weiter nach Memel … ich habe mich erkundigt.«

»Fährt denn von hier keen LaZ nach Königsberg?«

»Nein, morgen fährt kein Lazarettzug nach Ostpreußen. Aber ich muß morgen weg. Der letzte Termin. Warum kann ich denn nicht mit Ihnen fahren?«

»Weil det verboten is, Süße. Sonderkommando, vastehste? Jesperrt für alle Zivilisten.«

»Ich bin kein Zivilist. Ich bin eine Rote-Kreuz-Schwester.«

»Det stimmt nu ooch wieda.« Julius Paschke betrachtete Jana wieder von der Seite – is'n verdammt hübsches Pferdchen, dachte er – und stürzte sich damit in einen Gewissenskonflikt. »Mädchen, ick kann doch nich …«

»Bitte.« Sie legte ihm die Hand auf den Arm und streichelte ihn. Paschke bekam einen Kloß in den Hals, das Hämmern seines Herzens setzte wieder ein wie damals, als er im Puff von Riga der rothaarigen Eina gegenüberstand und als Eintrittskarte seine Packung Präservative vorzeigen mußte. »Mich wird auch keiner sehen und entdecken. Ich verstecke mich im Wagen hinter den Kisten.«

»Det können aba jut drei Tage werden … wenn's regnet.«

»Das macht mir nichts aus.«

»Mädchen, und wennste mal strullen mußt?«

Jana verstand das Wort nicht. Was ist strullen, dachte sie. In ihrem Wortschatz kam es nicht vor. Ich werde Väterchen fragen. Tapfer sagte sie:

»Ich muß nicht.«

»Drei Tage lang?« Paschke sah sie zweifelnd an. »Det wär'n medizinisches Wunder. Aba wennste det anhalten kannst, nachts kannste dann abprotzen ...«

»So ist es.« Jana Petrowna lächelte Julius Paschke umwerfend an. »Sie nehmen mich also mit?«

»Ick weeß nich, ich weeß nich ... wenn ick uffalle, dann sind de Litzen weg. Dann bin ich wieda Schütze Arsch. Laß mir det überlejen, Mädchen. Komm morjen früh noch mal, aber noch wenn's dunkel is. Ick sitz dann wieda uff'm Trittbrett.«

Jana Petrowna legte den Arm um Paschkes Schulter, gab ihm einen Kuß auf die Stirn und sagte »Danke! Danke! Danke!« Dann huschte sie weg, so lautlos wie sie gekommen war. Den knirschenden Kiesboden schien sie nicht zu berühren.

Paschke starrte ihr nach, bis sie an der dunklen Hauswand verschwand. Ein schwebender Schatten.

Da sitzte nun und kneifst de Beene zusammen, dachte er. So'n jünstiger Oogenblick kommt nich wieda. Und während der Fahrt nach Königsberg is ooch nix drin, und in Königsberg, im Lazarett, schnappen die Offiziere se wech.

Allet Scheiße, deene Emma –

Er steckte sich eine neue Zigarette an, rauchte hastig und wünschte sich einen ganzen Kasten voll Pissulin ...

In dieser Nacht noch nahmen Michael Wachter und Jana Petrowna Abschied voneinander. Sie umarmten sich lange, küßten sich nach russischer Art dreimal auf die Wangen, nur wenige Worte sprachen sie, was sollte man jetzt auch noch sagen. Aber als sie sich voneinander lösten, hob Wachter beide Hände über Janas Kopf.

»Mein Töchterchen«, sagte er feierlich, »Gott segne dich. Gott möge dich beschützen. Hörst du mich, Gott? Laß sie nicht aus den Augen, erhalte mir mein Töchterchen und Nikolaj, meinen Sohn. Wenn es sein muß – nimm mich. Herr, erbarme dich unser ... Amen.«

In aller Ruhe packten sie wortlos Janas schwarze Wachstuchtasche. Sie nahm kaum etwas mit, ein paar Stücke Unterwäsche, dicke Strümpfe, denn der Winter kam bestimmt, und Wachter sagte, es würde ein besonders schlimmer Winter werden. Die Stare und Störche seien früher als sonst nach Süden geflogen, die Wildenten sammelten sich bereits, und die Biber im weiten Schloßpark schleppten für die langen, weißen Monate Futter in ihre Bauten.

»Du bleibst also hier?« fragte Wachter, als die Tasche gepackt war.

»Vorläufig, Väterchen. Ich melde mich im Lazarett in der Gorkij-Schule. Irgendwie komme ich auch in die Nähe, wo du bist. Und wenn der Krieg schnell beendet ist, fahre ich sofort nach Leningrad zu Nikolaj.«

Er sah ihr zu, wie sie das Häubchen auf ihr Haar setzte, den Kragen mit der runden Brosche schloß und ihren grauen Mantel über die Schultern warf. Gott hat mich gesegnet, daß mein Sohn eine solche Frau bekommt, dachte er. Immer schon hatten die Wachters Glück mit ihren Frauen gehabt, selbst Urgroßvater Pjotr Germanowitsch, der drei außereheliche Kinder hatte, gottlob nur Mädchen. Jeden Fehltritt hatte Urgroßmutter ihm verziehen, sogar die gefährliche Liebe zu der Zarenköchin Wassilissa Valentinowna. Sie hatte den Ehrgeiz, die zweite Frau Wachterowskij zu werden, aber Urgroßvater machte ihr ein Kind, und die sittenstrenge Zarin verbannte sie als Gefängnisköchin auf die Peter-und-Pauls-Festung.

»Was ist strullen, Väterchen?« fragte Jana Petrowna plötzlich.

»Pinkeln.«

»Und abprotzen?«

Wachter sah Jana verblüfft an. »Woher hast du die Ausdrücke?«

»Soldaten haben davon gesprochen ... unter dem Fenster.«

»Abprotzen nennen die Soldaten, wenn sie hinter einen Busch gehen, sich hinhocken ...«

»Ach so.« Jana griff nach ihrer Wachstuchtasche und hob sie hoch. Wachter spürte, wie ihm die Kehle eng wurde. Der Abschied, die letzten Minuten, die letzten Worte, die letzten Blicke. Vielleicht für immer ... endgültig. »Auf Wiedersehen, Väterchen.«

»Auf Wiedersehen, Töchterchen. Gott sei mit dir.«

»Und mit dir, Väterchen. Wir sehen uns bald wieder.«

»Bestimmt sehen wir uns wieder.«

Er riß ihr die Tür auf, ließ sie aus der Wohnung und machte die

Tür schnell wieder zu. Ein langer Abschied ist eine unendliche Qual.

Mit gesenktem Kopf tappte Wachter in das Wohnzimmer zurück, setzte sich auf das Sofa und starrte auf seine drei Koffer.

Königsberg. Mein König … die Wachters haben bisher immer ihre Pflicht erfüllt. Sie haben es Euch in die Hand versprochen.

Auf seinem Trittbrett saß Julius Paschke und wartete auf das schöne Schwesterchen. Er hatte einen Entschluß gefaßt: Er nahm sie mit. Unter der Plane, hinter den Kisten. Dort hatte er in der vergangenen Stunde ein Lager für sie hergerichtet: drei Decken übereinander, in die Ecke gequetscht einen Eimer, den man dann in der Nacht leeren konnte. Ein Problem war nur sein Beifahrer, der Gefreite Heini Doll. Er war in Köln geboren und durfte gar nicht anders heißen als Doll. Wenn er Witze erzählte, schmerzte nach einer Viertelstunde das Zwerchfell. Das war die eine Seite. Die andere war ein strammer Nationalsozialist. Dolls Vater war ein politischer Leiter in Köln. Er arbeitete in der Propagandaabteilung der Kreisleitung Köln-Mitte und glaubte alles, was Goebbels in seiner wöchentlichen Kolumne in der Zeitschrift *Das Reich* herunterlog. Wenn Doll den blinden Passagier entdeckte, begann die Kacke zu dampfen.

So lautlos wie beim erstenmal stand Jana Petrowna plötzlich wieder vor Paschke. Sie wuchs einfach aus dem Schatten heraus. Paschke zog die Luft durch die Nase ein und zeigte dann auf die schwarze Wachstuchtasche.

»Det is alles?«

»Ja. In Königsberg bekomme ich eine neue Ausstattung.«

»Und det jerahmte Foto vom Bräutigam?«

»Ich habe keinen.«

»Es jibt wirklich viel Blinde uf d'r Welt.« Er hob die an der Ladeklappe aufgeschnürte Plane hoch und warf die Tasche in den Wagen. »Komm, ick helfe dir klettern. Der Chef fährt in 'ner halben Stunde ab, uns voraus, will de Laje peilen …«

»Wie heißt du?« fragte sie und nahm das Du auf, das Paschke angefangen hatte.

»Julius. Julius Paschke. Berlin-Wedding. Schornsteinfeger. Macht mir imma wieda Spaß, det Fegen.« Er verschränkte seine

Hände vor dem Bauch wie zu einem Trittbrett und nickte Jana Petrowna zu. »Darf ick Jnädigste in meenen Horch bitten. Wie heest denn du?«

»Jana. Jana Rogowskij.« Sie hob das Bein, zog sich an Paschkes Schulter hoch, gestützt von seinen Händen, und setzte sich dann auf die Ladeklappe. Ihre schlanken Beine baumelten vor seinem Gesicht. Da kann die Hanna nich mit, dachte er. Und dabei is se so stolz uf ihre Beene. Det hier sind Rehbeenchen …

»Verschwinde nach hinten!« sagte er rauh. »Mach dich kleen, ick hab dir auch nen Eimer hinjestellt.«

»Für strullen und abprotzen …«

»Kleene, du bist in Ordnung. Du hast'n richtijen Drall. Los, krabble nach hinten. Und meld dir erst, wenn ick in den Wagen flüstere: Komm raus. Vastanden?«

Jana Petrowna nickte, schwang die Beine über die Laderampe und kroch an der Wand entlang zu ihrem Lager. Ihre Augen hatten sich schnell an die Dunkelheit gewöhnt, sie erkannte den Eimer in der Ecke, und neben den drei Decken Paschkes eine »eiserne Ration«, die Notverpflegung der Soldaten, die nur im allerhärtesten Notfall aufgerissen werden durfte und die man bei jedem Appell vorzeigen mußte, genauso wie die Präservative. Paschke, als Unteroffizier, kontrollierte man nicht … er selbst kontrollierte die anderen Landser, die Fahrer und Beifahrer.

Sie legte sich hin, konnte sich sogar in dem Hohlraum zwischen den Kisten ausstrecken, schob die Wachstuchtasche als Kissen unter ihren Nacken und schloß die Augen. Erst jetzt spürte sie das Zittern in ihrem Körper, die Anspannung der Nerven und versuchte, sich zu beruhigen. Alles ist gutgegangen, sagte sie zu sich. Und alles wird auch weiterhin gutgehen. Nur Ruhe, Ruhe, Jana Petrowna, das ist das wichtigste. Einen immer klaren Kopf mußt du behalten. Nichts kann dir passieren … diese Schwesterntracht macht dich unangreifbar.

Irgendwann später hörte sie draußen Stimmen. Paschke rief laut: »Alles in Ordnung, Herr Rittmeister.« Und dann Dr. Runnefeldts Stimme: »An kritischen Stellen halten wir und warten auf Sie. Wann müssen Sie tanken?«

»Alle Fahrzeuge sind vollgetankt, Herr Sonderführer. Das müßte für 400 Kilometer reichen.«

»Also dann … macht's gut, Jungs.«

»Gute Fahrt, Herr Sonderführer.«

Sie hörte das Anlassen eines Motors, der Kies knirschte unter den anfahrenden Reifen, irgendwo quietschte es. Gute Fahrt, Väterchen … ich bin hinter dir, ich komme dir nach. Sie legte sich wieder zurück auf Tasche und Decken und drückte das Ohr an die Holzwand zur Fahrerkabine, als der Gefreite Doll hinter das Lenkrad kletterte. Die erste Strecke fuhr er. Er hatte ausschlafen dürfen.

Das wollte jetzt auch Paschke machen und kuschelte sich bequem in seinen Sitz.

»Du, isch han vürhin ne dolle Nummer jehört!« sagte Doll. »Kütt die Lehrerin in de Klass, setzt sich ans Pult … und hätt kein Botz an! Fränzchen in der eschten Reih kann ihr untern Rock spinxe und fängt an, breit zu grinsen. ›Fränzchen –‹ frägt die Lehrerin. ›Wat ist denn? Warum laachste su?‹ Und dä Panz antwortet: ›Frollein, isch han noch nie 'n Schlüpfer aus Maulwurffell jesinn …‹ Jut, wat?«

»Abfahren!« schrie Paschke. »Du dämlicher Hund! Laß alle vorbei – wir machen den letzten!«

»Warum dat denn? Bisher …«

»Bisher is nich heute! Ick bin verantwortlich, daß keener verloren jeht. Und det siehste am besten hinten, als letzter. Kapiert?«

Det is der sicherste Platz, dachte Paschke. Da haste keenen hinter dich. Da kann die Kleene ooch mal de Neese ins Freie stecken und keener sieht det. War schon in de Schule so … hinten links, letzte Bank, da konnste imma in Deckung jehen. Intelligent mußte sein, Jefreiter Doll.

Endlich dröhnte der Motor auf, der Aufbau begann zu wackeln, es knackte, als Doll den Gang einlegte, und dann setzte sich der Wagen in Bewegung und drückte unter seinen Rädern den Kies weg. Unter dem Bodenblech klang es wie das Trommeln von Schrotkugeln.

Königsberg, wir kommen, dachte Jana Petrowna. Das Bernsteinzimmer kommt … und wir Wachters.

Irgendwann fielen ihr vom Schwanken des Wagens und dem gleichmäßigen Motorengebrumme die Augen zu, und sie schlief fest mit einem Lächeln um die Lippen.

Als sie aufwachte, war heller Tag, aber es regnete. Auf die

Dachplane trommelten die Tropfen. Neben Doll schlief Julius Paschke mit offenem Mund und schnarchte fürchterlich. Am Mittag war Fahrerwechsel, da sollte es Bohnensuppe geben, aus Dosen, die auf einem Spirituskocher heiß gemacht wurden. Dann wollte sich Doll für das bestialische Schnarchen rächen.

Jana Petrowna rutschte an die Kabinenwand und schob sich an ihr empor. Durst hatte sie, aber daran hatte Paschke nicht gedacht. Er hatte ihr seine Feldflasche nicht dagelassen.

Auf den Knien untersuchte Jana die vor ihr stehenden Kisten, fand einen abgesplitterten Span, riß ihn aus dem Holzdeckel und begann, auf ihm herumzukauen. Der Speichel, der sich dabei bildete, verdrängte etwas das Durstgefühl. Es war eine alte, simple Erfahrung: Kauen, kauen, ganz gleich, was es ist ... nur kauen ... damit hältst du den Durst aus. Eine Zeitlang wenigstens läßt sich der Körper betrügen.

Im Licht, das durch die Planenritzen schimmerte, las sie, was Dr. Runnefeldt auf die Kistenseiten mit dickem Fettstift geschrieben hatte.

Nr. 23 stand direkt vor ihr und hatte den Span geliefert.

Vier Engel, ein Kriegerkopf und eine große Vasenplastik. Und dann, nachträglich, weil mit einem anderen Stift geschrieben, hatte Dr. Runnefeldt noch hinzugefügt:

Eine Madonna aus Bernstein, gefunden im Schlafzimmer der Zarin Elisabeth Petrowna.

Petrowna. Jana beugte sich vor, küßte die Kiste und den Namen und bekreuzigte sich dann.

Madonna, hilf, daß alles gutgeht.

Und bitte, kümmere dich auch um Väterchen.

Dr. Runnefeldts Auto, ein offener Wagen der Marke Adler, kam gegen den russischen Regen nicht an. Das derbe, feste Segeltuchdach war zwar ein Schutz, aber an den Seiten regnete es durch. Es schloß nicht dicht genug mit dem Rahmen der Karosserie ab. Außerdem stand ein ziemlich heftiger Wind auf der rechten Seite und peitschte den Regen durch die Ritzen. Rechts aber, vorn neben dem Fahrer, saß Rittmeister Dr. Wollters und blickte verbissen in die graue, rauschende Gegend. Er hatte es so gewollt, er hatte es strikt abgelehnt, hinten neben Wachter zu sitzen, den er für völlig unnütz hielt. Dr. Runnefeldt hatte nichts dagegen, die Plätze zu tauschen, und jetzt freute er sich, daß ausgerechnet vorn rechts das Faltdach eine große Lücke zwischen Fensterrahmen und Dachumrandung hatte. Wollters rechte Uniformseite begann durchzunässen. Der Stoff saugte das Wasser wie ein Schwamm auf – eine maßgeschneiderte Uniform aus bestem Aachener Tuch.

»Ein Mistwagen ist das!« sagte Wollters empört und drehte sich zu Dr. Runnefeldt und Wachter um. Auch bei ihnen drang der Regen durch ein paar Ritzen, aber es war noch zu ertragen. In die breiteste Ritze hatte Dr. Runnefeldt sein Taschentuch geklemmt und lächelte Wollters in einer Art von Resignation an. »Wer hat Ihnen denn diese Krücke angedreht?«

»Im Sommer ist ein offener Wagen ideal«, erwiderte Dr. Runnefeldt gelassen.

»Da kann man vor Staub nicht mehr atmen! Und im Winter? Zittern Sie sich warm?«

»Da sitze ich in meinem Büro in Berlin.«

»Im Winter sind Kunstschätze in den eroberten Gebieten für Sie nicht vorhanden?«

»Richtig. Mein lieber Herr Wollters ... Kriege fangen erfahrungsgemäß im Sommer oder im Herbst an, wenn das Korn so richtig kräftig steht, die Felder überquellen, die Straßen und Wege pulvertrocken und hart sind. Haben Sie schon mal von einem Krieg gehört, der im Winter anfing? Denken Sie mal die Jahrhunderte zurück. Auch unser Krieg: Polen am 1. September, Frankreich 10. Mai, Rußland am 22. Juni ... immer zur besten Zeit. Und bis zum Winter hatten wir Gelegenheit genug, uns um die Sicherstellung der Kunstwerke zu kümmern.«

»Aber jetzt kommt der Winter ...«

»Das schreckt mich nicht. Wenn wir Moskau in diesem Jahr noch erobern, hat der Abtransport der noch gar nicht abzusehenden Kunstschätze Zeit bis zum Frühjahr. So lange werden wir sowieso brauchen, um alles zu erfassen. Was allein im Kreml lagert –«

Wachter verbiß sich eine Frage, die ihm auf der Zunge lag. Glauben Sie wirklich, hätte er fragen mögen, daß die Deutschen Moskau erobern? Nur drei, vier Wochen noch, höchstens, dann ist der Winter, die Schnee- und Eiszeit da. Der »General Winter«, wie er seit Napoleons Untergang vor Moskau heißt. Hat einer von euch schon einen russischen Winter erlebt? Wißt ihr, wenn der Schneesturm über das Land heult, wie armselig ihr dann alle seid, trotz eurer Technik, trotz Panzer und Flugzeugen? Vereisen werden sie alle, am Boden friert ihr fest ... da hilft euch kein Befehl von Hitler, nur vorwärts und nicht zurück zu marschieren. Der russische Winter ist stärker als alles ... er macht mit euch, was *er* will, nicht, was *ihr* wollt. Und gegen General Winter wollt ihr Moskau besetzen? Warten wir es ab, meine Lieben. Kommt nicht jetzt schon die Front vor Moskau zum Stehen?

Rittmeister Dr. Wollters schwieg. Die Belehrungen, die ihm Dr. Runnefeldt so freundlich erteilte, kotzten ihn an. Auch er zerrte aus der Hosentasche ein Taschentuch und stopfte es in die Verdeckritze; aber bei ihm half das wenig, es war in kurzer Zeit durchnäßt. Der Regen tropfte auf seine Uniform, als sei das zusammengedrehte Taschentuch ein Wasserhahn.

»Gibt es denn hier nichts, womit man das Scheißverdeck dicht kriegt?« rief er empört. »Ich bin bis auf die Haut naß.«

»Hier hinten ist es erträglich.« Dr. Runnefeldt dehnte sich behaglich. »Es war Ihr Wunsch, vorn zu sitzen.«

Dr. Wollters biß die Zähne zusammen. Und wenn ich hier vorn schwimme ... du bringst mich nicht dazu, meine Meinung zu ändern, dachte er verbissen. Das Mitschleppen dieses Halbrussen ist und bleibt eine Frechheit.

Zur Mittagszeit machten sie Rast an einem Bauernhof. Die Bäuerin, zwei Kinder – eine Tochter und ein Junge von 14 Jahren – und der Großvater waren beim Einmarsch der Deutschen nicht geflohen, sie hatten die graue Lawine über sich hinwegrollen lassen, hatten miterlebt, wie die deutsche Artillerie und die gefürchteten heulenden Stukas, die aus dem Himmel herausfielen, die Stalin-Linie, die vermeintlich uneinnehmbare Verteidigungslinie der Roten Armee, zerbombten und zerschlugen, und hatten damals beschlossen, lieber in den Trümmern ihres Hauses zu sterben, als davonzulaufen. Nicht weit von ihnen lag die Stadt Pskow, das jetzt Pleskau hieß, und hier hatte vor zweihundert Jahren der Leibeigene des Fürsten Michajlow, der Bauer Jermil Konstantinowitsch Grimaljuk einen Hof zur Betreuung übernommen. Nach Ende der Leibeigenschaft durften die Grimaljuks Haus und Land behalten, lebten bescheiden, aber zufrieden, fuhren oft zum Fischen an den nahen Peipus-See und lobten Gott ob seiner Güte. Jetzt war der Bauer, der Genosse Ilja Wladimirowitsch, als Scharfschütze irgendwo an der Front. Es gab keine Nachricht, keinen Brief, keine Karte – wie auch, seine Heimat war jetzt besetztes Gebiet geworden –, und niemand wußte, ob er noch lebte.

Praskowja Nikolajewna, die Bäuerin, die Kinder und vor allem Trofim, das noch recht muntere Großväterchen, hatten sich, so gut es eben ging, mit ihrem Schicksal abgefunden. Sie hatten das Korn gemäht, die Sommerkartoffeln aus dem Feld gezogen und die Gemüsebeete geharkt, um dann alles, was man nicht selbst zur Ernährung brauchte, den deutschen Besatzern zu verkaufen. Dabei hatte man sie zweimal elend betrogen ... ein Schwein und ein Kälbchen hatten die Deutschen gekauft und mit deutschen Geldscheinen bezahlt.

»Das Geld«, hatten die Landser gesagt. »Germanskij Rubel, du verstehen? Einlösen in Kommandantur. Tauschen, kapiert? Menjat' ... Guck nicht so blöd, alter Sack!«

Großvater Trofim nahm die Geldscheine, fuhr drei Tage später zum Ortskommandanten von Nostrow und legte Germanskij Rubel vor. Ausgelacht hatte man ihn und dann hinausgeworfen. Was er auf den Tisch legte, waren alte deutsche Lotterielose. Winterhilfswerk 1940.

Praskowja Nikolajewna stand in ihrer ausgebleichten Kittelschürze vor dem Haus, gegen den Regen einen Sack über den Kopf gestülpt, als Dr. Runnefeldts Auto auf dem Hof hielt. Die Kinder drückten die Nasen am Fenster platt, und Großvater Trofim bereitete sich darauf vor, gegen deutsche Lotterielose zu opponieren.

Dr. Wollters blickte mißmutig durch die Scheibe auf die Bäuerin und das alte Haus. Der Regen rauschte, als gieße man Eimer aus. Der Scheibenwischer kämpfte vergeblich gegen die vom Wind herangetriebene Flut an.

»Hier?« fragte er und drehte sich wieder um.

»Ja«, anwortete Dr. Runnefeldt.

»In dieser Bruchbude? Diesem Wanzennest? Sehen Sie sich mal das Weibsstück an ... nur mit der Kneifzange anzufassen ...«

»Wir wollen sie nicht anfassen, mein lieber Wollters, sondern eine Pause machen, etwas essen und trinken.«

»Da rühre ich nichts an! Soll ich vor Ekel die Gelbsucht bekommen?«

»Meistens haben die Bauern hier einen guten, frischen Quark«, sagte Wachter und erntete dafür einen bösen, durchbohrenden Blick. »Milch, eingelegte Gurken, feste Zwiebeln, selbstgebackenes Brot und vielleicht auch Grützwürstchen.«

»Scheußlich! Können wir nicht weiterfahren bis zu einer Truppe? Irgendwo hier müssen doch deutsche Einheiten liegen! Lieber eine miese Feldküche als dieser Schweinefraß.«

»Wir müssen hier auf die Kolonne warten.« Dr. Runnefeldt setzte seine Mütze auf, schätzte den Weg vom Auto bis zur Haustür auf etwa drei Meter – man würde also naß werden und durch einen aufgeweichten Boden springen müssen. »Wir sind noch gut durchgekommen, aber wie haben es die Lkws in diesem Sauwetter geschafft? Das beschäftigt mich mehr als Essen. Ich habe erst Ruhe, wenn die Wagen hier aufgefahren sind.« Er stieß die Tür auf, sprang aus dem Auto und hetzte mit großen Sprüngen durch den Regen auf Praskowja zu. Wachter folgte ihm, der Schlamm spritzte an seiner Hose empor, an seinen Schuhen klebten sofort dicke Lehmklumpen. Stumm blickte der Fahrer zu Dr. Wollters an seiner Seite.

»O Scheiße«, sagte der Rittmeister resignierend. Dann stieß auch er seine Tür auf, sprang hinaus und rannte zu dem Bauernhaus. Praskowja Nikolajewna, die schon so viel von den Deutschen wußte, um feststellen zu können, daß da ein höherer Offizier durch den Schlamm hüpfte, riß den Kartoffelsack vom Kopf und warf ihn Wollters über die Schulter. Mit einer wilden Handbewegung schleuderte er ihn in den Regen und den Dreck.

»Haben Sie das gesehen?« rief er empört, als er in die Stube kam, wo Dr. Runnefeldt und Wachter bereits auf Großvater Trofim geprallt waren. »Diese widerliche Vettel wirft mir doch ihren Stinksack an den Kopf!« Dann schwieg er abrupt, denn Großväterchen sagte klar und deutlich:

»Gutten Tagg ... Nix nähme Lotterie ...«

»Was will er?« Wollters musterte den rüstigen Alten. »Total verkalkt, was?«

»Lassen Sie mich das machen.« Wachter nickte dem Großvater zu und sprach dann schnell einige Sätze auf russisch. Trofim riß die Äuglein auf, beleckte mit der Zunge seine tabakgelben Zähne und hörte stumm zu. Gefährlich, dachte er. Oh, wie gefährlich. Da ist einer, der spricht wie wir. Ein abtrünniger Genosse, der den Deutschen in den Arsch gekrochen ist. Vorsichtig muß man sein bei solchen Gewissenlosen.

»Wir sind auf der Durchfahrt«, hatte Wachter gesagt. »Wir wollen hier eine Weile bleiben, bis der stärkste Regen vorbei ist. Hast du was zum Essen da? Eine Kascha oder sonstwas? Eingelegte rote Rüben oder Gurken oder ein Töpfchen Schmalz? Gibt es bei dir Milch?«

Großväterchen wölbte die Unterlippe vor, so wie es Lamas tun, bevor sie spucken, aber er spuckte nicht, auf keinen Fall, man wollte ja noch weiterleben und warten, bis Ilja, das liebe Söhnchen aus dem Krieg zurückkam.

»Alles hat man uns weggenommen, alles«, sagte er, als Wachter schwieg. »Mein Schweinchen, mein Kälbchen, das Butterfaß, das Mehl, die Grütze, alles. Bezahlt haben Sie, deine neuen Freunde … mit wertlosem Papier.«

»Und wovon lebt ihr?« fragte Wachter.

»Ein paar Kartoffeln haben wir noch. Ein Süppchen, ein paar Zwiebeln … genug ist das. Schwer sind die Zeiten.«

»Was quatscht der Alte da?« fragte Dr. Wollters. Er zog seine durchnäßte Uniformjacke aus, ging zu dem aus Flußsteinen gemauerten Ofen und hing sie über eine gespannte Leine. Der Ofen gluckerte und war schön warm. Ich sage es doch, dachte Wachter zufrieden. Der Winter kommt diesmal schneller. Sie kennen ihre Natur genau, die Bauern, frühzeitig heizen sie ihre Öfen an, gut vollgesogen mit Wärme sollen die Steine sein, bevor der erste kalte Sturm kommt.

Großväterchen Trofim starrte den deutschen Offizier entgeistert an. Wollters hielt seine Hosen mit Hosenträgern fest …breite, in buntem Muster gewebte, stabile Träger mit ledernen Schlaufen. Hatte man so etwas schon gesehen? So etwas gab es? Trofim konnte den Blick nicht von diesen Hosenträgern losreißen und verfluchte die Unmöglichkeit, sie nicht gegen ein Hühnchen eintauschen zu können.

Noch sieben Hühner hatte er im Stall versteckt und bisher vor allen Deutschen gerettet. Welch ein Wunderwerk von Hosenträgern …

»Ein paar Krümelchen werd ich noch zusammenkratzen«, sagte Trofim und ließ die Augen nicht von Wollters. Der hatte sich auf die Ofenbank gesetzt, lehnte den nassen Rücken gegen die warmen Steine und wunderte sich, daß es hier im Raum weder nach Schweiß noch nach saurer Milch roch. Praskowja stand an der Tür und wartete. Die Kinder hatten sich im Nebenraum versteckt, wo ein mit Stroh hoch gefülltes mächtiges Holzbett stand. Hier mummelte sich Großväterchen ein – so rüstig war er mit seinem Rheuma nun doch nicht, um noch auf den Ofen klettern zu können, auf die Plattform, auf der die ganze Familie im Winter schlief.

Wachter nickte zufrieden. »Guck in alle Ecken, Väterchen«, sagte er. »Es wird sich schon was finden.«

Trofim riß sich von den Hosenträgern los, schnalzte mit der Zunge und rieb mit der Oberlippe seine Nasenspitze. »Kann man tauschen?« fragte er und blinzelte Wachter zu.

»Was?« fragte Wachter verwundert.

»Gutes Essen gegen eine Leihgabe. Nur ein Viertelstündchen, das genügt. Ist ein guter Tausch, Genosse. Was ist schon ein Viertelstündchen im Leben eines Menschen. Mich wird's fröhlich machen.«

»Was willst du tauschen, Väterchen?«

»Einmal anziehen, Freundchen.« Großväterchen zuckte listig mit den Augen. »Vom Gospodin Offizier die Hosenträger …«

Ratlos warf Wachter einen schnellen Blick auf Dr. Wollters. Der Rittmeister saß, umgeben von molliger Wärme, am Ofen und wartete auf den Fraß, den man ihnen vorsetzen würde.

»Alter, du bist verrückt!« sagte Wachter. »Ich kann doch den Herrn Rittmeister nicht bitten, dir seine Hosenträger zu leihen. Auch nicht für ein Viertelstündchen. Unmöglich.«

»Frag ihn, Brüderchen. Kein Fleckchen wird drankommen, kein Stäubchen.«

Wachter wischte sich mit beiden Händen über das Gesicht und wandte sich herum zu Dr. Runnefeldt. Er stand in der »schönen Ecke« des Zimmers und betrachtete eine uralte Bauern-Ikone. Grob gemalt mit Eierfarben, schmale hohe Gestalten mit langgezogenen Gesichtern und großen runden Augen. Um etwa 1600 herum, dachte er. Das hat noch keiner erkannt, der hier im Zimmer gewesen ist. Ein kleines Juwel von Ikone. Man sollte es mitnehmen, so etwas gibt es kaum noch. Aber dann sah er Praskowjas Blicke und die Angst in ihnen. Diese Ikone war das einzige, was ihr von ihrem Glauben geblieben war. Das geschnitzte Kruzifix hatten Rotarmisten, die zur Stalin-Linie marschiert waren und bei ihnen rasteten, von der Wand gerissen und an der Hausmauer zersplittert. Und auch das Kerzchen, das ewige Licht, hatten sie ausgeblasen. »Da hängt ihr jetzt Stalin hin!« hatte ein Sergeant gebrüllt. »Ihr christlichen Heuchler.« Aber die Ikone ließen sie unberührt, sie zeigte Peter und Paul, und die Jünger waren kostbar gekleidet wie Bojaren.

Sie bleibt hier, dachte Dr. Runnefeldt und wandte sich von der Ikone ab. Wir haben über 500 Ikonen bei uns. Nehmen wir an, diese hier habe ich nie gesehen.

»Herr Doktor«, sagte Wachter leise, damit es Wollters nicht hörte. »Der Alte verspricht uns ein gutes Essen, wenn er die Hosenträger von Dr. Wollters einmal anziehen darf. Nur ein paar Minuten …«

»Das ist doch ein Witz!« sagte Dr. Runnefeldt entgeistert.

»Nein, Herr Doktor. Können Sie Dr. Wollters nicht fragen?«

»Das ist doch lächerlich!«

»Ein kleiner Tausch: Gutes Essen gegen …« Er schluckte. »Sonst gibt's für uns nur Essiggurken. Wir werden nie finden, wo sie ihre Vorräte versteckt haben.«

»So was Verrücktes gibt's nur einmal!« Dr. Runnefeldt ging hinüber zu Dr. Wollters und musterte die scheußlichen Hosenträger. Wollters fühlte sich wohl … er trocknete.

»Probleme?« fragte er. »Sag ich doch, das ist der reinste Schweinestall. Hier rühre ich nichts an!«

»Verleihen Sie für ein paar Minuten Ihre Hosenträger?«

»Wie bitte?« Wollters sah Dr. Runnefeldt fast entsetzt an. »Haben Sie öfters solche Anfälle?«

»Der Großvater möchte sie einmal tragen … dafür gibt es gutes Essen.«

»Das ist ja …« Wollters holte tief Luft. »Das ist unerhört!« Sein empörter Blick traf Großväterchen. Trofim grinste ihn freundlich und erwartungsvoll an. »Und so einen Blödsinn sprechen Sie auch noch aus, Herr Runnefeldt!«

»Ich finde, das ist ein guter Tausch.«

»Kein Fleckchen, kein Stäubchen wird drankommen –« warf Wachter ein. »Wenn es den alten Mann glücklich macht …«

»Sind wir im Krieg, oder ziehen wir herum, um jeden glücklich zu machen?« bellte Wollters.

»Das letztere.« Dr. Runnefeldt setzte zum vernichtenden Schlag an. »Nach Ansicht des Führers befreien wir hier den slawischen Menschen vom Bolschewismus. Also eine Art von Beglückung. Hier ist unsere Zukunft, das weite Land des Ostens. Die Ausdehnung des Großdeutschen Reiches.«

Wortlos erhob sich Dr. Wollters von der warmen Ofenbank, schnallte seine Hosenträger ab und warf sie Trofim zu. Großväterchen fing sie geschickt auf, wirbelte dann auf dem Absatz herum und verschwand so flott wie ein junger Bursch im Nebenzimmer.

Aber schon nach wenigen Minuten war er wieder da. Über seiner blauen Bauernbluse zogen sich die bunten Träger und hielten seine alte, fleckige, dunkelgraue Hose fest. Mit verklärtem Gesicht und stolzen Schritten ging er im Zimmer herum, stellte sich vor seine Schwiegertochter Praskowja, ließ zwischen den Daumen die Hosenträger schnalzen, wanderte mit hocherhobenem Haupt an allen Wänden der Stube entlang, und als sogar die Kinder sich blikken ließen und Großväterchen bestaunten, marschierte er mit durchgedrückten Knien paradierend einmal vom Ofen zur Tür und von der Tür zum Ofen. So glücklich und ergriffen war der Alte, daß er bei dieser Parade nichts mehr von seinem Rheuma spürte.

Mit gleicher Würde verließ er darauf das Zimmer, verschwand hinter der Tür zu seinem Schlafraum, öffnete einen breiten Schrank und schlüpfte durch ihn und eine Holztür in den angrenzenden Stall. Fröhlich gackerten seine sieben Hühnchen bei seinem Anblick und reckten die Hälse vor. Gab es jetzt schon Körnerchen?

»So ist nun mal das Leben, ihr Lieben!« sagte Trofim feierlich. »Versprochen hab ich's, und ein Grimaljuk hält sein Versprechen.« Er musterte die Hühnerchen, entschied sich für ein fettes, rundes Exemplar und hob die Schultern. »Lydia, eine muß es sein. Warst ein braves Tierchen.«

Ein Beil nahm er von der Wand, packte Lydia ruckzuck bei den Flügeln, trug das schreiende Tier zu einem Holzblock und hieb ihm den Kopf ab. Weit von sich weghaltend, damit kein Spritzerchen an die Hosenträger kam, ließ er es ausbluten und kehrte dann durch den Schrank zurück.

Dr. Wollters saß auf der Ofenbank und blickte auf seine Armbanduhr. »Die Zeit ist um!« sagte er scharf. »Es ist unerhört, was man hier mit mir macht. Warum haben Sie Ihre Hosenträger nicht abgeschnallt, Herr Runnefeldt?!«

»Erstens habe ich keine so bunten wie Sie, und zweitens trage ich nur Gürtel. Ah, da kommt ja Großvater wieder.«

Trofim erschien in der Stube, in der Rechten die Hosenträger, in der Linken das geschlachtete Huhn. Praskowja stieß einen langen Seufzer aus. Ausgerechnet Lydia, die beste Eierlegerin! Großväterchens Verstand war auch nicht mehr wie früher.

Dr. Wollters nahm seine Hosenträger entgegen und legte sie sofort wieder an.

»Der Kerl hat doch tatsächlich ein Huhn geköpft!« sagte er.

»Der Tausch.« Dr. Runnefeldt nickte dem Alten ermunternd zu. »Wenn das kein Geschäft war, Herr Wollters. Wir bedanken uns alle bei Ihnen für das kommende fulminante Essen ...«

Eine große Betriebsamkeit entstand in dem Bauernhaus. Praskowja nahm das Huhn aus, die Kinder rupften es, Trofim bot Tabak an, den grob geschnittenen Machorka, den nur eine Kehle aus Blech vertragen konnte, und zauberte unter einer losen Dielenplanke eine Flasche mit Stachelbeerwein hervor.

»Sagen Sie der Bäuerin –« wandte sich Dr. Runnefeldt an Wachter –« daß das Huhn für 40 Personen reichen muß. Wir drei, der Fahrer und 36 Mann von der Kolonne. Wird zwar sehr dünn werden, die Suppe, aber bei dem Sauwetter tut sie allen gut.«

Praskowja stellte also einen riesigen Kessel auf den eisernen Herd, füllte ihn voll Wasser und ließ es kochen. Daß es ein Kessel war, in dem man sonst das Schweinefutter zubereitete, wußte keiner. Nur Wachter, und der hielt den Mund.

Aber die Suppe wurde nicht dünn, im Gegenteil, Praskowja schüttete, nachdem sie das Huhn in kleine Stücke zerteilt hatte, ein paar Hände voll Grütze in das brodelnde Wasser, dazu noch vier große Zwiebeln, und so wurde es mehr ein Brei als ein Süppchen. Trofim schnupperte in die Luft wie ein Ferkelchen, sagte mit glänzenden Augen: »Riecht wie bei meinem Mütterchen!«, und wenn das ein über siebzig Jahre alter Mann sagt, mußte das stimmen und war ein großes Lob.

Vier Stunden später tauchte aus dem rauschenden Regen die Lkw-Kolonne auf. Bis zu den Planen mit Dreck bespritzt, pflügten sie tiefe Furchen in die Straße und schwankten durch den Schlamm wie klobige betrunkene Riesen. Am schwersten traf es Julius Paschke als letzten der Kolonne ... er mußte alle tiefen Spuren der vor ihm den Straßengrund zermahlenden Wagen überwinden.

»Dat is zum Mäusemelken!« hatte Doll ein paarmal geschrien. »Dat häste nu davon, mit dingem Fimmel von der Nachhut! Die da vürn rießen de Stroß op, und ich krieje die janze Scheiße ins Geseech! Nach dem Essen maache mir widder de Spitz ...«

»Wir bleiben hinten«, sagte Paschke. Er bedauerte Jana, die hin und her geschleudert wurde. Die zarten Knöchelchen, dachte er. Und noch nich mal massieren kann ick se. »Ick weeß det besser als du ...«

»Scheiße!«

Nun fuhren die 18 Lkws vor dem Bauernhaus auf, wieder schön ausgerichtet in langer Reihe. Von Wagen eins war die Meldung gekommen: »Das Auto vom Chef parkt vor einer Kate!«, und Paschke hatte den Befehl gegeben, auch dort zu halten. Mittagspause.

Etwas steif kletterten die Fahrer aus ihren Wagen und rannten hinüber zum Haus. Eine graugrüne, nasse Woge ergoß sich in das Zimmer, im Nu stank das ganze Haus nach durchweichten Kleidern und anderen Gerüchen. Großväterchen, neben Wollters einträchtig auf der Ofenbank sitzend, beobachtete interessiert die Soldatenflut. Wollters riß seinen Uniformrock von der Leine und zog ihn schnell an.

»Einsatzkommando ›Hamburg‹ zur Stelle!« meldete Paschke und schlug die Hacken zusammen. »Keine besonderen Vorkommnisse.«

Dr. Runnefeldt nickte. Paschke rührte sich. Der Duft der Hühnersuppe, die ein Brei geworden war, zog ihm in die Nase.

»Wie ist die Straße?« fragte Dr. Runnefeldt.

»Noch jeht's, Herr Sonderführer. Aber wenn det so weiter pißt ... Bis Königsberg sind's noch gut 600 Kilometer.«

»Im Reich werden die Straßen besser, Paschke. Ihr habt Hunger, was?«

»Bis unta de Arme, Herr Sonderführer.«

»Dann Kochgeschirr raus und Essen fassen. Es gibt Brei mit Huhneinlage.«

»Wat flutscht, is imma jut, sagte meen zahnloser Großvater.« Paschke drehte sich um. Hinter ihm knubbelten sich die 35 Fahrer. »Bereit machen zum Essenfassen!«

Zwanzig Minuten später hatte jeder Soldat eine volle Kelle Hühnerbrei in seinem Kochgeschirr. Sie standen an den Wänden oder saßen auf den Dielen, und eine Weile hörte man nur das Klappern der auseinandernehmbaren Eßbestecke.

Dr. Runnefeldt, Wollters und Wachter saßen am Tisch und aßen von irdenen Tellern. Stumm sahen ihnen Praskowja, die Kinder und Großväterchen zu. Er war heute ein glücklicher Mensch – die schönsten Hosenträger der Welt hatte er getragen.

Paschke aß nur ein wenig von seinem Hühnerbrei, sagte dann zu dem schlürfenden Doll, der aufmerksam die Zwiebelstücke herumrührte, beste Munition für seine Rache: »Ick jeh mal abprotzen. Irjendwo find ick schon ne trockne Ecke ...« und verließ das Haus.

Geduckt rannte er zu seinem Wagen, sprang auf die Stoßstange und schnellte sich von ihr ab über die Ladeklappe ins Innere. Die paar Meter waren wie ein Lauf durch einen Wasserfall gewesen.

»Ick bin et, Mädchen«, sagte er in das Halbdunkel hinein. »Keene Angst. Allet läuft wie jeschmiert. Haste noch deene Knochen? Ick hab dir wat zum Essen jebracht. Hühnerbrei. Sieht aus wie vorverdaut ... aba schmeckt besser als ick gedacht habe.«

Er zwängte sich durch die Kisten und blieb vor Jana stehen. Sie saß mit dem Rücken an der Kabinenwand und streckte die rechte Hand aus. Paschke reichte ihr sein Kochgeschirr hin. »Du bist ein guter Mensch«, sagte sie.

»Ick hab mit'n Löffel schon jejessen.« Janas Worte machten ihn sehr verlegen. »Kannst aba unbesorcht nehmen. Ick habe keene Syphilis.«

Er lehnte sich an die Kiste von der Jungfrau Maria und den Engelsköpfen und sah ihr eine Weile zu, wie sie den Hühnerbrei aß. Sie nahm nicht viel, nur ein paar Löffelchen, und hielt ihm das Kochgeschirr wieder hin.

»Danke, Julius ...«

»Kannste allet essen, Jana.«

»Und du?«

»Ick orjanisiere mir schon wat. Det ham wa jelernt. Magste nich?«

»Ich bin satt, Julius.«

»Da frißt meen Meerschweinchen ja mehr. Ick hab nämlich en Meerschweinchen zu Hause, mußte wissen. Emma heeßt se. Nach meener Schwiejermutta. Zuerst war Hanna – det is meene Frau – tief beleidicht. Dann koofte se sich eenen Kanarienvogel, den nannte se Klara. Wie meene Mutta. Da war'n wer quitt.«

Er nahm das Kochgeschirr zurück und löffelte den Rest des Breies aus. Jetzt hatte er auch seine Feldflasche mitgebracht, schraubte sie auf und gab sie Jana.

»Tee«, sagte er dabei. »Mit so nem Zitronenpulver drin. Aba es schmeckt.«

Durstig goß sie sich den Mund voll, bis sich ihre Backen blähten, und dann erst schluckte sie es hinunter. Dreimal. Die Feldflasche war halb leer, als Jana sie an Paschke zurückgab.

»Bist 'n dolles Mädchen«, sagte er. »Und so wat wird nu im Kriech verheizt.«

»Er ist bald zu Ende, Julius.«

»Det glaubste? Ick weeß nich. Ick laß mir übaraschen.«

Mit langen Sprüngen kehrte er zum Bauernhaus zurück, triefend vom Regen, und stellte sich wieder neben Doll an die Zimmerwand.

»Dat wor äwwer ne nasse Eck zum Drießen«, sagte Doll.

Paschke beugte den Kopf vor und ließ das Wasser aus seinen Haaren laufen.

»Sprich deutsch, sag ick dir imma.«

»Eine nasse Ecke zum Scheißen!« Doll bemühte sich, hochdeutsch zu sprechen. »Himmlische Spülung, wat?«

»Du kannst mir jreuzweise ...«

Dr. Runnefeldt war ein paarmal ans Fenster getreten und hatte hinaus in den Regen geblickt. Es sah nicht so aus, als ob sich der Himmel bald schließen würde.

»Es hilft alles nichts«, sagte er zu Dr. Wollters. »Wir müssen weiter. Wir können hier nicht Wurzeln schlagen. Ab und durch den Regen durch ... wir sind ja nicht aus Zucker. Hinter der Düna, in Litauen, wird es besser. Da haben wir vernünftige Straßen.« Er wandte sich an die Landser und klatschte in die Hände. »Leute, es geht weiter! Wir kapitulieren doch nicht vor russischen Straßen! In Königsberg könnt ihr euch dann ausruhen …«

Als letzte verließen Wollters und Dr. Runnefeldt das Bauernhaus. Wachter saß schon hinten im Adler, der Fahrer hatte in die Verdeckritzen Streifen aus zerschnittenen Kartoffelsäcken gestopft.

»Wollen wir jetzt tauschen?« fragte Dr. Runnefeldt. »Sie hinten, ich vorn?«

»Nein!« antwortete Wollters stur.

»Dann Wachter nach vorn …«

»Ich bleibe auf meinem Platz!« Wollters zog den Kopf tief zwischen die Schultern und rannte los, riß die Wagentür auf und ließ sich auf den Sitz fallen. Dr. Runnefeldt gab Trofim die Hand. Der Alte war darüber so verblüfft, daß sich seine Hand anfühlte wie ein schlaffer Lappen.

»Mach's gut, Opa«, sagte Dr. Runnefeldt. Dabei wehrte er Praskowja ab, die unbedingt seine andere Hand küssen wollte. Wie gut war man heute weggekommen! Keine Hausdurchsuchung, keine Beschlagnahmung, nur Lydia hatte dran glauben müssen, ein kleiner Preis für die Güte der deutschen Offiziere. Und Großväterchen hatte sogar die Hosenträger anziehen dürfen. Welch ein Erlebnis. Muß man da nicht danken auf die gute, alte Art? »Und paß auf deine Ikone auf … 16. Jahrhundert, damit kannst du nach dem Krieg ein neues Haus bauen!«

Trofim verstand ihn natürlich nicht, aber am Klang der Stimme ahnte er, daß ihm etwas Gutes gesagt wurde. Er nickte vorsorglich, begleitete Dr. Runnefeldt bis zur Eingangstür und blickte dann lange der Wagenkolonne nach, die sich langsam durch den Regen auf die Straßen quälte.

An diesem Tag trug der schriftführende Offizier in das Kriegstagebuch des 50. Armeekorps ein:

16. 10. Krasnogwardejsk:
Rittmeister Dr. Wollters und Sonderführer Dr. Runnefeldt verlassen nach Abschluß ihrer Tätigkeit (Sicherstellung von Kunstgegenständen) den Stab Gen. Kdo. L.A.K. …

Einer der größten Kunstraube der Geschichte war damit dokumentiert.

Zwei Tage und zwei Nächte waren sie unterwegs: 930 Kilometer durch Regen, Schlamm, zähen Lehm und klebenden Morast. In Kauen mußten drei Lkws in die Werkstatt, nachdem man sie mühsam mit Abschleppseilen mitgezogen hatte. Der Werkstattleiter der 3. Nachschubkompanie, ein Oberfeldwebel, stellte zwei Federbrüche, einen Getriebeschaden und eine angeknackste Achse fest und meldete dann: »Reparatur wird drei Tage dauern. Dazu müssen die Lkws entladen werden.«

»Die Reparatur wird drei Stunden dauern!« hatte Dr. Wollters gebrüllt. »Und nicht ein Staubkorn wird entladen. Das wollen wir doch mal sehen!«

Hier erwies sich, daß ein Rittmeister mehr Autorität ausstrahlte als ein Sonderführer, ein Schmalspur-Offizier. Wollters ließ sich bei dem Kommandeur des Nachschub-Bataillons melden, legte diesem – einem Hauptmann – seine Legitimation vor und wartete die Reaktion ab. Der Hauptmann brauchte reichlich viel Zeit, das Schreiben zu lesen.

»Im Führer-Auftrag!« sagte Wollters schnarrend. »Drei Tage Warten sind ein Wahnsinn. Im Führerhauptquartier wartet man auf meine Vollzugsmeldung. Soll ich melden: In Kauen bin ich an lahme Ärsche geraten?«

Der Hauptmann gab das Schreiben zurück und sah Wollters verkniffen an. Du aufgeblasener Affe, dachte er. Auch der Führer kann keine Achse hopp-hopp unter einem vollbeladenen Lkw wechseln. »Wir werden unser Bestes tun«, sagte er kühl. »Wir werden die Nacht durcharbeiten.«

»Das habe ich auch angenommen.«

Wollters grüßte und verließ die Bataillonsgeschäftsstelle wie ein Sieger. In der Werkstatt wußte man schon durch das Telefon Bescheid. Man war gerade dabei, den ersten Wagen aufzubocken. Julius Paschke, voll Sorge um Jana, wieselte um Dr. Runnefeldt herum und redete auf ihn ein.

»Die anderen 15 Wagen können doch weiterfahren nach Königsberg!« sagte er. »Oder – noch besser – Sie fahren mit 14 Wagen nach Königsberg, Herr Sonderführer, und ick bleibe mit meinem

Fahrzeug hier und komme dann mit den anderen drei nach. Da kann gar nichts passieren.« Er blickte Dr. Runnefeldt treuherzig in die Augen: »Det vaspreche ick Sie ...« fiel er in seinen Dialekt zurück.

»Wir bleiben zusammen, Paschke.« Dr. Runnefeldt schüttelte den Kopf. »Auf einen Tag mehr oder weniger kommt es nicht an. Der Herr Rittmeister will bloß ein bißchen Rummel machen ...«

Und wat mach ick mit Jana, dachte Paschke erschrocken. Hier kann se nirgendwo Luft schnappen, ick kann se nich füttern, det fällt ja uff, und raus kann se ooch nich. War schon bisher en Risiko, wenn se nachts ausem Wagen jeklettert is. Aba hier, uff'm Hof der Werkstatt ... det jeht ins Auge. Wat soll ick bloß tun?

Noch einmal versuchte er, wortreich Dr. Runnefeldt davon zu überzeugen, daß Nachkommen besser sei als Warten. Und es regnete noch immer. »Ick schaff det schon, Herr Sonderführer«, beteuerte er. »Mir hält so'n Schlamm nich uff ...«

»Hinter Kauen werden die Straßen besser, Paschke. Es bleibt dabei: Wir bleiben zusammen.«

Es hatte keinen Sinn, weiter auf Dr. Runnefeldt einzureden. Paschke verließ die Werkstatt, schlenderte hinüber zu den auf dem Hof nebeneinander stehenden Lkws und kletterte über die Ladeklappe in das Innere seines Wagens. Das fiel nicht auf ... bisher hatte Unteroffizier Paschke noch jeden Tag die Ladung seiner Kolonne überprüft, ob nichts verrutscht oder eine Kiste beschädigt war.

»Ick bin's!« sagte er in das Halbdunkel des Laderaumes hinein. »Is allet 'ne jerührte Scheiße, Mädchen ...«

Er zwängte sich nach hinten durch die Kisten und lehnte sich wieder an die holzverschalte Marienstatue. Jana hockte auf dem Boden und starrte ihn aus weiten Augen an. In der Wagenecke stand der Eimer, noch unbenutzt.

»Wir müssen hierbleiben«, sagte Paschke und hob hilflos die Schultern. »Ick wollte voraus – nix zu machen. Wat nun?«

»Wie lange?« fragte Jana ruhig. Nichts schien es zu geben, was sie aufregen konnte ... wenigstens äußerlich.

»Wer weeß det? Üba Nacht bestimmt ... Ick kann dir Essen bringen, det fällt nich uff ... aber mit Strullen un so ... ist nix. Mußt'n Eimer benutzen, Mädchen, kannst ja nicht raus aus'm Kasten, ooch nachts nich. Det wimmelt hier von Landsern.«

»Wir schaffen es schon, Julius«, sagte Jana. Nicht sie mußte beruhigt werden, sondern der nervöse, zappelige Paschke. »Wir sind ja bald in Königsberg.«

»Noch 170 Kilometer ...«

»Knapp einen Tag ...«

»Wo willste denn raus?«

»Irgendwo in Königsberg. Am Rande vielleicht, bei einer Rast.«

»Det dich jeda sieht? Nee! Det geht nur in de Nacht ...«

»Dann vor Königsberg, Julius.«

»Kommt druff an, wann mer hier wegkommen.« Paschke griff in die Tasche seines Mantels und holte zwei Butterbrote mit Käse und eine Flasche Mineralwasser hervor. »Det war allet, wat ick in der Kantine erjattern konnte. Vielleicht kann ick noch'n Schlag Suppe orjanisieren. Wird allet schwerer, Mädchen, als bisher. Sind zuvill Oogen da.«

Er kletterte zurück ins Freie, inspizierte noch drei Lkws, gewissermaßen als Alibi, bummelte dann zurück in die Werkstatt und sah den Mechanikern zu, die fluchend in der Grube oder an einer Hebebühne an den vollbeladenen Wagen herumarbeiteten. Rittmeister Wollters und Sonderführer Dr. Runnefeldt waren mit dem Kübelwagen zum Kasino des Nachschubbataillons gefahren, um sich frisch zu machen und etwas Gutes zu essen. Vorher hatte es noch eine kleine Auseinandersetzung gegeben.

»Muß dieser Wachter denn mit?« hatte Wollters hochmütig gefragt. »Er ist Zivilist und gehört in kein Offizierskasino.«

»Er ist unser Gast, Herr Wollters.«

»*Ihr* Gast. Das ist ein Unterschied, und den halten wir mal deutlich fest. Ein Museumsdiener im Kasino. Übertreiben Sie nicht, Herr Runnefeldt.«

»Wachter kann uns noch sehr wertvoll sein. Vor allem Dr. Findling wird sich freuen.«

»Über was denn?«

»Wachter ist mit dem Bernsteinzimmer aufgewachsen. Wenn jemand das Zimmer bis ins kleinste Detail kennt, dann nur er ... das kann uns beim Aufbau in Königsberg oder Linz sehr nützlich sein. Wir müssen weiterdenken ...«

»Danke für die Belehrung!« Wollters war sauer und zeigte es auch. Er sprach mit Wachter kein Wort und ging als erster ins Kasino, als wollte er damit demonstrieren, daß er, als Rittmeister, immer den Vortritt habe.

Die Reparatur der drei Lkws dauerte doch länger, als der Werkstattleiter geschätzt hatte. Erst am nächsten Abend konnte der Oberfeldwebel melden: »Alles klar.«

»Wurde auch Zeit!« knurrte Wollters.

»Das war eine einmalige Leistung, Herr Rittmeister. Woher haben Sie diese Gurken denn bekommen? Da wackelt und rostet ja alles.«

»Von Gauleiter Koch persönlich.«

»Dann will ich nichts gesagt haben.« Der Oberfeldwebel hob abwehrend beide Hände. Doch er grinste dabei. »Das sind hervorragende Wagen, bestens gepflegt! Pech kann man ja mit dem zuverlässigsten Wagen haben ...«

»Wir fahren sofort weiter!« Dr. Runnefeldt verabschiedete sich von dem Werkstattleiter mit Handschlag, was Wollters unter seiner Würde fand. »Schätze, daß wir gegen ein Uhr nachts in Königsberg sind.«

»Wollen Sie Gauleiter Koch aus dem Bett holen?«

»Ich nehme an, er wird noch gar nicht drin sein.« Dr. Runnefeldt lachte verhalten. »Ich werde ihn kurz vor unserer Abfahrt anrufen. Wie ich Koch kenne, wird er diese Nacht auf sein Bett verzichten, selbst wenn schon jemand darin wartet ...«

Wollters sah Dr. Runnefeldt erstaunt an. Welche Reden! Er sah auf seine Uhr. »Haben wir noch Zeit, zu Abend zu essen?«

»Natürlich.«

»Im Kasino gibt es heute Rouladen mit Rotkohl.« Wollters hob die Augenbrauen. »Kommt dieser Museumsdiener wieder mit?«

»Soll Herr Wachter am Daumen lutschen?«

Wollters verschluckte eine Antwort, und das alte Spiel wiederholte sich. Er betrat als erster das Offizierskasino, ihm folgte Wachter und dann erst Dr. Runnefeldt. Die Lkw-Fahrer saßen in der Kantine der Werkstatt und schaufelten Nudelsuppe mit Rindfleischbröckchen in sich hinein. Paschke gelang es, sein Kochgeschirr in der Küche noch einmal füllen zu lassen.

Nach Einbruch der Dunkelheit kroch er wieder in seinen Wagen und hielt Jana das Kochgeschirr mit der dampfenden Nudelsuppe hin. Sie hatte den Eimer benutzen müssen, es roch scharf nach Urin.

»Verzeihung –« sagte Jana bedrückt, – »aber es ging nicht anders.«

»Ick sag ja nix. De Natur is stärker. Ick bringe den Eimer nachher raus. Iß erst mal. So um Mittanacht sind wir in Königsberg. Dann biste erlöst, Mädchen.«

»Wie kann ich dir danken, Julius?«

»Ick wüßte schon wat.« Paschkes Blick glitt über Janas Körper und blieb an der oberen Wölbung ihrer Schwesterntracht hängen. »Aba det jeht nich. Ick komm dir später im Krankenhaus besuchen. Wo biste denn da?«

»Im Städtischen Krankenhaus«, sagte sie sofort, ohne nachzudenken. »Da muß ich mich melden. Wohin sie mich dann stecken, das weiß ich noch nicht.«

»Ick werd dir finden.« Paschke griff nach dem Henkel des Eimers und verließ mit ihm wieder den Laderaum des Lkws.

Draußen kippte er ihn in einen Gully vor der Werkstatt und spülte ihn unter einem Wasserhahn in der Werkhalle aus. Det is ooch dat erstemal, dat ick Mädchenpisse rumtrage, dachte er. Aba wat tut man nich allet for die Liebe. Liebe? Na sajen wir: Sympathie. Zu Hause wartet Hanna. Ooch wennse jetzt fremdjeht ... nach'm Krieg is allet wieda normal. Dann is allet wieda vajessen. Ooch det Abenteuer Jana.

Kurz vor der Abfahrt, als Dr. Runnefeldt und Wollters mit Wachter schon im Kübelwagen saßen, kletterte er noch mal unter die Plane zu Jana und holte sein Kochgeschirr ab. Ein Soldat ohne Kochgeschirr ist nur ein halber Soldat. Zwei Dinge gibt's im Krieg, die wichtiger sind als alles andere: das Glück zu überleben, dazu braucht man Glück, und ein sattes Gefühl im Bauch, das kann man steuern. Ein Soldat kann vieles verlieren, nur nicht das am Gürtel scheppernde und gegen die Hinterbacke schlagende Kochgeschirr.

»Jetzt jeht's los!« sagte Paschke leise. »In Königsberg klopp ick jejen de Wand. Dann mußte ne Fliege machen, vastehste? Dann is et jünstig. Mädchen, mach's jut! Und ick suche dir in Königsberg, verlaß dir druff.«

Jana nickte. Plötzlich richtete sie sich an der Rückwand hoch, warf die Arme um Paschke und küßte den völlig Verblüfften auf den Mund. Wie ein Pfahl stand er da und glotzte dumm, als Jana sich wieder von ihm löste. In seinem Kopf, in seinen Schläfen, in seinem Herzen, überall summte es, als sei er ein Bienenkorb.

»Du weißt gar nicht, welch eine große Tat du getan hast, Julius!« sagte sie. »Ich werde dich nie vergessen. Gott sei mit dir … und überlebe den Krieg …«

»Dir … dir ooch allet Jute«, stammelte Paschke, fuhr sich mit beiden Händen über die Augen und tappte zur hochgeklappten Plane zurück. Erst auf dem Pflaster schüttelte er sich wie ein Hund, der aus dem Wasser kommt, und stieß einen tiefen Seufzer aus. Es war ihm, als habe Feuer seine Lippen verbrannt.

Is det 'n heißes Stück, dachte er, leicht benommen. Julius, wennste die mal ins Bett kriegst, mußte dir nachher krank melden. Knochenerweichung. Junge, Junge …

Er ging nach vorn, enterte das Fahrerhaus und ließ sich neben den Gefreiten Doll aus Köln fallen. Zur Begrüßung ließ der einen dumpfen Rülpser los.

»Sau!« sagte Paschke knapp.

»Nach Nudelsupp muß isch immer en Bäuerchen maache. Pardon, Monsieur.« Doll ließ den Motor anspringen, der Kübel mit den Offizieren fuhr schon ab. »Widder als letzte?«

»Ja.«

»Woröm? Jetzt weed de Stroß doch besser. Isch han jenug Dreck in de Freß jekriegt. Immer hinte blieven …«

»Quatsch nich … warte.« Paschke lehnte sich weit zurück. Dieser Kuß, durchrann es ihn. Dieser Druck ihrer Brust jejen meine Brust. Det vajeß ick ooch nich, Mädchen. Und wenn mir späta Hanna küßt, denk ick, du bist's! Übaleb du ooch den Krieg, Jana, und, na ja, Jott sei ooch bei dir …

Als sie als letzte abfuhren und über das Pflaster holperten, wußte Paschke, daß er Jana zum letztenmal gesprochen hatte und nie wiedersehen würde. Er starrte durch das Fenster in die Nacht und kaute auf seinen Zähnen herum und wunderte sich, daß Abschied so schwer auf dem Herzen lasten konnte. Bei Hanna war das anders gewesen. Da hatte er gelacht und gerufen: »Ick komm wieda, wenn mer die Polen zurechtjerückt hab'n.« Aber dann kam nach Polen Frankreich dran, und jetzt Rußland … und was dann noch?

»Woran denkste, Jul?« fragte Doll.

»An 'n Puff in Königsberg.«

»Isch han da en jut Adress.« Doll lachte in sich hinein. »Du, da kenn ich ne Witz. Tünnes und Schäl jehn über de Bottermarkt und ...«

»Halt's Maul!« sagte Paschke grob.

»Hinger uns läuft einer mit nem Blechemmer noch und winkt.«

»Mit wat?«

»Blecheimer –«

»Jib Jas!« Julius Paschke zog den Kopf zwischen die Schultern. »Varrückte jibt's überall.«

Gauleiter Erich Koch übte sich in Geduld, aber es fiel ihm schwer. Nach dem Anruf von Dr. Runnefeldt aus Kauen hatte er schon in der nächsten Minute Dr. Findling und seinen Vertrauten und Trinkkumpanen Gauamtsleiter Bruno Wellenschlag benachrichtigt und mit Triumph in der Stimme gerufen: »Sofort herkommen! Das Bernsteinzimmer trifft heute nacht ein!«

Dr. Findling nahm Abschied von seiner Frau, als habe er eine lange Reise vor sich.

»Bestimmt werdet ihr wieder saufen!« sagte sie wenig damenhaft.

»Bestimmt, Martha, bestimmt. Das Bernsteinzimmer bei uns! Dieses Ereignis muß Koch begießen.«

»Und morgen zerplatzt dir wieder der Kopf, und die Magensäure steht dir bis zum Hals!« Sie dachte kurz nach und fügte dann hinzu: »Bevor du zu Koch gehst, trinkst du diesmal erst ein kleines Glas Salatöl ...«

»Was soll ich trinken, Martha?« fragte Dr. Findling entsetzt.

»Ein Gläschen Salatöl. Das schmiert die Magenwände aus, wirkt gegen Übersäuerung und neutralisiert den Alkohol.«

»Mich übergeben werde ich!«

»Auch das ist nützlich. Wilhelm, Öl ist ein altes Hausrezept. Schon mein Großvater trank ein Glas, bevor er zu Versammlungen des Bürgervereins ging. Ich habe Großvater nie betrunken erlebt.«

»Kunststück ... der war trainiert. Er konnte saufen wie ein Stier.« Dr. Findling sah mit zusammengepreßten Lippen zu, wie Martha in die Küche ging, Salatöl in ein kleines Schnapsglas goß und es ihm dann hinhielt. »Ich komme mir 47 Jahre jünger vor ...

da mußte ich jeden Morgen einen Löffel Lebertran nehmen. Seitdem kann ich keinen Fisch mehr riechen. Martha, muß das sein?«

»Ja. Du wirst sehen, es hilft.«

Tapfer trank Dr. Findling das Schnapsglas voll Öl, schluckte krampfhaft und wunderte sich, daß er sich nicht gleich darauf erbrach.

»Furchtbar!« sagte er nur.

»Warten wir's ab, Wilhelm. Bist du zum Frühstück wieder da?«

»Auf keinen Fall.«

»Mittag?«

»Wahrscheinlich auch nicht. Ich will das Bernsteinzimmer sofort auspacken lassen und alles registrieren. Der Einbau in Raum 37 wird Wochen in Anspruch nehmen. Alles soll wieder so hergerichtet werden, wie das Zimmer seit der Zarin Elisabeth in *Zarskoje Selo* gestanden hat. Hoffentlich haben sie beim Ausbau die Wandtafeln und Wandfriese genau beziffert.«

»Dr. Runnefeldt und Dr. Wollters sind doch international bekannte Kunstwissenschaftler.«

»Aber ob sie richtig numerieren können ... wir werden sehen.« Er warf noch einen Blick voll Skepsis auf das Schnapsglas, das Martha in der Hand hielt, gab ihr dann einen Kuß auf die Stirn und verließ seine Wohnung.

Wie erwartet: Bruno Wellenschlag war schon da und hatte mit Koch bereits die ersten zwei Gläser Kognak getrunken. In einem Eiskübel stand eine Flasche französischer Champagner. Gauleiter Koch wollte das Bernsteinzimmer gebührend begrüßen.

»Um Mitternacht herum sind sie hier!« begrüßte Koch mit einer weiten Armbewegung Dr. Findling. »Mein Lieber, Sie müssen ja vor Glück platzen.«

»Dieser Tag ist wohl der schönste in meinem Leben, Gauleiter.« Findling trank mit Widerwillen das erste Glas Kognak und hatte das Gefühl, Koch sofort vor die Stiefelspitzen kotzen zu müssen. Aber dann beruhigte sich sein Magen sehr schnell, das brennende Gefühl, das er immer hinterher beim Schnapstrinken empfunden hatte, blieb aus. Großvaters Salatöl schien eine gute Sache zu sein.

»Wir alle empfinden so ... vor allem, weil wir diesen einmaligen Schatz Rosenberg vor der Nase weggeschnappt haben. Wo hätte Rosenberg das Zimmer unterbringen lassen? Hier, im Schloß von Königsberg, hier gehört es hin! Ich werde auch den Führer davon überzeugen: Was soll das Bernsteinzimmer in Linz an der Donau?! Bei uns an der Ostseeküste wird der Bernstein gefunden, der Sonnenstein, das deutsche Gold ... und das größte Kunstwerk aus ihm muß in Ostpreußen bleiben. Wie konnte bloß ein preußischer König so ein Wunderwerk einem russischen Zaren schenken! Friedrich Wilhelm I. muß damals besoffen gewesen sein. Wir, Sie, Findling, und ich holen es nach Deutschland zurück! Das Bernsteinzimmer ist in seine Heimat zurückgekehrt. So werden wir das auch in der Presse bekanntgeben.«

»Vergessen Sie den ›Führervorbehalt‹ nicht, Gauleiter.« Dr. Findling setzte sich in einen der tiefen Sessel. »Bormann wird darauf bestehen, daß das Zimmer nach Linz kommt.«

»Mit Bormann werde ich sprechen.« Koch winkte ab, obwohl er wußte, daß hier eine große Auseinandersetzung bevorstand. Er mochte Bormann nicht, und es war bekannt, daß dies auf Gegenseitigkeit beruhte. Der »kleine König von Ostpreußen« war Bormann zutiefst zuwider.

»Das wird ein schwerer Gang, Gauleiter«, sagte Wellenschlag ernst.

»Bormann ist logischen Argumenten immer zugänglich gewesen ... im Notfall spreche ich mit dem Führer selbst. Mich hat der Führer immer angehört.«

Und dann begann das Warten. Das qualvolle Minutenzählen. Die immer ungeduldiger werdende Frage: Verdammt, wo bleiben sie denn?! Warum bummeln sie so unverschämt? Ist unterwegs etwas passiert? Warum ruft Dr. Runnefeldt nicht an? Das ist doch nicht normal ... schon halb eins, und Mitternacht wollten sie hier sein.

Die Unruhe von Koch übertrug sich auch auf Dr. Findling und Wellenschlag. Sie standen am Fenster und starrten auf den Schloßhof, liefen ins Treppenhaus und blickten die Auffahrt hinunter und kehrten dann achselzuckend zurück. Koch lief in seinem Arbeitszimmer hin und her, die Hände auf dem Rücken, das Kinn angezogen, den Kopf tief zwischen den Schultern ... ein Stier kurz vor dem Herausstürzen in die Arena.

»Wenn ich was hasse, dann ist es Unpünktlichkeit!« rief er erregt. »Von Kauen bis Königsberg ist es doch ein Klacks! Und die

Straßen sind gut, keine Schlammlöcher wie in Rußland. Da stimmt doch was nicht! Das ist doch nicht normal!«

Jedoch, es war nichts geschehen, alles war völlig normal, bis auf den Aufenthalt am Hauptbahnhof. Da stieß Julius Paschke dem Gefreiten Doll in die Seite und sagte dumpf: »Halt mal an, Junge.«

»Warum denn?«

»Weil ick pissen muß.«

»Hier? Vorm Bahnhof? Dat jibt nen Auflauf.«

»Jeder Bahnhof hat'n Lokus, du Arsch! Bis hierhin konnt ick mir's vakneifen, aba jetzt geht's nich mehr. Anhalten.«

Um seinen Worten Nachdruck zu geben, hieb er mit der Faust dreimal gegen die Rückwand. Das Zeichen für Jana. Steig aus, Mädchen. Wir sind da. Mach's jut, Kleene. Ick werd vill an dir denken ...

Er wartete noch eine Minute, ließ Doll den Lkw vor den Haupteingang rollen und sprang dann mit einem Satz aus der Fahrerkabine.

»Häste de Botz schon naß?« fragte Doll fürsorglich.

»Wat hab ich?«

»Die Hose naß ...«

Paschke winkte ab und lief nach hinten. Die Plane war offen und flatterte etwas im Nachtwind. Leise rief er Janas Namen, aber sie antwortete nicht. Der Wagen war leer, sie hatte sich nach dem Klopfen sofort über die Ladeklappe geschwungen. Verzweifelt sah sich Paschke um. Nur noch einmal sehen wollte er sie, und wenn's nur ihr weghuschender Schatten war, aber er konnte sie nirgendwo entdecken. Nur ein Haufen Landser und Zivilisten hasteten in und aus dem Bahnhof, und drei Feldjäger, sogenannte Kettenhunde wegen ihrer blanken Brustschilde, die sie an einer Kette um den Hals trugen, standen am Eingang und machten Stichproben, hielten Landser an und kontrollierten die Ausweise, Urlaubsscheine oder Marschbefehle.

Langsam ging Paschke in den Bahnhof, suchte die Toiletten, stellte sich neben andere an die Pinkelrinne, drückte ein paar Tropfen ab und kam sich wie verlassen, wie in dunkler Einsamkeit vor. Als er zurückkam zu seinem Wagen, stand der Kübelwagen schon bei ihm. Die ganze Kolonne wartete. Nach vorn war durchgegeben worden: Letzter Wagen muß halten. Darauf stand der gesamte Transport still.

»Was ist denn los, Unteroffizier?« bellte Wollters aus dem Fenster des Kübels. Paschke nahm stramme Haltung an.

»Ick mußte mal, Herr Rittmeister«, meldete er, grüßte stramm, stieg in die Fahrerkabine und sah Doll von der Seite an. »Weiterfahren ...«

Doll ließ den Motor wieder anspringen. »Is se jut weg?« fragte er wie nebenbei.

»Wer?«

Paschke spürte ein Rumoren in seinem Bauch. Lauernd sah er Doll an.

»Dat Karbolmäuschen.« Doll grinste breit. »Wor die flink ...«

»Wat haste jesehen, Doll?«

»Jul, isch han doch ne Rückspiegel.«

»Du hast allet jewußt?«

»Klar. Isch han doch kein Tomaten op de Aujen. Isch wor nur jespannt, wie dat sich alles auflöst ... Äwwer su wor et jut ...«

»Du hast nix jesehen, Doll, janix! Vastehste mir?«

»Isch seh als Fahrer nur die Stroß, sonst nichts.« Doll grinste Paschke von neuem an und ließ den Lkw anrollen. An ihnen vorbei brauste der Kübelwagen wieder an die Spitze der Kolonne. »Äwwer morjen, da krieje isch en Fläsch Schaubau von dir ...«

»Wat kriegst de?«

»Eine Flasche Schnaps, Kamerad.«

Paschke nickte und lehnte sich wieder zurück. Er dachte an Jana, und es war ihm dabei elend zumute. Und bis jetzt verstand er noch immer nicht, warum sie diese tagelange Mistfahrt mitgemacht hatte und nicht mit dem Zug nach Königsberg gefahren war.

Kurz vor ein Uhr passierte endlich der Kübelwagen die Wache am Königsberger Schloß. Der wachhabende Offizier, ein junger, in Polen verwundeter Leutnant, kontrollierte eingehend die Papiere, die ihm Wollters aus dem Fenster reichte. Seine Gründlichkeit regte Wollters auf.

»Glauben Sie, wir bringen mit 18 Lastwagen Dynamit ins Schloß, um es in die Luft zu sprengen?« schnauzte er den Leutnant an. »Oder haben Sie Leseschwierigkeiten?«

»Inhalt der Lkws?« fragte der Offizier knapp.

»27 Kisten mit Parisern!« schrie Wollters außer sich. »Himmel und Arsch, Herr Gauleiter Koch erwartet uns! Hat man Ihnen keine Order gegeben?«

»Es hieß: Einige Wagen kommen. Aber 18?«

»Ich mache Ihnen einen Vorschlag, Herr Leutnant.« Wollters holte tief Atem. »Sie lassen uns durch, und ich mache über Sie keine Meldung zur Frontbewährung.«

»Ich bin bereits HV geschrieben. Heimatverwendungsfähig. In Polen schwer verwundet. Lungensteckschuß. Waren Sie auch schon verwundet, Herr Rittmeister?«

Die Frage war von einem leichten Grinsen begleitet. Wollters riß dem jungen Leutnant die Papiere aus der Hand, lehnte sich zurück und verzichtete auf eine Antwort.

»Können wir jetzt ins Schloß, Herr Leutnant?« fragte Dr. Runnefeldt sanft.

»Natürlich.« Er grüßte, trat zur Seite, die herausgetretene Wache gab die Einfahrt frei. »Ich tue nur meine Pflicht …«

Als der Kübelwagen ratternd in den Schloßhof einfuhr, sagte Wellenschlag, der gerade am Fenster stand, gemütlich, als hätte er nicht seit Stunden gewartet: »Sie sind da.«

Gauleiter Koch und Dr. Findling schossen aus ihren Sesseln heraus, als habe man sie gestochen. Mit einem Griff hatte Koch seine Mütze ergriffen und stülpte sie über seinen Kopf. Der nächste Griff galt seinem Koppel.

Während er es sich umschnallte und dann den Uniformrock straff zog, an dessen linker Brustseite eine Reihe Ordensspangen im Licht des Kristallüsters glitzerten, sagte er mit vor Erregung bebender Stimme:

»Trinken wir jetzt zur Begrüßung unser Glas Champagner! Nachher kommen wir nicht mehr dazu. Soviel Zeit haben wir noch.«

Er entkorkte die Flasche, ließ den Korken mit einem leisen Knall an die Decke sausen, goß aus der vom Eiswasser triefenden Flasche die Gläser voll und stellte sie zurück in den Sektkühler.

»Auf unser Bernsteinzimmer!« rief er und hob sein Glas hoch in die Luft. »Auf daß es immer in der Heimat bleibe!«

Auch Wellenschlag und Dr. Findling hoben die Gläser und prosteten zu Gauleiter Koch hin.

»Ich danke Ihnen, Gauleiter«, sagte Dr. Findling mit ehrlicher

Ergriffenheit. »Die Nachwelt wird es Ihnen nicht vergessen. Königsberg ist um einen Schatz reicher geworden.«

Stumm tranken sie in einem Zug die Gläser leer und taten es dann Erich Koch nach, der schwungvoll nach altem slawischen Brauch sein leeres Glas in eine Ecke des Zimmers warf, wo es an der wertvollen Tapete zerschellte.

»Und jetzt zu unserem Wunderwerk!« Gauleiter Koch rannte zur Tür und riß sie auf. »Die verlorene Tochter ist heimgekehrt.«

»Wieso Tochter?« fragte Dr. Findling verblüfft den neben ihm laufenden Wellenschlag.

»Bei Koch ist alles Schöne und Liebenswerte grundsätzlich weiblich«, lachte der Gauamtsleiter und klopfte Dr. Findling auf den Rücken. »Das müssen Sie doch wissen.«

Im Schloßhof waren die 18 Lkws in einem offenen Karree aufgefahren, vorn stand der Kübelwagen: eine Aufstellung wie zur Abnahme einer Parade. Wollters, Dr. Runnefeldt und Wachter waren ausgestiegen und warteten, bis der letzte Wagen mit Paschke und Doll als Abschluß hielt. Die Stoßstangen und Kühler waren auf den Zentimeter ausgerichtet. Plötzlich waren auch einige Männer in den gelbbraunen Uniformen der politischen Leiter der Gauleitung auf dem Hof, eine Ordonnanz rannte zum Gauleiterflügel und prallte dort auf Koch, der gerade die Tür aufriß.

»Herr Gauleiter«, rief der Mann.

»Ich sehe es ja!« Koch winkte ab, blieb unter der Tür stehen und überflog mit einem Blick die ganze Kolonne. Niemand sah ihm an, wie ergriffen er war. »Setzen Sie an Herrn Generalfeldmarschall Ritter von Leeb und den Kommandeur der 18. Armee, Herrn Generaloberst von Küchler, die Meldung ab: Der Transport aus Puschkin ist in Königsberg eingetroffen. Im Namen des Führers danke ich für diese historische Tat. Koch.«

»Sofort, Herr Gauleiter.« Der politische Leiter rannte davon.

Koch straffte sich, wölbte die Brust vor, nahm eine Herrscherpose ein und sah den drei Männern entgegen, die vom Kübelwagen auf ihn zukamen. Trotz seines niedrigen militärischen Ranges ging jetzt Dr. Runnefeldt voraus, blieb drei Schritte vor Koch stehen und hob grüßend die Hand an die Mütze.

»Herr Gauleiter«, meldete er und registrierte in Kochs Augen ein helles Glitzern, »ich melde: Das Bernsteinzimmer ist auf Befehl des Oberkommandos der Wehrmacht und des Reichsaußenministeriums eingetroffen. Keine besonderen Vorkommnisse.«

»Danke, Dr. Runnefeldt.« Koch gab ihm die Hand, sah dann auf Dr. Wollters und nickte ihm zu. »Sie sind Dr. Wollters, nicht wahr?«

»Jawohl, Herr Gauleiter.« Wollters knallte die Hacken zusammen.

»Und Sie?« Koch warf einen Blick auf den einzigen Zivilisten in dieser Runde.

Runnefeldt hatte diese Frage erwartet. »Darf ich Herrn Gauleiter den Herrn Michael Wachter vorstellen? Herr Wachter hat bis heute das Bernsteinzimmer in Puschkin betreut. Eine Familientradition seit 225 Jahren.«

»Und da haben Sie ihn gleich mitgenommen. Interessant.« Koch nickte auch Wachter zu und verzog seine Lippen zu einem leichten Lächeln. »Wir werden noch darüber miteinander sprechen, Herr –«

»Wachter, Herr Gauleiter.«

Mit größtem Interesse sah Wachter den mittelgroßen Mann in der gelbbraunen Uniform an. Das also ist Erich Koch, dachte er. Der Tyrann von Ostpreußen und den besetzten Gebieten. Der Reichskommissar. Der Gefürchtete, dessen Unterschrift über Leben und Tod entscheiden konnte. Der neue Herr über das Bernsteinzimmer. Auch mein Schicksal wird er sein.

Er trat zur Seite, als Koch sich vorwärts bewegte und folgte ihm dann mit Wollters und Dr. Runnefeldt. Langsam schritt Koch, wirklich wie beim Abschreiten einer Ehrenkompanie, die Lastwagen ab, hob vor jedem der verdreckten, mit Lehmklumpen verschmutzten Kühler kurz die Hand an die Mütze und grüßte sie. Dann blieb er vor dem letzten Lkw stehen, neben dem Doll und Paschke wie zwei Denkmäler standen.

»Sie sind der Kolonnenführer?« fragte Koch im Kommandoton.

»Jawohl, Herr Gauleiter, Unteroffizier Paschke.«

»Das haben Sie gut gemacht.« Er blickte auf Paschkes Brust und sah, daß sie leer war. »Noch kein Eisernes Kreuz?«

»Nee, Herr Gauleiter. Ick war imma uff'n Auto, von Anfang an. Ooch bei de ›Transportstaffel Koch‹.«

»Ich werde Sie zum EK II vorschlagen, Unteroffizier.«

Koch grüßte und wandte sich ab. Paschkes Gesicht war rot geworden, durch seinen ganzen Körper krabbelte es wie Ameisen. Det EK ... wird da de Hanna stolz sein.

»Zwei Fläsch Schaubau ...« hörte er neben sich Doll flüstern. »Jratuliere.«

Koch war zum Kübelwagen zurückgegangen und wies auf Dr. Findling und seinen Vertrauten Wellenschlag.

»Das ist Dr. Findling. Direktor der Königsberger Museen.«

»Wir kennen uns«, sagte Dr. Runnefeldt. Er gab Findling mit einem kräftigen Druck die Hand. »Ihr Buch über Bernstein ist Pflichtlektüre aller Kunstwissenschaftler.«

»Ich bitte Sie«, antwortete Findling verschämt.

»Gauamtsleiter Wellenschlag.«

Die Herren nickten sich zu, ohne sich die Hand zu geben. Wellenschlag hatte das auch nicht erwartet ... ein Hofnarr wird zwar erwähnt und gebraucht, aber er ist ein Gegenstand, kein Gleichgestellter.

»Lassen Sie die Fahrer wegtreten«, sagte Koch voller Freundlichkeit. »Der Wachhabende wird sich um sie kümmern. Sie, meine Herren, bitte ich, meine Gäste zu sein.«

Sie gingen ins Schloß, im Hof übernahm die Wache die Kolonne, ein Feldwebel warf einen Blick über die 36 Fahrer, die als geballter Haufen vor ihm standen.

»Ihr stinkt wie ne ganze Herde Ziegenböcke!« sagte er. »Ihr bekommt jetzt euer Quartier zugewiesen, und dann badet ihr erst mal!«

»Und wann gibt's was zu Fressen?« rief einer aus der Menge.

»Morgen früh um sieben. Das kennt ihr doch: Kaffeeholer raus!«

»O du Scheiße!«

»Ihr seid jetzt wieder unter zivilisierten Menschen. Gewöhnt euch daran.«

»Wat heeßt hier Zivil? Ick bin in Uniform! Übahaupt ... wer biste denn?«

Paschke und der Feldwebel musterten sich. Gewitter lag in der Luft, das spürte jeder. Gib's ihm, Julius! Diese fette Etappensau ...

»Ich spiele hier den UvD!« (Unteroffizier vom Dienst) Die Stimme des Feldwebels hatte sich erhoben. »Und wenn ich sage ...«

»Und wenn *ick* saje –« unterbrach ihn Paschke – »det wir jetzt alle 'n Kaffee oder ne Pulle Bier kriegen, dann kriegen wir se! Oder ick jeh zum Gauleiter und saje: Parteijenosse, da draußen is'n Bettpisser, der mir scheuchen will … Wat jloobste, wat dann passiert, Kamerad?«

Der Feldwebel schien ein kluger Mensch zu sein. Er verzichtete auf eine Auseinandersetzung mit Paschke, sagte nur: »Erst badet ihr!« und ging dann dem Trupp voraus, um ihnen das Quartier zuzuweisen.

In Kochs Wohnung prosteten sich die Herren mit französischem Kognak zu. Der Gauleiter war bester Stimmung, und Wellenschlag konnte sich nicht erinnern, ihn jemals so gelöst und fröhlich gesehen zu haben, selbst dann nicht, wenn er ihm eine besonders schöne Frau ins Schloß gebracht hatte.

»Gleich morgen packen wir aus«, sagte Dr. Findling. »Ich kann's kaum erwarten.«

»Wie bei einer Frau, die man auszieht, was!« Koch lachte schallend. »Halten Sie durch, Dr. Findling.«

Da ist er wieder, der Erich Koch, dachte Dr. Findling. Nur Weiber im Kopf … Dr. Runnefeldt enthob ihn einer Antwort.

»Weiß man schon, wie es mit dem Bernsteinzimmer weitergeht?«

»Weitergeht?« Koch trank sein Glas leer. Sein Gesicht glühte. »Es bleibt hier! Ich werde den Führer bitten, es in die Hände der Verwaltung der Staatlichen Schlösser und Gärten zu geben. Da ist es sicher. Und Dr. Findling werde ich für die Verwaltung der Königsberger Kunstschätze vorschlagen. An alles haben wir gedacht.«

Es wurde eine fröhliche Männerrunde, die sich erst gegen fünf Uhr in der Frühe auflöste. Ein wenig angeschlagen, aber nicht so betrunken wie sonst bei Kochs Einladungen, kam Dr. Findling in seine Wohnung zurück. Martha erwachte und setzte sich im Bett auf. Findling ließ sich auf die Bettkante fallen und kippte dann, angezogen wie er war, ins Bett.

»Ein Lob deinem Großvater«, sagte er mit schwerer Zunge und schloß die Augen. »Salatöl ist ein Wundermittel. Die anderen sind total besoffen. Aber ich … ich stehe aufrecht …«

»Ich seh's!« sagte Martha sarkastisch.

Aber das hörte Dr. Findling nicht mehr, er war schon eingeschlafen.

Ein glücklicher Mensch. Ein schwärmerischer Raubgehilfe. …

Sofort nach dem dreimaligen Klopfen gegen die Kabinenrückwand war Jana Petrowna nach hinten gelaufen und hatte die bereits gelöste Plane hochgeschoben. Als habe sie das gründlich geübt, ließ sie sich über die Ladeklappe abrollen und sprang auf die Straße. Die Wachstuchtasche preßte sie dabei an ihre Brust, und einen Augenblick war es ihr, als sähen ihr hundert Augen zu, wie sie aus dem Wagen sprang. Aber niemand schien sie beobachtet zu haben, und so lief sie mit weitausgreifenden Schritten, als müsse sie einen in wenigen Minuten abfahrenden Zug noch erreichen, in den Bahnhof und lehnte sich dort schwer atmend an einen Pfeiler. Sie wartete, daß jemand sie anhielt und kontrollierte, aber keiner beachtete sie, nur ein paar Landser, vom Heimaturlaub zurückkommend, gingen grinsend an ihr vorbei, beladen mit Freßpaketen von Müttern oder Ehefrauen.

Ein paar Minuten blieb Jana an der Säule stehen und ließ ihr heftiges Herzklopfen ausklingen. Geschafft. Bis hierher geschafft. Ich bin in Königsberg! Sie sah hinüber zu den Bahnsteigsperren, wo »Kettenhunde« jeden Reisenden kontrollierten und die Ausweise durchsahen, und sie war froh, nicht mit der Bahn gefahren zu sein. Sie wäre ohne Papiere nie durch die Sperren gekommen. Für die Zivilisten genügte eine Fahrkarte, aber jeder Uniformträger mußte sich ausweisen. War die Schwesterntracht eine Uniform? Sie wußte es nicht. Nur schnell weg von hier, dachte sie. Untertauchen wie in Puschkin. Königsberg war eine große, von Menschen wimmelnde Stadt, und irgendwo in diesem Häusermeer mußte es doch ein Versteck für sie geben.

Sie nahm ihre Wachstuchtasche in die Hand, ging durch die große Bahnhofshalle und hielt einen Bahnbeamten an, der um seine Mütze ein Band mit der Aufschrift *Auskunft* trug.

»Wo soll's denn hingehen, Schwester?« fragte der Mann. Es war ein alter Beamter, älter als Michael Wachter. »Nach Osten oder Westen?«

»Wie komme ich zum Städtischen Krankenhaus?«

»Mit der Straßenbahn. Linie eins. Aber die fährt erst ab fünf Uhr. Jetzt ist es erst kurz vor eins.«

»Und zu Fuß?«

»Da sind Sie ne ganze Zeit unterwegs. Und dann mit der schweren Tasche. Aber vielleicht nimmt Sie ein Wehrmachtswagen mit. Ich würde mich mal draußen umsehen.«

»Danke.«

»Gern geschehen, Schwester.«

Sie blieb stehen, bis der Bahnbeamte in der Menschenmenge verschwunden war, las dann die Hinweisschilder und entschloß sich, dem Pfeil zu folgen, der sie *Zu den Wartesälen* wies.

Es gab zwei davon, einen der ersten Klasse und einen der zweiten Klasse. Sie blickte durch die breite Glastür in die erste Klasse, sah, daß neben einigen Zivilisten vor allem Offiziere an den Tischen saßen und entschloß sich, in die II. Klasse zu gehen. Hier war die Gefahr, angesprochen zu werden, geringer als bei den Offizieren.

Im Wartesaal II stauten sich die Reisenden und Wartenden. Selbst um diese Nachtzeit waren alle Stühle und Tische besetzt, an den Wänden hockten die Landser auf dem Fußboden oder lagen sogar und schliefen trotz des Lärms, die Tornister als Kopfkissen untergeschoben. Nirgendwo war mehr ein Platz, und obwohl man bemerkte, wie sich die Rote-Kreuz-Schwester umsah und suchte, stand niemand auf und bot ihr seinen Stuhl an. Fast fünf Stunden an der Wand stehen? Mit einem Achselzucken suchte sich Jana Petrowna ein Stück Wand, stellte ihre Tasche vor die Füße und lehnte sich an. Ein Landser, der neben ihr auf dem Boden saß und eine fürchterlich stinkende Selbstgedrehte rauchte, blickte zu ihr hinauf.

»Wo wollen Sie denn hin, Schwester?« fragte er. Er war ein älterer Mann, der an der linken Rockseite das silberne Verwundetenabzeichen trug. Ein Ordensbändchen im Knopfloch wies ihn als Träger des EK II aus.

»Mit der Straßenbahn in die Stadt. Aber die erste Bahn fährt erst um fünf Uhr.«

»Und so lange wollen Sie hier herumstehen?«

»Was soll ich sonst tun?«

»Erster Klasse ist auch voll?«

»Da sind mir zuviel Offiziere.«

»Ach so.« Der Landser grinste verständnisvoll. »Warum gehen Sie nicht in die Bahnhofsmission?«

»Bahnhofsmission?« fragte Jana verblüfft.

»Noch nie was davon gehört? Eure Ausbildung wird auch immer schlechter. Schnellkurs ... und dann hopphopp, in die Lazarette, was? In der Bahnhofsmission sind Sie richtig. Alles Schwestern, vor allem braune Schwestern … die nehmen Sie bestimmt auf.«

»Danke.« Jana Petrowna hob ihre Tasche wieder hoch, nickte dem Landser zum Abschied zu und verließ den Wartesaal.

In der Halle sah sie sich um, fand den Hinweis *Bahnhofsmission* und blieb dann vor einer Tür stehen, durch die unaufhörlich Mädchen in einer ihr fremden Schwesterntracht aus und ein gingen, Leichtverwundete herausgeführt oder von Schwestern gebracht wurden. Soll ich? fragte sie sich. Was werden sie mich fragen? Werden sie glauben, was ich ihnen erzähle?

Allen Mut nahm sie zusammen, umkrampfte die Griffe ihrer Wachstuchtasche und betrat nach einem Soldaten mit einem Kopfverband den ersten Raum. Der Geruch von Bohnensuppe schlug ihr entgegen. In einer Ecke stand ein großer emaillierter Kochkessel, aus dem eine Schwester mit einer Kelle die Suppe in die hingehaltenen Kochgeschirre schöpfte. Eine Reihe von Verwundeten hatte sich gebildet, die Witze reißend an dem Kochtopf vorbeizog.

Die Küchenschwester warf einen Blick auf die unschlüssig und hilflos sich umsehende Jana und zeigte mit der Suppenkelle auf eine Pendeltür.

»Dort rein …«

»Danke.«

Sie stieß die Tür auf, kam in einen großen Raum, in dem an langen Tischen einige Verwundete saßen, Kaffee oder Tee tranken und an mit Dauerwurst belegten Broten kauten. Vier Etagenbetten an der Hinterwand waren belegt. Von dort erklang ein gedämpftes Schnarchen. Eine braune Schwester kam auf Jana zu und musterte sie erstaunt. »Wo kommst du denn her?« fragte sie.

»Von der Front bei Leningrad«, antwortete Jana wahrheitsgemäß.

»Oje! Und nun hast du Heimaturlaub?«

»Nein. Ich muß mich im Städtischen Krankenhaus melden. Kann ich vier Stunden bei euch bleiben? Die erste Straßenbahn fährt erst um fünf Uhr.«

»Natürlich kannst du hier bleiben. Nimmt dich denn keiner mit? Es fahren doch genug Autos vom Bahnhof in die Stadt.«

»Ich habe noch niemanden gefragt. Und – ich fahre lieber mit der Bahn.«

»Wegen der ewigen Fummelei, was?« Die Schwester lachte. »Die einen gewöhnen sich daran, die anderen nicht. Ich hab mich daran gewöhnt. Was willst du machen, wenn so'n schicker junger Leutnant dir über'n Schenkel streichelt?«

»Die Alten sind noch schlimmer.«

»Du sagst's! Auch schon Erfahrungen gesammelt, was?« Die braune Schwester gab Jana die Hand und zeigte auf eine andere Tür an der Seitenwand. »Geh da rein ... das ist unser Büro. Da ist's gemütlich, und keiner macht schweinische Witze. Von der Leningrader Front! Wie sieht's da vorne aus?«

»Eine Menge Verwundete.«

»Klar. Wir sehen es ja, wenn die LaZ-Züge hier vorbeikommen. In den Zeitungen und im Rundfunkbringen sie ja nichts darüber. Ist auch gut so. Worauf es ankommt, ist der Endsieg.«

»Genau so ist es«, sagte Jana. Ihre Kehle schnürte sich zusammen.

»Der Führer wird's schon machen.«

»Ein ... ein Glück, daß wir ihn haben ...« Es war einer der schwersten Sätze, die Jana je gesprochen hatte. Sie nahm wieder ihre Wachstuchtasche von den Dielen auf und ging hinüber in das Büro. An der Wand standen zwei Liegen, auf denen zwei erschöpfte Schwestern schliefen. Sie wurden von Janas Eintritt nicht wach. Zehn Stunden Dienst, da schläft man wie betäubt.

Sie setzte sich auf einen Stuhl neben einen der mit Papieren überfüllten Schreibtische, stützte den Kopf in beide Hände und dachte darüber nach, wie es nun weitergehen solle. Zwei Möglichkeiten gab es: Irgendwo untertauchen und in der Illegalität leben, voll Vertrauen auf den Schutz ihrer Schwesterntracht, oder sich im Krankenhaus melden und offiziell als Schwester tätig sein. Nur zweihundert Mark habe ich bei mir, sagte sie sich. Das hält nicht lange. Wovon soll ich ein Zimmer bezahlen, wovon soll ich leben? Ich kann nicht immer nur als reisende Schwestervon Schwesternheim zu Schwesternheim ziehen ... dieses Versteckspiel ist schnell erschöpft. Und dann?

Ihr Blick fiel über die Papierstapel. Am linken Schreibtischrand lag ein Block mit Vordrucken, und Jana las zunächst die fettgedruckte Überschrift.

Einsatzbescheinigung.

Es durchzuckte sie wie ein elektrischer Schlag. Sie warf einen schnellen Blick hinüber zu den zwei schlafenden Schwestern, zog den Block an sich und sah, daß das Formular blanko ausgestellt war. Unterschrift, Stempel ... nur den Namen und das Datum mußte man noch einsetzen.

Hastig las sie den Text durch. Es war genau das, was sie brauchte. Name, Geburtsdatum, Heimatanschrift, Ausweisnummer und Bezeichnung der Dienststelle. Das Vorzeigen dieser Bescheinigung machte alle Fragen überflüssig. Sie war ein Paß der Sicherheit.

Hastig riß Jana Petrowna ein Blatt von dem Formularblock, warf wieder einen Blick auf die schlafenden Schwestern, raschelte bewußt mit einigen Papieren, aber sie erwachten davon nicht. Sie nahm einen Füllfederhalter, der in einer Buchse stak, und füllte das Formular mit Druckbuchstaben aus ... die vor ihr stehende Schreibmaschine wagte sie nicht zu benutzen, das Klappern hätte die Schlafenden wecken können. Dann faltete sie die ausgefüllte Bescheinigung zusammen und steckte sie in die Wachstuchtasche. Aufatmend lehnte sie sich in ihrem Stuhl zurück und schloß für einen Moment die Augen.

So, den Kopf zurückgelehnt und mit geschlossenen Augen, fand die Leiterin der Bahnhofsmission sie vor, als sie kurz ins Büro hineinsah.

»Müde?« fragte sie. »Wie lange bist du schon unterwegs?«

»Von Puschkin bis Königsberg zwei Tage und anderthalb Nächte.«

»Da hinten stehen ein Elektrokocher, ein Topf mit Wasser und eine Tüte Kaffee. Echter Bohnenkaffee. Mach dir einen starken Kaffee. Bei uns gibt's keinen Muckefuck.«

»Danke.«

Was ist Muckefuck, dachte Jana Petrowna. Auch so ein Wort, daß ich noch nie gehört habe. Die Stationsleiterin ging wieder zurück in den Aufenthaltssaal und schlug die Tür zu. Die beiden Schwestern auf den Liegen schliefen weiter. Sie brühte sich keinen Kaffee auf, sondern wartete, bis zwei andere Schwestern in das Büro kamen, ihr die Hand gaben und dann einen Topf voll duftenden Kaffees aufgossen. Mit großem Genuß, fast gierig, trank Jana zwei Tassen.

»Ha, das ist was anderes als Muckefuck!« sagte sie dabei und kam sich sehr listig vor. Die eine Schwester nickte und schlürfte das heiße Getränk vorsichtig vom Tassenrand.

»Korn –« sagte sie, – »ist fürs Mehl da, nicht für den Kaffee. Aber das Geld dafür ist nötiger in der Rüstung. Nach dem Krieg können wir in Kaffee baden.«

»Genau!« Jana Petrowna nickte. Muckefuck ist also Ersatzkaffee, dachte sie. Aus gebranntem Getreide. So etwas muß man wissen, wenn man jetzt eine Deutsche ist. »Und wo bekommt ihr den Kaffee her?«

»Beziehungen ...« Die junge Schwester lachte und schlürfte wieder an ihrem Kaffee. »Beziehungen sind alles. Man muß organisieren können.«

Jana lachte und tat so, als verstände sie das. Schon wieder etwas gelernt, dachte sie. Organisieren heißt also, hintenherum etwas zu besorgen, was man normal nicht mehr bekommt. Und Muckefuck ist Ersatzkaffee, und das Dünnbier nennen sie Urinol oder Pissolin. Das steht in keinem deutschen Wörterbuch. Aber wissen muß man's, sonst fällt man auf. Gibt es noch viele solcher Wörter, die ich lernen muß?

Die Wartezeit ging schnell herum ... trotz des starken Kaffees war Jana, auf dem Stuhl sitzend, eingenickt und hatte geschlafen. Erst ein Rütteln an der Schulter ließ sie auffahren, ihr auf die Brust gesunkener Kopf schnellte hoch. Die leitende braune Schwester stand vor ihr.

»Muß dich leider von deinen Träumen befreien«, lachte sie. »Die erste Straßenbahn kommt gleich. Wenn du die noch haben willst ... los, lauf los ... Die Haltestelle ist genau gegenüber dem Haupteingang.«

»Danke!« Sie sprang auf und riß die Wachstuchtasche an sich. »An euren Kaffee werde ich noch lange denken.« Sie zögerte, hauchte dann der Schwester einen Kuß auf die Backe und lief hinaus.

Die Straßenbahn war fast leer. Nur vorn im Waggon saß ein Trupp Arbeiter, sie rauchten, diskutierten über den Wehrmachtsbericht vom Vortage, schlossen Wetten ab, wann Leningrad und Moskau erobert werden würden. Einer von ihnen sagte »Nie!« und wurde von den anderen niedergebuht.

Haltestelle Städtische Krankenanstalten.

Jana Petrowna stieg aus, blieb neben dem Halteschild stehen und blickte lange hinüber zu den Mauern und Fensterreihen des Krankenhauses. Auf dieses Abenteuer hatte sie sich gründlich vorbereitet. Aus einem »Handbuch für Lernschwestern«, das Michael Wachter ihr einmal mitgebracht hatte – es war in russischer Sprache abgefaßt –, hatte sie einige Grundbegriffe auswendig gelernt und dann ins Deutsche übersetzt. Sie beherrschte, theoretisch, eine kleine Instrumentenkunde, hatte an Wachter, der einen Schwerkranken spielte, geübt, wie man Bettlägerige aufrichtete, ihnen die Pfanne unterschob, einen Verband wechselte, die Kranken wusch, den Puls fühlte und hatte an ihrer alten Kinderpuppe gelernt, wie man eine intramuskuläre Injektion setzt.

»Das muß genügen«, hatte später Wachter gesagt. »An mehr kommst du sowieso nicht ran. Nicht gleich als OP-Schwester werden sie dich einsetzen. Pillen wirst du verteilen, Bettwäsche wechseln, mal eine Spritze geben, in den Muskel nur, in die Vene, das machen die Ärzte oder die Stationsschwester mit Erlaubnis der Ärzte, stützen wirst du sie, wenn sie ihre ersten Gehversuche machen, Essen austeilen, Schwerkranke füttern, Fieber messen ... das alles ist kein Problem für dich. Und sprich so wenig wie möglich, Janaschka ... mit Worten verrät sich mancher mehr als durch Taten. Und halt die Augen offen ... lernen mußt du, lernen, überall lernen ... und plötzlich kannst du so viel wie eine richtige Schwester.«

Sie gab sich einen Ruck, überquerte die Straße und ging auf die Zufahrt zu, an der die Krankenwagen hielten. Jetzt war die Doppeltür der Einlieferung nur von zwei armseligen, trüben Lampen beleuchtet. Tiefe Stille lag über dem ganzen Gebäudekomplex.

Die Tür war abgeschlossen, in der linken Seitenwand war ein großer Klingelknopf in die Mauer eingelassen. Sie drückte ihn hinunter, hörte nichts und drückte noch dreimal. In der großen Aufnahmehalle flammte Licht auf, ein verschlafener Sanitäter kam breit gähnend zur Tür.

»Was ist denn los?« rief er. »Ich bin ja schon da! Habt ihr den Koch im Sanka?« Dann erst erkannte er, daß da draußen ganz allein eine Rote-Kreuz-Schwester stand, ein hübsches Püppchen, so ein richtiges knackiges Ding für die Ärzte.

Sanka, dachte Jana Petrowna sofort. Was ist denn das nun wieder?

»Ich bin kein Sanka!« sagte sie forsch.

»Nee, wirklich nicht.« Der Sanitäter grinste, trat zur Seite und ließ Jana eintreten. »Wär schade, wennste wie'n Krankenwagen aussiehst.«

Sanka ist also ein Krankenwagen. Ein neues Wort, das wichtig war. Die Abkürzung von Sanitätskraftwagen. Jana wartete, bis der Sanitäter wieder abgeschlossen hatte und sah sich um. Kahle Wände, ein blanker Linoleumfußboden, ein Geruch von Desinfektionsmitteln, eine Reihe Türen, Rolltragen an einer Seite der Wände, zwei Untersuchungszimmer für Notfälle und Unfälle, zwei fahrbare Krankenstühle.

Der Sanitäter kam von der Eingangstür zurück und grinste Jana an.

»Na, über den Zapfen gewichst, und jetzt heimlich hinein durch die Hintertür. War's schön?« Er lachte, als er Janas verständnisloses Gesicht sah und legte den Arm um sie. Sie wußte nicht, ob sie es dulden oder ihn abschütteln sollte. »Machst Augen wie ein Engelchen, sooo unschuldig. Nun wetz schon in dein Bett, ehe dich die Nachtwache erwischt.«

»Ich muß mich bei der Oberschwester melden«, sagte Jana Petrowna, so wie sie es geübt hatte.

»Jetzt? Um halb sechs?« Er sah Jana genauer an und bemerkte ihre große Wachstuchtasche. »Ach Gott, du bist neu hier? Sollst dich melden?«

»Ja. Eben mit dem Zug angekommen.«

»Woher kommste denn?«

»Von der Front. Von Leningrad.«

»Das dreht ja 'n Hund in der Pfanne rum! Leningrad? Von ganz vorn?«

»Ja. Vom Hauptverbandsplatz.«

»Und was sollste dann hier bei uns?«

»Ich war krank. Typhus. Ich soll mich hier etwas erholen ... und natürlich arbeiten. Sie haben mir einen Marschbefehl gegeben und mich losgeschickt.«

»Ja. So ist das!« Der Sanitäter faßte Jana unter und schob sie an seiner Seite zu einem Zimmer. »Mich hat's in Polen erwischt.

Schuß in die Hacke, und als ich hochgezuckt bin, noch'n Schuß in die linke Schulter. Schlüsselbein zertrümmert. Seitdem schlurfe ich hier herum. So, das ist mein Wachraum. Setz dich auf das Sofa, Mädchen. Wie ist es mit nem Bier? Erzähl mal, was da draußen los ist. Bis acht Uhr haben wir Zeit, vorher ist keiner in der Verwaltung, und Oberschwester Frieda kriegste erst um halb neun. Die Frieda Wilhelmi ist nämlich so was wie ne Kommandeuse. Da stehn sogar die Ärzte stramm. Was die sagt, stimmt und wird gemacht. Der kann keiner! Der erste Rat von mir: Stell dich mit der Wilhelmi gut. Aber das wird schwer sein ... du bist zu hübsch, Mädchen. Da sieht sie wieder was kommen. Alle Ärzte sind wie Hunde, die eine läufige Hündin riechen, sagt sie.«

»So schlimm ist es hier?«

»Was? Hat dich noch kein Arzt angepackt?«

»An der Front hatten wir andere Probleme. Da standen wir zwischen Haufen zerfetzter Leiber ... Wie heißen Sie?«

»Karl Bludecker ... Dämlicher Name, was? Aber man kann sich ja seine Eltern nicht aussuchen. Und du?«

»Ich heiße Jana Rogowskij.«

»Echter ostpreußischer Adel, was?« Bludecker grinste, holte eine Flasche Bier, aber Jana winkte ab.

»Danke, Karl. Ich kann doch nicht mit einer Bierfahne bei Frieda Wilhelmi vorsprechen.«

»Die Frieda säuft auch. Heimlich. Das weiß ich. Also dann nicht.« Er hob die Flasche hoch und prostete ihr zu. »Es lebe die Schiffahrt!«

Er nahm einen langen Schluck, setzte dann die Flasche ab und stieß diskret auf. Jana saß auf dem Sofa und hatte die Hände in den Schoß gelegt.

»Warum Schiffahrt?« fragte sie.

»Das kennste nicht?« Bludeker klopfte gegen die Bierflasche. »Nach einem halben Liter Pissolin kannste ein Liter schiffen ...«

»Oder strullen ...« sagte sie.

»Auch. Das ist nur vornehmer ausgedrückt. Mädchen, du bist in Ordnung!«

Um acht Uhr führte Bludecker sie zum Zimmer der Oberschwester. Frieda Wilhelmi war noch nicht da, sie setzte sich artig auf einen Stuhl in der Ecke und wartete.

Pünktlich um halb neun ging die Tür auf und ein beweglicher, massiger Turm rollte ins Zimmer. Der Turm war mit einer Schwesterntracht behängt und trug oben einen Kopf mit einem bebrillten Gesicht. Hellblaue Augen musterten kurz die sofort aufspringende Jana, dann rollte der Turm zum Schreibtisch und fuhr Arme aus, die sich auf die Tischplatte stützten. Schon dieser erste Anblick genügte, um in Jana eine alarmierende Angst aufkommen zu lassen. Das war eine Frau, gegen die niemand ankam, die nichts erschüttern konnte, die gewohnt war, zu herrschen, die nichts anderes erwartete als Unterwürfigkeit.

»Was ist?!« fragte sie kurz.

Jana zuckte zusammen und starrte den Fleischberg an. Welch eine Stimme, dachte sie überrascht. Eine angenehme, tiefe, klangvolle Stimme mit einem leicht singenden Ton. Vertrauen konnte man zu ihr haben, man mußte nur die Augen schließen …

»Welche Station?«

»Noch gar keine, Oberschwester.«

»Wie bitte?«

»Ich soll mich hier melden.« Jana holte das selbstausgefüllte Formular aus der Wachstuchtasche und hielt es Frieda Wilhelmi hin. Mit größter Anstrengung versuchte sie, das leichte Zittern ihrer Hand zu unterdrücken. Jetzt entscheidet sich alles, dachte sie. Jetzt kann nur noch Gott helfen … falls er gegen Frieda eine Chance hat. »Ich komme von der Front. Von Leningrad.«

»Von der Front!« Frieda Wilhelmi warf wieder einen Blick über Jana, ein Blick, der sie vollkommen umfaßte und wie ein Dorn in sie einzudringen schien. »Leningrad!« Frieda nahm das Formular an sich, überflog es und warf es dann auf ihren Schreibtisch. »Papiere …«

»Ich habe nur diese Einsatzbescheinigung.«

»Sie müssen doch Papiere haben. Ihren DRK-Ausweis, ein Überstellungsschreiben …«

»Ich habe nichts, Oberschwester. In den Hauptverbandsplatz schlugen drei schwere Granaten ein. Eine mitten in unsere Wohnbaracke. Alles wurde vernichtet und verbrannte. Das war eine Stunde, bevor ich abfahren mußte. Nur meine Tasche ist übriggeblieben, weil ich sie bei mir hatte.«

Frieda Wilhelmi nahm das Formular vom Tisch, las es noch einmal und zuckte dann mit den dickfleischigen Schultern. Jana atmete innerlich auf. Ein Schulterzucken ist eine halbe Kapitulation.

»Man hat Sie also uns zugewiesen?« sagte der Turm und warf das Papier wieder auf den Tisch zurück. »Waren Sie schon bei der Verwaltung?«

»Nein. Ich wollte mich erst bei Ihnen melden, Oberschwester.«

Frieda nickte, fand nach dieser Antwort das Mädchen sympathisch und setzte sich auf einen breiten Stuhl, der unter ihrer Körpermasse verschwand.

»Da müssen Sie gleich hin, Schwester Jana. Sonst gibt's kein Geld.« Wieder dieser forschende, in die Tiefe dringende Blick. »Wo steck ich Sie hin? In einem Hauptverbandsplatz waren Sie? Da kommt nur die Chirurgie in Frage. Davon haben Sie ja Ahnung. Wir sind hier das größte Heimlazarett. Ich bringe Sie nachher zum Chef, Dr. Pankratz. Stabsarzt Dr. Pankratz. Er jammert immer wieder nach einer guten Fachschwester. Gehen Sie jetzt zur Verwaltung und kommen Sie dann zu mir zurück.«

»Jawohl, Oberschwester.«

Frieda Wilhelmi blickte Jana nach, als sie das Zimmer verließ. Ein hübsches Mädchen, dachte sie. Ein gut erzogenes Mädchen. Ein offener Blick und noch nicht verdorben. Das sieht man sofort. Man wird auf sie aufpassen müssen, daß sie nicht unter die Räder kommt. Ich werde mich selbst um sie kümmern. Jana Rogowskij. Geboren in Lyck ... das liegt in Masuren, dicht an der russischen Grenze. Schlag den Ärzten und anderen auf die Pfoten, wenn sie Griffe kloppen wollen. Ich paß auf dich auf, Jana.

In der Verwaltung, Abteilung Personalbüro, saß ein rothaariger, jüngerer Mann und hatte neben dem Tisch sein rechtes Bein lang ausgestreckt. Erst beim zweiten Blick sah Jana, daß es eine Prothese war. Der Mann nickte und schob sich etwas auf dem Stuhl zurecht.

»Frankreich«, sagte er. »Sturm auf die Maginotlinie, Granatsplitter. Hat glatt den Knochen oberhalb des Knies durchschlagen.« Er streckte die Hand aus und nahm das Formular ab. »Sie wollen bei uns arbeiten?«

»Ich bin hierher abkommandiert.« Jana Petrowna war jetzt sicherer geworden. »Oberschwester Frieda schickt mich zu Ihnen. Ich soll auf der Chirurgie anfangen. Es ist alles geklärt, auch wegen der fehlenden Papiere. Ich komme von der Leningrad-Front.«

»Aha!« Der rothaarige Mann musterte Jana, als wollte er ein Kalb kaufen. »Wenn Frieda das sagt, ist ja alles in Ordnung.« Er wedelte mit dem Formular durch die Luft. »Das ist alles, was Sie haben?«

»Genügt das nicht?«

»Erraten. Aber wenn Frieda damit einverstanden ist ... gut, ich trage Sie in die Personalliste ein.« Der Rothaarige steckte das Formular in eine blaue Mappe. »Aber sorgen Sie dafür, daß die fehlenden Papiere wieder beschafft werden.«

»So schnell wie möglich.« Sie wartete vor dem Tisch, aber die Einstellung schien damit beendet zu sein. »Wie ist Oberschwester Frieda?« fragte sie.

»Kennen Sie den Drachen, den Siegfried erschlug? Leider können wir Frieda nicht erschlagen ... es meldet sich kein Siegfried.«

»So schlimm?«

»Ohne Frieda läuft hier nichts. Sie sieht, hört und riecht alles. Wenn sie sagt, Sie sind eingestellt, dann sind Sie's auch! Ich werde mich hüten, anders zu entscheiden wegen Ihrer fehlenden Papiere.« Er verzog sein Gesicht und fügte dann sehr ironisch hinzu: »Viel Freude an der Arbeit, Schwester. Eine Woche im Schützenloch ist gemütlich gegen ein Tag mit Frieda. Aber der Laden läuft mustergültig – das ist die andere Seite.«

Eine halbe Stunde später klopfte Jana wieder am Zimmer der Oberschwester an. Ein knurrendes »Ja« hieß »Eintreten«. Frieda Wilhelmi hob den Kopf und deutete auf einen Stuhl vor ihrem Schreibtisch. Als Jana saß, kam sie sich vor wie ein armer Sünder vor dem Hohen Gericht.

»Mein Kind –« Wieder diese warme, gar nicht zu dem Fleischturm passende Stimme, und dann noch »mein Kind«, eine fast mütterliche Vertraulichkeit, die Jana Petrowna sogar körperlich spürte. »Bevor wir zu Stabsarzt Dr. Pankratz gehen, noch ein nötiges, ernstes Wort: Ich mag keine Liebschaften in meinem Haus.«

Sie sagte »mein Haus«, und sie ließ damit erkennen, daß ihr nichts verborgen blieb. Jana nickte gehorsam.

»Das kommt bei mir nicht vor, Oberschwester.«

»Ach Gott, das sagen sie alle. Ich bin verlobt, ich will kein flüchtiges Abenteuer, dafür bin ich mir zu schade und tausend andere Beteuerungen. Und dann fallen Sie Dr. Phillip in die Hände, und alles ist vergessen.«

»Sie warnen mich vor Dr. Phillip?«

»Auch. Der ist nur ein Beispiel. Alle Männer sind verrückt, wenn sie so ein Mädchen wie Sie sehen.«

»Bitte, Oberschwester, sagen Sie du zu mir.«

Das war ein geschickter Schachzug. Frieda warf einen wohlwollenden Blick in Janas Augen und lächelte sogar. »Leben deine Eltern noch?« fragte sie.

»Nein. Mutter starb 1938 an Krebs, und mein Vater ...« Jana gelang es, ihr Gesicht zucken zu lassen.« Vater ... ist in Frankreich vermißt. Aber ich fühle, daß er nicht wiederkommt. Ich spüre es.«

»Kannst du Schreibmaschine schreiben?«

»Sehr schlecht, Oberschwester.«

»Das kann man lernen. Alles kann man lernen, wenn man will und etwas Grips im Kopf hat. Du wirst Schreibmaschine lernen.«

»Jawohl, Oberschwester.«

»Ab sofort. Hier bei mir.« Frieda zeigte auf eine mächtige Adler-Schreibmaschine mit einem breiten Wagen, in den man auch Listen einspannen konnte. »Übung ist alles. Übung!« Der Turm warf wieder einen wirklich mütterlich zu nennenden Blick auf Jana Petrowna und wies mit ausgestrecktem Zeigefinger auf die Schreibmaschine. »Setz dich dorthin, mein Kind, und fang an.«

»Aber ... Oberschwester ...« Jana erhob sich, setzte sich auf den Stuhl hinter die Maschine und starrte hilflos auf die Tastatur. »Ich habe nur zweimal ... mit zwei Fingern ... nur aus Spaß bei meinem Vater ...«

»Papperlapapp! Jeder kann Maschine schreiben! Heute zwei Finger, morgen vier Finger, in einem Monat alle zehn ... Üben ... Üben ...« Frieda Wilhelmi nickte Jana aufmunternd zu. Und dann sagte sie etwas, was die gesamte Situation veränderte, was schicksalhaft für Jana werden sollte: »Ich schicke dich nicht auf Station, ich hab's mir anders überlegt, die Chirurgie hat genug Pfleger und Schwestern. Du bleibst bei mir und erledigst den ganzen schriftlichen Kram. Bisher hat das ein Mädchen aus dem Sekretariat getan. Sie wird dir noch so lange helfen, bis du allein arbeiten kannst. Einverstanden, mein Kind?«

»Selbstverständlich, Oberschwester.«

»Spann ein Blatt Papier ein und schreib--« Frieda wartete, bis das Papier eingezogen war, und diktierte dann ganz langsam: »Aktennotiz. An die Apotheke im Hause. Ich habe festgestellt, daß die Stationen zwei, sechs und sieben nicht genügend Spritzen und Kanülen haben. Wenn sterilisiert wird, stehen kaum noch Spritzen zur Verfügung. Trotz Bitten der Stationen erfolgte bisher nichts! Ich verlange sofortige Zuweisung neuer Spritzen oder mache Meldung, daß die nötige Versorgung der Patienten nicht mehr gewährleistet ist. Frieda Wilhelmi, Oberschwester.«

Nur mühsam kam Jana voran, bei jedem dritten Wort vertippte sie sich, suchte nervös Buchstabe nach Buchstabe zusammen, schrieb die Wörter mal groß, mal klein und legte dann, am Ende des Diktats, die Hände in den Schoß. Sie sah aus, als wollte sie gleich weinen.

Frieda wuchtete sich von ihrem Stuhl, rollte auf Jana zu, blickte ihr über die Schulter und stieß einen grunzenden Laut aus.

»Immerhin, man kann's lesen«, sagte sie sanft. »Und nun, mein Kind, schreibst du das Ganze noch mal säuberlich ab. Du wirst sehen: Morgen geht es schon besser.«

»Bestimmt, Oberschwester.« Jana riß das Blatt aus der Maschine. »Darf ich hier in Ihrem Zimmer üben … nach der Dienstzeit? Ich … ich will Sie nicht enttäuschen.«

»Natürlich darfst du das.« In Frieda Wilhelmis Herz schien eine bisher verrammelte Tür aufgeschlossen worden zu sein. Mit ihrer dicken, schweren Hand streichelte sie Jana über den Kopf, grunzte erneut und rollte dann zu ihrem Schreibtisch zurück. »Du wirst auch nicht im Schwesternbau schlafen, sondern im Zimmer nebenan. Das ist eine Art Magazin, das Badezimmer ist direkt daneben.«

»Danke, Oberschwester«, sagte Jana gehorsam. Ein Zimmer ohne Beobachtung, dachte sie dabei. Kein Dienst auf der chirurgischen Station. Schnell wird es sich rumsprechen, daß ich nur für die Oberschwester arbeite. Beneiden wird man mich, oder auch nicht, aber ein Hauch von Autorität wird auch auf mich fallen. Niemand wird mich kontrollieren. Unter ihrem Schutz stehe ich. Gott im Himmel, du hast mir wirklich geholfen.

Auf der chirurgischen Station II hatte sich erwartungsvolle Spannung ausgebreitet. Der Rothaarige in der Verwaltung hatte sofort, nachdem Jana Petrowna das Büro verlassen hatte, in der Chirurgie angerufen und bekam ausgerechnet Dr. Phillip an den Apparat. Dr. Hans Phillip, mit seinen 28 Jahren noch sehr jungenhaft aussehend, mit rötlichblonden Haaren und einem sportlichen Körper genau der Typ des modernen Germanen, wie man ihn in den Illustrierten abgebildet sah und wie der Reichsführer SS, Heinrich Himmler, sie in extra dafür eingerichteten Zuchtanstalten, genannt »Lebensborn«, als neue deutsche Rasse züchten wollte, war der von allen geliebte Arzt in den Städtischen Krankenanstalten. Seine Abenteuer waren »grenzüberschreitend«: Nicht nur in der Chirurgie bekamen die Schwestern blanke Augen bei seinem Anblick, sondern auch in der Inneren, der Gynäkologie, der Pädiatrie und bei HNOlern gab es Schwestern, die ihn verfluchten und haßten und dennoch immer noch heimlich liebten. Ein Oberarzt der Röntgenabteilung hatte Phillip sogar schon einmal Schläge angedroht, ein Kollege von der Gynäkologie war noch weiter gegangen und hatte ihn zum Duell gefordert, auf Pistolen, draußen auf der Nehrung vor dem Haff an der Ostsee, aber da Duelle im Dritten Reich verboten waren ebenso wie das Pauken der Studenten, das Säbelfechten mit Mensuren, und alle schlagenden Studentenverbindungen aufgelöst worden waren, kam es nicht zu einer Begegnung zwischen den beiden Ärzten. Die Aufforderung, das Duell heimlich auszutragen, beantwortete Dr. Phillip mit großer Geste: »Wenn ich verwundet werden soll, dann nur an der Front! Aber doch nicht wegen eines Mädchens … ich bitte Sie.«

Dr. Phillip, im Range eines Unterarztes, hörte interessiert zu, was der Rothaarige zu berichten hatte.

»Sie stellt sich gleich vor?« fragte er mit freudiger Stimme. »Bildhübsch, sagen Sie? Pechschwarze Haare und ebensolche Augen? Und was Anständiges in der Bluse? Kommt von der Front bei Leningrad? Danke, Robert … dann ist die Kleine ja nahkampferfahren. Bei Frieda ist sie jetzt? Danke für den Tip. Ich werde mich doch noch zum Drachentöter qualifizieren.«

Der Chef der Chirurgie, Stabsarzt Dr. Pankratz, war noch nicht im Haus. Er hatte am vergangenen Tag bis gegen Mitternacht operiert. Ein Lazarettzug war angekommen, und neun Sankas hatten Schwerverwundete zum Krankenhaus gebracht, von denen fast die Hälfte sofort versorgt werden mußte. Sie kamen ohne Zwischenaufenthalt direkt von der Leningrader und Wolchow-Front, mit durchgebluteten Verbänden, eiternden Wunden, hohem Fieber … neun Wagen voll zerfetzter Leiber.

Dr. Phillip wartete auf die neue hübsche Schwester, hatte in seinem Arztzimmer einen starken Kaffee gebraut, mit Schokolade überzogene Kekse bereitgestellt und eine Flasche Danziger Goldwasser aus dem Bücherschrank geholt. Die besten Erfahrungen hatte er damit gemacht … Kaffee, Schokoladenkekse und Danziger Goldwasser, das schien eine Mischung zu sein, die bei den Mädchen nicht nur die Herzen öffnete …

Er wartete eine Stunde, machte durch die Station II eine Runde und besuchte drei schwierige Fälle, kniff Schwester Angelika beim Vorübergehen in den Hintern und rief dann ungeduldig in der Verwaltung an. Der Rothaarige – Hausapparat 009 – war baß erstaunt.

»Was? Sie ist noch nicht bei Ihnen?« sagte er. »Das verstehe ich nicht. Vielleicht hat sie sich verlaufen.«

»Eine Stunde lang?«

»Fragen Sie doch mal bei Frieda nach, Dr. Phillip.«

»Darauf kann ich gut verzichten. Wecken *Sie* einen schlafenden Löwen?«

»Nee.«

Dr. Phillip ließ noch eine Stunde verstreichen, fand das alles äußerst merkwürdig und rätselhaft und entdeckte in sich den Mut eines Helden: Er verließ die Chirurgie und machte sich auf den Weg zur Verwaltung und zu Oberschwester Frieda Wilhelmi. Fragen durfte man ja schließlich, wo die neue Mitarbeiterin blieb.

Der Rothaarige im Büro wußte gar nichts, hatte die hübsche Schwester nicht wiedergesehen und fand das Verschwinden auch sehr merkwürdig.

»Vielleicht hat die Kleine doch nicht die Klippe Frieda umschiffen können«, meinte er vorsichtig. »Da genügt nur ein dummer Satz, und schon ist der Ofen aus.«

»Ist das nicht eine Schande für uns alle, daß wir uns das gefallen lassen?!«

»Ändern Sie's mal, Herr Doktor.« Der Rothaarige grinste verlegen. »Machen Sie mal einen Versuch. Damals in Frankreich, wenn die Panzer angriffen, da hab ich im Graben gestanden und keine Angst gehabt, da hab ich gewartet, bis ich im toten Winkel war, und dann raus aus'm Graben, die Hafthohlladung an den Panzerturm geklebt, abgezogen und wieder in Deckung, und dann flog der Turm weg ... aber wenn Frieda dort durch die Tür kommt, bekomme ich Herzklopfen.«

Dr. Phillip befahl sich, kein Feigling zu sein, ging hinüber zu den Räumen der Oberschwester, klopfte an die Tür und trat ein. Frieda Wilhelmi thronte hinter ihrem Schreibtisch, las in einem Aktenstück und warf einen durchdringenden Blick auf den Arzt. Am Schreibmaschinentisch saß eine junge, schwarzhaarige Rote-Kreuz-Schwester und schrieb mit zwei Fingern aus der Kladde etwas ab.

Das muß sie sein, dachte Dr. Phillip sofort. Genau, wie Robert sie geschildert hatte. Das Hübscheste, was ich seit langem gesehen habe. Ein Juwel von Mädchen. Was macht es hier bei Frieda an der Schreibmaschine? Sein Jungengesicht unter den blonden Locken glänzte. Siegfried, der strahlende Held, kam furchtlos näher.

»Was ist los?« fragte Frieda Wilhelmi und klappte die Akte zu.

Erstaunt blickte Jana Petrowna hoch. Die Stimme hatte sich völlig verändert, der warme, mütterliche Ton hatte sich in eine kalte, durchdringende Trompete verwandelt. Dr. Phillip schien nur diesen Ton gewöhnt zu sein. Er blieb stehen.

»Oberschwester, man hat der Chirurgie eine neue Mitarbeiterin angekündigt. Sie hat sich noch nicht gemeldet. Ist irgend etwas nicht in Ordnung?« fragte er.

»Ich habe umdisponiert. Das ist alles.«

»Es wäre gut, wenn das auch die Chirurgie erfahren würde.«

»Ist Stabsarzt Dr. Pankratz schon da?«

»Nein.«

»Dann halten Sie den Mund!« Das klang wie ein Kanonenschuß. Dr. Phillip empfand es wie eine schallende Ohrfeige. Die hübsche kleine Schwester blickte von ihrer Schreibmaschine auf. Nur eine Sekunde lang kreuzten sich ihre Blicke. Aber es reichte aus, um in Dr. Phillip ein Kribbeln zu erzeugen. »Ich werde dem Chef berichten.«

»Oberschwester Frieda –«

»Was wollen Sie noch?!«

Jedes Wort war ein Schlag. Jeder Ton traf Dr. Phillip geradezu schmerzhaft. Er wollte ebenso scharf antworten, aber was hätte das bewirkt? Gegen diese Masse Machtbewußtsein kam niemand an.

Selbst Dr. Pankratz hatte es zu Anfang seiner Tätigkeit versucht, mit dem Ergebnis, daß Frieda Wilhelmi die Chirurgie übersah und zugunsten der Inneren und der Gynäkologie Schwestern abzog und jeden Protest kalt von sich wegschob. Das ging so lange, bis Dr. Pankratz zu Frieda kam und sich mit gewundenen Sätzen, die nicht gleich wie eine Entschuldigung klingen sollten, entschuldigte. Frieda nahm die versteckte Kapitulation an, und von diesem Tag an lief der Betrieb in der Chirurgie wieder im normalen Gleis.

»Ist die Frage erlaubt, ob wir in Kürze mit der neuen Mitarbeiterin rechnen können?« fragte Dr. Phillip gepreßt. Es fiel ihm schwer, seine Wut über diese Erniedrigung zu verbergen.

»Nein! Rechnen Sie nicht damit. Haben Sie nicht gehört: Ich habe umdisponiert.«

Dr. Phillip begriff, daß er hiermit die Aufforderung erhalten hatte, das Zimmer zu verlassen. Er drehte sich um, warf noch einen Blick auf Jana, deren große schwarze Augen ihn musterten, und verließ dann grußlos das Zimmer. Hinter sich ließ er die Tür laut ins Schloß fallen, als sei sie ihm aus der Hand geglitten.

»Flegel!« sagte Frieda dröhnend. Dr. Phillip mußte es draußen im Flur noch gehört haben.

»Wer war denn das?« fragte Jana Petrowna und lächelte verlegen. Sie begriff nun, was der Sanitäter Bludecker gesagt hatte und daß alle im Haus Angst vor Frieda Wilhelmi hatten.

»Das war Dr. Phillip. Der berüchtigte. Der Bursche, der in dem Wahn lebt, der Mann sei die Krone der Schöpfung.« Frieda klappte die Akte wieder auf. »Übe weiter, mein Kind. Kümmere dich nicht um ihn. Und wenn er dir auflauert, sag es mir sofort. Alles, was einen Rock trägt, ist nicht sicher vor ihm.«

Jana Petrowna nickte und schrieb weiter, suchte die Buchstaben und klapperte mühsam den Übungstext ab. Die Gefahr, die von Dr. Phillip ausging, erkannte sie klar. Sie ahnte, daß er ab jetzt ihre Nähe suchen würde, daß er sie beobachtete und ihr nachging, daß er alles versuchen würde, um mit ihr in Kontakt zu kommen. Von heute an war sie nur sicher im Umkreis von Frieda Wilhelmi, und sie wußte jetzt, daß alles, was noch kommen konnte, abhängig war von dem unerwarteten mütterlichen Wohlwollen und der rätselhaften Zuneigung von Oberschwester Wilhelmi. Es war ihr, als sei sie ein Tier, das in eine warme schützende Höhle gekrochen war, um zu überleben. Sie hatte nun ein Bett, einen Schrank, einen Stuhl, einen Tisch und eine Stehlampe nebenan im Magazin. Sie hatte zu essen und zu trinken, sie hatte Wärme, wenn es Winter wurde, und sie hatte eine Beschützerin. Blieb alles so, wie es jetzt war, konnte man sicher das Ende des Krieges erwarten.

Und in ein paar Tagen sah sie Väterchen wieder. Im Schloß war er jetzt, bei seinem Bernsteinzimmer, treu dem Schwur, den sein Urahne vor seinem König geleistet hatte: Wo das Bernsteinzimmer ist, wird auch ein Wachter sein.

Gott im Himmel, laß Nikolaj Michajlowitsch in Leningrad überleben. Und einen Sohn zeugen müssen wir auch. Solange es das Bernsteinzimmer gibt, muß es auch einen Wachter geben.

»Woran denkst du, Kind?« Friedas Stimme schreckte sie aus ihren Gedanken auf.

»Ich mag diesen Dr. Phillip nicht, Oberschwester.«

»Sag dir das immer vor.« Frieda Wilhelmi blickte auf die Uhr an der Wand. Das Mittagessen wurde in Kürze ausgetragen, eine sehr wichtige Stunde für sie und alle Menschen im Krankenhaus. »Und denk nicht mehr an ihn … er ist wirklich keinen Gedanken wert.«

Bereits am nächsten Tag, um zehn Uhr vormittags, fand die erste Besprechung zwischen Gauleiter Koch, Dr. Findling, Dr. Runnefeldt und Dr. Wollters statt. Wie immer war auch Bruno Wellenschlag anwesend, saß mit am Tisch und hörte schweigend zu. Ein Zeuge, den Koch bewußt hinzugezogen hatte, um später gegenüber Hitler, Bormann, von Ribbentrop und Rosenberg abgesichert zu sein.

Zwar lag aus dem Führerhauptquartier im voraus die Zusage vor, das Bernsteinzimmer in Königsberg aufzubauen, aber es bedurfte nur eines Fingerzeiges von Bormann, und die Lage änderte sich grundsätzlich.

Dr. Findling erschien etwas blaß und sichtlich angeschlagen zu dieser Konferenz. Großvaters Salatöl hatte zwar das Sodbrennen und die Übelkeit ferngehalten, aber die Alkoholschwere im Kopf konnte es nicht besiegen. Den anderen Herren schien es ähnlich zu gehen, bis auf Koch, der so munter und frisch war, als hätte er zwölf oder mehr Stunden geschlafen und nur Wasser getrunken. Er hatte in seiner Wohnung im Schloß übernachtet und war nicht hinaus zu seiner prunkvollen Villa gefahren, einem Prachtbau, der den Unwillen der Bevölkerung herausgefordert hatte, einen stillen, stummen, unterdrückten Unwillen natürlich, denn Kritik am Gauleiter wäre eine Brüskierung gewesen, die Koch sofort mit allen brutalen Mitteln bestraft hätte. Der »König von Ostpreußen« duldete keinen Widerspruch.

Koch eröffnete die Besprechung mit einer grundsätzlichen Frage an Dr. Findling: »Wie lange brauchen Sie zum Aufbau des Bernsteinzimmers im Schloß, Dr. Findling?«

Und Findling antwortete sofort: »Fünf bis sechs Monate, Herr Gauleiter!«

Er war auf diese Frage vorbereitet, und auch die Reaktion Kochs hatte er vorausgesehen. So erschrak er nicht, als Koch ihn anstarrte, und duckte sich auch nicht, als Koch plötzlich schrie:

»Ja, sind Sie denn verrückt geworden?! Sechs Monate?! Sechs Wochen gebe ich Ihnen –«

»Unmöglich.«

»Nichts ist unmöglich! Dr. Runnefeldt, wie lange dauerte der Ausbau in Puschkin?«

»Sechs Tage.« Dr. Runnefeldt warf einen ermunternden Blick hinüber zu Dr. Findling.

»Und Sie, Findling, quatschen von sechs Monaten?« schrie Koch aufgebracht. »Sind sie noch besoffen?!«

»Ich muß dem Kollegen Findling recht geben.« Dr. Runnefeldt, der keine Angst vor Koch hatte, zumal seine Auftraggeber Hitler, Bormann und das Außenministerium waren, ließ sich von Kochs giftigen Blicken nicht beirren. »Ausbauen ist einfacher als aufbauen. Man kann ein Haus in wenigen Stunden niederreißen, aber nicht neu bauen. Es ist ja nicht damit getan, die Wandtafeln einfach aufzustellen. Das Zimmer muß sachgemäß rekonstruiert werden. Tafel für Tafel, Figur für Figur.

Und nun, wo wir es zerlegt vor uns haben, sollte es auch historisch-wissenschaftlich untersucht und katalogisiert werden. Verschiedene Epochen und Künstler haben an ihm gearbeitet ... vom Bernsteinschneider Gottfried Wolffram und den Danziger Meistern Ernst Schacht und Gottfried Turow im Jahre 1707 bis zu Rastrelli im Jahre 1760 in *Zarskoje Selo,* dem Jahr der endgültigen Aufstellung des Zimmers unter Zarin Elisabeth. Und auch dann noch, ab 1763, arbeiteten fünf Königsberger Bernsteinmeister am Aufbau und an Ergänzungen der Vertäfelung weiter. Es waren Friedrich und Johann Roggenbuch, Clemens und Heinrich Wilhelm Friedrich und Johann Welpendorf. Das müssen wir alles sehr genau registrieren, bevor wir das Bernsteinzimmer wieder einbauen.«

»Unser Superfachmann!« Koch kratzte sich die Nase und strich dann über seinen kurzen Schnurrbart. »Was sagen Sie dazu, Dr. Wollters?«

»Ich pflichte den Ausführungen des Kollegen Findling bei, Herr Gauleiter«, antwortete der Rittmeister vorsichtig. »Wir haben jetzt die beste und ich glaube einmalige Gelegenheit, das Bernsteinzimmer genau zu untersuchen und kunsthistorisch auszuwerten.«

»Mit Wissenschaftlern zu arbeiten, ist eine Strafe!« Koch wandte sich wieder Dr. Findling zu. »Ich wünsche, daß alle diese Arbeiten so schnell wie möglich ausgeführt werden. Nicht, daß uns die Zeit überrollt und der Krieg gewonnen ist, bevor das Bernsteinzimmer im Schloß aufgebaut ist. Sie wissen doch, meine Herren, daß dann das Zimmer nach Linz, in die Ostmark, kommen könnte. Mein ganzes Trachten ist, diesen einmaligen Schatz hier im Schloß zu lassen ... für alle Zeiten! Wenn es in Einzelteilen herumliegt, ist es leichter abzutransportieren, als wenn es wieder eingebaut ist und eventuell neuen Schäden ausgesetzt wird. Beeilung also, Dr. Findling. Ob nun eine geschnitzte Figur von Meister Popofax stammt oder eine Girlande von Meister Pipiström, das ist doch im Grunde gleichgültig!«

»Nicht für die Wissenschaft, Herr Gauleiter«, sagte Dr. Runnefeldt furchtlos.

»Ich sagte es ja: Ihr Wissenschaftler seid eine Strafe Gottes.« Koch hieb mit der Faust auf den Tisch, daß die von einer Ordonnanz servierten Kaffeetassen klirrten. »Wann darf ich wenigstens eine Tafel sehen? Ist das denn erlaubt?«

»Wir werden einige Kisten öffnen und eine Tafel zusammensetzen. Allerdings nur liegend, Herr Gauleiter.«

»Wie gütig von Ihnen.« Koch erhob sich abrupt. Die erste Bernsteinzimmer-Konferenz war damit beendet. Die anderen Herren schnellten von ihren Stühlen hoch. »Wann?« fragte Koch.

»Ich werde versuchen, es heute nachmittag zu bewerkstelligen.«

»Versuchen Sie es, Dr. Findling.« Dicker Spott lag in Kochs Stimme. »Wohin darf ich mich begeben?«

»Ich schlage vor, eine Tafel auf dem Boden des für den Aufbau vorgesehenen Zimmers Nummer 37 auszulegen.«

»Und um welche Uhrzeit wäre meine Anwesenheit genehm?«

»Ich werde Sie benachrichtigen, Herr Gauleiter.«

»Zu gütig!« Koch ging zur Tür, gefolgt von seinem Schatten Bruno Wellenschlag. »Denken Sie daran, daß ich um neunzehn Uhr zu Abend esse ...«

Er riß die Tür auf und stampfte hinaus. Erst als die Tür zugefallen war, atmeten die Herren sichtbar auf. Dr. Runnefeldt sah zu Dr. Findling, der bleich an der Tischkante lehnte. Dr. Wollters kaute an seiner Unterlippe.

»Den haben Sie aber kräftig ins Kreuz getreten!« sagte Runnefeldt. »Natürlich sind Sie im Recht ... aber befürchten Sie keine Repressalien von ihm?«

»Man hätte es diplomatischer ausdrücken sollen, nicht so direkt«, warf Dr. Wollters ein. »Wir kennen doch des Gauleiters Empfindlichkeit. Das wird Folgen haben, Dr. Findling.«

»Es geht nicht um mich, es geht um das Bernsteinzimmer.« Findling stieß sich von der Tischkante ab. »Auch ein Gauleiter muß vor so einem Kunstwerk Geduld lernen.« Er trat an das Fenster, blickte hinunter zum Schloßhof und auf die achtzehn Lkws. Sie wurden von fünf Soldaten bewacht. »Wie lange bleiben Sie, Kollegen?«

»Ich werde übermorgen nach Riga zurückkehren müssen«, sagte Dr. Wollters. »Vermute, daß ich noch einmal nach Pawlowsk muß. Die Ausbeute an Kunstschätzen dort im Schloß ist ja kaum zu überblicken!«

Auf dem breiten Gang zum Treppenhaus blieb Koch kurz stehen und tippte Wellenschlag gegen die Brust.

»Hast du das gehört, Bruno?« fragte er. »Die studierten Kerle wollen mir die Hose übern Hintern ziehen!«

»Eine Frechheit, Gauleiter.« Wellenschlag kannte wie kaum jemand anderes Kochs Charakter und Gemütsverfassung. »Aber ...«

»Was aber? Diesen Findling werde ich hüpfen lassen wie einen Frosch! Und du wirst der Storch sein, der ihm ständig im Nacken sitzt!«

»Genaugenommen kann man ihm nichts vorwerfen, Gauleiter.«

»Quatsch nicht so blöd, Bruno.« Koch stampfte weiter in Richtung Treppenhaus. »Du verstehst was vom Saufen, aber nichts von Menschenführung. Auch Findling ist ein Lakai, alle um mich herum sind nur Lakaien, und ein Lakai hat zu tun, was ihm befohlen wird, und den Mund zu halten.«

Er stutzte und blieb stehen. Über den Gang kam ihnen ein älterer Mann entgegen, den Koch irgendwo schon einmal gesehen hatte. Er überlegte schnell, kam aber zu keinem Ergebnis. Ein Mann in einem schäbigen Anzug, der außerdem noch zu weit war. Wie kommt dieser Kerl in den abgesperrten Trakt des Schlosses?

Der Mann zögerte einen Augenblick, dann streckte er den rechten Arm hoch zum deutschen Gruß. »Heil Hitler, Herr Gauleiter!« sagte er sogar. Es klang nicht sehr fröhlich.

»Wer sind Sie?« fragte Koch, ohne den Gruß zu erwidern. »Woher kenne ich Sie? Wir sind uns doch schon mal begegnet ...«

»Heute morgen um ein Uhr, Herr Gauleiter. Mein Name ist Michael Wachter. Ich bin mit dem Bernsteinzimmer gekommen.«

»Der Wärter!« rief Wellenschlag. »Der Museumsdiener aus Puschkin, Gauleiter. Der mit seinen 225-Jahren-Vorfahren.«

»Richtig!« Koch kam noch einen Schritt näher und schaute Wacher durchdringend an. »Sie sind einer der wenigen, die das Bernsteinzimmer genau kennen?«

»Vielleicht der einzige, Herr Gauleiter. Ich kenne jedes Mosaiksteinchen. Ich bin in dem Zimmer aufgewachsen, es gehört zu meinem Leben.«

»Kommen Sie mit!« Koch winkte herrisch. »Wir müssen uns darüber unterhalten. Was sind Ihre Pläne?«

»Pläne?« fragte Wachter verständnislos.

»Das Zimmer bleibt jetzt hier ... was wollen *Sie* tun? Sie müssen doch eine Arbeit annehmen.«

»Ich habe gedacht, Herr Gauleiter, daß man mich hier brauchen kann. So wie bisher ... als Wächter über das Bernsteinzimmer. Als Museumsdiener. Es gibt keinen, der ...«

»Ich weiß. Ich weiß! Das Bernsteinzimmer ersetzte Ihnen die Muttermilch.«

»Fast war es so, Herr Gauleiter.«

»Wie lange schätzen Sie die Aufbauten hier im Schloß?«

»Einige Monate.«

»Der auch, Bruno!« Koch nickte zum Treppenhaus hin.

»Kommen Sie mit, Wachter. Ich habe eine Menge Fragen an Sie. Und das mit Ihrer Übernahme als Wächter überlege ich mir. Ich brauche einen vertrauenswürdigen Mann für das Bernsteinzimmer.«

»Danke, Herr Gauleiter.« Wachter schluckte. Ein Kloß im Hals beengte sein Atmen. »Es wäre eine große Ehre für mich, im Schloß arbeiten zu können.«

Sie gingen in ein weitläufiges Zimmer, in dem eine Reihe von Ritterrüstungen an den Wänden standen und in der Mitte einige Glasvitrinen mit historischen Waffen. Kurzschwerter, Stachelkugeln, Beile und Hellebardenköpfe. In der linken hinteren Ecke stand eine moderne Sitzgarnitur, die völlig fremd in dieser Umgebung aus dem Mittelalter ostpreußischer Geschichte wirkte.

Koch setzte sich und winkte Wachter zu, das gleiche zu tun.

»Warum haben die Russen Sie nicht gezwungen, die deutsche Staatsbürgerschaft aufzugeben?« begann er das Gespräch, das mehr einem Verhör glich. »Wieso ist ausgerechnet ein Deutscher der Bewacher des Bernsteinzimmers?«

»Es ist durch einen Vertrag von 1716 geregelt, Herr Gauleiter.«

Wachter war auf der Hut. Er überlegte jedes Wort genau, bevor er es aussprach. Nur ein kleiner Fehler, eine winzige Unaufmerksamkeit konnte sein Ende bedeuten – darüber war er sich absolut im klaren.

»1716 ...« Koch lehnte sich zurück, faltete die Hände über seinem Bauch und musterte Wachter wieder mit durchdringenden Blicken. »Und daran hat sich Stalin gehalten?«

»Jeder, Herr Gauleiter. Alle Zaren und Zarinnen. Kerenskij und Lenin und Stalin auch.«

»Und nun erwarten Sie das auch vom Führer ...«

»Von Ihnen, Herr Gauleiter. Dem Führer wird es egal sein, wer das Bernsteinzimmer bewacht. Solange es in Königsberg steht, haben Sie die Verantwortung.«

»Es wird jetzt für alle Zeit in Königsberg stehen!« rief Koch. Der Mann, wie hieß er?, Wachter, machte einen guten Eindruck auf ihn. Vor allem konnte er ein Auge sein, das Dr. Findling ständig beobachtete und laufend Berichte abgeben konnte. Nichts, was mit dem

Bernsteinzimmer geschah, würde ohne Wachter stattfinden können. Wirklich ein wichtiger Mann.

»Wo haben Sie in Puschkin gewohnt, Wachter?«

»Im Katharinen-Palais, nicht weit vom Bernsteinzimmer entfernt.«

»Das werden Sie hier auch. Sie bekommen im Schloß eine Wohnung.«

»Heißt das, daß ich ... Herr Gauleiter, ich kann bleiben? Ich darf weiter das Zimmer betreuen? Ich ...«

Koch nickte. Es war ihm peinlich, plötzlich Tränen in den Augen des Mannes sehen zu müssen. Er empfand das als unmännlich, auch wenn er in dieser Situation Verständnis dafür aufbrachte.

»Reißen Sie sich am Riemen!« sagte Koch grob und doch mitempfindend. »Ich will, daß Sie mir über alles berichten. Haben Sie Familie?«

»Meine Frau ist schon lange tot.«

»Keine Kinder?«

»Einen Sohn. Er hieß Nikolaus. Bei einem Unfall kam er ums Leben. Motorrad, Herr Gauleiter. Schädelbruch.«

»Ist wie ein Affe gesaust, was?«

»Die jungen Leute.« Wachter hob resignierend die Schultern. »Gut, daß seine Mutter ihn nicht so gesehen hat. Er war für mich eine große Hoffnung. Nun stirbt mit mir die Familie Wachter aus.«

»Wie alt sind Sie, Wachter?«

»Fünfundfünfzig, Herr Gauleiter.«

»Zehn Jahre älter als ich! Wachter, das ist doch kein Greisenalter. Da kann man doch noch einen Sohn zeugen ... mit einer jungen, temperamentvollen Frau! Überlegen Sie sich das. Ein Mann kann immer ... nur Mut!« Koch lachte. Bei seinem Lieblingsthema angelangt, wurde er sogar kumpelhaft. »Sie wollen doch wohl nicht die 225jährige Kette zerreißen? In den Lenden der Männer liegt Deutschlands Unsterblichkeit. Sehen Sie sich um, Wachter, in Königsberg wimmelt es von alleinstehenden Frauen mit dem nötigen Hunger.«

»Ich werde es mir überlegen, Herr Gauleiter.«

Koch schlug die Beine übereinander und nahm seine Mütze vom Kopf. Wachter wurde wieder vorsichtig. Es wird also länger dauern, dachte er. Das Verhör geht weiter. So schnell ist ein Koch nicht zu überzeugen.

»Erzählen Sie mir etwas von der Geschichte des Bernsteinzimmers«, sagte er ohne den sonst befehlenden Unterton.

»Das wird Tage dauern, Herr Gauleiter.«

»Na und? Wir haben doch Zeit. Jetzt eine Stunde … und morgen gehts weiter. Was hat zum Beispiel Lenin gesagt, als er zum erstenmal das Zimmer sah?«

»Auf dem Rücken der Werktätigen gebaut!«

»Das sieht ihm ähnlich!« Koch lachte schallend. »Weiter, mein lieber Wachter. Weiter.«

Nach drei Tagen hatte Jana Petrowna gelernt, mit zwei Fingern einigermaßen fließend zu schreiben. Allerdings hatte sie unentwegt geübt, hatte zehn Stunden lang hinter der Schreibmaschine gesessen und sich die Buchstabeneinteilung der Tastatur gemerkt. Sie hatte sogar versucht, mit geschlossenen Augen zu tippen, aber das ging zu diesem frühen Zeitpunkt völlig daneben. Am Abend des dritten Tages zeichnete sie auf ein längliches Stück Karton die Tastatur der Maschine, genau in der Größe des Originals. Frieda Wilhelmi begutachtete die Zeichnung, als sie von einem Rundgang durch die Stationen zurückkam. Wie üblich hatte es wieder eine Menge Ärger gegeben. Friedas Trompetenstimme hatte durch alle Flure gedröhnt, ein paar Schwestern ließ sie weinend in den Stationszimmern zurück. Ab und zu Dampf, das schadet nicht, war ihre Ansicht. Dampf treibt die Maschine. Ohne Dampf bleibt alles stehen.

»Was soll denn das, Kind?« fragte sie und legte den Karton zur Seite. »Merkst du dir die Buchstaben so leichter?«

»Nein, aber ich kann immer und überall mit den Fingern darauf üben.«

»Sehr klug!« Frieda umfaßte Jana mit einem fast liebevollen Blick. »Hast du keine Lust, mal an die frische Luft zu gehen?«

»Es regnet doch, Oberschwester.«

»Wie wär's, wenn du mal in ein Kino gehst? Im Ufa-Palast läuft ein neuer Film mit Zarah Leander. *Der Weg ins Freie,* heißt der Film. Und im Tivoli wird *Jud Süß* gespielt … das mußt du dir ansehen, mein Kind.«

»Wenn ich darf …«

»Natürlich darfst du. Du bist doch hier nicht im Gefängnis. Außerhalb deiner Arbeitszeit kannst du tun und lassen, was du willst. Selbstverständlich im Rahmen von Anstand und Moral.«

»Ich möchte zu gerne einmal in das Museum im Schloß, Oberschwester.« Jana starrte auf ihre Schreibmaschine, um nicht Frieda Wilhelmi anschauen zu müssen. »Ich liebe Gemälde und Skulpturen. Bei einem Kurzurlaub von der Front habe ich sogar Schloß Peterhof besichtigt. Ich war richtig ergriffen.«

»Dann sieh dir das Museum doch an, mein Kind.«

»Es ist nur am Tag geöffnet, nicht abends, wenn ich hier fertig bin.«

»Das stimmt.« Frieda Wilhelmi überlegte nicht lange. »Ich gebe dir morgen einen freien Tag.«

»Wirklich, Oberschwester? O danke ... danke ...«

Sie wollte aufspringen und Frieda umarmen, aber dann sank sie auf ihren Stuhl zurück und wischte sich über die Augen.

»Nun heul nicht!« sagte Frieda grob, aber nicht mit ihrer Trompetenstimme. »Dir steht doch ein freier Tag zu. Du gehst also morgen ins Museum und erzählst mir, was es da zu sehen gibt. Ich würde mitgehen, aber ich kann ja hier nicht weg. Und übermorgen abend sehen wir uns Zarah Leander an.«

In dieser Nacht wurde Jana Petrowna gestört. Ein Klopfen schreckte sie aus dem Schlaf auf, und das erste, was sie dachte, war: Wie gut, daß ich die Tür abgeschlossen habe. Auch ohne daß sich der Klopfende vorstellte, wußte sie, wer vor der Tür stand.

»Ja?« rief sie in der Art, wie sich Frieda immer meldete. Draußen im Flur hüstelte jemand. Dann sagte eine gedämpfte Stimme:

»Machen Sie auf. Bitte ...«

»Wer ist da?« fragte sie völlig überflüssig.

»Hans ...«

»Ich kenne keinen Hans.«

»Hans Phillip.«

»Ach Sie, Herr Doktor? Ein Notfall? Ich habe keinen Stationsdienst, das wissen Sie doch.«

»Man könnte es einen Notfall nennen, Schwester. Schließen Sie die Tür auf.«

»Nein.«

»Seien Sie doch kein Frosch.«

»Ich bin eine Jungfrau.«

»Wie bitte?«

»Ich bin Sternzeichen Jungfrau.«

»Humor haben Sie! Das gefällt mir. Wir sollten uns näher kennenlernen, aber nicht durch die Tür.«

»Ich wüßte nicht, wozu das nützlich ist.«

»Das könnte ich klären, wenn Sie mich hereinlassen.«

»Auch dann würden Sie mich nicht überzeugen.«

»Es käme auf einen Versuch an, Schwester Jana. Im Leben gibt es selten ein Nie.«

»Dann gehöre ich zu dieser Seltenheit, Herr Doktor. Lassen Sie mich jetzt weiterschlafen, bitte. Wieso sind Sie eigentlich noch im Haus?«

»Ich habe Nachtdienst. Nun machen Sie schon auf. Ich habe auch zwei Flaschen Bier mitgebracht.«

»Pissolin?«

Schweigen. Dr. Phillip zwinkerte verblüfft mit den Augen. Was ist denn das, fragte er sich. Die spröde Kleine und dann solch ein Wort. Junge, die hat es ja faustdick hinter den Ohren. Die ist ja gar nicht ein Kräutchen-rühr-mich-nicht-an. Die tut nur so, die spielt mit mir Katz und Maus.

»Mädchen –« sagte er und preßte dabei den Mund an den Türspalt. »Du bist ein Teufelsweibchen. Komm und dreh den Schlüssel rum …«

»Nein. Gute Nacht, Herr Doktor.«

Jana Petrowna legte sich wieder zurück und zog die Decke über ihren Kopf. Sie hörte nichts mehr und wußte so auch nicht, wie lange Dr. Phillip noch an der Klinke rüttelte, redete, bettelte und lockte. Schließlich gab er auf, zum erstenmal widerstand eine Frau seinen Lockungen, ein völlig unbekanntes Gefühl war das, und enttäuscht ging er zurück zum Arztzimmer der Chirurgie. Na, dann heute nicht, dachte er. Wir haben ja Zeit. Einmal wird's gelingen. Wer hat heute Nachtdienst? Schwester Veronika. Vroni, die Rundärschige. Besser als gar nichts.

Er packte seine Flaschen Bier wieder in die Kitteltasche und ging zur Station III, in der das Wachzimmer lag.

»Grüß dich, Vroni«, sagte er zu dem drallen Mädchen, beugte sich über sie, küßte sie und strich dabei über ihre Brüste. »Machen wir's uns gemütlich. Es wird sonst eine langweilige Nacht werden.«

Und Schwester Vroni knöpfte ihren Kittel auf …

Gegen zehn Uhr am Vormittag betrat Jana Petrowna das Museum im Königsberger Schloß. Sie kaufte eine Karte, wagte aber nicht, zu fragen, wo man das Bernsteinzimmer aufstellen wollte. Niemand außer ein paar Eingeweihten wußte von der Ankunft des Schatzes. Es war anzunehmen, daß die Kartenverkäuferin überhaupt keine Ahnung hatte.

Um nicht aufzufallen, ging Jana von Saal zu Saal, blieb vor einigen Gemälden stehen, stieg hinauf in den ersten Stock und sah nirgendwo einen leeren Saal oder eine Betriebsamkeit, die auf ein Auspacken des Bernsteinzimmers hinwies. Erst als sie in den zweiten Stock gehen wollte, versperrte ein dickes Seil die Treppe. Ein Schild hing an dem Seil: *Gesperrt.* Und auf der Treppe auf einem Ständer las sie: *Bis auf weiteres kein Zutritt.*

Jana blieb stehen und hob lauschend den Kopf. Da oben also, dachte sie. Da muß Väterchen sein. Was wird er sagen, wenn ich plötzlich vor ihm stehe? Sie hörte entferntes Hämmern, ein paar Stimmfetzen mischten sich dazwischen, irgend etwas schleifte über den Boden, dann eine deutliche Stimme: »Karl, pack mal mit an! Vorsichtig, du Knallkopf! Und jetzt: Hebt hoch!«

Jana Petrowna hob das Seil an, ging gebückt darunter her und stieg die Treppe hinauf. Um die Ecke des breiten Flurs hörte sie nun deutlicher das Hämmern. Zwei Männer bogen von einem Seitengang ein und blieben beim Anblick der Rote-Kreuz-Schwester stehen.

»Wo soll's denn hingehen, Schwester?« fragte einer von ihnen. »Hier ist im Moment nichts zu sehen.«

»Ist denn das Schild unten weg?« fragte der andere.

»Ich bin dienstlich hier. Im Krankenhaus wurde angerufen. Ich weiß nicht, was los ist.«

»Wird sich einer an den Mistkisten den Daumen gequetscht haben«, sagte der eine fröhlich.

»Hoffentlich nicht was anderes«, lachte der andere. Er winkte den Seitenflur entlang. »Freie Fahrt, Schwester. Und nehmen Sie ihn vorsichtig in die Hand …«

Laut lachend verschwanden sie in einem Zimmer. Jana zögerte einen Moment, dann preßte sie die Lippen zusammen und ging weiter. Vor einer breiten Tür, über der die Nummer siebenundzwanzig stand, blieb sie stehen. Hinter der Tür erklang laut das Stakkato des Hämmerns und vielfaches Stimmengewirr. Sie nahm allen Mut zusammen, drückte die Tür auf und betrat einen großen, leeren Saal.

Auf dem Parkettboden war eine der Wandtafeln des Bernsteinzimmers zusammengelegt worden, zwei Männer in Offiziersuniform studierten einen Bernsteinengel, den einer von ihnen in beiden Händen hielt, drei Männer an der hinteren, kahlen Wand schlugen Haken in die Mauer, ein vierter, mit einem Plan in der Hand, zeichnete mit einem dicken Stift neue Bohrlöcher an.

Und vor der auf dem Boden liegenden Wandtafel kniete Michael Wachter und untersuchte mit einer großen runden Handlupe das Mosaik aus geschliffenem, funkelndem Bernstein.

Der erste, der Jana Petrowna bemerkte, war Dr. Runnefeldt. Er blickte von dem Bernsteinengel hoch und sah sie an. Verblüffung lag in seinem Blick. Dr. Findling bemerkte es und drehte sich um. Auch ihm sah man das Erstaunen an.

»Sie haben sich verlaufen, Schwester«, sagte Dr. Runnefeldt höflich.

»Ich weiß nicht. Jemand hat im Krankenhaus angerufen, hier soll es einen kleinen Unfall gegeben haben.« Ihre Geistesgegenwart war hervorragend. Sie sah dabei hinunter auf die Wandtafel, vor der Wachter kniete.

Ich bin da, Väterchen! Mach dir keine Sorgen mehr um mich. Gut geht es mir. Schon bei den ersten Worten hatte es Wachter durchzuckt, er wollte herumfahren, aufspringen, aber dann siegte der Verstand, er blieb auf den Knien und schob nur seine Schultern hoch. Jana, das ist Janaschka ... ihre Stimme ist es, keine zweite hat eine solche Stimme, eine solche Betonung der deutschen Sprache. Sie ist es, sie ist es ... Jana ist nach Königsberg gekommen.

Langsam, was ihm viel Mühe und Selbstbeherrschung kostete, drehte auch er sich um, und als er Jana anblickte, mußte er sich zusammenreißen, um nicht die Arme auszubreiten.

Mein Töchterchen, dachte er. O Gott, mein Töchterchen. Wir

sind wieder zusammen! Wie geht es dir? Wo bist du untergeschlüpft? Woher weißt du, daß ich im Schloß bin?

Er erhob sich von den Knien, klopfte den Staub von seinen Hosenbeinen und legte beide Hände flach auf sein Herz.

Töchterchen, ich grüße dich.

Dr. Runnefeldt hatte unterdessen den Kopf geschüttelt. »Ein Unfall? Hier bei uns? Nicht, daß ich wüßte. Haben Sie eine Ahnung davon, Dr. Findling?«

»Nein. Hier ist keiner verletzt. Vielleicht unten bei den Wagen?«

»Das wüßten wir.« Dr. Runnefeldt kam einen Schritt auf Jana zu. Bedauern lag in seiner Stimme. »Es kann sich nur um einen dummen, aber gemeinen Scherz handeln, Schwester.« Erstaunen stieg plötzlich in seine Augen. Mit schräg gelegtem Kopf musterte er Jana genauer. »Kennen wir uns nicht?«

»Nein. Bestimmt nicht.«

»Wir sind uns noch nicht begegnet? Ich habe mich bisher noch nie geirrt. Und ein gutes Personengedächtnis habe ich. Irgendwoher kenne ich Sie …«

»Vielleicht von der Front? Ich habe im Hauptverbandsplatz gearbeitet. Vor Leningrad.« Sie sagte es so sicher und bestimmt, daß keine Zweifel aufkommen konnten. »Waren Sie an der Front?«

»Nein. Zum erstenmal irre ich mich. Verzeihen Sie, Schwester. Mein Name ist Runnefeldt.«

»Findling –« schloß sich Dr. Findling mit einer kleinen Verbeugung an. »Wie gesagt: Hier gibt es keinen Unfall.«

»Dann ist es wirklich ein übler Scherz.« Sie warf noch einen schnellen Blick auf Wachter und drückte ihre Einsatztasche an sich. »Wie komme ich jetzt wieder hinaus? In diesem Schloß kann man sich ja verlaufen.«

»Kein Problem, Schwester.« Wachter trat vor und sah mehr Dr. Runnefeldt als Jana an. »Ich werde Ihnen den Weg zeigen. Kommen Sie mit.«

»Danke. Verzeihen Sie mein Eindringen, aber ich kann ja nichts dafür.« Sie drehte sich um und ging aus dem Saal, Wachter nach, der ihr vorauslief. Auf dem Flur waren sie allein. Mit schnellem Griff faßte Wachter ihre Hand, zog sie in ein Zimmer mit Bildern von Liebermann und Modersohn-Becker und riß sie mit einem Aufschluchzen in seine Arme.

»Töchterchen ...« stammelte er. »O mein Töchterchen. Nun sind alle Sorgen fort. Wo lebst du? Wo hast du dich versteckt? Hast du Hunger? Brauchst du Geld? Eine neue Tracht hast du ja an. Wo hast du sie gestohlen? O Töchterchen, wie glücklich bin ich ...«

Eine Weile standen sie so engumschlungen im Liebermann-Zimmer, sprachen nach den ersten gestammelten Worten keinen Ton mehr, sondern gaben sich ganz dem Glück des Wiedersehens hin. Nur ein paar Tage waren sie getrennt gewesen, aber für Michael Wachter war es in Puschkin ein Abschied geworden, eine unbekannte Zukunft lag vor ihm, die kein Wiedersehen einschloß. Nun lagen seine Arme um Jana Petrowna, hier war sie, in Königsberg, im Schloß, so etwas wie ein Wunder war's, das über einen hereinbricht und einen stumm werden läßt.

Erst als Wachter wieder durchatmen konnte, ließ er Jana los, und sie konnte sagen:

»Väterchen, eine gute Stelle habe ich. Hier, im Städtischen Krankenhaus. Bin die Sekretärin der Oberschwester. Eine ehrenhafte Stelle. Habe ein eigenes Zimmer, bekomme ein Gehalt und freies Essen, werde von der Oberschwester Frieda beschützt wie eine Ikonensammlung, lerne Schreibmaschine, kann mich überall frei bewegen, kann in ein Kino gehen, ins Theater, in ein Café, ein Restaurant – wie ein normaler deutscher Bürger lebe ich ... und ich trage eine Uniform, die mich vor allen Kontrollen schützt. Eine eigene Uniform, Väterchen, keine gestohlene wie die erste, und einen Ausweis habe ich, eine Kennkarte, Lebensmittelkarten, Tabakkarten, Sonderzuteilungen –« sie breitete die Arme aus und drehte sich um sich selbst – »ich bin ein vollgültiger Mensch! Und du, Väterchen?«

»Der Gauleiter und der Museumsdirektor Dr. Findling haben mich für das Bernsteinzimmer angestellt. Ich bewache und betreue es weiter.«

»Dann hat sich ja nichts geändert!«

»Nur der Ort, Töchterchen. Der Ort ... und das ist eine Änderung, die uns noch viel zu schaffen machen wird. Wer weiß, wie der Krieg ausgeht?! Alle hier reden vom Sieg der Deutschen ...«

»Du bist doch ein Deutscher, Väterchen.«

»Ja, das bin ich. Ein Preuße bin ich, wie meine Ahnen ... aber ich bin nicht ein Deutscher wie die vielen heute, die sich Deutsche nennen. Die Endsiegglauber, die Heilrufer, die Hitlerhörigen, die Übermenschen, vor denen alle anderen nur Untermenschen sind, vor allem ihr, die Slawen, die Völker des Ostens. Was ich in den letzten Tagen alles gehört habe. Töchterchen, man müßte sich schämen, ein Deutscher zu sein und zu ihnen zu gehören.«

Einen Augenblick dachte Jana an Julius Paschke und schüttelte den Kopf.

»Auch andere gibt es, Väterchen. Vielleicht viele andere. Wir kennen noch zu wenig.«

»Aber fast alle glauben an den Sieg. An die Vernichtung Rußlands. Vor Moskau stehen sie, vor Leningrad, die Krim haben sie erobert, marschieren durch den Kaukasus ...«

»Und der Winter wird kommen ... den kennen sie noch nicht. Und der Ural liegt vor ihnen, dann das unendliche Sibirien, der Amur, der Ussuri, Chinas Grenze, Kamtschatka, die Gebiete um Wladiwostok und am Pazifik ... niemand, auch die Deutschen nicht, kann Rußland erobern. Unser weites Land ist unser ewiges Leben.«

»Wie klug du redest, Töchterchen. Lassen wir uns überraschen vom General Winter.«

Noch viel, o wieviel hatten sie miteinander zu reden, aber es würde verdächtig werden, wenn Wachter nicht bald in das Bernsteinzimmer zurückkam. Vorsichtig öffnete er die Tür einen Spalt, spähte in den Flur und zog dann Jana Petrowna aus dem Liebermann-Zimmer. Er brachte sie bis zur Treppe, nickte ihr zu, wartete, bis sie die Stufen hinabsprang, und kehrte dann ins Bernsteinzimmer zurück.

Dr. Findling, Dr. Runnefeldt und Dr. Wollters hatten ihn nicht vermißt. Sie standen diskutierend vor der großen, auf dem Boden liegenden zusammengesetzten Wandtafel und verglichen sie mit Fotos aus alten Museumskatalogen des Katharinen-Palastes. Dr. Findlings Gesicht war von einer großen Betroffenheit gezeichnet.

»Wenn alle Tafeln so sind wie diese« – sagte er gerade – »na, dann Prost. Es fehlen der nach oben abschließende Wandfries, die Ornamentverzierungen zwischen dem Wandfries und dem Deckengemälde, das ja in Puschkin geblieben ist, und eine ganze Menge der Mosaiksteinchen der Tafel. Mir ist das rätselhaft. Das war doch alles noch vorhanden, als Sie das Zimmer ausbauten, meine Herren! Oder nicht?«

»Ich hab's nicht in der Tasche!« antwortete Dr. Wollters beleidigt. »Wir haben das ausgebaut, was vorhanden war.«

»Der über ein Meter hohe Wandfries war da! Das Bernsteinzimmer stand komplett im Saal.« Dr. Runnefeldt ging einmal um die ausgelegte Tafel herum. »Nichts fehlte! Das kann ich beschwören! Das wäre uns doch aufgefallen ... rundum eine kahle Wand von einem Meter Höhe! Und die Ornamente zwischen Fries und Deckengemälde hätten ja auch Lücken hinterlassen, wenn sie nicht mehr dagewesen wären! Nein, das Zimmer war bis auf kleine Schäden unversehrt.«

»Fragen wir Wachter. Wenn einer etwas weiß, dann er ...«

Bei dieser Lage der Dinge war Wachter zurückgekommen und hatte die letzten Worte noch gehört.

»Sie haben gehaust wie die Hunnen«, sagte er laut.

»Wer?« Dr. Findling fuhr herum, er hatte Wachter nicht zurückkommen gehört.

»Die Soldaten ...«

»Da haben wir es. Diese sowjetische Soldateska ...« Dr. Wollters ballte die Fäuste. »Nichts ist ihr heilig ...«

»Es waren deutsche Soldaten, Herr Rittmeister«, sagte Wachter.

Jetzt fuhr Dr. Wollters herum, als habe ihn der Museumsdirektor in die Kniekehlen getreten. »Eine Unverschämtheit ist das!« schrie er mit hochrotem Gesicht. »Mann, was Sie da behaupten, ist Wehrkraftzersetzung! Darauf steht die Todesstrafe, wenn ich das melde. *Wenn* ich das melde! Der deutsche Soldat ist ein Kulturträger, begreifen Sie das?!«

»Schwer –«

»Sie ... Sie Volksverräter!« Dr. Wollters japste nach Luft. »Sie bezichtigen unsere tapfer kämpfende Truppe des Vandalismus?! Ich ... ich finde keine Worte mehr!«

»Eine Anzeige wäre sehr interessant.« Wachter übersah, daß ihm sowohl Dr. Findling wie auch Dr. Runnefeldt warnend zublinzelten. Maul halten, Wachter! Um Himmels willen, seien Sie doch still! Sie wissen ja gar nicht, was Sie da anrichten! Wenn Wollters wild wird, können wir Ihnen nicht mehr helfen. Keiner kann das dann mehr ... selbst Gauleiter Koch nicht.

»Wäre sie das?« bellte Wollters. »Das Vergnügen können Sie haben!«

»Ich kann einen Zeugen vorweisen, Herr Rittmeister, dem wird man glauben: General von Kortte. Er hat es selbst gesehen, wie die Soldaten im Bernsteinzimmer gehaust haben. Mit verdreckten Stiefeln, voller Lehmklumpen, lagen sie auf den wertvollen Polstermöbeln, mit Seitengewehren haben sie Mosaike und ganze Schnitzereien aus den Wänden gebrochen, zur Erinnerung und um die Andenken an ihre Frauen zu schicken, mit ihren Nagelstiefeln haben sie das unersetzliche Intarsienparkett zertreten. Ich wollte sie von der Zerstörung abhalten ... was haben sie getan? Mich niedergeschlagen haben sie, fast getötet, eine Horde von ...«

»Jetzt reicht's!« brüllte Wollters außer sich. »Bezeichnet unsere heldenhaften Soldaten als marode Horde ... Meine Herren, Sie haben es gehört! Sie sind meine Zeugen!«

»Wir können bezeugen, daß Herr Wachter, als wir in Puschkin ankamen, noch einen Kopfverband trug, und daß wir von Herrn General von Kortte erfahren haben, daß er das Bernsteinzimmer sofort nach diesem Vorfall räumen ließ und die Truppe andere Quartiere erhielt.« Dr. Runnefeldt hob die Schultern. »Leider ist das alles wahr, lieber Kollege ... und Sie wissen es auch. Sie waren ja immer dabei. *Unsere* Soldaten haben das Bernsteinzimmer wie einen Steinbruch benutzt.«

»Nun übertreiben Sie nicht, Runnefeldt!« Dr. Wollters ging ein paarmal um die zusammengesetzte Wandtafel auf dem Boden herum. »Ich habe kaum etwas bemerkt.«

»Ich um so mehr.« Wachter ließ sich durch nichts mehr einschüchtern. Er war im Recht, und er hatte zeit seines Lebens untadelig gelebt und war ein aufrechter Mann. »Ich war ja dabei, wollte es verhindern und wurde dafür fast ermordet.«

»Unsere Landser haben doch nicht den ganzen Wandfries geklaut.«

»Nein.«

»Und um den geht es jetzt, nicht um ein paar herausgebrochene Steinchen. Der Wandfries war unbeschädigt. Stimmt das?«

»Ja.«

»Also, dann halten Sie den Mund, Wachter, und spielen Sie nicht kleine Einzelverfehlungen zu einer Diffamierung deutscher Soldaten hoch! Das klingt ja so, als ob unsere gesamte Wehrmacht nur aus Kunsträubern bestünde!«

»Nein … das sind nur einzelne, Herr Rittmeister. Nur eine kleine Gruppe …«

»Na also! Wer wird aus einem Furz schon einen Elefanten machen? Vergessen wir Ihr Gejammer …«

Daß er mit festem Schritt in eine Falle marschiert war, bemerkte Wollters nicht. Dr. Findling und Dr. Runnefeldt begriffen sofort den Doppelsinn der Worte und fühlten sich unmittelbar angesprochen. Mit betroffenem Blick sahen sie Michael Wachter an, und Runnefeldt atmete erlöst auf, als er feststellte, daß der Rittmeister den Tiefschlag gar nicht bemerkt hatte.

»Lassen wir dieses Thema doch fallen, meine Herren«, schlug Runnefeldt vor. »Wir müssen uns mit dem abgeben und begnügen, was wir als Bernsteinzimmer aus Puschkin bekommen haben. Außerdem sind ja noch nicht alle Kisten ausgepackt.«

»Es ist trotzdem eine Sauerei!« schrie Dr. Wollters in hellster Empörung.

»Auf dem Transport ist nichts verlorengegangen, das können wir alle bezeugen. Wenn von dem Bernsteinzimmer etwas fehlt, muß es in Puschkin zurückgeblieben sein. Wie ist das möglich? Wo stehen diese Kisten jetzt? Oder deutlicher: Wer hat sie in diesen Tagen geklaut?«

»Wenn hier Kisten verschwunden sind, werden wir das nie erfahren, Herr Kollege.« Dr. Runnefeldt setzte sich auf den Rand einer an der Wand stehenden, aufgestemmten Kiste. »Wir können nur registrieren, was fehlt. Und nach dem Endsieg werden wir dann anhand der Fotos alles Fehlende wieder ergänzen und restaurieren. Wir verfügen über enorme Künstler der Bernsteinschnitzerei. Das wäre also kein Problem … was mich bis zur Galle ärgert, ist die lautlose Raffinesse, mit der man uns aufs Kreuz gelegt hat!«

»Das waren keine einfachen Landser«, sagte Wachter ganz ruhig. »Sie verfügen gar nicht über Möglichkeiten, so etwas verschwinden zu lassen.«

»Etwas ganz Wichtiges ist anscheinend vergessen worden, meine Herren«, warf Dr. Findling ein. »Von den drei wertvollen, unersetzlichen, geschnitzten und mit Blattgold belegten Türen des Bernsteinzimmers fehlen zwei! Nur eine ist mitgekommen. Warum?«

»Scheiße!« Dr. Wollters ballte die Fäuste. »Wenn man nicht selbst jede Schraube überwacht –«

»Zwei riesige Türen kann man nicht übersehen«, stellte der Museumsdirektor maliziös fest. »Beim Auspacken der einzelnen Teile habe ich das gleich bemerkt. Wir müssen sofort in Puschkin anrufen.«

»Das wird kaum über eine Privatleitung gelingen.« Dr. Runnefeldt schüttelte den Kopf. »Puschkin ist Frontgebiet, ist sogar nach dem Führerbefehl der Belagerung von Leningrad die vordere Hauptkampflinie. Da gibt es nur militärische Sprechverbindungen. *Wenn* es überhaupt möglich ist, in dieses Telefonnetz hineinzukommen, dann müßten wir mit dem Nachschubführer der 18. Armee sprechen. Der ist jetzt der einzige, der die zwei Türen – und vielleicht die Wandfriese, falls noch vorhanden – auf den Weg nach Königsberg bringen kann.«

»Dann versuchen Sie das, meine Herren!« Dr. Findling machte eine weite Handbewegung durch den noch leeren Saal. »Sollen wir in Zukunft alle Lücken mit ausstellen?«

»Der Gauleiter muß helfen«, sagte Dr. Runnefeldt gepreßt.

»Ja, der Gauleiter.« Wachter nickte hoffnungsvoll. »Jetzt kann er zeigen, ob er wirklich so mächtig ist, wie man sagt.«

»Ist denn keiner hier, der diesen Kerl zur Ordnung ruft?« schrie Wollters empört. »Jetzt kritisiert er auch noch den Gauleiter! Mann, das alles ist nur *Ihre* Schuld! *Sie* hatten den Auftrag, das Bernsteinzimmer zu überwachen, seit 225 Jahren, wie Sie immer betonen! *Sie* hätten das Fehlen bemerken müssen! Wozu sind Sie sonst da?!«

Wie immer, wenn sich hohe Herren in die Enge getrieben fühlen, schuld haben immer die Untergebenen. Auf eine elegante und fast immer sichere Art schieben sie den anderen, den Wehrlosen, die Schuld zu. Was die Beschuldigten auch beteuern, es hat kein Gewicht. Bevor der eigene Kopf rollt, müssen erst andere den ihrigen hinhalten. Das Opferlamm wird nie aussterben. Aber Michael Wachter war kein solches Opfertier. Mit einem Satz brachte er den Rittmeister von seinem hohen Roß herunter.

»Wie konnte ich das?« sagte Wachter ohne Erregung und hob dabei bedauernd die Schultern. »Sie haben mich während des Abbaus genau zehnmal aus dem Bernsteinzimmer hinausgeworfen,

Herr Rittmeister. Ich konnte meiner Aufgabe ja gar nicht mehr nachgehen –«

»Aha!« bemerkte Dr. Findling nur. Mehr nicht, aber es genügte, um Wollters erneut explodieren zu lassen. Er streckte den Körper, richtete sich auf den Stiefelspitzen auf und schleuderte einen vernichtenden Blick auf Dr. Findling.

»Ihre Anmerkung war völlig überflüssig!« brüllte er. »Ich übernehme die Verantwortung für alles, was in Puschkin geschehen ist! Genügt das?!«

»Im Prinzip ja.« Dr. Findling schüttelte den Kopf, was eigentlich dem Ja widersprach, es sogar, genaugenommen, aufhob. »Aber davon habe ich noch nicht meine Türen und die Wandfriese wieder …«

Unterdessen war es auf der Treppe zu einer verhängnisvollen Begegnung gekommen: die herabsteigende Jana Petrowna stieß auf den hinaufeilenden Gauleiter Koch. Sie kannte ihn nicht, aber die goldbetreßte Uniform und die Personenbeschreibung, die man ihr von Koch gegeben hatte, paßten genau: mittelgroßer Mann, stämmig, Augen, die alles abschätzend musterten mit einem kalten Blick, über der Oberlippe ein kurzgehaltener, kleiner Schnurrbart, eine Nase mit breiten Nasenflügeln, eine Uniform, die vor allem dadurch auffiel, daß sie besonders breite, ausladende Breeches besaß, die an den Oberschenkeln wie Flügel aussahen, eine überdimensionale Reithose also, die der kleinen Gestalt mehr Gewicht verlieh. Er muß es sein, dachte Jana Petrowna blitzartig. Kein anderer könnte dieser Beschreibung so entsprechen.

Wie alle körperlich etwas zu kurz Geratenen war auch Koch immer und überall bestrebt, dieses Manko durch Machtfülle, Forschheit, einen barschen Befehlston und eine unerträgliche Rechthaberei auszugleichen.

Gauleiter Erich Koch verlor und kapitulierte nie. Seine entsetzlichen, gnadenlosen, vernichtenden Mittel heiligten sein übersteigertes Selbstbewußtsein und schmeichelten seinem schon paranoischen Drang, immer der Größte, der Unangreifbare, der Rechthabende zu sein. In seiner Nähe fror man nicht … man hatte einfach nackte Angst – und das war für Koch der Gipfel seines Lebens.

Jana und Koch blieben ruckartig auf den Treppenstufen stehen und sahen sich an. Der Gauleiter, zu allem Überfluß noch zwei Stufen tiefer als Jana und damit zusätzlich benachteiligt, denn es ist immer besser, auf etwas hinabzusehen als hinaufzublicken, glich diese Situation auf gewohnte Art aus.

»Ja, wer ist denn das?!« rief Koch. Ehrliche Begeisterung lag in seiner Stimme. Mit unverschämten Blicken musterte er Jana Petrowna, als stünde sie nackt vor ihm, tastete ihren Körper ab, von den schlanken Beinen bis zu den schwarzen Locken, glitten dann zurück zu ihren Brüsten, die auch in der Schwesterntracht auffielen, und blieben an ihnen hängen. »Welch ein wunderschönes Schwesterchen kommt da ins Schloß! Wer ist hier krank? Wer braucht Ihre Hilfe? Was den Patienten auch quält ... jetzt *muß* er eine neue Krankheit bekommen haben: Blutsausen und Herzklopfen!«

»Es war ein Fehlalarm, Herr Gauleiter. Niemand ist hier krank.«

»Sie kennen mich?« fragte Koch kokett, obwohl er sicher war, daß ihn in Ostpreußen jeder kannte. Das konnten andere Gauleiter nicht vorweisen, weder Mutschmann von Sachsen, weder Grohé von Köln-Aachen, noch Wagner von Westfalen-Süd. Sie waren bekannt, aber die zweifelhafte Popularität von Koch erreichten sie nie.

»Wer kennt Sie nicht, Herr Gauleiter?« antwortete Jana Petrowna. Sie kam nicht näher, blieb auf ihrer Treppenstufe stehen und blickte auf Koch hinunter. Aber auch der stieg die beiden Stufen nicht hinauf... die jetzige Perspektive war ihm äußerst angenehm.

»Auch wenn es, wie Sie sagen, ein Fehlalarm war, er hat etwas Gutes: Ich bin Ihnen begegnet. Sonst wäre das vielleicht nie geschehen ... und das wäre ein Verlust gewesen. Wie heißen Sie, Schwesterchen?«

»Jana Rogowskij, Herr Gauleiter.«

»Das klingt ganz ostpreußisch.«

»Ich wurde in Lyck geboren.«

»Das ist doch in Masuren?«

»Ja, Herr Gauleiter.«

»Jana – ein masurisches Mädchen zu sein war immer eine Verpflichtung und ein Versprechen ...«

»Wie soll ich das verstehen, Herr Gauleiter?«

»Ein masurisches Mädchen ist heißblütig, unersättlich in der Liebe, Himmel und Hölle in einer Person. Bist du heißblütig, Jana?«

Wie selbstverständlich duzte er sie sofort nach den ersten konventionellen Sätzen, und wieder tastete er ihren Körper langsam mit seinen unverschämten Blicken ab. Dabei lächelte er ... ermunternd sollte das sein, aber Jana war nur um so mehr auf der Hut. Was sollte sie antworten? Wie würden andere Frauen darauf reagieren? Nur lächeln – das war eine Aufforderung. Den Kopf schütteln – das würde ihn nur zu neuen Fragen solcher Art provozieren. Bei jedem anderen Mann wäre es einfach gewesen, ihn ohne Antwort stehen zu lassen und wegzugehen ... konnte man das aber mit einem Gauleiter tun? Mit einem Tyrannen wie Erich Koch? Sie entschloß sich, auszuweichen.

»Ich weiß es nicht, Herr Gauleiter«, sagte sie und spielte perfekt die Verschämte. Koch gefiel diese Geziertheit ungemein. Sein tastender Blick wurde fordernd, Jana spürte ihn auf ihrem Körper, als seien es Hände, die über ihre Haut strichen.

»Es hat dir noch keiner gesagt?«

»Nein –«

»Wir sollten diese ›Volksmeinung‹ einmal überprüfen. Heißblütigkeit ist nur feststellbar, wenn man sie herausfordert. Enttäusche nicht Masuren, Jana. Wann hast du deinen freien Tag?«

»Den bestimmt Oberschwester Wilhelmi.«

»Irrtum! Den bestimme jetzt ich!« Koch stieg nun doch die beiden Stufen hinauf, und als er neben Jana stand, war er ein paar Zentimeter kleiner als sie. Das war er gewöhnt – die meisten Frauen, die sein Bett kannten, waren größer als er gewesen. Aber welche Bedeutung hatte das? In den Kissen war er der Größte.

Er versuchte, Janas Taille zu umschlingen, aber sie wich auf der Treppe zurück, eine stumme Abwehr, die Koch sonst kaum erlebt hatte. Die meisten Frauen, die er »erobert« hatte, sahen das als eine Ehre an, so wie die Männer ihre Brust wölbten, wenn man ihnen einen Orden verlieh.

»Was ist denn?« fragte Koch etwas verwirrt und mit einem bösen Unterton in der Stimme. Janas Augen flimmerten, er konnte sich erklären, warum.

»Mich hat noch kein Mann angefaßt, Herr Gauleiter«, sagte sie fast kläglich.

»Das darf doch nicht wahr sein! Hast du bisher nur unter Blinden gelebt?«

»Alle haben auf mich aufgepaßt. Zu Hause der Vater und der älteste Bruder, im Schwesternheim die Leiterin, im Krankenhaus die Oberschwestern.«

»So etwas gibt es wirklich noch?« Koch kam näher, streckte die Arme aus, spreizte die Finger und preßte sie plötzlich an Janas Brüste. Sie erstarrte, ballte die Fäuste und hatte großes Verlangen, Koch einen kräftigen Schlag auf die breite Nase zu geben. Das aber – sie erkannte es klar – würde ihr Ende bedeuten. Verbannung aus Königsberg, Schwester in einem Arbeitslager der Ostarbeiter, vor allem aber würde man entdecken, wer sie wirklich war. Und das bedeutete Einweisung in ein KZ, oder sie würde sofort zum Tode verurteilt werden. Koch hatte die Macht dazu. Kein »unabhängiger« Richter würde es wagen, einen Wink des Gauleiters Koch zu übersehen. Auch Richter sind zu ersetzen …

»Du bekommst am Mittwoch deinen freien Tag!« sagte Koch und drückte Janas Brüste. Die Gier in seinen Augen nach dieser Berührung war unerträglich. »Und dann feiern wir ein masurisches Liebesfest.«

»Ich … ich weiß es nicht.«

»Aber ich weiß es, und das genügt. Mittwoch abend, Jana. Ich lasse dich abholen. Wir werden in ein wunderschönes kleines Jagdschloß fahren … es wird dir gefallen.«

»Wenn die Oberschwester mir freigibt.«

»Daran ist nicht zu zweifeln. Wie heißt der Drachen?«

»Frieda Wilhelmi. Städtisches Krankenhaus.«

»Also dann bis Mittwoch, Jana.«

»Ja, Herr Gauleiter.«

Koch tätschelte ihr über die Wange, und als sie die Treppe hinunterging, blickte er ihr noch lange nach, gefangen vom Anblick ihrer schwingenden Hüfte, der wilde Phantasien in ihm wachrief. Ist das ein Weib, dachte er. Verdammt, das ist ein Weib!

In blendender Laune betrat er den Saal Nummer 27, gerade als Dr. Wollters wütend ausrief:

»Es muß sofort eine Verbindung nach Puschkin geschaffen werden! Wenn der Einsatzstab des Sonderkommandos Rosenberg mittlerweile dort war, können wir die fehlenden Dinge abschreiben.«

»Was ist mit Rosenberg?« fragte Koch. Seine scharfe Stimme ließ die Wissenschaftler herumfahren wie ertappte Diebe. Kochs gute Laune war wie weggewischt – der Name Rosenberg genügte, ihm gründlich den Tag zu verderben.

»Herr Gauleiter ... es fehlen einige Dinge vom Bernsteinzimmer.« Dr. Findling zeigte auf die am Boden zusammengesetzte Bernsteinwandtafel. »Der obere Fries, die Ornamente zum Anschluß an die Deckenmalerei und zwei der drei Zimmertüren. Es wurden offensichtlich vergessen, sie einzuladen.«

»Eine Sauerei!« schrie Koch und stampfte mit dem rechten Fuß auf. Er hatte das bei Hitler gesehen und festgestellt, daß solch ein Stampfen großen Eindruck hinterließ. »Vergessen! Wie kann man das vergessen?! Wer ist dafür verantwortlich?«

Dr. Wollters schluckte, sah Wachter an, aber der schwieg und berichtete nichts von seinem zehnfachen Hinauswurf. Tapfer blickte der Rittmeister dann Koch in die wütenden Augen.

»Ich nehme die Verantwortung auf mich, Herr Gauleiter. Herr Dr. Runnefeldt hat den Ausbau des Bernsteinzimmers geleitet, ich die Verpackung und die Verladung. Das mit den Friesen ist mir ein Rätsel ... die beiden Türen haben wir glatt vergessen.«

»Und jetzt war Rosenberg im Katharinen-Palast, sagen Sie?«

»Ja. Leiter der Aktion ist Major Heinrich Müller-Gießen. Zweimal waren wir schneller als er ... aber was wir zurückgelassen haben, dürfte jetzt weg sein. Verschwunden. Hoffnung habe ich nur für die Türen. Herr Gauleiter, machen Sie es möglich, bitte, eine schnelle Verbindung nach Puschkin in den Palast zu schaffen. Wenigstens die Türen können wir noch retten ...«

»Und wenn sie nicht mehr da sind, weiß ich, wer sie hat! Auch den Deckenfries ...«

»Das wird nicht nachzuweisen sein«, sagte Wollters vorsichtig. »Im Schloß ist genug zurückgeblieben, was sich für Rosenberg lohnt. Der Chinesische Saal, die Räume von Katharina der Großen, viele Gemälde ... und wenn das Einsatzkommando Rosenberg erst einmal verpackt, fragt keiner danach, ob darunter auch die von uns vergessenen Kisten sind! Den Ausbau der Türen aber wird man sehen. Die 18. Armee muß davon unterrichtet werden. Auch General Jobs von Haldenberge, Befehlshaber des 50. Armeekorps. Er wohnt mit seinem Stab im Schloß.«

»Versuchen wir es.« Koch blickte auf die Wandtafel am Boden. »Welch ein Kunstwerk!« sagte er leise. Die Herren um ihn herum waren sprachlos: Koch zeigte Gefühle, konnte von einem Kunstwerk ergriffen sein. Wie paßte das zusammen? Runnefeldt zog eine Parallele: Hunderttausende Juden ließ Hitler umbringen, aber seinen Schäferhund Blondie liebte er abgöttisch und hätte geweint, wenn ihm etwas zugestoßen wäre. Wir werden den Menschen nie begreifen und ergründen lernen.

»Vor soviel Schönheit stockt einem der Atem ...« fügte Koch mit leiser Stimme hinzu. »Deutsche Bernsteinmeister ... vor über 230 Jahren ... und so etwas Einmaliges soll in Rußland bleiben? Der Führer wird mir ewig dankbar sein, daß ich diesen Schatz nach Königsberg gerettet habe.«

Runnefeldt und auch Wachter vermieden es klug, Koch daran zu erinnern, daß es der Zarin Elisabeths Hofarchitekt war, der Graf Bartolomeo Francesco Rastrelli, der das Bernsteinzimmer nach dem Tode Peters des Großen mit neuen, nach eigenen Entwürfen hergestellten Bernsteinschnitzereien weiter vervollkommnet hatte, wozu auch der Wandfries gehörte ... eine Sinfonie der Schönheit, eine blendende Pracht, die das Bernsteinzimmer wirklich unnachahmbar machte. Dieser Bernsteinhymnus war das Werk des Italieners Rastrelli, nicht ostpreußischer Handwerksmeister. Aber wer wagte es schon, Gauleiter Koch zu berichtigen?

»Wenn nicht Bormann das Zimmer nach dem Krieg ins neue Museum von Linz bringen läßt. Führervorbehalt!« Dr. Runnefeldt riß damit Koch aus seinen Gedanken. »Und welche Kunstwerke unter Führervorbehalt fallen, das wird später allein Bormann bestimmen. Das wissen Sie, Gauleiter.«

»Um dieses Zimmer werde ich kämpfen! Es bleibt hier im Königsberger Schloß!« Kochs Stimme klang entschlossen. »Kämpfen, meine Herren!«

»Auch gegen Bormann?«

»Auch gegen ihn! Bormann ist nicht unverwundbar. Auch Siegfried hatte eine kleine Stelle zwischen den Schultern, wo Hagen ihn vernichten konnte.« Koch zeigte mit der geballten Faust auf die vor ihm liegende Wandtafel. »Für dieses Kunstwerk könnte ich zum Hagen werden!«

Die Herren nickten stumm, aber ohne Bewunderung. Sie alle

wußten, daß Koch Angst hatte vor Bormann, daß sie sich haßten und daß nach dem Krieg ein Machtkampf ohne Beispiel beginnen würde, nicht einmal vergleichbar mit den mörderischen Intrigen der Renaissancefürsten, der Päpste und Kardinäle.

»Ich werde versuchen, nach Puschkin oder zur 18. Armee durchzukommen. Ich kenne Generaloberst von Küchler gut.«

»Das wäre ein großer Erfolg, Gauleiter.« Rittmeister Wollters glänzte über das ganze Gesicht. »Ich muß ohnehin nächste Woche nach Riga zurück und könnte nach Puschkin fahren und den Ausbau der Türen überwachen.«

»Das ist ein guter Vorschlag.« Koch war milder gestimmt und sah Wollters an. »Sie haben ja einiges gutzumachen, nicht wahr?«

»Jawohl, Gauleiter.«

»Also los! Rufen wir von Küchler oder von Haldenberge im Katharinen-Palast an.«

Koch grüßte knapp mit dem Hitlergruß, drehte sich forsch auf den Absätzen um und verließ den Saal Nummer 27. Die Herren, mit Ausnahme von Wachter, hoben ebenfalls den rechten Arm und ließen ihn oben, bis Koch das Zimmer verlassen hatte.

Oberschwester Frieda wartete in ihrem Zimmer auf Jana Petrowna, wie eine besorgte Mutter auf ihre zum erstenmal allein ausgehende Tochter wartet. Man sah, wie sie aufatmete, als Jana ins Zimmer kam.

»Wie war es?« fragte sie. »Warst du im Schloßmuseum? Was hast du gesehen?«

»Viel, Oberschwester.« Jana setzte sich, nahm ihr Häubchen ab und schüttelte ihre schwarzen Locken. »Aber es war ein falscher Entschluß.«

»Wieso?« Der Fleischturm beugte sich etwas vor. »Was gefällt dir nicht am Schloßmuseum?«

»Ich habe Gauleiter Koch kennengelernt. Am Mittwoch will er mit mir zu einem Jagdschlößchen fahren.«

»Dieses abscheuliche Schwein!« sagte Frieda und schnaufte laut durch die Nase. »Du bleibst hier!«

»Der Gauleiter will mit Ihnen sprechen …«

»Soll er!« Frieda Wilhelmi richtete sich zu voller Größe auf. »Alle haben sie Angst vor dem Schwein … ich nicht!«

»Er ist mächtiger als Sie, Oberschwester.«

»Ein Dummkopf ist er! Ein primitiver Affe!« Sie hob die Augenbrauen und musterte Jana Petrowna verärgert. »Oder willst du mit ihm ins Bett? Eine seiner vielen Huren werden? Nach zwei Wochen wirft er dich weg. Du wirst irgendwohin versetzt, nur damit du nicht mehr in seiner Nähe bist.«

»Und wenn ich mich weigere ... auch. Oberschwester, ich habe Angst.«

Auf der Bettkante saß sie, die Hände ineinander verschlungen, ein Häufchen Hilflosigkeit. Es gab nur einen Ausweg: die Flucht. Wieder untertauchen in die Anonymität. Nur so war es möglich, in der Nähe von Väterchen Michail und dem Bernsteinzimmer zu bleiben.

»Warten wir es ab, Kindchen.« Frieda Wilhelmi war so schnell nicht zu schrecken, ebensowenig wie man sie nicht zähmen konnte, wenn ihr Zorn alle Dämme brach. Da half nur noch der Rückzug ... die Ärzte, ohne Ausnahme, hatten sich darauf eingestellt.

»Sie ist unersetzbar«, hatte Chefarzt Dr. Pankratz einmal während einer Ärztebesprechung gesagt. »Ohne Frieda hätten wir hier ein Chaos ... aber ein Drachen ist sie trotzdem!«

»Am Mittwoch?« sagte sie jetzt nachdenklich. »Da sind wir gar nicht im Haus. Da sitzen wir im Kino und sehen uns den Zarah-Leander-Film an. Und jetzt, Kindchen, koch uns einen starken Kaffee ... ich habe wieder ein Pfund organisiert.«

Am Mittwoch abend erschien jedoch nicht Koch selbst, um Jana abzuholen, sondern Gauamtsleiter Bruno Wellenschlag, der Vertraute für alles. Er hielt mit einem unauffälligen neutralen Wagen, einem Adler, vor dem Krankenhaus und wandte sich an den Pförtner. Da er nicht seine Uniform, sondern Zivilkleidung trug, war alles noch unauffälliger.

»Ich möchte Schwester Jana abholen«, sagte Bruno.

»Jana? Kenn ick nich. Welche Station?« Der Pförtner blickte auf sein Telefonverzeichnis. »Hier laufen so viel Schwestern rum ...«

»Sie arbeitet bei der Oberschwester.«

»Bei Frieda? Mann, haben Sie nichts Leichteres anzubieten?!« Der Pförtner musterte den Besucher. Wellenschlag sah nicht übel aus ... einundvierzig Jahre, vom Alkohol etwas aufgeschwemmt, ein rosiges Gesicht, listige Äuglein, volle Lippen, ein Genußmensch. Und diese Jana war bestimmt zwanzig Jahre jünger. Na ja, wo die Liebe hinfällt. Im Krieg gibt's nicht mehr viel Auswahl … waren ja alle an irgendwelchen Fronten, vom Eismeer bis nach Afrika. »Ich versuche, anzurufen. Und wenn ick Frieda an der Muschel habe, kriegen Sie das Telefon. Aber atmen Sie tief durch.«

Der Pförtner wählte die Nummer von Friedas Büro, wartete, lauschte, zuckte dann mit den Schultern und legte wieder auf.

»Nichts, mein Herr.«

»Unmöglich. Schwester Jana weiß, daß sie abgeholt wird.«

»Aber bei Frieda ist keener.«

»Vielleicht ist sie auf irgendeiner Station.«

»Um die Zeit nicht mehr. Jetzt sind die Nachtschwestern schon dran.« Der Pförtner grinste breit. »Soll vorkommen, daß 'n Mädchen einen versetzt …«

»In diesem Fall ist auch das vollkommen unmöglich«, sagte Wellenschlag etwas hochmütig. »Telefonieren Sie mal rum …«

»Bitte, bitte … wenn Sie sich so sicher sind …«

»Das bin ich.«

Wellenschlag lächelte mokant. Wenn du wüßtest, alter Knabe, daß ich hier für den Gauleiter stehe, würdest du deinen Hintern ganz anders in Bewegung setzen. Los, hol mir schon die Jana heran!

Der Pförtner tat sein Möglichstes. Er läutete alle Stationen an, sogar die Arztzimmer – Junge, Junge, hat man da schon Dinge erlebt – und legte dann resignierend den Hörer wieder aus der Hand.

»Fehlanzeige. Weder Frieda noch eine Jana sind im Haus. Tut mir leid. Wird für Sie jetzt 'n langweiliger Abend werden, nicht wahr?«

»Ich glaube kaum.« Bruno dachte an Koch und wappnete sich innerlich, das Toben des Gauleiters zu ertragen. Es war das erstemal, solange Wellenschlag bei Koch war, daß eine Frau ihm auswich. Koch war nur an ein Ja gewöhnt, nicht an ein Nein. Meine liebe Jana, wer du auch bist … das gibt Komplikationen. Das vergißt der Erich dir nie! Dir steht ein schweres Leben bevor.

»Da kann man nichts machen«, sagte Wellenschlag und hob die Schultern. »Weiber! Bis später …«

»Was heißt später?«

»Ich werde wiederkommen, das ist doch klar. Morgen, übermorgen, was weiß ich?! Gute Nacht.«

»Gute Nacht.«

Der Pförtner sah Wellenschlag nach, bis er hinter der Eingangstür verschwand. Gib's auf, Männeken, dachte er. Wenn Frieda diese Jana unter die Fittiche genommen hat, verdrück dich lieber. Es ist aussichtslos.

Es war seltsam und für Wellenschlag ein völlig neues Erlebnis, daß Erich Koch nicht wie ein angestochener Stier tobte. Er hörte sich ruhig an, was Bruno berichtete, sagte dann: »Es ist gut. Du kannst nach Hause gehen, Bruno«, und zog seine Anzugjacke wieder aus. Aber dann fügte Koch noch etwas hinzu, auch mit ruhiger Stimme, und jetzt begriff Wellenschlag, wie gefährlich er war: »Ich will alles über diese Jana wissen ... besorge mir ihre Personalakte.«

Wellenschlag nickte und verließ die prunkvolle Gauleiter-Villa. Wäre ich ein Buchhalter, dachte er, könnte ich jetzt den Namen Jana als erledigt abhaken.

War es die Scheu, als Gauleiter selbst mit Oberschwester Frieda Wilhelmi zu sprechen und damit offiziell sein Interesse an Jana Petrowna zu bekunden – was eigentlich gar nicht zum Charakter von Koch paßte, dem völlig gleichgültig war, was die Menschen von ihm dachten, solange sie das taten, was er befahl –, oder dachte er sich einen anderen Trick aus, um das hübsche Schwesterchen wiederzusehen? Bei Wellenschlag sorgte Kochs Ruhe für Verwirrung und schweres Rätselraten.

Donnerstag, Freitag und Samstag gingen herum, ohne eine Aktion von seiten Kochs. Auch die Telefonverbindung mit Puschkin klappte nicht ... dreimal war unter großen Schwierigkeiten und vielen Umschaltungen der Stab des 50. Armeekorps erreicht worden, aber schon nach den ersten Worten brach die Verbindung wieder zusammen. Wie verhext war es, Dr. Wollters faselte sogar von so etwas wie Sabotage, man wüßte ja, wer da telefonisch durchkommen wollte, und die Rosenberg-Leute hintertrieben das sicherlich, bis sich Koch nach der dritten Unterbrechung sagen lassen mußte, die Funker seien allesamt keine Idioten, sondern an der Front von Leningrad regne es. Alles versank in Schlamm und Morast, selbst Telefonverbindungen zwischen Kompanie und Bataillon brachen zusammen, die Suchtrupps blieben im Schlamm stekken, alles mußte zu Fuß gemacht werden, mit Fahrzeugen war überhaupt nicht mehr durchzukommen. Mit anderen Worten: Nichts ging mehr auf der ganzen Linie!

»Dann schreiben wir einen Brief«, sagte Dr. Findling. »Vielleicht ist die Briefpost besser dran als das Telefon. So etwas Verrücktes gibt es.«

In der Stabsliste der 18. Armee, die Koch vorliegen hatte, fand man den Namen des verantwortlichen Mannes: Major Pietschmann, Nachschubführer der 18. Armee. An ihn schrieb Dr. Findling im Namen von Gauleiter Koch, man möge die noch vorhandenen zwei Türen des ehemaligen Bernsteinzimmers in Puschkin, Katharinen-Palast, vorsichtig und mit Hilfe von Schreinern ausbauen lassen, gut mit Holzwolle und Pappverschalungen verpacken und dann an die Kunstsammlungen der Stadt Königsberg schicken. Um dem Wunsch den nötigen Nachdruck zu geben, fügte er noch hinzu:

»Diese Türen gehören zu einem Kunstwerk, das zu seinem Schutz vor Vernichtung auf Anordnung des Führers von uns ausgebaut und gerettet wurde. Ich habe dem Führer darüber Bericht zu erstatten. Herr Rittmeister Dr. Wollters, der die Aktion leitete, wird in den nächsten Tagen in Puschkin eintreffen, um die sachkundige Abwicklung des Türentransportes zu überwachen.«

»Das ist gut formuliert!« lobte Dr. Wollters den Brief, nachdem Findling ihn vorgelesen hatte. »Anordnung des Führers ... da kann keiner dran vorbei!«

»Und es ist zudem auch noch die Wahrheit.«

»Ich werde morgen schon aufbrechen.«

»So schnell, Dr. Wollters?« Runnefeldt zeigte irgendwohin. »Wir haben die Kisten noch nicht alle ausgepackt. Wollen Sie nicht warten, bis ...«

»Die Zeit ist kostbar, lieber Runnefeldt. Jetzt wegen der Türen um so mehr. Eile tut not! Nach Riga werde ich ohne große Schwierigkeiten kommen, und von Riga aus will ich versuchen, in einer Kuriermaschine zur 18. Armee einen Platz zu bekommen. Du lieber Himmel, Puschkin liegt doch auf keinem anderen Stern, da muß man doch hinkommen können!«

Schon am nächsten Tag fuhr Dr. Wollters mit einem Militärtransportzug nach Osten. Sein Abschied war kurz und knapp ... ein Händedruck bei Dr. Findling und Dr. Runnefeldt, ein Blick wie auf eine Made für Wachter. Als die Tür hinter ihm zuklappte, atmeten die anderen tief auf. Aber keiner sprach aus, was er in diesen Minuten dachte.

Um es vorwegzunehmen: Der Brief erreichte Major Pietschmann am 17. Januar 1942, am 20. Januar waren die Türen ausgebaut und am 25. Januar trafen sie mit einem Lazarettzug von der Leningradfront in Königsberg ein. Die Nachschuborganisation, die gesamte Logistik arbeitete vorzüglich. Der Oberquartiermeister und IC der 18. Armee mußte ein hervorragender Mann sein.

Den Türen lag ein Briefchen von Dr. Wollters bei. Ein knapper, unverbindlicher Gruß und die völlig uninteressante Mitteilung, daß es ihm gut gehe.

Das war die letzte Nachricht von Rittmeister Dr. Wollters. Das Schlafzimmer Katharinas der Großen tauchte nie wieder auf, genausowenig eine Reihe Ikonen der Nowgoroder Schule, Gemälde, Gold- und Silberarbeiten, Teppiche und Gobelins. Auch die Kisten mit den vergessenen Bernsteinwandfriesen, ein Höhepunkt der Arbeit von Rastrelli, blieben unauffindbar.

Als Dr. Wollters den Katharinen-Palast wieder verließ, folgten ihm drei Lastwagen bis nach Riga. Was unter ihren Planen lag, kontrollierte niemand und interessierte auch nicht. Man hatte andere Sorgen im Kampfgebiet: Ein mörderischer Winter war ausgebrochen, die Truppe hatte nicht genügend Wintermäntel, Schals und Ohrenschützer, kaum Handschuhe und fast gar keine Filz- oder mit Fell gefütterte Stiefel. Alles erstarrte unter unvorstellbarem Frost und Eis, in den Wäldern hinter den Fronten überfielen Partisanen deutsche Trupps, sprengten Eisenbahngleise und Züge, zerstörten Brücken und vernichteten den Nachschub von Verpflegung und Munition. Wer kümmert sich da um einen Rittmeister mit drei klapprigen Lkws, zumal an die Türen Schilder geklebt waren *Einsatzkommando Hamburg. Sonder-Kommando AA.*

Wer fragte da noch nach einem Marschbefehl? Erstaunlich genug, daß das Außenministerium in Berlin ein Sonder-Kommando an der Front hatte.

Und noch mehr vorweggenommen: Niemand weiß, ob Dr.

Wollters den Krieg überlebt hat, ob er vielleicht heute noch lebt, ein unbekannter Greis, in einem selbst geschaffenen Grabmal aus Ikonen und Gemälden, Gobelins und dem Schlafzimmer der großen Katharina mit den aus Holz geschnitzten und vergoldeten Penissen und Hoden.

Der Bernsteinwandfries des Rastrelli aber versank in das Geheimnis …

Drei Tage lang rief Gauleiter Koch im Städtischen Krankenhaus an und verlangte Schwester Jana zu sprechen, natürlich ohne Nennung seines Namens. Und dreimal geriet er an Frieda Wilhelmi, die ins Telefon donnerte: »Was wollen Sie von Jana? Wer sind Sie?!«

Ohne ein weiteres Wort zu verlieren, legte Koch wieder auf. Eine harte Nuß, dachte er wütend. Aber ich knacke sie. Bisher habe ich immer bekommen, was ich wollte.

»Wieder die Erzsau!« sagte Frieda mit deutlichem Ekel nach dem dritten Anruf. »Ruft er noch mal an, werde ich sagen: Nur über mich … Herr Gauleiter! Da wird er den Schwanz einziehen!«

»Und wenn er das nun tut?« Jana lachte hell – gab es einen absurderen Gedanken?

»Was?« fragte Frieda verständnislos.

»Nur über mich …«

»Das sagst du mir?!« Frieda stemmte ihren Fleischturm aus dem Stuhl. »Du bist ein Wolf im Schafspelz! Du steckst ja voller Frivolität! Ein Chamäleon bist du … kannst die Farbe wechseln und gleichst dich deiner Umgebung an, bis du unsichtbar bist!«

»Vielleicht.« Jana war plötzlich ernst geworden. »Ich wünschte, ich wäre unsichtbar. Meine Schwesternhaube eine Tarnkappe, das wäre schön.«

Sie ist es ja, dachte sie. Sie ist eine Tarnkappe. Unter ihr lebe ich unsichtbar unter euch … niemand wird erfahren, daß ich Jana Petrowna Rogowskaja bin. Da hast du etwas Wahres gesagt, Frieda … ich werde wieder und wieder meine Farbe wechseln, um in der Nähe von Väterchen Michail und dem Bernsteinzimmer zu sein.

Am Montag verfiel Koch auf eine andere Idee. Er rief erneut im Krankenhaus an, ließ sich mit dem leitenden Chefarzt verbinden, nannte als Namen Bruno Wellenschlag, Abteilungsleiter des Schloßmuseums, erzählte etwas von einer Handverletzung, die sich ein Packer zugezogen habe, und bat um eine Schwester.

»Am besten Schwester Jana«, sagte Koch. »Sie war schon mal hier, sie kennt sich aus.«

»Ich schicke sofort einen Sanitäter los!« antwortete Dr. Pankratz.

»Danke. Schwester Jana, wie gesagt, kennt sich hier aus.«

»Am besten ist, Sie bringen den Verletzten hierher zu uns.«

»Wegen einer kleinen Handverletzung?« Es kostete Koch unsagbare Mühe, nicht loszubrüllen. Pankratz, dachte er. Stabsarzt Pankratz. Ich werde dafür sorgen, daß Sie an der Front dringender gebraucht werden als in Königsberg. Sie haben die längste Zeit Ihren Arsch an der Krankenhausheizung gewärmt!

»So einfach ist das nicht. War's ein rostiger Nagel, kann sich eine Blutvergiftung einstellen, ein Wundstarrkrampf, ein Wundbrand. Ich habe in den Feldlazaretten schon tolle Dinge gesehen …«

»Danke!« sagte Koch und legte auf. Dann hieb er mit beiden Fäusten auf seinen Schreibtisch und setzte sich in seinen Sessel. Dieser Pankratz kommt also von der Front, scheint schwer verwundet zu sein und ist nur noch heimatverwendungsfähig. Einen HVler zurück an die Front zu schicken, kann ein langwieriges Verfahren sein, aber man kann Dr. Pankratz in ein kleines Krankenhaus abschieben. Nach Rominten etwa oder Lyck. Auch an der Weichsel ist es schön – da kann er mit den Füchsen herumschnüren und im Winter mit den Wölfen heulen. Und Frieda Wilhelmi begraben wir als Oberschwester eines Irrenhauses. Da kann sie kommandieren, soviel sie will.

Jana, du masurische Wölfin, du entkommst mir nicht.

Er reckte sich etwas im Sitzen, griff wieder zum Telefon und rief Wellenschlag an. Wie immer nahm Wellenschlag eine straffe Haltung an, wenn Koch mit ihm sprach, auch wenn er ihn nicht sah, man konnte es an seiner Stimme erkennen.

»Bruno –«

»Gauleiter …«

»Du hast mir mal erzählt, daß du im Kaufhaus, in der Stoffabteilung, eine hübsche Verkäuferin gesehen hast.«

»Jawohl, Gauleiter. Emmi Sonnemann …«

»Noch so ein blöder Witz … und du fliegst an die Front!«

»Ich kann nichts dafür, Gauleiter, daß die Kleine genauso heißt wie die Frau des Reichsmarschalls Göring. Sie heißt wirklich Emmi Sonnemann.«

»Das wird ja ein doppeltes Vergnügen!« Koch lachte laut und schlug sich dabei auf die Schenkel. »Bring heute abend Emmi Sonnemann zu mir.«

Er prustete vor Lachen und hängte ein. Das müßte ich Göring mal erzählen. Ich hatte eine Emmi Sonnemann im Bett. Aber darin versteht der Dicke keinen Spaß mehr.

Am Abend zog Jana Petrowna ihren dicken Wintermantel über und nahm einen Wollschal mit. Ganz plötzlich war mit dem scharfen Ostwind auch die Kälte über Königsberg hereingebrochen. Es schneite noch nicht, aber es gab bereits Nachtfrost, eine glatte Schicht bedeckte die Straßen, Hauswände und Dächer. Die Menschen tappten oder rutschten ihre Wege, die Fahrzeuge schlichen dahin. Der Kälteeinbruch war zu plötzlich gekommen, die wenigsten hatten sich darauf eingerichtet.

»Wo willst du hin?« fragte Frieda, als sie Jana mit Mantel, Schal und Strickhandschuhen sah.

»Ins Theater, Oberschwester. Eine Operette spielen sie. *Der Vogelhändler.*«

»Ich bin die Christel von der Post –« brüllte Frieda plötzlich los. Jana zuckte zusammen und starrte Frieda besorgt an.

»Was haben Sie, Oberschwester?«

»Das ist ein Lied aus dieser Operette, Kindchen. Mein Gott, der Vogelhändler. Sechsmal habe ich den gesehen. Zuletzt im Metropol-Theater von Berlin. Mit Johannes Heesters in der Hauptrolle. Schenkt man sich Ro-o-o-sen in Ti-i-i-rol ...«

Auf einer Bühne wären jetzt die Kulissen umgefallen, aber Friedas Gesicht glänzte vom Glück der Erinnerung. Sie schwärmte heimlich von so vielem, von Zarah Leander und Ferdinand Marian, von Heinz Rühmann und Werner Kraus, von Heinrich George und Käthe Gold, von Gustaf Gründgens und Brigitte Horney ... aber das alles schloß sie in ihren Panzer ein, um nicht irgendwo angreifbar zu sein.

»Gehst du allein ins Theater?« fragte sie mißtrauisch.

»Natürlich. Ich will mir sogar ein Theater-Abonnement kaufen. Für Sie auch, Oberschwester?«

»Danke, nein, mein Kind. Das sind festgelegte Tage, und ich will mich nicht binden.«

Das war ihr Geheimnis, ihr Credo, nach dem sie lebte: Nicht binden! Ganz gleich, was es war. Friedas Freiheitsdrang war allumfassend.

»Wann bist du wieder zu Hause?« fragte sie. Jana hob die Schultern.

»Ich weiß nicht, wie lange die Operette dauert.«

»Na, sagen wir zwei Stunden.« Frieda blickte provozierend auf die Uhr. »Jetzt ist es sieben Uhr. Um acht fängt's an, um zehn kann's aus sein. Um elf bist du wieder hier! Wird es später, kriegen wir Streit.«

»Jawohl, Oberschwester.«

»Ich will nur dein Bestes, Kindchen.«

»Ich weiß es. Einen guten Abend noch, Oberschwester.«

»Du auch ... Gern hab' ich die Frau'n geküßt ... Ach Quatsch, das ist ja aus Paganini ...«

Begleitet von Friedas Gebrüll verließ Jana das Zimmer und durch die Seitentür der Einlieferung das Krankenhaus. Im Wachraum der Ambulanz saß wieder der Sanitäter Karl Bludecker und winkte ihr zu.

»Lange nicht gesehen, Schwester!« rief er. »Wo geht's denn hin? Ist verdammt glatt draußen. Halten Sie sich richtig fest an Ihrem Kavalier.«

»Ich gehe allein ins Theater. *Der Vogelhändler.*«

»Ist das das Stück, in dem jemand sagt: ›Mit Vögeln bin ich aufgewachsen!‹?«

»Bludecker, Sie sind ein Ferkel!« Jana schüttelte den Kopf. »Schämen Sie sich.«

»Wenn ich das mal könnte.« Bludecker grinste breit. »Viel Vergnügen, Schwesterchen. Übrigens, ist schon lange her, da hat jemand nach Ihnen gefragt. Ein Unteroffizier aus Berlin.«

»Julius Paschke.«

»Ja, so hieß er. 'ne tolle Type.«

»Und was haben Sie ihm gesagt?«

»›Da die Schwester‹ – habe ich gesagt – ›bei Frieda arbeitet, müßte er erst den Bunker knacken. Geh hin zu Frieda, aber vergiß nicht, 'nen Flammenwerfer mitzunehmen.‹ Da ist er abgezogen.«

»Um elf Uhr bin ich wieder hier.«

»Is gut. Ich hab Nachtdienst. Kannst jederzeit kommen, Schwesterchen. Noch mal, viel Vergnügen.«

An der Theaterkasse kaufte Jana Petrowna ein Abonnement für vier Opern, zwei Operetten und drei Schauspiele, aber keine Karte für den *Vogelhändler* an diesem Abend. Sie kehrte zum Schloß zurück und drückte die Klingel an der Tür eines Seiteneingangs. Dreimal kurz, einmal lang ... so wußte Väterchen Michail, wer draußen stand.

Nach einer kurzen Wartezeit drehte sich der Schlüssel. Aber nicht Wachter öffnete, sondern ein anderer, fremder älterer Mann. Er schien gerade zu Abend zu essen, denn er kaute noch auf einem Bissen herum.

»Was is?« fragte er mißmutig. »Rote-Kreuz-Schwester?! Ist was los? Kann hier jemand nicht kacken?«

»Höflich sind Sie ja nicht!« schlug Jana Petrowna zurück.

»Warum auch?« Der kauende Mann sah sie mit leidvollem Blick an. »Machen Sie mal zehn Stunden lang Führungen durchs Museum! Da fliegt Ihnen das Häubchen weg, Schwester. Bei den Besuchern? Da haben wir ein Gemälde im Saal neun. Leda und der Schwan. Von Boromäi Martini. Wunderschön! Und da führe ich 'ne Landsergruppe durchs Schloß, und was sagt einer von den Kerlen, nachdem er sich die Leda genau beguckt hat? ›Nichts für mich, Kumpels ... die hat zu wenig Titten!‹ – So was muß man sich gefallen lassen, muß das runterschlucken ... und da soll ich auch noch höflich sein?!«

»Ich möchte zu Herrn Wachter.«

»Isser krank?«

»Nein, ich soll ihm einen Gruß überbringen.«

Der griesgrämige Mann trat zur Seite, gab den Eingang frei und zeigte eine Steintreppe hinauf. »Da oben, erstes Stockwerk, erster Flur links. Da wohnt er. Hat da 'ne Riesenwohnung und ist allein. Da kann er mit Rollschuhen von einem Raum zum anderen fahren. Ist neu bei uns, der Wachter. Extra für'n Zimmer eingestellt, das sie jetzt aufbauen. Muß ja ein gewaltiges Ding sein, das Zimmer, wenn es einen Wächter für sich allein hat.«

»Danke«, sagte sie, ging an ihm vorbei und drehte sich an der Treppe noch einmal nach ihm um. »Sie müssen sich nicht soviel ärgern. Der Krieg bringt uns Sorgen genug.«

»Wem sagen Sie das, Schwester!« Der Mann wischte sich mit beiden Händen über das zerfurchte Gesicht. »Ich habe drei Söhne an der Front. Einer ist schon von den Engländern gefangen. Drüben, in Afrika, bei Marsa Matruh. Der wenigstens wird die Scheiße überleben.«

»Ich hoffe, alle drei werden überleben.«

Michael Wachter hob erstaunt den Kopf, als es an der Wohnungstür klingelte. Er las gerade in der Zeitung die Berichte von dem schrecklichen Wintereinbruch in Rußland, der die deutschen Armeen vor allem vor Moskau lähmte. Zitternd vor Frost hatten sich die deutschen Truppen eingegraben, während die russischen Divisionen, bestens ausgerüstet für die Kälte, ununterbrochen gegen die deutschen Stellungen anrannten. Wiederholte sich für Hitler die Niederlage Napoleons vor Moskau?

Wachter legte die Zeitung weg, ging zur Tür, entriegelte sie und öffnete.

»Töchterchen!« sagte er voller Freude, zog Jana in die Wohnung und umarmte sie. »Wie oft habe ich in den letzten Tagen an dich gedacht. Komm, zieh den Mantel aus, soll ich uns einen Tee kochen oder einen Grog … kalt ist's geworden, nicht wahr, und noch kälter wird es werden.«

Er hing ihren Mantel an einen Dielenhaken und führte sie in die Wohnung. Sie war wirklich riesig … große, hohe Räume, beheizt mit Kachelöfen, die Decken mit kunstvollem Stuck verziert, Kassettentüren und ein Boden aus gewachsten Dielen. Die Einrichtung war über hundert Jahre alt und stammte aus dem Besitz des Museums. Trotz der weiten Räume war es gemütlich warm und sogar ein wenig vornehm, wie es im Volksmund heißt. Herrschaftlich.

Nachdem Wachter einen guten Grog aus Rum gebraut hatte, saßen sie sich in den tiefen, breiten Sesseln gegenüber, und Jana erzählte ihre Erlebnisse der letzten Tage.

»Diese Frieda Wilhelmi muß ich kennenlernen!« rief Wachter aus. »Umarmen muß ich sie! Keine bessere Stellung hättest du bekommen können.«

»Ich denke oft an Nikolaj, Väterchen.« Jana Petrowna nahm vorsichtig einen kleinen Schluck von dem dampfenden Grog. »Wie wird es in Leningrad sein? Hungern und frieren werden sie. Tausende werden sterben … wie gut geht es uns, und wie schlecht wird es Nikolaj haben. Ob sie ihn zur Verteidigung eingesetzt haben? Ob er vorn in einem Bunker liegt?«

»Wer weiß das, Janaschka? Einmal werden wir es erfahren, kein Krieg dauert ewig. Jeden Tag bete ich, daß wir Nikolaj wiedersehen. Viel Glück haben wir bisher gehabt.« Sie sprachen jetzt russisch miteinander, trösteten sich mit der gemeinsamen Sprache. Inmitten der fremden Räume und Möbel fühlten sie sich so fast wie zu Hause. »Das Bernsteinzimmer ist gerettet.«

»Das Zimmer.« Jana lehnte sich in ihrem Sessel zurück. »Du wolltest mir immer von dem Zimmer erzählen, Väterchen. Es ist wertvoll, ja, aber für dich bedeutet es noch mehr als ein Kunstwerk. Und Nikolaj denkt genauso.«

»Es ist so, Töchterchen. Wie könnte ein Wachterowskij ohne das Bernsteinzimmer leben! Warum … oh, das ist eine lange Geschichte. Ungeheure Schicksale haben seine Wände erlebt – getränkt ist es mit Blut und Tränen, Liebe und Haß, Elend und Glück. Alles, was das Leben einem Menschen geben kann, ist im Bernsteinzimmer aufbewahrt. Seine Wände atmen … wir Wachterowskijs spüren es. Wir sehen die Wände an und sehen zweihundert Jahre Schicksal.«

»Erzähl, Väterchen, erzähl –«

»Das dauert lange, Janaschka.«

»Jetzt haben wir Zeit. Jeden Abend werde ich zu dir kommen. Alles muß ich vom Bernsteinzimmer wissen … Nikolaj und ich werden es ja einmal von dir übernehmen. Lehn dich zurück, Väterchen, trink einen Schluck und erzähle mir von Königen, Zaren und Zarinnen und ihrem wilden Leben.«

Und Michael Wachter begann zu erzählen.

II. Teil

Friedrich Wilhelm I.

DIE PERSONEN:

Die Preußen:	
Friedrich Wilhelm I.	König von Preußen
Sophie Dorothea, genannt Fiekchen	Königin von Preußen
Friedrich	Kronprinz von Preußen
Karl Ludwig Freiherr von Pöllnitz	Freund des preußischen Königs
General Johann von Schweinitz	Armee-Inspekteur
Oberst Ludwig von Rammstein	Kommandeur der »Langen Kerls«
Ludwig Friedrich Graf von Bülow	Finanzberater des Königs
Generalleutnant Friedrich Wilhelm von Grumbkow	Freund des Königs
Leopold Fürst von Anhalt-Dessau	Freund des Königs
Hans Hoppel	Feldwebel bei den »Langen Kerls«
Friedrich Theodor Wachter	Hausmeister
Adele Wachter	seine Frau
Julius Wachter	ihr Sohn
Die Russen:	
Peter Alexejewitsch Romanow genannt »Peter der Große«	Zar von Rußland
Fürst Semjon Borisowitsch Netjajew	Reisemarschall des Zaren
General Alexander Iwanowitsch Odojewskij	Militärbeobachter
Natalja Jemilianowna Gasenkowa	Peters Mätresse
Lewon Uskow	Zwerg und Hofnarr

Eine Aufregung war das! Ein Hasten und Schimpfen, ein Putzen und Wienern, ein Schrubben und Bohnern, daß den Mamsellen die Rücken wehtaten und die Lakaien Blasen an den Händen bekamen. Der Haushofmeister schrie herum – er war einer der wenigen Hofbediensteten, die nach der Thronbesteigung des Königs 1713 nicht den sofort folgenden Reformen zum Opfer gefallen waren. In der Küche wurden Fasanen und Hühner gerupft, Kräuter gehackt und Gemüse abgekocht, die Silbertabletts poliert und die Geschirre und Bestecke kontrolliert.

Am aufgeregtesten war Sophie Dorothea selbst, die Königin von Preußen. Zwischen Küche, Empfangssaal, Gästezimmer und Kabinett des Königs rannte sie hin und her und fiel schließlich erschöpft in einen Sessel im Arbeitszimmer des Preußenherrschers.

»Diese Ruhe!« sagte sie mit fliegendem Atem. »Ihre Ruhe … sie zerreißt mich noch! Um alles muß ich mich kümmern … und was tun Sie?! Sie stehen am Fenster und sehen dem Exerzieren Ihrer Riesengarde zu!«

»Wie nötig das ist! Die Grenadiere des Zweiten Bataillons sollten den Stock spüren! Sie marschieren wie lahme Enten! Keine Richtung halten sie. In Falten hängen die Strümpfe! Er soll was erleben, der Kommandeur des Zweiten Bataillons! Dieser träge Saukerl! Zum Teufel jage ich ihn! Nach Ostpreußen, wo es am einsamsten ist! Dort kann er Gemüse anbauen und Hühner exerzieren.«

Friedrich Wilhelm, trotz seiner achtundzwanzig Jahre schon dicklich und behäbig, mit einem runden Gesicht, kräftigen Armen und stämmigen Beinen, trat vom Fenster weg in das Kabinett und prustete seinen Zorn hinaus. Sein Gesicht war gerötet, seine Augen verrieten urplötzlich aufbrechenden Jähzorn und wilde Entschlossenheit.

Als sein Vater, Friedrich I., am Sonnabend, dem 25. Februar 1713, starb und der Kronprinz Friedrich Wilhelm nun den Thron bestieg, ahnte das übrige Europa, was sich da in Preußen alles verändern würde. Der englische Hof hatte schon früh Beschwerden verlauten lassen, nannte den rauhen Unteroffizierston, mit dem er die Diplomaten behandelte, eine Brutalität des Kronprinzen, und in Frankreich sah man mit Sorge nach Berlin, da man unterrichtet war, daß die Politik des kommenden Königs sich von der seines Vaters grundlegend unterscheiden würde. War Friedrich I. noch ein lebensfroher Herrscher mit französischen Allüren gewesen, zu denen Prunk, Prachtentfaltung, Völlerei und Mätressen gehörten, dann kam mit seinem Sohn ein anderer Wind nach Preußen: Armee und Finanzen, Familie und das einfache Leben waren die Eckpfeiler seines Lebens. Der französische Gesandte drückte es so aus:

»Der neue König hat keine anderen Umgangsformen als Kommandieren und Ordreparieren, er strebt seine Ziele, und das ist in erster Linie der Ausbau der Armee, mit Gewalt und skrupelloser Einseitigkeit an. Er hat sich vorgenommen, einen völlig neuen Typ von Offizieren und Beamten zu schaffen. Er ist der Garant eines absoluten Militarismus.«

Die erste Ansprache Friedrich Wilhelms I. nach seiner Thronbesteigung an die Minister war deutlich genug, allen zu zeigen, was ihnen bevorstand. Der holländische Gesandte Lintelo erlebte diese Vorstellung und schrieb in seinem Bericht: »Der König sagte mit großem Ernst und kräftigem Nachdruck zu uns allen, also auch zu mir: ›Mein Vater fand Freude an prächtigen Gebäuden, großen Mengen Juwelen, Silber, Gold und äußerlicher Magnifizenz ... erlauben Sie, daß ich auch mein Vergnügen habe, das hauptsächlich in einer Menge guter Truppen besteht.‹ Ohne Zweifel haben wir es mit einem Herrscher zu tun, der eine neue Regierungsform demonstrieren wird. Er berät nicht mit seinen Ministern und Administranten, er erteilt nur Befehle mit schnarrendem Kommandoton und duldet keinen Widerspruch. Wir werden von dem neuen Preußenkönig noch viele Überraschungen erwarten können.«

Der holländische Gesandte hatte die Lage richtig beurteilt und vorausgesehen: Friedrich Wilhelm räumte zunächst im eigenen Hause auf. Vorbild sein, das war seine erste Devise. Sofort schaffte er den Millionen verschlingenden Hofstaat seines Vaters ab, und ab sofort gab es auch keine prächtigen Hoffeste mehr, mit ein paar Ausnahmen, wie bei Staatsbesuchen fremder Fürsten oder bei Hochzeiten in der weit verzweigten Verwandtschaft. Die Hofbediensteten schaffte er weitgehend ab, die Pagen steckte er in die

Kadettenanstalten, die Lakaien mußten den Uniformrock der Soldaten anziehen, die Ausgaben für Küche und Keller wurden rigoros zusammengestrichen, was eine Einsparung von jährlich 400 000 Taler bedeutete, ein Betrag, der sofort in die Vergrößerung der Armee floß. Aber damit nicht genug, das Heulen und Zähneklappern begann erst noch: alle Gehälter wurden gekürzt. Ob Minister oder Beamte, Generäle oder sonstige Offiziere, jeder wurde kürzer gehalten und zahlte diesen »Überschuß« in die Armeekasse ein.

Verblüfft, ja geradezu erschrocken war Friedrich Wilhelm, als er nach dem Tode seines Vaters eine geheime Schatulle entdeckte, in der Gold- und Silbermünzen im Werte von 2,5 Millionen Taler lagen. Sofort machte er sich ans Rechnen, zählte den ererbten Reichtum und die zukünftigen Einkünfte zusammen und ließ seinen zwölf Jahre älteren Freund und Helfer ins Stadtschloß bitten, den Reichsfürsten Leopold von Anhalt-Dessau, der einmal der »Alte Dessauer« heißen sollte.

»Fürst –« sagte Friedrich Wilhelm zu ihm, als sie die Rechenzeilen durchgesehen hatten, »ich bin reicher, als ich gedacht habe ... diese Taler sind genug, um unser Heer auf 60 000 Mann zu vergrößern.«

Und Fürst Anhalt-Dessau hatte geantwortet: »Das ist ein gutes Erbe. Ich helfe Ihnen, Majestät, Preußen zur unbesiegbaren Militärmacht zu machen.«

Es war die Geburtsstunde des »Soldatenkönigs«. Das große Sparen wurde zum Leitmotiv. Friedrich Wilhelm selbst ging mit einem Beispiel voran, das Sophie Dorothea überhaupt nicht gefiel. Das noch nicht in allen Teilen ausgebaute Berliner Stadtschloß, entworfen von dem berühmten Andreas Schlüter und von Hofbaumeister Eosander gebaut, blieb, wie es war – der spartanischste Sitz, den je ein König bewohnt hatte. Eosander, von Friedrich Wilhelm entlassen, ging nach Schweden; der große Schlüter fuhr 1713 nach Petersburg und kam nicht mehr zurück. Die Erzgießerei des Meisters Johann Jakobi, bei der Schlüter sein berühmtes Reiterstandbild des Kurfürsten Friedrich Wilhelm, dem Großvater des neuen Königs, gießen ließ, mußte sich umstellen – statt Denkmäler goß sie jetzt Kanonen.

Sophie Dorothea, von Friedrich Wilhelm zärtlich Fiekchen genannt, wenn sie allein waren in den schmucklosen, fast kahlen

Räumen, die sie bewohnten, schlug mit der Faust auf die Lehne des Sessels. Sie war eine schöne, stolze, aber auch eine kühle und beherrschte Frau, die wenig Angst vor ihrem königlichen Gemahl hatte, vor allem nachdem sie ihm den Thronerben, den Kronprinzen Friedrich, 1712 geboren hatte. Auch jetzt war sie wütend, was sich mit dem Zorn des Königs über das schlappe Zweite Bataillon vermischte.

»Hören Sie mir überhaupt zu?« rief sie. »Es ist, als habe jeder den Verstand verloren.«

»Wer keinen hat, kann ihn nicht verlieren. Wozu die Aufregung?«

Er blieb vor ihr stehen, sein wütender Blick milderte sich. Immer, wenn er Fiekchen ansah, wurde ihm bewußt, wie glücklich er mit ihr war.

»Wozu?!« rief sie empört. »Wenn uns der Zar schon mit seinem Besuch beehrt ...«

»Was weißt denn du, was er will, Fiekchen? Kommt er, um einen fetten Kapaun zu essen, eine gute Pfeife zu rauchen und einen Krug Bier zu leeren? Er kommt, um mich in den Nordischen Krieg hineinzuziehen. Hilfe von mir gegen Karl XII. von Schweden will er. Da kann es ihm gleich sein, ob er eine Kohlsuppe oder einen Fasan ißt, ob er in einem Holzbett schläft oder auf weichem Damast. Wer etwas von mir will, muß sich nach meiner Fasson richten!«

»Preußen wird sich blamieren! Morgen blickt die Welt auf uns.«

»Mit dieser Armee –« der König streckte den Arm zum Fenster hinaus »-- ist es mir einen Scheißhaufen wert, was andere Souveräns über mich denken! Sie sollen sich um ihr Mätressenpack kümmern und nicht um mich. Sie werden einmal Preußen bestaunen und fürchten. Eine große Tafel für den Zaren! Ich muß sparen! Weißt du noch, wie das bei unserer Hochzeit war? Mein Vater wollte der Welt zeigen, was für ein Kerl er ist, wieviel Geld er hat, daß er nicht neidisch zu sein hat vor dem Hof in Versailles.« Er wanderte in dem kargen Zimmer umher, mit stampfenden Schritten, die Hände auf den Rücken gelegt. »Am 14. November 1706 haben wir geheiratet, Fiekchen. Bis Weihnachten ließ mein Vater die Taler springen und die Seidenröcke tanzen, fressen und saufen. Ballette führte er auf, Opern, Konzerte, Komödien, Maskenspiele, Festbeleuchtungen und Feuerwerke. Und – ich hab's nicht vergessen und mir die Zahlen gemerkt – an unsere Küche mußten die Bauern aus allen Provinzen als ›Geschenk‹ abliefern: 7600 Hühner, 1102 Puten, 1000 Enten, 650 Gänse und 640 Kälber. Und alles wurde kahlgefressen! Aber nicht bei mir, Fiekchen! Ich verfresse nicht den Staat ... ich bin der erste Diener des Staates. Auch wenn der Zar von Rußland kommt, die ewige Seligkeit ist vor Gott – alles andere muß vor mir sein!«

Sophie Dorothea, obwohl völlig anderer Ansicht, vermied es, gerade heute den König noch mehr zu reizen. Was er gerade gesagt hatte, war sein Wahlspruch Nummer eins. Der zweite lautete: Menschen achten für den größten Reichtum, und der dritte enthielt alles, was das Ziel seines Lebens war: Ich stabilisiere die Souveränität und setze die Krone fest wie einen ehernen Fels. Es war klar, daß man deshalb mit ihm kaum diskutieren konnte und schon gar nicht anderer Meinung zu sein hatte, denn auch hier hatte Friedrich Wilhelm deutlich gesagt, daß nur sein Wort galt. In seiner berühmten Antrittsrede als König schleuderte er den Ministern ins Gesicht:

»Sollte jemand unter Ihnen sein, der neue Kabalen anfängt, so werde ich ihn auf eine Weise züchtigen, die ihn verwundern wird. Man möge sich merken, daß ich weder Rat brauche noch Räsonnement, sondern Gehorsam!«

»Noch nicht einmal ein Plan der Veranstaltungen liegt vor«, sagte Sophie vorsichtig. »Die Minister sind verzweifelt, die Generäle haben keine Order von Ihnen, ein Verwaltungsrat soll bereits geweint haben, weil er nachher wieder der Schuldige sein wird ...«

»Was er herausweint, braucht er nicht auszupinkeln ...«

Sophie Dorothea saß steif und aufgerichtet in ihrem Sessel. Was für Manieren! »Sie müssen doch dem Zaren etwas zeigen! Ein Programm muß gemacht werden ...«

»Er wird genug sehen, der Petersburger Bär. Mir wird einiges einfallen.«

»Ja. Exerzierübungen, Paraden Ihrer Grenadiere und Füsiliere, der Kavallerie und Artillerie, Ihre Garde wird stampfen wie eine Herde Stiere ...«

»Fiekchen, laß mir meine Langen Kerls in Ruhe.« Der König blieb vor ihr stehen und reckte sich. Auf seine Gardegrenadiere ließ er nichts kommen. Jegliche Kritik wischte er mit einer Handbewegung weg oder brüllte sie so nieder, daß niemand mehr wagte, ein Wort darüber zu verlieren.

Nur einmal, bei einer fröhlichen Runde in seinem berüchtigten Tabakskollegium in Potsdam, einem achteckigen Pavillon mit einer hohen Turmspitze, den er auf einer Insel im Faulen See bauen ließ, nicht zuletzt wegen des ihn erheiternden Namens, in dieser absoluten Männergesellschaft von Freunden und Generälen, zu der jedem Frauenzimmer der Eintritt verboten war, sagte er, indem er seinen »Heeresfinanzminister« Generalleutnant von Grumbkow anstarrte:

»Meine Langen Kerls verpflege ich von meinem *Menu Plaisir*, weil ich doch in der Welt in nichts *Plaisir* finde als in einer guten Armee!«

Menu Plaisir ... das war sein Ausdruck für Taschengeld.

»Der Zar wird genug zu sehen bekommen, außerdem ist er in Eile und nur auf der Durchreise nach Frankreich und Holland. Gib ihm was zu Kauen und zu Saufen, führ ihm unsere Kinder vor, entschuldige dich, daß hier nicht wie in Versailles eine Kompanie parfümierter dummer Kühe als Mätressen herumlaufen ... für alles andere werde ich sorgen.«

Es klopfte kurz, dann wurde die Tür aufgestoßen, und Prinzessin Wilhelmine kam ins Kabinett. An der Hand zog sie den vierjährigen Kronprinzen Friedrich mit ins Zimmer, er wehrte sich zaghaft, stemmte die Beinchen gegen das Parkett und versuchte, sich durch Rucken dem Griff seiner älteren Schwester zu entziehen. Es gelang ihm nicht. Wilhelmine, sieben Jahre alt, war stärker. Er war ein schmalgliedriger, hübscher Junge mit hellen wachen Augen und einem erstaunlich weichen Mund, von dem sein Vater sagte: »Kommt er im Kollegium an die Pfeife, werden wir einen Mann aus ihm machen! Der Kronprinz von Preußen muß ein Kämpfer sein!«

»Welch ein unwürdiges Schauspiel!« sagte Friedrich Wilhelm laut. »Der Kronprinz läßt sich von einem Frauenzimmer herumzerren! Warum wehren Sie sich nicht?!«

»Sie ist meine Schwester, Papa.«

»*Wer* bin ich?« schrie der König mit dröhnender Stimme.

»Pardon ... mein Vater.« Der Kleine hatte sich jetzt aus dem Griff Wilhelmines befreit und eilte zu seiner im Sessel sitzenden Mutter.

»Er hat Angst!« rief die Prinzessin.

»Halt's Maul!« brüllte der König. »Ein Kronprinz hat keine Angst zu haben.«

»Er fürchtet sich vor dem Zaren, Vater.«

»Fritz –«

»Vater?« Der Kleine, eng an seine Mutter gedrückt, nahm seinen kleinen Mut zusammen und sah seinem Vater voll in das strenge Gesicht.

»Du hast Gott zu fürchten ... sonst keinen. Ein Zar ist kein Gott, auch wenn die Russen oft so tun, als sei er einer!«

»Man erzählt sich böse Dinge über ihn, Vater. Dinge, die Fritz ängstlich machen«, sagte die kleine Prinzessin furchtlos. »Ist das alles wahr?«

»Was soll wahr sein?«

»Der Zar soll mit den Fingern essen ... mit den Saucen spritzt er um sich ... wischt sich den Mund mit dem Handrücken ab. Wenn er Hühner oder Fasanen ißt, wirft er die abgenagten Knochen über den Tisch, und wen er trifft, der muß aufstehen, sich tief verneigen und sagen: Erhabener Zar, ich danke für den Orden. Er soll geeiste Sahne den Damen in den Busen gegossen haben, und der Fürstin Trubetzkoj schob er mit eigener Hand Früchte in Gelee in den Mund und drückte mit den Fingern nach, damit es rascher ging. Sie wäre bald erstickt ...«

Sophie Dorothea schlug die Hände zusammen. Der König winkte mit dem Zeigefinger, gehorsam kam die kleine Wilhelmine näher. »Wer erzählt solche Sachen?«

»Ich weiß es nicht, Vater. Ein paar Männer standen zusammen, und ich hörte, was sie sagten.«

»Du hast gelauscht?«

»Ja, Vater.«

Mit schnellem Griff faßte Friedrich Wilhelm nach seinem immer in der Nähe liegenden Buchenstock, schwang ihn durch die Luft.

»Mein Kind schleicht herum und belauscht fremde Männer. Eine Prinzessin von Preußen! Und sie glaubt auch noch, was sie hört! Hast du den Stock verdient?«

»Ja, Vater.«

»Und wenn der Zar morgen nackt an unserem Tisch sitzt ... wir sehen so etwas nicht. Er ist ein Souverän und kann machen, was er will.«

Sophie Dorothea hatte den Kronprinzen umfaßt und zog mit der anderen Hand die Prinzessin zu sich.

Der König legte den Stock auf den Tisch. »Der Zar ist ein guter Soldat ... da darf er auch am Tisch rülpsen!«

Am Vormittag des nächsten Tages traf die Reisekolonne von Peter I. in Berlin ein.

Er reiste, wie oft, nur mit kleinem Gefolge ... vorweg zehn Reiter in der grünen Uniform des Regimentes Preobraschenskij, dann, in einer einfachen, aber stabilen Kalesche, der Zar mit seiner Begleitung, dahinter ein paar Wagen mit Lakaien, Pagen, seinem Lieblingsmohr Abraham Petrowitsch Hannibal und dem Zwerg Lewon Uskow. Den Schluß bildete eine verhängte Kutsche, in der zusammen mit zwei Zofen die gegenwärtige Mätresse des Zaren saß, die schöne Natalja Jemilianowna Gasenkowa, eine glutäugige Armenierin, deren Mann von Peter I. zum Verwalter des Munitionsdepots der Peter-und-Pauls-Festung ernannt worden war. Eine kleine Kolonne also für einen Zaren, für einen der mächtigsten Männer der Welt.

Friedrich Wilhelm trat vor die Tür, als sein Gast vor dem Schloß vorfuhr, so wie es sich für einen Hausvater gehörte. Er hielt nicht viel von einem prunkvollen Empfang mit angetretener Ehrengarde, Trompeten- und Fanfarengeschmetter, wehenden Fahnen, sich verneigenden Ministern und kichernden Ehrenjungfrauen, einem Spalier von Lakaien und Höflingen. Allein, hinter sich nur seinen Freund, den Freiherrn von Pöllnitz, stand er unter der Tür, in einem einfachen Rock, gestützt auf seinen Buchenstock und auf dem Kopf eine biedere dunkelbraune Perücke mit einer Rollenlocke an jeder Schläfe.

Genau vor dem Eingang des Schlosses ließ der russische Kutscher die Kalesche ausrollen und hielt ganz vorsichtig die Pferde an, um jeden Ruck zu vermeiden und den Zaren nicht auf seinem Sitz durchzurütteln. Einmal, vor einem halben Jahr, war ihm das nicht gelungen, die Pferde waren aus irgendeinem Grund nervös geworden, die Kutsche machte wahre Sprünge vor dem Anhalten, und der Zar war herausgestürzt, hatte seinen Knüppel geschwungen und den Kutscher so arg verprügelt, daß dieser drei Monate lang im Bett liegen mußte, bis er wieder den Kutschbock besteigen konnte.

Kaum hielt der Wagen, sprangen zwei Lakaien heran, rissen die Fahrzeugtür auf und standen stramm. Der Zar kletterte aus der Kalesche.

Tief bücken mußte er sich, die Tür war viel zu niedrig für ihn, aber er ließ sich keine seiner Größe entsprechende Kutsche bauen, einerseits aus Sparsamkeit, andererseits nach seinem Ausspruch handelnd: Ein Haupt zu beugen, ist keine Schande, auch der Zar muß es tun, allerdings nur vor Gott.

Friedrich Wilhelm umfaßte mit einem Blick, wer da in sein Haus kam, und war sehr zufrieden.

Peter I. maß an die zwei Meter, ein kräftiger Kerl, muskelbepackt und mit breiten Schultern, ein wahrer Riese, wie ihn Friedrich Wilhelm gern bei seinen Langen Kerls gehabt hätte. Das Gesicht des Zaren war sonnengebräunt, ein kleiner Schnurrbart glänzte über dem sinnlichen Mund, seine Augen blickten herrisch um sich. Das braune, gelockte Haar war diesesmal kurz geschnitten, gewiß wegen seiner Reise und der Königsbesuche, denn sonst ließ er selten eine Schere an seine Locken, eine Perücke war ihm lästig, und – was den Preußenkönig geradezu brüderlich stimmte – er stützte sich auf einen Knüppel, ein starkes spanisches Rohr, ähnlich dem Stock, mit dem Friedrich Wilhelm sein Preußen regierte.

Nach dem Zaren kletterten Fürst Netjajew und General Odojewskij aus der Kalesche, aus dem nächsten Wagen watschelte der Zwerg Lewon heran, gefolgt von Hannibal, dem Leibmohren des Kaisers.

Jeder Mensch hat seine Verrücktheiten, dachte der preußische König und kam Peter zwei Schritte entgegen. Er hat seine Mohren und Zwerge, ich habe meine Langen Kerls, der König von Frankreich befiehlt über ein Heer von Mätressen – jedem das Seine.

»Ich begrüße Sie in Berlin«, sagte Friedrich Wilhelm und streckte seine Hand aus. Wie immer sprach er schnarrend und befehlend, so als sollte es heißen: Hier ist Berlin! Nehme Er Haltung an, Kerl!

Peter ergriff die Hand, drückte und schüttelte sie … ein so massiver, schraubstockähnlicher Händedruck, daß Friedrich Wilhelm die Zähne zusammenbiß, um keinen Schmerzenslaut auszustoßen. Es stimmt, dachte er. Er hat Kräfte wie ein Stier. Die großen, harten Hände eines Arbeiters hat er, bedeckt mit Schwielen. Mein Vater mochte ihn nicht – er war ihm zu bäuerlich, zu ordinär, ein Zar, der wie ein Tagelöhner wirkte und lebte.

»War's eine gute Reise?« fragte der König und geleitete den Zaren ins Schloß. In der Halle knicksten die Hofdamen, Sophie Dorothea, links neben sich den Kronprinzen Friedrich, rechts die Prinzessin Wilhelmine, verneigte sich. Sie trugen festliche, seidene Kleider mit Brokatstickereien, ganz im Gegensatz zu dem König, der seinen einfachen Rock und Gamaschenhosen bevorzugte. Auch der Zar war einfach gekleidet: ein Anzug aus grobgesponnenem Tuch, das vom vielen Tragen schon abgewetzt und fadenscheinig war, ein von der Sonne ausgebleichter dunkelgrüner Rock mit einem verschossenen blauen Futter und großen Messingknöpfen, auf dem Kopf ein bänderloser Hut, an den Beinen alte Strümpfe und Schuhe mit schiefgelaufenen Absätzen. In Versailles würde man ein solches »Subjekt« aus der Schloßnähe verjagt oder sogar verhaftet haben.

»Sie haben gute Straßen in Preußen.« Peter I. nickte den Damen zu, musterte mit Kennerblick die junge Gräfin von Donnersmarck, blinzelte ihr ungeniert zu und ging dann mit weit ausgreifenden Schritten und schlenkernden Armen auf die Königin zu. Kronprinz Friedrich starrte hinauf zu dem Riesen, betrachtete die Warze auf der rechten Wange, bemerkte ein nervöses Zucken im Gesicht des Zaren und klammerte sich an seiner Mutter fest.

»Welche Freude, Sie so blühend zu sehen!« rief Peter laut aus, umfaßte ohne Zögern und mit festen Griff ihren Kopf, zog ihn an sich und schmatzte der Erstarrten und Überrumpelten zwei Küsse auf die Stirn. Der König, der hinter ihm stand, genoß amüsiert das Entsetzen seiner Frau.

So ist er, der Zar, dachte er. Völlig unkompliziert. Ein Kerl mit den Manieren eines sibirischen Holzfällers. Peter Alexejewitsch, wir könnten uns verstehen und Freunde werden, wenn du nur nicht immer Krieg führen würdest und dich von deinen Hurenweibern trennen könntest. Du hast doch eine brave Frau, die Katharina, die fast jedes Jahr schwanger ist. Was willst du mehr?

Peter hatte den Kopf der Königin wieder freigegeben und wartete nun darauf, was das Protokoll vorbereitet hatte. Aber es gab kein Protokoll. Nachdem schon 1713 der Hofmarschall und Oberkämmerer, der Oberheroldsmeister und Oberzeremonienmeister und andere Hofschranzen abgeschafft worden waren, gestaltete der König allein mit seinen Offizieren die Veranstaltungen für seine Besucher. Nur in der Küche befahl noch der königliche Küchenmeister seine ebenfalls zusammengeschrumpfte Kochbrigade – das, was der König und seine Familie aßen, konnte auch eine Bauersfrau kochen.

»Die Reise war lang –« sagte Friedrich Wilhelm – »war sie ermüdend? Wollen Sie sich ausruhen? Ich werde Sie in Ihre Gemächer begleiten. Ihr Gesinde ist ebenfalls bestens versorgt. Oder trinken wir erst einen Becher?«

»Trinken wir!« Peter I. rieb sich die Hände. »Und eine Pfeife rauchen wir. Meine holländischen Porzellanpfeifen, ich habe sie mit.« Er drehte sich um, winkte energisch, und da man das gewöhnt war, erschien sofort der Mohr Hannibal und trug eine große Schatulle auf beiden Händen. »Gehen wir –«

In dem sparsam möblierten Kabinett des Königs mit seinen weißgetünchten Wänden, wo es weder Teppiche noch Gardinen gab, waren sie dann allein, sogar Hannibal wurde weggeschickt, und der Lieblingszwerg Lewon durfte erst gar nicht ins Zimmer, sondern hockte sich vor der Tür auf den Boden. Wie eine große, bekleidete Kröte sah er aus.

Peter sah sich um und nickte mehrmals. »Wie bei mir. Was soll der ganze Prunk? Natürlich ist der Kreml in Moskau prachtvoll, die Paläste in Petersburg stellen sogar Versailles in den Schatten, die Schlösser in meiner Sommerresidenz *Zarskoje Selo* werden von den besten Baumeistern der Welt gebaut, von den besten Malern ausgestattet, von den besten Bildhauern und Silberschmieden geschmückt, man erwartet so etwas von einem Zaren … aber ich, mein lieber Freund, lebe lieber in einer massiven Holzhütte als zwischen Seide, Damast und Purpur.«

Er ging zum Tisch, auf den Hannibal die Schatulle gelegt hatte, öffnete das Schloß, hob den Deckel hoch und ließ Friedrich Wilhelm einen Blick hineinwerfen. Pfeifen in allen Formen und Längen aus Porzellan, gerade und gebogene, gebettet in grünen Samt, und an den Außenseiten bemalte Deckeltöpfe, gefüllt mit Tabak und Holzspänen zum Anzünden der Pfeifen.

»Ich lebe in kleinen Zimmern, schlafe auf hartem Bett und wohne, wie Sie, mit stabilen Möbeln.« Er suchte sich eine Pfeife aus, nahm eine andere, gebogene, aus der Samtklemme und reichte sie dem König hin. »Nehmen Sie diese. Meine beste, sie kühlt den Rauch, und nichts brennt mehr in der Kehle.«

»Ich werde es zu würdigen wissen.« Friedrich Wilhelm nahm die Pfeife tapfer und mit freundlicher Miene an, obwohl das Mundstück tief braun war und sichtlich kaum gereinigt wurde. »Was trinken wir?«

»Was Sie trinken, König von Preußen.«

»Ein volles, herb gebrautes Bier.«

»Muß das sein?« Peter verzog den Mund. Ein heftiges Zucken ließ sein Gesicht zu einer Fratze werden, der Kopf zuckte hin und her, der riesige Körper krümmte sich etwas, seine Augen weiteten sich. Nur kurz war dieser Anfall, jeder Fremde, der so etwas sah, erschrak zu Tode, nur der König nicht. Er wußte von diesen plötzlich auftretenden Krämpfen, die Peter von Kind an schüttelten und gegen die es kein Mittel gab.

Der Zar griff in eine Tasche seiner fleckigen Weste, holte ein Bernsteinkästchen hervor und entnahm ihm zwei Fingerspitzen voll Pulver, das er hinunterwürgte.

»Das einzige, was hilft«, sagte er und klappte das Döschen zu. »Von einem Schamanen hergestellt. Ein Pulver aus dem Magen und den Flügeln einer Elster. Alle Ärzte sind Idioten. Fände ich einen, der mir diesen Krampf nimmt, würde er der reichste Mann der Welt sein! Trinken wir einen Tokajer?«

Der König stampfte zur Tür, riß sie auf, stolperte fast über den dort kauernden Zwerg Lewon und brüllte dann zu den wartenden Lakaien hinüber.

»Tokajer!«

Darauf warf er die Tür wieder zu und stürmte ins Zimmer. Er zeigte auf Peters Stock und stakte mit seinem Buchenstock auf die Dielen.

»Mich interessiert Ihr Stock«, sagte Friedrich Wilhelm. »Ein schönes Stück.«

»Ohne ihn wäre ich nur halb.« Peter schwang den Knüppel durch die Luft. Ein Windhauch traf den König, und ein Zischen flog um seine Ohren. »Gutes spanisches Rohr. Und hier der Knauf aus Elfenbein, habe ich selbst geschnitzt. Meine ›Dubina‹ nenne ich den Stock. Der Mensch ist ein merkwürdiges Wesen. Man muß ihn züchtigen, sonst wird er faul und dumm! Sie haben meinen Mohren Hannibal gesehen? Ich liebe ihn. Als Elfjähriger kam er zu mir, mein Gesandter Tolstoj hatte ihn in Konstantinopel gekauft und mir geschenkt. Ich habe ihn taufen und erziehen lassen, er hat auch das Drechslerhandwerk erlernt, schläft in meiner Werkstatt, begleitet mich überall hin ... und wöchentlich einmal verprügele ich ihn mit meiner Dubina. Nein, nichts hat er angestellt ... ich verprügele ihn aus Liebe. Eine Auszeichnung ist es für ihn.« Er griff wieder zu seinem Bernsteindöschen, nahm eine Fingerspitze voll Pulver und betrachtete darauf die geschnitzten Steine. »Der Sonnenstein«, sagte er nachdenklich. »Das Gold der Ostsee ...«

»Das Gold Preußens, Zar Peter.« Das klang stolz und endgültig. Eine Diskussion über dieses Thema wäre sinnlos gewesen.

»Ihr Vater zeigte mir bei meinem letzten Besuch hier im Schloß ein Zimmer ganz aus Bernstein.«

»In der dritten Etage, ein Eckzimmer. Unser Bernsteinkabinett.« Friedrich Wilhelm nickte. »Dafür, für solchen Firlefanz, hatte er Geld übrig. Elf Jahre haben die Bernsteinmeister daran gearbeitet. Elf Jahre Geld für einen Prunk, ohne den man leben kann. 1712 hat es mein Vater hier im Stadtschloß einbauen lassen.«

»Und in diesem Jahr habe ich es gesehen. Auf dem Weg zu meinen Truppen in Pommern war ich ...«

»Ich erinnere mich gut. Ein großes Fest gab es. Die Mätresse meines Vaters, die grünäugige und rothaarige Gräfin Colbe von Wartenberg, ich habe sie nur die ›große Hur‹ genannt, gefiel auch Ihnen. Ihr Dekolleté war so tief, daß man die Brustmonde sehen konnte. Stimmt's? Diese Wartenberg. War ein Bürgermädchen, eine Mamsell Kathi Rickers, ehe mein Vater sie mit dem Trottel Wartenberg verheiratete. Wissen Sie, was sie getan hat? Zu mir ist sie gekommen, hat mit Brüsten und Hintern gewackelt und mir den Antrag gemacht, mit ihr zu Bette zu gehen. Und dabei war ich erst vierzehn Jahre alt.«

Der Zar lachte laut, hieb mit seiner Dubina auf den Tisch und bog sich in den Hüften. »Vierzehn Jahre und flüchtet vor einem heißen Weib! Mein lieber Friedrich Wilhelm, mit vierzehn hatte ich es schon aufgegeben, meine Geliebten zu zählen! Hofdamen, Putzmädchen, Bauernmägde, Ministerfrauen, Fürstinnen und Melkerinnen ... vor mir gab es kein Entkommen. Außerdem wollten sie es alle. Sie haben viel verpaßt, lieber Vetter.«

»Ich bin glücklich mit meinem Fiekchen«, sagte der König verhalten und wechselte das Thema. »Das Bernsteinzimmer hat Ihnen gefallen?«

»Es ist ein einmaliges Kunstwerk! Ein ganzes Zimmer aus den Tränen der Sonne, wie die Slawen sagen. Gibt es etwas Schöneres? Ich habe noch nichts gesehen, was mit diesem Zimmer konkurrieren könnte.«

»Wollen Sie es noch einmal besichtigen, Peter?«

»Es ist noch hier?«

»Es wird nie betreten. Ich mag es auch nie betreten ... ich ärgere mich bei seinem Anblick immer über die Verschwendungssucht meines Vaters.« Der König klemmte seinen Stock unter die Achsel, wuchtete wieder zur Tür, riß sie auf und winkte den wartenden Lakaien. »Herkommen!« brüllte er, und als sie zu ihm liefen, riß er den Buchenstock unter der Achsel hervor und schlug auf sie ein. »Wo bleibt der Tokajer?!« schrie er mit gewaltiger Stimme. »Komme Er her, Er Hundsfott! Näher! Soll ich ihm nachlaufen mit dem Stock?! Ja, heb Er nur die Arme, ich treffe Ihn doch!«

Der Zwerg Lewon rollte sich wie eine Kugel zur Seite und starrte hinauf zu seinem Zaren und seiner Dubina. Prügelte er jetzt auch? Zwei stockschwingende Herrscher ... eine neue Zeit war angebrochen.

»Sehen wir uns das Bernsteinzimmer an, Peter«, sagte Friedrich Wilhelm mit zufriedener Stimme. Noch einen Hieb versetzte er einem aufheulenden Lakaien quer über den Rücken. »Ich habe uns den Weg freigemacht. Klettern wir in die dritte Etage.«

Das Gebrüll und die Prügelei des Königs hatten die Flure und Treppen leergefegt. Allein stiegen sie hinauf zu dem Eckzimmer, Friedrich Wilhelm stieß die Tür auf, und dann stand der Zar in diesem Zimmer, das unvergleichlich war.

Die Sonne schien durch die beiden Fenster in der Ecke, das eine ging hinaus zum Lustgarten, das andere zur Schloßfreiheit. Wie geblendet von dem in allen Gelbtönen schimmernden Bernstein, von diesem Leuchten, das wirklich einer eingefangenen Sonne glich, von dem Flimmern der gebrochenen Strahlen, die von den Mosaiken und Figuren, den Rosetten und Akanthusranken, den plastischen Köpfen und den acht Masken der Sterbenden zurückgeworfen wurden, blieb Peter I. ergriffen stehen und tastete mit seinen

Blicken Wandtafel nach Wandtafel ab. So einfach der Zar selbst lebte, so kunstbesessen war er, wenn es darum ging, sein geliebtes Petersburg zur schönsten Stadt der westlichen Welt auszubauen. Schon 1714, nachdem er das Bernsteinzimmer zwei Jahre zuvor zum erstenmal bewundert hatte, gründete er die Kunstkammer von Petersburg mit dem Erlaß, planmäßig Kunstwerke und Raritäten zu sammeln und sie in der Kunstkammer abzuliefern. Die unermeßlichen Schätze der Eremitage wurden herangetragen.

»Welch ein Wunder«, sagte Peter leise, als stehe er in einer Kirche. »Friedrich Wilhelm, ich beneide Sie um diesen Schatz. Es ist auch mein einziger Neid ...«

»Es gefällt Ihnen, Peter?«

»Wäre ich allein, würde ich niederknien und die Wände küssen.«

»Wir haben noch vieles zu besprechen.« Friedrich Wilhelm, wie Peter kein Mann, der diplomatische Schnörkel flocht, sondern der mit Direktheit auf sein Ziel losging, legte die Hände auf den Rücken. Er beobachtete still, wie der Zar jetzt von Wandtafel zu Wandtafel ging, im ganzen waren es zwölf und aneinandergereiht auf einer Länge von 14 Metern, sich vorbeugte und die Bernsteinschnitzereien betrachtete, mit den Fingerkuppen geradezu zärtlich über die Mosaike und Bordüren strich und dabei immer wieder bewundernd den Kopf schüttelte. »Peter, ich brauche Vorpommern. Es gehört zu Preußen und nicht zu Schweden. Wie denken Sie über ein Bündnis Rußland-Preußen?«

»Mein Wunsch seit vier Jahren.« Peter richtete sich auf und drehte sich zu dem König herum. »Ihr Vater ließ mich 1712 abblitzen, als ich ihn für ein Bündnis gewinnen wollte. ›Ich will nicht schießen, ich will tanzen‹, hat er mir ins Gesicht gelacht.«

»Und führte Preußen an den Rand der Pleite. Peter, ich bin dabei, eine andere Zeit aufzubauen. Ein starkes, unbesiegbares Heer, Zucht und Ordnung, Arbeitswillen und Vaterlandsliebe, Gehorsam bis in den Tod ... der Mensch muß erzogen werden, sonst bleibt er ein blökendes Schaf! Die Zukunft verlangt Stärke.«

»Ein Bündnis zwischen Preußen und Rußland wird unsere Freundschaft vertiefen.« Der Zar zeichnete mit seiner Dubina eine grobe Karte in den Staub, der die Dielen bedeckte. Nur einmal in der Woche wurde der Boden gereinigt und nicht jeden Tag zweimal wie die anderen Räume. Wer betrat denn schon das Bernsteinzimmer oben im dritten Stock? »Das ist Westrußland, Ostpreußen, Polen, Pommern, Brandenburg, Preußen.« Peter tippte auf eine Stelle der Karte im Staub und nickte mehrmals. »Das ist Vorpommern, Friedrich Wilhelm. Ich habe kein Interesse daran ... natürlich muß es zu Preußen gehören. Wir müssen nur die Schweden besiegen und wegjagen. Wir beide schaffen es.«

»Ich danke Ihnen, Peter.« Einen Augenblick dachte der König an Sophie Dorothea, der er genau das Gegenteil erzählt hatte. Aber dann wischte er die Gedanken weg. Weiber und Politik! Kinder sollen sie kriegen und ihre Männer erfreuen, das ist ihre Aufgabe. Über das Schicksal der Völker sollen Männer entscheiden. Männer wie Peter und ich. Zwei richtige Kerle! »Nehmen Sie das Bernsteinzimmer mit.«

»Ein schlechter Scherz, Friedrich Wilhelm!«

»Kein Scherz. Ich schenke es Ihnen.«

»Das kann ich nicht annehmen.« Der Zar zeigte sich verwirrt, ein seltener Anblick, den nur wenige kannten. Immer war er der Erste, der Beste, der Klügste und der Tapferste, der Alleskönner und Unwiderstehlichste. »Nein, das kann ich nicht. Ein Kunstwerk, das nicht seinesgleichen hat –«

»Vorpommern ist mir wertvoller und wichtiger.« Der König schlug mit seinem Buchenstock gegen die Knöpfe seiner Gamaschen. »Ich lasse es ausbauen und bis an die Grenze bei Memel bringen. Dort können es Ihre Leute übernehmen.«

»Ich kann es noch nicht fassen, mein Freund.« Peter stürzte auf Friedrich Wilhelm zu, wollte ihn an sich reißen und küssen, aber der König, der an die Bärenkräfte des Zaren dachte und keine Lust verspürte, sich vor lauter Zuneigung ein paar Rippenbrüche einzuhandeln, ließ seinen Buchenstock fallen und bückte sich. Dadurch entkam er elegant der schmerzhaften Umarmung und richtete sich erst wieder auf, als Peters erste Anwandlung von zärtlicher Dankbarkeit verflogen war.

»Gehen wir zu Tisch!« sagte der König. Dabei ließ er seinen Stock wippen. »Der Tokajer ist noch immer nicht bei uns angelangt. Ich werde diese Hundsfötte lehren, wie Wiesel zu rennen!«

»Was gibt es bei Tisch?« fragte der Zar.

»Weiß ich es? Das ist Sache der Königin. Mein Fiekchen hat einen guten Geschmack.«

»Ich bin mit wenig zufrieden. Eine Krautsuppe, Grütze, kalter Braten mit Gurken und gesalzenen Zitronen, etwas Gemüse, und zum Dessert nichts Süßes, das stört meinen Magen, sondern nur Obst und Käse aus Limburg.«

»Von all dem haben wir bestimmt nichts im Haus.« Friedrich Wilhelm lachte dröhnend. »Das hätte ich mal meinem Küchenmeister befehlen sollen, der Schlag hätte ihn getroffen. Wie sind wir uns gleich, Peter. Eine Kanne Bier schmeckt auch mir besser als dieser französische Champagner. Und auf einem Holzschemel sitze ich ebenso gern wie auf einem Polster. Meinem Hintern ist das gleich.«

Der Zar folgte dem König zur Tür und blieb dort noch einmal stehen. Ein langer, glänzender Blick flog über die goldschimmernden Wände des Bernsteinzimmers.

»Es gehört jetzt wirklich mir?« fragte er wie ein Junge, der überraschend beschenkt worden ist.

»Sie können mit ihm anstellen, was Sie wollen.«

»Unfaßbar. Das werde ich Ihnen nie vergessen, Friedrich Wilhelm.«

»Vergessen Sie nicht Vorpommern ... das ist mir hundert Bernsteinzimmer wert, Peter.«

Sie verließen das Eckzimmer, stiegen die Treppe hinunter zur großen Halle und trafen dort auf die wartenden Gäste des Festmahls. Der König blieb auf der Treppe stehen und zupfte den Zaren am Ärmel.

»Da stehen sie, die mir die Haare vom Kopf fressen!« sagte er. »Sehen Sie sich die erwartungsvollen Fratzen an. Sie schmatzen schon in der Vorfreude. Ha, wer ist denn das?« Friedrich Wilhelms Blick blieb an einer Dame hängen, die mit tiefem Dekolleté und prächtigen Brüsten, mit langer Lockenperücke und seidenschimmernder Robe neben dem Fürsten Netjajew stand. Mit dem Finger zeigte er auf sie, und alle Blicke folgten der Richtung und starrten die Schönheit an. Der Zar lächelte breit. Sein Bart tanzte über der Oberlippe.

»Natalja Jemilianowna ist es«, sagte er unbefangen. »Meine Reisemätresse. Ich weiß, wie Sie darüber denken, Bruder, aber nicht nur der Magen sehnt sich nach Speise und Trank, nicht nur der Geist sucht das anregende Gespräch, das Herz stellt auch seine Forderungen. Natalja ist wie ein Steppensturm im Bett.«

»Mein Vater würde sich jetzt wie ein Narr benommen haben.« Der König stieg wuchtig die letzten Treppenstufen hinunter. »Ich *dulde* Ihre Natalja an meinem Tisch, weil sie in Ihrer Begleitung ist, Zar Peter.«

Das Festessen konnte beginnen.

Es wurde ein Festmahl, wie man es im Berliner Schloß so schnell nicht vergaß.

Der Zar saß rechts neben der Königin Sophie Dorothea, die Mätresse Natalja links von ihm, und neben ihr hätte der König sitzen sollen. Friedrich Wilhelm änderte sofort die Sitzordnung, nahm den Stuhl neben seinem Fiekchen und befahl dem Grafen von Bülow, sich neben die »weißen Kugeln« zu setzen, wie er das Dekolleté der Gasenkowa bezeichnete. Ob dieser Wechsel Peter gefiel, war ihm gleichgültig. Hier war er der Hausherr, und das Haus des Königs von Preußen war ein sittliches Haus, ohne Dirnen, ohne Knabenliebhaber und ohne schleimige Kriecher. Neben Fiekchen hockte der Kronprinz Friedrich, unter sich einen kleinen Kissenberg, damit er über die geschmückte Tafel sehen konnte. An den Wänden aufgereiht standen die Lakaien, im Hintergrund spielte verhalten ein Streichorchester Musik von Händel, Scarlatti und Schütz. Man hatte am Hof einen Wink aus Petersburg bekommen: Bei offiziellen Essen liebte der Zar gern Musikbegleitung.

Peter I. war ein großer, ja grandioser Esser. Wie befürchtet, konnte er mit der ihm gereichten Serviette aus feinstem Damasttuch nichts anfangen, ging mit Messer und Gabel sehr ungeschickt um, vergoß Sauce und leckte seine Finger ab. Als Bratensaft auf seine Weste spritzte, machte ihn das nicht verlegen, nein, er schabte mit seinem Daumen den Saft von seinem Anzug und steckte dann den Daumen in den Mund.

»Es schmeckt vorzüglich, Madame«, sagte er zu Sophie Dorothea. »Der Fasan ist zart wie eine Mädchenbrust. Man beißt hinein und hat die Seligkeit im Mund.«

Er sagte das so laut, daß jeder am Tisch es verstand, auch die Prinzessin Wilhelmine, die den Kopf senkte und leise vor sich hinkicherte. Sie saß zu weit weg von ihrem Vater, sonst hätte Friedrich Wilhelm mit seinem Buchenstock über den Tisch gelangt und ihr einen Schlag versetzt.

Aber wütend war er allemal über die Bemerkung des Zaren, die man in einem Männerkreis machen kann, aber nicht vor den Damen, und da Friedrich Wilhelm nicht daran gewöhnt war, eine Wut zu unterdrücken, sondern ihr immer freien Lauf ließ, suchte er nach jemandem, der den Zorn auffing. Sein Blick traf auf einen Lakaien, der ihm gegenüber an der Wand stand und für das Wohlergehen des Generals Odojewskij zu sorgen hatte. Sein Weinglas war leer, Grund genug, den unaufmerksamen Lakaien zu strafen.

Schon beim Platznehmen an der Tafel hatte der Zar mit Verwunderung gesehen, daß zwei Pistolen neben dem Gedeck des Königs lagen, und er hatte schon fragen wollen, ob der König Angst vor einem Attentat während des Essens habe. Erstaunt sah Peter jetzt, wie der König aufsprang, eine Pistole ergriff, hochriß und auf den erbleichenden und zitternden Lakaien anlegte. »Er Coujon!« brüllte Friedrich Wilhelm. »Sieht nicht ein leeres Glas. Schläft im Stehen.«

Der Schuß krachte, aber aus dem Pistolenlauf zischte keine Kugel, sondern eine Wolke von groben Salzkristallen. Sie traf den armen Lakaien mitten ins Gesicht, riß kleine Löcher in die Haut, er wandte sich ab, rannte aus dem Saal und begann, hinter der Tür bitterlich zu weinen.

Der Zar blickte amüsiert über die Festgesellschaft. Seine Russen waren starr vor Staunen, die preußischen Herrschaften zeigten keinerlei Entsetzen – sie aßen ungerührt weiter, als sich Friedrich Wilhelm wieder setzte und die abgeschossene Pistole mit der Salzladung neben seinen Teller legte. Sie kennen das, dachte Peter. Eine der vielen Marotten des preußischen Königs – man sollte sie sich merken.

Fürst Netjajew und General Odojewskij wechselten einen schnellen Blick. Der Zar hatte wieder etwas gelernt, er lernte ja dauernd und überall, fällte Bäume, sägte Balken, schnitzte Elfenbein, schmiedete Hufeisen und zog sogar Zähne. Zurück in Petersburg würde er nun mit einer Salzpistole um sich schießen und seine große Freude haben, die Lakaien und Pagen hüpfen zu sehen.

Gott schütze Rußland … es könnte auch mal eine Kugel statt grobem Salz im Lauf stecken.

Nach dem Dessert erhob sich der König und löste die Tafel auf. Die Damen versanken in einem tiefen Knicks vor den Zaren und verließen den Saal, die Herren blieben zurück, um unter Führung des Königs in das Rauchkabinett zu gehen, wo Branntwein, Bier und ungarischer Rotwein auf sie warteten. Nur die Mätresse Natalja Jemilianowna blieb auf einem Wink Peters zurück, alle Männerblicke auf ihr tiefes Dekolleté ziehend. Friedrich Wilhelm wölbte die Unterlippe vor. Einem Gast wie dem Zaren kann man nicht sagen, daß eine Hur nicht in den Kreis der Männer gehört. Nicht am Hof von Preußen.

»Ihr Salzgeschoß war beeindruckend –« sagte Peter zu Friedrich Wilhelm und lachte. Dabei legte er den Arm um die schmale, geschnürte Taille der Mätresse und klopfte ihr ungeniert auf den Hintern. »Es zeigt Ihre Macht über die Menschen, Ihre souveräne Stärke. Ich habe auch ein Zeichen, das jeder versteht. Sehen Sie zu, liebster Freund …«

Er griff auf den Tisch, hob einen Silberteller hoch und faßte ihn mit beiden Händen. Und dann begann er, ohne Anstrengung, den Silberteller aufzurollen, so wie man ein Stück Papier zusammenrollt. Die Gasenkowa klatschte in die Hände, der König starrte etwas sauer auf den zerstörten Teller, und der Zar überreichte ihm die Silberrolle, als sei sie ein Zepter.

»Eine kleine Erinnerung«, lachte er dabei. »Begreifen Sie nun, warum meine kleine Natalja immer bei mir ist? Wo soll ich hin mit meiner Kraft?«

Er ist wirklich ein sibirischer Bauer, dachte Friedrich Wilhelm. Dagegen bin ich ein gerechter Hausvater. Potz Blitz und Kanonen … er ist gröber als ich. Das hat nun Fiekchen auch gesehen. Wie mich das beruhigt …

»Zu den Pfeifen und Branntwein!« kommandierte Friedrich Wilhelm gutgelaunt. Zwei Diener rissen die Türe zum Rauchkabinett auf. »Lassen wir's uns schmecken, meine Herren … nachher werden wir die Truppen besichtigen.«

Im Lustgarten war das 1. Bataillon des 1. Garderegiments zu Fuß, die Langen Kerls, angetreten und wartete auf den König und seinen Besuch, den Zaren von Rußland. Für diese Parade hatte man wochenlang geübt, hatte man herumgeschrien, hatten die Unteroffiziere und Feldwebel mit ihren Stöcken auf die Soldaten eingeprügelt, wenn die Richtung nicht stimmte, wenn der Gleichschritt aus dem Rhythmus kam, wenn die Wendungen zu müde waren und die Kampfübungen aussahen wie das Spielen mit Kinderholzgewehren. Der Kommandeur der Garde, Oberst von Rammstein, hatte jeden Tag die Truppe inspiziert und eine Stunde lang den Übungen zugesehen. Vorzüglich klappte alles, aber zufrieden war er nicht. Ein Kommandeur darf nie zufrieden sein, es macht die Soldaten übermütig und faul. Nach diesem selbstgedrechselten Spruch handelte von Rammstein, schnauzte die Offiziere an, die schrien die Feldwebel an, und die Feldwebel brüllten wie gestochene Stiere auf die Grenadiere ein und prügelten sie.

Nun stand das 1. Bataillon auf dem riesigen Exerzierplatz im Lustgarten und wartete auf Zar und König. So wichtig war diese Demonstration preußischer Militärerziehung, daß der Reformator des preußischen Heeres, noch 1713 von König Friedrich I. zum Feldmarschall ernannt und damit auf die höchste Stufe der preußischen Gesellschaft gehoben, einen Tag vor Eintreffen des Zaren in Berlin die Gardebataillone zu einer Sondervorführung antreten ließ und selbst inspizierte.

»Es geht nicht allein um Reputation!« sagte dabei der Alte Dessauer zu Oberst Rammstein. »Wir müssen den Eindruck hinterlassen, daß wir unschlagbar sind. Und das sind wir – wir müssen nur wollen. Seine Pflicht tun kann jeder … seine Pflicht lieben, darauf kommt es an.«

Oberst von Rammstein antwortete: »So ist es, Herr Feldmarschall!« und nahm sich vor, diesen neuen Ausspruch des Dessauers seinen Offizieren als neuen Leitspruch weiterzugeben.

So vieles war durch Leopold von Anhalt-Dessau neu in die Armee eingeführt worden. Der berühmt-berüchtigte preußische Drill war sein Werk. »Alles Militärische muß eins sein«, hatte er zur Grundlage erklärt. »Von der Sprache der Kommandos bis zur Fortbewegung in Gleichschritt und Paradeschritt und dem Kaliber seines Gewehres. Das Exerzieren ist eine Gleichheit aller Glieder der Soldaten wie Teile einer Maschine und muß geübt werden, immer und unaufhörlich, bis der Soldat ein Ganzes alles Militärischen ist.«

Der Grundstein für eine Armee reiner Befehlsempfänger und wegexerzierter Persönlichkeiten war damit gelegt worden. Ein Soldat hat nicht zu denken, sondern nur zu gehorchen. Er hat Futter für den Moloch Krieg zu sein.

Schon 1698 machte der Dessauer eine weitsichtige Erfindung. Um die Gewehre von vorn, man nannte sie Vorderlader, mit Pulver und Bleikugeln zu laden, benutzte man hölzerne Ladestöcke, die oft im Kampf bei hastigem Stopfen der Läufe zerbrachen. Dann fiel die Feuerkraft dieses Soldaten aus. Den Dessauer durchzuckte bei solchem Anblick eine ebenso einfache wie geniale Idee, wie so viele geniale Ideen einfach waren: Er erfand den eisernen Ladestock. Der zerbrach nie, ließ ein schnelleres Laden zu und erhöhte die Feuergeschwindigkeit.

»Gut schießen, rasch laden, Unerschrockenheit und mutiger Angriff, das bestimme das Leben der Soldaten«, ließ der Dessauer die Armee wissen, und das wurde tagaus, tagein geübt, und in die Soldaten hineingebrüllt und hineingeprügelt.

Der Alte Dessauer ließ noch einmal alles durchexerzieren, was dem Zaren vorgeführt werden sollte, dann nickte er dem Oberst von Rammstein gnädig zu.

»Das wird Eindruck machen«, sagte er. »Ich bin zufrieden. Der König wird es auch sein.«

Einen Mann ließ er sich persönlich vorführen, den Feldwebel Hans Hoppel. In Ostpreußen geboren, war er ein breiter, schnauzbärtiger Kerl, gefürchtet von allen Rekruten, die ihm in die Hände fielen, ein Mensch mit einem Maul und einer Lunge, die zusammen ein noch nie gehörtes Gebrüll fabrizierten, ein Vorgesetzter zudem, der in allem voranging, nie ermüdete und alle Schlaffen anschrie: »Was ich kann, kann Er auch, Er Hundsfott! Er muß nur wollen!«

Das Gesetz des Alten Dessauers.

»Er macht morgen mit zwölf ausgesuchten Grenadieren eine besondere Vorführung?« fragte der Dessauer, als Hans Hoppel steif wie ein Eichenstamm vor ihm stand. »Er will einen Nahkampf zeigen?«

»So ist es befohlen!« antwortete Hoppel zackig. »Angriff und Vernichtung des Gegners mit allen Waffen.«

»Sei Er vorsichtig, Feldwebel!« Der Dessauer hob warnend die Hand. »Zeige Er dem Zaren nicht zuviel von unserer Taktik. Er wird sie kopieren. Nur ein paar Dinge zeige Er: Stürmen, Hauen, Stechen. Das genügt. Unbesiegbar ist auch der, dessen Waffen man nicht kennt. Mach Er's gut, Feldwebel ...«

Es war eine Auszeichnung ohne Beispiel. Das Ansehen des Hans Hoppel wuchs, und auch die Furcht vor ihm.

Das Erscheinen des Generals Johann von Schweinitz, einer der Armee-Inspekteure, kündete das Nahen des Königs und des Zaren an. Durch die Reihen des 1. Bataillons ging eine kurze nervöse Bewegungswelle ... dann aber standen die Langen Kerls, keiner unter 1,90 Meter groß und mit ihren hohen, turmähnlichen Helmen noch gewaltiger wirkend, wie leblose, aus Ton geformte Figuren, Riesenleiber und Riesenköpfe, erschreckend für einen normalen Menschen, wenn er ihnen in seiner Kleinheit gegenüberstand.

Und dann kam der König über den Exerzierplatz, an seiner Seite – die aus den Augenwinkeln schielenden Grenadiere glaubten es kaum – ein Riese wie sie, zwei Meter hoch, mit dem wiegenden Gang eines Seemannes, der selbst an Land das Meer unter sich spürt, ein Kaiser ohne Perücke und seidenem Gewand, mit derben Hosen und Schuhen, aber mit Augen, die scharf und durchbohrend bis ins Herz blicken konnten.

Vor der Front des 1. Bataillons blieb Peter stehen und sah auf Friedrich Wilhelm hinab. Hinter ihnen, zwei Schritte zurück, hielt die Begleitung an: der Alte Dessauer, Generalleutnant von Grumbkow, General von Schweinitz, General von Renckendorff, Freiherr von Pöllnitz, Fürst Netjajew, General Odojewskij und der Zwerg Lewon Uskow. Vor solcher Ansammlung von Riesen mußte sich dieser wie ein Käferlein vorkommen.

»Ich gratuliere«, sagte der Zar. »Noch nie habe ich eine solche Truppe gesehen. Überall spricht man von ihr, in allen Ländern, aber sie mit eigenen Augen zu sehen, wischt alle Erzählungen fort. Wie groß ist der Kleinste?«

»Einen Meter neunzig, Majestät«, sagte von hinten General von Schweinitz.

»Ein gutes Maß!« Der Zar sah an sich hinunter. »Ich könnte auch bei Ihnen dienen, Friedrich Wilhelm.«

»Sie würden bei mir sofort Feldwebel!« Der König lachte und zeigte mit seinem Stock auf die bewegungslose Uniformenreihe. »Schreiten wir die Front ab, lieber Freund.«

Die Majestäten gingen weiter, an die Spitze der Truppen, und Oberst von Rammstein selbst befahl mit heller, durchdringender Stimme das »Habt acht! Präsentiert das Gewehr!«

Durch die Riesenreihe flog ein Ruck, die Gewehre sausten in die Luft, fielen kerzengerade in die linke Hand und vor die Brust, ein lautes schmatzendes Klatschen erfüllte die Luft, nur ein einziger Laut, kein Nachklappern, in einer Höhe waren die Hände, die Gewehrkolben, die Läufe, die Helmspitzen und die Kappen der Lederschuhe. Ein Lineal konnte nicht gerader sein. Hinter dem König nickte zufrieden der Dessauer. Da staunt er, der Zar! Das ist preußische Gründlichkeit.

Oberst von Rammstein meldete die Truppen, stieß vor dem Zaren seinen langen Offiziersspieß in den Boden und schnarrte seine Begrüßung. Vor ihren Kompanien standen, ebenfalls mit in den Boden gerammten Spießen, die Offiziere und rissen mit der linken Hand ihre Spitzhüte von den weißen Perücken.

Stolz schritt Friedrich Wilhelm die Front ab, seinen Gast neben sich völlig vergessend. Das war der Gipfel seines irdischen Glücks. An seinen Langen Kerls entlangzugehen, jedem in das Gesicht zu sehen und jeden spüren zu lassen: Ich bin euer Vater. Ich liebe euch alle, ihr Halunken und Hundsfötte!

Am Ende der Besichtigung schien es, als wache der König wieder auf. Mit leuchtenden Augen sah er zu dem Zaren hoch. Sein Stock stieß auf den Boden.

»So wie sie aussehen, kämpfen sie auch!« sagte er voller Stolz. »Sie werden Ihnen vorführen, daß es gegen sie keine Wehr gibt. Und so wie meine Garde, ist mein ganzes Heer erzogen.«

Während unten im Lustgarten das Kriegspielen begann, standen oben am Eckfenster im dritten Stock zwei Männer im Bernsteinzimmer und beobachteten das Exerzieren. Der eine von ihnen trug einen einfachen, langen, blauen Rock, der andere die Uniform des Hofverwalters.

»Es ist wirklich wahr, was Ihr gehört habt?« fragte der Zivile und sah hinunter zu dem Zaren, der auf einem breiten Sessel Platz genommen hatte und den zwölf Grenadieren unter dem Befehl von Feldwebel Hoppel genau auf ihre Bewegungen guckte, als sie mit Angriff und Eroberung von feindlichen Stellungen anfingen.

»Aus erster Hand, Wachter. Die Königin selbst sagte es zur Generalin von Knobelsdorff: ›Stellen Sie sich vor, der König hat das Bernsteinzimmer dem Zaren zum Geschenk gegeben.‹ Nur einen Meter stand ich hinter ihnen, habe es ganz deutlich gehört.«

»Der König kann doch das Bernsteinzimmer nicht verschenken.« In Wachters Stimme war ein deutliches Zittern.

»Warum kann er nicht ... es gehört ihm.«

»Verschenken nach Rußland ... für Preußen auf ewig verloren. Das darf er nicht!«

»Ein König kann und darf alles ... wer will ihn daran hindern?« Der Hofbeamte, der Karl Urban hieß, faßte Wachter an den linken Arm. »Ich hielt es für notwendig, Euch sofort zu unterrichten ... damit Euch der Schreck nicht in die Glieder fährt, wenn Ihr's vom König selbst erfahrt.«

»Ihr seid ein wahrer Freund, Urban.« Wachter starrte wieder auf den Zaren, der jetzt in die Hände klatschte, als Hoppels Grenadiere demonstrierten, wie man dem Gegner mit dem Säbel den Kopf spaltet. »Ich werde mit dem König sprechen.«

»Sprechen? Wollt Ihr lahmgeprügelt werden, Wachter? Ein Geschenk kann man doch nicht zurückholen! Wachter, haltet bloß den Mund. Nehmt es als eine Fügung Gottes. Der König wird eine andere Aufgabe für Euch finden. Es gibt genug Dinge, die verwaltet werden müssen. Ich flehe Euch an: Es ist Schicksal ... beugt Euch vor ihm ...«

Wachter nickte ruckartig, als sei ihm der Kopf zu schwer geworden und falle nach vorn. Er klopfte Karl Urban auf die Schulter, drehte sich um, ließ seinen Blick über das sonnenleuchtende Bernsteinzimmer schweifen und verließ dann mit gesenktem Haupt den Raum.

Längst war der Zar weitergereist, als Freund von Preußen und beeindruckt von dessen Armee, über die er in Paris Wunderdinge zu berichten wußte, als ein Lakai in die Wohnung des Herrn Friedrich Theodor Wachter kam und einen Befehl Friedrich Wilhelms überbrachte:

»Er komme sofort zu mir.«

Wachter sah zum Fenster hinaus. Es war schon dunkel, die königliche Familie hatte wie üblich sehr einfach zu Abend gegessen. Es war eigentlich die Zeit, in der der König hinter seinen Akten saß, die Militärausgaben durchrechnete und Berichte der verschiedenen Rechnungskammern las und mit Randbemerkungen versah. Rastloser Arbeiter, der er war, kümmerte er sich um alles, von den

Erträgen des Handels bis zur Urbarmachung versumpften Landes, von der Kleiderordnung seiner Soldaten bis zum häuslichen Frieden seiner Bürger. Wie oft war er mit seinem Buchenstock zwischen streitende Eheleute gefahren, wenn er sie auf seinen Wanderungen durch Berlin bis auf die Straße keifen hörte.

»Wann?« fragte Wachter erstaunt.

»Sofort. So steht's da.«

Wachter zog seinen blauen Rock an, seine Frau Adele reichte ihm die braune Perücke. Im Hintergrund des Zimmers, unter einem sechsflammigen Kerzenleuchter, saß ihr zehnjähriger Sohn Julius und las in einem Schulbuch.

»Was will der König von dir?« fragte Adele Wachter besorgt. »Um diese Zeit? Hat der Urban, dieser Kriecher, dich verraten und von deinen Worten berichtet? Schläge wirst du bekommen, Fritz, das mindeste wird das sein. Vielleicht wirft er dich ins Gefängnis, steckt dich unter die Soldaten ... Warum hast du nicht den Mund gehalten ...«

»Wir wollen sehen, Delchen.« Er gab seiner Frau einen Kuß auf die Augen, knöpfte den Rock zu und folgte dem Lakaien zum Arbeitskabinett des Königs.

Friedrich Wilhelm arbeitete wirklich und saß gebeugt über lange Listen, als die Türwache ihn ins Zimmer ließ. Einen tiefen Diener machte Wachter und wartete dann an der Tür, was nun kommen würde. Der König hob den Kopf und sah ihn an.

»Tret Er näher«, sagte er mit ruhiger Stimme. Sie klang zwar immer noch befehlend, hatte aber nicht den Unterton des Zorns. »Komm Er hierher zu mir, ganz nah ... Fürchtet Er sich?«

»Nein, Majestät.«

»Das hat Er klug gesagt. Den König von Preußen soll man nicht fürchten, man soll ihn lieben. Auch wenn Er den Stock spürt – es ist nur zu seinem Guten. Er weiß, daß ich das Bernsteinzimmer dem Zaren zum Geschenke machte? Man hat es Ihm hinterbracht?!«

»Ja, Majestät.«

»Und, Wachter?«

»Ich bin traurig, Majestät.«

»Er weiß nicht, um was es geht, Er kennt nichts von Politik. Er soll's auch nicht wissen, denn Er begreift es doch nicht. Wachter, Er ist der Verwalter und Aufseher des Bernsteinzimmers? Ich erinnere mich, zweimal hat Er mir Meldung gemacht.«

»Dreimal, Majestät.«

»Belehre Er mich nicht, Coujon!« Die Miene Friedrich Wilhelms verfinsterte sich. »Seit wann betreut er das Bernsteinzimmer?«

»Seit 1707, Majestät. Die Sockel- und Wandfelder waren fertiggestellt, die restlichen Weiterarbeiten übernahmen die Bernsteinmeister Ernst Schacht und Gottfried Turow aus Danzig. Da hat Ihre Majestät Friedrich I. mich auf Lebenszeit beauftragt, über das Bernsteinzimmer zu wachen.« Wachter schwieg und fügte dann leise hinzu: »Das sind nun zwölf Jahre.«

»Glaubt Er, Kanaille, ich könne nicht rechnen?« Die königliche Faust sauste auf die Tischplatte. »Und nun kommt das Bernsteinzimmer weg. Wird nach Petersburg gebracht. Was heißt nun auf Lebenszeit, Wachter? Ist sein Leben nun damit herum?«

»Fast, Majestät. Mir wird es das Herz brechen, wenn das Zimmer nach Rußland kommt.«

Friedrich Wilhelm sah ihn lange und stumm an. Jetzt denkt er darüber nach, dachte Wachter, was er mit mir tun soll. Den Stock, das Gefängnis, der Zwangsdienst in der Armee oder ein einfaches Wegjagen ins Vogelfreie. Wie's auch sei ... mein Leben ist nur noch wenig wert. Aber plötzlich sagte der König, und es riß Wachter fast um, als sei er vom Blitz getroffen:

»Er ist ein treuer Diener des Königs und der Krone. Ich habe Wohlgefallen an Ihm. Glaubt Er, ich trenne mich von meinem Bernsteinzimmer wie von einem Bandwurm im Gedärm?! Noch einmal sag ich's Ihm: Die Politik begreift Er nicht. Um Preußens Größe geht es. Ich will mich nicht wie mein Vater König *in* Preußen nennen, sondern König *von* Preußen ... und dazu fehlt mir Vorpommern, die von den Schweden besetzten Gebiete. Sie gehören zu Preußen! Versteht Er das, Wachter?«

»Ja, Majestät. Der Pakt mit dem russischen Zaren ...«

»Genug mit dem Geschwätz!« Der König machte eine energische Handbewegung. »Was geht Ihn das alles an! Er hat für das Bernsteinzimmer zu leben ... und Er wird für das Bernsteinzimmer leben. Wachter, Er begleitet das Zimmer nach Petersburg und wird bis zu seinem Tode bei ihm sein. Dem Zaren schicke ich ein Schreiben. Hat Er einen Sohn?«

»Ja, Majestät.« Wachter war die Kehle zugeschnürt, seine Stimme zerpreßte die Worte. Nach Petersburg ... mit meinem Bernsteinzimmer zum Zaren ... ich werde bei ihm bleiben. Herz, steh nicht still, halte es aus ... Berlin müssen wir verlassen, aber in Petersburg werden wir leben, im Versailles des Ostens. »Julius ist zehn Jahre alt, Majestät.«

»Und Seine Frau?«

»Wird einunddreißig.«

»Und Er?«

»Bin dreiundvierzig.«

»Und nur ein Kind? Wachter, Er ist doch ein kräftiger Kerl, hat eine junge Frau – und nur einen Sohn?! Enttäusche Er mich nicht in Petersburg, mach Er Seiner Frau noch einige Kinder, noch Söhne. Einer ist keine Garantie. Er kann sterben. Ich habe einen Auftrag für Ihn ... nicht zuletzt, weil ich meinen Vater trotz allem liebe. Wachter, schwör Er mir, heb Er die Hand hoch zu Gott ...«

Der König erhob sich von seinem Stuhl und streckte ebenfalls drei Finger an die Decke. So feierlich war es, daß Wachter die Knie weich wurden und seine hochgestreckten Finger hin und her schwankten.

»Schwöre Er bei Gott« – begann der König wie ein Prediger in der Kirche – »das Bernsteinzimmer nie zu verlassen, es zu pflegen wie Sein eigen Aug und Kind, mit Seinem Leben zu schützen in allen Gefahren und Sorge zu tragen, daß immer ein Sohn die Pflege als Erbe übernimmt, über alle Generationen und Zeiten hinweg bis an der Welt Ende, solange auch das Bernsteinzimmer lebt.«

»Ich schwöre es, Majestät.«

Wachter senkte den Kopf und die Hand. Es war nicht mehr zu übersehen, er weinte.

»Sei Er keine Memme!« rief Friedrich Wilhelm und gab Wachter einen Klaps auf die gesenkte Stirn. »Weiber weinen, ein Mann steht immer aufrecht. Auch wenn Er jetzt sagen wird, Er weine aus Glück.«

»Ich weine aus Glück, Majestät –«

»Dann geh Er schnell weg von mir, bevor der Stock hüpft. Laß Er sich morgen hundert Taler von der Kasse auszahlen. Er soll nicht wie eine Vogelscheuche in Petersburg einziehen, sondern wie ein Vertrauter des Königs von Preußen. Er vertritt unser Land wie ein Gesandter. Ist Ihm das klar? Und wehe Ihm, wenn seine Nachkommen meinen Auftrag vergessen. Ob in hundert oder zweihundert Jahren … mein Fluch wird sie zerstören! Ein Wachter hat ab heute die ewige Pflicht, Söhne zu zeugen und das Bernsteinzimmer zu pflegen. Und jetzt geh Er, ich habe genug mit Ihm geschwatzt …«

»Ist eine Frage noch erlaubt, Majestät?«

»Was?«

»Wann wird das Zimmer ausgebaut und nach Petersburg gebracht?«

»Noch in diesem Jahr, Wachter. Sonst im Januar des nächsten Jahres. Beeil Er sich also … Er hat lang genug auf der faulen Haut gelegen. Provozier Er mich nicht, ihn zu züchtigen.«

Wachter verbeugte sich tief, wischte sich dabei die Tränen aus den Augen und verließ das Arbeitskabinett. Zufrieden kehrte Friedrich Wilhelm zu seinem Tisch zurück, hockte sich auf den einfachen, rohen Holzschemel und griff nach einer Pfeife.

Der Ausbau des Bernsteinzimmers, das Abnehmen der schweren geschnitzten Vertäfelung, der Ornamente, Figuren, Köpfe und Mosaiken von den Wänden, brauchte mehr Zeit, als der König angenommen hatte. Nur Spezialisten durften das Zimmer zerlegen, und die fand man nicht in Berlin. Aus Danzig und Königsberg forderte Wachter Fachleute an, bekam dreimal Krach mit dem König, der herumschrie, alles sei zu teuer, die Reisen, die Verpflegung, die Gehälter, hätte er das vorher gewußt, hätte er das verdammte Sonnenzimmer von den Wänden gesprengt, mit einigen guten Ladungen Pulver. Und als Wachter es wagte, zu sagen: »So ist es mit teuren Geschenken, Majestät«, bekam er den Buchenstock zu spüren, aber es tat ihm nicht weh … seine Freude, dem König das gesagt zu haben, überdeckte den Schmerz.

Dreimal stieg der König auch hinauf in die dritte Etage, stellte sich in die Tür und sah mit kritischen Augen zu, wie die Fachleute aus Königsberg vorsichtig das Bernsteinzimmer auseinandernahmen. Es gab Wandbilder aus geschnitztem Bernstein, für deren unversehrte Ablösung man einen halben Tag brauchte. Millimeter um Millimeter mußte man sie vom Untergrund abheben, denn man hatte schlechtes Holz genommen, es war hinter dem Kunstwerk von Schimmel befallen, zerbröselte und gab keinen Halt mehr. Alles, was man von den Wänden löste, wurde auf massive, gut mit Öl getränkte Holztafeln neu verlegt, haltbar für Jahrhunderte, wie Wachter sagte, wenn man das Zimmer pflegte.

»Dafür sind die Wachters da!« sagte Friedrich Wilhelm. »Der Teufel hole den Wachter, der seine Pflicht vergißt! Und wenn's in fünfhundert Jahren ist! Wann ist Er fertig, Halunke?!«

»Ich weiß nicht, Majestät. In diesem Jahre nicht mehr.«

»Ist sein Weib wenigstens schwanger?«

»Adele weiß es nicht ... die Zeit ist noch zu kurz.«

»Aber beschlafen hat Er sie?!«

»Wie Majestät befohlen haben.«

»Dann mach er weiter so ... mit dem Bernsteinzimmer und dem Kindermachen. Wachter, Er soll mir Erfolge zeigen, keine Vertröstungen ...«

Drei Tage vor Weihnachten wußte es Adele Wachter. Die Hebamme hatte sie untersucht und bestätigt, daß sie schwanger sei. Friedrich Theodor Wachter meldete es sofort dem König.

»Jetzt hoffe Er, daß es ein kleiner Kerl wird«, sagte der König wohlwollend. »Wird's ein Mädchen, muß Er weitermachen, Wachter. So lange, bis er zwei Jungen in Reserve hat! Laß er bloß nicht nach mit seinen Bemühungen –«

»Es ist mir keine Mühe.«

»Das will ich meinen!« Friedrich Wilhelm lachte donnernd. »Ein richtiger Kerl hat Ausdauer wie ein Wolf im Winter.«

Weniger vergnüglich war Adele Wachter. Nicht, daß es ihr nicht gefiel, noch mehrmals Mutter werden zu müssen, in Berlin hätte sie den Auftrag des Königs fleißig erfüllt ... aber in Petersburg? Bei den Russen? Bei diesen Wilden, wie alle sie nannten? Die rohe Zwiebeln fraßen und bei Tische furzten, auf gemauerten Öfen schliefen, wenn der Winter kam, und oben auf der Ofenplattform, im Beisein der Kinder, neue Kinder zeugten. Aljoscha, rück zur Wand, Mütterchen muß die Beine breiter machen ... O Gott, da soll man nun für immer leben?! Muß das sein?

Und Wachter hatte von seinem Generationenschwur erzählt und zum Schluß mit fester Stimme gesagt:

»Ja, es muß sein, Delchen. Alle auf dieser Erde sind Menschen, ob sie weiß sind oder ein Mohr, Schlitzaugen haben oder platte Nasen … und wenn auch wir Menschen bleiben, wird man uns überall lieben und wie Bruder und Schwester aufnehmen. Petersburg … die schönste Stadt nach Paris. Sie wird unsere Heimat werden, die Heimat aller unserer Nachkommen, solange das Bernsteinzimmer dort besteht. Laß uns überzeugt sein, daß wir glückliche Menschen sind. Du wirst auch die Russen lieben lernen, und die nächsten sieben Jahre liegst du sowieso nur im Wochenbett …«

Zu Weihnachten ließ der König den Wachters noch einmal großzügig 200 Taler zuweisen, ein unfaßbarer Reichtum für einen einfachen Mann, der nur Kohlsuppe kannte, geschmortes Gemüse, am Sonntag ein Fleckchen Fleisch und ab und zu, wie jetzt zum heiligen Feste, ein mageres Gänschen oder einen älteren zähen Hahn. 200 Taler für Petersburg, für Kleidung und Schuhe, für die Ausstattung an Küche und Bett. Gott im Himmel, wie hast du uns gesegnet.

Der Ausbau des Bernsteinzimmers war nun besser zu übersehen und abzuschätzen. Wachter verpflichtete sich, bis spätestens 20. Januar 1717 die wertvollen Stücke zur Verpackung bereitliegen zu haben. Riesige Kisten wurden in der Hofschreinerei bereits zusammengefügt, Sägespäne und sogar kostbare Gänsedaunen wurden gelagert, um den unersetzlichen Schatz unbeschädigt in Petersburg ankommen zu lassen.

»Bisher ist es gutgegangen«, sagte der König zu Wachter. »Saubere Arbeit hat Er abgeliefert. Nun kümmere Er sich um den Transport auch. Ich sag Ihm: Wenn man mir meldet, daß in Petersburg Trümmer angekommen sind, nehme ich die nächste Kutsche, verfolge Ihn in Rußland und prügele Ihn in die Erde.«

»Für den Transport bin ich nicht verantwortlich, Majestät.«

»Er ist es, Wachter! Braucht Er eine Order? Er bekommt sie von mir. Jeder soll auf Sein Wort hören. Den Garnisonen, durch die der Transport geht, wird befohlen werden, Ihm jegliche Hilfe zu gewähren. Ist Er jetzt zufrieden, Er Halunke?!«

»Sehr zufrieden, Majestät.«

»Ich werde dem Zaren schreiben – in Holland ist er jetzt, daß Er mit dem Zimmer Ende Januar in Memel eintrifft und es dann offiziell von Preußen an Rußland übergeben wird. Ist es so richtig?«

»Ja, Majestät.« Wachter, der seit Wochen über Wegekarten brütete, um die beste Strecke nach Memel herauszufinden, überdachte die Wahl jedes Wortes. »Ich brauche ein Schiff.«

»Ist Er toll? Wozu ein Schiff?«

»Der beste und sicherste Weg nach Memel ist der Wasserweg. Immer der Küste entlang, ohne Mühe und Sorgen wegen vereister Straßen, unpassierbarer Wälder, gesperrter Brücken, zerbrechenden Rädern, Schäden durch Sturm und Schnee, Erfrierungen und anderem Leid. Von Memel an werden die Russen den Weg bestimmen.«

Friedrich Wilhelm sah Wachter böse an.

»Ein Schiff will Er von mir haben? Wachter, Er macht Seinen König arm! Preußens Straßen sind bekannt für ihre Güte. Der Zar selbst hat sie gelobt. Aber für Ihn sind sie nicht gut genug, was?!«

»Es geht nur um die Sicherheit des Bernsteinzimmers, Majestät. Ich bürge mit meinem Kopf, und ihn möchte ich nicht verlieren.«

»Ich verstehe Ihn, Wachter. Laß Er mich überlegen, was wir tun werden.«

Am 17. Januar 1717 schrieb Zar Peter I. einen Brief an seine Gemahlin Katharina. Aus Amsterdam.

»Kathinka, mein Geliebtes. Neben vielem Neuen, von dem noch zu berichten ist, habe ich eine große Freude in Berlin erfahren. Der König von Preußen hat mir als Geschenk ein Bernsteinzimmer gemacht, ein Kabinett, wie es seinesgleichen auf der ganzen Welt nicht gibt. Ich will es in Petersburg aufstellen lassen, in unserem Winterhaus an der Newa. Gefallen wird es dir, es ist von einmaliger Schönheit …«

Und nach Petersburg gab er die Order:

»Ende des Januars hat eine Sondermission unter Leitung des Oberhofmarschalls sich nach Memel zu begeben. Er nimmt dort einen Wagenzug des Königs von Preußen entgegen, den ein Friedrich Theodor Wachter aus Berlin befehligt, und bringt die Ladung unversehrt, mit größter Sorgfalt fahrend, in meine Stadt. Gelagert wird im Winterhaus, bis ich zurückkomme aus Amsterdam. Es soll bewacht werden Tag und Nacht …«

Es wurde ein Wettlauf gegen die Zeit. Fast war der Abbau des Bernsteinzimmers vollendet, waren die Schnitzereien und Mosaike auf neuen, kräftigen Holztafeln verklebt und verklammert, standen die Kisten in der Tischlerei bereit, war ein Schiff von Stettin bis Memel gefunden und ein großer Laderaum belegt, da brach der Winter über das Land herein, mit Schneestürmen und Vereisungen, so daß Wachter zu seinem König sagte:

»Majestät, ich wage nicht, bei diesem Wetter die Fuhrwerke nach Stettin auf den Weg zu bringen.« Friedrich Wilhelm nahm es zur Kenntnis.

»Da sieht Er, wie erbärmlich Menschenwerk gegen die Natur ist. Warte Er also auf eine gute Zeit«, sagte er einsichtig. »Was macht Sein Bein?«

Wachter hob die Schultern. Bei einem Besuch der Hoftischlerei war er auf dem vereisten Boden ausgeglitten und so unglücklich gefallen, daß sein linkes Bein zu Bruch ging. Der Militärarzt der Garde, vor dem sogar die Langen Kerls zitterten, hatte ihn behandelt, das Bein zwischen zwei Bretter gepreßt und dann bandagiert. Auf einer Krücke humpelte er herum, oft mit schmerzverzerrtem Gesicht, und der Medicus hatte ihm bereits angekündigt, daß er vielleicht für immer hinken würde, von jetzt ab ein Invalide, ein komplizierter Bruch sei's, der Knochen würde schief wieder zusammenwachsen, ein kürzeres linkes Bein würde bleiben.

»Es ist zu ertragen, Majestät«, antwortete Wachter.

»Sei Er froh, daß Er nicht nur ein Bein hat wie viele meiner Soldaten nach dem Kampf. Und das Bernsteinzimmer stört das nicht, und Kinder macht man nicht mit den Beinen! Er ist immer noch ein richtiger Kerl.«

Adele Wachter hatte in dieser Zeit viel eingekauft. Die Reisekisten waren gefüllt, und trotzdem hatte sie noch 70 Taler übrig. Das Söhnchen Julius studierte Karten, Kupferstiche und Beschreibungen von Petersburg und Rußland und schlug sich mit seinen Spielgefährten herum, die ihn bereits »den Russen« nannten. Adele war es jetzt viel übel, sie erbrach sich oft, das Wachsen des zweiten Kindes in ihrem Leib machte ihr zu schaffen. Sie aß viele Äpfel und in Zuckersirup eingelegte Kirschen, und die Hebamme, die weise Frau, sah sie forschend an und sagte ein paarmal: »Ein Mädchen wird's. Jawohl, ein Mädchen. So wie Ihr ausseht, Wachterin, muß es ein Mädchen werden.«

Es wurde April.

Der Bauch der Wachterin hatte sich gerundet, nun sah man deutlich ihren Zustand, und Wachter humpelte ohne Stock und Beinstützen herum, er hinkte wirklich etwas, aber war mit sich und seinem Körper zufrieden, nachdem ihm der Garde-Medicus mitgeteilt hatte: »Gute Knochen hat Er. Und ein gutes Heilfleisch. Er ist früher wieder unter den Gesunden, als ich dachte.«

Bei schönem Frühlingswetter knirschten die Fuhrwerke über den Hof des Berliner Stadtschlosses. Achtzehn Kisten waren gepackt worden, große, massive Behälter, gefüllt mit Sägespänen und Dekken und Daunen, darin die Bernsteinwandtafeln, die Ornamente, Figuren, Masken, Gesimse und Sockel. Die kostbarste Fracht, die jemals von Land zu Land transportiert wurde. Den achtzehn Fuhrwerken waren noch zwei Kaleschen beigeordnet, in denen der Hausrat der Wachters verstaut war und in denen die schwangere Wachterin saß, der Junge Julius und das Hündchen Moritz. Auch er, der zur Familie seit sechs Jahren gehörte, mußte mit nach Petersburg, eine abenteuerliche Mischung aus Spitz, Windspiel und Hühnerhund und mit wachen, tatsächlich blauen Augen. Ein braunweiß geflecktes Fell hatte er, und seine größte Tat war bisher gewesen, daß er den Feldwebel Hans Hoppel während des Exerzierens in die rechte Wade biß. Nur mit Mühe hatte man Hoppel davon abhalten können, Moritz mit dem Säbel in zwei Teile zu spalten.

Zum letztenmal stand Wachter seinem König gegenüber und hatte, er wollte es nicht, aber er konnte es nicht bezwingen, wieder Tränen in den Augen.

»Wachter, Er heult zuviel!« sagte der König streng. »Im Himmel sehe ich euch alle wieder … meine Langen Kerls und Ihn! Mach Er's gut, sei Er ein braver Diener des Zaren, pflege Er mir das Bernsteinzimmer, wie Er geschworen, und denke Er daran, daß Gott seine Hand über Ihn hält.«

Dann gab er Wachter einen leichten, väterlichen Klaps mit dem Buchenstock auf die linke Schulter, ein Beweis seiner Güte, den Wachter wie einen Ritterschlag empfing.

»Gott schütze Sie, Majestät«, sagte er mit schwerer Zunge, verneigte sich tief und verließ das Arbeitskabinett des Königs.

Eine Stunde später war die Kolonne auf dem Schloßhof zur Abfahrt bereit. Die Frühlingssonne bestrahlte sie mit goldenem Glanz, die 108 Pferde – vor jedem Fuhrwerk also sechs kräftige, hohe Pferde, bestens im Futter, stark und ausdauernd, erprobt beim Ziehen der Kanonen – wieherten wie zum Abschied. Die vier Pferde der Kutsche tänzelten in ihrem Geschirr, und Friedrich Theodor Wachter saß im Sattel eines Apfelschimmels, umritt noch einmal die Kolonne und gab dann das Handzeichen zum Abmarsch.

Friedrich Wilhelm stand am Fenster seines Kabinetts und blickte, auf seinen Stock gestützt, dem Abzug der Gespanne zu. Wird mir das Vorpommern bringen? dachte er. Werde ich Preußen zum stärksten Staate in Europa machen? Lohnt sich das Geschenk?

Reise Er gut, Wachter, und komme Er gesund in Petersburg an. Sein König wird an Ihn denken –

Peter Alexejewitsch

DIE PERSONEN:

Peter Alexejewitsch Romanow	Zar Peter I., der Große
Katharina Alexejewna	Zarin, Peters 2. Frau
Alexander Menschikow	Günstling des Zaren
Pjotr Schafirow	Günstling des Zaren
Lewon Uskow	Zwerg und Hofnarr
Alexej Petrowitsch	Zarewitsch, Sohn Peters I.
Friedrich Theodor Wachter	Betreuer des Bernsteinzimmers
Adele Wachter	seine Frau
Julius Wachter	sein Sohn
Fürst Dolgorukij	Berater Peters I.
Graf Wladimir Viktorowitsch Kubassow	Haushofmeister
Dr. Benjamin van Rhijn	Zweiter Hofarzt des Zaren

Ein kalter Winter war's gewesen, dieser Anfang des Jahres 1717. In Rußland lagen Eis und Schnee noch über Wäldern, Feldern, Hütten und Straßen, die Karren blieben noch in den Schuppen, und die Schlitten, die großen für den Transport, die kleinen für die Menschen, knirschten und kreischten über den festgestampften Schnee, gezogen von den kleinen struppigen Panjepferdchen mit den Glöckchen am Geschirr.

Anders in Preußen. Hier begann – in diesem Jahr zwar langsam – schon der Frühling. Der aufgeweichte Boden hing schwer an den Rädern, und auf der Fahrt von Berlin nach Kolberg, wo ein Schiff nach Memel liegen sollte, rief man oft die Bauern aus den Häusern oder von den Feldern, um die Räder aus dem Lehm zu ziehen.

Das besorgte mit scharfen Befehlen und oft auch mit den Schlägen eines langen Haselstockes, ganz im Sinne des Königs, der Leutnant Johann von Stapenhorst, der mit einer Abteilung Kürassiere vor, hinter und neben dem wertvollen Transport ritt. Friedrich Wilhelm hatte die schwere Reitergruppe in ihrem blinkenden eisernen Küraß, eine Art Brustpanzer, zum Schutz beigegeben, obwohl Wachter meinte, es sei nicht nötig.

»Er hat eine zu gute Meinung von den Menschen!« hatte der König zu ihm gesagt. »Merke Er sich eins: Es gibt mehr Halunken als Beter, und selbst die Beter werden zu Halunken, wenn es sich lohnt, zu stehlen und zu betrügen. Sei Er immer auf der Hut, Wachter! Das Gesindel ist überall.«

Und so wartete außerhalb des Schlosses die Abteilung Kürassiere auf das Bernsteinzimmer und nahm den Transport in ihre Mitte. Und so waren es nun zusammen mit den 108 Zugpferden und Wachters Apfelschimmel, den sechs Kutschpferden und den dreißig Kavalleriegäulen 145 Pferde, die nach Osten zogen. Leutnant von Stapenhorst schien keine Ahnung zu haben, was er da bewachen sollte, denn gleich nach der Begrüßung fragte er Wachter:

»Was bringen wir denn da nach Kolberg? Ist es wertvoll?«

Und Wachter antwortete knapp: »Fragen Sie den König, Leutnant. Ich kann Ihnen nichts sagen.«

Die Fahrt bis Kolberg vollzog sich ohne Ereignisse bis auf den Schrecken, den jede als Übernachtung ausersehene Garnison bekam, wenn die Kolonne einrückte. 145 Pferde, 66 Männer, eine Frau, ein Kind und einen Hund zu versorgen, und das aus dem Magazinbestand der Garnison, rief bei allen Kommandeuren tiefe Seufzer hervor, aber sobald Wachter den schriftlichen Befehl – die Order – des Königs vorzeigte, brachte man heran, was der Transport brauchte. Ganz ohne Schwierigkeiten ging das plötzlich, bis auf Moritz, das Hundemonstrum mit dem braunweiß gefleckten Fell und den blauen Augen. Als der Koch einer Garnison ihm einen schon faulig riechenden Knochen hinwarf, beschnupperte Moritz das stinkende Etwas, hob dann den Kopf, starrte den Koch an und flog plötzlich mit einem gewaltigen Satz auf ihn zu, verbiß sich in seinen linken Oberschenkel und ließ nicht mehr los. Es half kein Schreien und Schlagen, kein Abschütteln.

»Ich bring sie um, die Bestie!« schrie der Gebissene. »Wartet nur ein wenig, ich hole mein Messer. Abstechen werd ich das Vieh!«

»Einen faulen Knochen habt Ihr ihm gegeben!« sagte Wachter streng. »Das beleidigt ihn.«

»Will er etwa ein gebratenes Hühnchen haben?« brüllte der Koch.

»Das wär schon was. Da hätte er Euch die Hand geleckt. Mein Moritz hat eine menschliche Seele.«

Dieser Ausspruch verbreitete sich schnell in der Garnison. Am Abend, als die Offiziere unter sich waren, fragte der Kommandeur, ein Obrist, den Leutnant von Stapenhorst: »Wer ist dieser Wachter?«

»Ein Vertrauter des Königs ... so nimmt man an. Er hat alle Vollmachten in der Tasche. Sein Pferd ist aus dem königlichen Stall. Eine undurchsichtige Person.«

»Hält's der König neuerdings mit Narren?«

»Oberst, wir haben gelernt, nicht zu fragen, sondern zu gehorchen.«

»Das ist es, Leutnant. Da sagt Er ein wahres Wort. Ich frage mich oft: Wo führt das hin, ein einziger denkt, und ein ganzes Volk muß denken wie er.«

Der Oberst winkte ab, als er die betretenen Gesichter der Offiziere sah. »Wir werden sehen, was daraus wird. Gott ist so gnädig, uns nicht in die Zukunft blicken zu lassen.«

In ihrem Quartier, meistens einem Zimmer in der Kaserne, das für eine Nacht der Futtermeister räumen mußte, legte sich Adele Wachter sofort auf das Bett, erschöpft, müde, blaß und mit schwerem Atem. Von Station zu Station wurde es ärger, manchmal lag sie da, preßte die Hände auf den gewölbten Leib und sagte, mit geschlossenen Augen, lange kein Wort. Wachter saß dann neben ihr, streichelte ihr Gesicht, legte auch seine Hände auf ihren Leib und konnte nichts für sie tun, als Trost zu geben.

»Bald ist es vorbei, Delchen«, sagte er zärtlich zu ihr. »In Kolberg, auf dem Schiff, kannst du dich ausruhen. Diese holprigen Wege, das Rütteln und Schütteln und die Stöße … ich weiß, wie es dir zusetzt. Beiß die Zähne zusammen, Delchen.«

»Das Kind tritt in mir, als wolle es den Leib sprengen. So war es nie bei Julius.« Sie umschlang seinen Nacken und zog seinen Kopf hinunter auf ihren Bauch. »Hörst du es, Fritz? Es wehrt sich … es will nicht in mir sterben …«

»Es wird nicht sterben, Delchen. Bestimmt wird es nicht sterben. Es wird in Petersburg zur Welt kommen … nur daran sollst du denken.«

Etwa auf der Mitte der Strecke nach Kolberg änderte Wachter seinen Zeitplan. Er legte öfter eine Ruhestunde ein, ließ Adele sich auf einem Strohsack in einem der Kistenwagen ausstrecken, und Julius, nun bald elf Jahre alt, lief über die Felder, suchte in Wiesen und an Bachrändern und brachte frische Kräuter mit, die Wachter, in Wasser getaucht, Adele auf den Leib legte. Das beruhigte und erfrischte sie, kühlte die ziehenden Schmerzen und gab ihr neue Kraft.

Dann endlich, endlich hatten sie Kolberg erreicht, die kleine, schmucke, saubere Küstenstadt an der Ostsee, machten zum letztenmal Station in einer Kaserne, und Leutnant von Stapenhorst schickte einen Kurier los nach Berlin, die glückliche Ankunft in Kolberg zu melden.

Zusammen mit Adele und Julius fuhr Wachter schon am nächsten Tag zum Hafen, um das Schiff nach Memel zu besichtigen.

Es war kein großes Schiff, eher eine kleine Korvette mit nur einem Mast, ohne Geschütze, dafür mit Laderäumen in dem breitbauchigen Rumpf und einem Aufbau, in dem die Kajüten für Kapitän, Fahrgäste und die Mannschaft lagen. Die preußische Fahne flatterte am Bug.

Über einen Steg gingen Wachter, Adele und Julius an Bord, während Moritz angebunden in der Kutsche bleiben mußte und jämmerlich heulte und wütend, mit hochgezogenen Lefzen, die ein spitzes, starkes Gebiß bloßlegten, bellte.

Als sie an Deck standen, spürten sie trotz der Windstille das Schwanken des Schiffes.

Zum erstenmal hatten sie einen Boden unter den Füßen, der sich bewegte, ein unangenehmes Gefühl, das Unsicherheit in ihnen hochkommen ließ. Wachter begriff, warum Seeleute an Land, auf festem Boden, breitbeinig und schaukelnd dahergingen, wie auch der Zar es tat, der verliebt war in Schiffe, Meer und Wellenschlag.

Der Kapitän der *Wilhelmine II.* – so hieß das Schiff – kam ihnen mit wiegendem Schritt entgegen, warf einen Blick auf Adeles hohen Leib und reichte dann Wachter die Hand.

»Ihr kommt von dem königlichen Transport?« fragte er.

»Ich bin der Leiter, Kapitän.«

»Willkommen an Bord.« Er drückte Wachters Hand. »Wann laden wir?«

»Schon morgen. Achtzehn große Kisten und Reisegepäck. Zeigt mir, wohin sie gestellt werden … sie dürfen nicht im geringsten beschädigt werden. Ich habe dem König darüber Meldung zu machen. Hütet Euch davor, nach Berlin zum Rapport befohlen zu werden. Der Stock des Königs tanzt gern auf anderen Rücken, und die Gefängnisse sind dunkel, feucht und voll Ungeziefer.«

»Es wird alles so sein, wie Ihr befehlt. Mit dicken Tauen werden wir die Kisten vertäuen.« Der Kapitän machte eine weite Handbewegung. »Aber dem Meer können wir nichts befehlen. Im April kann es stürmisch werden … da müssen wir uns dem Stärkeren beugen.«

Sie gingen in die Kapitänsräume, tranken heißen Tee und Rum und knabberten an Zwieback und trockenen Wecken. Der Kapitän erzählte von wilden Stürmen und Begegnungen mit Geisterschiffen, wobei Adele ganz übel wurde, während Julius dagegen glühende Backen bekam, bis Wachter lachend ausrief: »Genug des Seemannsgarns. Kapitän ... sehen wir uns das Schiff näher an.«

Es war ein altes, aber gutes Schiff. Dick im Holz, guter Teer in den Fugen, dicht vor allem, kein Durchsickern von Wasser, und die Laderäume, in denen man die Kisten vertäuen wollte, waren besonders trocken. Sie lagen in der Mitte des Rumpfes und hatten genug Eisenhaken an den Wänden, um das Bernsteinzimmer rüttelfrei festzuhalten.

»Sind wir allein auf dem Schiff?« fragte Wachter. »Keine anderen Waren?«

»Keine. Der Befehl des Königs ...« Der Kapitän verzog das Gesicht, als habe er innere Schmerzen. »Kennt Ihr einen Grafen von Bülow?«

»Ja. Er berät den König bei den Finanzen.«

»Ein Halsabschneider, unter uns gesagt. Schickt mir ein Schreiben: ›Was nehmt Ihr für eine Fracht von Kolberg bis Memel im Auftrage des Königs?‹ Ich denke, o Himmel, der König selbst, und nenne einen anständigen, niedrigeren Preis als sonst. Und was schreibt mir der Graf von Bülow zurück: ›Ist er verrückt? Seine Majestät hat angeordnet ...‹ Und er nennt mir eine Talersumme, die fast nur die Hälfte meiner Kosten deckt. Was ist besser, habe ich gedacht? Das Schiff versenken oder des Königs Order annehmen? Ich habe angenommen ... und deshalb erwartet nicht, daß Ihr zum Essen große Braten oder fette Kapaune bekommt. Kohl und Grütze wird es geben, gesalzenen Fisch und Fladen. Und die Mannschaft, wundert Euch nicht, wenn sie Euch scheel ansieht ... nur zwei Drittel des Lohnes bekommen die Kerle für diese Fahrt. Meinen Verlust kann ich allein nicht tragen. So ist es hier –«

Am nächsten Morgen fuhr die Kolonne von achtzehn Wagen und drei Kutschen an den Kai vor der *Wilhelmine II.* Leutnant von Stapenhorst hatte nur noch zehn Kürassiere mitgegeben, seine Mission war beendet, die ihm nie behagt hatte. Er war Soldat und nicht Begleiter eines Kistentransportes.

Das Verladen der riesigen, schweren Kisten wurde ein Problem. Aus den Wagen konnte man sie ganz gut auf den Kai zerren und schieben, aber sie auf das Schiff bringen, schien fast unmöglich. So große Fracht hatte man noch nie geladen, nicht Kisten von diesem Gewicht und diesen Ausmaßen. Selbst wenn man sie mit Ketten umgurtete und über Rollen an von Deck kragenden Balken hochzog, war es zweifelhaft, ob man sie heil an Bord bekam.

Aber es gelang. An dicken Seilen und über eisernen Rollen wurden die Kisten Zentimeter um Zentimeter ins Schiff gehoben und in den Laderäumen festgebunden. Einen ganzen Tag dauerte es, bis alle achtzehn Kisten im Schiff standen, und als Wachter zufrieden nickte, rief der Kapitän erleichtert:

»Jetzt darf unsereiner einen guten Schluck nehmen. Ihr auch, Wachter?«

»Warum nicht?!«

Sie tranken kräftig, lagen dann trunken in ihren Kojen und fielen in einen kurzen Schlaf. Morgens um sechs Uhr setzte man die Segel, holte den Laufsteg ein und löste die Taue aus den in den Kaiboden eingelassenen eisernen Ringen. Von Leutnant von Stapenhorst sah Wachter nichts mehr ... Abschied nahm er nur von den Fuhrleuten und den Kutschenfahrern, die ebenfalls aufatmeten, die kostbare Ladung endlich los zu sein.

»Viel Glück in Petersburg!« sagte der Vormann der Fuhrleute zu Wachter, als sie sich die Hand drückten. »Ich spreche es ehrlich aus: Ich beneide Euch nicht um das neue Leben ...«

Von Deck, an der Reling stehend, sah Wachter den Wagen und Kutschen nach, als sie den Hafen verließen. Noch einmal winkte er ihnen zu und wußte, daß es gleich, mit dem Ablegen des Schiffes, ein Abschied für immer war. Er würde Preußen nie wiedersehen –

Adele, Julius und Moritz standen neben ihm, als sich über ihnen die Segel blähten, die Kommandos des Kapitäns über Deck hallten und das Schiff langsam aus dem Hafen glitt, hinaus aufs Meer. Das Schwanken wurde stärker, die Wellen hoben und senkten das Schiff, ließen es von Seite zu Seite rollen, festklammern mußte man sich am Relingseil und die Beine spreizen, um einen guten Stand zu haben. Julius fand es herrlich, jauchzte und winkte hinüber zu der verschwindenden Stadt, Moritz bellte und wedelte mit dem buschigen Schwanz, fletschte die Zähne und biß in das Relingseil, und man wußte nicht, war es Übermut, Freude oder Gegenwehr gegen das Schaukeln. Nur Adele war es übel, das Heben und Senken des Bootes war ihr fürchterlich, ihr Magen drängte hinauf zur Kehle, sie lehnte sich an Wachter, umklammerte seine Taille und würgte schon, als sie gerade den ruhigen Hafen verlassen hatten.

Das Meer nahm sie freundlich auf, es war kaum Wellengang, aber Adele genügte es vollauf. Wachter brachte sie zurück zur Kajüte, legte sie aufs Bett, stellte einen Eimer neben sie, legte ein feuchtes Tuch auf ihre Stirn und stieg wieder an Deck. Der Kapitän stand neben dem Steuermann am riesigen Ruderrad und kam auf ihn zu.

»Eure Frau legt sich hin? Sie ist schon seekrank?«

»Das Kind macht ihr zu schaffen.«

»Und Ihr spürt nichts?«

»Nein, es ist doch eine ruhige Fahrt.«

»Warten wir's ab, bis wir weiter nach Norden kommen. Da gibt es einige Stellen, wo man vom Wind das Pfeifen lernen kann.«

Es sollte viel schlimmer werden. Am dritten Seetag fiel ein Unwetter über sie herein, das Schiffchen tanzte auf den Wellenkämmen, wurde hin und her geworfen wie ein Ball, gewaltige Wellen brachen über Deck, schäumende und brüllende Wassermassen fegten alles weg, was nicht festgezurrt war. Die Segel waren gerefft, nur ein Sturmsegel knatterte im Sturm, und dort hingen ein paar Matrosen an umgebundenen Seilen, die in starken Eisenösen verknotet waren. Wurden sie abgelöst, schwankten sie in ihre Kajüte, als seien ihnen die Knochen zerschlagen worden. Sie griffen nach der Rumflasche und tranken, als käme aus ihr das neue Leben. Und kalt wurde es, immer kälter, als sie die Kurische Nehrung entlangsegelten ... der Wind aus dem Osten, aus Rußland herüber, stieß wie mit Fäusten nach ihnen.

»Ein unwirtliches Land ist es, in das ihr kommt«, sagte der Kapitän am letzten Tag der Fahrt. An seinem Tisch saßen sie, aßen eine Suppe aus eingesalzenen Bohnen, dunkles Brot, geräucherte Leberwurst und in Essig eingelegte Gurken. Adele, tapfer wie sie immer war, saß bei ihnen, mit leerem, ausgebrochenem Magen und ekelte sich vor jeder Speise.

»Kein Land kann so schlimm sein wie ein Schiff«, sagte sie stockend, und es würgte sie wieder beim Anblick des gedeckten Tisches. »Nie wieder werde ich ein Schiff betreten. Das sei geschworen.«

Und dann tauchte an der Küste Memel auf, das schöne stolze Memel mit seinen Türmen und Kirchen. Im Hafen drängten sich die Schiffe, an den Kais standen die Fuhrwerke mit Waren, die aus den Schiffen gebracht oder auf ihnen verladen wurden, und stolz, wie es sich für ein vom preußischen König gemietetes Schiff gebührte, fuhr die *Wilhelmine II.* zu ihrem Landeplatz.

Man hatte sie erwartet. Ein Kommando von sechs Reitern, befehligt von einem Wachtmeister, stand am Kai, und als das Schiff anlegte, ertönte ein Trompetensignal zur Begrüßung. Was und wer auch immer da anlegte – es kam aus Berlin, vom König.

Schon eine Stunde später stand Wachter vor dem preußischen Festungskommandanten von Memel, dem General Charles de Brion, und wurde etwas steif empfangen.

»Nun ist Er endlich da!« sagte der General wenig höflich. »Die Sondermission des Zaren ist längst nach Petersburg zurückgekehrt. Ein Kurier wird sofort an die Grenze abgeschickt. Was hat Er für eine Order?«

Wachter überreichte das Schriftstück, General de Brion las es aufmerksam durch und sah dann Wachter erstaunt an.

»Er hat Generalvollmacht?« sagte er, ein wenig freundlicher. »Was soll ich Ihm zur Verfügung stellen? Was braucht Er?«

»In schnellster Zeit Wagen und Leute.«

»Er wird alles bekommen.«

Zwei Tage dauerte es, bis man die Kisten vom Schiff geholt und wieder auf schwere Wagen umgeladen hatte. Bei ihrer Ankunft in Memel, das die Litauer Klaipeda nannten, war es der 30. April 1717 gewesen, nun, am 2. Mai, saß Wachter wieder auf einem Pferd, hatten Adele, Julius und Moritz wieder eine Kutsche, und die Kolonne wartete auf das Zeichen zum Aufbruch. Die Kisten waren äußerlich unversehrt, wie es drinnen aussah, wußte man nicht. Was hatte der Sturm auf dem Meer zerstört? In Petersburg würde man es sehen und dann den Kopf senken.

»Also, begeben wir uns nach Rußland!« sagte Wachter zu dem Führer des Begleitkommandos. »Die kurländische Grenze ist nicht mehr weit. Wie sind die Straßen?«

»Wie sollen sie sein?« Der Wachtmeister der Reiter hob die Schultern. »Je weiter nach Osten, desto unpassierbarer wird es. Und dann, so sagt man, das weite russische Land ist wie bei der Erschaffung der Welt.«

»Wir werden es schaffen.« Wachter richtete sich im Sattel auf. »Wenn der Zar bei seinen Reisen das Land verläßt, werden wir auch ankommen können.«

Er ritt wieder an die Spitze der Kolonne, hob die Hand und gab den Weg frei. Nach Osten, nach Rußland, in das riesige Unbekannte.

In die neue Heimat.

Gott steh uns bei!

Am 2. Mai schrieb General Charles de Brion seinen Bericht an den König von Preußen. Er lautete:

»Euer Königlichen Majestät habe hiermit alleruntertänigst berichten sollen, daß das Bernstein-Cabinet vorgestern in gutem Stande, so viel als ich bemerken und von dabei gestellten Leuten die Nachricht einziehen können, hier angelanget, und bald darauf weiter bis an die Grenze geschicket worden, und sein aus diesem Amte drei Relais, auf jede Relais 108 Vorspann Pferde zu deren Fortbringung gegeben …«

Das hieß, daß wieder mit achtzehn schweren Wagen, beladen mit je einer Kiste und von sechs Pferden gezogen, das Bernsteinzimmer auf den Weg nach Rußland gebracht worden war.

Drei Stationen waren es bis zur russischen Grenze, über Straßen, deren Löcher und Querwellen die Fuhrwerke schütteln und springen ließ und Hunderte von Stößen in den Rücken schickten. Adele litt fürchterlich, aber tapfer, nur nach der zweiten Station sagte sie schwach zu Wachter: »Das Kind wird es nicht ertragen, Fritz. Tot wird es zur Welt kommen. Ich fühle es. Zu früh und tot wird es kommen …«

Die dritte Station, die Grenze, war ein befestigter Posten mit viel Grenadieren und einem Obersten als Kommandeur. Ohne Aufenthalt in der Kaserne ließ Wachter die Kolonne weiter zur Grenze fahren. Ein Trompetensignal kündigte sie an, und als sie am Schlagbaum standen, wartete ihnen gegenüber die russische Delegation. Zweihundert Kosaken unter dem Hetman Grigorij Semjonowitsch, neun Kutschen für den Reisemarschall Fürst Semjon Borisowitsch Netjajew, den Wachter schon vom Besuch des Zaren in Berlin her kannte.

Und wieder erfolgte die Mühe des Umladens auf russische Fuhrwerke. Neben hochrädrigen Karren waren es auch Schlitten, nicht nur, weil in diesem strengen Winter noch Schnee auf der Strecke bis Petersburg lag, sondern weil man auch bei Tauwetter mit Schlitten besser durch den Schlamm und Morast gleiten konnte als mit Rädern, die sich in die aufgeweichten Straßen mahlten. Dann gab es kein Vorwärtskommen mehr.

Fürst Netjajew begrüßte Wachter und Adele wie preußische Gesandte. Er sprach deutsch mit etwas schwerer Zunge, aber man konnte ihn gut verstehen.

»Im Namen Seiner Majestät des Zaren seid Ihr willkommen in Rußland«, sagte der Fürst. »Ist das Kabinett unversehrt?«

»Ich hoffe es. Beim Öffnen der Kisten wird's sich zeigen.«

»Von jetzt ab wird ihnen nichts mehr geschehen. Ich übernehme die Verantwortung.«

»Ich habe die Order von meinem König, das Bernsteinzimmer heil bis Petersburg zu bringen unter meinem Kommando, Fürst Netjajew.«

Wachter zeigte ihm das Blatt mit der Unterschrift Friedrich Wilhelms, aber Netjajew wischte es mit einer Handbewegung zur Seite.

»Euer König kann Euch befehlen ... aber jetzt seid Ihr in Rußland. Hier gilt allein das Wort des Zaren. Steckt das Papier ein, Ihr braucht es nicht mehr. Der Befehl des Zaren ist für Euch maßgebend, nicht mehr das Schreiben Eures Königs. Gewöhnt Euch daran, bevor Euch die Knute belehren muß.«

Wortlos ging Wachter zu dem großen, durch einen Holzaufbau verschlossenen Schlitten zurück, in dem Adele auf einem Fellberg lag und Julius mit einem nassen Tuch die Stirn seiner Mutter kühlte. Moritz hatte sich bei den Russen schon Respekt verschafft ... jeder, der in den Schlitten blickte, wurde angeknurrt, und zog er sich nicht sofort zurück, schnellte er vor mit weit aufgerissenem Maul und blinkenden Zähnen. Das genügte ... die Neugierigen flüchteten.

»Was ist, Fritz?« fragte sie mit leiser Stimme. »Du siehst nicht aus wie ein glücklicher Mensch.«

»Ich bin ein Nichts ... das hat man mir eben vorgeführt. Ich habe nichts mehr zu tun als neben dir im Schlitten zu sitzen. Fürst Netjajew übernimmt den Transport. Ich werde behandelt wie ein Kulak.«

»Noch können wir zurück, Fritz. Nur ein paar Meter rückwärts, und wir sind wieder in Preußen.« Sie umklammerte plötzlich seine

Hand und zog sie an ihre Lippen. »Fritz, laß uns umkehren. Es ist die letzte Möglichkeit.«

»Und das Bernsteinzimmer?«

»Es ist in Rußland! Du bist frei ...«

»Nicht von meinem Eid vor dem König. Ein Eid für alle Nachkommen ...«

»Willst du dein Leben opfern für das Bernsteinzimmer?«

»Ja.«

»Und mein Leben? Und das Leben deiner Kinder?«

»Wir alle gehören zum Bernsteinzimmer, heute, morgen, solange die Welt besteht, hat der König gesagt. Ich habe es geschworen, Delchen ... und wenn ich mit der Zunge die Bernsteinwände säubern müßte, ich täte es, denn ich bin bei ihm.«

Zum erstenmal stand Wachter dem Zaren so nah gegenüber, von Angesicht zu Angesicht, daß er die Warze auf dessen Backe sehen konnte wie auch das plötzlich aufflammende Zucken der Gesichtsmuskeln, die Veränderungen der Augen, während der Zar sprach, die Ungeduld in seinen Fingern und das Atmen des breiten Brustkorbes in dieser riesenhaften, von Kraft strotzenden Gestalt. Ein wenig bleich sah Peter I. aus. In Amsterdam hatte ihn eine schwere Grippe mit Nieren- und Blasenschmerzen der heftigsten Art aufs Lager geworfen, dann war er in Bad Pyrmont zu einer Kur gewesen, aber die Nachwirkungen der Krankheit hatte sein massiger Körper noch nicht überwunden. Hinzu kam die Sorge um seinen Sohn, den Zarewitsch Alexej Petrowitsch, der aus Angst vor seinem herrischen Vater nach Österreich geflüchtet war und in Wien versteckt lebte.

Alexej. Wenn der Zar an ihn dachte, kam Trauer über ihn oder schäumende Wut, die jedesmal schreckliche Anfälle auslöste. Schwach war der Zarewitsch, ein Säufer und Hurer zudem, der seine Frau Charlotte von Wolfenbüttel nur zwangsweise, um einen Thronerben zu zeugen, im Schlafgemach besucht hatte, sonst aber mit Mätressen sich vergnügte, vor allem mit Weibern niedrigen Standes, mit leibeigenen Mägden, die sich glücklich schätzten, dem dürren, schwärmerisch veranlagten Zarewitsch zu Willen zu sein. Als Charlotte bei der Geburt des Thronerben Peter Alexejewitsch nach neuntägigem Leiden am 22. Oktober 1715 starb, verließen den Zarewitsch alle Hemmungen. Er soff wie ein Irrer, ruinierte seine Gesundheit und wurde zu einem Thronfolger, dem kein Thron mehr gebührte. Die Briefe seines Vaters beantwortete er mit sklavischer Untertänigkeit, aber als Peter I. ein Ultimatum verfaßte, das ihm alle Ausschweifungen verbot im Hinblick auf seine spätere Zarenwürde, flüchtete er nach Wien. Von dort trafen laufend böse Nachrichten ein ... von einer Verschwörung war die Rede, sogar von einer Ermordung des Zaren, die der Sohn offen begrüßte. Er lebte zusammen mit einem Mädchen, Afrosinja, einer drallen, fast häßlichen Bauernmagd, aber von einer solchen Lüsternheit, daß sich der Zarewitsch ein Leben ohne Afrosinja nicht mehr vorstellen konnte.

Das alles hatte sich in das Gesicht des Zaren eingegraben ... Wachter erschrak, als er Peter I. gegenüberstand und zu dem Riesen hochblickte.

»Ich habe den Brief Seines Königs gelesen«, sagte der Zar mit erstaunlich gütiger Stimme. »Nicht nur das Bernsteinkabinett schenkt er mir, sondern auch Ihn! Samt Frau und Kindern. Er soll bis zu seinem Tode das Bernsteinzimmer pflegen, und später seine Erben von Generation zu Generation. Nun wohl ... der Wunsch des Königs von Preußen soll erfüllt werden. Er bleibe also bei mir, erhalte eine Wohnung im Beamtenhaus und bekomme guten Lohn und freies Logis, einen Karren mit zwei Pferden, einen Schlitten und den Titel eines kaiserlichen Hausmeisters. Ist Er damit zufrieden?«

»Mir schlägt das Herz, Majestät.« Wachter verneigte sich tief. »Möge diese große Güte immer anhalten.«

»Es liegt nur an Ihm. Solange Er das Bernsteinzimmer vorzüglich pflegt, gibt es keinen Grund, ihn das spanische Rohr spüren zu lassen. Er heißt Friedrich Theodor Wachter?«

»Ja, Majestät.«

»Er und Seine Nachkommen werden immer in Rußland leben. Einen russischen Namen muß er haben, keinen preußischen. Ich mache Ihn zum Russen, also heißt er ab sofort Fjodor Fjodorowitsch Wachterowskij. Seine Frau heißt?«

»Adele, Majestät.«

»Adele Iwanowna – Sein Sohn?«

»Julius …«

»Heißt Julian Fjodorowitsch. Geb Er mir die Hand und schwöre Er, ein guter Russe zu sein.«

Zögernd reichte Wachter dem Zaren seine Hand. Zu widersprechen wagte er nicht, konnte nicht sagen, daß er ein Preuße war und es bleiben würde. Er sah den spanischen Stock, die berüchtigte Dubina, in der Zimmerecke stehen und hatte kein Verlangen, sie auf seinem Rücken oder über seinem Kopf zu spüren. Er zuckte heftig zusammen, als der Zar ihm die Hand drückte, so fest, daß er einen Augenblick das Gefühl hatte, man habe ihm alle Finger zerbrochen. Der Zar beobachtete Wachters Gesicht, erkannte die beherrschte Miene und war zufrieden.

»Schwör Er mir unbedingte Treue, Fjodor Fjodorowitsch.«

»Ich schwöre es, Majestät, mit meinem Leben.«

»Jederzeit kann Er zu mir kommen, wenn es nötig ist. Und wer Ihn hindern will, dem sage Er: Der Zar hat es befohlen. Er hat immer freien Zugang.«

Damit schien das Gespräch beendet. Aber Wachter, sich der Gunst der Stunde und des Zaren bewußt, verließ nicht das Zimmer.

»Majestät, ist eine Frage erlaubt?« sagte er. Peter I. sah erstaunt auf ihn hinab.

»Was will Er fragen?«

»Wo soll das Bernsteinzimmer aufgestellt werden?«

»Hier, in meinem Winterpalais. Es wird ein Saal dafür geräumt werden. Ich brauche die Maße, die Höhe …«

»Und ich brauche Spezialisten, Majestät. Fachleute, die mit Bernstein umgehen können, die Beschädigungen ausbessern, die das Zusammenfügen der Wandtafeln überwachen, und dann noch Handwerker, vor allem Tischler, für die tragende Zwischenwand aus Holz.«

»Bekommt Er alles.« Der Zar lächelte breit. »Fordere Er nur die Leute beim Haushofmeister an, wann Er sie braucht.«

Zufrieden verließ Wachter den Zaren und kehrte in das Beamtenhaus zurück, wo die Verwaltung des Winterpalais bereits vier Zimmer angewiesen hatte. Langsam ging Wachter zu dem Gebäudeflügel zurück, in dem nun sein Leben und das Leben seiner Familie eine Heimat finden sollte. Der erste Eindruck des Winterpalais war enttäuschend. Ein zweistöckiger Holzbau war's mit zwei Flügeln für Hofstaat und Beamte. Kein Prunkbau also, der den Namen Palais verdiente, und dessen Fassade sich von den anderen Villen an der Uferstraße der südlichen Newa nur dadurch hervorhob, daß über dem Einfahrtstor die Krone der kaiserlichen Marine angebracht war. Alle Häuser in der Umgebung des Zaren an der Newa waren dagegen wirkliche Paläste ... der Palast des Generaladmirals Apraxin, die Häuser von Justizminister Jaguschinskij, die Villa von Vizeadmiral Cruys ... sie alle aber waren Hütten gegen den Palast, den sich Fürst Menschikow hatte bauen lassen. Nach dem Sieg von Poltawa gegen die Schweden hatte Peter seinem Günstling die größte Insel im Newa-Delta, die Wassilewskij-Insel, geschenkt, und auf ihr, am Newa-Kai, war nach den Entwürfen des deutschen Architekten Friedrich Schädel ein dreistöckiger Palast ganz aus massivem Stein entstanden, mit einem Dach aus weithin leuchtenden, rot lackierten Eisenplatten und einer so riesigen Haupthalle, daß künftig die großen Feste und Bälle von Petersburg nur mehr in ihr stattfinden konnten. Der Menschikow-Palast blieb bis zu Peters Tod das größte Privathaus der immer glänzender und schöner werdenden Stadt.

Für Peter war dieser Prunk seiner Umgebung nur nützlich, wenn er Empfänge gab. In seinem »Winterpalais« konnte er das kaum ... um die Symmetrie der Uferstraße nicht zu unterbrechen, hatte er seinen Holzbau den anderen Häusern angleichen lassen, was bedeutete, daß auf allen Stockwerken große, hohe Räume entstanden waren, die den Zaren störten. Er, der Zwei-Meter-Riese, fühlte sich nur wohl in niedrigen Räumen, wie er sie in Holland bei seiner Tätigkeit als Zimmermann der Schiffswerften kennengelernt hatte. Er ließ also in allen Zimmern, die er bewohnte, eine niedrigere Zwischendecke einziehen ... hier lagen in dem Hohlraum zwischen der echten und der falschen Decke oft seine Spitzel auf den Holzdielen und belauschten die Gespräche der Besucher, die in zwei Vorzimmern auf eine Audienz beim Zaren warteten. Auf diese Art erfuhr Peter I. so manche Wahrheit oder Meinung, die man vor ihm nicht auszusprechen wagte.

Das Bernsteinzimmer in diesem Winterpalais? In einem Holzhaus? Ein Haus, das brennen konnte wie trockenes Reisig?!

Wachter kratzte sich den Haaransatz, ging in den Beamtenbau

und fand Adele damit beschäftigt, die Taschen und Kisten auszupacken. Drei Kammermädchen halfen ihr dabei, vom Haushofmeister selbst dazu abkommandiert. Die Kunde, daß der neue Deutsche hoch im Wohlwollen des Zaren stand, hatte sich in Windeseile bei den Höflingen herumgesprochen. Das Speichellecken begann, und natürlich auch der Neid.

»Welch eine Stadt«, sagte Wachter und setzte sich auf einen Diwan im Wohnzimmer. Die Zimmer hatte man ihnen voll eingerichtet übergeben, mit schönen Möbeln, die Adele in Berlin sonst nur bei den Hofdamen gesehen hatte, bei den adeligen Damen, vor denen sie immer einen tiefen Knicks gemacht hatte. Jetzt sollte sie in diesem kleinen Luxus leben. Mit klopfendem Herzen war sie von Zimmer zu Zimmer gegangen, hatte die Möbel und die Bezüge gestreichelt, Damaste, Gobelins und Seiden, sogar gute Teppiche lagen auf den Dielen, einige Ikonen hingen an den Holzwänden, ein Bild des segnenden Christus, und in der Küche war alles vorhanden, was eine Hausfrau brauchte, vom Wassertopf bis zum Schöpflöffel.

»Welch eine Wohnung, Fritz«, rief sie glücklich.

»Wo ist Julius?«

»Im Garten spielt er mit Moritz.« Sie drehte sich einmal um sich selbst, wie eine Tänzerin, es wäre grazil gewesen ohne ihren schweren Leib. »Alles ist so groß, so weit, so hoch …«

»Wie dieses Land, Delchen. Unendliche Erde unter einem hohen Himmel. Petersburg kann einmal schöner werden als Paris, wenn der Zar es weiterhin so ausbaut. Gärten sollen entstehen, große Parks, breite Straßen, und dann die Kathedralen, Delchen, Paläste zur Ehre Gottes, wie sie die Welt noch nicht gesehen hat! Wir werden nie bereuen, Berlin verlassen zu haben.«

»Laß uns darum beten, Fritz.« Sie setzte sich neben ihn auf den Diwan und legte den Arm um seinen Nacken. »Weißt du, wie sie mich schon rufen?«

»Ja. Adele Iwanowna …« Er lachte, als sie ihn verblüfft anblickte, küßte sie zwischen die Augen und rief fröhlich: »Ja, das bist du. Meine schöne, meine einzige Adeluschka … Wie das klingt! Adeluschka … Adelinka … Adjuschka!«

»Ich sehe, du wirst ein Russe, Fritz.«

»Nur äußerlich, Adelinka. Nur äußerlich. Im Herzen bleiben wir Wachters immer Preußen.«

Schon zwei Tage später, die Kisten mit dem Bernsteinzimmer standen sicher in den Stallungen, ließ Wachter sich bei dem Haushofmeister melden.

Es war ein Graf Wladimir Viktorowitsch Kubassow, ein völlig anderer Mensch als der Hofmarschall Fürst Netjajew, der Wachter an der Kurlandgrenze den Transport aus der Hand genommen hatte. Der Weg durch Schnee, Matsch und Schlamm von Memel bis Petersburg war mühsam gewesen, drei Pferde gingen dabei ein, vier Schlitten und zwei Fuhrwerke brachen zusammen, weil Netjajew eine Eile befahl, als ginge es um ein Wettrennen. Erschrocken sah dabei Wachter zum erstenmal, daß ein Leibeigener oder ein anderer niederer Mensch in Rußland nicht mehr galt als ein Tier. Als die Schlitten brachen oder auf besonders aufgeweichten Wegabschnitten Kufen und Räder versanken, sausten die Peitschen nicht nur über die schmerzhaft wiehernden Pferde, sondern auch über die Rücken, Schultern und Köpfe der Kutscher und Fuhrleute. Viele saßen dann blutend auf ihren Böcken, aber keiner wagte auch nur einen Ton zu sagen. Wachter ahnte, daß Netjajew den Mann zu Tode peitschen oder pfählen hätte lassen können.

Kubassow empfing Wachter wie einen Freund ... die Gunst des Zaren hob ihn hoch über alle anderen. Wie hatte einst Menschikow angefangen? Als Stallbursche. Jetzt war er Fürst, überhäuft mit anderen Titeln und einem unschätzbaren Reichtum, Generalgouverneur von Petersburg, ein so enger Freund des Zaren, daß man ihn mehr fürchtete als den Zaren selbst. Wußte man, was einmal aus diesem Deutschen werden würde? Am Hofe und im ganzen Land gab es genug Generäle, Kämmerer und Auserwählte, Architekten wie Ärzte, Astronomen wie Physiker, die aus dem Ausland gekommen waren, die meisten aus Landen mit deutscher Zunge.

»Ja, wohin mit ihm, dem Bernsteinzimmer?« sagte Kubassow, als Wachter ihn gefragt hatte, welcher Raum dafür geeignet sei. »Wohin? Wie sagt Ihr, sind die Maße?«

»4,75 Meter hoch, und an Wandfläche brauche ich vierzehn Meter. Es sind zwölf Wandfelder, 0,80 bis 1,50 in der Breite, genau wie die Sockelstücke. Dazu kommen zwei Türen mit Gesimsen bis zur Decke.«

Die Zahlen schienen Kubassow schwindelig zu machen. »Weiß das der Zar?« fragte er betroffen.

»Er hat das Zimmer in Berlin gesehen und brach in Begeisterung aus.«

»Was soll man tun? Im ganzen Palais gibt es nicht solch einen Raum! Man müßte ihn erst bauen, Zimmer zusammenlegen, die Decken erhöhen.«

»Das müßte man wirklich tun. Sofort. Denn der Zar wünscht ...«

Graf Kubassow ließ Wachter nicht ausreden. Wenn dieser sagte, der Zar wünsche es, dann war es ein Befehl, als käme er vom Zaren selbst. Ein kaiserlicher Haushalt besteht nicht nur aus Mobiliar in einem Palast, sondern auch aus vielen Ohren, die alles hören. So wußte Kubassow von Wachters Vollmachten, schon bevor er mit ihm gesprochen hatte.

»Sehen wir uns an, was ich vorschlagen kann«, sagte er. »Wo soll das Bernsteinkabinett stehen?«

»In der Nähe der Zaren-Zimmer.«

Kubassow seufzte, erkannte die großen Probleme, die auf ihn zukamen, und führte Wachter dann durch das Palais. Zwei Räume fanden sie, von denen Wachter sagte, sie seien geeignet für das Geschenk des Königs von Preußen. Im ersten Stockwerk lagen sie, mit zwei großen Fenstern hinaus zur Newa. Das Licht fiel voll herein, so daß der Bernstein in der Sonne leuchten konnte und seine ganze Schönheit entfalten würde, und leicht ließen sich die Wände herausnehmen und die Decken auf das nötige Maß erhöhen, da auch hier eine Zwischendecke eingezogen war.

»Das ist es!« sagte Wachter und drehte sich ein paarmal um sich selbst, alles genau betrachtend. »Hier kommt es hin.«

»Gleich neben den Gemächern der Zarin?« Kubassow wiegte den Kopf. »Der Lärm des Umbaues –«

»Nur ein paar Wochen sind's ... der Schönheit willen wird's die Zarin dulden.«

Schon einen Tag später begannen die Arbeiten. Kubassow hatte mit Katharina, der Zarin, gesprochen. Sie war in den ausgewählten Räumen erschienen, hatte den sich tief verneigenden Wachter lange und eingehend gemustert und ihn dann in ihren Haushalt aufgenommen.

Eine dralle, vollbusige Frau war sie, mit sinnlichen Lippen und einer fröhlichen Stupsnase. Breite rote Wangen bestimmten ihr Gesicht, und sie hatte einen kräftigen Körper, was ihr bei den vielen Geburten zugute kam.

Bei der Belagerung von Marienburg, das in schwedischer Hand war, hatte General Scheremetjew sie zum erstenmal gesehen ... die Magd eines geflohenen sächsischen Pastors mit Namen Glück, mit der er weiterreisen wollte nach Moskau, und die nicht genau wußte, wie sie hieß, da sie nie ihren Vater kennengelernt hatte. »Wer ich bin?« hatte sie gesagt, als Scheremetjew sie nach ihrem Namen fragte. »Einmal heiße ich Katharina Wassilewska, einmal Katharina Trubatschow. Mir ist gleichgültig, wie ich wirklich heiße. Ist's wichtig bei der Arbeit? Ich putze, koche, backe, schenke aus und bediene, wasche und bügle, halte den Garten in Ordnung und versorge den Stall.«

»Und läßt dich jede Nacht mit den Kerlen ein ...« hatte der General gerufen.

»Das nicht. Deshalb bin ich geflohen aus Marienburg. Die schwedischen Soldaten ziehen durch die Stadt und greifen nach jedem Mädchen.« Sie hatte den General flehend angesehen und dann hinzugefügt: »Laßt uns weiter nach Moskau, Herr. Ich will dort meinem Pastor den Haushalt führen.«

Nicht nach Moskau kam sie, sondern nach Petersburg. General Scheremetjew nahm sie mit, damit sie seine Hemden bügelte. So kam Katharina Wassilewska – für diesen Namen entschied sie sich –, die Tochter eines ihr unbekannten Leibeigenen und einer Wirtshausmagd aus Litauen, nach Petersburg in den Haushalt des Generals. Dort sah sie bei einem Besuch der mächtige Menschikow. Sie stand gerade auf der Leiter, putzte die Fenster, und Menschikow, der Frauenkenner, sah sofort ihre schöne Gestalt, ihre Füße und Waden, ihre Taille und die vollen weißen Brüste, und sie lachte ihn keck an, als er sie so aufmerksam musterte.

Scheremetjew, immer bedacht, ein Freund des großen Menschikow zu bleiben, schenkte ihm Katharina. Nun bügelte sie die Hemden des Fürsten, zerknitterte des Nachts seine Bettlaken, eine Kriegsbeute, wie Scheremetjew sie genannt hatte, wie sie nicht schöner, lieblicher und dreister sein konnte.

Bei Fürst Menschikow sah sie der Zar. Ohne viel Worte lieh er sich die Magd aus, und als Menschikow sie nach zwei Wochen von Peter zurückerbat, ließ der Zar mitteilen, daß Katharina noch so viele Hemden auszubessern und zu bügeln habe, daß er sie bei sich behalten wolle.

Nun war sie die mächtige Zarin, verheiratet mit Peter I., und der vielleicht einzige Mensch, der es wagte, anderer Meinung als er zu sein, die einen hellen Verstand besaß und zu vernünftigen Ratschlägen in der Lage war. Für ihren Mann strickte sie selbst wollene Strümpfe, verlangte nie etwas Ungewöhnliches von ihm, lebte bescheiden mit ihm in Holzhütten, kochte, trocknete Peters Seemannswäsche, fuhr mit ihm über das Meer bei Petersburg, war immer das einfache Mädchen geblieben, auch als sie die Zarin geworden war. Aber es gab auch die andere Katharina in seidenen, mit Perlen und Edelsteinen bestickten Roben, mit einem Hofstaat von Fürstinnen, Gräfinnen und besonders hübschen Hofdamen, der Glanz aller Feste war sie, und wenn im Palast des Menschikow die prunkvollen Empfänge und im Garten die herrlichen Feuerwerke, die Peter so liebte, stattfanden, dann neigte Fürst Menschikow das Haupt vor seiner ehemaligen Magd und erkannte sie als Zarin an.

Bei Wachter erschien Katharina in einem schlichten Kleid, so wie sie es immer trug, wenn Peter und sie keine offiziellen Verpflichtungen hatten. Wie eine Arbeiterfrau sah sie aus, durch die Geburten etwas dicklich geworden, mit wachen, alles sehenden Augen.

»Er will hier umbauen?« fragte sie Wachter. »Das Bernsteinkabinett aufstellen? Der Zar hat mir von dem Zimmer erzählt. Wie sieht es aus?«

»Das kann man nicht erklären, das muß man sehen, Majestät. Hier versagen Worte.«

»So schön?«

»Es ist die Sonne, eingefangen in Tausenden goldenen Steinen.«

»Dann baue Er das Zimmer.« Katharina nickte Wachter zu. »Über Schönheit kann Er jederzeit mit mir sprechen.«

Am vierten Tag des Umbaues, nachdem die Wand herausgerissen war und es nun daranging, die Zwischendecken aus Holz abzunehmen und die Wände mit Holz zu verkleiden, erschien der Zar auf der Baustelle. Eine fleckige Arbeiterhose trug er, darüber ein dunkelblaues grobes Hemd, und eine Lederschürze hatte er sich umgegürtet, die ebenfalls voller Flecke war. In den großen breiten Händen trug er Hobel und Stecheisen, Feilen und eine Säge. Im Bindeband der Schürze staken drei Hämmer, eine kleine Meßlatte und ein kegelförmiger Senkel.

»Welch eine faule Brut arbeitet hier?« schrie er mit seiner Donnerstimme.

»Zeigen werd ich's euch, was ein Zimmermann kann! Geht nach Holland und lernt, ehe ihr ein Brett anpackt! Fjodor Fjodorowitsch …«

»Hier bin ich, Majestät.« Wachter trat auf den Zaren zu.

»Er ist der Vormann. Zeig Er mir, was ich zu tun habe!« Er warf sein Werkzeug auf den Boden und rieb sich die Hände. »Zier Er sich nicht, mir Arbeit zuzuweisen. Ich bin wieder Peter, der Zimmermann. Gott sei mein Zeuge … ist das schön!«

Zwei Wochen arbeitete der Zar als Zimmermann am Ausbau des Bernsteinzimmers mit, jeden Tag drei Stunden. Und er verstand sein Handwerk besser als die Schreiner, die unter den besten von Petersburg ausgesucht worden waren. Zu seinem Werkzeug kam nun auch noch seine geliebte Dubina hinzu, das gefürchtete spanische Rohr mit dem selbstgeschnitzten Elfenbeinknopf. Wie oft tanzte der Knüppel auf den Rücken der anderen Schreiner herum, wenn Peter einen krummen Nagel entdeckte, ein schiefes Brett, keine senkrechten Fugen oder winkelige Zusammenfügungen, die er Gehrung nannte.

»In Holland hätte man euch alle ersäuft wie blinde Katzen!« brüllte er herum. »Und solche Idioten wollen meine Stadt bauen? Zusammenfallen wird sie, das sehe ich schon! Ihr alle werdet am Galgen enden, auf den Pfählen, auf dem Rad, unter den Peitschen!«

Ein schreckliches Arbeiten war es, aber sieh da … schon nach elf Tagen waren die Zimmer so umgebaut, daß sie einen einzigen Saal ergaben, genau in den Maßen, die das Bernsteinzimmer verlangte. Die großen Kisten in den Stallungen wurden geöffnet, die Tafeln, Figuren, Sockel, Gesimse, Reliefe und Bordüren vorsichtig freigelegt, und es zeigte sich, daß nichts zerbrochen war, daß der schwere Weg von Berlin nach Petersburg schadlos überwunden worden war.

»Vorsichtig!« rief Wachter immer wieder, als das einmalige Getäfel vom Stall in das Palais getragen wurde. »Vorsichtig! Bis jetzt hat es gehalten, stellt euch nicht an wie die Dummköpfe …«

»Meint Er mich damit?« fragte Peter I. Er trug auf seiner Schulter ganz allein ein großes Sockelstück, an dem sonst drei Mann geschleppt hätten. Seine Kräfte waren ungeheuer.

»Majestät …« Wachter schlug die Hände zusammen. »Natürlich die anderen!«

»Sag Er nur, wenn ich mich dumm anstelle.« Der Zar tappte weiter mit seinem Sockel. »Er bekäme die Knute, wenn Er mir nicht die Wahrheit sagt!«

Am Abend ging Wachter erschöpft nach Hause. Aus der Küche roch es nach Sauerkohl und geräucherter Schweinehaxe. Adele saß an dem großen, gemauerten Herd, lehnte an einem Stützbalken und hatte die Augen geschlossen. Moritz, der Höllenhund, saß vor ihr und winselte leise.

»Adjuschka, was hast du?« Die vergangenen Wochen hatten genügt, soviel Russisch zu lernen, daß er nun ganze Sätze aussprechen konnte. Vor allem auf russisch fluchen hatte er gelernt, abgehört von den Handwerkern, wenn sie sich beschimpften. Er umfaßte Adele, streichelte sie und spürte, wie sie schlaff in seinen Armen lag.

»Es war zuviel, Fritz …« sagte sie, fast unhörbar. »Das Meer, die Schlitten …« Sie legte die Hände auf den gewölbten Leib und starrte Wachter flehend an. »Das Kind … ich spüre es nicht mehr … es bewegt sich nicht mehr … es ist alles so still in mir … Ich habe Angst –«

Angst hatte auch Wachter, als er den Zustand seiner Frau sah. »Den Arzt hole ich!« sagte er und wußte sonst keine Worte, die sie trösten konnten. »Leg dich hin, Delchen, lieg ganz still … es ist bestimmt nichts Schlimmes.«

Der Zweite Hofarzt, ein Benjamin van Rhijn aus Amsterdam, den Peter I. bei seiner letzten Reise 1716 mitgenommen hatte, wollte Wachter erst an einen normalen Medicus verweisen, wurde dann aber sehr zuvorkommend, als er hörte, daß der Zar diesem Deutschen viele Sonderrechte eingeräumt hatte.

Als Wachter in seine Wohnung zurückkam, lag Adele fiebernd auf dem Bett, mit glühendem Kopf, geschwollener Zunge und schien nicht mehr zu begreifen, was um sie herum vorging. Julius saß an ihrem Bett mit weiten, angstvollen Augen und betete stumm.

»Die Mama …« stammelte er, als Wachter und der Arzt ins Zimmer stürzten. »Die Mama …«

Es war, wie Adele schon befürchtet hatte: das Kind in ihrem Leib war gestorben, das Leichengift floß bereits durch ihre Adern. Dr. van Rhijn setzte sich auf die Bettkante und sah zu Wachter hinauf.

»Hier kann nur Gott helfen –« sagte er betroffen.

»Gott ist nicht hier, aber Ihr seid da. Tut etwas! Rettet sie! Wozu habt Ihr studiert, wenn Ihr nur herumsitzen könnt und klagt. Rettet sie ...«

Dr. van Rhijn nickte. »Tücher brauche ich«, sagte er. »Viel heißes Wasser, große Schüsseln und Eimer. Ob es gelingt, ich weiß es nicht.«

Drei Stunden arbeiteten sie gemeinsam an Adeles Körper und kämpften gegen den Tod. Sogar Julius, der Elfjährige, half tapfer, wenn auch weinend mit, schleppte Wasser, trug die blutigen Tücher weg, spülte die Schüsseln aus und starrte auf seine Mutter, als könne sein Blick den Tod verjagen.

Fürchterlich war es, was Dr. von Rhijn tat, aber es war die letzte Möglichkeit, Adeles Leben zu retten. Mit langen Zangen holte er das tote Kind stückweise aus dem Körper. Ein Mädchen war's, wie die Hebamme in Berlin es vorausgesagt hatte. Das faulende Fruchtwasser saugte er ab, ließ Adele zur Ader und rieb die Ohnmächtige mit kalten rauhen Tüchern ab, mischte verschiedene Pulver und Flüssigkeiten zusammen und füllte sie in eine dunkle Flasche.

»Das muß sie trinken«, sagte der Arzt und sank erschöpft auf einen Stuhl. »Fünfmal am Tag fünfzig Tropfen in Wasser.« Er blickte zur Seite auf die noch immer ohnmächtige Wachterin. Farblos war ihr Gesicht geworden, eingefallen die Backen und die Augenhöhlen. Auf ihrem Leib lagen jetzt mit kaltem Wasser getränkte Tücher, ein scharfer Alkoholgeruch war im Zimmer – zum Schluß hatte Dr. von Rhijn noch den ganzen Körper mit starkem Wodka eingerieben. »Mehr kann ich nicht tun.« Er blickte Wachter mit müden Augen an. »Jetzt können wir wirklich nur noch auf Gott hoffen ...«

»Ihr habt keine Hoffnung mehr?«

»Was soll man da sagen?« Dr. van Rhijn wischte sich über das Gesicht. »Es ist das erstemal, daß ich solch eine Operation gemacht habe.«

Am nächsten Tag begann man, die erste Bernsteinwandtafel an die neue Unterkonstruktion zu befestigen. Der Zar war natürlich wieder dabei in seiner Zimmermannskleidung, davon begeistert, mitarbeiten zu können und bis in die Seele entzückt von diesem »Wunder aus Bernstein«, das ausgebreitet vor ihm auf den Dielen lag. Er war der einzige, der frohgelaunt war. Die Schreiner- und Bernsteinmeister fürchteten seinen Zorn und schielten immer wieder auf das spanische Rohr, das in einer Zimmerecke stand, und Wachter tappte übermüdet und mit geröteten Augen umher und starrte ab und zu wie abwesend aus dem Fenster.

»Was hat Er?« fragte Peter I. »Ist er krank? Wie sieht Er aus ... Augen wie ein Kaninchen, ein welker Hals ...«

»Meine Frau ist sehr krank, Majestät ... Ein Kind hat sie verloren ...«

»Das kenne ich. Dafür wird ein neues kommen ...«

»Im Mutterleib ist es gestorben, hat den Körper vergiftet. Der Medicus hat das Kind entfernt ...«

»Welcher Medicus?« fragte der Zar plötzlich mit lauter Stimme.

»Der Zweite Hofarzt, Dr. van Rhijn ...«

»Her mit ihm!« brüllte Peter I. in höchstem Zorn. »Hierher, sofort!« Die Tür riß er auf und schrie in den Gang, wo einige Lakaien warteten. »Herbringen, den Zweiten Medicus! Hier in das Bernsteinkabinett!«

Nach zehn Minuten schon erschien Dr. van Rhijn in der Tür. Seine lederne Arzttasche hatte er bei sich, im Glauben, der Zar habe sich bei der Arbeit verletzt. Aber sofort erkannte er den Irrtum, als Peter wie ein tobender Riese auf ihn zuging.

»Was hat Er getan?!« brüllte er. »Operiert, ohne mir ein Wort zu sagen? Weiß Er nicht, was alle Spitäler der Stadt wissen? Kennt er nicht meinen Befehl, mir jede ungewöhnliche Operation zu melden und zu warten, bis ich ihm assistiere?! Hat Er nie gehört, daß ich von Holland das beste chirurgische Besteck mitgebracht habe?! Er Lump, Er verdammter?!«

»Majestät –« Dr. van Rhijn senkte den Kopf. Er wollte vor dem Zaren auf die Knie fallen, aber das hätte Peter noch mehr erzürnt. Einen kriechenden, um Gnade bettelnden Mann verabscheute er. »Es war zu eilig ...«

»Nichts ist so eilig, als daß man mir ein Wort sagt! Er hat operiert, ohne mich zu rufen. In meinem Haus! Weiß Er, was Er verdient hat?«

»Majestät …«

»Zwanzig Schläge mit der Knute! Er melde sich beim Exekutor, oder soll ich Ihn hinschleifen lassen? Hinaus! Und komme Er wieder und zeige Er mir seinen blutigen Rücken –«

Wie gebrochen wankte Dr. van Rhijn aus dem Bernsteinzimmer, lehnte sich draußen an die Wand und weinte. Ein Page trat zu ihm … was der Zar im Zimmer gebrüllt hatte, war auf den Fluren gut zu hören gewesen.

»Weint nicht, Medicus«, sagte der Page voll Mitleid. »Was sind schon zwanzig Schläge? Man kann sie überstehen. Kommt, ich führe Euch zur Strafkammer. Dort habt Ihr's besser, als wenn der Zar Euch selbst verprügelt.«

Im Bernsteinzimmer herrschte ängstliches Schweigen. Peter stand am Fenster, sein Gesicht zuckte wieder, der nervöse Krampf verzerrte sein Antlitz zu einer Fratze, die einen erstarren ließ. Woher Wachter den Mut nahm, er wußte es hinterher nicht mehr zu erklären. An den Zaren trat er heran, stellte sich dicht hinter ihn und sagte leise:

»Warum wird der Medicus bestraft? Vielleicht hat er meiner Frau das Leben gerettet …«

Der Zar drehte sich nicht um. Zum Fenster hin knurrte er: »Sei Er still, Fjodor Fjodorowitsch! Noch nicht lange genug ist Er in Rußland. Wissen muß Er, daß nur *ein* Wort gilt: das des Zaren! Ist es bei Seinem König anders?«

»Nein, Majestät.«

»Also bezwinge Er sich und widerspreche Er nicht Seinem Zaren.«

Kurz danach betraten Peter I. und Wachter die Beamtenwohnung, und der Zar ging sofort in das Schlafzimmer. Adele lag graubleich im Bett, aus der Ohnmacht erwacht war sie, aber zu schwach, um ein Wort hervorzubringen. Als sie den Zaren erkannte, der sich über sie beugte, wurden ihre Augen weit, ihre Lippen bewegten sich, und in den Mundwinkeln tauchte ein Zucken auf. Julius stand auf der anderen Seite des Bettes, starrte den Zaren an und hielt das nasse Tuch mit beiden Händen umklammert, das er gerade seiner Mutter vom Leib gezogen hatte, um es zu wechseln.

»Sie wird es überstehen«, sagte Peter I. Ein väterlicher Ton war in seiner Stimme. »Ich kenne Sterbende … Sie sieht anders aus. Habe Sie nur Mut und einen starken Glauben.«

Ganz leicht bewegte Adele den Kopf … sie nickte. Der Zar richtete sich wieder auf und warf einen Blick auf Julius, der immer noch erstarrt die Tücher an sich drückte.

»Ist das Sein Sohn, Fjodor Fjodorowitsch?« fragte er dann.

»Ja, Majestät. Bisher mein einziger. Das zweite Kind hat mir nun das Bernsteinzimmer genommen.«

»Ein braver Bursche. Was soll er später werden?«

»Mein Nachfolger wird er sein, das Bernsteinzimmer pflegen.«

»Er wird Ihm würdig sein, Wachterowskij.« Der Zar griff in die Tasche seiner Zimmermannshose, aber da war nichts als Nägel und Klammern. Was hatten Kopeken oder Rubel auch dort zu suchen? »Du bekommst zehn Rubel von mir«, sagte Peter I. »Dein Vater bringt sie dir morgen mit. Wie heißt du?«

»Julius …« stotterte der Junge.

»Julian Fjodorowitsch. Natürlich, ich hab's vergessen. Zehn Rubel. Was wirst du damit tun?«

»Ein Buch kaufen über das Wissen eines Medicus.«

»Bei Blitz und Donner, das ist eine kluge Antwort.« Der Zar wandte sich zu Wachter um und klopfte ihm auf die Schulter. Wachter war es, als zerbräche sein Schulterblatt. »Stolz kann Er sein auf Seinen Sohn. Er bleibt jetzt hier bei Seiner Frau. Die Bernsteintafel werden wir auch ohne Seine Hilfe an die Wand bekommen.«

»Sie darf mit dem Untergrund keine Spannung haben, Majestät.«

»Ich habe Schiffe gebaut, Schiffe für alle Meere. Traut Er mir da nicht zu, eine Wandtafel anzubringen?!«

Der Zar nickte Adele noch einmal zu, warf einen wohlwollenden Blick auf den Jungen und verließ dann die Wohnung. Erst als die äußere Tür zufiel, rührte sich Julius. Er sah sich suchend um und schüttelte den Kopf.

»Wo ist Moritz?«

»Unterm Bett.« Wachter lachte leise. »Selbst er hat Angst vor dem Zaren.«

»Ich habe keine Angst vor dem Zaren!« sagte Julius. »Er ist ein böser Mann … aber mich hat er angeblickt wie einen Freund.« Er hob die Laken hoch und sah seinen Vater strahlend an. »Papa ... wir müssen die Tücher wechseln.«

Adele Wachter überlebte. Ein Wunder war's ... oder doch die ärztliche Kunst von Dr. van Rhijn? Nach fünf Tagen stand sie zum erstenmal auf, schwankte, auf Julius gestützt, einmal durchs Zimmer und legte sich dann, vor Schwäche zitternd, wieder hin. Aber ihr Gesicht hatte wieder Farbe bekommen, sie aß, ganz langsam schluckend, eine kräftigende Suppe aus Rindsbouillon mit kleinen, geringelten Nudeln, die der Hofkoch hinüber ins Beamtenhaus bringen ließ.

Der Zar war selbst dabei, als Adele zum erstenmal das Bett verließ, und sagte tadelnd, als Adele, kaum daß sie die Beine auf den Dielen hatte, einen tiefen Knicks versuchte, bei dem sie umgefallen wäre, wenn Julius sie nicht aufgefangen hätte:

»Laß Sie den Unsinn, Adele Iwanowna! Ich bin nicht der Zar ... ich bin der Zimmermann Pjotr Alexejewitsch. Draußen ist Frühling, die Bäume beginnen mit der Blüte, die Wildgänse sind zurückgekommen, die Störche fliegen ein, und das Meer leuchtet wie Silber. Wenn Sie kräftig genug ist, schicke ich eine Kutsche, und Sie fährt übers Land und erholt sich in der Sonne.« Er zögerte und fügte dann hinzu: »Der Amsterdamer Medicus ist belohnt worden. Zum Leibarzt habe ich ihn ernannt. Ist Sie zufrieden mit mir?«

»Majestät ...« stammelte Adele und hielt sich an ihrem Sohn fest. »Wie kann ich Ihnen danken?«

»Indem Sie nach angemessener Zeit vergißt, was gewesen ist, und sich nach einem neuen Kind sehnt. Sie ist eine tapfere, schöne Frau ...«

So war es. Eine Woche später – der Aufbau des Bernsteinzimmers war zur Hälfte vollendet – fuhr eine kaiserliche Kutsche vor mit einem uniformierten Leibkutscher, und hinter dem Aufbau standen zwei Pagen zur Bedienung. Es war, als fahre eine Fürstin aus.

Petersburg im Frühling ... ein Wirklichkeit gewordenes Märchen.

Adele weinte vor Glück und vor Ergriffenheit vor soviel Schönheit, als sie am jenseitigen Ufer der Newa stand und hinüberblickte auf die in der Sonne leuchtende Stadt, auf die Türme und Dächer, die Paläste und Häuser, die Kanäle und breiten Straßen. Und sie legte den Arm um Julius und sagte:

»Mein Junge, das ist wirklich unsere Heimat. Vergiß es nie!«

Die Einweihung des wiederaufgestellten Bernsteinzimmers nahm der Zar allein vor. Diesmal waren seine Narren und Zwerge nicht dabei, wie sonst bei den Festen, wo sie tanzten und purzelten, sangen, deklamierten und die Gäste verspotteten. Am Hofe wurden die über sechzig Spaßmacher wie Haustiere gehalten, die der Zar liebte und verhätschelte, die aber unter Anführung seines Lieblingszwerges Lewon Uskow nicht nur harmlose Späße trieben, um die Geladenen zu erheitern. Sie waren vor allem seine Beobachter und Spione, die auch alle Schwächen, Verfehlungen, Veruntreuungen, Lügen und Diebstähle der Würdenträger bei Hofe auskundschafteten und diese dann wie fröhliche Geschichten erzählten, während der Zar die Betroffenen scharf musterte, wie sie darauf reagierten. Im Bernsteinzimmer hingegen saß er ganz allein auf einem geschnitzten, vergoldeten Stuhl in der Mitte des »Sonnenzimmers«, schwieg, blickte wie in unendliche Weiten und schien sein bisheriges Leben zu überdenken ... den schier ewig währenden Krieg gegen Schweden, die bisher über 300 000 Gefallenen, die vielen Enthaupteten, Geräderten und Gepfählten, die Gefolterten und zu Krüppeln Geschlagenen, die schleimigen Günstlinge und die willigen, lüsternen Mätressen. Der Zarewitsch war nach Österreich geflohen, um zu saufen und zu huren und sich als Werkzeug einer Verschwörung gegen seinen Vater mißbrauchen zu lassen. Er dachte vielleicht an die schöne Zeit in Holland und Frankreich, die ihm viele Erfahrungen und einen Tripper eingebracht hatte, der trotz Behandlung durch die Leibärzte Dr. Blumentrost, einem Deutschen, und Dr. Paulson, einem Engländer, immer wieder ausbrach, oder auch an die wilden Saufgelage, die er manchmal veranstaltete, bei denen Huren in solchen Scharen zu Diensten waren, daß Dr. Blumentrost eines Tages zu ihm sagte:

»Majestät, schonen Sie sich. Geben Sie Ihr ausschweifendes Leben auf.«

Und Peter hatte ihn angebrüllt: »Esel seid Ihr! Alle Esel!«

Bei der dritten Warnung hatte er Blumentrost und Paulson mit der Dubina verprügelt, so arg, daß sie von da an schwiegen und nur sorgenvoll das Wachsen seiner verschiedenen Krankheiten beobachteten: die schweren Beine, die Nieren- und Blasenschmerzen, die Harnsteine, die immer häufiger auftretenden Krämpfe, das Schwanken zwischen Bärenstärke und schlaffer Bettruhe.

Und an Katharina, seine Frau, dachte der Zar in dieser einsamen Stunde im neuen Bernsteinzimmer, an die Frau, die einmal Dienstmagd gewesen war, und jetzt, trotz aller wechselnder Mätressen, der Ruhepol seines Lebens geworden war, die Frau, die er liebte und zur Kaiserin gemacht hatte, die ihm treu war – das glaubte er unerschütterlich – und bei der er ein Mensch und nicht nur der gefürchtete Zar sein konnte.

Welch ein Leben lag hinter ihm – und welch ein Leben hielt die Zukunft noch für ihn bereit?

Ab und zu hob er den Kopf, ließ den Blick über die Bernsteinmosaike, die Sockel, Schnitzereien, Figuren, Masken, Bordüren und Gesimse gleiten: eine in der Sonne vom weißlichen Gelb bis zum Braun schimmernde, ihn umschließende, eigene Welt. Und er spürte, wie sich die Unruhe in ihm legte und dieses Zimmer seine heimliche, seelische Beichtkammer werden konnte. Hier, von tausendfältigen Strahlen umgeben, konnte er sich vor sich selbst offenbaren und ehrlich gegen sich selbst sein.

Nach gut einer Stunde riß der Zar die Tür auf und winkte den draußen wartenden Wachter hinein.

»Begreif Er eins –« sagte er sehr ernst – »das hier ist *mein* Zimmer. Niemand anderes darf hinein! Nur wenn ich es befehle.«

»Auch nicht die Zarin, Majestät?« fragte Wachter.

»Sie darf... aber sie wird nicht. Nur ich und Er … und ich schicke Ihn nach Sibirien zu den Wölfen, wenn ein Fremder dieses Zimmer betritt.«

Der Zar ging zum Fenster, blickte hinaus über die Newa und die Kanäle und Inseln, über die herrliche Stadt, die sein Werk war, herausgestampft aus einem sumpfigen, modrigen Boden, und sagte mit leiser Stimme:

»Umgeben bin ich von Arschleckern, Heuchlern, Intriganten, Verrätern, Dieben, Mördern, Postenjägern und Ehrgeizlingen. Fürchterlich ist es …«

»Jagt sie alle weg, Majestät.«

»Und dann? Die dann Kommenden sind nicht besser. Eine Hydra ist's ... einen Kopf schlägt man ab und zwei neue wachsen nach! Habe ich Freunde? Ist Menschikow mein Freund? Schafirow? Dolgorukij? Trubezkoj? Romodanowskij? Ich weiß es nicht. Jeder würde mich verraten, wenn es ihnen nützt. Fjodor Fjodorowitsch, *Er* wird mich nie verraten.«

»Nie, Majestät.« Wachter trat neben den Zaren ans Fenster. »Schlagt mir den Kopf ab beim geringsten Verdacht.«

»Ein guter Mensch ist Er. Er und Seine Familie. Sein Sohn ist, wie ich gern einen Sohn gehabt hätte. Aber das Schicksal hat mir einen Schwächling, Säufer und Verräter beschert. Wachterowskij, sei Er mein heimlicher Freund. Ich weiß, Er begehrt nichts von mir, kein Amt, kein Fürstentum, keinen Palast, keine Armee, keine Weiber ... er ist nur da für das Bernsteinzimmer. Und ich will, daß Er auch da ist für mich. Bei Ihm will ich mich aussprechen und sagen, was keine anderen Ohren hören sollen. Hier in diesem Zimmer. Er soll der Trog sein, in den ich mein Herz ausschütte. Aber wehe, wehe Ihm, wenn ein einziges Wort davon bekannt wird. Auch bei seinem Weibe nicht.«

»Ich schlucke Ihre Sorgen in meine Seele, Majestät. Mit mir sterben sie.«

Der Zar nickte, legte den Arm um Wachter, küßte ihn auf beide Wangen und verließ dann das Bernsteinzimmer. Draußen im Flur hörte man ihn wieder mit den Höflingen brüllen. Zwei Zaren gab es jetzt in Petersburg: Peter den Großen, den mächtigsten Herrscher Europas, und Peter Alexejewitsch Romanow, der immer morscher werdende Riese, der in seinem Bernsteinzimmer allein Gericht über sich selbst hielt. Welch ein Zwiespalt, von dem die Welt nie etwas erfahren würde!

Das Jahr ging vorüber, Adele war wieder schwanger, Julius, unterrichtet von dem deutschen Lehrer Georg Thorfeld aus Hannover, las mit glühenden Wangen medizinische Bücher und begleitete Dr. van Rhijn oft zu den Kranken.

Ein ruhiges, schönes Leben wäre es gewesen, wenn nicht am 21. Januar 1718 der nach Österreich geflüchtete Zarewitsch Alexej nach Rußland zurückgekehrt wäre. Eine List Peters hatte ihn aus der Sicherheit weggelockt ... der Zar versprach ihm Gnade und Güte, wenn er ab jetzt ein guter Kronprinz sei, und er sicherte ihm sogar zu, daß er seine Mätresse Afrosinja heiraten könne. Die Anhänger des Zarewitsch, die Grafen Tolstoj, Rumjanzew und Wesselowskij warnten ihn, aber allein die Aussicht, seine über alles Geliebte als Zariza zu sehen, zerstreute bei Alexej alle Bedenken. Er ließ Afrosinja in Venedig zurück und freute sich auf die Umarmung mit seinem ihm vergebenden Vater.

Die Wahrheit erfuhr er sofort, nachdem er die russische Grenze überschritten hatte. Kosaken kreisten die Kolonne ein und brachten alle nach Twer bei Moskau, wo sie erfuhren, daß der Zar sie in Moskau sprechen wolle.

Vor seiner Fahrt nach Moskau saß der Zar wieder eine Stunde allein im Bernsteinzimmer und sprach mit sich selbst. Dann holte er Wachter herein, umarmte ihn und sagte mit dumpfer Stimme: »Ein schwerer Gang steht mir bevor. Die Welt wird mich ein Ungeheuer nennen, aber Rußland und sein Weiterleben zwingen mich dazu. Ich allein bin verantwortlich für mein Volk!«

Am 3. Februar 1718 fand im großen Audienzsaal des Kreml von Moskau in Gegenwart der höchsten Würdenträger des Reiches der erste Prozeß gegen den Zarewitsch und seine Freunde statt. In einem kurzen Vorgespräch sicherte der Zar seinem Sohn große Gnade zu, wenn er die Verräter und Mitverschworenen beim Namen nenne. Sonst – und das war klar gesagt – gab es Folter bis zum Tod.

Alexej, der Schwächling, der Säufer, Spieler, Hurer und Verräter, brach zusammen, warf sich, unter Tränen, dem Zaren zu Füßen und nannte Namen ... viele Namen, große Namen, von Peters Halbschwester, der Zarewna Maria Alexejewna bis zu Fürst Wassilij Dolgorukij, von Fürst Juri Trubetzkoj bis zum Fürsten von Sibirien, selbst seine eigene Mutter, die frühere Zarin Jewdokija, verschonte er nicht.

Eine Untersuchung jagte die andere, die Verhafteten füllten die Verliese, gestanden unter grausamen Foltern ihre Kontakte zu Alexej, was dem Zaren genügte, und am 22. März sprach man die Urteile.

Der Zar selbst war dabei, als am 26. März 1718 auf dem Roten Platz vor der Kremlmauer die Hinrichtungen stattfanden. 300 000 Zuschauer waren gekommen, um diesem grausigen Schauspiel beizuwohnen ... dem Enthaupten und Aufhängen, dem Rädern und Pfählen, dem Zu-Tode-Peitschen und dem Tod durch glühende Eisen. Ein Abschlachten war's, vor dem die übrige Welt erschauderte.

Gleich nach den Hinrichtungen fuhr Peter I. nach Petersburg zurück. Alexej, den Zarewitsch, nahm er mit. Er saß neben seinem Vater im Schlitten, unterwürfig, dankbar, nicht so bestraft zu werden wie seine Freunde und seine eigene Mutter, die der Zar auspeitschen und in ein fernes Kloster bringen ließ.

»Es ist geschehen!« sagte der Zar, als er zwei Tage nach seinem Strafgericht in Moskau wieder im Bernsteinzimmer saß und umgeben von dem Sonnenstein seine innere Ruhe wiederzufinden suchte. »Fjodor Fjodorowitsch, nur der Anfang war's. Erinnert Er sich noch an meine Worte? Habe ich Freunde? Mein eigener Sohn gehört an den Galgen. Aber kann ich das? Steck ich ihn in ein einsames Kloster ... neue Verräter und der Pöbel werden ihn befreien. Nie kommt mein Land zur Ruhe. Gott, was soll ich tun?!«

Am 15. April 1718 traf die Geliebte des Zarewitsch, die angebetete Hure Afrosinja, in Petersburg ein. Voll Ungeduld wartete Alexej darauf, sie in die Arme nehmen zu können, aber anstatt sie zu ihm zu bringen, schloß man sie sofort in eine Zelle der Peter-und-Pauls-Festung ein. Ihr Gepäck wurde durchsucht, und man fand, eingenäht in einen Kleidersack, zwei Briefe, die Alexej von Neapel aus geschrieben hatte: an den russischen Senat und an die Erzbischöfe der russisch-orthodoxen Kirche. Briefe, die eindeutig bewiesen, daß der Zarewitsch nur auf den Sturz seines Vaters wartete, um sich als neuer Zar krönen zu lassen.

Mit versteinertem Gesicht las Peter diese Schriftstücke. Von neuem zog er sich allein ins Bernsteinzimmer zurück, las immer wieder die Zeilen seines Sohnes und drückte dann die Stirn hilflos gegen eine der Wandtafeln, als könne ihn der Bernstein aus seinem Millionen Jahre alten Leben einen Rat geben.

Am 14. Juni 1718 eröffnete der Zar im großen Senatssaal mit einem Gottesdienst die Gerichtsverhandlung gegen seinen Sohn. 127 Würdenträger bildeten das weltliche Gericht; drei Metropoliten, fünf Bischöfe, vier Archimandriten und eine große Zahl anderer hoher Kirchenherren stellten das geistliche Gericht dar. Der Zar selbst führte die Anklage und verhörte den Zarewitsch.

»Behandelt Alexej wie jeden meiner Untertanen!« rief der Zar in den Saal. »Behandelt ihn in der erforderlichen Form und mit der notwendigen Strenge.«

Alle im Saal erstarrten, jeder wußte, was diese Aufforderung bedeutete: Die Folter! Die Folter für den Zarewitsch!

Am 19. Juni war die erste Befragung. In einer Kalesche, begleitet von seinem Günstling Fürst Menschikow, fuhr der Zar hinüber zur Peter-und-Pauls-Festung und stieg hinab in die eigens für den Zarewitsch eingerichtete Folterkammer. An die Wand stellte er sich, gab selbst den Wink, und dann führten die Knechte den Zarewitsch herein, mit entblößtem Oberkörper, ein langaufgeschossenes bleiches Kerlchen, das beim Anblick der Foltergeräte und seines Vaters zu weinen begann. Sofort ergriffen ihn vier geübte Henker, hoben ihn hoch, schnallten ihn an den Wippgalgen, seine Füße berührten nicht mehr den Boden, an ausgerenkten und verdrehten Armen hing er frei in der Luft. Und dann trat der Henkersknecht heran, in der Hand die Peitsche aus nicht gegerbter, sondern in Milch gekochter Kuhhaut, so hart und ins Fleisch schneidend wie Stahl, sah den Zaren an, und der Zar nickte.

Schon beim ersten Schlag, der die Rückenhaut tief aufriß, schrie Alexej fürchterlich. Beim zweiten Schlag bäumte sich der Körper auf, verkrümmte sich, beim dritten Schlag hingen die ersten Fleischfetzen vom Rücken.

Ein Wink … die Befragung begann. Alexej, unfähig zu sprechen, schüttelte auf alle Fragen den Kopf. Hatte der Kaiser von Österreich ihm Truppen angeboten? Sollten die Truppen in Mecklenburg rebellieren? Wollte er an deren Spitze nach Petersburg marschieren und den Zaren stürzen? Wieviel Geld hatte er von Österreich bekommen?

Der Zarewitsch schwieg.

Fünfundzwanzig Knutenschläge prasselten auf ihn nieder, zerfetzten seinen Rücken bis auf die Knochen, das Blut lief in Strömen an ihm herunter, und immer hatte der Zar bei einem fragenden Blick des Henkers dumpf gesagt: »Weitermachen!«

Alexej gestand alles, brüllte seine Schuld heraus, schluchzte in den Schlagpausen, bettelte um Gnade, und schrie gellend wieder auf, wenn ein neuer Knutenschlag ihn traf.

Nach dem fünfundzwanzigsten Schlag trat der Arzt an den Zaren heran und empfahl, die Befragung zu unterbrechen. Dort hing kein denkender Mensch mehr.

»Er sagt nicht alles! Er lügt noch immer!« sagte Peter ernst. »Henker, mach Er weiter …«

Noch einmal klatschten fünfzehn Schläge mit der in Milch gekochten Kuhhaut auf den zerfetzten Rücken des Zarewitsch. Die tiefen Wunden bildeten schon eine zusammenhängende Masse heruntergerissenen Fleisches, und jetzt, beim vierzigsten Schlag, brüllte Alexej heraus, was Peter erwartet hatte:

»Ja! Ja! Ja! Ich wünschte mir den Tod meines Vaters!«

Der Zar stieß sich von der Mauer ab und verließ den Folterraum. Der Zarewitsch wurde vom Wippgalgen losgebunden, brach auf dem Boden zusammen und wurde hinausgetragen. Der Arzt folgte ihm, um die Wunden zu versorgen. Er ahnte, daß dies nicht die letzte Befragung gewesen war.

In der Nacht zum 20. Juni sah Wachter von seinem Schlafzimmerfenster aus Licht im Bernsteinzimmer. Sofort zog er sich an und rannte hinüber zum Winterpalais, wo ihn die Wachen ohne Fragen einließen. Jeder kannte ihn jetzt und seine Vollmachten.

Der Zar saß wieder in seinem Sessel, hatte die Hände gefaltet und starrte, weit zurückgelehnt, auf die aus Bernstein geschnitzte Maske des sterbenden Kriegers, die Schlüter entworfen haben soll. Ein Gesicht, verzerrt im Schmerz und mit aufgerissenem Mund. Die letzte Sekunde vor der Ewigkeit.

»Was will Er?« knurrte der Zar. »Hinaus mit Ihm!«.

»Ich habe Licht gesehen, Majestät. Meine Pflicht ist es …«

»Pflicht! Fjodor Fjodorowitsch, es gibt Pflichten, vor denen man sterben möchte.« Der Zar schloß die Augen, drehte den Kopf zu Wachter und öffnete sie dann wieder. Sein Blick war elend und voll Qual. »Was täte Er, wenn Sein Sohn wünschte, der Vater wäre tot?«

»Ich weiß es nicht, Majestät. Traurig würde ich sein.«

»Aber der Wunsch bleibt! Und es werden Mördergesellen gesucht, und Verzeihung wird mit Mord gedankt. Mein Freund, der Zar hat keine andere Wahl … er muß richten. Richten nach dem Gesetz und vor Gott. Raus! Laß Er mich allein! Ich kann jetzt keinen Menschen sehen … auch Ihn nicht.«

Leise verließ Wachter das Bernsteinzimmer, setzte sich auf einen

Hocker in eine Ecke des Flures und wartete. Er wußte um die Qual des Zaren … auf den Prozeß gegen den Zarewitsch starrte alle Welt.

Fast eine Stunde saß Wachter auf einem Hocker vor der Tür des Bernsteinzimmers, wie ein Hund, der seinen Herrn bewacht. Als Peter I. endlich aus dem Kabinett kam, blieb er vor Wachter stehen. Gerötete Augen hatte der Zar, als habe er lange geweint, und um seinen Mund lag ein Zug größter Resignation.

»Er ist ja noch immer hier!« sagte er mit rauher Stimme. Auch sie hatte gelitten, war fast tonlos vor Trauer und Bedrückung.

»Solange jemand im Bernsteinzimmer ist, bin auch ich vorhanden, Majestät.«

»Und wenn ich Ihm befehle: Geh Er weg!?«

»Dann muß ich Majestät an meinen Schwur in Ihre Hand erinnern: Laß Er das Bernsteinzimmer nie allein …«

»Ein merkwürdiger Mann ist Er, Fjodor Fjodorowitsch. Hat keine Angst vor dem Zaren! Als einziger von der ganzen Brut, die mich umgibt. Nur winselnde Hunde sehe ich, Tag um Tag, nur schleimige Kümmerlinge! Väterchen, sagen sie zu mir … und denken dabei: Wann stirbt er endlich?! Warum überlebt er alle seine Krankheiten? Warum steht er immer wieder auf von seinem Bett, stärker als vorher? Auch der Zarewitsch denkt so, Wachterowskij! Den Tod seines Vaters wünscht er. Dem österreichischen Kaiser hätte er Geld bezahlt, wenn dieser ihm eine Armee gegeben hätte, mich zu vernichten! Mein eigener Sohn ist ein Lump, ein Verräter, ein Mörder im Geiste, ein Zerstörer Rußlands. Mein Sohn, der Säufer und Hurer, der Knecht seiner mongolischen Dirne Afrosinja, der von Kriechern umschwänzelte Schwächling … er wollte Zar von Rußland werden! Was wäre aus meinem schönen, reichen, fleißigen Land geworden? Fjodor Fjodorowitsch, wie würde Er über einen solchen Sohn urteilen?«

»Mit Gnade, Majestät. Als Mönch in einem einsamen Kloster würde ich ihn büßen lassen. Ihn in die Vergessenheit versenken.«

»Er denkt wie die Zarin.« Peter lehnte sich an die Wand und starrte blicklos in die weite Ferne. »Gnade! Kennt man Gnade mir gegenüber? Ich weiß noch nicht, was ich tue. Geh Er zu seiner Frau, Wachterowskij. Ich tu das gleiche. Und denke Er nicht, sein Zar sei ein Teufel …«

Am 24. Juni 1718, an einem warmen Abend, trat das Gericht der 127 Würdenträger des ganzen Reiches zum letzten Mal zusammen, hörte sich die Geständnisse des Zarewitsch an und las die Zeilen, die Alexej unter größten Qualen, ein Wrack nach den Knutenschlägen, selbst geschrieben hatte, und die endeten mit den Worten: »... Ich hätte an nichts gespart, um meinen Willen durchzusetzen ...« Das hieß: den Tod des Zaren.

Nach kurzer Beratung, während der Zar die Richter mit bösem Blick anstarrte, fällten sie das Urteil, das man von ihnen erwartete, einstimmig, ohne den geringsten Versuch, einen mildernden Umstand zu suchen im Wesen und in den Ausschweifungen des Zarewitsch. Nicht einer wagte es, sich dem stillen Wunsch des Zaren zu widersetzen. Das Urteil lautete:

24. Juni 1718. Wir, die Unterzeichneten, Minister, Senatoren, Funktionäre, Offiziere und Zivilpersonen, versammelt im Saal des Senats von St. Petersburg, haben nach reiflicher Überlegung und inspiriert durch unseren christlichen Glauben kraft der heiligen Gebote des Alten und Neuen Testaments, der heiligen Briefe der Evangelisten und der Apostel, der Regeln und Satzungen der Kirchenväter und Lehrer, des Rechts der römischen und griechischen Kaiser und jenes der anderen christlichen Herrscher wie auch kraft des russischen Rechts einstimmig und ohne Widerrede entschieden, daß der Zarewitsch Alexej für seine Schuld und seinen Aufruhr gegen seinen Herrscher und Vater ebensosehr als Sohn wie als Untertan Seiner Majestät den Tod verdient ...«

Mit betrübtem Herzen und Tränen in den Augen – wie es später hieß – habe man den Zarewitsch zum Tode verurteilen müssen wegen einer Verschwörung, wie es sie ihresgleichen kaum jemals auf der Welt gegeben hat, in Verbindung mit dem Plan zu einem abscheulichen doppelten Vatermord – gegen den Vater seines Landes und seinen leiblichen Vater.

Bei der Verkündung des Urteils fiel der Zarewitsch ohnmächtig um und mußte weggetragen werden.

Der Zar ließ sich fast zwei Tage Zeit, das Urteil zu unterschreiben. Er schloß sich wieder in das Bernsteinzimmer ein, wanderte von Wand zu Wand, drückte die heiße Stirn gegen den kühlen

Sonnenstein, betete und schlug sich selbst mit geballten Fäusten an die breite Brust. Tod durch den Henker oder Begnadigung zu einem Mönchsleben in Sibirien, das lebenslängliches Begrabensein bedeutete? Was bin ich zuerst: Zar von Rußland oder Vater eines mißratenen Sohnes? Was ist meine Pflicht gegenüber dem Vaterland, Gott und der übrigen Welt? Wer hilft mir? Mir, dem allmächtigen Zaren, der jetzt allein ist, ganz allein – und weint?

In der Nacht zum 26. Juni stand Wachter wieder vor dem Bernsteinzimmer auf dem Flur und wartete auf den Zaren. Wieder hatte er Licht gesehen, war voll dunkler Ahnungen in das Palais gelaufen und hatte an der Tür des Zimmers gerüttelt. Von innen kam keine Antwort, kein Wort, kein Zuruf, nur die stampfenden, dröhnenden Schritte hörte man, wenn der Zar ruhelos hin und her lief, und eine Art dumpfes Trommeln hörte man auch, das sich Wachter nicht erklären konnte. Es war, wie wenn der Zar sich selbst mit Fäusten schlug.

Um vier Uhr morgens öffnete der Zar die Tür und trat hinaus. Schrecklich sah er aus, zerstört das Gesicht, bleich, mit zuckendem Mund und starrem Blick. Die Krämpfe hatten ihn wieder geschüttelt und ihre Spuren tief in ihm hinterlassen.

»Da ist Er ja schon wieder!« sagte Peter mit müder Stimme. »Werd ich Ihn denn nie los?«

»Nur wenn Sie mich köpfen lassen, Majestät.«

»Vielleicht wird das einmal geschehen.« Der Zar lehnte sich wieder an die Wand des Flures. »Was will Er hier? Ich weiß, ich weiß ... Er hat Licht gesehen. Aber nun weiß Er, wer hier ist, und Er kann gehen!«

»Mich treibt die Sorge, Majestät.«

»Sorge um wen? Um mich oder um den Zarewitsch?«

»Um beide, Majestät. Es ist eine Einheit.«

»Wenn Er weiterredet, ist Sein Kopf noch heute ab!« schrie der Zar. »Geh Er!«

»Sei's drum, Majestät.« Wachter holte tief Atem. »Alle kennen das Urteil gegen den Zarewitsch. Alles blickt nach Petersburg. Was tut der Zar?«

»Was er tut?« Peter I. ballte die Fäuste. »Allein ist er. Allein mit Gott! Allein mit seinem Gewissen! Allein mit seiner Pflicht! Niemand kann mir raten! Niemand wagt es, ein Wort zu mir zu sagen.

Der einsamste Mensch auf dieser Erde bin ich ... vor eine Entscheidung gestellt, die mir niemand abnehmen kann, wie sie noch nie einem Menschen gestellt worden ist. *Das* ist der Zar, Wachterowskij: ein Nackter im sibirischen Eissturm.«

»Gibt es keinen, der Ihnen einen Pelz umhängt?«

»Nein!«

»Darf ich es, Majestät?«

»Nein! Halte Er sich da raus, Fjodor Fjodorowitsch. Ein tödliches Mitleid kann das werden. Ich möchte Ihn behalten. Was um mich herumkriecht, dieses Geschmeiß, es ekelt mich! Welch ein Tag ist heute! Die Welt und ich werden ihn nie vergessen.«

Um acht Uhr morgens, am 26. Juni 1718, trafen in der Peter-und-Pauls-Festung der Zar, Fürst Menschikow, Fürst Dolgorukij, Admiral Apraxin, Kanzler Golowin, Vizekanzler Schafirow, General Buturlin – sie alle hatten das Urteil unterzeichnet – und einige andere Personen ein, begaben sich nach dem schnellen Verlassen ihrer Kutschen unverzüglich in die dunklen Gänge der Bastion Trubezkoj, und alle Türen wurden hinter ihnen verriegelt. Kurz darauf, so berichteten Bauarbeiter, die in der Nähe einen neuen Turm errichteten, gellten durch die vergitterten Fenster grauenvolle Schmerzensschreie, die nur von Alexej Petrowitsch kommen konnten. Aber auch sie verstummten sehr schnell, und dann lag eine bedrückende Ruhe über der Trubezkoj-Bastei.

Um elf vormittags öffneten sich wieder die Tore, der Zar mit seinem Gefolge kam heraus, stieg ohne ein Zeichen von Erregung, Trauer, Entsetzen oder Betroffenheit in seine Kutsche und fuhr davon. Er sah aus wie immer ... ein unbezähmbarer Riese in einfacher Handwerkerkleidung, mit kühlem Blick und dem Gang eines Seemannes.

Zurückgekehrt ins Winterpalais aß er mit großem Appetit zu Mittag, trank hinterher Kwaß und zwei Gläser Anisbranntwein, und auch das Essen selbst war nichts Besonderes: eine Sauerkohlsuppe, kalter Braten mit Gurken und Pilzen, Kohlpiroggen und zum Abschluß der so geliebte Limburger Käse, dessen Größe er jedesmal mit einem Zirkel maß und sich notierte, weil er den Verdacht hegte, sein Küchenmeister Velten nasche heimlich von diesem köstlichen, stinkenden Stück. An diesem Tag trank er sogar noch nach dem Kwaß und Branntwein zwei Gläser Tokajer, küßte der Zarin Katharina die Augen und ging in sein Arbeitskabinett. Den ganzen Nachmittag arbeitete er dort, gab Anordnungen für die am nächsten Tag geplanten Feierlichkeiten zum Jahrestag des glorreichen Sieges von Poltawa, bestimmte das Tedeum, das er wünschte, besprach in gütiger Laune einige politische Dinge und stieg dann hinauf ins Bernsteinzimmer. Keiner hatte ihn bisher etwas gefragt, auch Katharina nicht, die ihn bei Tisch stumm gemustert und in seinem Gesicht nach Antwort gesucht hatte.

Wachter war – wie konnte es anders sein – im Bernsteinzimmer und reinigte mit einem feuchten weichen Lederlappen die Falten eines aus Bernstein geschnitzten Kopfes.

»Hinaus mit Ihm!« sagte der Zar dumpf. »Und wage Er nicht, mich zu stören! Keinen will ich sehen … auch Gott nicht …«

Mit einer tiefen Verbeugung und einem sorgenvollen Blick verließ Wachter das Zimmer.

Um sechs Uhr abends gaben der Festungskommandant und der Arzt den Tod des Zarewitsch Alexej Petrowitsch bekannt. Unerwartet, an einem Schlaganfall, sei er gestorben. Kurz nachdem sein Vater, der Zar, ihn gegen elf Uhr am Vormittag verlassen hatte, sei er in tiefe Ohnmacht gefallen und nicht mehr aus ihr aufgewacht.

Ein Zittern des Grauens lief durch Petersburg und später durch ganz Rußland, durch Europa, durch alle Herrscherhäuser. Wer glaubte an den Schlaganfall? Was war zwischen acht Uhr morgens und sechs Uhr abends in der Trubezkoj-Bastei geschehen? Die Eingeweihten schwiegen, das Entsetzen in sich verbergend. Aber bald kamen die Gerüchte auf, von denen keiner wußte, was Wahrheit oder Erfindung war:

Der österreichische Gesandte Pleyer meldete drei Tage nach dem Tod des Zarewitsch nach Wien, Alexej sei mit einem Schwert oder einer Axt hingerichtet worden, und der Zar selbst habe den tödlichen Hieb gegen seinen Sohn geführt.

Der holländische Gesandte Jakob de By sandte einen Bericht, nach dem der Henker dem Zarewitsch die Adern geöffnet habe und er verblutet sei. In Gegenwart des Zaren.

Eine Kammerfrau Katharinas, die Deutsche Anna Kramer, erzählte, man habe Alexej auf Befehl des Zaren und in seiner Gegenwart die Kehle durchgeschnitten. Dann sei eine Frau aus Narwa, die nebenan gewartet habe, hereingeholt worden, und diese habe den abgeschnittenen Kopf kunstvoll wieder angenäht, damit man den Zarewitsch später mit Prunk im offenen Sarg aufbahren könne. Eine breite, lange Halsbinde würde jetzt den Schnitt verdecken.

Ein anderes Gerücht wurde verbreitet: Alexej sei von vier Gardeoffizieren mit Kissen erstickt worden. Einer der Offiziere mit Namen Rumjanzew beichtete es später auf seinem Totenbett – aber wer glaubte ihm?

Und es wurde weiter gerätselt. War der Zarewitsch erdrosselt worden? Hatte man ihm Gift gegeben? Hatte sein Vater ihn mit der Knute so lange geschlagen, bis er unter dieser schrecklichen Folter starb? Wie kann man die Schmerzensschreie kurz nach Eintreffen des Zaren und seines Gefolges in der Peter-und-Pauls-Festung erklären?

Lebte Alexej Petrowitsch noch, als der Zar um elf Uhr vormittags die Trubezkoj-Bastei verließ?

Wer wagte zu fragen? Wer wollte sich Verfolgungen aussetzen? Wer wollte gehängt werden? Der Zarewitsch war tot – das war das einzige, was man sicher wußte. Alles andere blieben wilde Vermutungen, die nie bestätigt wurden.

An diesem Abend, dem 26. Juni 1718, blieb Peter I. allein in seinem Bernsteinzimmer, und Wachter stand draußen und schickte jeden weg, der den Zar sprechen wollte. Selbst Menschikow und Vizekanzler Schafirow verwehrte er ein Klopfen und Rufen an der Tür, was Menschikow mit dem gefährlichen Hinweis beantwortete: »Merk Er sich gut: Auch Er ist sterblich, Er, Leiblakei!«

Bevor sie gingen, drückten sie Wachter eine Schriftrolle in die Hand, und Schafirow sagte:

»Übergeb Er dies dem Zaren! Er weiß, was es ist, nach seinem Willen ist es geschrieben. Er möge es unterzeichnen. Es eilt.«

Wieder saß Wachter bis gegen Morgen vor der Tür des Bernsteinzimmers auf seinem Hocker und wartete. Einmal kam Adele zu ihm, mit einem Korb voll Obst und kaltem Pfannkuchen, einem Krug mit Bier und einer Pfeife mit Tabak.

»Etwas essen mußt du«, sagte sie leise. »Und sei vorsichtig, Fritz. Hat er seinen Sohn mit eigener Hand umgebracht?«

»Ich weiß es nicht.«

»Überall in Petersburg flüstert man es. Zu Tode gepeitscht soll er ihn haben und dann auch noch geköpft!«

»So viel wird erzählt werden. Geh jetzt und laß mich mit dem Zaren allein. Einsam ist er im Herzen … nur niemand sieht es.«

Der Morgen graute schon, als das Bernsteinzimmer aufgeschlossen wurde. Der Zar stieß die Tür auf, verkrümmt von Schmerzen; mit wild zuckendem Gesicht und einem verzerrten Mund, aus dem der Speichel rann, stand er dort. Ein neuer Anfall hatte ihn gepackt, und er war so schwer, daß Peter in diesen Minuten an seinen Tod glaubte. Erst der Zarewitsch, jetzt er … Gott strafte Rußland.

»Fjodor –« keuchte er, als er Wachter erkannte. »Fjodor, helf Er mir. Ich sterbe … ich sterbe … Gott hat mich verlassen … Mein armes Rußland …«

Er stützte sich auf Wachters Schulter, aber es war mehr ein Aufbäumen, ein Kampf gegen die Krankheit, und die ganze Last des Riesen lag auf Wachters Rücken. Er stemmte sich breitbeinig gegen das Gewicht, hatte das Gefühl, kleiner zu werden unter dieser Last, zusammenzuschrumpfen, die Knochen schoben sich ineinander, und mit letzter Kraft gelang es ihm, den Zaren gegen die Wand zu lehnen und sich gegen ihn zu drücken wie ein stützender Pfahl.

»Sie werden weiterleben, Majestät –« keuchte er dabei.

»Warum? Warum muß ich weiterleben?«

»Majestät haben noch so viele Pläne, um aus Rußland die stärkste Macht der Welt zu machen. Das müssen Sie noch erfüllen.«

»Und wenn ich es nicht mehr kann, Fjodor Fjodorowitsch?!«

»Sie können es, Majestät. Sie sind wie ein Fels … auch der Tod des Zarewitsch spaltet Sie nicht.«

Der Druck auf Wachters Schulter ließ nach, der Zar richtete sich auf, der Anfall ebbte ab. Mit schweißüberströmtem Gesicht, den Mund noch verzerrt, ein Zittern in den Händen, schwankte er in das Bernsteinzimmer zurück, tastete sich an der Wand entlang, Halt suchend, und erreichte mühsam den geschnitzten Sessel. Mit einem tiefen Seufzer ließ er sich auf den Sitz fallen und streckte die Beine weit von sich.

»Was weiß Er vom Tod meines Sohnes?« fragte Peter I.

»Nichts … nur daß er tot ist.«

»Und Er fragt mich nicht?«

»Ich möchte – wie Sie – weiterleben, Majestät.« Er holte aus der Rocktasche die Schriftrolle und hielt sie dem Zaren hin. »Das haben mir Fürst Menschikow und Kanzler Schafirow gegeben. Es bedarf noch Ihrer Unterschrift.«

»Menschikow. Schafirow! Sie waren hier?«

»Ja, ich habe sie weggewiesen. Ich wußte, daß Majestät allein sein wollten, ganz allein ...«

»Eine gute Tat war das. Ich werde es Ihm danken.«

Der Zar rollte das Schriftstück auf und las den kunstvoll geschriebenen Text. Nicht mehr anzusehen war ihm der Anfall, die Krämpfe hatten seinen Körper verlassen. Ruhig, als sei's ein Tag wie jeder andere, mit gerunzelter Stirn und etwas geschürzten Lippen beendete er die Lektüre des Schreibens und blickte dann zu Wachter hoch.

»Er ist ein kluger Mensch, das weiß ich«, sagte der Zar. »Hör Er zu, was ich in aller Welt verbreiten lassen will:

›Bei der Verkündigung des Gerichtsurteils gegen Unseren Sohn schwankten Wir, sein Vater, zwischen dem naturgemäßen Erbarmen einerseits und der Sorge um die Sicherung des Friedens im Reiche andererseits. Wir konnten in dieser so schmerzlichen und schwerwiegenden Angelegenheit keine Entscheidung treffen. Aber der allmächtige Gott wollte Uns in seiner Güte aus Unseren Zweifeln befreien und Unser Haus und Unser Land vor der Gefahr und der Schande schützen. Er zerschnitt gestern, am 26. Juni, den Lebensfaden des Zarewitsch Alexej. Dieser erlag einer schweren Krankheit, die ihn bei der Verlesung des Todesurteils und der Liste seiner Verbrechen gegen Uns und den Staat befiel. Die Krankheit begann mit einer Art Schlaganfall. Dann kam er wieder voll zu Bewußtsein, beichtete, empfing die christlichen Sterbesakramente und bat Uns, ihn zu besuchen, was Wir auch, seine sämtlichen Übeltaten vergessend, begleitet von allen Unseren Ministern und Senatoren, taten. Er gestand aufrichtig seine Verbrechen gegen Uns, weinte viel und erhielt die Vergebung, die Wir ihm als Vater und Herrscher schuldeten. Am 26. Juni gegen sechs Uhr nachmittags starb er eines christlichen Todes ...‹

Ist das gut so, Fjodor Fjodorowitsch?«

»Es ist klug aufgesetzt, Majestät ... aber keiner wird es glauben.«

Der Kopf des Zaren schnellte hoch, seine Augen sprühten wieder das gefährliche Feuer.

»Warum nicht?! Es ist die Wahrheit!«

»*Wenn* es die Wahrheit ist, *will* sie niemand glauben. Sie klingt zu einfach.«

»Ich habe geschrieben: ›... er zerschnitt den Lebensfaden‹. Ich habe geschrieben: ›... eine Art von Schlaganfall ...‹ Und ich war bei ihm bis gegen elf Uhr morgens. Was ist da Lüge?!«

»Sie haben dem allmächtigen Gott alles zugeschoben. *Er* hat gerichtet, *Sie* von der Entscheidung befreit. Majestät, es klingt wie eine Flucht zu Gott.«

Der Zar starrte Wachter an, als sei er von ihm geschlagen worden. Zum erstenmal in seinem Leben wurde so mit ihm gesprochen, niemand hatte es je gewagt, ihn der Lüge zu bezichtigen, und wer bisher etwas Schlechtes über den Zaren gesagt hatte, war ausgepeitscht, gehängt, geköpft oder gerädert worden. Der Zar hatte immer recht – was er auch tat, es war gottgewollt.

»Denkt so das Volk?« fragte er.

»Ich befürchte es, Majestät.«

»Und das sagt Er mir ins Gesicht?! Wachterowskij, hat Er keine Angst vor dem Pfählen?!«

»Ich bin ganz in der Hand Ihrer Majestät. Urteilen Sie über mich ... ich habe Ihnen versprochen, immer die Wahrheit zu sagen.«

Der Zar ließ die Schriftrolle fallen und blickte auf die vom Kerzenschein erhellten Bernsteinwände. Das Zucken um seinen Mund begann wieder, aber neue Krämpfe folgten nicht. Mit leiser, stumpfer Stimme sagte er nur:

»Sag Er, wird man mich vergleichen mit Iwan IV.? Iwan, den man den Schrecklichen nennt? *Er* erschlug seinen Sohn, den Zarewitsch Iwan, wirklich mit seinem eisenbeschlagenen Stock. Im Jahre 1582 war's ... wird man nun sagen: Im Jahre 1718 wurde der Zar zu Peter dem Schrecklichen?«

»Man wird Sie immer Peter den Großen nennen –«

»Und wenn ich wirklich meinen Sohn getötet habe?!« schrie der Zar auf.

»Sie bleiben ›der Große‹. Sie haben das alte Rußland in die Neuzeit geführt, und Sie werden Rußland noch mächtiger machen ... wer wird da noch über Alexej Petrowitsch sprechen? Der Weg der

Völker zum Licht war immer blutig. Wie starb der Zarewitsch ... Majestät, das müssen Sie allein in Ihrer Seele tragen. Da sind Sie jetzt wirklich allein. Nur Gott kennt Ihre Seele.«

»Er ist ein Philosoph ... ein Volks-Philosoph. Welch ein Glück, daß ich Ihn mag! Alles, was Er jetzt gesagt hat, ist hundert Tode wert. Fjodor Fjodorowitsch ... ich könnte Ihn zum Grafen machen.«

»Was soll ich auf einem Gut, Majestät.« Wachter hob beide Hände, die Handflächen nach oben. »Erweisen Sie mir das Glück und die Ehre, bei dem Bernsteinzimmer bleiben zu dürfen und es zu pflegen. Was fange ich mit einem Grafen an ohne Bernsteinzimmer? Es gibt genug Bojaren, Grafen und Fürsten in Rußland, aber nur ein Bernsteinzimmer.«

»Dann gebe ich Ihm tausend Rubel ... und mein Vertrauen.«

»Ich danke Euer Majestät.« Wachter ließ die Hände sinken und verneigte sich. »Das ist mehr als Fürst zu sein oder Metropolit.«

»Dann also an die Arbeit!« Der Zar erhob sich, riesig, bärenstark. »Heute feiern wir den Sieg von Poltawa. Mit Kanonendonner, Glockengeläut, Tedeum, Schiffsparade, Musik und Tanz und dem größten Feuerwerk, das die Welt gesehen hat!«

»Sollen wir Trauerkleidung tragen?«

»Nein! Warum?« Der Zar sah Wachter strafend an. »Der Zarewitsch ist schuldig gestorben!«

Er ließ Wachter stehen, ging an ihm mit dröhnendem Schritt vorbei, und auf der Treppe hörte man ihn kurz danach schreien, die Lakaien beschimpfen und die Wartenden wegscheuchen.

Und die Feier fand statt, wie Peter befohlen. Man tafelte üppig in der Wandelhalle des Sommergartens, das gesamte Diplomatische Korps war anwesend, nachdenklich und wortkarg saß die Zarin am Tisch, während Peter nach allen Seiten scherzte und bester Laune war. Der Sekretär des Zaren, Menschikow, schrieb in sein Tagebuch: »Nach dem Essen ging man in den Garten Seiner Majestät hinunter, wo man sich sehr gut unterhielt.«

Am klaren, sommerlichen Nachthimmel von Petersburg zerplatzten die Raketen und Feuerräder, die Sternenregen und Lichtergarben. Feurige Kaskaden stürzten aus dem Himmel, von allen Seiten donnerte und blitzte es, das größte Feuerwerk, das Peter je gegeben hatte ... und zur gleichen Zeit wurde in der Trubezkoj-Bastei die Leiche des Zarewitsch gewaschen, angekleidet und in einen mit schwarzem Samt ausgeschlagenen Sarg gelegt.

Ein Pope überwachte die Tätigkeit und betete um Vergebung, während die Raketen knallten und ganz Petersburg lachte und tanzte.

»Der Horizont hat sich erhellt!« rief der Zar und schwenkte sein Glas, und alle jubelten ihm zu. Nicht einer wagte es, ein ernstes, trauriges Gesicht zu machen.

Nur Wachter saß mit seiner Frau Adele und seinem Sohn Julius in einer Ecke der offenen Wandelhalle und sagte bedrückt:

»Mich friert's, wenn ich sehe, wozu Menschen fähig sind ...«

Dann schloß er die Augen. Er konnte das Feuerwerk nicht mehr sehen, es genügte, wenn er es hörte.

Es war so, wie es Wachter gesagt hatte: Die kommenden Jahre sahen das Aufsteigen Rußlands zur Weltmacht, niemand sprach mehr von dem Zarewitsch Alexej. Peters Reformen, mit eiserner Hand, ja Terror durchgesetzt, veränderten das Weltbild. Katharina war offiziell zur Zarin gekrönt worden, Gymnasien und Universitäten wurden gegründet, das Heer wuchs zu einer gigantischen Macht, es gab keine europäische Politik mehr ohne Rußlands Wort. Die Schweden waren besiegt, die Türkei und die Sultanate hatten mit Peter Frieden geschlossen, und Petersburg reihte sich ein unter die schönsten Städte Europas. Aus Bären und Barbaren – wie man bisher die Russen nannte – waren Bündnispartner und soziale Vorkämpfer geworden, und wenn auch das Volk unter Steuern und Knute litt ... ein anderes Leben war's als die Jahrhunderte vorher. Ein Leben in die Zukunft hinein.

Peter I., nun nicht nur wegen seiner Zwei-Meter-Größe, sondern auch als Herrscher und Staatsmann »der Große« genannt, war auf der Höhe seiner Macht ein kranker Mann geworden. Ein hohler Riese, der immer öfter das Bett hüten mußte, der zu Kuren fuhr, der sich in seinen Krämpfen wand, der unmäßig essen und saufen konnte, um dann wieder wie ein einfacher Bauer zu leben, der die Mätressen wechselte wie seine Hemden, aber nur eine Frau wirklich liebte, seine Katharina. Sie hatte ihm zwölf Kinder geboren, sechs Jungen und sechs Mädchen, von denen nur die Tochter Elisabeth noch lebte, neben Anna, der älteren Tochter, die nun mit dem Deutschen Karl Friedrich von Holstein-Gottorp verheiratet war.

Ein Zar wie aus einem Märchen, aus der Ferne betrachtet. In Rußland selbst aber träumte man von einem Zaren, der gütig und väterlich war und seinen Weg zum Erfolg nicht mit Galgen, Rädern, Pfählen und Köpfen säumte. Aber wann hatte es in Rußland jemals einen solchen Zaren gegeben? Noch jeder Herrscher über das Riesenreich war vom Volk gehaßt worden, von den Millionen Bauern und Leibeigenen, Handwerkern und Gewerblern. Mit Peter I. hatte man endlich eine Art Lichtgestalt, die jeder »Väterchen« nannte, weil er Vater eines neuen Rußland war.

Friedrich Theodor Wachter und seine Frau Adele bekamen in diesen Jahren noch drei Kinder; zwei starben kurz nach der Geburt, das dritte, ein Mädchen, ertrank an einem warmen Sommertag 1723 in der Newa, weil niemand sich um die Hilfeschreie kümmerte und jeder am Ufer vorbeiging. Hineinspringen? In die Newa? Welch ein Gedanke! Wer in diesem Wasser schwamm, war selbst schuld an seinem Unglück. So blieb den Wachters also nur Julius, der Erstgeborene, und oft sagte der Zar zu seinem heimlichen Vertrauten:

»Fjodor Fjodorowitsch, paß Er gut auf Seinen Sohn auf! Denk Er an das Erbe. Ein kluger Junge ist's, nicht wahr? Nur Gutes hört man von ihm.«

»Ein Medicus will er werden.«

»Verboten! Er gehört zum Bernsteinzimmer!«

»Gesagt hab ich's ihm … aber er hat andere Pläne, Majestät.«

»Ein Arzt!« Peter hatte abgewinkt und dabei sein Gesicht verzogen. »Weiß Er, was ich von Ärzten halte? Schwätzer alle, Lateinscheißer, Scharlatane, Besserwisser ohne Wissen, Quacksalber. Wieviel Ärzte habe ich um mich, weiß Er das? Ich weiß es nicht … aber sie wimmeln um mich herum wie die Ameisen. Deutsche Ärzte, Engländer, Franzosen, Russen, Holländer, Österreicher, sogar ein Perser ist dabei! Aber helfen sie mir? Lindern sie meine Schmerzen? Von Heilung spreche ich schon gar nicht! Nur Geld kosten sie mich, Tausende von Rubel, und dafür stehen sie um mein Bett herum, glotzen mich an, und jeder hat eine andere Meinung von meiner Krankheit! Jeder braut sein eigenes Säftchen. In Wirklichkeit wissen sie gar nichts. Wachterowskij, Sein Sohn wird kein Medicus!«

Nun, im Jahre 1725, nach einem Weihnachtsfest voller Freude, an dem der Zar zusammen mit seinen Freunden die Tradition der Weihnachtssinger fortführte, ein Umzug von Haus zu Haus der vornehmen Petersburger Gesellschaft, wo Peter I. mit dem Hut in der Hand die Rubel einsammelte, die man ihm natürlich reichlich gab, war Julius Wachter neunzehn Jahre alt. Er hatte sich in die Tochter des Kammerherrn Kondratin Michajlowitsch Kurakin, die schöne Sofja Kondratinowna, verliebt, studierte heimlich bei dem Leibarzt des Zaren, dem Deutschen Dr. Blumentrost, Anatomie, die Kunst des Schneidens und das Erkennen von Krankheiten, das man Diagnose nennt, und wurde gleichzeitig von seinem Vater in die Pflege des Bernsteinzimmers eingewiesen.

»Warum, Vater –« sagte Julius eines Tages, »– kann ein Arzt nicht auch ein Zimmer bewachen? Dazu bleibt Zeit genug.«

»Warum kann ein Zimmerwächter kein Arzt sein?« antwortete Wachter. »Weil man nur einem richtig dienen kann ... der Medizin oder dem Bernstein! Beides zusammen heißt, in jedem nur die Hälfte zu tun. Und die Hälfte, mein Sohn, ist für das Bernsteinzimmer zu wenig ...«

Das Neujahrsfest endete mit einem der prächtigen Feuerwerke, die der Zar so liebte. Am Dreikönigstag stand er zur Wasserweihe auf der zugefrorenen Newa ... aber es war nicht mehr der Zar, der Silberteller aufrollen konnte oder in der Schmiede den Hammer schwang oder auf seinem kleinen schnellen Boot hinaus in die Ostsee fuhr und gegen den Sturm anschrie, wenn dieser über sein Schiff herfiel. Ein kranker Mann stand da, der nichts von Krankheit wissen wollte, der sich gegen alles stemmte, was ihn angriff, der jetzt, vielleicht von Ahnungen geplagt, Fest um Fest feierte, fast jeden Tag eins, der eimerweise Wodka, Whisky und Branntwein soff, und der unmäßig das Fleisch von Bären, Hirschen, Bullen und Hasen in sich hineinschlang. Bei der von ihm erfundenen »Saufsynode«, einem alkoholischen Gegenstück zu Friedrich Wilhelms preußischem Tabakkollegium, ließ er als Abschluß einer geheimen »Sauf-Papst«-Wahl sogar gebratene Wölfe, Füchse, Katzen und Ratten auffahren, die jeder in der Runde essen mußte ... der Zar als Voresser!

Ein Rausch war's, der die Wahrheit überdeckte. Sie wurde offenbar, als sich Peter I. am 16. Januar ins Bett legte, das er nicht mehr verlassen sollte.

Seine Krankheit hatte Dr. Blumentrost schon lange erkannt, ohne viel Hilfe leisten zu können. Da war zunächst die Infektion der Harnwege, die zum erstenmal richtig zum Ausbruch gekommen war beim persischen Feldzug im Sommer 1722, der eine mörderische Hitze mit sich brachte. Vier Ärzte erklärten die Krankheit mit Harnsteinen und Harnzwang als eine Entzündung der Harnröhre und als Folge der mehrfachen Tripperkrankungen, die sich der Zar bei seinen wilden Lustspielen mit den Mätressen, vom Bauernmädchen bis zur Hofdame, geholt hatte. Im Sommer 1724 warfen die Schmerzen in der Blase den Zaren buchstäblich um. Er schrie, Krämpfe schüttelten ihn, kaum noch denken konnte er, die Welt um ihn herum war ein einziges Leiden.

Dr. Blumentrost, niedergedrückt von seiner Verantwortung als Leibarzt, hilflos wie auch sein Kollege Benjamin van Rhijn, rief den englischen Chirurgen Dr. Horn nach Petersburg, der den Zaren gründlich untersuchte.

»Wir kommen nicht daran vorbei«, sagte Dr. Horn und sah den Zaren dabei voll Anteilnahme an. »Wir müssen einen Katheter einführen, um der Blase einen Durchgang zu schaffen. Der Abfluß des Harns ist im Moment das Wichtigste.«

Die Operation war eine fürchterliche Qual. Dr. Horn gelang es nicht, einen Katheter bis zur Blase durchzuschieben, mehrmals versuchte er es, mit dem mageren Ergebnis, daß nur etwas Blut und Eiter herausflossen. Erst bei einem neuerlichen Versuch konnte er die Mündung der Blase in den Harnleiter so weit ausdehnen, daß er ein Glas voll Urin abzog. Ein lächerliches Glas voll …

Der Zar hatte eine Betäubung abgelehnt, er hielt sich statt dessen mit jeder Hand an den Armen von Dr. van Rhijn und Dr. Dupont fest, aber so sehr er sich zwang, die Schmerzen zu ertragen, sie überschritten die Grenze jeder Selbstbeherrschung, er schrie ab und zu laut auf und umklammerte die Arme der Ärzte. Als schließlich ein großer Blasenstein abging, fiel Dr. van Rhijn fast in Ohnmacht … die Hand des Zaren schien seinen Arm zerquetscht zu haben. Sein Griff war wie eine Stahlzwinge.

Jetzt nun, am 16. Januar 1725, lag Peter I. keuchend vor Schmerzen in seinem Bett, wälzte sich hin und her und biß sich in die geballten Fäuste. Er fror, zitterte am ganzen Körper vor Kälte, und obwohl man ihn mit Wolfsfellen und Bärenhäuten zudeckte, hielt das Frieren an. Er fluchte, verwünschte die Ärzte und die Höflinge und sogar seine geliebte Katherinuschka, seine »kleine Herzensfreundin«, wie er sie zärtlich nannte – aber es gab keine Wärme mehr für ihn. Selbst der geflüsterte Vorschlag, man möge ihm eine junge heiße Orientalin als Wärmespenderin ins Bett legen, wurde von den Ärzten als völlig sinnlos verworfen.

Zum erstenmal gab Dr. Blumentrost zu, die Krankheit nicht bekämpfen zu können. Die alte Infektion war wieder aufgeflammt, dazu kamen Harngrieß, eine beginnende Urämie, Störungen des Kreislaufes, vor allem aber war die Entzündung der Blase so schwer, daß Dr. Blumentrost einen Wundbrand voraussah.

Kuriere jagten auf den besten Pferden von Station zu Station nach Berlin, zu Dr. Stahl, und nach Leiden in Holland, zu Dr. Boerhaave, mit einem Schreiben, in dem Dr. Blumentrost in heller Verzweiflung um Hilfe oder auch nur einen Rat bat.

Zu spät, alles zu spät. Noch einmal kam die große Qual über den Zaren, als am 23. Januar der englische Chirurg Dr. Horn unter Beratung des italienischen Arztes Dr. Lazarotti einen Blaseneinstich vornahm und die Blase entleeren konnte. Ein Zeuge dieser Operation, der französische Gesandte Campredon, der einige Pariser Ärzte empfehlen wollte, schrieb in sein Tagebuch: »Man entnahm ihm vier Liter Urin. Er stank entsetzlich und war vermischt mit Gewebeteilen.«

Das Ende?

Nein. Erleichtert von dem Harndruck, aß der Zar einige Löffel Hafergrütze, schlief eine Stunde, wachte dann erfrischt auf und sprach ein paar Worte mit dem Herzog von Holstein. »Sobald ich gesund bin, fahren wir gemeinsam nach Riga«, sagte er mit verhaltener Stimme. Und zu Katharina, die neben seinem Bett saß, Tag und Nacht, in einem Sessel schlief und Peters Stirn trocknete, sein Gesicht wusch, ihn festhielt, wenn wieder ein Krampf seinen Körper durchschüttelte, die weinte und schluchzte, wenn ihn die Schmerzen hochwarfen, und die mehrmals in Ohnmacht fiel, als die Operationen an dem Zaren vorgenommen wurden, sagte er:

»Kathinka, mein Seelchen, mein Paradies ... weine nicht. Meine Zeit ist noch nicht gekommen. Sieh, wie gut es mir wieder geht ...«

Entsetzen verbreitete sich im Krankenzimmer. Peter I. richtete sich auf, klammerte sich an Dr. van Rhijn fest und stieg aus dem Bett. Er stand, ein Riese wie immer, auf seinen säulenartigen Beinen, die noch mächtiger wirkten durch den Wasserstau, und versuchte einige Schritte. In seinem Unterleib brannte ein Feuer, aber nicht ein Muskel zuckte in seinem Gesicht.

»Zum Bernsteinzimmer«, sagte er. »Ich will –«

»Unmöglich, Majestät.« Die Ärzte starrten erbleichend auf den Zaren. Katharina hielt ihn an seinem Nachtrock fest. Die Prinzessinnen Anna und Elisabeth schluchzten laut. Menschikow, der immer anwesend war, lauernd wie ein gejagter Fuchs, jedes Zucken registrierend, jeden weiteren Verfall bemerkend, trat ihm in den Weg.

»Wahnsinn ist das, was Sie tun«, sagte er. »Gehen Sie zurück ins Bett, Pjotr Alexejewitsch ...«

»Wer ist hier der Zar?!« brüllte Peter plötzlich mit altgewohnter Stimme. »Wer? Noch bin ich es! Noch lebe ich! Und länger werde ich leben als euch allen lieb ist!«

Er wollte weitergehen, aber er wäre gefallen, wenn Dr. van Rhijn und Dr. Blumentrost ihn nicht festgehalten hätten. Der Zar senkte den Kopf.

»Bringt ihn zu mir«, sagte er matt. »Ich will Fjodor Fjodorowitsch sehen. Meinen Bernsteinwächter. Holt ihn und laßt mich mit ihm allein. Allein, sage ich. Kein Medicus, nicht du Halunke, Menschikow, auch Katharina nicht. Allein ...«

Der Befehl des Zaren flog von Mund zu Mund, von Lakai zu Lakai, bis hinauf zum Bernsteinzimmer. »Er soll zum Zaren kommen!« sagte ein Diener zu Wachter, der wie immer mit einem Lederlappen die Bernsteintafeln blank putzte. »Sofort!«

Als Wachter in das Krankenzimmer trat, von den Anwesenden wie ein seltenes Tier bestaunt, denn nur wenige kannten ihn, den stillen Mann irgendwo im Winterpalast, verließen alle den Raum, als letzte Katharina mit einem langen Blick auf den seltsamen Vertrauten ihres Mannes.

Der Zar wartete, bis sich die Tür geschlossen hatte, und winkte dann Wachter zu sich ans Bett. Er saß auf der Bettkante, hatte die Finger der rechten Hand in die Decken gekrallt und atmete schwer. Die Schmerzen zerstörten ihn, er schien von innen zu verbrennen.

»Nun ist's soweit«, sagte er mit mühsam fester Stimme. »Fjodor Fjodorowitsch, es heißt Abschied nehmen. Ich weiß, wie es um mich steht, aber ich täusche sie alle. Ihre gierigen Blicke sehe ich: Wer wird der neue Zar?! Wer erbt mein Reich?! Wer bleibt als Günstling am Zarenhof? Wen ereilt der Bannfluch? Wer wird in

Zukunft die Rubel scheffeln? Wer von uns kann das Volk aussaugen? Geschmeiß alles, alles Geschmeiß! Wachterowskij – was wird nach mir aus Rußland? Weiß Er darauf eine Antwort? Was wird ... das ist meine einzige Sorge, das schreckt mich, nicht der Tod. Wem kann ich noch vertrauen? Menschikow? Er ist der genialste Schuft von allen. Tolstoj? Ein Arschkriecher! Apraxin? Denkt nur an seine Karriere. Golowin? Ein Wolf, der mir die Hand leckt! Ich dürfte gar nicht sterben, ich müßte ewig leben, für mein Rußland leben ... aber Gott ruft den Menschen früher oder später zu sich. Bei mir ist es zu früh, und kein Bereuen hilft mehr.« Er krallte wieder vor Schmerz die Finger in die Decken, und sein Gesicht schien sich aufzulösen. »Sag Er mir die Wahrheit wie immer, Fjodor Fjodorowitsch: Muß ich jetzt schon wirklich sterben?«

»Ja, Majestät. Die Kunst der Ärzte hat ein Ende. Mein Sohn Julius sagt es auch.«

»Er ist also doch ein Medicus geworden, hinter meinem Rücken?«

»Er hat noch nicht studiert. Er lernt bei Dr. van Rhijn, sieht ihm zu, assistiert ihm ... Verzeiht ihm, Majestät.«

Der Zar nickte. Ein Schmerzanfall vernichtete für Minuten seine Stimme. Dann, nach einem röchelnden Atemholen, sagte er schwach: »Das Bernsteinzimmer sehe ich nie wieder. Mein geliebtes Kabinett, mein Beichtzimmer, der Ort, an dem ich mit meiner Seele sprechen konnte. Nie mehr! Wachterowskij –«

»Majestät.« Wachter trat näher und stand jetzt dicht vor dem keuchenden Zaren.

»Wagt Er etwas Ungeheures, wenn Sein Zar es wünscht? Nicht befiehlt ... er wünscht es. Beschädigt Er das Bernsteinzimmer?«

»Ich ... ich weiß es nicht ...«, antwortete Wachter stockend. Der Gedanke, das Bernsteinzimmer zu beschädigen, lag ihm so fern wie die Sterne.

»Ein Stück will ich haben. Ein kleines Stück nur. Brech Er mir etwas aus den Wänden ... eine kleine Girlande, ein Köpfchen, ein Blatt, eine Blume ... irgend etwas. Ich will es auf meine Brust legen, wenn ich sterbe. Nur ein kleines Stück aus meinem Zimmer ... ein kleiner Strahl des Sonnensteins.«

»Ihr Wunsch wird erfüllt werden, Majestät«, sagte Wachter mit trockener Kehle. »In der Tafel vier gibt es einen kleinen Engelskopf ... ihn breche ich heraus.«

»Ein Engel!« Der Zar ließ sich nach hinten sinken. Wachter sprang hinzu, stützte ihn, legte ihn ins Bett und breitete die Decken über ihm aus. »Ein kleiner Engel fliegt mit mir in die Ewigkeit. Fjodor Fjodorowitsch, die Welt wird es nie erfahren, sie wird nur Menschikow, Apraxin, Buturlin, Tolstoj, Schafirow und all die anderen Marionetten kennen … Er aber ist mein wahrer Freund. Gott segne Ihn und Seine Familie …«

Wachter beugte sich über den Zaren, küßte seine Hände, sah ihm tief in die graugrünen Augen und erkannte in der Tiefe den Tod.

Als er die Tür öffnete, stürzten an ihm vorbei sofort Katharina und Menschikow ins Zimmer. Erst dann folgten die Ärzte. Keiner richtete ein Wort an Wachter, der stumm an der Tür stand und sie beobachtete.

Die Wölfe stürzen sich auf ihr Opfer, dachte er. Die Aasfresser formieren sich. Zu lange dauert ihnen das Sterben des Zaren. Er stirbt nur Stück um Stück, Stunde um Stunde und lebt euch zu lange. Armer Zar, du hast recht, zu schreien: Was wird aus Rußland?!

Er stieß sich von der Tür ab, ging hinauf in das Bernsteinzimmer, holte aus dem Werkzeugkasten einen kleinen Hammer, einen dünnen Meißel, eine Zange und ein festes Messer, betrachtete den kleinen Engelskopf an der vierten Wandtafel und begann dann, ihn vorsichtig herauszubrechen.

Der Zar erhielt den Engel nicht. Am gleichen Tag, am Abend, schrie er wieder vor Schmerzen, beichtete und kommunizierte, streckte die Arme nach Katharina aus, umklammerte ihre Hände und stöhnte: »Wie schlecht geht es mir. Wie schlecht. Ein Haus drückt auf meine Brust … Katherinuschka, nimm mir das Haus von der Brust.«

Drei Tage quälte er sich, und kein Arzt konnte mehr helfen. Sie wußten nur eins: Die Blase war vom Wundbrand befallen, der Unterbauch war mit Eiter gefüllt, der Schließmuskel der Blase war zu einem steinharten Verschluß geworden, der keinen Tropfen mehr durchließ. Der Zar verfaulte von innen, während er noch sprach, in hellen Momenten sogar diktierte, Begnadigungen und Verzeihungen aussprach und mehrmals die Sterbesakramente empfing.

Was wird nach mir aus Rußland …

Am 26. Januar – in Petersburg waren alle Kirchen geöffnet, Tausende beteten für den Zaren, die Glocken läuteten und riefen Gott zu Hilfe – warfen die Krämpfe den Zaren so hoch, daß er fast aus dem Bett gefallen wäre. Katharina und seine Tochter Anna hielten ihn fest, im Palast versammelten sich alle Minister, Senatoren, Generäle und die höchsten Beamten, um die Nachricht des Todes zu erfahren. Menschikow, Tolstoj und Buturlin saßen in einem Nebenzimmer zusammen und berieten kühl über die Nachfolge Peters I. Nicht Peter, der Sohn des hingerichteten Zarewitsch Alexej, sollte es sein, obgleich er in der Rangfolge der neue Zar hätte sein müssen, sondern Katharina, die Witwe. Sie garantierte, daß man auch weiterhin der Günstling am Hofe blieb.

In der Nacht zum 28. Januar begann der Atem des Zaren schwerer und röchelnd zu werden. Speichel floß aus seinem Mund, unter der grünen Nachthaube war sein Gesicht zu einer schrecklichen Grimasse verzerrt. Der ganze Körper zuckte, aber er wehrte sich, der Zar, der Riese, der Bär. Sein Wille bäumte sich auf, er kämpfte und kämpfte gegen den unbesiegbaren Feind, der Beichtvater Feofan Prokopowitsch schlug das Kreuz und sagte: »Ich hoffe, Gott wird dir alle Sünden vergeben, wegen des Guten, das du für dein Volk zu tun bemüht warst ...« Und Katharina betete und weinte, während Menschikow, Buturlin und Apraxin die neue Thronerklärung für Katharina I., die Zarin, ausarbeiteten.

Am 28. Januar 1725 bäumte sich Peter I. auf, seufzte tief und fiel dann in die Kissen zurück. Sein verzerrtes Gesicht entspannte sich.

Der Zar war tot ... in der sechsten Morgenstunde.

Katharina fiel vor dem Bett auf die Knie, hob die betenden Hände hoch empor und rief so laut, daß es der Himmel hören mußte:

»O Herr, ich bitte dich, öffne dein Paradies, um diese große Seele bei dir aufzunehmen!«

Nicht nur ein Zar, ein Zeitalter war gestorben.

Menschikow verließ das Zimmer, um den Tod des Unsterblichen den Wartenden zu verkünden.

Er ging an Wachter vorbei, der draußen vor der Tür stand, wo er seit drei Tagen gestanden hatte, wartend, daß der Zar noch einmal die Kraft erhielt, ihn zu rufen. Auf einem Samtkissen lag der kleine Engelskopf aus Bernstein. Er hielt das Kissen in den Händen, als läge die Krone Rußlands darauf.

Der Zar ist tot. Es lebe die Zarin Katharina I.!

Mein Gott, was wird nach mir aus Rußland werden –

III. TEIL

Königsberg 1945

DIE PERSONEN:

Michael Wachter	Verwalter des Bernsteinzimmers
Dr. Wilhelm Findling	Museumsdirektor
Martha	seine Frau
Erich Koch	Gauleiter von Ostpreußen
Peter Hasselmann	Stabsgefreiter LkwFahrer der Wehrmacht
Josef Selch	Unteroffizier LkwFahrer der Wehrmacht
Jana Petrowna Rogowskaja	
Dr. Jörg Pankratz	Stabsarzt in Königsberg
Frieda Wilhelmi	Oberschwester
Hans Leyser	Hauptmann
Sylvie Aarenlund	schwedische Studentin
Bruno Wellenschlag	Gauhauptamtsleiter
u. a.	

Der 10. Januar 1945 war ein trüber, von Nebelschwaden verhangener Wintertag. Der Schneefall hatte aufgehört, der scharfe, eisige Ostwind war zur Ruhe gekommen und hatte Ostpreußen, Königsberg und das Frische Haff in eine eisstarrende bizarre Landschaft verwandelt. Auf den Landstraßen nach Westen, nach Elbing, Allenstein, Ortelsburg und Danzig zogen die ersten Trecks von Flüchtlingen zwischen von der Front kommenden und zur Front fahrenden Militärkolonnen in eine unbekannte Zukunft. Nur weg von hier, wohin, das war gleichgültig, nur weg in Sicherheit, ins Überleben, weg von der Vernichtung. Auf Leiterwagen und Handkarren hatte man verladen, was ihnen das Wichtigste war: Bettzeug und Decken, Töpfe und Geschirr, Stühle und Tische, die Standuhr des Großvaters oder ein Teppich, Säcke mit Kohl und Kartoffeln, Holzscheite und Briketts, den alten Herd und Wäsche, Kleidung, Schuhe, das Nötigste, was man zum Leben braucht oder woran das Herz besonders hing. Und zwischen Kisten und Säcken, Möbeln und Kleinkram hockten die Menschen, eingemummt in Decken, Schals um den Kopf gegen die Kälte, hohläugig, hungernd und doch voll Hoffnung, den sicheren Westen Deutschlands zu erreichen. Frauen und Kinder, Greise und Säuglinge. Wer kein Fuhrwerk besaß und kein Pferd mehr, ging zu Fuß, schlang sich um den Körper die Seile, mit denen man die Karren zog, selbst in Kinderwagen schoben sie ihre letzte Habe durch das verschneite Land. Tausende, eine endlose, dunkle Menschenschlange, die sich über die verstopften Straßen quälte, die Angst im Nacken.

An Ostpreußens Grenze stand der Russe. Noch wartend auf den großen Tag, an dem die Winteroffensive die deutschen Fronten aufrollen sollte. Von allen Seiten drangen die Armeen der Amerikaner, Engländer, Franzosen und Russen nach Deutschland vor. Aus Großdeutschland war ein Großkessel geworden, ein Sack, der von Tag zu Tag enger zusammengeschnürt wurde. Der totale Krieg war von Goebbels proklamiert worden. Alle Männer ab fünfzig Jahren, die nicht in kriegswichtigen Betrieben arbeiteten, wurden zum Volkssturm eingezogen, zu einer armseligen Truppe, die einen Wall aus Leibern gegen den Ansturm der feindlichen Divisionen bilden sollte, miserabel bewaffnet, angefeuert mit Parolen, aus denen jeder Denkende heraushören konnte: Das Ende kommt, das Reich muß verteidigt werden. Der Krieg fällt in Deutschland ein. Die meisten Städte lagen nach unfaßbaren Luftangriffen und Bombardements in Trümmern, in Kellern und Ruinen hauste man, in zerfallenen Häusern oder Bunkern. Und doch ... für die Flüchtenden aus Ostpreußen war dieser zerbombte Westen die letzte Rettung, eine letzte Möglichkeit, sich zu verkriechen und zu überleben.

Im Führerhauptquartier stand Hitler wie jeden Tag bei der Besprechung zur Lage an der großen Karte auf dem langen Tisch, beugte sich über sie und betrachtete die neu eingezeichneten Linien des Frontverlaufes. Generalfeldmarschall Keitel, Generaloberst Jodl und Generaloberst Heinz Guderian berichteten von den Fronten. Hitler, seit dem Attentat des Grafen von Stauffenberg am 20. Juli 1944 zusammengefallen, körperlich ein Wrack, immer öfter von einem Nervenschütteln befallen, von Tag zu Tag immer weniger ansprechbar, ein Mann am Rande der Selbstauflösung, je näher die Front von allen Seiten nach Deutschland vorrückte, hörte wortlos dem Bericht zur Lage zu, den Guderian ihm vortrug.

Es sah trostlos aus. Die Ardennenoffensive des Generalfeldmarschalls von Rundstedt war zum Stehen gekommen, in Ungarn stießen die Russen vorwärts, in Mittelitalien drangen die Briten vor; seit dem 10. Oktober 1944, nach der Eroberung von Riga durch die sowjetischen Armeen, war die gesamte Heeresgruppe Nord eingekesselt; an Ostpreußens Grenze standen im Halbkreis drei russische Fronten bereit zum Angriff; die Bombergeschwader der Engländer und Amerikaner flogen fast völlig unbehindert ins Reich und zerstörten systematisch Städte, Brücken, Eisenbahnlinien und Fabriken. Die Zahl der Bombentoten ging in die Hunderttausende.

Hitler schwieg. Woran dachte er jetzt? An die Flüchtlinge im Schneesturm, an die Ohnmacht, die Armeen der Alliierten aufhalten zu können, an das jetzt sinnlose Opfer von Hunderttausenden Soldaten? War er nicht selbst geflohen? Sein geliebtes Führer-Hauptquartier »Wolfsschanze« bei Rastenburg in Ostpreußen hatte er verlassen müssen, nachdem es unmittelbar von der Roten Armee bedroht war. Jetzt hatte er sein Hauptquartier in Ziegenberg bei Frankfurt aufgeschlagen, hörte das Heulen der Sirenen, wenn die alliierten Bombergeschwader Deutschland zerhackten und die Städte in Flammen untergingen. Woran dachte er?

Guderian erfuhr es sehr schnell.

Nach Abschluß der Besprechung zur Lage holte Guderian eine Liste aus seiner Aktenmappe und sah Hitler sehr ernst an.

»Mein Führer«, sagte er mit fester Stimme. »Um die zukünftige Lage zu verstehen, ist es notwendig, die neuesten Zahlen der Kräfteverhältnisse zu vergleichen. Ich habe hier den neuesten Stand …«

»Mich interessieren Zahlen nicht!« Hitler warf einen kurzen Blick auf Guderian. »Was soll ich mit Zahlen?«

»Mein Führer, wir müssen entscheiden, an welcher Front wir unsere Reserven einsetzen sollen. Die Ardennenoffensive hat uns viel Menschen und Material gekostet, die Munition wird knapp, aus Treibstoffmangel liegen viele Panzer still, der Nachschub kann nicht mehr nach vorn wegen der Luftangriffe. Wir sollten genau überlegen –«

»Wir?!« unterbrach ihn Hitler. Seine Stimme war lauter geworden, schriller, hysterischer. »*Wir?* Wer ist wir?! Sie, Guderian?!«

Guderian blieb ruhig. »Nach den neuesten Berichten ist es ein Fehler, Truppen aus dem Osten abzuziehen und an die Westfront zu werfen.«

»Ein Fehler?!« Hitlers Stimme schwoll noch mehr an. »Sie lasten mir einen Fehler an?! Keitel, hören Sie das?!« Und dann war er da, der Tobsuchtsanfall, den alle fürchteten und gegen den es keinen Widerstand mehr gab. »Sie brauchen mich nicht zu belehren, Guderian!« schrie Hitler mit sich überschlagender Stimme. »Ich führe seit fünf Jahren die deutschen Heere im Felde und habe in dieser Zeit soviel praktische Erfahrungen gesammelt, wie die Herren vom Generalstab sie nie sammeln können! Ich bin besser im Bilde als Sie!«

Der ehemalige Gefreite hatte gebrüllt, die Generäle senkten die Köpfe. Nur Guderian ließ sich nicht beeindrucken. Er wartete ab, bis Hitler Luft holen mußte, und las dann aus seinem Papier ungerührt vor:

»Von der Abwehr, Abteilung ›Fremde Heere Ost‹, ist gemeldet worden, daß die Russen für Mitte Januar eine Großoffensive vorbereiten mit drei Stoßrichtungen auf Ostpreußen, Weichsel, Ukraine. Also die gesamte Front unserer Heeresgruppen Mitte und A. Die russische Überlegenheit beträgt bei der Infanterie das elffache unserer Truppen, das siebenfache bei den Panzern, das zwanzigfache bei der Artillerie ...« Guderian machte eine winzige Pause, weil es ihm guttat, diesen Satz zu sagen ... »und die Überlegenheit der sowjetischen Luftwaffe zweifelt niemand mehr an!« Das war ein Fußtritt gegen Reichsmarschall Göring, aber Göring war bei dieser Besprechung nicht zugegen. »In Zahlen, mein Führer, sieht die Lage folgendermaßen aus: An der 1200 Kilometer langen Ostfront von der Ostsee bis zum Plattensee in Ungarn haben wir zur Verfügung: 145 Divisionen, Kampfgruppen und Brigaden, hinzu kommen 16 schnelle Verbände, 12 Panzerdivisionen mit 318 Panzern, 616 Sturmgeschützen und 793 Pak. Im Gebiet der Heeresgruppe A meldet Generaloberst Harpe, daß er seinen Frontabschnitt von 700 Kilometern nur mit 137 Infanteristen pro Kilometer halten muß. Die Rote Armee kann pro Frontkilometer aber rund 1500 Infanteristen einsetzen. Die Reserve von Generaloberst Harpe besteht nur aus vier Panzerdivisionen, einer Panzergrenadierdivision und einer gepanzerten Kampfgruppe in Brigadestärke. Sie ist der Rest der aufgeriebenen 10. Panzerdivision.«

Guderian schwieg und sah Hitler an. Das Gesicht des Führers war regungslos, starr, maskenhaft. Auf beide Hände gestützt, starrte er auf die Karte vor sich, als habe er nichts gehört, als sei er mit seinen Gedanken gar nicht mehr im Raum. Er blieb stumm und unbeweglich. Guderian setzte zum letzten Schlag an.

»Mein Führer, die Abwehr kann verbindlich mitteilen: Unseren schwachen Verbänden stehen auf seiten der sowjetischen Westfront gegenüber: 55 einsatzbereite Armeen, sechs Panzerarmeen, 35 Panzer- und mechanisierte Korps, zusammen 6 289 000 Soldaten! Sechs Millionen, mein Führer! Diesen sowjetischen Verbänden stehen zur Verfügung: 115 100 Geschütze, 15 100 Panzer und Selbstfahrlafetten, 158 150 Kraftfahrzeuge. Die Zahl der Raketenwerfer ›Katjuscha‹, von uns ›Stalinorgeln‹ genannt, ist dabei nicht erfaßt ...«

Der Name Stalin schien Hitler aus seiner Starrheit aufzureißen. Sein Kopf zuckte nach hinten, die Hände schnellten zur Brust empor und ballten sich. »Zahlen!« brüllte er. »Zahlen! Nichts als Zahlen. Der deutsche Soldat ist zehnmal mehr wert als ein Russe! Wir haben unsere ›Tiger‹, ›Panther‹ und ›Königstiger‹, wir haben das neue Sturmgewehr 44, das beste Maschinengewehr der Welt – das MG 42 –, wir haben unsere Sturmgeschütze und wir haben den Heldenmut des deutschen Soldaten, der weiß, daß er sein Vaterland verteidigen muß, seine Frauen und Kinder, Mütter und Väter und die Zukunft des Reiches! Was sind dagegen Zahlen?! Wo haben Sie diese Zahlen überhaupt her, Guderian?!«

»Von der ›Abteilung Fremde Heere Ost‹ der Abwehr, mein Führer. Die Zusammenstellung hat General Gehlen besorgt!«

»Gehlen! Gehlen! Immer dieser Schwarzseher! Dieser Jongleur mit Utopien! Ich will Ihnen sagen, was ich von diesen Zahlen halte: Das ist der größte Bluff seit Dschingis-Khan! Wie kann man einen solchen Blödsinn ausgraben? Ihn für wahr nehmen?! Und Gehlen fällt darauf herein! Ich nicht, Guderian, ich nicht! Aber sprechen Sie es aus: Was folgern *Sie* daraus?!«

»Die Räumung Kurlands und die Öffnung des Kessels um die Heeresgruppe Nord, Schaffung von Abwehrschwerpunkten im Raume Litzmannstadt und Hohensalza, Verstärkung der Ostfront von Ostpreußen bis zur Ukraine durch Verlegung von Verbänden aus Norwegen und der Westfront und Zurücknahme des Frontbogens zwischen Radom und Kielce. Eine sowjetische Großoffensive zielt auf eine Zangenbewegung ab, die ganz Ostpreußen, Polen und Pommern einkreisen soll.«

»Sagt Gehlen?!« schrie Hitler.

»Sagt uns die Lage, mein Führer.«

»Nein! Nein! Nein!« Hitler stampfte mit den Stiefeln auf, ein wildes Zucken lief über sein Gesicht, ein erschreckender Anblick, aber die Generäle hatten sich schon daran gewöhnt. Nur Keitel sah Guderian böse an. »Sie alle erkennen nicht die Wahrheit! Die Ostfront steht! Im Westen brauchen wir einen Riegel! Im Westen! Nicht ein Soldat wird aus der Westfront abgezogen! Bin ich denn der einzige, der die Lage richtig überblickt?!«

»Wie Sie befehlen, mein Führer.« Guderian packte seine Unterlagen in die Ledermappe, grüßte mit dem Hitler-Gruß und verließ das Zimmer. Er war der einzige Generalstabschef des Heeres, der es bisher gewagt hatte, Hitler die Wahrheit zu sagen.

Der Wehrmachtsbericht an diesem 10. Januar 1945 lautete lapidar:

»Von der übrigen Ostfront werden keine Kämpfe von Bedeutung gemeldet.«

So war die Lage, als Jana Petrowna an ihrem freien Abend das Städtische Krankenhaus verließ, um Michael Wachter zu besuchen. Zu Oberschwester Wilhelmi sagte sie, daß sie sich noch einmal den neuen Veit-Harlan-Film *Kolberg* anschauen wollte mit dem unvergleichlichen Horst Caspar als Gneisenau und dem Schauspielerheros Heinrich George.

Wachter wohnte jetzt in einem Kellergewölbe des langgestreckten Nordflügels des Königsberger Schlosses neben den Kellern der Schloßgaststätte »Blutgericht«, ein in ganz Europa berühmtes Lokal, das der Weingroßhändler David Schindelmeißer gepachtet und umgebaut hatte. Früher waren die Keller Gefängnis, Gericht, Folterkammer und Hinrichtungsstätte der Ordensritter gewesen, woran der Name »Blutgericht« erinnerte. Unter Schindelmeißers Hand wurden sie zur bevorzugten Gaststätte des ostpreußischen Landadels, die Junker hatten hier ihre Stammzimmer, und aus allen Ländern kamen die Reisenden herbei, um mit einem leisen Grauen im Nacken in Gewölben zu essen und zu trinken, wo einst die Gefolterten schrien, während ihnen auf den Streckbänken die Glieder ausgerissen wurden. Auch Gauleiter Koch saß gern im »Blutgericht«, trank einen schweren Rotwein und gab seine bombastischen Sätze von sich.

Das Schloß von Königsberg … es gab es nicht mehr.

Es begann damit, daß im Frühjahr 1944 in der zweiten Etage ein Brand ausbrach. Dort hatte Koch zusammen mit dem Generalfeldmarschall von Küchler eine Ausstellung eröffnet, die eine einzige antisowjetische Hetze war. Das Bild des slawischen »Untermenschen« sollte sich so in den Köpfen der Deutschen festsetzen. Aber obwohl das Schloß Tag und Nacht von Soldaten bewacht wurde und es sogar eine Brandwache gab, die innerhalb des Schlosses alle Räume kontrollierte, gelang es unbekannten Nazi-Gegnern, diese Ausstellung kurz nach ihrer Eröffnung in Flammen aufgehen zu lassen.

Koch tobte, sorgte dafür, daß die Wehrmachtswache sofort an die Front verlegt wurde, und rief dann Museumsdirektor Dr. Findling, Michael Wachter und den Stadtkommandanten zu sich.

»Es ist eine Sauerei!« schrie Koch. »Unter meinen Augen, im bewachten Schloß, tummeln sich Terroristen! Aber das schwöre ich jetzt: Es werden andere Saiten aufgezogen! Hier wird nach meiner Melodie getanzt!«

Nach einer Stunde Beschimpfung verließ der Stadtkommandant bedrückt das Amtszimmer des Gauleiters. Zurück blieben Dr. Findling und Wachter; sie warteten, bis Koch seinen wildesten Zorn mit einem tiefen Schluck Kognak gemäßigt hatte.

Das Feuer, im zweiten Stock gelegt, hatte die darüber liegende Gemäldesammlung und das Bernsteinzimmer nicht gefährdet. Als Koch es sofort nach der Löschung des Brandes mit Findling und Wachter besichtigte, lag nur ein weißer Belag über den Wandtafeln. Wachter, der zur Zeit des Feuers wie immer im Bernsteinzimmer gesessen hatte, hustete noch von dem Qualm, der in das Zimmer gedrungen war.

»Man kann es leicht abwischen, Gauleiter«, sagte er und rieb mit dem Ärmel über die Mosaike. »Niederschlag des Rauches ist es. Welch ein Glück haben wir gehabt.«

»So ist es.« Dr. Findling hatte Gauleiter Koch schon auf dem Weg zur dritten Etage beruhigt, aber jetzt erst atmete Koch sichtbar auf. »Aber man soll sich nie auf das Glück verlassen. Ich weiß nicht, wer es gesagt hat, aber der Mann hatte recht: Das Glück ist eine Hure!«

»Das könnte von mir sein!« Koch lachte kurz auf. »Was wollen Sie damit andeuten, Dr. Findling?«

»Deutschland befindet sich nach einem Angriffskrieg im Abwehrkampf …«

»Findling, hoffen Sie nicht darauf, daß meine Ohren Ihnen gegenüber immer taub bleiben.« Koch sah Dr. Findling freundlich, aber tadelnd an. »In einem Krieg geht es hin und her … bis zum Endsieg! Denken Sie an Friedrich den Großen. Nach der Niederlage bei Kunersdorf gab keiner mehr einen Heller für ihn, Preußen schien am Ende. Und was kam dann? Leuthen! Und Preußen strahlte heller denn je! Warum? Weil Friedrich nie aufgab! Und so ist auch der Führer … er gibt nicht auf, Rückschläge machen ihn nur stärker, und eines Tages haben *wir* unser Leuthen: den Endsieg!«

»Immerhin wäre es möglich, Gauleiter, daß sich die Luftangriffe auf den Westen auch nach Ostpreußen ausdehnen«, sagte Findling vorsichtig.

»Sollen sie kommen! Wir holen sie vom Himmel!«

»Aber Bomben können sie trotzdem werfen. Und wenn nur eine Bombe das Schloß trifft, hier diesen Flügel, die dritte Etage ...«

Koch starrte Dr. Findling an. Er verstand ihn sofort, und er begriff auch sofort das Unvorstellbare, das dann geschehen würde. Auch Wachter war plötzlich wie erstarrt und spürte ein Würgen im Hals.

»Das Bernsteinzimmer –« sagte Koch leise.

»Und alle Gemälde.«

»Unersetzbar.«

»Wenn wir sie nicht retten, Gauleiter.«

»Was schlagen Sie vor, Findling?«

»Ich möchte das Bernsteinzimmer wieder abbauen, in Kisten verpacken und in den sicheren Keller des Südflügels einlagern. Nach dem Endsieg –«, Dr. Findling machte eine bedeutungsvolle Sprechpause, »-- nach dem Endsieg kann es dann leicht wieder aufgebaut werden, wenn es nicht nach Linz transportiert wird in das Führer-Museum.«

»Es bleibt hier!« Koch zeigte mit beiden Händen auf den Fußboden. »Hier in Königsberg. Ich werde das bei Bormann und dem Führer durchboxen.« Er sah sich um, drehte sich einmal um sich selbst, und man sah, wie seine Augen vor Stolz leuchteten. »Ausbauen also, Findling?«

»Ja. Alle Wandtafeln sind jetzt so angebracht, daß man sie ohne Schwierigkeiten abnehmen kann. Bei den Girlanden und Sockeln ist es das gleiche. Der Ausbau in Puschkin war wesentlich schwieriger. Rastrelli hatte sie mit der Wand fest verbunden.«

Koch wandte sich zur Seite und streckte den Zeigefinger nach Wachter aus.

»Und was ist Ihre Meinung, Wachter? Sie sind ja fast selbst ein Stück Bernstein ... würden Sie sich in einen Keller einschließen lassen?«

»Um zu überleben ... jederzeit, Herr Gauleiter.«

»Dann halten wir es so. Dr. Findling, Sie haben meine Genehmigung, das Bernsteinzimmer in Sicherheit zu bringen, wo immer Sie es für sicher halten.«

Das war ein kluges Wort gewesen.

In aller Eile wurden die herrlichen Vertäfelungen, Schnitzereien, Sockel, Figuren, Masken, Mosaiken, Engelsköpfe und Friese herausgenommen und in 25 Kisten verpackt. Wachter hatte die Verantwortung übernommen, daß nichts beschädigt wurde, aber trotzdem war Dr. Findling jeden Tag mehrere Stunden im Saal, um diesen Kunstschatz zu überwachen. Dabei sagte er einmal:

»Die Schäden, die das Zimmer in Puschkin durch unsere Truppen bekommen hat, haben wir alle ausgebessert, Michael.« Im Laufe der Monate hatte er sich angewöhnt, zu Wachter Michael und Sie zu sagen, eine Vertrautheit, die beweisen sollte, welch eine große Meinung er von Wachter hatte und wie eng er ihm verbunden war in ihrer gemeinsamen Liebe zum Bernsteinzimmer. »Sie wissen, daß wir uns fürchterlich geärgert haben über diesen, sagen wir es offen unter uns, Vandalismus deutscher Soldaten. Man konnte schamrot werden. Aber eins geht mir nicht aus dem Kopf, und wir haben seltsamerweise nie darüber gesprochen: Aus der vierten Wandtafel war ein kleiner Engelskopf herausgebrochen. Erinnern Sie sich, Michael? Und wenn ich alte Fotos mit der Lupe betrachte, diese kleine kahle Stelle war immer zu sehen, war immer vorhanden. Nie hat jemand versucht, den Engelskopf neu zu schnitzen und einzusetzen. Auch Sie nicht, Michael. Und auch Ihr Vater nicht. Haben Sie dafür eine Erklärung?«

»Er wurde nie ersetzt, Doktor. Und als ich sah, daß Sie den Engelskopf nachschnitzen ließen und in die leere Stelle einsetzten, habe ich nichts gesagt, aber ich war wie gelähmt.«

»Michael! Was ist denn mit Ihnen?!« Dr. Findling blickte Wachter verwirrt an. »Sie werden ja ganz bleich.«

»Dieses kleine Loch in der vierten Tafel war für uns wie eine Reliquie. Für uns Wachters, nur für uns. Mein Vorfahr Friedrich Theodor Wachter, der erste Betreuer des Bernsteinzimmers, hatte den Engelskopf herausgebrochen, um ihn dem Zar Peter dem Großen in den Sarg zu legen. Das war am 28. Januar 1725 in St. Petersburg. Es war einer der letzten Wünsche des Zaren: Ein Stück vom Bernsteinzimmer auf seiner Brust, um es mitzunehmen in die Ewigkeit. Er starb, bevor mein Vorfahr ihm den Engelskopf bringen konnte. Er hat ihn zwei Tage nach der Beerdigung am Ufer der Newa eingegraben, an der Stelle, wo der Zar am liebsten stand und über seine herrliche Stadt blicken konnte.«

Wachter senkte den Kopf, und auch Dr. Findling war erschüttert. Sie schwiegen eine ganze Weile, bis Findling sagte: »Michael, das hat niemand gewußt. Ich verspreche Ihnen: Wenn wir das Bernsteinzimmer wieder aufstellen, entferne ich den nachgemachten Engelskopf. Der ›Zarenfleck‹, nennen wir ihn so, soll bleiben.«

»Danke.« Wachter wischte sich mit beiden Händen über die Augen. »Danke, Dr. Findling. Sie sind einer der wenigen, die das verstehen.«

Wie nötig der Abbau des Bernsteinzimmers war, erkannte man in der Nacht vom 29. zum 30. August 1944.

Bombergeschwader der anglo-amerikanischen Luftwaffe erschienen über Königsberg. Ein verheerendes Bombardement begann, die Stadt ging in Flammen auf, Flak und Nachtjäger schossen vergeblich in diesen dichten Schwarm hinein. Aus dem Nachthimmel regnete es Tod und Zerstörung. Sprengbomben, Luftminen, Brandbomben und Phosphorbomben entfachten eine Gluthölle.

Am Morgen des 30. August 1944 gab es das alte Königsberg nicht mehr.

Das Schloß der Ordensritter, der Stolz der Stadt, war in einer einzigen Nacht fast völlig zerstört worden. Rauchende Ruinen blieben zurück, zerplatzte Mauern, eingestürzte Türme, zerfetzte Gebäudeflügel ... das Schloß von Königsberg war ein Haufen geschwärzter, verkohlter, zerfetzter Trümmer.

Der Wehrmachtsbericht lautete:

»30. 8. 1944.
In der Nacht führte die britische Luftwaffe erneut unter Verletzung schwedischen Hoheitsgebietes Terrorangriffe gegen Stettin und Königsberg.
Luftverteidigungskräfte schossen bei diesen Angriffen 82 viermotorige Terrorbomber ab ...«

Das war alles. Ein paar allgemeine Sätze über die Vernichtung einer Stadt, das Elend von Tausenden, den Tod von Frauen, Kindern und Greisen, über aufgerissene Leiber und Menschen, die in den Kellern erstickten, die verbrannten oder an Lungenriß jämmerlich krepierten.

Gauleiter Koch, aus seinem sicheren Bunker hervorgekrochen, ließ sich sofort zum Schloß fahren, zum Südflügel, der völlig zerbombt war. Er suchte Findling und Wachter und fand sie im Hof des Schlosses, umgeben von Soldaten und polnischen Zwangsarbeitern.

»Das Bernsteinzimmer!« schrie Koch, als er aus dem Wagen sprang. »Was ist mit dem Bernsteinzimmer, Findling, sagen Sie mir die Wahrheit!«

Die Stadt brannte noch, Häuser stürzten in sich zusammen, Bergungstrupps wühlten die Trümmer nach Überlebenden durch. In den Krankenhäusern, in Schulen und Turnhallen lagen die Wimmernden und Sterbenden, arbeiteten die Ärzte und Sanitäter, die Schwestern und Freiwilligen und kämpften um jedes Leben.

»Es ist unversehrt, Gauleiter.« Dr. Findling, mit rußgeschwärztem Gesicht, nickte Koch zu. »Die Keller haben gehalten.«

»Das ist Ihr Verdienst, Findling! Ich werde das nie vergessen.« Koch zögerte, dann streckte er Findling beide Hände hin. »Ich danke Ihnen.«

»Das Bernsteinzimmer ist ein Teil meiner Seele, Gauleiter.« Findling wandte sich zu Wachter um. Polnische Arbeiter schleppten gerade die erste Kiste aus dem Keller nach oben in den Schloßhof, begleitet von Wachters Rufen: »Aufpassen! Höher halten! Mehr nach links, ihr Kerle! Links ...«

»Was soll denn das?« fragte Koch laut.

»Ich lasse die Kisten in den Nordflügel bringen, Gauleiter. Dort sind sie sicherer. Die Keller des Südflügels sind zwar tief genug, aber die Gewölbe im Nordflügel sind stärker. Die Keller neben dem ›Blutgericht‹ sind die sichersten im ganzen Schloß. Hier kommt die stärkste Bombe oder Luftmine nicht durch. Hier kann es keinen Brand geben.«

»Tun Sie, was Sie für richtig halten, Findling.« Koch blickte auf die erste Kiste, die jetzt auf dem trümmerübersäten Schloßhof stand. »Ich vertraue Ihnen einen der größten Kunstschätze der Welt an. Nach dem Endsieg werde ich Sie dem Führer vorstellen ... er wird Ihnen sehr dankbar sein.«

Koch grüßte, stieg in seinen Wagen und fuhr wieder zurück in die brennende Stadt. In das Führerhauptquartier schickte er die Meldung: »Der Einfachheit halber bitte ich Sie, dem Führer und

Reichsleiter Bormann mitzuteilen, daß das Bernsteinzimmer unversehrt geblieben ist.«

Es war selbstverständlich, daß Wachter nach dem Transport des Bernsteinzimmers in die Gewölbe des Nordflügels einen Keller weiter als neue Wohnung bezog. Seine bisherige Wohnung war bis auf die Grundmauern zerstört worden, nichts fand er von ihr wieder als eine kleine, aus Messing gehämmerte, dreiteilige Reise-Ikone, die Zar Peter I. 1720 seinem heimlichen Freund Friedrich Theodor Wachter geschenkt hatte. Seitdem war sie von Generation zu Generation vererbt worden, hatte in der »schönen Ecke« auf einem Holzbord gestanden, wo sonst das Kruzifix hing, und Julius Wachter, der Sohn Friedrichs, der Medicus und Bernsteinzimmerverwalter unter den drei Zarinnen Anna, Elisabeth und Katharina II., hatte auf der Rückseite eingravieren lassen: »Möge der Segen uns alle erleuchten und beschützen, solange es Tag und Nacht wird auf dieser Erde. Petersburg, den 20. Mai 1766, unter der Güte der großen Katharina.«

Der Segen war geblieben ... Wachter fand die Ikone unter den Trümmern seines Kleiderschrankes, geschützt von den Fetzen eines Anzuges, als habe eine göttliche Hand sie unter den Stoff gesteckt.

Die Kellerwohnung war bombensicher, aber kalt. Die dicken Mauern atmeten noch immer den Moder der Jahrhunderte aus. Drei Öfen ließ sich Wachter bringen, ein breites Bett mit dicken Daunendecken, einen Tisch, vier Stühle, einen Waschtisch, einen Schrank, einen Spiegel, einen Kohleherd, für dessen Abzugsrohr vier Tage lang ein Loch in das Gemäuer geschlagen werden mußte, ein paar Töpfe, Geschirr und Bestecke, einige Gläser, einen Teppich aus Kokosfasern, eine Lampe für die Decke und zwei für den Tisch. Das war alles, was man ihm aus dem Versorgungslager gab, und auch nur, weil er ein Schreiben des Gauleiters vorwies: »... dem Michael Wachter ist jede Hilfe zu gewähren ...«

Ein Feiertag war's, als polnische Arbeiter auf einem Handwagen ein richtiges Sofa brachten, ein Sofa mit grünem Plüschbezug und geschnitzten Lehnen, wie es millionenfach in deutschen Zimmern stand. Es war ein Geschenk von Kochs Intimus Bruno Wellenschlag, der nun, zum Gauhauptamtsleiter befördert, verantwortlich war für die Zuteilung an Mobiliar für ausgebombte

Volksgenossen. Und auch zwei Bilder schickte Wellenschlag neben dem Sofa zur Verschönerung der Kellerwohnung mit. Das berühmte Hitlerbild, das den Führer in Uniform und Wettermantel zeigte, den Kragen hochgeschlagen, den festen Blick in die Ferne, in die Zukunft gerichtet, und eine Reproduktion des Gemäldes von Menzel: Das Flötenkonzert von Sanssouci.

Sans souci ... ohne Sorgen. Welch bittere Ironie!

Wohin mit Hitler, fragte sich Wachter, als er das große Führerbild vor sich stehen hatte. Dort an die Wand? Ihn immer ansehen müssen, Tag und Nacht, bei jeder Bewegung, bei jedem Tun? Es beherrschte das Zimmer. Wohin mit ihm?

Den Menzel hing er über dem Sofa auf. Den Führer nagelte er draußen an seine Tür. Als Dr. Findling ihn das erstemal im Keller besuchte und sarkastisch sagte: »Ist hier das Führerhauptquartier?«, antwortete Wachter: »Es ist mir eine Freude, ihn von hinten zu sehen. Die anderen sollen denken, ich folge ihm. Jedem das Seine ...«

An diesem 10. Januar 1945 nun besuchte Jana Petrowna ihr »Väterchen«.

Glücklich war sie, fröhlich, himmelhochjauchzend, die Welt umarmend, stürzte fast in den Kellerraum hinein, fiel Wachter um den Hals, küßte ihn und drehte sich mit ihm im Kreise. Den ganzen Tag hatte sie im Krankenhaus gearbeitet, Listen und Berichte geschrieben, Formulare ausgefüllt und Oberschwester Frieda Wilhelmi auf dem Kontrollgang durch die Stationen begleitet. Die Schreibmaschine beherrschte sie jetzt vollkommen, schrieb blind und schnell, wie ein Maschinengewehr ratterte es, wenn sie Briefe oder Mitteilungen tippte, und Frieda, der Fleischturm mit dem menschlichen Gesicht, gewöhnte sich an ihre Mutterrolle so sehr, daß sie Jana wie eine Tochter liebte. Alle Mutterliebe, die sie nie hatte geben können, schüttete sie über Jana aus. Mit einem Donnerschlag hatte sie dafür gesorgt, daß der flotte Dr. Hans Phillip, nachdem er Jana in einer Abstellkammer bedrängt und ihr das Kleid zerrissen hatte, von Königsberg nach Elbing versetzt wurde. Nach der Drohung, alles hinzuschmeißen und mit ihrem »Töchterchen« nach Berlin zu ziehen, war der Krankenhausleitung gar nichts anderes übriggeblieben. Das war 1943 gewesen, und seitdem gab es niemanden mehr, der Jana Petrownas Gegenwart als ungewöhnlich empfand. Auch der Personalchef schwieg … sie war die einzige Schwester ohne Papiere. Eigentlich ein Nichts, ein Phantom, das auf der Lohnliste stand.

Seit 1943 hatte Jana eine Freundin, die Sylvie Aarenlund hieß und in Schweden geboren war. Sie studierte in Uppsala Kunstgeschichte, interessierte sich vor allem für ostasiatische Kunst und war 1943, als Bürgerin eines neutralen Landes, nach Königsberg gekommen, um sich an der Universität als Gasthörerin weiterzubilden.

Zum erstenmal trafen sich Jana und Sylvie im Schloß, in der Gemäldegalerie und dann im Bernsteinzimmer, das Dr. Findling damals zur Besichtigung für alle freigegeben hatte. Jana fiel auf, daß das blonde Mädchen nicht wie andere Besucher einen Rundgang an den Bernsteinwänden entlang machte, sondern oft stehenblieb, einzelne Mosaike betrachtete und sich dann sogar auf einen der Stühle setzte, die zum Ausruhen im Zimmer standen. Wachter, der eine Gruppe Schüler mit ihrem Lehrer herumführte und die Geschichte des Bernsteinzimmers erzählte, beachtete das Mädchen nicht. Er wunderte sich nur bei einem schnellen Seitenblick, daß Jana, die ihn an diesem Nachmittag besuchte, mit der jungen Besucherin sprach.

»Das Zimmer interessiert Sie?« hatte Jana das Mädchen angesprochen. Und in akzentfreiem Deutsch hatte Sylvie geantwortet:

»Es ergreift mich. Verstehen Sie, was ich meine? Ich bin nicht fasziniert von diesem einmaligen Kunstwerk … das wäre zu wenig. Es … es dringt mir ins Herz …«

»Mir geht es genauso. Manchmal bin ich wie betäubt von soviel Schönheit.«

»Sie sind Krankenschwester, wie ich an Ihrer Tracht sehe.«

»Ja. Hier im Krankenhaus.«

»Stammen Sie aus dem Baltikum? Sie sprechen ein hartes Deutsch.«

»Ich bin in Masuren geboren.« Die alte Lüge, die ein gutes Schutzschild war. »In einem kleinen Dorf bei Lyck.«

So begann eine Freundschaft. Sylvie und Jana fanden sich sofort sympathisch, verabredeten sich zu einem Kinobesuch, und – als sei sie wirklich eine brave Tochter – nahm Jana die neue Freundin eines Tages auch mit ins Krankenhaus und stellte sie Frieda Wilhelmi vor.

»Sie ist ein nettes Mädchen«, sagte Frieda am Abend, als sie wie immer zusammen am Tisch saßen und aßen, was ihnen vom Arztkasino gebracht worden war. »Es freut mich, daß du endlich eine Freundin hast und nicht immer allein ausgehst oder hier herumsitzt. Das heißt nicht –« Frieda hob den Zeigefinger, – »daß ihr nun zu zweit herumflitzt und den Männern die Köpfe verdreht. Ich passe weiter auf dich auf, Tochter.«

Es wurden schöne Wochen. Im Sommer fuhren sie hinaus zur Nehrung und badeten in der Ostsee, mieteten sich ein Segelboot und segelten im Haff, und es zeigte sich, daß Sylvie eine erfahrene Seglerin war und jede Windsituation meisterte. Im Winter liefen sie Schlittschuh im Eisstadion, auf dem gefrorenen Haff oder am Ufer der Pregel, tranken Glühweinersatz, teilten die mitgenommenen Butterbrote miteinander, wobei Sylvies Schnitten immer besser belegt waren, da sie aus Schweden Freßpakete erhielt ... wie Schwestern wuchsen sie zusammen, und es gab nichts, was zwischen ihnen ein Geheimnis war.

Das änderte sich im Sommer 1944.

Jana, die von Sylvie einen Schlüssel zu deren kleiner Wohnung in einem Vorort von Königsberg erhalten hatte, kam an diesem Abend unverhofft zu Besuch. Sie hatte von Frieda unerwartet frei bekommen, war mit der Straßenbahn hinausgefahren, schloß leise die Wohnungstür auf, um Sylvie zu überraschen, und stand plötzlich im Zimmer.

Von einer Sekunde zur anderen wie versteinert, blieb Jana in der Tür stehen. Sylvie saß in einem Sessel, tief über einen schmalen Kasten auf ihrem Schoß gebeugt. Ein Kabel verband den schwarzen Kasten, an dem einige Knöpfe und Schalter waren, mit einem Kopfhörer, den sie übergestülpt hatte. Angestrengt schien sie auf etwas zu lauschen, schaltete dann um und tippte mit dem Mittelfinger auf eine Taste. Es klapperte leise ... kurz, lang, kurz, kurz ... und irgendwo saß jemand anderer und nahm die Zeichen auf.

»Guten Abend, Sylvie ...« sagte Jana laut.

Sylvie fuhr entsetzt hoch, schaltete das Gerät aus, riß den Kopfhörer herunter, griff zur Seite und ließ die Hand hochschnellen. Ihre Finger umklammerten eine Pistole, die sie jetzt auf Janas Brust richtete.

»Jana, mein Gott, Jana, das hättest du nicht tun dürfen«, flüsterte sie mit erstickter Stimme. »Jana … jetzt … jetzt muß ich dich erschießen … Rühr dich nicht von der Stelle! Jana … warum hast du nicht angeklopft?«

»Ich wollte dich überraschen.« Jana starrte auf die Pistole. Der Lauf zeigte genau auf ihr Herz.

»Das ist dir gelungen. Und … ich muß dich töten. Ich *muß* …«

»Du hast ein Funkgerät, Sylvie …«

»Ja.«

»Du gibst Nachrichten durch …«

»Ja.«

»Du bist eine Spionin …«

»Ihr nennt es so … Ich kämpfe gegen dein Deutschland, gegen den Faschismus, gegen den Krieg, gegen euren verdammten Führer … ich kämpfe für Freiheit und Frieden …«

»Und du … du heißt auch nicht Sylvie Aarenlund …«

»Doch. Das ist mein richtiger Name. Aber was sind Namen?« Sie hielt die Pistole immer noch auf Janas Brust, den Finger am Abzug leicht gekrümmt. Nur eine winzige Krümmung mehr, und es gab Jana Petrowna nicht mehr. »Wir sind eine kleine Gruppe von Antifaschisten. Ich melde ihnen, was ich hier sehe, und sie unterrichten mich, was sie aus Rußland hören. Über unsere Gruppe läuft ein direkter Kontakt zum NKWD in Leningrad.« Sie atmete tief durch, hob die Pistole höher und zielte. »Jetzt weißt du alles, Jana … ich *muß* schießen. Versteh mich … ich muß!«

»Du erschießt eine Freundin, Sylvie –«

»Ich muß!« rief Sylvie voller Qual. »Ich kann jetzt doch nicht anders. Ich darf keinen Mitwisser haben!«

»Aber eine Mitkämpferin … ist das auch verboten?« Jana kam ins Zimmer und sah, daß der Lauf der Pistole jeder ihrer Bewegungen folgte. »Sieh mich nicht so ungläubig an, Sylvie. Du hattest dein Geheimnis, ich habe mein Geheimnis … beide bedeuten den Tod! Ich bin keine Rote-Kreuz-Schwester.«

»Das sagst du jetzt nur!« Sylvie hielt die Pistole in Augenhöhe, während Jana mit beiden Händen durch ihr Haar fuhr. Die Schwesternhaube hatte sie vom Kopf gerissen und auf den Boden geschleudert. »Damit kannst du dich nicht mehr retten.«

»Ich bin auch nicht in Lyck geboren, sondern in Leningrad. Ich bin eine Russin und heiße richtig Jana Petrowna Rogowskaja.«

Ganz langsam ließ Sylvie ihre Waffe sinken. »Wie … wie willst du das beweisen?« sagte sie gepreßt.

»Kannst du russisch?«

»Ja.«

»Ich bin in der Uniform der Rote-Kreuz-Schwester bei Puschkin von den deutschen Truppen überrollt worden und bin seitdem Deutsche«, sagte sie auf russisch. »Niemand hat mich gefragt … die Schwesterntracht allein genügte. Ich gehöre zur Bewachung des Bernsteinzimmers … der Verwalter, Michael Wachter, ist mein zukünftiger Schwiegervater. Sein Sohn Nikolaus kämpft in Leningrad gegen die Deutschen … Nikolaj Michajlowitsch Wachterowskij. Bei Beginn der Blockade war er in der Eremitage beschäftigt. Ich weiß nicht, ob er noch lebt, ob er die neunhundert Tage Hunger und Sterben überlebt hat, neunhundert Tage Hölle, bis unsere Rote Armee die deutschen Truppen zurückdrängte und Leningrad befreite. Ich habe keine Nachricht von ihm, wie auch? Woher? Sylvie, ich lebe hier ein anderes Leben, genau wie du … Glaubst du mir?«

»Ja.« Sylvie ließ die Pistole sinken. »Ich glaube dir. Mein Gott, ich hätte dich erschossen, erschießen müssen … meine beste, einzige Freundin.«

»Ich verstehe es, Sylvie.«

»In welch einer gnadenlosen Zeit leben wir!«

Sie ließ das Funkgerät auf den Sessel gleiten, sprang auf, umarmte Jana, zog sie an sich und küßte sie nach alter Russenart dreimal auf die Wangen. Und plötzlich weinte sie, die Nervenanspannung löste sich und wurde zum Schluchzen. Die Erkenntnis, daß sie Jana wirklich erschossen hätte, ließ sie fast zusammenbrechen.

Von diesem Tag an gab es nichts, was Sylvie und Jana hätte trennen können. Manchmal saß Jana neben ihr, wenn sie mit ihrer Gruppe den Funkverkehr aufgenommen hatte und die Truppenteile durchgab, die Königsberg verließen oder in Königsberg einmarschierten. In Leningrad war man so über alle Truppenbewegungen der deutschen Armeen unterrichtet, über ihre Ausrüstung, über die Zahl von Artillerie und Panzer und über die Züge, die Verpflegung und Munition in die Stadt brachten. Jana half mit, indem sie wiedergab, was ihr die verwundeten Soldaten im Krankenhaus von der Front erzählten, von Munitions- und Spritmangel, von der Stimmung in der Truppe, von den herumgeisternden Gerüchten, die der Landser »Latrinenparolen« nannte und die doch immer ein Quentchen Wahrheit enthielten. Aus den von allen Seiten hereinkommenden Mosaiksteinchen an Informationen setzte man dann in Moskau das ganze Bild der deutschen Lage zusammen. Ein fast vollkommenes Bild ... das langsame, aber unaufhaltsame Sterben des Großdeutschen Reiches. Die Niederlage Hitlers. Das Ende der Naziherrschaft. In Moskau wußte man mehr als der Großteil der deutschen Bevölkerung. Man kannte die Wahrheit ... wer in Deutschland wußte von ihr?

Die Wahrheit über Sylvie erfuhr ein paar Tage später auch Wachter. Er nahm sie sehr vorsichtig auf, prüfte das hübsche blonde Mädchen, sprach mit ihr russisch, nahm einmal teil an dem Funkverkehr mit Schweden und las die Notizen, bevor Sylvie sie verbrannte.

»Sag ihnen –«, meinte eines Abends Wachter zu Sylvie, »-- daß das Bernsteinzimmer unversehrt und gut bewacht ist. Sie sollen es nach Leningrad weitergeben, zum Direktor der Eremitage. Und eine große Bitte habe ich«, er sprach jetzt wieder russisch, »die Bitte eines Vaters. Frag sie, ob sie mein Söhnchen gesehen haben, ob sie wissen, ob er noch lebt oder ob er gefallen oder verhungert ist. Hat er an der Front gekämpft, oder ist er auf der Straße erfroren wie all die Hunderttausenden in Leningrad. Lebt er noch ... wo ist er dann? Sylvie, kannst du das fragen? Ein Vaterherz kannst du von vielen Zweifeln und großer Not befreien. Auch Jana zittert um Nikolaj. Frag sie ... frag sie ... bitte ...«

Sylvie versprach es, aber in Leningrad schwieg man. Wochen gingen dahin, Monate, und immer hatte sie mit den Schultern gezuckt, wenn Jana fragte. Ein zermürbendes Warten war's, bis Wachter sagte:

»Sie finden ihn nicht ... auch das ist eine Antwort. Töchterchen, seien wir gefaßt, belügen wir uns nicht selbst. Nikolaj gehört zu den Tausenden Unbekannten, die sie in Leningrad begraben haben. Er ist als Held gestorben ... das sei unser Stolz.«

Er entzündete eine kleine runde Kerze in einem Metallschälchen, das die Deutschen »Hindenburglicht« nannten, stellte sie vor die aufgeklappte Reise-Ikone seines Vorfahren Friedrich Theodor und betete zusammen mit Jana Petrowna für das Seelenheil Nikolajs. Jeden Tag erneuerte er die Kerze, ließ das flackernde Lichtchen nie ausgehen. Und als der große Flüchtlingstreck über Ostpreußen hereinbrach, als Tausende Leiterwagen, zweirädrige Karren mit Frauen und alten Männern als Zugtieren und voll bepackte Kinderwagen, Schlitten und sogar Flöße aus Brettern über die vereisten Straßen nach Westen zogen, im Schneesturm steckenblieben, als Tausende am Straßenrand erfroren und dort liegenblieben, weil es sinnlos und hindernd war, die Leichen mitzuschleppen, als von allen zuerst die Säuglinge und kleinen Kinder, die Schwachen und die Greise starben, besorgte sich Wachter kraft seines Gauleiter-Briefes aus der Zentrale für Bombengeschädigte drei Kisten voll »Hindenburglichter«, weil Bruno Wellenschlag sie kontingentierte: Für jede Familie pro Woche zwanzig Stück.

Drei Kisten ... jetzt hatte er genug bis zum Ende des Krieges. Das Ende, das vor der Tür stand, an den Grenzen Ostpreußens und im Westen von Ungarn bis zur Nordseeküste. Eine riesige Zange, die Deutschland zusammenquetschte. Jetzt war es kein Krieg mehr, den Hitler führte ... es war ein millionenfacher Mord an seinem eigenen Volk.

Gauleiter Koch empfing alle wichtigen Männer seiner Stäbe, alle Befehlshaber der vielfältigen Organisationen, die Kommandierenden der Truppenteile in und um Königsberg, auch Dr. Findling und sogar Wachter befahl er zu sich in den Saal der Gauleitung.

Vor einer riesigen, an der Wand aufgespannten Hakenkreuzfahne stand er dann in seiner maßgeschneiderten Uniform mit den breiten Breecheshosen, die Beine gespreizt, den Kopf in den Nakken geworfen, vor seinen Satrapen, hielt eine seiner von Führerverehrung triefenden Reden und schrie am Schluß:

»Königsberg bleibt deutsch! Ostpreußen wird nicht geräumt! Der Kampf bis zum letzten Mann ist unsere Pflicht! Es lebe unser Führer Adolf Hitler. Sieg heil!«

Die Anwesenden streckten den rechten Arm empor und brüllten mit. Sieg heil! Sieg heil! Sieg heil!

Auch Wachter hob den Arm und rief mit. Verzeiht mir alle, dachte er dabei. Verurteilt mich nachher nicht, ich tu's für mein Bernsteinzimmer. Der Sieg wird kommen. Er steht schon vor der Tür und holt nur noch tief Atem.

Auf Königsbergs Straßen, an allen freien Wänden, an Ruinenmauern, an Plakatwänden und den Aufbauten der Lastwagen, auf Transparenten und in allen Zeitungen schrien die neuen Parolen auf die Bevölkerung herab. Parolen, die mehr aussagten als jeder Wehrmachtsbericht, jeder Artikel von Goebbels in der Zeitschrift *Das Reich,* jeder Kommentar im Reichsrundfunk. Aus diesen Parolen schrie der Untergang, den man verleugnen wollte, und die Mächtigen merkten es nicht.

Der Führer erwartet Dein Opfer für Wehrmacht
und Volkssturm

Damit Dein Stolz, Dein Volkssturmmann,
in Uniform sich zeigen kann,
räum Du jetzt Schrank und Truhe leer
und bring uns bitte alles her!
Auf zum heiligen Volkskrieg
für die deutsche Heimat und unsere Zukunft.

Unser unbeugsamer Wille:
niemals Sklaven des anglo-amerikanischen
Kapitalismus,
niemals als bolschewistischer Zwangsarbeiter
nach Sibirien!

Hitler befiehl … wir folgen Dir!

Die Menschen rannten achtlos an diesen Sprüchen vorbei. Die Furcht um ihr nacktes Leben zerriß ihre Gesichter. Gab es noch ein Entrinnen? Was tat der Russe, wenn er Königsberg erobert hatte? Schlachtete er alles ab, wie die Propaganda behauptete? Selbst Dr. Findling stellte sich diese Frage. Seit dem 3. Januar lebte er allein in einem Keller des »Blutgerichts«; er hatte durch seine Beziehungen erreicht, daß seine Frau mit dem Schiff von Königsberg nach Danzig ausreisen konnte, und hatte dann beim Abschied zu ihr gesagt:

»Martha, weine nicht, ich komme nach, ich versprech es dir. Fahr von Danzig nach Berlin und warte dort auf mich. Und wenn es in Berlin zu unsicher wird, fahr zu deiner Cousine Luise nach Hannover. Irgendwo sehen wir uns wieder, und irgendwie komme auch ich hier heraus, wenn ich weiß, was mit dem Bernsteinzimmer wird.«

»Bernsteinzimmer! Bernsteinzimmer! Immer Bernsteinzimmer! Das verfluchte Bernsteinzimmer!« Sie hatte sich an ihn geklammert, weinend, zitternd, mit beiden Händen seinen Kopf umfassend. »Komm mit, Wilhelm. Komm mit, ich flehe dich an. Willst du dein Leben opfern für das verfluchte Zimmer?«

»Es ist kein Opfer, Martha, es ist ganz einfach Pflichterfüllung.«

»Daß du stirbst wegen ein paar Bernsteinwänden? Das ist doch Wahnsinn, Wilhelm! Ihr habt das Bernsteinzimmer den Russen gestohlen … laß sie es doch zurückerobern.«

»Das verstehst du nicht, Martha.« Er hatte sie bis zum Schiff gebracht und winkte ihr nach, als sie die Gangway hinaufging an Bord. Es war ein ehemaliger Ausflugsdampfer. Fröhliche Fahrt entlang der Ostseeküste. Mit drei Tagen Badeaufenthalt auf Usedom. Im herrlichen Seebad Heringsdorf oder Mistroy. Kraft durch Freude … Jetzt war das Schiff grau gestrichen und sah aus wie ein Hilfskreuzer.

»Wir sehen uns wieder, Liebes …« hatte Findling leise gesagt, als er sie an der Reling stehen sah, weinend, so zart und klein, wie er sie bisher nie gesehen hatte. »Gute Fahrt, mein Liebling … du bist in Sicherheit.«

Dr. Findling hatte nie erfahren, daß zwei Tage später nördlich von Rügenwalde ein sowjetisches U-Boot mit zwei Torpedos das graue Schiff versenkte. Es wurde niemand gerettet.

Heute nun, am 10. Januar 1945, jauchzte und lachte, weinte und schluchzte Jana Petrowna am Hals von Väterchen Michail, schwenkte ihn im Kreis herum und rief dabei immer wieder, obgleich ihr bei jedem Wort die Stimme brach:

»Er lebt! Er lebt! Er lebt! Väterchen, Nikolaj lebt. Nachricht hat er gegeben! Grüßen läßt er uns! Grüßen! In Leningrad ist er noch. In der Eremitage. Er lebt … er lebt … er lebt …« Dann sackte sie zusammen, Wachter trug sie auf das alte Plüschsofa und legte sie hin.

Nikolaj lebt. Gut geht es ihm. Gott, o Gott, wie kann ich Dir danken?! Mein Söhnchen habe ich wieder. Auf die Knie falle ich vor Dir, Allmächtiger, wie hast Du uns gesegnet …

Und er kniete wirklich nieder vor der alten Reise-Ikone aus

Messing, vor dem dünn flackernden Flämmchen des Hindenburglichts, faltete die Hände und betete und war erlöst und glücklich, daß die Tränen über sein Gesicht liefen und sein Herz vor Freude zu bluten schien.

Nikolaj, mein Söhnchen, lebt.

O Herr, wieviel Gnade schenkst Du uns.

Tagesbefehl des Marschalls Tschernjakowskij, Befehlshaber der 3. Weißrussischen Front, vom 12. Januar 1945

Zweitausend Kilometer sind wir marschiert und haben die Vernichtung all dessen gesehen, was wir in zwanzig Jahren aufgebaut haben. Nun stehen wir vor der Höhle, aus der heraus die faschistischen Angreifer uns überfallen haben. Wir bleiben erst stehen, nachdem wir sie gesäubert haben. Gnade gibt es nicht – für niemanden, wie es auch keine Gnade für uns gegeben hat. Es ist unnötig, von Soldaten der Roten Armee zu fordern, daß Gnade geübt wird. Sie lodern vor Haß und vor Rachsucht. Das Land der Faschisten muß zur Wüste werden, wie auch unser Land, das sie verwüstet haben. Die Faschisten müssen sterben, wie auch unsere Soldaten gestorben sind.

Aufruf
des sowjetischen Schriftstellers Ilja Ehrenburg als Flugblatt unter russische Soldaten verteilt.

»Tötet! Tötet! Es gibt nichts, was an den Deutschen unschuldig ist, die Lebenden nicht und die Ungeborenen nicht! Folgt der Weisung des Genossen Stalin und zerstampft für immer das faschistische Tier in seiner Höhle. Brecht mit Gewalt den Rassehochmut der germanischen Frauen! Nehmt sie als rechtmäßige Beute!«

In der Gauleitung rief Gauleiter Koch erneut seine Getreuen, so nannte er sie, zusammen. Mit zitternden Händen hielt er ein Papier vor sich hin, und als er sprach, war seine Stimme rauh vor Erregung.

»General Gehlen von ›Fremde Heere Ost‹ der Abwehr hat uns soeben einen Aufruf des Judenlümmels Ilja Ehrenburg durchgegeben. Alle deutschen Wehrmachtsverbände werden darüber unterrichtet. Der Führer hat befohlen, daß jeder diese widerliche Schmiererei kennt, um endlich klar zu sehen, was uns erwartet, wenn wir uns nicht mit allem Heldenmut dieser roten Mörderflut entgegenstemmen.«

Koch verlas den Aufruf Ehrenburgs wie ein Schauspieler einen dramatischen Text. Den Tagesbefehl des Marschalls Tschernjakowskij unterschlug er. Als er den Vortrag beendet hatte, warf er das Blatt auf den Boden und stampfte mit den Stiefeln darauf. Die versteinerten Gesichter vor sich nahm er nicht wahr, auch nicht, daß Wachter die Hände gefaltet hatte. Kreisleiter Wagner rückte nervös an seinem Koppel herum. Bruno Wellenschlag schluckte mehrmals, als verstopfe etwas seinen Hals.

»Sie haben es gehört!« schrie Koch mit hochrotem Gesicht. »Das ist ein Aufruf zum Mord! Das ist der Befehl, unsere Frauen zu vergewaltigen! Die bolschewistischen Bestien werden losgelassen! Ein dreckiges Judenschwein will uns den Arsch aufreißen! Männer ... es geht jetzt nicht mehr darum, ein Stück Land zu verteidigen. Wir müssen unsere Frauen und Kinder retten! Wir kämpfen bis zum letzten Mann. Sieg heil!«

Bevor sie alle den Saal mit der riesigen Hakenkreuzfahne verließen, winkte Koch mit der rechten Hand Dr. Findling und Wachter, zu bleiben. Als sie allein waren, fiel die Maske des Kämpfers für Führer und Volk von Koch ab. Mit verzerrtem Mund, seinen kleinen Schnurrbart streichelnd, kam er auf sie zu.

»Man erwartet jeden Tag den Beginn der großen sowjetischen Offensive«, sagte er. »Heute oder morgen oder übermorgen ... länger wird's nicht dauern. Wir alle vertrauen auf unsere tapferen Soldaten, eine Überlegenheit des Feindes hat uns noch nie geschreckt. Nicht 1870/71, nicht im Ersten Weltkrieg und heute schon gar nicht. Trotzdem ... Findling, kann mein Bernsteinzimmer sofort verlagert werden?«

Er sagte tatsächlich »mein Bernsteinzimmer«. Dr. Findling starrte ihn an, als traue er seinen Ohren nicht.

»Natürlich wäre das möglich, es kommt nur darauf an, wohin. Man müßte es für einen längeren Transport allerdings neu und besser verpacken.«

»Ich habe darüber nachgedacht.« Koch nahm eine kleine Wanderung vor Dr. Findling auf. Drei Schritte hin, drei Schritte zurück.

»Ich habe auch schon mit Gauleiter Mutschmann in Dresden gesprochen. Er hält die Sächsische Schweiz nicht für sicher genug. Eine wirkliche Sicherheit bieten nur Thüringen oder die Salzbergwerke bei Göttingen, das Bergwerk Grasleben oder Merkers in Thüringen. Auch die Salzstollen in der Ostmark wären sicher … rund um den Dachstein gibt es Riesenhöhlen, deren Eingang man nach der Einlagerung der Kunstschätze sprengen könnte. Niemand würde erfahren, wo das Bernsteinzimmer hingekommen ist … nur ein paar Eingeweihte. Sie, Dr. Findling, Sie, Wachter, ich und natürlich der Führer und Reichsleiter Bormann. Und noch ein paar andere, die mit dem Transport zu tun haben. Was halten Sie davon?«

»Sie glauben, daß der Russe Königsberg erobern wird, Gauleiter?« fragte Dr. Findling.

»Stellen Sie nicht so dämliche Fragen, Mann!« Koch starrte Findling wütend an. »Was ich denke, ist unwichtig. Wichtig ist allein die Rettung der unersetzlichen Kulturgüter. Auch die Rettung vor einer möglichen Gefahr … möglichen Gefahr, sage ich, hören Sie genau zu! Ich bin gewillt, das Bernsteinzimmer, die Ikonensammlung, die russischen Gemälde, die Bibliothek des Zaren Peter und das ganze Silber, alles, was aus Puschkin zu uns gebracht wurde, aus Königsberg wegzuschaffen! Ins sichere Reich! Wie lange brauchen Sie bis zur Transportbereitschaft?«

»Ein paar Tage nur, Gauleiter.« Dr. Findling räusperte sich. »Soll das ohne eine Benachrichtigung des Führers geschehen?«

»Natürlich nicht. Natürlich werde ich den Führer fragen. Auch den genauen Einstellort werden wir dann festlegen. Wichtig ist, daß Sie –«, er sah dabei Dr. Findling und Wachter scharf an, »-- sofort mit der Arbeit beginnen.«

Doch das, was zuerst kam, war die Rote Armee.

Am 12. Januar, vor Sonnenaufgang, rollte die größte Offensive an, die jemals in einem Krieg losgeschlagen wurde. Entgegen aller Erwartungen öffneten sich die Schleusen an Mensch und Material nicht an der ostpreußischen Front, sondern weiter südlich, am Weichsel-Brückenkopf von Baranow. Die 1. Ukrainische Front unter Marschall Konjew, bestehend aus sieben Armeen, darunter drei Garde-Armeen, setzte nach einer heftigen Artillerievorbereitung und Hunderten von Stalinorgeln zum Sturm auf die deutschen, schwach besetzten Stellungen an. Sechzig Infanterie-Divisionen und acht Panzerkorps wälzten sich nach Westen und überrollten wie eine Lawine die Verteidigungslinien der deutschen 4. Panzerarmee. Ihr Kommandeur, General der Panzer Graeser, hatte es kommen sehen. Seine Meldung an das Führerhauptquartier war knapp: Den sowjetischen Armeen gelang der Durchbruch.

Gleichzeitig begann rund um Ostpreußen, plötzlich wie ein Donnerschlag, ein mehrstündiges, unvorstellbares Artilleriefeuer. Sowjetische Stoßtrupps in Bataillonsstärke rannten gegen die deutschen Linien an, aber es war noch nicht der alles vernichtende Orkan. Es war ein Vortasten, eine Warnung, eine militärische Visitenkarte: Hier sind wir.

Das Oberkommando der Wehrmacht gibt bekannt: 13. 1. 1945
An der Weichselfront hat die lange erwartete Winteroffensive der Bolschewisten begonnen. Nach außergewöhnlich starker Artillerievorbereitung trat der Feind zunächst an der Westfront des Brückenkopfes von Baranow mit zahlreichen Schützendivisionen und Panzerverbänden an. Erbitterte Kämpfe sind entbrannt. Nebenangriffe südlich der Weichsel und im Nordteil des Baranow-Brückenkopfes wurden zerschlagen. Im ostpreußischen Grenzgebiet lag beiderseits der Rominter Heide schweres feindliches Artilleriefeuer auf unseren Stellungen. Zahlreiche bataillonsstarke Angriffe der Sowjets wurden abgewiesen …

Welch karge Worte für Tod und Untergang!

Kaum hatte man im Führerhauptquartier den Schock überwunden, als das eintraf, was General Gehlen rechtzeitig gemeldet hatte und Hitler mit einer Handbewegung als den größten Bluff seit Dschingis-Khan weggewischt hatte: Am Morgen des 13. Januar erhebt sich der russische Riese. Aus dem Raum Pillkallen heraus wird Ostpreußen überrannt. Die 3. Weißrussische Front unter Marschall Tschernjakowskij bricht mit sechs Armeen, zwei Garde-Panzerkorps und einem Gewitter von Artilleriebeschuß über die deutschen Stellungen herein. Ihr Ziel ist offensichtlich: die Zerschlagung der deutschen 3. Panzerarmee und damit die Eroberung des Kurischen Haffs. Damit wäre Königsberg nach Norden abgeschnitten worden.

Am gleichen Tag, Samstag, den 13. Januar, bricht der Damm an den beiden Brückenköpfen am Narew: Die 2. Weißrussische Front unter Marschall Rokossowskij ergießt sich über das Land. Sechs Armeen, zwei Panzerkorps, ein Pionierkorps und das berühmte 3. Garde-Kavalleriekorps zermalmen die Stellungen der deutschen 2. Armee unter Generaloberst Walter Weiß. Das große Ziel Rokossowskijs ist Elbing. Gelingt der Durchbruch, ist Ostpreußen ein einziger großer Kessel.

Und dann der nächste Schlag: Am Sonntag, den 14. Januar, trifft Rußlands genialster Heerführer, Marschall Schukow, mit seiner 1. Weißrussischen Front, bestehend aus fünf vollständig aufgefüllten Armeen, darunter die polnische 1. Armee, auf die deutsche 9. Armee. Hier, an den Weichsel-Brückenköpfen Magnuszew und Pulawy, beginnt die Hauptoffensive der Roten Armee: Durchbruch nach Westen und Nordwesten, Zerschlagung der Heeresgruppe A, Zurückeroberung von Polen und das Betreten deutschen Bodens.

Welch ein Ziel: russische Armeen auf dem Marsch nach Berlin.

Die Front der deutschen 9. Armee wird überrannt, die sowjetischen Divisionen strömen nach Westen.

Der »größte Bluff seit Dschingis-Khan« läßt Hitlers Rücken noch runder werden, das Zittern seiner Hände verstärkt sich, sein Gesicht wird fahl und teigig. Generaloberst Guderian empfindet keinen Triumph ... er hat nur noch Mitleid mit dem »größten Führer aller Zeiten«.

Deutschland steht auf dem Spiel.

6,2 Millionen russische Soldaten holen zum Gegenschlag aus. In Königsberg wurde fieberhaft gepackt.

Die große, dieses Mal amtlich organisierte Evakuierung der Bevölkerung rollte an. Die Stunde der Kriegsmarine war gekommen. Der Kommandeur des Marineoberkommandos Ost, Generaladmiral Kummetz, übernahm die gesamten Flüchtlingstransporte, an Gauleiter Koch vorbei, der bisher jeden Treck nach Westen einen Verrat am Führer genannt hatte. Alles, was man an Handelsschiffen, Dampfern, seetüchtigen Fahrzeugen, Booten und Kähnen besorgen kann, wird nach Königsberg befohlen. Sogar die bisher als Wohnschiffe benutzten Passagierdampfer und Kriegsschiffe aller Größen laufen aus den Häfen Pillau, Danzig, Gdingen und Kolberg aus, um den Flüchtlingsstrom der Hunderttausenden aufzunehmen und zu retten. 24 Flottillen und 350 kleinere Kriegsschiffe unter dem Befehl von Konteradmiral Butow bilden den Geleitschutz für die Personenschiffe und Handelsschiffe, die restlos überfüllt sind. Wer keinen Platz mehr auf den Schiffen bekommt, zieht auf den Straßen weiter … endlose Schlangen von Menschen und Fahrzeugen, hinein in einen Winter, in einen Frost, der sie zermürbt, bei dem sie unter freiem Himmel kampieren müssen, ohne ausreichende Verpflegung, gejagt vom Artilleriebeschuß der Sowjets, niedergemäht von den Angriffen der Tiefflieger, in die Straßengräben und Felder abgedrängt, wenn Panzer, Lastwagen, Geschütze und Transporter mit Infanterie nach Königsberg hineinjagten oder von Königsberg an die immer enger werdende Einschnürung der Front geworfen wurden.

Gauleiter Koch hatte nur noch einmal Zeit, sich um »sein« Bernsteinzimmer zu kümmern. Die Räumung Ostpreußens, der Verlust seines Reichskommissariats Ukraine, das zügige Vordringen der Roten Armee, der Verluste an Menschen und Panzern nichts auszumachen schien und die aus der Tiefe des Landes immer neue Reserven an die Fronten warf, vor allem aber die Vorbereitungen für seine eigene Flucht nahmen ihn voll in Anspruch.

»Wohin, Gauleiter?« fragte Dr. Findling. »Wohin können wir noch? Wenn der Russe weiter vordringt, gibt es keinen Weg mehr nach Westen!«

»Das Führerhauptquartier ist umgezogen! Es wird jetzt in Berlin eingerichtet. Ich kann weder den Führer noch Bormann erreichen. Findling, wenn ich sehe, daß es keine andere Möglichkeit mehr gibt, bringen wir die Kunstschätze ohne den Befehl des Führers weg! Zunächst nach Thüringen.«

Am selben Tag änderte Koch seinen Plan. Nicht nach Thüringen, teilte er Dr. Findling telefonisch mit, sondern nach Sachsen, nach Wechselburg bei Rochlitz und nach Burg Kriebstein. Gauleiter Mutschmann hatte dort Platz geschaffen. Dreihundert Quadratmeter gut durchlüftete und bombensichere Keller standen dort zur Verfügung.

»Wie kommen Sie voran?« fragte Koch.

»Gut, Gauleiter. Heute abend sind wir fertig. Wir haben 25 Kisten, große Kisten, neu hergestellt. Zehn Mann haben unter Leitung des Tischlers Mann und des Schlossers Weiß daran gearbeitet. Eine sehr gute Arbeit. Stabilere Kisten sind nicht denkbar. Die Wandtafeln, Köpfe, Girlanden, Gesimse und Sockel sind erschütterungssicher in Steppdecken, Kopfkissen und Federbetten verpackt. Sie stehen jetzt auf dem Hof des Schlosses. In der Nacht werden wir die Gemälde einkisten, die Ikonen und die Silberbibliothek des Zaren Peter. Wir sind morgen zum Abtransport bereit. Wenn bloß kein neuer Luftangriff kommt –«

»Die Transportstaffel steht auch bereit.« Findling hörte, wie Koch erregt keuchte. »Aber ich bekomme den Führer nicht an den Apparat, und auch Bormann ist in der Parteikanzlei nicht zu erreichen. Findling, keine Angst ... ich bekomme stündlich die Meldungen von der Front. Wir machen es dem Russen schwer, auf Königsberg vorzurücken ...«

»... und uns schwerer, das Bernsteinzimmer zu retten.«

Wachter hatte die Kellerwohnung bereits bis auf sein Bett geräumt. Für ihn war es selbstverständlich, daß er den Transport, wohin auch immer, begleiten würde. Dr. Findling, der seit acht Tagen zum Volkssturm gehörte und eine alte Uniform trug, aber keine Waffe, getreu des Witzes, den man sich jetzt erzählte: Was ist der Volkssturm? Eine Einheit von drei Mann, der eine trägt den Stahlhelm, der andere das Koppel, der dritte die Panzerfaust ... mußte wahrscheinlich noch in Königsberg bleiben, wie Gauleiter Koch, bis zum letzten Mann ...

Es war nicht viel, was Wachter mitnehmen wollte: zwei Anzüge, Wäsche, Schuhe, Hemden, das Allernötigste nur, und seine Reise-Ikone in einem mit Samt ausgeschlagenen ledernen Futteral. Die letzten Nächte lag er immer angezogen auf dem Bett, sofort zum Abmarsch bereit.

Die Lazarette und Krankenhäuser von Königsberg quollen nun über von Verwundeten. Was die Landser von der Front erzählten, deckte sich mit dem, was Sylvie jeden Tag über Schweden per Funk erfuhr, was aber in keinem Wehrmachtsbericht stand: Die Truppen des Marschalls Tschernjakowskij brachen in einem weiten Bogen in die deutschen Linien ein. Die deutsche 3. Panzerarmee, allein gelassen gegen sechs sowjetische Armeen in bester Verfassung und mit überlegener Ausrüstung, wurde an vielen Stellen auseinandergerissen. Gumbinnen war schon verloren, Insterburg lag unter einem verheerenden Granat- und Bombenfeuer, Goldap und Lotzen waren verloren, Kraupischken besetzt, aus dem Süden stieß Rokossowskij vor und eroberte Nikolaiken und Ortelsburg. Hunderte schwere Panzer vom Typ T 34 und T 42 rückten unaufhaltsam auf Allenstein und Wartenburg zu. Der Ring um Königsberg schloß sich ... nur noch der Seeweg war frei und eine schmale Landverbindung nach Danzig über Heiligenbeil, Braunsberg und Elbing. Eine einzige Eisenbahnlinie und einige wenige Straßen ... überfüllt von den Flüchtlingstrecks und Wehrmachtsverbänden, unter Beschuß von Tieffliegern, weittragenden Granaten und einem Bombenregen.

Die schweren deutschen Panzer »Tiger« und »Königstiger«, die sich dem Ansturm der Roten Armee hätten entgegenstemmen können, lagen nach einigen Tagen hilflos herum und wurden sogar wie kleine Festungen eingegraben. Der Sprit war verbraucht, neuer Brennstoff kam kaum durch, die Granaten für die Bordgeschütze wurden gezählt. Auf rätselhafte Weise verschwanden Nachschubzüge mit Munition und Benzin im Nichts. Der Oberquartiermeister der 2. Armee, die den Hauptangriff von Rokossowskijs sechs Armeen auffangen mußte, Oberst Wirsing, verfolgte am Telefon die Meldungen der Stationen, die ein Zug mit Tankwagen, mit dem lebenswichtigen Panzersprit, durchfuhr. Der Zug, der sich über Deutsch-Eylau der verzweifelt kämpfenden 2. Armee näherte. Und plötzlich war dieser Zug verschwunden, wie von Geisterhand weggewischt. Oberst Wirsing verfolgte noch einmal den Weg des Zuges, abervon nirgendwoher bekam er eine Antwort.

Die deutsche Lehrerin Elsbeth Langenbach, die in der deutschen Schule von Unieck unterrichtete und die man bei der kopflosen Flucht der Naziführer »vergessen« hatte, worauf sie auf einem Pferd vierzig Kilometer durch die vorstoßenden sowjetischen Panzerspitzen geritten war, bis sie die Linien der 2. Armee erreichte und zum Generalstab weitergereicht wurde, hörte die verzweifelte Suche nach dem Spritzug mit. Fassungslos sah sie Oberst Wirsing an, als er die Telefonate am Feldtelefon abbrach und resignierend sagte: »Es hat diesen Zug nie gegeben. Es war ein Gespensterzug. Was nützen uns jetzt unsere Panzer ...?«

Alles war möglich in diesen Tagen des Zusammenbruchs der deutschen Ostfront. Während in Königsberg die Durchhalteparolen von den Hauswänden schrien, wurde in der Nacht vom 21.

zum 22. Januar heimlich ein »Gauleiter-Sonderzug« zusammengestellt, um Koch und seine Parteiprominenz, die aus ganz Ostpreußen nach Königsberg geflüchtet war, über die einzige Bahnstrecke nach Elbing und weiter nach Danzig in Sicherheit zu bringen. Der »Kämpfer bis zum letzten Mann« hatte seine Flucht vorbereitet.

Endlich, endlich am 22. Januar erhielt Koch eine telefonische Verbindung mit der Parteikanzlei in Berlin. Hitler in seinem neuen Hauptquartier war nicht zu sprechen, Bormann, aus Berchtesgaden zurückgekehrt, wo er unterirdische Anlagen besichtigt hatte, war so kurz angebunden und schroff, wie er immer mit Koch verkehrt hatte.

»Natürlich gibt der Führer die Erlaubnis, unersetzliches Kulturgut zu retten!« sagte er. »Warum ist das nicht schon längst geschehen?! Fast alle Kunstschätze der Museen in den bedrohten Gebieten sind verlagert worden, schon 1944, auch aus Ihren Museen, Gauleiter, das haben Sie ja selbst organisiert … Warum sind das Bernsteinzimmer und die Gegenstände aus *Zarskoje Selo* noch in Königsberg? Das ist unverantwortlich, Gauleiter!«

Das hab ich gern, dachte Koch verbittert. Ein Anschiß ohne Grund. »Es gab zwei Gründe, Herr Reichsleiter –«, antwortete er böse. »Erstens sollte durch die totale Verlagerung aller Kunstschätze die Bevölkerung nicht beunruhigt werden, und zweitens stand und stehe ich noch zum Endsieg des Führers!«

Bormann schwieg einen Augenblick, vielleicht war er selbst erstaunt über die letzten Worte Kochs. Ihnen war nichts zu entgegnen.

»Sorgen Sie für den sofortigen Abtransport«, sagte er dann. »Über Elbing – Danzig – Stettin, Berlin – Weimar nach Reinhardsbrunn. Im Schloß Reinhardsbrunn wird dafür gesorgt werden, daß das Bernsteinzimmer eingelagert wird. Als Zwischenstation. Der endgültige Lagerort wird von dort bekanntgegeben.«

»Sie übermitteln den Befehl des Führers nach Reinhardsbrunn, Herr Reichsleiter?«

»Ja!«

Bormann legte abrupt auf. Koch wischte sich mit beiden Händen über das Gesicht. Reinhardsbrunn gefiel ihm gar nicht. Das Schloß kannte er nicht, wohl aber das Geheimnis, daß hier die SS, vor allem Himmler, eine große Menge Kunstschätze des Reichsamtes SS versteckt hatte. »Sein Bernsteinzimmer« neben den Schätzen der SS zu wissen, behagte ihm wenig. Auch Bormanns Mitteilung, daß Reinhardsbrunn nur eine Zwischenstation sein sollte, beruhigte ihn nicht. Warum nicht Thüringen, dachte er wütend. Warum nicht Göttingen? In den sicheren Schächten der Salzbergwerke, deren Sohlen bis in 600 Meter Tiefe reichten, war der beste Platz, die Schätze zu retten. Man sprengte die Zugänge, und niemand, außer ein paar Eingeweihten, würde ahnen, was da unter der Erde lag. Bombensicher, gut konserviert, bestens temperiert ... ein Lager für Jahrtausende, in diesem Falle für ein paar Jahre. Die neue Wunderwaffe, von der man munkelte und flüsterte, die Bombe mit Atomkernspaltung, an der ein geheimes Forscherteam zusammen mit Wernher von Braun, dem Schöpfer der Raketen V 1 und V 2, die jetzt täglich auf London niederheulten, unentwegt arbeitete, würde alle Feinde in einem unvorstellbaren Feuerball von dieser Erde brennen und Deutschland den Sieg bescheren.

In der Nacht zum 22. Januar 1945, die sowjetischen Divisionen hatten Wehlau erobert und standen jetzt nur noch knappe vierzig Kilometer vor Königsberg, rief Koch den vor Unruhe schlaflosen Dr. Findling an.

»Wir können!« sagte er. »Die Transportstaffel ist unterwegs zu Ihnen. Der Transportführer, ein Hauptmann Leyser, hat den genauen Fahrplan bei sich. Bei Morgengrauen müssen die Wagen die Stadt verlassen haben.«

»Ich bin bereit, Gauleiter.«

»Wieso Sie?« Kochs Stimme dehnte sich vor Erstaunen. »Sie brauche ich noch hier. Die Kisten können allein reisen. Es ist garantiert von der Parteikanzlei, daß sie überall bevorzugt behandelt werden und in eine sichere Lagerstelle kommen. Sie können jetzt für das Bernsteinzimmer nichts mehr tun ...«

Dr. Findling schluckte. Er wußte, daß es für ihn keinen Ausweg gab. Er trug die Uniform des Volkssturmmannes, er hatte auf den Führer seinen Eid als Soldat abgelegt, er fiel unter die Parole »Bis zum letzten Mann«.

»Und Wachter?« fragte er.

»Findling, stellen Sie doch jetzt, wo's eilt, nicht so dumme Fragen! Was soll Wachter denn bei dem Transport?«

»Aufpassen. Wie immer. Wie seit über 226 Jahren!«

»Will er etwa auch noch mit hinunter in die 600-Meter-Sohle eines Bergwerkes?« fragte Koch spöttisch. »Ein moderner Barbarossa? Der treue Wächter, in Salz konserviert! Nach 226 Jahren hat die Familie Wachter es verdient, sich auszuruhen. Übrigens ist er noch nicht zu alt, um ein Gewehr zu halten und abzudrücken! Er bleibt in der Festung Königsberg wie Sie ... und ich ... Der Führer braucht jetzt jeden Mann. Wir wissen doch, seit Ilja Ehrenburg, was uns erwartet. Teilen Sie das Wachter mit.«

Eine Stunde nach diesem Gespräch, das Findling nie vergessen sollte, fuhren in den Schloßhof zwanzig Lastwagen ein. Dr. Findling traute seinen Augen nicht: Die Aufbauten und die Dächer der Transporter waren groß mit einem roten Kreuz bemalt, als handele es sich um eine Hilfsgüterkolonne oder um Verwundete.

Unterstrichen wurde dieser Eindruck auch noch durch die Rote-Kreuz-Armbinden, die jeder Fahrer über den linken Ärmel gestreift hatte. Nur Hauptmann Leyser, der in einem Kübelwagen fuhr, trug diese Armbinde nicht.

»Das ist die größte Frechheit, die ich jemals gesehen habe«, sagte Wachter gepreßt. »Wenn sich das rumspricht, ist kein wirklicher Lazarettwagen oder Verwundetenzug mehr sicher.«

»Um Himmels willen, halten Sie den Mund, Michael!« Dr. Findling stieß Wachter warnend in die Rippen. »Denken Sie nur daran: In den Wagen ist das Bernsteinzimmer! Um es zu retten, wird es als Rote-Kreuz-Fracht getarnt. Nur daran müssen Sie denken. Ich möchte nicht wissen, wieviel Dinge unter dem Schutz des Roten Kreuzes hin und her geschoben werden. Mein Gott, denken Sie in unserer Situation bloß nicht an Moral!« Dr. Findling sah dem Auffahren der Lkw-Kolonne zu. »Morgen ist alles vorbei. Da sind wir Volkssturmmänner.«

»Ich nicht, Herr Doktor.«

»Wachter, was haben Sie vor?«

»Ich bleibe natürlich bei dem Bernsteinzimmer.«

»Das ist Wahnsinn! Wissen Sie, was das bedeutet? Fahnenflucht, Feigheit vor dem Feind! Von einem Schnellgericht werden Sie zum Tode verurteilt und aufgehängt oder erschossen!«

»Ich nicht.«

»Warum sollte man mit Ihnen eine Ausnahme machen? Wie wollen Sie überhaupt aus Königsberg raus? Sie haben keinen

Marschbefehl. Dieser Hauptmann Leyser wird sich hüten, Sie heimlich mitzunehmen. Jetzt werden sogar Ritterkreuzträger aufgehängt –«

»Ich werde es schaffen, Doktor.« Wachter atmete tief ein. Die Sorge, was aus Jana wurde, war noch nicht gelöst. Für Oberschwester Frieda Wilhelmi war sie unentbehrlich geworden. Die Masse der Verwundeten, die mit Lazarettzügen oder Sankas nach Königsberg gebracht wurden, hatte die Aufnahmefähigkeit der Krankenhäuser, der Notlazarette in Schulen und Turnhallen und den weit verzweigten alten Festungsanlagen von Königsberg längst überschritten. Die alten Forts und Bollwerke waren überfüllt, es gab zu wenig Ärzte und Schwestern, Sanitäter oder Hilfskräfte. Lehrerinnen und Frauen in Sozialberufen wurden dienstverpflichtet. Sie wuschen die Verwundeten, gaben ihnen zu trinken, fütterten sie und drückten den Toten die Augen zu, saßen bei den Sterbenden und waren oft Mutter-, Frau- oder Brautersatz in den letzten Stunden.

»Wann kommen wir heraus?« fragte Jana an einem dieser Tage.

»Heraus?« Frieda hatte sie erstaunt angesehen. »Wann es befohlen wird.«

»Und wenn das zu spät ist?«

»Ich bleibe, solange noch ein Verwundeter hier im Haus liegt!«

»Die Russen werden Königsberg erobern ...«

»Na und? Können meine Verwundeten weglaufen? Ich gehöre zu ihnen, sie brauchen mich.«

»Die Russen werden dich vergewaltigen ... denk an den Aufruf Ehrenburgs.«

»Mich vergewaltigen?« Frieda, der Turm aus Knochen und Fleisch, lachte kurz auf. »Da müssen schon vier sibirische Riesen kommen ...«

»Töten werden sie dich! Ganz einfach töten.«

»Tochter! Wer hätte das gedacht, du bist ja auch von der Propaganda verseucht! Ob Deutsche oder Russen, man kann mich überall brauchen. Man wird froh sein, daß ich noch da bin. Wir Ärzte und Schwestern kennen weder Freund noch Feind, nur Verletzte, Kranke, Hilfesuchende. Merk dir das, Tochter!«

Janas letzter Besuch bei Sylvie wurde zu einer Qual. Unentwegt funkte diese ihre Beobachtungen nach Schweden, die von dort zur Zentralstelle in Leningrad weitergegeben wurden. Die Zehntausende von Flüchtlingen, die am Haff und am Bahnhof auf einen Platz in einem Eisenbahnwaggon oder auf einem Schiffwarteten, die Schanzarbeiten an neuen Verteidigungslinien, das Aufstellen neuer Panzersperren aus Beton, das Hereinströmen der letzten Reserven, die versuchen sollten, einen Riegel vor Königsberg zu bilden … Berichte waren es, die der sowjetischen Führung zeigten, daß Verzweiflung ungeahnte Kräfte mobilisieren kann und daß es noch viel Blut kosten würde, bis man in Königsberg einmarschieren konnte. Aber das kannte man von Leningrad her. Neunhundert Tage Blockade durch die deutschen Truppen hatte man überstanden, eine Hungerhölle ohne Beispiel, bis im Januar 1944 die Stadt von der sowjetischen 42. Armee befreit wurde.

Für Königsberg aber gab es keine Befreiung mehr. Ob noch Tage oder Wochen … der Untergang war sicher.

»Ich will Abschied nehmen«, sagte Jana Petrowna. Sie saß Sylvie gegenüber, die ihr Funkgerät gerade abgestellt hatte.

»Abschied? Wieso?« Sylvie sah Jana ungläubig an und schüttelte dabei den Kopf. »Was soll das heißen?«

»Ich werde Königsberg verlassen.«

»Bist du verrückt? Wo willst du denn hin?«

»Ich weiß es nicht. Noch nicht …«

»Jana, das ist Wahnsinn! Du bleibst hier bei mir in Königsberg, wirfst die Nazitracht weg, wirst dich beim sowjetischen Kommandanten melden, eine russische Feldscher-Uniform bekommen und wieder das sein, was du bist: eine Russin. Und nach dem Sieg wirst du deinen Nikolaj wiedersehen …«

»Ich kann Väterchen nicht allein lassen, Sylvie.«

»Michail Igorowitsch wird man mit offenen Armen aufnehmen. Ein Held wird er sein.«

»Ohne Bernsteinzimmer? Was ist Väterchens Leben wert ohne Bernsteinzimmer? Er bleibt bei ihm, wird mitziehen, wohin man es auch bringt, nicht trennen kann man ihn von ihm. Und ich muß bei ihm bleiben, Sylvie. Er paßt auf das Bernsteinzimmer auf und ich auf Väterchen. Das ist meine Pflicht.«

»Pflicht! Pflicht! Überleben sollst du! Willst du als deutsche Krankenschwester irgendwo verrecken? Jana, in ein paar Tagen kannst du wieder eine Russin sein!«

»Ohne Bernsteinzimmer und Väterchen.«

»Du bist verrückt, verrückt, verrückt!« schrie Sylvie und sprang auf. »Ist denn das Bernsteinzimmer das Wichtigste auf der Welt?!«

»Für uns – ja.«

»Man sollte dich mit kaltem Wasser übergießen, damit du endlich vernünftig wirst. Was kannst du denn tun, wenn die Naziräuber das Bernsteinzimmer irgendwo vergraben?«

»Ich bin dabei ... ich weiß, wo es vergraben ist ... ich kann es nach dem Krieg wieder ausgraben lassen und zurückbringen nach Puschkin in den Katharinen-Palast. Das allein ist meine Aufgabe.«

»Und dafür hältst du den Kopf hin!«

»Ja. An den Fronten sterben unsere Männer und kämpfen um ihr Vaterland. Ich kämpfe auch, nur auf einem anderen Kampfplatz.«

»Der geheime Soldat Jana Petrowna! Wie heldenhaft das klingt! Und nun ... warum bist du gekommen?«

»Um Abschied zu nehmen, Sylvie.« Jana faltete die Hände im Schoß. Das Herz wurde ihr schwer. »Ich hoffe, daß wir uns wiedersehen.«

»Wo?«

»In Leningrad, oder bei dir, in Schweden, in Uppsala oder sonstwo. Was wirst du nach dem Krieg tun?«

»Ich weiß es noch nicht. Weiterstudieren oder heiraten und Kinder kriegen, ein Sommerhäuschen auf den Schären ... wie kann man sagen, was unsere Zukunft ist? Nicht schwer wird es sein, dich zu finden: Wo das Bernsteinzimmer ist, bist auch du.«

»So Gott will, Sylvie.«

»Du glaubst an Gott?« Sylvie starrte Jana verblüfft an. »Du – eine Kommunistin?! Eine ehemalige Komsomolzin?«

»Ja. Ich glaube an Gott. Ich bete sogar.«

»Aus dir soll man klug werden.« Sylvie umarmte Jana, als diese aufstand, sie küßten sich wie zwei Schwestern, und dann riß sich Jana los und rannte aus der Wohnung, als hätte sie jemand davongejagt. Gab es ein Wiedersehen?

Aus der Ferne, vom Wind herbeigetragen, rollte Kanonendonner über die Stadt. Ein Gewitter des Todes und der Zerstörung.

Die zwanzig Lkws mit dem roten Kreuz waren beladen. Die Kisten, in denen das Bernsteinzimmer, von allen Seiten gut gepolstert, stand, trugen einen roten Punkt. In den anderen Verschalungen steckten die berühmte Silbersammlung, die Gemälde alter russischer und europäischer Meister, darunter ein Rubens, ein Canaletto und ein Spitzweg. In einer besonderen Kiste hatte man einen Gobelin aus Flandern aus dem Jahre 1580 verstaut, ein Riesengewebe von 4,52 x 3,50 Metern. Diese Kiste trug, mit Pinsel und schwarzer Farbe aufgemalt, den Vermerk: M-D-Voß und – in einem gezeichneten Dreieck – den Buchstaben B. Ein Gobelin, der unter »Führervorbehalt« fiel. M-D-Voß war die Abkürzung für den Beauftragten des Sonderauftrages »Linz«, den in Dresden lebenden Museumsdirektor Voß, und das B im Dreieck ließ die Deutungen Berlin, Berchtesgaden oder Bormann zu.

Das hatte jetzt alles wenig Bedeutung. Was mit den Rote-Kreuz-Wagen abtransportiert wurde, galt als »Sammlung Gauleiter Koch«.

Noch einmal versuchte Dr. Findling, mit Koch zu sprechen. Es war fünf Uhr morgens, das Artilleriefeuer an der Front von Wehlau war deutlich zu hören. Aber Koch war nicht zu erreichen. Er hatte zur Überraschung aller seinen Gauleiter-Sonderzug den in geballten Massen am Hafen und Bahnhof wartenden Flüchtlingen zur Verfügung gestellt. Militär und Parteifunktionäre regelten, so gut es ging, das Chaos, als Tausende den Zug stürmten. Der Befehl »Frauen und Kinder zuerst« war völlig sinnlos geworden, um einen Platz im Zug wurde getreten und geboxt, niedergerannt und zusammengeschlagen. Im Hafen war es nicht anders. Der Sturm auf die wenigen noch zur Verfügung stehenden Schiffe war ein Kampf auf Leben oder Tod. Die Zange um Ostpreußen schloß sich von Stunde zu Stunde mehr, die sowjetischen Armeen von Tschernjakowskij und Rokossowskij drangen unaufhaltsam vor.

Am Apparat erreichte Dr. Findling nur Bruno Wellenschlag, dessen Stimme vor Angst gebrochen schien.

»Ja, Doktor, ja! Hauen Sie ab!« rief Wellenschlag ins Telefon. »Die Russen stoßen auf Elbing zu und werden uns abschneiden. Dann ist für Sie der Ofen aus! Sie müssen den Landweg noch schaffen! Umladestation ist Berlin, von dort bringt ein Zug die Ladung nach Reinhardsbrunn. Der Gauleiter hat mit dem Gauleiter von Thüringen, Sauckel, alles durchgesprochen, von Schloß Reinhardsbrunn geht es weiter in ein Salzbergwerk. Reinhardsbrunn wird wahrscheinlich das neue Führerhauptquartier werden und den Namen ›Wolfsturm‹ erhalten. Sicherer geht es nicht. Mann, hauen Sie endlich ab!«

Er legte auf. Hauptmann Leyser, der neben Dr. Findling stand und alles mitbekommen hatte, sah Findling betroffen an. »Das klingt nicht nach Endsieg –«, sagte er dann sarkastisch. »Also dann los! Sie bleiben hier?«

»Ich muß!«

»Dann – ein Überleben. Das ist alles, was ich Ihnen wünschen kann.« Sie gaben sich die Hand und gingen dann hinunter in den Hof des zerstörten Schlosses.

An den abfahrbereiten Lkws warteten neben den Fahrern mit der Rote-Kreuz-Binde auch Michael Wachter und eine junge Krankenschwester. Sie hatte einen Sanitätskoffer an einem Lederriemen über der linken Schulter hängen. Dr. Findling bekam einen Schreck, aber er besaß genug Beherrschung, es nicht zu zeigen. Michael, was tun Sie da? Die nächsten Minuten sind Ihr Todesurteil!

Hauptmann Leyser blickte erstaunt auf die beiden und kam schnell näher. Wachter kannte er vom Beladen der Lastwagen, die Rote-Kreuz-Schwester war ihm neu.

»Ja bitte?« fragte er knapp. »Sie wünschen?«

»Ich bin bereit«, antwortete Wachter.

»Wozu?«

»Zur Begleitung des Sonderkommandos, Herr Hauptmann.«

»Sie? Davon weiß ich nichts.« Leysers Verblüffung war groß. »Ich habe Ihren Namen nicht auf der Transportliste.«

»Ich komme im persönlichen Auftrag des Herrn Gauleiters mit. Gewissermaßen in seiner Vertretung. Hier ist meine Anweisung, Herr Hauptmann.«

Wachter hielt Hauptmann Leyser den Brief vor, den Koch ihm nach dem verheerenden Luftangriff auf Königsberg geschrieben hatte.

»… dem Michael Wachter ist jede Hilfe zu gewähren. Er ist berechtigt, in meinem Namen im Zusammenhang mit den Kunstschätzen im Königsberger Schloß notwendige Anordnungen zu treffen …«

Hauptmann Leyser ließ den Brief sinken. Dr. Findling starrte Wachter ängstlich an. Ein eiskalter Hund sind Sie, Wachter, dachte er. Himmel, was wagen Sie da! Der Brief ist doch jetzt nichts mehr wert.

»Das ist kein Marschbefehl, Herr Wachter«, sagte Leyser prompt. »Zwar eine Vollmacht, aber –«

»In den Kisten befinden sich die größten Kunstschätze europäischer Kultur, Herr Hauptmann. Mein Auftrag vom Gauleiter lautet, sie nicht aus den Augen zu lassen und sie überallhin zu begleiten. Es gäbe ungeheure Komplikationen, wenn ich diesen Auftrag nicht erfüllen könnte. Sie haben es gelesen, daß ich zu notwendigen Anordnungen berechtigt bin.«

»Ohne Marschbefehl –«, sagte Leyser wieder, aber nun zögernder.

»Für die Ausstellung einer solchen Formalität ist es jetzt zu spät«, mischte sich Dr. Findling ein und blinzelte Wachter zu. »Sie haben gerade selbst am Telefon gehört: Der Transport muß sofort abgehen.«

»Dann also, gut. Steigen Sie ein!« Er wandte sich zu Jana um und betrachtete sie, wie jeder Mann, von oben bis unten mit einem interessierten Blick. »Und Sie?«

»Ich bin als Krankenschwester und Sanitäterin zugeteilt«, sagte sie mit einem forschen Augenaufschlag. »Der Herr Gauleiter ist der Ansicht, daß zu einer Sanitätskolonne auch eine Krankenschwester gehört. Und sei's zur Tarnung. Ich habe den Befehl zur Begleitung erhalten.«

»Natürlich in der Eile auch ohne Marschbefehl.«

»Nein, Herr Hauptmann … hier ist er.« Sie holte aus der Manteltasche das Formular. Marschbefehl für Schwester Jana Rogowskij für Sonderkommando Gauleiter Koch. Königsberg, den 21. Januar 1945. Unterschrift: Stabsarzt Dr. Pankratz.

»In Ordnung.« Leyser gab Jana das Papier zurück. Dr. Findling starrte sie fassungslos an. »Fahren Sie in meinem Kübel mit, Schwester Jana?«

»Wenn ich darf, Herr Hauptmann.«

»Es wird mir eine Freude sein.« Leyser trat zwei Schritte zurück und hob den rechten Arm. »Aufsitzen!« brüllte er zu den vor ihren Wagen angetretenen Fahrern. »Wagenabstand dreißig Meter! Kolonne – los!«

Zum letztenmal gaben sich Dr. Findling und Wachter die Hand.

»Michael, Sie sind ein verdammt mutiger Kerl! Machen Sie's gut.«

»Sie auch, Doktor. Auf Wiedersehen –«

»Glauben Sie daran?«

»Ich will es glauben. Gott mit Ihnen, Doktor.«

Plötzlich fielen sie sich in die Arme und umarmten sich. Der erste Wagen fuhr schon an, Jana und Hauptmann Leyser liefen zu dem Kübelwagen, wo der Stabsgefreite Hasselmann wartete.

»Ich habe noch eine große Hoffnung«, sagte Dr. Findling leise. »Koch wird mich in seinen Stab nehmen, und Koch will überleben. An seiner Seite komme ich hier heraus ... das ist meine einzige Chance ...«

Wachter riß sich los, rannte zum Wagen neun, mit dessen Fahrer, dem Unteroffizier Josef Selch, er bereits gesprochen hatte, und kletterte ins Fahrerhaus. Dr. Findling winkte ihnen nach, aber nur kurz ... er drehte sich um, senkte den Kopf und ging zurück in seinen Keller neben dem »Blutgericht«.

Durch den eisigen Morgen ratterte die Lastwagenkolonne durch die zerstörte Stadt zur einzigen Straße, die noch nach Westen führte. Heiligenbeil – Braunsberg – Elbing ... und dann freier Weg nach Berlin.

Am Morgen, als Frieda Wilhelmi in ihr Büro kam, wunderte sie sich, daß Jana nicht, wie immer seit fast vier Jahren, schon hinter der Schreibmaschine saß. Verschlafen hat sie sich, dachte sie. Ist das denn ein Wunder? Wie hat sie in den letzten Wochen arbeiten müssen, bis tief in die Nächte hinein. Einmal braucht auch der Körper Ruhe.

Aber um neun Uhr war Jana noch immer nicht gekommen. Frieda sah auf die Uhr, schüttelte den Kopf und rief in Janas Zimmer an. Sie meldete sich nicht. Unruhig, besorgt um ihre »Tochter«, wälzte sich Frieda über den Gang zu Janas Zimmer, klopfte an und riß gleichzeitig die Tür auf. Wehe, wenn bei ihr im Bett ein Mann liegt! Wer's auch sein mag, und wenn es der Chef selbst ist – mit Ohrfeigen jage ich ihn davon. Und sie, Jana, bekommt auch ihre Prügel. Da gibt es gar kein Pardon.

Aber das Bett war leer, unberührt, mit militärischer Exaktheit hergerichtet, »gebaut« nennt es der Landser. Frieda Wilhelmi blieb in der Tür stehen, den Blick in sich gekehrt, im Herzen die plötzliche Schwere: Sie ist bei einem Mann über Nacht geblieben. Nein, denk nicht an so etwas! Sie hat bei ihrer Freundin Sylvie geschlafen und nicht mehr die Straßenbahn bekommen. Bei Sylvie kann man nicht anrufen, sie hat kein Telefon … aber in ein paar Minuten wird Jana kommen, ausschimpfen werde ich sie, das ist nötig, aber dann werde ich ihr einen Riegel Schokolade geben.

Erst als sie sich schon umdrehen und weggehen wollte, sah sie, daß auf dem Kopfkissen ein Briefkuvert lag. Frieda Wilhelmi schloß die Augen und atmete tief durch. Nein, sagte sie zu sich, nein! Das kann nicht sein, das darf nicht sein. Das tut Jana nicht. Das kann sie mir nicht antun! Dieser Brief ist nicht für mich. Nein, ich gehe nicht zum Bett und fasse ihn an. Nein! Nein!

Aber sie tat es doch. Sie setzte sich langsam auf die Bettkante, riß den Umschlag auf, und schon der erste Satz, die Anrede, bestätigte die große Tragödie ihres Lebens.

Meine liebe »Mutter« Frieda.
Alle Zeilen des Verlassens fangen an: Wenn Du diesen Brief liest, bin ich … Nein, so soll es bei uns nicht sein. Ich habe Dich nicht verlassen. Ich habe mich nur eine kurze Zeit von Dir entfernt und weiß, daß wir uns wiedersehen. In einer besseren Zeit, in einem endlichen Frieden, in einer Freiheit wie Vögel in der Luft, wie Wolken unter dem Himmel.
»Mutter«, verzeih mir, ich mußte es tun. Nicht aus Feigheit, nicht aus Angst, glaub mir, ich wäre bei Dir geblieben, wenn ich nicht eine andere Aufgabe zu erfüllen hätte, von der ich Dir heute noch nichts sagen kann. Aber wenn wir uns wiedersehen, wirst Du mich verstehen, das weiß ich.
Wieviel habe ich Dir zu verdanken. Nicht nur das Schreibmaschineschreiben, nicht nur die Kenntnis von Spritzen, Nadeln und Kanülen, von Verbänden und Wundenbehandlung, vom Trost für die Sterbenden und den tröstenden Worten für die Hinterbliebenen. Wie oft habe ich sie geschrieben, die Briefe an die Mütter und Väter, an die Frauen und Kinder. Er ist sanft und ohne Schmerzen eingeschlafen … dabei hat er geschrien und sich an mich geklammert, als sei ich das Leben. Wir haben aus Trost gelogen und fanden, daß es notwendig sei.
»Mutter«, ich will jetzt nicht lügen, Dich nicht belügen, der ich soviel im Leben verdanke, vor allem Deine Mutterliebe, in die ich mich in Stunden der Angst und der Reue verkriechen konnte. Bei Dir war ich

zu Hause. Bei Dir war ich sicher. Du hattest eine Burg um mich gebaut. Das werde ich Dir ewig danken. Und einmal wird der Tag kommen, an dem ich allen Dank über Dich ausschütten kann und zu Dir Mutter sagen werde.
Frieda ... ich stamme nicht aus Lyck in Ostpreußen. Ich bin eine Russin aus Leningrad, heiße Jana Petrowna Rogowskaja und bin als falsche Rote-Kreuz-Schwester hinter die deutsche Front eingesickert, um meinen Auftrag zu erfüllen. Nein, ich schwöre Dir, ich bin keine Spionin, ich habe Deine Liebe nicht für die Spionage ausgenutzt, ich habe mit dem Militär nichts zu schaffen, ich habe keinen verraten, bitte glaub es mir. Mehr kann ich Dir heute nicht sagen.
Gott sei bei Dir, Mutter Frieda. Gott gebe uns die Gnade, uns wiederzusehen. Paß auf Dich auf, zu sagen, laß Dich nicht unterkriegen, wäre falsch: Du läßt Dich nicht unterkriegen! Ich umarme Dich, ich küsse Dich. Sei nicht enttäuscht von mir. Wo ich auch sein werde, in meinem Herzen bist Du dabei. Deine Jana Petrowna.

PS.: Ich habe aus Deinem Schreibtisch einen Blanko-Marschbefehl, unterzeichnet von Dr. Pankratz, gestohlen und ausgefüllt. Verzeih mir, aber er ist der Paß für ein Überleben.

Frieda Wilhelmi las den Brief langsam durch, Wort für Wort, ganz langsam, als wolle sie ihn auswendig lernen. Dann zerriß sie ihn, nahm ihn mit in ihr Zimmer und steckte ihn in den Ofen. Sie sah zu, wie er verbrannte, zerstörte mit dem Schüreisen auch noch die Asche und warf dann die Ofenklappe zu.

Jana Petrowna, Tochter, Gott sei auch mit dir.

Die Straße und die Eisenbahnlinie nach Elbing waren noch frei an diesem Morgen, dem 22. Januar 1945. Die sowjetische 48. Armee, 65. Armee und 2. Panzer-Armee stießen weiträumig über Osterode und Deutsch-Eylau auf die Küste zu, schwere Artillerie hatte Straße und Bahn bereits unter Beschuß, Tiefflieger stürzten sich auf die endlosen Flüchtlingstrecks und Militärkolonnen, aus Königsberg lief der letzte D-Zug nach Westen aus. Im Morgengrauen des 22. Januar ... dann war der Weg in die Freiheit versperrt.

Die Nachricht, daß der Russe durchbrechen würde, löste eine unvorstellbare Panik aus. Die wichtigste Versorgungsstelle und das Zentrallager des Nachschubs, das Heereszeugamt in Ponart, wurde von seinem eigenen Leiter in Brand gesetzt. Die gesamte Besatzung des am Stadtrand von Königsberg gelegenen Lufthansa-Flugplatzes Devau flüchtete mit dem Flugzeug ins Reich; als Militär den Platz besetzte, fand es die Panzerschränke offen vor, randvoll mit geheimen Unterlagen.

Gauleiter Koch tobte. Todesurteile wurden gefällt und sofort ausgeführt. Da der Landweg nun versperrt war, setzte bei den verzweifelten Flüchtlingsmassen, die sich noch in der Stadt drängten, ein Sturm auf die letzten Schiffe im Hafen ein. Überfüllt, tief im Wasser liegend, stampften sie hinaus in die Ostsee, begleitet von kleinen Marinefahrzeugen, die nie in der Lage gewesen wären, sowjetische U-Boot-Angriffe abzuwehren. Nur weg, weg aus dem sich bildenden Kessel Königsberg. Weg von den Russen, die nach den Aufrufen ihrer Führung keine Gnade mehr kannten. Wenige der Flüchtenden nur dachten daran, daß sie nun das gleiche Schicksal erlitten, das vor ihnen die russische Bevölkerung beim Vormarsch der deutschen Divisionen auf sich nehmen mußte. Hunderttausende Tote durch Hunger, Verfolgung, Deportation, Erschießungen, allein in Leningrad während der neunhunderttägigen Blockade. Die Verhungerten lagen auf den Straßen herum und wurden mit Schlitten, auf Brettern und auseinandergeklappten Pappkartons, mit Handwagen oder einfach über die Schulter geworfen zu den Friedhöfen gebracht. Hunderttausende unschuldiger Menschen. Wer kann das vergessen?

Die Rote-Kreuz-Kolonne, die zwanzig Lkws mit dem Bernsteinzimmer und den »Gauleiter-Schätzen«, quälte sich durch den Flüchtlingstreck langsam nach Elbing. Hauptmann Leyser studierte während der Fahrt die Karte und schüttelte mehrmals den Kopf.

»Wenn das so weitergeht im Schrittempo, erreichen wir nie Berlin. Der Treck wird von Elbing aus die Straße nach Danzig und weiter über Stolp – Köslin – Stettin völlig verstopfen! Wir müssen weg von der großen Linie und versuchen, über den schmaleren Weg Elbing – Marienburg – Graudenz – Bromberg – Schneidemühl – Landsberg Berlin zu erreichen. Wenn der Russe nicht schneller ist –« Er sah Jana an, die neben ihm im Kübelwagen saß. »Was halten Sie davon?«

»Ich weiß es nicht. Ich kenne den Weg nicht. Ich weiß nur, daß der Russe sehr schnell ist.«

Sie fuhren drei Tage und drei Nächte, ununterbrochen, selbst die Mahlzeiten verzehrten sie im Fahren. Als sie endlich durch Graudenz fuhren, das in panischer Räumung begriffen war, atmeten sie alle auf. Von hier ab lag der Weg nach Berlin noch frei vor ihnen, die deutsche 2. Armee hatte einen Riegel gebildet, gegen den fünf sowjetische Armeen anrannten. Aber auch diese Straße lag unter dem Artilleriefeuer der russischen 65. Armee, und in Richtung Thorn – Bromberg stieß die sowjetische 47. Armee des Marschalls Schukow vor, während gleichzeitig aus dem Raum südlich Warschaus fünf Armeen in den Raum Lodz, Posen, Bromberg marschierten. Jetzt, am 25. Januar – die russische Artillerie schoß bereits in die Stadt Königsberg und in den Hafen hinein – war es noch immer ein Wettrennen, aber man war der Umklammerung entkommen. Hauptmann Leyser ließ kurz anhalten und erklärte die Lage.

»Wir haben richtig gehandelt, Leute!« sagte er. »Die Straßen über Bromberg – Schneidemühl und Landsberg sind noch frei. Wenn wir jetzt auf die Tube drücken, fahren wir vor den Sowjets her, immer im Rücken der zurückgehenden 9. Armee. Jungs, wir erreichen Berlin! Es wird zwar Tieffliegerangriffe geben, aber keine Bomben und Granaten. Aufgesessen und ab die Post!«

Tieflieger – plötzlich ein Pfeifen in der Luft, heranjagende Schatten mit Flügeln, das Hämmern schwerer Maschinengewehre und das Bellen von Bordkanonen … drei-, viermal von allen Seiten … und dann war der Spuk wieder im Himmel verschwunden.

Neunmal erlebte die Lkw-Kolonne einen solchen Angriff, ohne beschossen zu werden. Das weithin auf den Dächern der Wagen leuchtende Rote Kreuz war ein sicherer Schutz. Die sowjetischen Jäger heulten über die zwanzig Transporter hinweg, umkreisten sie ohne einen Schuß, einige wackelten sogar wie zur Begrüßung, und dann jagten sie weiter, die Straße hinunter, um Bahndämme, Fabriken, Züge, Militärkolonnen und marschierende Truppen anzugreifen.

»Wenn die wüßten, was wir transportieren!« lachte Unteroffizier Selch. Neben ihm saß Wachter, der jedesmal den Kopf eingezogen hatte. »Keine Angst, Kumpel. Aufs Rote Kreuz schießen die nicht. So sind sie nun doch nicht, die Russen.«

Am nächsten Tag, dem 26. Januar, erreichten die Russen den

Stadtrand von Graudenz und bissen sich an den neuen deutschen Stellungen der 2. Armee fest. Hauptmann Leyser erfuhr es von Offizieren der Infanterie-Reserven, die ihnen auf der Straße entgegenkamen. Einer der Offiziere fragte, indem er auf die Lastwagenkolonne zeigte: »Verwundete?«, und Leyser antwortete: »Lazarettmaterial und Einrichtungen.«

Der Offizier wies mit dem Daumen zur Front: »Die Verwundeten sind aber da, Kamerad. Sie fahren in der falschen Richtung.«

»Und dahin –«, Leyser zeigte mit dem Daumen nach Westen, »-- werden sie kommen. Es sollen neue Feldlazarette aufgebaut werden. Wie lange, Kamerad, glauben Sie, hält die Front noch?«

»Bis zum 1. Februar ist das hier alles russisch.« Der Offizier lachte verbissen. »Am besten, ihr baut eure Lazarette erst gar nicht hier auf. Schafft sie nach Berlin … da werdet ihr sie bald gebrauchen.«

»Das sieht ja düster aus.«

»Düster?!« Der Offizier grüßte kurz zum Abschied. Nicht mit dem Führergruß, sondern wie früher mit dem Handtippen an den Mützenschirm. »Alles Scheiße! Deine Emma! Gute Fahrt, Kamerad.«

Auf der Straße von Bromberg nach Schneidemühl geschah es dann.

Die Kolonne hatte am Rande eines Waldstückes gehalten, und der Stabsgefreite Hasselmann, der den Kübel fuhr, hatte noch Zeit genug, in einem großen Kessel über einem mit Dieselöl getränkten Holzstapel aus zehn Erbswürsten eine dünne Suppe zu kochen, in die man Kommißbrotstückchen bröckelte.

Sie saßen alle am Waldrand in einem weiten Bogen, vierzig Fahrer, Wachter, Jana und Hauptmann Leyser, als das bekannte Gebrumm und Pfeifen plötzlich über den Baumwipfeln aufklang.

»Flieger von links!« schrie Unteroffizier Selch.

Er warf sich sofort flach in den Schnee, die anderen spritzten auseinander, in den Wald hinter Bäume oder Büsche, Hauptmann Leyser riß Jana mit sich in den Schnee und schrie sie an: »Kopf runter! Schnell … robben Sie zum nächsten Baum.« Nur Wachter blieb erstaunt sitzen und starrte den drei sowjetischen Jägern nach, die über den Wald rasten, einen weiten Bogen flogen und dann, noch flacher über der Erde, zurückkamen.

»In Deckung, du Flasche!« schrie ihm Selch zu. »Wir sind nicht im Wagen, wir sind draußen!«

Zu spät. Aus den spitzen Schnauzen der Flugzeuge spuckten die Maschinengewehre und legten eine Naht von Geschossen vor den Waldrand. Ein Schuß einer leichten Bordkanone traf den Suppenkessel und ließ ihn zerplatzen. Weggeworfene Kochgeschirre wirbelten durchlöchert durch die Luft, drei Stahlhelme tanzten im Geschoßhagel über den Boden, und als jetzt, viel zu spät, Wachter mit einem weiten Satz zwischen die Bäume fliehen wollte, bekam er einen gewaltigen Schlag in die linke Schulter. Er taumelte, fiel nach vorn in den Schnee und kroch in den Wald hinein. Dort zerrten ihn drei Fahrer weiter in Deckung ... nach einer Wende griffen die Tiefflieger zum zweitenmal an.

Wachter lag auf dem Bauch und spürte keinen Schmerz. Nur ein heftiges Zittern lief von der Schulter über seinen ganzen Körper, klebrige Feuchtigkeit spürte er auf der Haut. Blut ist das, dachte er. Ja, das ist Blut. Sie haben mich getroffen, verwundet bin ich, die linke Schulter, wie ein Hammerschlag war's, aber es tut nicht weh, nur wie gelähmt bin ich rechts, kann den Arm nicht mehr heben, alles in mir zittert, als läge ich nackt auf Eis.

Seine Zähne schlugen aufeinander, er konnte es nicht verhindern. Er drehte sich auf den Rücken, starrte zum Baum, unter dem er lag, hinauf und staunte, wie weich und ineinander verlaufend alle Konturen waren und der Schnee nicht mehr weiß, sondern bläulich schimmerte. Und dann war da plötzlich das Gesicht von Jana, ganz nahe über ihm, ihre schwarzen Augen voll Sorge, ihr schöner Mund, und sie fragte: »Väterchen, tut's weh? Lieg ganz still, ganz still ...«, und dann war das Hämmern der Maschinengewehre wieder um sie, das Klatschen der Geschosse in die Baumstämme und den Boden. Er hörte, wie der Stabsgefreite Hasselmann brüllte: »Diese Säue! Diese Drecksäue! Gibt's kein anderes Ziel als meinen Suppenkessel?« Und dann wieder Janas Kopf, sie sagte Worte, die er nicht verstand, in die hinein er aber flüsterte: »Töchterchen, es geht mir gut. Keine Schmerzen. Alles halb so schlimm ...« Und dann hörte er Leysers Stimme: »Sammeln! Die Scheiße ist vorbei. Seht euch das an! Kein Schuß in die Wagen. Das war 'ne Meisterarbeit!«, und dann Janas Stimme: »Wir müssen ihn mitnehmen. Ich kann ihn nur notdürftig verbinden ... bis zur nächsten Stadt ...«, und wieder Leysers Stimme: »Das ist Schneidemühl ...«

Dann spürte er, wie man ihn hochhob, zu einem Wagen trug und auf die Ladeklappe legte. Jemand sagte: »Schneid ihm die Uniform auf ...«, plötzlich wurde es kalt an seiner Schulter, Jana sagte irgend etwas, die Augen riß er auf, aber er sah nur Dunkelheit um sich, und dann durchzuckte ihn ein Schmerz, der von der Hirnschale bis zum Zehennagel fuhr. Er schrie auf, vor seinen Augen schien ein Stern zu explodieren, und dann war er im Nichts. Es gab keine Gefühle und kein Denken mehr.

Irgendwann wachte er auf, hörte Geräusche, fühlte unter seinen Fingern Stoff, aber es blieb dunkel um ihn, und er tauchte wieder unter im Nichts. Als es ihm gelang, die Augen aufzureißen und die Erinnerung schlagartig zu ihm zurückkehrte, merkte er, daß er nicht mehr am Waldrand im Schnee lag, auch nicht auf der Ladeklappe eines Lastwagens, sondern in einem Bett, und das Weiß um ihn herum war keine Schneedecke, sondern ein Bettbezug.

Aber Jana war da ... ja, ihr Gesicht schwebte wieder über ihm. Sie lächelte ihn an, und er versuchte, zurückzulächeln, und dann hob er den Kopf und erkannte staunend, daß Jana eine andere Uniform trug, nicht mehr die Rote-Kreuz-Tracht, sondern eine grüne weite Bluse, einen langen grünen Rock und an den Füßen derbe Stiefel. Und dann hörte er Leute sprechen in einer Sprache, die er kannte, die aber nicht hierher gehörte, eine Frauenstimme sprach mit einem Mann russisch, und der Mann antwortete auf russisch: »*Sestra*, sei gnädig, gib mir noch eine Spritze. So weh tut's mir im Leib ...«

Was war das? Was geht um mich herum vor?

»Ja, Töchterchen ...« sagte er mühsam mit schwerer, wie verklebter Zunge. »Wo ... wo sind wir?«

»In Schneidemühl, Väterchen. Drei Tage hast du geschlafen. Operiert bist du, alles ist gut, nicht steif werden wird dein Arm. Das Schulterblatt wird wieder zusammenwachsen. Ein Geflecht aus Silberdraht haben sie darübergezogen, da wächst der Knochen wieder zusammen. Hast großes Glück gehabt, sagte Dr. Trofim Igorowitsch Fedorenkow. Ein fabelhafter Chirurg ist er.«

»Fedorenkow ...« Wachter versuchte, wieder den Kopf etwas

zu heben. »Jana, Töchterchen ... habe ich einen Fieberwahn? Wo bin ich?«

»Im Lazarett Nr. 3 der sowjetischen 2. Garde-Panzerarmee. Seit zwei Tagen ist Schneidemühl russisch. Väterchen, wir sind bei unseren Brüdern und Schwestern.«

Wachter ließ sich zurück auf das Kissen fallen. Der Schmerz überfiel ihn, nicht vom Rücken her, sondern aus dem Herzen.

»Und das Bernsteinzimmer?« fragte er kaum hörbar.

»Ich hoffe, es ist jetzt in Berlin.«

»Ohne ... ohne uns ...?«

»Väterchen, es ging um dein Leben –«

»Du hättest dabei bleiben müssen, Jana.«

»Väterchen, du warst mir wichtiger.«

»Das Bernsteinzimmer ... wir ... wir sehen es nicht wieder. Jana ... wird haben versagt ... nach 226 Jahren hat ein Wachter versagt ... Warum habt ihr mich nicht sterben lassen.« Plötzlich weinte er, Tränen rannen über seine zerfurchten Wangen in die Mundwinkel. Mit einem Mulltupfer saugte Jana sie weg. »Wie können wir Nikolaj jemals wieder unter die Augen treten?«

»Bald ist der Krieg zu Ende, Väterchen.« Jana beugte sich über Wachter und trocknete sein Gesicht. »Dann suchen wir es, und wir werden es finden. Wir kennen doch den Weg. Berlin, dann nach Schloß Reinhardsbrunn in Thüringen, von dort in ein Salzbergwerk. Vielleicht sind wir nach dem Krieg die einzigen, die es noch wissen. Väterchen, wir finden das Bernsteinzimmer wieder ... und eines Tages steht es wieder im Katharinen-Palast, Nikolaj wird es bewachen und pflegen, und du wirst im Park mit deinen Enkeln spielen und ihnen erzählen, wie Großväterchen von Flugzeugen beschossen wurde, die Narben wirst du ihnen zeigen, und sie werden überall erzählen: Unser Großväterchen ist ein Held der Nation. Stolz werden sie alle auf dich sein.«

»Aber ich schäme mich.« Wachter drehte den Kopf zur Seite. »Geschworen haben wir ...«

»Hat Gauleiter Koch nicht auch geschworen: bis zum letzten Mann? Geflohen ist er, schon am 28. Januar, mit allen seinen Leuten, nach Neutief bei Pillau. Dort wartet er jetzt in einem unterirdischen Hauptquartier auf seine weitere Flucht nach Westen.« Jana umfaßte mit beiden Händen Wachters Gesicht und drehte es wieder zu sich herum. »Väterchen, gesprochen habe ich mit dem Genossen Generalleutnant Bogdanow, Kommandeur der 2. Garde-Panzerarmee. Erzählt habe ich ihm alles, habe ihm als Zeugen General Sinowjew genannt. Angerufen hat er Sinowjew, und dann hat Bogdanow gesagt: Das Bernsteinzimmer, hat Lenin gesagt, ist ein Heiligtum der Nation! Verlaßt euch auf Bogdanow. Ich werde euch helfen, wo ich kann …«

»Worte. Worte! Alles nur Worte!« Wachter umklammerte Janas Hände. »Wir hätten bei ihm bleiben müssen. Wo sollen wir es später suchen?«

»Wir kennen seinen Weg, Väterchen. Wir haben seine Spur.«

»Eine Spur? Nichts haben wir, Janaschka! Nichts. Du hättest mich auf einer Kiste festbinden müssen!«

»Dann wärst du gestorben …«

»Der einzige Grund, das Bernsteinzimmer zu verlassen, Jana. Der Tod!«

»Klage nicht, Väterchen. Lieg ruhig, sammle Kraft. Wir ziehen weiter mit unseren Soldaten nach Berlin. Der Sieg ist zum Greifen nahe. Die Spitzen unserer fünften Panzerarmee stehen vor Zehden, nur noch sechzig Kilometer von Berlin entfernt. Wir holen das Bernsteinzimmer ein, Väterchen, wir holen es ein! Nur stark mußt du jetzt wieder werden … Darum bin ich bei dir geblieben.«

Wachter nickte schwach, dann schlief er wieder ein, erschöpft von dem langen Reden und geschwächt von dem großen Blutverlust.

Er träumte, wie er das Bernsteinzimmer betrat. Aufgebaut war es wieder, in seiner ganzen sonnenleuchtenden Pracht. Durch die Fenster flutete das Licht und ließ die Schnitzereien und Wände in allen goldenen Farben funkeln. Schon wollte er an die Wandtafel treten, aus der das Engelsköpfchen für den Zaren Peter gebrochen worden war, um es voll Demut zu küssen, da riß ihn eine Hand brutal zurück, und eine harte Stimme sagte auf englisch: *No entry!*

Kein Eintritt!? Er, Wachter, durfte nicht das Bernsteinzimmer betreten?! Auf englisch befahl man das?! Und plötzlich löste sich vor seinen Augen das Bernsteinzimmer auf, floß ineinander, zerstob nach allen Seiten, und zurück blieb eine zerstörte schwarze Wand mit Rissen und Löchern, durch die ein Sturm ihm den Hut vom Kopf riß.

Mit einem lauten Stöhnen wachte er auf. Jana war wieder bei ihm, drückte ihn in die Kissen zurück und streichelte sein Gesicht. »Ganz ruhig, ruhig …« sagte sie.

»Töchterchen, Janaschka!« schrie er und wehrte sich gegen ihre Hände. »Laß mich los! Laß mich gehen! Ich habe es gesehen … ich habe mein Bernsteinzimmer verloren … Jana, das Zimmer gibt es nicht mehr.«

Dann fiel er in Ohnmacht, und es sah aus, als sterbe er jetzt wirklich …

An einem der letzten Januartage 1945 fuhr eine SS-Kolonne mit vier geländegängigen Wagen in den kleinen Ort Nußdorf am Attersee ein und hielt vor dem Gemeindehaus. Über dem See, dem größten von Österreich und beliebt bei den Urlaubern wegen seiner herrlichen Lage zwischen Wiesen und Fels, lag dichter Nebel. Die grauen Schwaden trieben an der schroffen, steilen, zerklüfteten Wand des Höllengebirges am jenseitigen Ufer hoch. Die Straßen war schneeglatt, zum Teil vereist, und selbst die vierradangetriebenen Wagen der SS hatten Mühe gehabt, am See entlang vorwärts zu kommen. Der Kommandant der kleinen Truppe, ein SS-Untersturmführer, eingehüllt in einen langen, pelzbesetzten Mantel, sprang aus seinem Wagen und betrat das Bürgermeisteramt.

Vom Fenster aus hatte der Gemeindeschreiber mit heruntergezogenen Mundwinkeln die Anfahrt der SS-Fahrzeuge gesehen und trat nun von der Gardine zurück.

»Jetzt kommt er«, sagte der Schreiber, »in seiner ganzen Pracht.«

»Halt bloß das Maul!« sagte der Bürgermeister warnend. »Die SS seh i lieber von hinten …«

Bürgermeister Karl Wiesinger, gleichzeitig Besitzer des Lokals »Bräuwirt« in Nußdorf, war ein aufrechter Mann und Patriot. Jeden Tag verfolgte er anhand der Wehrmachtsberichte auf einer Landkarte die Bewegungen der deutschen und feindlichen Truppen und wunderte sich oft, wie geschickt die Wehrmachtsberichte große Gebietseinbußen verschleierten. Da war von strategischen Rückzügen die Rede, von Frontbegradigungen und Geländeverlegungen. Auf der Karte mitverfolgt, sah das ganz anders aus … da erkannte man, daß die gegnerischen Armeen Deutschland von allen Seiten einschnürten und immer tiefer ins Reich vordrangen.

Unaufhaltsam und schnell. Vor allem aber interessierte Wiesinger die Front im Süden, von Ungarn und Bayern. Hier kam der Krieg unmittelbar auf Nußdorf zu, auch wenn nicht zu befürchten war, daß ausgerechnet der Attersee einmal die Hauptkampflinie werden würde. Von München herüber brachte der Wind das Donnern der Bombenangriffe bis nach Nußdorf, ab und zu sah man bei klarem Wetter sogar den roten Widerschein der Brände am Himmel, aber die Angst der Nußdorfer hielt sich in Grenzen. Auf sie marschierte nicht der Russe zu, sondern der Amerikaner, und das waren keine Unmenschen. Nur die Neger bereiteten Sorgen, vor allem, wenn sie betrunken waren, sollten sie wie die Wilden sein. So erzählte man ... Genaueres wußte man nicht. Wer in Nußdorf war schon mal einem Neger begegnet, höchstens im Zirkus, wenn der seine Zelte in St. Georgen, Vöcklabruck, Wels oder Salzburg aufschlug.

Die Tür sprang auf, ohne Anklopfen, und der SS-Untersturmführer trat in das Gemeindezimmer. Bürgermeister Wiesinger stand an einen Aktenschrank gelehnt und wartete ab, was da kommen würde.

»Heil Hitler!« sagte der SS-Führer und ließ den Arm hochschnellen.

Wiesinger hob auch den Arm, aber er schwieg.

»Wer ist hier der Bürgermeister?«

»Ich.«

»Aha!« Der SS-Führer musterte kurz den Mann vor sich und kam dann sofort zur Sache. »Das ist ein Sonderkommando des Reichsführers SS in Verbindung mit dem AA.«

Aha, dachte Wiesinger ruhig. Auswärtiges Amt, heißt das. Kann aber auch heißen: Alles Arschlöcher! Suchen wir's uns aus.

»Grüß Gott in Nußdorf--« sagte er freundlich. »Haben Sie einen Wunsch?« Der SS-Untersturmführer holte aus seiner am Koppel hängenden ledernen Kartentasche einen genauen Plan vom Attersee und Umgebung hervor und breitete ihn auf dem Schreibtisch vor Wiesinger aus. Einige Stellen waren mit Rotstift eingekreist. Ein paar dieser Kreise waren dick durchgestrichen. Ob auch Nußdorf umrandet war, konnte Wiesinger von seinem Platz aus nicht sehen. Hat es einen Kreis, dachte er nur, wird auch er durchgestrichen, was auch der Kreis bedeuten mag.

»Haben Sie Höhlen?« fragte der SS-Führer und sah Wiesinger scharf an.

»Höhlen?« Wiesinger wischte sich schnell über das Gesicht und trat einen Schritt näher. »Was für Höhlen?«

»Tiefe, geräumige, bombensichere, trockene, naturbelüftete Höhlen …«

»Naturbelüftete … Na! Haben wir nicht. Wo sollen in Nußdorf naturbelüftete Höhlen sein?«

»In der Umgebung! In Ihren Bergen! 300 Quadratmeter genügen.«

»Wir haben auch keine 300 Quadratmeter naturbelüftete –«

Der SS-Führer winkte energisch ab. Der Gemeindeschreiber zog den Kopf zwischen die Schultern und blinzelte zu Wiesinger hinüber. Karl, sei vorsichtig. Wenn der merkt, daß du ihn verarschst …

»Hier gibt es doch überall Höhlen!« Der SS-Untersturmführer beugte sich wieder über seine Karte. »Überall! Salzbergwerke, Tropfsteinhöhlen …«

»Die sind nicht trocken«, sagte Wiesinger freundlich. »Zwar naturbelüftet, aber …«

»Schon gut!« Zufrieden sah Wiesinger, daß der SS-Führer den roten Kreis, der also doch um Nußdorf gemalt war, durchstrich. Das hätten wir, dachte er. Was nun? »Kennen Sie Höhlen?«

»Genug.« Wiesinger machte eine weite Handbewegung. »Im Dachsteingebiet gibt's genug, drüben im Höllengebirge bestimmt auch, im Salzburgischen sind die Salzbergwerke. Wozu brauchen Sie eine Höhle?«

»Unwichtig.«

»Woll'n Sie was einlagern? Da gibt es doch schon ein Depot … in Alt-Aussee.«

Der Kopf des SS-Führers schnellte hoch. »Was wissen Sie von Alt-Aussee?!« schnarrte er. Wiesinger hörte sofort die Warnung in der Stimme.

»Ich habe das irgendwo gehört …«

»Dann vergessen Sie sofort und gründlich, was Sie gehört haben, Herr Bürgermeister.« Der SS-Untersturmführer faltete seine Karte zusammen und steckte sie zurück in die lederne Tasche am Koppel. »Im Höllengebirge, sagen Sie? Danke. Wie sind dort die Straßenverhältnisse?«

»Straßen?« Wiesinger bezwang sich, nicht zu lächeln. »Um diese Jahreszeit? Da wünsche ich Ihnen viel Glück.«

Der SS-Führer wölbte die Unterlippe vor, warf einen Seitenblick auf den Gemeindeschreiber, sagte stramm: »Heil Hitler« und verließ das Büro. Hinter der Gardine beobachteten Wiesinger und der Sekretär die Abfahrt der SS-Kolonne.

»Die wollen was verstecken«, sagte der Gemeindeschreiber. »Karl, das hat was mit der ›Alpenfestung‹ zu tun! Die rechnen damit, daß hier der Endkampf stattfindet. So eine Scheiße!«

»Warten wir's ab.« Bürgermeister Wiesinger starrte auf die schneeglatte Straße. »Das ändert sich jetzt alles von Tag zu Tag ...«

Am 3. Mai 1945 warteten, verschanzt an der zu Nußdorf gehörenden Ortschaft Zell, Einheiten der Wehrmacht und SS-Soldaten einer ungarischen Division auf den Vormarsch der Amerikaner. Die 3. und die 7. US-Armee rückte über Rosenheim, Salzburg, Braunau und Linz in Österreich ein. Es gab keinen großen Widerstand, die »Alpenfestung« war ein Phantom.

Am 6. Mai 1945 um 12.30 Uhr erschienen die ersten Panzerkolonnen der 3. US-Armee in Nußdorf. Kampflos ergaben sich die deutschen Truppen in Zell.

Der kleine, schöne Ort am Attersee atmete auf. Der Krieg war für sie vorbei, das Dorf war nicht zerstört, sogar die Neger waren freundlich und schenkten den Kindern Kekse, Fruchtstangen und Schokolade.

Ein schöner Maitag war's. In der Sonne leuchtete der See. Einige Fischerboote waren draußen und fingen Saiblinge und Renken. In den Vorgärten blühten Primeln, Tulpen und Stiefmütterchen. Vom Kirchturm läuteten die Glocken.

Es gab noch keinen Frieden, aber über Nußdorf lag er bereits.

Am 9. Mai 1945 um 00.01 Uhr war der Krieg zu Ende.

In einem gewendeten amerikanischen Offiziersmantel, deutschen Kommißstiefeln und einem viel zu weiten Anzug stand Michael Wachter am 10. Mai vor den Zinnentürmen am Eingang von Schloß Reinhardsbrunn. In einem Jeep hinter ihm, neben einem kaugummikauenden GI, saß Jana Petrowna. Ein dünnes, baumwollenes Kleid trug sie, darüber einen großen Schal wegen des Fahrtwindes. Das schwarze Haar hatte sie hochgesteckt und hielt es mit einem roten Band zusammen.

Wachter starrte auf das Schloß, drehte sich dann um und ging zum Jeep zurück. Er verzichtete darauf, das Gittertor zu öffnen und zum Eingang zu gehen.

Der amerikanische Ortskommandant hatte es ihm schon gesagt: Zwanzig große Kisten waren nicht im Schloß gewesen, als man es besetzte. Eine Unmenge Material und andere Dinge, aber zwanzig Kisten … nein!

»Hier hört es auf!« sagte er. Seine linke Schulter hing etwas herab, vor allem, wenn er ging. »Niemand weiß etwas. Das Bernsteinzimmer ist verschwunden.«

»Wir finden es, Väterchen.« Jana beugte sich über ihn und streichelte seine Wange. Sie sprachen russisch, und der amerikanische Soldat am Steuer des Jeeps spuckte seinen zerkauten Gummi über die Windschutzscheibe. Man hatte gemeinsam gesiegt, aber man mochte sich nicht. »Sei nicht traurig. Wie Wölfe werden wir sein und die Fährte verfolgen.«

»Es gibt hundert verschiedene Spuren, Töchterchen.«

»Und eine ist die richtige. Warte, bis Nikolaj zu uns kommt. Väterchen, das Bernsteinzimmer wird bald wieder in Puschkin sein.«

Wachter nickte. »Laß uns daran glauben, Janaschka.« Er stieg in den Jeep und setzte sich auf den metallenen Rücksitz. »Zum erstenmal fällt mir das Glauben schwer –« Und zu dem GI sagte er: »Go on.«

Der Jeep ruckte an und fuhr die Schloßstraße hinab.

Wachter senkte den Kopf, stellte den Kragen seines Mantels hoch und schloß die Augen. Wehmut drückte auf sein Herz. Und Trauer.

Gott, der du alles siehst und weißt: Wo ist mein Bernsteinzimmer …?

Larry

DIE PERSONEN:

Michael Wachter	Verwalter des Bernsteinzimmers
Nikolaus Wachter	sein Sohn
Jana Petrowna Rogowskaja	dessen Verlobte
Lieutenant Bob Mulligan	US-Soldat und Kunsthistoriker
Captain Fred Silverman	US-Soldat und Kunstexperte
General Patton	Kommandeur der 3. US-Army
General Eisenhower	Oberkommandierender der US-Army
Larry Brooks	Sergeant der US-Army
Joe Williams	Master-Sergeant der US-Army
Eberhard Moschik	Grubendirektor von Merkers
Johannes Platow	Grubeninspektor von Merkers
Wassilissa Iwanowna Jablonskaja	sowjetische Kunstwissenschaftlerin

Die Schachtanlagen der Kaligrube Kaiseroda II/III bei der kleinen Stadt Merkers in Thüringen waren von amerikanischen Panzern umstellt. Rund um das Salzbergwerk war Flak aufgestellt worden, alle Straßen nach Merkers waren von amerikanischen Militärpolizisten gesperrt, über der Schachtanlage kreisten zwei Hubschrauber, und ein Bataillon Infanterie stand in Paradeformation auf dem Platz vor dem Verwaltungsgebäude der Grube. Eine Menge von Jeeps und Trucks war aufgefahren, schwere Lastwagen mit kompletten Werkstatteinrichtungen, drei mittelschwere Kräne standen vor den Schachteingängen, an denen Posten mit schußbereiten Maschinenpistolen warteten.

Es war der 12. April 1945. Die 3. US-Armee unter General Patton hatte Thüringen erobert in einem Sturmlauf, der atemberaubend war. Als die ersten Panzerkolonnen und Kettenfahrzeuge durch Merkers rasselten, ein Captain das Gemeindeamt betrat, den Bürgermeister und alle anderen Amtspersonen für abgesetzt und vorläufig unter Haft erklärte, war auch ein Jeep unter den Fahrzeugen, in dem Captain Fred Silverman und Lieutenant Bob Mulligan saßen. Auch sie hielten beim Gemeindeamt, verlangten den Bürgermeister und sprachen den verschüchterten Mann – wer ist nicht voller Angst, wenn er plötzlich verhaftet wird? – in einem einwandfreien Deutsch an. Silverman, als Friedrich Silbermann in Frankfurt am Main geboren, war im Februar 1933 über London nach New York geflohen, zusammen mit seinen greisen Eltern und nur mit einem Koffer in der Hand. Der Captain grüßte kurz und fragte knapp:

»Wo geht es zur Kaligrube Kaiseroda II/III?«

Der Bürgermeister erklärte es ihm und wurde etwas bleich. Silverman bemerkte es, winkte Mulligan zu und setzte sich vor dem Verhafteten auf einen der Bürostühle.

»Ich sehe Ihnen an, Sie wissen, wonach ich frage. Spielen Sie jetzt nicht den Ahnungslosen!« sagte er scharf. »Bevor wir uns selbst darum kümmern, beantworten Sie mir erst einige Fragen.

Zunächst zu uns: Wir sind Mitglieder des OSS, das ist die Abkürzung von *Office of Strategic Service!* Das sagt Ihnen nichts?«

»Nein. Habe ich noch nie gehört.« Der Bürgermeister schüttelte den Kopf.

»Es ist der Name des amerikanischen Geheimdienstes. Sie sollten ihn sich gut merken. Sie werden noch oft mit ihm sprechen. Die ›Einsatzgruppe für Kunst- und Kulturgüter im deutschen Reichsgebiet‹, wir nennen sie ORION, hat seit 1944 über Agenten, durch Geheimberichte und andere Quellen eine genaue Kenntnis über die Auslagerungsstätten deutscher und geraubter Kunstschätze erhalten. Mein Kollege Mulligan und ich sind Kunsthistoriker, und wir wissen, genau wie Sie, welche Bedeutung Merkers hat.« Silverman machte eine Sprechpause und gab damit das Wort an Mulligan weiter.

Mulligan hielt sich nicht mit einer langen Vorrede auf. »Was befindet sich im Kalibergwerk?« fragte er schroff.

»Ich weiß es nicht, Herr Offizier.«

»Wann wurden die Lieferungen ausgeführt?«

»O Gott, das waren eine ganze Menge. Das begann schon 1944 und ging ab Januar 1945 erst richtig los. Laufend Transporte. Schwere Lastwagen und Eisenbahnwaggons von Weimar und Gotha ... von allen Truppenteilen. Wehrmacht, Luftwaffe, SS ... man hat gemunkelt, daß nach Reinhardsbrunn das neue Führerhauptquartier kommen sollte.«

»Das wissen wir.« Mulligan winkte energisch ab. »Weiter.«

»Der letzte Transport kam im Salzbergwerk am 10. April an. Lastwagen mit Schweizer Kennzeichen, Schweizer Flagge und dem Roten Kreuz. Aber da saßen keine Schweizer drin, keine Zivilisten ... SS war es ... sogar hohe Offiziere. So wie SS-Obersturmbannführer und SS-Standartenführer. Ja, das war, soviel ich weiß – ich habe ja nicht alles gewußt, ich wurde ja auch nie gefragt – der letzte Transport. Sie haben zwanzig Kisten, große Kisten abgeladen. Holzkisten, zum Schutz mit Firnis gestrichen, und auf den Kisten stand ›Wasserbaubehörde Königsberg‹. Ja, und alle hatten einen deutlichen roten Punkt. Mehr weiß ich nicht.«

Mulligan und Silverman sahen sich kurz an.

»Kamen die Kisten von Schloß Reinhardsbrunn?«

»Möglich. Ich weiß es nicht. Die Wagen kamen zweimal ... am 9. und am 10. April.«

»Also vorgestern ...« Silverman sprach nun weiter. »Und dann?«

»Dann stießen Ihre Panzerspitzen vor, und der Spuk hatte ein Ende. Alle verschwanden über Nacht.«

»Aus den Schächten ist nichts mehr mitgenommen worden?«

»Unmöglich. Dazu blieb ja keine Zeit.«

»Es ist also alles noch drin? Sind die Eingänge gesprengt?«

»Nein. Das heißt, ich weiß es nicht. Ich bin seit zwei Tagen kaum aus dem Haus gegangen. Da war die SS, wissen Sie, und KZ-Häftlinge mußten die Kisten und alles andere schleppen.«

»Und die SS hat die Häftlinge mitgenommen?« Silvermans Gesicht war schmal und kantig geworden.

»Ja.« Der Bürgermeister senkte den Kopf. »Wir können doch nichts dafür, Herr Offizier.«

Silverman erhob sich abrupt, auch Mulligan sprang auf.

»Fahren wir zum Bergwerk, Bob«, sagte Silverman mit belegter Stimme. »Alle sind sie unschuldig, alle. Aber drei Onkel, drei Tanten, zwei Cousinen und ihre Ehemänner sind in Buchenwald und Dachau verscharrt worden. Darunter drei Kinder, Bob! Aber alle Deutschen sind unschuldig ... sie haben nur alle geschrien ›Führer, wir folgen dir!‹ so wie man eben schreit als sei's ein Football-Spiel ...«

Sie verließen das Gemeindeamt, sprangen unten in ihren Jeep und fuhren sehr schnell in Richtung Kalibergwerk ab.

Jetzt, um fünf Uhr nachmittags, war die Schachtanlage Kaiseroda II/III zu einer Art Festung geworden. In wenigen Minuten sollten die Männer eintreffen, von denen die ganze Welt sprach: Die US-Generäle Bradley, Patton – und Eisenhower.

Der kleine thüringische Ort Merkers wurde zur Sensation.

Larry Brooks, aufgewachsen in einem Armenviertel von Brooklyn als Sohn eines Leichenwäschers in einem großen Beerdigungsinstitut, während die Mutter von sechs Uhr abends bis zwei Uhr in der Frühe als Klofrau im gekachelten Keller eines Mittelklasse-Hotels dazuverdiente, um sechs Kinder nicht hungern zu lassen, hatte als Jüngster der Brooks-Familie das für ihn einzig Richtige getan: Er hatte sich zur Army gemeldet. Sie wurde sein Zuhause, die Kameraden waren seine Familie. Er hatte ein Bett zu jeder Jahreszeit, er bekam ein gutes Essen, der Lohn reichte aus für Zigaretten, Whiskey und einen Puff-Besuch einmal pro Woche, und selbst die gesamte Kleidung stellte die Army, von den Socken bis zum Schlips. Es war ein herrliches Leben, auch wenn man dauernd angebrüllt wurde, strammstehen mußte und sadistische Ausbilder einen durch Sandgruben oder Schlammlöcher hetzten. Kein Lohn ohne Arbeit, sagte sich Larry. Aber gegen das, was mein Alter seit Jahrzehnten machte, immer nur Tote schrubben, rasieren, anziehen und schminken, bis sie aussahen wie die ondulierten Leichen in den Hollywood-Filmen – komischerweise gefiel das den Hinterbliebenen, und sie waren von Al Brooks Leistungen begeistert –, war der Militärdienst eine saubere, reelle Sache. Als er dann Sergeant wurde und selbst kommandieren konnte, wurde die Army wirklich seine Heimat. Der Krieg gegen die *Germans,* die man »Krauts« nannte, weil in Amerika Sauerkraut mit Eisbein als Inbegriff alles Deutschen galt, die Invasion in Italien, der Vormarsch auf Monte Cassino, die Versetzung zur 3. Armee des sagenumwobenen Generals Patton, die Eroberung Deutschlands ... das alles war ein verdammt harter und blutiger Job gewesen, aber eben nur ein Job für Larry, weiter nichts. Es galt nicht, die Freiheit der USA zu verteidigen, sondern den größenwahnsinnigen »Krauts« in den Arsch zu treten und diesen kleinen Schnurrbart, diesen Hitler zu beseitigen. Für die ungeheuren Massen von Material, das man aus den USA nach Europa warf, fuhr er einen schweren dreiachsigen Truck und hatte darauf schon alles transportiert, was man verladen konnte: von Granaten bis zu beschlagnahmten Kühen, von Werkstattkisten bis zu schlichten Holzsärgen.

Bei der 3. Armee, Transportbataillon II, lernte er Joe Williams kennen.

Williams war ein völlig anderer Mensch als Larry. Er war in einem guten Elternhaus aufgewachsen, zwei Jahre älter als er, und wenn Joe Bilder zeigte, waren das Fotos von einer großen weißen Villa in einem weiten Park, von einem Cadillac und Reitpferden, einem gemütlichen, dicklichen Vater, einer schlanken Mama von mexikanischem Aussehen und einer Schwester, die Hollywood auf den Kopf hätte stellen können, wenn sie sich bei den Filmbossen gemeldet hätte. Aber das hatte sie nicht nötig, Geld schien bei den Williams keine Rolle zu spielen.

Joe, einziger Sohn und damit Erbe des Riesenvermögens, das der alte Williams mit Baumwolle und Erdnüssen verdient haben wollte, mußte Whitesands, so hieß der Besitz am Meer, frühzeitig verlassen. Nicht um zu studieren, wie man schädliche Käfer von Erdnüssen fernhält, sondern um zunächst für zwei Jahre auf Weltreise zu gehen! Grund: Zehn Meilen von Whitesands entfernt war die Leiche eines jungen schwangeren Mädchens angeschwemmt worden, von dem man nur wußte, daß es öfter mit Joe gesehen worden war.

O nein, ein Verdacht fiel nie auf Joe. Sein Daddy unterstützte eine Partei, finanzierte den Wahlkampf des Oberstaatsanwalts, der gerne Gouverneur werden wollte, stiftete einen Kindergarten, sponserte eine Football-Mannschaft und ließ eine schöne Kirche bauen. Die Unbekannte wurde begraben, die Akten geschlossen, aber auf freundschaftliches Anraten des Oberstaatsanwalts schickte der alte Williams seinen Joe erst einmal nach Europa.

Dort geschah in diesen zwei Jahren Merkwürdiges. In London wurde ein Juwelier überfallen und zum Krüppel geschossen. In Rom verblutete ein Bankdirektor neben seinem geöffneten Tresor. In Berlin fand man im Grunewald einen Mann mit durchschnittener Kehle. Ein rätselhafter Mord, bis die Spezialisten der Kriminalzentrale am Werderschen Markt entdeckten, daß der Tote mit Kokain gehandelt hatte. In Budapest entdeckte das Zimmermädchen auf der 2. Etage des Hotels Metropol die Sängerin Ilona Varanady nackt auf ihrem Bett. Einen großen Blumenstrauß hielt sie in den gefalteten Händen, zwischen die üppigen Brüste gedrückt, nur war leider auch ihre Kehle durchschnitten. Daß in Whitesands Ansichtskarten von Joe aus London, Berlin, Rom und Budapest eintrafen, war bestimmt nur ein Zufall.

Joe sprach nie darüber, wie er zur Army gekommen war. Er war jedenfalls da, hatte es bis zum Master-Sergeanten gebracht und kommandierte die 1. Gruppe der Truck-Kolonne, zu der auch Larry gehörte. Joe war ein guter Vorgesetzter, hielt nicht viel vom Herumbrüllen, war ein guter Kamerad und bei allen beliebt. Nur ab und zu benahm er sich etwas merkwürdig. In den Nächten mit Neumond saß er mit finsterer Miene herum, gab kaum Antworten, war blaß im Gesicht, und einmal beobachtete Larry in solch einer Nacht zufällig, wie Joe aus dem Stall eines Bauern vier Hühner holte, sie an den Beinen hoch in die Luft hielt und ihnen mit einem ungemein scharfen Messer die Kehle durchschnitt, ja ihnen die Köpfe abhieb.

Larry behielt diese Beobachtung für sich. Der Krieg hatte sie zu Freunden gemacht, und dabei sollte es bleiben. Nach dem Sieg sah ja alles anders aus: Larry würde nach New York zurückkehren, und Joe würde am eigenen Badestrand am Meer, irgendwo im Süden, schwimmen. Nach ein paar Briefen hin und her würde dann die Freundschaft einschlafen. Wie das so ist …

An diesem 12. April 1945 standen sie vor ihren Trucks und warteten auf Eisenhower und seine Generäle. Wie immer war Joe Williams bestens unterrichtet und hatte zu Larry gesagt:

»Da unter der Erde haben sie 'ne tolle Sache entdeckt. Ich habe gehört, daß in den Salzstollen Millionen liegen sollen.«

»Tote?« fragte Larry ahnungslos.

»Dollar, du Idiot.« Wenn Joe Idiot sagte, war das wie eine Zärtlichkeit.

»Da unten? Wieso das denn?«

»Noch keiner weiß was Genaueres. Jedenfalls kriechen da unten Kunstexperten rum und sollen sich wie Kokssüchtige benehmen. Glaubst du, Eisenhower kommt sonst in dieses Nest, wenn da unten nicht eine Sensation liegt? Mensch, Larry, denk doch an die Bergwerke, die wir schon hinter uns haben! Gemälde, Teppiche, Silber, Bücher, Porzellan, Gobelins, Ikonen, Statuen, Patentakten … Kunstschätze aus allen Jahrhunderten und Ländern, aus China, Ägypten, Rußland, Mesopotamien, Persien … ganze Museen! Aber das hier muß das Tollste sein. Wenn Eisenhower sich sogar persönlich auf die Socken macht –«

»Na und?« Larry Brooks hob die Schultern. »Man wird alles raufholen und zu dem anderen tun.«

»Und in die Staaten bringen, Larry!«

»Klar. Wir haben ja den Krieg gewonnen … kann nicht mehr lange dauern.«

»*Wir* haben ihn gewonnen. Das hast du richtig gesehen. *Wir!* Also auch du und ich.«

»Wenn man's so sieht … stimmt.«

»Nun denk einmal nach, Larry-Boy!« Williams hatte sich neben Brooks an den Truck-Kühler gelehnt. »Von all den Millionen – sagen wir ruhig Milliarden Dollar, die man jetzt überall wegschleppt –, was sehen wir davon? Nichts! Keinen Dreck unterm Daumen. Das geht alles in die große Tasche von Washington. Siegerbeute! Aber wir, Larry, wir sind ja auch die Sieger. Was bleibt in unseren Taschen hängen? Ein paar zerquetschte Chesterfields! Soll das alles sein, was wir Mami mitbringen? Dafür haben wir Kopf und Arsch hingehalten ... für nichts?«

»Ich komm da nicht mit, Joe.« Brooks hatte den Kopf geschüttelt. »Was soll das alles? Willste in eurem Schloß am Meer ein Privatmuseum aufmachen? Und dafür Bilder oder sonstwas klauen?«

»Sicherstellen, Larry. Sicherstellen. Für alle Zeiten ...«

»Joe, du hast'n Knall.« Brooks hatte den Kopf zum wiederholten Male geschüttelt. »Wie willst du die Dinge rüber in die Staaten bringen?!«

»Das ist alles nur eine Frage der Organisation. Wenn Schiffsladungen von Kunstgütern über den Teich schwimmen, ist auch 'ne Ecke für uns dabei. Eine kleine Ecke im großen Schiff ... Larry, in ein paar Jahren sitzt du in Florida unterm Sonnenschirm, die süße Dolly neben dir, eine Suite hast du im besten Hotel und bezahlst das alles aus der linken Hosentasche.«

»Das kannst du dir doch schon alles leisten, Joe.«

»Aber du nicht, Larry-Boy! Ein paar Bildchen nur, und du hast ein neues Leben, bist ein anderer Mensch ... und hast dir nichts anderes genommen, als was dir als Sieger über die ›Krauts‹ zusteht. Überleg mal.«

»Und wie soll das gehen, Joe?«

»Warten wir ab, was sie da unten entdeckt haben. Und dann spielen wir Hühnchen und picken uns ein paar goldene Körnchen heraus.«

»Und dann?«

»Warten wir weiter ab.« Joe Williams lachte und klopfte Larry auf die Schulter. »Selbst Gott brauchte für die Schöpfung der Welt sechs Tage.«

Die Ankunft von Patton, Bradley und Eisenhower in Merkers war ein kleines militärisches Fest. Die deutschen Armeen befanden sich in Auflösung und kämpften nur noch im Norden, um Berlin und im Ruhrkessel. In Torgau hatten sich amerikanische und sowjetische Generäle die Hand gereicht, die Zusammenschnürung

Deutschlands war vollendet, die Kapitulation aller deutschen Wehrmachtsverbände war nur eine Frage von Tagen, noch über 300000 Flüchtlinge aus dem Osten mußten in Sicherheit gebracht werden, und Goebbels rief in einer seiner letzten Reden in das verwüstete Land hinein: »...aber wenn wir abtreten, dann soll der Erdkreis erzittern ...!«

Das war deutlich genug. Eisenhower kam nicht als Feldherr nach Merkers, sondern als Sieger.

Aber es gab keine Parade, kein Abschreiten einer Ehrenformation. Patton, Bradley und Eisenhower begaben sich sofort in das Verwaltungsgebäude des Salzbergwerkes.

Fred Silverman und Bob Mulligan erwarteten ihn im Zimmer der Direktion. Eberhard Moschik, der Grubendirektor, und einige andere Herren erhoben sich von ihren Stühlen, als die Generäle ins Zimmer traten. Der deutschen Grubenleitung war ab sofort das Betreten des Betriebsgeländes verboten worden. Unter Bewachung, als handele es sich um Kriegsverbrecher, hatte man sie zum Verwaltungsgebäude geführt, das von amerikanischer Militärpolizei, kurz MP genannt, hermetisch abgeriegelt worden war. Den Befehl dazu hatte Silverman kraft einer Vollmacht aus Washington gegeben. Merkers war eine Angelegenheit des Geheimdienstes OSS geworden. Die erste Handlung, die Silverman vorgenommen hatte, war die Beschlagnahme der Lagerlisten des Bergwerkes, in denen, mit preußischer Gründlichkeit, jeder Gegenstand aufgeführt war, der tief unten in den Salzsolen versteckt sein mußte.

Beim Durchlesen dieser Listen hatte sich Silverman hinsetzen müssen. Ihm, dem Kunsthistoriker, war schwindlig geworden. »Mein Gott«, hatte er zu Mulligan gesagt, »das darf nicht wahr sein! Das ist der Fund des Jahrhunderts ... dagegen ist das Grabmal des Tutenchamun eine Müllgrube!«

Nach einer kurzen Begrüßung stellte sich Silverman vor. Auch Mulligan machte sich bekannt. Für General Patton waren sie keine Unbekannten, schon bei drei früheren Naziverstecken waren die OSS-Männer tätig geworden und hatten Millionenschätze aus deutschen Museen entdeckt. Ihre Listen für den Geheimdienst waren sensationell.

»Ich schlage vor, General, wir fahren sofort in die Grube ein«, sagte Silverman ohne lange Vorreden. »Das, was wir hier vorfinden, kann man nicht erklären, das muß man sehen und dann die Lagerlisten lesen. Ich habe ja bereits gemeldet, daß es so etwas noch nicht gegeben hat.«

»Da bin ich wirklich gespannt.« Eisenhower, mit Mütze und in einem leichten Mantel, sah sich um. Die Generäle Patton und Bradley trugen ihre Helme mit den vier großen Sternen auf der Stirnseite. Sie nickten ihrem obersten Chef zu.

»Mister Platow wird uns führen.« Silverman zeigte auf einen mittelgroßen, stämmigen Mann, der in der Gruppe der Grubenleitung stand. Da alle Deutschen vorläufig verhaftet worden waren und ihr ferneres Schicksal nicht kannten, war auch er abwartend, vorsichtig und bedrückt.

»Vortreten!« befahl Silverman auf deutsch.

Grubeninspektor Johannes Platow trat zwei Schritte vor. Eisenhower musterte ihn kurz und wandte sich dann ab. »Gehört er zu den Kriegsverbrechern?« fragte er.

»No, Sir.« Silverman versuchte ein knappes Lächeln. »Dann hätte ich ihn nicht mit Mister angeredet ...«

Zwanzig Minuten später waren die Generäle, Silverman, Mulligan, vier andere Offiziere und drei MPs in den Schacht eingefahren. Auf der Sohle in 450 Meter Tiefe verließen sie den Förderkorb und betraten nach einem kurzen, hervorragend ausgebauten Tunnelgang die Lagerstätte. Johannes Platow ging voraus und winkte mit seiner Grubenlampe. Die drei Militärpolizisten und zwei Lieutenants, denen man auch eine Grubenlampe in die Hände gedrückt hatte, folgten ihm und verteilten sich. Sie hoben die Grubenlampen hoch und verstummten wie in Ehrfurcht.

»Okay!« sagte Silverman. »Bitte, Sir –«

Die Generäle traten ein. Vor ihnen lag eine riesige Halle, die an ein mächtiges Domgewölbe erinnerte. Kristallen schimmerte es von den Wänden, der Boden war eben, zum Teil mit Brettern belegt, zum Teil nackter, geglätteter Fels.

Über zwei Drittel der Halle waren vollgestellt mit Kisten, Kartons, Säcken, stählernen Behältern und hier unten angefertigten Verschlägen.

Ein paar Kisten und Säcke waren von Silverman und seinen Helfern aufgebrochen und aufgeschnürt worden, und der Inhalt lag nun, wie in einer Schaufensterauslage, vor ihnen.

Altrussisches Silbergeschirr, ägyptische Plastiken, Gemälde und breite, geschnitzte Goldrahmen, goldene russische Kirchenleuchter, Banknoten, Goldmünzen, Goldbarren, edelsteinbesetzte Inka-Masken. Ein Berg von Schmuck mit funkelnden Diamanten, eine Sammlung antiken Glases, ein aufgerollter flämischer Gobelin … im Schein der Grubenlampen war es, als wolle sich das Märchen vom Sesam-öffne-dich wiederholen und ihnen allen Reichtum der Welt zu Füßen legen.

Fassungslos stand Eisenhower vor diesen Schätzen. Hinter ihm starrten Patton und Bradley stumm vor Staunen in die Halle hinein.

»Jesus –« sagte Eisenhower leise, ging einen Schritt weiter und stellte sich auf die Schienen der schmalen Transportbahn, die bis zum Ende der Halle verlegt waren. Vor ihm lagen Tausende von Säcken, jeder korrekt mit einem Schild an der Schnürstelle, auf dem der Inhalt angegeben war. Auf der linken Seite lagerten die Kisten, schnurgerade aufgestellt. »Jesus … das ist unglaublich. Captain, das sind alles Kunstschätze?«

»Alles, Sir.« Silverman hatte die Listen in der Hand und las daraus vor. Mulligan hielt die Grubenlampe über ihn. »Ich gebe nur ein paar Beispiele. In dieser 450-Meter-Sohle lagern –« er zeigte auf die Sackreihen – »nach der sichergestellten Liste, die wir noch überprüfen müssen, folgende Werte, die fast das gesamte deutsche Reichsvermögen ausmachen: Deutsches Papiergeld im Wert von 187 Millionen Dollar, 110 000 britische Pfund, 4 Millionen norwegische Kronen, 89 000 französische Francs und –« er sah kurz zu Eisenhower hin, – »238 Millionen Dollar in purem Gold! Auf der anderen Seite sehen Sie über 3000 Kisten mit dem Inhalt unschätzbarer Kunstwerke aus 15 Berliner Museen, aus Weimar, Reinhardsbrunn, Königsberg und vielen anderen Museen. In einigen Nebenräumen lagern noch Kisten mit russischen Ikonen, unersetzlichen Monstranzen, drei Pharaonenstatuen, handgeschriebenen Klosterbibliotheken und einer ganzen Bibiliothek mit in Silberplatten gebundenen Büchern, edelsteinverziert.« Silverman machte eine spannungssteigernde Sprechpause, ehe er fortfuhr. »Wir alle kennen Rembrandts berühmtes Gemälde ›Der Mann mit dem Goldhelm‹. Jeder kennt die ›Vier Apostel‹ von Albrecht Dürer. Und es gibt keinen, der sie nicht von Millionen Nachbildungen her kennt:

die Büste der Nofretete. Hier, Sir –« Silverman machte eine weite Handbewegung – »hier lagern sie!«

»Jesus!« sagte Eisenhower noch einmal, und diesmal war Erschütterung in seiner Stimme. »Dieser Tag wird in die Historie eingehen! Captain, ich möchte mir das näher ansehen.«

Johannes Platow und Silverman führten Eisenhower, Patton und Bradley durch die Riesenhalle und einige Nebenräume. Sie sahen Gemälde, die man nur aus Kunstbüchern kannte, sie legten Bild nach Bild nur einer Kiste um und wußten, daß allein diese eine Kiste Millionen Dollar wert war, sie kauerten sich vor die großen Koffer mit den Monstranzen und hoben die Ikonen der berühmten Nowgoroder Schule in den Schein der Grubenlampen. Und sie sprachen kaum ein Wort, und wenn sie etwas sagten, redeten sie mit gedämpfter Stimme, als seien sie in einer Kirche. Auch Kunst kann stumm machen.

Bei einem Stapel von zwanzig gefirnißten Kisten mit dicken Eisenschlössern, denen man an den abgestoßenen Ecken ansah, daß sie schon oft herumtransportiert worden waren, blieb Silverman stehen. Jetzt wurde sogar seine forsche Stimme etwas stiller, ja fast feierlich.

»Auf den Kisten steht ›Wasserbaubehörde Königsberg‹,« sagte er. »Und sie haben alle einen roten Punkt. Wir waren erstaunt, da auch in der Liste genau diese Bezeichnung steht. Wieso lagert man Behördenakten ein? Eine Tarnung für geheime Reichssachen? Akten der SS oder des Außenministeriums? Unterlagen aus Hitlers Parteikanzlei? Alle Kunstwerte sind detailliert aufgeführt, und nun zwanzig Kisten einer Behörde? Das machte mich besonders neugierig, und ich habe eine Kiste aufbrechen lassen. Nur eine, Sir ... die anderen wage ich nicht anzurühren. Geschützt durch Kissen, Federbetten und Decken kam das hier zum Vorschein.« Er nahm mit Hilfe von Mulligan und zwei MPs einen der schweren Deckel von der Kiste und winkte. Die Grubenlampen wurden hingehalten. Golden, in allen Farben, vom hellsten Gelb bis zum Schwarzbraun, schimmerte eine Wandtafel aus Bernstein: Mosaike und Schnitzereien, Girlanden und Rosetten, und umgeben von einem besonders prächtig geschnitzten Rahmen aus Bernstein ein geschliffener venezianischer Spiegel. »Das Bernsteinzimmer von Zar Peter dem Großen aus dem Katharinen-Palast von *Zarskoje Selo*, jetzt Puschkin, in der Vollendung des Hofarchitekten der Zarin Elisabeth, dem Italiener Rastrelli.« Silverman hielt den Atem an, ehe er fortfuhr: »Sir ... Sie stehen vor einem der größten Wunderwerke der Kunst. Lenin nannte es ein nationales Heiligtum ... ein Heiligtum des russischen Volkes.«

»Wieviel Dollar?« fragte Patton nüchtern, während Eisenhower voll Ehrfurcht schwieg.

»Unschätzbar, Sir. Dafür gibt es keine Wertangabe mehr. Wer könnte sagen, was die Sixtinische Madonna kostet?«

»Und so was fällt in unsere Hand«, sagte Eisenhower leise. Mulligan und die beiden MPs stellten den Kistendeckel wieder vor die Wandtafel. »Das darf keinen Tag länger mehr hier lagern. Das muß sofort, ich sage sofort, in Sicherheit gebracht werden. Captain, alle diese Schätze hier sind auf schnellstem Wege nach Frankfurt zu bringen, in das Gebäude der Deutschen Reichsbank. Die Tresore dieser Bank sind erhalten geblieben. Die Gemälde, Figuren und die anderen Kunstgegenstände kommen in den *Central Collecting Point Wiesbaden* (Zentrale Kunstsammelstelle der US-Streitkräfte in Wiesbaden) und bleiben dort, bis über die Kunstbeute entschieden wird. Patton –«

»Sir?« General Patton hob den Kopf.

»Sie sorgen für die nötige Sicherheit der Transporte. Schärfste Bewachung. Es könnte zu Sabotageakten oder Überfällen kommen. Ich vermute, daß wir genau beobachtet werden.«

»Es wird nichts passieren, Sir.« Patton lächelte breit. »Es wird sein, als verlagere man den amerikanischen Goldschatz aus Fort Knox.«

Nach dem Abflug der Generäle kamen Joe Williams und Larry Brooks wieder zusammen. In der Kantine des Transportbataillons saßen sie sich bei Kaffee und Schokoladenkuchen gegenüber, rauchten eine Lucky Strike, und Joe kam auf das alte Thema zurück, daß auch der kleine Soldat der Sieger sei und seinen Anteil haben müßte. Sogar Vergleiche zog er, der kluge Junge:

»Denk an Alexander den Großen, Larry-Boy«, sagte er. »Als der Persien eroberte, überließ er die Städte seinen Soldaten, und die konnten sich nehmen, was sie wollten. Auch die Frauen ... Junge, das waren noch Zeiten!« Er beugte sich über den Tisch vor und senkte seine Stimme zu einem Flüstern. »Ich habe gehört, daß wir in den nächsten Tagen den ganzen Reichtum wegbringen sollen. Vierhundert Tonnen Kunst ... da fallen ein paar Pfund weniger nicht auf. Laß das mal Joe machen.«

Nach Eisenhowers Besuch wurde das Bergwerk zur Besichtigung für die amerikanischen Offiziere und die niedrigen Dienstgrade freigegeben. Mit der Sorglosigkeit und Unkompliziertheit der Amerikaner stöberten die Besucher zwischen den Kisten und Kartons, Koffern und Verschalungen herum, rissen Bretter heraus, schlitzten Kartons auf, wühlten zwischen den Ikonen und Gemälden, den Silbergeschirren und Steinskulpturen, den Exponaten der ostasiatischen Sammlungen und ägyptischen Ausgrabungen. Nie ist darüber gesprochen worden und nie hat man gegen irgendwelche Personen ermittelt, aber als am 14. April auf Befehl von General Patton die erste schwere Truck-Kolonne mit den Kunstschätzen des Bergwerks Kaiseroda II/III von Merkers beladen wurde, waren eine Menge Kisten aufgebrochen und unersetzliche Kunstwerke einfach verschwunden. Es war nicht anders als bei dem anderen ungeheueren Kunstfund im Bergwerk Grasleben, das am 12. April von den Amerikanern erobert und später am 1. Juni 1945 an die Engländer übergeben wurde. In einem Top-Secret-Bericht der Engländer hieß es: »In allen aufgesuchten Lagerstätten sind verschiedene Kisten von den Investigators des CIC zu Anfang der Besetzung aufgebrochen und mit halb herausgezerrtem Inhalt zurückgelassen worden. In Grasleben waren von den 6800 Kisten mehr als die Hälfte offen, als sie später herausgeholt wurden ...«

Am 14. April fuhr der erste Truck-Konvoi aus Merkers weg in Richtung Frankfurt. Patton hatte sein Versprechen gehalten: Der Transport war gesichert wie noch nie ein Konvoi vorher. Die 29 riesigen Lastwagen waren bewacht von fünf Zügen Infanterie, zehn mobilen Flakgeschützen und zwei MG-Trupps. Über der Kolonne kreisten drei Beobachtungsflugzeuge, und zwei Mustang-Bomber überflogen immer wieder die Trucks, um einzugreifen, wenn der »Werwolf«, die von den Amerikanern so gefürchtete deutsche Partisanenbewegung, den Transport überfallen sollte.

Die letzten drei Wagen wurden von Larry, Joe und einem farbigen GI gefahren, der, wie viele Schwarze, den biblischen Vornamen Noah trug. Es war eine langweilige Fahrt durch das zerstörte deutsche Land, durch Felder und Wälder und Dörfer, durch Städte, in deren Fenstern noch die weißen Fahnen hingen und wo lange Menschenschlangen an den Lebensmittelausgaben standen. Um Schokolade bettelnde Kinder rannten neben den Lastwagen her, und abends, bei der Rast an Stadträndern vor allem, strichen deutsche Mädchen um die Kolonne herum, um sich für Butter, Zucker, Mehl, gebratene Hähnchen oder eine Stange Zigaretten anzubieten. Zwar hieß Eisenhowers Befehl: *No fraternization* – aber wer konnte den deutschen »Fräuleins« widerstehen? Mary, June und Anny waren weit weg, tausend Meilen übern großen Teich …

Larry und Joe waren mit sich zufrieden. Unter den Sitzen ihrer Trucks und den stählernen Ersatzteilkisten an den Seiten lagen bei Larry sieben Ikonen, vier alte, aus purem Silber getriebene, einzigartige russische Leuchter und ein aus dem Rahmen geschnittenes, zusammengerolltes Gemälde, das mit van Dyck signiert war. Joe transportierte in seinem Wagen zwei altrussische dreiflügelige Altar-Ikonen, zwei assyrische Steinmasken, ein Gemälde von Caravaggio, ein Gemälde von Tizian, einen kleinen Koffer voll altägyptischem Goldschmuck und die von Alexander von Humboldt dem Berliner Museum für Völkerkunde geschenkte, in der gesamten Kunstwelt berühmte Serpentinscheibe mit dem Sonnengott der Inkas. Noah, der den dritten Wagen am Ende fuhr, hatte nichts in den Kästen oder unter dem Sitz. Ihn interessierte nicht, was er da durch die Gegend fuhr … für ihn war wichtig, daß ein deutsches »Fräulein«, ein *wonderful* weißes Mädchen, nur eine Stange Chesterfield oder ein halbes Pfund Butter zusätzlich einem halben Hähnchen kostete.

Dann, sie hatten ihr Nachtquartier am Stadtrand von Alsfeld aufgeschlagen, geschah das, was niemand begreifen konnte, was nie geklärt wurde, was einfach unglaublich war und trotzdem eine Tatsache: Von den 29 scharf bewachten Trucks fehlten am nächsten Morgen drei! Sofort schwärmten Suchtrupps aus, durchkämmten die ganze Gegend, über Funk wurde der ungeheure Vorfall zur 3. Armee gemeldet. General Patton schrie herum, erließ den Befehl der strengsten Geheimhaltung, so geheim, daß Eisenhower erst viel später davon erfuhr … die drei Lastwagen blieben verschwunden, als hätten sie sich in Luft aufgelöst.

Die Fahrer waren: Larry Brooks, Joe Williams und Noah Rawlings.

»Die besten Burschen, die wir haben!« sagte der Transportkommandant, ein Colonel. »Was ist denn da passiert?«

Zwei Tage stockte der Konvoi, zwei Tage und Nächte wurde gesucht, Hubschrauber überflogen das Gebiet, so niedrig es möglich war, wie Ameisen tuckerten die Jeeps durch das Land. Nicht eine Spur fand man ... eine Jeep-Besatzung stieß am zweiten Tag in einem Waldstück südlich von Alsfeld auf den toten Noah Rawlings. Er hatte ein Loch in der Stirn, lag da mit bloßem Oberkörper, und in seine glänzende, schwarze, muskulöse Brust war ein großes Hakenkreuz eingeschnitten.

Für die Amerikaner war die Lage klar: Der deutsche »Werwolf« hatte die drei Trucks geholt. Wie das möglich war, ohne einen Laut, vorbei an den Wachen, blieb das große Geheimnis. Dem »Werwolf« war – man sah es ja – alles zuzutrauen. Wo Larry und Joe geblieben waren, wurde zum Rätsel. Hatte man sie mitgenommen? Hatte man sie wie Noah erschossen, aber besser versteckt? Die Suche wurde abgebrochen und dem amerikanischen Stadtkommandanten von Alsfeld übergeben. Der Konvoi fuhr weiter nach Frankfurt.

Nur Fred Silverman stieß einen dumpfen, fast röchelnden Laut aus, griff sich an die Brust, als stehe plötzlich sein Herz still, und wurde bleich wie ein Leichentuch, als die Meldung in Merkers auf seinen Tisch kam.

»Das Bernsteinzimmer –« stammelte er und sah dabei Mulligan aus entsetzten Augen an. »Bob ... das Bernsteinzimmer war auf den drei Trucks. In zwanzig Kisten! Und vierzehn französische Impressionisten! Bob!« Und dann schrie er seine ganze Qual hinaus: »Das Bernsteinzimmer ist weg!«

An diesem Abend besoff sich Silverman so, daß man glaubte, er werde an Alkoholvergiftung sterben. Er schüttete den Whiskey in sich hinein, als sei er ein Faß ohne Boden. Besinnungslos fiel er um und wurde ins Militär-Hospital gebracht.

Von da an interessierte ihn nicht mehr, was die Konvois vom 14. und 17. April aus der Grube von Merkers nach Frankfurt brachten. Ihn interessierten überhaupt keine neu entdeckten Lagerstätten der Nazis mehr ... er kannte nur noch eins: die Suche nach dem Bernsteinzimmer – bis zum Ende seines Lebens.

Das Bernsteinzimmer war ihm zum Schicksal geworden.

Sie hielten auf einer kleinen Straße südlich von Alsfeld am Ufer des Flüßchens Antrift an, um kurz nachzusehen, was Noah im dritten Wagen tat und vor allem dachte. Bei der Abfahrt hatte er nichts gesagt ... sein Master-Sergeant hatte es befohlen, also mußte es richtig sein. Aber mittlerweile mußte es auch einem simplen Geist wie Noah aufgefallen sein, daß irgend etwas nicht stimmte. Als Larry und Joe nach hinten kamen, hockte Noah mit nachdenklichem Gesicht hinter seinem Lenkrad und kaute auf seinem Gummi.

»Alles okay?« fragte Joe. Noah schüttelte den Kopf.

»No ...«

»Wo fehlt's denn?«

»Joe, das ist doch ein krummes Ding, was wir hier machen.«

»Unser Bibeljunge wacht auf!« Williams lachte. Er wartete, bis Noah aus dem Truck gesprungen war. Er war ein großer, athletischer Neger mit riesigen Armmuskeln, der einen Weltmeister im Boxen abgegeben hätte, wenn er nicht Angst vor Schlägen an den Kopf gehabt hätte. Als Kind hatten ihm weiße Jungen einen Stein an den Kopf geworfen, vier Wochen lag er im Hospital. Seitdem ließ er nichts mehr an seinen Kopf heran, auch wenn ihm Trainer und Manager vorrechneten, daß er Millionen Dollar verdienen könnte mit seinen Muskeln und seiner Bullenstärke.

»Ich weiß nicht, was ihr vorhabt«, sagte Noah bedächtig. »Ihr habt mich da hineingezogen, ich bin an allem mitschuldig ... also steht mir auch ein Drittel von allem zu. Egal, was.«

»Unser Blackyboy kann rechnen.« Williams lachte wieder, aber es klang jetzt etwas rauher, mit einem gefährlichen Unterton. »Paß mal auf, Kleiner. Das hier ist ein Sonderkommando. Das ›Special of Joe Williams‹. Verstehst du?«

»No.«

»Ist auch nicht nötig. Für uns, Blacky, ist der Krieg zu Ende, wir sind vermißt, gehen eine Zeitlang in Deckung und tauchen irgendwann mal irgendwo wieder auf, wenn uns alle vergessen haben.«

»Ich will nach dem Krieg nach Hause!« sagte Noah laut. »Joe, ich will nicht tot sein, wenn auch nur so.«

»Okay, darüber reden wir noch.« Williams stieß Brooks verstohlen an. Der verstand den Rippenstoß nicht und hob nur die Augenbrauen. »Du bist noch vor uns bei deiner Mami ...«

»Meine Mom ist tot.«

»Na ja. War nur so 'ne Redensart.«

»Und was wird aus den Trucks?«

»Da fällt mir noch was ein.« Joe grinste breit. »Mir fällt zur Zeit überhaupt viel ein. Los, fahren wir weiter.«

Noah hielt seine breite Hand hin und sah Williams fordernd an. »Ein Drittel, Joe. Garantiert.«

»Du erhältst, was dir zusteht, Blacky.« Williams schlug in die Pranke ein. »Verlaß dich drauf.«

Sie fuhren die ganze Nacht durch, sehr vorsichtig und nur auf kleinen Nebenstraßen, die eine feste Decke hatten und deshalb keine Spuren aufnahmen. Es regnete sogar eine Stunde, als helfe ihnen auch noch die Natur, spurlos zu verschwinden. Beim Morgengrauen kamen sie in das Gebiet des Naturschutzgebietes Vogelsberg, bogen in einen befestigten Waldweg ab und hielten am Fuß des 772 Meter hohen Berges Taufstein an. Dichter Wald umgab sie.

Den ganzen nächsten Tag kletterten sie auf dem Taufstein herum und suchten. »Wo ein Berg ist, gibt's auch Höhlen!« hatte Joe gesagt. »Wir werden doch wohl noch zwanzig Kisten unterbringen können …«

Den ganzen Tag lang kreisten über ihnen Hubschrauber und ein Aufklärungsflugzeug, sonst störte sie niemand. »Sie suchen uns«, sagte Larry einmal. Sie lagen im Wald unter den Bäumen, flach auf den Boden gedrückt, bis der Hubschrauber weiterknatterte.

»Sie werden uns noch monate-, noch jahrelang suchen, Larry.« Williams setzte sich und holte eine Zigarette aus der Tasche. Er trug seinen Stahlhelm, wohl berechnend, daß sich jeder »Kraut«, wenn er in die Nähe kam, beim Anblick des amerikanischen Stahlhelms schnell aus dem Staub machte. Noch war ja Krieg, noch waren die US-Truppen Feinde, noch durften sie auf alles schießen, was verdächtig war. Die Ruhe im eroberten Land war so lange trügerisch, wie es noch keine Kapitulation der deutschen Wehrmacht gab. Die Heeresgruppe B unter Generalfeldmarschall Model hatte sich zwischen Rhein, Ruhr und Lippe eingeigelt und den »Ruhrkessel« geschaffen. Am 14. April überrannten die 9. US-Armee und die 1. US-Armee die deutschen Truppen und Model erschoß sich selbst. Zur gleichen Zeit stießen die Russen nach Berlin vor, im Norden Deutschlands sammelten sich die letzten deutschen Divisionen, abgeschnitten von allem, von Munition, Nachschub und Verpflegung. Aber der große, ersehnte Befehl: Das Ganze halt. Helm ab. Gott, wir danken dir ... war noch nicht gekommen. Joe Williams hatte schon recht. Ein amerikanischer Stahlhelm verscheuchte jetzt noch die »Krauts«.

Es war ausgerechnet Noah, der eine Höhle fand. Dichtes Gebüsch verdeckte den Eingang, der gerade hoch genug war, daß man die Kisten durchschieben konnte. Ein schmaler Gang kam zuerst, dann die Höhle selbst, uneben, zerklüftet, feucht, glitschig, aber groß genug, um die zwanzig Kisten aufzunehmen.

»Bernstein rostet nicht«, sagte Joe, nachdem er die Höhle besichtigt hatte. »Und die Kisten haben eine Schutzschicht gegen Feuchtigkeit. Jungs, hier können sie eine Zeitlang stehen, bis die Welt anders aussieht. Los, spuckt in die Hände.«

Nur mühsam kamen sie mit den Trucks bis in die Nähe der Höhle heran, und dann begann eine Knochenarbeit mit Schleppen, Heben und Drücken, Meter um Meter, bis sie alle zwanzig Kisten in die Höhle gezwängt hatten. Sogar drei junge Bäume hatten sie gefällt, um die Stämme als Rollen zu benutzen, und es zeigte sich, daß Noahs Bullenkräfte unbezahlbar waren. Er spannte sich wie ein Stier in die Seile und zog die Kisten den schrägen Weg zur Höhle hinauf. Larry und Joe drückten von hinten, keuchend, ächzend und mit Flimmern vor den Augen. Am Nachmittag hatten sie es geschafft.

»Und nun?« fragte Noah. Mit bloßem Oberkörper, schweißbedeckt, saß er auf dem Trittbrett seines Trucks und löffelte aus einer Dose kaltes Huhn. »Die Kisten hätten wir weg. Was wird aus uns?«

»Darüber denke ich nach.« Joe Williams nahm einen Schluck Whiskey aus der Flasche. »Zuerst sprengen wir den Eingang zur Höhle zu.«

»Womit?« fragte Larry.

»Larry-Boy, Joe denkt an alles. Ich habe eine Stange Sprengstoff mitgenommen. Die reicht. Brauchen ja nur den Eingang zu verschütten. Und dann? Alles schön der Reihe nach.«

Joe kannte sich aus, es gab keine laute, weithin hörbare Explosion, als die Ladung hochging und der Höhleneingang verschüttet wurde. Zufrieden besichtigten er und Larry das Ergebnis und drückten sich die Hände.

»Das ist perfekt!« sagte Larry. »Da findet niemand mehr die kleinste Spur.«

»Und nun zum nächsten.« Joe Williams wirkte ausgesprochen heiter. »Jetzt machen wir eine kleine Spazierfahrt mit zwei Trucks.«

Noah fragte nicht lange, als er hörte, daß Williams sich die Gegend ansehen wollte, wo man die Trucks verstecken konnte. Wieder über einsame Wege fuhren sie zurück in Richtung Alsfeld, bis Williams an einem Waldrand zwischen den Flüssen Antrift und Schwalm plötzlich anhielt. »Hier –« sagte er zu Larry, der neben ihm saß. Hinter ihnen bremste Noah. »Das ist eine gute Stelle.«

»Wozu?« fragte Larry verwundert.

»Zum ersten Schritt in die Zukunft, Baby.« Joes Stimme hatte sich auf einmal verändert. Sie klang kalt und metallhart. »Wir steigen aus, du nimmst deine Pistole und schießt Noah ein schönes Loch in die Stirn.«

»Nein, Joe!« Larry zuckte zusammen und duckte sich wie eine Katze zum Sprung. »Das kannst du nicht verlangen! Das mache ich nicht. Du bist total verrückt, Joe!«

»Verrückt bist du, Larry.« Williams sah Brooks mit einem kalten Blick an. »Du bist auf der Leiter, Millionär zu werden. Nur noch ein paar Stufen, und du bist ganz oben! Der Junge aus den Slums.«

»Nicht für einen Mord!« schrie Larry. »Warum tust du es nicht?!«

»Ich will mir sicher sein.« Joes Kälte ließ Brooks frieren. »Ich muß wissen, daß du mich nicht verrätst, mir nicht in den Rücken fällst, mich nicht betrügst.«

»Ich bin doch dein Freund, Joe –«

»Freundschaften können bei Millionen Dollar sterben. Wenn du Noah in seinen Himmel schickst, weiß ich, daß du immer zu mir hältst.«

»Das schwöre ich dir, Joe.«

»Dann nimm die Pistole und geh zu Noah …«

»Joe –«

»Ja oder nein? Auch Schwüre kann man vergessen, aber ein Killer vergißt nie! Wir sind jetzt Außenseiter, Larry, Vogelfreie … da gelten andere Gesetze. Wir beide bauen uns ein neues Leben auf. Laß nicht einen Balken auf dich runterstürzen.«

Brooks verstand. Er warf noch einen verzweifelten Blick auf Williams, stieg aus dem Truck und ging nach hinten. Noah war ebenfalls ausgestiegen und sah ihm entgegen. Er hatte seine Jacke nur über die Schulter geworfen, der breite Brustkorb war bloß, er schwitzte noch immer. Je näher Larry zu ihm kam, um so langsamer ging er. Seine rechte Hand lag auf dem Koppel, nicht weit von seinem Pistolenhalfter entfernt.

Um sein Herz krallte es sich wie eine Eisenklammer, als er Noahs breites, grinsendes, glänzendes schwarzes Gesicht sah. Tu etwas, dachte er, frag mich etwas, greif mich an, laß dein Gehirn arbeiten und die Lage erkennen, Noah, steh nicht so grinsend herum, merk doch endlich, was los ist ... Aber wie sollte der gute, harmlose Noah Rawlings merken, daß sein Leben nur noch eine knappe Minute dauern würde?

»Hier stellen wir die Trucks ab?« fragte er sogar ungläubig. »Und den ganzen Weg latschen wir zurück? Larry, das ist doch 'n idiotischer Plan. Meine Beine sind fast lahm ...«

»Wir gehen auch nicht zu Fuß«, sagte Larry mit erstickter Stimme. Er spürte in seinem Nacken Joes Blick, der sich aus dem Wagenfenster lehnte und wartete. »Es ist alles so furchtbar, Noah, alles so sinnlos ...«

Mit einem Ruck riß er die Pistole heraus, starrte auf Noahs Stirn, ließ den Lauf in Augenhöhe schnellen und drückte sofort ab. Er war einer der besten Schützen, und genau in der Mitte der Stirn platzte das kleine Loch auf. Mit einem erstaunten Kinderblick sah ihn Noah an, obwohl er schon in derselben Sekunde tot war, dann warf ihn der Aufschlag nach hinten auf den breiten Rücken. Nur ein schmaler Blutfaden floß aus der Wunde.

Williams sprang aus seinem Truck und rannte zu Larry. Er klopfte ihm auf die Schulter, beugte sich stumm über den Toten, nahm sein breites Kombimesser aus dem Gürtel und ritzte in die schwitzige, muskelbepackte Brust ein großes Hakenkreuz. Als er sich aufrichtete, sah er Larrys Pistole auf sich gerichtet.

»Mach keinen Scheiß, Larry«, sagte Joe leise und gefährlich. »Allein bist du eine Null. Nur mit mir kommst du zu 'ner Villa in Miami. Wir sind ein Team, begreif das! Los, steig ein ... in Noahs Wagen. Ich fahr voraus.«

»Warum mußtest du auch noch Noahs Brust zerschneiden ...«

Larry steckte seine Pistole in das Halfter, Joe atmete sichtbar auf. Das war knapp, dachte er. Larry hat ein empfindsames Gemüt, und da gibt es leicht Kurzschlüsse.

»Wenn sie ihn finden, sagt jeder: Das war der deutsche ›Werwolf‹. Und uns haben sie gekidnappt oder auch gekillt und besser vergraben. Wir werden von der Liste gestrichen. Köpfchen muß man haben, Larry.«

»Du bist ein Gangster, Joe«, sagte Larry leise. »Jawohl, ein Gangster. Jetzt weiß ich es. Und die Millionen von deinem Vater ... schmutziges Geld. Heißt ihr überhaupt Williams?«

Joe war weit davon entfernt, beleidigt zu sein. Er gab sogar eine Antwort.

»Wir heißen jetzt Williams, okay? Mein Daddy war ein cleverer Bursche, nicht einen Verdacht, nicht eine Verhaftung, nicht eine Anklage. Wie auch? Er hat mit einer lautlos arbeitenden Organisation ausgesucht hübsche Mädchen an südamerikanische Puffs verkauft. Nie in die USA. Engländerinnen, Schwedinnen, Finninnen, wundervolle Püppchen aus Korea, den Philippinen, Hongkong, Singapur und Macao, braune Schönheiten von Samoa, Tahiti, Fidji und den Cook-Inseln ... Larry, die gingen weg wie frischer Schokoladenkuchen. Mit fünfzig setzte sich Daddy zur Ruhe und ließ sich als Wohltäter bis hinauf zum Senat in Washington feiern.« Williams lächelte Brooks breit an. »Das ist doch ein ehrliches Geschäft, Larry, der eine handelt mit Maschinen oder Apfelsinen, der andere mit Fötzchen ...«

»Und du bist ein eiskalter Killer!«

»Im Augenblick bist du es, Larry-Boy. Los, steig ein! Wir bringen Noahs Wagen dorthin, wo sie ihn finden werden.«

Sie fuhren durch das Land, stellten Noahs Truck hinter einer einsam am Feldrand stehenden, leeren, verfallenen Scheune ab und kehrten dann zum Taufstein zurück.

Zwei Monate später, im Juni, als der Krieg schon sechs Wochen zu Ende war, meldeten Einwohner von Kronberg im Taunus, daß auf einer Waldschneise seit etwa drei Wochen zwei amerikanische Lastwagen parkten. Ohne Fahrer. Das wäre doch merkwürdig. Ein Jeep mit vier MPs raste zur Fundstelle, sie untersuchten die Trucks, stellten erstaunt fest, daß die Tanks noch halb voll waren, und fuhren sie nach Frankfurt zum Hauptquartier. Dort stellte man anhand der Nummern sehr schnell fest, daß sie zu einer Transportstaffel der 3. Armee gehört hatten und in der Liste der Verluste am 16. April als vermißt eingetragen waren. Bemerkung: Voraussichtlich Überfall des »Werwolfs«. Die Sache deckte sich mit der Meldung über den erschossenen GI Noah Rawlings und dessen später aufgefundenen Wagen.

Der Fall wurde abgehakt und mit einer Randbemerkung geschlossen. Joe Williams und Larry Brooks waren zwar verschwunden, aber nach Lage der Dinge konnten sie nicht mehr leben. Der zuständige Offizier in der 3. Armee erklärte sie für tot und ließ die Angehörigen verständigen.

Larrys Eltern weinten, obgleich sich Larry in den letzten Jahren kaum bei ihnen hatte sehen lassen. Der alte Williams ließ auf dem Friedhof von Whitesands eine große Marmorsäule zum Gedächtnis an seinen Sohn errichten und mit militärischen Ehren und Salutschüssen einweihen. Sein Ansehen als Vater eines Helden stieg noch mehr. Nur Mrs. Williams, die zeit ihres Lebens glaubte, ihr Mann handele wirklich mit Baumwolle und Erdnüssen, nur ihr Sohn sei das große Sorgenkind, sagte tapfer:

»Wer weiß, wofür es gut ist. Joe war ein so ganz anderer Mensch als wir ...«

Um diese Zeit lebten Larry und Joe mit gekauften gefälschten Pässen sorglos in Frankfurt, bauten in der Moselstraße ein vormals halbzerstörtes Haus auf und gründeten ein Striptease-Lokal mit Bar und drei Etagen Einzelzimmer. Es war ein Edelbordell, eines der ersten nach Kriegsende und deshalb eine Goldgrube. Vor allem die GIs standen Schlange, die Deutschen hatten kaum Geld dafür, denn ein anständiger Fick hatte den Gegenwert von einem Pfund Kaffee, und das kostete 1947 pure 500 Reichsmark. Dafür kauften sich die Deutschen lieber Butter, Speck, einen Braten oder eben Kaffee. Die Dollars aber, welche die GIs den Mädchen zwischen die Titten drückten, waren hartes, gutes Geld.

Ende 1947 funktionierte der Postverkehr mit den USA wieder reibungslos. Die besiegten »Krauts« erwiesen sich nach einer Entnazifizierungswelle als durchaus ernstzunehmende Mitmenschen, während man die ehemaligen Kriegsverbündeten, die Russen, nur noch mit der Zange anpacken wollte, was den Mitsiegern schweres Kopfzerbrechen bescherte und Churchill zu der Bemerkung hinreißen ließ: »Wir haben die falsche Kuh geschlachtet«. Genau am 10. November schickte Joe Williams einen kleinen Brief an seinen Daddy mit der lapidaren Mitteilung:

Lieber Dad,
Dein Joe lebt. Für heute nicht mehr. Du hörst bald von mir Genaueres. Warte und frage nicht. Dein Jonnyboy.

In Whitesands schlug der Brief wie eine Bombe ein, aber man verhielt sich still. Der alte Williams sprach nicht darüber. Mrs. Williams begann in der von ihnen gestifteten Kirche jeden Tag zu beten, die Marmorsäule blieb stehen und wurde wie bisher mit frischen Blumen geschmückt. Aber sonst hielt sich der Alte einen Teufel an die Bitte seines Sohnes. Er machte einen umfangreichen Apparat von Privatdetektiven und Agenten mobil, ließ seine Beziehungen spielen und kurbelte eine Suchaktion ohne Beispiel an.

Umsonst. Joe, der seinen Vater genau kannte, hatte den Brief natürlich nicht in Frankfurt zur Post gegeben, sondern war extra dafür nach Hamburg gefahren und hatte ihn dort in den Kasten der Bahnpost gesteckt. Hamburg aber war englisch besetztes Gebiet … die Suche des alten Williams lief sich tot.

Larry verzichtete auf Nachricht. Die wäre auch nie angekommen – sein Vater, der Leichenwäscher, starb an Kehlkopfkrebs, ihm folgte Anfang 1947 Larrys Mutter an Herzversagen. Seit Larrys Todesnachricht war sie immer weniger geworden, wie eine abbrennende Kerze. Der Tod ihres Mannes blies die Kerze aus.

Die verschüttete Höhle im Vogelsberg-Gebiet war bis jetzt nicht entdeckt worden. Der Eingang war in den beiden Jahren zugewachsen, die Höhle lag sowieso an einer Stelle, an die kaum ein Wanderer kam und die auch für das Forstamt uninteressant war. Die krüppeligen Bäume lohnten keinen Holzeinschlag.

Das Bordell in Frankfurt blühte. Brooks und Williams waren zufrieden. Sie hatten Zeit, und die Zeit half ihnen. Das Bernsteinzimmer geriet in Vergessenheit. Wichtigere Probleme bestimmten das Geschehen: der Aufbau Europas.

Das Bernsteinzimmer nahm ihnen keiner mehr weg.

Kleine Irrtümer merkt man gleich, große Irrtümer bedürfen der Reifung.

Vieles hatte sich geändert seit dem Tag im Jahre 1945, an dem Michael Wachter und Jana Petrowna am Eingang von Reinhardsbrunn standen und dann mit einem vom Ortskommandanten geliehenen Jeep resignierend zurückgefahren waren. Die letzte Spur hatte ihnen eine alte Köchin des Schlosses gegeben: In den Bogengängen unter dem Ahnensaal des Schlosses hätten Anfang 1945 zwanzig große Kisten gelagert. Im Schloß erzählte man sich, daß sie aus Königsberg stammten, wie es ja auch auf den Deckeln stand: Wasserbaubehörde Königsberg, aber daß sie nichts mit einer Behörde zu tun hatten, sondern das berühmte Bernsteinzimmer enthielten. Und weiter erfuhr Wachter von der Köchin, daß die Kisten später in das weitverzweigte unterirdische Bunkersystem des neuen Führerhauptquartiers »Wolfsturm« gebracht werden sollten oder nach Saalfeld. Dort hatte Gauleiter Koch nach seiner Flucht aus Königsberg über Pillau sein neues eigenes Hauptquartier aufschlagen wollen … einerseits, um in der Nähe seines Führers zu sein und damit in Bormanns Nähe, andererseits, um »sein« Bernsteinzimmer nicht aus den Augen zu verlieren. Hitlers und Kochs Pläne wurden durch den schnellen Vormarsch der Amerikaner und der Russen vereitelt – die unterirdischen Anlagen wurden nie bezogen. Aber die zwanzig Kisten, so erzählte die Köchin, waren noch da gewesen, im Bogengang. Dann kamen zwei große Lastwagen mit dem Roten Kreuz und der Rote-Kreuz-Fahne, luden die Kisten auf und fuhren davon. Wohin, das wußte sie nicht, das wußte niemand. Auffällig war nur, daß die Rote-Kreuz-Wagen von SS-Offizieren gefahren wurden. Hohen Offizieren, sagte die Köchin. Sie habe gehört, wie ein Soldat, stramm stehend, gerufen hatte: »Jawoll, Herr Standartenführer.«

Wachter und Jana waren sofort nach Saalfeld gefahren, aber in Saalfeld waren die Kisten nie angekommen. Die Spur verrann wie ein Wassertropfen in der Wüste.

»Es ist in der Nähe«, hatte Wachter zu dem Ortskommandanten von Friedrichroda, zu dem Schloß Reinhardsbrunn gehörte, gesagt. »Ich wittere es wie ein Wolf! Es ist hier … im weiten Umkreis … aber es ist da! Irgendwo haben sie es versteckt.«

Der Kommandant, ein Oberstleutnant der 3. US-Armee, sah an

Wachter und Jana vorbei an die Wand, an der ein Bild des seit kurzem zum US-Präsidenten gewählten Harry S. Truman hing. Jana, die ihn aufmerksam beobachtete und in seinem Gesicht zu lesen schien, sagte plötzlich:

»Sie wissen mehr, als Sie uns sagen. *Was* wissen Sie mehr?«

Sie sprachen deutsch miteinander, und trotz der zwölf Jahre, die zwischen der Auswanderung und der Rückkehr des Oberstleutnants lagen, hörte man noch den schwäbischen Zungenschlag heraus. »Ich habe Ihnen nichts zu sagen ...«

»Das mag sein ... aber Sie wissen mehr.« Wachter griff in seine Rocktasche. Der viel zu weite Anzug schlotterte um seinen Körper. Ein Papier holte er heraus, das in vier Sprachen abgefaßt war ... in deutsch, englisch, französisch und russisch. Es bat alle Besatzungsmächte, dem Michail Wachterowskij bei der Suche nach dem Bernsteinzimmer mit allen Mitteln behilflich zu sein. Dann folgte eine Beschreibung, was das Bernsteinzimmer überhaupt war und daß es die Nazis aus Puschkin gestohlen hatten. Der US-Oberstleutnant winkte ab und nahm das Schreiben gar nicht in die Hand.

»Ich kenne es ja«, sagte er. »Sie haben mir's schon zweimal gezeigt.« Er zögerte und fügte dann hinzu: »Wenden Sie sich an das OSS beim Stab der 3. Armee. Verlangen Sie Captain Fred Silverman. Aber verraten Sie bloß nicht, von wem Sie den Tip bekommen haben! Ehrenwort.«

»Sie haben es.« Wachter drückte ihm die Hand. »Und was weiß dieser Silverman?«

»Das müssen Sie ihn selbst fragen. Viel Glück.«

»Auch das muß ich suchen.« Wachters Antwort klang wie ein Hilferuf. Er legte den linken, noch immer schmerzenden Arm um Janas Schulter und ging hinaus.

Am nächsten Morgen verließen sie Friedrichroda mit einem zur Verfügung gestellten Beutewagen, in einem alten Adler, in dessen Türen noch Maschinengewehrkugeln steckten.

Es war ein weiter Weg, bis sie Captain Silverman fanden.

Da ihnen, trotz des überall vorgezeigten Schreibens, keiner der US-Kommandeure sagen wollte, wo sich gegenwärtig das Hauptquartier der 3. US-Armee und General Patton befand, schickte man sie nach Nürnberg zu einer Dienststelle des Geheimdienstes. In der fast völlig zerstörten Stadt bekamen sie ein Barackenzimmer bei einer amerikanischen Pioniereinheit, wurden von der Kompanieküche verpflegt und warteten. Viermal wehrte Jana Petrowna in diesen Tagen zudringliche Soldaten ab. Ein schwarzer GI versuchte sogar, erst durchs Fenster zu klettern und nachher die Tür aufzubrechen, aber das bekam ihm nicht gut, denn Jana hatte seit Wochen immer ein Stück Eisenrohr bei sich, wie man es für eine Wasserleitung verwendet. Sie hatte es durchbohren lassen, hatte einen Strick durch das Loch gezogen und trug das Eisenrohr jetzt am Gürtel ihres Kleides.

Es war schon oft nützlich gewesen, so wie auch jetzt, wo der liebestolle GI nach Aufbrechen der Tür schon beim ersten Schritt über die Schwelle einen so kräftigen Hieb über den Kopf bekam, daß er lautlos zu Boden ging und besinnungslos blieb, bis ihn zwei MPs abholten.

»Ich möchte den Kompaniechef sprechen!« rief Wachter erregt. »Das ist das viertemal, daß wir belästigt werden. Ist das etwa das sogenannte freie amerikanische Leben?«

Die MPs verstanden kein Deutsch. Sie starrten Jana nur an und grinsten anzüglich.

»Sei still, Väterchen«, sagte sie da auf russisch. »Was bringt's? Es ist eine böse Zeit, können wir sie ändern? Sieh doch, ich kann mich wehren.«

Zwei Wochen warteten sie in Nürnberg. Zwei verlorene Wochen, wie Wachter meinte. Durch die zerstörten Straßen gingen sie, sahen Frauen und Kinder in den Ruinen wühlen und Ziegelsteine abklopfen, ob man sie noch verwenden konnte.

Keller wurden ausgegraben, zerborstene Wände geflickt und die mit Trümmern verstopften Straßen freigeschaufelt. An den Lebensmittelausgabestellen stauten sich die Menschenschlangen ebenso wie an den Hydranten, wo man eimerweise das Wasser holen konnte. Die deutschen Verwaltungsdienststellen hatten unter amerikanischer Aufsicht wieder mit der Arbeit begonnen und versuchten, Ordnung in das Chaos zu bringen. Der Krieg war ja nun seit dem 9. Mai zu Ende, es gab nicht mehr Freund und Feind, sondern nur noch Sieger und Besiegte. Und überall, am Bahnhof, auf den Plätzen, am Fuße der Burg, an der alten Stadtmauer und den Türmen begann, zunächst zaghaft, der Schwarzmarkt. Endlich, in der dritten Woche, kam ein Offizier zu Wachter und Jana und lehnte sich in den Türrahmen. In einem gebrochenen Deutsch sagte er:

»Telefon … hin und her … Jetzt alles okay! Captain Silverman ist in Austria. In Salzburg. Okay?«

Er grüßte und verließ das Zimmer.

»In Salzburg«, sagte Wachter und setzte sich an den Tisch. »Jana, wir müssen nach Salzburg. Silverman ist vielleicht der einzige, der uns weiterhelfen kann.«

»Aber dort ist nicht das Bernsteinzimmer, Väterchen.«

»Wissen wir's? Die Amerikaner haben ein riesiges unterirdisches Lager mit Kunstschätzen in Alt-Aussee entdeckt. Hitlers persönlicher Schatz soll es sein, haben sie uns erzählt. Das ganze Lager ist noch gar nicht erfaßt … vielleicht sind die zwanzig Kisten aus Königsberg darunter. Jana, an jeden Hoffnungsstrahl müssen wir uns klammern.«

Sie fuhren mit dem klapprigen, zerschossenen Adler-Wagen nach Salzburg und erfuhren im Hauptquartier des 15. US-Armeekorps, daß Captain Silverman mit seinem OSS-Büro auf Schloß Klessheim einquartiert war. Am nächsten Morgen dann, endlich, endlich, standen sie vor Silverman, ließen ihn ihre Legitimation lesen und warteten auf seine Reaktion.

Silverman legte das Schreiben in den vier Sprachen und mit den vielen Stempeln vor sich auf den Schreibtisch und blickte zu Wachter und Jana Petrowna auf. Jetzt sind die Russen auch da, dachte er. Natürlich, ihnen gehört ja das Bernsteinzimmer, wenn man historisch denkt. Historisch dachten auch die Deutschen und sagten: Es gehört uns. Es ist heimgekehrt. Und wenn wir als Sieger denken, kann es heißen: Es gehört den USA, denn wir haben es erobert. Es ist Kriegsbeute. Das ist rechtlich nicht haltbar, aber was gilt Recht im Krieg? Wem das Bernsteinzimmer letztendlich auch gehört … es ist weg. Es gibt keine Probleme mehr … bis man es wiederfindet.

»Sie sprechen deutsch?« fragte er.

»Ja«, antwortete Wachter. »Ich bin Deutscher.«

»In Ihrer Vollmacht steht: Wachterowskij. Russe.«

»Ich war und bin in russischen Diensten. Seit fast 230 Jahren.«

»Dafür haben Sie sich gut gehalten. So alt sehen Sie wirklich nicht aus.«

Der alte, dumme Witz. Wachter lächelte schwach.

»Ich hoffe, daß meine Nachkommen auch weitere 230 Jahre das Bernsteinzimmer betreuen können.«

»Wenn es da ist.«

»Deswegen sind wir zu Ihnen gekommen, Captain Silverman.«

Silverman hob beide Arme hoch, als richte Wachter eine Waffe auf ihn.

»Bitte, überzeugen Sie sich –« sagte er mit Bitterkeit in der Stimme, – »ich habe es nicht in der Tasche.«

»Aber Sie haben es gesehen, Captain.«

»Wer hat Ihnen das gesagt?«

»Wir haben Informationen gesammelt – wären wir sonst bei Ihnen?«

Silverman fiel auf den Bluff herein. Er ließ die Arme sinken und blickte Jana erstaunt an, die jetzt sagte:

»Wir haben die Spur der zwanzig Kisten von Königsberg über Berlin, Weimar, Friedrichroda und Schloß Reinhardsbrunn verfolgt. Von dort hat man auf Lastwagen mit dem Roten Kreuz und mit Schweizer Autonummern das Bernsteinzimmer weitertransportiert.«

»Das stimmt.« Silverman tappte blind in die Falle. »Und als wir die Kaligrube von Merkers durchsuchten, stand ich vor den Kisten.«

Es war das erstemal, daß Wachter und Jana den Namen Merkers hörten. Keiner hatte ihnen je etwas davon gesagt, nur Andeutungen hatte es gegeben. In Saalfeld war einmal ein amerikanischer Offizier mit der Bemerkung herausgerückt: »Hier in Thüringen haben Millionenschätze übereinander gelegen.« Wo, das hatte auch er verschwiegen.

Merkers. Wo liegt Merkers? Eine Kaligrube …

Weder Wachter noch Jana ließen sich anmerken, welch ein Aufruhr in ihnen ausgebrochen war. Als wüßten sie das alles, sahen sie Silverman nickend an. Der Captain starrte zur Seite hinaus aus dem Fenster. Eine warme Frühlingssonne lag über dem Park von Schloß Klessheim, über den Wegen, Büschen, Beeten und Steinfiguren. Ein richtiger Friedenstag mit einem weiten blauen Himmel.

»Dann wissen Sie, wo das Bernsteinzimmer ist?« fragte Wachter.

»Natürlich.«

Durch Wachter zuckte ein heißer Stich. »Wo?«

»Es hat sich aufgelöst in Luft.« Silvermans Stimme bebte in der Erinnerung vor Erregung. »Es ist ganz einfach verschwunden.«

»Das gibt es nicht«, sagte Jana laut. »Zwanzig große Kisten … ein paar Lastwagen voll!«

»Genau drei Armee-Trucks. Wir haben auf Befehl Eisenhowers alle in der Schachtanlage Kaiseroda II/III gefundenen Kunstschätze und Geldsäcke mit zwei Transporten nach Frankfurt gebracht. Am 14. und am 17. April. Konvois unter größter Bewachung. Trotzdem verschwanden von dem ersten Transport am 16. April die drei Trucks mit dem Bernsteinzimmer. Die Trucks fand man später wieder und einen der Fahrer, Noah Rawlings. Erschossen. In seine Brust war ein Hakenkreuz eingeritzt. Daraus folgerten wir: Der deutsche ›Werwolf‹ hat die Trucks entführt. Nur, wie er das so lautlos fertiggebracht hat, ist uns ein Rätsel geblieben.«

»Und die anderen Fahrer?« fragte Wachter.

»Sind nie wieder aufgetaucht und werden vielleicht einmal durch Zufall als Gerippe im Wald entdeckt.« Silverman wandte sich ihnen wieder zu. »Sie suchen im Auftrag der sowjetischen Regierung das Bernsteinzimmer. Ich habe mir selbst den Auftrag gegeben. Wir sollten uns zusammentun …« Er atmete tief durch. »Mein Gesuch auf Entlassung aus dem OSS liegt bereits in Washington auf dem Tisch. Dort hält man mich anscheinend für verrückt …«

»Wir sind auch Verrückte, Captain«, sagte Wachter sarkastisch. »Nur so werden wir durchhalten. Eine bittere Frage: Ist es möglich, daß man das Bernsteinzimmer bewußt hat verschwinden lassen, um es dann heimlich in die USA zu bringen?«

»Wie denn? Und wer denn? Herr Wachter, Sie bezichtigen US-Offiziere des Kunstraubes?!«

»Es war nur so eine verrückte Idee, Captain«, sagte Wachter schnell. »Ich habe in diesen Tagen gehört, daß in einem Bergwerk bei Grasleben, wo über 6000 Kisten Kunstschätze versteckt gewesen waren, die Hälfte davon aufgebrochen war, bevor Grasleben von den Engländern übernommen wurde. Es waren Amerikaner … das CIC und Angehörige der 50. US-Armee.«

»Davon weiß ich nichts.« Silverman richtete sich steif hoch. »So vieles ist noch Hetze!«

»Und in Merkers war das nicht möglich?«

»Nein. Da war ich und paßte auf. Auf gar keinen Fall konnten zwanzig Kisten dieser Größenordnung heimlich verschwinden.«

»Wir sollten noch einmal in Merkers mit der Spurensuche beginnen, Captain.«

»Dann müssen Sie sich beeilen.« Silverman lehnte sich in seinem Stuhl weit zurück. Er schürzte die Lippen und drückte damit aus, für wie absurd er das alles hielt. »Aufgrund der alliierten Beschlüsse und der Einteilung Deutschlands in Besatzungszonen hat General Eisenhower befohlen, Sachsen und Thüringen zu räumen und den Sowjets zu übergeben.«

»Was?!« Wachter zuckte zusammen, aber es war nicht aus Entsetzen, sondern aus Freude. »Unsere Soldaten kommen nach Thüringen?«

»Ich denke, Sie sind Deutscher?« fragte Silverman befremdet.

»Dann ist Merkers russisch?« rief Jana Petrowna.

»Nein ... russisch besetzt. Das ist ein Unterschied. Wir bleiben in Bayern, aber deswegen ist Bayern nicht amerikanisch, sondern bleibt Deutschland. Wie das alles in den nächsten Jahren aussieht – wer weiß das?«

»Wenn Merkers russisch besetzt wird, können wir dort ungestört arbeiten.« Wachter schloß kurz die Augen. Das Deutschland, das er bisher nur von der Landkarte kannte, gab es nicht mehr. Es war zerschlagen und zerteilt worden. Durch die Straßen Berlins, der Heimat seiner Vorväter, marschierten sowjetische Truppen. »Darüber freue ich mich: Die sowjetischen Behörden werden uns bei unserer Suche nach dem Bernsteinzimmer überall unterstützen.«

»Die amerikanischen auch«, sagte Silverman fast beleidigt. »Aber weder Ihre Behörden noch meine sind Magier, die das Bernsteinzimmer herbeizaubern können.« Silverman ließ seinen Stuhl wieder nach vorn kippen. »Überhaupt, was wollen Sie in Merkers suchen? Da ist nichts mehr ... die Grube ist leergeräumt. Die drei Trucks sind in Alsfeld verschwunden. In Hessen.«

»In Alsfeld ...« sagte Wachter gedehnt. Das war eine völlig neue Spur, von Hessen war nie gesprochen worden. Alle bisher theoretisch möglichen Wege einer Verlagerung der zwanzig Kisten aus Reinhardsbrunn wiesen in Richtung Göttingen, Westsachsen oder

Mecklenburg (wenn das Bernsteinzimmer wieder in die Nähe Berlins gebracht worden war) und in die allgemeine Richtung Süden, vor allem zur »Alpenfestung« und nach Österreich. Aber Hessen lag völlig außerhalb aller Mutmaßungen. »Man hat also doch eine Spur –«

»Wenn Sie es so nennen wollen, jawohl. Seit Wochen wird dort gesucht.«

»Wäre es möglich, daß die Kisten von Alsfeld weiter nach Süden oder nach Nordwesten gebracht worden sind?«

»Möglich ist alles.« Silverman machte eine weite Handbewegung. »Die Welt ist groß ... aber ich könnte schwören, das Bernsteinzimmer ist noch in Deutschland.«

»Dann finden wir es auch!« sagte Wachter voller Zuversicht. »Captain Silverman, wollen wir gemeinsam suchen?«

»Sie nehmen mir das Wort aus dem Mund.« Silverman erhob sich von seinem Stuhl. »Für mich ist die Suche aber erst dann möglich, wenn ich meine Entlassung aus dem OSS erhalten habe und auch die Army auf mich verzichtet. Ich muß auf Washington warten.« Er zeigte aus dem Fenster in den Park von Schloß Klessheim. »Wollen Sie hier mit mir warten? Im Schloß ist Platz genug. Ist es nicht wundervoll? Der Blick über Salzburg, hinüber zur Veste, das Panorama der Berge, die Seen des Salzkammergutes vor der Tür. Hier könnte ich leben. Sie wissen, daß ich ein deutscher Jude bin?«

»Ich habe es angenommen, Captain.«

»Zwölf Jahre lang habe ich Heimweh gehabt nach diesem Deutschland. Nach diesem schrecklichen Deutschland! Vierzehn Verwandte sind in Buchenwald, Flossenbürg und Mauthausen umgekommen, erschlagen, zu Tode gequält, in der Gaskammer, als Opfer von medizinischen Versuchen. Und trotzdem hatte ich Heimweh, verstehen Sie das?«

»Ja. Janaschka und ich ... wir haben auch Heimweh nach Puschkin ... aber nur mit dem Bernsteinzimmer.«

»Vielleicht bleibe ich wirklich hier in Österreich. Vielleicht kann man mich als Kunsthistoriker gerade hier in Salzburg gebrauchen. Hier atmet Kunst aus jedem Stein.« Silverman schüttelte den Kopf und lächelte schwach. »Pläne ... der größte Krieg aller Zeiten ist zu Ende, und wir machen schon Pläne. Wie sieht die Zukunft aus, Herr Wachter?«

»Ich kenne nur ein Ziel: das Bernsteinzimmer.«

»Und wenn Sie dadurch zum ewigen Wanderer werden?«

»Dann muß es so sein, Captain«, sagte Wachter in fast feierlichem Ton. »Dann ist es Gottes Wille.«

Die Entlassung Captain Silvermans zog sich hin. So einfach kann man nicht vom Geheimdienst abspringen, vor allem nicht, wenn man so viel wußte wie Fred Silverman und seine von ihm geleitete Einsatzgruppe ORION für Kunst und Kulturgüter im deutschen Reichsgebiet. Außerdem leitete er eine Abteilung der *T-Forces,* eine Spezialeinheit, die nach Auswertung der Geheimberichte nicht nur verborgene Schätze, Patente, Archive oder Bibliotheken suchte, sondern auch untergetauchte, versteckte, unter falschem Namen lebende Kriegsverbrecher. Ein solcher Mann will gehen, wirft seine Aufgabe hin?

Captain Silverman wurde nach Washington befohlen. Am 3. August flog er nach Amerika. Zur Berichterstattung, wie es hieß. Zum Verhör, wie er wußte.

Wachter und Jana hielten es auf Schloß Klessheim nur bis zum Juli aus. Sie fuhren, noch immer mit dem alten Adler-Wagen, zurück zur amerikanisch-sowjetischen Zonengrenze, über die von Hitler so geliebte Autobahn München–Berlin, und zeigten den amerikanischen Posten nördlich von Hof ihre Ausweise. Ein Lieutenant nickte, warf mit amerikanischer Unkompliziertheit einen Blick auf die Ausweisbilder, verglich sie mit den Personen und gab den Weg frei.

Auf sowjetischer Seite empfing sie zunächst Mißtrauen, vor allem als Jana auf russisch »Guten Tag, Genossen!« rief. Sie wurden in eine Baracke gebracht, wo ein junger Oberleutnant vor einem Radio saß und andächtig eine Arie aus der Oper *Eugen Onegin* hörte. Er blickte kurz auf, zeigte auf die Wand, der Posten schob Jana und Wachter an die Bretterwand, und dort standen sie, bis die Arie zu Ende war. Der Oberleutnant drehte das Radio unwillig leiser. Das nächste Stück war die Ouvertüre zu *Ruslan und Ludmila.*

»Woher? Wohin?« fragte er im Befehlston.

»Von Salzburg nach Berlin, Genosse Oberleutnant«, antwortete Wachter auf russisch.

»Warum?«

»Deswegen. Lesen Sie –«

Wachter entfaltete das viersprachige Papier und legte es dem Offizier auf die Tischplatte. Die Wirkung war verblüffend. Mit einem kurzen Blick erfaßte der Oberleutnant die vielen Stempel auf dem Papier, drehte sofort das Radio aus, blickte erstaunt zu Jana und Wachter und beugte sich über das Schreiben. Die Wunderkraft der Stempel wirkte. Je mehr Stempel auf einem Papier, um so ehrfurchtsvoller wird ein Russe. Ein Stempel kommt von einem Amt, und je mehr Ämter gestempelt haben, um so wichtiger muß die Person sein.

»Seien Sie willkommen, Genossen«, sagte der Oberleutnant nach der Lektüre des Briefes. »Natürlich können Sie sich frei bewegen, wohin Sie wollen. Das Bernsteinzimmer suchen Sie? Ich habe davon schon gehört, von dem Zimmer, in der Armee-Zeitung stand es, die Faschisten haben es gestohlen. Was diese Hunde nicht alles gestohlen haben, nicht wahr, Genossen?! Bekommen wird jetzt alles wieder?«

»Wer weiß das?« Wachter nahm das Papier wieder an sich, faltete es und steckte es ein. »Wir können weiterfahren?«

»Wohin Sie wollen, Genosse.« Der Oberleutnant lachte jungenhaft. »Von mir aus bis Sibirien.«

»Vielleicht später«, sagte Wachter trocken. »Froh werden wir sein, wenn wir mit dem alten Wagen von Berlin aus Leningrad erreichen.«

»Nach Leningrad wollt ihr, Genossen? Welch ein Weg!«

»Wir sind von Leningrad bis hierher gekommen, dann geht's auch zurück. Genauer gesagt: Puschkin ist das Ziel.«

»Dann gute Fahrt, Genossen.« Der Oberleutnant gab Jana und Wachter die Hand. Einen langen Blick warf er über ihre schäbige Kleidung. Einen Beauftragten mit so vielen Stempeln stellte man sich anders vor. »Wer unterstützt Sie eigentlich?«

»Sie, Genosse Oberleutnant, zum Beispiel.« Jana lachte ihn an. »Wir brauchen Benzin, Motoröl, Brot, Butter, Marmelade, Wurst, Büchsenfleisch, Gurken, Zwiebeln …«

»Geräucherten Stör und Kaviar vom Asowschen Meer …«

»Auch gut, Genosse.«

»Einen Schein stelle ich aus«, sagte der Oberleutnant und bremste seine Heiterkeit ab. »Den legen Sie dem Stadtkommandanten von Saalfeld vor. Er wird Ihnen Lebensmittelkarten geben, damit können Sie überall einkaufen oder in einem Hotel und einem Restaurant essen, wenn Sie ein offenes finden.«

»Es wäre praktischer, von Lager zu Lager der Roten Armee zu fahren und dort zu essen.«

»Versuchen Sie es, Genossen.« Der Oberleutnant grinste verlegen. »Sie kommen von den Amerikanern, sind verwöhnt, nicht wahr? Die haben zehnmal mehr zu essen als wir, ihre Verbündeten.« Er hob resignierend die Schultern. »Aber eine Kascha werdet ihr bekommen oder eine Kapusta. Legt schnell die Verwöhntheit ab, Genossen. Am fetten Topf degeneriert man zu schnell –«

Zwei Wochen waren sie unterwegs, schliefen in Kasernen oder Feldlagern der Roten Armee, aßen mit den Offizieren, erzählten vom Bernsteinzimmer. In Berlin bekamen sie von der Zentralstelle der sowjetischen Verwaltung neue, richtigsitzende Kleidung. Einmal hielt Wachter im Offizierskasino von Karlshorst einen Vortrag über Puschkin, den Katharinen-Palast und das Bernsteinzimmer, was ihnen einen anderen Wagen einbrachte, einen Beutewagen Marke Horch, ein geradezu luxuriöses Fahrzeug mit sowjetischer Militärnummer. Noch ein paar Stempel mehr drückte man auf ihr Papier, auf dem jetzt die Namen von vier Generälen und einem Marschall der Sowjetunion prangten, und mit dieser Ausrüstung setzten sie die Fahrt nach Puschkin fort.

Noch einmal besuchten sie Königsberg, die fast menschenleere, zerstörte Stadt, den zerbombten Hafen mit den Schiffswracks, das ausgebrannte Schloß mit den zerborstenen Mauern. Noch einmal stieg Wachter hinunter in den Keller des »Blutgerichts«, wo das Bernsteinzimmer und er alle Zerstörungen überlebt hatten. An der Außenwand der Tür hing sogar noch das Hitlerbild, aber man hatte das Gesicht des Führers zerschnitten, und unten am Geschlecht war das Bild aufgeschlitzt. Im Kellerraum standen noch Tisch, Stühle und das Feldbett, nur die Matratzen und das Bettzeug fehlten, im Schrank das Geschirr und die Bestecke und auch den Ofen hatte man mitgenommen. Es war damals kalt gewesen in Königsberg, von Januar bis April 1945. Unglaublich, daß alles nur sechs Monate her war seit jenem Januartag, an dem der Transport mit Hauptmann Leyser auf die Flucht geschickt wurde.

Jana Petrowna fuhr zum Krankenhaus. Nur leicht beschädigt

war es, an der Pforte saß ein alter Mann im Kontrollraum, unbekannte deutsche und sowjetische Schwestern eilten durch die Gänge, neue Ärzte begegneten ihr auf den Fluren und sahen sie fragend an, und dann stand sie in Friedas Zimmer. Nichts hatte sich verändert: Der breite Schreibtisch war da, der Maschinentisch mit der Schreibmaschine, die abgestoßenen Aktenschränke und der abgewetzte Linoleumboden. Nur Frieda war nicht mehr da, eine andere Oberschwester saß auf ihrem Platz, im gleichen, überbreiten Stuhl, extra für Frieda angefertigt, und hinter der Schreibmaschine hockte ein schmales, blasses, junges Mädchen mit einem Mausgesicht.

»Ja, bitte?« fragte die Oberschwester, als Jana eingetreten war und sich stumm umschaute. »Sie wünschen?«

»Nichts.«

»Das ist etwas Neues.«

Das Mäuschen an der Schreibmaschine hob den Kopf und grinste verlegen.

»Wo ist Oberschwester Frieda Wilhelmi?«

»Das weiß ich nicht. Ich kenne sie nur aus den Unterschriften in den Akten. Als ich hier anfing, war sie weg. Wohin? Keine Ahnung.«

»Wann haben Sie hier angefangen?«

»Am 15. April … sechs Tage nach der Kapitulation von Königsberg.«

»Und Dr. Pankratz?«

»Ist am 2. April bei einem Bombenangriff gefallen.«

»Und von Frieda keine Spur?«

»Keine. Ich weiß gar nichts. Wer sind Sie denn?«

»Ich habe dort –« sie zeigte auf den Platz an der Schreibmaschine –« gesessen und … und wurde dann versetzt.«

»Tut mir leid.« Die Oberschwester zuckte mit den Schultern. »Damals sind so viele Menschen in Königsberg spurlos verschwunden oder als unbekannte Tote begraben worden. Die Russen schossen ja fast pausenlos in die Stadt. Wer da auf der Straße erwischt wurde … ein namenloser Toter mehr. Es war die Hölle.«

»Danke.« Jana nickte der Oberschwester zu. Ihre Kehle war trocken und wie geschwollen. »Danken wir Gott, daß jetzt alles vorbei ist.«

Sie verließ Friedas Zimmer, lehnte sich draußen an die Flurwand und weinte. Niemand blieb stehen und fragte. Man hatte in Königsberg immer Grund, zu weinen ... denn ein Königsberg gab es nicht mehr.

Am 3. August, dem Tag, an dem Captain Silverman nach Washington abflog, lag Puschkin vor ihnen ... die breite, von hohen Bäumen gesäumte Zufahrt des Katharinen-Palastes. Eine zerstörte Fassade, eingesunkene Dächer, zerbrochene Mauern. »Mein Gott«, sagte Wachter leise und faltete die Hände. »Mein Gott –«

In einigen der mehr oder weniger beschädigten Prunkräume war ein Kommando der Roten Armee untergebracht worden, um den Katharinen-Palast zu bewachen. Auch wenn man bekanntgegeben hatte, daß jeder, der etwas aus dem Palast mitnahm, als Plünderer betrachtet und sofort erschossen würde, so sicher war man sich nicht, daß von den unüberblickbar vielen, dennoch geretteten Kunstschätzen nicht doch eine Kleinigkeit beiseite geschafft wurde. Ein ziselierter Silberlöffel, ein handgetriebener silberner Kerzenleuchter, chinesische Prozellantellerchen, eine kleine Vase, ein assyrisches Glas, eine goldene Tabatiere ... es gab so viele Dinge, die man in eine Hosentasche stecken oder unter einer Mütze mitgehen lassen konnte.

Nach der Zerstörung des Schlosses und dem Rückzug der deutschen Truppen am 15. Januar 1944 aus Puschkin hatten vor allem die eingesetzten Puschkiner Frauen die Trümmer weggeräumt. Feuerwerkertrupps der Roten Armee durchsuchten Schloß und Parks nach Blindgängern, versteckten Bomben und Sprengsätzen, und eine Kommission von Kunstexperten besichtigte die Paläste des ehemaligen *Zarskoje Selo* und stellte fest, daß die Deutschen sachverständig und gründlich gestohlen hatten. Was man nicht vorher schon nach Leningrad in Sicherheit gebracht hatte, war verschwunden oder zerstört ... nur wenige Teile waren gering genug beschädigt, daß man sie wieder restaurieren konnte.

Aber dafür war jetzt keine Zeit. Auch nicht im Jahre 1945, dem Jahr des Sieges. Es galt, die zerstörten Städte und Dörfer aufzubauen, die Landwirtschaft und die Industrie notdürftig in Schwung zu bringen, die Bilanz von Tod und Vernichtung zu ziehen und die Milliarden Rubel aufzubringen, das verbrannte Land wieder zum

Blühen zu erwecken. Die Kunst konnte warten … ein hungernder Mann findet keinen Gefallen mehr an einem Gemälde von Raffael. Zuerst hieß es, Wohnungen bauen … für die Schlösser war der kommende Frieden lang genug.

Auch der Katharinen-Palast war soweit aufgeräumt worden, daß man wieder durch die Räume gehen konnte. Einige der prunkvollen Säle waren sogar mit geretteten Möbeln ausgestattet worden. Ständig im Einsatz tätige Putzkolonnen von Frauen aus Puschkin sorgten dafür, daß etwas Sauberkeit den einstigen Glanz des Palais ahnen ließ und daß im Winter der Frost nicht noch mehr zerstörte. Ein Verwalter überwachte alle Arbeiten und sortierte vor dem Abtransport der Trümmer alles heraus, was man später für die Erneuerung noch gebrauchen und einbauen konnte.

Eine ganze Weile standen Wachter und Jana Petrowna vor der zerstörten Fassade, blieben in ihrem Horch-Wagen sitzen und schwiegen erschüttert.

Der Krieg hatte aus Europa ein Ruinenfeld gemacht, Jahrhunderte von Kulturen waren im Granaten- und Bombenhagel vernichtet worden, waren in Brand aufgegangen oder mutwillig in die Luft gesprengt worden – aber war das ein Trost für Michael Wachter? Das hier war *sein* Katharinen-Palast, war *sein* Puschkin, war einst *sein* Bernsteinzimmer gewesen. Fast 230 Jahre hatte ein Wachter in diesen Räumen gelebt, war dafür geboren worden und dafür gestorben. Zaren und Zarinnen waren gekommen und gegangen, hatten unter dem Gesang der Priester und Mönche und dem Geläut der Glocken ihre Seele ausgehaucht oder waren ermordet worden. Rasputin, der Wundermönch, hatte in *Zarskoje Selo* seine wilden Sauf- und Liebesgelage abgehalten und hatte sogar zweimal im Bernsteinzimmer vor dem Zarewitsch gesessen und mit dem Streicheln seiner Hände einen Anfall der Bluterkrankheit des kleinen Alexej aufgehalten. Trotzkij war durch das Schloß gegangen; Lenin hatte ergriffen im Bernsteinzimmer gestanden und es zum russischen Heiligtum erklärt. Stalin hatte sich auf einem Stuhl mitten ins Zimmer gesetzt und sich geduldig, was sonst nicht seine Art war, die Geschichte des Bernsteinkabinetts von Wachter erzählen lassen, vor allem die Orgien der großen Katharina II., die sich oft mit ihrem jeweiligen Geliebten in dem Zimmer eingeschlossen hatte, um sich im Glanze des »Sonnensteines« besonders angeregt zu verlustigen. Immer war ein Wachter zur Stelle gewesen, immer war ein Wachter der Vertraute gewesen, und über Georgij Ludwigowitsch Wachterowskij hatte Rasputin ein Kreuz geschlagen, wonach er nie wieder krank wurde und im Alter von 101 Jahren friedlich, während des Schlafes, zu Gott einging.

Hatte ein Wachter nicht das Recht, beim Anblick der Trümmer *seines* Schlosses Tränen in die Augen zu bekommen?

So saßen sie also stumm in ihrem Auto. Jana Petrowna hatte den Arm um Wachters Schulter gelegt, und sie ließ ihm Zeit, sein Inneres zur Ruhe zu bringen. Vom säulengetragenen Eingang in den Park kam ein sowjetischer Major langsam auf sie zu. Er hatte die Mütze in den Nacken geschoben, den Uniformrock aufgeknöpft und sogar den Hemdkragen geöffnet. Hier draußen nahm man es nicht so genau, Kontrollen waren selten, und kam mal ein höherer Offizier zum Katharinen-Palast, dann wurde das vorher rechtzeitig gemeldet, und man konnte sich schnell wieder korrekt kleiden. Es war heiß. Die Augusttage in Leningrad können brennen, und dieser Sommer 1945 war besonders heiß und lag schwer über dem Land.

Der Major betrachtete den großen Horch-Wagen, las die sowjetische Militärnummer, sah aber nur zwei Zivilisten im Auto, einen älteren Mann und eine schöne, höchst interessante Frau mit hohen Wangenknochen und leicht schräg gestellten Augen. Er zog seine Mütze etwas tiefer in die Stirn, was ihn amtlicher machte, dann trat er an die Wagentür mit der heruntergekurbelten Scheibe heran.

»Haben die Genossen Fragen?« sagte er und sah Jana wohlgefällig an.

Wachter nickte, öffnete die Tür und stieg aus. Auf der anderen Seite tat Jana das gleiche. Tief holte Wachter Atem und stieß mit der Luft den Rest seiner Erschütterung heraus.

»Ich kenne das Palais von früher«, sagte er. »Kann ich es betreten und mich umsehen?«

»Sie kennen es, Genosse? Sie werden weinen.«

»Ich habe bereits geweint, Genosse Major.«

»Ich kannte den Palast nicht, als ich hierherkam. Aber viele, die ihn jetzt besucht haben und sich erinnerten, haben auch geweint. Was wollen Sie sehen? Nicht alles ist zu besichtigen … es gibt Teile, die sind gesperrt wegen Einsturzgefahr. Nur wenig ist übriggeblieben. Das meiste liegt noch in Leningrad und wird – so sagt man – erst wiederkommen, wenn das Schloß wieder aufgebaut worden ist.«

»Ich weiß es.« Wachter blickte zu dem Teil des Schlosses hinüber, den er so gut wie kein anderer kannte. »Das Bernsteinzimmer möchte ich sehen.«

»Weg ist es, Genosse. Gestohlen von den Faschisten! Ein schönes Zimmer muß es gewesen sein.«

»Es gab nichts Schöneres. Ein greifbares Wunder war's. Der Himmel, die Sonne, die ganze Schönheit der Welt, das leuchtende Meer, aus dem der Bernstein kam. Menschen gab es, Genosse Major, die standen vor seinen Wänden, falteten die Hände und beteten.« Wachter holte wieder tief Atem. »Ich möchte es sehen, das Bernsteinzimmer ... die leeren Wände ...«

»Fragen Sie den Verwalter.«

Durch Wachter zuckte es wie ein Stich. Auch Jana Petrowna spürte eine Beklemmung, begriff Wachters Betroffenheit, kam zu ihm und legte ihm wieder tröstend den Arm um die Schultern.

»Einen Verwalter gibt es?« fragte Wachter. »Es gibt wieder einen Verwalter?«

»Eingesetzt von der Zentralstelle der Schlösserverwaltung.« Der Major bemerkte die Betroffenheit in den Gesichtern der Besucher und winkte lächelnd ab.

»Ein guter, zugänglicher Mann ist er, Genossen. Wird euch nicht verweigern, das leere Zimmer anzusehen. Hat schon viel aufgeräumt hier im Schloß. Hat die Putzbrigade und die Maurer fest im Griff. Ohne ihn –« der Major verzog sein Gesicht – »wär's hier noch wie vor einem Jahr.«

»Dann gehen wir, Töchterchen.« Wachter blickte wieder hinüber zu den Fenstern des ehemaligen Bernsteinzimmers. Neue Scheiben hatte man eingesetzt und auch die Fensterrahmen erneuert. In die Zimmer stach darum die Sonne wie in offene Höhlen. Wachter gefiel das; auch der neue Verwalter schien das Bernsteinzimmer sehr zu lieben und hatte es als einen der ersten Säle geschützt. Und als sie die Schloßhalle betraten und der Major zurückgeblieben war, sagte Wachter: »Verraten wir dem neuen Verwalter nicht, wer wir sind, Janaschka. Reden lassen wir ihn, erklären soll er uns das Bernsteinzimmer, und wenn er fertig ist, sage ich zu ihm: Genosse, das haben Sie falsch erzählt und das und das haben Sie vergessen. Früher war hier ein Michael Wachter, der wußte mehr … Ein fröhliches Stündchen wird's werden.«

»Und nachher willst du nicht sagen, wer du bist, Väterchen?«

»Nein, Janinka. Erst fahren wir weiter nach Leningrad und suchen die Menschen, die Nikolaj gekannt haben. Vielleicht können sie uns zeigen, wo sein Grab ist, und wir können ihm Blumen bringen.«

»Du glaubst, daß er doch noch gefallen ist?«

»Die letzte Nachricht war vor sieben Monaten. Freunde von Sylvie funkten es aus Leningrad. War's die Wahrheit? Warum von da ab keinen Ton mehr? Abgeschlossen habe ich mit dem Schicksal, der letzte Wachter zu sein.« Er sah die halbwegs erhaltene breite Treppe hinauf, die zum Bernsteinzimmer führte. »Jetzt gilt es Abschied nehmen von 230 Jahren treuen Diensten.« Er atmete tief durch, um Luft für eine feste Stimme zu bekommen. »Ob der neue Verwalter in unserer Wohnung lebt? Kann ich ihn bitten, sie mir zu zeigen?«

»Wir werden ihn fragen, Väterchen. Bestimmt wird er dich verstehen. Aber dann mußt du dich ihm zu erkennen geben. Was geht einen Fremden die Verwalterwohnung an?«

»Recht hast du, Janaschka, wie immer. Man muß sich das überlegen, sehr überlegen.«

Die breite Treppe gingen sie hinauf, ganz langsam, als wollten sie Stufe um Stufe genießen oder Abschied nehmen. Dann standen sie vor der Haupttür des Bernsteinzimmers, die Dr. Findling 1941 als fehlend reklamiert und ausbauen hatte lassen. Jetzt hatte man eine einfache Brettertür eingehängt, nur mit einer alten Klinke und ohne ein Schloß. Was sollte man auch abschließen? Die kahlen Wände? Was gibt's in einem leeren Raum zu stehlen?

Trotzdem drückte Wachter mit sichtbarer Ehrfurcht die Klinke herunter, öffnete die Tür und trat in das Zimmer ein. Jana ließ ihn vorangehen und folgte ihm erst nach einer Minute, blieb an der Tür stehen und atmete kaum.

Wachter stand in der Mitte des Raumes, die Hände auf dem Rücken, so wie er Jahrzehnte da gestanden hatte, allein oder mit einer Gruppe Besucher. Er stand im Zimmer, als leuchteten noch von den Wänden die Bernsteinmosaike, als blitzten die Sockel und Paneele, die Girlanden und geschnitzten Köpfe, die Engel und die Masken, die venezianischen Spiegel und eingelassenen Gemälde.

Das wertvolle Intarsienparkett aus den verschiedensten Hölzern und mit Perlmutteinlagen, vielleicht einer der schönsten Fußböden der Welt, war noch, bis auf einige aufgebrochene Stellen, erhalten. Der neue Verwalter oder wer auch sonst hatte sauberes Sägemehl darüber schütten lassen. Mit den Schuhspitzen schabte Wachter eine kleine Fläche frei und spürte das Glück, diesen Boden wieder unter seinen Füßen zu haben. Auch die Deckengemälde waren noch vorhanden und unversehrt. Gepflegt waren sie, das sah er sofort, vorsichtig abgewaschen und vom Staub befreit. Es fehlten nur die Wände, die verschwundenen zwanzig Kisten mit dem Bernstein-Wunder, und er, Michael Wachter, hätte wieder hier stehen können und in russisch oder in deutsch sagen können: »Liebe Genossen, meine Damen und Herren. Was Sie hier sehen, werden Sie nie wieder und nirgendwo sonst sehen: das Bernsteinzimmer ... das eingefangene Gold der Sonne ...«

Nein, er würde es nie wieder sagen. Das Bernsteinzimmer war verschollen, und ein neuer Verwalter hatte das Wachtersche Erbe übernommen. Vorbei war alles, Vergangenheit, Historie. Es war der Augenblick, in dem Wachter wußte, daß er ein alter Mann war. Ein Mensch von gestern.

Nur eins blieb ihm noch: die Suche nach dem Bernsteinzimmer.

Ganz langsam drehte er sich um sich selbst, schloß die Augen und sah vor sich die Wandtafeln, wie sie 230 Jahre lang dagewesen waren. Sogar das kleine Loch sah er, das Fjodor Fjodorowitsch, der Urahne und erste Wächter für das Bernsteinzimmer, am 26. Januar 1725 hinterlassen hatte, als er den kleinen Engelskopf aus dem Getäfel brach, um ihn Zar Peter dem Großen mitzugeben in die Ewigkeit.

Ein Anblick war's, der Jana den Atem stocken ließ. Sie hörte nicht, daß jemand die Treppe heraufgekommen war, sie merkte nicht, daß neben ihr die Tür aufging, da der Türflügel diese verdeckte, und jemand ins Zimmer kam. Aber dann wurde sie zerrissen wie von einer Explosion, an die Wand mußte sie sich lehnen, krallte die Fingernägel in den bröckelnden Verputz und spürte keinen Herzschlag mehr.

Neben ihr, in der Tür, erklang ein Aufschrei. Ein so wilder, das Herz zerreißender Aufschrei, der auch ihr Blut fast erstarren ließ.

»Vater! Vater! O mein Gott – Vater!«

Wachter stand starr und schwankte. Die Gestalt in der Tür stürzte zu ihm, fing ihn auf, drückte ihn an sich, schlug die Arme um ihn, vergrub sein Gesicht am Hals des alten Mannes und rief wieder: »Vater! Vater!«

Und seinem Aufschrei folgte endlich, endlich der zitternde Schrei des Alten:

»Nikolaj! Kolka! Kolka! Mein Söhnchen ... mein Söhnchen ...«

Und dann sank Wachter in sich zusammen, nur noch gehalten von den Armen seines Sohnes, und er weinte, weinte, ließ sich auf die Knie fallen, faltete die Hände und hob sie empor zum Himmel, und die Tränen überströmten sein Gesicht, liefen in seine zitternden Lippen, sagen wollte er etwas, irgend etwas sagen, Nikolaj oder danke, danke, Gott. Und er sah seinen Sohn an, dieses reifer gewordene Gesicht, einen kurzen Bart trug er, aber er hatte noch die blonden Locken seiner Mutter, ihre blauen Augen. Sein Sohn, sein Sohn, nicht im Grabe lag er, er sah ihn, er fühlte ihn, seine Hände, seinen Atem. Nebeneinander knieten sie am sägemehlbestreuten Boden, hatten die Arme umeinandergeschlungen und küßten sich und zerflossen im Glück und fanden keine anderen Worte mehr als Söhnchen und Vater ...

Noch immer knieten sie am Boden und hielten sich umfangen, als Nikolaj mit zitternder Stimme fragen konnte:

»Väterchen, was ist aus Jana geworden? Hast du etwas gehört von Janaschka ...«

Da erst begriff Wachter, daß Jana hinter dem offenen Türflügel stand, hob den Arm und zeigte stumm über Nikolajs Schulter. In diesem Augenblick stieß sie sich von der Wand ab. Auch sie brach in einen hellen, zitternden Schrei aus. »Nikolaj, mein Liebling, mein Herz, mein Himmel!« schrie sie, stürzte auf ihn zu mit ausgebreiteten Armen und fiel dem Aufspringenden an die Brust.

»Nun endlich ist Frieden«, sagte Wachter und hatte seine Stimme wieder in der Gewalt. Über die Köpfe Janas und Nikolajs streichelte er und wunderte sich, daß vorhin sein Herz nicht einfach zersprungen war. »Nun sind wir wieder zusammen.«

»Laß uns ein Weinchen trinken.« Nikolaj legte seine Arme um Jana und seinen Vater. »Gefunden im Keller habe ich noch zwanzig Flaschen. Stellt euch das vor. Freuen wirst du dich, Väterchen. Der

Tisch und die Stühle sind noch da, und auch dein geliebtes geschnitztes Sofa. Eigentlich ist alles so wie früher, wenn man nicht aus den Fenstern schaut.«

Es war das zweitemal, daß Wachter seinen Kopf an die Schulter seinen Sohnes legte.

»Du ... du bist der neue Verwalter?« fragte er mit pfeifendem Atem.

»Selbstverständlich, Väterchen. Ein Wachter gehört hierher! Gibt's etwas anderes? Sofort nach der Befreiung Puschkins bin ich zurückgekommen. Aufgeräumt habe ich und in hundert Richtungen nach euch gefragt. Verschollen sind sie, hieß es überall. Aber ich habe immer gehofft und gehofft ...«

»Mein tapferes Söhnchen ...« Wachter biß die Lippen zusammen, um ein neues Schluchzen nicht freizulassen. Und dann sagte er wie eine Anklage gegen sich selbst: »Ich habe das Bernsteinzimmer verloren. Bei ihm war ich, bis der Luftangriff kam. Getrennt haben sie mich von ihm, und ich wußte es nicht.«

»Seine Schulter haben sie ihm zerschossen, Kolka. In ein Lazarett habe ich Väterchen gebracht, sonst wäre er gestorben.« Jana Petrowna sah Nikolaj wie um ein Urteil bittend an. »War's ein Fehler, Nikolaj? Hätte ich bei dem Zimmer bleiben müssen? Väterchens Leben war mir mehr wert in diesen Stunden. Meine Schuld ist's.«

»Alles war richtig, Janaschka.«

»Und diese Wände –« Wachter machte eine weite Handbewegung, –« bleiben kahl! Aber eine Spur gibt es, eine Spur ... Söhnchen.«

»Wir werden alle sammeln, Vater. Wir werden das Bernsteinzimmer wiederfinden. Nun kommt, laßt uns den Wein trinken ... die Kehle ist mir pulvertrocken, geweint haben wir, daß wir ausgeleert sind.«

Die Arme um die Schultern gelegt, gingen sie hinüber zum Verwaltertrakt und betraten die Wohnung. Wie früher war es, vor dem Sofa stand ein kleiner Hocker, auf den Wachter seine müden Beine legte, wenn er von den Schloßführungen zurückkam.

»Zu Hause«, sagte er, zog den Rock aus, setzte sich auf das Sofa, streckte die Beine aus und legte sie auf den Hocker. »Kinderchen, ich bin zu Hause. Wenn ich jetzt mein Pfeifchen hätte ...«

»Auch die ist da.« Nikolaj lachte, holte aus dem Schrank die alte gebogene Pfeife und hielt sie Wachter hin. »Nur der Tabak, Väterchen, ist schlechter geworden.«

Ein Sommerabend in Puschkin ... wie ein roter Ball versank die Sonne im Park.

Die schönsten Pläne sind abhängig von den Gegebenheiten. Man kann nicht ein volles Netz Fische aus dem Meer ziehen, wo keine Fische sind; man kann eine geliebte Frau nicht in seine Arme ziehen, wenn sie nicht will; man kann kein Haus bauen, wenn man kein Grundstück hat, auf dem es stehen soll, und man kann nicht kreuz und quer durch Deutschland ein Bernsteinzimmer suchen, wenn die staatlichen Organisationen andere Dinge für wichtiger halten.

Die Sonderkommission für die Rückführung geraubter Kulturgüter in Moskau war zwar gegründet worden, eine Außenstelle wurde in Leningrad eingerichtet, ein Berg von Dokumenten wurde gesammelt, aber sie führte ein Schattendasein im allgemeinen großen Aufbau des zerstörten Landes. Die Deutschen waren zwar besiegt, sie hungerten jetzt, räumten ihre Ruinenstädte auf, aber die Behörden arbeiteten wieder und ein ungeheurer Lebenswille durchzog das Land. Sogar demokratische Parteien wurden gegründet, Namen wie Adenauer, Schumacher, Hundhammer und Heuss tauchten auf, das zerstörte Deutschland pumpte sich wieder mit Leben voll ... wohingegen einer der Sieger – Rußland – die schrecklichen Wunden des Krieges so schnell nicht schließen konnte. Die Verluste an Menschen und Material, über 12 Millionen Tote allein, waren zu hoch, und man sah sich plötzlich isoliert, denn die Kampfgefährten von gestern waren zu den politischen Feinden von heute geworden. Die beiden Gesellschaftssysteme – Sozialismus und Kapitalismus – prallten wieder aufeinander. Verbündete im Kampf gegen Hitler-Deutschland, ja ... aber niemals ein Zusammenleben mit dem Kommunismus. Der Vorhang fiel wieder zwischen Ost und West, der Eiserne Vorhang, Rußland stand allein in seinem verbrannten Land.

Michael Wachter, Nikolaj und Jana waren nach Leningrad gefahren, waren wie Helden empfangen worden. Es gab zahllose Umarmungen mit den Museumsdirektoren, den Stadtverordneten und Parteifunktionären, und für einen Tag war Wachter es wert, in den Zeitungen genannt zu werden, sogar mit Bild und einem Zitat: »Ich werde nie aufhören, das Bernsteinzimmer zu suchen!« Aber so schnell und gründlich, wie der Wind den Staub vor sich herbläst, verwehten auch Wachters Name und sein 24-Stunden-Ruhm.

Die Leningrader Abteilung der Moskauer Sonderkommission hörte sich Wachters Bericht an, nahm ein genaues Protokoll auf und zeichnete auf einer Deutschland-Karte den mutmaßlichen Weg des Bernsteinzimmers ein: von Königsberg nach Berlin, von Berlin nach Schloß Reinhardsbrunn, vom Schloß in das Bergwerk Kaiseroda II/III bei Merkers in Thüringen, von Merkers, sehr umstritten, nach Frankfurt und auf diesem Wege bei Alsfeld verschwunden. Der Name Fred Silverman wurde rot unterstrichen als der wichtigste Zeuge.

»Sehr interessant das alles, Genosse Wachterowskij«, sagte der Vorsitzende der Sonderkommission nach den langen Gesprächen und Aufzeichnungen. Er war ein Kunsthistoriker, hieß Pawel Leonidowitsch Agajew, hatte ständig Hunger, und seine gelblichen Augäpfel wiesen auf einen schlechten Zustand von Galle und Leber hin. Wenn er einen Satz von mehr als zehn Worten sprach, begann er zu hüsteln. »Wir werden das alles nachforschen. Aber im Augenblick ...«

»Sie sehen Schwierigkeiten, Genosse Agajew?« fragte Wachter betroffen.

»So ist es, mein lieber Michail Igorowitsch. Gemeinsam haben wir den Krieg gewonnen, aber mit dem letzten Schuß ist auch die Freundschaft wie weggeflogen.« Bitterkeit klang in seiner Stimme, und er hüstelte wieder stark.

»Sie sollten die Verbindung zu Captain Silverman herstellen«, sagte Nikolaj. Agajew sah ihn gequält an.

»Unmöglich. Sag ich's doch ... die Freundschaft mit den Amerikanern ist eingefroren. Von ihnen Hilfe? Ha, wie utopisch denken Sie, Genosse! Beteiligung bei der Suche nach dem Bernsteinzimmer? Eher leiten Sie die Lena in die Mongolei! Ist der Kunstschatz in den Händen der US-Army – nicht ein Silbchen werden sie verraten, nicht einen Laut. Wer gibt ihn her, solch einen einmaligen Schatz?«

»Er gehört dem russischen Volk. Seit 230 Jahren, Genosse Agajew!« rief Jana Petrowna.

»Und wenn er schon 800 vor Christi Geburt den Skythen gehört hätte … jetzt hat ihn der Amerikaner.« Agajew sah Wachter an und klopfte auf das umfangreiche Protokoll. »Wenn alles stimmt, was Sie erzählt haben, Michail Igorowitsch.«

»Es ist nachprüfbar, Pawel Leonidowitsch.«

»Eben nicht!« Agajew zeigte mit dem Daumen auf einen Aktenschrank hinter sich und hüstelte wieder. »Alles Spuren von Kunstschätzen. Ein Berg von Vermutungen. Ein Hügelchen von tatsächlichem Wissen. Aber selbst an diesen Maulwurfhaufen kommen wir nicht heran … er liegt im Westen!«

»Thüringen und Sachsen gehören jetzt zur sowjetisch besetzten Zone.« Nikolaj tippte mit dem Zeigefinger auf die Deutschlandkarte. »Und hier können wir nachforschen.«

»Mein lieber Genosse!« Agajew stützte die Stirn in die Hand. »Das heißt: Hunderte Orte, Schlösser, Depots und Bergwerke aufsuchen. Hunderte verschüttete Keller öffnen, gesprengte Stollen aufgraben, unterirdische Gänge freischaufeln, Tausende von Personen verhören, meterdicke Bunkerwände aufreißen – dafür haben wir jetzt keine Zeit und kein Geld.«

»Keine Zeit für das Bernsteinzimmer?« Wachter starrte Agajew ungläubig an. »Verhört muß ich mich haben.«

»Genossen, nur an das Bernsteinzimmer denkt ihr!« rief Agajew gequält aus. »Denkt daran, daß wir gerade eben erst, vor vier Monaten, den Krieg gewonnen haben und nun flach auf dem Hintern liegen. Die angeblich hungernden Deutschen haben mehr zu kauen als unsere Städter. Ein Kohlkopf wird bei uns vergoldet, eine Eiche kann man ausstellen wie eine griechische Statue, und eine mit Hackfleisch gefüllte Pirogge ist so üppig wie ein Bojarenmahl.« Nach diesem Riesensatz mußte er heftig husten. »Wo hat da noch ein Bernsteinzimmer Platz, liebe Genossen?«

Es hatte keinen Sinn, weiter mit Agajew zu reden. Die Wachters und Jana Petrowna sahen das ein, gaben dem Genossen Kommissionsvorsitzenden die Hand und standen dann wieder auf der Straße. Wohin man auch blickte, was er gesagt hatte, war nicht wegzuleugnen. Überall standen lange Schlangen von Männern, Frauen und Kindern, um zu kaufen, was es in diesem Geschäft gerade gab. Was, war zunächst gleichgültig. Es gab etwas. Wenn man Glück hatte, bekam man es, und wenn man es hatte, konnte man tauschen, es anziehen oder essen. Wichtig war: Es gab etwas.

Ein schöner Spätsommertag war's, sie spazierten ein wenig an der Newa entlang, standen am Ufer vor dem Winterpalais und der Eremitage, gingen zum Dekabristenplatz zurück und setzten sich auf die Steine des Denkmalsockels.

»Wir sollten es allein versuchen, meine Lieben«, sagte Wachter nach langem schweigendem Nachdenken. »Jananka und ich. Du, Nikolaj, bleibst in Puschkin.«

»Auf gar keinen Fall. Wir drei bleiben zusammen. Nur eine Frage, Väterchen, wer soll's bezahlen? Kein Ausflug ist's ...«

»Das weiß ich auch«, knurrte Wachter. »Es kann Monate dauern.«

»Wenn wir überall gegen Wände rennen, auch Jahre!« sagte Jana realistisch. »Zuerst müssen wir Silverman finden, aber wo? Das Fundament allen Suchens ist Silverman. Die Basis. Allein er weiß mehr als alle anderen, die man fragen könnte.«

»Er wird sich melden. Um seine Entlassung hat er nachgesucht. Er hat versprochen, sofort Nachricht zu geben.«

»Wohin?« fragte Nikolaj.

»Ich habe ihm die Puschkiner Adresse gegeben. Katharinen-Palast.«

»Und du glaubst wirklich, daß dort ein Brief von ihm ankommt?«

»Warum nicht? Einmal ja ... früher oder später. Es ist doch Frieden.«

»Nein, Väterchen, falsch siehst du das.« Nikolaj schabte mit den Schuhspitzen über das Pflaster. »Geschossen wird nicht mehr auf die Deutschen, das ist alles. Jetzt wird mit Schikanen, Verleumdungen, politischem Gift um sich geworfen und die Welt in zwei Teile gespalten. Noch lächelt man sich an, mit säuerlichen Mienen, noch bildet man ein Siegerquartett, um die Geschichte nicht völlig zu verwirren. Aber warte es ab, was in zwei oder drei oder zehn Jahren sein wird. Und schlimmer noch für uns: Wir sind Deutsche in Rußland. Wir leben hier wie die Russen, wir sprechen russisch, wir denken russisch, man spricht unsere Namen russisch aus, aber wir sind Deutsche.«

»Das hat unser Urahn Friedrich Theodor dem Preußenkönig geschworen ...«

»Die Amerikaner werden den Brief von Silverman an uns kontrollieren, der Brief wird dann von den sowjetischen Behörden zensiert, ehe er zu uns kommt ... wenn er dann überhaupt noch kommt.«

»Nein, kein Brief an mich ist zensiert worden!« sagte Wachter abwehrend. »Jeder Brief an mich ist angekommen!«

»Vor dem Krieg, Vater.« Nikolaj erhob sich und zog Jana von dem Denkmalsockel hoch. »Aber jetzt? Der Krieg hat die Welt und die Menschen verändert ... gründlich verändert. Nichts wird mehr so sein, wie es früher war. Die Welt hat ein anderes Gesicht bekommen.«

So schien's zu sein. Das Jahr ging zu Ende ... der Genosse Agajew und seine Sonderkommission schwiegen. Ein paarmal schrieb Wachter hin, aber Antwort bekam er nie. Als das Telefon wieder in Ordnung war, rief er dreimal an. Immer war eine tiefe, mürrische Frauenstimme am Hörer und sagte: »Ist in Moskau!« oder »Ist in Kiew!« oder »Ist nicht da! Wo er ist? Was kümmert's Sie, Genosse?!«

Nach dieser frechen, groben Auskunft ließ Wachter das Telefonieren sein. Er schrieb einen langen Brief an die Zentralkommission in Moskau, aber auch von dort antwortete ihm nichts als Schweigen. Nur von der Museenverwaltung hörte er etwas. In Würdigung seiner Verdienste um den Katharinen-Palast und seiner jahrzehntelangen guten Arbeit habe man sich entschlossen, ihm ein ehrenvolles Ruhegeld von monatlich 100 Rubel zu geben, freie Wohnung im Katharinen-Palast und den Orden »Verdienter Arbeiter des Volkes«. Der Stadtsowjet von Puschkin würde ihm die Medaille überreichen. Verwalter blieb Nikolaj Michajlowitsch Wachterowskij.

»Hundert Rubel, das ist reichlich«, sagte Wachter, nachdem er den Brief gelesen hatte. »Zusammen mit freier Wohnung ... da läßt's sich leben. Aber zu wenig ist's, um auf eigene Kosten das Bernsteinzimmer zu suchen.«

Am Donnerstag vor Ostern 1946 heirateten Nikolaj und Jana Petrowna in der Schloßkapelle des Katharinen-Palastes nach griechisch-orthodoxem Ritus. Ganz altmodisch, obwohl Jana eine junge, gute Kommunistin war, aber die Liebe zu Kolka war stärker als ihre Ideologie. Sie standen vor einem Popen im Festgewand, vor einer Ikonostase, ein Männerchor von sechs Stimmen sang, und Wachter hielt über Janas geschmücktes Haupt die kleine Krone, so wie es üblich war, und während der Pope die Hochzeitssegnung vornahm, dachte er: Gewünscht hab ich es mir, diesen Tag im Bernsteinzimmer zu erleben. Auch Johann Friedrich Wachter, der Verwalter des Zimmers unter Zar Alexander II., hat dort seine Sophie geheiratet. Mein Großvater und meine Großmutter. Gott segne euch, meine Kinder ... ein schöner Tag ist's und doch ein trauriger. Vier leere Wände verwalten wir, und keiner hört unsere Rufe. Er senkte den Kopf, als der Pope den Segen sprach.

Der Bericht, den Captain Fred Silverman seinem Hauptquartier des OSS zusammen mit der Bitte um Entlassung aus dem Dienst vorlegte, wurde aufmerksam gelesen ... das Abschiedsgesuch weggelegt und in der Personalakte abgeheftet. General Allan Walker rief ihn nach sieben Wochen Warten in sein Büro, begrüßte ihn mit Handschlag, deutete auf einen Ledersessel, ließ sich selbst in einen hineinfallen und schlug die Beine übereinander.

»Sie wollen abhauen, Fred?« fragte er geradeheraus.

»Das ist nicht der richtige Ausdruck, Sir.« Silverman straffte sich in seinem Sessel. »Ich glaube, ich habe meine Aufgaben erfüllt und möchte ins Zivilleben zurück.«

»Das können Sie auch im Rahmen unserer Dienststelle, zum Beispiel als Botschaftsrat in einer unserer Botschaften. Nach Osten hin wird sich einiges tun. Noch spielen wir alle Ringelreihen und tun so, als seien die Beschlüsse von Jalta bindend, aber jeder weiß, daß es völlig anders kommen wird. Ich könnte Sie für die Botschaft in Ungarn vorschlagen, Fred. Später dann geht's an die Speerspitze: US-Botschaft Moskau! Reizt Sie das nicht?«

»Nein, Sir.«

»Die Mädchen von Budapest ... jeder andere würde schon morgen hinfliegen.«

»Ich bin nicht jeder andere, Sir, ich bin ich. Ich bitte um nichts Unerfüllbares: um meine Entlassung.«

»Sie sind Offizier, Fred. Captain ... Ihre Beförderung zum Major liegt auf meinem Tisch.«

»Danke, Sir.«

»Die USA befinden sich in einer prekären Situation. Wir haben mit Rußland den Krieg gewonnen, aber wir mögen die Russen nicht. Gar nicht! Es wird zu großen Umwälzungen kommen, zu größten Veränderungen der Weltpolitik. Das Hitler-Deutschland ist wegradiert … Weltpolitik gibt es ab jetzt nur zwischen Washington und Moskau! Sie sind ein guter Mann, Fred, wir brauchen Sie noch. Ein US-Offizier verläßt nicht sein Kommando, wenn ihn das Vaterland noch braucht.«

General Walker sah Silverman aus grauen, forschenden Augen an. »Amerika ist doch Ihr Vaterland geworden, nicht wahr?«

Silvermans Rücken wurde noch steifer. »Ich verstehe die Frage nicht, Sir.«

»Sie sind doch ein deutscher Jude, Fred.«

»Seit 1934 bin ich US-Bürger, Sir.«

»Im Paß! Aber wie ist's mit dem Herzen?«

»Ich habe gegen Deutschland gekämpft.«

»Gegen Nazi-Deutschland … das gibt es nun nicht mehr.«

»Fast meine gesamte Familie ist in den KZs ausgerottet worden.«

»Das ist schreckliche, unvergeßliche, unsühnbare Vergangenheit, Fred … wie aber sehen Sie die Zukunft?« Walker beugte sich etwas zu Silverman vor.

»Sprechen wir miteinander wie zwei gute Freunde: Was haben Sie vor, wenn Sie das OSS verlassen haben und ein freier Zivilist sind?«

»Ich werde nach Deutschland zurückkehren.«

»Aha, also doch. Als Friedrich Silbermann.« Walker lehnte sich wieder in den Ledersessel zurück. »Wie ich aus den Akten sehe, wollen Sie intensiv nach dem verschwundenen Bernsteinzimmer forschen.«

»Nicht nur, Sir. Ich möchte so viele Kunstgüter wie möglich, die von den Nazis geraubt wurden, aufstöbern und den rechtmäßigen Besitzern zurückgeben.«

»Das sind vor allem die Russen.«

»Es sieht so aus, Sir. Ich weiß viele Stellen, wo die Nazis die Kunstschätze versteckt hatten, und ich will den Weg zurückverfolgen, wohin sie nach der Besetzung Deutschlands gekommen sind.«

»Ihr Wissen haben Sie als Angehöriger des OSS bekommen, und nun wollen Sie dieses Wissen *gegen* die USA verwerten!« Walkers Stimme hatte sich gehoben. »Finden Sie das nicht schäbig, Fred?! Irgendwie verräterisch?! Ein Dolchstoß in den Rücken?«

»Heißt das, daß alles, was die US-Armeen abtransportiert haben, jetzt US-Besitz ist?«

»Darüber entscheiden nicht Sie oder ich, sondern andere Stellen. Ihre Aufgabe war es, die Lagerstätten zu entdecken und auszuforschen, die Truppenführer hinzubringen und die entdeckten Depots in ihrer Liste anzustreichen. Damit war Ihre Tätigkeit erfolgreich beendet. Haben Ihnen nicht Eisenhower, Patton und Bradley die Hand gedrückt und Sie gelobt?«

»Ja. In Merkers, einer Stadt in Thüringen. Wir hatten den größten Schatzfund der Kriegsgeschichte gemacht. Aber wo sind diese Schätze jetzt?«

»Geht Sie das etwas an, Fred?«

»Gemälde von Rubens lagerten da, von Caravaggio, Tizian, Uccello, Masaccio, Rembrandts ›Mann mit dem Goldhelm‹ und der Kopf der Nofretete … wo sind sie hingekommen?«

»Da zuckt Ihr deutsches Herz, Friedrich Silbermann, nicht wahr?« Walker hob die Hand und winkte energisch ab, als Silverman etwas entgegnen wollte. »Ich soll Sie also entlassen, damit Sie unser Gegner werden?«

»Nein, Sir, ich will nur …«

»Einen Teufel werde ich tun, Fred. Ich befördere Sie zum Major, nagele Sie auf Ihren Eid als US-Offizier fest und damit hat es sich! Und wir schicken Sie als Kultur-Attaché an die Botschaft von Neuseeland. Da können Sie kein Unheil anrichten und können die Kultur der Maoris studieren.«

»Sir –«

»Mein letztes Wort, *Major* Silverman!« Walker sprang auf, Silverman mußte ihm folgen und nahm Haltung an. »Melden Sie sich im Außenministerium. Dort weiß man schon Bescheid. Ihre Versetzung nach Wellington/Neuseeland wird bereits nächste Woche erfolgen. Viel Glück, Fred … und werden Sie ein international angesehener Maori-Forscher.«

Walker nickte. Für Silverman blieb nur der Rückzug und der aufbrechende Gedanke: So lasse ich mich nicht behandeln! Ich decke doch keinen Kunstraub. Es muß einen Weg geben, und ich werde ihn finden!

Am nächsten Tag schrieb er an Michael Wachter, Katharinen-Palast, Puschkin bei Leningrad, UdSSR.

Der Brief kam nie an.

Die Lena floß noch nicht in die Mongolei –

Das Jahr 1956 machte Michael Wachter zum Siebzigjährigen.

Welch ein Fest war das in Puschkin und im Katharinen-Palast! Wieder einmal wurde Michail Igorowitsch, der »Schloßgeist von *Zarskoje Selo*«, wie fixe Journalisten ihn tauften, zum Tagesthema der Zeitungen. Sie beschrieben sein Leben und das seiner Vorfahren, zeigten Fotos, wie der Bürgermeister von Leningrad ihm eine Blütenkette um den Hals hängte, als sei man in der Südsee, wie man ihm noch eine Medaille an den Rock heftete und der nun fast überall im Gesicht gelb gewordene Kulturfunktionär Agajew eine kurze Laudatio hielt, die in dem gehüstelten Satz endete: »Die Treue war für ihn nicht nur Maßstab, sondern Halt, aus ihr schöpfte er Kraft, auch wenn er sein großes Ziel nicht erreichte, das Bernsteinzimmer nach Puschkin zurückzuholen.«

Wachter empfand diesen Satz als eine Frechheit. Nikolaj und Jana Petrowna konnten ihn nur mit Mühe davon abbringen, in seiner Erwiderung zu sagen:

»Der Genosse Agajew hat gut zu bedauern. Wenn seine Behörde soviel Rubel für das Bernsteinzimmer ausgeben würde, wie sie für unnütze Beamte ausgibt, könnten wir vielleicht schon längst vor diesem Wunderwerk stehen.«

Er sagte es also nicht, ließ sich feiern, ließ sich küssen, schüttelte unzählige Hände und fuhr dann nach Puschkin zurück, wo ein großes Abendessen vorbereitet war.

In den vergangenen elf Jahren Frieden war viel oder wenig geschehen, je nachdem, aus welcher Ecke man es betrachtete und zu welchem Volk man gehörte. Die Städter standen noch immer Schlange vor den Geschäften. Die Kolchosen und Sowchosen erfüllten ihre Planziele, ohne daß der allgemeine Lebensstandard stieg, was so mancher nicht verstand. Aber wer genug Rubelchen besaß, ein paar Hintertürchen kannte und ein paar geheime Quellchen anzapfte, der bekam schon genug Fleisch, Eier, Speck, Krimsekt, Krimwein, grusinischen Kognak und natürlich Wodka, das Wässerchen aller Wasser. Auch Mehl hatte man, Grieß, Grütze, Zwiebeln, Gurken wie Pilze, gesäuert oder gesalzen und getrocknetes oder konserviertes Obst ... Genossen, was will man mehr von dieser Welt als gut essen, gut saufen und gut schlafen neben einem warmen Frauenkörperchen! Brauchen wir den Luxus der Kapitalisten? Französische Mode und Parfüms? Englisches Golf? Oder amerikanische Steaks und Hollywood? Einen deutschen Mercedes oder Urlaub auf Mallorca? Hebt euer Gläschen, Freunde – in zehn Jahren sieht's noch besser aus. Der Welt können wir das größte Geschenk überhaupt machen: Zeit. Zeit, Genossen, haben wir genug …

Nikolajs Idee war es gewesen, die Festtafel im leeren Bernsteinzimmer aufzustellen. Die rohen, beraubten Wände hatte man mit gelbem Stoff bespannt, im Licht von vielen Glühbirnen strahlte das Deckengemälde und leuchtete der einmalige Parkettboden. Väterchen Michail saß vorn am Kopf der Tafel, und neben ihm saßen seine Enkel Peter und Janina, Janas Kinder, die sie vor neun und sieben Jahren bekommen hatte. Eine schöne, reife, viel bewunderte Frau war sie geworden, nun vierunddreißig Jahre alt, schlank geblieben und doch mit begehrten Rundungen, dort wo sie hingehörten, und wenn sie lachte und sich dabei zurückbog und Bluse, Kleid oder Pullover sich spannten, wurde Nikolaj, man gestehe es offen, von allen anderen Männern beneidet.

Eine große Überraschung erlebte Wachter an diesem Abend, als nach dem Essen eine hochgewachsene, dunkelhaarige Frau auf ihn zutrat, man konnte sie auf dreißig schätzen, und sich als Wassilissa Iwanowna Jablonskaja vorstellte.

»Ein schönes Geschenk bringe ich Ihnen mit aus Moskau«, sagte sie mit einer warmen Altstimme. »Mich –«

»Wie exklusiv!« lachte Wachter und hob sein Glas. »Willkommen, Wassilissa Iwanowna … aber bedenken Sie, heute bin ich siebzig geworden. Was wollen Sie mit mir noch anfangen?«

»Ihren Lebenstraum vollenden.« Sie machte eine kleine Pause und sagte dann feierlich: »Von der Zentralkommission in Moskau soll ich Ihnen mitteilen, daß die Suche nach dem Bernsteinzimmer wiederaufgenommen wird. Ich bin die Leiterin der Sonderkommission. Wir werden zusammenarbeiten, Michail Igorowitsch.«

Da stieß der alte Wachter einen Jauchzer aus wie ein Bayer, drehte sich einmal um sich selbst und warf sein Glas gegen die Wand.

Und alle Gäste lächelten und dachten: Na, Alterchen, geht dir der Wodka zu schnell ins Hirnchen? Und viele Gläser flogen seinem Glas nach.

Nicht in Moskau, sondern letztlich in Peking war Fred Silverman gelandet, immer noch weitab vom Schuß. General Walker, seit drei Jahren in Pension, hatte seinen problematischen Major zunächst tatsächlich nach Neuseeland geschickt, auf einen Posten, wo er völlig kaltgestellt war. Gemäß der uralten, aber immer wieder sich bestätigenden Wahrheit, daß die Zeit alle Spuren verwischt, gibt es nach zehn, zwanzig oder dreißig Jahren kaum noch Erinnerungen, die man auswerten kann, oder die meisten Zeugen sind gestorben. So wurde Silverman ans andere Ende der Welt versetzt, und um ihm ein wenig Abwechslung zu gönnen, ließ man ihn später nach Peking umziehen, das für einen Kunsthistoriker wie ihn ein überwältigendes Erlebnis war. Die in den deutschen und österreichischen Salzbergwerken eingelagerten und entdeckten Kunstschätze der Nazis schnitt man damit aus seinem Leben heraus.

Viel Informationen für die Öffentlichkeit gab es sowieso nicht, die wechselvolle Geschichte des Kunstraubes wurde totgeschwiegen. Nur einmal sickerte eine Bemerkung durch, als der damalige Leiter des *Central Collecting Point Wiesbaden,* Mr. Walter Fermer, voller Verbitterung sagte: »Wir konnten es nicht fassen, daß wir Amerikaner uns nun anschickten, genau das zu tun, was Hitler getan hatte. Wir waren dabei, Bilder aus dem Besitz eines anderen Landes in ›Sicherheitsgewahrsam‹ zu nehmen. Das Besondere dieser Auswahl aber war: Die Zusammenstellung der Bilder sollte die Lücken in amerikanischen Sammlungen füllen.«

Auch private, unbekannte Sammlungen profitierten davon, und in den Tresoren von Kunstliebhabern oder einfach Kapitalanlegern stapelte sich Kunst. So verschwanden unter amerikanischer Besatzung spurlos weltberühmte Kunstwerke aus den Berliner Museen, die vor allem im Salzbergwerk Grasleben ausgelagert worden waren. Das erste, was vom amerikanischen Geheimdienst beschlagnahmt wurde und danach verscholl, waren fast alle Lagerlisten mit den genauen Angaben.

Erst viele Jahre später gelang es, eine Reihe der fehlenden Kunstwerke zu benennen. Verschwunden waren der »Schatz des

Priamos«, die Goldkiste der ägyptischen Abteilung, 80 Steinskulpturen der indischen Sammlungen, 34 Kisten unersetzbarer ostasiatischer Kunst, 50 Kisten mit anderen Skulpturen, 330 antike Vasen, berühmte Gemälde wie Menzels »Tafelrunde in Sanssouci« oder der bewunderte »Knabe aus Naxos«, Inbegriff griechischer Schönheit und Harmonie.

Diese Schätze und noch viel, viel mehr hatten nicht, wie immer wieder laut behauptet wurde, die Russen als Beutegut abtransportiert, sondern waren im Westen unter amerikanischer Besatzung verschwunden.

Merkwürdiges geschah dann in den folgenden Jahren nach dem Krieg: Die deutschen Museumsbeamten und Abteilungsleiter der Berliner Museen, die das Ende des Hitler-Reiches überlebt hatten und die nun darangegangen waren, nach dem Verbleib der Kunstschätze zu forschen, die mit den letzten Transporten aus Berlin am 6. und 7. April 1945 nach Grasleben und Merkers geschafft worden waren, dezimierten sich auf rätselhafte Weise.

Der Leiter der Antikenabteilung wurde mit einer harmlosen Blinddarmreizung in ein Krankenhaus eingeliefert, operiert, die Wunde verheilte gut, er fühlte sich gesund und kräftig, aber an dem Tag, an dem er aus dem Krankenhaus entlassen werden sollte, starb er plötzlich. Die schnelle Diagnose: Darmkrebs.

Vier Tage später schluckte der Chef der Skulpturenabteilung, die am meisten gelitten hatte, eine tödliche Dosis Zyankali, nachdem er eine Liste der fehlenden Exponate angefertigt hatte. Die Liste wurde nie gefunden, nur der Tote.

An seinem Schreibtisch wurde der Leiter des Völkerkundemuseums erschossen aufgefunden. Selbstmord hieß es, wie bei dem Zyankalitoten. Aber weshalb Selbstmord? Es gab nicht den geringsten Grund dafür.

Plötzlich starb im Sommer 1945 auch der Restaurator der Gemäldegalerie. Herzschlag, hieß es. Aber niemand konnte sich daran erinnern, daß er jemals über Herzbeschwerden geklagt hatte – er war ein gesunder Mann gewesen.

Und spurlos verschwand auch ein anderer Restaurator der Nationalgalerie, der am 7. April eine genaue Liste aufgestellt hatte, ein Inventarverzeichnis der ausgelagerten Gemälde.

Und der Mann, der diese Aufzählung von Merkwürdigkeiten

und Rätseln zusammengestellt hatte, war später nicht mehr bereit, darüber zu sprechen. Freunde flüsterten sich zu, er habe Angst, Todesangst.

Und die Zeit, die Jahre breiteten einen Schleier des Vergessens über alle Mutmaßungen und über alle Wahrheiten.

Silverman im fernen Peking hatte dieses umfangreiche Material gesammelt. Er war nun vierundvierzig Jahre alt, Botschaftsrat, und konnte einem angenehmen Lebensabend entgegensehen. Über das Bernsteinzimmer sprach er seit zehn Jahren nicht mehr, es galt.als verschollen und verloren, seitdem es angeblich im Bergwerk von Merkers gelagert haben sollte. Das Verschwinden der drei Trucks mit zwanzig Kisten und der Tod des armen Noah Rawlings, diese Blamage der US-Transportstaffel, wurden gründlich vergessen. Ein unglücklicher Zwischenfall im Krieg wie tausend andere – das war's. Wozu darüber große Worte? Silvermans damalige Berichte wurden in die Tresore des OSS verbannt und waren damit für alle Zeiten uneinsehbar. So vieles ist verlorengegangen, wie viele Städte waren nur noch rauchende Ruinen ... wer regte sich da über ein Zimmer aus Bernstein auf?! Leute, so etwas braucht man nicht zum Leben. Seht euch an, was nach einem verlorenen Krieg möglich ist: das deutsche Wirtschaftswunder! *Das* ist wichtig: ein starker Block gegen den Osten!

Silverman paßte sich dem neuen Denken an, wenn auch nur als Tarnung. Das Bernsteinzimmer war kein Gesprächsstoff mehr, und nach der Pensionierung von General Walker kam ein Nachfolger an die Spitze des OSS, dem Silverman kein Begriff mehr war und der die interne Geschichte des Diplomaten im Fernen Osten nicht kannte.

Silverman selbst sah eine große Chance in diesem Wechsel. Zunächst schickte er ein Gesundheitsattest des Botschaftsarztes nach Washington. Der Arzt, Dr. Humbert Seykonone, ein Halbjapaner, hatte viele Gespräche mit Silverman geführt, bis dieser ein so großes Vertrauen zu ihm faßte, daß er ihm vom Bernsteinzimmer erzählte. Seykonone, im Herzen ein Japaner, erinnerte sich daran, was amerikanische Truppen damals von den von ihnen besetzten japanischen Inseln aus Tempeln, Grabanlagen und Heiligtümern weggeschleppt hatten, gab Silverman die Hand und sagte: »Ich werde Sie krank schreiben, Fred, Ihr Gesuch um Entlassung unterstützen und auch dem Botschafter erklären, daß ein Mann wie Sie seine Ruhe verdient hat und die letzten Jahre seines Lebens eigentlich in Florida oder an der kalifornischen Küste genießen sollte.«

»Dann müssen Sie mir aber eine verdammt tückische Krankheit andichten, Humbert.« Silvermann sah Seykonone nachdenklich an. »Wenn das gelingt –«

»Versuchen wir es.«

Dr. Seykonone fand eine Krankheit, die man kaum anzweifeln konnte und die so ernst klang, daß eine Pensionierung Silvermans gerechtfertigt war. Laut Attest litt Silverman an einer benignen Nephrosklerose, einer vaskulären Nierenerkrankung unter Beteiligung der kleinen Gefäße. Das mußte reichen.

Und es reichte. Silverman wurde nach Washington gebeten, ins Außenministerium, und dort empfing ihn ein sehr freundlicher Beamter, drückte ihm die Hand und ließ sich nicht anmerken, wie sehr er den Kranken bedauerte.

»Ihr Gesuch, lieber Silverman, ist von uns eingehend geprüft worden«, sagte er. »Wie fühlen Sie sich?«

»Schlapp. Und oftmals ist da eine schreckliche Übelkeit. Von den Nierenstauungen ganz abgesehen.« Silverman hatte Seykonones Ratschläge gut auswendig gelernt. »Ich habe manchmal das Gefühl, in der Mitte durchzubrechen.«

»Die beste Krankheit taugt nichts«, versuchte der Beamte den alten dummen Scherz. »Wir haben für Ihre Lage volles Verständnis. Wären Sie bereit, in vier Wochen in den Ruhestand zu treten?«

»Es wäre für mich eine große Erleichterung. Ich möchte mich dann nach Monterey zurückziehen und nur noch Golf spielen.«

»Die Bewegung in der frischen Luft wird Ihnen guttun.« Es sollte aufmunternd klingen, aber Silverman hörte mit innerer Freude heraus, was man insgeheim dachte: Der arme Kerl. Will Golf spielen und weiß nicht, daß er bald an seiner Nierenverkalkung zugrunde geht. »Wir werden alles vorbereiten, Mr. Silverman.«

Schon drei Wochen später traf in Silvermans Hotel die Nachricht ein, daß er aus dem diplomatischen Dienst und Geheimdienst ehrenvoll entlassen sei. Eine große, schöne Urkunde erhielt er, einen Händedruck eines Staatssekretärs, die Bestätigung einer angemessenen Pension … und dann war er kein US-Beamter mehr, kein ehemaliger Major des Geheimdienstes OSS, kein »besonderer Fall«

wie bei General Walker, er war frei in allen seinen Handlungen, konnte sich überall auf der Welt niederlassen, natürlich auch zum Golfspielen in Monterey, südlich von San Francisco.

Von Washington noch rief er Dr. Seykonone in Peking an.

»Humbert, ich werde Ihnen ewig dankbar sein. Seit neun Stunden bin ich nur noch Fred Silverman, der Pensionär.«

»Gratuliere, Fred«, rief Seykonone zurück. »Und was werden Sie jetzt tun?«

»Die Farm meines Vaters verkaufen, alles Geld zusammenkratzen und nach Germany fahren. Doch vorher noch eine Frage, nur zur Beruhigung: Habe ich wirklich keine Nierenverkalkung?«

»Sie haben Nieren wie ein College-Boy, Fred«, lachte Seykonone. »Wenn's bei Ihnen nur an den Nieren hängt, können Sie hundert Jahre alt werden. Viel Glück im kalten Germany.«

»Danke, Humbert. Vielleicht kann ich hundert Jahre sogar gebrauchen.«

Silverman legte auf. Das war mein letztes Telefongespräch mit einer amtlichen amerikanischen Stelle, dachte er. Jetzt heißt es, Geld beschaffen, ein Ticket nach Frankfurt zu kaufen und ein anderer Mensch zu werden. Ein deutscher Jude kommt nach Deutschland zurück, um ein russisches Bernsteinzimmer zu suchen. Er geht in das Land zurück, das seine ganze Familie ausgerottet hat. Etwas absurd war das schon … aber notwendig.

Ich bin der einzige, der mehr weiß als alle anderen.

Die Geschäfte mit dem Bordell, dem Stundenhotel und der Erotikshow liefen vorzüglich. Larry Brooks und Joe Williams waren zu den heimlichen Herrschern der Frankfurter Szene aufgestiegen und hatten das Puffgewerbe nach amerikanischem Muster völlig unter ihrer Kontrolle.

Als nach der deutschen Währungsreform 1948 auch die Deutschen wieder genug Geld hatten, um sich eine Stunde oder auch zwei mit den »Alleinunterhalterinnen« zu gönnen, vor allem aber neue Sexlokale gegründet wurden, auf deren Bühnen tabufreie Erotikshows stattfanden, an denen sich jeder Besucher im Saal beteiligen konnte, und als die Privatclubs überall aus dem Boden schossen, in denen Partnertausch und Gruppensex gepflegt wurden, liefen alle Konzessionen erst einmal über Larry und Joe. Wer, ohne sie zu fragen, einen Puff aufmachte, bekam Besuch von Larry, und meistens war die Angelegenheit nach zehn Minuten Unterhaltung erledigt. Getreu dem Vorbild der Mafia von New York, Chikago, New Orleans und anderen Städten wurden Schutzverträge abgeschlossen und monatlich kassiert. Ein paar Wackere, die sich nicht beugen wollten, kamen spätestens nach sechs Monaten zu Larry und Joe, unterschrieben und zahlten ... ein paarmal die Lokaleinrichtung zu erneuern oder einen Messerstich auszuheilen, ist nicht jedermanns Sache.

Und trotzdem, Larry beging eine Dummheit, die das ganze schöne Bordellgeschäft ins Schwanken brachte.

Ein Immobilienmakler bot ihm im Jahre 1955 eine Villa im Taunus an, ein weißes, schloßähnliches Gebäude mit eigenem Reitstall, einem See, mit Wild gut bestandenen Wäldern und einem verpachteten Bauernhof. Ein Traumbesitz, der – wie Larry sich sagte – gut zu ihm paßte, nur der Preis von elf Millionen harter DM überstieg Larrys aktuelles Konto. Aber er wußte Rat, und in neun Tagen hatte er die Summe zusammengebracht. Der Herrensitz im Taunus konnte gekauft werden.

Es war an einem Abend in der Villa von Joe Williams, daß sich Larry plötzlich nicht mehr sehr wohl fühlte. Carla, Joes gegenwärtige Geliebte, war nicht im Haus, was Larry auffiel, und auch Joe war anders als sonst, öffnete statt des Butlers selbst die Tür und ließ Larry stumm eintreten. Erst am Barschrank im großen Salon, nachdem Larry einen doppelten Whiskey bekommen hatte, blieb Joe vor ihm stehen, verschränkte die Arme vor der Brust und zog das Kinn an.

»Hast du die Zeitung gelesen?« fragte er.

»Welche?« fragte Larry und bekam einen starken Druck im Magen.

»Die *Frankfurter Allgemeine.*«

»Ja.«

»Da steht, daß plötzlich bei einem Kunsthändler drei wertvolle, bisher verschollene Kunstgegenstände aufgetaucht sind, die aber schon, als die Polizei eingriff, an einen unbekannten Sammler nach Amerika verkauft waren. Es handelte sich um eine Ikone der Nowgoroder Schule, eine Monstranz von 1518 und ein Gemälde von Tiepolo.« Joes Stimme blieb ruhig und klang deshalb besonders gefährlich. »Soviel ich mich erinnern kann, gehörten diese Kunstschätze einmal einem Larry Brooks.«

»Joe, ich muß dir das erklären …«

»Das ist auch nötig, glaube ich.«

»Ich kann einen Traum von Haus kaufen. Mit See, Reitstall, Wäldern … im Taunus, weißt du. Sogar ein großer Bauernhof ist dabei.«

»Preis?« fragte Williams knapp.

»Elf Millionen DM.«

»Du bist verrückt, Larry. Du drehst durch …«

»Mir fehlten nur noch neunhunderttausend Mark! Lumpige neunhunderttausend! Sonst wäre der ganze schöne Besitz an einen Araber gefallen. Da habe ich …«

»Da hast du in den Tresor gegriffen und ein paar Stückchen herausgeholt.«

»Ja, Joe.«

»Und mich zu fragen, daran hast du nicht gedacht.«

»Nein. Hättest du mir die Neunhunderttausend gegeben?«

»Auf gar keinen Fall.«

»Siehst du.« Larry trank das zweite Glas Whiskey leer. In Joes Blick lag etwas, das Angst in ihm erzeugte.

»Ich sehe, und ich lese es. Wenn dieser Kunsthändler umfällt und die Schnauze aufmacht …«

»Er fällt nicht um, Joe …«

»Jeder Mensch hat seine Schwächen … sieh nur dich an, Larry! Also der Händler singt … und was ist dann? Eine Spur ist gelegt, und wie die Jagdhunde werden sie diese Spur aufnehmen. Die Kunsthistoriker, die Museumsdirektoren, die Polizei, unser Geheimdienst, das CIC … die ganze Meute gegen uns.«

»Ich habe meinen Namen nicht genannt. Sie werden nie auf uns kommen, Joe.«

»Es gibt kein Nie im täglichen Leben, Larry. Wenn sie erst wissen, daß uns damals der ›Werwolf‹ nicht umgebracht hat, werden sie auch wieder nach den zwanzig Kisten fragen! Und alles, alles war umsonst! Elf Jahre Versteckspielen … umsonst. Sie werden uns in die Staaten bringen und dort weichklopfen, bis wir hinausschreien, wo das Bernsteinzimmer ist! Und alles nur, weil Larry Brooks wie ein Graf leben will. Mit einem Gutsherrenschloß …«

»Es wird nichts geschehen, Joe, glaub es mir. Nichts wird geschehen!« rief Larry fast kläglich. »Alles verläuft im Sand.«

»Darauf verlasse ich mich nicht.« Williams stieß sich von dem Barschrank ab und wanderte in dem großen Salon hin und her. Larrys Blicke folgten ihm und jeder seiner Bewegungen. Plötzlich blieb Joe ruckartig vor ihm stehen. Larry schrak zusammen.

»Du erinnerst dich an Noah?« fragte Joe.

»Ungern –« Larry verzog sein Gesicht.

»Es bleibt dir nichts anderes übrig, als es noch mal zu tun.«

»Nein, Joe, nein!« Larry trat heftig einen Schritt zurück. »Ich bin kein Killer, das weißt du. Ich habe Jahre gebraucht, um Noahs Augen zu vergessen, bevor er umfiel!«

»Es ist unser einziger Schutz, Larry. Du nimmst die deutsche Pistole und korrigierst deine Dummheit. Und das Schlößchen kaufst du auch nicht!«

»Joe, ich bin kein Idiot! Ich bin auch nicht dein Tanzbär! Ich kann tun, was ich will!« Es war ein mattes Aufbegehren, das Williams mit einem Wink wegscheuchte.

»Du schaffst wieder Ordnung, Larry«, sagte er kalt. »Und ich kümmere mich darum, daß das Bernsteinzimmer in die Staaten kommt …«

»Du willst es rüberschaffen, Joe? Wie denn?«

»Von Genua aus mit dem Schiff.«

»Und wie kriegst du die zwanzig Kisten nach Genua?«

»Mit Geld in die richtigen Hände.«

»Einen deutschen Zollbeamten zu bestechen ist Wahnsinn!«

»Aber nicht den Kommandanten einer US-Atlas-Transportmaschine. Im Hafen von Genua ist das Handaufhalten eine tägliche Übung.«

»Und drüben, Joe?«

»Larry, du bist ein Rindvieh! Natürlich kommen die Kisten nicht nach New York oder Boston oder Baltimore. In Mexiko kommen sie an Land und dann über die Grenze. Auch hier helfen Dollars.« Joe lehnte sich wieder an den Barschrank. »Zunächst aber bist du an der Reihe, Larry. Dein Kunsthändler muß schlafen.«

»Ich kann das nicht, Joe!« schrie Larry hysterisch. »Ich habe nicht die Nerven wie du!«

»Leider, Larry. Aber das Schicksal hat uns zusammengeführt, wir haben das größte Ding aller Zeiten gedreht, wir sind aufeinander angewiesen ... es ist eben Schicksal. Reiß dich zusammen, Larry-Boy. Du bist erst fünfunddreißig ... vierzig Jahre hast du sicherlich noch vor dir. Larry, vierzig Jahre!«

An diesem Abend betrank sich Larry Brooks so gründlich, daß er Joes Villa nicht mehr verlassen konnte. Er merkte nicht einmal, daß dieser ihn sogar ins Bett schaffen mußte.

Zwei Tage später berichteten die Frankfurter Zeitungen:

Der Kunsthändler M. Sch. wurde in der vergangenen Nacht in seinem Haus im Westend erschossen. Wie die Polizei mitteilt, gibt es keinen Hinweis auf den oder die Täter. Gestohlen wurde nichts, wodurch ein Raubmord ausgeschaltet werden kann. Der Täter benutzte eine ehemalige deutsche Wehrmachtspistole, 08 genannt, wie nach der ersten Obduktion festgestellt wurde.
Eingeweihte Kreise sprechen davon, daß die Ermordung des Kunsthändlers mit den vor kurzem aufgetauchten und von ihm weiterverkauften Kunstwerken, die seit Kriegsende als verschollen galten, in engem Zusammenhang steht. Eine Sonderkommission der Kriminalpolizei hat vor allem in dieser Richtung die Ermittlungen aufgenommen. Die wiederaufgetauchten Kunstwerke sollen – so Experten – aus dem Katharinen-Palast bei Puschkin/Leningrad stammen, der 1941 von deutschen Truppen und Sonderkommandos geplündert worden war. Darunter befand sich auch das berühmte Bernsteinzimmer, das bis heute verschollen ist.

»Da haben wir's!« sagte Williams, als er die Zeitung gelesen und Larry an den Kopf geworfen hatte. Larry hockte wie ein Häufchen Elend in einem Sessel und schien dem Weinen nahe. »Das Bernsteinzimmer kommt wieder ins Gespräch! Eine Scheiße ist das, Larry, eine große Scheiße! Wir müssen die zwanzig Kisten aus der Höhle holen und nach Genua bringen! Und warum ... weil Larry Brooks, der Junge aus den Slums, ein Graf sein wollte! Mit Herrenhaus! Mit eigenem Reitstall! Mit einem eigenen See! Sitz nicht rum und heule!«

»Ich habe einen Menschen umgebracht, Joe.« Larry schlug die Hände vor sein Gesicht. »Zum zweitenmal einen Menschen ... Ich bin total fertig.«

»Bis übermorgen. Dann hast du's verdaut.«

»Das glaube ich nicht, Joe.«

»Aber ich ... Das Bernsteinzimmer wird immer wertvoller. Jetzt hat es schon zwei Menschenleben gekostet.«

Es klang zynisch und eiskalt, und Larry fror wirklich bei diesen Worten vor Entsetzen und Angst.

Im November, an einem trüben Tag, der Genua noch häßlicher machte, als es ohnehin schon war, vor allem den Hafen, legte das Motorschiff *Lukretia* von der Pier ab. Es fuhr unter libanesischer Flagge, wurde von einem griechischen Kapitän befehligt und hatte eine Besatzung aller nationalen Schattierungen. Es transportierte Landmaschinen nach Mexiko, große Kisten, unter denen die zwanzig alten Kisten gar nicht auffielen, die eines Nachts an Bord gebracht worden waren. Eine Nacht, in der der Kapitän um fünfzigtausend Dollar reicher geworden war. Und bei fünfzigtausend Dollar stellt man keine Fragen mehr – das wußte Joe, und er konnte daher leicht großzügig sein.

Ein paar Tage zuvor war er nach Köln gefahren, um möglichen Nachforschungen vorzubeugen, und hatte vom Bahnpostamt ein Gespräch nach USA, nach Whitesands, angemeldet. Dort meldete sich der alte Butler William, Joe verstellte seine Stimme und sagte, es sei eine wichtige Angelegenheit, auf die der Hausherr warte. Als er seinen Vater hörte, sagte er:

»Hallo, Dad ... ich bin's!«

»Wer ist dort?« fragte der alte Williams steif.

»Joe, Daddy.«

»Das kann nicht sein. Mein Sohn ist in den letzten Kriegstagen in Deutschland gefallen, sein Ehrenmal steht in Whitesands ...«

»Dad, du weißt doch, daß ich lebe. Zugegeben, ich habe jahrelang nichts von mir hören lassen, ich habe an dich gedacht, als du fünfundsiebzig wurdest, aber es war noch nicht die Zeit, aufzutauchen ...«

»Was wollen Sie?« fragte der alte Williams ziemlich grob. »Wo stecken Sie?«

»In Germany. Dad ... wie geht es Mom?«

»Meine Frau ist vor sieben Monaten gestorben.«

»Mom ... ist tot?« Joe schluckte ein paarmal. »Woran ist sie gestorben?«

»Was interessiert Sie das, Sie sind mir unbekannt! Sie stehlen mir meine Zeit.«

»Dad! Sie war meine Mutter –«

»Ihr Sohn ist vor elf Jahren gefallen, Sie Lügner!« schrie der alte Williams ins Telefon. »Sie hatte keinen Sohn mehr! Und so traurig es ist, ein Kind zu verlieren, sie war froh, daß ihr Sohn wenigstens ehrenvoll gestorben ist. Als Kriegsheld ... und nicht als Gangster.«

»Das sagst *du* mir, Dad? Ausgerechnet du?! Dein ganzes Leben lang hast du nur Glück gehabt, das ist es! Ohne dieses Glück wärst du längst auf dem elektrischen Stuhl gebraten worden! Verdammt noch mal, ich wollte jetzt nach Hause kommen.«

»Bleib bloß, wo du bist!« Die Stimme des alten Williams war beinhart. »Es könnte einen Unfall auf dem Weg nach Whitesands geben.«

»Dad! Das könntest du tun?«

»Mein Sohn Joe ist im Krieg gefallen – dabei bleibt es!«

Der alte Williams legte auf. Joe starrte eine Zeitlang auf seinen Hörer, ehe er einhängte, zum Postschalter ging und das Gespräch bezahlte.

So also ist das, dachte er. Es gibt mich nicht mehr. Auch gut ... das Bernsteinzimmer kann überall stehen, dazu brauche ich Whitesands nicht. *Bye bye, Dad* – das war unser letztes Gespräch.

Der Abtransport der zwanzig Kisten aus der Höhle im Berg Taufstein war keine Schwierigkeit. Von einer Baufirma in Alsfeld lieh sich Larry Brooks einen kleinen Raupenbagger, fuhr ihn zur Höhle, und schon nach sechs Stunden hatten sie den gesprengten Eingang freigelegt. Joe hatte sich um einen Lastwagen bemüht und am Stadtrand von Alsfeld eine alte Lagerhalle gemietet. Dorthin transportierten sie in viermaligem Hin- und Herfahren das Bernsteinzimmer, gaben Bagger und Lkw wieder ab und ließen zwei Wochen verstreichen. Den Eingang der Höhle hatten sie mit dem Sprengschutt wieder verschlossen und überließen es dem Forstamt des Vogelsberges, sich darüber zu wundern, nach einer Erklärung zu suchen und keine zu finden.

Etwas schwieriger wurde es mit dem Kommandanten der Atlas-Maschine auf der US-Air-Basis von Frankfurt. Joe Williams blätterte zwanzigtausend Dollar auf den Tisch, aber Captain Hugh Fortner blieb verschlossen.

»Joe, ich mache keine krummen Dinger«, sagte er.

»Das ist kein krummes Ding. Das ist mein Privateigentum.«

»Und warum soll das heimlich weggebracht werden?«

»Wegen des Zolls, Hugh.« Joe tippte auf die Dollarscheine. »Auch das ist steuerfrei. Und in meinen Sexladen hast du auf Lebenszeit freien Eintritt und kannst dir umsonst jedes Mädchen aussuchen. Freies Schießen, Junge.«

Fortner überlegte. Er war ein paarmal in Joes Bar und Stundenhotel gewesen, sie kannten sich gut, Joe hatte die schönsten Weiber von Frankfurt im Stall, das wußte jeder, und zwanzigtausend Dollar in bar waren kein Regentropfen auf der Hand. Einmal in der Woche flog er die Atlas nach Genua, um im Hafen Nachschub abzuholen oder irgendwelche Dinge auf ein amerikanisches Schiff zu bringen. Die US-Transporte der Army oder Air Force hatten freie Durchfahrt, keiner kontrollierte sie, die Hafenwache kannte sie, und zwanzig Kisten waren überhaupt kein Problem.

»Es ist kein schiefes Ding?« fragte Fortner noch einmal.

»Ich verspreche es dir, Hugh«, sagte Joe feierlich. »Ich muß die Kisten nur zur Basis bringen – das ist es.«

»Da helfe ich dir. Ich schicke dir einen Truck.«

»Zwei, Hugh. Es sind große Kisten. Zwei schwere Trucks.«

»Okay, Wann?«

»Einen Tag, bevor du fliegst. Sie liegen in Alsfeld.«

Alles lief daraufhin reibungslos nach Plan. Zwei riesige Trucks der US-Air-Force holten die Kisten ab, brachten sie zur Air-Basis, und dort wurden sie in Fortners Atlas-Maschine geladen. Sie bekamen die Bezeichnung »Umzugsgut« – was noch nicht einmal gelogen war –, nachdem Joe die Aufschriften »Wasserbaubehörde Königsberg« übermalt hatte, und am selben Tag, an dem Fortner nach Genua flog, waren auch Larry und Joe unterwegs nach Italien.

Für den Puffbetrieb hatten sie vorläufig einen Geschäftsführer eingestellt, einen Jugoslawen mit guten Kenntnissen der Frankfurter Szene, und Joe hatte ganz klar zu ihm gesagt:

»Wir werden bestimmt ein halbes Jahr wegbleiben. Und nun hör genau zu, Jugo-Boy: Wenn die Abrechnungen nicht stimmen, wenn du denkst, du könntest uns aufs Kreuz legen, wenn hier durch deine Schuld irgend etwas schiefläuft, kann deine Mami einen Kranz schicken! Verstehst du das?«

»Du sprichst deutlich genug«, antwortete der Jugoslawe und nickte. »Ich werd doch dein Vertrauen nicht ausnützen.«

»Das sagen alle. Boy, paß bloß auf!«

Nun dümpelte die *Lukretia* im Brackwasser des Genueser Hafens und sollte am nächsten Tag auslaufen. Man hatte die zwanzig Kisten geschickt unter die anderen Kisten mit Ersatzteilen und den Landmaschinen verteilt. Zum drittenmal waren sie umbenannt worden. Jetzt hieß es: »Motoren und Ersatzteile«. Fünfundzwanzigtausend Dollar steckten in der Tasche des griechischen Kapitäns, noch einmal die gleiche Summe bekam er, wenn die Kisten in Mexiko an Land waren.

»Das große Werk ist gelungen!« sagte Joe Williams am Abend zu Larry Brooks. Es klang wie der Beginn einer Ansprache. »Das Bernsteinzimmer ist weg aus Deutschland ... jetzt wird es keiner mehr finden, und wenn sie hundert Jahre suchen. Es gibt keine Spuren mehr.« Er sah Brooks mit strahlendem Gesicht an. »Wenn du nur nicht ein so weiches Gemüt hättest, Larry-Boy.«

Am nächsten Tag dampfte die *Lukretia* von Genua ab, hinaus ins Mittelmeer. Es war ein naßkalter, nebeliger Novembertag.

Am gleichen Nachmittag flog Joe Williams von Genua nach Rom und von Rom weiter nach Mexiko.

Erst drei Tage später entdeckte ein Hafenboot einen im Wasser treibenden Gegenstand, kam näher und zog ihn heraus. Es war ein Mensch mit einem kleinen Loch in der Stirn. Ein unbekannter Toter. Ein Mord, den man nie klären würde. Und als ein Unbekannter wurde Larry Brooks dann auch in Genua begraben.

Der dritte Tote des Bernsteinzimmers.

Joe

DIE PERSONEN:

Michael Wachter (Michail Igorowitsch Wachterowskij)	ehemaliger Verwalter des Bernsteinzimmers
Nikolaus Wachter (Nikolaj Michajlowitsch Wachterowskij)	sein Sohn, neuer Verwalter des Bernsteinzimmers
Jana Petrowna Wachterowskaja	dessen Frau
Fred Silverman (Friedrich Silbermann)	amerikanischer Kunsthistoriker
Joe Williams	amerikanischer Geschäftsmann
Wassilissa Iwanowna Jablonskaja	sowjetische Kunstwissenschaftlerin

Es war alles so geworden, wie General Walker es vor Jahren vorausgesehen hatte: Bei seiner Rückkehr nach Deutschland war aus dem US-Major Fred Silverman wieder Friedrich Silbermann geworden, der emigrierte Jude, der hoffte, in ein besseres, geläutertes Deutschland zu kommen. Die Dollars, die er mitbrachte, reichten aus, um über Jahre hinweg ein unabhängiges Leben zu führen. Trotzdem bewarb er sich mit einem Empfehlungsschreiben an der Universität von Würzburg als Kunsthistoriker, und der Senat nahm ihn nach langer Beratung als Privatdozent in die Alma mater auf.

Er hatte nur wenige Studenten, aber um so mehr Zeit, die Spur des Bernsteinzimmers wiederaufzunehmen. Vierzehn Jahre lagen nun schon zwischen dem Verschwinden der drei Trucks auf dem Weg nach Frankfurt, und genauso lange waren alle Kunstexperten der Meinung, daß das Bernsteinzimmer für immer verschollen sei. Alle bisherigen Hinweise und Spuren, die von Kunstliebhabern, Museumsdirektoren, staatlichen Kommissionen und den Geheimdiensten verschiedener Länder, vor allem aber der Amerikaner und Russen, verfolgt wurden, liefen ins Nichts. Immer wieder stieß man auf eine Mauer des Unwissens und den immer wiederkehrenden, altbekannten Spruch: »Ob die Kisten das Bernsteinzimmer enthielten, weiß keiner. Sicher ist nur, daß große Kisten im Januar 1943 ankamen und im April wieder weggeschafft wurden.«

Es lagen Berichte aus vierunddreißig verschiedenen Stellen und Lagerstätten vor: Bergwerke, Schlösser, Burgen, unterirdische Bunker, Höhlen, sogar zwei Klöster waren dabei, aber sie waren nur eine Zwischenstation der unübersehbar verschlungenen Wege, welche die Kisten genommen hatten.

Selbst die Schweiz wurde nicht mit Anfragen verschont, und die Regierung protestierte heftig. In Österreich forschte man besonders intensiv, nachdem man in Alt-Aussee eines der größten Nazidepots für geraubte Kunst entdeckt hatte. Es war nicht so spektakulär wie Grasleben oder Merkers, aber man vermutete, daß gerade in Österreich noch viele Kunstschätze versteckt waren, die unter den »Führervorbehalt« fielen ... für das größte Museum der Welt in Linz an der Donau. Hitlers verheerender Traum.

Silbermann staunte oft über die Phantasie der Sucher und ihre Euphorie, wenn sie eine vermeintliche Spur zu finden glaubten. Sein Wissen nutzte ihm wenig, im Gegenteil, es machte ihn hochgradig verdächtig.

Ein Besuch im Hauptquartier von Frankfurt hätte ihn warnen müssen.

Die Zentrale Kunstsammelstelle der amerikanischen Streitkräfte war längst aufgelöst worden. In den verschiedenen Dienststellen, die Silbermann aufsuchte, starrte man ihn verständnislos an, höhere Offiziere erinnerten sich an gar nichts und bekamen nur einen lauernden Blick. Schließlich landete Silbermann dort, wo zu landen er schon immer vermutet hatte: beim amerikanischen Geheimdienst CIC.

Die ehemaligen Kollegen waren zu Silbermann freundlich, aber bei gezielten Fragen von einer geradezu kindlichen Unwissenheit. Vom Bernsteinzimmer hatten sie überhaupt nur wenig gehört, nur, was in den Zeitungen stand. Im Archiv nach den Listen der gefundenen Kunstschätze nachzusehen erwies sich als sehr mühselig, ganze Aktenstücke waren verschwunden, und ein Colonel des CIC sagte zu Silbermann sogar: »Lieber Freund, warum beschäftigen Sie sich mit solchen Dingen? Das bringt doch nur Ärger. Von mir aus können sie das Bernsteinzimmer auf den Mond schießen, ich weine ihm keine Träne nach.«

Nach sechs Wochen, in denen er sich durch die Akten des Geheimdienstes gewühlt hatte, stieß Silbermann auf die Kopie der Liste von Merkers. Welch ein Erfolg! Hier war endlich der Beweis, daß das Bernsteinzimmer in der Zeche Kaiseroda II/III gelagert gewesen war.

Aber schon nach einem Überfliegen der Listenkopien ließ Silbermann die Blätter sinken und rieb sich die Augen. »Das ist doch nicht möglich«, sagte er betroffen. »Das ist doch meine Liste, von mir unterschrieben. So etwas gibt es doch nicht.«

Es war eine vollständige Liste, die nur einen Schönheitsfehler hatte: Die zwanzig Kisten mit dem Bernsteinzimmer waren nicht enthalten. Die Zeilen waren gelöscht und mit anderen Beschreibungen von Kunstwerken wieder gefüllt worden.

»Sind Sie sich sicher?« fragte der Colonel, als Silbermann ihm die Fälschung zeigte. »Wissen Sie, daß sie den CIC verdächtigen? Sie, ein US-Major und Diplomat?! Haben Sie irgendeinen Beweis für ihre Anklage?!«

»Die Originallisten, Sir.«

»Das *sind* die Originallisten! Andere gibt es nicht!«

»Meine Liste!«

»Es ist Ihre. Ihre Unterschrift steht ja darunter.«

»Die Liste ist manipuliert worden!«

»Eine ungeheure Behauptung, Mr. Silbermann! Das müssen Sie beweisen!«

»Ich werde nach den Beweisen suchen, Sir. Ich habe einen unbestechlichen Zeugen: Präsident Eisenhower! Er war damals 1945 zusammen mit General Patton und General Bradley im Bergwerk Merkers, und ich habe ihm vom Bernsteinzimmer berichtet und eine Kiste öffnen lassen. Er hat es gesehen und erschüttert ›Jesus!‹ ausgerufen.«

»Sie wollen den Präsidenten als Zeugen benennen?« Der Colonel erstarrte geradezu. »Sie bringen wirklich die Frechheit auf, den Präsidenten der Vereinigten Staaten als Zeugen für einen angeblichen Kunstraub aufzurufen. Mr. Silbermann, ich beginne mich zu schämen, daß so jemand wie Sie einmal US-Offizier gewesen ist. Und dann auch noch beim OSS!«

»Die Wahrheit hängt nicht von Personen und Positionen ab, Sir!«

»Die Wahrheit ist, daß Sie ein übler Nestbeschmutzer sind!« Das Gesicht des Colonel wurde rot. »Die Wahrheit ist, daß Sie nie Amerikaner geworden sind, sondern immer der deutsche Jude geblieben sind. Und die letzte Wahrheit ist, daß Männer wie Sie zum Kotzen sind … für mich! Danke!«

Silbermann wunderte sich nicht über diese Reaktion des CIC. Was nach 1945 »wiedergefunden« und »dem rechtmäßigen Besitzer übergeben worden ist«, war nur ein Bruchteil dessen, was die Nazis ausgelagert hatten. Wo die Mehrzahl der Kunstwerke geblieben war, blieb ein Rätsel, wurde mit einem Achselzucken beantwortet oder mit der lapidaren Antwort: Na ja, es war eben Krieg. Was da nicht alles verschwindet …

Vier Wochen später fand ein Motorradfahrer auf einer Landstraße zwischen München und dem Ammersee, am Straßenrand verkrümmt liegend, einen blutenden Mann und benachrichtigte die Polizei. Ein Rettungswagen brachte den Schwerverletzten in das nächste Krankenhaus, man zog ihn aus und stellte fest, daß er sechs Messerstiche in den Unterleib bekommen hatte. Die Kriminalpolizei übernahm sofort den Fall, aber der Niedergestochene war nicht vernehmungsfähig. Wie durch ein Wunder überlebte er und sagte am vierten Tag nach seiner Einlieferung aus: »Ich heiße Friedrich Silbermann. Ich bin noch amerikanischer Staatsbürger, wohnhaft in Würzburg. Die Verletzungen habe ich mir selbst beigebracht, ich wollte Selbstmord begehen. Das ist alles, was ich sagen kann ... und sagen will.«

Was hätte Silbermann auch erzählen sollen? Daß man im Flur seines Hauses plötzlich einen Sack über ihn geworfen und ihn weggeschleppt hatte in ein Auto. Daß das Auto nach Stunden irgendwo hielt, daß man ihn herauszerrte, gegen einen Baum lehnte und eine Stimme sagte: »Heute ist es nur eine Warnung, aber sie soll wirksam sein. Du weißt, wovor wir dich warnen, Fred Silverman.« Und dann hatte man sechsmal zugestochen, ihn zu Boden fallen lassen, den Sack vom Kopf gezogen und war ohne Scheinwerfer abgefahren. Er konnte weder die Autonummer noch die Automarke oder Farbe erkennen.

Es sind Profis, hatte Silbermann noch gedacht. Dann war er bewußtlos geworden.

Sollte er das erzählen? Ein Protokoll würde es geben, das bald in einem Aktenschrank verstaubte. Ein ungeklärter Überfall mehr; ein unerklärbarer dazu.

Vier Wochen blieb Silbermann im Krankenhaus, dann wurde er entlassen.

Als er aus dem Gebäude kam und in das bestellte Taxi stieg, hatte er das Gefühl im Nacken, daß er beobachtet wurde. Er kannte dieses Gespür von früher, aber er sah keinen Wagen, der ihnen folgte.

Es waren eben Profis –

Es stellte sich heraus, daß Wassilissa Iwanowna Jablonskaja nicht nur über beste Beziehungen in Moskau und Leningrad verfügte, sondern auch vom sowjetischen Kultusministerium und sogar vom

KGB mit weitreichenden Vollmachten ausgestattet war, die es ihr erlaubten, jede sowjetische Dienststelle, sei sie zivil oder militärisch, um volle Unterstützung zu bitten.

Das zeigte sich deutlich bei den Kreuz- und Querfahrten, die sie mit Michael Wachter begonnen hatte. Vorher gab es noch eine erregte Diskussion, denn Nikolaj wollte seinen siebzigjährigen Vater nicht allein auf die anstrengenden Reisen schicken, und selbst Jana Petrowna überlegte ernsthaft, ob sie nicht ihr Väterchen begleiten sollte. Die Kinder waren schon selbständig genug, um unter Aufsicht eines im Ruhestand lebenden Lehrers aus Puschkin eine Zeitlang allein gelassen zu werden. Peter war neun, Janina sieben Jahre alt, es waren kluge und vernünftige Kinder, die schon jetzt in ihrer Jugend von der Schönheit ihrer Mutter zeugten. Die Jablonskaja hatte es einmal ausgesprochen, was Großvater Michael im stillen schon gedacht hatte, voller Stolz, wie Großväter nun mal sind: »Peter und Janina hätten früher Modelle für Raffael und Tiepolo abgegeben.«

Nun also wollten Nikolaj und Jana den alten Wachter begleiten und überfielen ihn drei Tage vor der geplanten Abreise aus Puschkin mit der Eröffnung: »Väterchen, alles ist geregelt. Nikolaj ist beurlaubt, die Kinderchen bleiben unter Aufsicht von Arkadij Trofimowitsch, dem alten Lehrer, im Schloß – alles ist gut.«

»Nichts ist gut!« hatte Wachter ärgerlich gerufen. »Was, frage ich, soll da gut sein? Daß ein Wachter seinen Posten als Betreuer des Bernsteinzimmers verläßt? Daß eine Mutter ihre Kinder in Pflege gibt?! Das ist gut?!«

»Soll ich einen leeren Saal bewachen, Vater?« rief Nikolaj zurück.

»Wäre das Zimmer da – ich rührte mich nicht von der Stelle. Das weißt du! Unmöglich aber ist's, dich allein auf die Suche zu schicken.«

»Wassilissa Iwanowna ist bei mir.«

»Genügt das vielleicht? Wenn du krank wirst, wenn du ausrutschst und dir ein Bein brichst, wenn irgend etwas anderes passiert … Janka ist eine gute Krankenschwester geworden. Und vergiß nicht, Väterchen … ein alter Mann bist du.«

»Was bin ich?!« Auf sein Alter hingewiesen zu werden war Wachter ein Greuel. Er war kein Greis, er fühlte sich nicht so, er war nicht im geringsten klapprig in den Knochen und den Muskeln. Sein Herz schlug kräftig wie vor vierzig Jahren, seine Adern waren nicht verstopft und das Denken war ihm nicht schwerer geworden. Nur die linke Schulter war etwas schief seit dem Feuerüberfall der Tiefflieger, und daß es gerade sowjetische Flieger gewesen waren, die ihn, einen Wachter, die seit 230 Jahren in Rußland lebten, zusammengeschossen hatten und indirekt und unwissend schuld daran waren, daß er das Bernsteinzimmer aus den Augen verloren hatte, ärgerte ihn immer wieder. Aber ein alter Mann, auf den man aufpassen mußte wie auf einen Säugling, nein, das war er keinesfalls.

»Ihr seht mich als einen Tattergreis?!« rief er empört. »Ha, zeigen werde ich's euch! Wer bin ich denn? Soll eine eigene Krankenschwester brauchen? Einen starken Sohn, der mich auf den Schultern herumträgt?«

»Väterchen, so ist das nicht.« Jana Petrowna versuchte, Wachter milde zu stimmen. »Acht Augen sehen mehr als vier Augen, und sechs Ohren hören besser als vier …«

»Jeder auf seinem Platz!« sagte Wachter streng. »Ich fahre und suche mit Wassilissa Iwanowna allein …«

Als sie von Puschkin abfuhren nach Leningrad, um dort ein Flugzeug nach Ost-Berlin zu besteigen, war zwar Jana im Katharinen-Palast bei den Kindern geblieben, aber Nikolaj war mitgekommen und hatte dem Alten allen Wind aus den Segeln genommen, indem er sagte: »Ein Wachter gehört zum Bernsteinzimmer. Bin ich ein Wachter? Ohne Zweifel. Wo ist das Bernsteinzimmer? Verschollen. Wer hat die Pflicht, es zu suchen? Ein Wachter. Ich wiederhole: Bin ich ein Wachter? Was kannst du dagegen sagen, Väterchen?«

»Du bist ein Dickkopf wie ich.« Michael Wachter stieß mit der Faust gegen die Brust seines Sohnes, und die Kraft des Alten war noch so stark, daß Nikolaj etwas schwankte. »Gut ist's. Keine Diskussion mehr! Froh bin ich, daß Janinka zu Hause bleibt. Wir alle wissen, wie schwer es wird, was wir vorhaben. Sogar gefährlich kann's werden. Es *gibt* Menschen, die wissen, wo das Bernsteinzimmer geblieben ist, und sie werden unsere Feinde sein und vor nichts zurückschrecken.«

»Und deshalb ist es gut, daß ich bei dir bin«, sagte Nikolaj.

In Berlin blieben sie nur drei Tage, wohnten als Gäste des sowjetischen Stadtkommandanten im Gästehaus der Roten Armee in Karlshorst und studierten die Detailpläne, die man in Moskau erstellt hatte und mit denen die Jablonskaja jahrelang beschäftigt gewesen war. Drei wichtige Spuren gab es, auf denen man dem Bernsteinzimmer folgen wollte: nach Grasleben, nach Merkers und nach Österreich im Raum Alt-Aussee, Dachstein, Höllengebirge ... aber in elf Jahren war viel Gras über das Land und die Erinnerung gewachsen.

»Suchen wir in Thüringen«, sagte Wachter, nachdem er alle Karten, Aussagen, Berichte und Mutmaßungen durchgelesen hatte. »Merkers ... da muß es gewesen sein. Im Bergwerk Kaiseroda II/III. Wenn man nur wüßte, wo dieser Captain Silverman lebt! Er hat's gesehen, sagt er. Er hat den Transport nach Frankfurt zusammengestellt. Und auf diesem Transport sind drei Lastwagen mit zwanzig Kisten angeblich vom deutschen ›Werwolf‹ überfallen und geraubt worden. Zwanzig Kisten ... das könnte genau das Bernsteinzimmer sein! Silverman behauptet das auch ... Meine Lieben, wir müssen in Merkers anfangen mit der Suche. Noch einmal! Wozu nach Österreich fahren? Nach Grasleben? Das alles sind nur falsche Spuren.«

Mit dem Zug fuhren sie von Berlin nach Weimar, und hier zeigte sich die Macht des Ausweises von Wassilissa Iwanowna. Sofort bekam sie vom sowjetischen Militärkommandanten einen Wagen, keinen mit Armeenummer und braungrau gestrichen, sondern einen unauffälligen Privatwagen, dessen wahre Identität nur die Tankwarte kennenlernten, denn Benzin bekamen die Wachters und die Jablonskaja kostenlos gegen Vorlage der sowjetischen Bescheinigungen.

In Merkers hatte sich wenig verändert. Das Salzbergwerk arbeitete nur mit halber Kapazität, Grubendirektor Eberhard Moschik war vor zwei Jahren gestorben, und Grubeninspektor Johannes Platow, der 1945 Eisenhower, Patton und Bradley in die riesige Salzhalle geführt und ihnen die Schätze gezeigt hatte, konnte sich an nichts mehr erinnern. Vor ebenfalls zwei Jahren war er abends nach seinem Stammtisch im »Grünen Baum« von einem unbekannten Auto angefahren und durch die Luft geschleudert worden. Er hatte überlebt, aber der Schädelbruch, den er erlitten hatte, machte ihn zum Invaliden, der sich an nichts mehr erinnern konnte.

Die neue Grubendirektion zeigte sich sehr hilfsbereit. Mit einem Obersteiger fuhr man die »Kommission«, wie die Jablonskaja sie vorstellte, 450 Meter tief in den Berg hinunter und zeigte ihnen die Hallen, in denen 1945 die wertvollsten Schätze der Berliner Museen, fast das gesamte Reichsvermögen in Gold – und das Bernsteinzimmer – versteckt gewesen waren. Eine bedrückende Leere dehnte sich vor ihnen aus, geblieben war nur das Gleis der Schmalspurbahn, das die riesige Haupthalle durchzog.

»Hier also war es ...«, sagte Wachter leise, genau wie damals Eisenhower, der ergriffen vor den Kunstschätzen gestanden hatte.

»Man nimmt es an.« Der Obersteiger zuckte mit den Schultern. »Ich war damals fünfzehn Jahre alt, mein Vater hat mir erzählt, daß Wehrmacht und SS waggonweise Kisten, Kartons und Säcke in den Schacht gebracht hätten. Aber keiner von uns, das schwöre ich, hat gewußt, was es ist. Die meisten wußten überhaupt nichts. Sie wußten nicht mal, daß hier in der Nähe das neue Hauptquartier von Hitler gebaut wurde und daß bei Saalfeld der Gauleiter Koch unterkriechen wollte. Daß unter der Erde viel gebaut wurde, das haben wir gesehen ... aber wozu, danach hat keiner gefragt. Wir hätten ja auch keine Antwort bekommen.«

»Könnte es sein, daß in den unterirdischen Bunkern und Gängen des geplanten Hitler-Hauptquartiers auch zwanzig Kisten versteckt worden sind?«

»Warum nicht? Platz war genug da. Eine ganze Bunkerstadt unter der Erde.«

»Ich habe die Pläne hier.« Die Jablonskaja klopfte auf ihre lederne Umhängetasche. »Ich wollte sowieso in diese Unterwelt steigen.«

Sie sprach russisch, Nikolaj übersetzte es, aber der junge Obersteiger schüttelte den Kopf. »Das können Sie sich sparen«, sagte er. »Da unten ist alles leer. Wenn was drin gewesen war, dann hat das der Amerikaner mitgenommen.« Er machte eine weite Handbewegung durch die Salzhalle. »Sie haben ja auch hier alles mitgenommen. Zurückgelassen haben sie aufgerissene Kisten, Koffer, Kartons, Schatullen und Säcke.«

»Es ist und bleibt die einzige wichtige Spur«, sagte Wachter, als sie wieder über Tage waren und mit dem Grubendirektor und dem Obersteiger in der Kantine zusammensaßen und ein Pilsener Bier tranken. »Von hier gingen die zwanzig Kisten aus Königsberg mit einem US-Konvoi nach Westen. Und die drei Lastwagen mit den zwanzig Kisten verschwanden spurlos und wurden erst später leer wiedergefunden.«

»Mit einem toten Fahrer. Einem Neger«, fügte der Grubendirektor hinzu. »Wenn ich mich daran erinnere, mein Gott, war das damals ein Rummel! Ein Fahrer tot, zwei Fahrer vermißt, die Ladung gestohlen ... die Amis müssen eine halbe Armee auf Suche geschickt haben. Es wimmelte nur so von Panzern, Infanterie, Hubschraubern und Geschützen.« Er sah zu Wachter hinüber, der stumm in sein Bierglas starrte. »Glauben Sie, in den zwanzig Kisten könnte das Bernsteinzimmer gewesen sein?«

»Es war in den Kisten!« Wachter umklammerte sein Bierglas. »Wie kommen wir nur an diesen ehemaligen Captain Silverman heran? Er muß doch zu finden sein.«

»Nicht in Amerika.« Die Jablonskaja blätterte in ihren Unterlagen. »Wir haben in Moskau alles versucht ... ohne Ergebnis. Die US-Botschaft kann überhaupt nichts feststellen, da alle Anfragen in Washington mit *No* beantwortet werden. Briefe an den Geheimdienst OSS sind völlig sinnlos, man weiß nicht, ob sie ankommen, man erfährt keine Reaktion, man setzt uns vielleicht sogar auf die Liste der Personen, die besonders überwacht werden müssen. Man umgibt diesen Silverman mit einer Mauer des Schweigens.«

»Ein Beweis, daß er mehr weiß als alle anderen.« Nikolaj blickte hinüber zu seinem Vater. »Wir sollten eine Anzeige aufgeben. In der *New York Times* – das ist Amerikas größte Zeitung.«

»Und wenn er in Kalifornien oder Alaska lebt ... da liest er vielleicht nicht diese Zeitung. Das müßte schon ein Zufall sein.«

»Der General Zufall hat schon manche Schlacht gewonnen«, sagte die Jablonskaja. »Nikolajs Rat ist gut. Eine Suchanzeige in der *New York Times* – versuchen sollten wir's.«

»Und welche Adresse geben wir an?« Wachter trank sein Glas Pils leer.

»Puschkin? Da wird nie ein Brief ankommen. Berlin-Ost? Ein ungutes Gefühl habe ich. Nennen wir eine westdeutsche Adresse.«

»Vielleicht in Frankfurt.« Nikolaj sah, wie sein Vater nachdenklich nickte. »Silverman war in Frankfurt als OSS-Offizier. Liest er die Anzeige mit der Frankfurter Adresse, kann er ahnen, wer ihn sucht.«

Bevor sie aber diese Anzeige an die *New York Times* schickten, fuhren sie nach Wassilissas Plänen alle Orte ab, wo man das Bernsteinzimmer, genauer, wo man große Kisten gesehen hatte, transportiert von Wehrmacht, SS und sogar der Luftwaffe.

Sie besuchten fünfunddreißig Schlösser und Burgen, unterirdische Stollen und Klöster, Bergwerke und Höhlen, krochen durch Kellergewölbe und Felsengänge, sprachen mit Bürgermeistern, Verwaltern, Äbten, Pfarrern und Schloßangestellten ... überall wollte man die großen Kisten gesehen haben, die dann Mitte April wieder weggebracht worden waren. Von deutschen Fahrzeugen mit unbekanntem Ziel.

»Die Daten stimmen«, sagte die Jablonskaja, während sie erneut vor ihrem Aktenstapel saß. Sie hatten in Frankfurt eine Wohnung gemietet und hatten von hier aus auch Grasleben und die Fundorte im Raum Göttingen besucht. Im Gegensatz zu Thüringen und Sachsen zeigten sich die westdeutschen Behörden äußerst abweisend, ja sogar aggressiv, vor allem, wenn Wassilissa Iwanowna ihre sowjetischen Vollmachten vorlegte.

»Das haben wir gern«, wurde ihr von einer Stadtratssitzung erzählt. »Kommen die Russen und wollen schnüffeln! Nach gestohlenen Kunstwerken! Eine Frechheit! Und was haben die geklaut! Halb Ostpreußen! Königsberg heißt jetzt Kaliningrad! Man sollte ihnen sagen, daß sie uns kreuzweise ... Ritze rauf und Ritze runter!«

Über ein halbes Jahr war jetzt vergangen. Hunderte von Spuren gab es, aber keine war die richtige. »Wenn man das alles zusammennimmt, die Daten und die Beobachtungen«, sagte die Jablonskaja, »dann war das Bernsteinzimmer zu gleicher Zeit an vierzehn verschiedenen Orten. Wo aber war's wirklich?«

»Das kann nur Silverman wissen.« Michael Wachter schob die vor ihm liegenden Listen von sich. »Die Anzeige in der *New York Times* ist wirklich die einzige Möglichkeit, ihn zu finden.«

Kurz vor Weihnachten erschien in Amerikas meistgelesener Tageszeitung die Anzeige:

Wir bitten Mr. Fred Silverman, ehemaliger Captain der US-Army in Deutschland, 1945 im Raume Merkers stationiert, um ein Lebenszeichen. Es wäre schön, uns wiederzusehen. Fred, melden Sie sich und schreiben Sie an folgende Adresse ...

Sie gaben keinen Namen an, nur die Straße, die Hausnummer und das Stockwerk. Eine teure Anzeige war's, aber die Rechnung bezahlte die sowjetische Botschaft in Rolandseck am Rhein, gegenüber dem Drachenfels und Bad Honnef.

»Jetzt können wir nur warten«, sagte Nikolaj. Weihnachten war nicht weit. Schweren Herzens dachte er daran, daß er dieses Jahr nicht mit den Kindern unter einem nach deutscher Art geschmückten Weihnachtsbaum sitzen und deutsche Weihnachtslieder singen würde und auch das sowjetische Fest von Väterchen Frost versäumte. Traurig dachte er an Jana Petrowna, die er in diesem halben Jahr nur zweimal telefonisch hatte sprechen können und deren Briefe, die sie nach Frankfurt schickte, so fröhlich klangen und doch voller versteckter Sehnsucht waren. Immer wieder fragte er sich deshalb in Sorge: Wozu das alles? Wir finden das Bernsteinzimmer doch nie!

Der alte Wachter war es dann, der ihm neuen Mut gab. »Es ist noch da!« sagte er voll fester Überzeugung. »Es ist nicht vernichtet worden. Irgendwo ist es versteckt, und da es das Zimmer noch gibt, hört nie die Hoffnung auf, die richtige Spur zu ihm zu finden. Man muß nur immer von ihm sprechen, nicht lockerlassen, die Menschen anregen, die Augen offenzuhalten und genau zu beobachten … ja, meine Lieben, die Menschen, nicht die Behörden. Von den staatlichen Stellen haben wir nichts zu erwarten, da sind wir nur die unbequemen, bohrenden, frechen, kommunistischen Russen, denen man jede Information verwehrt, jede Einsicht in Archive, jede Aufzeichnung der Vergangenheit. Allein stehen wir, ganz allein … hoffen können wir nur auf einen Zufall, auf einen Wink aus der Bevölkerung, der uns den richtigen Weg weist. Und darum dürfen wir nie Ruhe geben, müssen immer in die Lande rufen: Was wißt ihr über das Bernsteinzimmer? Was habt ihr 1945 oder heute gesehen? Was habt ihr flüstern hören? Sagt es uns. Jeder Hinweis ist wichtig.«

Es wurde Weihnachten. Wassilissa Iwanowna und die Wachters feierten in ihrer Wohnung mit einem geschmückten Bäumchen, mit Gänsebraten, Rotwein, Plätzchen, Stollen und Lebkuchen. Für die Jablonskaja war es das erste deutsche Weihnachten. Sie war als gute Kommunistin erzogen worden, und in ihrem Elternhaus hatte es kein Weihnachten gegeben: Bei den Komsomolzen lachte man sogar über den christlichen Feiertag und sagte, die Geburt Lenins sei wichtiger als die Geburt dieses Jesus. Was hatte er schon geleistet? Nur Unruhe unter die Völker hatte er getragen, nur Glaubenskriege, wahnsinnige Inquisitionen und einen unnachahmbaren Kapitalismus. Lenin aber hatte einen Staat geschaffen, ein neues Rußland, ein Land der Sowjets, eine völlig neue Gesellschaft, einen Fels des Sozialismus in einer kapitalistisch verseuchten Welt.

Nun saß die Jablonskaja vor dem Bäumchen, an dem die Kerzen flackerten, hörte im Radio die deutschen Weihnachtslieder und spürte etwas von der Ergriffenheit, die alle befällt, wenn die Stille und Besinnlichkeit des Heiligen Abends ins Zimmer tritt. Nikolaj hatte einen langen Brief nach Puschkin zu Jana und den Kindern geschickt und für Peter einen großen ferngesteuerten Kran und für Janina eine sprechende Puppe mit Schlafaugen gekauft. Ob die Geschenke angekommen waren, konnte man nur hoffen. Ein Paket von Frankfurt bis Leningrad geht durch viele Hände – Am zweiten Weihnachtstag verließen Wassilissa, Nikolaj und Michael Wachter ihre Wohnung. Sie wollten sich einmal verwöhnen lassen in einem feinen Lokal, wo der Oberkellner noch einen Frack trug und jeden Gast mit einer Verbeugung begrüßte. Es war kalt an diesem Abend, das Schneewasser auf den Straßen war zu Eis gefroren, vorsichtig mußte man gehen, am besten, man hielt sich gegenseitig fest und tastete sich Schritt für Schritt langsam vorwärts.

»Wenn ich das Essen nicht schon in der Nase hätte«, sagte Wachter fröhlich, »bliebe ich im warmen Sessel hocken! Aber ich rieche schon den Duft! Meine Lieben, fassen wir uns unter … kann Eis uns erschrecken? Denkt an die Winter in Puschkin. Aufgewachsen sind wir mit –«

Weiter kam er nicht mit seinen Worten. Irgendwoher, aus der Dunkelheit vor oder neben ihnen, aus einem Eingang oder einem Fenster oder von einer Straßenecke aus bellte ein Schuß auf. Durch Zufall rutschte Nikolaj ein wenig aus, aber diese Bewegung rettete ihm das Leben. Die Kugel zischte an seinem Kopf vorbei, schlug an die Hauswand und irrte dann als Querschläger an dem alten Wachter vorbei die Straße hinunter.

Es war auch der Alte, der sofort und richtig reagierte. Er ließ sich fallen, und da sie sich untergehakt hatten, fielen die anderen mit ihm auf die Straße, streckten sich und lagen flach, als der zweite Schuß in halber Höhe über sie hinwegzischte. Stehend hätte er einen von ihnen in den Bauch getroffen.

Eine ganze lange Minute blieben sie auf der vereisten Straße liegen. Dann hob der alte Wachter der Kopf, sicherte wie ein gejagter Wolf nach allen Seiten, schob sich auf die Knie und legte links und rechts seine Hand auf den Rücken von Nikolaj und Wassilissa.

»Am richtigen Platz sind wir!« sagte er auf russisch. »Vor uns liegt die richtige Spur. Wie nahe sind wir dem Bernsteinzimmer, wenn man versucht, uns zu töten.« Er stand auf, lehnte sich gegen die Hauswand und wartete, bis die Jablonskaja und sein Sohn auch wieder auf den Füßen waren. »Welch ein wundervolles Weihnachten, meine Lieben! Man schenkt uns das Bernsteinzimmer ... nur abholen am richtigen Ort müssen wir es. Auch ihn werden wir finden mit Ausdauer, Mut und Gottes Hilfe ...«

Die zwanzig Kisten auf der *Lukretia* waren zusammen mit den Landmaschinen wohlbehalten angekommen. Der griechische Kapitän hatte zunächst einen kleinen, unwichtigen Hafen angesteuert – Agiaba hieß er, lag im Golf von Kalifornien und war ein Nest, hinter dem ein Sumpfgebiet mit einem See lag, das von Moskitos und Parasiten nur so wimmelte. Joe Williams hatte keinerlei Mühe, den Alkalden des Dorfes mit fünftausend Dollar zu bewegen, zwei flache Boote zu der vor der Küste ankernden *Lukretia* zu schicken und zwanzig große Kisten abzuholen und an Land zu bringen. Seit drei Wochen hielt sich Joe in Mexiko-City auf, war dann nach Chihuahua geflogen und von dort nach Navojoa gefahren, wo ihn das Funktelegramm der *Lukretia* erreichte. Mit dem zweiten Boot landete auch der griechische Kapitän in Agiaba und hielt die Hand auf. Ohne Zögern zahlte ihm Williams die restliche Summe aus.

»Sie sind ein Gentleman, Mister«, sagte der Kapitän. »Sie hätten auch sagen können: Hau ab! Verdufte dich, ehe ich deinen Gestank wegwedele.«

»Und was hätten Sie dann getan?«

»Die nächste Polizeistation angerufen.«

»Sehen Sie, mein Freund, und deshalb bekommen Sie Ihr Geld.« Joes Stimme wurde plötzlich hart und kalt. »Auch wenn ich Sie nicht bezahlt hätte, würden Sie mich nicht verraten haben.« Er zeigte auf den sandigen Boden. »Dann lägen Sie dort mit einem Loch im Körper.«

»Ich sagte es ja, Sie sind ein Gentleman.« Der Kapitän steckte die Dollarscheine ein und grüßte mit der Hand an der Mütze. »Leben Sie wohl, Mister. Hoffentlich sehe ich Sie nie wieder.«

»Damit können Sie rechnen, Kapitän. Gute Fahrt.«

»Werden Sie glücklich mit Ihren Kisten! Was ist denn wirklich drin?«

»Eingefangene Sonnenstrahlen ...«

»Aha!« Der Kapitän grinste, tippte sich an die Stirn und ließ sich zurück zu seiner *Lukretia* bringen. Ein verrückter Amerikaner mehr, dachte er. Das Geld muß denen tatsächlich das Gehirn aufweichen.

Er griff an seine Uniformjacke, fühlte das Bündel Dollarscheine in der Tasche und war voll Freude, daß gerade er solch einem Verrückten begegnet war.

Joe Williams hatte eins gelernt, was sonst einem Amerikaner nicht gegeben ist: Er hatte Zeit. Ihn steckte keine Hektik an, er jagte nicht nach Geschäften, er ließ sich auf keinen Wettlauf ein, um die Konkurrenz zu überholen ... er hatte das alles nicht nötig. Die zwanzig Kisten ließ er von Agiaba nach Ciudad Juarez, direkt an die Grenze zu New Mexico bringen, gleich gegenüber von El Paso. Hier mietete er einen Lagerraum, stellte die alten Kisten unter, schloß das Tor ab und fuhr hinüber nach El Paso, um gut zu essen, sich ein Hotel zu nehmen, ein Mädchen mit langen, schwarzen Locken zu mieten und somit heimlich seinen Triumph zu feiern. Das Bernsteinzimmer war in Amerika. Niemand würde es mehr finden. Es gab keine Spuren mehr. Auch ein Captain Silverman mußte bei Alsfeld stehenbleiben, bei dem Überfall des deutschen »Werwolfs«, der drei GIs getötet hatte, von denen man dann nur einen, den armen Noah Rawlings, fand. Und außerdem ... das war nun über elf Jahre her. Wer weiß, was aus Captain Silverman geworden war.

Von El Paso rief er nochmals seinen Vater in Whitesands an.

»Daddy ...«, sagte er, »... ich weiß, daß ich für dich tot bin. Gut, ich akzeptiere es. Hat ja auch keinen Sinn, in Whitesands aufzutauchen und das Ehrenmal umzustürzen. Sie sollen ihren Helden haben, und du auch. Aber eine Frage: Wer erbt deinen ganzen Gangsterschatz?«

»Ich habe eine Stiftung für Krebskranke gegründet. Da hinein kommt alles. Alles!«

»Sehr edel, Dad. Sie werden dich nie vergessen, vielleicht bekommst du sogar ein Denkmal. Aus Whitesands wird vielleicht Williamsburgh! Du tust wirklich viel für die Unsterblichkeit. Anders als Al Capone. Der ging in die Geschichte als größter Gangster ein ... du wirst es als großer Wohltäter schaffen. Das ist genial, Dad – sie haben dich nie geschnappt!«

»Was willst du?« fragte der alte Williams. Es klang, als wollte er nach einer Ratte treten.

»Für mein Alter zehn Millionen Dollar auf ein Konto.«

»Arbeite«, sagte der Alte.

»Auf deine Art? Dad, das kann doch nicht dein Ernst sein.« Joe lachte laut. »Was sind zehn Millionen Dollar für dich? Ich habe mal in einer stillen Stunde ausgerechnet, wieviel du in vierzig Jahren Mädchenhandel verdient hast. Allein nur damit ... die anderen Geschäfte gar nicht mitgerechnet. Dad, dieses Weiberfleisch hat dir nicht nur die Nase, sondern den ganzen Körper bis zum Arsch vergoldet.«

»Wohin?« fragte der alte Williams knapp.

»Was wohin?«

»Wohin sollen die zehn Millionen Dollar überwiesen werden, du Saukerl?!«

»Das gebe ich dir noch bekannt. Danke, Dad.«

»Und wann?«

»Damit du siehst, daß ich deine Großzügigkeit geerbt habe, erst nach deinem Tod. Eine Anweisung im Testament.«

»Und wenn ich das vergesse? Wenn nichts drinsteht nach meinem Tod?«

»Es wäre das erstemal, daß der große Williams nicht sein Wort hält. Aber nehmen wir an, diesesmal hält er es nicht. Was dann, Dad? Dann bricht in Whitesands Feuer aus, explodieren die Heizöltanks, und deine Krebsstiftung wird monatlich einmal auf irgendeine Weise heimgesucht, bis sie die zehn Millionen Dollar in ein Köfferchen stecken, um endlich Ruhe zu haben.«

»Du bist ein Schwein!« sagte der Alte. Seiner Stimme hörte man den Ekel an.

»Ich bin dein Sohn, Dad!« Joe lachte wieder ins Telefon. »Eigentlich solltest du auf mich stolz sein.«

Er legte auf, ehe der alte Williams ihm noch mehr Grobes an den Kopf werfen konnte.

Kurz vor Weihnachten saß Joe wieder in einer Maschine, die nach Frankfurt flog. In der 1. Klasse wurde Champagner serviert, Williams streckte die Beine von sich, prostete der blonden Stewardeß augenzwinkernd zu, nahm einen Schluck und faltete dann die *New York Times* auseinander, die mit dem Champagner gebracht worden war. Sie war dick wie immer, eine Lektüre für Stunden, wenn nicht für einen ganzen Tag, wenn man jede Seite genau lesen wollte, und Joe machte sich daran, erst die Politik und dann den Sport zu lesen. Beim Umblättern der Anzeigenseiten fiel ihm eine umrandete Anzeige auf, die er aber nicht las, sondern nur flüchtig wahrnahm, bis er plötzlich stutzte und die Augenbrauen zusammenzog.

Hatte da nicht der Name Silverman gestanden? Verrückt – aber sein Hirn hatte es registriert. Er blätterte schnell zurück, fand die umrandete Anzeige sofort und las sie mit zusammengepreßten Lippen.

Captain Fred Silverman – das war er. Den gab es nur einmal. Und jemand suchte ihn … in Frankfurt, ausgerechnet in Frankfurt, und so wichtig mußte es sein, daß eine auffällige Anzeige in der *New York Times* erschien.

Joe riß das Blatt aus der Zeitung, faltete es zusammen, steckte es in seine Brusttasche und dachte dann nach. Einen Fred Silverman sucht man nicht ohne Grund. Vor allem sucht man ihn nicht, um ihm bloß die Hand zu drücken, ihn zu umarmen, auf die Schulter zu klopfen und zu sagen: »Gut, daß du noch da bist. Jetzt gehen wir mal gut essen!« Wer so nach einem Silverman sucht, hat einen gewichtigen Grund. Und wofür kann Silverman wichtig sein? Für die Suche nach dem verschwundenen Bernsteinzimmer.

Eine große Unruhe erfaßte Joe Williams. Der Flug bis nach Frankfurt kam ihm jetzt doppelt so lang vor wie der Hinflug nach Mexiko. Vom Flughafen ließ er sich sofort zu seinem Puff in der Moselstraße fahren und stand plötzlich vor dem völlig verwirrten jugoslawischen Geschäftsführer.

»Hallo, Boy!« sagte Williams freundlich. »Das sind Joes kleine

Überraschungen. Laß die Koffer aus dem Taxi holen, und dann legst du mir die Buchführung vor.«

»Ist Mr. Brooks auch da?« fragte der Jugoslawe.

»Nein, der gute Larry bleibt drüben in den Staaten. Er hat ein Mädchen kennengelernt, ist seitdem geistig verwirrt und will sich auszahlen lassen.«

Er ging die Treppe hinauf in seine Privaträume, von denen aus er mit versteckten Kameras und Mikrofonen in allen Zimmern kontrollieren konnte, was dort geschah und gesprochen wurde, holte einen Stadtplan aus der Schublade und suchte die Straße, die in der Anzeige aufgegeben worden war. Sie lag in der Nähe des Zoos, eine stille Straße mit Häusern um die Jahrhundertwende, eine gute Gegend, um angenehm zu wohnen.

Schon am nächsten Tag fuhr Joe mit einem Volkswagen unauffällig durch die Straße, hielt gegenüber dem angegebenen Haus an, beobachtete es und hatte gleich das Glück, Wassilissa Iwanowna zu sehen. Sie kam aus der Tür, hielt einen Brief in der Hand und ging zu einem Briefkasten, der drei Straßen weiter an einer Hauswand hing. Joe fuhr an, überholte sie, war vor ihr an dem Briefkasten, stieg aus und tat so, als werfe auch er einen Brief ein. Dann, als er die Frau hinter sich spürte, drehte er sich ungeschickt um, rempelte sie an, machte ein schuldbewußtes Gesicht und verbeugte sich.

»Verzeihung!« sagte er. »Ich habe Sie nicht gesehen! Wie ungeschickt von mir. Wirklich, es ist mir peinlich. Habe ich Ihnen weh getan?«

»Nix passiert ...« Wassilissas Deutsch war hart und bestand nur aus wenigen Worten. »Nix weh ...« Sie lächelte verzeihend. »Schonnn gutt ...«

Joe blieb am Briefkasten stehen, nachdem Wassilissa den Brief eingeworfen und weggegangen war. Eine Russin, dachte er. Ja, das ist eine Russin. Und bestimmt ist sie nicht allein! Was wollen die Russen von einem Captain Silverman? Da braucht man nicht dreimal zu fragen, die Antwort liegt auf der Hand. Die Russen suchen das Bernsteinzimmer. Die Russen wissen, daß Silverman es zuletzt gesehen hat. Die Russen haben eine Spur, und jetzt werden sie wie Wölfe sein, die ihre Beute jagen. Die Russen sind hinter mir her ... Joe, wehre dich. Sollen elf Jahre Warten umsonst gewesen sein?!

Joe, du kennst sie jetzt, aber sie haben keine Ahnung von dir. Du hast die bessere Position … mach sie klein!

Noch zwei Tage lang beobachtete Joe das Haus in der stillen Straße. Er sah auch Michael Wachter und Nikolaj … allein, zu zweit, zu dritt mit der Frau. Nur drei sind es, dachte Joe zufrieden. Drei gegen mich, den Unbekannten! Das ist nun kein Problem mehr … aus einer guten Deckung heraus braucht man nur dreimal abzudrücken.

Am zweiten Weihnachtstag war er wieder in der stillen Straße am Zoo und lauerte auf eine Gelegenheit. Wieder benutzte er die alte deutsche 08-Pistole, mit der Larry den Kunsthändler getötet hatte … fand man die Kugeln in den Leichen der drei Russen, aus denselben Lauf abgeschossen wie bei dem Händler, würde die Polizei zu kühnen Schlüssen kommen: Es gab noch eine Nazi-Organisation, die aus irgendwelchen Gründen alle liquidierte, die mit ehemals geraubten Kunstschätzen zu tun hatten. Der große Unbekannte … ein Alptraum für jeden Kriminalbeamten!

Joe hatte Glück … die drei kamen zusammen aus dem Haus. Er hockte auf der anderen Straßenseite im Gebüsch eines Vorgartens, zielte sorgfältig und wußte, daß er treffen würde. Und dann geschah es, daß der Anvisierte rutschte, genau in dem Augenblick, als Joe den Finger krümmte. Die Kugel schlug in die Mauer, im gleichen Moment lagen die drei auf der Straße, noch bevor der zweite Schuß sie treffen konnte, und Joe Williams blieb nichts anderes übrig, als sich geduckt durch den Vorgarten zu entfernen. Im Haus hinter ihm gingen die Lichter über der Haustür an.

Das sind Profis, dachte Joe, als er wieder in seinem Wagen saß. Verdammt gut ausgebildet. Sssst … und weg waren sie. Das ist beste Schule. Das sind drei, die sich nicht einschüchtern lassen. Für die ist eine 08 zu langsam … zu denen muß man mit einer Gun kommen, mit einer Maschinenpistole und Rrrrrr ein Sieb aus ihnen machen. Joe, du mußt dir zwischen Weihnachten und Neujahr eine Gun besorgen, sonst bist du gewaltig im Nachteil.

Er fuhr an, zockelte – es war ja Glatteis – die stille Straße hinunter und sah gerade noch, wie die drei rasch in ihr Haus zurückschlüpften.

Ob Silverman die Anzeige gelesen hat und sich meldet, dachte er auf der Fahrt ins Bahnhofsviertel. Ob er wirklich nach Frankfurt kommt und sich mit den Russen trifft? Joe Williams, das wäre das Beste, was dir passieren könnte. Dann brauchst du dich nur um einen zu kümmern und kannst die Russen ziehen lassen. Dann gibt es nur einen, der dir gefährlich werden kann: Fred Silverman.

Und mit ihm, Joe, das ist dir doch klar, wirst du fertig.

In der Wohnung zogen sie die dicken Mäntel aus und setzten sich in das Wohnzimmer. Auf einem runden Tischchen glänzte der Samowar aus Messing. Er war das erste Einrichtungsstück, das Wassilissa Iwanowna gekauft hatte, und die sowjetische Botschaft, die alles bezahlte und deshalb auch alle Rechnungen verlangte, reklamierte nicht, das sei eine unnötige Ausgabe. Ein Samowar und ein Schachbrett gehören zur Grundausstattung eines echten Russen.

»Nun haben sie uns«, sagte Wachter, streckte beide Hände aus, nahm die heiße Teetasse und schlürfte vorsichtig einen Schluck. »Meine Lieben, ich hab es geahnt, nein, gewußt habe ich es, daß wir auf der richtigen Spur sind. Sie wollen uns töten, weil wir ihnen zu nahe sind.«

»Und wo ist das Ende der Spur?« Die Jablonskaja tauchte einen Löffel in ein Honigglas und süßte damit ihren Tee.

»Auch das werden wir noch finden. Wie dumm sie sind! Machen auf sich aufmerksam.«

»Du solltest zurück nach Puschkin fahren, Vater«, sagte Nikolaj.

»Jetzt? Gerade jetzt? Wo denkst du hin, Söhnchen?!« Wachter schlürfte wieder einen Schluck Tee. »Ha! Sag es, sprich dich aus: Angst hast du ...«

»Ja, Vater, um dich. Wenn sie dich erschießen ...«

»Und wenn sie *dich* erschießen? Größere Angst müßte ich haben! Eine Frau hast du, zwei Kinderchen ... *du* solltest nach Hause fahren. Ein alter Mann bin ich. Ja, jetzt sag ich's selbst! – und mein Leben liegt hinter mir. Was kann man noch verlieren? Wenn es nützt, Söhnchen, das Bernsteinzimmer zu finden ... erschießen sollen sie mich, und du wirst sie verfolgen, Nikolaj, wirst sie zwingen, das Versteck zu verraten, und dann wird es wieder aufgebaut im Katharinen-Palast und alle Welt wird die Hände falten vor soviel Schönheit. Dann hat das Sterben doch einen Sinn gehabt, nicht wahr, Söhnchen? Für einen Wolf ist eine Blutspur immer die beste –«

»Schöne Worte, schöne Reden ...« Nikolaj schlug mit der Faust auf den Tisch. »Zurück nach Leningrad fliegst du!«
»Nein!«
»Sei nicht so störrisch, Väterchen.«
»Mich stellt man nicht in eine Ecke!«
»Verdammt! Willst du unbedingt ein Bernsteinzimmer-Märtyrer werden?«
»Hör dir das an, Wassilissa, hör dir das an! So beleidigt ein Sohn seinen Vater! So erhebt er seine Stimme gegen ihn! Was soll man tun? Traurig sein oder ihn schlagen? Will mich entfernen, jetzt, wo ich das Zimmer fast greifen kann! Jetzt bekommt er Angst, am Ende, am Ziel ... sieh nur seine Augen an! Wie ein Ochse im Gewitter schaut er drein! Nikolaj Michajlowitsch, nicht ein Wörtchen mehr will ich davon hören. Wassilissa, was sagst du dazu?«
»Du solltest auf Nikolaj hören, ist meine Meinung.«
»Wegfliegen nach Leningrad?«
»Ja ... so schnell wie möglich.«
Mit einem langen Blick betrachtete Wachter seinen Sohn und die so kluge Jablonskaja, schüttelte wie in großer Wehmut den Kopf, stand auf und verließ das Zimmer. In seinem Schlafraum setzte er sich aufs Bett, holte seine alte Reise-Ikone vom Bord, stellte das geöffnete Triptychon auf seine Knie und fuhr mit dem Zeigefinger über die Figur des segnenden Christus.
»Herr, laß mich jetzt nicht allein«, sagte er leise. »Vor der Erfüllung meines Lebens stehe ich. Laß sie mich noch erleben.«

Es war wirklich ein Zufall, daß Friedrich Silbermann nach seiner Entlassung aus dem Krankenhaus die *New York Times* des Tages zu lesen bekam, an dem die Suchanzeige darin erschien. Seit einer Stunde erst war er zurückgekehrt in seine Wohnung in Würzburg, da klingelte es an seiner Tür, und als er öffnete, standen ein Major und ein Captain der US-Army vor ihm.
»Kommen Sie rein!« sagte Silbermann und machte die Tür frei. Auf den ersten Blick erkannte er, daß es Männer vom Geheimdienst waren. Zu lange war er selbst dabeigewesen, um nicht sofort zu erkennen, wen er vor sich hatte.
Der Major und der Captain betraten die Wohnung, ohne sich vorzustellen, und hätten sie es getan, wären es falsche Namen gewesen.

»Es freut mich, daß Sie gekommen sind«, sagte Silbermann freundlich. »Whiskey? Nein? Es ist echter Bourbon, Gentlemen. Nicht? Bitte, setzen Sie sich. Lassen Sie mich raten, warum Sie gekommen sind: Sie wollen sich für Ihren Verein entschuldigen. Stimmt's? Ich weiß nur nicht, wer's war ... das OSS oder das CIC? Und ich fragte mich immer wieder in diesen Wochen: Warum nur Stichverletzungen! Warum nicht einen sicheren Stich ins Herz oder eine Kugel zwischen die Augen? Zu meiner Zeit hat man da sauberer gearbeitet.«

»Ich weiß nicht, Fred, wovon Sie reden«, sagte der Major ungerührt. Silbermanns Worte zeigten keine Wirkung. »Wir haben von diesem Überfall auf Sie gehört, und wir sind hier, weil wir Sie noch immer als einen der Unseren betrachten. Wir wollen Ihnen helfen.«

»Die Fürsorge des OSS ist rührend.« Silbermann goß sich einen Bourbon ein. »Wie soll mir geholfen werden?«

»Zunächst mit einem Rat: Kehren Sie in die Staaten zurück.«

»Ich bin Dozent in Würzburg und fühle mich hier wohl.«

»Warum reden wir so dumm herum, Fred.« Der Captain, ein forscher junger Mann, beugte sich im Sitzen vor. »Was Sie hier in Deutschland tun, wissen wir genau.«

»Natürlich, das ist ja auch Ihre Aufgabe.«

»Muß das sein?«

»Ja. Oder wissen *Sie,* wo das Bernsteinzimmer geblieben ist?«

»Es geht hier nicht um dieses dumme Zimmer, Fred!« sagte der Major ärgerlich. »Die Regierung möchte, daß endlich das Gerede aufhört, unsere Truppen hätten 1945 Kunstschätze geklaut wie die Elstern. Immer wieder kommt das in der deutschen und internationalen Presse hoch. Wir stehen schlechter da als die Russen! Hier, lesen Sie nachher mal durch, was man so alles über den Nazischatz schreibt, den wir mitgenommen haben sollen!« Der Major warf eine *New York Times* auf den Tisch, beugte sich nach vorn, nahm Silbermann das Glas aus der Hand und trank den Bourbon aus. »Wenn jetzt auch Sie, Fred, noch einen großen Rummel um dieses Bernsteinzimmer machen, hört das Gerede nie auf.«

»Es wird keinen Rummel geben ... ich werde lautlos suchen.«

»Angenommen, Sie entdecken das Bernsteinzimmer.«

»Das wäre der Triumph meines Lebens.«

»Was dann? Dann stoßen Sie aber in die Posaune, damit wie damals die Mauern von Jericho einstürzen. Nur ist's nicht mehr Jericho, sondern Washington! Fred, wir haben Ihre Berichte von 1945 studiert. Danach sind die zwanzig Kisten zusammen mit drei Trucks und drei GIs verschwunden. Verantwortlich waren also wir.«

»Das stimmt. Ich habe das damals als eine persönliche Niederlage empfunden, und die will ich nun aus meinem Leben streichen. Das kann doch jeder verstehen.«

»Natürlich, Fred ... aber die Zeiten und die Politik haben sich seitdem gründlich verändert. Der Osten ist der große schwarze Mann, und wir müssen sauber sein, ganz sauber. Dieser häßliche Fleck durch den Kunstraub muß weg, Fred. Machen Sie ihn nicht noch größer ... das ist unsere Bitte.« Der Major lehnte sich zurück in den Sessel. »Fred, Sie sind Dozent in Würzburg. Reizt Sie nicht eine Professur in Princeton?!«

»Nein. Ich heiße auch nicht mehr Fred Silverman, sondern Friedrich Silbermann. Ich werde wieder Deutscher sein. Meine Familie hat man in den KZs vernichtet, ich konnte noch flüchten ... jetzt bin ich zurückgekehrt, weil ich trotz allem Heimweh hatte. Lassen Sie mich in Ruhe, Gentlemen ... verfolgen Sie mich nicht. Wir sind genug verfolgt worden als deutsche Juden ... jetzt sollen Sie mich in Ruhe lassen als einen endlich Heimgekehrten.«

Es gab keine Diskussion mehr, kein Thema, das man noch besprechen konnte. Der Major und der Captain erhoben sich, setzten ihre Mützen auf und verließen nach einem freundlichen »Überlegen Sie sich's, Fred!« die Wohnung.

Silbermann kehrte ins Zimmer zurück, goß sich einen neuen Whiskey ein, den anderen hatte ja der Major ausgetrunken, faltete die *New York Times* auseinander und suchte den Artikel über den Kunstraub der Amerikaner. Beim Durchblättern sah er aus den Augenwinkeln auch die umrandete Anzeige, stutzte, weil er meinte, seinen Namen gelesen zu haben, blätterte zurück und las den Text.

Das bin ich, dachte er, teils verwundert, teils erschrocken. Ja, das bin ich! Jemand sucht mich ... ein Informant, oder ist es eine Falle? Entscheide dich, Fred – fährst du hin oder vergißt du die Anzeige?

Noch am selben Abend erreichte er Frankfurt mit dem D-Zug München–Köln, fuhr mit dem Taxi zum Hotel »Frankfurter Hof«

und bekam sogar noch ein Zimmer. Die Halle war mit einem großen Tannenbaum und vielen Tannenzweigen geschmückt, und jetzt erst kam Silbermann voll zu Bewußtsein, daß morgen Heiligabend war, ein Abend, der jedes Jahr seiner Kindheit bestimmt hatte. Es gab dann immer Honigkuchen und Pfeffernüsse, alles im Haus roch nach Lebkuchen und Vanille, und Manna gab es, ja Manna, das Festbrot der Juden. Er hatte es nie gemocht, aber immer tapfer gegessen, um auch Stollen und Schokoladenprinten zu bekommen.

Tapfer, dachte er. Bin ich jetzt tapfer? Wage ich das Leben, um das Bernsteinzimmer zu bekommen? Wohin soll mich diese Anzeige locken? Wieso setzt man voraus, daß ich in den USA die *New York Times* lese? Wer kennt mich in Frankfurt?

Den Heiligen Abend feierte er allein im Restaurant des Hotels. Am 1. Weihnachtstag ließ er sich mit einem Taxi durch die in der Anzeige angegebene stille Straße in der Nähe des Zoos fahren und musterte im Vorbeifahren das Haus, in dem er erwartet wurde. Wer ist es, fragte er sich, verdammt, wer ist es?

Das Taxi fuhr an einem parkenden VW vorbei, und Silbermann achtete ebensowenig darauf, wie Joe Williams das Taxi nicht interessierte.

Warten wir es ab, dachte Silbermann. Beobachten wir erst mal das Haus. Ihr könnt euch doch denken, Jungs, daß ein alter Fuchs des Geheimdienstes nicht so ohne weiteres in eine Falle tappt! Ein paar Tage Zeit haben wir alle …

Er beschloß, im neuen Jahr, vielleicht am 3. Januar 1957, das Haus zu betreten, mit einer Smith & Wesson im Gürtel. Im Hotel übte er dann drei Tage lang das blitzschnelle Ziehen, stand vor dem Spiegel, rief hopp und riß die Waffe aus dem Gürtel.

»Du wirst nie ein Gary Cooper!« lachte er einmal sein Spiegelbild an. »Und der alte Wayne kann's auch besser! Aber für Frankfurt muß es reichen. Man muß nur immer eine Sekunde schneller sein …«

Zwischen Weihnachten und Neujahr beobachtete er das Haus. Er hatte sich ein Auto geliehen, und ein paarmal begegnete er einem VW, aber keiner achtete auf den anderen.

Das ist ein Scheißspiel, dachte Joe Williams in diesen Tagen. Kommt er, oder kommt er nicht?! Hat er die Anzeige gelesen? Wie lange soll ich hier auf der Lauer liegen? Wochenlang? Ihr verdammten Russkis, fahrt doch endlich zurück nach Moskau –

Am 3. Januar, wie er es sich vorgenommen hatte, wagte es Silbermann, vor dem Haus anzuhalten und aus dem Wagen zu steigen. Wie ein Schlag traf es Joes Herz. Er parkte an der Straßenecke und beobachtete das Haus mit einem Fernglas.

Er ist es! Wirklich, er ist es. Captain Fred Silverman. Der einzige, der nie an einen Überfall des »Werwolfs« geglaubt hatte. Der einzige, der ahnte, daß das Bernsteinzimmer nicht für immer verschollen war.

Fast körperlich spürte Joe die Gefahr.

Er sah, wie Silverman das Haus betrat, und wußte, daß Zögern eine Art von Selbstmord geworden war. Er spreizte die Finger, umklammerte dann das Lenkrad und wurde so kalt, von den Zehen bis zur Hirnschale, als sei heute eine Neumondnacht.

Nikolaj öffnete die Tür, als die Klingel schrillte. In der Hand hielt er eine russische Pistole, eine 9-mm-Makarow. Im Durchgang zum Wohnzimmer hatte sich die Jablonskaja an die Wand gedrückt und hatte die Finger am Abzug einer kleineren, aber mit zwanzig Schuß im Magazin schnelleren Stechkin. Wie es auch kommen würde ... die eine Sekunde Vorsprung hatte Silbermann nicht mehr.

»Ja?« fragte Nikolaj und musterte den ihm fremden Mann. »Sie wünschen?«

Er sprach deutsch, und Silbermann antwortete ihm auf deutsch.

»Sie haben mich eingeladen«, sagte er und blickte auf die Makarow. »Der Text der Anzeige klang so freundlich ... um so unfreundlicher ist der Empfang.«

»Captain Fred Silverman?«

»Zuletzt Major. Und heute Friedrich Silbermann.«

»Kommen Sie herein.« Nikolaj hob die Pistole, als Silbermann in die Diele trat. Rasch stieß er die Tür zu. »Haben Sie eine Waffe?«

»Ja. Sie doch auch.«

Nikolaj streckte die linke Hand aus. »Geben Sie her ...«

»Nein! Warum? Warum sollte ich schießen? Sie wären immer im Vorteil.«

»Das stimmt.« Nikolaj zeigte auf die Tür zum Wohnzimmer. »Gehen Sie weiter.«

Silbermann nickte, setzte sich in Bewegung, trat in das Wohnzimmer, sah aus dem Augenwinkel Wassilissa mit ihrer Stechkin stehen und vor sich einen Mann aus dem Sessel springen.

»Silverman! Sie sind es wirklich!« rief der alte Mann und streckte beide Arme nach ihm aus. »Erkennen Sie mich noch? 1945 … Salzburg, Schloß Klessheim …«

»Wachter! Ja, Sie sind Wachter … der Mann vom Bernsteinzimmer.«

Sie stürzten aufeinander zu, umarmten sich, klopften sich auf den Rücken, betrachteten sich dann mit ausgestreckten Armen, und Wachter sagte:

»Sie haben sich kaum verändert, Herr Silbermann.«

»Auch Sie nicht, Herr Wachter. Ein bißchen älter sind wir geworden, faltiger und um die Hüften dicker. Aber Kraft haben wir noch genug, nicht wahr?«

Es wurde ein wundervoller Abend. Sie tranken Rheinwein, Wassilissa buk Pelmeni und servierte nach russischer Art Lauchzwiebeln und eingelegte Gurken.

Silbermann erzählte von seinen diplomatischen Diensten in Neuseeland und China, Wachter berichtete stolz von seinen Enkeln Peter und Janina und den vielen Ehrungen, die er zum 70. Geburtstag empfangen hatte, bis die Jablonskaja eine Flasche Wodka auf den Tisch stellte und sagte:

»Genug mit der Vergangenheit. Sprechen wir von Gegenwart und Zukunft: Mr. Silverman, wie war das damals mit dem Bernsteinzimmer? War es wirklich im Salzbergwerk von Merkers?«

»Ja. Ich habe es mit eigenen Augen gesehen und eine große Wandtafel dem damaligen General Eisenhower gezeigt. Ein Irrtum ist ausgeschlossen. Es war keine andere Bernsteinarbeit.«

»Und jetzt rekonstruieren wir mal alles«, sagte die Jablonskaja und holte einen Bogen Papier heran. »Ein Mosaik besteht aus vielen kleinen Steinchen. Suchen wir sie uns zusammen …«

Bis zwei Uhr morgens blieb Silbermann im Haus. Geduldig wartete Joe Williams am Ende der Straße.

Er sah Silbermann herauskommen, begleitet von dem älteren Russen, der seinem Gast auf die Schulter klopfte. Aber er konnte nicht hören, was Wachter sagte: »Jetzt machen wir das alles gemeinsam, Friedrich. Ich bin wie du davon überzeugt, daß das

Bernsteinzimmer jetzt in Amerika ist. Wenn wir seinen Weg nachvollziehen, finden wir es. Zwanzig große Kisten kann man nicht über den Atlantik blasen ... Sei vorsichtig, Friedrich, die Schüsse auf uns beweisen, daß wir den Räubern dicht auf den Fersen sind.«

Silbermann nickte, stieg in seinen Wagen und fuhr davon. War's der Wein, oder war er wirklich unaufmerksam ... zwei Ekken weiter, als er in die Hauptstraße einbiegen wollte, stieß er mit einem VW zusammen. Kein großer Knall, kein großer Schaden, nur verbogenes Blech, beim Einbiegen fährt man ja langsam.

Er stieg aus, der Fahrer des VW stürzte wie ein wütender Stier aus seinem Auto und schrie sofort: »Sind Sie blind? Ich komme von rechts! Wohl besoffen, was? Auf Hurentrip?!« Ehe es Silbermann begriff oder antworten konnte, bekam er einen wohlgezielten Schlag gegen das Kinn, genau auf den Punkt, ein klassischer K.-O.-Schlag. Silbermann fiel sofort um, der Fahrer des VW zerrte ihn zu seinem Wagen, zog den Ohnmächtigen auf den Hintersitz und raste davon.

Er fuhr aus Frankfurt hinaus in Richtung Kronberg im Taunus, hielt am ersten Waldstück an, fesselte Silbermann mit unzerreißbaren Nylonschnüren und setzte dann seinen Weg fort. Als er hörte, daß sich hinter ihm der Gefesselte bewegte, hob er die Hand, winkte und sagte fröhlich:

»Hallo, Sir. Wie geht's? Ich bitte um Verzeihung, Captain, aber dieser kleine Trick mußte sein. Nicht nur in den Staaten gibt es Kidnapping.«

»Wer sind Sie?« fragte Silbermann mit ruhiger Stimme. »Brooks oder Williams?«

»Joe Williams, Sir. Erstaunlich, Sie kennen unsere Namen noch?«

»Die habe ich mir gemerkt wie einmal zwei gleich zwei ist! Das mit dem ›Werwolf‹ war eine gute Idee, gerade um diese Zeit ... aber ich habe es nie geglaubt. Nur Noah hättet ihr nicht umbringen sollen.«

»Er war zu dämlich für die weiteren Aktionen, Sir. Er liebte die blonden, weißhäutigen Mädchen zu sehr und hätte ihnen im Bett stolz seine Heldentaten erzählt. Ein zu großes Risiko für uns.«

»Ihr habt also das Bernsteinzimmer?« fragte Silbermann direkt.

Und ebenso direkt und ohne Zögern antwortete Joe: »Ja, Sir. Ich fahre Sie hin, Captain.«

Joe hörte, wie Silbermann an seinen Fesseln zerrte, aber gegen Nylonschnüre war nichts zu machen. Jetzt ahnt er, wohin wir fahren, dachte Joe kalt. Jetzt hat er ein Gefühl im Leib, als müsse er scheißen. So ist das Leben, Sir, und so wird's immer sein: Es gibt Sieger und Besiegte. Sie sind ein harter Bursche, das weiß jeder ... verlieren Sie mit Anstand, Captain.

»Was du auch vorhast«, sagte Silbermann, ruhig wie bisher, »es nützt dir gar nichts. Ich habe mit den Leuten aus Leningrad gesprochen, sie wissen alles.«

»Sie wissen ebensowenig wie Sie, Sir. Nur Sie kennen mich ... für alle anderen bleibt das Verschwinden des Bernsteinzimmers ein Rätsel. Nur über mich kann man an das Zimmer heran. Aber wer weiß das?! Amtlich bin ich tot, den Namen habe ich gewechselt, man kann mich nur bekommen, wenn man mein Gesicht kennt. Und an das erinnert sich nur noch einer: Sie, Captain. Sehen Sie bitte ein, daß ich mich schützen muß. Der Selbsterhaltungstrieb des Menschen ist fast so groß wie der Geschlechtstrieb. Er beherrscht den Menschen. Sir, Sie hätten in den USA bleiben sollen, statt einem Phantom nachzujagen. Denn ich bin ein Phantom geworden und werde immer eins bleiben.«

»Verrückt sind Sie, Joe, verrückt. Weiter nichts! Was wollen Sie mit dem Bernsteinzimmer. Einen solchen internationalen Kunstschatz werden Sie nie verkaufen können! Und in Einzelteile zerbrochen, ist er nichts wert! Nur als Ganzes! Joe, sagen Sie mir, wo das Bernsteinzimmer ist ... und ich vergesse Sie. Ist das ein Wort?«

»Ein sinnloses Wort, Sir. Ich habe nicht die Absicht gehabt, das Bernsteinzimmer zu verkaufen. Ich habe Geld genug. Millionen Dollar, Captain. Geerbt von meinem lieben Gangster-Daddy. Und jetzt verhandeln Sie nicht weiter ... ich höre Ihnen nicht mehr zu.«

Am 7. Januar fanden Skiläufer in einer Burgruine im Taunus eine nackte, steifgefrorene Leiche. Der Körper war von Messerstichen durchbohrt, ein langes, dolchähnliches Messer und ein Skalpell lagen neben ihm. Der Tote war verblutet ... um ihn herum war das Blut zu einem Eissee erstarrt. Am schrecklichsten aber war die Wunde in der Körpermitte: man hatte ihm den Bauch aufgeschlitzt. Ein wahnsinniger Blutrausch mußte den Mörder erfaßt haben.

Der Tote hatte keine Papiere bei sich, seine Kleidung wurde gefunden, aber auf einem Foto, das alle Zeitungen veröffentlichten, erkannte Wachter den Ermordeten sofort.

»Das ist das Ende –«, sagte er. Jetzt war er ein gebrochener, alter, zittriger Mann. »Jetzt werden wir das Bernsteinzimmer nie wiedersehen. Wer auch dahintersteckt ... er war stärker und schneller als wir. Nun gibt es keinen Weg mehr zu ihm. Mit Silbermann ist alle Hoffnung gestorben.«

Sie riefen die Polizei an, fuhren in das Gerichtsmedizinische Institut und identifizierten die Leiche. Wassilissa hatte eine langstielige rote Rose mitgebracht und legte sie Silbermann auf die nackte Brust, Wachter streichelte ihm die vereisten Hände, und Nikolaj hielt seinen Vater von hinten fest, als er zu weinen begann und unsicher auf den Beinen wurde.

Sie warteten noch das Begräbnis ab, standen dann am zugeschaufelten Grab zusammen mit zwei Kriminalbeamten, einem Grab, das sie mit den Dollars bezahlt hatten, die sie in der Würzburger Wohnung gefunden und dann bei der Polizei abgeliefert hatten. 163 000 Dollar waren es, ein riesiges Vermögen, und Wachter fragte: »Was wird damit?«

»Wir werden in den USA nach Erben suchen.«

»Und wenn er keine Erben hat? Wäre es denn nicht sinnvoll, die 163 000 Dollar dem Unterstützungsfonds der deutschen Juden zu überweisen?« fragte Nikolaj.

»Das geht nicht.« Der Beamte sah Nikolaj erstaunt an. »Es liegt ja kein Testament vor. Wir können das Geld nur einziehen.«

»Und so beerbt ein Staat, der eine ganze Familie ausrottete, auch noch den letzten Überlebenden.«

»Ich glaube, Sie sehen das falsch!« Der Beamte bekam einen steifen Rücken und wurde etwas verkniffen. »Sie können das nicht verstehen ... Sie sind Russe!«

»Gehen wir.« Wachter faßte seinen Sohn unter und verließ die Behörde. Und draußen – es war ein sonniger Wintertag mit einem klaren blauen Himmel wie über Leningrad – sagte er mit fester Stimme: »Laß uns zurück nach Puschkin fahren, Söhnchen. Hier haben wir nichts mehr zu suchen. Das Bernsteinzimmer ist verloren ... für alle Zeit ... und voll Blut ist es jetzt auch. Gott war uns nicht gnädig ... und ich weiß nicht, warum.«

Die Gnade Gottes aber ließ ihn vierundneunzig Jahre alt werden.

An einem Junitag im Jahre 1980 fanden Nikolaj und sein Sohn Peter den Alten wie immer im Bernsteinzimmer auf dem Stuhl sitzend, auf dem er vierundsechzig Jahre als Wächter und Betreuer gesessen hatte. Er hatte den Kopf nach hinten an die kahle Wand gelehnt, blickte in den Himmel, in das Deckengemälde mit den allegorischen Darstellungen, hatte die Augen weit geöffnet und atmete nicht mehr.

Nikolaj, nun auch schon ein Mann von zweiundsechzig Jahren, und der Enkel Peter, ein hübscher Bursche von dreiunddreißig Jahren, trugen ihn auf seinem Stuhl sitzend aus dem leeren Bernsteinzimmer hinüber in die Wohnung. Und als sie ihn auf das geliebte alte geschnitzte Sofa legten, sagte Jana Petrowna leise: »Wie glücklich er aussieht. Geträumt hat er von seinem Zimmer und hat es mitgenommen in die Ewigkeit. Nun bist du zufrieden, Väterchen, nicht wahr? Erfahren hast du noch, daß man es nachbauen will. Es wird das Zimmer wieder geben, dein Bernsteinzimmer … und ein Wachter wird es wieder pflegen, dein Sohn Nikolaj oder dein Enkel Peter. Väterchen, ruhe dich aus im Himmel.«

»Das war die schönste Grabrede, die er bekommen konnte«, sagte Nikolaj und legte den Arm um Jana Petrowna. »Wir sollten nicht um ihn weinen … wir sollten ihn bewundern. Was ist Treue, sollten wir immer fragen. Was ist Liebe? Und wir werden immer antworten: Sieh dir Michail Igorowitsch an, dort an der Wand hängt sein Bild, sieh ihm in die Augen und du weißt, was Liebe und Treue ist.«

Sie setzten sich alle um den Toten, Nikolaj, Jana, Peter und Janina. Jana steckte eine Kerze an und stellte sie an den Kopf des Alten, und so wurde es Abend, das flackernde Licht der Kerze war der einzige Schein, und die langen Jahre kehrten zurück und brachten Dankbarkeit mit … Dankbarkeit für ein schönes, wildes, umkämpftes und erfülltes Leben.

Ein Mensch sollte immer dankbar sein, für jeden Tag, jede Stunde, denn das Leben verrinnt und wäre umsonst gelebt ohne Dankbarkeit –

Whitesands

DIE PERSONEN:

Joe Williams, jetzt Ron Calling	Einwohner von Whitesands
Reverend John Killroad	Geistlicher
David Hoven	Chef der Feuerwehr von Whitesands
Dr. Simson	Psychiater

»Der Verrückte spielt wieder mit seinen Schiffchen«, sagte David Hoven, der Kommandant der Feuerwehr von Whitesands, als er vom Angeln nach Hause kam und seiner Frau Lornie drei Fische auf den Küchentisch klatschte. »Man soll es nicht für möglich halten: Steht bis zum Bauch im Wasser, hat den Gummioverall an, und obenrum trägt er eine Art Uniform mit Schnüren und Schnörkeln, als spiele er in einem dieser historischen Hollywoodschinken mit. ›He!‹ habe ich ihm zugerufen. ›Was gibt das da?‹ Und er hat geantwortet: ›Wenn ich die Schweden diesmal schlage und ihre Flotte vernichte, bin ich der Herr der Ostsee!‹ – Was soll man dazu sagen? Er wird immer verwirrter im Kopf. Und als ich ihm zurief: ›Ron, komm aus dem Wasser. Es ist noch zu kalt. Du verkühlst dir den Arsch!‹, winkte er wie ein Feldherr und sagte stolz: ›Was nimmt Er sich heraus?! Erkennt Er Pjotr Alexejewitsch nicht?‹ – Da bin ich weg. Wer ist Pjotr Alexejewitsch?«

»Kenn ich die Spinnereien des Alten?« Lornie betrachtete die Fische. Sie waren gut für zwei Mahlzeiten ... einmal Bratfisch, einmal Fischsuppe. »Du solltest mal den Reverend fragen. Der kennt ihn besser. Auf jeden Fall ist es etwas Russisches.«

»Was hat Ron Calling mit Rußland zu tun?«

»Verrückte leben immer in anderen Welten. Das habe ich mal irgendwo gelesen. Solange er ein harmloser Irrer ist, kann er von mir aus auf Tahiti leben und am Strand Hula-Hula tanzen ...«

Vor fünfundzwanzig Jahren war Ron in Whitesands aufgetaucht, ein fröhlicher, starker Bursche mit einem flotten Oberlippenbärtchen und gelockten Haaren, genau an dem Tag, an dem der alte, von allen geliebte und verehrte Williams in seinem weißen Schloß am Meer starb. Noch genau konnte man sich an diesen Tag erinnern: Alle Glocken im Ort läuteten, am Rathaus wurde die amerikanische Flagge auf Halbmast gesetzt, in den drei Kirchen wurde gebetet. Es war mehr Trauer unter dem Volk, als wenn der Präsident der USA gestorben wäre. Der Präsident war weit, dahinten in Washington, aber Williams war nahe gewesen, ein Wohltäter, wie es keinen zweiten mehr geben würde, nicht für Whitesands. Einen Kindergarten hatte er gestiftet, zwei neue Feuerwehrlöschwagen, er war Mentor der Baseball- und Football-Mannschaft, er hatte ein Schwimmstadion bauen lassen, und jedes halbe Jahr durften sich alle Einwohner von Whitesands auf seine Kosten in der Klinik der Bezirksstadt auf Krebs untersuchen lassen. Wo gab es so etwas wieder? Der Tod von Williams war ein nationaler Trauertag für Whitesands.

Ron Calling hatte an dem großen Trauerzug teilgenommen. Er hatte auch am Grab gestanden und einen Blumenstrauß hinunter auf den schweren Eichensarg geworfen. Die Einwohner von Whitesands fanden das sehr lobenswert, denn Mr. Calling war ja erst vor vier Tagen angekommen und hatte den alten guten Williams nie gekannt.

Dann wurde das Testament eröffnet, ganz Whitesands staunte und hätte Beifall geklatscht, wenn's nicht ein so trauriger Anlaß gewesen wäre: Williams hatte sein gesamtes Vermögen der Krebsforschung vermacht, weil – so schrieb er – sein Sohn Joe diese Welt verlassen hatte. Man munkelte etwas von fast dreihundert Millionen Dollar, und eine Delegation des bedachten Krebsforschungsinstitutes pilgerte nach der Testamentseröffnung mit einem riesigen Blumengebinde zum Grab des Spenders und legte auch einen schönen Blütenkranz vor dem Ehrenmal nieder, das Williams für seinen gefallenen Sohn Joe hatte errichten lassen.

Auch bei diesen Feierlichkeiten war Ron Calling immer dabei, was ihn bei allen beliebt machte, und als die Forschungsstelle begann, das Erbe, nämlich Schloß, Grundstück und eine große Seehütte, in Dollars umzusetzen, war jedermann damit einverstanden, daß Ron Calling das Seegrundstück kaufen konnte.

Glatte dreihunderttausend Dollar legte er dafür auf den Tisch. Man wunderte sich darüber, denn Calling hatte bisher sehr bescheiden in einer Pension gelebt. Er aß am liebsten Hamburger oder eine heiße Wurst mit scharfer Currysoße, wie die Hauswirtin erzählte, aber dann vergaß man das Staunen und sah mit Wohlgefallen, wie Calling die Seehütte ausbaute.

Er ließ sie mit Steinen ummauern, brach große Fenster in die Fassade zum Meer hin, zog eine hohe Mauer um sein Grundstück, und schließlich kamen ein paar Möbelwagen an, brachten Couches und Schränke und Teppiche und Sessel und zwanzig große Kisten mit, die einen kompletten Haushalt enthalten mußten.

Drei Monate lang arbeiteten dann drei Handwerker aus New Orleans im Hause von Ron Calling. Sie wohnten bei ihm, sie kochten sich selbst das Essen, gingen nie aus, machten keine Jagd auf die hübschen Mädchen im Ort, nur der Supermarkt-Besitzer erzählte im Vertrauen, daß sie immer die besten und teuersten Sachen bestellten und ins Haus liefern ließen: französischen Wein, russischen Kaviar, geräucherten Stör, Champagner, gewaltige Steaks und Schokoladentorten. Was die drei Handwerker im Hause von Calling machten, wußte niemand ... sie waren plötzlich aus New Orleans gekommen –, so hieß es, und ebenso plötzlich waren sie nach drei Monaten wieder verschwunden. Hinter der hohen Mauer blieb vieles verborgen, auch der Bau der neuen Terrasse. Daß unter der Betondecke in einer Grube drei Leichen lagen ... wer konnte das ahnen? Wer traute Ron Calling so etwas zu, ihm, dem netten Kerl, der immer so freundlich grüßte, jeden Monat einen Blumenstrauß vor dem Ehrenmal Joe Williams' niederlegte und dann sinnend einige Minuten verharrte. Der Plattenleger, der später die Marmorplatten anbrachte, konnte bloß berichten, daß Mr. Calling ihn nur bis in die Gartenhalle gelassen hatte. Weiter nicht, und der ganze linke Flügel des Hauses, zehn Meter lang, habe drei riesige Fenster, die aber immer verschlossen und mit einer Jalousie von innen versehen seien.

Dann wurde es still um den neuen Einwohner von Whitesands. Man sah ihn viel am Meer sitzen, nie ließ er sich in den Restaurants oder in einer Bar blicken. Auch Frauen schienen ihn nicht zu interessieren, denn niemals, in all den späteren Jahren, sah jemand ein weibliches Wesen in seinem Haus, obwohl er doch ein ansehnlicher, starker, netter Mensch war, mit dem so manche Frau, auch in Whitesands, sofort ins Bett gegangen wäre. Außerdem schien er genug Geld zu haben, um schon in seinen besten Jahren im Liegestuhl zu liegen, im Meer zu schwimmen oder am Sandstrand entlangzulaufen, statt sich um den Erwerb von Dollars zu kümmern.

Wo Geld lockt, ist das Versprechen der ewigen Seligkeit nicht weit. Reverend John Killroad von der »Kirche der Kinder Gottes« erschien denn auch bei Ron Calling, als man sah, daß der Bau vollendet war. Das Ganze wirkte letztlich etwas exzentrisch, denn über dem linken Flügel des Hauses ließ Calling einen kleinen Zwiebelturm anbringen, mit vergoldetem Dach und auf der Spitze ein Doppelkreuz wie bei den orthodoxen Kirchen. Reverend Killroad staunte, konnte sich darauf keinen Vers machen und bat um eine Audienz.

Ron Calling empfing ihn nicht im Haus, sondern vor dem Haus, auf der Marmorterrasse. Wenn Killroad geahnt hätte, daß er genau über drei einbetonierten Leichen saß, während er es sich auf einer Gartenliege bequem machte und Orangensaft mit Wodka trank, hätte er das Glas von sich geworfen und wäre geflüchtet. Aber so freute er sich über die Gastfreundschaft des neuen Bürgers Calling, schenkte ihm eine Broschüre, in der die Geschichte seiner Kirche stand, und ließ so nebenbei verlauten, daß der Altar doch ein wenig primitiv sei. Mr. Williams habe versprochen, einen neuen Altar zu stiften, aber der Tod habe das großherzige Werk verhindert.

»Mr. Williams wollte Ihnen einen neuen Altar schenken?« fragte Calling interessiert.

»So ist es! Nun hat er alles der Krebsforschung gestiftet, und da ist nicht ein Cent zu holen. Im nächsten Jahr hätte der Altar eingeweiht werden können. Einen Entwurf gab es schon.«

»Bringen Sie die Pläne das nächstemal mit«, sagte Calling leichthin. »Es interessiert mich.«

»Sie haben einen Zwiebelturm auf dem Haus.« Reverend Killroad rülpste verhalten. Er hatte den Wodka mit Orangensaft zu schnell getrunken. »Hat das was zu bedeuten?«

»Ja. Ich liebe Rußland.«

»Aha! Sie kennen Rußland, Mr. Calling?«

»Sehr gut, Reverend.« Calling lehnte sich auf seiner Liege weit zurück. »Und Rußland liebt mich. Die Schlacht von Poltawa war die Geburt eines unbesiegbaren Reiches.«

»So ist es.« Reverend Killroad wischte sich über die Augen und blickte durch die gespreizten Finger Calling an. Was meint er damit, rätselte er. Die Schlacht von Poltawa? Wir Amerikaner haben doch im letzten Krieg nicht in Rußland gekämpft? Oder war Calling in Rußland bei einem Spezialverband? Man hat nie von einer solchen Truppe gehört. »Rußland muß schön sein.«

»Wunderschön. Im Winter … die Schlittenfahrten durch die Wälder … im Sommer das Segeln auf dem Meer mit dem Blick auf mein Petersburg ... man kann es einfach nicht erklären. Und aus dem Nichts habe ich es gestampft, aus einem elenden, unbebaubaren, fiebrigen Sumpfgebiet. Es sollte schöner werden als Paris. Ein Juwel unter den Städten der Welt.«

»Wenn nur die Bolschewisten nicht wären ...«, sagte Reverend Killroad vorsichtig. Irgendwie kam ihm Calling jetzt unheimlich vor.

Ron hob den Kopf und starrte Killroad an. »Ich kenne keine Bolschewisten«, sagte er erstaunt. »Was ist das?«

»Sie interessieren sich überhaupt nicht für Politik, nicht wahr?«

»Wie können Sie das behaupten?« Calling sprang auf. »Schweden muß besiegt werden, und ich will Polen haben!«

»Ein großer Plan, Mr. Calling ...«, stotterte Killroad verwirrt. Auch er sprang von dem Liegestuhl auf. »Wann darf ich wiederkommen mit den Plänen?«

»Jederzeit. Pläne machen mich fröhlich.«

Calling begleitete Killroad bis zum Eingangstor in der hohen Mauer, drückte ihm so fest die Hand, daß der Reverend das Gesicht verzog und die Hand nachher vorsichtig schüttelte, um zu sehen, ob nichts gebrochen war, und winkte ihm nach, bis er in den Hügeln verschwand.

Zu Hause angekommen, griff Killroad sofort nach einem Lexikon, schlug unter Poltawa nach und las: Gebietshauptstadt in der Ukraine. Im Nordischen Krieg siegte hier Peter der Große 1709 entscheidend über den Schwedenkönig Karl XII.

Killroad ließ das Lexikon auf den Teppich fallen, starrte gegen die Wand und hatte dann einen dreifachen Whiskey nötig. Er ist verrückt, dachte er. Lieber Gott, er ist schizophren! Er bildet sich ein, Zar Peter der Große zu sein: Mein Rußland, mein Petersburg, ich will Polen haben, meine Stadt aus dem Sumpf gestampft, das Juwel unter allen Städten der Welt ... Jesus, er *ist* verrückt. Jetzt muß man sich beeilen, der Altar muß stehen, bevor er ganz verrückt ist.

Reverend Killroad sprach mit niemandem über seinen Verdacht, auch später nicht, als der Altar längst in der Kirche stand und bewundert wurde. Ab und zu besuchte er Ron Calling, unterhielt sich mit ihm über den verräterischen Zarewitsch und dessen Bauernhure, über die Zarin Katharina und lachte gequält, wenn

Calling von seinen Zwergen und Krüppeln erzählte, die während der Festessen Faxen und Possen reißen mußten.

Mit den Jahren gewöhnte sich Whitesands an seinen merkwürdigen Bewohner. Er war ein großzügiger Mäzen, nicht so generös wie Williams, dessen Reichtum alles erlaubte, aber wenn Mr. Calling fünftausend Dollar für den Bau eines Golfplatzes stiftete, war das eine Großzügigkeit, die man loben mußte. Da konnte er noch so wunderlich sein und werden – er hatte ein Herz für seine Mitmenschen. Und nur das zählt. Verschrobenheit ist eine persönliche Angelegenheit, solange sie nicht andere einschränkt. Und das war bei Mr. Calling nicht zu erwarten.

Vor zehn Jahren hatte er dann begonnen, mit seinen großen Holzschiffen im Meer zu spielen, wenn die Wellen ruhig waren und er in dem langen Gummioverall bis zum Bauch ins Wasser watete, im Rock eines russischen Admirals, und eine Seeschlacht entfachte, bei der er sogar einige Schiffe brennen ließ und die Hand an die Stirn legte, wenn sie untergingen.

Ein armer, reicher Mensch, sagten die Whitesandser mitleidig und mitfühlend. Mit jedem Jahr wird er verrückter. Aber wer kann ihm helfen? Er läßt ja keinen in sein Haus hinein. Und einen Arzt ruft er auch nicht. Nur der Reverend darf zu ihm, und Killroad schweigt, wie es seine Priesterpflicht ist. Paßt auf... eines Tages findet er ihn tot im Sessel, auf der Terrasse oder in irgendeiner Ecke.

Aber noch legt er Blumen am Ehrenmal für Joe Williams nieder ...

Jeden Tag, meistens um die Mittagszeit, zog Joe Williams die dikken Läden an den drei hohen Fenstern im linken Flügel seines Hauses hoch, über dem in strahlender Sonne die Zwiebelkuppel glänzte. Er stieß die Fenster auf, ließ Luft und Licht in den Raum, ging dann zu einem mit rotem Samt bezogenen, geschnitzten und vergoldeten Sessel und setzte sich hinein. Er hatte die Generalsuniform der zaristischen Garde angelegt, stützte sich auf einen Stock aus spanischem Rohr mit einer in Elfenbein geschnittenen Krücke und starrte mit stolzem Blick um sich.

Um ihn herum schimmerten, glitzerten und leuchteten die Wände aus Bernstein wie tausende kleine Sonnen. Die Girlanden funkelten, die Simse und Friese warfen vielfach gebrochen das Sonnenlicht zurück, die Köpfe der Engel, Krieger und Blütenmädchen schienen im Wechselspiel von Sonne und Schatten lebendig zu werden. So ungeheuer war der goldene Glanz des »Sonnensteins« im Licht von Mississippi, so leuchtend das Farbenspiel der Bernsteinmosaike, daß Joe Williams ab und zu die Augen schließen mußte, um nicht geblendet zu werden.

Fast zwei Stunden saß er in dem Prunksessel mitten im Bernsteinzimmer, jeden Tag, seit über zwanzig Jahren, den spanischen Stock zwischen die Knie geklemmt, die Hände zu Fäusten geballt auf den Lehnen, und blickte durch die Fenster hinaus über das Meer, das in sanften Wellen gegen den feinsandigen Strand lief.

Mein Petersburg. Das Meer mit den stolzen Schiffen, deren Segelmaste hoch in den Himmel stießen, der Atem der Freiheit, der mit dem Wind über das Land strich, die göttliche Ruhe des Bernsteinzimmers, in das man flüchtete, wenn das Herz voll und die Gedanken überladen waren, mein Reich, mein Rußland, meine eigene Welt, von mir erschaffen … So überwältigend war es, daß Joe Williams jedesmal die Augen schloß, die Fäuste gegen die Brust preßte und das Gefühl hatte, an seinem Glück zu ersticken.

Nach einer Stunde schweigenden Sitzens begann Joe zu sprechen. Ab und zu stand er auch auf, ging die sonnenglänzenden Bernsteinwände entlang, blieb vor den eingelassenen Spiegeln stehen und betrachtete sich. Dann hob er auch hin und wieder die Hand, um einen Kopf zu streicheln, eine Rosette mit den Fingern nachzuziehen oder eine Girlande zu verfolgen, und dabei sprach er in würdevollem Ton mit sich selbst, mit seinem russischen Volk, mit Gott sogar und hinaus in alle Welt.

»Ich habe die Pflicht« – sagte er einmal und blickte hinauf zu dem Kopf eines sterbenden Kriegers – »für mein Volk zu leben, aber auch für mein Volk zu sterben, wenn es ihm nützt. Solange es eine schwedische Flotte gibt und ich nicht Herr der Ostsee bin, finde ich keinen Schlaf. Ein großes Heer habe ich aufgebaut, das stärkste der Welt, selbst die Preußen sind mir unterlegen … aber ich muß mehr tun für meine Flotte. Ich muß bauen, bauen, bauen … Und an Sibirien muß ich denken. Was weiß man von Sibirien? Wieviel unbekanntes Land gibt es dort noch. Helft mir, ihr guten Geister, das Werk zu vollenden.«

Nach zwei Stunden schloß er die Fenster wieder, ließ die Jalousien herunter, verriegelte die Tür, hängte sich den Schlüssel um den Hals, zog die Generalsuniform und die langen Gummistiefel an und ging hinunter zum Meer, wo in einer kleinen Sandbucht seine »Flotte« ankerte. Es waren Holzschiffe, wie sie zur Zeit Peter des Großen gebaut wurden, voll unter Segel, jedes ungefähr einen Meter fünfzig lang und entsprechend hoch im Mast, eine stolze Armada, bereit, den Schweden die Ostsee wegzunehmen. Und dann schob er die Schiffe ins Meer, dirigierte sie mit einem langen Stab hin und her, ließ sie in Kiellinie laufen, in breiter Angriffsfront und in Rammpositionen.

Je älter er wurde, um so wunderlicher wurde er. David Hoven, der Feuerwehrkommandant, der viel Zeit hatte, denn in Whitesands hatte es seit vierzehn Jahren nicht mehr gebrannt und sein Beruf als Schlossermeister strapazierte ihn auch nicht übermäßig, der also viel angeln ging und stundenlang auf einer Holzmole am Meer saß und Ron Calling mit seinen Schiffen beobachtete, erzählte seiner Frau Lornie regelmäßig, was der Alte wieder an neuen Marotten erfunden hatte.

»Gestern ist ein Schiff von ihm verbrannt«, sagte er. »Wirft der Idiot eine Fackel in den Kahn, und als der natürlich sofort in Flammen aufgeht, springt er im Meer herum, rauft sich die Haare, steht dann stramm und grüßt, als das Schiff untergeht. Und dann« – Hoven holte tief Luft – »ging er ans Ufer, breitete die Arme weit aus und schrie die Sonne an. Was, konnte ich nicht verstehen, aber eine Stimme hatte er dabei, eine Stimme sag ich dir. Als wenn du auf Metall schlägst! Es dauert nicht lange, da ist er völlig übergeschnappt. Wäre verdammt schade, wenn wir ihn in eine Anstalt bringen müßten.«

Auch Reverend Killroad war über den Verfall seines Altarspenders bestürzt. Beim letzten Besuch auf der Terrasse hatte Calling gesagt: »Ich komme nicht weiter. Ich komme nicht weiter! Die schwedische Flotte weicht mir aus. Es kommt zu keiner Schlacht. Wie kann ich einen Sieg erringen, wenn ich keinen Gegner finde?!«

»Das ist wirklich ein Problem«, hatte der Reverend geantwortet. »Es hat noch nie was eingebracht, gegen Schatten zu kämpfen.«

»Schatten. Das ist es, John. Schatten. Überall Schatten. Die Welt wird immer dunkler ... Schatten! Wer nimmt die Schatten weg?«

Killroad hatte sich daraufhin schnell wieder verabschiedet, war zu Dr. Simson, einem Psychiater, gefahren und hatte ihn gefragt, wann ein Irrer soweit sei, daß man ihn in einem Heim betreuen müsse. Dr. Simson, durch den täglichen Umgang mit geistig Verwirrten zum Zyniker geworden, hatte Killroad angesehen mit dem forschenden Blick eines Seelenkenners und dann gefragt:

»Mann oder Frau?«

»Mann.«

»Wie alt?«

»Ich glaube siebenundsechzig ...«

»Kein Alter ... wird er kindisch?«

»Nein.«

»Läuft er mit einem Beil herum und will jeden erschlagen?«

»Im Gegenteil, er ist der friedlichste Mensch, den ich je kannte. Ein stiller Träumer, der nicht einmal eine Fliege töten könnte ...«

»Debil ist er also?« Dr. Simson schüttelte den Kopf. »Wir alle sind mehr oder weniger debil, Reverend. Wir merken es bloß nicht. Solange der Mann noch für sich sorgen kann und nicht über die Wiese kriecht und Gras frißt, sehe ich keinen Grund, ihn in einer Anstalt restlos fertigzumachen. Zufrieden?«

»Nein, Doktor.« Killroad verließ die Praxis mit dem Gedanken, daß sich Nervenärzte mit den Jahren doch immer mehr ihren Patienten anglichen. Ron Calling war ein schwerkranker Mann, das war für ihn sicher, aber keiner konnte ihn zwingen, zu einem Arzt zu gehen. Ein jeder Mensch hat ein Recht auf seinen eigenen Körper und sein Leben.

Es war der 10. Oktober 1987, als über alle Rundfunksender die Sturmmeldung gebracht wurde: Ein Orkan mit 200 km Geschwindigkeit raste auf die Küste zu. Auch in Whitesands rechnete man mit Schäden, schlug Bretter vor die Schaufenster, ließ die Autos in der Garage, brachte alles Bewegliche im Haus in Sicherheit ... mehr konnte man nicht tun. Nur noch weglaufen, aber das war nicht die Art der Whitesandser. Sie krempelten die Ärmel hoch.

Um elf Uhr vormittags hatte der Sturm die Küste erreicht. Ein lautes Heulen war in der Luft, der Himmel wurde bleigrau, die Palmen bogen sich, und die ersten Blechdächer von Schuppen wirbelten durch die Luft. Vom Strand wehte der feine, weiße Sand wie eine riesige Wolke über Häuser und Hügel und deckte vor allem das Haus von Ron Calling zu, das jetzt mitten im Sturm lag.

Nur eine halbe Stunde nach Ausbruch des Orkans kam das

Meer. Wellen so hoch wie Häuser, donnerten gegen die Küste und begruben und zerschlugen alles, was sich ihnen in den Weg legte. Ein einziger Wirbel war es, ein Heulen und Kreischen, ein Donnern der niederstürzenden Wogen, und gewaltig zog sich ein Vorhang aus Sand, Erde, weggerissenen Büschen und im Sturm schwebenden Bäumen zwischen Meer und Himmel hoch.

Joe Williams saß zusammengekauert auf seinem Prunksessel im Bernsteinzimmer, hatte die Jalousien hochgezogen, aber die Fenster geschlossen gehalten. Auf den spanischen Stock gestützt, starrte er auf das Inferno vor sich, auf den Flugsand, auf die herandonnernden Wellen, auf die sich biegenden oder mit der Wurzel herausgerissenen Palmen und Bäume, auf die große Platane, die mitten im Stamm wie von einem Riesen abgedreht wurde, und auf die Schindeln, die von der hohen Mauer wie Geschosse durch die Gegend flogen.

Gegen ein Uhr mittags stemmte sich Joe Williams aus dem Sessel hoch, ging, auf den Zarenstock gestützt, zu dem mittleren Fenster und blickte hinüber zu der kleinen Bucht, in der die »russische Flotte« ankerte. Die Riesenwellen hatten die Bucht nicht nur überspült, sondern völlig zerstört. Es gab keine Bucht mehr, sondern nur noch eine wild ausgezackte Küste, die nach jeder Welle ihre Form veränderte und vom Meer gefressen wurde.

»Meine Schiffe …«, stammelte Joe. »Meine Flotte … meine schöne Flotte … Ich habe keine Schiffe mehr …«

Er sprang zurück ins Bernsteinzimmer, raste dann aus dem Raum, riß die Haustür auf, und sofort erwischte ihn der Sturm, hieb wie eine Faust auf ihn ein, schleuderte ihn gegen die Mauer und jagte ihn dort kreiselnd entlang. An einer schon fast umgeknickten Palme klammerte sich Joe fest, zog den Kopf tief zwischen die Schultern und stürzte sich dann wie ein Rammbock gegen den Sturm. Die Mütze wurde ihm weggerissen, der Rock flatterte wie ein Geistervogel davon … barhäuptig, im aufgerissenen Hemd und mit zerfetzten Hosen, erreichte er den Strand, umklammerte eine in den Strand gerammte Eisenstange, an der er vor zehn Jahren noch ein Ruderboot vertäut hatte, das jetzt längst verrottet war, und sah mit flackerndem, irrem Blick auf die weggeschwemmte Bucht. Kein Schiff mehr, kein Segel, keine russische Fahne … nur ein brüllendes Meer, das alles verschlang.

»Meine Schiffe!« schrie Joe Williams. Er warf den Kopf weit in den Nacken, hob die rechte Faust zum grauschwarzen Himmel empor, eine einzige klaffende Wunde war sein Mund, und aus dieser Wunde schrillte ein Schrei in das Toben des Orkans hinaus, ein heller, schriller Schrei, der das Herz zerreißen mußte.

»Meine Flotte! Die Schweden siegen! Mein Rußland ... ich habe dich vernichtet. Ich, der Zar! Jetzt ist die Zeit gekommen –«

Er ließ den Eisenpfahl los, der Wind trieb ihn wie ein Stück Holz auf sein Haus zu, er prallte gegen die Mauer, krallte sich an ihr fest und erreichte den Eingang. Irgendwo blutete er ... er wußte nicht, wo, er spürte nichts, er sah nur, wie er eine Blutspur hinterließ, als er durch sein Haus schwankte. Er stieg in den Keller, schleppte auf den Schultern eine Holzkiste hinauf und stellte sie im Bernsteinzimmer ab.

Ein ohrenbetäubendes Krachen ließ ihn zusammenzucken. Über ihm kreischte und splitterte es, klang es wie ein Ächzen aus tausend Kehlen. Die Riesenhand, die auch die Platane abgedreht hatte, griff nach der Zwiebelkuppel, riß sie aus ihrer Verankerung, hob sie hoch in den Sturm, als habe sie kein Gewicht, und schleuderte sie hinaus ins Land. Das schwere Doppelkreuz wurde gegen die Mauer geschleudert und schlug ein großes Loch in den Verputz.

»Vernichtung!« schrie Joe Williams mit greller Stimme. Sein irrer Blick glitt über die Bernsteinwände, die Spiegel und Gemälde. »Vernichtet alles! Nichts sollt ihr von mir finden! Ich ergebe mich nicht den Schweden. Ich ergebe mich nicht –«

Er riß den Kistendeckel auf und warf ihn weg. In der Kiste lagen gelb gestrichene Stangen, eine neben der anderen. In einem gesonderten Fach, in Ölpapier eingewickelt, war eine Kabelrolle eingepackt. Ein kleiner, viereckiger Kasten mit einigen Anschlüssen und einem roten Druckhebel stand daneben.

Mit zitternden Fingern verteilte Joe die Dynamitstangen rund an den Wänden des Bernsteinzimmers entlang, zog die Zündkabel hinter sich her in die anderen Räume, verteilte auch dort die gelben Stangen an die Wände, und als er in allen Zimmern Dynamit gelegt hatte, verband er die Kabel miteinander, steckte sie in die Anschlüsse des elektrischen Zündkastens und schlug den roten Hebel hoch.

Draußen riß der Orkan an den Fenstern und Türen, hämmerte

mit Eisenfäusten gegen die Außenwände des Bernsteinzimmers, das Meer fraß sich weiter ins Land und klatschte bereits gegen die Mauer. Ganz ruhig, mit einem Lächeln, das überirdisches Glück widerspiegelte, setzte sich Joe auf den vergoldeten, geschnitzten Sessel mitten im Bernsteinzimmer, nahm den Zündkasten auf seinen Schoß, und mit dem gleichen seligen Lächeln, den Blick auf den Bernsteinkopf des sterbenden Kriegers gerichtet, drückte er kraftvoll auf den roten Hebel herunter.

Die Explosion, die Druckwelle war sogar noch stärker als der Orkan. In Whitesands zerbarsten einige Fensterscheiben, Reverend Killroad sah von seiner Kirche den emporschießenden Feuerball, die Explosionswolke, die schnell vom Sturm auseinandergerissen wurde, und dann die Feuerwand, aus der im Wind die Funken hoch in den Himmel stoben.

Er rannte zum Telefon, rief David Hoven an, zum Glück konnte man noch innerhalb Whitesands telefonieren, da alle Leitungen unter der Erde verkabelt waren – auch ein Werk des alten guten Williams –, und brüllte:

»Bei Ron ist etwas passiert! Es brennt bei ihm! Sieht aus wie eine Explosion! Tatsächlich, es brennt bei ihm …«

»Ich kann nicht raus!« schrie Hoven zurück.

»Du mußt, David. Du mußt helfen! Du bist doch die Feuerwehr …«

»Der Sturm fegt mir die Löschwagen durch die Luft. Wie Spielzeugautos. Keine zehn Meter komme ich! John … mein Gott … ich bin hilflos bei diesem Sturm … Der arme Ron …«

»Arm! Arm! Arm! Davon hat er nichts. Wir müssen ihm helfen, David …«

Es war unmöglich, wie Hoven es gesagt hatte. Der erste Löschwagen wurde vom Orkan gepackt und noch in der Garage gegen die Mauer geschleudert. Den zweiten ließ Hoven gar nicht erst ausfahren, sondern ging in den Bereitschaftsraum zurück, sah die Männer in ihren Feuerwehruniformen mit einem starren Blick an und sagte:

»Ron Calling gibt es nicht mehr. Freunde, laßt uns für ihn beten. Das ist alles, was wir für ihn tun können.«

Den ganzen Tag und die ganze Nacht heulte der Sturm und brannte das Haus am Meer. Am zweiten Tag gelang es endlich, die

Löschwagen bis an die Mauer zu bringen. Die Kraft des Windes hatte etwas nachgelassen, aber er war noch stark genug, das Feuer immer wieder anzufachen. Ringsum herrschte noch eine solche Gluthitze, daß Hovens Männer nicht in die Nähe des Hauses kamen. Die Mauern zerbarsten und fielen unter sprühendem Funkenregen in sich zusammen. Es war kein Haus mehr, nicht einmal die Form oder die Ahnung eines Hauses ließen die Flammen zurück, geschwärzte Steintrümmer waren alles, was übrigblieb.

Am vierten Tag endlich gelang es Hoven und seinen Männern, die letzten Flammen zu löschen und die Trümmer zu betreten. Nach Ron Calling brauchte man nicht mehr zu suchen, auch nicht nach Überresten von ihm. »Der ist zu Pulver verbrannt!« sagte Hoven heiser. Neben ihm stand Reverend Killroad und segnete die Trümmer, in denen Rons Asche liegen mußte. »So was von Feuer hab ich noch nicht gesehen. Was hatte der Alte hier bloß gelagert? So gründlich fliegt keine Dynamitfabrik in die Luft ...«

Er schüttelte den Kopf, atmete tief durch und stieg aus den Trümmern. »So 'n Ende hat ihm keiner gewünscht. Er war ein lieber, guter Mensch ... und daß er am Ende ein wenig verrückt war, dafür konnte er nichts. Reverend, wir werden ihm auf dem Friedhof ein Kreuz errichten. Zum Gedenken an Ron Calling, unseren Freund. Das hat er verdient.«

»Ja –«, sagte Killroad feierlich. »Das hat er bei Gott verdient.«

Ein paar Tage später fuhr ein Bagger ans Meer, schaufelte die Trümmer in große Trucks, und die Wagen brachten die geschwärzten Steine in ein Loch, das das Meer gerissen hatte, und füllten es damit auf.

Noch heute und vielleicht noch in hundert Jahren werden Kunsthistoriker, Sonderkommissionen, Geheimdienste und private Kunstliebhaber das Bernsteinzimmer suchen. In Gruben, Bergwerken, unterirdischen Gängen und Gewölben.

Es gibt es nicht mehr, das Bernsteinzimmer. Die Wände aus dem »Sonnenstein« leuchten nicht mehr, und nur die Sonne, die es erstrahlen ließ, weiß, wo es geblieben ist.

Aber die Sonne schweigt.

Das Leben ist ihre Aufgabe ... nicht die Erzählung vom Tod.

GROSSEN DANK

möchte ich hiermit allen Personen und Institutionen aussprechen, die mir bei den Vorbereitungen dieses Romans geholfen, die mich mit Informationen versorgt und mit Hintergrundmaterial unterstützt haben.

Da die meisten von ihnen nicht genannt sein möchten, will ich grundsätzlich darauf verzichten, hier Namen zu nennen. Aber es ist mir ein Anliegen, zu betonen, daß all die Hilfen, Ratschläge und Hinweise diesen Roman erst möglich gemacht haben.

Danke!

Heinz G. Konsalik

Mit Rücksicht auf noch lebende Personen oder deren Verwandte sind die Namen verändert worden. Irgendwelche Namensgleichheiten sind deshalb unbeabsichtigt und zufällig. Dagegen werden Personen der Zeitgeschichte mit ihren richtigen Namen genannt.

Eine der wenigen Aufnahmen des Bernsteinzimmers vor der Demontage. Das Foto entstand wahrscheinlich in den dreißiger Jahren.

Heinz G. Konsalik
Der Meister des Unterhaltungsromans

Geboren wurde er 1921 in Köln. Mit einer Gesamtauflage von nahezu einer dreiviertel Milliarde Exemplaren, die in etwa 30 Sprachen übersetzt worden sind, gilt er als international erfolgreichster deutscher Autor.

Zu schreiben begann er früh: Mit 12 Jahren schrieb er in ein Schulheft seinen ersten Roman, eine Geschichte über einen Indianerstamm. Später, noch während seiner Schulzeit, verfaßte er eine Reihe von Kurzgeschichten, von denen einige auch veröffentlicht wurden. Trotz seiner schriftstellerischen Ambitionen begann er nach dem Abitur, auf Wunsch seines Vaters, Medizin zu studieren. Schon nach wenigen Semestern wechselte er jedoch das Studienfach. Er studierte Theaterwissenschaft, Literaturgeschichte und Zeitungswissenschaft, um Dramaturg zu werden. Daß sein Traumberuf ein Traum blieb, dafür sorgte der Krieg. Heinz G. Konsalik wurde als Kriegsberichterstatter einberufen.

Nach seiner Rückkehr aus Rußland begann er zu schreiben, um Erlebtes literarisch zu verarbeiten.
1956 erschien *Der Arzt von Stalingrad.* Gleichsam über Nacht wurde H. G. Konsalik weltberühmt. Weitere Romane folgten, darunter zahlreiche Bestseller.

Fundament seiner Arbeit ist Selbstdisziplin und Fleiß. H. G. Konsalik ist ein Autor genauer Recherchen. Alles muß er kennen, bevor er es zu Papier bringt: »Jeden Roman bereite ich mit außerordentlicher Akribie vor, ich lege größten Wert darauf, daß jedes Detail stimmt.«

Konsaliks Schilderungen sind glaubhaft, nachvollziehbar. »Die Vielfalt des Lebens einzufangen«, ist für Konsalik die Aufgabe des Schriftstellers. Gleichzeitig ist der Leser der Vertraute des Autors: »Ihm offenbart er im Wort vieles, worüber er sonst nicht reden würde.«

Und so schreibt Konsalik, »weil es mich glücklich macht, von Mensch zu Mensch zu sprechen«.

Verzeichnis lieferbarer Titel

(Stand Oktober 1998)

Aber das Herz schreit nach Rache (01/927)
Agenten kennen kein Pardon (01/999)
Agenten lieben gefährlich (01/962)
Airport-Klinik (01/8067)
Alarm – Das Weiberschiff (01/5231)
Der Arzt von Stalingrad (01/7917)
Auf nassen Straßen (01/938)
Das Bernsteinzimmer (01/8254)
Bittersüsses siebtes Jahr (01/5240)
Die braune Rose (01/8665)
Diagnose (01/5155)
Dr. med. Erika Werner (01/667)
Das Doppelspiel (01/5621)
Die Drohung (01/5069)
Der Dschunkendoktor (01/6213)
Die dunkle Seite des Ruhms (01/5702)
Das einsame Herz (01/9131)
Entmündigt (01/776)
Die Erbin (01/5919)
Frauen verstehen mehr von Liebe (01/9455)
Frauenbataillon (01/9290)
Fronttheater (01/5030)
Der Geheimtip (01/6758)
Geliebter betrogener Mann (01/7775)
Der Gentleman (01/5796)
Das geschenkte Gesicht (01/851)
Das gestohlene Glück (01/7676)
Das Gift der alten Heimat (01/10578)
Glück muß man haben (01/6110)
Der goldene Kuß (01/8377)
Haie an Bord (01/5490)
Das Herz der 6. Armee (01/564)
Der Himmel über Kasakstan (01/600)
Im Auftrag des Tigers (01/9775)
Kinderstation (01/8855)
Ein Komet fällt vom Himmel (01/5119)
Der letzte Karpatenwolf (01/807)
Liebe auf heißem Sand (01/717)
Liebe ist stärker als der Tod (01/5436)
Liebesnächte in der Taiga (01/8105)
Mädchen im Moor (01/8737)
Das Mädchen und der Zauberer (01/9082)
Männerstation (01/10427)
Der Mann, der sein Leben vergaß (01/5020)
Ein Mann wie ein Erdbeben (01/5154)
Nacht der Versuchung (01/6903)
Die Nacht des schwarzen Zaubers (01/5229)
Natascha (01/615)
Niemand lebt von seinen Träumen (01/5561)
Privatklinik (01/914)
Die Rollbahn (01/497)
Der rostende Ruhm (01/740)
Russische Geschichten (01/6798)
Saison für Damen (01/6946)
Schiff der Hoffnung (01/7981)
Sibirisches Roulette (01/7848)
Sie fielen von Himmel (01/582)
Des Sieges bittere Tränen (01/5210)
Ein Sommer mit Danica (01/5168)
Stadt der Liebe (01/8899)
Strafbataillon (01/633)
Straße in die Hölle (01/5145)
Das Teufelsweib (01/5350)
Die Tochter des Teufels (01/827)

Tödliches Paradies (01/7913)
Ein toter Taucher nimmt kein Gold (01/5053)
Treibhaus der Träume (01/8469)
Eine Urwaldgöttin darf nicht weinen (01/5080)
Die Verdammten der Taiga (01/8055)
Der verhängnisvolle Urlaub (01/9906)
Viele Mütter heißen Anita (01/5086)
Wen die schwarze Göttin ruft (01/5105)
Der Wüstendoktor (01/5048)
Zerstörter Traum vom Ruhm (01/10022)
Zum Nachtisch wilde Früchte (01/788)

2 bzw. 3 Romane in einem Band:
Airport-Klinik/Die Fahrt nach Feuerland (01/9685)
Die Bank im Park/Das einsame Herz (01/6593)
Dr. med. Erika Werner/Der Dschunkendoktor (23/108)
Die Fahrt nach Feuerland/Sibirisches Roulette (01/10308)
Der Geheimtip/Glück muß man haben (01/10334)
Kinderstation/Schiff der Hoffnung (01/10290)
Das Mädchen und der Zauberer/Der Dschunkendoktor (01/10351)
Der pfeifende Mörder/Der gläserne Sarg (01/5858)
Die Tochter des Teufels/Die Verdammten der Taiga (01/10367)
Tödliches Paradies/Die dunkle Seite des Ruhms (01/10269)
Der verhängnisvolle Urlaub/Frauen verstehen mehr von Liebe (01/6054)
Zum Nachtisch wilde Früchte/Liebe auf heißem Sand (23/96)

Im Großdruck liegt vor:
Airport-Klinik (21/39)
Die dunkle Seite des Ruhms (21/15)
Im Auftrag des Tigers (21/26)

Die Bandnummern der Heyne-Taschenbücher sind jeweils in Klammern angegeben.

HEYNE BÜCHER

John le Carré

»Der Meister des Agentenromans.« *Die Zeit*

01/8240

Eine Art Held
01/6565

Das Russland-Haus
01/8240

Dame, König, As, Spion
01/6785

Ein blendender Spion
01/7762

Die Libelle
01/8351

Der heimliche Gefährte
01/8614

Der Nacht-Manager
01/9437

Unser Spiel
01/10056

Der Schneider von Panama
01/10779

HEYNE-TASCHENBÜCHER

Heinz G. Konsalik

Der beliebte deutsche Bestsellerautor schreibt Romane, die in ihrer Intensität erschüttern und mitreißen.

Konsalik ist Weltklasse!

01/8105

Eine Auswahl:

Das geschenkte Gesicht
01/851

Alarm! Das Weiberschiff
01/5231

Der Arzt von Stalingrad
01/7917

Liebesnächte in der Taiga
01/8105

Das Bernsteinzimmer
01/8254

Kinderstation
01/8855

Das einsame Herz
01/9131

Frauenbataillon
01/9290

Zerstörter Traum vom Ruhm
01/10022

Das Gift der alten Heimat
01/10578

HEYNE-TASCHENBÜCHER